# Das moderne Fremdwörterlexikon

# Das moderne Fremdwörter-lexikon

Gesamtherstellung:
VEMAG Verlags- und Medien Aktiengesellschaft, Köln

ISBN 3-625-10431-8

# Hinweise für die Benutzung

## Vorbemerkung

*Das moderne Fremdwörterlexikon* – dieser Titel ist Programm, oder fremdsprichwörtlich ausgedrückt: *Nomen est omen* (siehe dort). Das vorliegende Nachschlagewerk bemüht sich in erster Linie um das gängige Wortgut, das aus anderen Sprachen in die unsrige übernommen wurde, und hat sich von manchem Ballast befreit, den nur der Fachmann braucht oder der allenfalls noch in verstaubten Texten anzutreffen ist. Unter »modern« wird dabei auch verstanden, dass es keine Scheu gibt vor Jargon oder Umgangssprache, die ja auch einen ganz eigentümlichen Umgang mit Fremdwörtern pflegen. Ob *Junkie* oder *schanghaien, meschugge* oder *Zapping* – auf das aktuelle Vokabular wurde besonderer Wert gelegt. Es macht natürlich nur einen kleinen Prozentsatz aus.

Das Gros der Stichwörter stammt aus Gebieten, auf denen sie uns besonders häufig begegnen. Zwar kann das Lexikon nicht mit medizinischen Fachwörterbüchern Schritt halten, doch eine erste Orientierung liefert es zuverlässig. Das gilt auch für die verbreiteteren Fachbegriffe aus Geologie und Biologie, EDV und Mathematik, kirchlichem Leben und Sprachwissenschaft, Kulinarik und Militär, wobei selbstverständlich Vollständigkeit weder möglich noch nötig ist.

Schon die Handlichkeit setzt der Stichwörterzahl Grenzen, und die besondere Darstellungsart zwingt zu weiterer Auswahlstrenge. Zur Modernität zählt auch die Lösung vom reinen Wörterbuchkonzept, das es bei kaum erweiterten bloßen Übersetzungen der fremden Vokabeln bewenden lässt. Es wird vielmehr ein stichwortreiches Lexikon geboten, das darüber hinaus Auskunft über die zahlreichen Nebenbedeutungen und Anwendungen gibt, die Herkunft nennt, grammatische Angaben macht, bei der Aussprache Hilfestellung leistet und kurze Erläuterungen bei schwierigen Ausdrücken anfügt.

## Anordnung der Stichwörter

Die Stichwörter sind **halbfett** gesetzt und nach internationaler Norm alphabetisch geordnet. Umlaute wie ä, ö, ü werden behandelt wie a, o, u (Umlaute in ae-, oe- oder ue-Schreibung stehen dagegen an entsprechender Stelle). Akzente spielen bei der Alphabetisierung keine Rolle, es sei denn, sie unterscheiden gleich lautende Wörter. Dann geht die Form ohne Akzent voran. Das ß ist wie ss eingeordnet, wobei in Fällen von Gleichlautung die Form mit ss hinter der mit ß rangiert. Wortzwischenräume werden bei der alphabetischen Einordnung ignoriert.

Gleich geschriebene Wörter mit verschiedenen Bedeutungen werden in durchnummerierten »Nestern« zusammengefasst (z. B. **Harmonie:** 1. Übereinstimmung, 2. Zusammenklang, 3. Ebenmaß), wobei die gängigeren Bedeutungen in der Regel am Anfang stehen, während Fachsprachliches später folgt. Dagegen werden gleich geschriebene Wörter mit verschiedenem grammatischen Geschlecht zweimal aufgeführt (**Spektakel**, sächl. = Schauspiel; **Spektakel**, männl. = Lärm).

## Schreibung, grammatische Angaben, Herkunft

In Rechtschreibung und Zeichensetzung folgt der Text den Regeln der neuen Rechtschreibung. Bei Fällen, in denen es eine alternative Schreibweise gibt, wird darauf hingewiesen.

Ansonsten kommen Verweise ebenfalls nur bei schwankender Schreibweise vor (z. B. **Jacht**: vgl. Yacht) oder bei Sinngleichheit vor (z. B. **Duplum**: vgl. Duplikat), nicht hingegen innerhalb des Erklärungstexts. Dort werden nur Fremdwörter verwendet, die auch als eigenes Stichwort im Lexikon zu finden und somit nachschlagbar sind.

Die Groß- und Kleinschreibung der Stichwörter richtet sich allein nach der Wortart: Substantive groß, Adverbien, Adjektive, Verben klein. Abkürzungen sind sehr zurückhaltend ausgewählt worden. Wenn es sich jedoch um bereits zu eigenen Worten verfestigte handelt (sog. *Akronyme*), sind sie aufgeführt wie bei **Radar** und **Aids**. Kehrt ein Stichwort im Erläuterungstext wieder, erscheint es nur mit einem Anfangsbuchstaben.

Substantive bilden den Löwenanteil der Stichwörter. Für sie werden das grammatische Geschlecht (männl., weibl., sächl.) und die Mehrzahlform genannt – letztere als Strich für den bis dahin gleichen Wortteil plus zugehöriger Endung. Ist nur ein Strich verzeichnet, sind Singular und Plural identisch. Ebenfalls wird angemerkt, wenn das Wort nur im Singular oder Plural verwendet wird.

Hinter dem Komma nach dem Stichwort folgt gewöhnlich in Klammern die Angabe der Sprache, aus der das Wort übernommen wurde. Der gesamte Überlieferungsweg (*Etymologie*) konnte natürlich nicht nachgezeichnet werden. So sind oft Wörter lateinischen Ursprungs als französisch ausgewiesen, weil sie auf dem Umweg über unser Nachbarland zu uns gekommen sind. Die Sprachangaben sind in der Regel allgemein verständlich abgekürzt, dennoch finden sich alle Abkürzungen nochmals im Abkürzungsverzeichnis (s. S. 599/600).

Hinter diesen Angaben wird in Einzelfällen eine wörtliche Übersetzung in Anführungszeichen geliefert (**Abaton**: [gr. »das Unbetretbare«]), wenn dieser ursprüngliche Sinn im heutigen Gebrauch noch in Resten lebendig ist oder die Übersetzung zum Verständnis der nachfolgenden Erklärung beiträgt. Herkunftsangaben im weiteren Sinn sind die Hinweise auf das Fachgebiet, dem ein Wort entstammt. Sie stehen hinter der Erklärung des jeweiligen Fachworts.

## Betonung und Aussprache

Für die Aussprache entscheidend ist bei Fremdwörtern die Kenntnis der betonten Silbe und ihrer Tonqualität (lang oder kurz). Bei allen Wörtern wird daher mit einem Punkt unter dem Vokal der betonten Silbe dessen Kürze (z. B. **Bajonẹtt**) und mit einem Strich darunter dessen Länge angegeben (z. B. **Tabu̲**). Dieser Hinweis entfällt, wenn eine Ausspracheangabe folgt.

Die Angaben zur Aussprache sind nur dort, wo wirklich unumgänglich, in eckigen Klammern beigegeben, und dann in möglichst einfacher Form. Als Sonderzeichen eingesetzt werden nur:

- der Akzent vor der Silbe, die betont werden soll, z. B. **Discount** [dis'caunt, engl.]
- der Doppelpunkt hinter einem Vokal, der lang ausgesprochen werden soll, also: **Saboteur** [sabo'tö:r]; wo er fehlt oder nur ein Punkt angegeben ist, z. B. **Volley** ['wo.li] ist der Vokal immer kurz
- Kursivschrift, wenn ein Laut nasal (durch die Nase) ausgesprochen wird, z. B. **Terrain** [tä'*rän*, franz.]; bei stimmhaftem sch wie in **Blamage** [bla'ma:*sch*(e), fr.]; bei Aussprache ch wie im Wort »Macht«, z. B. **Don Juan** ['don*ch*u'an, span.]; beim englischen th wie z. B. bei **Thriller** ['*th*ri.l(e)r, engl.]
- Klammern um Laute, die fast verschluckt werden sollen, was vor allem bei Endsilben vorkommt. z. B. **Steward** ['ßtju:(e)rd, engl.]

Wörter aus Sprachen mit anderen Schriftsystemen werden meist ohnehin so in unser Alphabet übertragen (*transkribiert*) wie man sie in etwa ausspricht. Bei japanischen, russischen, arabischen, chinesischen und Wörtern anderer Sprachen mit nicht-lateinischen Alphabeten fehlt daher in der Regel die Lautschrift.

# A

**à,** (fr.): für, zu, je, zu je
**Aba,** (arab.), weibl., –s: Mantelumhang bei den Arabern
**Abakus,** (gr.-lat.), männl., –: 1. in der Antike verwendetes Rechenbrett, 2. Deckplatte des Kapitells einer Säule im Altertum
**Abalienation,** [abali-enazi'o:n, lat.], weibl., –en: Entfremdung; Veräußerung
**abalienieren,** [abali-en'i:ren, lat.]: entfremden, veräußern
**Abandon,** [aban'don, fr.], männl., –s: Abtretung (Rechtsw.)
**à bas!,** [a'ba., fr.]: nieder!, weg!
**Abasie,** (gr.), weibl., –n: Gehunfähigkeit, Lahmheit (Med.)
**abatisch,** (gr.): gehunfähig, lahm (Med.)
**Abaton,** (gr.: »das Unbetretbare«), sächl., Abata: Altarraum in gr.-orthodoxen Kirchen, der von Laien nicht betreten werden soll; das Allerheiligste
**Abbé** (fr.), männl., –s: Titel eines kathol. Geistlichen in Frankreich
**Abbevillien,** [abewil'jen, fr.], sächl., nur Sing.: nach dem Ausgrabungsfundort Abbeville in Frankreich benannte Kulturstufe der Altsteinzeit
**Abbreviation,** (lat.) die, –en: vgl. Abbreviatur
**Abbreviatur,** (lat.), weibl., –en: Abkürzung (von zu Schreibendem, z. B.: z. B.)
**abrevijeren,** (lat.): (zu Schreibendes) abkürzen
**abchangieren,** ['abschanschi:ren, fr.]: (beim Reiten:) vom Rechtsgalopp zum Linksgalopp wechseln
**abchecken,** ['abtschä.k(e)n, engl.]: 1. etwas auf seine Funktionstüchtigkeit und ordnungsgemäßen Zustand hin überprüfen, Industrieprodukte (z. B.: Bauteile, Endprodukte o. Ä.) nach einem bestimmten Verfahren kontrollieren, 2. die Anwesenheit von Personen oder Gegenständen überprüfen, 3. (umg.) prüfen, (ab)klären, ('mal) sehen
**ABC-Staaten,** weibl., nur Plur.: die südamerikanischen Staaten **A**rgentinien, **B**rasilien und **C**hile
**ABC-Waffen,** weibl., nur Plur.: zusammenfassende Bezeichnung für **a**tomare, **b**iologische, und **c**hemische Kampfstoffe (Massenvernichtungsmittel)
**Abderit,** (gr.), männl., –en: einfältiger Mensch, Schildbürger (nach der Stadt Abdera im antiken Griechenland benannt)
**Abdikation,** (lat.), weibl., –en: (ehemals Bez. für:) Abdankung eines Herrschers, Thronverzicht
**abdizieren,** (lat.): (ehemals Bez. für:) abdanken
**Abdomen,** (lat.), sächl., Abdomina: 1. Bauch, Unterleib (Med.), 2. Hinterleib (der Gliederfüßer; Biol.)
**abdominal,** (lat.): das Abdomen betreffend, zum Abdomen gehörig
**Abdominalgravidität,** (lat.), weibl., –en: Bauchhöhlenschwangerschaft (Med.)
**Abduktion,** (lat.), weibl., –en: Abziehung, Wegführung; das Bewegen, das Wegführen der Gliedmaßen von der Körperachse nach außen (z. B. Anheben des Armes; Med.), das Spreizen der Finger oder Zehen (vgl. auch: Adduktion)
**Abduktor,** (lat.), männl., Abduktoren: Muskel, der eine Abduktion auslöst, abziehender Muskel (vgl. auch: Adduktor; Med.)
**abduzieren,** (lat.): von der Körperachse nach außen wegführen, abziehen, spreizen
**Aberdeenrind,** ['ä.berdi:nrind], sächl., –er: ungehörntes schwarzes Mastrind einer schottischen Rasse (nach der schottischen Stadt Aberdeen benannt)
**aberrant,** (lat.): abweichend, abirrend

**Aberration,** (lat.), weibl., –en: 1. Abweichung, Abirrung, 2. scheinbare Ortsveränderung bzw. Lageabweichung eines Gestirns infolge der Erdbewegung und der endlichen Lichtgeschwindigkeit, scheinbare Sternverschiebung (Astron.), 3. beim Abbilden durch Linsen entstehender Abbildungsfehler in der Optik, der zu Verzerrungen und Unschärfen führen kann, 4. starke Abweichung im Aussehen vom üblichen Erscheinungsbild der jeweiligen Pflanzen- oder Tierart (Biol.)

**Aberrationskonstante,** (lat.), weibl., –n: gleich bleibender Wert, der die jährliche auf Aberration (2) beruhende Winkelverschiebung eines Gestirns angibt (Astron.)

**aberrieren,** (lat.): abweichen

**abhorreszieren,** (lat.): verabscheuen; zurückschrecken

**abhorrieren:** vgl. abhorreszieren

**Ability,** [ej'bi.liti, engl.], weibl., –s: menschliches Leistungsvermögen (Psychol.)

**Abiogenese,** (gr.), weibl., nur Sing.: Annahme der Urzeugung (nach der alles Leben ursprünglich aus lebloser Materie hervorgegangen ist)

**Abiogenesis:** vgl. Abiogenese

**Abiose,** (gr.), weibl., –n: Lebensunfähigkeit; Leblosigkeit

**abiotisch,** (gr.): leblos, von der unbelebten Umwelt ausgehend

**Abitur,** (lat.), sächl., –e: Reifeprüfung, Abgangsprüfung an einem Gymnasium, deren Bestehen zum Hochschulstudium berechtigt

**Abiturient,** (lat.), männl., –en: Schüler, der die Reifeprüfung gerade ablegt oder sie gerade erlangt hat

**Abjudikation,** (lat.), weibl., –en: (gerichtliche) Aberkennung

**abjudizieren,** (lat.): (gerichtlich) aberkennen

**abkapiteln,** (dt.-lat.): jmdn. ausschimpfen, schelten, tadeln, abkanzeln; jmdm. die Leviten lesen

**abkommandieren,** (dt.-fr.): jmdm. befehlen, sich (vorübergehend) an einen anderen Ort oder eine andere Dienststelle zu begeben oder einen bestimmten Auftrag auszuführen

**abkonterfeien,** (dt.-fr.): abmalen, abzeichnen

**Ablaktation,** (lat.), weibl., –en: 1. das Abstillen, die Entwöhnung des Säuglings von der Muttermilch (Med.), 2. besonderes Veredelungsverfahren für Gehölze (Bot.)

**ablaktieren,** (lat.): 1. abstillen, von der Muttermilch entwöhnen (Med.), 2. (Gehölze) nach einem besonderem Verfahren veredeln (Bot.)

**Ablation,** (lat.), weibl., –en: 1. das Abschmelzen von Schnee- und Eisflächen bei Gletschern (Geol.), 2. das durch Wind und Wasser verursachte Abtragen von Erdboden (Geol.), 3. operative Abtragung oder Ablösung eines Organs von einem anderen (z. B. der Netzhaut; Med.)

**Ablativ,** (lat.), männl., –e: ein Kasus (der fünfte Fall) in der lateinischen Sprache und in anderen indogermanischen Sprachen zur Bez. eines Ausgangspunkte, einer Trennung oder Entfernung (Sprachwiss.)

**Ablativus absolutus,** (lat.), männl., Ablativi absoluti: eine in der lateinischen Sprache häufig anstelle einer vollständigen Nebensatzkonstruktion auftretende, von übrigen Satzteilen unabhängige grammatikalische Konstruktion aus im Ablativ stehendem Subjekt und darauf folgendem Partizip

**Ablution,** (lat.) die, –en: 1. Abtragung von unverfestigten Meeressedimenten durch Meeresströmungen (Geol.), 2. (in der kathol. Religion:) Ausspülen des Messkelches und Handwaschung des Priesters

**abnorm,** (lat.): nicht normal, von der Regel abweichend, ungewöhnlich; das normale Maß übersteigend, außergewöhnlich

**abnormal,** (lat.): abnorm; krankhaft, geistig nicht normal, missgebildet

**Abnormität,** (lat.), weibl., –en: 1. vom Normalen abweichendes Verhalten, normwidrige Erscheinung, 2. stärkste Abweichung von der Norm, Missbildung (Med.)

**Abo,** (Kurzw.), sächl., –s: vgl. Abonnement

**abolieren,** (lat.): 1. aufheben, abschaffen, beseitigen, 2. begnadigen

**Abolition,** (lat.), weibl., –en: 1. Abschaffung, Beseitigung, 2. Niederschlagung einer Untersuchung, eines Strafverfahrens vor dem Urteil (Rechtsw.)

**Abolitionismus,**(lat.), männl., nur Sing.: Bewegung zur Beseitigung der Sklaverei in England und in den USA

**Abolitionist,** (lat.), männl., –en: Anhänger des Abolitionismus

**abominabel,** (lat.): abscheulich, widerwärtig

**Abonnement,** [abone'man, fr.], sächl., –s: durch Vorauszahlung auf längere Zeit vereinbarter Bezug von Zeitungen, Zeitschriften, Büchern, Theater- oder Konzertkarten

**Abonnent,** (fr.), männl., –en: jmd., der etwas abonniert hat, Dauerbezieher von Zeitungen, Zeitschriften, Büchern, Theater- oder Konzertkarten

**abonnieren,** (fr.): den Bezug von Zeitungen, Zeitschriften, Bücher, Theater- oder Konzertkarten für längere Zeit vereinbaren

**Aborigines,** [äbo'ri.dschini:s, engl.], weibl., nur Plur.: Ureinwohner Australiens

**Abort,** (lat.), männl., –e: Fehlgeburt (Med.)

**abortieren,** (lat.): eine Fehlgeburt haben (Med.)

**abortiv,** (lat.): 1. abgekürzt verlaufend, ungewöhnlich früh Besserung aufweisend (z. B. bei nicht vollentwickelten Krankheiten; Med.), 2. den Abort betreffend; abtreibend, eine Fehlgeburt herbeiführend (Med.)

**Abortivum,** (lat.), sächl., Abortiva: 1. Mittel, das den Verlauf einer Krankheit verkürzt oder schnell Besserung herbeiführt (Med.), 2. Mittel, das eine Fehlgeburt herbeiführt (Med.)

**Abortus,** (lat.), männl., Abortus: vgl. Abort

**ab ovo,** (lat.): von Anfang an; weit ausgeholt dargestellt

**abqualifizieren,** (dt.-lat.): jmdn. schlecht beurteilen; verächtlich machen

**Abrakadabra,** sächl., –s: magisches Wort, unverständliches Zauberwort; sinnloses Gerede

**Abrasion,** (lat.), weibl., –en: 1. Abschabung, Ausschabung, Auskratzung (z. B. der Gebärmutter; Med.), 2. Abtragung der Küste durch die Meeresbrandung (Geol.)

**Abraxas,** männl., nur Sing.: Geheimname einer Gottheit in der Gnostik; Zauberformel auf Amuletten

**abreagieren,** (dt.-lat.): seelische Spannung entladen, aufgestaute Gefühle bei sich abbauen (indem man schreit, weint, mit jmdm. spricht, sich sportlich betätigt o. Ä.)

**Abreaktion,** (dt.-lat.), weibl., –en: Abbau, Entladung seelischer Spannung

**Abri,** (fr.), männl., –s: steinzeitliche Wohnstelle unter dem natürlichen Schutz eines Felsüberhanges

**Abrogation,** (lat.), weibl., –en: Abschaffung; Aufhebung eines Gesetzes

**abrogieren,** (lat.): abschaffen; (ein Gesetz) aufheben

**abrupt,** (lat.): plötzlich, unvermittelt, zusammenhanglos

**Absence,** [ab'sanß, fr.], weibl., –n: kurzzeitige Bewusstseinstrübung, anfallsweise geistige Abwesenheit; kleiner epileptischer Anfall mit kurzzeitiger Bewusstseinstrübung (Med.)
**absent,** (lat.): abwesend
**absentieren,** sich, (lat.): sich entfernen, sich davonmachen; sich fernhalten
**Absentismus,** (lat.), männl., nur Sing.: ständiges Fernbleiben; häufige Abwesenheit der Gutsbesitzer von ihren Gütern (histor.)
**Absenz,** (lat.), weibl., –en: 1. Abwesenheit, Fernbleiben, 2. vgl. Absence
**abservieren,** (dt.-lat.): 1. den Tisch abdecken, 2. (umg.) jmdn. besiegen, deklassieren; jmdn. entlassen
**Absinth,** (gr.), männl., –e: 1. aus der Wermutpflanze gewonnener, gesundheitsschädlicher grünlicher Branntwein, 2. Wermutpflanze (Bot.)
**Absinthismus,** (gr.-lat.), männl., nur Sing.: Vergiftungserscheinungen infolge übermäßigen Absinthgenusses (Med.)
**absolut,** (lat.: »losgelöst«): unabhängig, beziehungslos, für sich betrachtet; uneingeschränkt, völlig, schlechthin; (umg.) unbedingt, überhaupt, dringend; (Gegens.: relativ)
**absolutes Gehör:** Gehör, das unfehlbar die Höhe eines Tones erkennt
**absolute Mehrheit:** (bei Wahlen oder Abstimmungen:) mehr als 50% bezogen auf die Gesamtstimmenzahl
**absolute Monarchie:** Regierungsform des Absolutismus, die die unumschränkte Herrschaft des Monarchen bedeutete (histor.)
**absoluter Nullpunkt:** die tiefste Temperatur (–273,15 °C)
**Absolution,** (lat.), weibl., –en: Freisprechung; (insbes. in der kathol. Kirche:) Lossprechung von Sünden (Absolution erteilen)
**Absolutismus,** (lat.), männl., nur Sing.: Regierungsform, die die unumschränkte Herrschaft des Monarchen bedeutete, in fast allen europäischen Staaten der Neuzeit über Jahrhunderte hinweg vorherrschte und dem Zeitalter des Absolutismus den Namen gab
**Absolutist,** (lat.), männl., –en: Anhänger des Absolutismus
**absolutistisch,** (lat.): den Absolutismus betreffend; unumschränkt herrschend, Merkmale des Absolutismus aufweisend
**Absolvent,** (lat.), männl., –en: jmd., der den Besuch einer Bildungseinrichtung (z. B. einer Hochschule) erfolgreich beendet hat
**absolvieren,** (lat.): 1. (insbes. in der kathol. Kirche:) jmdn. freisprechen von Sünden, jmdm. die Absolution erteilen, 2. erledigen, ableisten; beenden (z. B. einen Lehrgang, ein Studium o. Ä.)
**Absorbens,** (lat.), sächl., Absorbenzien oder Absorbentia: Substanz, die bestimmte Flüssigkeiten, Gase oder andere Stoffe aufsaugt, absorbierendes Mittel (Chem.)
**Absorber,** (lat.), männl., –: 1. Absauger, technische Vorrichtung zum Absorbieren von bestimmten Flüssigkeiten, Gasen oder anderen Stoffen, 2. absorbierende Substanz
**absorbieren,** (lat.): 1. etwas einsaugen, aufsaugen, aufnehmen, aufzehren, verschlucken, 2. jmdn. gänzlich in Anspruch nehmen
**Absorption,** (lat.), weibl., –en: 1. das Aufsaugen, Aufnehmen, Absorbieren bestimmter Flüssigkeiten, Gase oder anderer Stoffe (Chem.), 2. Abschwächung der Energie von Strahlen durch Energieabgabe beim Durchgang durch ein Medium (Phys.)
**Absorptionsprinzip,** (lat.), sächl., nur Sing.: Grundsatz, dass bei mehreren Straftaten einer Person die Strafe nach

dem Gesetz verhängt wird, das die schwerste Strafe androht

**absorptiv,** (lat.): aufsaugend, aufnehmend, auf Absorption beruhend, absorbierend, zur Absorption fähig

**Absorptiv,** (lat.), sächl., –e: aufgesaugter, absorbierter Stoff

**abstinent,** (lat.): enthaltsam; (auf alkoholische Getränke) verzichtend

**Abstinenz,** (lat.), weibl., nur Sing.: Enthaltsamkeit; insbes. Verzicht auf alkoholische Getränke

**Abstinenzler,** (lat.), männl., –: jmd., der enthaltsam lebt; insbes. jmd., der auf alkoholische Getränke verzichtet

**Abstract,** ['äbsträkt, lat.-engl.], männl., –s: kurze Zusammenfassung des Inhalts eines Textes

**abstrahieren,** (lat.): absehen von, eine Abstraktion vornehmen, verallgemeinern

**abstrakt,** (lat.): allgemein, rein begrifflich, unanschaulich, ungegenständlich, sinnlich nicht wahrnehmbar, undinglich (Gegens.: konkret)

**Abstraktion,** (lat.), weibl., –en: 1. Bewusstseinsprozess, der das Wesentliche aus dem jeweiligen Zusammenhang heraussondert, 2. das Ergebnis dieses Bewusstseinsprozesses, Verallgemeinerung, Begriff

**Abstraktum,** (lat.), sächl., Abstrakta: ein Begriff, der Nichtgegenständliches (z. B.: Eigenschaften, Zustände, Vorgänge, Beziehungen) bezeichnet (Gegens.: Konkretum)

**abstrus,** (lat.): schwer verständlich, absonderlich, verworren, sinnlos

**absurd,** (lat.): widersinnig, abwegig; (umg.) ungereimt, unvernünftig

**Absurdität,** (lat.), weibl., –en: Widersinnigkeit; Unsinn, Ungereimtheit

**abszedieren,** (lat.): sich absondern, weggehen; eitern (Med.)

**Abszess,** (lat.), männl., Abszesse: Eiteransammlung, Eiterherd, Eitergeschwür (Med.)

**Abszisse,** (lat.), weibl., –n: 1. x-Wert, erste Koordinate, der Abstandswert eines Punktes von der Ordinatenachse (y-Achse) im kartesischen Koordinatensystem (Math.), 2. vgl. Abszissenachse

**Abszissenachse,** (lat.-dt.), weibl., –n: die x-Achse, die erste Koordinatenachse, die waagerechte Achse im kartesischen Koordinatensystem (Math.)

**Abt,** (lat.), männl., Äbte: Klostervorsteher

**abtrainieren,** ['abträni:ren, dt.-engl.]: Körpergewicht durch sportliche Betätigung verringern

**abturnen,** ['abtö(r)nen, dt.-engl.]: (umg.) jmdn. aus der Stimmung bringen, (Gegens.: anturnen)

**Abu,** (arab.: »Vater«): Vater (vor arab. Personennamen ein Vaterverhältnis angebend; z. B.: Abu Ahmed: Vater des Ahmed)

**Abulie,** (gr.), weibl., –n: krankhafte Willensschwäche, Willenlosigkeit, Antriebsschwäche (Psych.)

**abulisch,** (gr.): willenlos, unentschlossen

**abundant,** (lat.): 1. reichlich, dicht, 2. überreich, überladen

**Abundanz,** (lat.), weibl., nur Sing.: 1. Häufigkeit, Dichte, 2. Reichtum, Überfluss, Übermaß

**abusiv,** (lat.): missbräuchlich

**Abusus,** (lat.), männl., Abusus: übermäßiger Gebrauch, Missbrauch (von Arzneimitteln, Drogen)

**abyssal:** vgl. abyssisch

**Abyssal,** (gr.), sächl., nur Sing.: abyssische Region, tiefste, lichtlose Zone des Weltmeeres und tiefer Binnengewässer

**abyssisch,** (gr.): aus der Tiefe des Meeres oder der Erde stammend; in großer Tiefe, abgrundtief

**a cappella,** (italien.): (mehrstimmiger) Gesang ohne Mitwirkung von Instrumenten

**accelerando,** [atscheler'ando, italien.]: (beim Vortrag eines Musikstückes:) schneller werdend, das Tempo allmählich beschleunigend (Abk.: accel.)
**Accent aigu,** [akßantä'gü:, fr.], männl., –s –s: Akut, Aussprachezeichen in der fr. Schriftsprache, z. B. über dem Buchstaben e: é
**Accent circonflexe,** [akßanßirkon'flä.kß, fr.], männl., –s –s: Zirkumflex, Dehnungszeichen in der fr. Schriftsprache über Vokalen, z. B.: ô, â
**Accent grave,** [akßan'gra:w, fr.], männl., –s –s: Gravis, Aussprachezeichen in der fr. Schriftsprache über Vokalen, z. B.: è
**Accessoire,** [akßäßo'a:(r), fr.], sächl., –s: modisches Kleidungszubehör
**Accompagnato,** [akompanja:to, italien.], sächl., –s oder Accompagnati: orchesterbegleiteter Sprechgesang
**Acerolakirsche,** (arab.-span.), weibl., –n: westindische Vitamin-C-reiche Frucht
**Acetat,** (lat.), sächl., –e: Salz der Essigsäure; Chemiefaser (Chem.)
**Acetatseide,** (lat.-dt.), weibl., nur Sing.: Kunstseide aus Zelluloseacetatfasern
**Aceton,** (lat.), sächl., nur Sing.: aromatisch riechendes, farbloses, feuergefährliches Lösungsmittel
**Acetum,** (lat.), sächl., nur Sing.: Essig
**Acetylen,** (lat.), sächl., nur Sing.: ungesättigter, gasförmiger Kohlenwasserstoff (ein farbloses, brennbares Gas)
**Acetylsäure,** (lat.-dt.), weibl., nur Sing.: Essigsäure
**Achat,** (gr.),der, –e: farbig gebänderter Halbedelstein, Schmuckstein
**Acheuléen,** [aschöle'än, fr.], sächl., nur Sing.: Kulturstufe der älteren Steinzeit (Kennzeichen: sorgfältig bearbeitete Faustkeile)
**Acholie,** (gr.), weibl., nur Sing.: mangelhafte Gallenbildung und Sekretion von Gallenflüssigkeit (meist bei Lebererkrankungen; Med.)
**Achromasie,** (gr.), weibl., –n: Brechung der Lichtstrahlen ohne Zerlegung in Farben (Phys.)
**Achromat,** (gr.), männl., –e: Linsensystem bei optischen Geräten mit besonderer Art der Farbenkorrektion
**achromatisch,** (gr.): das Licht nicht in Farben zerlegend; frei von Farbfehlern (bei optischen Geräten)
**Achromatismus,** (gr.), männl., Achromatismen: vgl. Achromasie
**Achromatopsie,** (gr.), weibl., nur Sing.: totale Farbenblindheit (Med.)
**Achylie,** (gr.), weibl., –n: das Fehlen von für die Verdauung notwendigen Magensäften (Med.)
**Acid,** ['ä(j)ßid, engl.], sächl., nur Sing.: Sammelbezeichnung für Drogen, die Halluzinationen hervorrufen (insbes.: LSD)
**Acidität,** (lat.), weibl., nur Sing.: Säuregehalt einer Flüssigkeit
**Acidose,** (lat.), weibl., –n: krankhaftes Ansteigen des Säuregehaltes im Blut, Säurevergiftung
**Acidum,** (lat.), sächl., Acida: Säure
**Ackja,** (finn.-schwed.), männl., –s: 1. Rentierschlitten bei den Lappen, 2. Rettungsschlitten der Bergwacht
**à condition,** [akondiß'jon, fr.]: bedingt, unter Vorbehalt, nicht mit Kaufverpflichtung (Rückgabevorbehalt für Waren)
**a conto,** (italien.): auf Rechnung von
**Acre,** ['ä:k(e)r, engl.], männl., –s: engl. und nordamerikanisches Flächenmaß (ca. 4047 m²)
**Acryl,** [a'krü:l, gr.], sächl., nur Sing.: Kunststoff
**Acrylglas,** (gr.-dt.), sächl., nur Sing.: glasartiger Kunststoff, Plexiglas
**Acrylharze,** (gr.-dt.), weibl., nur Plur.: Gruppe von Kunstharzen
**Acrylsäure,** (gr.-dt.), weibl., nur Sing.: streng riechende Karbonsäure, Aus-

gangsstoff für viele Lacke und Kunststoffe

**Act,** [äkt, lat.-engl.], männl., –s: Gesetz, Beschluss, Verordnung

**Acta,** (lat.), weibl., nur Plur.: (im antiken Rom:) Akten, Berichte, Protokolle

**Acta Apostolorum,** die: die Apostelgeschichte im Neuen Testament

**Acta Martyrum,** die: Berichte über Verhör Verurteilung und Hinrichtung frühchristlicher Märtyrer

**Acta Sanctorum,** die: Sammlung von älteren Berichten über das Leben christlicher Heiliger

**Actinium,** (gr.), sächl., nur Sing.: metallisches, radioaktives chemisches Element (Zeichen: Ac)

**Actio,** (lat.), weibl., actiones: Tätigkeit

**Action,** ['äksch(e)n, engl.], weibl., nur Sing.: ereignisreicher Vorgang, lebhafte und spannende Handlung

**Actionpainting,** ['äksch(e)npejnting, engl.], sächl., nur Sing.: Richtung der abstrakten Malerei

**ad,** (lat.): zu, an, bei; betreffend

**ad absurdum,** (lat.), etwas a. a. führen: die unmöglichen oder widersprüchlichen Folgen einer Behauptung, eines Vorschlages oder eines Gedankens aufzeigen, um damit seine Unsinnigkeit zu verdeutlichen

**ad acta,** (lat.), etwas a. a. legen: etwas zu den Akten legen, etwas als erledigt betrachten

**adagio,** [a'da:dscho, italien.]: langsam, ruhig (Vortragsanweisung für Musikstücke)

**Adagio,** [a'da:dscho, italien.], sächl., –s: langsames Musikstück

**Adaktylie,** (gr.), weibl., nur Sing.: angeborenes Fehlen der Finger oder Zehen (Med.)

**Adaptabilität,** (lat.), weibl., –en: Anpassungsfähigkeit; Anwendbarkeit

**Adaptation,** (lat.), weibl., –en: 1. Anpassungsvermögen, Anpassung an wechselnde Umwelteinflüsse (z. B.: von Zellen, Geweben oder Organen; Biol.), 2. Anpassung eines Menschen an seine soziale Umgebung

**Adapter,** (lat.), männl., –: Zusatzgerät, Zwischenstück zur Verbindung zweier unterschiedlich genormter meist elektrischer Geräte

**adaptieren,** (lat.): 1. anpassen an die Umwelt (Biol.), 2. (ein Literaturwerk) neu einrichten, umformen, anpassen, bearbeiten (z. B.: einen Roman für den Film bearbeiten)

**Adaption,** (lat.), weibl., –en: 1. vgl. Adaptation, 2. Bearbeitung eines Literaturwerkes

**adaptiv,** (lat.): auf Adaption beruhend; anpassungsbedingt

**Adäquanz,** (lat.), weibl., nur Sing.: Angemessenheit eines Verhaltens

**adäquat,** (lat.): angemessen, entsprechend (einer Situation, einer Sache)

**a dato,** (lat.): vom Tag der Ausstellung an (z. B.: bei Wechseln)

**ad calendas Graecas,** (lat.: »an den griechischen Kalenden«): niemals, bis zu einem nie eintretenden Zeitpunkt (die Griechen kannten keine Kalenden)

**Addendum,** (lat.: »das Hinzuzufügende«), sächl., Addenda: Nachtrag, Zusatz, Ergänzung

**addieren,** (lat.): zusammenzählen, hinzufügen (Gegens.: subtrahieren)

**addio,** (italien.): auf Wiedersehen! (italien. Gruß)

**Addition,** (lat.), weibl., –en: 1. Hinzufügung, Zusammenzählung, das Addieren (eine der vier Grundrechenarten; Math.), 2. Anlagerung von Atomen an Moleküle (Chem.)

**additional,** (lat.): zusätzlich, nachträglich

**Additionstheorem,** (lat.-gr.), sächl., –e: Rechenvorschrift für die Berechnung bestimmter mathematischer Größen (ins-

bes. für die Funktionswerte der trigonometrischen Funktionen und der Exponentialfunktion; Math.)
**additiv,** (lat.): hinzufügend, hinzukommend, verstärkend, auf Addition beruhend
**Additiv,** (lat.), sächl., –e: Zusatzstoff zu chemischen Verbindungen, der deren gewünschte Eigenschaften verbessern soll (z. B.: in Treibstoffen, Ölen)
**addizieren,** (lat.): zusprechen, zuerkennen
**Adduktion,** (lat.), weibl., –en: Heranführung; das Heranführen, das Bewegen der Gliedmaßen zur Körperachse hin (z. B.: Anlegen des Armes; vgl. auch: Abduktion; Med.)
**Adduktor,** (lat.), männl., –en: Muskel, der die Adduktion auslöst, heranführender Muskel (vgl. auch: Abduktor; Med.)
**ade!** (fr.): lebe wohl!
**Adenin,** (gr.), sächl., –e: wichtiger Bestandteil der Nukleinsäure (Biochem.)
**Adenitis,** (gr.), weibl., Adenitiden: Drüsenentzündung, Lymphknotenentzündung (Med.)
**adenoid,** (gr.): drüsenähnlich, lymphknotenähnlich (Med.)
**Adenom,** (gr.), sächl., –e: meist gutartige Drüsengeschwulst (Med.)
**Adenoma,** (gr.), sächl., –ta: vgl. Adenom
**adenomatös,** (gr.): adenomartig (Med.)
**adenös,** (gr.): die Drüsen betreffend (Med.)
**Adenotomie,** (gr.), weibl., –n: operative Entfernung von Wucherungen der Rachenmandel oder der Rachenmandel selbst (Med.)
**Adept,** (lat.), männl., –en: 1. Schüler, Jünger, Anhänger einer Lehre, 2. (ehemals Bez. für:) Eingeweihter (in geheime Künste oder Wissenschaften)
**Adermin,** (gr.), sächl., nur Sing.: u. a. in Hefe, Leber, Kartoffeln auftretendes Vitamin B
**à deux cordes,** [adö'co:r(d), fr.]: auf zwei Saiten (Mus.)
**à deux mains,** [adö'män, fr.]: zweihändig, (Klavierspiel) für zwei Hände (Mus.)
**adhärent,** (lat.): anhängend, anhaftend; angewachsen, zusammenhängend
**Adhärenz,** (lat.), weibl., –en: das Anhaften, Anhänglichkeit
**adhärieren,** (lat.): anhaften, anhängen
**Adhäsion,** (lat.), weibl., –en: 1. das Aneinanderhaften zweier Körper (z. B.: Wasser am Glas), 2. Verklebung oder Verwachsung zweier Organe oder Gewebe (meist nach Operationen oder Entzündungen; Med.)
**adhäsiv,** (lat.): klebend, haftend, aneinander haftend
**ad hoc,** (lat.): 1. sofort, auf der Stelle, 2. zu diesem Zweck
**ad honorem,** (lat.): zu Ehren, ehrenhalber
**adiabatisch,** (gr.): ohne Energieaustausch mit der Umgebung verlaufend (Phys.)
**adieu,** [ad'jö:, fr.]: lebe wohl!, auf Wiedersehen! (Abschiedsgruß)
**Ädikula,** (lat.), weibl., Ädikulä: (in der Antike:) kleines Haus, kleiner Tempel; Nische oder Fenstereinfassung zur Aufnahme einer Statue oder eines Grabmales; Altarüberbau
**Ädil,** (lat.), männl., –en: (im antiken Rom:) hoher Beamter
**ad infinitum,** (lat.): ohne Ende, immer weiter, unaufhörlich
**ad interim,** (lat.): vorläufig, unterdessen, einstweilen, bis auf weiteres
**adipös,** (lat.): fettleibig, verfettet
**Adipositas,** (lat.), weibl., nur Sing.: Fettleibigkeit, übermäßige Fettgewebsbildung; Fettsucht (Med.)

**Adjektiv,** (lat.), sächl., –e: Eigenschaftswort, Beiwort (z. B. gut, zuverlässig, fremd)
**adjektivisch,** (lat.): wie ein Eigenschaftswort, als Adjektiv gebraucht
**Adjektivum,** (lat.), sächl., Adjektiva: vgl. Adjektiv
**Adjudikation,** (lat.), weibl., –en: Zuerkennung, Zusprechung, Übertragung (Rechtsw.)
**adjudizieren,** (lat.): zuerkennen, zusprechen, übertragen (Rechtsw.)
**adjungieren,** (lat.): zuordnen, hinzufügen (Math.)
**Adjunktion,** (lat.), weibl., –en: Hinzufügung, Beifügung; (in der formalen Logik:) Bezeichnung für die Verknüpfung zweier Aussagen mit dem nicht ausschließenden »oder« (lat.: »vel«)
**adjustieren,** (lat.): ordnen; berichtigen; (ein Werkzeug) genau einstellen, anpassen, eichen
**Adjustierung,** (lat.), weibl., –en: das Adjustieren, Anpassen, Einstellen, Eichen
**Adjutant,** (lat.), der –en: einem höheren Offizier beigeordneter Offizier
**Adjutantur,** (lat.), weibl., –en: Dienststelle des Adjutanten
**Adjuvans,** (lat.), sächl., Adjuvanzien: Bestandteil eines Medikamentes, der die Wirkung unterstützen oder Nebenwirkungen verhindern soll
**Adlatus,** (lat.), männl., Adlaten: Beistand, Gehilfe, meist untergeordneter Helfer, Amtsgehilfe
**ad libitum,** (lat.): nach Belieben (Gegens.: obligat)
**Administration,** (lat.), weibl., –en: Verwaltung, Verwaltungsbehörde
**administrativ,** (lat.): behördlich, zur Verwaltung gehörend; auf dem Verwaltungswege; bürokratisch
**Administrator,** (lat.), männl., –en: Verwalter; Bevollmächtigter
**administrieren,** (lat.): verwalten; verfügen
**admirabel,** (lat.): bewundernswert
**Admiral,** (arab.-fr.), männl., –e oder Admiräle: 1. höchster Offiziersrang der Seestreitkräfte, 2. schwarzbrauner Tagfalter mit weißen Flecken und orangefarbenen Streifen, 3. warmes Getränk aus Rotwein, Eiern, Zucker und Gewürzen
**Admiralität,** (arab.-fr. ), weibl., –en: Gesamtheit aller Admirale der Marine; oberste Verwaltungs- und Kommandobehörde der Seestreitkräfte
**Admiralstab,** (arab.-fr.-dt.), männl., Admiralstäbe: oberste Leitung der Kriegsmarine
**Admission,** (lat.), weibl., –en: Zulassung, Aufnahme, Zutritt
**ad modum,** (lat.): nach Art und Weise
**Adnex,** (lat.), männl., –e: 1. Anhang, Anhängsel, 2. Anhangsgebilde von Organen des menschlichen Körpers, insbes. die beiderseitigen Anhänge der Gebärmutter, Eierstöcke und Eileiter (Med.)
**Adnexitis,** (lat.), weibl., Adnexitiden: Unterleibsentzündung der Eierstöcke und des Eileiters (Med.)
**adnominal,** (lat.): beim Nomen (Substantiv) stehend, zum Nomen gehörig
**ad notam,** (lat.): zur Kenntnis, (etwas a. n. nehmen:) etwas zur Kenntnis nehmen, beachten, vormerken
**ad oculos,** (lat.): (etwas a. o. demonstrieren:) etwas vor Augen führen, öffentlich demonstrieren
**adoleszent,** (lat.): heranwachsend, in jugendlichem Alter stehend
**Adoleszenz,** (lat.), weibl., nur Sing.: spätes Jugendalter, Lebensabschnitt zwischen Pubertät und Erwachsenenalter
**Adonai,** (hebr.: »mein Herr«), männl., nur Sing.: im alten Testament verwendete Umschreibung für den Namen Gottes, dessen richtiger Name »Jahwe« aus Ehrfurcht nicht ausgesprochen werden durfte

**Adonis,** männl., –se: schöner Mann, Schönling (in der gr. Sage: schöner Jüngling, der von einem Eber getöteter Geliebte der Aphrodite)
**Adonisröschen,** (gr.-dt.), sächl., –: Hahnenfußgewächs (Stauden mit großen gelben oder roten Blüten)
**adoptieren,** (lat.: »hinzuwünschen«): 1. jmdn. als Kind annehmen, an Kindes Statt annehmen, 2. von anderen übernehmen, nachahmend sich aneignen (z. B. ein Verhalten oder einen Namen)
**Adoption,** (lat.), weibl., –en: das Adoptieren; Annahme an Kindes Statt (das Kind erhält die rechtliche Stellung eines eigenen ehelichen Kindes und den Familiennamen des Annehmenden )
**Adoptiveltern,** (lat.-dt.), weibl., nur Plur.: Eltern eines Adoptivkindes
**Adoptivkind,** (lat.-dt.), sächl., –er: adoptiertes Kind
**Adorant,** (lat.), männl., –en: Anbetender; (in der Kunst:) anbetende Gestalt
**Adoration,** (lat.), weibl., –en: Anbetung; Huldigung
**adorieren,** (lat.): anbeten; huldigen, verehren
**ad publicandum,** (lat.): zum Veröffentlichen
**ad referendum,** (lat.): zur Berichterstattung
**ad rem,** (lat.): zur Sache
**Adrenalin,** (lat.), sächl., nur Sing.: Nebennierenmarkhormon, dessen Ausschüttung durch nervöse Impulse ausgelöst wird und zu Puls- und Blutdruckerhöhung führt
**Adressant,** (lat.-fr.), männl., –en: Absender (einer Postsendung)
**Adressat,** (lat.-fr.), männl., –en: 1. Empfänger (einer Postsendung), 2. jmd., der durch Unterricht, Lernprogramme, Zeitungsartikel o. Ä. angesprochen werden soll
**Adressbuch,** (lat.-fr.-dt.), sächl., Adressbücher: Verzeichnis von Anschriften
**Adresse,** (lat.-fr.), weibl., –n: 1. Anschrift, 2. schriftliche Meinungsäußerung oder Willenskundgebung politischen Inhalts; offizieller schriftlicher Gruß, 3. Nummer einer Speicherzelle im Speicher eines Computers
**adressieren,** (lat.-fr.): mit der Anschrift versehen
**adrett,** (fr.): gepflegt, hübsch, sauber und sorgfältig gekleidet
**ad saturationem,** (lat.): bis zur Sättigung
**Adsorbens,** (lat.), sächl., Adsorbenzien: adsorbierender Stoff, der an seiner Oberfläche Gase oder gelöste Stoffe anlagert (Chem.)
**Adsorber,** (lat.), männl., –: vgl. Adsorbens
**adsorbieren,** (lat.): Gase, oder gelöste Stoffe an der Oberfläche anlagern (Chem.)
**Adsorption,** (lat.), weibl., –en: das Anlagern von Gasen, oder gelösten Stoffen an der Oberfläche (Chem.)
**Adsorptiv,** (lat.), sächl., –e: der adsorbierte Stoff
**ad spectatores,** (lat.): an die Zuschauer, an das Publikum
**Adstringens,** (lat.), sächl., Adstringenzien: gefäßverengendes, entzündungshemmendes und blutstillendes Mittel (Med.)
**adstringieren,** (lat.): zusammenziehen, als Adstringens wirken (Med.)
**adult,** (lat.): erwachsen, geschlechtsreif
**ad usum,** (lat.): zum Gebrauch
**ad usum Delphini,** (lat.: »zum Gebrauch des Dauphins«): Ausgaben klassischer Literaturwerke, die frei von »anstößigen« Inhalten und daher für den Gebrauch Jugendlicher geeignet sind
**ad usum proprium,** (lat.): zum eigenen Gebrauch
**ad valorem,** (lat.): dem Werte nach

**Advantage,** [äd'wa:ntidsch, engl.], männl., –s: (beim Tennis:) Vorteil, erster gewonnener Punkt nach dem Einstand
**Advektion,** (lat.), weibl., –en: die Verlagerung, das Heranführen, Bewegen von Gas-, Luft- oder Wassermassen in horizontaler Richtung (Gegens.: Konvektion)
**advektiv,** (lat.): auf Advektion beruhend, horizontal verlagert
**Adveniat,** (lat.: »es möge kommen«): Bezeichnung des katholischen Hilfswerkes, das mit Weihnachtsspenden die Kirchen in Lateinamerika unterstützt
**Advent,** (lat.: »Ankunft«), männl., –e: die vier Wochen vor Weihnachten; einer der vier Sonntage in dieser Zeit; Vorweihnachtszeit, mit der das Kirchenjahr beginnt
**Adventismus,** (lat.), männl., nur Sing.: Glaubenslehre der Adventisten
**Adventist,** (lat.), männl., –en: Anhänger der 1831 in Nordamerika gegründeten christlichen Religionsgemeinschaft, nach deren Lehre die baldige Wiederkehr Christi zu erwarten ist
**Adventivkrater,** (lat.-gr.), männl., –: Nebenkrater auf dem Abhang eines Vulkanberges
**Adventivpflanze,** (lat.-dt.), weibl., –n: in einem Wuchsgebiet ursprünglich nicht einheimische, sondern erst eingeschleppte Pflanze (in Europa z. B.: die Kartoffel)
**Adverb,** (lat.), sächl., –ien: Umstandswort, das zu einem Verb hinzutritt (unflektierbare Wortart; z. B.: vergebens, gerne)
**adverbial,** (lat.): umstandswörtlich, in der Art eines Adverbs, einen Umstand angebend
**Adverbialbestimmung,** (lat.-dt.), weibl., –en: Umstandsbestimmung; Satzglied, das angibt, wie, wann oder wo eine im Satz ausgedrückte Handlung stattfindet
**Adverbialsatz,** (lat.-dt.), männl., Adverbialsätze: Nebensatz, der eine Adverbialbestimmung ersetzt
**adverbiell,** (lat.): vgl. adverbial
**Adverbium,** (lat.), sächl., Adverbien: vgl. Adverb
**Adversarium,** (lat.), sächl., Adversaria oder Adversarien: Notizen, Aufzeichnungen, Kladde
**adversativ,** (lat.): entgegenstellend, gegensätzlich (Sprachw.)
**Advertisement,** ['ä.dwötaism(e)nt, engl.], sächl, –s: Anzeige, Inserat
**Advertizing,** ['ä.dwötaising, engl.], sächl., –s: Anzeige; Werbung, Reklame
**Advocatus Dei,** (lat.: »Anwalt Gottes«), männl., Advocati –: Geistlicher, der im Heilig- oder Seligsprechungsprozess der katholischen Kirche für die Heiligsprechung einer Person eintritt
**Advocatus Diaboli,** (lat.: »Anwalt des Teufels«), männl., Advocati –: 1. Geistlicher, der im Heilig- oder Seligsprechungsprozess der katholischen Kirche gegen die Heiligsprechung einer Person eintritt; 2. jmd., der gegen seine innere Überzeugung eine schlechte Sache gutheißt
**Advokat,** (lat.), männl., –en: Rechtsanwalt, Anwalt, Fürsprecher
**Advokatur,** (lat.), weibl., –en: Anwaltsbüro; Rechtsanwaltschaft
**Adynamie,** (lat.), weibl., –n: Kraftlosigkeit (Med.)
**adynamisch,** (lat.): kraftlos, schwach, ohne Dynamik
**Adyton,** (gr.), sächl., Adyta: das Allerheiligste (in antiken Tempeln)
**Aerämie,** (gr.), weibl., –n: Bildung von Stickstoffbläschen im Blut (z. B.: bei Tauchern; Med.)
**aerob,** (gr.): Sauerstoff zum Leben brauchend, Sauerstoff verbrauchend (Gegens.: anaerob; Biol.)
**Aerobic,** (engl.), sächl., nur Sing.: Fitnesstraining in Form einer Tanzgymnastik

**Aerobier,** (gr.), männl., –: Lebewesen, das nur mit Sauerstoff leben kann (Biol.)
**Aerobiont,** (gr.), männl., –en: vgl. Aerobier
**Aerobios,** (gr.), männl., nur Sing.: Lebensgemeinschaft des freien Luftraums (Biol.)
**Aeroclub,** (gr.-engl.), männl., –s: Luftsportverein
**Aerodrom,** (gr.), sächl., –e: Flugplatz
**Aerodynamik,** (gr.), weibl., nur Sing.: Lehre von den strömenden Gasen (insbes. der Luft) und den dabei an den umströmten Körpern (z. B.: Flugzeug, Auto) auftretenden Kräften
**aerodynamisch,** (gr.): auf Aerodynamik beruhend; windschlüpfig
**aerogen,** (gr.): 1. gasbildend, 2. auf dem Luftweg übertragen
**Aerokartograf** (auch: ...graph), (gr.), männl., –en: automatisches Kartiergerät zur Auswertung von Luftbildaufnahmen
**Aeroklimatologie,** (gr.), weibl., nur Sing.: Klimatologie der höheren Luftschichten
**Aeroklub,** (gr.-engl.), männl., –s: vgl. Aeroclub
**Aerologie,** (gr.), weibl., nur Sing.: Meteorologie der von der Bodenschicht unbeeinflussten Atmosphäre, wetterkundliche Erforschung der höheren Luftschichten
**Aerometer,** (gr.), sächl., –: Gerät zum Messen von Luftdichte und -gewicht
**Aeronautik,** (gr.), weibl., nur Sing.: Luftfahrt(kunde)
**Aeronavigation,** (gr.), weibl., nur Sing.: Standortbestimmung (und Steuerung) von Luftfahrzeugen
**Aerophagie,** (gr.), weibl., –n: gewohnheitsmäßiges, krankhaftes Luftschlucken (Med.)
**Aerophobie,** (gr.), weibl., –n: krankhafte Angst vor frischer Luft (Med.)
**Aerophotographie** (auch: Aerofotografie), (gr.), weibl., –n: Luftaufnahme; das Fotografieren aus Luftfahrzeugen zu kartografischen Zwecken
**Aeroplan,** (gr.-lat.), männl., –e: (ehemals Bez. für:) Flugzeug
**Aerosalon,** (gr.-fr. ), männl., –s: Luft- und Raumfahrtausstellung
**Aerosol,** (gr.-lat.), sächl., –e: 1. schwebstoffhaltiges Gas (z. B. Luft, Nebel, Rauch), 2. Inhalationsmittel, einzuatmendes Heilmittel (Med.)
**Aerosoltherapie,** (gr.), weibl., –n: Behandlung, bei der Aerosole (2) inhaliert werden (bei Erkrankung der oberen Luftwege; Med.)
**Aerosonde,** (gr.-fr.), weibl., –n: an einem Ballon hängendes wetterkundliches Messgerät zur Ermittlung von Messwerten aus den oberen Schichten der Atmosphäre (Meteorol.)
**Aerostatik,** (gr.-lat.), weibl., nur Sing.: Lehre von den Gleichgewichtszuständen in ruhenden Gasen
**Aerotaxe,** (gr.), weibl., –n: mietbares Flugzeug für kurze Strecken
**Aerotaxi,** (gr.), sächl., –s: vgl. Aerotaxe
**Aerozin,** (gr.), sächl., nur Sing.: Raketentreibstoff
**afebril,** (lat.): fieberfrei (Med.)
**Affäre,** (fr.), weibl., –n: Angelegenheit, Aufsehen erregender Vorgang, unangenehmer und peinlicher Vorfall; Liebesabenteuer, Liebesverhältnis
**Affekt,** (lat.), männl., –e: tiefe und kurzzeitige Erregung, heftige Gemütswallung, intensiver Erregungszustand
**affektiert,** (lat.): geziert, gekünstelt, unnatürlich
**Affektion,** (lat.), weibl., –en: 1. Erkrankung, krankhafter Zustand (Med.), 2. (ehemals Bez. für:) Zuneigung, Wohlwollen
**affektiv,** (lat.): gefühlsbetont; heftig und kurzzeitig erregt

**Affektivität,** (lat.), weibl., nur Sing.: Gefühlsansprechbarkeit; Gefühlsleben
**Affektpsychose,** (lat.-gr.), weibl., –n: krankhaft verändertes Gefühlsleben, manisch-depressive Erkrankung (Psychol.)
**afferent,** (lat.: »hintragend«): hinführend, aufsteigend
**affettuoso,** (italien.): ausdrucksvoll, bewegt, leidenschaftlich (Mus.)
**Affidavit,** (lat.), sächl., –s: schriftliche eidesstattliche Erklärung; Bürgschaftserklärung für einen Einwanderungswilligen
**affin,** (lat.: »angrenzend, benachbart«): 1. verwandt, wesensverwandt, 2. durch eine affine Abbildung erzeugt, auf Affinität beruhend (Math.)
**Affination,** (lat.), weibl., –en: Trenn- und Reinigungsverfahren für Edelmetalle (aus Legierungen; Chem.)
**affinieren,** (lat.): trennen, reinigen, scheiden (von Edelmetallen; Chem.); Rohrzucker reinigen, Zuckerkristalle vom Sirup trennen
**Affinierung,** (lat.), weibl., –en: vgl. Affination
**Affinität,** (lat.), weibl., –en: 1. familiäre Verwandtschaft, 2. Wesensverwandtschaft zwischen Menschen; Annäherungsmöglichkeit, Berührungsmöglichkeit, 3. Wesensverwandtschaft (zwischen philosophischen Begriffen und Vorstellungen), 4. Kraft, mit der chemische Stoffe zur Reaktion getrieben werden, 5. affine Abbildung, geometrische Abbildung, die sich aus Verschiebungen, Streckungen und Drehungen zusammensetzen lässt (Math.)
**Affirmation,** (lat.), weibl., –en: Bejahung, Bekräftigung, Zustimmung (Gegens.: Negation)
**affirmativ,** (lat.): bejahend, zustimmend; zusichernd
**affirmieren,** (lat.): bejahen, bekräftigen; zusichern
**Affix,** (lat.), sächl., –e: an den Wortstamm tretende Silbe, angefügter Wortteil
**affiziert,** (lat.): ergriffen, befallen (von einer Krankheit; Med.)
**Affodill,** (gr.), männl., –e: eine Gattung der Liliengewächse
**Affrikata,** (lat.), weibl., Affrikatä: Verschlusslaut mit folgendem Reibelaut (z. B.: pf, ts; Sprachwiss.)
**Affrikate,** (lat.), weibl., –n: vgl. Affrikata
**Affront,** [a'fron, fr.], männl., –s: Beleidigung, Kränkung, Verhöhnung
**Afghan,** männl., –s: 1. handgeknüpfter Wollteppich mit bräunlich-rotem Farbton, meist aus Afghanistan, 2. Haschischsorte
**Afghane,** männl., –n: langhaariger Windhund (eine über 2000 Jahre alte Rasse)
**Afghani,** männl., -[s]: Währungseinheit in Afghanistan
**Aflatoxin,** (Kurzw.), sächl., –e: Stoffwechselprodukt einiger Schimmelpilze, die bei unsachgemäßer Lagerung Nahrungsmittel befallen können
**à fonds perdu,** [a'fon pär'dü:, fr.]: ohne Aussicht auf Wiedererstattung; auf Verlustkonto
**Afrikaander,** (niederl.), männl., –: Abkömmling in Südafrika eingewanderter Europäer, Weißer in Südafrika
**Afrikander:** vgl. Afrikaander
**Afrikaans,** sächl., nur Sing.: Amtssprache und Sprache der Buren in Südafrika, Kapholländisch (Tochtersprache des Niederländischen)
**Afrikanistik,** weibl., nur Sing.: Wissenschaft von der Geschichte der afrikanischen Staaten und von den Kulturen und Sprachen der Naturvölker Afrikas
**Afrikanist,** männl., –en: Fachmann auf dem Gebiet der Afrikanistik
**Afrikanthropus,** (gr.), männl., nur Sing.: nach afrikanischen Fundorten benannter altsteinzeitlicher Menschentyp

**Afroamerikaner,** männl., –: (Nord-)Amerikaner schwarzafrikanischer Herkunft
**Afrolook,** ['a.frolu.k, engl.], männl., nur Sing.: Frisur mit langem dichten Kraushaar
**Aftershave,** ['a:fte(r)sche:w, engl.: »nach der Rasur«]: Rasierwasser, das nach der Rasur verwendet wird
**Aftershavelotion** (auch: After-Shave-Lotion), [...lo:schn, engl.]: vgl. Aftershave
**Aga,** (türk.), männl., –s: (früher im Osmanischen Reich:) Titel eines türkischen Offiziers oder Beamten
**agam,** (gr.): sich ungeschlechtlich fortpflanzend (Biol.)
**Agamet,** (gr.), männl., –en: durch ungeschlechtliche Fortpflanzung entstandene Zelle niederer Lebewesen (Zool.)
**Agamie,** (gr.): 1. Ehelosigkeit, 2. ungeschlechtliche Fortpflanzung (Biol.)
**agamisch,** (gr.): 1. ehelos, 2. ungeschlechtlich (Biol.)
**Agamogonie,** (gr.), weibl., nur Sing.: ungeschlechtliche Fortpflanzung
**Agape,** (gr.: »Liebe; Liebesmahl«), weibl., –n: 1. Nächstenliebe; die Liebe zu Gott; die Liebe Gottes zu den Menschen (Relig.), 2. (in frühchristl. Gemeinden:) brüderliches Liebesmahl mit Speisung der Armen
**Agar-Agar,** (malaiisch), männl. oder sächl., nur Sing.: aus Rotalgen des Indischen und des Pazifischen Ozeans gewonnenes Gel, das als Nährboden für Kleinstlebewesen, als Appreturmittel in der Textilindustrie, als Geliermittel in der Zuckerwarenindustrie und zum Andicken von Speisen und Marmeladen verwendet wird
**Agave** (gr.), weibl., –n: Pflanzengattung der Amaryllisgewächse im tropischen und subtropischen Amerika
**Agenda,** (lat.), weibl., Agenden: 1. Schreibtafel, Notizbuch, Terminkalender, 2. Zusammenstellung von Verhandlungspunkten, Liste zu erledigender Dinge
**Agende,** (lat.), weibl., –n: 1. Gottesdienstordnung, 2. Buch, das die Gottesdienstordnung enthält (Relig.)
**Agens,** (lat.: »das Handelnde«), sächl., Agenzien: 1. treibende Kraft, wirkende Ursache; handelndes Wesen; wirksames Prinzip, 2. medizinisch wirksames Mittel (Med.), 3. Stoff, der auf andere einwirkt (Chem.)
**Agent,** (lat.), männl., –en: 1. Geschäftsvermittler, Beauftragter, Vertreter, 2. Abgesandter eines Staates, 3. Spion, Geheimdienstler
**Agent provocateur,** [a'schan prowoka'tö:r, fr.], männl., –s –s: Lockspitzel; vom Geheimdienst Beauftragter, der Verdächtige überführen soll, indem er sie zu strafbaren Handlungen provoziert
**Agentur,** (lat.), weibl., –en: 1. Nebenstelle, Zweigstelle, Geschäftsstelle, 2. Nachrichtenbüro, Nachrichtenvertriebsstelle, 3. Büro zur Vermittlung von Anstellungen für Künstler
**Agglomerat,** (lat.), sächl., –e: aus groben Lavabrocken bestehende, oft zusammengebackene Gesteinsmasse, vulkanisches Auswurfsprodukt (Geol.)
**Agglomeration,** (lat.), weibl., –en: Anhäufung, Zusammenballung (z. B. von städtischen Siedlungen oder Industrieanlagen)
**agglomerieren,** (lat.): anhäufen, (sich) zusammenballen
**Agglutination,** (lat.), weibl., –en: 1. Verschmelzung, Verklebung, Verklumpung (z. B. von Zellen, Bakterien, Blutkörperchen; Med.), 2. das Anfügen von Wortteilen an einen Wortstamm
**agglutinieren,** (lat.): verschmelzen, verklumpen, verkleben; verbinden
**Agglutinin,** (lat.), sächl., –e: Abwehrstoff im Blut, der fremde Antigene (z. B.: Bakterien) unschädlich macht (Med.)

**Aggravation,** (lat.), weibl., –en: 1. Steigerung, Erschwerung, Übertreibung, 2. Verschlimmerung einer Krankheit
**Aggregat,** (lat.), sächl., –e: 1. Anhäufung, mehrgliedriges Ganzes, 2. Apparat, der aus mehreren Maschinen zusammengesetzt ist, 3. Verschmelzung oder Zusammenballung von Mineralien
**Aggregation,** (lat.), weibl., –en: Vereinigung von Molekülen zu einem Molekülverband
**Aggregatzustand,** (lat.-dt.), männl., Aggregatzustände: Erscheinungsform eines Stoffes (gasförmig, flüssig oder fest)
**aggregieren,** (lat.): anhäufen, zugesellen
**Aggression,** (lat.), weibl., –en: 1. (im Völkerrecht:) Angriff, militärischer Überfall, 2. Angriffsverhalten, feindselige Haltung bei Mensch oder Tier (Psychol.), 3. aggressive Handlung oder Äußerung
**aggressiv,** (lat.): feindselig, angriffslustig, streitsüchtig, herausfordernd; rücksichtslos
**Aggressivität,** (lat.), weibl., –en: Angriffslust, Streitsucht; aggressive Handlung oder Haltung
**Aggressor,** (lat.), männl., Aggressoren: Angreifer
**Ägide,** (gr.), weibl., nur Sing.: Schutz, Leitung, Schirmherrschaft, Obhut
**agieren,** (lat.): handeln, tun, wirken; schauspielerisch tätig sein, eine Rolle spielen
**agil,** (lat.): beweglich, flink, gewandt, behend
**Agilität,** (lat.), weibl., nur Sing.: Flinkheit, Beweglichkeit Gewandtheit,
**Agio,** ['a:dsch(i)o, italien.], sächl., –s: Aufgeld, Aufschlag (z. B.: über den Nennwert hinausgehender Betrag bei Geldsorten oder Wertpapieren; Gegens.: Disagio)
**Agiotage,** [adsch(i)o'ta:sch, italien.-fr.], weibl., –n: Ausnutzung von Kursunterschieden bei Spekulationsgeschäften an der Börse
**Agioteur,** [adsch(i)o'tö:r, italien.-fr.], männl., –e: Börsenspekulant
**agiotieren,** [adsch(i)o'ti:ren, italien.-fr.]: unter Ausnutzung von Kursunterschieden Börsenspekulation betreiben
**Agitation,** (lat.), weibl., –en: 1. aufreizende politische Werbung, politische Propaganda; Hetze, 2. aufklärende politische Werbung
**agitato,** [adschi'ta:to, italien.]: sehr bewegt, aufgeregt, heftig (Vortragsanweisung; Mus.)
**Agitator,** (lat.), männl., Agitatoren: jmd., der Agitation betreibt
**agitatorisch,** (lat.): Agitation betreibend
**agitieren,** (lat.): Agitation betreiben
**Agitprop,** (aus **Agit**ation und **Propa**ganda), weibl., nur Sing.: politische Massenbeeinflussung im kommunistischen Sprachgebrauch
**Agnat,** (lat.), männl., en: aus der väterlichen Linie abstammender männlicher Blutsverwandter
**Agnation,** (lat.), weibl., nur Sing.: Blutsverwandtschaft väterlicherseits
**Agnomen,** (lat.), sächl., Agnomina: (in der röm. Namengebung:) Beiname für berühmte Personen
**Agnosie,** (lat.), weibl., –n: 1. Unvermögen des Erkennens trotz erhaltener Funktion der entsprechenden Sinnesorgane (Med.), 2. das Nichtwissen, Unwissen
**Agnostiker,** (lat.), männl., –: Vertreter des Agnostizismus
**Agnostizismus,** (lat.), männl., nur Sing.: Sammelbegriff für Überzeugungen und Lehren, philosophische oder theologische, die die Möglichkeit der sinnlichen Wahrnehmung Gottes oder des Übersinnlichen abstreiten
**agnostizistisch,** (lat.): im Sinne des Agnostizismus

**agnoszieren,** (lat.): anerkennen
**Agnus Dei,** (lat.: »Lamm Gottes«): 1. Sinnbild, Bezeichnung für Christus, 2. Gebetshymnus in der katholischen Messe
**Agogik,** (gr.), weibl., nur Sing.: Lehre von den individuell auszuwählenden Tempoformen als Ausdrucksmittel lebendiger Gestaltung beim musikalischen Vortrag
**à gogo,** (fr.): in Hülle und Fülle
**Agon,** (gr.), männl., –e: 1. Wettkampf (im antiken Griechenland), 2. Hauptteil der Komödie im attischen Griechenland
**agonal,** (gr.): 1. wettkampfmäßig, wettkampfartig
**Agonie,** (gr.), weibl., –n: Vorstadium des tödlichen Ausgangs einer Krankheit, vor dem Eintritt des klinischen Todes auftretende Erscheinungen; Todeskampf
**Agonist,** (gr.), männl., –en: Wettkämpfer (im antiken Griechenland)
**Agora,** (gr.), weibl., Agoren: (im antiken Griechenland:) Volksversammlung; Versammlungsplatz, Marktplatz
**Agoraphobie,** (gr.), weibl., nur Sing.: Platzangst, zwanghafte Angst beim Überschreiten freier Plätze (Med., Psychol.)
**Agraffe,** (fr.), weibl., –n: Schmuckspange, Schmucknadel, Schnalle zum Schließen des Gewandes; Wundklammer
**Agrammatismus,** (gr.), männl., Agrammatismen: krankhaftes Unvermögen, grammatikalisch richtig zu sprechen oder zu schreiben (Med.)
**Agraphie,** (gr.), weibl., –n: Unfähigkeit, richtig zu schreiben (Med.)
**Agrarier,** (lat.), männl., –: Großgrundbesitzer; Landwirt als Vertreter landwirtschaftlicher Berufsinteressen
**agrarisch,** (lat.): landwirtschaftlich
**Agrarpolitik,** (lat.-gr.), weibl., nur Sing.: Gesamtheit der staatl. Maßnahmen, die die Land- und Forstwirtschaft betreffen
**Agrarprodukt,** (lat.), sächl., –e: landwirtschaftliches Erzeugnis
**Agrarreform,** (lat.), weibl., –en: Maßnahmen zur Förderung der Produktivität in der Landwirtschaft
**Agrarstaat,** (lat.-dt.), männl., –en: Staat, in dem einer der wichtigsten Wirtschaftszweige die Landwirtschaft ist
**Agrarstruktur,** (lat.), weibl., nur Sing.: die jeweiligen Bedingungen für Produktion und Verkauf in der Landwirtschaft
**Agrartechnik,** (lat.-gr.), weibl., –en: die technischen Einrichtungen in der Landwirtschaft
**Agreement,** [e'gri:m(e)nt, engl.], sächl., –s: Übereinkunft, Vereinbarung, Verabredung
**Agrément,** [agre:'man, fr.], sächl., –s: Zustimmung einer Regierung zu einer Person, die bei ihr als Diplomat tätig werden soll
**Agrikultur,** (lat.), weibl., –en: Ackerbau, Landwirtschaft
**Agronom,** (lat.-gr.), männl., –en: akademisch ausgebildeter Landwirt
**Agronomie,** weibl., nur Sing.: Wissenschaft vom Ackerbau, Landwirtschaftswissenschaft
**Agrostologie,** (lat.-gr.), weibl., nur Sing.: Gräserkunde
**Agrypnie,** (gr.), weibl., –n: Schlaflosigkeit (Med.)
**Aguti,** (indian.-span.), sächl., –s: südamerikanische Nagetiergattung
**Ägyptologe,** (gr.), männl., –n: Wissenschaftler auf dem Gebiet der Ägyptologie
**Ägyptologie,** (gr.), weibl., nur Sing.: Wissenschaft von Sprache, Geschichte, Kunst und Kultur des alten Ägypten
**ahistorisch,** (lat.): geschichtliche Argumente nicht berücksichtigend, ohne Bezug zur Geschichte

**Ai,** (südamerik.), sächl., –s: dreizehiges süd- und mittelamerikanisches Faultier

**Aide-mémoire,** ['ä:d-memo'a:r, fr.: »Gedächtnishilfe«], sächl., -(s): knappe schriftliche Zusammenfassung von im diplomatischen Verkehr mündlich abgehandelten Sachverhalten

**Aids,** ['e(j)ds, Kw. für **a**cquired **i**mmune **d**eficiency **s**yndrome], sächl., nur Sing.: Infektionskrankheit, die eine schwere Störung des Immunsystems bewirkt und zum Verlust der körpereigenen Abwehrkräfte führt (übertragbar nur durch Geschlechtsverkehr und Blut-zu-Blut-Kontakt; Med.)

**Aigrette,** [ä'grä.t, fr.], weibl., –n: auf Hut oder Kopf zu tragender Federschmuck; büschelförmiges Gebilde

**Aikido,** (japan.), sächl., nur Sing.: System der japanischen Selbstverteidigung

**Air,** [ä:r, fr.], sächl., –s: 1. Aussehen, Haltung, Benehmen, 2. Lied, liedartiges Instrumentalstück,

**Airbag,** ['ä:rbäg, engl.], männl., –s: 1. Luftsack, mit Luft gefülltes Kissen, 2. sich bei einem Aufprall mit Luft füllender Sack im Armaturenbrett von Kraftfahrzeugen zum Abfangen des Stoßes

**Airbus,** ['ä:rbus, engl.], männl., –e: in Europa entwickeltes Großraumpassagierflugzeug

**Aircondition,** ['ä:rkendisch(e)n, engl.], weibl., nur Sing.: Luftfeuchtigkeit- und Raumtemperaturregelung durch eine Klimaanlage

**Airconditioner,** ['ä:rkendisch(e)n(e)r, engl.], männl., –: Klimaanlage

**Airedaleterrier,** ['ä:rde(j)lterrier, engl.], männl., –: nach einem Tal, durch das der engl. Fluss Aire fließt, benannte mittelgroße, rauhaarige, engl. Hunderasse

**Airmail,** ['ä:rme(j)l, engl.], weibl., nur Sing.: Luftpost, Luftpostsendung

**Airport,** ['ä:rpo(r)t, engl.], männl., –s: Flughafen

**Ajatollah,** (pers.), männl., –s: Ehrentitel für geistliche Würdenträger im schiitischen Islam

**à jour,** [a'schu:r, fr.]: 1. bis zum heutigen Tag, (à jour sein:) auf dem Laufenden sein, 2. durchsichtig, vollständig sichtbar, durchbrochen

**Akademie,** (gr.), weibl., –n: 1. Fachschule, Fachhochschule (z. B.: Kunstakademie), 2. der Forschung dienende Vereinigung von Wissenschaftlern oder Künstlern, 3. (ehemals Bez. für:) literarische oder musikalische Veranstaltung

**Akademiker,** (gr.), männl., –: jmd., der an einer Universität oder Akademie seine Ausbildung erfolgreich abgeschlossen hat

**akademisch,** (gr.): 1. auf einer Universität oder Akademie ausgebildet, 2. gelehrt, gebildet; wissenschaftlich, 3. (abwertend:) rein theoretisch, weltfremd, ohne Anwendungsmöglichkeit; überflüssig

**Akanthit,** (gr.), männl., nur Sing.: Silberglanz (ein Mineral aus Silbersulfid)

**Akanthus,** (gr.), männl., –: 1. stachliges Staudengewächs, das aus dem Mittelmeerraum stammt, 2. Ornament an korinthischen Kapitellen griechischer Tempel in Form von Akanthusblättern

**akatholisch,** (gr.): nicht zur katholischen Kirche gehörend

**akausal,** (lat.): nicht kausal, ohne ursächlichen Zusammenhang

**Akazie,** (gr.), weibl., –n: Vertreter einer Gattung tropischer Laubbäume oder Laubsträucher mit gefiederten Blättern (häufig mit der Robinie verwechselt)

**Akelei,** (lat.), weibl., –en: Vertreter einer Gattung der Hahnenfußgewächse, Zier- und Arzneimittelpflanze

**Akinese,** (gr.), weibl., nur Sing.: Bewegungshemmung der Muskulatur, Bewegungsarmut (Med.)

**Akinesie,** (gr.), weibl., nur Sing.: vgl. Akinese

**Akklamation,** (lat.), weibl., –en: 1. Zustimmung, zustimmender Zuruf (z. B.: im Parlament), 2. Wahl oder Abstimmung durch Zuruf, 3. Beifall, Applaus

**akklamieren,** (lat.): 1. wählen oder zustimmen durch Zuruf, 2. Beifall spenden, applaudieren

**Akklimatisation,** (lat.), weibl., –en: Gewöhnung an veränderte Umweltbedingungen, Anpassung an veränderte Klimabedingungen

**akklimatisieren,** (lat.): sich an veränderte Umwelt- oder Klimabedingungen gewöhnen, sich eingewöhnen

**Akklimatisierung,** (lat.), weibl., –en: vgl. Akklimatisation

**Akkolade,** (fr.), weibl., –n: 1. feierliche Umarmung (beim Ritterschlag oder bei einer Ordensverleihung), 2. Nasenklammer, geschweifte Klammer, die zusammengehörende Wörter, Sätze oder Zeilen zusammenfasst (Zeichen: {....})

**Akkommodation,** (fr.), weibl., –en: 1. Angleichung, Anpassung, 2. Einstellung des Auges auf die wechselnden Entfernungen der auf der Netzhaut abzubildenden Objekte

**akkommodieren,** (fr.): angleichen, anpassen; das Auge auf wechselnde Entfernungen einstellen

**Akkord,** (fr.), männl., –e: 1. Übereinstimmung, Übereinkunft; Einklang, 2. Vergleich, Vereinbarung (mit Gläubigern; Rechtsw.), 3. Zusammenklang mehrerer verschiedener Töne (Mus.), 4. vgl. Akkordlohn

**Akkordeon,** (fr.), sächl., –s: Handharmonika mit Tastatur

**akkordieren,** (fr.): übereinstimmen, übereinkommen, vereinbaren

**Akkordlohn,** (fr.-dt.), männl., Akkordlöhne: Stücklohn, Bezahlung nach der bearbeiteten Stückzahl

**akkreditieren,** (lat.): 1. beglaubigen, bevollmächtigen (einen diplomatischen Vertreter oder einen Journalisten), 2. jmd. Kredit gewähren oder verschaffen

**Akkreditiv,** (lat.), das ,–e: 1. Beglaubigungsschreiben (eines diplomatischen Vertreters oder eines Journalisten), 2. Auszahlungsanweisungsauftrag (an eine Bank)

**Akku,** (Kurzw.), männl., –s: vgl. Akkumulator

**Akkulturation,** (lat.), weibl., –en: wechselseitige Angleichung und Anpassung verschiedener Kulturen

**Akkumulation,** (lat.), weibl., –en: Anhäufung, Ansammlung, Speicherung

**Akkumulator,** (lat.), männl., –en: 1. Gerät zur Speicherung elektrischer Energie, wiederaufladbare elektrische Spannungsquelle, 2. Druckwasserbehälter, 3. spezielle Speicherzelle einer Rechenanlage (EDV)

**akkumulieren,** (lat.): anhäufen, ansammeln, speichern

**akkurat,** (lat.): genau, ordentlich, sorgfältig

**Akkuratesse,** (fr.), weibl., nur Sing.: Sorgfalt, Genauigkeit

**Akkusativ,** (lat.), männl., –e: vierter Fall der Deklination, Wenfall (Sprachwiss.)

**Akkusativobjekt,** (lat.), sächl., –e: Objekt, das im vierten Fall steht (Sprachwiss.)

**Akme,** (gr.), weibl., nur Sing.: Höhepunkt, Gipfel (z. B. einer Krankheit oder einer Laufbahn)

**Akne,** (gr.), weibl., –n: Hauterkrankung, die zur eitrigen Entzündung der Talgdrüsen und zur Mitesserbildung führt

**Akonit,** (gr.), sächl., –e: Sturmhut, Eisenhut (eine Pflanzengattung)

**Akonitin,** (gr.), da, –e: aus den Wurzeln des blauen Sturmhutes gewonnener Giftstoff

**Akonto,** (italien.), sächl., Akonten: Anzahlung

**Akontozahlung,** (italien.-dt.), weibl., –en: Anzahlung, Teilzahlung, Abschlagszahlung
**akquirieren,** (lat.): anschaffen, erwerben; Kunden gewinnen
**Akquisiteur,** [akwisi'tö:r, fr.], männl., –e: jmd., der Kunden wirbt, Anzeigenwerber
**Akquisition,** (lat.), weibl., –en: Anschaffung, Erwerbung; Errungenschaft; Werbung von Kunden
**Akribie,** (gr.), weibl., nur Sing.: äußerste Genauigkeit, höchste Sorgfalt, Gründlichkeit
**akribisch,** (gr.): äußerst genau, möglichst sorgfältig, gründlich, gewissenhaft
**akritisch,** (lat.-gr.): unkritisch, kritiklos
**Akrobat,** (gr.), männl., –en: Artist, der außergewöhnliche Turn-, Gymnastik- oder Geschicklichkeitsübungen darbietet
**Akrobatik,** (gr.), weibl., nur Sing.: Kunst bzw. Leistung des Akrobaten, außergewöhnliche Turnkunst
**akrobatisch,** (gr.): auf Akrobatik beruhend, kunstvoll geturnt, besonders geschickt
**Akrodynie,** (gr.), weibl., –n: Schmerz an den äußersten Körperteilen (Händen, Füßen, Nasenspitze; Med.)
**Akrolith,** (gr.), männl., –en: altgr. Statue, deren unbekleidete Körperteile aus Stein und deren bekleidete Teile aus billigerem Material (z. B. bemaltem Holz) bestehen
**Akromegalie,** (gr.), weibl., –n: abnormes Wachstum der vorspringenden Körperteile (z. B.: Nase, Ohren, Lippen; Med.)
**Akronym,** (gr.), sächl., –e: aus den Anfangsbuchstaben mehrerer Wörter gebildetes Kurzwort (z. B.: Aids, UNO, FIFA, Radar, DOS)
**Akropolis,** (gr.), weibl., Akropolen: antike griechische burgähnliche Hochstadt, in deren Mauern meist Tempel standen
**Akrostichon,** (gr.), sächl., Akrosticha oder Akrostichen: Gedicht oder Lied, bei dem die Anfangsbuchstaben, -silben oder -wörter der einzelnen Zeilen oder Verse ein Wort oder einen Satz ergeben
**Akroterion; Akroterium,** (gr.), sächl., Akroterien: Giebelverzierung aus Ranken oder Blättern an antiken Tempeln oder diesen nachgestalteten Bauwerken
**Akrylsäure,** weibl., –n: vgl. Acrylsäure
**Akt,** (lat.), männl., –e: 1. Handlung, Maßnahme, Tat, Vollzug, Vorgang, 2. Aufzug, Abschnitt eines Theaterstücks, 3. (künstlerische) Darstellung des nackten menschlichen Körpers, 4. Beischlaf, Koitus, 5. vgl. Akte
**Akte,** (lat.), weibl., –n: Schriftstück, Urkunde, Sammlung von inhaltlich zusammengehörenden Schriftstücken (über einen Vorgang, eine Person oder ein Geschäft)
**Aktei,** (lat.), weibl., –en: Aktensammlung
**Akteur,** [ak'tö:r, fr.], weibl., –e: handelnde Person, Schauspieler
**Aktie,** (lat.), weibl., –n: 1. Anteil am Grundkapital einer Aktiengesellschaft, 2. Urkunde über den Anteilsbesitz
**Aktiengesellschaft,** (lat.-dt.), weibl., –en: Handelsgesellschaft, deren Grundkapital aus Einlagen der Gesellschafter (Aktionäre) besteht, die in Aktien (2) verbrieft sind (Abk.: AG)
**Aktienindex,** (lat.), männl., –e: Kennziffer für die aktuelle Entwicklung des Kursdurchschnitts der bedeutendsten Aktiengesellschaften an der Börse
**Aktienkapital,** (lat.), sächl., –e: in Aktien zerlegtes Grundkapital einer Aktiengesellschaft
**Aktienkurs,** (lat.), männl., –e: Börsenwert einer Aktie

**Aktinie,** (gr.), weibl., –n: Seerose, Seeanemone

**aktinisch,** (gr.): durch energiereiche (z. B. radioaktive) Strahlung hervorgerufen

**Aktinium,** (gr.), sächl., nur Sing.: vgl. Actinium

**Aktinolith,** (gr.), männl., –e(n): Strahlstein (ein grünliches Mineral)

**Aktinometer,** (gr.), sächl., –: Apparat zum Messen der Sonnenstrahlungsenergie (Meteorol.)

**aktinomorph,** (gr.): strahlenförmig (Bot.)

**Aktion,** (lat.), weibl., –en: 1. gezielte Handlung, Unternehmung; Maßnahme, absichtsvolles Vorgehen, 2. Tätigkeit, Vorgehensweise

**Aktionär,** (lat.), männl., –e: Aktienbesitzer, Gesellschafter

**Aktionismus,** (lat.), männl., nur Sing.: das Bestreben, mit ungewöhnlichen Methoden oder provozierenden Aktionen gesellschaftliches Bewusstsein bzw. die Gesellschaft selbst zu verändern; blinder A.: das unüberlegte Inszenieren von Aktionen nur der Aktivität wegen

**Aktionist,** (lat.), männl., –en: Vertreter des Aktionismus

**aktionistisch,** (lat.): im Sinne des Aktionismus (handelnd)

**Aktionsradius,** (lat.), männl., Aktionsradien: Wirkungsbereich, Reichweite; Streubreite

**aktiv,** (lat.): 1. tätig, geschäftig; unternehmend (Gegens.: inaktiv, passiv), 2. wirksam

**Aktiv,** (lat.), sächl., –e: Handlungsrichtung, Tätigkeitsform des Verbs, die ausdrückt, dass das Subjekt eines Satzes etwas tut und nicht erduldet (z. B.: er »schreibt« ein Buch; vgl.: Passiv; Sprachwiss.)

**Aktiva,** (lat.), weibl., nur Plur.: Vermögenswerte eines Unternehmens

**Aktivator,** (lat.), männl., Aktivatoren: Stoff, dessen Zusatz die Wirksamkeit eines anderen Stoffes stark erhöht

**aktive Handelsbilanz:** Handelsbilanz eines Landes, das höhere Warenwerte ausführt als einführt

**aktiver Wortschatz:** Gesamtheit aller Wörter, die zu benutzen jmd. in der Lage ist

**aktives Wahlrecht:** das Recht zu wählen (Gegens.: passives Wahlrecht – das Recht, gewählt zu werden)

**aktivieren,** (lat.): in Tätigkeit setzen, anregen, in Gang bringen; zu größerer Wirksamkeit verhelfen, eine Wirkung verstärken

**Aktivismus,** (lat.), männl., nur Sing.: Tätigkeitsdrang, Tatgeist; zielstrebiges Handeln

**Aktivist,** (lat.), männl., –en: zielstrebig Handelnder; (in sozialistischen Ländern Bez. für:) Werktätiger, der sich durch vorbildliche berufliche Leistungen ausgezeichnet hat

**Aktivität,** (lat.), weibl., –en: 1. aktives Verhalten, Tätigkeit; Geschäftigkeit; Tatkraft, Unternehmungsgeist, 2. Wirkungsfähigkeit (Gegens.: Passivität)

**Aktivposten,** (lat.-dt.), männl., –: Vermögensposten auf der Habenseite (einer Bilanz)

**Aktrice,** [ak'tri:ß, fr.], weibl., –n: Schauspielerin

**aktualisieren,** (lat.): etwas aktuell machen, auf den neuesten Stand bringen, auf die Gegenwart beziehen

**Aktualität,** (lat.), weibl., –en: Gegenwartsbezogenheit, Zeitnähe; Bedeutsamkeit für die Gegenwart; aktuelle Nachricht

**aktuell,** (lat.): gegenwärtig bedeutsam, im Moment von besonderem Interesse; zeitnah (Gegens.: inaktuell)

**Akupressur,** (lat.), weibl., –en: Heilverfahren, das durch Massage und leichten

Druck mit den Fingerkuppen auf bestimmte Körperstellen Heilung und Schmerzlinderung bewirken soll

**akupunktieren,** (lat.): Akupunktur durchführen

**Akupunktur,** (lat.), weibl., –en: zur Diagnose, zur Anästhesie und zum Heilen bestimmter Krankheiten verwendete und in Asien entwickelte Methode, bei der lange, feine Nadeln an bestimmten Stellen in das Körpergewebe eingestochen werden

**Akustik,** (gr.), weibl., –en: 1. Lehre vom Schall, Wissenschaft von den Schwingungen und Tönen, 2. Klangbeschaffenheit eines Raumes, Klangwirkung, Schallwirkung

**akustisch,** (gr.): 1. zur Akustik gehörig, den Schall betreffend, klanglich, 2. das Gehör betreffend, mit dem Gehör wahrnehmbar

**akut,** (lat.): 1. vordringlich, dringend, brennend, 2. (bei Krankheiten:) plötzlich auftretend, schnell und heftig verlaufend (Gegens.: chronisch; Med.)

**Akut,** (lat.), männl., –e: in verschiedenen Sprachen auftretendes Betonungszeichen über einem Vokal (z. B.: é)

**Akzeleration,** (lat.), weibl., –en: 1. Beschleunigung, 2. allgemeine Entwicklungsbeschleunigung beim jungen Menschen (z. B. hinsichtlich des Längenwachstums oder des geschlechtlichen Reifeprozesses; Biol.)

**Akzelerator,** (lat.), männl., –en: Teilchenbeschleuniger (Phys.)

**akzelerieren,** (lat.): beschleunigen, vorantreiben; fördern

**Akzent,** (lat.), männl., –e: 1. Betonungskennzeichen, 2. Betonung, um bestimmte Sachverhalte, Wörter oder Silben hervorzuheben, 3. Aussprache(eigenheit), Tonfall (z. B.: slawischer A.)

**Akzentuation,** (lat.), weibl., –en: Betonung, Hervorhebung

**akzentuieren,** (lat.): 1. betonen, hervorheben; einer Sache Nachdruck verleihen, 2. etwas genau und deutlich aussprechen

**Akzept,** (lat.), sächl., –e: schriftliche Annahmeerklärung; mit Unterschrift anerkannter Wechsel

**akzeptabel,** (lat.): annehmbar (Gegens.: inakzeptabel)

**Akzeptabilität,** (lat.), weibl., nur Sing.: Annehmbarkeit

**Akzeptant,** (lat.), männl., –en: 1. jmd., der einen Wechsel akzeptiert, 2. Annehmender, Empfänger

**Akzeptanz,** (lat.), weibl., –en: Bereitschaft, etwas akzeptieren

**akzeptieren,** (lat.): annehmen, einwilligen, billigen

**Akzess,** (lat.), männl., Akzesse: Zutritt; Zulassung (z. B.: bei Gericht)

**Akzession,** (lat.), weibl., –en: 1. Zugang; Erwerb, 2. Beitritt (eines Staates zu einem internationalen Abkommen)

**akzessorisch,** (lat.): hinzutretend, zusätzlich; nebensächlich

**Akzessorium,** (lat.), sächl., Akzessorien: Anhängsel, Beiwerk

**Akzidens,** (lat.), sächl., Akzidentien: 1. das Hinzukommende, 2. zufällig Eintretendes, Veränderliches (Philos.)

**akzidentell,** (lat.): anfallend; zufällig eintretend, nicht wesentlich, nur äußerlich

**akzidentiell:** vgl. akzidentell

**Akzidenz,** (lat.), weibl., –en: 1. (in geringem Umfang erstelltes) Druckprodukt, Drucksache, 2. vgl. Akzidens

**Akzise,** (fr. ), weibl., –n: 1. Verbrauchsabgabe auf bestimmte Waren, indirekte Verbrauchs- und Verkehrssteuer, 2. (histor.) Zoll

**à la,** (fr.): nach Art von, im Stil von

**Alabaster,** (gr.), männl., –: durchscheinende, marmorähnliche Gipsart, ein Mineral

**à la bonne heure!,** [alabo'nö:r, fr.]: recht so!, bravo!, vortrefflich!

**à la carte,** [ala'ka.rt, fr.]: nach der Speisekarte (essen, d. h. nicht das Menü)
**à la hausse,** [ala'o:ß, fr.]: mit dem Steigen der Börsenkurse rechnend
**à la longue,** [ala'lon, fr.]: auf die Dauer
**à la mode,** [ala'mo:d, fr.]: nach der Mode
**Alanin,** (lat.), sächl., nur Sing.: eine in fast allen Eiweißkörpern auftretende essenzielle Aminosäure
**Alarm,** (italien.-fr.: »zu den Waffen!«), männl., –e: Gefahrmeldung, Warnsignal; Aufruf zur Einsatz- oder Gefechtsbereitschaft
**alarmieren,** (italien.-fr.): 1. jmdn. zu Hilfe rufen (z. B.: die Feuerwehr), 2. jmdn. warnen, aufrütteln; beunruhigen, 3. jmdn. zur Einsatz- oder Gefechtsbereitschaft aufrufen
**Alaun,** (lat.), männl., –e: ein farbloses Salz, ein Mineral (ein blutstillendes Mittel)
**Albatros,** männl., –se: großer, ausgezeichnet segelnder Sturmvogel der südlichen Erdhalbkugel
**Albe,** (lat.), weibl., –n: Messgewand der katholischen und anglikanischen Geistlichen
**Albedo,** (lat.), weibl., nur Sing.: Verhältnis der gesamten auf eine Fläche fallenden Lichtmenge zur reflektierten Lichtmenge (z. B. bei Himmelskörpern)
**Albergo,** (italien.), sächl., –s: italien. Bezeichnung für Gasthaus
**Albinismus,** (lat.), männl., nur Sing.: angeborenes vollständiges oder teilweises Fehlen der Farbstoffe (Pigmente) in Haut, Haar und Auge bei Mensch und Tier
**albinitisch,** (lat.): auf Albinismus beruhend
**Albino,** (lat.), männl., –s: Lebewesen mit fehlender Farbstoffbildung; Weißling
**albinotisch,** (lat.): vgl. albinitisch
**Albion,** (keltisch): alter, oft poetisch verwendeter Name für England; perfides A.: in der Zeit der fr. Revolution aufgekommenes antibrit. Schlagwort
**Album,** (lat.: »das Weiße«), sächl., Alben: 1. Buch zur Aufnahme von Sammelobjekten, Sammelbuch (z. B. für Fotografien, Briefmarken), 2. Comic-Heft
**Albumen,** (lat.), sächl., nur Sing.: Eiweiß (Biol.)
**Albumin,** (lat.), sächl., –e: wasserlöslicher Eiweißstoff
**albuminoid,** (lat.-gr.): eiweißähnlich
**albuminös,** (lat.): eiweißhaltig
**Albuminurie,** (lat.-gr.), weibl., –n: das Vorkommen von Eiweiß im Harn (Med.)
**Alchemie,** (arab.), weibl., nur Sing.: vorwissenschaftliche mittelalterliche Chemie; das Bestreben, unedle Metalle in Gold umzuwandeln, Goldmacherei
**Alchemist:** vgl. Alchimist
**Alchimie,** (arab.), weibl., nur Sing.: vgl. Alchemie
**Alchimist,** (arab.), männl., –en: jmd., der Alchemie betreibt
**Aldehyd,** (lat.),der, –e: durch Wasserentzug aus Alkohol gewonnene chemische Verbindung (Chem.)
**al dente,** (italien.): (bei Nudelgerichten:) nicht zu fest und nicht zu weich
**Alderman,** ['o:ld(e)rmän, engl.], männl., Aldermen: (ältester) Stadtrat, Ratsherr
**Ale,** ['e(j)l, engl.], sächl., nur Sing.: helles englisches Bier
**alea iacta est,** (lat.: »der Würfel ist geworfen«): es ist entschieden, die Entscheidung ist gefallen (angeblicher Ausspruch Cäsars beim Überschreiten des Rubikon 49 v. Chr.)
**aleatorisch,** (lat.): auf Zufall beruhend, vom Zufall abhängend
**alert,** (fr.): munter, aufgeweckt, frisch, lebhaft; zuvorkommend
**Aleuron,** (gr.), sächl., nur Sing.: Eiweiß in pflanzlichen Speichergeweben (Biol.)

**Alexandriner,** (gr.), männl., –: 1. Gelehrter in Alexandria; Angehöriger einer philosophischen Strömung, die auf Aristoteles zurückgeht, 2. zwölf- oder dreizehnsilbiger Reimvers mit Zäsur nach der sechsten Silbe

**Alexandrit,** (gr.), männl., –e: Schmuckstein

**Alexie,** (gr.), weibl., –n: Leseunvermögen bei erhaltener Sehfähigkeit (Med.)

**Alexine,** (gr.), weibl., nur Plur.: natürliche Abwehrstoffe gegen Bakterien im Blutserum

**al fine,** (italien.): bis zum Schluss (eines Musikstückes)

**Alge,** (lat.), weibl., –n: niedere Wasserpflanze

**Algebra,** (arab.), weibl., Algebren: 1. (nur Sing.; urspr.:) Lehre von den Gleichungen, (heute:) Lehre von den algebraischen Strukturen (Math.), 2. vgl. algebraische Struktur

**algebraisch,** (arab.): auf Methoden der Algebra beruhend; mit Hilfe der Algebra (Math.)

**algebraische Gleichung:** Gleichung, die sich durch algebraische Operationen ausdrücken lässt (Math.)

**algebraische Operation:** Verknüpfung von Elementen einer Menge, z. B. von Zahlen (Addition, Subtraktion, Multiplikation, Division, Potenzieren und Radizieren; Math.)

**algebraische Struktur:** eine Menge von Elementen, auf der mindestens eine algebraische Operation erklärt ist (Math.)

**algebraische Zahl:** Zahl, die Lösung einer algebraischen Gleichung ist (Math.)

**Algesie,** (gr.), weibl., –n: Schmerz; Schmerzwahrnehmung (Med.)

**ALGOL,** (Kunstw. aus engl. **algo**rithmic **l**anguage), sächl., nur Sing.: Programmiersprache für Computer (EDV)

**Algologe,** (lat.-gr.), männl., –n: Algenforscher

**Algologie,** (lat.-gr.), weibl., nur Sing.: Lehre von den Algen

**Algonkium,** sächl., nur Sing.: nach dem kanadischen Indianerstamm der Algonkin benannter jüngerer Abschnitt des Präkambriums (der erdgeschichtlichen Frühzeit; Geol.)

**Algorithmus,** (arab.), männl., Algorithmen: 1. eindeutig bestimmtes Rechenverfahren zur schematischen Lösung eines bestimmten Problems (z. B.: euklidischer Algorithmus zur Bestimmung des größten gemeinsamen Teilers zweier Zahlen; Math.), 2. Verfahren, das in endlich vielen eindeutig festgelegten Schritten zur Lösung einer bestimmten Aufgabe führt (EDV)

**algorithmisch,** (arab.-lat.): einem Rechenverfahren schematisch folgend

**Alhidade,** (arab.), weibl., –n: drehbarer Zeiger an Winkelmessgeräten oder Sextanten

**alias,** (lat.): auch ... genannt, eigentlich, sonst

**Alibi,** (lat.), sächl., –s: Nachweis der Abwesenheit vom Tatort zur Tatzeit des Verbrechens; Ausrede, Entschuldigung

**Alibifunktion,** (lat.), weibl., –en: Aufgabe, etwas zu verdecken oder zu verschleiern

**Alienation,** (lat.), weibl., –en: Entfremdung; Verkauf, Veräußerung

**Alignement,** [alinje'man, fr.], sächl., –s: das Abstecken einer Fluchtlinie beim Bau von Straßen oder Eisenbahnstrecken; die Fluchtlinie selbst

**Alimentation,** (lat.), weibl., –en: Gewährung von finanziellen Leistungen für den Lebensunterhalt

**Alimente,** (lat.), weibl., nur Plur.: Unterhaltszahlungen (insbes. für nichteheliche Kinder)

**alimentieren,** (lat.): Zahlungen für den Lebensunterhalt leisten

**aliphatische Verbindungen,** (gr.-dt.), weibl., nur Plur.: Gruppe organischer Verbindungen, die nur offene Atomketten enthalten (Chem.)
**Alizarin,** (span.), sächl., nur Sing.: roter Farbstoff
**Alk,** (schwed.), männl., –e: nordischer Taucher- und Schwimmvogel
**Alkahest,** (arab.), männl. oder sächl., –e: (in der Alchemie:) Mittel, das angeblich alle Stoffe löst
**Alkalde,** (span.), männl., –n: Gemeindevorsteher oder Bürgermeister mit richterlichen Befugnissen in einer spanischen Gemeinde, Schultheiß
**Alkali,** (arab.), sächl., –en: chemische Verbindung, die in wässriger Lösung basisch reagiert
**Akalimetall,** (arab.-gr.), sächl., –e: eines der Elemente Natrium, Kalium, Lithium, Rubidium, Francium und Cäsium
**alkalin,** (arab.): alkalihaltig
**alkalisch,** (arab.): basisch reagierend, laugenartig (Chem.)
**alkalisieren,** (arab.): durch Zusatz von Basen alkalisch machen
**Alkaloid,** (arab.), sächl., –e: alkalische, stickstoffhaltige Verbindung, in bestimmten Pflanzen enthaltener giftiger Naturstoff (z. B.: Koffein, Nikotin, Kokain, Morphin)
**Alkanna,** (span.), weibl., nur Sing.: mediterranes Raublattgewächs, dessen Wurzeln roten Farbstoff liefern, der für Kosmetika verwendet wird (Bot.)
**Alkazar,** [alka'sar, span.], männl., –e: (in Spanien:) Burg, Schloss
**Alkohol,** (arab.), männl., –e: 1. organisch-chemische Verbindung, 2. Äthyl-alkohol, farblose, leicht entzündliche Flüssigkeit, Bestandteil aller alkoholischen Getränke
**Alkoholika,** (arab.), weibl., nur Plur.: alkoholische Getränke
**Alkoholiker,** (arab.), männl., –: gewohnheitsmäßiger Trinker; jmd., der an Alkoholismus leidet
**alkoholisch,** (arab.): Alkohol enthaltend
**alkoholisieren,** (arab.): 1. mit Alkohol vermischen, 2. jmdm. viel Alkohol zu trinken geben
**Alkoholismus,** (arab.), männl., nur Sing.: chronische Trunksucht, missbräuchlicher Alkoholgenuss, der zu schweren körperlichen und seelischen Schäden führen kann
**Alkoven,** (span.), männl., –: Bettnische, Schrankbett; kleiner Nebenraum
**Alkyl,** (arab.-griech), sächl., –e: einwertiger Kohlenwasserstoff (Chem.)
**alla breve,** (italien.): in beschleunigtem Takt (Mus.)
**Allah,** (arab.: »der Gott«), nur Sing.: im Islam Name für Gott
**alla marcia,** [...'martscha, italien.]: marschmäßig, im Tempo eines Marsches (Mus.)
**Allantoin,** (gr.-lat.), sächl., nur Sing.: Harnstoffwechselprodukt
**alla polacca,** (italien.): in der Art der Polonäse, im Polonäsenrhythmus (Mus.)
**alla prima,** (italien.): (in der Malerei:) mit nur einer Farbschicht, ohne Untermalung und Lasur gemalt
**Allasch,** männl., –e: nach dem gleichnamigen Gut in Lettland bei Riga benannter Kümmellikör
**alla tedesca,** (italien.): in der Art eines deutschen Tanzes (Mus.)
**alla turca,** (italien.): im Stil der türkischen Musik (Mus.)
**alla zingarese,** (italien.): im Stil der Zigeunermusik (Mus.)
**Allee,** (fr.), weibl., –n: auf beiden Seiten von Bäumen eingefasste Straße
**Allegorie,** (gr.), weibl., –n: bildhafter Ausdruck; Sinnbild; bildhafte, gleichnishafte Darstellung eines abstrakten Begriffs oder Vorgangs in der bildenden

Kunst oder in der Dichtung (z. B.: Sensenmann als Darstellung des Todes)
**Allegorik,** (gr.), weibl., nur Sing.: allegorische Darstellungsweise; Sinnbildlichkeit
**allegorisch,** (gr.): sinnbildlich, in der Art einer Allegorie, gleichnishaft
**allegretto,** (italien. ): mäßig schnell und lebhaft, weniger schnell als allegro (Tempoanweisung; Mus.)
**allegro,** (italien. ): schnell und lebhaft, bewegt(Tempoanweisung; Mus.)
**Allegro,** (italien. ): lebhaftes Musikstück; schnell und lebhaft zu spielender Satz eines Musikstückes (Mus.)
**Allel,** (gr.), sächl., –e: Zustandsform eines von mindestens zwei einander entsprechenden Genen (Biol.)
**alleluja:** vgl. halleluja
**Allemande,** [al(e)'mand(e), fr.], weibl., –n: 1. alter aus einem deutschen Tanz entstandener Schreit- und Gesellschaftstanz in gemäßigtem Tempo, 2. ruhiger erster Satz der Suite (Mus.)
**Allergen,** (gr.), sächl., –e: eine Allergie hervorrufende körperfremde Substanz (z. B.: Blütenpollen, Reinigungsmittel, Katzenhaare)
**Allergie,** (gr.), weibl., –n: veränderte Reaktionsfähigkeit, Überempfindlichkeit des Organismus gegen bestimmte körperfremde Substanzen; Bereitschaft, mit krankhaften Erscheinungen (z. B.: Ausschlag, Asthma, Heuschnupfen) auf den Kontakt mit Allergenen zu reagieren
**Allergiker,** (gr.), männl., –: jmd., der an einer Allergie leidet
**allergisch,** (gr.): 1. die Allergie betreffend, 2. überempfindlich gegen bestimmte körperfremde Substanzen, 3. (umg.) Abneigung empfindend
**Allergologe,** (gr.), männl., –n: Wissenschaftler auf dem Gebiet der Allergologie
**Allergologie,** (gr.), weibl., nur Sing.: Lehre von den Allergien
**allez!,** [a'le:, fr.]: los!, vorwärts!
**Alliance:** vgl. Allianz
**Allianz,** (lat.-fr.), weibl., –en: Bündnis, Vereinigung, Vertragsgemeinschaft
**Alligator,** (span.), männl., Alligatoren: Krokodil in Südostasien und im subtropischen Amerika
**alliieren,** (lat.): verbünden, vereinigen
**Alliierte,** (lat.), männl., –n: Verbündeter, Angehöriger eines Bündnisses
**Alliierten,** (lat.), weibl., nur Plur.: 1. die im 1. und 2. Weltkrieg gegen Deutschland verbündeten Mächte (u. a. USA, Großbritannien), 2. die 1991 im Golfkrieg gegen den Irak verbündeten Mächte (u. a. USA, Großbritannien)
**Alliteration,** (lat.), weibl., –en: gleicher Anlaut bei mehreren aufeinander folgenden Wörtern oder Silben, Stabreim
**Allochorie,** [al.oko'ri:, gr.], weibl., nur Sing.: Verbreitung von Pflanzensamen und Früchten durch äußere Kräfte (z. B. Wasser, Wind, Tiere)
**allochthon,** (gr.): bodenfremd, andernorts entstanden (Gegens.: autochthon; Biol., Geol.)
**Allogamie,** (gr.), weibl., –n: Fremdbestäubung von Blüten (Bot.)
**Allokarpie,** (gr.), weibl., nur Sing.: Fruchtbildung infolge Fremdbestäubung (Bot.)
**Allonge,** [al'onsch(e), fr.], weibl., –n: Anhängsel, Verlängerungsstreifen an Wechseln
**Allongeperücke,** [al'onschperücke, fr.], weibl., –n: Männerperücke mit langen Locken im 17. und 18. Jh.
**Allonym,** (gr.), sächl., –e: Name eines anderen als Pseudonym
**Allopathie,** (gr.), weibl., nur Sing.: herkömmliche Heilmethode, Bez. für Arzneimittelanwendung der Schulmedizin (Gegens.: Homöopathie)

**Alloplastik,** (gr.), weibl., –en: Verwendung von körperfremdem Material als Ersatz für körpereigenes Gewebe (z. B.: Silberplatten, Stahlnägel, Kunststoffprothesen; Med.)
**Allotria,** (gr.), sächl., nur Sing.: mit Lärm verbundener Unfug, Tumult; Dummheiten
**allotrop,** (gr.): anders beschaffen; auf Allotropie beruhend
**Allotropie,** (gr.), weibl., –n: Eigenschaft chemischer Elemente, in verschiedenen Zustandsformen aufzutreten (z. B.: Sauerstoff als Ozon oder Kohlenstoff als Diamant)
**all right!,** ['o:l 'rait, engl.): alles in Ordnung!, richtig!, einverstanden!
**Allrounder,** [o:l'raunde(r), engl.], männl., –(s): vgl. Allroundman
**Allroundman,** [o:l'raundmän, engl.], männl., Allroundmen: vielseitig begabte Person, jmd., der auf vielen Gebieten Bescheid weiß oder tätig ist, vielseitiger Sportler (Gegens.: Spezialist)
**All-Star-Band,** ['o:l'ßta:'bänd, engl.], weibl., –s: Band, Kapelle aus berühmten Musikern
**Allüre,** (fr.), weibl., –n: 1. Gangart eines Pferdes, 2. (nur Plur.) ungewöhnliche Umgangsformen, auffälliges Benehmen
**alluvial,** (lat.): aus dem Alluvium stammend, angeschwemmt (Geol.)
**Alluvium,** (lat.), sächl., nur Sing.: jüngste Zeitstufe des Quartärs (vgl. Holozän; Geol.)
**Alma mater,** (lat.: »nährende Mutter«), weibl., nur Sing.: Hochschule, Universität
**Almanach,** (lat.), männl., –e: 1. Kalender, 2. (bebildertes) Jahrbuch, 3. Verlagskatalog mit Textproben; Sammelband mit Proben aus neuen Werken
**Almandin,** (lat.), männl., –e: dunkelroter Edelstein aus der Gruppe der Granate
**Almosen,** (gr.), sächl., –: milde Gabe an Bedürftige, kleine Spende
**Aloe,** ['a:lo-e, gr.], weibl., –n: dickfleischiges Liliengewächs der Tropen und Subtropen
**alogisch,** (gr.): unlogisch, vernunftwidrig
**Alopezie,** (gr.), weibl., –n: Haarausfall; Kahlheit (Med.)
**Alpaka,** (span.), sächl., –s: zahme Lamaart Südamerikas (als Wollieferant)
**Alpaka,** (span.), männl., nur Sing.: dichtes Gewebe aus Lamawolle
**al pari,** (italien.): zum Nennwert (bei Wertpapieren)
**Alpha,** (gr.), sächl., –s: erster Buchstabe des griechischen Alphabets
**Alphabet,** sächl., –e: Buchstabenfolge einer Schrift, das ABC (benannt nach den ersten beiden Buchstaben des griechischen Alphabets: **Alpha** und **Bet**a)
**alphabetisch,** (gr.): der Buchstabenfolge des Alphabets nach geordnet
**alphabetisieren,** (gr.): nach dem ABC ordnen, in die Reihenfolge des Alphabets bringen
**alphanumerisch,** (gr.-lat.): Buchstaben und Dezimalziffern umfassend (EDV)
**Alpha privativum,** (gr.-lat.), sächl., nur Sing.: die verneinende gr. Vorsilbe (a... oder A...)
**Alphastrahlen, Alpha-Strahlen,** (gr.-dt.), weibl., nur Plur.: beim Zerfall bestimmter Atomkerne oder als Folge von Kernreaktionen auftretende radioaktive Strahlung (Phys.)
**Alphatier,** (gr.-dt.), sächl., –e: Leittier, das eine Herde oder Gruppe von Tieren anführt und seinen Artgenossen überlegen ist
**alpin,** (lat.): Hochgebirgscharakter aufweisend; aus den Alpen stammend; die Alpen oder das Hochgebirge betreffend

**Alpinismus,** (lat.), männl., nur Sing.: als Sport betriebenes Bergsteigen im Hochgebirge; Bergwandern
**Alpinist,** (lat.), männl., –en: jmd., der Alpinismus betreibt
**Alpinistik,** (lat.), weibl., nur Sing.: vgl. Alpinismus
**Alpinum,** (lat.), sächl., Alpinen: Steingartenanlage mit Alpen- oder Hochgebirgspflanzen
**al secco,** (italien.): auf trockenen Putz
**al segno,** [al'ßänjo, italien.]: Notenschriftanweisung, noch einmal bis zum Zeichen zu spielen (Mus.)
**Alt,** (lat.), männl., –e: tiefe Stimmlage bei Frauen und Knaben
**Altan,** (lat.), männl., –e: Söller, auf Pfeilern ruhende an ein Haus angebaute Plattform (Archit.)
**Altar,** (lat.), männl., –e: heidnische Opferstätte; erhöhter Aufbau für gottesdienstliche Handlungen in christlichen Kirchen
**Altarsakrament,** (lat.), sächl., –e: Sakrament des Abendmahls
**Alteration,** (lat.), weibl., –en: 1. Verwirrung, Ärger, Aufregung, Gemütsbewegung, 2. Abänderung; krankhafte Veränderung, Verschlimmerung (Med.), 3. chromatische Veränderung eines oder mehrerer Töne eines Akkordes (Mus.)
**Alter Ego,** (lat.: »das andere Ich«): eine einem sehr vertraute und nahe stehende Person, treuer Freund
**alterieren,** (lat.): 1. jmdn. verwirren, ärgern, aufregen, 2. etwas ändern, 3. einen Akkordton chromatisch verändern (Mus.)
**Alternanz,** (lat.), weibl., –en: Abwechslung, Wechsel; die jährlich wechselnden Ertragsschwankungen im Obstanbau (Bot.)
**Alternation,** (lat.), weibl., –en: vgl. Alternanz
**alternativ,** (lat.): 1. abwechselnd, wahlweise, wechselweise, 2. anders als üblich (lebend, wohnend o. Ä.)
**Alternative,** (lat.), weibl., –n: Wahl-, Entscheidungsmöglichkeit (zwischen zwei Möglichkeiten); die jeweils andere Möglichkeit
**Alternative,** (lat.), männl. oder weibl., –n: (meist Plur.) Anhänger/in alternativer Ideen
**alternieren,** (lat.): abwechseln, zwischen zwei Möglichkeiten (Rollen, Vorzeichen, Zuständen o. Ä.) wechseln, häufig tauschen
**Altimeter,** (lat.-gr.), sächl., –: Höhenmessgerät (Meteorol.)
**Altistin,** (lat.), weibl., –nen: Sängerin mit Altstimme
**Altocumulus:** vgl. Altokumulus
**Altokumulus,** (lat.), männl., Altokumuli: mittelhohe Haufenwolke (Meteorol.)
**Altostratus,** (lat.), männl., Altostrati: mittelhohe Schichtwolke (Meteorol.)
**Altruismus,** (lat.), männl., nur Sing.: Selbstlosigkeit, Uneigennützigkeit (Gegens.: Egoismus)
**Altruist,** (lat.), männl., –en: selbstloser, uneigennütziger Mensch
**altruistisch,** (lat.): selbstlos, uneigennützig (Gegens.: egoistisch)
**Alu,** (Kurzw.), sächl., nur Sing.: (umg.) Aluminium
**Aluminium,** (lat.), sächl., nur Sing.: chem. Element, ein Leichtmetall
**Alumnat,** (lat.), sächl., –e: Schülerheim, Erziehungsanstalt
**alveolar,** (lat.): (bei Lauten:) mit der Zungenspitze am Zahnfleisch gebildet
**alveolär,** (lat.): blasenförmig, mit kleinen Fächern, Hohlräumen versehen (Med.)
**Alveole,** (lat.), weibl., –n: kleiner Hohlraum; knöchernes Zahnfach im Unter- oder Oberkiefer zur Aufnahme der Zahnwurzel; Lungenbläschen (Med.)

**amabile,** (italien.): liebenswert, lieblich, zärtlich (Vortragsanweisung für Musikstücke)
**Amalgam,** (arab.), sächl., –e: Quecksilberlegierung (insbes. für Zahnfüllungen)
**Amalgamation,** (arab.), weibl., –en: Gewinnung von Gold und Silber aus Erz durch Lösen in Quecksilber
**amarant,** (gr.): dunkelrot
**Amarant,** (gr.), männl., –e: Fuchsschwanz, eine dunkelrot blühende Zierpflanze
**Amarelle,** (italien.), weibl., –n: Sauerkirschsorte
**Amaryl,** (gr.), männl., –e: künstlich hergestellter hellgrüner Saphir
**Amaryllis,** (gr.), weibl., Amaryllen: duftende Zierpflanze aus dem tropischen Afrika
**Amateur,** [ama'tö:r, fr.], männl., –e: jmd., der eine Tätigkeit nicht beruflich, sondern nur aus Vergnügen und ohne Entgelt ausübt (Gegens.: Profi)
**Amati,** weibl., –s: Geige aus der Werkstatt der gleichnamigen italien. Geigenbauerfamilie (im 16./17. Jh.)
**Amaurose,** (gr.), weibl., –n: Erblindung ohne irgendeine Lichtempfindung (Med.)
**Amazone,** (gr.), weibl., –n: 1. (in der griechischen Mythologie:) Angehörige eines kriegerischen Frauenvolkes, 2. (im Reitsport:) Turnierreiterin, 3. sportliche, knabenhaft schlanke Frau
**Ambassade,** [anba'sa:d, fr.), weibl., –n: Botschaft, diplomatische Vertretung
**Ambassadeur,** [anbassa'dö:r, fr.], männl., –e: Botschafter, diplomatischer Vertreter
**Amber,** (arab.), männl., –: vgl. Ambra
**ambidexter,** (lat.): mit beiden Händen gleich geschickt
**Ambidextrie,** (lat.), weibl., –n: Beidhändigkeit (Med.)
**Ambiente,** (italien.), sächl., nur Sing.: die Umgebung, das Milieu
**ambig,** (fr.): zweideutig, mehrdeutig
**ambigue,** [am'bi:g(e), fr.]: vgl. ambig
**Ambiguität,** (fr.), weibl., nur Sing.: Doppel-, Mehrdeutigkeit
**Ambition,** (fr.), weibl., –en: Ehrgeiz, Streben
**ambitioniert,** (fr.): ehrgeizig, bestrebt, heftig bemüht
**ambitiös,** (fr.): ehrgeizig
**Ambitus,** (lat.), männl., –: Tonumfang von Instrumenten und Stimmen; Tonhöhenumfang einer Melodie (Mus.)
**ambivalent,** (lat.): doppelwertig, zwiespältig
**Ambivalenz,** (lat.), weibl., –en: Doppelwertigkeit; Zwiespältigkeit
**Ambra,** (arab.), weibl., –s: wohlriechendes Ausscheidungsprodukt aus dem Darm des Pottwals (als Duftstoff verwendet)
**Ambrosia,** (gr.), weibl., nur Sing.: (in der gr. Mythologie:) Speise der Götter, die Unsterblichkeit verleiht; köstliche Süßspeise
**ambrosisch,** (gr.): göttlich; himmlisch, köstlich
**ambulant,** (lat.): 1. umhergehend, wandernd, 2. nicht stationär, ohne in der Bettenstation des Krankenhauses aufgenommen zu werden (in Bezug auf die Behandlung eines Patienten im Krankenhaus; Med.)
**Ambulanz,** (lat.), weibl., –en: Abteilung eines Krankenhauses zur ambulanten (2) Behandlung
**Amelie,** (gr.), weibl., –n: angeborenes Fehlen von Gliedmaßen (Med.)
**Amelioration,** (fr.), weibl., –en: Verbesserung (insbes. des Ackerbodens)
**amen,** (hebr.: »wahrlich, es geschehe!«): biblisches Bekräftigungswort; Schlusswort insbes. christlicher Gebete
**Amendement,** [amand'man, fr.], sächl., –s: Zusatz- oder Änderungsantrag zu einem Gesetz oder einem Gesetzesvorschlag

**amendieren,** (fr.): einen Änderungsantrag einreichen
**Amenorrhöe:** vgl. Amenorrhö
**Amenorrhö,** (gr.), weibl., –en: Ausbleiben der Monatsblutung (Med.)
**Amentia,** (lat.), weibl., –e oder Amentien: vorübergehende geistige Verwirrtheit, Denkstörung (Med.)
**Amenz,** (lat.), weibl., –ien: vgl. Amentia
**Americium,** sächl., nur Sing.: nach dem Erdteil Amerika benanntes künstliches, radioaktives, metallisches Element
**amerikanisieren:** Sitten und Gebräuche der USA in einem anderen Land einführen
**Amerikanismus,** männl., Amerikanismen: in anderen Sprachen nachweisbare Eigentümlichkeit des nordamerikanischen Englisch
**Amerikanist,** männl., –en: jmd., der Amerikanistik betreibt
**Amerikanistik,** weibl., nur Sing.: Wissenschaft von der Geschichte, Sprache und Kultur des alten und neuen Nordamerika
**amethodisch,** (gr.): unmethodisch, planlos
**Amethyst,** (gr.), männl., –e: Halbedelstein, violette Abart des Quarzes
**Ametrie,** (gr.), weibl., –n: Ungleichmäßigkeit, Missverhältnis
**ametrisch,** (gr.): ungleichmäßig
**Amid,** (gr.), sächl., –e: Ammoniakverbindung, bei der ein Wasserstoffatom durch Metall ersetzt ist (Chem.)
**Amigo,** (span.), männl., –s: Freund; (umg.) Kumpan, (reicher) Förderer eines Politikers
**Amin,** (gr.), sächl., –e: Ammoniakverbindung, bei der mindestens ein Wasserstoffatom durch Alkyl ersetzt ist (Chem.)
**Aminosäure,** (gr.-dt.), weibl., –n: (meist Plur.) organische Säure, bei der ein Wasserstoffatom durch eine Aminogruppe ersetzt ist (als Baustein der Eiweiße in der Natur weit verbreitet)
**Amitose,** (gr.), weibl., –n: direkte Zellkernteilung durch einfache Durchschnürung (Biol.)
**Ammoniak,** (gr.), sächl., nur Sing.: wasserlösliches, farbloses, stechend riechendes Gas aus Wasserstoff und Stickstoff (z. B.: in Salpetersäure, Kunstdünger, Reinigungsmitteln; Chem.)
**Ammonit,** (nach dem ägypt. Gott Ammon), männl., –en: ausgestorbener Kopffüßer der Kreidezeit mit spiralig gewundener Kalkschale (in Versteinerungen als Fossil erhalten)
**Ammonium,** (gr.), sächl., nur Sing.: in vielen chem. Verbindungen enthaltene Atomgruppe aus Stickstoff und Wasserstoff
**Amnesie,** (gr.), weibl., –n: Form der Gedächtnisstörung, zeitlich begrenzte Erinnerungslücke (Med.)
**Amnestie,** (gr.), weibl., –n: Straferlass, durch Gesetz gewährte Begnadigung für eine Gruppe von Strafgefangenen
**amnestieren,** (gr.): durch Gesetz begnadigen, Straferlass gewähren
**Amnion,** (gr.), sächl., nur Sing.: innerste Fruchthülle des Embryos der höheren Wirbeltiere, die das Fruchtwasser enthält (Biol.)
**Amnioskopie,** (gr.), weibl., –n: Fruchtwasserspiegelung und -untersuchung (Med.)
**Amnioten,** (gr.), weibl., nur Plur.: Wirbeltiere, deren Embryonen sich im Amnion entwickeln, zusammenfassender Begriff für Säugetiere, Reptilien und Vögel (Biol.)
**Amöbe,** (gr.), weibl., –n: einzelliger Wurzelfüßer, Wechseltierchen (Biol.)
**Amok,** (malaiisch), männl., nur Sing.: Geistesverwirrung und affektartiger Zustand der Besessenheit mit blindwütiger

Angriffs- und Mordlust (Amokschütze, Amokläufer)
**Amor,** (gr.), männl., nur Sing.: Gott der Liebe (als Sinnbild dargestellt in Form eines nackten, geflügelten Knaben mit Pfeil und Bogen)
**Amoral,** (gr.-lat.), weibl., nur Sing.: Unmoral, Mangel an Moral
**amoralisch,** (gr.-lat.): unmoralisch; sich über die Moral hinwegsetzend
**Amoralismus,** (gr.-lat.), männl., nur Sing.: Gleichgültigkeit gegenüber der Moral; Moral ablehnende oder verneinende Geisteshaltung
**Amoralität,** (gr.-lat.), weibl., nur Sing.: amoralische Lebenshaltung
**Amorette,** (lat.-fr.), weibl., –n: Darstellung eines Liebesgottes in Gestalt eines nackten Knaben mit Flügeln, Pfeil und Bogen
**amoroso,** (italien.): verliebt, zärtlich, innig (zu spielen; Mus.)
**amorph,** (gr.): 1. gestaltlos, formlos, 2. nicht Kristallform besitzend (Gegens.: kristallin; Phys.)
**Amorphie,** (gr.), weibl., –n: 1. Gestaltlosigkeit, Formlosigkeit, 2. amorpher Zustand, völlige Regellosigkeit in der Anordnung der Atome (Phys.)
**Amortisation,** (lat.), weibl., –en: allmähliche Tilgung, planmäßige Abtragung einer Schuld
**amortisieren,** (lat.): eine Schuld allmählich, nach festgelegtem Plan tilgen, abtragen; den Anschaffungspreis einer Maschine durch Arbeit mit derselben wieder erwirtschaften
**Amouren,** [a'mu:ren, fr.], weibl., nur Plur.: Liebschaften, Liebesabenteuer
**amourös,** (fr.): die Liebe betreffend; mit einem Liebesabenteuer verbunden
**Ampere,** [am'pä:r], sächl., –: nach dem fr. Physiker Ampere benannte Maßeinheit der elektrischen Stromstärke (Zeichen: A)
**Amperemeter,** (fr.-gr.), sächl., –: Messgerät für elektrische Stromstärke
**Amphetamin,** sächl., –e: ein Präparat, das das Zentralnervensystem anregt, ein Weckamin
**Amphibie,** [am'fi:bi-e, gr.], weibl., –n: Land und Wasser bewohnendes Wirbeltier; Lurch
**Amphibienfahrzeug,** (gr.-dt.), sächl., –e: Kraftfahrzeug, das sich sowohl zu Wasser als auch zu Lande bewegen kann
**Amphibium,** (gr.), sächl., Amphibien: vgl. Amphibie
**Amphibol,** (gr.), männl., –e: Hornblende, dunkles Mineral (Geol.)
**Amphibolie,** (gr.), weibl., –n: Mehrdeutigkeit, Doppelsinn
**amphibolisch,** (gr.): mehrdeutig, doppelsinnig
**Amphigonie,** (gr.), weibl., nur Sing.: zweigeschlechtige Fortpflanzung (Biol.)
**Amphimixis,** (gr.), weibl., nur Sing.: Vermischung der Erbanlagen bei der Amphigonie (Biol.)
**Amphitheater,** (gr.), sächl., –: altrömisches Theater unter freiem Himmel mit stufenweise ansteigenden im Halbrund um die Bühne angeordneten Sitzreihen
**Amphora,** (gr.), weibl., Amphoren: vgl. Amphore
**Amphore,** (gr.), weibl., –n: (im antiken Griechenland:) großes bauchiges Tongefäß mit zwei senkrecht stehenden Henkeln zur Aufbewahrung oder zum Transport von Öl oder Wein
**amphoter,** (gr.): teils basisch, teils sauer reagierend (Chem.)
**amplifizieren,** (lat.): erweitern; ausführlicher darlegen; vergrößern
**Amplitude,** (lat.), weibl., –n: größte Schwingungsweite, maximaler Ausschlag einer mechanischen, elektromagnetischen oder sonstigen Schwingung (Phys.)

**Ampulle,** (lat.), weibl., –n: 1. steril verschlossenes Glasbehältnis für Injektionslösungen (Med.), 2. bauchiges Gefäß, 3. bauchige Erweiterung röhrenförmiger Organe (Med.)
**Amputation,** (lat.), weibl., –en: operative Abtrennen eines Körperteils
**amputieren,** (lat.): (einen Körperteil operativ) abtrennen
**Amulett,** (lat.), sächl., –e: meist um den Hals getragener Anhänger in Form eines Medaillons, der Glück bringen bzw. Schaden abwenden soll
**amüsant,** (fr.): unterhaltsam, vergnüglich, belustigend
**Amüsement,** [amüs(e)'man, fr.], sächl., –s: Unterhaltung, vergnüglicher Zeitvertreib, Belustigung
**amüsieren,** (fr.): unterhalten, belustigen, vergnügen
**amusisch,** (gr.): nicht musisch begabt, ohne Kunstverständnis
**amyloid,** (gr.): stärkeähnlich
**Amylum,** (gr.): pflanzliche Stärke
**Anabaptismus,** (gr.), männl., nur Sing.: Lehre der Wiedertäufer
**Anabaptist,** (gr.), männl., –en: Wiedertäufer
**anabatisch,** (gr.): aufwärts gerichtet (in Bezug auf Winde; Gegens.: katabatisch; Meteorol.)
**Anabiose,** (gr.), weibl., nur Sing.: Wiederbelebung; das Wiederaufleben aus todähnlicher Starre bei Pflanzen und niederen Lebewesen (Biol.)
**Anabolika:** vgl. Anabolikum
**Anabolikum,** (gr.), sächl., Anabolika: (meist Plur.) den Aufbaustoffwechsel förderndes Mittel, dessen muskelaufbauende Wirkung trotz Verbots durch die Sportverbände immer wieder von Sportlern genutzt wird
**Anachronismus,** (gr.), männl., Anachronismen: 1. falsche zeitliche Zuordnung von Vorstellungen, Ideologien, Sachen oder Personen, 2. nicht zeitgemäße Erscheinung oder Einrichtung
**anachronistisch,** (gr.): unzeitgemäß, nicht in die Zeit passend
**anaerob,** (gr.): ohne Sauerstoff, unter Luftabschluss lebend (Biol.)
**Anagenese,** (gr.), weibl., nur Sing.: stammesgeschichtliche Höherentwicklung (Biol.)
**Anagramm,** (gr.), sächl., –e: durch Vertauschung der Buchstaben eines Wortes oder Satzes entstandenes neues Wort oder neuer Satz
**Anakoluth,** (gr.), sächl., –e: die hinsichtlich der Satzkonstruktion veränderte Fortsetzung eines begonnenen Satzes, Satzbruch
**Anakonda,** weibl., –s: südamerik. Riesenschlange
**Anakreontik,** (gr.), weibl., nur Sing.: Literaturrichtung des 18. Jh., die den altgr. Lyriker Anakreon nachahmte und Themen wie Liebe und Freude am Leben bevorzugte
**Anakreontiker,** (gr.), männl., –: Schriftsteller der Anakreontik
**anakreontisch,** (gr.): in der Art der Anakreontik; die Anakreontik betreffend
**anal,** (gr.): den After betreffend, am After, zum After gehörend (Med.)
**Analeptikum,** (gr.), sächl., Analeptika: belebendes Medikament (Med.)
**Analeptikon:** vgl. Analeptikum
**analeptisch,** (gr.): belebend, anregend (Med.)
**Analerotik,** (gr.), weibl., nur Sing.: 1. frühkindliches lustbetontes Interesse am analen Körperbereich, 2. sexuelles Lustempfinden im Afterbereich
**Analgesie,** (gr.), weibl., –n: Schmerzlosigkeit
**Analgetikum,** (gr.-lat.), sächl., Analgetika: schmerzstillendes Mittel (Med.)

**analgetisch,** (gr.): schmerzstillend (Med.)
**Analgie,** (gr.), weibl., –n: vgl. Analgesie
**analog,** (gr.): 1. entsprechend, ähnlich; gleichartig, 2. stufenlos; jedem Messwert eine entsprechende physikalische Größe zuordnend (z. B.: die Länge auf Thermometer, das Bogenmaß auf der Uhr; Gegens.: digital)
**Analogie,** (gr.), weibl., –n: Entsprechung, Ähnlichkeit; Gleichartigkeit, Übereinstimmung; sinngemäße Übertragung
**Analogieschluss,** (gr.-dt.), männl., –schlüsse: auf Entsprechung oder sinngemäße Übertragung beruhender logischer Schluss
**Analogismus,** (gr.), männl., Analogismen: vgl. Analogieschluss
**Analogon,** (gr.), sächl., Analoga: Entsprechung, ähnlicher Fall
**Analoguhr,** (gr.-dt.), weibl., –en: Uhr mit Zeitangabe auf einem Zifferblatt (Gegens.: Digitaluhr)
**Analphabet,** (gr.), männl., –en: des Schreibens und Lesens Unkundiger
**analphabetisch,** (gr.): des Schreibens und Lesens unkundig
**Analphabetismus,** (gr.), männl., nur Sing.: Unfähigkeit, zu schreiben und zu lesen
**Analverkehr,** (gr.-dt.), männl., nur Sing.: Einführen des männlichen Geschlechtsteils in den After
**Analyse,** (gr.), weibl., –n: 1. Zergliederung, Auflösung, Zerlegung eines Ganzen in seine Einzelteile (zum Zwecke einer gründlichen Untersuchung), 2. Ermittlung der Bestandteile chemischer Verbindungen durch Zerlegen (Gegens.: Synthese; Chem.)
**analysieren,** (gr.): zergliedern, auflösen, zerlegen, untersuchen, eine Analyse vornehmen
**Analysis,** (gr.), weibl., nur Sing.: Teilgebiet der Mathematik, das mit Methoden der Infinitesimalrechnung veränderliche Größen und Grenzwerte untersucht
**Analyst,** (gr.), männl., –en: Beobachter und Beurteiler des Börsengeschehens
**Analytik,** (gr.), weibl., nur Sing.: Lehre und Methode der Analyse
**Analytiker,** (gr.), männl., –: jmd., der Analysen fachgerecht durchführt
**analytisch,** (gr.): zergliedernd, zerlegend, auflösend; auf Analyse beruhend (Gegens.: synthetisch)
**Anämie,** (gr.), weibl., –n: Blutarmut, Verringerung der Anzahl der roten Blutkörperchen im Blut (Med.)
**anämisch,** (gr.): blutarm, an Anämie leidend (Med.)
**Anamnese,** (gr.), weibl., –n: Vorgeschichte einer Krankheit (Med.)
**anamnestisch,** (gr.): die Anamnese betreffend, auf Anamnese beruhend (Med.)
**anamnetisch,** (gr.): vgl. anamnestisch
**Anamnier,** (gr.), weibl., –: sich ohne Amnion entwickelndes Wirbeltier (Biol.)
**Ananas,** weibl., – oder –se: tropische Pflanze mit wohlschmeckender fleischiger Frucht
**Anapäst,** (gr.), männl., –e: gr. Versfuß aus zwei unbetonten Kürzen und einer betonten Länge
**Anaphase,** (gr.), weibl., –: ein Stadium bei Kernteilungen, in dem die Tochterchromosomen auseinander rücken (Biol.)
**Anapher,** (gr.), weibl., –n: Wiederholung eines gleichen Wortes am Anfang aufeinander folgender Sätze oder Satzglieder als Stilmittel
**anaphorisch,** (gr.): in Form einer Anapher, unter Verwendung von Anaphern

**anaphylaktisch,** (gr.): überempfindlich, allergisch reagierend auf die Injektion körperfremden Eiweißes (Med.)
**Anaphylaxie,** (gr.), weibl., –n: Überempfindlichkeit, schockartige allergische Reaktion des Körpers gegen spezielle Injektionen oder Impfungen (anaphylaktischer Schock; Med.)
**Anarchie,** (gr.), weibl., –n: Herrschaftslosigkeit, Zustand der Gesetzlosigkeit, Fehlen der Staatsgewalt
**anarchisch,** (gr.): auf Anarchie beruhend, herrschaftslos, gesetzlos, ohne Staatsgewalt, ohne staatliche Ordnung
**Anarchismus,** (gr.), männl., nur Sing.: jede politische und staatliche Organisation ablehnende politische Bewegung und Überzeugung
**Anarchist,** (gr.), männl., –en: Anhänger des Anarchismus
**anarchistisch,** (gr.): den Anarchismus betreffend, auf Anarchismus beruhend
**Anastasis,** (gr.), weibl., nur Sing.: Auferstehung (Relig.)
**Anästhesie,** (gr.), weibl., –n: 1. ärztlicherseits herbeigeführte Schmerzausschaltung; Betäubung (Med.), 2. Empfindungslosigkeit gegen Schmerz-, Temperatur- und Berührungsreize (Med.)
**anästhesieren,** (gr.): unempfindlich machen, betäuben (Med.)
**Anästesiologie,** (gr.), weibl., nur Sing.: Wissenschaft von der Anästhesie
**Anästhesist,** (gr.), männl., –en: Facharzt für Narkose (Med.)
**Anästhetikum,** (gr.), sächl., Anästhetika: schmerzstillendes Mittel (Med.)
**anästhetisieren,** (gr.): vgl. anästhesieren
**Anastomose,** (gr.), weibl., –n: angeborenes oder operativ angelegtes Verbindungsstück zwischen zwei nebeneinander liegenden Hohlorganen (Med.)
**Anathem,** (gr.), sächl., –e: Verfluchung, Kirchenbann (Relig.)
**Anathema,** (gr.), sächl., –ta: vgl. Anathem
**Anatom,** (gr.), männl., –en: Wissenschaftler auf dem Gebiet der Anatomie
**Anatomie,** (gr.), weibl., –n: 1. Lehre vom Körperbau der Lebewesen, 2. Universitätsgebäude oder -institut, in dem Anatomie gelehrt wird (Med.)
**anatomisch,** (gr.): den Bau des menschlichen Körpers betreffend; auf Anatomie beruhend
**anaxial,** (gr.): nicht in Achsenrichtung angeordnet, ungleichachsig (Gegens.: axial)
**anazyklisch,** (gr.): vorwärts und rückwärts gelesen gleich lautend (in Bezug auf Verse, Wörter oder Sätze)
**Anchovis,** weibl., –: vgl. Anschovis
**Anciennität,** [anßiäni'tä:t, fr.], weibl., –en: Dienstalter, Altersfolge
**Anciennitätsprinzip,** [anßiäni'tä:tsprinzip, fr.-lat.], sächl., nur Sing.: Prinzip, Arbeitnehmer nach dem Dienstalter zu befördern
**Ancien Régime,** [anß'jän re'schi:m, fr.], sächl., nur Sing.: alte und überholte Regierungsform, insbes. die absolutistische in Frankreich vor dem Ausbruch der Französischen Revolution 1789
**andante,** (italien.): mäßig bewegt, ruhig (Mus.)
**andantino,** (italien.): etwas schneller als andante (Mus.)
**andocken,** (dt.-engl.): ankoppeln
**Andragogik,** (gr.), weibl., nur Sing.: Erwachsenenbildung
**Androgamet,** (gr.), männl., –en: männl. Keimzelle
**Androgen,** (gr.), sächl., –e: männl. Keimdrüsenhormon
**androgyn,** (gr.): zweigeschlechtig; sowohl weibliche, als auch männliche Eigenschaften aufweisend; zwitterig
**Androgynie,** (gr.), weibl., nur Sing.: 1. Zwitterbildung bei Pflanzen (Bot.),

2. Mischung von Merkmalen beider Geschlechter in einer Person

**Android,** (gr.), männl., –en: Menschmaschine, Kunstmensch, Roboter

**Andrologie,** (gr.), weibl., nur Sing.: Männerheilkunde (Med.)

**Anekdote,** (gr.), weibl., –n: kurze, nicht unbedingt historisch verbürgte Geschichte von zeit- oder personentypischem Inhalt, die in einer heiteren oder unerwarteten Wendung gipfelt

**anekdotisch,** (gr.): in Form einer Anekdote

**Anemochoren,** (gr.), weibl., nur Plur.: Pflanzen, deren Samen durch den Wind verbreitet werden (Bot.)

**Anemochorie,** (gr.), weibl., nur Sing.: Verbreitung des Samens durch den Wind (Bot.)

**anemogam,** (gr.): durch Wind bestäubt (Bot.)

**Anemogamie,** (gr.), weibl., nur Sing.: Windbestäubung (Bot.)

**Anemometer,** (gr.), sächl., –: Gerät zum Messen der Windgeschwindigkeit (Meteorol.)

**Anemone,** (gr.), weibl., –n: 1. Vertreter der Gattung der Hahnenfußgewächse, kleine Frühlingsblume, Buschwindröschen, 2. ein Mädchenname (auch in der Schreibweise: Annemone [aus Anna und Monika])

**Anenergie**, (gr.): vgl. Anergie

**anenergisch,** (gr.): vgl. anergisch

**Anergie,** (gr.), weibl., –n: 1. Energielosigkeit, Unentschlossenheit, 2. Reizunempfindlichkeit (Med.), 3. verloren gegangene Energie (Phys.)

**anergisch,** (gr.): energielos, unentschlossen; reizunempfindlich (Med.)

**Aneurysma,** (gr.), sächl., –ta oder Aneurysmen: krankhafte örtliche Erweiterung einer Arterienwand (Med.)

**anfaxen:** jmdm. etwas per Telefax mitteilen

**Angelika,** (lat.), weibl., –s: 1. Engelwurz (eine Heilpflanze), 2. Mädchenname

**Angelus,** (lat.: »Engel«), männl., –: täglich mehrfach zu wiederholendes katholisches Gebet

**Angiitis,** (gr.), weibl., Angiitiden: Blutgefäßentzündung (Med.)

**Angina,** (lat.), weibl., Anginen: meist fieberhafte Entzündung der Mandeln und des Rachenraumes(Med.)

**Angina pectoris,** (lat.), weibl., nur Sing.: Erkrankung mit anfallsweise auftretende Schmerzen infolge Verengung der Herzkranzgefäße (Med.)

**anginös,** (lat.): anginaartig

**Angiographie,** (gr.), weibl., –n: röntgenologische Darstellung von Blutgefäßen nach Injektion eines Kontrastmittels (Med.)

**Angiologie,** (gr.), weibl., nur Sing.: Lehre von den Gefäßen und vom Herzen (Med.)

**Angiospermen,** (gr.), weibl., nur Plur.: die bedecktsamigen Blütenpflanzen (Bot.)

**Anglaise,** [an'glä:s, fr.], weibl., –n: alter englischer Gesellschaftstanz

**Anglikaner,** (lat.), männl., –: Angehöriger der englischen Staatskirche

**anglikanische Kirche,** (lat.-dt.): englische Staatskirche

**anglisieren,** (lat.): dem englischen Stil, der englischen Sprache oder den englischen Sitten angleichen

**Anglist,** (lat.), männl., –en: Fachmann auf dem Gebiet der Anglistik

**Anglistik,** (lat.), weibl., nur Sing.: Wissenschaft von der engl. Sprache, Kultur und Literatur

**Anglizismus,** (lat.), männl., Anglizismen: in sprachlichen Wendungen, Wortschöpfungen und anderen Sprachen nachweisbarer Anklang an die englische Sprache

**Angloamerikaner,** männl., –: Amerikaner englischer Herkunft sowie Sammelbez. für Engländer und Amerikaner

**anglophil,** (lat.-gr.): englandfreundlich gesonnen

**Anglophilie,** (lat.-gr.), weibl., nur Sing.: Englandfreundlichkeit

**Ångström,** (schwed.), sächl., nur Sing.: veraltete Maßeinheit für Wellenlängen elektromagnetischer Strahlung (Licht, Röntgenstrahlen u. a.)

**angular,** (lat.): winklig, eckig, einen Winkel betreffend

**Anhydrid,** (gr.), sächl., –e: chemische Verbindung, die aus einer Säure oder Base durch Entzug von Wasser entsteht (Chem.)

**Anhydrit,** (gr.), männl., –e: wasserfreies Kalziumsulfat (zur Herstellung von Baustoffen, Düngemitteln und Gips verwandt)

**Anilin,** (arab.-lat.), sächl., nur Sing.: farblose, giftige Flüssigkeit, die zur Herstellung von Farbstoffen, Kunststoffen und Pharmazeutika verwendet wird (Chem.)

**animalisch,** (lat.): 1. aus dem Tierreich stammend, tierisch, 2. sinnlich, triebhaft; urwüchsig

**Animalismus,** (lat.), männl., nur Sing.: religiöse Verehrung von Tieren

**Animalität,** (lat.), weibl., nur Sing.: tierische Wesensart

**Animateur,** [anima'tö:r, lat.-fr.], männl., –e: Angestellter in der Touristikbranche, der abwechslungsreiche Unterhaltung und aktive Freizeitgestaltung am Urlaubsort für die Touristen organisiert

**Animation,** (lat.), weibl., –en: Belebung zunächst unbewegter Objekte im Filmtrick

**animato,** (lat.): beseelt, belebt (Vortragsanweisung; Mus.)

**Animator,** (lat.) 1. Zeichner der Bewegungsabläufe im Trickfilm, 2. vgl. Animateur

**Animierdame,** (lat.), weibl., –n: Bardame, die die Gäste in Stimmung bringen und zum Bestellen teurer Getränke anregen soll

**animieren,** (lat.): 1. beleben, anregen, ermuntern, ermutigen, anreizen, 2. Bewegungsabläufe für einen Trickfilm filmen

**Animismus,** (lat.), männl., nur Sing.: die Vorstellung, dass Erscheinungen oder Gegenstände der Natur in Form von Geistern o. Ä. beseelt sind

**Animist,** (lat.), männl., –en: Anhänger des Animismus

**Animosität,** (lat.), weibl., –en: Feindseligkeit, Gefühl oder Äußerung der Ablehnung, Abneigung

**Animus,**(lat.: »Geist, Seele«), männl., nur Sing.: Seele, Gemüt, Gefühl; Geist

**Anion,** (gr.), sächl., –en: negativ geladenes Teilchen (Gegens.: Kation; Phys.)

**Anis,** (gr.), männl., –e: Gewürz- und Arzneipflanze

**Anisette,** [ani'set, fr.], männl., –s: Anislikör

**Ankathete,** (dt.-gr.), weibl., –n: diejenige Kathete, die im rechtwinkligen Dreieck einem spitzen Winkel anliegt (Math.)

**anklicken,** (dt.-engl.): mit der Maustaste einen Programmbefehl aktivieren (EDV)

**Ankylose,** (gr.), weibl., –n: knöcherne Gelenkversteifung (Med.)

**Annalen,** (lat.), weibl., nur Plur.: geschichtliche Jahrbücher, nach Jahren geordnete Aufzeichnungen geschichtlicher Ereignisse

**annektieren,** (lat.): sich gewaltsam aneignen, sich widerrechtlich einverleiben (meist in Bezug auf fremdes Staatsgebiet)

**Annex,** (lat.), männl., –e: Anhang, Anhängsel; Zubehör; Anbau

**Annexion,** (lat.), weibl., –en: gewaltsame Aneignung fremden Staatsgebiets

**Annexionimus,** (lat.), männl., nur Sing.: Streben nach Annexionen
**Anniversar,** (lat.), sächl., –e: jährliche wiederkehrende Gedächtnisfeier in der katholischen Kirche
**Anniversarium,** (lat.), sächl., Anniversarien: vgl. Anniversar
**anno,** (lat.): im Jahre
**Anno,** (lat.): vgl. anno
**anno Domini,** (lat.): im Jahre des Herrn; nach Christi Geburt
**Annonce,** [a'nonße, fr.], weibl., –n: Ankündigung; Anzeige in einer Zeitung oder Zeitschrift, Inserat
**annoncieren,** [anon'ßi:ren, fr.]: ankündigen; eine Anzeige zur Veröffentlichung in einer Zeitung aufgeben, inserieren
**Annotation,** (lat.), weibl., –en: Anmerkung, Aufzeichnung, Notiz
**Annuarium,** (lat.), sächl., Annuarien: Kalender, Jahrbuch
**annuell,** (lat.): einjährig; jährlich
**Annuität,** (lat.), weibl., –en: jährliche Zahlung, die sich aus Zinsen und Tilgungsraten einer Schuld zusammensetzt
**annullieren,** (lat.): für ungültig erklären; außer Kraft setzen; rückgängig machen
**Annullierung,** (lat.), weibl., –en: Ungültigkeitserklärung
**Anode,** (gr.), weibl., –n: positive Elektrode (Gegens.: Kathode; Phys.)
**Anoia,** [a'neua, gr.], weibl., nur Sing.: Unverstand, Geistesschwäche
**anomal,** (gr.): von der Regel abweichend, unregelmäßig, nicht normal
**Anomalie,** (gr.), weibl., –n: 1. Unregelmäßigkeit, Abweichung (z. B. vom Normalwert), 2. Missbildung (Biol.)
**anomisch,** (gr.): gesetzlos
**anonym,** (gr.): ohne Namensangabe, ohne Verfassernamen, ungenannt; namenlos
**Anonymität,** (gr.), weibl., nur Sing.: Namenlosigkeit, die Nichtangabe des Namens, Unbekanntheit des Namens
**Anonymus,** (gr.-lat.), männl., Anonymi: Ungenannter, Namenloser; Schriftsteller oder Künstler, der seinen Namen nicht preisgibt
**Anopheles,** (gr.), weibl., –: eine Stechmücke, Überträgerin der Malaria und anderer Tropenkrankheiten
**Anopie, Anopsie,** (gr.), weibl., nur Sing.: das Nichtsehen, Untätigkeit des einen Auges (Med.)
**Anorak,** (eskimo.), männl., –s: der eskimoischen Kajakjacke nachgebildete Windjacke (meist mit Kapuze)
**anorganisch,** (gr.): mineralisch entstanden; nicht organisch, unbelebt, nicht von Lebewesen stammend (Gegens.: organisch)
**anorganische Chemie:** Wissenschaft von den Elementen und Verbindungen ohne Kohlenstoff (Teilgebiet der Chemie)
**Anorgasmie,** (gr.), weibl., –n: Fehlen des Orgasmus beim sexuellen Verkehr (Med.)
**anormal,** (lat.): nicht normal, ungewöhnlich
**Anschovis,** (span.), weibl., –: eingelegte Sardelle oder Sprotte
**Antacidum,** (gr.-lat.), sächl., Antacida: vgl. Antazidum
**Antagonismus,** (gr.), männl., Antagonismen: 1. Gegensatz, Widerstreit, Gegnerschaft, 2. Gegenwirkung (Med.)
**Antagonist,** (gr.), männl., –en: Gegner, Widersacher
**antagonistisch,** (gr.): gegensätzlich, widerstreitend; gegnerisch
**Antarktika,** (gr.-lat.), weibl., nur Sing.: Kontinent der Antarktis
**Antarktis,** (gr.-lat.), weibl., nur Sing.: Südpolargebiet (Festland und Meer)
**Antazidum,** (gr.-lat.), sächl., Antazida: Arznei, die die überschüssige Magensäure bindet (Med.)
**ante Christum (natum),** (lat.): vor Christi (Geburt) (Abk.: a.Chr.)

**ante mortem,** (lat.): vor dem Tod (Abk.: a. m.; Gegens.: post mortem; Med.)

**Antenne,** (lat.), weibl., –n: 1. Vorrichtung zum Abstrahlen oder Empfangen elektromagnetischer Wellen (Rundfunk, Fernsehen), 2. Fühler (der Gliederfüßer; Zool.)

**ante portas,** (lat.: »vor den Toren«): im Anmarsch, gleich da

**Antezedens,** (lat.), sächl., Antezedentien: Vorausgehendes, Voraussetzung, Ursache

**Anthelminthikum,** (gr.), sächl., Anthelminthika: Mittel gegen Eingeweidewürmer (Med.)

**Anthemion,** (gr.), sächl., Anthemien: Schmuckfries aus Blumen, Blüten und Blättern in der griechischen Baukunst

**Anthere,** (gr.), weibl., –n: Staubbeutel der Blütenpflanzen (Bot.)

**Antheridium,** (gr.), sächl., Antheridien: männliches Geschlechtsorgan niederer Pflanzen (bei Algen, Moosen, Farnen)

**Anthologie,** (gr.: »das Sammeln von Blumen«): Sammlung von ausgewählten Gedichten oder Ausschnitten aus literarischen Werken verschiedener Autoren

**anthologisch,** (gr.): ausgewählt

**Anthracen,** (gr.), sächl., –e: im Steinkohlenteer enthaltener Kohlenwasserstoff (Ausgangsstoff für Farbstoffe und Schädlingsbekämpfungsmittel)

**Anthrax,** (griech), männl., nur Sing.: Milzbrand (Med.)

**Anthrazen,** (gr.), sächl., –e: vgl. Anthracen

**Anthrazit,** (gr.), männl., –e: harte, glänzende Steinkohle von hohem Heizwert

**anthrazit,** (gr.): grauschwarz

**Anthropochoren,** (gr.), weibl., nur Plur.: durch den Menschen verbreitete Pflanzen und Tiere

**anthropogen,** (gr.): vom Menschen geschaffen, von Menschen beeinflusst oder verändert

**Anthropogenie,** (gr.), weibl., nur Sing.: Wissenschaft von der Entstehungsgeschichte des Menschen

**anthropoid,** (gr.): menschenähnlich

**Anthropologe,** (gr.), männl., –n: Wissenschaftler auf dem Gebiet der Anthropologie

**Anthropologie,** (gr.), weibl., nur Sing.: Menschenkunde, Wissenschaft von Herkunft und Entwicklung des Menschen

**anthropologisch,** (gr.): menschenkundlich

**anthropomorph,** (gr.): von menschlicher Gestalt, menschenähnlich

**anthropomorphisieren,** (gr.): vermenschlichen

**Anthropomorphismus,** (gr.), männl., Anthropomorphismen: Vermenschlichung der Natur, Übertragung menschlicher Eigenschaften auf nichtmenschliche Dinge oder Wesen

**Anthropophage,** (gr.), männl., –n: Kannibale

**Anthropophagie,** (gr.), weibl., nur Sing.: Kannibalismus

**anthropophob,** (gr.): menschenscheu

**Anthropophobie,** (gr.), weibl., nur Sing.: Menschenscheu, Angst vor dem Umgang mit Menschen

**Anthroposoph,** (gr.), männl., –en: Anhänger der Anthroposophie

**Anthroposophie,** (gr.), weibl., nur Sing.: von Rudolf Steiner begründete Weltanschauungslehre

**anthroposophisch,** (gr.): die Anthroposophie betreffend

**anthropozentrisch,** (gr.): den Menschen in den Mittelpunkt (der Welt) stellend

**Anthropus,** (gr.), männl., nur Sing.: Frühmensch

**Antialkoholiker,** (gr.-arab.), männl., –: Alkoholgegner
**Antiallergikum,** (gr.), sächl., Antiallergika: Mittel zur Behandlung allergischer Krankheiten (Med.)
**Antiasthmatikum,** (gr.-lat.), sächl., Antiasthmatika: Mittel zur Behandlung von Asthma (Med.)
**antiautoritär,** (gr.-lat.): gegen autoritäre Normen eingestellt; gegen Autoritäten (Personen oder Normen) gerichtet (Gegens.: autoritär)
**Antibabypille,** (gr.-engl.-lat.), weibl., –n: empfängnisverhütendes Arzneimittel
**antibakteriell,** (gr.): gegen Bakterien wirkend, Bakterien abtötend
**Antibiont,** (gr.), männl., –en: Kleinstlebewesen, von dem Antibiose ausgeht
**Antibiose,** (gr.), weibl., –n: vernichtende oder wachstumshemmende Wirkung bestimmter Kleinstlebewesen auf andere Kleinstlebewesen (z. B.: Viren, Bakterien, Pilze o. Ä.)
**Antibiotikum,** (gr.), sächl., Antibiotika: als Arzneimittel verwendeter Stoff, der Antibiose bewirkt (Med.)
**antibiotisch,** (gr.): Antibiose bewirkend
**antichambrieren,** [antischam'bri:ren, fr.]: 1. lange im Vorzimmer feiner Leute warten, 2. (übertragen:) liebedienern, einflussreichen Leuten schmeicheln, sich um Gunst bemühen
**Antichrist,** (gr.-lat.), männl., –en: Gegner von Christus oder des Christentums
**antichristlich,** (gr.-lat.): gegen das Christentum gerichtet
**antidemokratisch,** (gr.): demokratiefeindlich
**Antidepressivum,** (gr.-lat.), sächl., Antidepressiva: eines der Medikamente, das gegen schwere Depressionen eingesetzt wird (Med.)
**Antidot,** (gr.), sächl., –e: Gegengift
**Antifaschismus,** (gr.-italien.), männl., nur Sing.: Gegnerschaft, politische Bewegung gegen den Faschismus (verharmlosend auch: gegen den Nationalsozialismus)
**Antifaschist,** (gr.-italien.), männl., –en: Gegner des Faschismus (verharmlosend auch: des Nationalsozialismus
**antifaschistisch,** (gr.-italien.): gegen Faschismus (verharmlosend auch: gegen den Nationalsozialismus) gerichtet
**Antigen,** (gr.), sächl., –e: Fremdeiweißstoff (z. B. Bakterien, Viren), der im Körper von Mensch oder Tier die Bildung von Antikörpern bewirkt
**antik,** (fr. ): 1. die Antike betreffend, aus der Antike stammend, im Stil der Antike, 2. alt, altertümlich
**Antike,** (fr.), weibl., nur Sing.: das griechische und römische Altertum und seine Kultur
**antiklerikal,** (gr.): kirchenfeindlich
**antiklingl,** (gr.): sattelförmig aufgewölbt (Geol.)
**Antikoagulans,** (gr.-lat.), sächl., Antikoagulantien: Mittel zur Hemmung der Blutgerinnung (Med.)
**antikonzeptionell,** (gr.-lat.): empfängnisverhütend (Med.)
**Antikonzeptivum,** (gr.-lat.), sächl., Antikonzeptiva: empfängnisverhütendes Mittel (Med.)
**Antikörper,** (gr.-dt.), männl., –: im Blut gebildeter Abwehrstoff gegen Krankheitserreger (Med.)
**Antilope,** (gr.-fr. ), weibl., –n: flinkes gehörntes Huftier Afrikas und Asiens
**Antimaterie,** (gr.-lat.), weibl., nur Sing.: Materie aus Atomen, die aus Antiteilchen der Erdmaterie bestehen
**Antimilitarismus,** (gr.-lat.), männl., nur Sing.: gegen Militarismus oder militärische Einstellung gerichtete Gesinnung oder Bewegung

**Antimon,** (lat.), sächl., nur Sing.: ein chem. Element
**antinational,** (gr.-lat.): gegen die Interessen der Nation gerichtet
**Antineuralgikum,** (gr.), sächl., Antineuralgika: Mittel gegen (Nerven)schmerzen (Med.)
**Antinomie,** (gr.-lat.), weibl., –n: logischer Widerspruch zwischen zwei logisch begründeten Aussagen, Gegebenheiten oder Gesetzen (Philos.)
**antinomisch,** (gr.-lat.): in der Art einer Antinomie, logisch unvereinbar, gegensätzlich, widersprüchlich
**Antipasto,** (italien.), sächl., Antipasti: Vorspeise
**Antipathie,** (gr.), weibl., –n: (gefühlsmäßige) Abneigung, Widerwille (Gegens.: Sympathie)
**Antiphlogistikum,** (gr.), sächl., Antiphlogistika: Mittel zur Behandlung von Entzündungen (Med.)
**Antiphon,** (gr.), weibl., –en: liturgischer Wechselgesang zwischen zwei Chören
**antiphonal,** (gr.): wechselweise singend, im liturgischen Wechselgesang
**Antipode,** (gr.), männl., –n: 1. auf dem entgegengesetzten Punkt der Erde lebender Mensch, Bewohner der anderen Erdseite, 2. einen entgegengesetzten Standpunkt vertretender Mensch; Gegner, Widersacher
**Antipyretikum,** (gr.), sächl., Antipyretika: fiebersenkendes Mittel (Med.)
**Antiqua,** (lat.), weibl., nur Sing.: Bez. für die heute übliche lat. Druckschrift
**Antiquar,** (lat.), männl., –e: Buchhändler, der mit gebrauchten Büchern, Zeitschriften o. Ä. handelt
**Antiquariat,** (lat.), sächl., –e: Buchhandlung, in der mit gebrauchten Büchern, Zeitschriften o. Ä. gehandelt wird
**antiquarisch,** (lat.): alt, gebraucht
**antiquiert,** (lat.): veraltet, altmodisch, nicht mehr zeitgemäß, überholt
**Antiquität,** (lat.), weibl., –en: altertümlicher, wertvoller Kunst- oder Gebrauchsgegenstand
**Antiraketenrakete,** (gr.-lat.), weibl., –n: Boden-Luft-Rakete zur Abwehr anderer Raketen
**Antirheumatikum,** (gr.), sächl., Antirheumatika: Mittel gegen Rheumatismus (Med.)
**Antisemit,** (gr.), männl., –en: Judengegner, Judenfeind
**antisemitisch,** (gr.): judenfeindlich
**Antisemitismus,** (gr.), männl., nur Sing.: feindliche Einstellung, Hass gegenüber Juden; politische judenfeindliche Bewegung
**Antisepsis,** (gr.), weibl., nur Sing.: Bekämpfung von Krankheitserregern innerhalb der Wunde durch den Einsatz chem. Mittel (Med.)
**Antiseptikum,** (gr.), sächl., –septika: Krankheitserreger abtötendes Mittel (zur Wundbehandlung; Med.)
**antiseptisch,** (gr.): Krankheitserreger abtötend, Wundinfektion verhindernd
**Antiserum,** (gr.), sächl., Antiseren: Heilserum, das Antikörper enthält (Med.)
**Antispasmodikum,** (gr.), sächl., Antispasmodika: krampflösendes Medikament (Med.)
**antispastisch,** (gr.): krampflösend
**Antistatikmittel,** (gr.-dt.), sächl., –: Mittel zur Verhinderung elektrostatischer Aufladung
**Antiteilchen,** (gr.-dt.), sächl., –: Elementarteilchen, dessen Eigenschaften denen eines anderen Teilchens entgegengesetzt ist (z. B. entgegengesetzte elektrische Ladung; Phys.)
**Antithese,** (gr.), weibl., –n: 1. Gegenbehauptung; der These entgegengestellte Behauptung, 2. Gegenüberstellung entgegengesetzter Begriffe
**antithetisch,** (gr.): entgegengesetzt, gegensätzlich

**Antitoxin,** (gr.), sächl., –e: als Gegengift wirksamer Antikörper im Blut

**Antitussivum,** (gr.-lat.), sächl., Antitussiva: den Hustenreflex verhinderndes Medikament (Med.)

**Antizipation,** (lat.), weibl., –en: Vorwegnahme; Vorgriff

**antizipieren,** (lat.): (gedanklich) vorwegnehmen

**antizyklisch,** (gr.): unregelmäßig wiederauftretend; gegen einen Zyklus verlaufend

**Antizyklone,** (gr.), weibl., –n: Hochdruckgebiet (Meteorol.)

**Antonym,** (gr.), sächl., –e: Gegenwort, Wort mit entgegengesetzter Bedeutung (z. B.: »langsam« im Gegensatz zu »schnell«; Gegens.: Synonym)

**anturnen,** ['antö(r)nen, dt.-engl.]: in Stimmung bringen; sich berauschen lassen

**Anurie,** (gr.), weibl., –n: Versagen der Harnausscheidung (Med.)

**Anus,** (lat.), männl., Ani: After, Abschlussorgan des Darms (Med.)

**Anus praeter,** (lat.), männl., Ani –: künstlicher Darmausgang (Med.)

**anvisieren,** (dt.-lat.): ins Visier nehmen; ins Auge fassen, anstreben

**äolisch,** (gr.): 1. vom Wind erzeugt (Geol.), 2. die Landschaft Äolien im antiken Griechenland betreffend

**Äon,** (gr.), männl., –en: unermesslich langer Zeitraum, Ewigkeit; Zeitalter, Weltalter

**Aorist,** (gr.), männl., –e: indoeuropäische, im Griechischen noch vorhandene Zeitform, die eine einmalig geschehene Handlung ausdrückt; (in der gr. Sprache:) die erzählende Zeitform

**Aorta,** (gr.), weibl., Aorten: Hauptschlagader des menschlichen Körpers

**Apache,** [a'pa.tsche, indian.], männl., –n: Mitglied des gleichnamigen Indianerstammes

**apallische Syndrom,** (gr.), sächl., –n –e: Funktionsstörung im Gehirn (Med.)

**Apanage,** [apa'na:sch, fr.], weibl., –n: regelmäßige Unterhaltszahlung an (nichtregierende) Mitglieder fürstlicher Häuser; auch allg. für »müheloses« Einkommen

**apart,** (fr.): erlesen, ungewöhnlich, außergewöhnlich; eigenartig und reizvoll

**Apartheid,** (afrikaans), weibl., nur Sing.: (in der Republik Südafrika:) in letzter Zeit gemilderte, aber immer noch praktizierte, von der schwarzen Bevölkerung heftig bekämpfte Politik der Rassentrennung

**Apartment,** (engl.), sächl., –s: Kleinwohnung in einem Mietshaus oder Hotel

**Apathie,** (gr.), weibl., nur Sing.: Teilnahmslosigkeit; Gleichgültigkeit, Abgestumpftheit

**apathisch,** (gr.): teilnahmslos; gleichgültig, abgestumpft

**Apatit,** (gr.), männl., –e: ein Phosphatmineral

**Aperçu,** [aper'ßü:, fr.], sächl., –s: geistreich zugespitzte Bemerkung

**aperiodisch,** (gr.): nicht periodisch

**Aperitif,** (fr.), männl., –s: appetitanregendes alkoholisches Getränk, das vor der Mahlzeit getrunken wird

**Apertur,** (lat.), weibl., –en: Maß für das Auflösungsvermögen und Lichtstärke eines optischen Gerätes

**Apex,** (lat.: »Spitze«), männl., Apizes: 1. Zielpunkt der Bewegung eines Gestirns am Himmelsgewölbe (Astron.), 2. Zeichen zur Kennzeichnung eines langen oder betonten Vokals in der Schriftsprache (' oder ^)

**Apgar-Schema,** sächl., nur Sing.: nach den Anfangsbuchstaben von **A**tmung, **P**uls, **G**rundtonus, **A**ussehen, **R**eflexe bezeichnetes 10-Punkte-Schema zur Beurteilung des Gesundheitszustandes eines Neugeborenen (Med.)

**Aphel,** (gr.), sächl., –e: sonnenfernster Punkt der elliptischen Bahn eines Planeten um die Sonne (Gegens.: Perihel; Astron.)

**Aphonie,** (gr.), weibl., –n: Stimmlosigkeit, tonloses Sprechen mit Flüsterstimme (Med.)

**Aphorismus,** (gr.), männl., Aphorismen: geistreiche, überraschende Bemerkung, knapp und prägnant formulierter Gedanke

**Aphoristik,** (gr.), weibl., nur Sing.: die Kunst des Aphorismus

**Aphoristiker,** (gr.), männl., –: Verfasser von Aphorismen

**aphoristisch,** (gr.): in der Art eines Aphorismus; knapp und prägnant formuliert

**Aphrodisiakum,** sächl., Aphrodisiaka: angeblich den Geschlechtstrieb anregendes Mittel (nach der gr. Liebesgöttin Aphrodite benannt)

**Aphthe,** (gr.), weibl., –n: schmerzhaftes Bläschen, offene Stelle im Bereich der Mundschleimhaut (Med.)

**Aphthenseuche,** (gr.-dt.), weibl., nur Sing.: Maul- und Klauenseuche

**aphyllisch,** (gr.): blattlos (Bot.)

**apikal,** (lat.): 1. an der Spitze gelegen (Med.; Bot.), 2. mit der Zungenspitze gebildet (Sprachwiss.)

**Aplasie,** (gr.), weibl., –n: angeborenes Fehlen eines Organs (Med.)

**Aplomb,** [a'plon, fr.], männl., –s: 1. Nachdruck, effektvolles Auftreten, 2. Ballettschritt

**Apochromat,** (gr.), männl., –e: Farbfehler korrigierendes Linsensystem (Optik)

**apodiktisch,** (gr.): 1. unumstößlich geltend, logisch notwendig, nicht widerlegbar, 2. bestimmt, mit fester Überzeugung, keinen Widerspruch zulassend

**apogam,** (gr.): sich ungeschlechtlich fortpflanzend (Bot.)

**Apogamie,** (gr.), weibl., nur Sing.: ungeschlechtliche Fortpflanzung (Bot.)

**Apogäum,** (gr.), sächl., Apogäen: erdfernster Punkt der Bahn eines Himmelskörpers um die Erde (Astron.)

**Apokalypse,** (gr.: »Offenbarung«), weibl., –n: 1. prophetische Abhandlung über das (schreckliche) Ende der Welt (z. B.: das letzte Buch des Neuen Testamentes, die Offenbarung des Johannes), 2. Unheil, Grauen; Endzeitkatastrophe, Weltuntergang

**Apokalyptik,** (gr.), weibl., nur Sing.: Literaturgattung, in der Visionen vom Ende der Welt entworfen werden

**apokalyptisch,** (gr.): die Apokalyptik betreffend; unheimlich, Unheil bringend, Weltuntergang verheißend

**apokarp,** (gr.): aus getrennten Fruchtblättern bestehend (Bot.)

**Apokope,** (gr.), weibl., –n: Verkürzung eines Wortes durch Weglassen eines Auslautes (z. B.: »würd'« statt »würde«)

**apokryph,** (gr.): 1. zu den Apokryphen gehörend (Relig.) , 2. später hinzugefügt, untergeschoben, unecht

**Apokryph,** (gr.), sächl., –en: nicht anerkannte, später einem Werk (insbes. der Bibel) hinzugefügte Schrift

**apolitisch,** (gr.): unpolitisch, dem politischen Geschehen gegenüber gleichgültig eingestellt

**Apoll,** männl., –s: vgl. Apollo (3)

**apollinisch,** (gr.): 1. den Gott Apollo betreffend, 2. harmonisch, maßvoll (Philos.)

**Apollo,** (gr. Gott der Weissagung, der Dichtkunst und der Jugend), männl., –s: 1. ein Planetoid (Astron.), 2. ein Tagfalter, 3. schöner, junger Mann

**Apologet,** (gr.), männl., –en: Verfechter, Verteidiger eines Werkes oder einer Lehre, insbes. des Christentums

**Apologetik,** (gr.), weibl., –en: 1. Verteidigung und Rechtfertigung von Werken oder Lehren, 2. wissenschaftliches Schrifttum zur Rechtfertigung und Absicherung des Christentums
**apologetisch,** (gr.): ein Werk oder eine Lehre verfechtend, rechtfertigend
**apologetisieren,** (gr.): verteidigen, rechtfertigen
**Apologie,** (gr.), weibl., –n: Verteidigung, Rechtfertigung, Verteidigungsrede, Rechtfertigungsschrift
**apomiktisch,** (gr.): sich ohne Befruchtung fortpflanzend (Bot.)
**Apophyse,** (gr.), weibl., –n: 1. Knochenfortsatz als Ansatzstelle für Muskeln (Med.), 2. in das Nebengestein eindringende Seitenader im Gestein (Geol.)
**Apoplektiker,** (gr.), männl., –: jmd., der zu Schlaganfällen neigt (Med.)
**apoplektisch,** (gr.): zum Schlaganfall neigend; in Zusammenhang mit einem Schlaganfall ( Med.)
**Apoplexie,** (gr.), weibl., –n: Gehirnschlag, Schlaganfall (Med.)
**Aporem,** (gr.), sächl., Aporemata: logische Schwierigkeit, Streitfrage
**Aporie,** (gr.), weibl., –n: 1. Unmöglichkeit, ein logisches Problem zu lösen, Denkschwierigkeit (Philos.), 2. Ausweglosigkeit
**Apostasie,** (gr.), weibl., –n: Lossagung von einem Glauben
**Apostat,** (gr.), männl., –n: Abtrünniger, jmd., der sich von einem Glauben losgesagt hat
**Apostel,** (gr.), männl., –: 1. einer der 12 Jünger Jesu, 2. Vertreter, Verkünder, Vorkämpfer einer neuen Lehre (Relig.)
**a posteriori,** (lat.): im Nachhinein, nachträglich (Gegens.: a priori)
**aposteriorisch,** (lat.): erfahrungsgemäß
**Apostolat,** (gr.-lat.), sächl., –: das Apostelamt
**Apostolikum,** (gr.-lat.), sächl., nur Sing.: das Apostolische Glaubensbekenntnis
**apostolisch,** (gr.-lat.): 1. die Apostel betreffend, auf die Apostel zurückgehend, 2. päpstlich
**Apostroph,** (gr.), männl., –e: Zeichen für einen ausgelassenen Vokal oder eine ausgelassene Silbe (z. B.: 'naus, hätt')
**Apostrophe,** (gr.), weibl., Apostrophen: feierliche Anrede
**apostrophieren,** (gr.): 1. ein Apostroph setzen, 2. jmdn. feierlich anreden, 3. etwas oder jmdn. besonders hervorheben
**Apotheke,** (gr.), weibl., –n: 1. Fachgeschäft für Arzneimittel, 2. Schränkchen für Arzneimittel
**Apotheker,** (gr.), männl., –: jmd., der die Berechtigung besitzt, eine Apotheke zu leiten
**Apotheose,** (gr.), weibl., –n: 1. Verherrlichung, Vergötterung, Erhebung eines Menschen zur Gottheit, 2. eindrucksvolles Schlussbild einer Aufführung (im Theater)
**Apparat,** (lat.), männl., –e: 1. Gerät, Vorrichtung; Hilfsmittel; 2. Verwaltung, Gesamtheit von Behörden
**apparativ,** (lat.): mit Hilfe eines Apparates
**Apparatschik,** (lat.-russ.), männl., –s: bürokratischer Funktionär
**Apparatur,** (lat.), weibl., –en: 1. eine aus verschiedenen Apparaten bestehende Anlage, 2. Gesamtheit von Apparaten
**Appartement,** [apart(e)'man, fr.], sächl., –s: komfortable Kleinwohnung; Zimmerflucht
**appassionata,** (italien.): leidenschaftlich (Vortragsanweisung; Mus.)
**Appeal,** [(e)'pi:l, engl.], männl., nur Sing.: Ausstrahlung; Anziehungskraft, Anreiz

**Appeasement,** [ä'pi:sm(e)nt, engl.], sächl., nur Sing.: beschwichtigende Einstellung; Politik des Nachgebens, Beschwichtigungspolitik
**Appell,** (lat.), männl., –e: 1. Aufruf, Mahnruf, Aufforderung (einen A. an jmdn. richten), 2. das Antreten, das Sammeln (beim Militär)
**Appellation,** (lat.), weibl., –en: Berufung (bei Gericht)
**Appellativ** , (lat.), männl., –e: Substantiv, das eine Gattung bezeichnet
**Appellativum:** vgl. Appellativ
**appellieren,** (lat.): jmdn. ansprechen, aufrufen, auffordern; sich an jmdn. wenden
**Appendektomie,** (lat.-gr.), weibl., –n: operative Entfernung des Wurmfortsatzes vom Blinddarm (Med.)
**Appendix,** (lat.), männl., –e oder Appendizes: 1. Anhängsel, Anhang, Zusatz, 2. Anhang eines Organs, Wurmfortsatz des Blinddarms (Med.)
**Appendizitis,** (lat.), weibl., Appendizitiden (unüblich): Entzündung des Wurmfortsatzes vom Blinddarm (Med.)
**Apperzeption,** (lat.), weibl., –en: begriffliche Wahrnehmung, bewusstes Erfassen oder Erleben (Gegens.: Perzeption; Psychol.)
**apperzeptiv,** (lat.): auf Apperzeption beruhend (Psychol.)
**apperzipieren,** (lat.): begrifflich wahrnehmen, bewusst erfassen oder erleben (Psychol.)
**Appetenz,** (lat.), weibl., –en: (in der Verhaltensforschung:) zweckgerichtetes Verhalten; Sexualverlangen
**Appetit,** (lat.), männl., –e: Wunsch, etwas (Bestimmtes) zu essen, Esslust
**appetitlich,** (lat.): den Appetit anregend, zum Essen verlockend
**Appetizer,** ['ä.petais(e)r, engl.], männl., –: appetitanregendes Mittel
**applaudieren,** (lat.): Beifall spenden; klatschen
**Applaus,** (lat.), männl., –e: Beifall
**Applikation,** (lat.), weibl., –en: 1. Aufnäher (auf Textilien), 2. das Verabreichen und Anwenden von Medikamenten (Med.)
**applizieren,** (lat.): 1. anwenden, 2. verabreichen (Med.), 3. anbringen; aufnähen
**apport!,** (fr.): bring her! (Befehl an einen Hund)
**Apport,** (fr.), männl., –e: das Herbringen; das Herbeischaffen
**apportieren,** (fr.): (Gegenstände oder erlegtes Wild) herbeibringen (von einem Hund)
**Apposition,** (lat.), weibl., –en: substantivische Beifügung, die im gleichen Kasus steht wie das vorangegangene Hauptwort, z. B.: Die Frau, das unbekannte Wesen
**appretieren,** (lat.): Textilien verschönern (z. B. durch: Stärken oder Walken)
**Appretur,** (lat.), weibl., –en: 1. das Appretieren von Kleidungsstücken, 2. das Ergebnis des Appretierens
**Approach,** [ä'pro:tsch, engl.], männl., –s: 1. das Herangehen an ein Problem, 2. gelungener Werbespruch, 3. Landeanflug
**Approbation,** (lat.), weibl., –en: 1. Bestätigung, Bewilligung; Bevollmächtigung, 2. staatl. Zulassung für den Arzt- oder Apothekerberuf
**approbieren,** (lat.): 1. bestätigen, bewilligen; bevollmächtigen, 2. staatl. zulassen
**appropriieren,** (lat.): Besitz ergreifen
**Approximation,** (lat.), weibl., –en: Annäherung, Näherungsverfahren; Näherungswert (Math.)
**approximativ,** (lat.): annähernd
**approximieren,** (lat.): annähern
**Après-Ski,** [apre:'schi:, fr.-norweg.], sächl., nur Sing.: 1. geselliges Beisammensein nach dem Ski fahren, 2. Skisportkleidung

**Aprikose,** (lat.), weibl., –n: fleischige Steinfrucht des Aprikosenbaums
**a prima vista,** (italien. ): ohne zu üben, vom Blatt (spielen; Mus.)
**a priori,** (lat.): von vornherein; allein durch logisches Schließen und ohne jegliche Erfahrung gewonnen (Gegens.: a posteriori)
**apropos,** [apro'po:, fr.]: übrigens
**Apside,** (gr.), weibl., –n: Punkt der größten oder kleinsten Entfernung eines Planeten von dem Himmelskörper, den er in einer elliptischen Bahn umläuft (Astron.)
**Apsis,** (gr.), weibl., Apsiden: halbkugelförmiger, nischenartiger Raumabschluss in Kirchen, meist am Ende des Chors
**Aqua destillata,** (lat.), sächl., nur Sing.: destilliertes, reines Wasser (Abk.: aq. dest.)
**Aquädukt,** (lat.), männl. oder sächl., –e: (in der antiken römischen Baukunst:) Wasserleitung, die auf Brückenbogen über Land in die Städte geführt wird
**Aquakultur,** (lat.), weibl., –en: planmäßige Bewirtschaftung des Meeres
**Aquamanile,** (lat.), sächl., –n: Gießgefäß zur Handwaschung des Priesters bei der Messe
**Aquamarin,** (lat.), männl., –e: meerblauer Edelstein
**Aquanaut,** (lat.), männl., –en: Tiefseeforscher
**Aquaplaning,** (engl.), sächl., –s: Verlust der Bodenhaftung von Autoreifen auf regennasser Fahrbahn, wodurch das Auto unlenkbar wird
**Aquarell,** (italien.), sächl., –e: mit Wasserfarben gemaltes Bild
**aquarellieren,** (italien.): mit Wasserfarben malen
**Aquarium,** (lat.), sächl., Aquarien: 1. Glasbehälter zur Haltung und Zucht von Wassertieren und -pflanzen, 2. Gebäude, in dem Wassertiere und -pflanzen für die Öffentlichkeit ausgestellt sind
**Aquatel,** (lat.-fr.), sächl., –s: Hotelanlage aus Wohnbooten
**Aquatinta,** (italien.), weibl., Aquatinten: Kupferstichverfahren, bei dem die Zeichnung aus der Platte herausgeätzt wird
**aquatisch,** (lat.): im Wasser lebend oder entstanden
**Äquator,** (lat.), männl., Äquatoren: 1. größter, von beiden Polen gleichweit entfernter Breitenkreis der Erdkugel (oder eines anderen Himmelskörpers), 2. dessen Projektion auf das Himmelsgewölbe (Himmels-Ä.)
**äquatorial,** (lat.): zum Äquator gehörig
**Aquavit,** (lat.), männl., –e: Schnaps mit Kümmelgeschmack
**äqulibrieren,** (lat.): ins Gleichgewicht bringen, im Gleichgewicht halten
**Äquilibrist,** (lat.), männl., –en: Gleichgewichtskünstler als Artist (z. B. Seiltänzer)
**Äquilibristik,** (lat.), weibl., nur Sing.: Gleichgewichtskunst
**Äquilibrium,** (lat.), sächl., nur Sing.: Gleichgewicht
**Äquinoktium,** (lat.), sächl., Äquinoktien: Tagundnachtgleiche (am 21. März und 23. September)
**äquivalent,** (lat.): gleichwertig; entsprechend
**Äquivalent,** (lat.), sächl., –e: Gleichwertiges, Gegenwert; Ersatz, Entschädigung
**Äquivalenz,** (lat.), weibl., –en: Gleichwertigkeit
**äquivok,** (lat.): doppelsinnig, mehrdeutig
**Ar,** (lat.), sächl., –e: eine Flächenmaßeinheit (Einheitenzeichen: a; 1a = 100 m²)
**Ara,** männl., –s: mittel- und südamerik. Papagei
**Ära,** (lat.), weibl., Ären: Epoche, Zeitalter, längerer Zeitabschnitt; Amtszeit
**arabesk,** (fr.): rankenförmig verziert

**Arabeske,** (fr.), weibl., –n: 1. Rankenornament, Verzierung in Rankenform, 2. heiteres Klaviermusikstück, 3. Tanzpose beim Ballett
**Arabesque:** vgl. Arabeske (3)
**Arabistik,** weibl., nur Sing.: Wissenschaft von der arabischen Sprache, Literatur und Kultur
**arachnoid,** (gr.): spinnenartig
**Arachnoide,** (gr.), weibl., –n: Spinnentier
**Arachnologie,** (gr.), weibl., nur Sing.: Spinnenkunde
**Arachnophobie,** (gr.), weibl., nur Sing.: Angst vor Spinnen
**Aralie,** (lat.), weibl., –n: immergrüne Zimmerpflanze, zu den Efeugewächsen gehörende Strauchpflanze
**Aräometer,** (gr.), sächl., –: Gerät zur Bestimmung der Dichte von Flüssigkeiten
**Ärar,** (lat.), sächl., –e: Staatsschatz, Staatsvermögen; Staatsarchiv
**Araukarie,** weibl., –n: südamerik. Nadelbaum; Zimmertanne
**Arbitrage,** [arbi'tra:sch, fr.], weibl., –n: 1. Schiedsspruch (bei handelsrechtlichen Streitfällen), 2. Ausnutzung von Preis- und Kursschwankungen bei Börsengeschäften
**arbiträr,** (lat.): willkürlich, nach Ermessen
**Arbitrium,** (lat.), sächl., Arbitria: Schiedsspruch
**Arboretum,** (lat.), sächl., Arboreten: Baumgarten mit verschiedenen Baumarten zu Studienzwecken (Bot.)
**Archaikum,** (gr.), sächl., nur Sing.: Urzeit, ältester Abschnitt der erdgeschichtlichen Frühzeit
**archaisch,** (gr.): altertümlich, frühzeitlich; (bei Kunstwerken:) der Frühphase des jeweiligen Kunststils entsprechend
**archäisch,** (gr.): aus dem Archaikum stammend
**archaisieren,** (gr.): altertümlich machen
**Archäologe,** (gr.), männl., –n: Wissenschaftler auf dem Gebiet der Archäologie, Altertumsforscher
**Archäologie,** (gr.), weibl., nur Sing.: Altertumskunde, Wissenschaft von den Kulturen des Altertums
**archäologisch,** (gr.): die Archäologie betreffend
**Archäopteris,** (gr.), weibl., –opteriden: ausgestorbene Farnpflanze des oberen Devon
**Archäopteryx,** (gr.), männl., –e: Urvogel, ausgestorbener Vogel aus dem Jura, der noch Reptilienmerkmale aufweist
**Archäozoikum,** (gr.-lat.), sächl., nur Sing.: Frühzeit der Erdgeschichte mit Beginn des organischen Lebens
**Archetyp,** (gr.), männl., –en: 1. Urform, Urbild, 2. Muster, Vorbild, 3. älteste überlieferte Fassung (eines Druckes oder einer Handschrift)
**archetypisch,** (gr.): der Urform entsprechend, urbildlich; vorbildlich
**Archetypus,** (gr.-lat.), männl., –typen: vgl. Archetyp
**Archidiakon,** (gr.), männl., –n: (ehemals Bez. für:) Stellvertreter des Bischofs, geistlicher Würdenträger
**Archimandrit,** (gr.), männl., –en: Klostervorsteher (in der gr.-orthodoxen Kirche)
**archimedisch:** von dem gr. Mathematiker Archimedes stammend
**Archipel,** (gr.), sächl., –e: Inselgruppe (urspr.: die Inselwelt zwischen Griechenland und Kleinasien)
**Architekt,** (gr.), männl., –en: Baufachmann mit Hochschulexamen, der Bauwerke entwirft und deren Bauausführung überwacht
**Architektonik,** (gr.), weibl., nur Sing.: 1. Wissenschaft von der Baukunst, 2. Aufbau, Bauart eines Bauwerkes

**Architektur,** (gr.), weibl., –en: 1. Baukunst; Baustil, 2. der Aufbau eines Bauwerkes
**Archiv,** (gr.), sächl., –e: Urkundensammlung; Aufbewahrungsräume für Urkunden, Akten oder andere Schriftstücke
**Archivalien,** (gr.), weibl., nur Plur.: Urkunden, Akten oder andere Schriftstücke eines Archivs
**archivalisch,** (gr.): urkundlich
**Archivar,** (gr.), männl., –e: wissenschaftlich ausgebildeter Fachmann, der in einem Archiv arbeitet
**archivarisch,** (gr.): das Archiv betreffend
**archivieren,** (gr.): (eine Urkunde oder ein anderes Schriftstück) in ein Archiv aufnehmen
**Archivolte,** (italien.), weibl., –n: die ausgeformte Stirnseite eines Rundbogens über Portalen, Fenstern oder Säulen (Archit.)
**Archon,** (gr.), männl., Archonten: höchster Beamter im antiken Griechenland
**Archont,** (gr.), männl., –en: vgl. Archon
**Areal,** (lat.), sächl., –e: 1. Fläche, Flächeninhalt, 2. Gebiet, Verbreitungsgebiet
**Areflexie,** (gr.-lat.), weibl., –n: Reflexlosigkeit, das Fehlen einzelner oder aller Reflexe (Med.)
**areligiös,** (lat.): nicht religiös
**Arena,** (lat.), weibl., Arenen: Kampfplatz im römischen Amphitheater; Platz zum Austragen sportlicher Wettkämpfe
**Areopag,** (gr.), männl., –e: höchster Gerichtshof im antiken Athen
**Argentit,** (lat.), männl., nur Sing.: Silberglanz, ein graues Mineral
**Argentum,** (lat.), sächl., nur Sing.: Silber (Zeichen: Ag)
**Argon,** (gr.), sächl., nur Sing.: ein Edelgas (Zeichen: Ar)
**Argonaut,** (gr.), männl., –en: (in der gr. Mythologie:) ein Mann aus der Besatzung des Schiffes »Argo«
**Argot,** [ar'go:, fr.], sächl. oder männl., –s: fr. Gossen- oder Gaunersprache
**Argument,** (lat.), sächl., –e: Beweismittel, Beweisgrund; zur Bekräftigung eines Standpunktes vorgebrachte Aussage
**Argumentation,** (lat.), weibl., –en: das Vorbringen von Argumenten, Begründung; Schlussfolgerung, Beweisführung
**argumentativ,** (lat.): in der Art eines Arguments; Argumente verwendend, sich auf Argumente stützend
**argumentatorisch,** (lat.): in der Art einer Argumentation
**argumentieren,** (lat.): Argumente vorbringen, begründen; Beweismittel anführen, schlussfolgern
**Argusaugen,** (gr.-dt.), weibl., nur Plur.: (nach dem hundertäugigen Riesen in der gr. Mythologie:) scharf beobachtende, wachsame Augen
**Arhythmie,** (gr.), weibl., –n: vgl. Arrhythmie
**Ariadnefaden,** (gr.-dt.), männl., –: (nach dem ausgerollten Wollknäuel, das die kretische Königstochter Ariadne der gr. Sage nach Theseus übergeben hatte, damit er den Weg aus dem Labyrinth finde:) rettendes Mittel, Leitfaden
**arid,** (lat.): trocken, dürr
**Aridität,** (lat.), weibl., nur Sing.: Trockenheit, Dürre
**Arie,** (italien.), weibl., –n: Musikstück für eine Solostimme mit Instrumentalbegleitung (insbes. in Opern)
**Arier,** (sanskr.), männl., –: 1. (eigtl.:) Angehöriger frühgeschichtlicher Völker mit indogermanischer Sprache, 2. (im nationalsozialistischen Sprachgebrauch:) Angehöriger der nordischen Rasse, Nichtjude
**Ariette,** (italien.), weibl., –n: kleine Arie

**arios,** (italien.): arienhaft, melodiös (Mus.)
**arioso,** (italien.): vgl. arios
**arisch,** (sanskr.): 1. die Sprachen der Arier (1) betreffend, 2. (im nationalsozialistischen Sprachgebrauch:) der nordischen Rasse angehörig, nichtjüdisch
**Aristokrat,** (gr.), männl., –en: Adliger, Angehöriger der Aristokratie; vornehmer Mensch
**Aristokratie,** (gr.: »Herrschaft der Besten«), weibl., –n: 1. Adel, Stand des Adels, 2. Adelsherrschaft; Staatsform, in der die Herrschaft im Besitz einer privilegierten Gruppe liegt
**aristokratisch,** (gr.): 1. die Staatsform der Aristokratie betreffend, 2. zur Aristokratie (1) gehörend, adelig, vornehm
**Arithmetik,** (gr.), weibl., nur Sing.: Rechenkunst, Teilgebiet der Mathematik, das u. a. die verschiedenen Zahlbereiche und die in ihnen gültigen Rechengesetze umfasst
**arithmetisch,** (gr.): rechnerisch, zur Arithmetik gehörig
**Arkade,** (fr.), weibl., –n: von Säulen getragener Bogen, Bogengang an Gebäuden
**Arkanum,** (lat.), sächl., Arkana: 1. Geheimnis, 2. Wundermittel
**Arkose,** (fr.), weibl., nur Sing.: Sandstein, der Glimmer und Feldspat enthält
**Arktis,** (gr.), weibl., nur Sing.: das Gebiet um den Nordpol
**arktisch,** (gr.): die Arktis betreffend, aus der Arktis stammend
**Arkus** (Arcus), (lat.: »der Bogen«), männl., Arkus: Bogenmaß eines Winkels (Zeichen: arc; Math.)
**Armada,** (span.), weibl., –s: starke Kriegsflotte (nach der span. Flotte, die Philipp II. im Jahre 1588 gegen England führte)
**Armagnac,** [arman'ja.k, fr.], männl., –s: nach der fr. Landschaft benannter Weinbrand
**Armatur,** (lat.), weibl., –en: 1. Ausrüstung, Bedienungsvorrichtung (an Maschinen und technischen Anlagen), 2. Wasserhahn, Duschkopf
**Armaturenbrett,** (lat.-dt.), sächl., –er: Leiste, Tafel oder Platte mit Bedienungs-, Kontroll- und Messgeräten (z. B. in Kraftfahrzeugen)
**Armee,** (fr.), weibl., Armeen: 1. die Gesamtheit der Streitkräfte eines Staates, 2. Großverband des Heeres
**Armeekorps,** [ar'me:ko:r, fr.], sächl., –s: Truppenverband aus mehreren Divisionen
**armieren,** (lat.): 1. mit Militärausrüstungsgegenständen bestücken, bewaffnen, 2. ausrüsten; mit Stahleinlagen verstärken
**Arnika,** weibl., –s: Zier- und Heilpflanze
**Aroma,** (gr.), sächl., –s oder Aromen: 1. Geschmack, Würze, 2. Wohlgeruch, 3. Geschmacksstoff, Würzmittel
**Aromat,** (gr.), männl., –en: ringförmige organische Verbindung (Chem.)
**aromatisch,** (gr.): 1. würzig, von kräftigem Geschmack, 2. wohlriechend, 3. zu den Aromaten gehörig (Chem.)
**aromatisieren,** (gr.): mit Aroma versehen, wohlschmeckend machen, würzen
**arpeggio,** [ar'pe.dscho, italien.]: einen Akkord gebrochen spielen, so dass die Töne rasch hintereinander einzeln erklingen (Mus.)
**Arrak,** (arab.), männl., –s: Branntwein aus Reis
**Arrangement,** [aransch(e)'man, fr.], sächl., –s: 1. Zusammenstellung, Gestaltung, Anordnung, 2. geschmackvolle Zusammenstellung, 3. Bearbeitung eines Musikstückes für andere Instrumente, 4. Verabredung, Übereinkunft

**Arrangeur,** [aran'schö:r, fr.], männl., –e: 1. jmd., der etwas arrangiert, 2. Einrichter von Musikstücken für andere Instrumente
**arrangieren,** [ara(n)'schi:ren, fr.]: 1. zusammenstellen, gestalten, anordnen, 2. ein Musikstück für andere Instrumente einrichten, 3. etwas organisieren, vorbereiten, 4. übereinkommen, vereinbaren
**Arrest,** (lat.), männl., –e: 1. Haft, leichte Freiheitsstrafe, 2. Ort der Haft, 3. (ehemals Bez. für:) Nachsitzen in der Schule, 4. Pfändung, gerichtlich angeordnete Beschlagnahme
**Arrestant,** (lat.), männl., –en: jmd., der sich in Arrest (1) befindet, Inhaftierter
**arretieren,** (lat.): 1. in Arrest nehmen, festnehmen, verhaften, 2. befestigen, (ein bewegliches Teil) feststellen
**Arrhythmie,** (gr.), weibl., –n: 1. unregelmäßige (aus dem Rhythmus geratene) Bewegung, 2. Unregelmäßigkeit der Herz- und Hirntätigkeit (Med.)
**Arrival,** [ä'raiv(e)l, engl.], sächl., –s: Ankunft (von Flugzeugen), Anfkunftshalle (auf Flughäfen)
**arrivederci,** [ariwe'dä.rtschi, italien.]: auf Wiedersehen! (italien. Abschiedsgruß)
**arrivieren,** (fr.): vorwärts kommen, Erfolg haben
**arriviert,** (fr.): emporgekommen, gesellschaftlich aufgestiegen, anerkannt
**arrogant,** (lat.): eingebildet, anmaßend, überheblich, dünkelhaft
**Arroganz,** (lat.), weibl., nur Sing.: Anmaßung, Überheblichkeit, Dünkel, arrogantes Verhalten
**arrondieren,** (fr.): abrunden, zusammenlegen
**Arrondissement,** [arondiß'man, fr.], männl., –s: kleinerer Verwaltungsbezirk in Frankreich
**Arrosion,** (lat.), weibl., –en: Anfressen, Schädigung der Gefäßwände durch Entzündungsvorgänge (Med.)
**Ars amandi,** (lat.: »Kunst des Liebens«), weibl., nur Sing.: Liebeskunst
**Arsen,** (gr.), sächl., nur Sing.: chem. Element (Zeichen: As), gefährliches Gift
**Arsenal,** (italien.), sächl., –e: 1. Waffenlager; Vorratslager, 2. Gesamtbestand an Waffen
**Arsenik,** (gr.), sächl., nur Sing.: sehr giftiges weißes Pulver, bedeutendste giftige Arsenverbindung (Chem.)
**Art deco,** ['a:(r) de'ko:, fr.], weibl., nur Sing.: Kunst- und Einrichtungsstil zwischen 1920 und 1940
**Artdirector,** ['a:tdairekt(e)r, engl.], männl., –: künstlerischer Leiter
**artefakt,** (lat.): künstlich erzeugt
**Artefakt,** (lat.), sächl., –e: 1. von Menschen geschaffener Gegenstand, Kunsterzeugnis 2. urgeschichtliches Stein- oder Knochenwerkzeug (Archäol.), 3. künstlich hervorgerufene Verletzung (Med.)
**artefiziell:** vgl. artifiziell
**Arterie,** (gr.), weibl., –n: Schlagader, die das Blut vom Herzen wegleitet (Gegens.: Vene; Med.)
**arteriell,** (gr.): die Arterien betreffend (Med.)
**Arteriole,** (gr.), weibl., –n: kleine Arterie (Med.)
**Arteriosklerose,** (gr.), weibl., –n: Arterienverkalkung (Med.)
**artesisch,** (fr.): durch Druck zu Tage tretend (in Bezug auf Grundwasser)
**artesischer Brunnen:** natürlicher Brunnen, bei dem das Wasser aufgrund des Grundwasserüberdrucks selbstständig zu Tage tritt
**Arthritis,** (gr.), weibl., Arthritiden: Gelenkentzündung (Med.)
**arthritisch,** (gr.): die Arthritis betreffend (Med.)
**Arthrose,** (gr.), weibl., –n: auf Abnutzung beruhende, nicht entzündliche Gelenkerkrankung (Med.)

**artifiziell,** (lat.): künstlich hergestellt; gekünstelt
**Artikel,** (lat.), männl., –: 1. Geschlechtswort (der, die, das), 2. Aufsatz, Abhandlung, Beitrag, Veröffentlichung (z. B.: in einer Zeitung), 3. Abschnitt eines Gesetzes, Teil eines Vertrages, 4. Glaubenssatz (Relig.), 5. Ware, Handelsgegenstand, Warenart
**Artikulation,** (lat.), weibl., –en: 1. Aussprache, Lautbildung, 2. das Aussprechen von Gedanken, 3. Gliederung einer Tonfolge (Mus.), 4. (in der Zahnmedizin:) Bissbewegung
**artikulieren,** (lat.): 1. Laute bilden, deutlich aussprechen, 2. in Worte fassen, Gedanken aussprechen, 3. gliedern, betonen (Mus.)
**Artillerie,** (fr.), weibl., –n: mit Geschützen ausgerüstete Waffengattung der Landstreitkräfte
**Artillerist,** (fr.), männl., –en: Soldat der Artillerie
**Artischocke,** (italien.), weibl., –n: distelartige Gemüsepflanze
**Artist,** (lat.), männl., –en: in Zirkus oder Varietee auftretender Künstler
**Artistik,** (lat.), weibl., nur Sing.: Zirkuskunst, Kunst des Artisten, besondere Geschicklichkeit
**artistisch,** (lat.): besonders geschickt, die Artistik betreffend
**As:** vgl. Ass
**ASA,** (Abk. für: **A**merican **S**tandards **A**ssociation): Einheit für die Lichtempfindlichkeit fotografischer Schichten
**Asbest,** (gr.: »unzerstörbar«), männl., –e: hitzebeständiges und säurefestes faseriges Mineral, das insbes. zu Bauzwecken und für Schutzkleidung verwendet wurde, bis man die Krebs erregende Wirkung von Asbestfasern erkannte
**Asbestose,** (gr.), weibl., –n: durch Einatmen von Asbestfasern verursachte Lungenkrankheit
**Aschkenasim,** (hebr.), nur Plur.: Bez. für einen mittel- und osteuropäischen Zweig der Juden mit eigener Tradition und Sprache
**Aschram,** (sanskr.), männl., –s: klosterähnliches Meditationszentrum in Indien
**ASCII,** (Abk. für **A**merican **S**tandard **C**ode for **I**nformation **I**nterchange), amerikanischer Normcode für im Computer darstellbare Zeichen
**Ascorbinsäure,** weibl., nur Sing.: (chem. Bez. für:) Vitamin C
**Asebie,** (gr.), weibl., –n: Frevel, Gottlosigkeit (Gegens.: Eusebie)
**Asepsis,** (gr.), weibl., nur Sing.: Keimfreiheit (z. B. von Verbandsstoffen oder anderen Gegenständen, die mit der Wunde in Berührung kommen; Med.)
**aseptisch,** (gr.): keimfrei (Med.)
**asexual:** vgl. asexuell
**asexuell,** (gr.-lat.): 1. geschlechtslos, 2. ohne sexuelle Empfindungen, sexuell gleichgültig
**Ashram,** (sanskr.), männl., –s: vgl. Aschram
**Askese,** (gr.), weibl., nur Sing.: körperliche und geistige Selbstüberwindung, enthaltsame Lebensweise
**Asket,** (gr.), männl., –en: jmd., der Askese übt, enthaltsamer Mensch
**asketisch,** (gr.): die Askese betreffend; enthaltsam, Vergnügungen entsagend
**Askorbinsäure:** vgl. Ascorbinsäure
**Äskulapstab,** männl., Äskulapstäbe: Schlangenstab als Sinnbild des Arztberufes bzw. der Medizin (nach Äskulap, dem gr. Gott der Heilkunst und dessen Schlangenstab)
**asozial,** (lat.): 1. nicht sozial; unfähig, sich in der Gemeinschaft anderer Menschen zu behaupten, 2. gemeinschaftsschädigend
**Asparagus,** (gr.), männl., nur Sing.: Spargel

**Aspekt,** (lat.), männl., –e: 1. Gesichtspunkt, Ansicht, Blickwinkel, Betrachtungsweise, 2. besondere Stellung von Sonne, Mond und Planeten zueinander und zur Erde (Astron.)
**Aspermatismus,** (gr.), männl., nur Sing.: das Ausbleiben des Samenergusses trotz Orgasmus (Med.)
**Aspermie,** (gr.), weibl., nur Sing.: das Fehlen von Samenzellen im Ejakulat (Med.)
**Asphalt,** (gr.), männl., –e: Gemisch aus Bitumen und Mineralstoffen (als Straßenbelag)
**asphaltieren,** (gr.): Asphalt auftragen
**Aspik,** (fr.), männl. oder sächl., –e: Gallert oder Sülze aus Kalbsknochen
**Aspirant,** (lat.), männl., –en: Anwärter, Bewerber
**Aspirator,** (lat.), männl., –en: Vorrichtung zum Ansaugen von Gasen, Dämpfen oder Flüssigkeiten
**aspirieren,** (lat.): 1. erstreben, erhoffen, erwarten, 2. mit einem Hauchlaut aussprechen, 3. ansaugen
**Aspirin,** (Wz), sächl., nur Sing.: schmerzstillendes und fiebersenkendes Mittel (Acetylsalicylsäure)
**Ass,** (fr.), sächl., Asse: 1. (bei vielen Kartenspielen:) die höchste Karte im Spiel, 2. Spitzenkönner, Bester, 3. (beim Tennis:) für den Gegner unerreichbarer Aufschlag, 4. (beim Golf:) Abschlag, der den Ball sofort ins vorgesehene Loch befördert (hole in one)
**assai,** (italien.): sehr, genug (Mus.)
**Assekuranz,** (lat.), weibl., –en: Versicherung(sgesellschaft)
**Assembler,** [(e)'ßämbl(e)r, engl.], männl., nur Sing.: 1. maschinenorientierte Programmiersprache, 2. Übersetzungsprogramm zur Umwandlung der maschinenorientierten Programmiersprache in die jeweilige Maschinensprache (EDV)
**Assembling,** [ä'ßämbling, engl.], sächl., –s: Zusammenschluss von Industriebetrieben (zur Rationalisierung)
**Asservat,** (lat.), sächl., –e: als Beweismittel amtlich aufbewahrter Gegenstand
**asservieren,** (lat.): aufbewahren
**Assessor,** (lat.:), männl., Assessoren: Anwärter auf die höhere Beamtenlaufbahn nach dem zweiten Staatsexamen
**Assimilation,** (lat.), weibl., –en: Anpassung, Angleichung (Gegens.: Dissimilation)
**assimilieren,** (lat.): anpassen, angleichen
**Assist,** [ä'ßist, engl.], männl., –s: Vorlage für einen geglückten Torschuss (beim Eishockey und Basketball)
**Assistent,** (lat.: »Beisteher«), männl., –en: (wissenschaftl.) Mitarbeiter, Helfer
**Assistenz,** (lat.), weibl., –en: Beistand, Hilfe, Mitarbeit
**assistieren,** (lat.): beistehen, helfen, mitarbeiten
**assortieren,** (fr.): mit Waren versehen; nach Warensorten ordnen und vervollständigen
**Assoziation,** (lat.), weibl., –en: 1. (organisatorischer) Zusammenschluss, Vereinigung, 2. Verknüpfung von Vorstellungen, Gedanken, 3. Vereinigung von Molekülen (Chem.)
**assoziativ,** (lat.): 1. Assoziationen betreffend, 2. gedankenverbindend, spontan Vorstellungen entwickelnd
**Assoziativgesetz,** (lat.-dt.), sächl., –e: Verknüpfungsgesetz in der Mathematik: (ab)c = a(bc)
**assoziieren,** (lat.): 1. (gedanklich) verknüpfen, 2. (organisatorisch) zusammenschließen, vereinigen
**Assoziierung,** (lat.), weibl., –en: (organisatorischer) Zusammenschluss, Vereinigung
**Assunta,** (italien.), weibl., Assunten: bildliche Darstellung der Himmelfahrt der Jungfrau Maria

**Astatin,** (gr.), sächl., nur Sing.: radioaktives chem. Element (Zeichen: At)
**Asteroid,** (gr.), männl., –en: kleiner Planet
**Asthenie,** (gr.), weibl., –n: Kraftlosigkeit, Schwäche (infolge einer Erkrankung; Med.)
**Astheniker,** (gr.), männl., –: schlanker, schmalwüchsiger und zartgliedriger Mensch
**asthenisch,** (gr.): schlank, schmalwüchsig und zartgliedrig
**Ästhesie,** (gr.), weibl., nur Sing.: Empfindungsvermögen
**Ästhet,** (gr.), männl., –en: Freund des Schönen, Schöngeist
**Ästhetik,** (gr.), weibl., –en: 1. Lehre vom Schönen in Natur und Kunst und dessen Wahrnehmung durch den Menschen; 2. das Schöne, Stil- und Geschmackvolle
**Ästhetiker,** (gr.), männl., –: Lehrer, Kenner oder Anhänger der Ästhetik
**ästhetisch,** (gr.): auf Ästhetik beruhend; von schöner Gestalt, stil- und geschmackvoll
**Ästhetizismus,** (gr.), männl., nur Sing.: Lebens- und Kunstanschauung, die die Ästhetik zum einzigen Maßstab erhebt
**Asthma,** (gr.), sächl., nur Sing.: anfallsweise auftretende oder auch chronische Atemnot (Med.)
**Asthmatiker,** (gr.), männl., –: Asthmakranker
**asthmatisch,** (gr.): an Asthma leidend, kurzatmig
**astigmatisch,** (gr.): auf Astigmatismus beruhend, Punkte verzerrt abbildend
**Astigmatismus,** (gr.), männl., nur Sing.: 1. optischer Abbildungsfehler einer Linse, bei dem achsenferne Punkte strichförmig verzerrt wiedergegeben werden (Phys.), 2. verzerrende Sehstörung infolge abnormer Verformung der Hornhaut des Auges (Med.)
**astral,** (gr.): die Gestirne betreffend, von den Sternen stammend
**Astralleib,** (gr.-dt.), männl., –er: (in der Anthroposophie und im Okkultismus:) unsichtbarer, den physischen Tod überdauernder übersinnlicher Zweitkörper; höchste Stufe des Leibes
**Astrolabium,** (gr.), sächl., Astrolabien: altes astronomisches Gerät, das ehemals zur Lagebestimmung und Beobachtung von Sternen diente
**Astrologe,** (gr.), männl., –n: jmd., der Astrologie betreibt, Sterndeuter
**Astrologie,** (gr.), weibl., nur Sing.: Sterndeutung; Lehre, die Zusammenhänge zwischen Sternkonstellationen einerseits und Gegebenheiten und Entwicklungen auf der Erde andererseits konstruiert und daraus Rückschlüsse und Vorhersagen über das Schicksal von Menschen ermitteln zu können glaubt
**astrologisch,** (gr.): die Astrologie betreffend
**Astronaut,** (gr.), männl., –en: Weltraumfahrer
**Astronautik,** (gr.), weibl., nur Sing.: Weltraumfahrt; Wissenschaft von der Raumfahrt
**Astronom,** (gr.), männl., –en: jmd., der Astronomie betreibt
**Astronomie,** (gr.), weibl., nur Sing.: Stern- und Himmelskunde; wissenschaftliche Erforschung der Materie im Weltall
**astronomisch,** (gr.): zur Astronomie gehörig, auf ihr beruhend; (übertr.) unvorstellbar groß, riesig
**Astrophysik,** (gr.), weibl., nur Sing.: Teilgebiet der Astronomie, das die physikalische Beschaffenheit der Himmelskörper untersucht
**Ästuar,** (lat.), sächl., –e: trichterartige Flussmündung
**Asyl,** (gr.), sächl., –e: 1. Zuflucht, Zufluchtsort für (meist politisch) Verfolgte,

2. Obdachlosenheim, Unterkunft für Notleidende

**Asylant,** (gr.), männl., –en: jmd., der um Asyl bittet

**Asymmetrie,** (gr.), weibl., –n: Ungleichmäßigkeit, Mangel an Symmetrie

**asymmetrisch,** (gr.): nicht symmetrisch, ungleichmäßig

**Asymptote,** (gr.), weibl., –n: Gerade, der sich eine Kurve nähert, ohne sie im Endlichen zu erreichen (Math.)

**asynchron,** (gr.): nicht gleichzeitig, zeitlich nicht übereinstimmend, nicht gleichlaufend

**Asyndeton,** (gr.), sächl., Asyndeta: Aneinanderreihung von Wörtern, Sätzen oder Satzteilen ohne Konjunktionen (z. B.: »er kam, sah, siegte«)

**aszendent,** (lat.): aufsteigend (Gegens.: deszendent)

**Aszendent,** (lat.), männl., –en: 1. Vorfahr, Verwandter in aufsteigender Linie, 2. Aufgangspunkt eines Gestirns; (in der Astrologie:) im Augenblick der Geburt aufgehendes Tierkreiszeichen (Gegens.: Deszendent)

**Aszendenz,** (lat.), weibl., –en: 1. Verwandtschaft in aufsteigender Linie, 2. Aufgang eines Gestirns

**aszendieren,** (lat.): 1. aufsteigen, aufgehen (von einem Gestirn), 2. (ehemals Bez. für:) befördert werden

**ataktisch,** (gr.): 1. die Ataxie betreffend, 2. ungleichmäßig, unregelmäßig

**Ataman,** (russ.), männl., –e: Führer einer bewaffneten Kosakenabteilung; frei gewählter Führer eines Kosakenstammes

**Atavismus,** (lat.), männl., Atavismen: Rückfall in urtümliche Zustände, das Wiederauftreten entwicklungsgeschichtlich überholter Merkmale der Vorfahren

**atavistisch,** (lat.): 1. den Atavismus betreffend, 2. (abwertend:) sich wie ein Urmensch verhaltend

**Ataxie,** (gr.), weibl., –n: Störung des geordneten Zusammenwirkens der für eine Bewegung erforderlichen Muskeln (z. B.: torkelnder Gang; Med.)

**Atelier,** [atel'je:, fr.], sächl., –s: Künstlerwerkstatt, Arbeitsraum eines Künstlers oder Fotografen

**a tempo,** (italien.): 1. sofort, unverzüglich, 2. wieder im anfänglichen Zeitmaß zu spielen (Vortragsanweisung, nachdem zwischenzeitlich ein anderes Zeitmaß vorgegeben war; Mus.)

**Äthan,** (gr.), sächl., nur Sing.: farb- und geruchloser gasförmiger, gesättigter Kohlenwasserstoff (Chem.)

**Athanasie,** (gr.), weibl., nur Sing.: Unsterblichkeit (Relig.)

**Äthanol,** (Kurzw. aus Äthan und Alkohol), sächl., nur Sing.: chem. Alkoholverbindung (Äthylalkohol)

**Atheismus,** (gr.), männl., nur Sing.: Verneinung der Existenz Gottes; Ablehnung des Glaubens an Gott oder Götter; Weltanschauung, die jede Art von Gottesvorstellung ablehnt; Religionslosigkeit

**Atheist,** (gr.), männl., –en: Anhänger des Atheismus; (abwertend:) Gottloser

**atheistisch,** (gr.): den Atheismus betreffend, dem Atheismus entsprechend; (abwertend:) gottlos

**Athenäum,** (gr.), sächl., Athenäen: Tempel der gr. Göttin Athene

**Äther,** (gr.), männl., nur Sing.: 1. Himmel, Himmelsluft, 2. hypothetischer, aber nicht nachweisbarer feinster Stoff, von dem man bis ins 19. Jh. annahm, dass er den Weltraum ausfülle, 3. organische Verbindung, ein Narkosemittel (Chem.; Med.)

**ätherisch,** (gr.): 1. himmlisch, 2. ätherhaltig, flüchtig, 3. duftig, wohlriechend, 4. zart, vergeistigt

**ätherisieren,** (gr.): mit Äther behandeln (Med.)

**Ätherleib,** (gr.-dt.), männl., –er: nach anthroposophischer Überzeugung der ätherisch gedachte Teil des menschlichen Körpers als Träger des Lebens

**atherman,** (gr.): wärmeundurchlässig (Gegens.: diatherman)

**Atherom,** (gr.), sächl., –e: Grützbeutel, Talgdrüsengeschwulst (Med.)

**Athlet,** (gr.), männl., –en: 1. Wettkämpfer, trainierter Sportler, 2. muskulös gebauter Mann, Kraftmensch

**Athletiker,** (gr.), männl., –: breitschultriger Menschentyp von starkem Knochenbau und kräftiger Muskelentwicklung

**athletisch,** (gr.): stark und durchtrainiert; von kräftigem Körperbau, muskulös

**Äthylalkohol,** männl., nur Sing.: vgl. Äthanol

**Ätiologie,** (gr.), weibl., nur Sing.: Lehre von den Krankheitsursachen

**ätiologisch,** (gr.): ursächlich

**Atlant,** (gr.), männl., –en: Stützpfeiler in Gestalt einer Männerfigur (nach dem Riesen Atlas aus der gr. Sage benannt, der die Welt auf seinen Schultern trägt)

**Atlantik,** (gr.), männl., nur Sing.: Atlantischer Ozean

**Atlantikcharta,** weibl., nur Sing.: 1941 auf einem Kriegsschiff im Atlantik von US-Präsident Roosevelt und dem britischen Premier Churchill formulierte Kriegs- und Nachkriegsziele

**Atlantikpakt,** männl., nur Sing.: vgl. NATO

**Atlantis,** weibl., nur Sing.: eine sagenumwobene, angeblich im Atlantik versunkene Insel

**atlantisch,** (gr.): den Atlantik betreffend

**Atlas,** (arab.), männl., –se: ein Seidengewebe

**Atlas,** (gr.), männl., –se oder Atlanten: 1. das Himmelsgewölbe tragender Riese in der gr. Mythologie, 2. Sammlung von Land- und Himmelskarten in Buchform, 3. nach dem Riesen aus der gr. Sage benannter oberster Halswirbel, der den Schädel trägt (Med.), 4. Gebirgszug in Nordwestafrika

**Atmometer,** (gr.), sächl.,-: Wasserverdunstungsmesser (Meteorol.)

**Atmosphäre,** (gr.), weibl., –n: 1. Gashülle eines Himmelskörpers (insbes. der Erde), 2. nicht mehr zulässige Maßeinheit für den Druck, 3. Umgebung, Stimmung; geistiges Klima

**atmosphärisch,** (gr.): die Atmosphäre betreffend, zur Atmosphäre gehörend; stimmungsmäßig

**Atoll,** (malaiisch), sächl., –e: ringförmige Koralleninsel

**Atom,** (gr.: »das Unteilbare«), sächl., –e: kleinstes Teilchen eines chem. Elementes, das noch die für das Element charakteristischen Eigenschaften besitzt

**atomar,** (gr.): 1. ein Atom betreffend, 2. die Kernenergie betreffend, 3. von Atomwaffen ausgehend, Atomwaffen betreffend

**Atombombe,** (gr.-dt.), weibl., –n: Bombe, bei deren Explosion Atomenergie und radioaktive Strahlung freigesetzt wird, ein Massenvernichtungsmittel

**Atomenergie,** (gr.), weibl., nur Sing.: bei einer Kernspaltung frei werdende Energie

**Atomgewicht,** (gr.-dt.), sächl., –e: Masse eines Atoms

**atomisieren,** (gr.): zerkleinern, völlig zerstören, in Atome auflösen

**Atomismus,** (gr.), männl., nur Sing.: vgl. Atomistik

**Atomistik,** (gr.), weibl., nur Sing.: von gr. Philosophen begründete Anschauung, nach der die Materie, aus kleinsten, unteilbaren Teilchen, den Atomen, bestehe, auf deren Bewegungen alle Naturvorgänge zurückzuführen seien

**Atomkraftwerk,** (gr.-dt.), sächl., –e: Kraftwerk, in dem elektrische Energie durch Atomkernspaltung gewonnen wird

**Atomkern,** (gr.-dt.), männl., –e: positiv geladener innerer Bestandteil des Atoms, um den die Elektronen kreisen

**Atommeiler,** (gr.-dt.), männl., –: vgl. Reaktor

**Atommüll,** (gr.-dt.), männl., nur Sing.: vor allem in Atomkraftwerken anfallende radioaktive Abfallstoffe

**Atomphysik,** (gr.), weibl., nur Sing.: Teilgebiet der Physik, das den Aufbau von Atomen und die Vorgänge in Atomen untersucht

**atonal,** (gr.-lat.): nicht tonal, nicht auf einen Grundton bezogen (Gegens.: tonal; Mus.)

**Atonie,** (gr.), weibl., –n: Schlaffheit, Erschlaffung der Muskulatur, Herabsetzung der Gewebsspannung (Med.)

**Atout,** [a'tu:, fr.], sächl., –s: Trumpf im Kartenspiel

**atoxisch,** (gr.): ungiftig

**Atrium,** (lat.), sächl., Atrien: 1. Hauptraum des altrömischen Hauses, 2. Innenhof, von Säulen umgebene Vorhalle eines Hauses, 3. Herzvorkammer (Med.)

**Atrophie,** (gr.), weibl., –n: Verkümmerung von Organen, Geweben, Zellen als Folge von Ernährungsstörungen; (Med.)

**atrophieren,** (gr.): schrumpfen, schwinden

**atrophisch,** (gr.): an Atrophie leidend (Med.)

**Atropin,** (gr.), sächl., nur Sing.: in der Tollkirsche enthaltenes giftiges Alkaloid

**Attaché,** [ata'sche:, fr.], männl., –s: unterster diplomatischer Rang; Diplomat mit besonderem Aufgabengebiet (z. B.: Militärattaché)

**Attacke,** (fr.), weibl., –n: 1. plötzlicher Angriff; Reiterangriff, 2. Anfall (z. B.: Herzattacke; Med.)

**attackieren,** (fr.): angreifen, jmdm. zusetzen (auch mit Worten)

**Attentat,** (fr.) das, –e: politischer Mordanschlag

**Attentäter,** (fr.), männl., –: jmd., der ein Attentat verübt

**Attentismus,** (lat.), männl., nur Sing.: abwartende Haltung

**Attest,** (lat.), sächl., –e: ärztliche Bescheinigung im Krankheitsfall

**attestieren,** (lat.): ein Attest ausstellen, bescheinigen, schriftl. bezeugen

**Attika,** (gr.), weibl., Attiken: niedriger Aufbau über dem Hauptgesims eines Bauwerkes, an dem Inschriften oder Verzierungen angebracht sind (Archit.)

**Attila,** (ungar.), männl., –s: kurzer schnürenbesetzter ungarischer Männerrock, Husarenrock

**Attitüde,** (fr.), weibl., –n: 1. Pose, Geste, ausdrucksvolle Körperhaltung; Haltung, innere Einstellung, 2. tänzerische Stellung beim Ballett

**Attraktion,** (fr. ), weibl., –en: Anziehung, Anziehungskraft, Blickfang, außergewöhnliche Darbietung; Verkaufsschlager

**attraktiv,** (fr.): anziehend, wirkungsvoll, von großem Reiz

**Attraktivität,** (fr.), weibl., nur Sing.: Anziehungskraft

**Attrappe,** (fr.), weibl., –n: täuschend ähnliche Nachbildung; Schaupackung

**Attribut,** (lat.), sächl., –e: 1. Merkmal, Kennzeichen, Eigenschaft, 2. Beifügung, nähere Bestimmung eines Substantivs, Adjektivs oder Adverbs (Sprachwiss.)

**attributiv,** (lat.): beifügend, als Attribut

**atypisch,** (gr.): nicht typisch, von der Regel abweichend
**Aubergine,** [ober'schi:ne, fr.], weibl., –n: dunkelviolette, gurkenförmige, essbare Gemüsefrucht eines Nachtschattengewächses
**audiatur et altera pars,** (lat.: »auch der andere Teil möge gehört werden!«): man soll auch die Gegenseite hören
**Audienz,** (lat.), weibl., –en: feierlicher, offizieller Empfang; Zulassung zu einer Unterredung mit einer hoch gestellten Persönlichkeit
**audiovisuell,** (lat.): das Hören und das Sehen betreffend; zugleich hörbar und sichtbar
**auditiv,** (lat.): das Gehör, das Hören betreffend
**Auditorium,** (lat.), sächl., Auditorien: 1. Zuhörerschaft, 2. Hörsaal
**Auditorium maximum,** (lat.), sächl., nur Sing.: größter Hörsaal einer Hochschule
**Augiasstall,** männl., nur Sing.: (nach dem Rinderstall, den König Augias der gr. Sage nach 30 Jahre nicht hatte reinigen lassen:) schwere Missstände, verrotteter Zustand, korrupte Verhältnisse
**Augit,** (lat.), männl., –e: ein Mineral
**Augment,** (lat.), sächl., –e: dem Verbstamm vorangestelltes Wortbildungselement zur Kennzeichnung der Vergangenheitsform (Sprachwiss.)
**Augmentation,** (lat.), weibl., –en: Vermehrung, Wertverlängerung von Notenwerten (Mus.)
**Augmentativ,** (lat.), sächl., –e: Vergrößerungswort (Gegens.: Diminutiv; Sprachwiss.)
**Augmentativum:** vgl. Augmentativ
**au gratin,** [ogra'tän, fr.]: mit einer Kruste überbacken
**Augur,** (lat.), männl., –en: 1. wahrsagender Priester und Vogelschauer im alten Rom, 2. Eingeweihter, der aufgrund seiner Informationen politische Entwicklungen frühzeitig erkennen kann
**Auktion,** (lat.), weibl., –en: Versteigerung
**Auktionator,** (lat.), männl., –en: Versteigerer
**auktionieren,** (lat.): versteigern
**Aula,** (lat.), weibl., Aulen: 1. Innenhof, Vorhof in großen Häusern der Antike, 2. Versammlungs- und Festsaal in Schulen und Hochschulen
**au naturel,** [onatü're.l, fr.]: auf natürliche Art, ohne Zutaten zubereitet (bei Speisen)
**au pair,** [o'pä:r, fr.]: auf Gegenseitigkeit, ohne Bezahlung
**Aura,** (lat.: »Hauch«), weibl., nur Sing.: 1. Ausstrahlung einer Person, 2. Vorgefühl bei einem epileptischen Anfall (Med.)
**Aureole,** (lat.), weibl., –n: 1. Heiligenschein, der die ganze Gestalt umgibt, 2. atmosphärische Leuchterscheinung (z. B.: ein Hof um Sonne oder Mond infolge Wolkendunst)
**Aurikel,** (lat.), weibl., –n: Primelart des Gebirges (Bot.)
**aurikular, aurikulär,** (lat.): die Ohren betreffend, zum Ohr gehörig (Med.)
**Auripigment,** (lat.), sächl., nur Sing.: gelbliches Arsenmineral
**Aurora,** (lat.), weibl., –s: 1. Morgenröte (nach der röm. Göttin der Morgenröte), 2. ein Tagfalter (Zool.)
**Aurum,** (lat.), sächl., nur Sing.: Gold (Zeichen: Au)
**ausbaldowern,** (dt.-jidd.): (umg.) erkunden, listig auskundschaften
**ausdiskutieren,** (dt.-lat.): ein Problem bis zur Klärung erörtern
**ausknocken,** ['ausnokken, dt.-engl.]: jmdn. k.o. (knock-out) schlagen (Boxen)
**Auskultation,** (dt.-lat.), weibl., –en: das Abhören von Körpergeräuschen (Med.)
**ausmanövrieren,** (dt.-fr.): jmdn. geschickt ausschalten

**Auspizium,** (lat.: »Vogelschau«), sächl., Auspizien: 1. (im antiken Rom:) Weissagung nach dem Vogelflug, 2. (meist Plur.) Aussicht; Vorzeichen
**ausquartieren,** (dt.-fr.): jmdn. aus einer Unterkunft entfernen
**ausrangieren,** (dt.-fr.): Dinge, die man nicht mehr braucht, aussortieren und beseitigen
**ausstaffieren,** (dt.-fr.): jmdn. ausrüsten, ausstatten, einkleiden
**austarieren,** (dt.-italien.): ins Gleichgewicht bringen
**Auster,** (gr.), weibl., –n: essbare Muschel
**autark,** (gr.): wirtschaftlich unabhängig, selbstständig, sich selbst versorgend
**Autarkie,** (gr.), weibl., –n: wirtschaftliche Unabhängigkeit, Selbstständigkeit, Eigenständigkeit
**authentifizieren,** (gr.): beglaubigen, die Echtheit bezeugen
**authentisch,** (gr.): echt; zuverlässig, verbürgt
**authentisieren,** (gr.): glaubwürdig, rechtsgültig machen
**Authentizität,** (gr.), weibl., nur Sing.: Echtheit, Glaubwürdigkeit
**Autismus,** (gr.), männl., nur Sing.: krankhafte Ichbezogenheit, die zu extremer Kontaktunfähigkeit führt
**Autist,** (gr.), männl., –en: jmd., der an Autismus leidet
**autistisch,** (gr.): an Autismus leidend, krankhaft ichbezogen
**Auto:** Kurzw. für Automobil
**Autobiograf** (auch: Autobiograph), (gr.), männl., –en: jmd., der eine Autobiografie schreibt
**Autobiografie** (auch: Autobiographie), (gr.), weibl., –n: ausführliche literarische Beschreibung des eigenen Lebens
**autobiografisch** (auch: autobiographisch), (gr.): im Stil einer Autobiografie
**Autochore,** [..'ko:re, gr.], weibl., –n: Pflanze, die ihren Samen und Früchte selbst verbreitet (Bot.)
**Autochorie,** [..ko'ri, gr.], weibl., nur Sing.: Ausbreitung von Samen und Früchten durch die Pflanze selbst (Bot.)
**autochthon,** (gr.): 1. einheimisch, bodenständig, 2. am Fundort entstanden (Gegens.: allochthon; Biol., Geol.)
**Autochthone,** (gr.), männl., –n: Ureinwohner
**Autocross,** (gr.-engl.), männl., –e: Geländewettfahrt im Autorennsport
**Autodafé,** (portug.: »Glaubensakt«), sächl., –s: Glaubensgericht, Vollstreckung des Inquisitionsurteils, Verbrennung des Ketzers; Verbrennung ketzerischer oder verfemter Bücher
**Autodidakt,** (gr.), männl., –en: jmd., der durch eigenständiges Lernen Kenntnisse und Fähigkeiten erwirbt
**autodidaktisch,** (gr.): das eigenständige Lernen betreffend; durch eigenständiges Lernen
**Autoerotik,** (gr.), weibl., nur Sing.: Selbstliebe mit sexueller Komponente, Narzismus; Selbstbefriedigung
**Autofokus,** (gr.-lat.), männl., nur Sing.: Vorrichtung für automatische Einstellung der Bildschärfe (an Kameras)
**autogam,** (gr.): sich selbst befruchtend (Bot.)
**autogen,** (gr.): selbst entstehend, selbsttätig, selbstwirkend
**autogenes Training,** sächl., nur Sing.: Methode zur Konzentration und Selbstentspannung
**Autogramm,** (gr.), sächl., –e: eigenhändige Unterschrift, Namenszug
**Autoinfektion,** (gr.), weibl., –en: Selbstansteckung, Infektion durch einen bereits im Körper befindlichen Erreger (Med.)
**Autointoxikation,** (gr.), weibl., –en: Selbstvergiftung des Organismus durch

Stoffwechselprodukte des eigenen Körpers (Med.)
**Autokarpie,** (gr.), weibl., nur Sing.: Fruchtbildung nach Selbstbestäubung (Bot.)
**Autokorso,** männl., –s: aus Autos bestehender Demonstrationszug
**Autokrat,** (gr.), männl., –en: Alleinherrscher
**Autokratie,** (gr.), weibl., –n: Alleinherrschaft
**autokratisch,** (gr.): allein herrschend
**Autolyse,** (gr.), weibl., –n: 1. Selbstauflösung (Biol.), 2. Selbstverdauung (Med.)
**Automat,** (gr.), männl., –en: 1. Verkaufsapparat, dem man nach Münzeinwurf Waren entnehmen kann; selbsttätige Maschine, 2. System, das Informationen aufnimmt, selbstständig verarbeitet und wieder abgibt (EDV)
**Automatik,** (gr.), weibl., –en: 1. Vorrichtung zum selbstständigen Steuern und Regeln eines technischen Vorgangs, 2. Selbststeuerung
**Automation,** (gr.), weibl., –en: 1. Einführung mechanischer Steuerung von Arbeitsgängen, 2. Zustand der von weit gehender Automatisierung gekennzeichneten technischen Entwicklung
**automatisch,** (gr.): 1. selbsttätig, selbststeuernd, selbstregelnd, 2. unwillkürlich, zwangsläufig
**automatisieren,** (gr.): auf automatische Produktion umstellen
**Automatismus,** (gr.), männl., Automatismen: 1. unwillkürlich, unbewusst ablaufende Handlung, 2. unwillkürliche Tätigkeit von Organen (z. B. Herztätigkeit; Biol.)
**Automobil,** (gr.), sächl., –e: Kraftfahrzeug
**autonom,** (gr.): selbstständig, unabhängig; nach eigenen Gesetzen lebend
**Autonomie,** (gr.), weibl., –n: Selbstständigkeit, Unabhängigkeit; Selbstverwaltung
**Autophilie,** (gr.), weibl., nur Sing.: Eigenliebe
**Autopilot,** (gr.), männl., –en: Flugregler, Vorrichtung zur automatischen Steuerung eines Flugzeugs oder einer Rakete
**Autoplastik,** (gr.), weibl., –en: Verpflanzung körpereigenen Gewebes von einer Körperstelle an eine andere (Med.)
**Autopsie,** (gr.), weibl., –n: richterlich angeordnete Inaugenscheinnahme einer Leiche; Leichenöffnung zur ärztlichen Feststellung der Todesursache
**Autor,** (lat.), männl., Autoren: Urheber, Verfasser (eines literarischen Kunstwerkes)
**Autorenkollektiv,** (gr.-russ.), sächl., –e: Gruppe von Autoren, die gemeinsam ein Buch verfasst haben
**Autorisation,** (lat.), weibl., –en: Ermächtigung, Vollmacht
**autorisieren,** (lat.): ermächtigen; genehmigen
**autoritär,** (lat.): unbedingten Gehorsam fordernd; machtbesessen, diktatorisch (Gegens.: antiautoritär)
**Autorität,** (lat.), weibl., –en: 1. Ansehen, Geltung; bestimmende Ausstrahlung, 2. maßgebende Persönlichkeit, Person von hohem Ansehen; anerkannter Fachmann
**Autosalon,** ['autosalong, gr.-fr.], männl., –s: Kraftwagenschau
**Autostrada,** (italien.), weibl., –s: italien. Autobahn
**Autosuggestion,** (gr.-lat.), weibl., –en: Selbstbeeinflussung
**autosuggestiv,** (gr.-lat.): sich selbst beeinflussend
**Autotomie,** (gr.), weibl., –n: Selbstverstümmelung
**Autotoxin,** (gr.), sächl., –e: im eigenen Körper entstandenes Gift (Med.)

**autotroph,** (gr.): sich selbst ernährend durch Umwandlung anorganischer Nahrung in organische Stoffe (Bot.)
**Autovakzine,** weibl., –n: Eigenimpfstoff, der aus Erregern im Körper des Impflings hergestellt wurde (Med.)
**Autozoom,** ['autosu:m, gr.-engl.], männl., nur Sing.: selbsttätige Brennweitenregelung bei Filmkameras
**Aval,** (fr.), männl., –e: Wechselbürgschaft
**Avance,** [a'wanß, fr.], weibl., –n: Vorsprung, Gewinn; Geldvorschuss; jmdm. Avancen machen: Entgegenkommen zeigen, jmdn. umwerben
**avancieren,** [awan'ßi:ren, fr.]: vorwärts kommen, aufrücken, in eine höhere Position gelangen
**Avantage,** [avan'ta:sch, fr.], weibl., –n: Vorteil, Gewinn; Vorgabe
**Avantgarde,** [avan'gard, fr.], weibl., –n: Vorhut, Gruppe von Vorkämpfern eine Idee, eine Bewegung
**Avantgardist,** (fr.), männl., –en: jmd., der neue Ideen vertritt, Vorkämpfer für neue Ideen
**avanti,** (italien.): los, vorwärts
**Ave,** (lat.: »sei gegrüßt!«): Kurzw. für Ave-Maria
**Avenue,** [awe'nü:, fr.], weibl., –n: Prachtstraße, breite Allee
**Avers,** (fr.), männl., –e: Vorderseite einer Medaille oder Münze (Gegens.: Revers)
**Aversion,** (fr.), weibl., –en: Abneigung, Widerwille
**Avis,** [a'wi:(s), fr.], männl. oder sächl., –e: Benachrichtigung, Ankündigung, Mitteilung
**avisieren,** (fr.): ankündigen, anmelden
**Avitaminose,** (gr.-lat.), weibl., –n: Vitaminmangelkrankheit (Med.)
**Avocado,** (indian.-span.), weibl., –s: dunkelgrüne birnenförmige Steinfrucht aus Südamerika mit cremigem Fleisch
**AWACS,** (Kurzw. für: **A**irborne **W**arning **a**nd **C**ontrol **S**ystem): 1. Frühwarnsystem der NATO-Staaten, 2. fliegende Radarstationen
**axial,** (lat.): in Achsenrichtung, auf die Achse bezogen
**axillar,** (lat.): in der Achselhöhle gelegen, die Achselhöhle betreffend (Med.)
**Axiom,** (gr.), sächl., –e: grundlegende Aussagen in der Philosophie und der Mathematik, die an den Anfang einer Theorie gestellt wird
**Axiomatik,** (gr.), weibl., nur Sing.: Lehre von den Axiomen
**axiomatisch,** (gr.): auf Axiome gegründet; unmittelbar einleuchtend
**Ayatollah,** (pers.), männl., –s: vgl. Ajatollah
**Azalee,** (gr.), weibl., –n: strauchartige Pflanze aus der Gattung der Erikagewächse
**Azimut,** (arab.), sächl., –e: Winkel auf dem Horizontalkreis zwischen Vertikalebene eines Gestirns und Ortsmeridian
**Azoikum,** (gr.), sächl., nur Sing.: ältestes Erdzeitalter, in dem noch kein Leben auf der Erde existierte (Geol.)
**Azoospermie,** (gr.), weibl., –n: das Fehlen von beweglichen Spermien in der Samenflüssigkeit (Med.)
**Azur,** (fr.), männl., nur Sing.: Himmelsblau, Himmelsbläue
**azyklisch,** (gr.): 1. nicht zyklisch, unregelmäßig, 2. nicht kreisförmig, spiralig (Bot.)
**Azzurri,** (italien.: »die Blauen«), nur Plur.: Bez. für italien. Sportler in Nationalmannschaften (insbes. Fußballer)
**Azzurris,** (italien.), nur Plur.: vgl. Azzurri

# B

**Baal,** (hebr.), männl., –e und –im: altorientalische Bez. für eine Gottheit
**Babuschka,** (russ.), weibl., –s: Großmutter, alte Frau
**Baby,** ['be:bi, engl.], sächl., –s: 1. Säugling, Kleinkind, 2. (umg. für:) Liebling
**babysitten,** ['be:bißit(e)n, engl.]: ein Baby oder Kind in Abwesenheit der Eltern beaufsichtigen
**Babysitter,** ['be:bißit(e)r, engl.], männl., –: jmd., der Baby oder Kind in Abwesenheit der Eltern beaufsichtigt
**Bacchanal,** [baka'na:l, gr.-lat.], sächl., –e: (nach dem gr.-röm. Weingott Bacchus:) 1. Bacchusfest im antiken Rom, 2. wüstes Trinkgelage
**Bacchant,** [ba'kant, gr.-lat.], männl., –en: 1. Teilnehmer an einem Bacchanal, Trinkbruder, 2. (im Mittelalter:) fahrender Schüler
**Bachelor,** ['bä.tsch(e)l(e)r, engl.], männl., –s: akademischer Grad in England
**backbord,** (Seemannssprache): links (Gegens.: steuerbord)
**Backgammon,** [bä.k'gä.men, engl.], sächl., –(s): ein Würfelspiel
**Background,** ['bä.kgraunt, engl.], männl., –s: 1. Hintergrund, 2. Herkunft, Milieu, 3. Berufserfahrung
**Backlist,** ['bä.k..., engl.], weibl., –s: Bestand an lieferbaren Büchern früherer Programme (eines Verlags) im Unterschied zu den Neuerscheinungen
**Bacon,** ['be:k(e)n, engl.], männl., nur Sing.: engl. Speck.
**Badminton,** ['bä.dmint(e)n, engl.], sächl., nur Sing.: Wettkampfform des Federballspiels
**Bagage,** [ba'ga:sch, fr.], weibl., –n: 1. Gepäck, 2. (beim Militär:) Tross, 3. Gesindel, üble Gesellschaft
**Bagatelle,** (fr.), weibl., –n: 1. Kleinigkeit, unbedeutende Angelegenheit, unwichtiger Umstand, 2. kurzes, leichtes Musikstück
**bagatellisieren,** (fr.): als unwichtig, als Bagatelle darstellen
**Bagno,** ['ba.njo, italien.], sächl., –s: Kerker für Schwerverbrecher (in Italien und Frankreich)
**Baguette,** [ba'ge.t, fr.], sächl., –s: fr. Stangenweißbrot
**Baht,** männl., –: Währungseinheit in Thailand
**Bai,** (fr.-niederl.), weibl., –en: Meeresbucht
**Baiser,** [bä:'se:, fr.], sächl., –s: Schaumgebäck aus Eischnee und Zucker
**Baisse,** [bä:ß, fr.], weibl., –n: kräftiges Fallen der Börsenkurse (Gegens.: Hausse)
**Baissier,** [bä:ß'je:, fr.], männl., –s: auf Baisse Spekulierender
**Bajadere,** (portug.), weibl., –n: ind. Tempeltänzerin
**Bajazzo,** (italien.), männl., –s: komische Figur, Spaßmacher (des italien. Theaters)
**Bajonett,** (fr.), sächl., –e: auf das Gewehr aufgesetzte Stoßwaffe für den Nahkampf
**Bajonettverschluss,** (fr.-dt.), männl., –verschlüsse: leicht lösbare Verbindung von Rohren oder Stangen, die durch Ineinanderstecken und entgegengesetztes Verdrehen der Anschlussstücke zu schließen, bzw. zu öffnen ist
**Bakelit,** (Wz), sächl., nur Sing.: Kunstharz
**Bakkalaureat,** (lat.), sächl., –e: 1. niedrigster akademischer Grad in England und Frankreich; 2. (nur in Frankreich:) dem Abitur entsprechender Schulabschluss
**Bakkalaureus,** (lat.), männl., Bakkalaurei: Träger des Bakkalaureats

**Bakkarat,** ['ba.kara, fr.], sächl., nur Sing.: ein Kartenglücksspiel
**Bakschisch,** (pers.), sächl., –e: Trinkgeld; Bestechungsgeld
**Bakteriämie,** (gr.), weibl., –n: vorübergehendes Vorhandensein von Bakterien in der Blutbahn (Med.)
**Bakterie,** (gr.: »Stäbchen«), weibl., –n: einzelliges, oft stäbchenförmiges Kleinlebewesen (in zahlreichen Formen auftretend, u. a. im Körper als Krankheitserreger)
**bakteriell,** (gr.): von Bakterien erzeugt; Bakterien betreffend
**Bakterienkultur,** (gr.), weibl., –en: auf Nährboden gezüchtete Generation von Bakterien
**Bakteriologe,** (gr.), männl., –n: Bakteriologie betreibender Wissenschaftler
**Bakteriologie,** (gr.), weibl., nur Sing.: Lehre von den Bakterien
**Bakteriolyse,** (gr.), weibl., –n: Auflösung von Bakterien (Med.)
**Bakteriophage,** (gr.), männl., –n: Virus, das Bakterien auflösen kann
**Bakterium,** (gr.-lat.), sächl., Bakterien: vgl. Bakterie
**bakterizid,** (gr.): bakterientötend
**Bakterizid,** (gr.), sächl., –e: bakterientötendes Mittel
**Balalaika,** (russ.), weibl., –s oder Balalaiken: mit drei Saiten bezogenes, dreieckiges russisches Saiteninstrument
**Balance,** [ba'lanß(e), fr.], weibl., –n: Gleichgewicht
**Balanceakt,** (fr.), männl., –e: 1. Seilkunststück eines Balancierkünstlers, 2. Gratwanderung
**balancieren,** (fr.): das Gleichgewicht halten; ein Seilkunststück vorführen
**Balanitis,** (gr.), weibl., Balanitiden: Entzündung der Eichel oder der Vorhaut des Penis (Med.)
**balbieren:** vgl. barbieren
**Baldachin,** (italien.), männl., –e: 1. Stoffhimmel in prunkvoller Ausführung über einem Thron, Altar, Bett, 2. steinerne Überdachung einer Statue
**balkanisieren:** staatliche Zersplitterung und politische Wirren schaffen, wie sie früher auf dem Balkan herrschten (und herrschen)
**Balkanologie,** weibl., nur Sing.: Wissenschaft von den Sprachen, Literaturen und Kulturen auf dem Balkan
**Balkon,** (fr.), männl., –e oder –s: Vorbau eines Gebäudes; emporeartiger Rang im Theater
**Ball,** (fr.), männl., Bälle: großes Tanzfest
**Ballade,** (fr.), weibl., –n: mehrstrophiges erzählendes Gedicht dramatischen Inhalts
**balladesk,** (fr.): balladenhaft
**Ballawatsch,** (italien.), männl., nur Sing.: (in Österreich:) Durcheinander; Unsinn
**Ballerina,** (italien.), weibl., Ballerinen: Ballettsolistin
**Ballerine:** vgl. Ballerina
**Ballett,** (italien.), sächl., –e: Bühnentanz; Bühnentanzgruppe
**Balletteuse,** [bale'tö:se, fr.], weibl., –n: Balletttänzerin
**Balliste,** (gr.), weibl., –n: antikes Wurfgeschütz
**Ballistik,** (gr.), weibl., nur Sing.: Lehre vom Flugverhalten und von der Flugbahn abgeschossener oder geworfener Körper, Geschosse oder Raketen
**Ballistiker,** (gr.), männl., –: Fachmann auf dem Gebiet der Ballistik
**ballistisch,** (gr.): die Ballistik betreffend
**Ballon,** [ba'lon, fr.], männl., –s oder –e: mit Gas oder Luft gefüllter kugelförmiger Hohlkörper, 2. mit Gas gefülltes kugelförmiges Luftfahrzeug, 3. Glaskolben (Chem.)

**Ballonreifen,** (fr.-dt.), männl., –: Niederdruckreifen
**Ballot,** [ba'lo:, fr.], männl., –s: kleiner Warenballen
**Ballot,** ['bä.l(e)t, engl.], sächl., –s: (in England und USA:) geheime Abstimmung
**Ballotade,** (fr.), weibl., –n: Sprung der Hohen Reitschule
**Ballotage,** [balo'ta:sch, fr.], weibl., –n: geheime Abstimmung mit weißen und schwarzen Kugeln
**ballotieren,** (fr.): mit Kugeln abstimmen
**Ballyhoo,** [bä.li'hu:, engl.], sächl., nur Sing.: marktschreierisches Anpreisen, laute Propaganda
**Balmigoreng,** (malaiisch), sächl., –s: indones. Nudelspezialität
**Balneologie,** (lat.-gr.), weibl., nur Sing.: Bäderkunde, Lehre von der Wirkung der Heilquellen
**Balneotherapie,** (lat.-gr.), weibl., –n: Bäderbehandlung (Med.)
**Bal paré,** (fr.), männl., –s –s: besonders festlicher Ball
**Balsa,** (span.), sächl., –s: 1. leichtes Holz des Balsabaumes, 2. floßartiges Wasserfahrzeug der Indianer aus Binsen und Balsaholz
**Balsam,** (gr.), männl., –e: 1. dickflüssiges Gemisch aus Baumharz und ätherischen Ölen, 2. Linderung, Wohltat
**balsamieren,** (gr.): einsalben mit Balsam
**Balsamine,** (gr.), weibl., –n: ein Springkrautgewächs (Bot.)
**Baluster,** (fr.), männl., –: kleine Säule, die als Geländer oder Stütze für eine Brüstung dient
**Balustrade,** (fr.), weibl., –n: Brüstung, Geländer mit Balustern
**Bambina,** (italien.), weibl., –s: kleines italien. Mädchen
**Bambino,** (italien.), männl., –s: kleiner italien. Junge
**Bambule,** (Bantu), weibl., –n: mit Zerstörungen einhergehende Proteste von Zellen- oder Heiminsassen, auch allg. für Randale
**Bambus,** (malaiisch), männl., –se: Sammelbez. für in den Tropen und Subtropen wachsende baumartige Gräser, deren Stämme u. a. als Baumaterial dienen
**banal,** (fr.): alltäglich, gewöhnlich, nichts sagend, abgedroschen
**banalisieren,** (fr.): banal ausdrücken, herabwürdigen, verflachen
**Banalität,** (fr.), weibl., –en: Plattheit, geistlose Bemerkung, Allgemeinplatz, banale Aussage
**Banane,** (portug.), weibl., –n: als Obst oder Gemüse verwendete tropische Staudenfrucht
**Bananenrepublik,** (portug.-lat.), weibl., –en: (umg.) (durch den Südfrüchtehandel mit den USA) vom Kapital der Vereinigten Staaten abhängiges kleines Land, Entwicklungsland
**Banause,** (gr.), männl., –n: (abwertend:) Mensch ohne Sinn für Kunst, ungebildete Person
**Band,** [bä:nd, engl.], weibl., –s: Kapelle für Unterhaltungsmusik
**Bandage,** [ban'da:sche, fr.], weibl., –n: Stütz- oder Schutzverband insbes. für Gelenke
**bandagieren,** [banda:'schi:ren, fr.]: eine Bandage anlegen
**Bandagist,** (fr.), männl., –en: Hersteller, Verkäufer von Bandagen
**Bande,** (fr.), weibl., –n: Rand, seitliche Einfassung verschiedener Wettkampfanlagen (z. B.: einer Eisbahn, eines Billardtisches)
**Banderilla,** [bande'ri.lja, span.], weibl., –s: geschmückter Wurfspieß der Banderilleros beim Stierkampf
**Banderillero,** [banderi.l'je:ro, span.], männl., –s: Stierkämpfer, der dem Stier die Banderillas in den Nacken stößt

**Banderole,** (fr.), weibl., –n: 1. Papierstreifen mit einem Steuervermerk zum Verschluss von Verpackungen zoll- oder steuerpflichtiger Waren, 2. verschlungenes Spruchband auf mittelalterlichen Kunstwerken

**banderolieren,** (fr.): mit einer Banderole versehen

**Bandit,** (italien.), männl., –en: Gauner, Räuber; Berufsverbrecher

**Bandleader,** ['bändli:d(e)r, engl.], männl., –: Leiter einer Band

**Bandoneon:** vgl. Bandonion

**Bandonion,** sächl., –s: seltenes Harmonikainstrument

**Bandura,** (gr.), weibl., –s: lautenartiges Zupfinstrument aus der Ukraine

**Banjo,** ['bändscho, engl.], sächl., –s: langhalsiges, gitarrenähnliches Saiteninstrument mit rundem Schallkörper

**Bank,** (italien.), weibl., –en: Geldinstitut

**Banker,** ['bä.ngk(e)r, engl.], männl., –: Fachmann im Bankwesen

**bankerott:** vgl. bankrott

**Bankett,** (fr.), sächl., –e: 1. Festmahl, Festessen, 2. unbefestigter Randstreifen neben einer Straße, 3. Absatz einer Grundmauer

**Bankier,** [bank'je:, fr.], männl., –s: Inhaber oder Vorstandsmitglied einer Bank

**bankrott,** (italien.): zahlungsunfähig, in Konkurs geraten, (umg.) pleite

**Bankrott,** (italien.), männl., –e: wirtschaftlicher Zusammenbruch, Zahlungsunfähigkeit

**Bankrotteur,** [bankro'tö:r, fr.], männl., –e: jmd., der Bankrott gemacht hat

**bankrottieren,** (italien.): Bankrott machen

**Bantamgewicht,** sächl., nur Sing.: nach dem Bantamhuhn benannte leichtere Körpergewichtsklasse beim Ringen, Gewichtheben und Boxen

**Bantamhuhn,** sächl., –hühner: engl. Zwerghuhn

**Bantu,** männl., –s: Angehöriger eines afrikanischen Volksstammes; Sprache des Bantustammes

**Baobab,** (afrik.), männl., –s: Affenbrotbaum in Afrika

**Baptismus,** (gr.), männl., nur Sing.: christl. Lehre, die die Kindertaufe nicht zulässt

**Baptist,** (gr.), männl., –en: Anhänger des Baptismus

**Baptisterium,** (gr.), sächl., Baptisterien: Taufstein, Taufbecken; Taufkapelle, Taufkirche

**Bar,** (gr.), sächl., –s: Maßeinheit für Luftdruck (Zeichen: bar)

**Bar,** (engl.), weibl., –s: 1. Schanktisch; Ausschank, 2. Nachtlokal

**Baracke,** (fr.), weibl., –n: kellerloser Behelfsbau aus leichtem Baumaterial, der als Schuppen oder Notunterkunft benutzt wird

**Barbar,** (gr.), männl., –en: ungebildeter, roher Mensch; grausamer Mensch, Unmensch

**Barbarei,** (gr.), weibl., –en: Rohheit; Grausamkeit, Unmenschlichkeit

**barbarisch,** (gr.): ungebildet; grausam, unmenschlich

**Barbarismus,** (gr.), männl., Barbarismen: 1. Fremdausdruck in klassischen Sprachen, 2. Verstoß gegen die Sprachregeln

**Barbe,** (lat.), weibl., –n: Karpfenfisch

**Barbecue,** ['ba:bikju, engl.], sächl., –s: (insbes. in den USA übliches) Grillfest im Garten

**Barbier,** (fr.), männl., –e: (ehemals Bez. für:) Bart- und Haarschneider

**barbieren,** (fr.): (ehemals Bez. für:) den Bart scheren, rasieren

**Barbiturat,** (Kunstw.), sächl., –e: Medikament aus dem Salz der Barbitursäure, Schlaf- und Beruhigungsmittel

**Barde,** (fr.), männl., –n: 1. (im Mittelalter:) keltischer Sänger und Dichter;

Spielmann; (heute:) Liedermacher, 2. Speckscheibe, die zum Braten um Geflügel gewickelt wird

**bardieren,** (fr.): mit Speck umwickeln

**Barett,** (fr.), sächl., –e: kleine, kappenartige Kopfbedeckung ohne Rand (früher oft zur Amtstracht von Geistlichen, Richtern oder Professoren gehörend)

**Bariton,** (italien.), männl., –e: mittlere Männerstimmlage; Sänger mit Baritonstimme

**Barium,** (gr.), sächl., nur Sing.: chem. Element aus der Gruppe der Erdalkalimetalle (Zeichen: Ba)

**Bark,** (fr.), weibl., –en: Segelschiff mit mindestens drei Masten

**Barkarole,** (italien.), weibl., –n: 1. Gondellied, 2. in den Ländern am Mittelmeer gebräuchliches Ruderboot

**Barkasse,** (italien.), weibl., –n: 1. großes Motorboot, das im Hafen verkehrt, 2. größtes Beiboot auf Kriegsschiffen

**Barke,** (fr.), weibl., –n: Kleinboot ohne Mast, Kahn

**Barkeeper,** ['ba:rki:per, engl.], männl., –: Inhaber einer Bar; Kellner hinter der Bar

**Bar-Mizwa,** (hebr.), weibl., –s: Akt der Einführung eines jüdischen Jungen in die jüdische Glaubensgemeinschaft nach Vollendung des 13. Lebensjahres

**barock,** (portug.): im Stil des Barock, aus dem Barock stammend; üppig ausgeschmückt, verschnörkelt, überladen

**Barock,** (portug.), männl., nur Sing.: 1. europaweiter Kunst- und Literaturstil vom Anfang des 17. bis zur Mitte des 18. Jh., für den Formenreichtum, viel Glanz und schmuckvolle Verzierungen typisch sind, 2. das Zeitalter des Barock

**Barograph,** (gr.), männl., –en: Luftdruckschreiber (Meteorol.)

**Barometer,** (gr.), sächl., –: Luftdruckmessgerät (Meteorol.)

**barometrisch,** (gr.): die Luftdruckmessung betreffend

**Baron,** (fr.), männl., –e: Adelstitel eines Freiherrn

**Baronesse** (seltener: Baroness), (fr.), weibl., –n: unverheiratete Tochter eines Barons, Freifräulein

**Baronin,** (fr.), weibl., –nen: Frau eines Barons, Freifrau

**Barrakuda,** (span.), männl., –s: tropischer Raubfisch, Pfeilhecht

**Barras,** (jidd.), männl., nur Sing.: (umg.) Militär, Militärdienst

**Barre,** (fr.); weibl., –n: 1. Sand- oder Schlickanschwemmung in Flussmündungen (Geogr.), 2. Querstange; Schranke, Schlagbaum

**Barré,** (fr.), sächl., nur Sing.: Quergriff eines Fingers über mehrere Saiten beim Gitarrenspiel

**Barrel,** ['bä.r(e)l, engl.: »Fass, Tonne«], sächl., –s: engl. und nordamerik. Hohlmaß für Flüssigkeiten (v. a. Erdöl und Benzin; ein Barrel entspricht 158,76 Litern)

**Barriere,** (fr.), weibl., –n: Sperre, Schranke

**Barrikade,** (fr.), weibl., –n: Hindernis, Straßensperre zur Verteidigung bei Straßenkämpfen, Aufständen oder Krawallen

**Barsoi,** (russ.), männl., –s: langhaariger russ. Windhund

**Barsortiment,** (lat.), sächl., nur Sing.: Zwischengroßhandel zwischen Verlag und Buchhandlungen

**Baryt,** (gr.), männl., –e: Bariumsulfat, farbloses Mineral (Chem.)

**Baryton,** (gr.), sächl., –e: violaartiges, bis ins 19. Jh. verwendetes Streichinstrument

**basal,** (gr.): an der Basis befindlich, unten; grundlegend

**Basalt,** (lat.), männl., –e: dunkles Ergussgestein (häufig im Straßenbau verwendet)

**Basaltemperatur,** (gr.-lat.), weibl., –en: die morgens vor dem Aufstehen gemessene Körpertemperatur bei der Frau zur Beobachtung des Menstruationszyklus

**Basar** (Bazar), (pers.), männl., –e: 1. orientalischer Markt, Händlerstraße oder -viertel in orientalischen Städten, 2. Warenverkauf für wohltätige Zwecke

**Baschlik,** (türk.), männl., –s: Wollkapuze im Kaukasus

**Base,** (gr.), weibl., –n: Verbindung, die Protonen aufnehmen und mit Säuren Salze bilden kann (Chem.)

**Baseball,** ['be(j)ßbo:l, engl.], männl., –s: 1. (nur Sing.:) amerik. Schlagballspiel, bei dem sich zwei Mannschaften mit je neun Mann gegenüberstehen, 2. bei diesem Spiel verwendeter Ball

**Basement,** ['be(j)ßm(e)nt, engl.], sächl., –s: Tiefparterre, Souterrain

**BASIC,** ['be(j)ßik, Abk. für: **b**eginners **a**ll-purpose **s**ymbolic **i**nstruction **c**ode, engl.], sächl., nur Sing.: leicht erlernbare Programmiersprache (EDV)

**Basic English,** ['be(j)ßik 'inglisch, engl.: »Grundenglisch«], sächl., nur Sing.: vereinfachte Form der englischen Sprache mit einem Grundwortschatz von 850 Wörtern und nur wenigen grammatikalischen Regeln

**basieren,** (gr.): beruhen auf; sich stützen, sich gründen auf

**Basilika,** (gr.), weibl., Basiliken: 1. Markt- und Gerichtshalle im antiken Rom, 2. altchristliche Kirche mit erhöhtem und breitem Mittelschiff

**Basilikum,** (gr.), sächl., nur Sing.: 1. Basilienkraut, asiatische Würz- und Heilpflanze, 2. daraus gewonnenes Gewürz

**Basilisk,** (lat.), männl., –en: 1. schlangenhaftes Fabeltier mit tödlichem wirkendem Blick, 2. mittel- und südamerik. Leguan

**Basis,** (gr.), weibl., Basen: 1. Grundlage, Unterlage; Ausgangspunkt, 2. Grundzahl einer Potenz, eines Logarithmus oder eines Zahlensystems; Grundlinie einer geometrischen Figur, insbes. eines gleichschenkligen Dreiecks; ebene Grundfläche eines Körpers (Math.), 3. militärischer Stützpunkt (in fremdem Hoheitsgebiet), 4. (Archit.) unterer Teil einer Säule, Sockel, Unterbau, 5. Masse der Wähler oder der Parteimitglieder

**basisch,** (gr.): sich wie eine Base verhaltend (Chem.)

**Basisdemokratie,** (gr.), weibl., –n: Demokratieform, bei der alle Entscheidungen von der Basis (z. B. der Partei) getroffen werden

**Basketball,** (engl.), männl., –bälle: 1. ein Korbballspiel, 2. der Ball, der dabei verwendet wird

**Bass,** (italien.), männl., Bässe: 1. tiefste Tonlage der Männerstimme, 2. einzelne Sänger mit Bassstimme; die Gesamtheit der Bassstimmen in einem Chor, 3. Kontrabass, Cello, Streichinstrument in tiefer Tonlage

**Bassbuffo,** (italien.), männl., –s: Sänger komischer Bassrollen in der Oper

**Basselisse,** ['baßliß, fr.], weibl., –n: Webart mit waagerechter Kette

**Basset,** ['bäßit, engl.], männl., –s: kurzbeiniger Jagdhund mit Hängeohren

**Bassetthorn,** sächl., –hörner: Altklarinette

**Bassin,** [ba'ßän, fr.], sächl., –s: Wasserbecken

**Bassist,** (italien.), männl., –en: 1. Sänger mit Bassstimme, 2. jmd., der ein Bassinstrument spielt

**basta!,** (italien.): Schluss!, genug!

**Bastard,** (fr.), männl., –e: 1. (bei Pflanzen und Tieren:) Mischling, durch Kreuzung entstandene Pflanze, entstandenes Tier (Biol.), 2. (bei Menschen:) uneheliches Kind (insbes. eines Adligen und einer Nichtadligen; histor.); (abwertend:) minderwertiger Mensch

**bastardieren,** (fr.): mischen, kreuzen (Biol.)

**Bastei,** (italien.), weibl., –en: vorspringender Teil einer Festung, Bastion

**Bastille,** [bas'ti:j(e), fr.], weibl., –n: 1. mit Bastionen befestigtes Schloss in Frankreich, 2. als Staatsgefängnis benutztes befestigtes Schloss in Paris, das zu Beginn der Fr. Revolution von 1789 erstürmt wurde

**Bastion,** (italien.), weibl., –en: vgl. Bastei

**Bastonade,** (italien.), weibl., –n: orientalische Prügelstrafe in Form von Stock- oder Riemenschlägen auf die Fußsohlen oder auf den Rücken

**Bataillon,** [batal'jo:n, fr.], sächl., –e: Truppenverband aus mehreren Kompanien

**Batate,** (indian.-span.), weibl., –n: tropisches Windengewächs mit stärkereicher, süßlich schmeckender, kartoffelartiger Knolle

**Bathometer,** (gr.), sächl., –: Gerät zum Bestimmen der Meerestiefe

**Bathophobie,** (gr.), weibl., –n: Tiefenangst, Schwindel- und Angstgefühl beim Anblick großer Tiefen oder Höhen

**Bathymeter,** (gr.), sächl., –: vgl. Bathometer

**Bathyskaph,** (gr.), männl., –en: frei bewegliches Tiefseetauchgerät

**Bathysphäre,** (gr.), weibl., nur Sing.: tiefste Schicht des Weltmeeres

**Batik,** (malaiisch), weibl., –en: 1. javanisches Verfahren zum Färben von Geweben mit Hilfe von Wachs, 2. nach diesem Verfahren bearbeiteter Stoff

**batiken,** (malaiisch): Gewebe nach dem Batikverfahren färben

**Batist,** (fr.), männl., –e: sehr feines leinwandartiges Gewebe

**Batterie,** (fr.), weibl., –n: 1. Zusammenstellung gleichartiger Geräte zu gemeinsamer Wirkung, 2. auswechselbare Stromquelle, die aus mehreren Elementen besteht (z. B.: für Taschenlampen), 3. kleine Artillerieeinheit, 4. Vorrichtung zum Mischen von warmem und kaltem Wasser

**Baud,** nach dem fr. Ingenieur Baudot benannte Einheit der Geschwindigkeit der Datenübertragung (Zeichen: Bd): 1 Bd = 1 Bit pro Sekunde (bit/s)

**Bauxit,** männl., –e: Aluminiumerz (nach dem in Frankreich gelegenen Fundort Les Baux benanntes Sedimentgestein)

**Bavaria,** weibl., nur Sing.: Frauengestalt als Sinnbild Bayerns

**Bazille,** (lat.), weibl., –n: (umg.) vgl. Bazillus

**Bazillus,** (lat.), männl., Bazillen: stäbchenförmiges, Sporen bildendes Bakterium, das Krankheiten hervorrufen kann

**Bazooka,** [ba'su:ka, amerik.], weibl., –s: rückstoßfreie amerikanische Panzerfaust

**Beachvolleyball,** ['bi:tsch..., engl.], männl., nur Sing.: im Sand ausgetragenes Volleyballspiel für Zweiermannschaften

**Beat,** [bi:t, engl.: »Schlag«], männl., nur Sing.: 1. Musik mit gleichmäßigem, hartem Schlagrhythmus, Popmusik der 1960er-Jahre, 2. durchgehender gleichmäßiger Grundschlag bei der Pop- oder Jazzmusik

**Beatifikation,** (lat.), weibl., –en: Seligsprechung

**beatifizieren,** (lat.): selig sprechen

**Beatle,** ['bi:t(e)l, engl.], männl., –s: 1. Mitglied der legendären engl. Beatgruppe »The Beatles«, 2. (in den 1960er- und 1970er-Jahren:) Jugendlicher mit längeren Haaren (nach dem Vorbild der »Beatles«)

**Beau,** [bo:, fr.], männl., –s: schöner, eitler Mann, Schönling

**Beaufortskala,** ['bo:fertskala], weibl., nur Sing.: nach dem engl. Admiral Beaufort benannte internationale urspr. 12-gradige, heute auf 17 Stufen erweiterte Skala zur Einteilung der Windstärken

**Beaujolais,** [bo:scho'le:, fr.], männl., –: Rotwein aus der fr. Landschaft Beaujolais

**Beauté,** [bo'te:, fr.], weibl., –s: schöne Frau, Schönheit

**Beauty,** ['bju:ti, engl.], weibl., –s: vgl. Beauté

**Beautycase,** ['bju:tike(j)ß, engl.], männl. oder sächl., –: kleiner Schminkkoffer

**Beautyfarm,** ['bju:tifa:(r)m, engl.], weibl., –s: Schönheitsfarm, hotelartige Anlage mit umfassendem kosmetischem Service

**Bebop,** ['bi:bop, amerik.], männl., nur Sing.: kunstvoller amerik. Jazzstil aus den 40er Jahren

**Béchamelkartoffeln,** [bescha'mäl-, fr.], weibl., nur Plur.: Kartoffeln in Bechamélsoße

**Béchamelsoße,** (fr.), weibl., –: nach dem Marquis de Béchamel benannte weiße Rahmsoße aus Butter, Mehl und Milch

**becircen,** (nach der Zauberin Circe aus der gr. Sage): betören, bezaubern

**Becquerel,** sächl., –: Einheit der Aktivität einer radioaktiven Substanz (nach dem fr. Physiker Becquerel; Zeichen: Bq)

**Beduine,** (arab.), männl., –n: arabischer Hirtennomade

**Beefalo,** ['bi:felo:, engl.], männl., –s: aus der Kreuzung von Hausrind und Bison gezüchtetes Rindvieh

**Beefeater,** ['bi:fi:ter, engl.: »Rindfleischesser«], männl., –s: (scherzh. für:) Angehöriger der königlichen Leibwache in England

**Beefsteak,** ['bi:fste:k, engl.], sächl., –s: gebratene oder gegrillte Scheibe Rindfleisch

**Beelzebub,** (hebr.: »Herr der Fliegen«), männl., nur Sing.: Herr der bösen Geister, oberster Teufel

**Beg,** (türk.: »Herr«), männl., –s: vgl. Bei

**Begine,** (niederl.), weibl., –n: Mitglied einer klosterähnlichen Frauenvereinigung in Holland oder Belgien

**Begonie,** (fr.), weibl., –n: Schiefblattgewächs, Zier- und Gartenpflanze

**Begum,** weibl., –en: Titel indischer Herrscherinnen

**Behaviorismus,** [bihe(j)vio'rismus, engl.], männl., nur Sing.: Forschungsrichtung der amerik. Psychologie, die aus dem Verhalten von Mensch und Tier seelische Merkmale zu erschließen sucht

**Bei,** (türk.), männl., –s: höherer orientalischer Titel

**beige,** [be:sch, fr.]: sandfarben, graugelb

**Bekassine,** (fr.), weibl., –n: Schnepfenvogel, Sumpfschnepfe

**Belami,** (fr.), männl., –s: Frauenliebling; Herzensfreund

**Belcanto,** (italien.: »schöner Gesang«), männl., nur Sing.: virtuoser italien. Kunstgesang

**Beletage,** [bele'ta:sch, fr.], weibl., –n: (ehemals Bez. für:) Hauptgeschoß, erstes Stockwerk

**Belkanto,** (italien.), männl., nur Sing.: vgl. Belcanto

**Belladonna,** (italien.: »schöne Dame«), weibl., Belladonnen: 1. Tollkirsche, giftiges Nachtschattengewächs, 2. aus der Tollkirsche gewonnenes Medikament

**Belle Époque,** [bä.le'po.k, fr.], weibl., nur Sing.: Glanzzeit, gute alte Zeit (nach der Bez. für die Blütezeit in Frankreich zu Beginn des 20. Jh.)

**Belletrist,** (fr.), männl., –en: Verfasser von Belletristik

**Belletristik,** (fr.), weibl., nur Sing.: schöngeistige Literatur, Unterhaltungsliteratur (im Unterschied zu Fach- und Sachbüchern)
**Bellevue,** [bel'wü:, fr.: »schöne Aussicht«], sächl., –s: 1. (ehemals für:) Aussichtspunkt, 2. Name von Schlössern oder Gaststätten
**Bel-Paese,** (italien.), männl., nur Sing.: fetter Weichkäse aus Italien
**Beluga,** (russ.), weibl., –s: 1. Gründelwal der Nordmeere, Weißwal, 2. russ. Name für Hausen (eine große Störart)
**Belvedere,** (italien.: »schöne Aussicht«), sächl., –s: vgl. Bellevue
**Ben:** (als Bestandteil hebr. oder arab. Familiennamen:) Sohn, Enkel des
**bene!,** (italien.): gut!
**benedeien,** (lat.): segnen, lobpreisen
**Benediktiner,** (lat.), männl., –: Mönch des Benediktinerordens
**Benediktion,** (lat.), weibl., –en: Segnung, Segen
**Benefiz,** (lat.), sächl., –e: 1. (ehemals für.:) Wohltat, 2. (im Mittelalter:) Lehen, 3. Veranstaltung zugunsten eines Künstlers oder eines wohltätigen Zweckes
**Benefizium,** (lat.: »Wohltat«), sächl., Benefizien: 1. vgl. Benefiz., 2. (in der kathol. Kirche:) ein Kirchenamt, bzw. die Einnahmen daraus
**Beneluxstaaten:** Kurzw. für die seit 1948 durch Zoll- und Wirtschaftsunion verbundenen Länder **Be**lgien, **Ne**derlande (Niederlande), **Lu**xemburg
**bengalisch:** farbig brennend
**benigne,** (lat.): gutartig (bei Tumoren; Gegens.: maligne; Med.)
**Benignität,** (lat.), weibl., nur Sing.: Gutartigkeit (Gegens.: Malignität; Med.)
**Benjamin,** (hebr.), männl., –e: jüngstes Kind, Jüngster
**Benthal,** (gr.) das, nur Sing.: Bodenregion der Binnengewässer und Meere (Biol.)
**Benzin,** (arab.), sächl., –e: aus Erdöl gewonnenes leicht brennbares Gemisch höherer Kohlenwasserstoffe als Treibstoff für Vergasermotoren
**Benzoe,** ['bänzo-e, arab.], weibl., nur Sing.: wohlriechendes Harz des tropischen Benzoebaumes
**Benzoesäure,** (arab.-dt.), weibl., nur Sing.: ein Konservierungsmittel
**Benzol,** (Kurzw. aus **Benz**oe und Alko**hol**), sächl., –e: krebserzeugender einfachster Kohlenwasserstoff, farblose, leicht brennbare, niedrigsiedende Flüssigkeit, die u. a. in Lösungsmitteln, Lacken, Klebstoffen und Benzin enthalten ist
**Benzolcarbonsäure,** weibl., nur Sing.: vgl. Benzoesäure
**Benzpyren,** (arab.-gr.), sächl., –e: krebserzeugender Kohlenwasserstoff (z. B. in Tabak- und Holzkohlerauch)
**Benzylalkohol,** (arab.), männl., nur Sing.: als aromatischer Alkohol Bestandteil vieler Blütenöle (in Parfüms, Lacken und Farbstoffen)
**Beo,** (indones.), männl., –s: indischer Singvogel
**Berceuse,** [ber'ßö:s, fr.], weibl., –n: Wiegenlied
**Bergamotte,** (italien.-fr.), weibl., –n: 1. zur Gewinnung ätherischer Öle verwendete birnenähnliche Zitrusfrucht, 2. eine Birnensorte
**Bergamottöl,** sächl., –e: aus den Schalen der birnenähnlichen Bergamotte gewonnenes ätherisches Öl (z. B. für Parfüms und Liköre)
**Beriberi,** (singhalesisch), weibl., nur Sing.: Vitaminmangelkrankheit, die vorwiegend in asiatischen Reisanbaugebieten auftritt
**Berkelium,** sächl., nur Sing.: nach der amerik. Stadt Berkeley benanntes, künstlich erzeugtes radioaktives chem. Element (Zeichen: Bk)

**Berlocke,** (fr.), weibl., –n: im 18. und 19. Jh. getragener Zieranhänger an einer Uhr- oder Halskette
**Bermudahosen, Bermudas, Bermudashorts,** weibl., Plur.: enganliegende knielange Bade- oder Strandhosen (nach der Inselgruppe im Atlantik)
**Berolina,** weibl., nur Sing.: Frauengestalt als Sinnbild Berlins
**Bersagliere,** [bersal'je:re, italien.], männl., Bersaglieri: italien. Scharfschütze
**Berserker,** (altnord.), männl., –: wilder, starker Krieger; kraftstrotzender Mann
**Beryll,** (gr.), männl., –e: ein Edelstein
**Beryllium,** (gr.), sächl., nur Sing.: chem. Element, ein Leichtmetall (Zeichen: Be)
**Besan,** (niederl.), männl., –e: Segel am hintersten Mast
**Besansegel,** (niederl.-dt.), sächl., –: vgl. Besan
**Bessemerbirne,** weibl., –n: nach dem engl. Erfinder benannter birnenförmiger feuerfester Kippbehälter zur Erzeugung von Stahl
**bestialisch,** (lat.): unmenschlich, roh, viehisch, grausam
**Bestialität,** (lat.), weibl., –en: unmenschliche Handlung, viehische Rohheit, Grausamkeit
**Bestie,** (lat.), weibl., –n: wildes Raubtier; (übertragen:) Unmensch, grausamer Mensch
**Bestseller,** (engl.), männl., –: Verkaufsschlager; insbes. ein in hohen Auflagen verkauftes Buch
**Beta,** (gr.), sächl., –s: zweiter Buchstabe des gr. Alphabets
**Betablocker,** (gr.-engl.), männl., –: chem. Medikament zur Behandlung u. a. von Herzkrankheiten (Med.)
**Betastrahlen,** (gr.-dt.), weibl., nur Plur.: aus Elektronen bestehende radioaktive Strahlen
**Betatron,** (Kurzw.), sächl., –e: Gerät zur Beschleunigung von Elektronen
**Beton,** [be'tong, fr.], männl., –s: Baustoff aus einem Gemisch von Zement, Wasser und Sand oder Kies; Mörtel
**betonieren,** (fr.): Beton verarbeiten, mit Beton versehen
**bezirzen:** vgl. becircen
**bi,** (Kurzw. für:) vgl. bisexuell
**Biathlet,** (lat.-gr.), männl., –en: Biathlonsportler
**Biathlon,** (lat.-gr.), sächl., –s: Mehrkampfsportart aus einer Kombination von Skilanglauf und Schießübungen
**Bibel,** (gr.), weibl., –n: 1. Heilige Schrift, Altes und Neues Testament, 2. (umg.) wichtiges Buch, besonders verehrtes Buch
**Biberette,** (fr.), weibl., –n: Biberimitation aus Kaninchenfell; plüschartiger Stoff
**Bibliograf** (auch: Bibliograph), (gr.), männl., –en: jmd., der eine Bibliografie verfasst oder bearbeitet
**Bibliografie** (auch: Bibliographie), (gr.), weibl., –n: Bücherverzeichnis, Zusammenstellung von Buchtiteln und Schriften zu einem bestimmten Fachgebiet; Literaturverzeichnis
**bibliografieren** (auch: bibliographieren), (gr.): eine Bibliografie zusammenstellen
**bibliophil,** (gr.): 1. Bücher liebend, 2. (bei Buchausgaben:) schön und kostbar ausgestattet
**Bibliophilie,** (gr.), weibl., nur Sing.: Bücherliebhaberei
**Bibliophobie,** (gr.), weibl., nur Sing.: Bücherfeindlichkeit
**Bibliothek,** (gr.), weibl., –en: 1. öffentliche Büchersammlung; privater Besitz an Büchern, 2. Bücherei, Raum oder Gebäude, in dem sich eine Büchersammlung befindet
**Bibliothekar,** (gr.), männl., –e: ausgebildeter Verwalter einer Bibliothek

**bichrom,** [bi'kro:m, lat.-gr.]: zweifarbig
**Bidet,** [bi'de:, fr.], sächl., –s: Sitzwaschbecken für die Reinigung des Intimbereichs
**biennal,** (lat.): zweijährig, von zweijähriger Dauer; alle zwei Jahre stattfindend
**Biennium,** (lat.), sächl., Biennien: Zeitraum von zwei Jahren
**bifilar,** (lat.): zweifädig, zweifach
**Bifokalglas,** (lat.-dt.), sächl., –gläser: Brillenglas mit doppeltem Schliff, dessen obere Glashälfte das Weitsehen ermöglicht und dessen untere für das Nahsehen geeignet ist
**Bifurkation,** (lat.), weibl., –en: Gabelung, Zweiteilung
**Bigamie,** (lat.-gr.), weibl., –n: Ehe mit zwei Ehepartnern zugleich, Doppelehe
**Bigamist,** (lat.-gr.), männl., –en: jmd., der in Bigamie lebt
**Bigband,** ['bigbänd, engl.], weibl., – –s: großes Jazz- oder Tanzorchester
**Bigbusiness,** [bik'bis(i)neß, engl.], sächl., nur Sing.: Welt der Großunternehmen, Großindustrie
**bigott,** (fr.): übertrieben fromm, frömmelnd; scheinheilig
**Bigotterie,** (fr.), weibl., –n: bigottes Wesen oder Verhalten; Scheinheiligkeit
**Bigpoint** (auch: Big Point), ['bikpeunt, engl.], männl., –s: entscheidender Punktgewinn (im Tennis)
**Bijou,** [bi'schu:, fr.], männl. oder sächl., –s: Juwel, Kleinod, Schmuckstück
**Bijouterie,** [bischute'ri:, fr.], weibl., –n: 1. Schmuckstück, 2. Schmuckwarengeschäft, Juwelierladen
**Bikini,** männl., –s: zweiteiliger Damenbadeanzug
**bikonkav,** (lat.): (in der Optik:) beidseitig hohl geschliffen, nach innen gewölbt (Gegens.: bikonvex)
**bikonvex,** (lat.): (in der Optik:) beidseitig nach außen gewölbt geschliffen (Gegens.: bikonkav)
**bilabial,** (lat.): (bei Lauten:) mit beiden Lippen gebildet
**Bilabial,** (lat.), männl., –e: mit beiden Lippen gebildeter Laut (Sprachw.)
**Bilanz,** (italien.), weibl., –en: 1. Gegenüberstellung von Vermögen und Schulden eines Unternehmens, 2. abschließender Überblick, Resultat
**bilanzieren,** (italien.): 1. eine Bilanz aufstellen, 2. sich ausgleichen
**bilateral,** (lat.): zweiseitig
**Bilge,** (engl.), weibl., –n: Kielraum, tiefste Stelle eines Schiffes
**biliär,** (lat.): die Galle betreffend, durch Galle bedingt (Med.)
**bilingual,** (lat.): zweisprachig
**biliös,** (lat.): gallehaltig, gallig (Med.)
**Bilis,** (lat.), weibl., nur Sing.: Galle, Gallensekret (Med.)
**Bill,** (engl.), weibl., –s: engl. Bez. für Gesetz, Gesetzentwurf
**Billard,** ['bi.ljard, fr.], sächl., nur Sing.: Spiel, bei dem Kugeln mit einem Stab (Queue) auf einem mit Tuch bespannten Tisch gestoßen werden
**Billett,** [bi.l'jä.t, fr.], sächl., –s oder –e: 1. Eintrittskarte, 2. Fahrkarte, 3. (ehemals Bez. für:) Zettelchen, Briefchen
**Billiarde,** (fr.), weibl., –n: die Zahl 1.000.000.000.000.000
**Billion,** (fr.), weibl., –en: die Zahl 1.000.000.000.000
**Biluxlampe,** (Wz), weibl., –n: Lampe für Fern- und Abblendlicht in Autoscheinwerfern
**bimanuell,** (lat.): beidhändig
**Bimetall,** (lat.), sächl., –e: Streifen aus zwei fest miteinander verbundenen unterschiedlichen Metallen, der sich bei Erwärmung krümmt
**binär,** (fr.): aus zwei Teilen bestehend, aus zwei Einheiten (Stoffen, Ziffern,

o. Ä.) aufgebaut; zweistellig, zweigliedrig

**Binärcode,** (fr.), männl., –s: aus zwei Zeichen aufgebauter Code

**Binärsystem,** (fr.-gr.), sächl., –e: vgl. Dualsystem

**Binärziffer,** (fr.-dt.), weibl., –n: aus zwei Zeichen (meist 0 und 1) aufgebaute Zahl (EDV)

**Bingo,** (engl.). sächl., nur Sing.: lottoartiges Glücksspiel

**binokular,** (lat.): für das Sehen mit beiden Augen eingerichtet (z. B.: Lupe, Fernrohr); beidäugig

**Binom,** (lat.), sächl., –e: Summe aus zwei Gliedern (Math.)

**binomisch,** (lat.): zweigliedrig

**binomischer Lehrsatz:** Formel zur Berechnung von Potenzen eines Binoms (Math.)

**Biochemie,** (gr.), weibl., nur Sing.: Wissenschaftszweig, der sich mit der chem. Zusammensetzung von und den chem. Vorgängen in Lebewesen befasst

**Biochemiker,** (gr.), männl., –: Wissenschaftler auf dem Gebiet der Biochemie

**biochemisch,** (gr.): die Biochemie betreffend

**biodynamisch,** (gr.): ohne chemische Düngung erzeugt (in Bezug auf Nahrungsmittel)

**Biogas,** (gr.-dt.), sächl., –e: Faulgas, das sich bei der bakteriellen Zersetzung organischer Stoffe bildet und als Energiequelle genutzt werden kann

**Biogenese,** (gr.), weibl., –n: Entstehungs- und Entwicklungsgeschichte des Lebens und der Lebewesen

**Biograf** (auch: Biograph), (gr.), männl., –en: Verfasser einer Biografie

**Biografie** (auch: Biographie), (gr.), weibl., –n: 1. Beschreibung oder Erzählung einer Lebensgeschichte einer Persönlichkeit, 2. Lebenslauf, Lebensgeschichte eines Menschen

**biografisch** (auch: biographisch), (gr.): 1. die Biografie (1) betreffend, 2. den Lebenslauf eines Menschen betreffend

**Biolith,** (gr.), männl., –en: aus abgestorbenen Lebewesen entstandenes Ablagerungsgestein (Geol.)

**Biologe,** (gr.), männl., –n: Wissenschaftler auf dem Gebiet der Biologie

**Biologie,** (gr.), weibl., nur Sing.: Wissenschaft von den Gesetzmäßigkeiten und den Erscheinungsformen des Lebens und der Lebewesen

**biologisch,** (gr.): 1. die Biologie betreffend, 2. naturbedingt, auf natürlicher Grundlage, unter Verzicht auf chemische Substanzen

**biologisch-dynamisch,** (gr.): unter Verzicht auf Kunstdünger Landwirtschaft betreibend

**Biologismus,** (gr.), männl., nur Sing.: einseitige Übertragung biologischer Betrachtungsweisen und Begriffsbildungen auf andere Wissensgebiete

**biologistisch,** (gr.): im Sinne des Biologismus

**Biolyse,** (gr.), weibl., –n: Zersetzung organischer Stoffe durch lebende Organismen

**Biom,** (gr.), sächl., –e: Gesamtheit der Lebensgemeinschaften von Pflanzen und Tieren in einem größeren geographischen Lebensraum (z. B.: Savanne, trop. Regenwald)

**Biometrie,** (gr.), weibl., nur Sing.: Messung und Auswertung von biologischen Befunden (Teilgebiet der Biologie)

**Bionik,** (Kurzw.), weibl., nur Sing.: Wissenschaftszweig, der die technische Probleme nach dem Vorbild der Funktion von menschl., tierischen oder pflanzl. Organen zu lösen versucht

**Biophysik,** (gr.), weibl., nur Sing.: Wissenschaft von den physikalischen Vorgängen des Lebens

**Biopsie,** (gr.), weibl., –n: Untersuchung von Gewebe, das dem lebenden Organismus entnommen wurde (Med.)
**Biorhythmus,** (gr.), männl., –rhythmen: Rhythmus von Lebensvorgängen bei Mensch und Tier (z. B.: weiblicher Zyklus)
**Bios,** (gr.), männl., nur Sing.: das Leben; die belebte Welt
**Biosphäre,** (gr.), weibl., nur Sing.: von Lebewesen bewohnter Teil der Erdoberfläche und der Atmosphäre
**Biosynthese,** (gr.), weibl., –n: der Aufbau chem. Verbindungen durch die lebende Zelle
**Biotechnik,** (gr.), weibl., –en: technische Nutzbarmachung biologischer Vorgänge und Erkenntnisse
**Biotechnologie,** (gr.), weibl., nur Sing.: Wissenschaft von der Biotechnik
**Biotin,** (gr.), sächl., nur Sing.: Vitamin H
**biotisch,** (gr.): belebt; auf Lebensvorgänge bezogen; das Leben betreffend
**Biotop,** (gr.), sächl., –e: natürlicher abgegrenzter Lebensraum von Lebensgemeinschaften verschiedener Tier- oder Pflanzenarten
**Biozid,** (gr.-lat.), sächl., –e: vgl. Pestizid
**Biozönologie,** (gr.), weibl., nur Sing.: Wissenschaft von den Biotopen und den biologischen Lebensgemeinschaften
**Bipedie,** (lat.), weibl., nur Sing.: Zweifüßigkeit
**bipolar,** (lat.): zweipolig
**Bipolarität,** (lat.), weibl., –en: Zweipoligkeit
**Birdie,** ['bö:(r)di, engl.], sächl., –s: Einlochen einen Schlag unter Par (Platzstandard) beim Golfspiel
**Bisam,** (hebr.), männl., –e: Fell der Bisamratte
**Bisexualität,** (lat.), weibl., nur Sing.: Zweigeschlechtigkeit; zweigeschlechtiges Empfinden
**bisexuell,** (lat.): beidgeschlechtig; sich sexuell von beiden Geschlechtern angezogen fühlend
**Biskuit,** [bis'kwi:t, fr.], männl. oder sächl., –s: feines Gebäck aus Mehl, Eiern, Butter und Zucker
**Bismutum,** sächl., nur Sing.: lat. Name für das chem. Element Wismut (Zeichen: Bi)
**Bison,** (german.-lat.), männl. oder sächl., –s: nordamerik. Büffel
**Bistro,** (fr.), sächl., –s: kleine Gaststätte, Imbissstube (in Frankreich)
**bisyllabisch,** (gr.): zweisilbig
**Bit,** (Kurzw. aus: **bi**nary digi**t**, engl.), sächl., –s: Binärzeichen, Einheit für die Anzahl von Zweierschritten (Binärentscheidungen) in der Datenverarbeitung; der einzelne Zweierschritt (EDV)
**Bitumen,** (lat.), sächl., –: aus organischen Stoffen entstandene oder aus Erdöl gewonnene teerartige Masse, ein Kohlenwasserstoffgemisch
**bivalent,** (lat.): zweiwertig (Chem.)
**Bivalenz,** (lat.): Zweiwertigkeit (Chem.)
**Biwak,** (fr.), sächl., –s: Lager im Freien (insbes. im Gebirge)
**biwakieren,** (fr.): im Freiem lagern, im Biwak übernachten (insbes. beim Bergsteigen)
**bizarr,** (fr.): 1. seltsam, eigenwillig geformt; von eigenartiger Gestalt, 2. merkwürdig, absonderlich; launenhaft
**Bizeps,** (lat.), männl., –e: zweiköpfiger Oberarmmuskel
**Blackout,** ['blä.kaut, engl.], männl., –s: 1. plötzlicher Ausfall irgendwelcher Funktionen (z. B.: Unterbrechung des Funkkontaktes), 2. plötzliches Abdunkeln im Theater, 3. vorübergehender Verlust der Sehfähigkeit; kurzzeitige Bewusstseinstrübung

**Black Power,** ['blä.k 'pauer, engl.], weibl., nur Sing.: Bewegung von Schwarzen in Nordamerika gegen die Rassendiskriminierung

**blamabel,** (fr.): beschämend, peinlich, bloßstellend

**Blamage,** [bla'ma:sch(e), fr.], weibl., –n: beschämender Vorfall, Bloßstellung, Peinlichkeit, Schande

**blamieren,** (fr.): beschämen, lächerlich machen, bloßstellen

**blanchieren,** (fr.): (Lebensmittel) kurzzeitig erhitzen, mit kochendem Wasser kurz überbrühen

**bland,** (lat.): 1. mild, ungewürzt, reizlos, 2. ruhig verlaufend (Med.)

**Blankett,** (dt.-fr.), sächl., –e: unterzeichnetes, nicht oder nicht vollständig ausgefülltes Formular oder Schriftstück

**blanko,** (italien.: »weiß«): leer, nicht oder nicht vollständig ausgefüllt (bei unterschriebenen Schriftstücken, Schecks o. Ä.)

**Blankoscheck,** männl., –s: unausgefüllter, aber unterzeichneter Scheck

**Blankovollmacht,** weibl., –en: Vollmachtserklärung ohne Angabe des Bevollmächtigten; unbeschränkte Vollmacht, Generalvollmacht

**blasiert,** (fr.): überheblich, eingebildet, hochnäsig

**Blason,** [bla'son, fr.], männl., –s: Wappen, Wappenschild

**Blasphemie,** (gr.), weibl., –n: Gotteslästerung, Verhöhnung von etwas Heiligem

**blasphemisch,** (fr.): Gott lästernd, Heiliges verhöhnend

**Blastem,** (gr.), sächl., –e: noch nicht differenziertes Gewebe, Keimgewebe (Biol.)

**Blastom,** (gr.), sächl., –e: (nicht entzündliche) Geschwulst (Med.)

**Blastula,** (gr.), weibl., Blastulae: frühe Entwicklungsstufe des Embryos

**Blazer,** ['ble(j)ser, engl.], männl., –: sportliches Damen- oder Herrenjackett

**Blennorrhö,** (gr.), weibl., –en: eitrige Augenbindehautentzündung (Med.)

**blessieren,** (fr.): verwunden, verletzen

**Blessur,** (fr.), weibl., –en: Verwundung, Verletzung

**bleu,** [blö:, fr.]: bläulich, mattblau, blaugrau

**Blizzard,** ['bli.s(e)rd, engl.], männl., –s: Schneesturm (in Nordamerika)

**Blockade,** (fr.), weibl., –n: 1. Einschließung, Absperrung des Zugangs zu einem Land, einem Hafen, einer Stadt (z. B.: Berlin-Blockade von 1948/49), 2. Unterbrechung, Ausschaltung

**blockieren,** (fr.): 1. sperren, den Zugang versperren; einschließen, 2. im Wege stehen, 3. etwas an der Bewegung hindern (z. B. Räder am Rollen)

**blondieren,** (fr.): aufhellen (von Haaren)

**Blondine,** (fr.), weibl., –n: blonde Frau

**Blouson,** [blu'son, fr.], männl. oder sächl., –s: enganliegende Jacke oder Bluse mit Bund; kurze Windjacke

**Blow-up,** [blo(u)'a.p, engl.], sächl., –s: Vergrößerung eines Fotos

**Bluejeans** (auch: Blue Jeans), ['blu:dschi:ns, engl.], weibl., Plur.: eng anliegende, strapazierfähige Arbeits- oder Freizeithosen aus festem blauem Baumwollstoff

**Blue Movie,** ['blu:'mu:wi, engl.], männl., – –s: Film erotischen oder pornografischen Inhalts

**Blues,** [blu:ß, engl.], männl., nur Sing.: 1. urspr. schwermütiges Tanz- und Volkslied der Negersklaven in den Südstaaten der USA; daraus entstandene älteste Jazzform, 2. langsamer Gesellschaftstanz

**Bluff,** (engl.), männl., –s: dreiste Täuschung, Irreführung

**bluffen,** (engl.): dreist täuschen, irreführen
**blümerant,** (fr.): schwindlig, flau, schwach
**BMX-Rad,** (engl.-dt.: Kurzbez. für bicycle motocross-Rad), sächl., –Räder: Fahrrad für Geländefahrten
**Boa,** (lat.), weibl., –s: 1. eine tropische Riesenschlange, 2. schlangenförmiger Damenpelzkragen
**Boardinghouse,** ['bo:rdinghauß, engl.], sächl., –s: Pension
**Boardingschool,** ['bo:rdingßku:l, engl.], weibl., –s: Internatsschule
**Boatpeople,** ['bo:tpi:p(e)l, engl.], nur Plur.: in (kleinen, nicht seetüchtigen) Booten über das Meer aus dem kommunistischen Herrschaftsbereich flüchtende Vietnamesen
**Bob,** (engl.), männl., –s: steuerbarer mehrsitziger Rennschlitten mit Metallgehäuse
**Bobby,** (engl.), männl., –s: volkstümliche Bez. in Großbritannien für (Verkehrs-)Polizist
**Bobine,** (fr.), weibl., –n: 1. Spule zur Aufnahme des Fadens in der Spinnerei, 2. endloser Papierstreifen zur Anfertigung von Zigarettenhülsen, 3. schmale Trommel für Schachtförderbänder
**Bobinet,** (engl.), männl., –s: leichter Gardinenstoff, engl. Tüll
**Bobtail,** ['bo.bte(j)l, engl.], männl., –s: zottiger, grauweißer, altengl. Schäferhund
**Boccia,** ['bo.tscha, italien.], sächl., nur Sing.: italien. Kugelspiel
**Boche,** [bo.sch, fr.], männl., –s: Schimpfname in Frankreich für den Deutschen (insbes. im 1. Weltkrieg)
**Bodega,** (span.), weibl., –s: span. Weinkeller oder Weinschenke
**Body,** ['bo.di, engl.: »Körper«], männl., –s: vgl. Bodystocking
**Bodybuilding,** ['bo.dibilding, engl.: »Körperaufbau«], sächl., nur Sing.: gezieltes Muskeltraining zur Ausbildung männl. Körperformen
**Bodycheck,** ['bo.ditschäck, engl.], männl., –s: erlaubter harter Körpereinsatz mit Schulter oder Hüfte beim Eishockey
**Bodyguard,** ['bo.diga:d, engl.], männl., –s: Leibwächter
**Bodystocking,** ['bo.dißtoking, engl.], männl., –s: enganliegende einteilige Damenunterwäsche
**Boheme,** [bo'hä:m, fr.], weibl., nur Sing.: unbürgerliches, ungebundenes Künstlerleben; unkonventionelles Künstlermilieu
**Bohemien,** [bohemi'än, fr.], männl., –s: Angehöriger der Boheme, leichtlebige, unbekümmerte Künstlernatur
**Boiler,** (engl.), männl., –: elektrisches Gerät zum Warmwasserbereiten und Speichern
**Bojar,** (russ.), männl., –en: Angehöriger des nichtfürstlichen Adels im zaristischen Russland und im alten Rumänien
**Bokmål,** ['bukmol, norweg.: »Buchsprache«], sächl., nur Sing.: die vom Dänischen beeinflusste Schriftsprache Norwegens (Ggs.: Nynorsk)
**Bola,** (span.), weibl., –s: südamerik. Schleuderwaffe aus Riemen mit Steinen an den Enden
**Bolero,** (span.), männl., –s: 1. rhythmischer span. Volkstanz, 2. kurzes, taillenfreies, offenes span. Damen- oder Herrenjäckchen
**Bolid,** (gr.), männl., –en: großer, heller Meteor; Feuerkugel
**Bologneser,** [bolon'je:ser], männl., –: 1. Einwohner der italien. Stadt Bologna, 2. Zwerghund mit weißen langen Haaren
**Bolometer,** (gr.), sächl., –: Gerät zum Messen der Energie elektromagnetischer Strahlen

**Bolschewik,** (russ.: »Mehrheitler«), männl., –i: 1. (bis 1952 Bez. für:) Mitglied der Kommunistischen Partei der Sowjetunion, 2. (abwertend für:) Kommunist, Sozialist

**bolschewisieren,** (russ.): gewaltsam den Bolschewismus einführen

**Bolschewismus,** (russ.), männl., nur Sing.: 1. bis zu Stalins Tod 1953 in der Sowjetunion übliche Bezeichnung für Theorie und Praxis des Sowjetkommunismus mit dem Ziel der Diktatur des Proletariats, 2. (abwertend für:) Kommunismus, Sozialismus

**Bolschewist,** (russ.), männl., –en: 1. vgl. Bolschewik, 2. Anhänger des Bolschewismus

**Bombage,** [bom'ba:sch, fr.], weibl., –n: Auswölbung des Deckels oder Bodens einer Konservendose mit verdorbenem Inhalt

**Bombarde,** (fr.), weibl., –n: Belagerungsgeschütz mit großem Kaliber im späten Mittelalter

**Bombardement,** [bombarde'man, fr.], sächl., –s: 1. (früher:) anhaltende Beschießung (einer Festung) durch schwere Artillerie, 2. (heute:) länger anhaltendes Abwerfen von Bomben

**bombardieren,** (fr.): 1. (eine Festung) anhaltend mit schwerer Artillerie beschießen, 2. eine Vielzahl von Bomben abwerfen

**bombastisch,** (engl.): übertrieben prunkvoll, schwülstig, überladen

**Bombe,** (fr.), weibl., –n: mit Sprengstoff gefüllter und mit Zünder versehener Metallhohlkörper

**bombieren,** (fr.): auswölben, biegen (bei Konservendosen)

**Bon,** [bon(g), fr.], männl., –s: 1. Gutschein, 2. Kassenzettel

**bona fide,** (lat.): in gutem Glauben (Ggs.: mala fide)

**Bonbon,** [bon'bon(g), fr.], männl., –s: Zuckerzeug zum Lutschen

**Bonbonniere** (auch: Bonboniere), [bon(g)bon'jä:re, fr.], weibl., –n: Schmuckbehälter für Bonbons oder Pralinen

**Bond,** (engl.), männl., –s: festverzinsliche Schuldverschreibung in Großbritannien und in den USA

**Bongo,** (span.), weibl. oder sächl., –s: lateinamerik. aus zwei verschieden gestimmten Trommeln zusammengesetzte Trommel

**Bonhomie,** (fr.), weibl., –n: Gutmütigkeit; Einfalt

**Bonhomme,** [bo'nom, fr.], männl., –s: gutmütiger, einfältiger Mensch

**Bonifikation,** (lat.), weibl., –en: Vergütung; Gutschrift; Entschädigung

**bonifizieren,** (lat.): vergüten

**Bonität,** (lat.), weibl., –en: 1. Güte, Wert, 2. guter Ruf (einer Person oder eines Unternehmens); Vertrauenswürdigkeit, Zahlungsfähigkeit

**Bonmot,** [bon'mo:, fr.], sächl., –s: geistreiche Bemerkung, treffende und witzige Formulierung

**Bonne,** (lat.-fr.), weibl., –n: (ehemals Bez. für:) Kindermädchen, Erzieherin

**Bonsai,** (japan.), männl., –s: japan. Zwergbaum, der nach der japan. Bonsaimethode niedrig gezogen wurde

**Bonus,** (lat.), männl., –se und Boni: einmalige Sondervergütung, Gutschrift, außerordentliche Zuwendung (Gegens.: Malus)

**Bonvivant,** [bonwi'wan, fr.], männl., –s: leichtlebiger, liebenswürdiger Mann, Lebemann

**Bonze,** (japan.), männl., –n: 1. buddhistischer Mönch oder Priester, 2. (abwertend:) Funktionär, Parteibürokrat

**Boogie-Woogie,** ['bugi'(u)ugi, engl.], männl., –s: 1. schnellerer Blues mit Klavierbegleitung mit sich ständig wiederholenden Bassfiguren, 2. ein Gesellschaftstanz

**Boom,** [bu:m, engl.], männl., –s: wirtschaftlicher Aufschwung, (kurzzeitige) Hochkonjunktur

**Boots,** [bu:ts, engl.], weibl., nur Plur.: Schuhe, die bis über die Knöchel reichen

**Bop,** (amerik.), männl., –s: vgl. Bebop

**Bor,** (lat.), sächl., nur Sing.: nichtmetallisches chem. Element (Zeichen: B)

**Bora,** (italien.), weibl., –s: kalter und trockener Fallwind an der dalmatinischen Küste

**Borax,** (arab.-lat.), männl. oder sächl., nur Sing.: Natriumsalz der Tetraborsäure ( u. a. als Wasch- und Desinfektionsmittelzusatz)

**Bordcase,** ['bo(a)rdke(j)ß, engl.], männl. oder sächl., –s: kleines, kofferähnliches Fluggepäckstück

**bordeaux, bordeauxrot,** [bor'do:, fr.]: weinrot (nach der Farbe des gleichnamigen Rotweins)

**Bordeaux,** [bor'do:, fr.], männl., –: Rotwein aus der Umgebung der fr. Stadt Bordeaux

**Bordell,** (fr.: »Bretterhütte«), sächl., –e: Freudenhaus, Dirnenhaus; Haus, in dem Prostituierte ihrem Gewerbe nachgehen

**bordieren,** (fr.): mit einer Borte einfassen

**Bordüre,** (fr.), weibl., –n: Einfassung, Geweberand, Besatz

**boreal,** (gr.-lat.): nördlich, dem Klima in den kalt-gemäßigten Zonen der nördlichen Halbkugel entsprechend

**Boreal,** (gr.-lat.), sächl., nur Sing.: Wärmeperiode nach der Eiszeit

**Boreas,** (gr.-lat.), männl., nur Sing.: kalter Nordwind im Ägäischen Meer (nach dem gleichnamigen gr. Gott)

**borniert,** (fr.): engstirnig, geistig beschränkt, stur

**Borretsch,** (lat.-fr.), männl., nur Sing.: Gurkenkraut, eine Gewürzpflanze

**Borschtsch,** (russ.), männl., nur Sing.: russische und polnische Kohlsuppe auf der Grundlage von Weißkraut, roten Rüben, saurer Sahne und etwas Fleisch

**Börse,** (lat.), weibl., –n: 1. Geldbeutel, Portemonaie, 2. Markt, auf dem Wertpapiere oder bestimmte Waren gehandelt werden; das Gebäude, in dem dies stattfindet, 3. Einnahme eines Berufsboxers aus einem Wettkampf

**Börsigner,** (lat.), männl., –: Börsenkenner; Börsenspekulant

**Boskett,** (italien-fr.), sächl., –e: Lustwäldchen, beschnittene Busch- oder Baumgruppen in barocken Gartenanlagen

**Boskop,** männl., –s: nach dem niederl. Ort Boskoop benannte Apfelsorte

**Boss,** (engl.), männl., Bosse: Leiter eines Betriebes, Vorgesetzter, Chef; Anführer

**Bosse,** (fr.), weibl., –n: Rohform einer aus Stein gehauenen Figur

**Boston,** ['bost(e)n], sächl., nur Sing.: nach der amerik. Stadt benanntes Kartenspiel

**Boston,** männl., –s: langsamer amerik. Walzer (nach der amerik. Stadt benannt)

**Botanik,** (gr.), weibl., nur Sing.: Pflanzenkunde

**Botaniker,** (gr.), männl., –: Pflanzenkundler, Wissenschaftler auf dem Gebiet der Botanik

**botanisch,** (gr.): pflanzenkundlich, pflanzlich

**Botel,** (Kurzw. aus **Bo**ot und Ho**tel**), sächl., –s: zum Hotel umgestaltetes Schiff

**Bottleparty,** ['bo.t(e)lpa:ti, engl.], weibl., –s: Feier, zu der die Geladenen die Getränke mitbringen

**Botulismus,** (lat.), männl., nur Sing.: bakterielle Lebensmittelvergiftung (insbes. durch verdorbene Konserven verursacht)

**Bouclé** (auch: Buklee), [buk'le:, fr.], sächl., –s: gekräuseltes Haargarn mit Knoten und Schlingen (z. B.: für Teppiche)
**Bouclé** (auch: Buklee), [buk'le:, fr.], männl., –s: Teppich, Gewebe aus Bouclégarn
**Boudoir,** [budo'a:r, fr.], sächl., –s: kleines, elegantes Damenzimmer
**Bougie,** [bu'schi:, fr.], weibl., –s: stabförmige Sonde zum Dehnen und Weiten enger Körperkanäle (z. B.: der Harnröhre; Med.)
**bougieren,** [buschi:ren, fr.]: mit der Bougie behandeln
**Bouillabaisse,** [buja'bä:ß, fr.], weibl., –s: provenzalische Fischsuppe
**Bouillon,** [bul'jong, fr.], weibl., –s: klare Fleischbrühe (vom Rind)
**Boule,** [bu:l, fr.], sächl., –s: fr. Kugelwurfspiel
**Boulette,** (fr.), weibl., –n: vgl. Bulette
**Boulevard,** [bul(e)'wa:r, fr.: »Festungswall«], männl., –s: breite Ringstraße, breite Prachtstraße (insbes. in Paris)
**Boulevardpresse,** (fr.-dt.), weibl., nur Sing.: sensationell aufgemachte, auch auf der Straße verkaufte billige Zeitungen
**Boulevardtheaterstück,** sächl., –e: amüsantes, unterhaltendes Theaterstück
**Bouquet,** [bu'ke:, fr.], sächl., –s: vgl. Bukett
**Bouquinist,** [buki'nist, fr.], männl., –en: Straßenbuchhändler, der mit gebrauchten Büchern handelt (in Paris)
**Bourbon,** ['bö(r)b(e)n, amerik.], männl., –s: amerikanischer Whiskey (aus Mais)
**bourgeois,** (burscho'a, fr.): bürgerlich, zur Bourgeoisie gehörend
**Bourgeois,** [burscho'a., fr.], männl., –: wohlhabender Bürger, Angehöriger der Bourgeoisie
**Bourgeoisie,** [burschoa'si:, fr.], weibl., nur Sing.: besitzendes Bürgertum, Bürgerstand
**Bourrée,** [bu're:, fr.], weibl., –s: 1. altfr. bäuerlicher Volkstanz, 2. heiteres Instrumentalstück in der Art des Volkstanzes (Mus.)
**Bourrette,** [bu're.t, fr.], weibl., –n: 1. Naturseidenabfall, 2. Gewebe aus Naturseidenabfall
**Bouteille,** [bu'tä(j), fr.], weibl., –n: Flasche, Weinflasche
**Boutique,** [bu'tik, fr.], weibl., –n: kleiner Laden für Modeartikel
**Bouton,** [bu'ton, fr.], männl., –s: Schmuckknopf für das Ohr
**Bowdenzug,** ['baudenzug, engl.-dt.], männl., –züge: nach dem engl. Erfinder Bowden benannter Drahtseilzug zur Übertragung von Zugkräften (z. B. an Kraftfahrzeugen)
**Bowle,** ['bo:le, engl.], weibl., –n: Mischgetränk aus Wein, Sekt oder Mineralwasser, Zucker, Früchten und anderen unterschiedlichen Zutaten
**Bowler,** ['bo(u)ler, engl.], männl., –: runder steifer Herrenhut mit Krempe, Melone
**Bowling,** ['bo:ling, engl.], sächl., nur Sing.: 1. engl. Rasenkugelspiel, 2. amerik. Form des Kegelns mit 10 Kegeln
**Box,** (engl.), weibl., –en: 1. Schachtel, kleiner Kasten, 2. Bucht, Pferdestand in einem Pferdestall, 3. einfache Kamera in Kastenform
**Boxcalf,** sächl., nur Sing.: vgl. Boxkalf
**Boxkalf,** [..ka:f, engl.], sächl., nur Sing.: feinnarbiges Kalbsleder
**Boy,** [beu, engl.], männl., –s: Laufjunge, Bote, Hotelbursche, Diener
**Boykott,** (engl.), männl., –s: nach dem irischen Gutsverwalter Boycott benannter Abbruch der politischen, wirtschaftlichen oder sozialen Beziehungen zu einem Staat, einem Unternehmen oder einer Person, um Druck auszuüben
**boykottieren,** (engl.): einen Boykott ausüben, mit Boykott belegen

**Boyscout,** ['beußkaut, engl.], männl., –s: engl. Pfadfinder
**brachial,** (lat.): 1. zum Oberarm gehörend, 2. gewaltsam
**Brachialgewalt,** (lat.-dt.), weibl., nur Sing.: rohe körperliche Gewalt
**Brachydaktylie,** (gr.), weibl., nur Sing.: angeborene Kurzfingerigkeit
**Bradykardie,** (gr.), weibl., –n: verlangsamte Herztätigkeit (Med.)
**Bradykinesie,** (gr.), weibl., nur Sing.: allgemeine Verlangsamung der Bewegungen (Med.)
**Bradyphrenie,** (gr.), weibl., nur Sing.: Verlangsamung der geistigen Funktionen, Antriebsmangel (Med.)
**Brahma,** (sanskr.), männl., nur Sing.: höchste Gottheit im Hinduismus
**Brahman,** (sanskr.), sächl., nur Sing.: Urgrund alles Seins, Weltseele im Brahmanismus und Hinduismus
**Brahmane,** (sanskr.), männl., –n: Angehöriger der Priesterkaste im Hinduismus, indischer Priester
**Brahmanismus,** (sanskr.), männl., nur Sing.: Lehre von Brahman, eine indische Religion
**Brailleschrift,** ['brajschrift], weibl., nur Sing.: die nach dem fr. Erfinder Braille benannte Blindenschrift
**Braindrain,** ['brä(i)ndrä(i)n, engl.], männl., nur Sing.: Verlust geistigen Potentials durch Abwanderung von Forschern und Fachkräften
**Brainstorming,** ['brä(i)nßtorming, engl.], sächl., nur Sing.: die Methode, auf Konferenzen, Seminaren und ähnlichen Veranstaltungen durch Sammeln und Auswerten spontaner Einfälle und Ideen der Teilnehmer eine Lösung für ein gestelltes Problem zu finden
**Braintrust,** ['brä(i)ntraßt, engl.], männl., –s: Beratergruppe aus Experten
**Brakteat,** (lat.), männl., –en: einseitig geprägte antike oder mittelalterliche Münze
**Bram,** (niederl.), weibl., –en: über dem Obermast befindliche Verlängerung der Masten bei Segelschiffen
**Bramarbas,** (span.), männl., –se: Prahler, Großsprecher, Aufschneider
**bramarbasieren,** (span.): prahlen, großtun, aufschneiden
**Branche,** ['bransch(e), fr.], weibl., –n: Industrie-, Wirtschafts- oder Geschäftszweig
**Branchie,** ['branchi-e, gr.], weibl., –n: Kieme
**Brandy,** ['brändi, engl.], männl., –s: engl. Bez. für Branntwein
**Brasse,** (fr.), weibl., –n: schweres Tau zum Drehen und Festhalten der Segel
**Brasselett,** (fr.), sächl., –s: Armband
**Bratsche,** (italien. ), weibl., –n: Altgeige; eine Quint tiefer als die Violine gestimmte Geige
**Bratschist,** (italien.), männl., –en: Bratschenspieler
**bravissimo!,** (italien. ): ausgezeichnet!, sehr gut! (Steigerung von bravo)
**bravo!,** (italien.): gut!, vortrefflich!
**Bravour** (auch: Bravur), [bra'vu:r, italien.-fr.], weibl., –en: Geschick, Können, Meisterschaft; Schneid, Kühnheit
**bravourös,** (italien.-fr.): meisterhaft, mit Bravour
**break!,** ['brä(j)k, engl.: »geht auseinander!«): (im Boxsport:) Trennkommando des Ringrichters an die Boxer
**Break,** ['brä(j)k, engl.], sächl., –s: 1. (beim Tennis:) das Durchbrechen des gegnerischen Aufschlags mit einem Punktgewinn, 2. (in anderen Sportarten:) unerwarteter Durchbruch, Konter, 3. kurzes gegen Rhythmus und Melodie des Stückes gerichtetes Solo, freie Kadenz eines Jazzers (Mus.)
**Breakdance,** ['brä(j)kdänß, engl.], männl., nur Sing.: akrobatisch-gymnastische Tanzkunst zu Popmusik

**Bredouille,** [bre'du.lje, fr.], weibl., –n: Verlegenheit, schwierige Situation, Klemme
**Breeches,** ['bri:tsch(i)s, engl.), weibl., Plur.: oben weite, kurze Reithose
**Breve,** (lat.), sächl., –n: päpstlicher Erlass
**Brevier,** (lat.), sächl., –e: 1. Gebetbuch der kathol. Geistlichen, 2. kleine Auswahl von Textstellen oder Gedichten eines Schriftstellers
**Bridge,** ['britsch, engl.: »Brücke«], sächl., nur Sing.: ein Kartenspiel
**Brie,** (fr.), männl., nur Sing.: nach einer fr. Landschaft benannte fr. Weichkäsesorte
**Briefing,** (engl.), sächl., –s: 1. Einweisung, Unterrichtung, 2. Informationsgespräch, Lagebesprechung
**Brigade,** (italien.), weibl., –n: 1. Truppenabteilung, 2. (in der ehemaligen DDR auch:) Gruppe oder Kollektiv von Arbeitern in Industrie oder Landwirtschaft
**Brigadier,** [brigad'je:, italien.-fr.], männl., –s: Befehlshaber einer Brigade
**Brigant,** (italien.), männl., –en: Straßenräuber
**Brigantine,** (engl.), weibl., –n: 1. im Mittelalter getragene leichte Leder- oder Stoffrüstung, 2. vgl. Brigg
**Brigg,** (engl.), weibl., –s: zweimastiges Segelschiff
**Brikett,** (fr.), sächl., –s: aus Stein- oder Braunkohlenstaub gepresstes Kohlenstück
**brikettieren,** (fr.): Kohlenstaub oder andere Materialien in Brikettform bringen
**Brikole,** (fr.), weibl., –n: (beim Billard:) Rückprall der Kugel von der Bande
**brillant,** [bri.l'jant, fr.]: glänzend, ausgezeichnet, hervorragend
**Brillant,** (fr.), männl., –en: geschliffener Diamant
**Brillantine,** (fr.), weibl., –n: Haarpomade zum Festigen der Frisur
**Brillanz,** (fr.), weibl., nur Sing.: 1. meisterhafte Geschicklichkeit, glänzende Technik, 2. (von Fotos:) gestochene Schärfe
**brillieren,** (fr.): durch hervorragende Leistungen auffallen, glänzen
**Brimborium,** (fr.), sächl., nur Sing.: (umg.) unverhältnismäßiger Aufwand, Getue; unnützes Gerede
**Brioche,** [bri'osch, fr.], weibl., –s: feines Hefegebäck (als Brötchen)
**brisant,** (fr.): 1. hochexplosiv, sprengend; zermalmend, 2. äußerst aufregend, hochaktuell; von politischem Zündstoff
**Brisanz,** (fr.), weibl., nur Sing.: 1. Sprengkraft, Zertrümmerungsvermögen, 2. besondere Aktualität
**Brisolett,** (fr.), sächl., –e: gebratenes Hackfleischklößchen
**Brisolette,** (fr.), weibl., –n: vgl. Brisolett
**Broadway,** ['bro:dwej], männl., nur Sing.: Hauptverkehrsstraße mit vielen bedeutenden Theatern in New Yorks Stadtteil Manhattan (USA)
**Broccoli,** (italien.): vgl. Brokkoli
**Broché,** [bro'sche:, fr.], männl., –s: Stoff mit stickereiartigen Mustern
**Broiler,** (engl.), männl., –: ostdeutsche Bez. für Hähnchen zum Braten oder Grillen, Brat- oder Grillhähnchen
**Brokat,** (italien.), männl., –e: gemustertes Seidengewebe mit eingewebten Gold- oder Silberfäden
**Brokatell,** (italien.), männl., –e: vgl. Brokatelle
**Brokatelle,** (italien.), weibl., –n: mittelschweres Baumwoll- oder Halbseidengewebe mit erhabenem Muster
**brokaten,** (italien.): aus Brokat
**Broker,** (engl.), männl., –: engl. Bez. für Börsenmakler, Wertpapierhändler

**Brokkoli,** (italien.), männl., nur Plur.: Spargelkohl, italien. Abart des Blumenkohls
**Brom,** (gr.), sächl., nur Sing.: chem. Element, ein Nichtmetall, eine braunrote, wasserlösliche, giftige, Flüssigkeit (Zeichen: Br)
**Bromakne,** (gr.), weibl., –n: durch Bromvergiftung verursachter Hautausschlag
**Bromelie,** [bro'me:li-e], weibl., –n: zu den Ananasgewächsen gehörende Zierpflanze aus dem tropischen Amerika
**Bronche,** (gr.), weibl., –n: vgl. Bronchie
**bronchial,** (gr.): die Bronchien betreffend
**Bronchialasthma,** (gr.), sächl., nur Sing.: anfallsweise auftretende hochgradige Atemnot
**Bronchialkatarrh,** (gr.), männl., –e: vgl. Bronchitis
**Bronchie,** ['bronchi-e, gr.], weibl., –n: stärkerer Ast der sich gabelnden Luftröhre, der sich in der Lunge in die feineren Bronchiolen verzweigt
**Bronchiole,** (gr.), weibl., –n: feinerer Ast der Luftröhre
**Bronchitis,** (gr.), weibl., Bronchitiden: Entzündung der Schleimhaut der Bronchien
**Bronchoskopie,** (gr.), weibl., –n: optische Untersuchung der Bronchien (Med.)
**Bronchus,** (gr.-lat.), männl., Bronchi: vgl. Bronchie
**Brontosaurus,** (gr.), männl., –saurier: bis zu 30 m langer pflanzenfressender Dinosaurier der Kreidezeit
**Bronze,** ['bronße, fr.], weibl., –n: 1. gelblichbraune Legierung aus Kupfer und Zinn, 2. Kunstwerk aus Bronze, 3. gelblichbrauner Farbton
**bronzen,** ['bronßen, fr.]: aus Bronze bestehend; bronzefarben
**Brosche,** (fr.), weibl., –n: Schmuckstück mit Nadel zum Anstecken
**broschieren,** (fr.): (Druckbogen) heften, leimen
**Broschüre,** (fr.), weibl., –n: kleine heftartige Druckschrift (meist informierenden oder werbenden Inhalts); Flugschrift
**Browning,** ['brauning, engl.], weibl., –s: Handfeuerwaffe mit mehrschüssigem Magazin und Selbstladevorrichtung
**Brucellose,** weibl., –n: nach dem engl. Arzt Bruce benannte, weltweit verbreitete, auf den Menschen übertragbare Infektionskrankheit bei Haustieren
**Brumaire,** [brü'mä:r, fr.], männl., –s: zweiter Monat im fr. Revolutionskalender
**Brunch,** ['bransch, engl. Kurzw. aus **Br**eakfast und l**unch**), männl., –e oder –s: spätes, reichhaltiges Frühstück oder frühzeitiges Mittagessen
**brünett,** (fr.): braunhaarig
**brüsk,** (fr.): schroff, barsch, unvermittelt
**brüskieren,** (fr.): jmdn. unhöflich behandeln, barsch abfertigen, abweisen
**brut,** [brü:, fr.]: trocken, herb (in Bezug auf Sekt oder Champagner)
**brutal,** (lat.): rücksichtslos, gefühllos, grob; gewalttätig
**brutalisieren,** (lat.): jmdn. brutal, gewalttätig machen, verrohen
**Brutalität,** (lat.), weibl., –en: brutales Verhalten; Grobheit, Rücksichtslosigkeit; Gewalttätigkeit
**brutto,** (italien.): (Gegens.: netto) 1. mit Verpackung, 2. vor dem Abzug der Steuern; ohne Abzug von Kosten
**Bruttogewicht,** sächl., –e: Gewicht einer Ware einschließlich Verpackung
**Bruttoregistertonne,** weibl., –n: Maßeinheit für den von einem Schiff seefest umschlossenen Rauminhalt (Abk.: BRT)

**Bruttosozialprodukt,** sächl., –e: Summe aller in einem Jahr von den Bewohnern eines Staates erzeugten Güter und erbrachten Dienstleistungen
**Bryologie,** (gr.), weibl., nur Sing.: Mooskunde
**Bryophyt,** (gr.), männl., –en: Moospflanze
**BSE,** (Abk. für **b**ovine **s**pongiforme **E**nzephalopathie): Rinderwahnsinn (tödl. Tierseuche)
**Bubo,** (gr.), männl., Bubonen: entzündliche Lymphknotenschwellung (Med.)
**Buckram,** (engl.), männl., nur Sing.: geglättetes Leinen- oder Baumwollgewebe (für Bucheinbände)
**Buckskin,** (engl.: »Bocksfell«), männl., –s: schweres Wollgewebe für Herrenanzüge
**Buddhismus,** (sanskr.), männl., nur Sing.: die Lehre der nach ihrem Begründer Buddha benannten Religion
**Buddhist,** (sanskr.), männl., –en: Anhänger des Buddhismus
**buddhistisch,** (sanskr.): den Buddhismus betreffend
**Budget,** [bü'dsche:, fr.], sächl., –s: Haushalt, Haushaltsplan, Voranschlag für einen staatlichen Haushalt
**budgetieren,** [büdsche'ti:ren, fr.]: einen Haushaltsplan aufstellen
**Budike,** (fr.), weibl., –n: kleiner Kramladen; kleine Kneipe
**Budo,** (japan.), sächl., nur Sing.: Sammelbez. für japan. Zweikampfsportarten
**Büfett,** [bü'fe:, fr.], sächl., –s: Anrichte, Geschirrschrank; Schanktisch, Ausschank; Verkaufstisch
**kaltes Büfett:** Tafel mit verschiedenen kalten Speisen zur Selbstbedienung
**Buffet, Büffet:** vgl. Büfett
**Buffo,** (italien.), männl., –s: (in der Oper:) Sänger einer komischen Rolle
**Buggy,** ['ba.gi, engl.], männl., –s: 1. leichter einspänniger hochrädriger Wagen, 2. offenes, geländegängiges Freizeitauto, 3. zusammenklappbarer Kindersportwagen
**bugsieren,** (niederl.): (ein Schiff im Hafen mit Hilfe eines Schleppers) bewegen, schleppen; (umg.) jmdn. oder etwas mit Mühe in eine bestimmte Richtung befördern, an einen bestimmten Ort bringen
**Bukett,** (fr.), sächl., –s: 1. Blumengebinde oder -strauß, 2. Duft, Blume eines Weines oder Weinbrands
**Bukinist:** vgl. Bouquinist
**Buklee:** vgl. Bouclé
**Bukolik,** (gr.), weibl., nur Sing.: Gattung der Hirtendichtung
**bulbös,** (gr.): zwiebelartig, knollig (Med.)
**Bulbus,** (gr.), männl., Bulbi oder Bulben: 1. kugelförmiges Organ (z. B.: Augapfel); rundliche Anschwellung (Med.), 2. (Blumen)zwiebel, Pflanzenknolle (Bot.)
**Bulette,** (fr.), weibl., –n: (insbes. in Berlin:) flacher gebratener Hackfleischkloß, dt. Beefsteak
**Bulla,** (lat.), weibl., Bullae: Blase (Med.)
**Bulldog,** (engl.), männl., –s: Zugmaschine
**Bulldogge,** (engl.), weibl., –n: breitköpfiger, muskulöser Hund einer engl. Hunderasse
**Bulldozer,** ['bu.ldo(u)ser, engl.], männl., –: schweres Raupenfahrzeug für Erdarbeiten, Planierraupe
**Bulle,** (lat.), weibl., –n: (histor.) 1. (urspr.) in eine Kapsel eingeschlossenes Siegel, 2. besiegelte Urkunde im Mittelalter, 3. päpstlicher Erlass
**Goldene Bulle:** Urkunde mit königlichem oder kaiserlichem Siegel
**Bulletin,** [büle'tän, fr.], sächl., –s: 1. amtliche Bekanntmachung, offizieller Be-

richt, 2. Krankenbericht, 3. Titel regelmäßiger erscheinender Berichte über wissenschaftliche Veranstaltungen

**Bullterrier,** (engl.), männl., –: kurzhaariger, mittelgroßer Hund einer engl. Hunderasse

**Bully,** (engl.), sächl., –s: von zwei Spielern ausgeführtes Anspiel nach einer Spielunterbrechung im Hockeysport

**Bumerang,** (engl.), männl., –s und –e: flaches, knieförmig gekrümmtes Wurfholz der Eingeborenen Australiens, das beim Verfehlen des Wurfzieles in die Nähe des Werfers zurückkehren kann

**Buna,** (Wz), männl. oder sächl., nur Sing.: synthetisch hergestellter Kautschuk

**Bungalow,** ['bungalo:, engl.], männl., –s: eingeschossiges ebenerdiges Flachdachhaus

**Bungee(jumping),** ['bandschidschampin, engl.], sächl., nur Sing.: das sich aus großer Höhe an einem Gummiseil Fallenlassen

**Bunker,** (engl.), männl., –: 1. bombensicherer Unterstand, Schutzraum, der im Kriegsfalle Zuflucht bieten soll, 2. Behälter für Massengüter, 3. (beim Golfspiel:) ein Sandhindernis

**bunkern,** (engl.): Kohle, Getreide oder andere Massengüter in Sammelbehälter einlagern

**Bunny,** ['ba.ni, engl.], sächl., –s: Kellnerin in (aufreizendem) Häschenkostüm in (Playboy-)Klubs

**Bure,** (niederl.), männl., –n: Bewohner Südafrikas, der Nachkomme niederländischer Siedler ist

**Bureau,** [bü'ro:, fr.], sächl., –s: fr. Schreibweise für Büro

**Bürette,** (fr.), weibl., –n: Glasröhrchen mit Maßeinteilung und einstellbarem Abflusshahn zum Abmessen von Flüssigkeiten

**burlesk,** (fr.): derb-komisch, possenhaft

**Burleske,** (fr.), weibl., –n: 1. derb-komisches Lustspiel, Posse, Schwank, 2. heiteres, übermütiges Instrumentalstück (Mus.)

**Büro,** (fr.), sächl., –s: 1. Dienststelle, Geschäftsstelle; Schreibstube; Arbeits- und Amtszimmer, 2. Gesamtheit der in einem Büro arbeitenden Personen

**Bürokrat,** (fr.), männl., –en: Angehöriger der Bürokratie; jmd., der pedantisch nach Vorschrift handelt, Paragraphenreiter

**Bürokratie,** (fr.), weibl., –n: 1. Beamten- und Verwaltungsapparat; auf einem solchen Apparat beruhendes Herrschaftsgeflecht, 2. (abwertend:) bürokratisches Handeln

**bürokratisch,** (fr.): in der Art eines Bürokraten, kleinlich, sich pedantisch an die Vorschriften haltend

**bürokratisieren,** (fr.): bürokratische Ordnung und Handlungsweisen einführen

**burschikos,** (dt.-gr.): ungezwungen, unbekümmert, burschenhaft

**Bursitis,** (gr.), weibl., Bursitiden: Schleimbeutelentzündung (Med.)

**Business,** ['bisniß, engl.], sächl., nur Sing.: Geschäft, Geschäftsleben; Profitstreben

**Bussard,** (fr.), männl., –e: ein Tagraubvogel

**Bustier,** [büst'je:, fr.], sächl., –s: ärmelloses, eng anliegendes, kurzes Damenunterhemd

**Busuki,** (gr.), weibl., –s: zu zupfendes Saiteninstrument der gr. Volksmusik

**Butan,** (gr.), sächl., nur Sing.: gesättigter, gasförmiger Kohlenwasserstoff

**Butike:** vgl. Budike

**Butler,** ['batle(r), engl.], männl., –: ranghöchster Diener des Hauspersonals

**Butterfly,** ['ba.te(r)flai, engl.], männl., nur Sing.: Schmetterlingsstil beim Schwimmen

**Button,** ['ba.t(e)n, engl.], männl., –s: 1. Ein- und Ausschaltknopf, 2. runde Plakette, die meist getragen wird, um eine bestimmte Meinung öffentlich zu machen

**Bypass,** ['baipaß, engl.], männl., –pässe: 1. Umführung, Nebenleitung, 2. zur Umgehung einer befallenen Gefäßstrecke operativ eingesetztes Gefäßtransplantat (Med.)

**Byte,** ['bait, engl.], sächl., –s: aus acht Binärstellen zusammengefügte Informationseinheit (Buchstabe, Ziffer, Sonderzeichen) in der Datenverarbeitung (EDV)

**Byzantinist,** männl., –en: Wissenschaftler auf dem Gebiet der Byzantinistik

**Byzantinistik,** (nach Byzanz, dem alten Namen von Istanbul), weibl., nur Sing.: Wissenschaft von der Kultur und der Geschichte des Byzantinischen Reiches

# C

**ca.:** Abk. für zirka

**Cab,** [kä.b, engl.], sächl., –s: einspännige zwei- oder vierrädrige englische Droschke

**Caballero,** [kaball'(j)e:ro, span.], männl., –s: span. Edelmann; Herr (Anrede in Spanien)

**Cabaret,** ['ka.bare:, fr.], sächl., –s: vgl. Kabarett

**Cabochon,** [kabo'schon, fr.], männl., –s: kreisförmig oder länglich rund geschliffener Edelstein

**Cachenez,** [kasch(e)'ne:, fr.], sächl., –: (seidenes) Halstuch

**Cachot,** [ka'scho:, fr.], sächl., –s: finsteres (unterirdisches) Gefängnis

**Cachou,** [ka'schu:, fr.), sächl., –s: Lakritzensaft, Hustenmittel

**Caddie,** ['kä.di:, engl.], männl., –s: 1. die Schlägertasche tragender Begleiter (und Berater) eines Golfspielers, 2. zweirädriger Golfschlägerwagen

**Cadmium:** vgl. Kadmium

**Caesium:** vgl. Cäsium

**Café,** (fr.), sächl., –s: Kaffeehaus; Gaststätte, in der meist Kaffee und Kuchen verzehrt werden

**Café crème,** [ka.fe:'krä:m, fr.), männl., –s –: Kaffee mit Sahne

**Cafeteria,** (span.), weibl., –s: Selbstbedienungsgaststätte mit Endkassierung

**Cahier,** [ka'je:, fr.: »Schreibheft«], sächl., –s: von den Ständevertretern dem König überreichtes Dokument, das deren Wünsche und Beschwerden enthielt (histor.)

**Caisson,** [kä'ßon(g), fr.], männl., –s: Schwimm- oder Senkkasten zur Ausführung von Bauarbeiten unter Wasser

**Calamares,** (span.), nur Plur.: Tintenfischgericht

**Calamus,** (lat.), männl., Calami: Schreibrohr im Altertum; unterer, hohler Teil des Vogelfederkiels

**calando,** (italien.): nachlassend (Vortragsanweisung; Mus.)

**Calcium:** vgl. Kalzium

**Caldera,** (span.), weibl., Calderen: kesselartiger Krater eines Vulkans (Geol.)

**Calendula,** (lat.), weibl., Calendulae: Ringelblume, eine Gattung gelbblühender Korbblütler (Bot.)

**Callgirl,** ['ko.lgö(r)l, engl.], sächl., –s: telefonisch bestellbare Prostituierte

**Calvados,** (fr.), männl., –: fr. Apfelbranntwein

**Calypso,** (Herkunft umstritten), männl., –s: Musik- und Tanzstil, der aus einer

auf den Karibischen Inseln beheimateten Volksliedform hervorgegangen ist
**Calyx,** ['ka:lüx, lat.], männl., Calyces, ['ka:lüze:ß]: Kelch, Becher; Blütenkelch (Bot.)
**Camembert,** ['ka.ma(n)bä:r, fr.], männl., –s: vollfetter Weichkäse (nach einem fr. Dorf benannt)
**Camera obscura,** (lat.), weibl., Camerae obscurae: innen geschwärzter Kasten mit kleiner Öffnung für einfallende Lichtstrahlen (Urform der fotografischen Kamera)
**Camouflage,** [kamu'fla:sch, fr.], weibl., –n: Tarnung; Vortäuschung
**Camp,** ['kä.mp, engl.], sächl., –s: Zelt-, Feld-, Ferien- oder Gefangenenlager
**Campagne:** vgl. Kampagne
**Campanile:** vgl. Kampanile
**Campanula,** (italien.), weibl., Campanulae: Glockenblume (Bot.)
**campen,** ['kä.mpen, engl.]: zelten
**Camper,** ['kä.mper, engl.]: Zelter; jmd., der seine Freizeit oder seinen Urlaub im Zelt oder Wohnwagen verbringt
**Campignien,** [kanpin'jän], sächl., nur Sing.: Kulturstufe der ausgehenden Mittelsteinzeit (nach dem Fundort Campigny in Frankreich benannt)
**Camping,** ['kä.mping, engl.], sächl., nur Sing.: das Zelten; Ferien- und Freizeitaufenthalt in Zelten
**Camposanto,** (italien.: »heiliges Feld«), männl., –s: italien. Friedhof
**Campus,** (lat.), männl., nur Sing.: Universitätsgelände
**Canaille:** vgl. Kanaille
**Canasta,** (span.), sächl., nur Sing.: ein Kartenspiel
**Cancan,** [kan'kan, fr.], der, –s: schneller Bühnentanz, bei dem die Tänzerinnen im 2/4-Takt die Beine hochwerfen
**Cancer,** ['ka.nzer, lat.], männl., –: 1. Krebs, Karzinom (Med.), 2. ein Sternbild (Astron.)
**Candela,** (lat.), weibl., –: Maßeinheit der Lichtstärke (Basiseinheit des intern. Einheitensystems; Abk.: cd)
**Caniden:** vgl. Kaniden
**Caninus,** (lat.), männl., Canini: Eckzahn
**Cannabis,** (lat.), männl., nur Sing.: Hanf; Haschisch
**Canneloni,** (italien.), weibl., nur Plur.: mit Käse überbackene Nudelröllchen mit Hackfleischfüllung
**Canning,** ['kä.ning, engl.], sächl., –s: metallische Umhüllung eines Brennelements in Kernreaktoren
**Canoe:** vgl. Kanu
**Cañon,** ['kä.nj(e)n, span.], männl., –s: enges, steilwandiges, schluchtartiges Flusstal (insbes. in Nordamerika)
**cantabile,** (italien.): gesanglich, ausdrucksvoll (Gegens.: deklamatorisch, rezitativisch; Mus.)
**cantando,** (italien.): singend (Mus.)
**Canto,** (italien.), männl., –s: vgl. Cantus
**Cantus,** (lat.), männl., Cantus: Gesang (insbes. der Oberstimme)
**Cantus firmus,** (lat.), männl., Cantus firmi: Grundmelodie, die den ganzen Choral oder das ganze Volkslied durchzieht (Mus.)
**Canzone:** vgl. Kanzone
**Cape,** [ke:p, engl.], sächl., –s: ärmelloser, weiter Umhang
**Cappuccino,** [ka.pu'tschi:no, italien.], männl., –s: italien. Kaffee mit einem Häubchen aus geschlagener Milch
**Capriccio,** [ka'pri.tscho, italien.], sächl., –s: heiteres und scherzhaftes Musikstück (Mus.)
**capriccioso,** [ka.pri'tscho:ßo, italien.]: launig, scherzhaft, kapriziös (Mus.)
**Caprice,** [ka'pri:ß, fr.], weibl., –n: vgl. Capriccio
**Captain,** ['kä.pt(e)n, engl.], männl., –s: Hauptmann in der engl. oder in der Armee der USA

**Captatio Benevolentiae,** (lat.), weibl., nur Sing.: Redewendung, mit der um die Gunst des Lesers oder Hörers geworben wird
**Caracho:** vgl. Karacho
**caramba!,** (span.): (umg.) Teufel!, Donnerwetter!
**Caravan,** (engl.), männl., –s: 1. Reisewohnwagen, 2. Kombiwagen für Freizeit und Transporte
**Carbid,** (lat.), sächl., –e: vgl. Karbid
**Cardigan,** ['ka:dig(e)n, engl.], männl., –s: lange Strickweste aus Wolle
**care of,** ['kä:(r)o.f, engl.]: wohnhaft bei (in engl. oder amerik. Briefanschriften; Abk.: c/o)
**Carillon,** [kari'jon, fr.], sächl., –s: 1. mechanisches Glockenspiel einer Uhr, 2. Musikstück für Glockenspiel; ein Glockenspiel nachahmendes Musikstück
**Carioca,** [kari'o:ka, portug.], weibl. –s: lateinamerik. Modetanz, Abart des Rumba
**Carmagnole,** [karman'jo:l(e)], weibl., –n: 1. nach der oberitalien. Stadt Carmagnola benanntes fr. Revolutionslied aus dem 18. Jh., 2. Jakobinerjacke ohne Ärmel (histor.)
**Carotin:** Karotin
**carpe diem!,** (lat.: »pflücke den Tag!«): nütze die Zeit!, genieße den Augenblick!
**Carrier,** ['kä.ri(e)r, engl.], männl., –s: intern. Bez. für ein Unternehmen, das Personen oder Güter befördert (insbes. im Luftverkehr)
**Carsharing,** (engl.), sächl.: kostengünstige Möglichkeit, sich mit mehreren Personen ein Fahrzeug zu teilen
**Carte blanche,** ['ka.rt 'blo(n)sch, fr.], weibl., –s –s: unbeschränkte Vollmacht, völlige Handlungsfreiheit
**Cartoon,** [kar'tu:n, engl.], männl., –s: Karikatur; lustige gemalte Bildergeschichte (meist satirischen Inhalts)
**Cartoonist,** [kartu:'ni.st, engl.], männl., –en: Künstler, der Cartoons zeichnet
**Casanova,** (italien.), männl., –s: Frauenliebling, Verführer, Frauenheld (nach dem Schriftsteller und Abenteurer C. aus dem 18. Jh., der in zahlreiche Affären mit Frauen verwickelt war)
**cäsarisch,** (lat.): kaiserlich; selbstherrlich, diktatorisch (wie das historische Vorbild Gajus Julius C., röm. Staatsmann, Feldherr und Schriftsteller)
**Cäsarismus,** (lat.): (auf die Armee gestützte) Alleinherrschaft, unumschränkte Staatsgewalt
**Casein:** vgl. Kasein
**Cash,** [kä.sch, engl.], sächl., nur Sing.: Bargeld, Barzahlung
**cash,** [kä.sch, engl.]: gegen Barzahlung
**cash and carry,** ['kä.sch(e)n'kä.ri, engl.]: bei Mitnahme der Ware sofort bar bezahlen (Kosten sparende Vertriebsform)
**Cashewnuss,** ['kä.schunuß, engl.-dt.], weibl., –nüsse: nierenförmige Nuss aus dem tropischen Amerika
**Cashflow,** ['kä.schflo:, engl.], männl., nur Sing.: nach Abzug aller Kosten verbleibender Überschuss
**Casino:** vgl. Kasino
**Cäsium,** (lat.), sächl., nur Sing.: chem. Element, radioaktives Metall (Zeichen: Cs)
**Cassata,** (italien.), sächl., -(s): italien. Eisspezialität mit kandierten Früchten und Nüssen
**Cassis,** (fr.), männl., –: fr. Likör oder Branntwein aus Johannisbeeren
**Cast,** (engl.), sächl., nur Sing.: sämtliche Mitarbeiter bei einem Film
**Casting,** (engl.), sächl., –s: Rollenbesetzung eines Films, Auswahl der Schauspieler/innen für die Rollen
**Castle,** ['ka:ß(e)l, engl.], sächl., –s: engl. Bez. für Burg; Schloss
**Casus,** (lat.), männl., Casus: vgl. Kasus
**Casus Belli,** (lat.), männl., Casus –: Kriegsgrund, zum Krieg führendes Ereignis, formeller Anlass für den Ausbruch eines Krieges

**Catch-as-catch-can,** ['kä.tsch(e)s'-kä.tsch'kä.n, amerik.], sächl., nur Sing.: brutaler Freistilringkampf mit Showeinlagen

**catchen,** ['kä.tsch(e)n, engl.]: einen Catch-as-catch-can-Kampf austragen

**Catcher,** ['kä.tsch(e)r, engl.], männl., –: Berufsringer im Catch-as-catch-can-Stil

**Catchup:** vgl. Ketchup

**Catenaccio,** [kate'na.tscho, italien.], männl., nur Sing. : auf Torverhinderung ausgerichtete ehemalige Verteidigungstaktik im italien. Fußball

**Catering,** ['kä(i)tering, engl.], sächl., nur Sing.: Verpflegungsbeschaffung; Bestückung und Versorgung mit Lebensmitteln (insbes. auf Flughäfen)

**Caterpillar,** ['kä:te(r)pi.le(r), engl.] der, –: Raupenschlepper (im Straßenbau)

**Caudillo,** [kau'diljo, span.], männl., –s: alter span. Titel für politische und militärische Machthaber (insbes. des früheren span. Diktators Franco)

**Causa,** (lat.), weibl., Causae: Grund; Rechtsgrund, Ursache; Rechtsfall

**Cave canem!,** (lat.: »Hüte dich vor dem Hund!«): Inschrift am Eingang altrömischer Häuser

**Cavum,** (lat.), sächl., Cava: Hohlraum (Med.)

**Cedille,** [ße'di(j)e, span.-fr.], weibl., –n: Häkchen unter dem c in der fr. und portug. Schriftsprache: ç (wird ausgesprochen wie: ß)

**Celesta,** [tsche'le.sta, italien.], weibl., –s: harmoniumähnliches Tasteninstrument, das zarte Töne mit Hilfe von Metallstäben erzeugt

**Cellist,** [tsche.'li.st, italien.], männl., –en: Cellospieler

**Cello,** ['tsche.lo, italien.], sächl., –s und Celli: Kurzw. für: Violoncello, großes Streichinstrument in der Form einer Violine, das mit einem Dorn auf den Boden aufgesetzt gespielt wird

**Cellophan,** [tze.lo'fa:n, lat.], sächl., nur Sing.: durchsichtige, dehnbare und weiche Folie als Verpackungsmaterial

**Celsius:** nach dem schwed. Astronomen Celsius benannte Gradeinheit für Temperatur (Zeichen: °C)

**Cembalist,** [tsche.mba'li.st, italien.], männl., –en: Cembalospieler

**Cembalo,** ['tsche.mbalo:, italien.], sächl., –s: Tasteninstrument des 14. bis 18. Jh., alte Form des Klaviers, bei dem die Saiten nicht angeschlagen, sondern angerissen werden

**Cent,** [ßä.nt, lat.-engl.], männl., –s: kleinste Währungseinheit und Münze u. a. in den USA, Kanada, Australien, Niederlanden (Abk. c. und ct., Plur.: cts.)

**Centavo,** [ßän'ta:wo, lat.-portug.-span.], männl., -(s): kleinste Währungseinheit und Münze in mehreren süd- und mittelamerikanischen Staaten, in Portugal und auf den Philippinen

**Center,** ['ßä.nte(r), engl.], sächl., –: 1. Mittelspieler im Basketball oder im American Football, 2. Zentrum, Mittelpunkt; groß angelegter Verkaufsbereich (meist in zusammengesetzter Form, z. B.: Gartencenter, Einkaufscenter u. a.)

**Centrecourt** (auch: Centre-Court), ['ßente(r)ko:(r)t, engl.], männl., –s: Hauptplatz einer Mehrplatzanlage im Tennis

**Centime,** [ßan'ti:m, fr.], männl., –s: kleinste Währungseinheit und Münze in Frankreich, Belgien und anderen Ländern mit Franc-Währung

**Cer,** (lat.), sächl., nur Sing.: nach dem Planetoiden Ceres benanntes Seltenerdmetall, ein chem. Element (Zeichen: Ce)

**Cerebellum,** (lat.), sächl., –bella: Kleinhirn (Med.)

**Cervix,** (lat.), weibl., Cervices: Hals, Nacken; Gebärmutterhals (Med.)

**c'est la guerre!,** [ßäla'gä:r, fr.: »das ist der Krieg!«]: so ist es (halt) im Krieg!

**c'est la vie!,** [ßäla'wi:, fr.: »das ist das Leben!«]: so ist (halt) das Leben!
**Chablis,** [scha'bli:], männl., –: nach einer fr. Stadt benannter Weißwein aus Burgund
**Cha-Cha-Cha,** ['tscha.tscha.tscha., span.], männl., –s: auf Kuba entstandener lateinamerikanischer Gesellschaftstanz
**chacun à son goût,** [scha'könaßon'gu:, fr.]: jeder nach seinem Geschmack
**Chairman,** ['tschä(r)m(e)n, engl.], männl., Chairmen: (in England und Amerika:) Vorsitzender, Obmann (eines politischen oder wirtschaftlichen Gremiums)
**Chaise,** ['schä:s(e), fr.], weibl., –n: 1. (früher für:) Sessel, Stuhl; halbverdeckter Wagen zur Personenbeförderung, 2. (heute abwertend für:) altes Fahrzeug
**Chaiselongue,** [schäs(e)'lon, fr.: »langer Stuhl«], weibl., –s: Liegesofa ohne Rücken-, aber mit Kopflehne
**Chalet,** [scha'lä:, fr.], sächl., –s: Schweizer Landhaus; Sennhütte
**Chamäleon,** (gr.), sächl., –s: auf Bäumen lebende afrikan. Echse mit der Fähigkeit zum Farbwechsel
**Chambre,** ['schanbr(e), fr.], sächl., –s: Zimmer, Kammer
**chamois,** [schamo'a., fr.]: gemsfarben, gelbbräunlich (insbes. als Fotopapierfarbe)
**Chamois,** [schamo'a., fr.], sächl., nur Sing.: 1. chamois Farbton (von Fotopapier), 2. weiches Gemsen-, Ziegen- oder Schafleder
**champagner,** [scham'pa.nje(r), fr.]: champagnerfarben, zartgelb
**Champagner,** [scham'pa.nje(r), fr.], männl., –: Schaumwein aus der fr. Landschaft Champagne
**Champignon,** ['schanpinjon, fr.], männl., –s: helle Gattung der Blätterpilze, vielfach gezüchteter Speisepilz
**Champion,** ['tschä.mpj(e)n, engl.], männl., –s: Meister in einer Sportart, erfolgreicher Spitzensportler
**Championat,** [schampjo'na:t, fr.], sächl., –e: Meisterschaft in einer Sportart
**Chance,** ['schanß(e), fr.], weibl., –n: günstige Gelegenheit, Aussicht auf Erfolg; Gewinnmöglichkeit
**Change,** ['tschä(i)ndsch, engl.], männl., nur Sing.: Geldwechsel, Tausch
**changieren,** [schan'schi:ren, fr.] 1. wechseln, tauschen; (sich) ändern, 2. (in mehreren Farben) schillern, 3.(beim Reiten) vom Rechtsgalopp zum Linksgalopp übergehen
**Chanson,** [schan'ßon, fr.], sächl., –s: geistreiches, manchmal witziges Lied, das oft nur von einem Instrument begleitet wird; Kabarettlied
**Chansonnette** (auch: Chansonette), [schanßo'net(e), fr.], weibl., –n: 1. Chansonsängerin, 2. kleines, freches Lied
**Chansonnier** (auch: Chansonier), [schanßon'je:, fr.], männl., –s: Chansonsänger
**Chaos,** ['ka:os, gr.], sächl., nur Sing.: 1. große Unordnung, totale Verwirrung, wüstes Durcheinander, 2. ungeordneter, formloser Urzustand (in der gr. Mythologie)
**Chaot,** [ka'o:t, gr.], männl., –en: (umg.) jmd., der Chaos, Unruhe und Verwirrung stiftet oder sogar Zerstörungen anrichtet
**chaotisch,** [ka'o:tisch, gr.]: wüst, ungeordnet, durcheinander
**Chapeau,** [scha'po:, fr.], männl., –s: Hut
**Chapeau!,** [scha'po:, fr.]: (oft iron.) alle Achtung! (davor ziehe ich den Hut!)
**Chapeau claque,** [schapo'kla.k, fr.], männl., –x –s [schapo'kla.k]: zusammenklappbarer Zylinderhut
**Charade:** vgl. Scharade

**Charakter,** [ka.., gr.], männl., Charaktere: Gesamtheit der Eigenschaften, das Wesen eines Menschen; Eigenarten, typische Merkmale, Gepräge einer Personengruppe, eines Gegenstandes oder eines anderen Gebildes (z. B.: einer Landschaft, eines Kunstwerkes, o. Ä.)

**charakterisieren,** [ka.., gr.]: Wesenszüge beschreiben, kennzeichnen, genau schildern

**Charakteristik,** [ka.., gr.], weibl., –en: zusammenfassende Schilderung kennzeichnender Merkmale, eingehende Beschreibung

**Charakteristikum,** [ka.., gr.], sächl., Charakteristika: kennzeichnendes Merkmal, hervorstechende Eigenschaft

**charakteristisch,** [ka.., gr.]: kennzeichnend, hervorstechend, typisch

**charakterlich,** [ka.., gr.]: den Charakter betreffend

**Charakterrolle,** [ka.., gr.-dt.], weibl., –n: Darstellung von schwierigen Charakteren im Theater

**Charge,** ['scha.rsch(e), fr.], weibl., –n: 1. Amt, Rang, 2. (beim Militär) Dienstgrad, Vorgesetzter, 3. Beschickung, Ladung (z. B. eines Hochofens mit Koks, Erz u. a.), 4. kleine Charakterrolle, wichtige Nebenrolle im Theater

**Charisma,** ['ka:risma, gr.], sächl., Charismata oder Charismen: 1. göttliche Gabe, Gnade oder Berufung, 2. Ausstrahlung eines Menschen, Ausstrahlungskraft

**charismatisch,** [ka.., gr.]: begnadet; Charisma besitzend, von großer Ausstrahlungskraft

**Charité,** [schari'te:, fr.], weibl., –s: (alte Bez. für:) Krankenhaus (z. B. in Berlin und Paris)

**Charleston,** ['tscha:(r)lst(e)n], männl., –s: nach einer Stadt in South Carolina, USA, benannter Modetanz der 1920er-Jahre

**charmant,** [schar'ma.nt, fr.]: anmutig, liebenswürdig, bezaubernd

**Charme,** ['scha.rm, fr.], männl., nur Sing.: liebenswürdige Art, Anmut, bezaubernde Ausstrahlung

**Charmeur,** [schar'mö:r, fr.], männl., –e: (Frauen gegenüber) betont liebenswürdiger Mann; Schmeichler

**Charmeuse,** [schar'mö:s, fr.], weibl., nur Sing.: maschenfestes synthetisches Gewebe

**charming,** ['tscha(r)ming, engl.]: liebenswürdig, schmeichelnd

**Charta,** ['ka.rta, lat.], weibl., –s: (Verfassungs)urkunde (z. B.: Magna Charta)

**Charter,** ['tscha(r)te(r), engl.], weibl., –: Miete eines Flugzeuges, eines Schiffes oder eines Laderaumes zur Beförderung von Gütern oder Personen

**Chartermaschine,** ['tscha.., engl.-gr.], weibl., –n: gechartertes Flugzeug

**chartern,** ['tscha(r)tern, engl.]: ein Flugzeug oder ein Schiff mieten

**Chartreuse,** [schar'trö:s, fr.], männl., nur Sing.: Kräuterlikör

**Charybdis,** [ka.., gr.], weibl., nur Sing.: Felsenschlund, gefährlicher Meeresstrudel in der gr. Sage

**Chasan,** (hebr.), männl., –e: Vorbeter in der Synagoge

**Chasseur,** [scha'ßö:r, fr.], männl., –e: fr. Fußsoldat, Jäger

**Chassis,** [scha'ßi:, fr.], sächl., – [scha'ßi:s]: 1. Montagegestell für elektronische Geräte, 2. Rahmen; Fahrgestell (von Kraftfahrzeugen)

**Chateau** (auch: Château), [scha'to:, fr.], sächl., –s: französisches Schloss, größeres Land- oder Herrenhaus, Weingut

**Chateaubriand,** [schatobri'an], sächl., –s: nach dem Franzosen C. benannte, doppelt stark geschnittene, rosa gebratene Rindslendenschnitte

**Chaudeau,** [scho'do:, fr.], sächl., –s: Weinschaumsauce (mit Eischnee, Zucker und Zitronensaft)
**Chauffeur,** [scho'fö:r, fr.], männl., –e: Fahrer eines Kraftfahrzeuges; jmd., der (beruflich) andere Personen im Auto fährt
**chauffieren,** [scho'fi:ren, fr.]: jmdn. in einem Auto befördern
**Chaussee,** [scho'ße:, fr.], weibl., –n: befestigte Landstraße (urspr. die durch Beschotterung (Chaussierung) befestigten Landstraßen in Frankreich)
**Chauvi,** ['scho:wi, Kurzw. für Chauvinist], männl., –s: (umg. abwertend) selbstgefälliger Mann, der Frauen als Menschen zweiter Klasse behandelt
**Chauvinismus,** [schowi'nismus], männl., nur Sing.: (nach dem napoleonischen Grenadier Chauvin) 1. nationalistische und andere Völker verachtende Haltung, 2. übersteigertes männliches Selbstwertgefühl, Frauen missachtende, männliche Selbstgefälligkeit, 3. von Chauvinismus geprägte Handlung oder Äußerung
**Chauvinist,** [schowi'nist], männl., –en: (nach dem napoleonischen Grenadier Chauvin benannter) Verfechter des Chauvinismus
**chauvinistisch,** [schowi..]: vom Chauvinismus überzeugt; den Chauvinismus betreffend
**Check,** ['tschä.k, engl.], männl., –s: Rempler, erlaubte Behinderung im Eishockey
**checken,** ['tschä.k(e)n, engl.]: 1. rempeln, auf erlaubte Weise behindern (Eishockey), 2. nachprüfen, kontrollieren, 3. (umg.) begreifen, merken, verstehen
**Check-in,** [tschäk'in, engl.], sächl., –s: Abfertigung der Fluggäste vor Beginn des Fluges
**Checkpoint,** ['tschä.kpeunt, engl.], männl., –s: Kontrollpunkt an Grenzübergangsstellen (z. B. ehemalige Grenzübergänge zwischen West- und Ostberlin)
**Chef,** ['sche.f, fr.], männl., –s: Vorgesetzter, Leiter eines Betriebes oder einer Dienststelle, Arbeitgeber
**Chemie,** (gr.) weibl., nur Sing.: Naturwissenschaft, die Zusammensetzung, Eigenschaften und Umwandlungen der Stoffe und ihrer Verbindungen erforscht
**Chemikalie,** (gr.), weibl., –n: industriell oder im Labor erzeugter chemischer Stoff
**Chemiker,** (gr.), männl., –: Wissenschaftler auf dem Gebiet der Chemie
**chemisch,** (gr.): die Chemie betreffend, auf Chemie beruhend
**Chemisett,** (fr.), sächl., –s: 1. gestärktes Hemdteil an Frack- oder Smokinghemden, 2. heller Einsatz an Damenkleidern
**Chemisette,** (fr.), weibl., –n: vgl. Chemisett
**Chemismus,** (gr.-lat.), männl., nur Sing.: der gesamte Ablauf der Stoffumwandlungen (v. a. im Tier- und Pflanzenkörper)
**Chemoplaste,** (gr.), weibl., nur Plur.: härtbare Kunstharze
**Chemoresistenz,** (gr.-lat.), weibl., nur Sing.: Widerstandsfähigkeit mancher Krankheitserreger gegenüber bislang wirksamen Chemotherapeutika (Med.)
**Chemotechniker,** männl., –: ausgebildete Fachkraft der chem. Industrie
**Chemotherapeutikum,** (gr.), sächl., –therapeutika: Arzneimittel aus chem. Substanzen zur Abtötung von Krankheitserregern (Med.)
**Chemotherapie,** weibl., –n: Behandlung mit chem. Arzneimitteln (Med.)
**Chenille,** [sche'ni.lj(e), fr.], weibl., –n: Garn mit Fasern, die in Büscheln abstehen
**cherchez la femme!,** [scher'sche:la'fa.m, fr.]: es steckt bestimmt eine Frau dahinter!

**Cherry Brandy,** ['(t)schä.ri 'brä.ndi, engl.], männl., – –s: Kirschlikör
**Cherub,** (hebr.), männl., –im: Engel, himmlischer Wächter
**cherubinisch,** (hebr.): engelgleich, wie ein Cherub
**Chesterkäse,** männl., nur Sing. : nach der engl. Stadt benannter fetter Hartkäse
**Chevalier,** [sche.wal'je:, fr.], männl., –s: fr. Adelstitel; fr. Ritter, Edelmann
**Chevreau,** [sch(e)'wro:, fr.], sächl., nur Sing.: gegerbtes Ziegenleder
**Chevron,** [schew'ron, fr.], männl., –s: 1. Wollstoff mit einem Fischgrätenmuster, 2. pfeilspitzenartige Verbindung von zwei Schrägbalken in einem Wappen, Sparren, 3. fr. Dienstgradabzeichen
**Chewinggum,** ['tschu:in(g)gam, engl.], sächl., –s: Kaugummi
**Chi,** (gr.), sächl., –s: gr. Buchstabe
**Chianti,** [ki'a.nti, italien.], männl., nur Sing.: nach einer italien. Landschaft benannter leichter italien. Rotwein
**Chiasma,** (gr.), sächl., Chiasmen: Überkreuzung zweier Halbchromosomen während der Reduktionsteilung (Biol.)
**Chiasmus,** (gr.), männl., nur Sing.: Kreuzstellung aufeinander bezogener Worte im Satz zwecks Gegenüberstellung von Gegensatzpaaren oder gleichen Begriffen (z. B.: lang war sein Weg, sein Atem jedoch kurz)
**Chico,** ['tschi.ko, span.], männl., –s: span. Bez. für: kleiner Junge
**Chicorée** (auch: Schikoree), ['schi.kore:, fr.], männl., nur Sing.: Kulturform der Wegwarte, deren gelblich-weiße Blätter als Gemüse oder Salat verzehrt werden
**Chief,** ['tschi:f, engl.], männl., –s: Anführer; Häuptling
**Chiffon,** ['schi.fon, fr.), männl., –s: glattes, dünnes und leicht durchsichtiges Seidengewebe für Blusen, Schals und Abendkleider
**Chiffre,** ['schi.fr(e), fr.], weibl., –n: Ziffer, Zahlzeichen; verschlüsseltes Schriftzeichen, Geheimzeichen; Kennwort oder Kennziffer in Zeitungsanzeigen
**chiffrieren,** [sch.., fr.]: in Geheimschrift abfassen, verschlüsseln
**Chihuahua,** [tschi'wa:wa, span.], männl., –s: sehr kleiner mexikanischer Hund mit übergroßen Ohren
**Chili,** ['tschi.li, indian.-span.], männl., nur Sing.: scharfe Paprikaart, aus der Cayennepfeffer gewonnen wird
**Chiliade,** (gr.), weibl., –n: eine Reihe, eine Sammlung von Tausend
**Chiliasmus,** (gr.), männl., nur Sing.: Glaube an ein irdisches tausendjähriges Reich Christi nach seiner Wiederkunft vor dem Weltende (insbes. im Frühchristentum und im Mittelalter)
**Chimäre,** (gr.), weibl., –n: Fabeltier der gr. Sage (vorn Löwe, in der Mitte Ziege und hinten Schlange)
**Chinchilla,** [tschin'tschi.la, indian.-span.], weibl., –s: südamerik. Nagetier mit wertvollem Pelz, Hasenmaus
**Chinarinde,** (indian.-dt.), weibl., nur Sing.: chininhaltige Rinde des südamerikan. Chinarindenbaumes und die daraus gewonnene Droge
**Chinin,** (indian.), sächl., nur Sing.: Alkaloid der Chinarinde, das den Zellstoffwechsel hemmt und u. a. als Fiebermittel Verwendung findet
**Chinois,** [schino'a, fr.], weibl., nur Plur.: kandierte, unreife Zwergorangen
**Chinoiserie,** [schinoase'ri:, fr.], weibl., –n: kunstgewerblicher Gegenstand (aus der Zeit des Barock oder des Rokoko) in chinesischem Stil
**Chinook,** [tschi'nu.k], männl., –s: nach einem nordamerik. Indianerstamm benannter warmer und trockener Fall-

wind an der Ostseite der Rocky Mountains

**Chintz,** ['tschi.nz, engl.], männl., –e: pflegeleichtes, buntbedrucktes, glattes und glänzendes Baumwoll- oder Chemiefasergewebe

**Chip,** ['tschi.p, engl.], männl., –s: 1. rohe in Fett gebackene Kartoffelscheibe, 2. Spielmarke (z. B. beim Roulette), 3. kleines aus Silicium bestehendes Halbleiterplättchen, ein Computerbestandteil, auf dem Informationen und eine Vielzahl elektronischer Schaltungen gespeichert werden (EDV)

**Chippendale,** ['tschi.pende:l], sächl., nur Sing.: nach dem engl. Möbeltischler benannter engl. Möbelstil des 18. Jh.

**Chiragra,** (gr.), sächl., nur Sing.: Gicht der Hand- und Fingergelenke (Med.)

**Chiromant,** (gr.), männl., –en: Handliniendeuter

**Chiromantie,** (gr.), weibl., nur Sing.: Handlesekunst

**Chiropraktik,** (gr.), weibl., nur Sing.: manuelles Einrenken verschobener Wirbel und Bandscheiben durch spezielle, meist ruckartige Handgriffe

**Chiropraktiker,** (gr.), männl., –: Arzt, der die Chiropraktik ausübt

**Chirurg,** (gr.), der –en: Facharzt für Chirurgie; Operateur

**Chirurgie,** (gr.), weibl., nur Sing.: 1. Teilgebiet der Medizin, das die operative Behandlung von Erkrankungen oder Veränderungen im Organismus zum Inhalt hat, 2. (umg.) Krankenhausabteilung, in der operative Eingriffe durchgeführt werden

**chirurgisch,** (gr.): die Chirurgie betreffend, operativ

**Chitin,** (gr.), sächl., nur Sing.: Grundsubstanz im panzerartigen Außenskelett der Gliederfüßer (Krebse, Insekten, u. Ä.)

**Chiton,** (gr.), sächl., –e: ärmelloses Untergewand für Männer und Frauen im antiken Griechenland

**Chlor,** ['klo:r, gr.], sächl., nur Sing.: chem. Element mit der Ordnungszahl 17 (Zeichen: Cl), ein gelbgrünes, die Schleimhäute reizendes Gas

**chloren,** ['kl.., gr.]: Chlor zu Desinfektionszwecken verwenden (z. B. im Wasser)

**Chlorid,** [kl.., gr.], sächl., nur Sing.: das Salz der Salzsäure; Verbindung zwischen Chlor und einem anderen Element

**chlorieren,** [kl.., gr.]: 1. Chlor in chem. Verbindungen einführen, 2. vgl. chloren

**Chlorit,** [kl.., gr.], sächl., –e: Salz der chlorigen Säure, das u. a. als Bleichmittel dient

**Chlorit,** [kl.., gr.], männl., nur Sing.: gesteinsbildendes Mineral

**Chlorkalk,** [kl.., gr.-dt.], männl., nur Sing.: weißes, bleichend und desinfizierend wirkendes Pulver, eine Verbindung von Chlor und Löschkalk

**Chloroform,** [kl.., gr.-lat.], sächl., nur Sing. : farblose, süßlich schmeckende, nicht brennbare Flüssigkeit, ein Lösungsmittel, das früher auch als Narkosemittel verwendet wurde

**chloroformieren,** [kl.., gr.-lat.]: (früher für:) mit Chloroform betäuben

**Chlorophyll,** [kl.., gr.], sächl., nur Sing.: Blattgrün, grüner Assimilationsfarbstoff in den Zellen der Pflanzen und einiger Mikroorganismen

**Chlorose,** [kl.., gr.], weibl., –n: 1. Bleichsucht bei Menschen infolge einer Anämie (Med.), 2. Vergilbung grüner Pflanzenteile infolge Chlorophyllmangels (eine Pflanzenkrankheit; Bot.)

**chlorotisch,** [kl.., gr.]: (bei Pflanzenteilen:) vergilbt, nicht ergrünt (Bot.)

**Choke,** ['tscho(u)k, engl.], männl., –s: Klappe im Vergaser, die die Luftzu-

fuhr regelt (Starthilfe bei niedrigen Temperaturen)
**Cholämie,** [ko.., gr.], weibl., –n: Übertritt von Gallenflüssigkeit in das Blut (Med.)
**Cholangitis,** [ko.., gr.], weibl., Cholangitiden: Entzündung der Gallenwege (Med.)
**Cholera,** ['ko.., gr.], weibl., nur Sing.: schwere meldepflichtige Infektionskrankheit mit starkem Erbrechen, häufigen Durchfällen und raschem Kräfteverfall (Med.)
**Choleriker,** [ko.., gr.], männl., –: unausgeglichener, leicht reizbarer, jähzorniger Mensch (Temperamentstyp nach Hippokrates)
**cholerisch,** [ko.., gr.]: unausgeglichen, heftig, leicht reizbar, aufgeregt, jähzornig
**Cholesterin,** [ko.., gr.], sächl., nur Sing.: in allen tierischen und menschlichen Geweben enthaltene organische Verbindung, die Hauptbestandteil der Gallensteine ist und zu Arterienverkalkung führen kann
**Chondritis,** [ko.., gr.], weibl., Chondritiden: Knorpelentzündung (Med.)
**Chor,** [ko:r, gr.], männl., Chöre: 1. Altarraum im christl. Kirchenbau, 2. Empore für die Sänger in der Kirche, 3. Gruppe von Sängern, die regelmäßig gemeinsam singen, 4. sämtliche Pfeifen einer Orgelstimme, 5. Komposition für eine Gruppe von Sängern
**Choral,** [ko.., gr.], männl., Choräle: Kirchenlied, Kirchengesang
**Chorda,** [ko.., gr.], weibl., Chorden: 1. Darmsaite, Sehnen-, Knorpelstrang (Med.), 2. knorpelähnliche Vorstufe der Wirbelsäule (Biol.)
**Chorditis,** [ko.., gr.], weibl., Chorditiden: Entzündung der Stimmbänder (Med.)
**Choreograf** (auch: Choreograph), [ko.., gr.], männl., –en: Tänzer, der die künstlerische Gestaltung von Tänzen entwirft und beim Einstudieren der Tänze Regie führt; Ballettregisseur
**Choreografie** (auch: Choreographie), [ko.., gr.], weibl., –n: Entwurf und Gestaltung von Haltungen und Bewegungsabläufen im künstlerischen Tanz und deren schriftliche Aufzeichnung in Tanzschrift aus Buchstaben oder besonderen Zeichen; Ballettregie
**choreografisch** (auch: choreographisch), [ko.., gr.]: die Choreografie betreffend
**Chorist,** [ko.., gr.], männl., –en: Chorsänger
**Chorus,** ['ko.., gr.-lat.], männl., –se: improvisierende Variation des Hauptthemas im Jazz oder im Blues über stets gleich bleibenden Harmonien; Refrain im Jazz
**Chose,** ['scho:se, fr.], weibl., –n: (umg.) Ärgernis, unangenehme Angelegenheit
**Chow-Chow,** [tschau'tschau, chines.], männl., –s: brauner chines. Hund mit blauer Zunge und Halsmähne
**Christ,** [kr.., gr.], männl., –en: Anhänger des Christentums
**Christentum,** [kr.., gr.], sächl., nur Sing.: Religion, die in Jesus Christus ihren Stifter und Erlöser sieht
**christianisieren,** [kr.., gr.-lat.]: (die Bevölkerung eines Landes) für das Christentum gewinnen, zu Christen machen
**Christian Science,** ['kri.stsch(e)n 'ßai(e)ns, engl.: »Christliche Wissenschaft«], weibl., nur Sing.: christliche Gemeinschaft, deren Mitglieder daran glauben, dass der Mensch Ausdruck des göttlichen Wesens sei
**christlich,** ['kr.., gr.]: das Christentum betreffend, dem Christentum verbunden
**Christus,** ['kr.., gr.: »der Gesalbte«]: Beiname des Jesus von Nazareth

**Chrom,** ['kr.., gr.], sächl., nur Sing.: ein Schwermetall, chem. Element (Zeichen: Cr)
**Chromat,** [kr.., gr.], sächl., –e: Salz der Chromsäure
**Chromatik,** [kr.., gr.], weibl., nur Sing.: Erhöhung oder Erniedrigung der Stammtöne einer Tonleiter um einen halben Ton nach oben oder nach unten; durch Halbtonfolgen bestimmte Musik (Gegens.: Diatonik)
**Chromatin,** [kr.., gr.], sächl., –e: leicht anfärbbarer Bestandteil des Zellkerns, der das Erbgut der Zelle enthält (Biol.)
**chromatisch,** [kr.., gr.]: in Halbtönen fortschreitend; die Chromatik betreffend (Gegens.: chromatisch; Mus.)
**Chromatographie,** [kr.., gr.], weibl., nur Sing.: Verfahren zur Trennung von Stoffgemischen (Chem.)
**Chromosom,** [kr.., gr.], sächl., –en: aus Chromatin bestehender fadenförmiger Zellkernbestandteil, der Träger des größten Teils der Erbanlagen eines Lebewesens ist (Biol.)
**Chronik,** ['kr.., gr.], weibl., –en: Aufzeichnung historischer Ereignisse in der zeitlichen Abfolge ihres Geschehens
**chronikalisch,** [kr.., gr.]: in der Art einer Chronik abgefasst
**Chronique scandaleuse,** [kro'ni:k ßkanda'lö:s, fr.], weibl., –s –s: Sammlung von Klatsch-, Läster- und Skandalgeschichten einer Geschichtsepoche oder eines Milieus (v. a. der Fürstenhöfe)
**chronisch,** ['kr.., gr.]: 1. langwierig, langsam verlaufend (in Bezug auf Krankheiten), 2. ständig, andauernd
**Chronist,** [kr.., gr.], männl., –en: Verfasser einer Chronik
**Chronograph,** [kr.., gr.: »Zeitschreiber«], männl., –en: Gerät, das die zeitliche Abfolge eines sich über eine kleine Zeitspanne erstreckenden Vorganges auf einen Papierstreifen aufzeichnet
**Chronographie,** [kr.., gr.], weibl., –n: Geschichtsschreibung nach der zeitlichen Abfolge
**Chronologie,** [kr.., gr.], weibl., –n: 1. Zeitkunde, Wissenschaft von der Zeitrechnung und -einteilung, 2. die zeitliche Abfolge; die Zeitrechnung
**chronologisch,** [kr.., gr.]: zeitlich geordnet, in zeitlicher Reihenfolge
**Chronometer,** [kr.., gr.], männl. oder sächl., –: Zeitmesser, sehr genau gehende und gegen äußere Einflüsse unempfindliche Uhr
**Chronometrie,** [kr.., gr.], weibl., –n: Zeitmessung
**Chrysantheme,** [kr.., gr.-lat.], weibl., –n: großblumige Zierpflanze in zahlreichen Zuchtformen (insbes. Winteraster)
**chthonisch,** (gr.): erdhaft, der Erde angehörend, unterirdisch
**Chutney,** ['tscha.tni, engl.], sächl., –s: Paste aus zerkleinerten Früchten und Gewürzen, die meist asiatischen Gerichten beigegeben wird
**Chuzpe,** (jidd.), weibl., nur Sing.: Dreistigkeit, Unverschämtheit
**CIA,** ['ßi:'ai'e:j, Abk. für: **C**entral **I**ntelligence **A**gency], weibl., nur Sing.: US-amerikanischer Geheimdienst
**ciao!,** ['tschau, italien.]: tschüs!, tschau! (italien. Abschiedsgruß)
**Cicerone,** [tschitsche'ro:ne, italien.], männl., –s: (scherzhaft) redseliger Fremdenführer
**Cidre,** ['ßi:dr(e), fr.], männl., nur Sing.: fr. Apfelwein
**Cineast,** [ßi.., fr.], männl., –en: Filmschaffender; Filmkenner; (umg.) begeisterter Kinogänger
**Cinemascope,** [ßinema'sko:p, engl.], sächl., nur Sing.: Breitwandfilmverfahren für Kinofilme
**Cinemathek:** vgl. Kinemathek

**Cinerama,** [ßine'ra:ma, engl.], sächl., nur Sing.: Breitwandfilmverfahren für Kinofilme
**Cinquecento,** [tschinquetsche.nto, italien.] sächl., nur Sing.: Kunst und Kultur im Italien des 16. Jh.; die italien. Hochrenaissance
**circa,** ['zi.rka, lat.]: ungefähr (Abk.: ca.)
**Circe,** ['zi.rze], die, –n: Zauberin, Verführerin, Männer betörende Frau in der gr. Mythologie
**Circuittraining,** ['ßö(r)kjitträ:ning, engl.], sächl., nur Sing.: modernes Training an verschiedenen im Kreis aufgestellten Geräten zur Verbesserung der allgemeinen Kondition
**Circulus vitiosus,** ['zi.., lat.], männl., Circuli vitiosi: 1. Zirkelschluss, in dem das zu Beweisende schon zur Beweisführung benutzt wird (Logik), 2. Teufelskreis von unangenehmen Situationen, aus dem man nicht entfliehen kann
**Cirrocumulus:** vgl. Zirrokumulus
**Cirrostratus:** vgl. Zirrostratus
**Cirrus:** vgl. Zirrus
**citissime,** [zi.., lat.]: eiligst, schnell
**Citoyen,** [ßitoa'jän, fr.], männl., –s: Bürger, Staatsbürger
**City,** ['ßi.ti, engl.], weibl., –s: Stadt; Innenstadt, Geschäftsviertel
**Claim,** [kle(j)m, engl.], sächl., –s: 1. Rechtsanspruch, Anrecht, 2. von der Werbung aufgestellte Behauptung
**Clair-obscur,** [klä:robs'kü:r, fr.], sächl., nur Sing.: Helldunkelmalerei (in der bildenden Kunst)
**Clan,** [klä:n, engl.], männl., –s: Sippe, Stammesverband; Gruppe mit gemeinsamen Interessen
**Claque,** [kla.k, fr.], weibl., nur Sing.: Gruppe bezahlter oder bestellter Beifallklatscher
**Claqueur,** [kla'kö:r, fr.], männl., –e: bezahlter Beifallklatscher
**Clavicembalo,** [klawi'tsche.mbalo, italien.], sächl., –s: vgl. Cembalo
**Clavicula,** [kl.., lat.], weibl., Claviculae: Schlüsselbein (Med.)
**clean,** [kli:n, engl.]: nicht mehr drogenabhängig
**Clearing,** ['kli:ring, engl.], sächl., –s: Verrechnung(sverfahren)
**Clematis:** vgl. Klematis
**Clementine,** [kl..], weibl., –n: kernlose Mandarinenfrucht
**clever,** [kl.., engl.]: klug und geschickt, listig und wendig, gerissen
**Cleverness,** [kl.., engl.], weibl., nur Sing.: cleveres Verhalten
**Clinch,** ['kli.nsch, engl.], männl., nur Sing.: Nahkampf mit unerlaubten Mitteln, Festhalten des umklammerten Gegners (beim Boxen); (umg.) eine einengende Verbindung zu einem anderen Menschen
**Clip:** vgl. Klipp
**Clique,** ['kli.ke, fr.], weibl., –n: Bekanntenkreis, Freundesgruppe; (abwertend) Bande, Sippschaft, (Partei)klüngel
**Clivia,**['kl..], weibl., Clivien: eine Zimmerpflanze
**Clochard,** [klo'scha:r, fr.], männl., –s: Bez. für Landstreicher, Stadtstreicher oder Bettler in Frankreich
**Clou,** ['klu:, fr.], männl., –s: Höhepunkt oder Pointe (einer Geschichte); (umg.) Knüller, Glanzpunkt (einer Vorstellung)
**Clown,** ['klaun, engl.], männl., –s: Spaßmacher (im Zirkus oder Varieté)
**Clownerie,** [klaune'ri:, engl.-fr.], weibl., –n: Vorstellung eines Clowns; spaßige Geste, Albernheit
**Club:** vgl. Klub
**Coach,** [ko:tsch, engl.], männl., –s: 1. vierrädrige Kutsche, 2. Betreuer, Trainer (von Sportlern)
**coachen,** ['ko:tsch(e)n, engl.]: (Sportler) betreuen, trainieren

**Coaching,** [ko:tsching, engl.], sächl.: Betreuung
**COBOL,** sächl., nur Sing.: eine Programmiersprache (EDV)
**Cockerspaniel,** (engl.), männl., –s: engl. Jagdhundrasse
**Cockney,** ['ko.kni, engl.], sächl., nur Sing.: volkstümliche, als ungebildet geltende Mundart der alteingesessenen Bevölkerung im Osten Londons
**Cockpit,** ['ko.., engl.], sächl., –s: Pilotenkabine im Flugzeug; Fahrersitz im Rennwagen
**Cocktail,** ['ko.kte(j)l, engl.], männl., –s: alkoholisches Mischgetränk
**Cocktailparty,** (engl.), weibl., –s: zwanglose Gesellschaft in den frühen Abendstunden, auf der u. a. Cocktails gereicht werden
**Cocktailkleid,** (engl.-dt.), sächl., –er: Kleid (mit kurzem Rock) für kleinere festliche Anlässe
**Code,** ['ko:t, fr.-engl.], männl., –s: 1. Gesetzeswerk, Gesetzbuch, 2. Zeichensystem zur Nachrichtenübertragung (z. B. das Morsealphabet), zur Informationsdarstellung und zur Datenverarbeitung
**Code civil,** ['ko:t ßi'wi:l, fr.], männl., nur Sing.: fr. Zivilgesetzbuch
**Code Napoléon,** ['ko:t napole'on, fr.], männl., nur Sing.: Bez. für den Code civil während des ersten und des zweiten fr. Kaiserreiches
**Codex:** vgl. Kodex
**codieren,** [ko.., fr.]: (eine Nachricht) verschlüsseln
**Coeur,** ['kö:r, fr.], sächl., –: fr. Spielkarte mit einem roten Herz
**Coffein:** vgl. Koffein
**cogito, ergo sum,** (lat.: »ich denke, also bin ich«): (Grundsatz des fr. Philosophen Descartes)
**cognac,** ['ko.njak, fr.]: goldbraun
**Cognac,** ['ko.njak], männl., –s: nach der fr. Stadt C. benannter fr. Weinbrand
**Coiffeur,** [koa'fö:r, fr.], männl., –e: Friseur
**Cointreau,** [koa(n)'tro:], männl., –: fr. Orangenlikör
**Coitus:** vgl. Koitus
**Coldcream,** ['ko:ltkri:m, engl.], weibl., –s: Hautcreme mit kühlender Wirkung
**Collage,** [ko'la:sch(e), fr.], weibl., –n: aus zahlreichen nebeneinander aufgeklebten verschiedenartigen Papierausschnitten und -ausrissen, Gewebestücken oder Fotos oder gezeichneten Elementen komponiertes Klebebild
**College,** ['ko.lidsch, engl.], sächl., –s: 1. (in England) höhere Privatschule mit Internat; selbstständige oder zu einer Universität gehörige Lehranstalt mit Gebäuden, in denen Lehrer und Studenten gemeinsam wohnen, 2. (in den USA) Eingangsstufe der Universität, die ein Grundstudium anbietet
**Collie,** [ko.., engl.], männl., –s: langhaariger schottischer Schäferhund
**Collier,** [ko.l'je:, fr.], sächl., –s: wertvoller Halsschmuck
**Colonel,** [ko.lo'ne.l, fr.; 'kö(r)n(e)l, engl.], männl., –s: Oberst, Regimentskommandeur
**Colt,** [ko.., Wz.], männl., –s: nach seinem gleichnamigen amerik. Erfinder benannter Trommelrevolver
**Combo,** [ko.., Kurzw.], weibl., –s: kleine Jazz- oder Tanzmusikgruppe
**Comeback** (auch: Come-back), [ka.m'bä.k, engl.], sächl., –s: Rückkehr, das Wiederauftreten nach längerer Pause oder Zurückgezogenheit in der Öffentlichkeit (von Politikern, Sportlern oder anderen prominenten Personen)
**COMECON,** (Abk. für: **Co**uncil for **M**utual **Econ**omic Assistance: »Rat für gegenseitige Wirtschaftshilfe«), männl. oder sächl.: 1991 aufgelöste Wirtschaftsorganisation der ehemaligen Ostblockstaaten (andere Abk.: RGW)

**Comic,** ['ko.mik, Kurzw. für Comicstrip, engl.], männl., –s: gezeichnete, meist abenteuerliche oder groteske Bilderfortsetzungsgeschichte (mit Sprechblasen); (umg.) Heft, in dem solche Geschichten abgedruckt sind (z. B.: »Mickey Mouse«, »Asterix«)
**Comicstrip,** männl., –s: vgl. Comic
**comme ci, comme ça,** [kom'ßi:kom'ßa., fr.]: nicht besonders, mittelmäßig, nur »soso«
**Commedia dell'arte,** (italien.), weibl., nur Sing.: in der Mitte des 16. Jh. entstandene volkstümliche italien. Stegreifkomödie
**comme il faut,** [komil'fo:, fr.]: wie es sich gehört, mustergültig, vorbildlich
**Commonsense** (auch: Common Sense) ['ko.m(e)n 'ße.ns, engl.], männl., nur Sing.: gesunder Menschenverstand
**Commonwealth,** ['ko.men(u)älth, engl.], sächl., nur Sing.: Völkergemeinschaft; Staatenbund (des ehemaligen britischen Weltreiches)
**Compactdisc** (auch: Compact Disc), (engl.), weibl., – –s: aus Kunststoff hergestellte kleine Schallplatte, die von einem Laserstrahl abzutasten ist (Abk.: CD)
**Compagnon:** vgl. Kompagnon
**Compiler,** [kom'pailer, engl.], männl., –: Computerprogramm zur Übersetzung einer problemorientierten, maschinenunabhängigen Programmiersprache in eine Maschinensprache, die von der jeweiligen Anlage verwertet werden kann (EDV)
**Composer,** [kom'po(u)ser, engl.], männl., –: elektrische Schreibmaschine, die fertige Druckvorlagen (für die Satzherstellung im grafischen Gewerbe) liefert
**Computer,** [kom'pju:ter, engl.], männl., –: elektronische Datenverarbeitungsanlage, programmgesteuerte Rechenanlage
**Computergeneration,** [kom'pju:tergeneratzion, engl.-lat.], weibl., –en: an Computertypen abzulesender jeweiliger Entwicklungsstand in der Datenverarbeitung (EDV)
**computerisieren,** (engl.): Daten und Informationen für einen Computer lesbar machen; Daten und Informationen in einem Computer speichern
**Computertomographie,** weibl., –n: computergestütztes Verfahren der Röntgenuntersuchung in Schichten (Med.)
**Comte,** [kont, fr.], männl., –s: Graf, französischer Adelstitel
**Comtesse,** [kon'te.ß, fr.], weibl., –n: Gräfin; Grafentochter in Frankreich
**con brio,** [kon.., italien.]: mit Feuer, lebhaft (Vortragsanweisung; Mus.)
**Conceptart,** [kon'ßepta:(r)t, engl.], weibl., nur Sing.: in den 1960er-Jahren aufgekommene Richtung der modernen Kunst, die mit Dokumenten, Aufzeichnungen u. a. zu einer Idee hinführen will
**Concertino,** [kontscher'ti:no, italien.], sächl., –s: 1. kleines Konzert, 2. die instrumentale Solistengruppe im Concerto grosso
**Concerto grosso,** [kon'tsche.rto ..., italien.], sächl., Concerti grossi: 1. barockes Konzert mit Wechsel von vollem Orchester und Solistengruppe, 2. das Gesamtorchester
**Concierge,** [konßi'ä.rsch, fr.], männl. oder weibl., –s: Hausmeister, Portier; Hausmeisterin, Portiersfrau (in Frankreich)
**Conditio sine qua non,** (lat.): notwendige, unerlässliche Bedingung
**Conférence,** [konfe'rans, fr.], weibl., nur Sing.: unterhaltsame Ansage des Conférenciers
**Conférencier,** [konferan'ßje:, fr.], männl., –s: unterhaltender Ansager (im Varieté, beim Kabarett oder bei öffentlichen oder privaten Showveranstaltungen)

**conferieren,** [ko.., lat.]: vgl. konferieren
**Confoederatio Helvetica,** (lat.), weibl., nur Sing.: Schweizerische Eidgenossenschaft (Abk.: CH)
**con forza,** [kon.., italien.]: kraftvoll, wuchtig (Mus.)
**Conga,** [ko.., span.], weibl., –s: aus Kuba stammende, mit den Händen zu schlagende Trommel
**Consensus:** vgl. Konsens
**Consommé,** [konßo'me:, fr.], weibl., –s: Kraftbrühe
**Container,** [kon'tehner, engl.], männl., –: 1. standardisierter Transportbehälter (für den Güterfernverkehr), 2. Großbehälter (z. B. zur Müllbeseitigung)
**Containerterminal,** [kon'tehnertö(r)min(e)l, engl.], männl., –s: Hafen, in dem Container (1) auf Schiffe verladen werden
**Containerschiff,** [ko.., engl.-dt.], sächl, –e: Schiff, das Fracht nur in Containern (1) transportiert
**Containment,** [kon'tehnm(e)nt, engl.], sächl., –s: 1. druckfeste Sicherheitshülle, die den Austritt radioaktiver Stoffe aus defekten Atomreaktoren verhindern soll, 2. Bez. für die Politik der USA nach dem 2. Weltkrieg zur Eindämmung des Kommunismus
**Conte,** ['ko.., italien.], männl., Conti: italien. Graf, hoher Adelstitel in Italien
**Contenance,** [konte'nans, fr.], weibl., nur Sing.: Fassung, Gelassenheit, Haltung, (die man in schwieriger Lage bewahren kann)
**Contergan,** [ko.., Kunstw.] sächl., nur Sing.: Handelsname für ein Schlafmittel, das bis 1961 im Handel erhältlich war und das, von Frauen während der Schwangerschaft eingenommen, in zahlreichen Fällen zu schweren Missbildungen an Embryonen geführt hat
**Contessa,** [ko.., italien.], weibl., Contessen: italien. Gräfin
**contra:** vgl. kontra
**Controller,** [kon'tro(u)l(e)r, engl.], männl., –: Kostenrechnungsfachmann in einem Betrieb
**Convoi:** vgl. Konvoi
**cool,** ['ku:l, engl.]: (umg.) abgeklärt, leidenschaftslos, gelassen, lässig; gut drauf
**Copilot:** vgl. Kopilot
**Copyright,** ['ko.pirait, engl.], sächl., –s: Urheber- und Vervielfältigungsrecht (z. B. in Büchern zum Schutz der Verlagsrechte)
**coram publico,** ['ko.., lat.]: in aller Öffentlichkeit, öffentlich
**Cord,** [ko.rd, engl.], männl., –s: längs geripptes, haltbares Gewebe aus Baumwolle
**Cordon bleu,** [kordon'blö:, fr.], sächl., –s –s: Kalbsschnitzel, das mit einer Käsescheibe und gekochtem Schinken gefüllt ist
**Coriolis-Kraft,** [ko..], weibl, nur Sing.: nach dem fr. Physiker C. benannte Trägheitskraft, die bei einer Bewegung auf rotierenden Körpern auftritt (Phys.)
**Cornedbeef** (auch: Corned Beef), ['ko(r)n(e)d 'bi:f, engl.], sächl., nur Sing.: Pökelrindfleisch (in Dosen)
**Cornflakes,** ['ko(r)nfle(j)ks, engl.], weibl., nur Plur.: geröstete Maisflocken
**Cornichon,** [ko(r)ni'schon, fr.], sächl., –s: kleine eingelegte saure Gurke, kleine Pfeffergurke
**Corps,** [ko:r]: vgl. Korps
**Corps consulaire,** ['ko:r konßü'lä:r, fr.], sächl., – –s: konsularisches Korps (die Konsulatsbeamten eines Staates in einem anderen Land; Abk., insbes. an Autos: CC)
**Corps diplomatique,** ['ko:r diploma'ti:k, fr.], sächl., – –s: diplomatisches Korps (die Botschaftsbeamten eines Staates in einem anderen Land; Abk. insbes. an Autos: CD)
**Corpus:** vgl. Korpus

**Corpus Christi,** ['ko.. 'kr.., lat.], sächl., nur Sing.: der Leib Christi (in der kathol. Kirche)
**Corpus Delicti,** ['ko.., lat.], sächl., Corpora –: Beweisgegenstand, Tatwaffe, Verbrechenswerkzeug (Rechtsw.)
**Corpus Juris,** ['ko.., lat.], sächl., nur Sing.: Gesetzessammlung, Gesetzbuch
**Corrida,** [ko.., span.], weibl., –s: Stierkampf (in Spanien und Lateinamerika)
**Cortes,** [ko.., span.], nur Plur.: das Parlament in Spanien (und Portugal)
**Cortison:** vgl. Kortison
**cos:** Abk. für die trigonometrische Kosinusfunktion
**Cosa Nostra,** ['ko.., italien.], weibl., nur Sing.: kriminelle Organisation in den USA, in der vorwiegend Personen italien. Abstammung mitwirken
**cot:** Abk. für die trigonometrische Kotangensfunktion
**Cotton,** ['ko.t(e)n, engl.], männl. oder sächl., nur Sing.: Baumwolle, Baumwollstoff
**Couch,** ['kautsch, fr.-engl.], weibl., –s oder –en: gepolsterte Liege mit niedriger Lehne, Liegesofa
**Couleur,** [ku'lö:r, fr.], weibl., –s: 1. Trumpffarbe im Kartenspiel, 2. Bez. für die Farben studentischer Verbindungen, 3. weltanschauliche oder politische Richtung, Prägung oder Überzeugung einer Person
**Couloir,** [kulo'a(r), fr.], männl., –s: 1. Wandelgang, Verbindungsgang, 2. rinnenförmige Vertiefung eines Hanges, Schlucht (in den Bergen), 3. eingezäunter Sprunggarten zum Einspringen junger Pferde ohne Reiter
**Coulomb,** [ku'lon], sächl., –: nach dem fr. Physiker C. benannte Maßeinheit für die Elektrizitätsmenge (Zeichen: C)
**Count,** [kaunt, engl.], männl., –s: Titel für Grafen in England nicht britischer Herkunft (im Gegens. zum Earl)
**Count-down** (auch: Countdown), ['kaunt'daun, engl.: »das Herunterzählen«], männl., –s: das Rückwärtszählen und Ansagen von Zeiteinheiten bis zum Zeitpunkt Null, dem vorgesehenen Startzeitpunkt (einer Rakete); die letzten Kontrollen vor dem Start (einer Rakete)
**Counter,** ['kaunter, engl.], männl., –: Schalter, an dem Flugreisende abgefertigt werden
**Countess,** ['kauntis, engl.], weibl., –en [kaun'ti.s(e)n]: engl. Bezeichnung für eine Gräfin
**Countrymusic,** ['ka.ntrimju:sik, amerik.], weibl., nur Sing.: Volks- und Unterhaltungsmusik aus dem Süden der USA
**County,** ['kaunti, engl.: »Grafschaft«], weibl., –s: Gerichts- und Verwaltungsbezirk in England und den USA
**Coup,** ['ku:, fr.: »Faustschlag«], männl., –s: kühnes Unternehmen, Handstreich, überraschendes Vorgehen; erfolgreiche verwegene Unternehmung
**Coupé,** [ku'pe:, fr.], sächl., –s: 1. (früher) Eisenbahnwagenabteil; geschlossene Kutsche, 2. sportlicher Personenwagen (meist Zweisitzer)
**Couplet,** [kup'le:, fr.], sächl., –s: witziges, oft satirisches Lied mit wiederkehrendem Refrain (in Kabaretts meist mit politischem Bezug)
**Coupon,** [ku'pon, fr.], männl., –s: vgl. Kupon
**Cour,** [ku(r), fr.], weibl., nur Sing.: fr. Bez. für Hof, Hofhaltung (einer Frau)
**Courage,** [ku'ra:sch, fr.], weibl., nur Sing.: Mut, Beherztheit
**couragiert,** [kura'schi:rt, fr.]: mutig, beherzt
**Court,** ['ko(r)t, engl.], männl., –s: Tennisplatz
**Courtage,** [kur'ta:sch, fr.], weibl., –n: Maklergebühr bei Wertpapiergeschäften an der Börse

**Cousin,** [ku'sän, fr.], männl., –s: Vetter
**Cousine,** [ku'si:ne, fr.], weibl., –n: Kusine, Base
**Couture,** [ku'tü:r, fr.], weibl., nur Sing.: Modeschneiderkunst (meist für Haute Couture)
**Couturier,** [kutür'je:, fr.], männl., –s: Modeschneider, Meister der Haute Couture
**Cover,** ['kaw(e)r, engl.], sächl., –s: Titelbild (z. B. einer Illustrierten); Plattenhülle
**Covergirl,** ['kaw(e)rgö(r)l, engl.]. sächl, –s: Mädchen, das auf dem Titelbild einer Illustrierten abgebildet ist
**Cowboy,** ['kauboi, engl.: »Kuhjunge«), männl., –s: berittener nordamerikanischer Rinderhirt
**Crack,** [krä.k, engl.], männl., –s: 1. Spitzensportler; (umg.) Könner (auf irgendeinem Gebiet), 2. sehr gutes Pferd, 3. ein Rauschgift, das Kokain enthält
**Cracker,** ['krä.ker, engl.], männl., –: meist salziges Kleingebäck
**Cranium,** ['kr.., gr.], sächl., Crania: menschlicher knöcherner Schädel (Med.)
**Crash,** [krä.sch, engl.], männl., –s: Unfall, Zusammenstoß
**crassus,** ['kr.., lat.]: dick (Med.)
**Création,** [kreaß'jon, fr.], weibl., –s: vgl. Kreation
**Credo,** ['kr.., lat.], sächl., –s: Glaubensbekenntnis, Überzeugung
**Creek,** [kri:k, engl.], männl., –s: 1. nur periodisch fließendes Gewässer in Australien, 2. infolge Landabsenkung aus ehemaliger Flussmündung entstandene Meeresbucht an der Ostküste Afrikas
**creme,** ['krä:m, fr.]: mattgelb, zart gelblich
**Creme,** ['kr.., fr.], weibl., –s: 1. flüssige bis pastenartige, der Hautpflege dienende Masse aus tierischen, pflanzlichen oder mineralischen Substanzen, 2. dickflüssige oder schaumige Süßspeise, 3. Paste für die Schuhpflege, 4. das Feinste; gesellschaftliche Oberschicht
**Crème de la Crème,** ['krä:m d(e) la 'krä:m, fr.], weibl., nur Sing.: die höchste Schicht der gesellschaftlichen Oberschicht
**Crème fraîche,** ['krä:m 'frä.sch, fr.], weibl., nur Sing.: saure Sahne mit hohem Fettgehalt
**Crêpe** (auch: Krepp), ['krä.p, fr.], weibl., –s: hauchdünner Eierkuchen, in den unterschiedliche Füllungen eingerollt werden
**Crêpe de Chine,** [krä.p de 'schi:n, fr.], männl., –s – –: feines Seidengewebe
**crescendo,** [kre'schä.ndo, italien.]: lauter werdend, anschwellend (Vortragsanweisung; Mus.)
**Crew,** [kru:, engl.], weibl., –s: Mannschaft; Besatzung (z. B. eines Schiffes oder eines Flugzeuges); eine Gruppe von Menschen, die ein Unternehmen gemeinsam durchführen wollen
**Croissant,** [kroa'ßan, fr.], sächl., –s: Hörnchen aus Blätterteig oder Hefe
**Cromargan,** [kr.., Kunstw.], sächl., nur Sing.: Handelsname für einen hochwertigen Stahl aus Chrom und Nickel, aus dem z. B. Tafelbesteck hergestellt wird
**Cross,** ['kr.., engl.], männl., –: diagonal ins gegnerische Feld geschlagener Ball beim Tennis
**Crossing-over,** [kro.ßing'o(u)w(e)r, engl.], sächl., nur Sing.: regelmäßig auftretender Erbfaktorenaustausch zwischen Chromosomen (Biol.)
**Cross-over,** [kro.ß'o(u)w(e)r, engl.], sächl., nur Sing.: vgl. Crossing-over
**Croupier,** [krup'je:, fr.], männl., –s: Angestellter in Spielbanken, der die Spiele überwacht und leitet
**Croûton,** [kru'ton, fr.], männl., –s: geröstete Weißbrotwürfel oder -scheibchen zum Garnieren oder als Suppenbeilage

**Cruisemissile,** ['kru:smi.ßail, amerik.], sächl., –s: ferngelenkter, unbemannter Marschflugkörper, der mit nuklearem Gefechtskopf ausgerüstet werden und so tief fliegen kann, dass er vom Radar nicht erfasst wird

**Crux,** [kr.., lat.: »Kreuz«], weibl., nur Sing.: Last, Bürde; Not, Elend; Leid, Kummer

**Csárdás** (auch: Csardas), ['tscha.rdas, ungar.], männl., –: ungarischer Nationaltanz

**Csikós,** ['tschi.kosch, ungar.], männl., –: ungarischer Pferdehirt

**cui bono?,** [ku.., lat.]: Wem nützt es?, Wer hat einen Vorteil davon?

**Cumberlandsauce,** ['ka.mberländsoße, engl.-fr.], weibl., nur Sing.: aus Johannisbeergelee, Senf, Zucker, Wein und anderen Zutaten zusammengestellte pikante Soße

**cum grano salis,** [ku.., lat.: »mit einem Körnchen Salz«]: mit gewisser Einschränkung, nicht ganz wörtlich zu nehmen

**cum laude,** [ku.., lat. »mit Lob«]: gut bestanden (drittbester Zeugnisgrad der Doktorprüfung)

**cum tempore,** [ku.., lat.: »mit Zeit«]: eine Viertelstunde nach der verabredeten Zeit (akademisches Viertel, Abk.: c.t.)

**Cumulus:** vgl. Kumulus

**Cunnilingus,** [ku.., lat.], männl., Cunnilingi: Reizung der weiblichen Geschlechtsorgane mit Mund und Zunge

**Cup,** ['ka.p, engl.], männl., –s: 1. Pokal, bei einem sportlichen Wettkampf zu erringender Ehrenpreis, 2. Körbchen beim Büstenhalter

**Curaçao,** [küra'ßa:o], männl., –s: nach der Insel im karib. Meer benannter Likör aus den Schalen von Pommeranzen

**Curare:** vgl. Kurare

**Curettage,** [küre'ta:sch, fr.], weibl., –n: Ausschabung der Gebärmutter (Abtreibungsmethode; Med.)

**Curie,** [küri:], sächl., –: nach dem fr. Physikerehepaar benannte, ältere Maßeinheit der Radioaktivität (Zeichen: Ci)

**Curium,** [ku..], sächl., nur Sing.: nach dem fr. Physikerehepaar benannter künstlicher, radioaktiver chem. Grundstoff (chem. Zeichen: Cm)

**Curling,** ['kö(r)ling, engl.], sächl., nur Sing.: schottische Form des Eisstockschießens

**Curriculum,** [ku.., lat.], sächl., Curricula: 1. Lehrprogramm, Lehrplan, der die zu vermittelnden Lern- und Erziehungsziele festlegt, 2. Theorie der Lehrplanentwicklung

**Curriculum Vitae,** [ku.., lat.], sächl., nur Sing.: Lebenslauf

**Curry,** ['kö.ri, ind.], das, –s: 1. scharfes und pikantes indisches Gewürzpulver, 2. ein mit diesem Pulver gewürztes indisches Fleisch- oder Fischgericht

**Cursor,** ['kö(r)se(r), engl.], männl., –: bewegliches, meist blinkendes Zeichen auf dem Computerbildschirm (EDV)

**cutten,** ['ka.t(e)n, engl.]: Filmstreifen oder Tonbandaufnahmen für die Endfassung der Filme oder Hörspiele schneiden und zusammenstellen

**Cutter,** ['ka.t(e)r, engl.], männl., –: Filmtechniker, der den Schnitt und die Zusammenstellung der Filmstreifen oder Tonbandaufnahmen für die endgültige Fassung der Filme oder Hörspiele besorgt

**Cutterin,** ['ka.terin, engl.], weibl., –nen: weibl. Cutter

**cuttern,** ['ka.tern, engl.]: vgl. cutten

**Cuvée,** [kü'we:, fr.], weibl. oder sächl., –s: Weinmischung zur Sektherstellung, Verschnitt

**Cyanid,** [zy.., gr.], sächl., –e: giftiges Salz der Blausäure

**Cyberspace,** [engl.], sächl., –s: künstliche, vom Computer erzeugte Welt

**Cymbal,** [zy..]: vgl. Zimbel

# D

**da capo,** [da'ka:po, italien.]: 1. nochmals vom Anfang an (Mus.), 2. (als Ausruf:) noch einmal!

**da capo al fine,** (italien.): nochmals vom Anfang bis zum Schlusszeichen zu spielen (Mus.)

**d'accord,** [da'ko:r, fr.]: einverstanden, einer Meinung

**Dadaismus,** männl., nur Sing.: nach dem kindlichen Stammellaut »dada« benannte, aus dem Expressionismus hervorgegangene Kunst- und Literaturrichtung nach dem ersten Weltkrieg

**Dadaist,** männl., –en: Vertreter des Dadaismus

**Daguerreotypie,** weibl., –n: 1. nach dem fr. Erfinder Daguerre benanntes erstes Fotografieverfahren auf versilberten Kupferplatten, 2. ein auf diese Weise erstelltes Lichtbild

**Dahlie,** ['da:li-e], weibl., –n: in zahlreichen Zuchtformen bekannte Korbblütlerpflanze, die nach dem schwed. Botaniker Dahl benannt ist

**Dakapo,** (italien.), sächl., –s: Wiederholung (Mus.)

**daktylieren,** (gr.): mit Hilfe der Finger- und Gebärdensprache reden

**Daktylogramm,** (gr.), sächl., –e: Fingerabdruck (als Identitätsnachweis)

**Daktylologie,** (gr.), weibl., nur Sing.: Finger- und Gebärdensprache der Taubstummen und Gehörlosen

**Daktylus,** (gr.), männl., Daktylen: antiker Versfuß aus einer langen betonten und zwei kurzen unbetonten Silben

**Dalai-Lama,** männl., –s: kirchliches und (bis 1959) weltliches Oberhaupt der Tibeter

**Dalles,** (hebr.), männl., nur Sing.: (umg.) Geldverlegenheit, Geldmangel; Armut, Elend

**dalli!,** (poln.): schnell!

**Dalmatiner,** männl., –: 1. Weinsorte aus dem jugoslawischen Dalmatien, 2. weiße oder gefleckte Hunderasse

**dal segno,** [dal'ßenjo, italien.]: (Mus.) vom Zeichen an noch mal zu spielen

**Damast,** (italien.), männl., –e: einfarbiges Gewebe mit in gleicher Farbe eingewebten Mustern

**Damno,** (italien.), männl. oder sächl., –s: vgl. Damnum

**Damnum,** (lat.), sächl., Damna: Betrag, der vom Nennwert eines Darlehens abgezogen und als Vergütung für die Darlehensgewährung einbehalten wird

**Damoklesschwert,** sächl., nur Sing.: eine stets drohende Gefahr (nach Damokles, der seine Mahlzeiten unter einem an einem Pferdehaar befestigten Schwert einnehmen musste)

**Dämon,** (gr.), männl., Dämonen: (böser) Geist oder übernatürliches Wesen, das Macht über Menschen besitzt

**Dämonie,** (gr.), weibl., –n: dämonische Macht; Besessenheit

**dämonisch,** (gr.): von einem Dämon besessen; wie ein Dämon wirkend; unheimlich und unerklärlich

**Dämonismus,** (gr.), männl., nur Sing.: Glaube an Dämonen

**Dämonium,** (gr.-lat.), sächl., Dämonien: (bei Sokrates:) vor dem Bösen warnende innere Stimme

**Dan,** (japan.), männl., –: an der Gürtelfarbe ablesbarer Leistungsgrad in den Budosportarten

**Dancing,** ['da:nßing, engl.; 'dä:nßin, amerik.], sächl., –s: Tanzvergnügung, Schwof; Tanzlokal

**Danaergeschenk,** sächl., –e: schadenbringendes Geschenk (nach dem Trojanischen Pferd, das die bei Homer als Danaer bezeichneten Griechen den Trojanern »geschenkt« hatten)

**Dandy,** ['dändi, engl.], männl., –s: übertrieben modisch gekleideter junger Mann; Geck, Modenarr
**Danebrog,** (dän. »Dänentuch«), männl., nur Sing.: dänische Flagge
**Daphne,** (gr. »Lorbeer«), weibl., –n: Seidelbast (ein Zierstrauch)
**Darling,** (engl.), männl., –s: Liebling
**Darmflora,** (dt.-lat.), weibl., nur Sing.: die Gesamtheit der im Darm lebenden Bakterien
**Darts,** [da:tß, engl.], sächl., nur Sing.: Wettspiel mit Wurfpfeilen, die in einer speziell segmentierten Scheibe zu plazieren sind.
**Darwinismus,** männl., nur Sing.: von dem engl. Naturforscher Charles Darwin begründete Lehre von der stammesgeschichtlichen Entwicklung durch eine natürliche Auslese, die nur die Lebewesen überleben lässt, die den Lebensbedingungen am besten angepasst sind
**Darwinist,** männl., –en: Vertreter, Anhänger des Darwinismus
**darwinistisch:** auf der Theorie des Darwinismus beruhend
**Date,** [deht, amerik.], männl., –s: (umg.) Verabredung zu einem privaten Treffen sowie das Treffen selbst
**Datei,** (lat.), weibl., –en: 1. auf einer Diskette oder einer Festplatte an einem festgelegten Speicherplatz gespeicherte, zu einem bestimmten Sachgebiet gehörende Sammlung von Daten (EDV), 2. Bestand an sachlich zusammengehörenden und zusammen aufbewahrten Dokumenten oder Belegen
**Daten,** (lat.), weibl., nur Plur.: 1. Plur. von Datum, 2. Tatsachen; Angaben, Informationen, 3. Maße, Werte, Größen
**Datenbank,** (lat.-dt.), weibl., –en: zentralisierte Datenaufbewahrungsanlage (EDV)
**datieren,** (lat.): 1. mit dem Datum versehen, das Datum schreiben, 2. (von einem Zeitpunkt) stammen, herrühren
**Dativ,** (lat.), männl., –e: dritter Fall der Deklination, Wemfall (Sprachwiss.)
**Dativobjekt,** (lat.), sächl., –e: Objekt, das im dritten Fall steht (Sprachwiss.)
**dato,** (lat.): heute
**Datscha,** (russ.), weibl., –s oder Datschen: (eigentl.) einfaches russ. Landhaus; (umg.) Wochenendhaus, Sommerhaus
**Dattel,** (gr.), weibl., –n: nahrhafte Frucht der Dattelpalme
**datum,** (lat.): geschrieben (z. B.: bei Urkunden; Abk.: dat.)
**Datum,** (lat.), sächl., Daten: 1. kalendermäßige Zeitangabe aus Tag, Monat und Jahr, 2. Zeitpunkt
**Dauphin,** [do'fän, fr.], männl., –z: (histor.) fr. Thronfolgertitel, Kronprinz
**Daviscup,** ['de:wiskap], männl., nur Sing.: nach dem amerik. Stifter Davis benannter internationaler Tenniswanderpreis für Nationalmannschaften
**Davit,** ['de:wit, engl.], männl., –s: drehbarer Schiffskran
**dawai!,** (russ.): los!
**Deal,** [di:l, engl.], männl., –s: (umg.) Handel, Geschäft
**dealen,** ['di:l(e)n, engl.]: mit Rauschgift handeln
**Dealer,** ['di:l(e)r, engl.], männl., –: jmd., der mit Rauschgift handelt
**Debakel,** (fr.), sächl., –: schwere Niederlage, Zusammenbruch
**Debatte,** (fr. ), weibl., –n: Erörterung; Wortgefecht; parlamentarische Verhandlung
**debattieren,** (fr.): eine Debatte führen, erörtern
**Debet,** (lat. »er schuldet«), sächl., –s: Schuld, Soll, linke Seite, Sollseite eines Kontos
**debil,** (lat.): leicht schwachsinnig (Med.)
**Debilität,** (lat.), weibl., nur Sing.: leichter Schwachsinn (Med.)
**debitieren,** (lat.): (ein Konto) belasten

**Debitor,** (lat.), männl., –en: Schuldner
**Debüt,** (debü:, fr.), sächl., –s: erster öffentlicher Auftritt
**Debütant,** (fr.), männl., –en: jmd., der sein Debüt gibt, der zum ersten Mal öffentlich auftritt
**Debütantin,** (fr.), weibl., –nen: weiblicher Debütant
**debütieren,** (fr.): sein Debüt geben, zum ersten Mal auftreten
**Dechanat:** vgl. Dekanat
**Dechant:** vgl. Dekan (1)
**dechiffrieren,** (fr.): (eine Geheimschrift) entschlüsseln, entziffern
**Decoder,** (engl.), männl., –: Datenentschlüssler, Einrichtung zur Entschlüsselung von kodierten Nachrichten, Daten oder Informationen
**Decoding,** (engl.), sächl., –s: Datenentschlüsselung
**Décolleté:** vgl. Dekollete
**decrescendo,** [dekre'schendo, italien.]: langsam leiser werdend (Mus.)
**Decubitus:** vgl. Dekubitus
**Deduktion,** (lat.), weibl., –en: Ableitung des Besonderen, des Einzelfalles aus dem Allgemeinen (Gegens.: Induktion); Ableitung von Aussagen aus anderen (bereits bewiesenen) Aussagen mittels logischer Schlussregeln (logische und mathematische Beweisform)
**deduktiv,** (lat.): in der Art einer Deduktion, das Besondere aus dem Allgemeinen ableitend (Gegens.: induktiv); nach den Regeln der Deduktion beweisend
**deduzieren,** (lat.): das Besondere aus dem Allgemeinen ableiten (Gegens.: induzieren); nach den Regeln der Deduktion beweisen
**Deeskalation,** (lat.), weibl., –en: Abschwächung, schrittweise Abrüstung, stufenweise Verringerung militärischer Mittel (Gegens.: Eskalation)
**deeskalieren,** (lat.): schrittweise abrüsten, abschwächen (Gegens.: eskalieren)
**de facto,** (lat.): tatsächlich (Gegens.: de jure)
**Defatigation,** (lat.), weibl., –en: Ermüdung, Überanstrengung (Med.)
**Defätismus,** (lat.-fr.), männl., nur Sing.: Zustand der Hoffnungs- und Mutlosigkeit, Schwarzseherei, Resignation; Miesmacherei; Verbreitung von Untergangsstimmung, Zweifel am Sieg
**Defätist,** (fr.), männl., –en: jmd., der mutlos ist und den Glauben an die eigene Sache aufgegeben hat; Schwarzseher; Miesmacher
**defätistisch,** (fr.): mutlos, hoffnungslos; schwarzseherisch
**defekt,** (lat.): schadhaft, mangelhaft, fehlerhaft
**Defekt,** (lat.), männl., –e: 1. Schaden, Mangel, Fehler, 2. Gebrechen
**defektiv,** (lat.): mangelhaft, fehlerhaft; lückenhaft
**Defektivität,** (lat.), weibl., nur Sing.: Fehlerhaftigkeit, Mangelhaftigkeit
**defensiv,** (lat.): verteidigend, abwehrend; auf Verteidigung eingestellt (Gegens.: offensiv)
**Defensive,** (lat.), weibl., –n: Verteidigung, Abwehrhaltung (Gegens.: Offensive)
**Deferentitis,** (lat.), weibl., Deferentitiden: Entzündung des Samenleiters (Med.)
**Defilé:** vgl. Defilee
**Defilee,** (lat.-fr.), sächl., –s: Vorbeimarsch an hochgestellten Persönlichkeiten; das Vorbeischreiten an versammelten Einheiten; Parade
**defilieren,** (fr.): feierlich vorüberziehen, vorbeimarschieren
**definieren,** (lat.): erklären, begrifflich bestimmen; festlegen, festsetzen und abgrenzen
**definit,** (lat.): bestimmt, festgelegt (Gegens.: indefinit)
**Definition,** (lat.), weibl., –en: Erklärung, Bestimmung, Festlegung, Festsetzung von Begriffen, Worten oder Zeichen

**definitiv,** (lat.): endgültig, sicher, abschließend, bestimmt
**definitorisch,** (lat.): die Definition betreffend; mit Hilfe einer Definition festgelegt
**Defizit,** (lat.), sächl., –e: Mangel; fehlender Betrag; Einbuße, Verlust
**defizitär,** (lat.): ein Defizit ergebend; mit einem Defizit belastet
**Deflation,** (lat.), weibl., –en: Verringerung des Geldumlaufes im Verhältnis zur Gütermenge (um den Geldwert zu steigern und die Preise zu senken; Gegens.: Inflation)
**deflationär, deflationistisch, deflatorisch,** (lat.): eine Deflation bewirkend; Deflation betreffend
**Defloration,** (lat.), weibl., –en: Entjungferung, Zerstörung des Jungfernhäutchens (Hymens) beim ersten Koitus
**deflorieren,** (lat.): entjungfern
**Deformation,** (lat.), weibl., –en: 1. Formänderung, Verformung, 2. Verunstaltung, Missbildung
**deformieren,** (lat.): 1. verformen, 2. verunstalten, entstellen
**Defraudation,** (lat.), weibl., –en: Betrug, Unterschlagung, Veruntreuung
**Defroster,** [di'frost(e)r, engl.], männl., –: 1. Gebläsevorrichtung an Kraftfahrzeugen, die das Beschlagen oder Vereisen der Windschutzscheibe verhindern soll, 2. Enteisungsmittel, 3. Vorrichtung in Kühlanlagen zum Abtauen
**Degagement,** [degasch'man, fr.], sächl., –s: 1. Befreiung (von einer Verpflichtung), 2. Zwanglosigkeit
**Degeneration,** (lat.), weibl., –en: Entartung; Niedergang; körperlicher oder geistiger Verfall, Abbau, Verschlechterung, Rückbildung
**degenerativ,** (lat.): entartend; rückbildend; Degeneration bewirkend; auf Degeneration beruhend
**degenerieren,** (lat.): entarten; körperlich oder geistig verfallen, sich zurückbilden, verkümmern
**Degout,** [de'gu:, fr.], männl., nur Sing.: Ekel, Widerwille, Abneigung
**degoutant,** (fr.): ekelhaft, widerlich, abstoßend
**degoutieren,** (fr.): anekeln, anwidern, abstoßen
**degradieren,** (lat.): 1. herabwürdigen; (im Rang) herabsetzen, 2. Energie in Wärme umwandeln (Phys.)
**Degradierung,** (lat.), weibl., –en: Dienstgradherabsetzung; das Degradieren
**Degression,** (lat.), weibl., –en: Verminderung der Stückkosten (durch Steigerung der Auflage)
**degressiv,** (lat.): nachlassend, sinkend, sich vermindernd (Gegens.: progressiv)
**de gustibus non est disputandum,** (lat.): über den Geschmack lässt sich nicht streiten
**Dehydrase,** (lat.-gr.), weibl., –n: Enzym, das aus Verbindungen Wasserstoff entzieht
**Dehydratation,** (lat.-gr.), weibl., –en: Wasserentzug, Trocknung
**Dehydration,** (lat.-gr.), weibl., –en: Wasserstoffentzug aus chem. Verbindungen
**dehydratisieren,** (lat.-gr.): Wasser entziehen
**dehydrieren,** (lat.-gr.): Wasserstoff entziehen
**Dei gratia,** (lat.): von Gottes Gnaden (bei Monarchen und geistlichen Würdenträgern; Abk.: D.G.)
**deiktisch,** (gr.): 1. zeigend, hinweisend, 2. auf Beispiele gegründet, von der Anschauung ausgehend
**Deismus,** (lat.), männl., nur Sing.: religionsphilosophische Auffassung aus der Zeit der Aufklärung, die die Existenz Gottes als Schöpfer der Welt zwar anerkennt, den Glauben an sein späteres Ein-

wirken auf das Weltgeschehen aber ablehnt

**de jure,** (lat.): nach der Rechtslage, der Rechtslage zufolge, vom Rechtsstandpunkt aus (Gegens.: de facto)

**Dekabrist,** (gr.-russ. »Dezembermann«), männl., –en: adliger Teilnehmer an dem Offiziersaufstand gegen den Zar Nikolaus I. im Jahre 1825

**Dekade,** (gr.), weibl., –n: Zeitraum von zehn Tagen; zehn Stück

**dekadent,** (lat.): kulturell überfeinert und entartet, kulturell heruntergekommen, kraftlos und verfallen, sittlich verkommen

**Dekadenz,** (lat.), weibl., nur Sing.: Verfall, Entartung, kultureller Niedergang, sittliche Verkommenheit

**dekadisch,** (gr.): zehnteilig; auf die Zahl Zehn bezogen

**Dekaeder,** (gr.), sächl., –: ein von zehn (regelmäßigen) Vielecken umgrenzter Körper

**Dekalog,** (gr.), männl., nur Sing.: die Zehn Gebote

**Dekameter,** (gr.), männl. oder sächl., –: zehn Meter (Abk.: dam)

**Dekan,** (lat.), männl., –e: 1. kathol. Geistlicher, der einem Kirchenbezirk vorsteht, 2. evang. Geistlicher, der Vorgesetzter von Pfarrern ist (vgl.: Superintendent), 3. Vorsteher einer Hochschulfakultät

**Dekanat,** (lat.), sächl., –e: 1. Amtsbezirk eines Dekans (1), 2. Amt eines Dekans (2), 3. Verwaltung einer Hochschulfakultät

**Dekanei,** (lat.), weibl., –en: Wohnung eines Dekans (1,2)

**dekantieren,** (lat.): eine Flüssigkeit vom Bodensatz abgießen (Chem.)

**dekartellieren:** vgl. dekartellisieren

**dekartellisieren,** (fr. ): ein Kartell auflösen, einen Unternehmenszusammenschluss rückgängig machen

**dekatieren,** (fr.): textile Stoffe mit Wasserdampf behandeln, um ein Einlaufen zu vermeiden

**Deklamation,** (lat.), weibl., –en: 1. kunstgerechtes, rhetorisch wirkungsvolles Vortragen eines Gedichtes oder eines anderen literarischen Werkes, 2. pathetische, überbetonte Sprechweise

**Deklamatorik,** (lat.), weibl., nur Sing.: Vortragskunst

**deklamatorisch,** (lat.): 1. in der Art einer Deklamation, ausdrucksvoll im Vortrag, 2. (beim Gesang:) auf Wortverständlichkeit bedacht (Gegens.: cantabile)

**deklamieren,** (lat.): 1. (eine Dichtung) kunstgerecht und rhetorisch wirkungsvoll vortragen, 2. (beim Gesang:) verständlich vortragen

**Deklaration,** (lat.), weibl., –en: 1. offizielle Erklärung; grundlegende Erklärung, 2. Steuererklärung; Zollerklärung; Angabe über Inhalt oder Wert eines Paketes

**deklarieren,** (lat.): 1. eine Deklaration (2) abgeben, Angaben über Inhalt oder Wert machen, 2. als etwas bezeichnen

**deklassieren,** (lat.): 1. (im Sport:) einen Gegner überlegen schlagen, 2. jmdn. sozial herabsetzen

**deklinabel,** (lat.): beugbar (Sprachwiss.)

**Deklination,** (lat.), weibl., –en: 1. Beugung, das Bilden der Fälle (des Substantivs, Adjektivs, Pronomens und Numerales; Sprachwiss.), 2. senkrechter Winkelabstand eines Gestirns vom Himmelsäquator (Astron.), 3. Abweichung der Richtungsangabe einer Magnetnadel von der geografischen Nordrichtung

**deklinieren,** (lat.): beugen, die Fälle bilden (des Substantivs, Adjektivs, Pronomens oder Numerales; Sprachwiss.)

**dekodieren,** (engl.): entschlüsseln (mit Hilfe eines Kodes)

**Dekolleté** (auch: Dekolletee), [dekol'te:, fr.], sächl., –s: tiefer Ausschnitt an einem Kleid

**dekolletiert,** (fr.): tief ausgeschnitten
**Dekompression,** (lat.), weibl., –en: Druckabfall, Druckverminderung
**Dekontamination,** weibl., –en: Entgiftung, Entseuchung, Entfernung insbes. radioaktiver Verunreinigungen; Sammelbez. für Maßnahmen, die (radioaktiv) verseuchte Gegenstände oder Gebiete wieder für Menschen ohne Gefahr für die Gesundheit nutzbar machen sollen
**dekontaminieren,** (lat.): entgiften, eine Dekontamination vornehmen
**dekonzentrieren,** (lat.): zerstreuen, zersplittern, auflösen (Gegens.: konzentrieren)
**Dekor,** (lat.), männl. oder sächl., –e oder –s: Verzierung, Schmuck; Ausschmückung, Ausstattung
**Dekorateur,** [dekora'tö:r, fr.], männl., –e: Fachmann, der Schaufenster, Innenräume oder Theaterbühnen ausgestaltet
**Dekoration,** (lat.), weibl., –en: 1. das Ausschmücken, das Ausgestalten; Schaufenster- oder Bühnenausstattung; 2. Auszeichnung, Ordensverleihung
**dekorativ,** (lat.): schmückend, zierend; zum Ausschmücken brauchbar
**dekorieren,** (lat.): 1. ausschmücken, verzieren; ausgestalten, 2. auszeichnen, einen Orden verleihen
**Dekort,** [de'ko:r, fr.], männl., –e: Preisnachlass, Abzug vom Rechnungsbetrag (bei mangelhafter Ware)
**dekortieren,** (fr.): (einen Betrag) abziehen
**Dekorum,** (lat.), sächl., nur Sing.: Schein der Schicklichkeit, äußerer Anstand
**Dekrepitation,** (lat.), weibl., –en: Zerfall, Zerplatzen (von Kristallen beim Erhitzen)
**dekrepieren,** (lat.): zerfallen, zerplatzen (von Kristallen)
**Dekret,** (lat.), sächl, –e: Verordnung, Erlass, behördliche Entscheidung
**Dekretale,** (lat.), sächl., Dekretalien: päpstliche Weisung
**dekretieren,** (lat.): anordnen, eine Verfügung erlassen
**Dekubitus,** (lat.), männl., nur Sing.: das Wundliegen, das Sichdurchliegen bei andauernd unveränderter Körperlage im Krankenbett (Med.)
**dekupieren,** (lat.): (mit einer feinen Säge) aussägen, ausschneiden
**Dekupiersäge,** (lat.-dt.), weibl., –n: Laubsäge, Schweifsäge
**dekuvrieren,** (fr.): aufdecken, enthüllen, offenbaren, entlarven
**delatorisch,** (lat.): angeberisch, verleumderisch
**Delegat,** (lat.), männl., –en: Abgesandter; päpstlicher Bevollmächtigter
**Delegation,** (lat.), weibl., –en: 1. Gesandtschaft, Abordnung von Personen, 2. das Delegieren, das Übertragen von Befugnissen
**delegieren,** (lat.): 1. jmdn. abordnen, entsenden, 2. jmdm. Zuständigkeiten, Befugnisse oder Verantwortung übertragen
**delektieren,** (lat.): sich erfreuen, ergötzen, laben
**Delfin:** vgl. Delphin
**delikat,** (fr.): 1. auserlesen, wohlschmeckend, köstlich, 2. heikel, bedenklich, behutsam zu behandeln
**Delikatesse,** (fr.), weibl., –n: Leckerbissen, köstliche Speise, Feinkost
**Delikt,** (lat.), sächl., –e: Vergehen, Straftat, strafbare Handlung
**Delinquent,** (lat.), männl., –en: Übeltäter, Straftäter
**Delirium,** (lat.), sächl., Delirien: schwere Bewusstseinsstörung mit Sinnestäuschungen, Wahnvorstellungen und Unruhezuständen, hervorgerufen durch den Genuss von Alkohol oder anderer Gifte, durch Hirnkrankheiten oder hohes Fieber

**Delirium tremens,** (lat.), sächl., nur Sing.: Säuferwahnsinn; durch Alkoholvergiftung oder -entzug hervorgerufenes Delirium

**deliziös,** (fr.): sehr schmackhaft, köstlich, erlesen

**Delphin** (auch: Delfin), (lat.), männl., –e: 1. ein Zahnwal, 2. ein Sternbild (Astron.)

**Delphin** (auch: Delfin), (lat.), sächl., nur Sing.: ein Schwimmstil

**Delphinarium,** (lat.), sächl., Delphinarien: großes Wasserbecken für Delphine

**delphisch:** (nach der Orakelstätte im antiken Griechenland:) rätselhaft, doppelsinnig

**Delta,** (gr.), sächl., –s: 1. vierter Buchstabe des gr. Alphabets, 2. in Seen oder Meere vorgeschobenes, von Fußarmen durchzogenes Flussmündungsgebiet

**Demagoge,** (gr. »Volksführer«), männl., –n: Volksverführer, politischer Hetzer

**Demagogie,** (gr.), weibl., nur Sing.: Volksverführung, politische Hetze

**demagogisch,** (gr.): aufwiegelnd, hetzerisch, volksverführend

**Demarche,** [de'marsch, fr.], weibl., –n: diplomatischer Schritt, Einspruch (bei einer ausländischen Regierung)

**Demarkation,** (fr.), weibl., –en: Abgrenzung

**Demarkationslinie,** (fr.-dt.), weibl., –n: vorläufig für einen begrenzten Zeitraum vereinbarte Grenzlinie der Hoheitsgewalt zwischen Staaten, bzw. militärischen Gegnern

**demaskieren,** (fr.): die Maske abnehmen; jmdm. die Maske herunterreißen, jmdn. entlarven; etwas aufdecken

**Dementi,** (fr.), sächl., –s: öffentlicher Widerruf, Ableugnung, amtliche Berichtigung einer Nachricht

**Dementia,** (lat.), weibl., Dementiae: vgl. Demenz

**Dementia praecox,** (lat.), weibl., nur Sing.: Jugendirresein (Med.)

**Dementia senilis,** (lat.), weibl., nur Sing.: Altersschwachsinn (Med.)

**dementieren,** (lat.): (eine Nachricht) öffentlich widerrufen, in Abrede stellen, ableugnen, amtlich berichtigen

**Demenz,** (lat. »Verblödung«), weibl., Dementien: durch Geisteskrankheit oder Hirnschädigung hervorgerufene Geistesschwäche, erworbener Schwachsinn (Med.)

**Demijohn,** ['de:midschon, engl.], männl., –s: Korbflasche

**demilitarisieren,** (lat.): entmilitarisieren

**demi-sec,** [demi'ßäk, fr.]: halbtrocken (Geschmacksangabe bei Sekt)

**Demission,** (lat.), weibl., –en: Abdankung, Amtsniederlegung, Rücktritt (von einem Amt); Entlassung (eines hoch gestellten Politikers oder einer Regierung)

**demissionieren,** (lat.): den Abschied nehmen, abdanken, sein Amt niederlegen, zurücktreten; entlassen werden

**Demiurg,** (gr. »Handwerker, Schöpfer«), männl., nur Sing.: Baumeister der Welt, Weltenschöpfer

**Demo,** weibl., –s: (umg.) Kurzw. für Demonstration

**Demobilisation,** (lat.), weibl., –en: vgl. Demobilisierung

**demobilisieren,** (lat.): die Mobilmachung aufheben, Rüstung und Streitkräfte wieder auf Friedensstärke verringern

**Demobilisierung,** (lat.), –en: das Demobilisieren

**demodulieren,** (lat.): in einem Empfänger eine niederfrequente Schwingung vom hochfrequenten Träger abtrennen; gleichrichten

**Demographie** (auch: Demografie), (gr.), weibl., –n: wissenschaftliches, zahlenmäßiges Erfassen und Beschreiben des

Bevölkerungszustandes und seiner Veränderungen; Bevölkerungslehre
**demographisch** (auch: demografisch), (gr.): die Demographie betreffend, auf Demographie beruhend
**Demokrat,** (gr.), männl., –en: 1. Mensch mit demokratischer Überzeugung, Anhänger der Demokratie, 2. Mitglied einer dem Namen nach demokratischen Partei
**Demokratie,** (gr. »Volksherrschaft«), weibl., –n: 1. Regierungssystem, bei dem frei gewählte Volksvertreter die Herrschaft ausüben, 2. Staatsform, die das Umsetzen des Mehrheitswillens der Bevölkerung in Regierungstätigkeit gewährleistet, 3. in einer Gruppe von Menschen praktizierter Grundsatz der freien und gleichberechtigten Willensbildung
**demokratisch,** (gr.): den Grundsätzen der Demokratie entsprechend, auf Demokratie beruhend
**demolieren,** (fr.): niederreißen, gewaltsam zerstören, beschädigen
**Demonstrant,** (lat.), männl., –en: Teilnehmer an einer Demonstration (1)
**Demonstration,** (lat.), weibl., –en: 1. Massenprotest, Massenkundgebung (mit politischen Zielen), 2. auf eine Vorführung gestützte Erklärung, Darlegung, Veranschaulichung (z. B. im Unterricht)
**demonstrativ,** (lat.): 1. deutlich, überdeutlich, herausfordernd, absichtlich, provozierend, 2. vorführend, veranschaulichend, darlegend, beweisend
**Demonstrativpronomen,** (lat.), sächl., – und –pronomina: hinweisendes Fürwort (z. B.: dieser, jener)
**demonstrieren,** (lat.): 1. anschaulich darlegen, zur Erklärung vor Augen führen, 2. an einer Demonstration teilnehmen, um seine Meinung öffentlich kundzutun
**Demontage,** [demon'ta:sche, fr.], weibl., –n: 1. Zerlegung, Abbau, Abbruch (von Maschinen, Industrieanlagen), 2. fortwährende Herabwürdigung (der Persönlichkeit) eines Menschen
**demontieren,** (fr.): zerlegen, abbauen, abbrechen
**demoralisieren,** (lat.): die Moral untergraben, entmutigen, zersetzen
**de mortuis nihil nisi bene,** (lat. »über die Toten nichts, wenn nicht gut«): von den Toten soll man nur Gutes berichten
**Demos,** (gr.), männl., Demen: Gebiet und Bevölkerung eines Stadtstaates im antiken Griechenland
**Demoskop,** (gr.), männl., –en: Meinungsforscher
**Demoskopie,** (gr.), weibl., –n: Meinungsforschung (mit Hilfe von Umfragen)
**demoskopisch,** (gr.): die Demoskopie betreffend; auf Meinungsforschung beruhend, durch Meinungsumfragen ermittelt
**Demotivation,** (lat.), weibl., –en: das Demotivieren (Gegens.: Motivation)
**demotivieren,** (lat.): entmotivieren, entmutigen, den Spaß und das Interesse an etwas nehmen (Gegens.: motivieren)
**Denar,** (lat.), männl., –e: 1. kleine Silbermünze aus dem alten Rom, 2. fränkische Münze
**Denaturalisation,** (lat.), weibl., –en: Ausbürgerung, Entlassung aus der Staatsbürgerschaft, (Gegens.: Naturalisation)
**denaturalisieren,** (lat.): ausbürgern, aus der Staatsbürgerschaft entlassen (Gegens.: naturalisieren)
**denaturieren,** (lat.): 1. Stoffe durch Zusätze so verändern, dass sie nicht mehr ihrer eigentlichen Natur entsprechen, 2. ungenießbar machen
**Dendrit,** (gr.), männl., –en: 1. baum- oder strauchartig verästelte Ablagerungen aus Eisen oder Mangan auf Schichtflächen von Gesteinen (Geol.), 2. baumartig verzweigter Nervenzellenfortsatz (Med.)

**dendritisch,** (gr.): verzweigt, verästelt
**Dendrologie,** (gr. »Baumkunde«), weibl., nur Sing.: Wissenschaft von den Bäumen und Gehölzen, Wissenschaftszweig der Botanik
**Denguefieber,** ['dängefieber, span.-lat.], sächl., nur Sing.: in den Tropen und Subtropen auftretende Infektionskrankheit mit Fieber und Gelenkschwellungen
**Denier,** [den'je:, fr.], sächl., – oder –s: Einheit, die die Fadenstärke bei Seide und Kunstfasern angibt
**Denim,** (Wz.), männl., nur Sing.: blauer Jeansstoff
**denominieren,** (lat.): ernennen; benennen
**Dens,** (lat.), männl., Dentes ['dänte:ß]: der Zahn
**Densimeter,** (lat.-gr.), sächl., –: Gerät zum Messen der Dichte (v. a. von Flüssigkeiten)
**Densität,** (lat.), weibl., nur Sing.: Dichtigkeit, Dichte (Phys.)
**dental,** (lat.): 1. die Zähne betreffend (Med.), 2. mit den Zähnen gebildet (Sprachwiss.)
**Dental,** (lat.), männl., –e: mit den Zähnen (und der Zungenspitze) gebildeter Laut (Sprachwiss.)
**Dentalgie,** (lat.-gr.), weibl., –n: Zahnschmerz (Med.)
**Dentin,** (lat.), sächl., nur Sing.: Zahnbein (Hauptbestandteil des Zahnkörpers; Med.)
**Dentist,** (lat.), männl., –en: (ehemals Bez. für:) Zahnheiler (ohne Hochschulausbildung); (heute manchmal statt:) Zahnarzt
**Denudation,** (lat. »Entblößung«), weibl., –en: flächenhafte Abtragung von Erdoberflächenmaterial durch Wind- und Wasserkräfte (Geol.)
**Denunziant,** (lat.), männl., –en: jmd., der einen anderen denunziert
**Denunziation,** (lat.), weibl., –en: das Denunzieren
**denunzieren,** (lat.): 1. jmdn. aus niederen Beweggründen anzeigen oder öffentlich namhaft machen, jmdn. verraten, 2. jmdn. oder etwas öffentlich verdammen, böswillig verleumden
**Deo,** sächl., –s: Kurzw. für Deodorant
**Deodorant,** (engl.), sächl., –s: geruchunterdrückendes Körperpflegemittel
**Departement,** [depart'man, fr.], sächl., –s: 1. Verwaltungsbezirk in Frankreich, 2. Ministerium in der Schweiz
**Departure,** [di'pa(r)tsch(e), engl.], weibl., nur Sing.: Abflughalle; Abflugzeit
**Dependance,** [depan'danß, fr.], weibl., –n: Zweigstelle, Niederlassung; Nebengebäude
**Dependenz,** (lat.), weibl., –en: Abhängigkeit, Bedingtheit
**Depersonalisation,** (lat.), weibl., –en: Verlust des Persönlichkeitsgefühls, Entpersönlichung
**Depesche,** (fr.), weibl., –n: (ehemals Bez. für:) Eilbotschaft; Telegramm
**Depilation,** (lat.), weibl., –en: Enthaarung (Med.)
**depilieren,** (lat.): enthaaren (Med.)
**deplaciert** (auch: deplatziert), (fr.): unangebracht, fehl am Platze, unpassend
**Depolarisation,** (lat.), weibl., –en: Aufhebung des Polarisationszustandes
**depolarisieren,** (lat.): eine Polarisation aufheben
**Deponat,** (lat.), sächl., –e: etwas, das deponiert worden ist
**Deponens,** (lat.), sächl., Deponentia oder Deponenzien: lat. oder gr. Verb in passivischer Form, jedoch mit aktivischer Bedeutung
**Deponent,** (lat.), männl., –en: jmd., der etwas deponiert
**Deponie,** (lat.), weibl., –n: Lagerplatz; (meist:) Müllabladeplatz
**deponieren,** (lat.): hinterlegen, in Verwahrung geben; niederlegen, ablegen

**Deport,** (fr.), männl., –e: Kursabzug im Verlängerungsgeschäft für das Leihen von Effekten
**Deportation,** (lat.), weibl., –en: Verschleppung, Verbannung, zwangsweise Verschickung (insbes. von politischen Gegnern)
**deportieren,** (lat.): verschleppen, verbannen, zwangsweise verschicken
**Depositen,** (lat.), weibl., nur Plur.: 1. verzinslich angelegte Geldeinlagen, 2. hinterlegte Wertsachen
**Deposition,** (lat.), weibl., –en: 1. Hinterlegung, 2. Absetzung (eines kathol. Geistlichen)
**Depositorium,** (lat.), sächl., Depositorien: Aufbewahrungsort
**Depot,** [de'po:, fr.], sächl., –s: 1. Aufbewahrungsort, Lager, Magazin, 2. Ablagerung; Bodensatz
**Depotfund,** (fr.-dt.), männl., –e: Sammelfund vorgeschichtlicher Gegenstände
**Depotpräparat,** (fr.-lat.), sächl., –e: Medikament, das im Körper nur langsam abgebaut wird und daher lange wirkt (Med.)
**Depravation,** (lat.), weibl., –en: 1. Verderbnis, Entartung, 2. Verschlechterung des Krankheitszustandes; Persönlichkeitsverfall (insbes. aufgrund von Suchtverhalten; Med.), 3. (im Münzwesen:) Wertverringerung
**depravieren,** (lat.): verderben; entarten; verfallen; verschlechtern; verringern
**Depression,** (lat.), weibl., –en: 1. Niedergeschlagenheit, Traurigkeit, gedrückte Stimmung, 2. wirtschaftlicher Niedergang, konjunktureller Abschwung, 3. unter dem Meeresspiegel liegendes Festland (Geogr.), 4. Vertiefung, Eindruck bei Knochen (Med.)
**depressiv,** (lat.): niedergeschlagen, traurig, bedrückt, an Depressionen leidend
**Depressivität,** (lat.), weibl., nur Sing.: Niedergeschlagenheit, Neigung zu Depressionen
**deprimieren,** (lat.): Niedergeschlagenheit hervorrufen, niederdrücken, entmutigen
**Deprivation,** (lat.), weibl., –en: Mangel, Verlust, Entzug (z. B.: von Zuwendung, Liebe), der zu Entwicklungsstörungen führen kann (Psychol.)
**Deputat,** (lat.), sächl., –e: 1. in Sachleistungen ausgezahlter Lohnanteil, 2. wöchentliche Pflichtstundenzahl von Lehrkräften
**Deputation,** (lat.), weibl., –en: Abordnung
**deputieren,** (lat.): abordnen
**derangieren,** [deran'schi:ren, fr.]: durcheinander bringen, verwirren
**derangiert,** [deran'schi:rt, fr.]: verwirrt, durcheinander
**Derby,** ['därbi], sächl., –s: ursprünglich nach dem englischen Earl of Derby benanntes Pferderennen; (heute auch:) Aufsehen erregender sportlicher Wettkampf (z. B.: Lokalderby)
**Derivans,** (lat. »das Ableitende«), sächl., Derivantia: ableitendes, hautreizendes Mittel (Med.)
**Derivat,** (lat. »das Abgeleitete«), sächl., –e: 1. von einer anderen abgeleitete chem. Verbindung, 2. abgeleitetes Wort (z. B.: Grobheit von grob)
**derivieren,** (lat.): ableiten
**Derma,** (gr.), sächl., Dermata: Haut
**Dermatitis,** (gr.), weibl., Deratitiden: Hautentzündung (Med.)
**Dermatologe,** (gr.), männl., –n: Hautarzt
**Dermatologie,** (gr.), weibl., nur Sing.: Lehre von der Haut und deren Krankheiten
**Dermatose,** (gr.), weibl., –n: Hautkrankheit

**Dernier Cri,** [dernje:'kri:, fr. »letzter Schrei«], männl., –s –s: allerletzte Neuheit (insbes. auf dem Gebiet der Mode)
**Derogation,** (lat.), weibl., –en: Beschränkung; teilweise Aufhebung eines Gesetzes (Rechtsw.)
**derogativ,**(lat.): beschränkend; teilweise aufhebend (Rechtsw.)
**Derwisch,** (türk.), männl., –e: Angehöriger eines islamischen Ordens, islamischer Bettelmönch
**Desaster,** (fr.), sächl., –: großes Missgeschick, Unheil; Zusammenbruch
**desavouieren,** [desawu'i:ren, fr.]: verleugnen, nicht anerkennen; bloßstellen; im Stich lassen
**Desensibilation:** vgl. Desensibilisierung
**desensibilisieren,** (lat.): 1. (in der Fotografie:) weniger lichtempfindlich machen, 2. jmdn. weniger empfindlich machen (gegenüber Allergenen; Med.)
**Desensibilisierung,** (lat.), weibl., –en: 1. (in der Fotografie:) Herabsetzung der Lichtempfindlichkeit, 2. schrittweise Herabsetzung der Empfindlichkeit bei Allergien (Med.)
**Deserteur,** [deser'tö:r, fr.], männl., –e: Fahnenflüchtiger; Überläufer; ein Soldat, der seine Einheit eigenmächtig verlässt
**desertieren,** (fr.): Fahnenflucht begehen
**Desertion,** (fr.), weibl., –en: Fahnenflucht
**Desiderat,** (lat.), sächl., –e: etwas Fehlendes, Vermisstes (im engeren Sinn ein gewünschtes bzw. gesuchtes Buch)
**Design,** [di'sain, engl.], sächl., –s: 1. Entwurf, Plan, Modell, 2. Form, Gestaltung, Formgebung (meist bei Gebrauchsgegenständen)
**Designation,** (lat.), weibl., –en: Bezeichnung, Bestimmung; vorläufige Ernennung (eines Nachfolgers)
**Designer,** [di'sainer, engl.], männl., –: jmd., der beruflich das Design für Gebrauchsgegenstände entwirft und gestaltet
**designieren,** (lat.): bestimmen; vorläufig zum späteren Amtsnachfolger ernennen
**Desillusion,** (lat.), weibl., –en: Enttäuschung, Ernüchterung
**desillusionieren,** (lat.): enttäuschen, ernüchtern, der Illusion berauben
**Desinfektion,** (lat.), weibl., –en: Abtötung, Unschädlichmachung aller Krankheitserreger; Entseuchung, Entkeimung
**Desinfiziens,** (lat.), sächl., Desinfizienzien: Mittel zum Desinfizieren
**desinfizieren,** (lat.): Krankheitserreger abtöten oder unschädlich machen; entseuchen, entkeimen
**Desinformation,** (lat.), weibl., –en: bewusst falsche Unterrichtung, absichtliches Weitergeben falscher Informationen
**Desintegration,** (lat.), weibl., –en: Auflösung eines Ganzen, Spaltung, Zerkleinerung (Gegens.: Integration)
**Desinteresse,** (lat.), sächl., nur Sing.: Uninteressiertheit, Unbeteiligtheit, Gleichgültigkeit (Gegens.: Interesse)
**desinteressiert,** (lat.): nicht interessiert, unbeteiligt, gleichgültig (Gegens.: interessiert)
**Deskription,** (lat.), weibl., –en: Beschreibung
**deskriptiv,** (lat.): beschreibend
**Desktoppublishing** (auch Desktop Publishing), ['desktoppablischin(g), engl.], sächl., nur Sing.: Erarbeiten von druckreifen Vorlagen inkl. Layout am Computer-Bildschirm
**Desodorant:** vgl. Deodorant
**desodorieren,** (lat.): von schlechtem (Körper)geruch befreien
**desolat,** (lat.): 1. trostlos, elend, aussichtslos, 2. vereinsamt, öde
**Desorganisation,** (lat.), weibl., –en: 1. fehlende Organisation, mangelhafte Planung, 2. Auflösung, Unordnung

**desorganisiert,** (lat.): 1. mangelhaft organisiert, 2. in Unordnung
**desorganisieren,** (lat.): 1. mangelhaft organisieren, 2. in Unordnung bringen
**desorientiert,** (lat.): falsch unterrichtet, nicht im Bilde, verwirrt
**Desoxidation:** vgl. Desoxydation
**Desoxydation,** (lat.), weibl., –en: Entzug von Sauerstoff aus einer chem. Verbindung
**Desoxyribonukleinsäure,** (lat.-gr.-dt.), weibl., –n: in allen lebenden Organismen vorhandener Hauptbestandteil der Chromosomen und Träger der genetischen Informationen (Abk.: DNS; Biochemie)
**despektierlich,** (lat.): geringschätzig, verächtlich, abfällig
**Desperado,** (lat.-span. »Verzweifelter«), männl., –s: jmd., der zu jeder Verzweiflungstat fähig ist; (politischer) Abenteurer
**desperat,** (lat.): verzweifelt, hoffnungslos
**Despot,** (gr.), männl., –en: unrechtmäßiger Gewaltherrscher, Willkürherrscher, Tyrann; herrischer Mensch
**Despotie,** (gr.), weibl., –n: Gewaltherrschaft, Willkürherrschaft, Tyrannei
**despotisch,** (gr.): rücksichtslos, herrisch; willkürlich bestimmend
**Despotismus,** (gr.), männl., –: System der Gewaltherrschaft
**Dessert,** [de'ßä:r, fr.], sächl., –s: Nachtisch, Nachspeise
**Dessin,** [de'ßän, fr.], sächl., –s: Entwurf, Plan, Vorlage, Muster
**dessinieren,** (fr.): Muster zeichnen, entwerfen
**Dessous,** [de'ßu:, fr.], sächl., – [de'ßu:s]: Damenunterwäsche
**Destillat,** (lat.), sächl., –e: durch Destillation gewonnene Flüssigkeit
**Destillateur,** [destila'tö:r, lat.-fr.], männl., –e: 1. Branntweinbrenner, 2. Schankwirt
**Destillation,** (lat.), weibl., –en: 1. Trennung, bzw. Reinigung flüssiger Stoffgemische durch Verdampfen, 2. Branntweinbrennerei, 3. kleine Schankwirtschaft
**Destille,** (lat.), weibl., –n: (umg.) Kneipe, Ausschank
**destillieren,** (lat.): eine Destillation durchführen
**Destinatar, Destinatär,** (lat.), männl., –e: Empfänger von Gütern, insbes. von Schiffsfrachten
**Destination,** (lat.), weibl., –en: Bestimmung, Zweck
**destruieren,** (lat.): zerstören (Gegens.: konstruieren)
**Destruktion,** (lat.), weibl., –en: Zerstörung (Gegens.: Konstruktion)
**destruktiv,** (lat.): zerstörend, zersetzend (Gegens.: konstruktiv)
**deszendent,** (lat.): absteigend, absinkend (Gegens.: aszendent)
**Deszendent,** (lat.), männl., –en: 1. Nachkomme, Abkömmling, 2. im Untergang befindliches Gestirn; Untergangspunkt eines Gestirns (Gegens.: Aszendent; Astron.)
**Deszendenz,** (lat.), weibl., –en: 1. Nachkommenschaft, Abstammung, 2. Untergang eines Gestirns (Gegens.: Aszendenz; Astron.)
**Detail,** [de'taj, fr.], sächl., –s: Einzelteil, Einzelheit
**detaillieren,** [deta'ji:ren, fr.]: im einzelnen darlegen, bis ins Detail erläutern
**detailliert,** [deta'ji:rt, fr.]: in allen Einzelheiten, ins einzelne gehend, genau
**Detektei,** (lat.), weibl., –en: Büro eines Detektivs, Auskunftei
**Detektiv,** (lat.), männl., –e: jmd., der berufsmäßig in privatem Auftrag gegen Bezahlung und mit polizeilicher Erlaubnis Ermittlungen anstellt
**Detektor,** (lat.), männl., Detektoren: 1. Gerät zum Nachweis sinnlich nicht

wahrnehmbarer Stoffe (z. B. einer Strahlung, einer unterirdischen Wasserader), 2. Hochfrequenzgleichrichter

**Détente,** [de'tant, fr.], weibl., nur Sing.: Entspannung zwischen Staaten

**Detergens,** (lat.), sächl., Detergenzien: 1. wasserlöslicher, organischer Stoff (u. a. in Spülmitteln), der die Wasseroberflächenspannung herabsetzt und Fett bindet, 2. Desinfektionsmittel zur Wundreinigung (Med.)

**Determinante,** (lat. »die Vorherbestimmende«), weibl., –n: 1. zu jedem Gleichungssystem gehörender Rechenausdruck, mit dessen Hilfe sich ermitteln lässt, ob und welche Lösungen das System besitzt (Math.), 2. Vererbung vorherbestimmender Faktor (Biol.)

**Determination,** (lat.), weibl., –en: 1. Abgrenzung, Eingrenzung, Begriffsbestimmung (Philos.), 2. das Vorbestimmtsein, Festgelegtsein der Entwicklungsrichtung (Biol.)

**determinativ,** (lat.): eingrenzend, bestimmend, festlegend

**determinieren,** (lat.): 1. abgrenzen, eingrenzen, 2. bestimmen, festlegen, entscheiden

**Determiniertheit,** (lat.), weibl., nur Sing.: Bestimmtheit, Bedingtheit des Handelns und Wollens (Philos.)

**Determinismus,** (lat.), männl., nur Sing.: philosophische Lehre von der gegenseitigen Bedingtheit und der Vorherbestimmtheit aller Objekte und allen Geschehens und der darin begründeten Unfreiheit des menschl. Willens

**Determinist,** (lat.), männl., –en: Vertreter des Determinismus

**deterministisch,** (lat.): im Sinne des Determinismus, auf Vorherbestimmung beruhend

**Detonation,** (fr.), weibl., –en: schlagartige chem. Reaktion explosiver Gemische mit lautem Knallen, starker Gasentwicklung und starker Sprengwirkung

**detonieren,** (fr.): sich in Form einer Detonation zersetzen

**Deuce,** ['dju:ß, engl.], sächl., nur Sing.: (beim Tennis:) Einstand

**Deus ex Machina,** (lat. »Gott aus der Maschine«), männl., nur Sing.: (im antiken Theater:) mechanisch in die Szene gebrachte Göttererscheinung, die in die Handlung eingreift und die Verwicklungen löste; (heute:) unerwartet eintretende Hilfe, unverhoffter Helfer aus schwieriger Lage

**Deuterium,** (gr.), sächl., nur Sing.: schwerer Wasserstoff (Zeichen: D)

**Deuteron,** (gr.), sächl., Deuteronen: Atomkern des Deuteriums

**Deuxpièces,** [döp'jä:ß, fr.], sächl., –: Kleid in zwei Teilen

**Devaluation:** vgl. Devalvation

**Devalvation,** (lat.), weibl., –en: Abwertung einer Währung

**devalvieren,** (lat.): abwerten

**Devastation,** (lat.), weibl., –en: Verwüstung, Zerstörung

**deviant,** (lat.): von der Norm abweichend (insbes. im sozialen Verhalten)

**Devianz,** (lat.), weibl., –en: Abweichung von der Norm

**Deviation,** (lat.), weibl., –en: Abweichung (z. B. von der Richtung, von der Norm, von den Merkmalen einer Art)

**deviieren,** (lat.): abweichen

**Devise,** (fr.), weibl., –n: Wahlspruch, Motto

**Devisen,** (fr.), weibl., nur Plur.: Zahlungsmittel in ausländischer Währung

**Devolution,** (lat.), weibl., –en: Übergang eines Rechtes oder Besitzes auf einen anderen (insbes. im Kirchenrecht)

**Devon,** sächl., nur Sing.: (nach der engl. Grafschaft Devonshire benannter) Abschnitt des Paläozoikums (des Erdaltertums; Geol.)

**devot,** (lat.): unterwürfig, gefügig, ergeben, kriecherisch
**Devotion,** (lat.), weibl., –en: Unterwürfigkeit, Gefügigkeit, Ergebenheit
**Devotionalien,** (lat.), weibl., nur Plur.: Andachtsgegenstände (z. B.: Rosenkranz, Heiligenbild)
**Dextrose,** (lat.), weibl., nur Sing.: Traubenzucker
**Dezennium,** (lat.), sächl., Dezennien: Zeitraum von zehn Jahren, Jahrzehnt
**dezent,** (lat.): nicht auffallend, unaufdringlich, zart; zurückhaltend, anständig
**dezentral,** (lat.): vom Zentrum entfernt (Gegens.: zentral)
**Dezentralisation,** (lat.), weibl., –en: Auseinanderlegung, Aufgliederung; örtliche oder verwaltungstechnische Aufteilung von Aufgaben oder Ämtern auf verschiedene Stellen
**dezentralisieren,** (lat.): eine Dezentralisation vornehmen; eine zentral organisierte Verwaltung aufgliedern
**Dezernat,** (lat.), sächl., –e: Aufgabenbereich, Geschäftsbereich (innerhalb einer Behörde), Sachgebiet
**Dezernent,** (lat.), männl., –en: 1. Leiter eines Dezernats, Sachbearbeiter, 2. Berichterstatter
**Dezibel,** (lat.), sächl., –: Maßeinheit für Lautstärke, (Abk.: dB)
**dezidiert,** (lat.): entschieden, entschlossen, mit Bestimmtheit
**dezimal,** (lat.): auf die 10 als Grundzahl bezogen, auf dem Zehnersystem beruhend
**Dezimalbruch,** (lat.-dt.), männl., –brüche: Zehnerbruch; Bruch, dessen Nenner eine Potenz von 10 ist und der meist als Dezimalzahl geschrieben wird (z. B.: 9/1000 = 0,009)
**Dezimale,** (lat.), weibl., –n: Ziffer einer Dezimalzahl, die rechts vom Komma steht
**Dezimalklassifikation,** (lat.), weibl., nur Sing.: Ordnungssystem (u. a. für Karteien, Register) zur Einteilung sämtlicher Wissensgebiete in 10 Hauptabteilungen
**Dezimalsystem,** (lat.-gr.), sächl., nur Sing.: Zahlensystem, das auf der Zahl 10 aufbaut
**Dezimalzahl,** (lat.-dt.), weibl., –en: im Dezimalsystem dargestellte Zahl, (umg.) Kommazahl
**Dezime,** (lat.), weibl., –n: 1. Intervall im Tonabstand von 10 Stufen (Mus.), 2. zehnter Ton der diatonischen Tonleiter, 3. zehnzeilige Strophenform
**Dezimeter,** (lat.-gr.), männl. oder sächl., –: der zehnte Teil eines Meters (Abk.: dm; 1 dm = 10 cm)
**dezimieren,** (lat.): große Verluste beibringen; stark vermindern (im altröm. Heer: zur Strafe jeden zehnten Mann hinrichten)
**dezisiv,** (lat.): entscheidend, bestimmt
**Dia,** sächl., –s: Kurzw. für Diapositiv
**Diabas,** (gr.), männl., –e: grünliches Vulkangestein
**Diabetes,** (gr.), männl., nur Sing.: Harnruhr, krankhaft erhöhter Harnfluss; (kurz für:) Diabetes mellitus (Med.)
**Diabetes mellitus,** (gr.-lat.), männl., nur Sing.: Zuckerharnruhr, Zuckerkrankheit (in verschiedenen Formen auftretend; Med.)
**Diabetiker,** (gr.), männl., –: Zuckerkranker
**diabolisch,** (gr.): teuflisch
**Diabolus,** (gr.), männl., nur Sing.: der Teufel
**Diadem,** (gr.), sächl., –e: kostbarer, meist mit Edelsteinen oder Perlen geschmückter Stirn- oder Kopfreif
**Diadoche,** (gr. »Nachfolger«), weibl., –: (urspr.) einer der Heerführer und Nachfolger Alexanders des Großen, die nach dessen Tod sein Reich unter sich aufteil-

ten; (heute:) eine der Personen, die um die Nachfolge einer wichtigen Persönlichkeit streiten

**Diagnose,** (gr.), weibl., –n: 1. Erkennung und Feststellung der nach eingehenden Untersuchungen festgestellten Krankheit (Med.), 2. nach gründlicher Beobachtung oder Untersuchung geäußerte Beurteilung eines Sachverhaltes

**Diagnosezentrum,** (gr.-lat.), sächl., –zentren: auf Früherkennung von Krankheiten spezialisierte Klinik

**Diagnostik,** (gr.), weibl., nur Sing.: Kunst und Lehre medizinischer Diagnose

**diagnostisch,** (gr.): die Diagnose betreffend, auf Diagnose beruhend

**diagnostizieren,** (gr.): eine Krankheit erkennen und feststellen

**diagonal,** (gr.): zwei nicht benachbarte Ecken eines Vielecks miteinander verbindend

**Diagonale,** (gr.), weibl., –n: Verbindungsstrecke zweier nicht benachbarter Eckpunkte eines Vielecks

**Diagramm,** (gr.), sächl., –e: Schaubild, grafische Darstellung von zahlenmäßigen Zusammenhängen

**Diakon,** (gr. »Diener«), männl., –e: (in der evang. Kirche:) Gemeindehelfer, Krankenpfleger; (in der kath. Kirche:) niederer Geistlicher

**Diakonie,** (gr.), weibl., nur Sing.: (in der evang. Kirche:) beruflicher Dienst an Hilfsbedürftigen (z. B. in der Gemeindearbeit oder in der Krankenpflege)

**Diakonisse,** (gr.), weibl., –n: in evangelischer Schwesterngemeinschaft lebende und in der Diakonie tätige Frau

**Diakrise,** (gr.), weibl., –n: 1. Trennung, Unterscheidung; Entscheidung, 2. entscheidende Krise einer Krankheit

**diakritisch,** (gr.): trennend, unterscheidend

**Dialekt,** (gr.), männl., –e: Mundart

**Dialektik,** (gr.), weibl., nur Sing.: 1. philosophische Erkenntnismethode, die Widersprüche im Denken und Sein aufzuspüren und zu überwinden sucht, 2. Kunst des Diskutierens

**dialektisch,** (gr.): die Dialektik betreffend; die Methode der Dialektik anwendend

**Dialog,** (gr.), männl., –e: Unterhaltung, Wechselrede, Zwiegespräch (Gegens.: Monolog)

**dialogisch,** (gr.): in Dialogform, in Rede und Gegenrede

**dialogisieren,** (gr.): (einen Text) in Dialogform kleiden; diskutieren

**Dialyse,** (gr.), weibl., –n: 1. Blutreinigung, Blutwäsche mittels einer künstlichen Niere (Med.), 2. Trennung unterschiedlicher Moleküle mittels halbdurchlässiger Membranen

**Dialyseapparat,** (gr.-lat.), männl., –e: Gerät zur Reinigung des Blutes, künstliche Niere

**dialysieren,** (gr.): eine Dialyse durchführen

**Diamant,** (gr.), männl., –en: härtestes und sehr wertvolles aus reinem Kohlenstoff bestehendes Mineral und Edelstein

**diamanten,** (gr.): aus Diamanten (bestehend)

**diametral,** (gr.): völlig entgegengesetzt; gegenüberliegend

**Diapause,** (gr.), weibl., –n: Entwicklungsphase einiger wirbelloser Tierarten mit stark vermindertem Stoffwechsel und einem äußeren Ruhezustand (Larven- oder Puppenstadium)

**diaphan,** (gr.): durchsichtig, durchscheinend

**Diaphanität,** (gr.), weibl., nur Sing.: Durchlässigkeit für Lichtstrahlen

**Diaphorese,** (gr.), weibl., –n: Hautausdünstung, Schweißsekretion (Med.)

**Diaphoretikum,** (gr.), sächl., Diaphoretika: schweißtreibendes Mittel (Med.)

**Diaphragma,** (gr.), sächl., Diaphragmen: 1. halbdurchlässige, filterartige Membran (z. B. für die Dialyse), 2. Körperhöhlen abtrennende Scheidewand; Zwerchfell (Med.), 3. Scheidenpessar zur Empfängnisverhütung

**Diapositiv,** (gr.-lat.), sächl., –e: durchsichtiges positives Lichtbild (zur Projektion auf eine Leinwand)

**Diaprojektor,** (gr.-lat.), männl., –projektoren: Gerät zur vergrößernden Abbildung von Diapositiven auf eine Leinwand

**Diärese,** (gr.), weibl., –n: 1. getrennte Aussprache zweier nebeneinander stehender Vokale (z. B.: na-iv, Alë-uten), 2. Einschnitt im Vers durch Zusammenfall von Wort- und Versfußende, 3. Zerreißung eines Blutgefäßes (Med.)

**Diarium,** (lat.), sächl., Diarien: Tagebuch, Schreibheft, größeres Notizbuch

**Diarrhö** (auch: Diarrhöe), (gr.), weibl., –en: Durchfall (Med.)

**Diaskop,** (gr.), sächl., –e: vgl. Diaprojektor

**Diaspora,** (gr.), weibl., nur Sing.: Mitglieder und Gemeinde einer Religionsgemeinschaft in einer ihrer Religion fremden Umgebung; diese fremde Umgebung selbst (z. B.: Juden außerhalb Israels)

**Diastema,** (gr.), sächl., –ta: Zahnlücke, Zwischenraum in der Zahnreihe (Med.)

**Diastole,** (gr.), weibl., –n: sich mit der Zusammenziehung (Systole) ständig abwechselnde Erschlaffungsphase des Herzmuskels (Med.)

**Diät,** (gr.), weibl., nur Sing.: Krankenkost, Schonkost; auf die Bedürfnisse eines Kranken, insbes. eines Übergewichtigen zugeschnittene Ernährungsweise

**Diäten,** (gr.), weibl., nur Plur.: Bezüge von Parlamentsabgeordneten (Tagegeld, Aufwandsentschädigung u. a.)

**Diätetik,** (gr.), weibl., nur Sing.: Lehre von der richtigen Ernährung, Diätlehre

**diätetisch,** (gr.): nach Erkenntnissen der Diätetik (angefertigt)

**diatherman,** (gr.): wärmedurchlässig (Gegens.: atherman)

**Diathese,** (gr.), weibl., –n: anlagebedingte Anfälligkeit für bestimmte Krankheiten (Med.)

**Diäthylenglykol:** vgl. Glykol

**Diatomee,** (gr.), weibl., –n: einzellige Kieselalge

**Diatonik,** (gr.), weibl., nur Sing.: übliches siebenstufiges Dur- oder Molltonleitersystem, das die Oktaven in jeweils fünf Ganz- und zwei Halbtöne unterteilt (Gegens.: Chromatik)

**diatonisch,** (gr.): in der Tonfolge einer Dur- oder Molltonleiter (Gegens.: chromatisch)

**dichotom,** (gr.): gabelartig; zweiteilig

**Dichotomie,** (gr.), weibl., –n: Zweiteilung; Verzweigung, Gabelung

**Didaktik,** (gr.), weibl., –en: 1. Unterrichtslehre, Theorie des Lehrens und Lernens, 2. Abhandlung einer bestimmten didaktischen Theorie

**Didaktiker,** (gr.), männl., –: 1. Fachmann auf dem Gebiet der Didaktik, 2. Lehrstoffvermittler, Lehrer

**didaktisch,** (gr.): nach den Erkenntnissen der Didaktik, unter dem Gesichtspunkt der Vermittlung des Lehrstoffes

**Dielektrikum,** [di-e'lektrikum, gr.-lat.], sächl., Dielektrika: Nichtleiter, elektrisch nicht leitender Stoff

**diffamatorisch,** (lat.): verleumderisch, ehrenrührig, diffamierend

**Diffamie,** (lat.), weibl., –n: Verleumdung, Rufmord; Beschimpfung

**diffamieren,** (lat.): verleumden, verunglimpfen, in Verruf bringen

**different,** (lat.): verschieden, ungleich

**differenzial** (auch: differential), (lat.): einen Unterschied darstellend
**Differenzial** (auch: Differential), (lat.), sächl., –e: Kurzw. für Differenzialgetriebe
**Differenzialgetriebe** (auch: Differentialgetriebe), (lat.-dt.): Getriebe, das die Drehzahldifferenz zwischen äußerem und innerem Fahrzeugrad bei Kurvenfahrten ausgleicht
**Differenzialgleichung** (auch: Differentialgleichung), (lat.-dt.), weibl., –en: Bestimmungsgleichung, die außer Variablen auch Differenzialquotienten enthält (Math.)
**Differenzialquotient** (auch: Differentialquotient), (lat.), –en: Grenzwert einer Folge von Tangentensteigungen, Ableitung einer Funktion (Math.)
**Differenzialrechnung** (auch: Differtialrechnung), (lat.-dt.), weibl., nur Sing.: Lehre vom Rechnen mit Differenzialquotienten, Teilgebiet der Analysis (Math.)
**Differenziation** (auch: Differentiation), (lat.), weibl., –en: 1. Aussonderung, 2. Auseinanderentwicklung von Sprachen, 3. Berechnung des Differenzialquotienten einer Funktion (Math.)
**Differenz,** (lat.), weibl., –en: 1. Unterschied, Abweichung; Fehlbetrag, 2. Unstimmigkeit, Meinungsverschiedenheit, 3. Ergebnis einer Subtraktionsaufgabe (Math.)
**Differenzierbarkeit,** (lat.), weibl., nur Sing.: Eigenschaft einer Funktion, den Differenzialquotienten bestimmen zu können (Math.)
**differenzieren,** (lat.): 1. genau unterscheiden, auseinander halten, trennen, 2. den Differenzialquotienten einer Funktion bestimmen (Math.)
**differenziert,** (lat.): genau betrachtet, Unterschiede hervorhebend
**differieren,** (lat.): voneinander abweichen, verschieden sein; anderer Meinung sein
**diffizil,** (lat.): schwierig; heikel; große Genauigkeit erfordernd
**difform,** (lat.): missgestaltet
**diffus,** (lat.): 1. zerstreut, nicht in eine Richtung gerichtet, 2. nicht abgegrenzt, unklar, verschwommen
**Diffusion,** (lat. »das Auseinanderfließen«), weibl., –en: 1. Streuung, 2. Vermischung, Durchdringung, Ausgleich
**Digest,** ['daidsch(e)st, engl.), männl. oder sächl., –s: Sammlung, Zusammenstellung beliebter Texte
**Digestion,** (lat.), weibl., –en: Auslaugung, Auszug (Chem.), 2. Verdauung (Med.)
**digital,** (lat.): 1. mit dem Finger, 2. in Stufen ablaufend (EDV), 3. ziffernmäßig dargestellt, Daten und Messwerte (z. B.: Uhrzeit, Temperatur) in Ziffern anzeigend (Gegens.: analog)
**Digitalis,** (lat.), weibl., –: Fingerhut (Bot.)
**Digitalis,** (lat.), sächl., nur Sing.: aus der gleichnamigen Pflanze gewonnenes Herz- und Kreislaufmittel (Med.)
**Digitaluhr,** (lat.-dt.), weibl., –en: Uhr, bei der die Zeit nicht mit Zeigern, sondern in Leuchtziffern angezeigt wird (Gegens.: Analoguhr)
**Dignitar,** (lat.), männl., –e: (in der kathol. Kirche:) geistlicher Würdenträger
**Dignität,** (lat.), weibl., nur Sing.: hoher Rang, Würde, Amtswürde
**Digression,** (lat.), weibl., –en: Abweichung, Abschweifung
**Diktaphon** (auch: Diktafon), (lat.-gr.), sächl., –e: Diktiergerät
**Diktat,** (lat.), sächl., –e: 1. das Diktieren, 2. vom Lehrer diktierter Text, Klassenarbeit im Deutschunterricht zur Überprüfung der orthografischen Kenntnisse, Rechtschreibtest, 3. die Niederschrift des Diktierten, 4. aufgezwungene Verpflichtung, unabweisbare Anordnung

**Diktator,** (lat.), männl., –en: Machthaber mit unumschränkter Gewalt, Alleinherrscher
**diktatorisch,** (lat.): unumschränkt herrschend; keinen Widerspruch duldend, gebieterisch
**Diktatur,** (lat.), weibl., –en: unumschränkte Machtausübung eines Diktators oder einer Gruppe von Diktatoren in einem Staatswesen; Willkürherrschaft
**diktieren,** (lat.): 1. einen Text zum Nachschreiben vorsprechen, 2. jmdm. etwas vorschreiben, anordnen
**Diktion,** (lat.), weibl., –en: Ausdrucksweise, Redeweise, Schreibstil
**Diktum,** (lat.), sächl., Dikta: Ausspruch
**dilatabel,** (lat.): dehnbar
**Dilatation,** (lat.), weibl., –en: Ausdehnung, Vergrößerung, Erweiterung
**Dilatationsfuge,** (lat.), weibl., –n: Fuge zum Ausgleich wärmebedingter Ausdehnung bei Betonstraßen, Brücken, o. Ä.
**dilatieren,** (lat.): ausdehnen, vergrößern, erweitern
**Dilation,** (lat.), weibl., –en: Aufschub, Frist
**dilatorisch,** (lat.): aufschiebend, verzögernd, fristverlängernd
**Dildo,** männl., –s: künstlicher Penis zur Selbstbefriedigung
**Dilemma,** (gr.), sächl., –ta oder –s: unangenehme Lage, Zwangslage
**Dilettant,** (lat.), männl., –en: Laie, Nichtfachmann; Stümper
**dilettantisch,** (lat.): laienhaft, unfachmännisch; oberflächlich, anfängerhaft, stümperhaft
**Dilettantismus,** (lat.): Betätigung aus Liebhaberei ohne Fachausbildung; anfängerhaftes Arbeiten, Oberflächlichkeit, Halbwissen, (umg.) Schlamperei
**dilettieren,** (lat.): sich als Dilettant betätigen, laienhaft, unfachmännisch arbeiten
**diluieren,** (lat.): verdünnen
**Dilution,** (lat.), weibl., –en: Verdünnung, durch Verdünnung gewonnenes Arzneimittel
**diluvial,** (lat.): zum Diluvium gehörig, aus dem Diluvium stammend
**Diluvium,** (lat.), sächl., nur Sing.: veraltete Bez. für Pleistozän
**Dime,** ['daim, lat.-engl.], männl., –s: nordamerikanische Silbermünze im Wert von 10 Cents
**Dimension,** (lat.), weibl., –en: 1. Ausdehnung, Abmessung, (Länge, Breite, Höhe, Tiefe); Ausmaß (von Körpern, Räumen), 2. Bedeutung (eines Geschehens), 3. Maximalzahl linear unabhängiger Vektoren eines Vektorraums (Math.)
**dimensional,** (lat.): die Dimension betreffend, Dimensionen besitzend, ein bestimmtes Ausmaß verkörpernd
**dimensionieren,** (lat.): bemessen, abmessen, auslegen; Maße festlegen
**dimer,** (gr.): zweiteilig, zweigliedrig (Chem.)
**Dimerisation,** (gr.), weibl., –en: Vereinigung zweier gleichartiger Moleküle (Chem.)
**diminuendo,** (italien.): allmählich leiser werdend (Mus.)
**diminuieren,** (lat.): verringern, verkleinern, verkürzen
**Diminution,** (lat.), weibl., –en: Verminderung, Verkleinerung, Verkürzung (Gegens.: Augmentation)
**diminutiv,** (lat.): vermindernd, verkleinernd, verkürzend
**Diminutiv,** (lat.), sächl., –e oder –a: sprachliche Verkleinerungsform (z. B.: Kindchen, Entlein; Gegens.: Augmentativ; Sprachwiss.)
**Diminutivum:** vgl. Diminutiv
**Dimmer,** (engl.), männl., –: schalterähnliche Vorrichtung zur stufenlosen Helligkeitsregelung des elektrischen Lichts
**dimorph,** (gr.): zweigestaltig

**Dimorphismus,** (gr.), männl., Dimorphismen: Zweigestaltigkeit, das Auftreten einer Pflanzen- oder Tierart in zwei Formen (z. B. beim Hirschkäfer)

**DIN:** 1. Kurzw. für: **D**eutsche **I**ndustrie-**N**orm, 2. Maßeinheit für die Lichtempfindlichkeit von Filmen

**Dinar,** (lat.), männl., –e: Währungseinheit in zahlreichen Ländern (u. a. in Jugoslawien, Algerien, Irak, Kuwait)

**Diner,** [di'ne:, fr.], sächl., –s: festliches Essen

**DIN-Format,** sächl., –e: nach DIN-Bestimmungen festgelegtes Papierformat

**Dingi, Dinghi,** (Hindi: »kleines Boot«), sächl., –s: 1. kleines Beiboot auf Schiffen, 2. kleines Sportsegelboot

**Dingo,** (austral.), männl., –s: wild lebender australischer Hund

**dinieren,** (fr.): ein Diner einnehmen, festlich speisen

**Diningroom,** ['dainingru:m, engl.], männl., –s: Esszimmer, Speiseraum

**Dink,** (Kurzw. aus **d**ouble **i**ncome, **n**o **k**ids: »doppeltes Einkommen, keine Kinder«, engl.), männl., –s: kinderlose Lebenspartner, kinderloses Ehepaar, das die beiderseitige Berufstätigkeit des Einkommens wegen ohne Einschränkungen durch Kinder verwirklicht

**Dinner,** (engl.), sächl., –: abendliche Hauptmahlzeit in England

**Dinosaurier,** (gr. »gewaltige Eidechse«), männl., –: Sammelbez. für ausgestorbene, zwischen 30 cm und 35 m lange Riesenechsen der Jura- und Kreidezeit

**Diode,** (gr.), weibl., –n: elektronisches Bauelement mit zwei Elektroden zur Gleichrichtung, Zweipolröhre

**Dionysien,** (gr.), sächl., nur Plur.: (im antiken Griechenland:) Fest zu Ehren des Fruchtbarkeitsgottes Dionysos

**dionysisch,** (gr.): 1. die Dionysien betreffend, 2. wild, rauschhaft, (in Bezug auf Feste; Gegens.: apollinisch)

**Diopter,** (gr.), sächl., –: Visiervorrichtung, Zielgerät

**Dioptrie,** (gr.), weibl., –n: Maßeinheit der Brechkraft optischer Linsen oder Systeme (Phys.)

**Diorama,** (gr.), sächl., Dioramen: plastisch wirkendes Schaubild mit Gegenständen vor einem gemaltem Hintergrund (z. B. in Museen)

**Dioxid,** (gr.), sächl., –e: vgl. Dioxyd

**Dioxin,** (gr.), sächl., nur Sing.: äußerst giftige Kohlenwasserstoffverbindung (z. B. das Seveso-Gift; Chem.)

**Dioxyd,** (gr.), sächl., –e: anorganische Verbindung mit zwei Sauerstoffatomen (Chem.)

**diözesan,** (gr.): zu einer Diözese gehörend

**Diözese,** (gr.), weibl., –n: Amtsgebiet eines kathol. Bischofs; Bistum

**Dip,** (engl.), männl., –s: meist kalte, dickliche Soße zum Eintunken

**Dipeptid,** (gr.), sächl., –e: Eiweißkörper aus zwei Aminosäuren (Chem.)

**Diphterie,** (gr.), weibl., –n: Infektionskrankheit des Hals- und Rachenraumes, die mit leichtem Fieber und Schluckbeschwerden beginnt und mit entzündlichen häutigen Belägen auf Schleimhäuten und Mandeln bis zu Kreislaufkollaps und Herzmuskelschäden führen kann (Med.)

**Diphthong,** (gr.), männl., –e: Doppellaut, aus zwei aufeinander folgenden Vokalen gebildeter Laut (z. B.: eu, ei; Sprachwiss.)

**diploid,** (gr.): doppelten Chromosomensatz besitzend (aus mütterlicher und väterlicher Keimzelle; Gegens.: haploid)

**Diplom,** (gr.), sächl., –e: 1. Urkunde über die Verleihung eines an einer (Fach)hochschule erworbenen akademischen Grades, 2. der akademische Grad selbst

**Diplomand,** (gr.), männl., –en: Anwärter auf ein Diplom

**Diplomat,** (gr.-fr.), männl., –en: 1. höherer Beamter des auswärtigen Dienstes als amtlicher Vertreter eines Staates, 2. geschickt, klug und vorsichtig verhandelnde Person

**Diplomatie,** (gr.-fr.), weibl., nur Sing.: 1. zwischenstaatliche Beziehungen, Außenpolitik, 2. berufliche Tätigkeit von Diplomaten, 3. Verhandlungsgeschick, kluge Verhandlungstaktik, 4. Gesamtheit der in einem Land akkreditierten Diplomaten

**Diplomatik,** weibl., nur Sing.: Urkundenlehre

**diplomatisch:** 1. urkundlich, 2. die Diplomatie betreffend, 3. geschickt beim Verhandeln, bei Verhandlungen klug taktierend

**diplomieren,** (gr.): jmdm. ein Diplom verleihen

**Dipol,** (gr.), männl., –e: Anordnung zweier gleich starker elektrischer oder magnetischer Ladungen entgegengesetzter Polarität in geringem Abstand voneinander

**dippen,** (engl.): 1. (z. B. Brot in eine Soße) eintauchen, eintunken, 2. Schiffsflagge zur Begrüßung eines anderen Schiffes halb niederholen und wieder aufziehen

**Dipsomanie,** (gr.), weibl., –n: periodisch auftretende Trunksucht, (umg.) Quartalssäuferei

**Dipteren,** (gr.), weibl., Plur.: Zweiflügler

**Dipteros,** (gr.), männl., Dipteroi: gr. Tempel mit einer doppelten Säulenreihe

**Diptychon,** (gr.), sächl., Diptychen: 1. (in der Antike:) zweiteilige, zusammenklappbare Schreibtafel, 2. (im Mittelalter:) zweiflügeliges Altarbild

**direkt,** (lat.): 1. gerade, in gerader Richtung, 2. geradewegs, ohne Umschweife, unmittelbar (Gegens.: indirekt)

**Direktion,** (lat.), weibl., –en: 1. (ehemals Bez. für) Richtung, 2. Geschäftsleitung, Verwaltung, Vorstand

**Direktive,** (lat.), weibl., –n: Weisung, Richtlinie, Verhaltensmaßregel

**Direktmandat,** (lat.), männl., –e: mit der Mehrheit der Erststimmen in einem Wahlkreis persönlich errungenes Mandat eines Abgeordneten

**Direktor,** (lat.), männl., –en: Leiter (z. B.: eines Gymnasiums, einer Behörde), Vorsteher

**Direktorat,** (lat.), sächl., –e: 1. Amt eines Direktors, 2. Dienstzimmer eines Direktors

**direktorial,** (lat.): einem Direktor zukommend; in der Art eines Direktoren

**Direktorium,** (lat.), sächl., Direktorien: aus mehreren Personen bestehender Vorstand; Geschäftsleitung

**Direktrice,** [direk'tri:ß, lat.-fr.], weibl., –n: leitende Angestellte (insbes. im Bekleidungsgewerbe)

**Dirigent,** (lat.), männl., –en: Leiter eines Chores, eines Orchesters

**dirigieren,** (lat.): 1. einen Chor, ein Orchester, bzw. eine musikalische Aufführung leiten, 2. etwas steuern, jmdn. lenken, leiten

**Dirigismus,** (lat.), männl., nur Sing.: staatliche Lenkung der Wirtschaft

**dirigistisch,** (lat.): 1. den Dirigismus betreffend, vertretend oder durchführend, 2. bestimmend, reglementierend

**Disagio,** [dis'a:dscho, italien.], sächl., –s: Geldbetrag, um den ein Kurs oder Preis eines Wertpapiers unter dem Nennwert liegt

**Discjockey,** ['diskdscho.ki, engl.]: vgl. Diskjockey

**Disco:** vgl. Diskothek

**Discount,** [dis'kaunt, engl.], männl., –s: Einzelhandel, der die Waren unter dem üblichen Preisniveau verkauft und dafür weniger kundenfreundlich ist

**Disengagement,** [disin'gejdschm(e)nt, engl.], sächl., nur Sing.: militärisches Auseinanderrücken zweier Machtblöcke (in Europa)

**Diseur,** [di'sör, fr.], männl., –e: Sänger, Vortragskünstler im Kabarett

**Diseuse,** [di'söse, fr.], weibl., –n: Sängerin, Vortragskünstlerin im Kabarett

**Disharmonie,** (lat.-gr.), weibl., –n: Missklang; Unstimmigkeit, Uneinigkeit (Gegens.: Harmonie)

**disharmonieren,** (lat.-gr.): 1. einen Missklang bilden, 2. nicht übereinstimmen, uneinig sein (Gegens.: harmonieren)

**disjunkt,** (lat.): 1. getrennt, gesondert, einander ausschließend, 2. elementefremd (in Bezug auf mathematische Mengen)

**Disjunktion,** (lat.), weibl., –en: 1. Trennung, Sonderung, 2. Verknüpfung zweier Aussagen durch das einander ausschließende »entweder – oder« (Math.)

**disjunktiv,** (lat.): trennend, gegensätzlich; einander ausschließend und doch zusammengehörig

**Diskant,** (lat.), männl., –e: 1. höchste Stimmlage, Sopran, 2. höchste Tonlage eines Instrumentes

**Diskette,** (engl.), weibl., –n: beidseitig beschichtete schallplattenähnliche Magnetplatte als Daten- oder Programmspeicher für Datenverarbeitungsanlagen (EDV)

**Diskjockey,** ['diskscho.ki, engl.], männl., –s: jmd., der in Rundfunk, Fernsehen oder Diskotheken Schallplattenmusik unterhaltsam präsentiert (Abk. DJ)

**Disko:** Kurzw. für Diskothek

**Diskont,** (italien.), männl., –e: 1. Betrag, der von einer noch nicht fälligen Summe im Voraus abgezogen wird, im Voraus abgezogener Zinsbetrag bei einem Wechselgeschäft, 2. vgl. Diskontsatz

**Diskontgeschäft,** (italien.-dt.), sächl., –e: Wechselgeschäft

**diskontieren,** (italien.): 1. einen Wechsel vor Fälligkeit mit Zinsvergütung ankaufen, 2. den Diskontbetrag abziehen

**diskontinuierlich,** (lat.): unterbrochen; zusammenhanglos (Gegens.: kontinuierlich)

**Diskonto,** (italien.), männl. oder sächl., –s: vgl. Diskont

**Diskontsatz,** (italien.-dt.), männl., –sätze: Zinssatz, der bei der Diskontberechnung zu Grunde gelegt wird

**Diskordanz,** (lat.), weibl., –en: Ungleichmäßigkeit, Missklang; Misshelligkeit, Uneinigkeit

**Diskothek,** (gr.), weibl., –en: 1. (urspr.) Schallplattensammlung, 2. Tanzlokal, in dem ständig in großer Lautstärke Tanzmusik gespielt wird, 3. Tanzveranstaltung mit Tanzmusik

**diskreditieren,** (lat.): dem Ansehen einer Person Schaden zufügen, jmdn. in Verruf bringen, verleumden

**diskrepant,** (lat.): widersprüchlich, abweichend, unstimmig

**Diskrepanz,** (lat.), weibl., –en: Widersprüchlichkeit, Abweichung, Unstimmigkeit, Missverhältnis

**diskret,** (lat.): vertraulich, verschwiegen; unauffällig, taktvoll, rücksichtsvoll

**Diskretion,** (lat.), weibl., –en: diskrete Behandlung; Vertraulichkeit, Verschwiegenheit; Rücksichtnahme

**Diskriminante,** (lat.), weibl., –n: bei Gleichungen zweiten und höheren Grades auftretender mathematischer Ausdruck, dessen Wert Aussagen über die Existenz einer Lösungsmenge, bzw. über deren Beschaffenheit ermöglicht (Math.)

**diskriminieren,** (lat.): jmdn. herabwürdigen, erniedrigen oder verächtlich machen

**Diskriminierung,** (lat.), weibl., –en: Herabwürdigung, Erniedrigung
**diskurrieren,** (lat.): lebhaft erörtern; sich unterhalten
**Diskurs,** (lat.), männl., –e: 1. Erörterung, wissenschaftliche Abhandlung, 2. Gedankenaustausch, Unterhaltung
**Diskus,** (gr.), männl., –se: flache Wurfscheibe aus Holz mit Metallring und Metallkern (18 cm Durchmesser bei den Frauen, 22 cm bei den Männern)
**Diskussion,** (lat.), weibl., –en: Erörterung, Aussprache, Auseinandersetzung, Meinungsaustausch
**diskutabel,** (lat.): erörterungswert, annehmbar (Gegens.: indiskutabel)
**Diskutant,** (lat.), männl., –en: Teilnehmer an einer Diskussion
**diskutieren,** (lat.): etwas gründlich mit anderen erörtern, besprechen
**Dislokation,** (lat.), weibl., –en: 1. Lageveränderung, Verlegung, Standortveränderung, 2. Verschiebung (insbes. von Knochen; Med.)
**dislozieren,** (lat.): verlagern, verlegen, verschieben; auseinander legen
**Dispache,** [dis'pasch, fr.], weibl., –n: Berechnung und Kostenaufteilung auf die Beteiligten bei großen Schäden auf hoher See
**dispachieren,** [dispa'schi:ren, fr.]: eine Dispache aufstellen
**disparat,** (lat.): ungleichartig, abweichend
**Disparität,** (lat.), weibl., –en: Ungleichartigkeit, Abweichung, Verschiedenheit
**Dispatcher,** [dis'pätsch(e)r, engl.], männl., –: leitender Angestellter, der den gesamten Produktionsablauf plant, lenkt und überwacht
**Dispens,** (lat.), männl., –e: Erlass, Befreiung von einer Verpflichtung, Erlaubnis im Ausnahmefall (insbes. im Kirchenrecht)
**dispensieren,** (lat.): 1. erlassen, von einer Verpflichtung befreien, eine Erlaubnis im Ausnahmefall erteilen, 2. (eine Arznei) zubereiten und abgeben
**Dispergens,** (lat.), sächl., ..genzien oder ..gentia: gasförmige oder flüssige Substanz, in dem ein anderer Stoff in feinster Verteilung enthalten ist, ein Lösungsmittel
**dispergieren,** (lat.): zerstreuen, fein verteilen
**Dispersion**; (lat.), weibl., –en: 1. Streuung, Verteilung, 2. Zerlegung von Licht in sein Farbenspektrum (Phys.), 3. feinste Auflösung und Verteilung eines Stoffes in einem anderen
**Dispersionsmittel:** vgl. Dispergens
**Display,** [dis'plej, engl.], sächl., –s: 1. werbewirksame Schaufenstergestaltung, 2. Anzeigefenster an elektronischen Geräten (z. B. an Taschenrechnern, Computern)
**Disponent,** (lat.), männl., –en: leitender kaufmännischer Angestellter mit besonderen Vollmachten
**disponibel,** (lat.): verfügbar
**Disponibilität,** (lat.), weibl., –en: Verfügbarkeit
**disponieren,** (lat.): verfügen; kalkulierend planen; einteilen
**disponiert,** (lat.): aufgelegt, empfänglich, bereit; gestimmt
**Disposition,** (lat.), weibl., –en: 1. Verfügung, Planung; Einteilung; Vorbereitung, 2. Anlage, Empfänglichkeit (z. B.: für eine Krankheit; Med.)
**Dispositionskredit,** (lat.), männl., –e: Überziehungskredit; Betrag, bis zu dem ein Kontoinhaber sein Konto zu günstigen Konditionen überziehen darf
**Disproportion,** (lat.), weibl., –en: Missverhältnis
**disproportioniert,** (lat.): im Missverhältnis, unverhältnismäßig, ungleich verteilt (Gegens.: proportioniert)

**Disput,** (lat.), männl., –e: Streit mit Worten, Streitgespräch, wortreiche Auseinandersetzung
**Disputation,** (lat.), weibl., –en: (ehemals Bez. für:) Streitgespräch von Gelehrten
**disputieren,** (lat.): ein wissenschaftliches Streitgespräch führen; seine Meinung vertreten
**Disqualifikation,** (lat.), weibl., –en: 1. Ausschluss aus einem Wettbewerb, Ausschluss von einem sportlichen Wettkampf, 2. Untauglichkeit
**disqualifizieren,** (lat.): 1. vom Wettkampf ausschließen, 2. für untauglich erklären
**Dissemination,** (lat.), weibl., –en: Verbreitung einer Krankheit (Med.)
**Dissens,** (lat.), männl., –e: Meinungsunterschied, Nichtübereinstimmung, Meinungsverschiedenheit (Gegens.: Konsens)
**dissentieren,** (lat.): 1. anderer Meinung sein, 2. sich von einer Glaubensgemeinschaft trennen
**Dissertation,** (lat.), weibl., –en: Doktorarbeit, wissenschaftliche Arbeit zur Erlangung des Doktorgrades
**dissertieren,** (lat.): an einer Dissertation schreiben
**dissident,** (lat.): anders denkend
**Dissident,** (lat.), männl., –en: 1. Andersdenkender, 2. jmd., der keiner Glaubensgemeinschaft angehört, Konfessionsloser, 3. jmd., dessen Meinung von der offiziellen politischen Linie abweicht
**Dissimilation,** (lat. »Entähnlichung«), weibl., –en: 1. das Unähnlichmachen, Veränderung, 2. Gesamtheit der Stoffwechselvorgänge zur Energiegewinnung durch Abbau und Verbrauch von Körpersubstanz (Biol.), 3. sprachliche Änderung, die aus zwei ehemals gleichen oder ähnlichen Lauten einander fremde gemacht hat (Gegens.: Assimilation)
**dissimilieren,** (lat.): unähnlich werden oder machen, eine Dissimilation erfahren oder bewirken
**Dissimulation,** (lat.), weibl., –en: bewusstes Verheimlichen von Krankheitssymptomen (Med.)
**dissimulieren,** (lat.): bewusst Krankheitssymptome verheimlichen
**Dissipation,** (lat. »Zerstreuung«), weibl., –en: Übergang einer beliebigen Energieform in Wärmeenergie bei gleichzeitigem Energieverlust
**dissipieren,** (lat.): 1. zerstreuen, 2. umwandeln
**dissolubel,** (lat.): auflösbar, trennbar, zerlegbar (Chem.)
**Dissolution,** (lat.), weibl., –en: 1. Auflösung, Trennung, Zerlegung, 2. Zügellosigkeit
**Dissolvens,** (lat.), sächl., Dissolvenzien oder Dissolventia: auflösendes Mittel (Med.)
**dissonant,** (lat.): 1. misstönend (Mus.), 2. unstimmig
**Dissonanz,** (lat.), weibl., –en: 1. Missklang; als Missklang wahrgenommene Tonverbindung (Mus.), 2. Unstimmigkeit, Meinungsverschiedenheit
**dissonieren,** (lat.): 1. dissonant klingen, 2. nicht übereinstimmen
**Dissoziation,** (lat.), weibl., –en: 1. Auflösung, Aufspaltung, Zerfall, 2. Aufspaltung von Molekülen in einfachere Bestandteile (Chem.), 3. krankheitsbedingte Auflösung von ursprünglich zusammenhängenden Vorstellungen (Psychol.)
**dissoziieren,** (lat.): auflösen, aufspalten, zerfallen
**distal,** (lat.): von der Mitte des Körpers weiter entfernt liegend (Biol., Med.)
**Distanz,** (lat.), weibl., –en: 1. Entfernung, Abstand; Strecke, 2. Zurückhaltung, Reserviertheit
**distanzieren,** (lat.): 1. jmdn. im Wettkampf deutlich übertreffen, 2. von etwas

oder jmdm. abrücken, Abstand nehmen; Vertraulichkeit unterbinden

**distanziert,** (lat.): auf Abstand bedacht, Abstand wahrend, zurückhaltend

**Distichon,** (gr.), sächl., Distichen: zweizeilige Verseinheit (meist aus einer Hexameter- und einer Parameterzeile bestehend)

**distinguieren,** (lat.): sich unterscheiden, abheben

**distinguiert,** (lat.): sich von anderen unterscheidend, vornehm

**Distinktion,** (lat.), weibl., –en: Unterscheidung; Auszeichnung; Rang

**distinktiv,** (lat.): unterscheidend, auszeichnend

**Distorsion,** (lat.), weibl., –en: 1. Verzerrung Optik); 2. Verstauchung (Med.)

**distrahieren,** (lat.): auseinander ziehen

**Distraktion,** (lat.), weibl., –en: Auseinanderziehung; Dehnung

**Distribuent,** (lat.), männl., –en: Verteiler

**distribuieren,** (lat.): verteilen

**Distribution,** (lat.), weibl., –en: Verteilung; Auflösung; Verbreitung

**distributiv,** (lat.): verteilend, aufteilend

**Distributivgesetz,** (lat.-dt.), sächl., –e: in einigen algebraischen Strukturen gültiges Verknüpfungsgesetz (in der Schulmathematik für den Körper der reellen Zahlen in die Formel gebracht: $a(b + c) = ab + ac$

**Distrikt,** (lat.), männl., –e: Bezirk, Bereich

**Disziplin,** (lat.), weibl., nur Sing.: 1. beherrschtes Verhalten, (Selbst)zucht, bewusste Einordnung, 2. die Regelung des Umgangs miteinander in einer Gemeinschaft, 3. (wissenschaftliches) Fachgebiet; Sportart

**disziplinär,** (lat.): die Disziplin betreffend

**disziplinarisch,** (lat.): die Strafgewalt betreffend (eines Lehrers, einer Dienstaufsichtsbehörde, eines Staates)

**Disziplinarstrafe,** (lat.-dt.), weibl., –n: Strafe für ein Dienstvergehen (bei Behörden)

**disziplinieren,** (lat.): 1. Regeln für ein geordnetes Miteinander beibringen, Disziplin lehren, 2. zur Ordnung rufen, maßregeln, bestrafen

**diszipliniert,** (lat.): beherrscht, sich gut in eine Gemeinschaft einordnend

**Disziplinierung,** (lat.), weibl., –en: das Disziplinieren; das Bestrafen

**disziplinlos,** (lat.-dt.): ohne Disziplin (1)

**dito,** (italien.): dasselbe, ebenso, gleichfalls (Abk.: dto.)

**Diurese,** (gr.), weibl., –n: Harnausscheidung (Med.)

**Diuretikum,** (gr.), sächl., Diuretika: harntreibendes Mittel (Med.)

**diuretisch,** (gr.): harntreibend (Med.)

**Diva,** (lat.-italien. »die Göttliche«), weibl., –s oder Diven: 1. Titel der röm. Kaiserinnen nach ihrem Tode, 2. gefeierter weiblicher Bühnen- oder Filmstar, 3. (umg.) launische und überempfindliche weibliche Person

**divergent,** (lat. »auseinander liegend«): 1. auseinander strebend, unterschiedlich; in entgegengesetzter Richtung verlaufend, 2. keinen endlichen Grenzwert besitzend (in Bezug auf Folgen oder unendliche Reihen; Gegens.: konvergent; Math.)

**Divergenz,** (lat.), weibl., –en: 1. das Auseinanderstreben, Abweichen; 2. Meinungsverschiedenheit, 3. Eigenschaft einer Folge oder unendlichen Reihe, keinen endlichen Grenzwert zu besitzen (Gegens.: Konvergenz; Math.)

**divergieren,** (lat.): 1. auseinander streben, abweichen, 2. keinen endlichen Grenzwert besitzen (Gegens.: konvergieren; Math.)

**divers,** (lat.): verschieden, allerlei

**Diverses,** (lat.): Verschiedenes, Allerlei

**Diversifikation,** (lat.), weibl., –en: 1. Veränderung, Vielfalt, 2. Erweiterung der

Angebotspalette und Produktionssausweitung als Maßnahmen einer Unternehmenspolitik
**diversifizieren,** (lat.): Produktion und Angebotspalette eines Unternehmens erweitern oder umstellen
**Divertikel,** (lat.), sächl., –: Ausstülpung eines Hohlorgans (Med.)
**Divertikulitis,** (lat.), weibl., Divertikulitiden: Entzündung von Divertikeln (Med.)
**Divertimento,** (italien.), sächl., –s und Divertimenti: 1. unterhaltendes Instrumentalstück des 18. Jh., 2. musikalisches Zwischenspiel, 3. Tanzeinlage in Opern
**Divertissement,** [diwertiß'man, fr.], sächl., –s: vgl. Divertimento
**Dividend,** (lat.), männl., –en: Zahl, die durch eine andere geteilt werden soll (bei der Rechnung 65 : 3 ist 65 der D. und 3 der Divisor)
**Dividende,** (lat.), weibl., –n: jährlich auf eine Aktie entfallender Anteil am Gewinn
**dividieren,** (lat.): teilen (Math.)
**Divination,** (lat.), weibl., nur Sing.: Ahnungsvermögen, Wahrsagekunst, Hellseherei
**divinatorisch,** (lat.): erahnend; hellsehend
**Divis,** (lat.), sächl., –e: Bindestrich, Silbentrennungszeichen
**divisibel,** (lat.): teilbar
**Division,** (lat.), weibl., –en: 1. militärische Einheit eines Heeres, 2. Teilung (Gegens.: Multiplikation; Math.)
**Divisor,** (lat.), männl., Divisoren: Teiler; die Zahl, die eine andere teilt (Gegens.: Dividend; Math.)
**Diwan,** (pers.), männl., –e: 1. niedrige Polsterliege ohne Rückenlehne, 2. Ruhebett, 3. islamische Gedichtsammlung
**Dixie,** männl., nur Sing.: vgl. Dixieland
**Dixieland,** ['di.xi:länd, amerik.], männl., nur Sing.: (nach der amerik. Bez. für die Südstaaten der USA:) Dixielandjazz, alte Jazz-Form aus den Südstaaten der USA
**Dixielandjazz,** männl., nur Sing.: vgl. Dixieland
**DJ,** ['di'dsche:j, engl.], männl., –s: Abk. für Diskjockey
**DNS,** weibl., nur Sing.: Abk. für: **D**esoxyribo**n**ukleinsäure
**Dock,** (engl.), sächl., –s: Großanlage in Werften zum Trockensetzen und Reparieren von Schiffen
**docken,** (engl.): (ein Schiff) ins Dock bringen; im Dock liegen
**Docker,** (engl.), männl., –: Dockarbeiter
**Dodekaeder,** (gr.), sächl., –: ein von 12 Flächen begrenzter Körper
**Dodekaphonie,** (gr.), weibl., nur Sing.: Zwölftonmusik
**Dogcart,** ['do.gka:t, engl.], männl., –s: zweirädriger, einspänniger Wagen für die Jagd
**Doge,** ['do:sche, italien.], männl., –n: (histor.:) Staatsoberhaupt der früheren Republiken Venedig und Genua
**Dogge,** (engl.), weibl., –n: großer, schlanker, kurzhaariger Hund
**Dogger,** (engl.), männl., nur Sing.: Brauner Jura, mittlere Abteilung des Juras
**Dogger,** (niederl.), männl., –: niederl. Fischerfahrzeug
**Dogma,** (gr.), sächl., Dogmen: (in der kath. Kirche:) verbindlicher Glaubensgrundsatz; festgelegte und starre Lehrmeinung
**Dogmatik,** (gr.), weibl., –en: systematische Darstellung von Dogmen; Lehre kirchlicher Dogmen
**Dogmatiker,** (gr.), männl., –: einer, der Dogmatik lehrt; Verfechter dogmatischer Lehrmeinungen
**dogmatisch,** (gr.): ein Dogma betreffend; an ein Dogma gebunden; starr am Dogma festhaltend
**dogmatisieren,** (gr.): zum Dogma erheben

**Dogmatismus,** (gr.): Einstellung oder Denkweise, die starr an Dogmen festhält
**Dogskin,** (engl.), sächl., nur Sing.: kräftiges Leder aus Schaffell
**Do it yourself!,** ['du:it jur'ßelf, engl. »tue es selbst!«]: Schlagwort für handwerkliche Selbsthilfe
**Doktor,** (lat.), männl., –en: 1. akademischer Grad und Titel, 2. (umg.) Arzt
**Doktorand,** (lat.), männl., –en: jmd., der im Begriff ist, zu Promovieren
**Doktrin,** (lat.), weibl., –en: politischer Grundsatz, Leitlinie; starre Lehrmeinung
**doktrinär,** (lat.): auf eine Doktrin festgelegt, sich auf eine Lehrmeinung versteifend; engstirnig
**Doktrinär,** (lat.), männl., –e: Verfechter einer Doktrin
**Dokument,** (lat.), sächl., –e: Urkunde, wichtiges Schriftstück, Belegstück, Beweismittel
**Dokumentalist,** (lat.), männl., –en: vgl. Dokumentar
**Dokumentar,** (lat.), männl., –e: wissenschaftlich ausgebildeter Mitarbeiter einer Dokumentationsstelle
**Dokumentarfilm,** (lat.), männl., –e: Film, der gesellschaftliche oder historische Realität mit Hilfe von Dokumente wiederzugeben versucht
**dokumentarisch,** (lat.): auf der Grundlage von Dokumenten, urkundlich
**Dokumentarist,** (lat.), männl., –en: Verfasser von Dokumentationen (in Form von Filmen oder Berichten)
**Dokumentation,** (lat.), weibl., –en: 1. Zusammenstellung von Dokumenten aller Art (z. B. in Form eines Films oder eines schriftlichen Berichtes), 2. Beweisführung auf der Grundlage von Dokumenten, das Dokumentieren
**dokumentieren,** (lat.): unter Beweis stellen, durch Dokumente belegen; beurkunden
**Dolby,** (Wz), sächl., –s: Rauschunterdrückungsverfahren für Magnetbandaufnahmen
**dolce,** ['doltsche, italien.]: süß, sanft, lieblich (Mus.)
**Dolcefarniente,** (italien.), sächl., nur Sing.: süßes Nichtstun
**Dolce vita,** (italien.), sächl., nur Sing.: süßes Leben, ausschweifendes Müßiggängertum
**Doline,** (slowen.), weibl., –n: trichterartige oder schüsselförmige Vertiefung in der Erdoberfläche (Geogr.)
**Dollar,** (amerik. »Taler«), männl., –s: Währungseinheit (u. a. in den USA, Australien, Neuseeland, Kanada)
**Dolmen,** (fr.), männl., –: (histor.:) jungsteinzeitliche Steingrabkammer
**Dolmetsch,** (ungar.), männl., –e: 1. Fürsprecher, Anwalt, 2. vgl. Dolmetscher
**dolmetschen,** (ungar.): als Dolmetscher tätig sein, mündlich übersetzen
**Dolmetscher,** (ungar.), männl., –: jmd., der beruflich beim Gespräch zwischen verschiedensprachigen Personen übersetzt; beruflicher Übersetzer
**Dolomit,** männl., –e: 1. ein Mineral, 2. ein aus D. bestehendes Gestein
**doloroso,** (italien. ): klagend, schmerzerfüllt (Mus.)
**dolos,** (lat.): arglistig, heimtückisch, vorsätzlich (Rechtsw.)
**Dolus,** (lat. »List«), männl., nur Sing.: Arglist, Heimtücke, Vorsatz (Rechtsw.)
**Dom,** (lat.), männl., –e: Bischofskirche, Hauptkirche einer Stadt
**Dom,** (lat.-fr.), männl., –e: 1. Kuppel, Gewölbe, 2. gewölbter Aufsatz auf Dampfkesseln
**Dom,** (lat.-portug. »Herr«), männl., nur Sing.: vor den männl. Taufnamen gestellter portug. Titel (weibl. Pendant: Dona)
**Domäne,** (fr.), weibl., –n: 1. Landgut im Besitz eines Herrscherhauses oder des

Staates, Staatsbesitz, 2. Arbeitsgebiet, Wissensgebiet, auf dem sich jmd. besonders gut auskennt, Spezialgebiet

**Domestik,** (fr.), männl., –en: 1. Dienstbote, Hausangestellte(r), 2. Radrennfahrer, der im Dienste seines Mannschaftskapitäns zu fahren hat

**Domestikation,** (lat.), weibl., –en: Entwicklung, bzw. Züchtung von ehemals wilden Tieren oder Pflanzen zu Haustieren, bzw. Kulturpflanzen

**Domestike,** (fr.): vgl. Domestik

**domestizieren,** (lat.): ehemals wilde Tiere oder Pflanzen zu Haustieren, bzw. Kulturpflanzen züchten

**Domina,** (lat.), weibl., –s: 1. Hausherrin; Stiftsvorsteherin, 2. Prostituierte, die auf Verlangen sadistische Handlungen an einem Masochisten vornimmt

**dominant,** (lat.): 1. (bei Erbanlagen:) vorherrschend, überdeckend, (Gegens.: rezessiv; Biol.), 2. (in sozialen Zusammenhängen:) beherrschend, bestimmend

**Dominantakkord,** (lat.), männl., –e: auf dem fünften Ton der Tonleiter aufgebauter Dreiklang (Mus.)

**Dominante,** (lat.): die, –n: 1. fünfter Ton einer Tonleiter, 2. vgl. Dominantakkord, 3. überdeckendes Merkmal (Biol.)

**Dominanz,** (lat.), weibl., –en: 1. das Vorherrschen, das Überdecken (anderer Erbanlagen; Biol.), 2. beherrschendes und bestimmendes Verhalten einer Person

**dominieren,** (lat.): 1. vorherrschen, überdecken (Biol.), 2. überwiegen, in der Mehrzahl sein, 3. beherrschen, bestimmen, den Ton angeben, überlegen sein

**Dominikaner,** (lat.), männl., –: Angehöriger des vom heiligen Dominicus 1215 gegründeten Bettel- und Predigerordens

**Dominion,** [do'minj(e)n, engl.], sächl., –s: aus einer britischen Kolonie hervorgegangenes selbstverwaltetes Land, das noch zum Commonwealth gehört

**Dominium,** (lat.), sächl., Dominien: Herrschaftsgebiet, Domäne

**Domino,** (fr.), männl., –s: langer Maskenmantel mit Kapuze; der Träger eines solchen Mantels

**Domino,** (fr.), sächl., –s: Anlegespiel mit 28 rechteckigen Steinen

**Dominus,** (lat.), männl., Domini: Herr, Gebieter

**Dominus vobiscum,** (lat. » der Herr sei mit euch!«): (Gruß des kathol. Priesters an seine Gemeinde)

**Domizil,** (lat.), sächl., –e: 1. Wohnsitz, Wohnung, Unterkunft, 2. (bei Wechseln:) Zahlungsort

**Domkapitel,** (lat.), sächl., –: Gremium von Geistlichen an bischöflichen Kirchen, das den Bischof beraten soll

**Domkapitular,** (lat.), männl., –e: Mitglied des Domkapitels

**Dompteur,** [dom'tö:r, fr.], männl., –e: Tierbändiger

**Dompteuse,** [dom'tö:se, fr.], weibl., –n: Tierbändigerin

**Don,** (lat.-span), männl., –s: Herr (in Spanien als Anrede, in Italien als Titel für italien. Geistliche oder Adlige)

**Doña,** ('do.nja, lat.-span.), weibl., –s: Frau, Herrin (in Spanien als Anrede in Verbindung mit dem Namen)

**Donation,** (lat.), weibl., –en: Schenkung (Rechtsw.)

**Dönerkebab,** (türk.), männl., –s: Gericht aus am Spieß gebratenen Hammelfleischstückchen

**Don Juan,** ['do.nchu'an, span.], männl., – –s: (nach einer Gestalt der span. Literatur:) Frauenheld, Verführer

**Donna,** (italien. ), weibl., –s: Frau (vor den Vornamen gestellte italien. Anrede von weibl. Mitgliedern adliger Familien)

**Don Quichotte,** ['don ki'scho.t, span.-fr.], männl., – –s: (nach dem Romanheld des span. Dichters Cervantes) schwärmerischer Idealist, dessen Tatendrang an der Realität scheitert

**Donquichotterie,** [donkischo.te'ri:], weibl., –n: nach dem literarischen Vorbild des »Don Quichotte« benanntes zum Scheitern verurteiltes, ans Lächerliche grenzendes Unternehmen

**Don Quijote,** (span.): vgl. Don Quichotte

**Dope,** [do(u)p, engl.], sächl., nur Sing.: (umg.) Rauschgift

**dopen,** (engl.): Anregungspräparate einnehmen oder verabreichen, um sportliche Leistungssteigerung zu erzielen

**Doping,** (engl.), sächl., –s: die unerlaubte Einnahme oder Verabreichung von Anregungspräparaten, um vorübergehend sportliche Leistungssteigerung zu erzielen

**Dopplereffekt,** männl., –e: nach dem österreich. Physiker Christian Doppler benannte Erscheinung, der Zunahme der Tonhöhe bei Annäherung an eine ruhende Schallquelle, bzw. der Abnahme bei Entfernung

**dorsal,** (lat.): 1. den Rücken betreffend, zum Rücken gehörig; am Rücken, an der Rückseite gelegen; rückseitig (Med.), 2. mit dem Zungenrücken gebildet (bei Lauten, z. B.: n; Sprachwiss.)

**dos à dos,** [dosa'do:, lat.-fr.]: (beim Ballett:) Rücken an Rücken

**dosieren,** (gr.): (Mengen) genau bemessen, abmessen

**Dosierung,** (gr.), weibl., –en: Abmessung einer bestimmten Menge

**Dosimeter,** (gr.), sächl., –: Gerät, mit dem man die radioaktive Strahlendosis am Menschen misst

**Dosis,** (gr.), weibl., Dosen: 1. genau abgemessene Menge (z. B.: eines Präparates); kleine Menge, 2. (in Bezug auf Strahlen:) messbare Menge

**Dossier,** [doß'je:, fr.], sächl., –s: Aktenbündel, sämtliche zu einem Vorgang gehörenden Akten

**Dotation,** (lat.), weibl., –en: Zuwendung, Schenkung; Ausstattung, Mitgift

**dotieren,** (lat.): (für einen Auftrag, eine Funktion, einen Preis o. Ä.) eine Geldsumme festlegen, stiften, zuweisen

**Douane,** [du'a:n(e), fr.], weibl., –n: Zoll, Zollamt

**doubeln,** ['du:beln, fr.]: 1. bei gefährlichen Szenen oder besonderen Anforderungen die Rolle des Filmschauspielers übernehmen, 2. einen Filmschauspieler bei gefährlichen Szenen oder besonderen Anforderungen durch einen anderen ersetzen

**Double,** ['du:bel, fr.], sächl., –s: 1. Schauspieler, der einen anderen Darsteller doubelt, Ersatzmann, Stuntwoman, Stuntman, 2. das Doppel

**Doublette:** vgl. Dublette

**Douglasfichte:** vgl. Douglasie

**Douglasie,** [dug'la:si-e], weibl., –n: nach dem schott. Botaniker Douglas benannte, aus Nordamerika stammende Kiefernart

**do ut des,** (lat. »ich gebe, damit du gibst«): röm. Vertragsformel

**down,** [daun, engl.]: (umg.) niedergeschlagen, erschöpft, erledigt

**Downsyndrom,** ['daun-sün'dro:m], sächl., nur Sing.: vgl. Mongolismus

**Doyen,** [doa'jän, fr.], männl., –s: Leiter und Sprecher des diplomatischen Korps

**Dozent,** (lat. »Lehrender«), männl., –en: Lehrer an einer Hochschule, Lehrbeauftragter

**Dozentur,** (lat.), weibl., –en: 1. Lehrauftrag für einen Dozenten, 2. Dozentenstelle

**dozieren,** (lat.): 1. lehren, vortragen, Vorlesungen halten, 2. (abwertend:) in belehrendem Ton reden, etwas vortragen, ohne sich um das Verständnis der Hörer zu bemühen

**Dragée,** [dra'sche:, fr.], sächl., –s: linsenförmige, mit Zucker glasierte Tablette (Medikament oder Süßigkeit)

**dragieren,** [dra'schi:ren, fr.]: mit Zucker glasieren, Dragées herstellen

**Dragoner,** (fr.), männl., –: 1. (histor.) leichter Reiter, Kavallerist, 2. (umg.) stämmige Frau, energisches Frauenzimmer

**Drain,** [drän, engl.-fr.], männl., –s: 1. Abzugsrohr, Glas- oder Gummiröhrchen zur Drainage von Wundabsonderungen (Med.), 2. Entwässerungsgraben; Rohrstrang zur Entwässerung

**Drainage,** [drä'na:sche, engl.-fr.], weibl., –n: 1. Ableitung von Sekreten aus Wunden oder Körperhöhlen durch Drains (1) oder Gazestreifen (Med.), 2. Entwässerungssystem (aus Röhren oder Gräben)

**drainieren,** (engl.-fr.): Sekrete aus Wunden oder Körperhöhlen durch Drains oder Gazestreifen ableiten (Med.)

**Draisine,** [drei'sine, fälschl. umg. auch drä'si:ne], weibl., –n: 1. zweirädriges Laufrad (Vorläufer des Fahrrades), 2. nach seinem deutschen Erfinder Drais benanntes kleines Schienenfahrzeug, das anfangs von Hand, später mit Motor angetrieben wurde

**drakonisch,** (nach Drakon, dem Gesetzgeber im antiken Athen): hart, streng, unnachsichtig; rücksichtslos

**Dralon,** (Wz), sächl., nur Sing.: Kunstfaser von wollähnlichem Charakter

**Drama,** (gr.), sächl., Dramen: 1. Bühnendichtung, Schauspiel von sehr bewegendem Inhalt, 2. aufregendes, trauriges, wirkliches Geschehnis

**Dramatik,** (gr.), weibl., nur Sing.: 1. dramatische Dichtkunst, 2. Spannung, aufregender und erschütternder Ablauf (eines Bühnenstückes oder eines wirklichen Geschehens)

**Dramatiker,** (gr.), männl., –: Dichter von Dramen

**dramatisch,** (gr.): 1. in Form eines Dramas; im Drama auftretend, 2. spannend, lebendig, erschütternd, traurig

**dramatisieren,** (gr.): 1. für die Bühne bearbeiten, zu einem Drama umschreiben, als Drama gestalten, 2. eine Begebenheit übertrieben spannend schildern, aufregender wiedergeben

**Dramaturg,** (gr.), männl., –en: literarischer Berater am Theater, bei Funk, Film und Fernsehen, der für die Bühnenbearbeitung des darzustellenden Geschehens zuständig ist

**Dramaturgie,** (gr.), weibl., –n: 1. Lehre vom Drama und seiner Realisierung im Theater, 2. literarische Abteilung am Theater, bei Funk, Film und Fernsehen

**dramaturgisch,** (gr.): die Dramaturgie betreffend; zur Dramaturgie gehörig

**Drän:** vgl. Drain

**Dränage:** vgl. Drainage

**dränieren:** vgl. drainieren

**Dränung:** vgl. Drainage (2)

**Drap,** (fr.), männl., nur Sing.: tuch- oder lederartiges Gewebe

**Drapé** (auch: Drapee), (fr.), männl., –s: Anzugstoff aus Kamm- oder Streichgarn

**Drapeau,** [dra'po:, fr.], sächl., –s: (ehemals Bez. für:) Fahne, Banner

**Draperie,** (fr.), weibl., –n: kunstvoller Faltenwurf von Gewändern; geraffte Teile eines Kleides

**drapieren,** (fr. ): kunstvoll in Falten legen, raffen; ausschmücken, behängen

**drastisch,** (gr.): derb-anschaulich; deutlich, grob, überdeutlich; sehr wirksam

**Dress,** (engl.), männl., Dresse: Kleidung für eine bestimmte Gelegenheit, insbes. Sportkleidung

**Dresseur,** [dre'sö:r, fr.], männl., –e: jmd., der Tiere dressiert
**dressieren,** (fr.): 1. Tiere lehren, abrichten, Tieren Kunststücke beibringen, 2. Speisen gefällig anrichten, 3. nachwalzen, strecken
**Dressing,** (engl.), sächl., –s: 1. Salatsoße, 2. Gewürzmischung für Bratenfüllungen
**Dressman,** ['drä.ßm(e)n, engl.], männl., Dressmen: 1. Mann, der auf Modenschauen Herrenkleidung vorführt, 2. männl. Fotomodell
**Dressur,** (fr.), weibl., –en: 1. das Dressieren, Abrichten von Tieren, 2. Kunststück eines dressierten Tieres
**dribbeln,** (engl.): (beim Fußball oder Hockey:) einen Ball, bzw. Puck geschickt mit Fuß oder Schläger führen und zugleich einen Gegner umspielen
**Dribbling,** (engl.), sächl., –s: das Dribbeln
**Drink,** (engl.), männl., –s: kleines alkoholisches Mischgetränk
**Drive,** [draif, engl.], männl., –s: 1. Schwung, innerer Antrieb, 2. drängender, treibender Rhythmus im Jazz, 3. (beim Golf, Tennis oder Polo:) Treibschlag
**Drive-in,** [draif'in, engl.], sächl., –s: Einrichtungen wie Kino oder Imbissgaststätte, die im Auto sitzend genutzt werden können
**Droge,** (fr.), weibl., –n: 1. pflanzlicher oder tierischer Stoff, der für Arzneien oder Gewürze in getrocknetem Zustand verwendet wird, 2. Rauschgift
**Drogerie,** (fr.), weibl., –n: Einzelhandelsgeschäft zum Verkauf von Drogen, frei verkäuflichen Arzneien, Körperpflegemitteln, Hauspflegemitteln u. a.
**Drogist,** (fr.), männl., –en: Besitzer oder Angestellter einer Drogerie
**Dromedar,** (gr.), sächl., –e: Kamelart mit nur einem Höcker
**Dropkick,** (engl.), männl., –s: (beim Fußball oder Rugby:) das Treten des Balles in dem Moment, in dem der Ball auf dem Boden aufkommt
**Drop-out,** (engl.), männl., –s: 1. Aussteiger (aus der Gesellschaft), 2. Ausfall eines Signals bei der Datenspeicherung (EDV), 3. (bei Magnetbandaufzeichnungen:) kurzes Aussetzen der Aufzeichnung
**Drops,** (engl.), männl. oder sächl., –: (saures) Fruchtbonbon
**Droschke,** (russ.), weibl., –n: 1. (histor.) Pferdekutsche zur Personenbeförderung, 2. Taxi
**Drugstore,** ['dra.gsto:r, engl.], männl., –s: amerikanischer Gemischtwarenladen mit Imbissraum
**Druide,** männl., –n: keltischer Priester
**Drummer,** ['dra.mer, engl.], männl., –: Schlagzeuger
**Drums,** [dra.ms, eng.], weibl., nur Plur.: Schlagzeug
**dry,** [drai, engl.]: trocken, herb (inbes. von Wein, Sekt)
**Dryade,** weibl., –n: (in der gr. Mythologie:) Wald-, Baumnymphe
**Dschungel,** (engl.), männl., –: tropischer Regen- oder Urwald
**Dschunke,** weibl., –n: flaches chines. Segelschiff (für die Fluss- und Küstenschifffahrt)
**dual,** (lat.): zweiheitlich, eine Zweiheit bildend, in zweifacher Weise
**Dual,** (lat.), männl., nur Sing.: eigene grammatische Form für Menschen oder Dinge in zweifacher Anzahl (neben Singular und Plural; Sprachwiss.)
**Dualis,** (lat.), männl., Duale: vgl. Dual
**Dualismus,** (lat.), männl., nur Sing.: 1. Zweiheit; Gegensätzlichkeit, 2. Widerstreit zweier entgegengesetzter Kräfte; konkurrierendes Nebeneinander zweier Machtfaktoren, 3. philosophische oder religiöse Lehre, die die Exis-

tenz von nur zwei von einander unabhängige Prinzipien annimmt
**Dualität,** (lat.), weibl., nur Sing.: Zweiheit, Wechselseitigkeit; Austauschbarkeit
**Dualsystem,** (lat.-gr.), sächl., –e: Zweiersystem; ein Zahlensystem, das auf der Basis »2« aufbaut (Math.)
**dubios,** (lat.): zweifelhaft, fragwürdig
**dubiös:** vgl. dubios
**dubitativ,** (lat.): Zweifel ausdrückend
**Dublee,** (fr.), sächl., –s: 1. mit dünner Edelmetallschicht (Goldschicht) überzogenes Metall, 2. Stoß beim Billardspiel
**Dublette,** (fr.), weibl., –n: 1. zweimal vorhandener Gegenstand, Doppelstück; Nachahmung, 2. Doppeltreffer
**dublieren,** (fr.): 1. verdoppeln, 2. mit Edelmetall (Gold) überziehen, ein Dublee anfertigen
**Dublone,** weibl., –n: alte span. Goldmünze
**Duc,** ['dük, fr.], männl., –s: Herzog (höchster fr. Adelstitel)
**Duchesse,** [dü'schäß, fr.], weibl., –n: Herzogin (fr. Adelstitel)
**Ductus,** (lat. »Leitung«), männl., –: 1. Gang, Kanal (Med.), 2. vgl. Duktus
**Duell,** (fr.), sächl., –e: Zweikampf nach vorher festgelegtem Reglement und mit den vereinbarten Waffen
**Duellant,** (fr.), männl., –en: jmd., der sich mit einem anderen duelliert
**duellieren,** (fr.): ein Duell austragen
**Duett,** (italien. ), sächl., –e: Musikstück für zwei Singstimmen (Mus.)
**Dufflecoat,** ['da.felko:t, engl.], männl., –s: knielanger Kapuzenmantel mit Schlaufenverschlüssen
**Dukaten,** (italien.), männl., –: alte Goldmünze
**Duke,** ['dju:k, engl.], männl., –s: engl. Herzog (engl. Adelstitel)
**duktil,** (lat.): formbar, dehnbar, streckbar
**Duktilität,** (lat.), weibl., nur Sing.: Formbarkeit, Dehnbarkeit
**Duktus,** (lat.), männl., nur Sing.: 1. typischer Schriftzug, charakteristische Linienführung, 2. charakteristische Formgebung, Handschrift
**Dulzinea,** (lat.-span.), weibl., –s: (scherzh.) Freundin, Geliebte
**Duma,** (russ.), weibl., –s: 1. (histor.) fürstliche Ratsversammlung in Russland, 2. (später:) Stadtverordnetenversammlung und Parlament in Russland
**Dumdumgeschoss,** sächl., –geschosse: nach seinem ersten Herstellungort in Indien benanntes Sprenggeschoss, das furchtbare Wunden reißt
**Dummy,** ['da.mi, engl.], männl., –s: Attrappe; lebensgroße menschenähnliche Puppe, mit der Autounfälle simuliert und deren Auswirkungen für die Insassen untersucht werden
**Dumping,** ['da.mping, engl.], sächl., nur Sing.: Preisunterbietung auf Auslandsmärkten ohne Rücksicht auf die Selbstkosten
**Duo,** (italien.), sächl., –s: 1. Musikstück für zwei Instrumente; die ausführenden Musiker, 2. zwei Personen, die gemeinsam etwas vortragen oder unternehmen
**Duodenalulkus,** (lat.), sächl., –ulzera: Zwölffingerdarmgeschwür (Med.)
**Duodenitis,** (lat.), weibl., Duodenitiden: Entzündung des Zwölffingerdarms (Med.)
**Duodenum,** (lat.), sächl., Duodena: Zwölffingerdarm (Med.)
**Duodezfürst,** (lat.-dt.), männl., –en: Herrscher eines sehr kleinen Staates
**Duodezimalsystem,** (lat.-gr.), sächl., nur Sing.: auf der Grundzahl »12« aufbauendes Zahlensystem
**Duodezime,** (lat.), weibl., –n: Intervall von 12 Tönen; 12. Ton einer Tonleiter (Mus.)
**Duodezstaat,** männl., –en: sehr kleiner Staat, Zwergstaat

**Duole,** (italien.), weibl., –n: zwei aufeinander folgende Noten mit dem Taktwert von drei Noten derselben Gattung (Mus.)
**düpieren,** (fr.): täuschen, hereinlegen
**Duplet,** [du'ple:, fr.], sächl., –s: aus zwei Linsen zusammengesetzte Lupe
**duplieren,** (lat.): verdoppeln
**Duplikat,** (lat.), sächl., –e: Doppel, Abschrift, Zweitschrift, Kopie
**Duplikation,** (lat.), weibl., –en: Verdopplung
**Duplikatur,** (lat.), weibl., –en: Doppelbildung (Med.)
**duplizieren,** (lat.): verdoppeln
**Duplizität,** (lat.), weibl., –en: doppeltes Auftreten, zufälliges Zusammentreffen zweier ähnlicher Ereignisse, Zweimaligkeit
**Duplum,** (lat.), sächl., Dupla: vgl. Duplikat
**Dur,** (lat.), sächl., nur Sing.: (»harte«) Tonart (Gegens.: Moll)
**Dura:** vgl. Dura mater
**durabel,** (lat.): dauerhaft, beständig, bleibend
**Durakkord,** (lat.), männl., –e: Dreiklang mit großer Terz (Mus.)
**Dura mater,** (lat. »harte Mutter«), weibl., nur Sing.: harte, äußere Hirnhaut (Med.)
**durativ,** (lat.): dauernd
**Duroplast,** (lat.-gr.), männl., –e: in Hitze härtbarer, aber nicht schmelzender Kunststoff
**Durra,** (arab.), weibl., nur Sing.: Hirseart in Afrika
**Dutyfreeshop** (auch: Duty-free-Shop), ['dju:ti'fri:'schop, engl.], männl., –s: Laden, in dem man zollfrei einkaufen kann (z. B.: am Flughafen)
**Duvet,** [dü'we:, fr.], sächl., –s: Daunendecke, Federbett
**Duvetine,** [düf'ti:n(e), fr.], männl., –s: samtartiges Gewebe
**Dyade,** (gr.), weibl., –n: Paar, Verknüpfung zweier Einheiten
**Dyadik,** (gr.), weibl., nur Sing.: auf dem Dualsystem aufgebaute Arithmetik
**Dynamik,** (gr.), weibl., nur Sing.: 1. Lehre von der Bewegung der Körper unter dem Einfluss von Kräften (Teilgebiet der Mechanik, Gegens.: Statik), 2. Schwung, Kraftentfaltung, Schubkraft, Lebendigkeit
**dynamisch,** (gr.): die Dynamik betreffend, auf Dynamik beruhend; schwungvoll, antriebsstark, kraftvoll, lebendig (Gegens.: statisch)
**dynamisieren,** (gr.): 1. in Schwung bringen, antreiben, 2. etwas dynamisch gestalten, anpassen (z. B.: die Rente an das wachsende Volkseinkommen)
**Dynamismus,** (gr.), männl., nur Sing.: Lehre, dass alles auf der Wirkung von Kräften beruht (Philos.)
**Dynamit,** (gr.), sächl., nur Sing.: Sprengstoff auf der Grundlage von Nitroglycerin
**Dynamo,** (gr.), männl., –s: vgl. Dynamomaschine
**Dynamomaschine,** (gr.-lat.), weibl., –n: kleiner Wechselstromgenerator (z. B.: am Fahrrad)
**Dynamometer,** (gr.), sächl., –: Kraftmesser, Vorrichtung zum Messen von Kräften und mechanischer Leistung
**Dynast,** (gr.), männl., –en: (histor.) Angehöriger einer Dynastie; Herrscher, Fürst
**Dynastie,** (gr.), weibl., –n: Herrschergeschlecht, Herrscherhaus
**dynastisch,** (gr.): zur Dynastie gehörig
**Dysbasie,** (gr.), weibl., –n: Gehstörung (Med.)
**Dysenterie,** (gr.-lat.), weibl., –n: Ruhr, infektiöse Darmerkrankung (Med.)
**Dysfunktion,** (gr.-lat.), weibl., –en: Funktionsstörung (z. B. eines Organs; Med.)

**Dyskinese, Dyskinesie,** (gr.), weibl., –n: Störung im Bewegungsablauf (Med.)
**Dyskrasie,** (gr.), weibl., –n: fehlerhafte Zusammensetzung des Blutes (Med.)
**Dysmelie,** (gr.), weibl., –n: angeborene Missbildung der Gliedmaßen (Med.)
**Dysmenorrhö** (auch: Dysmenorrhöe), (gr.), weibl., –en: schmerzhafte Regelblutung (Med.)
**Dysmenorrhöe,** (gr.), weibl., –n: vgl. Dysmenorrhö
**Dysontogenie,** (gr.), weibl., –n: Entwicklungs- oder Wachstumsstörung (Med.)
**Dyspepsie,** (gr.), weibl., –n: Ernährungsstörung bei Säuglingen (Med.)
**Dysphorie,** (gr.), weibl., –n: krankhafte Missstimmung, Übellaunigkeit (Med.; Psychol.)
**Dysplasie,** (gr.), weibl., –n: körperliche Fehlbildung (Med.)
**Dyspnoe,** (gr.), weibl., nur Sing.: gestörte Atmung, Kurzatmigkeit, Atemnot (Med.)
**Dysprosium,** (gr.), sächl., nur Sing.: chem. Grundstoff aus der Reihe der Metalle (Zeichen: Dy)
**Dystonie,** (gr.), weibl., –n: fehlerhafter Spannungszustand der Muskeln und Gefäße (Gegens: Eutonie; Med.)
**Dystopie,** (gr.), weibl., –n: Fehllagerung eines Organs (Gegens.: Eutopie; Med.)
**Dystrophie,** (gr.), weibl., –n: 1. Ernährungsstörung; mangelhafte Versorgung von Organen mit Nährstoffen (Med.), 2. Zustand zu hohen Säuregehalts und zu geringen Sauerstoffgehalts in Seen (Gegens.: Eutrophie)
**Dysurie,** (gr.), weibl., –n: Harnentleerungsstörung, Erkrankung der Harnwege, die zu schmerzhaftem Wasserlassen führt (Med.)
**Dytiscus,** (gr.), männl., Dytisci: Gelbrandkäfer (Zool.)

# E

**Eagle,** ['i:g(e)l, engl. »Adler«], männl., –s: 1. Goldmünze in den USA im Wert von 10 Dollar, 2. Name der ersten Landefähre, die 1969 beim Unternehmen Apollo 11 mit zwei Astronauten an Bord auf dem Mond niederging, 3. (beim Golfspiel:) Einlochen mit zwei Schlägen unter Par
**Earl,** ['ö(r)l, engl.], männl., –s: Graf (engl. Adelstitel)
**East,** ['i:ßt, engl.]: Osten, Ost (Abk.: E)
**Easyrider,** ['i:siraider, amerik.], männl., –: Motorrad mit hohem Lenker und hoher Rückenlehne
**Eau de Cologne,** ['o: d(e) ko'lo.nj(e), fr.], sächl., nur Sing.: Kölnischwasser (ein Duftwasser)
**Eau de Toilette,** ['o: d(e) toa'le.t, fr.], sächl., –x – –: ein Duftwasser, das weniger Duftstoffe enthält als Parfum und mehr als Eau de Cologne
**Ebonit,** (Wz.), sächl., nur Sing.: aus Naturkautschuk gewonnener Hartgummi
**ecce!,** ['e.kze, lat. »siehe da!«]: Ausruf des Erstaunens
**Ecce-Homo,** (lat. »Sehet, welch ein Mensch!«), sächl., –s: nach dem im Johannesevangelium niedergeschriebenen Ausspruch des Pilatus benannte bildliche Darstellung Christi mit Dornenkrone und gefesselten Händen
**Ecclesia,** (gr.), weibl., nur Sing.: Kirche, Gemeinde
**echauffieren,** [escho'fi:ren, fr.]: sich erhitzen, sich aufregen, sich erregen, ereifern

**echauffiert,** [escho'fi:rt, fr.]: erregt, erhitzt
**Echeveria,** [etsche'we:ria, mexikan.], weibl., –verien: niedriges Dickblattgewächs, Zimmerpflanze aus Südamerika
**Echeverie:** vgl. Echeveria
**Echinit,** (gr.), männl., –e: versteinerter Seeigel
**Echinokokkus,** (gr.), männl., –kokken: Hundebandwurm (Med.)
**Echo,** (gr.), sächl., –s: 1. Widerhall, Schallwellenreflexion (Phys.), 2. Resonanz, Anklang, Zustimmung, 3. Wiederholung einer Tonfolge in geringerer Lautstärke (Mus.)
**echoen,** (gr.): 1. widerhallen, 2. wiederholen
**Echolot,** (gr.-dt.), sächl., –e: Gerät zum Messen von Wasser-, bzw. Meerestiefen mit Hilfe von Schallwellen
**Eclair,** [e'klä:r, fr.], sächl., –s: glasiertes und mit Creme gefülltes, längliches Gebäck
**Economiser,** [i'ko.nomaise(r), entl.], männl., –: Vorwärmanlage für Dampfkessel
**Economyklasse,** (engl.-dt.), weibl., –n: billigste Tarifklasse im Flugverkehr
**Ecossaise,** [eko'ßä:s, fr.], weibl., –n: 1. schottischer Volkstanz, 2. Klaviermusikkomposition im Stil des schottischen Volkstanzes (Mus.)
**Ecstasy,** ['ekstäsi, engl.], weibl., nur Sing.: eine Designer-Droge, die schwere Langzeitschäden (an Leber, Hirn und Herz) verursacht
**Ecu** (auch: ECU), [e'kü:, Abk. für: **E**uropean **C**urrency **U**nit], männl., –s: europäische Rechnungseinheit
**edaphisch,** (gr.): bodenbedingt, vom Erdboden ausgehend
**Edaphon,** (gr.), sächl., nur Sing.: Gesamtheit aller auf und im Erdboden lebenden Kleinlebewesen (Biol.)
**Eden,** (hebr. »Wonne«), sächl., nur Sing.: das Paradies (im alten Testament meist als: der Garten Eden)
**edieren,** (lat.): (ein Buch) herausgeben, veröffentlichen
**Edikt,** (lat.), sächl., –e: (histor.) öffentliche Bekanntmachung, amtliche Verlautbarung; (von einem Monarchen angeordneter) Erlass, Verordnung, Gesetz
**editieren,** (lat.): Daten eingeben, verändern oder löschen (EDV)
**Edition,** (lat.), weibl., –en: Ausgabe, Herausgabe eines Buches oder eines anderen Schriftwerkes
**Editio princeps,** (lat.), weibl., Editiones principes: Erstausgabe eines Schriftwerkes
**Editor,** (lat.), männl., Editoren: Herausgeber von Büchern oder anderen Schriftwerken
**Editor,** ['ä.dit(e)r, lat.-engl.], männl., –s: Systemkomponente eines Schreib- oder Grafikprogramms in der Datenverarbeitung (EDV)
**Editorial,** (lat.-engl.), sächl., –s: 1. Vorwort eines Herausgebers, 2. Leitartikel, 3. Redaktionsverzeichnis; Verlagsimpressum
**Edukation,** (lat.), weibl., –en: Erziehung
**Edutainment,** (engl.), sächl., Präsentationsform v. a. in der EDV, bei der Lerninhalte spielerisch dargestellt werden
**EDV:** Abk. für **e**lektronische **D**aten**v**erarbeitung
**EEG:** vgl. Elektroenzephalogramm
**Efendi** (türk.), männl., –s: Herr (ehemalige türkische Anrede, Titel eines hohen Beamten in der Türkei)
**Effekt,** (lat.), männl., –e: Wirkung; Ergebnis; Erfolg
**Effekten,** (lat.), weibl., nur Plur.: (an der Börse gehandelte) Wertpapiere
**effektiv,** (lat.): 1. wirksam, wirkungsvoll, lohnend, 2. tatsächlich, wirklich; im Ergebnis

**Effektivität,** (lat.), weibl., nur Sing.: 1. Wirksamkeit, Wirkungskraft, 2. Nutzen, erzielte Leistung
**Effektivlohn,** (lat.-dt.), männl., –löhne: tatsächlicher Lohn, im Verhältnis zur Kaufkraft stehender Lohn
**Effektivwert,** (lat.-dt.), männl., –e: 1. Mittelwert einer periodischen Größe (z. B. beim Wechselstrom: Phys.), 2. tatsächlicher Wert eines Wertpapiers, der sich aus seinem augenblicklichen Börsenkurs ergibt (Gegens.: Nennwert)
**effektuieren,** (lat.): ausführen; zahlen
**Effemination,** (lat.), weibl., nur Sing.: Verweiblichung (Med.)
**Effendi:** vgl. Efendi
**efferent,** (lat.): herausführend, von einem Organ herkommend (Med.; Gegens.: afferent)
**Effet,** [ä'fe:, fr.], männl., –s: (beim Fußball, Tischtennis oder Billard:) durch Anschneiden erreichter Drall, der den Ball in eine kurvenförmige Flug- oder Rollbahn befördert
**effettuoso,** (italien.): effektvoll, wirkungsvoll (Vortragsanweisung in der Mus.)
**Efficiency,** [e'fi.sch(e)nßi, engl.], weibl., nur Sing.: 1. Wirtschaftlichkeit, 2. Leistungsfähigkeit
**effilieren,** (lat.): (Haare) ausdünnen, gleichmäßig herausschneiden
**effizient,** (lat.): wirksam, wirkungsvoll; leistungsfähig; wirtschaftlich (Gegens.: ineffizient)
**Effizienz,** (lat.), weibl., –en: Wirksamkeit, Wirkungskraft; Leistungsfähigkeit; Wirtschaftlichkeit (Ineffizienz)
**effizieren,** (lat.): bewirken, hervorrufen
**Effloreszenz,** (lat.), weibl., –en: 1. das Aufblühen, Blütezeit (Bot.), 2. krankhafte Hautveränderung (Pusteln, Flecken, Bläschen; Med.), 3. krustenartiger Salzüberzug auf Gesteinsoberflächen (Geol.)
**effloreszieren,** (lat.): 1. aufblühen (Bot.), 2. krankhafte Hautveränderungen zeigen (Med.), 3. einen Salzüberzug bilden (Geol.)
**effluieren,** (lat.): ausfließen
**Effusion,** (lat.), weibl., –en: das Ausströmen von Lava (Geol.)
**egal,** (fr.): 1. gleich, gleichartig, gleichmäßig, 2. gleichgültig
**egalisieren,** (fr.): gleichmachen, (eine Unebenheit oder einen Spielstand) ausgleichen, (einen Rekord) einstellen
**egalitär,** (fr.): auf Gleichheit gerichtet, politische oder soziale Gleichheit anstrebend
**Egalität,** (fr.), weibl., nur Sing.: Gleichheit, Gleichmäßigkeit
**Égalité,** (fr.), weibl., nur Sing.: Gleichheit (eines der drei Losungsworte der Französischen Revolution)
**Egghead,** ['ä.ghäd, amerik. »Eierkopf«], männl., –s: (meist abwertend:) Intellektueller
**Ego,** (lat.), sächl., nur Sing.: das Ich
**Egoismus,** (lat.), männl., Egoismen: Ichsucht, Eigenliebe, Selbstsucht, Rücksichtslosigkeit aus Eigennutz (Gegens.: Altruismus)
**Egoist,** (lat.), männl., –en: vom Egoismus bestimmter Mensch, nur auf den eigenen Nutzen Bedachter (Gegens.: Altruist)
**egoistisch,** (lat.): selbstsüchtig, nur auf den eigenen Nutzen bedacht (Gegens.: altruistisch)
**Egotrip,** männl., –s: (umg. für:) bewusst egozentrisches Verhalten
**Egozentrik,** (lat.-gr.), weibl., nur Sing.: Ichbezogenheit, egozentrische Einstellung und egozentrisches Verhalten
**Egozentriker,** (lat.-gr.), männl., –: ein egozentrischer Mensch
**egozentrisch,** (lat.-gr.): ichbezogen, sich selbst in den Mittelpunkt stellend, nur

vom eigenen Standpunkt aus handelnd und denkend

**Egozentrizität:** vgl. Egozentrik

**Eidetik,** (gr.), weibl., nur Sing.: Fähigkeit, sich Gegenstände oder Situationen bildlich so vorzustellen, als ob es sich um tatsächliche Wahrnehmungen handeln würde

**Eidetiker,** (gr.), männl., –: jmd., der die Fähigkeit der Eidetik besitzt

**eidetisch,** (gr.): die Eidetik betreffend; anschaulich, bildhaft

**Eidolon,** (gr.), sächl., Eidola: Bildchen, Abbild, Spiegelbild (Philos.)

**einbalsamieren,** (dt.-hebr.): (einen Toten nach Entfernung der Eingeweide) mit fäulnishemmenden Mitteln behandeln, konservieren und gegen Verwesung schützen

**einchecken,** ['eintschäcken, dt.-engl.]: abfertigen; sich am Flughafen abfertigen lassen

**einquartieren,** (dt.-fr.): (Soldaten) in Quartieren unterbringen

**Einsteinium,** sächl., nur Sing.: nach dem Physiker Einstein benanntes radioaktives chem. Element (Zeichen: Es)

**Ejakulatio praecox,** (lat.): vorzeitiger Samenerguss (Med.)

**Ejakulat,** (lat.), sächl., –e: ausgespritzte Samenflüssigkeit (Med.)

**Ejakulation,** (lat.), weibl., –en: Samenerguss (Med.)

**ejakulieren,** (lat.): Samenflüssigkeit ausspritzen (Med.)

**Ejektion,** (lat.), weibl., –en: Auswurf

**ejizieren,** (lat.): 1. auswerfen, hinausschleudern, 2. vertreiben

**Ekarté,** (fr.), sächl., –s: 1. fr. Kartenspiel, 2. Grätsche beim Fechten, 3. (beim Ballett:) Abspreizen des gestreckten Beins

**EKG:** vgl. Elektrokardiogramm

**Ekklesia,** (gr.), weibl., nur Sing.: Kirche, Gemeinde

**Ekklesiologie,** (gr.), weibl., nur Sing.: Lehre von der christlichen Kirche

**Eklampsie,** (gr.), weibl., –n: unerwartet auftretende Krämpfe kurz vor oder während des Geburtsvorgangs (Med.)

**Eklat,** [e'kla:, fr.], männl., –s: Aufsehen erregendes Ereignis, Skandal; das Aufsehen

**eklatant,** (fr.): 1. Aufsehen erregend, skandalös, 2. auffallend, offenkundig

**Eklektiker,** (gr. »jmd., der auswählt«), männl., –: jmd., der ohne geistige Eigenleistung aus fremdem Gedankengut sich das ihm Passende auswählt

**eklektisch,** (gr.): (abwertend:) aus fremdem Gedankengut auswählend, sich bereits vorhandener Ideen, Kunstformen oder Stilmittel bedienend, nicht eigenständig, nachahmend

**Eklektizismus,** (gr.), männl., nur Sing.: unschöpferische Übernahme fremden Gedankenguts; Bau-, Arbeits- oder Denkweise, die sich bereits vorhandener Ideen, Kunstformen oder Stilmittel bedient und ohne geistige Eigenleistung auswählt und zusammenträgt

**eklektizistisch,** (gr.): in der Art des Eklektizismus

**Eklipse,** (gr. »das Ausbleiben«), weibl., –n: Sonnen- oder Mondfinsternis

**Ekliptik,** (gr.), weibl., –en: die scheinbare jährliche Sonnenbahn am Himmel, von der Ebene der Erdbahn um die Sonne mit der gedachten Himmelskugel erzeugter Schnittkreis (Astron.)

**ekliptisch,** (gr.): auf die Eklipse bezogen

**Ekloge,** (gr.-lat), weibl., –n: altröm. Hirtenlied oder -gedicht

**Ekossaise:** vgl. Ecossaise

**Ekrasit,** (fr.), sächl., nur Sing.: Pikrinsäure enthaltender Sprengstoff

**ekrü,** (fr.): ungebleicht, naturfarben

**Ekstase,** (gr.), weibl., –n: das Außersichsein, rauschhafte Verzückung; übersteigerte Begeisterung
**Ekstatiker,** (gr.), männl., –: jmd., der in Ekstase ist
**ekstatisch,** (gr.): außer sich, rauschhaft begeistert, in Ekstase
**Ektasie,** (gr.), weibl., –n: Ausdehnung, Erweiterung eines Hohlorgans (Med.)
**Ektoderm,** (gr.), sächl., –e: äußere Zellschicht, äußeres Keimblatt eines Embryos (Med.)
**Ektomie,** (gr.), weibl., –n: Herausschneiden, operative Entfernung eines Organs (Med.)
**ektomieren,** (gr.): ein Organ herausoperieren (Med.)
**Ektoparasit,** (gr.), männl., –en: Außenschmarotzer, Parasit, der auf der Körperoberfläche (seines Wirtes) lebt (Biol.)
**Ektoplasma,** (gr.), sächl., –plasmen: äußere Plasmaschicht bei Einzellern (z. B.: Amöben; Biol.)
**ektotroph,** (gr.): außerhalb der Zelle wachsend; außerhalb der Wirtspflanze lebend (Biol.)
**Ekzem,** (gr.), sächl., –e: entzündliche, nicht ansteckende, juckende Hautkrankheit (Med.)
**ekzematös,** (gr.): von einer juckenden Hautkrankheit befallen (Med.)
**Elaborat,** (lat.), sächl., –e: (eigtl.) schriftliche Ausarbeitung; (meist abschätzig:) Machwerk
**Elan,** (fr.), männl., nur Sing.: innerer Schwung, Begeisterung, Tatkraft
**Elaste,** (gr.), weibl., Plur.: (in der ehemaligen DDR verwendeter Begriff für:) elastische Kunststoffe
**Elastik,** (gr.), sächl., –s: dehnbares Gewebe
**elastisch,** (gr.): 1. dehnbar, biegsam, 2. (in Bezug auf Menschen:) beweglich, spannkräftig
**Elastizität,** (gr.), weibl., nur Sing.: 1. Dehnbarkeit, Biegsamkeit, 2. (in Bezug auf Menschen:) Spannkraft, Beweglichkeit
**Elastomer,** (gr.), sächl., –e: Stoff von großer Elastizität, der sich wie Gummi verhält
**Elativ,** (lat.), männl., –e: dem Superlativ entsprechende Steigerungsstufe eines Adjektivs oder Adverbs, bei der das Vergleichsmoment fehlt (z. B. »bestens«, »sehr schön« statt »am schönsten«)
**Eldorado,** (span.), sächl., –s: (eigtl.) sagenhaftes Goldland; (meist:) Wunschland, Traumland, Paradies
**Elefantiasis,** (gr.), weibl., Elefantiasen: unförmige Verdickung von Haut und Unterhautbindegewebe (Med.)
**elegant,** (fr.): modisch und geschmackvoll, fein, ausgesucht
**Eleganz,** (fr.), weibl., nur Sing.: elegante Beschaffenheit, Schick; Vornehmheit, Gewähltheit
**Elegie,** (gr.), weibl., –n: 1. wehmütiges Gedicht, Klagelied, 2. Schwermut
**elegisch,** (gr.): klagend, wehmütig, schwermütig
**Elektion,** (lat.), weibl., –en: Auswahl
**elektiv,** (lat.): auswählend
**Elektrakomplex,** männl., nur Sing.: (analog dem Ödipuskomplex bei Jungen:) nach der gr. Sagengestalt Elektra benannte übersteigerte Vaterbindung bei Mädchen (Psychol.)
**elektrifizieren,** (gr.): auf elektrischen Betrieb umstellen
**Elektrifizierung,** (gr.), weibl., –en: Umstellung auf elektrischen Betrieb
**Elektrik,** (gr.), weibl., nur Sing.: 1. die gesamte elektrische Ausstattung (z. B. eines Autos), 2. Elektrizitätslehre
**Elektriker,** (gr.), männl., –: Fachmann für elektrische Anlagen
**elektrisch,** (gr.): die Elektrizität betreffend, mit Elektrizität betrieben, stromführend

**elektrisieren,** (gr.): 1. elektrische Ladung erzeugen, bzw. übertragen, unter Strom setzen, 2. (umg.) jmdn. begeistern
**Elektrizität,** (gr.), weibl., nur Sing.: elektrische Energie; von kleinsten Elementarteilchen getragene Energieladung
**Elektrochemie,** (gr.), weibl., nur Sing: Wissenschaft, die sich mit elektrischen Vorgängen und damit zusammenhängenden chemischen Reaktionen befasst
**Elektrode,** (gr.), weibl., –n: Ein- oder Austrittsstelle für elektrische Ladungsträger zwischen zwei Medien (Anode und Kathode)
**Elektrodynamik,** (gr.), weibl., nur Sing.: Wissenschaft von den elektromagnetischen Erscheinungen; Lehre von der bewegten Elektrizität (Gegens.: Elektrostatik)
**Elektrodynamometer,** (gr.), sächl., –: Messgerät für elektrische Stromstärke und -spannung
**Elektroenzephalogramm,** (gr.), sächl., –e: Aufzeichnung der Hirnstromkurve (Abk.: EEG; Med.)
**Elektrokardiogramm,** (gr.), sächl., –e: Aufzeichnung der Herzstromkurve (Abk.: EKG; Med.)
**Elektrokardiographie,** (gr.), weibl., nur Sing.: Aufzeichnungsverfahren für Herzstromkurven (Med.)
**Elektrokaustik:** vgl. Elektrokoagulation
**Elektrokoagulation,** (gr.-lat.), weibl., –en: chirurgische Zerstörung krankhafter Gewebswucherungen mit Hilfe von Hochfrequenzströmen (Med.)
**Elektrolyse,** (gr.), weibl., –n: Zersetzung chem. Verbindungen durch elektrischen Strom
**Elektrolyt,** (gr.), männl., –e: Stoff (z. B.: Salz, Säure oder Base), der bewegliche Ionen enthält, daher elektrischen Strom leiten und durch ihn zersetzt werden kann
**elektrolytisch,** (gr.): als Elektrolyt wirkend, auf Elektrolyse beruhend
**Elektromagnet,** (gr.), männl., –e(n): stromführende Drahtspule mit einem Weicheisenkern, die ein Magnetfeld erzeugt
**elektromagnetisch,** (gr.): auf Elektromagnetismus beruhend
**Elektromagnetismus,** (gr.), männl., nur Sing.: durch Elektrizität hervorgerufener Magnetismus
**Elektrometer,** (gr.), sächl., –: Gerät zum Messen von elektrischen Ladungen und Spannungen
**Elektromotor,** (gr.), männl., –ore(n): Motor zur Umsetzung elektrischer in Bewegungsenergie
**Elektromyogramm,** (gr.), sächl., –e: Aufzeichnung der Aktionsströme der Muskeln
**Elektron,** (gr.), sächl., –en: 1. elektrisch negativ geladenes Elementarteilchen, 2. in der Natur vorkommende Gold-Silber-Legierung
**Elektronenmikroskop,** (gr.), sächl., –e: Mikroskop, das mit Elektronenstrahlen statt mit Licht arbeitet
**Elektronenvolt:** vgl. Elektronvolt
**Elektronik,** (gr.), weibl., nur Sing.: Teilgebiet der Elektrotechnik, das sich mit der Entwicklung und Anwendung elektrischer Geräte insbes. unter Verwendung von Halbleiterbauelementen befasst (z. B. für Steuerungsprozesse in der Datenverarbeitung)
**elektronisch,** (gr.): auf Elektronik beruhend
**Elektronvolt,** sächl., –: kernphysikalische Maßeinheit für Energie (Energie, die ein Elektron aufnimmt, wenn es die Spannung von einem Volt durchläuft; Abk.: eV)
**Elektroschock,** (gr.-dt.), männl., –s: Schock durch elektrische Stromstöße (umstrittene Behandlungsmethode für psychisch Kranke)

**Elektrosmog,** (gr.-engl.), männl., nur Sing.: von Hochspannungsleitungen, Sendern, Handys, elektrischen Geräten u. a. ausgehende (möglicherweise gefährliche) elektromagnetische Strahlung
**Elektrostatik,** (gr.), weibl., nur Sing.: Lehre von den unbewegten elektrischen Ladungen (Gegens.: Elektrodynamik)
**Elektrotechnik,** (gr.), weibl., nur Sing.: Teilgebiet der Technik, das sich mit der technischen Ausnutzung und Anwendung von Elektrizität befasst
**Elektrotomie,** (gr.), weibl., –n: das Herausschneiden von Gewebswucherungen, das Durchtrennen von Gewebe mit Hilfe der elektrischen Schneidschlinge (Med.)
**Element,** (lat.), sächl., –e: 1. Grundbestandteil; Wesenszug, 2. Naturgewalt, Naturkraft; (in der Antike:) Urstoff (Feuer, Wasser, Luft und Erde), 3. chem. Grundstoff, der mit chem. Mitteln nicht weiter zerlegt werden kann, 4. beliebiges Objekt, das wegen seiner Zugehörigkeit zu einer Menge als Element bezeichnet wird (Math.)
**elementar,** (lat.): 1. grundlegend, wesentlich, 2. ursprünglich, 3. für Anfänger geeignet
**Elementaranalyse,** (lat.-gr.), weibl., –n: art- oder mengenmäßiges Bestimmen der in organischen Verbindungen vertretenen Elemente (Chem.)
**Elemi,** (arab.-span.), sächl., nur Sing.: Harz aus Stämmen verschiedener tropischer Bäume
**Elephantiasis:** vgl. Elefantiasis
**Elevation,** (lat.), weibl., –en: 1. Erhebung, Erhöhung, 2. das Emporheben von Hostie und Kelch durch den Priester in der kathol. Messe, 3. Erhebungswinkel eines Gestirns über dem Horizont
**Elevator,** (lat.), männl., Elevatoren: Fördereinrichtung, Aufzug (für Gütertransporte)
**Eleve,** (fr.), männl., –n: Lehrling, (Ballett)schüler, Anfänger
**Elimination,** (lat.), weibl., –en: Ausschaltung, Beseitigung, Entfernung, das Herauslösen
**eliminieren,** (lat.): ausschalten, beseitigen, entfernen, herauslösen
**elitär,** (fr.): 1. zur Elite gehörend, 2. sich als Elite fühlend, dünkelhaft, auf andere herabblickend
**Elite,** (fr.), weibl., –n: 1. Auswahl, Auslese, die Besten, 2. aufgrund politischen Ranges, sozialer Stellung oder fachlicher Ausnahmestellung aus dem Mittelmaß herausragende Gruppe von Menschen, eine Führungsschicht
**Elixier,** (arab.-gr.), sächl., –e: 1. Zaubertrank; Heiltrank; Verjüngungsmittel, 2. alkoholischer Pflanzenauszug aus Heilpflanzen mit verschiedenen Zusätzen
**Ellipse,** (gr.), weibl., –n: 1. Kegelschnitt mit zwei Brennpunkten, geometrischer Ort aller Punkte einer Ebene, für die die Summe der Abstände von zwei festen Punkten dieser Ebene (den Brennpunkten) konstant ist (Math.), 2. Satz oder Wendung, in der für das Verständnis entbehrliche Teile ausgelassen sind (Sprachwiss.)
**Ellipsoid,** (gr.), sächl., –e: durch Drehung einer Ellipse (1) um eine ihrer Achsen zu erzeugender Körper, dessen Schnitte mit Ebenen stets Ellipsen (1) sind (Math.)
**elliptisch,** (gr.): 1. ellipsenförmig (Math.), 2. eine Ellipse (2) bildend, unvollständig (Sprachwiss.)
**Eloge,** [e'lo:sche, fr.], weibl., –n: Lob, Lobrede, Lobeserhebung, Schmeichelei
**Elongation,** (lat.), weibl., –en: 1. Winkelabstand eines Planeten von der Sonne, bzw. eines Satelliten von einem Planeten (Astron.), 2. Abstand eines Pendels von der Ruhestellung (Phys.)

**eloquent,** (lat.): beredt, redegewandt
**Eloquenz,** (lat.), weibl., nur Sing.: Beredsamkeit, Redegewandtheit
**Eloxal,** (Kurzw. aus **el**ektrisch **ox**ydiertes **Al**uminium; Wz.), sächl., nur Sing.: Schutzüberzug auf Aluminiumteilen
**eloxieren:** mit Eloxal überziehen
**eluieren,** (lat.) auswaschen, ablösen (Chem.)
**Elution,** (lat.), weibl., –en: das Auswaschen, das Ablösen (Chem.)
**eluvial,** (lat.): herausgewaschen, abgelöst
**Eluvium,** (lat.), sächl., Sing.: am Entstehungsort verbliebenes Verwitterungsgestein (Geol.)
**elysäisch:** vgl. elysisch
**elysisch,** (gr.): zum Elysium gehörig; himmlisch, paradiesisch, wonnevoll
**Elysium,** (gr.), sächl., nur Sing.: (in der gr. Mythologie:) Land der Seligen; Paradies
**Email,** [e'maj, fr.], sächl., –s: zum Schutz oder Schmuck auf Metallflächen aufgebrannter glasartiger Überzug
**E-Mail,** ['i:me:jl, engl.], weibl. (auch: sächl.), –s: elektronische (mittels Computer arbeitende) Post sowie der auf elektronischem Wege übermittelte Text
**Emaille,** [e'ma.lje, fr.], weibl., –n: vgl. Email
**emaillieren,** [ema'ji:ren, fr.]: mit Email überziehen
**Emanation,** (lat.), weibl., –en: 1. das Ausströmen, das Ausfließen, 2. Ausstrahlung (Psychol.), 3. das Hervorgehen aller Dinge aus dem göttlichen, vollkommenen Einen als ein stufenweiser Prozess (Philos.)
**emanieren,** (lat.): 1. ausfließen, ausströmen, 2. ausstrahlen
**Emanze,** weibl., –n: (umg. abschätzig für:) emanzipierte oder sich emanzipiert gebende Frau
**Emanzipation,** (lat.), weibl., –en: 1. Befreiung bevormundeter oder unterdrückter Personen(gruppen) aus Abhängigkeit und Bevormundung, das Erlangen von Mündigkeit und Selbstbestimmung, 2. gesellschaftliche Gleichstellung der Frauen, Gleichberechtigung
**emanzipatorisch,** (lat.): Emanzipation anstrebend, bzw. fördernd
**emanzipieren,** (lat.): sich aus Abhängigkeit und Bevormundung befreien, Mündigkeit und Selbstbestimmung erlangen
**emanzipiert,** (lat.): 1. aus Abhängigkeit und Bevormundung befreit; selbstständig, unabhängig, 2. Gleichberechtigung der Geschlechter anstrebend, 3. nicht dem traditionellen Frauenbild entsprechend
**Embargo,** (span.), sächl., –s: 1. staatlich angeordnetes Zurückhalten von Eigentum, das für ein fremdes Land bestimmt ist, um dieses zu einer Veränderung seiner Politik zu bewegen, 2. Verbot, mit einem fremden Staat Handel zu treiben
**Emblem,** (fr.), sächl., –e: Kennzeichen, Hoheitszeichen, Abzeichen; Sinnbild
**Embolie,** (gr.), weibl., –n: Verstopfung eines Blutgefäßes durch einen Embolus (z. B. durch ein Blutgerinnsel; Med.)
**Embolus,** (gr.), männl., Emboli: Gefäßpfropf, eine Embolie verursachende Substanz in einem Blutgefäß (Med.)
**Embryo,** (gr.), männl., –s oder Embryonen: der sich aus der befruchteten Eizelle entwickelnde Organismus, Keimling; bis drei Monate alte Leibesfrucht beim Menschen (vgl.: Fetus)
**Embryologie,** (gr.), weibl., nur Sing.: Lehre von der Entwicklung der Embryonen
**embryonal,** (gr.): zum Embryo gehörig; im Zustand eines Embryos, ungeboren

**embryonisch** vgl. embryonal
**Emerit,** (lat. »Ausgedienter«), männl., –en: in den Ruhestand versetzter Geistlicher oder Hochschullehrer
**emeritieren,** (lat.): einen Geistlichen oder einen Hochschullehrer in den Ruhestand versetzen
**emeritiert,** (lat.): (bei Geistlichen oder Hochschullehrern:) in den Ruhestand versetzt (Abk.: em.)
**Emeritus,** (lat.), männl., Emeriti: vgl. Emerit
**emers,** (lat.): über der Wasseroberfläche lebend (Gegens.: submers; Bot.)
**Emetikum,** (gr.), sächl., Emetika: Brechmittel (Med.)
**emetisch,** (gr.): Brechreiz auslösend (Med.)
**Emigrant,** (lat.), männl., –en: Auswanderer; jmd., der sein Heimatland meist aus politischen Gründen verlässt oder verlassen muss (Gegens.: Immigrant)
**Emigration,** (lat.), weibl., –en: Auswanderung (meist aus politischen Gründen); politisch erzwungene Abwesenheit vom Heimatland (Gegens.: Immigration)
**emigrieren,** (lat.): auswandern, sein Heimatland (meist aus politischen Gründen) verlassen (Gegens.: immigrieren)
**eminent,** (lat.): hervorragend, außerordentlich
**Eminenz,** (lat.), weibl., –en: Hoheit (Euer E.: Anrede für Kardinäle)
**Emir,** (arab. »Befehlshaber«), männl., –e: Titel eines arab. Fürsten, Heerführer, Gebieter
**Emirat,** (arab.), sächl., –e: Herrschaftsgebiet eines Emirs; orientalisches Fürstentum
**Emissär,** (lat.), männl., –e: Abgesandter (mit geheimem Auftrag)
**Emission,** (lat.), weibl., –en: 1. das Ausströmen von Abgasen oder anderer luft- und umweltverschmutzender Stoffe, 2. das Ausstrahlen von elektromagnetischen Teilchen oder Wellen (Phys.), 3. Ausgabe (von Wertpapieren oder Geld), 4. Entleerung (Med.)
**Emittent,** (lat.), männl., –en: Herausgeber von Wertpapieren
**emittieren,** (lat.): herausgeben, in Umlauf bringen (von Wertpapieren)
**Emotion,** (lat.), weibl., –en: Gemütsbewegung, heftiges Gefühl, Erregung
**emotional,** (lat.): mit Gefühlen verbunden; aus einem Gefühl heraus; gefühlsmäßig
**emotionalisieren,** (lat.): Emotionen wecken, jmdn. zu Gefühlswallungen bringen
**Emotionalität,** (lat.), weibl., –en: gefühlsmäßige Ansprechbarkeit; Gefühlslage; inneres Beteiligtsein
**emotionell:** vgl. emotional
**Empathie,** (gr.), weibl., nur Sing.: Fähigkeit und Bereitschaft, sich in andere Menschen hineinzufühlen (Psychol.)
**empathisch,** (gr.): fähig und bereit, sich in andere Menschen hineinzufühlen
**Emphase,** (gr.), weibl., nur Sing.: Nachdruck, leidenschaftliche Betonung, Eindringlichkeit im sprachlichen Ausdruck
**emphatisch,** (gr.): mit Nachdruck, leidenschaftlich betont, eindringlich im sprachlichen Ausdruck
**Emphysem,** (gr.), sächl., –e: krankhafte Luft- oder Gasansammlung im Gewebe, Aufblähung von Organen (Med.)
**Empire,** [an'pi:r, fr.], sächl., nur Sing.: 1. das fr. Kaiserreich unter Napoleon I., 2. Bez. für den Kunststil dieser Zeit
**Empire,** ['ämpai(e)r, engl.], sächl., nur Sing.: das britische Weltreich
**Empirie,** (gr.), weibl., nur Sing.: wissenschaftlich begründetet Erfahrung (als Erkenntnismethode im Unterschied zur Theorie)

**Empiriker,** (gr.), männl., –: 1. Anhänger des Empirismus, 2. jmd., der sein Wissen aus der Erfahrung bezieht

**empirisch,** (gr.): aus der Erfahrung gewonnen, auf Erfahrung beruhend, erfahrungsbedingt; erfahrungsgemäß

**Empirismus,** (gr.), männl., nur Sing.: erkenntnistheoretische Lehre, die die Erfahrung, also Beobachtung, Messung und Experiment als alleinige Erkenntnismethode zulässt (Philos.)

**Empirist,** (gr.), männl., –en: Anhänger des Empirismus

**empiristisch,** (gr.): dem Empirismus entsprechend, auf Empirismus beruhend

**Emu,** männl., –s: straußenähnlicher, flugunfähiger Laufvogel in Australien

**Emulation,** (lat.), weibl., –en: auf dem eigenen Computer die Funktionen eines anderen nachahmen (EDV)

**Emulgator,** (lat.), männl., –en: Stoff, dessen Zusatz die Herstellung von Emulsionen ermöglicht

**emulgieren,** (lat.): eine Emulsion herstellen

**Emulsion,** (lat.), weibl., –en: feinste Verteilung einer Flüssigkeit in einer nicht mit der ersten mischbaren anderen Flüssigkeit (z. B.: Öl in Wasser)

**Enanthem,** (gr.), sächl., –e: Ausschlag auf der Schleimhaut (Med.)

**en bloc,** [an 'blo.k, fr.]: im ganzen, insgesamt

**Encoder,** [in'ko(u)d(e)r, engl.], männl., –: Einrichtung in einem Computer zum Verschlüsseln von Daten oder Nachrichten (Gegens.: Decoder; EDV)

**encodieren:** vgl. enkodieren

**Encoding,** [in'ko(u)ding, engl.], sächl., –s: Verschlüsselung von Nachrichten oder Daten (Gegens.: Decoding; EDV)

**Encounter,** [in'kaunt(e)r, engl.], männl. oder sächl., –: 1. Begegnung, 2. therapeutisches Gruppentraining (Psychol.)

**Endemie,** (gr.), weibl., –n: in einem bestimmten Gebiet immer wieder auftretende Infektionskrankheit (Med.)

**endemisch,** (gr.): 1. die Endemie betreffend; in einem bestimmten Gebiet auftretend (Med.), 2. in einem bestimmten Gebiet verbreitet (Biol.)

**en détail,** [an de'taj, fr.]: im kleinen; im einzelnen, einzeln

**Endivie,** weibl., –n: eine Salatpflanze mit gekrausten Blättern

**Endodermis,** (gr.), weibl., Endodermen: Zellschicht im Innern pflanzlicher Organe (Bot.)

**endogen,** (gr.): 1. von innen verursacht, im Innern eines Körpers entstehend, von innen kommend (Gegens.: exogen), 2. aus dem Erdinneren stammend (Geol.), 3. anlagebedingt (nicht auf äußere Einflüsse zurückzuführen; Psychol.)

**Endokard,** (gr.), sächl., –e: Herzinnenhaut (Med.)

**Endokarditis,** (gr.), weibl., –karditiden: Entzündung der Herzinnenhaut (Med.)

**Endokarp,** (gr.), sächl., –e: (bei Früchten:) die innerste Fruchtwandschicht (Bot.)

**endokrin,** (gr.): nach innen absondernd, mit innerer Sekretion (Gegens.: exokrin; Med.)

**Endorphin,** (gr.), sächl., –e: vom Körper selbst gegen Schmerzen ausgeschütteter Eiweißstoff mit morphinähnlicher Wirkung (Med., Biol.)

**Endoskop,** (gr.), sächl., –e: Instrument mit elektrischer Lichtquelle und Spiegelvorrichtung zur Untersuchung von Hohlorganen und Körperhöhlen (Med.)

**Endoskopie,** (gr.), weibl., –n: Untersuchung mit dem Endoskop (Med.)

**endotherm,** (gr.): Wärme aufnehmend (Gegens.: exotherm; Phys.; Chem.)

**Energetik,** (gr.), weibl., nur Sing.: 1. Lehre von der Energie und ihrer Umwandlung (Phys.), 2. philosophische Auffassung, nach der die Energie Grundkraft allen Seins und Geschehens ist (Philos.)
**Energie,** (gr.), weibl., –n: 1. Tatkraft, Schwung, Wille und Durchsetzungsvermögen, 2. Fähigkeit, Arbeit zu verrichten (Phys.)
**energisch,** (gr.): tatkräftig, willensstark, schwungvoll; entschlossen, mit Nachdruck
**enervieren,** (lat.): entnerven; ermüden, entkräften
**en face,** [an 'fa:ß, fr.]: von vorn, gegenüber
**en famille,** [an fa'mij, fr.]: im Familienkreis, im engsten Kreis
**Enfant terrible,** [an'fan te'ri:bel, fr. »schreckliches Kind«], sächl., –s –s: jmd., der durch unübliche Direkt- und Offenheit andere in Verlegenheit bringt oder schockiert
**Engagement,** [angasch(e)'man, fr.], sächl., –s: 1. (ohne Plur.:) innere Verpflichtung, innere Bindung, besonderer persönlicher Einsatz für eine Sache oder einen Beruf, Berufung, 2. vertragliche Anstellung (an einem Theater), Verpflichtung (eines Künstlers oder Artisten), 3. (an der Börse:) Verpflichtung, zu einem festgelegten Zeitpunkt zu liefern oder zu bezahlen
**engagieren,** [anga'schi:ren, fr.]: 1. (einen Künstler oder Artisten) anstellen, verpflichten, 2. jmdn. zum Tanz auffordern, 3. sich e.: sich besonders für eine Sache oder einen Beruf einsetzen; für etwas eintreten, 4. sich verpflichten, sich binden
**engagiert,** [anga'schi:rt, fr.]: deutlich für etwas eintretend, stark interessiert; sehr beschäftigt
**en garde,** [an'ga:rd, fr.]: (beim Fechten:) Kommando, das zur Fechtstellung auffordert
**Engobe,** [an'go:b(e), fr.], weibl., –n: dünne, meist farbige Überzugsmasse, die auf Keramik, bzw. Töpferwaren aufgetragen und eingebrannt wird
**engobieren,** (fr.): Töpferwaren mit Engobe überziehen
**Engramm,** (gr.), sächl., –e: bleibende Veränderung der Gehirnsubstanz, Gedächtnisspur, Erinnerungsbild (Med.)
**en gros,** [an'gro:, fr.]: in großen Mengen, im großen (Gegens.: en détail)
**Enklave,** (lat.-fr.), weibl., –n: fremdes Staatsgebiet, das von eigenem Staatsgebiet umschlossen ist (Gegens.: Exklave)
**enkodieren,** (gr.-engl.): (Daten, Nachrichten) mit Hilfe eines Kodes verschlüsseln (Gegens.: dekodieren; EDV)
**en masse,** [an'ma.ß, fr.]: in Massen, in großer Zahl
**en miniature,** [an minia'tü:r, fr.]: im kleinen, in kleinerem Maßstab
**ennuyant,** [enü'ja.nt, fr.]: langweilig, lästig
**ennuyieren,** [enü'ji:ren, fr.]: langweilen, lästig sein
**enorm,** (fr.): 1. ungeheuer, außerordentlich, 2. großartig, erstaunlich
**Enormität,** (fr.), weibl., –en: außerordentliche Größe
**en passant,** [an pa'ßan, fr.]: im Vorübergehen, nebenbei, beiläufig
**en profil,** [an pro'fi:l, fr.]: im Profil, von der Seite
**Enquete,** [an'kä:t, fr.], weibl., –n: amtliche Untersuchung, Erhebung, Befragung von Sachverständigen
**Enquetekommission,** [an'kä:t.., fr.], weibl., –en: Kommission zur Durchführung einer Enquete
**enragiert,** [anra'schi:rt, fr.]: leidenschaftlich, erregt, wütend
**Ensemble,** [an'ßanb(e)l, fr. »Gesamtheit«], sächl., –s: 1. sämtliche Mitwirkenden in einem Theaterstück oder einer anderen Aufführung, 2. kleine Beset-

zung in der Instrumentalmusik, 3. eine Gruppe von zusammengehörenden Bauten oder Kunstwerken, 3. zusammengehörende Kleidungsstücke

**en suite,** [an'swi:t, fr.]: 1. im folgenden, 2. unmittelbar aufeinander folgend, hintereinander

**Entelechie,** (gr.), weibl., –n: auf Aristoteles zurückgehender Begriff einer im Stoff oder im Lebewesen vorhandenen formgebenden Kraft, die als Prinzip jede Entwicklung bestimmt (Philos.)

**Entente,** [an'tant, fr.], weibl., –n: (meist) politisches Einverständnis; Staatenbündnis

**enteral,** (gr.): auf den Darm bezogen; die Eingeweide betreffend (Med.)

**Enteritis,** (gr.), weibl., Enteritiden: Dünndarmentzündung (Med.)

**enterogen,** (gr.): im Darm entstanden (Med.)

**Enteroskop,** (gr.), sächl., –e: Instrument mit elektrischer Lichtquelle und Spiegelvorrichtung zur Untersuchung des Dickdarms (Med.)

**Enteroskopie,** (gr.), weibl., –n: Untersuchung mit dem Enteroskop (Med.)

**Enterostomie,** (gr.), weibl., –n: Anlegen einer künstlichen Darmöffnung (Med.)

**Enterotomie,** (gr.), weibl., –n: operative Darmeröffnung, Darmschnitt (Med.)

**Entertainer,** ['änt(e)r'täin(e)r, engl.], männl., –: beruflicher Unterhalter, Unterhaltungskünstler, Conférencier

**enthusiasmieren,** (gr.): begeistern, in Begeisterung versetzen

**Enthusiasmus,** (gr.), männl., nur Sing.: große Begeisterung, Hochgefühl

**enthusiastisch,** (gr.): begeistert, schwärmerisch

**Entität,** (lat.), weibl., –en: das Dasein, seine Seinshaftigkeit eines Dinges (Philos.)

**entmilitarisieren,** (dt.-lat.): Streitkräfte und militärische Anlagen aus einem Gebiet entfernen

**Entnazifizierung,** weibl., en: 1. politische Überprüfung, evtl. Bestrafung und Entlastung früherer Nationalsozialisten, 2. Entfernung von ehemaligen Nationalsozialisten aus öffentlichen Ämtern und führenden Positionen nach 1945 in Deutschland und die »Säuberung« des politischen, wirtschaftlichen und kulturellen Lebens von nationalsozialistischem Gedankengut

**Entoblast,** (gr.), sächl., –e: vgl. Entoderm

**Entoderm,** (gr.), sächl., –e: inneres Keimblatt

**Entomologie,** (gr.), weibl., nur Sing.: Insektenkunde

**Entreakt,** [an'tra.kt, fr.], männl., –e: Zwischenspiel, Musik zwischen den Akten bei Opern oder Schauspielen

**Entrecote,** [antr(e)'ko:t, fr.], sächl., –s: Rippenstück vom Rind

**Entree,** [an'tre:, fr.], sächl., –s: 1. Eintritt, Eingang; Vorzimmer, 2. Eintrittsgeld, 3. Vorspiel zu einem Ballett, 4. Vorspeise

**Entropie,** (gr.), weibl., –n: Maß für den Grad der Unordnung in einem abgeschlossenen thermodynamischen System (Phys.)

**Enumeration,** (lat.), weibl., –en: Aufzählung

**enumerativ,** (lat.): aufzählend

**enumerieren,** (lat.): aufzählen

**Enurese,** (gr.), weibl., –n: Bettnässen, unwillkürliches Harnlassen (Med.)

**Environment,** [än'wai(e)rnm(e)nt, engl.], sächl., –s: künstlerische Ausgestaltung (z. B. eines Raumes), die den Betrachter zur geistigen Auseinandersetzung anregen soll

**en vogue,** [an'wo:g, fr.]: in Mode, im Schwange, beliebt

**Enzephalitis,** (gr.), weibl., Enzephalitiden: Gehirnentzündung (Med.)
**Enzephalogramm,** (gr.), sächl., –e: Röntgenbild der Gehirnkammern (Med.)
**Enzephalographie,** (gr.), weibl., –n: Darstellung des Gehirns im Röntgenbild (Med.)
**Enzyklika,** (gr.), weibl., Enzykliken: päpstliches Rundschreiben an die gesamte kathol. Kirche mit verbindlichen Aussagen zur kirchlichen Lehre
**Enzyklopädie,** (gr.), weibl., –n: umfassendes Nachschlagewerk, das einen Überblick über den gesamten Stoff eines besonderen Fachgebietes oder sämtlicher Wissensgebiete zu vermitteln sucht
**enzyklopädisch,** (gr.): die Enzyklopädie betreffend; das gesamte Wissen umfassend
**Enzym,** (gr.), sächl., –e: in der lebenden Zelle gebildete Eiweißverbindung, die die Stoffwechselvorgänge steuert
**enzymatisch,** (gr.): durch Enzyme bewirkt
**eo ipso,** (lat.): eben dadurch; von selbst, selbstverständlich
**Eolith,** (gr.), männl., –e: Feuerstein, dessen Form wie ein vorgeschichtliches Werkzeug wirkt
**Eos,** (gr. Göttin der Morgenröte), weibl., nur Sing.: Morgenröte
**Eosin,** (gr.), sächl., nur Sing.: roter, wasserlöslicher Farbstoff
**Eozän,** (gr.), sächl., nur Sing.: Abschnitt der Erdgeschichte, zweitälteste Abteilung des Tertiärs (Geol.)
**Eozoikum,** (gr.), sächl., nur Sing.: Erdfrühzeit (vgl. Archäozoikum; Geol.)
**Eparch,** (gr.), männl., –en: 1. (histor.) Statthalter einer Provinz im Byzantinischen Reich, 2. Bischof in der griechisch-orthodoxen Kirche
**Epaulett,** [epo'lä.t, fr.]: vgl. Epaulette
**Epaulette,** [epo'lä.t(e), fr.], weibl., –n: Schulterstück an Uniformen, Achselklappe
**Ephebe,** (gr.), männl., –n: (im alten Athen:) wehrfähiger Mann im Alter von 18 bis 20 Jahren
**Ephedrin,** (Wz.), sächl., nur Sing.: kreislaufanregender Wirkstoff; aus der Ephedrapflanze gewonnenes oder synthetisch hergestelltes Alkaloid (in verschiedenen Medikamenten enthalten; Med.)
**ephemer,** (gr.): nur einen Tag dauernd, kurzlebig, vorübergehend
**Ephemeride,** (gr.), weibl., –n: 1. Erscheinung von kurzer Dauer, 2. Eintagsfliege (Zool.), 3. Angaben über die tägliche Stellung der Himmelskörper in astronomischen Tabellen (Astron.)
**Epideiktik,** (gr.), weibl., nur Sing.: prunkvoller oder schwülstiger Redestil (insbes. in Festreden)
**epideiktisch,** (gr.): prunkend; auf Wirkung bedacht
**Epidemie,** (gr.), weibl., –n: Seuche, zeitlich und örtlich begrenzt auftretende infektiöse Massenerkrankung
**Epidemiologie,** (gr.), weibl., nur Sing.: Lehre von der Entstehung, Verbreitung und Bekämpfung von Epidemien
**epidemisch,** (gr.): epidemieartig auftretend
**Epidermis,** (gr.), weibl., Epidermen: Oberhaut, äußerste Zellschicht der menschlichen oder tierischen Haut
**Epidiaskop,** (gr.), sächl., –e: Bildwerfer, der sowohl als Episkop, als auch als Diaprojektor verwendet werden kann
**Epidot,** (gr.), männl., –e: ein Mineral
**Epigastrium,** (gr.), sächl., Epigastrien: Oberbauchgegend, Magengrube (Med.)
**Epigenese,** (gr.), weibl., –n: Entwicklung eines Organismus durch eine Abfolge von Neubildungen

**epigonal,** (gr.): nachahmend, nachgemacht, epigonenhaft
**Epigone,** (gr.), männl., –n: Nachkomme, Nachahmer ohne eigene Schöpferkraft
**Epigramm,** (gr. »Aufschrift«), sächl., –e: Sinnspruch, kurzes Sinn- oder Spottgedicht
**epigrammatisch,** (gr.): in Form eines Epigramms, geistreich, witzig
**Epigraph,** (gr.), sächl., –e: (antike) Inschrift, Aufschrift
**Epigraphik,** (gr.), weibl., nur Sing.: Inschriftenkunde
**Epik,** (gr.), weibl., nur Sing.: Gattung der erzählenden Dichtung
**Epikarp,** (gr.), sächl., –e: äußerste Schicht Fruchtschale (Biol.)
**Epiker,** (gr.), männl., –: Dichter epischer Werke
**Epikrise,** (gr.), weibl., –n: abschließende Beurteilung eines Krankheitsfalles durch den Arzt (Med.)
**Epikureer,** männl., –: 1. Anhänger der Lehre des gr. Philosophen Epikur, 2. Genussmensch
**epikureisch,** (gr.): 1. im Sinne der Lehre Epikurs lebend, 2. genussfreudig
**Epilation,** (lat.), weibl., –en: Entfernung von Körperhaaren (Med.)
**Epilepsie,** (gr. »Anfall«), weibl., –n: Sammelbez. für Krankheiten, die sich in anfallsweise auftretenden Krampfanfällen und kurzer Bewusstlosigkeit äußern (Med.)
**Epileptiker,** (gr.), männl., –: jmd., der an Epilepsie leidet
**epileptisch,** (gr.): durch Epilepsie hervorgerufen; an Epilepsie leidend
**epilieren,** (lat.): enthaaren (Med.)
**Epilog,** (gr.), männl., –e: (im Drama:) Schlussrede, Nachspiel; Nachwort (in einem Buch; Gegens.: Prolog)
**Epiphania:** vgl. Epiphanie
**Epiphanias:** vgl. Epiphanienfest
**Epiphanie,** (gr.), weibl., –n: das Erscheinen einer Gottheit, (im christl. Glauben:) das Erscheinen Christi in der Welt
**Epiphanienfest,** sächl., –e: Dreikönigsfest, urspr. das christl. Fest der Erscheinung Christi am 6. Januar
**Epiphyse,** (gr.), weibl., –n: 1. Endstück eines Röhrenknochens in Gelenknähe (Med.; Biol.), 2. im Hirn befindliche Zirbeldrüse
**Epiphyt,** (gr.), männl., –en: auf anderen Pflanzen lebende, aber sich selbst ernährende Pflanze (z. B.: Moose, Flechten; Bot.)
**Epirogenese,** (gr.), weibl., –n: über lange Zeiträume wirksame Hebungen und Senkungen der Erdkruste (Geol.)
**episch,** (gr.): die Epik betreffend; erzählend, im Stile der Epik; ausführlich
**Episiotomie,** (gr.), weibl., –n: Scheidendammschnitt (häufig bei Entbindungen zur Vermeidung eines Dammrisses; Med.)
**Episkop,** (gr.), sächl., –e: Projektor für undurchsichtige Bilder (z. B. aus Büchern)
**episkopal,** (gr.): bischöflich
**Episkopat,** (gr.), sächl., –e: 1. Gesamtheit der Bischöfe eines Landes, 2. Amt eines Bischofs
**Episkopus,** (gr. »Aufseher«), männl., Episkopi: Bischof
**Episode,** (gr. »Einschiebsel«), weibl., –n: 1. nebensächliches Ereignis, beiläufiges Erlebnis von kurzer Zeitdauer, 2. Nebenhandlung oder Zwischenspiel in Literatur, Theater oder Musik
**episodisch,** (gr.): dazwischengeschaltet; vorübergehend; unbedeutend und von kurzer Dauer
**Epistel,** (gr.), weibl., –n: 1. Apostelbrief im Neuen Testament, 2. gottesdienstliche Lesung aus der Apostelgeschichte und Apostelbriefen, 3. (umg.) längerer Brief

**Epitaph,** (gr.), sächl., –e: 1. Grabinschrift, 2. Grabmal oder Gedenktafel mit Inschrift

**Epitaphium,** (gr.), sächl., Epitaphien: vgl. Epitaph

**Epithalamion,** (gr.), sächl., Epithalamien: Hochzeitslied in der Antike

**Epithalamium,** (gr.-lat.): Epithalamion

**Epithel,** (gr.), sächl., –e: die äußere Oberfläche und die inneren Hohlräume bei Mensch und Tier bedeckende Zellschicht

**Epitheliom,** (gr.), sächl., –e: Hautgeschwulst aus Epithelzellen (Med.)

**Epitheton,** (gr. »das Hinzugefügte«), sächl., Epitheta: als Attribut gebrauchtes Adjektiv oder Partizip

**Epizentrum,** (gr.), sächl., –zentren: senkrecht über einem Erdbebenherd liegendes Gebiet der Erdoberfläche

**epochal,** (gr.): 1. Epoche machend, hochbedeutend, eine Epoche prägend; Aufsehen erregend, für einen langen Zeitabschnitt geltend 2. nacheinander stattfindend (in Bezug auf den Unterricht in verschiedenen Fächern; meist im halbjährlichen Wechsel)

**Epoche,** (gr.), weibl., –n: 1. bedeutungsvoller längerer Zeitabschnitt, 2. Zeitpunkt des Standortes eines Gestirns (Astron.)

**Epos,** (gr.), sächl., Epen: oft Heldensagen erzählende Versdichtung in rhythmischer oder metrischer Sprache; Heldengedicht in Versform

**Epoxid, Epoxyd,** (gr.), sächl., –e: durch Anlagern von Sauerstoff gewonnene Verbindung (Chem.)

**Epsilon,** (gr.), sächl., –s: fünfter Buchstabe des gr. Alphabets

**Equestrik,** (lat.), weibl., nur Sing.: Reitkunst

**Equipage,** [equi'pa:sch, fr.], weibl., –n: 1. elegante Kutsche, 2. Offiziers- oder Schiffsausrüstung

**Equipe,** [e'ki.p, fr.], weibl., –n: 1. Reitermannschaft, 2. Auswahlmannschaft für eine andere Sportart

**Equipment,** (engl.), sächl., –s: Ausrüstung

**Erbium,** sächl., nur Sing.: chem. Element (Zeichen: Er)

**Erebos, Erebus,** (gr.), männl., nur Sing.: Unterwelt, Totenreich der gr. Sage

**erektil,** (lat.): aufrichtbar, schwellfähig (Med.)

**Erektion,** (lat.), weibl., –en: durch Blutstauung hervorgerufene Anschwellung und Aufrichtung des männl. Penis oder der weibl. Klitoris

**Eremit,** (gr.), männl., –en: Einsiedler; jmd., der in völliger Abgeschiedenheit lebt

**Eremitage,** [eremi'ta:sch, fr.], weibl., –n: 1. Einsiedelei, Behausung eines Eremiten, 2. Nachbildung einer Einsiedelei (z. B. in Parkanlagen), 3. einsam gelegenes kleines Land- oder Gartenhaus

**erethisch,** (gr.): leicht erregbar, reizbar (Med.)

**Erethismus,** (gr.), männl., nur Sing.: krankhafte gesteigerte Reizbarkeit, leichte Erregbarkeit (Med.)

**ergo,** (lat.): also, folglich, deshalb

**Ergograph,** (gr.), männl., –en: Gerät zum Aufzeichnen der Arbeitsleistung der Muskulatur (Med.)

**Ergologie,** (gr.), weibl., nur Sing.: Wissenschaft von den Arbeitsgeräten und Arbeitsbräuchen und deren kultureller Bedeutung

**Ergometer,** (gr.), sächl., –: Gerät zum Messen der körperlichen Leistungsfähigkeit

**Ergonomie,** (gr.), weibl., nur Sing.: Wissenschaft, die die Leistungsmöglichkeiten des arbeitenden Menschen in Abhängigkeit von den Arbeitsbedingungen untersucht

**ergonomisch,** (gr.): 1. unter dem Gesichtspunkt der Ergonomie, 2. an die menschliche Arbeitsfähigkeit angepasst
**erigibel:** vgl. erektil
**erigieren,** (lat.): 1. sich aufrichten, anschwellen und versteifen (bei Organen mit Schwellkörpern, inbes. beim Penis), 2. eine Erektion haben
**Erinnye,** (gr.), weibl., –n: (in der gr. Mythologie:) Rachegöttin
**erodieren,** (lat.): abtragen, auswaschen, wegschwemmen (Geol.)
**erogen,** (gr.): sexuelle Empfindungen hervorrufend, geschlechtliche Erregung auslösend
**erogene Zone,** die: Körperstelle, deren Berührung sexuelle Empfindungen auslöst (z. B.: Brustwarze, Lippen)
**Eros,** männl., nur Sing.: 1. (in der gr. Mythologie:) Gott der Liebe, 2. geschlechtliche Liebe
**Erosion,** (lat.), weibl., –en: 1. Abtragung, Auswaschung, Zerstörung, zerstörende Tätigkeit von Wind und Wasser, 2. Gewebeschaden (an der Hautoberfläche, den Schleimhäuten oder dem Zahnschmelz; Med.)
**Eroten,** (gr.), weibl., nur Plur.: geflügelte Liebesgötter in Kindergestalt, kleine Erosfiguren
**erosiv,** (lat.): durch Erosion entstanden; Erosion betreffend
**Erotik,** (gr.), weibl., nur Sing.: sinnliche Liebe, die insbes. die körperlose Seite des Liebeserlebnisses mit einbezieht, Liebeskunst
**Erotikon,** (gr.), sächl., Erotika: literarisches Werk, Dichtung mit erotischem Inhalt
**erotisch,** (gr.): die Erotik betreffend; sinnlich; Verlangen nach Liebe weckend
**erotisieren,** (gr.): erotisches Verlangen in jmdm. wecken, erotische Gefühle verbreiten
**Erotomanie,** (gr.), weibl., nur Sing.: krankhaft übersteigertes sexuelles Verlangen (Med.; Psychol.)
**errare humanum est,** (lat. »Irren ist menschlich«)
**Erratum,** (lat.), sächl., Errata: Druckfehler
**erratisch,** (lat.): verirrt, verstreut
**erratischer Block:** Findling, Gesteinsblock aus der Eiszeit (Geol.)
**eruieren,** (lat.): ermitteln, ergründen, erforschen, herausfinden
**Eruption,** (lat.), weibl., –en: 1. Ausbruch eines Vulkans, Ausbruch von Lavamassen, 2. Ausbruch von Gas auf der Sonne, 3. plötzliches Auftreten eines Hautausschlages (Med.)
**eruptiv,** (lat.): 1. hervorbrechend, in der Art einer Eruption, 2. durch Eruption (1) entstanden (Geol.)
**Erythem,** (gr.), sächl., –e: entzündliche Hautrötung (Med.)
**Erythroblast,** (gr.), männl., –en: kernhaltige Jugendform eines roten Blutkörperchens (Med.)
**Erythrozyt,** (gr.), männl., –en: rotes Blutkörperchen (Med.)
**Eschatologie,** (gr. »Lehre von den letzten Dingen«), weibl., nur Sing.: Lehre vom Ende des Menschen, bzw. der Menschheit; (meist:) christl. Lehre vom Weltende und Anbruch einer neuen Welt, bzw. vom Tode und vom Jenseits
**eschatologisch,** (gr.): die Eschatologie betreffend, in der Art der Eschatologie
**Escudo,** (portug.), männl., –s: Währungseinheit in Portugal und Chile
**Eskadron,** (fr.), weibl., –en: größere Kavallerieeinheit (vgl. Schwadron)
**eskaladieren,** (fr.): ersteigen, erstürmen, eine Festung, ein Hindernis erklettern
**Eskaladierwand,** (fr.-dt.), weibl., –wände: größere Holzwand für (militärische) Kletterübungen

**Eskalation,** (lat.), weibl., –en: stufenweises Vorgehen; schrittweise Verschärfung eines persönlichen, politischen oder militärischen Konfliktes (Gegens.: Deeskalation)
**eskalieren,** (lat.): stufenweise vorgehen; schrittweise verschärfen; sich allmählich steigern und ausweiten (Gegens.: deeskalieren)
**Eskamotage,** [eskamo'ta:sch, fr.], weibl., –n: das Verschwindenlassen eines Gegenstandes, Taschenspielertrick
**eskamotieren,** (fr.): heimlich verschwinden lassen, wegzaubern
**Eskapade,** (fr.), weibl., –n: 1. (urspr.:) Seitensprung eines Schulpferdes, 2. (übertr.:) unüberlegter Streich, Abenteuer
**Eskapismus,** (fr. ), männl., nur Sing.: Flucht vor den Anforderungen des wirklichen Lebens, Entfliehen in eine Scheinwelt
**Eskariol,** (fr.), männl., nur Sing.: (Bot.) breitblättrige Winterendivie
**Eskimo,** (indian. »Rohfleischesser«), männl., –s: Bevölkerung der arktischen und subarktischen Zone indianischer Abstammung (Eigenbezeichnung: Inuit: »Mensch«)
**Eskorte,** (fr.), weibl., –n: Begleitmannschaft, Geleit zur Ehrung, Bewachung oder zum Schutz
**eskortieren,** (fr.): begleiten, schützend oder bewachend geleiten; unter Bewachung abführen
**Eskudo:** vgl. Escudo
**Esoterik,** (gr.), weibl., nur Sing.: 1. Geheimwissenschaft, Geheimlehre, 2. esoterische Geisteshaltung; Weltfremdheit
**esoterisch,** (gr.): 1. nur für Eingeweihte verständlich, bzw. bestimmt, 2. geheim, 3. weltfremd
**Espagnole,** [äspan'jo.l, fr.), weibl., –n: span. Tanz
**Esperanto,** sächl., nur Sing.: nach dem Pseudonym des Erfinders (»der Hoffende«) benannte künstliche Welthilfssprache
**Esplanade,** (fr.), weibl., –n: großer freier Platz; breite Straße
**espressivo,** (italien.): ausdrucksvoll (Vortragsanweisung in der Mus.)
**Espresso,** (italien.), männl., –s oder Espressi: in einer Spezialmaschine zubereiteter, sehr starker Kaffee
**Espresso,** (italien.), sächl., –s: kleines Café, in dem auch Espresso ausgeschenkt wird
**Esprit,** [e'spri:, fr.], männl., nur Sing.: erfrischende und geistreiche Art, geistreiche Witzigkeit, Scharfsinn
**Esquire,** [es'kwai(e)r, engl.], männl., –s: (urspr.:) engl. Adelstitel; Höflichkeitstitel in England (in Anschriften)
**Essay,** ['ä.ßej oder ä'ßej, fr.], männl. oder sächl., –s: Abhandlung, die ein Thema in knapper, künstlerisch ausgereifter Form zu ergründen sucht, literarische Kunstform
**Essayist,** (fr.), männl., –en: Verfasser von Essays
**essayistisch,** (fr.): in der Art eines Essays
**Essential,** [i'ßänsch(e)l, engl.], sächl., –s: wesentlicher Punkt, das eigentlich Wichtige
**Essenzialien** (auch: Essentialien), (lat.), weibl., Plur.: die Hauptpunkte bei einem Rechtsgeschäft
**essenziell** (auch: essentiel), (lat.): 1. wesentlich, hauptsächlich, 2. lebensnotwendig (Biol.)
**Essenz,** (lat.), weibl., –en: 1. Kern, wesentlichster Teil (eines Sachverhalts), 2. das Wesen, 3. Konzentrat von Geschmacks- oder Duftstoffen, 4. konzentrierter Auszug
**Establishment,** [i'stä.blischm(e)nt, engl.], sächl., –s: fest etablierte auf Er-

haltung der bestehenden Ordnung bedachte gesellschaftliche Oberschicht

**Estanzia,** (span.), weibl., –s: südamerikanisches Landgut

**Ester,** (Kunstw. aus: **Es**sigä**ther**), männl., –: aus Alkohol und Säuren unter Abspaltung von Wasser entstehende organische Verbindung (Chem.)

**Estrade,** (fr.), weibl., –n: erhöhter Platz

**Estragon,** (fr.), männl., nur Sing.: Gewürzpflanze

**et,** (lat.): und

**etablieren,** (fr.):1. begründen, errichten, einrichten, 2. sich einrichten, sich niederlassen; (abschätzig:) sich breit machen

**Etablissement,** [etabliß'man, fr.], sächl., –s: 1. Niederlassung, Geschäft, Betrieb, 2. Vergnügungslokal; (abschätzig:) Kaschemme, Bordell

**Etage,** [e'ta:sch(e), fr.], weibl., –n: Stockwerk, Geschoss

**Etagere,** [eta'schä:r(e), fr.], weibl., –n: Gestell für Bücher oder Geschirr

**Etappe,** (fr. ), weibl., –n: 1. Teilstrecke, Abschnitt, 2. Nachschubgebiet hinter der Front

**Etat,** [e'ta:, fr.], männl., –s: 1. Haushalt, Haushaltsplan, 2. Haushaltsmittel (eines Staates, Betriebes oder eines Familienhaushalts)

**etatisieren,** (fr.): in den Staatshaushalt aufnehmen

**et cetera,** [ät'zä.tera, lat.]: und so weiter (Abk.: etc.)

**Eternit,** (Wz.), männl. oder sächl., nur Sing.: wasserfestes und feuerbeständiges Baumaterial

**Etesien,** (gr.), weibl., Plur.: trockene Nordwestwinde östlichen Mittelmeerraum

**Ethik,** (gr.), weibl., –en: 1. Lehre vom sittlichen Verhalten, Sittlichkeitslehre (Philos.), 2. an der Verantwortung für den Mitmenschen orientierte Normen und Prinzipien menschlichen Zusammenlebens

**ethisch,** (gr.): die Ethik betreffend, der Ethik gemäß, sittlich

**ethnisch,** (gr.): einer bestimmten Volksgruppe zugehörig, bzw. diese betreffend

**Ethnographie** (auch: Ethnografie), (gr.), weibl., nur Sing.: beschreibende Völkerkunde

**Ethnologe,** (gr.), männl., –n: Völkerkundler

**Ethnologie,** (gr.), weibl., nur Sing.: Völkerkunde, wissenschaftliche Erforschung und vergleichende Untersuchung der Kultur verschiedener Völker

**Ethologie,** (gr.), weibl., nur Sing.: Wissenschaft vom Verhalten der Tiere, Verhaltensforschung

**Ethos,** (gr.), sächl., nur Sing.: ethische Lebensgrundsätze, Gesamtheit moralischer Normen, Ideale und Prinzipien eines Menschen oder einer Gesellschaft

**Etikett,** (fr.), sächl., –en: Aufkleber (mit Aufschrift)

**Etikette,** (fr.), weibl., –n: herkömmliche gesellschaftliche Umgangsformen, Anstandsregeln

**etikettieren,** (fr.): mit einem Etikett versehen

**Etüde,** (fr.), weibl., –n: Musikstück zum Üben der Fingerfertigkeit

**Etui,** (fr.), sächl., –s: Hülle, fester flacher Behälter zum Aufbewahren von zerbrechlichen oder kostbaren Gegenständen (u. a. von Brillen, Zigaretten oder Schmuck)

**Etymologe,** (gr.), männl., –n: Wissenschaftler auf dem Gebiet der Etymologie

**Etymologie,** (gr.), weibl., –n: 1. Herkunft und Geschichte eines Wortes, 2. Wissenschaft von der Herkunft der Wörter

**Etymon,** (gr.), sächl., Etyma: ursprüngliche Bedeutung eines Wortes; Ausgangsform eines Wortes, Stammwort
**Eubiotik,** (gr.), weibl., nur Sing.: Lehre von einer gesunden Lebensweise
**Eucharistie,** (gr. »Danksagung«), weibl., –n: 1. das christliche Abendmahl, 2. (urspr.:) Dankgebet vor der Weihe von Wein und Brot zum Abendmahl
**eucharistisch,** (gr.): das Abendmahl betreffend, zur Eucharistie gehörig
**Eudämonie,** (gr.), weibl., nur Sing.: Glückseligkeit
**Eudämonismus,** (gr.), männl., nur Sing.: Glückseligkeitslehre und -streben (Philos.)
**Eugenetik:** vgl. Eugenik
**eugenetisch:** vgl. eugenetisch
**Eugenik,** (gr.), weibl., nur Sing.: Forschung und Lehre auf dem Gebiet der Erbgesundheitspflege; Erbhygiene, Teilgebiet der Humangenetik
**eugenisch,** (gr.): die Eugenik betreffend
**Eukalyptus,** (gr.), männl., –: aus Australien stammender bis 100 m hoher immergrüner Baum oder Strauch, aus dem u. a. Eukalyptusöl gewonnen wird
**euklidischer Algorithmus,** männl.: Verfahren zur Bestimmung des größten gemeinsamen Teilers zweier ganzer Zahlen (Math.)
**euklidische Geometrie,** weibl.: klassische Geometrie, die auf den vom gr. Mathematiker Euklid um 300 v. Chr. erstmals formulierten Axiomen aufbaut (Gegens.: nichteuklidische Geometrie)
**Eukrasie,** (gr.), weibl., nur Sing.: gute Zusammensetzung der Körpersäfte (Gegens.: Dyskrasie; Med.)
**Eunuch,** (gr.), männl., –en: durch Kastration zeugungsunfähig gemachter Mann, häufig als Haremswächter eingesetzt
**Euphemismus,** (gr.), männl., Euphemismen: beschönigende Ausdrucksweise, verniedlichende Bezeichnung für etwas Unangenehmes (z. B. »heimgehen« statt »sterben«)
**euphemistisch,** (gr.): beschönigend, verniedlichend, in der Art eines Euphemismus
**Euphonie,** (gr.), weibl., –n: Wohlklang, Wohllaut (Gegens.: Kakophonie; Mus.; Sprachwiss.)
**Euphorie,** (gr.), weibl., –n: 1. abnorme Heiterkeit; übertriebene oder unbegründete Zuversicht; heitere Gemütsverfassung, die auf den Genuss von Drogen zurückzuführen ist (Gegens.: Dysphorie; Psychol.; Med.), 2. Hochgefühl, Glücksgefühl
**euphorisch,** (gr.): 1. abnorm heiter; übertrieben oder unbegründet zuversichtlich; wohlgestimmt nach dem Genuss von Drogen, 2. in Hochstimmung, heiter (Gegens.: dysphorisch)
**euphorisieren,** (gr.): in Euphorie versetzen; zu übertriebener Zuversicht veranlassen; mit Drogen in einen rauschhaften Glückszustand versetzen
**Eurasien,** sächl., nur Sing.: Gesamtraum Europa und Asien (größte Landmasse der Erde)
**Eurasier,** männl., –: Bewohner Eurasiens
**Eurhythmie,** (gr.), weibl., nur Sing.: 1. Harmonie und Ebenmaß der Bewegung, 2. Pulsregelmäßigkeit (Med.), 3. vgl. Eurythmie
**Eurocheque:** vgl. Euroscheck
**europäisieren:** dem europäischen Lebensstil angleichen
**Europium,** sächl., nur Sing.: chem. Element (Zeichen: Eu)
**Euroscheck,** männl., –s: bei allen Banken fast aller Länder Europas einlösbarer Scheck
**Eurovision,** (Kunstw. aus **Euro**pa und Tele**vision**), weibl., nur Sing.: Fernsehge-

meinschaftssendung, bzw. Programmaustausch westeuropäischer Rundfunk- und Fernsehgesellschaften

**euryök,** (gr.): (bei Pflanzen und Tieren:) anpassungsfähig, nicht an bestimmte Umweltverhältnisse gebunden

**Eurythmie,** (gr.), weibl., nur Sing.: von Rudolf Steiner begründete und von den Anthroposophen gepflegte Kunstform der Vereinigung von tänzerischer Bewegung und Sprache

**Eusebie,** (gr.), weibl., nur Sing.: Gottesfurcht, Frömmigkeit (Gegens.: Asebie)

**Eustachische Röhre,** weibl.: nach dem italien. Anatomen Eustachio benannte Ohrtrompete, Verbindungsgang zwischen Mittelohr und Nasen- Rachenraum (Biol.)

**Eustasie,** (gr.), weibl., –n: Schwankung der Höhe des Meeresspiegels (verursacht durch Veränderungen des Wasserhaushaltes der Erde)

**eustatisch,** (gr.): die Eustasie betreffend

**Euthanasie,** (gr.), weibl., nur Sing.: 1. ärztliche Maßnahmen, die den Sterbevorgang erleichtern sollen (insbes. die Verabreichung schmerzstillender Mittel; Med.), 2. Sterbehilfe, umstrittene Herbeiführung des Todes bei unheilbar Kranken, 3. von den nationalsozialistischen Machthabern durchgeführte Vernichtung so genannten lebensunwerten Lebens, der in großer Zahl Behinderte zum Opfer fielen

**Eutonie,** (gr.), weibl., nur Sing.: normaler Spannungszustand der Muskeln (Gegens.: Dystonie)

**eutroph,** (gr.): nährstoffreich; überdüngt (Biol.)

**Eutrophie,** (gr.), weibl., nur Sing.: 1. ausgewogener Ernährungszustand (insbes. von Säuglingen; Gegens.: Dystrophie), 2. Reichtum an Nährstoffen (Biol.; Gegens.: Dystrophie)

**Eutrophierung,** (gr.), weibl., –en: übermäßige Zunahme von organischen Stoffen, Überdüngung (eines Gewässers)

**Evakuation,** (lat.), weibl., –en: 1. Herstellung eines Vakuums, 2. vgl. Evakuierung

**evakuieren,** (lat.): 1. von Bewohnern räumen (eine Wohnung, einen Wohnblock, ein Gebiet), 2. luftleer machen, ein Vakuum herstellen

**Evakuierung,** (lat.), weibl., –en: das Evakuieren

**Evaluation,** (lat.), weibl., –en: Bewertung, Wertbestimmung; Auswertung

**evaluieren,** (lat.): bewerten, beurteilen; auswerten

**Evalvation,** (lat.), –en: Schätzung; Bewertung

**evalvieren,** (lat.): abschätzen, berechnen

**Evangeliar,** (gr.), sächl., –e: Buch mit dem Text der vier Evangelien

**Evangelisation,** (gr.), weibl., –en: Bekehrung zum Evangelium

**evangelisch,** (gr.): 1. das christl. Evangelium betreffend, auf ihm beruhend, 2. aus der Reformation hervorgegangen; protestantisch

**evangelisieren,** (gr.): das Evangelium verkündigen und ausbreiten; zum Evangelium bekehren

**Evangelist,** (gr.), männl., –en: 1. Verfasser eines der vier Evangelien, 2. Wanderprediger des Evangeliums

**Evangelium,** (gr. »gute Botschaft«), sächl., Evangelien: 1. die frohe Botschaft Jesu Christi, 2. eine der vier Berichte des Neuen Testamentes über das Leben und Wirken Jesu (Markus-, Matthäus-, Lukas- und Johannesevangelium)

**Evaporation,** (lat.), weibl., –en: Verdampfung, Verdunstung

**Evaporator,** (lat.), männl., –en: Meerwasserverdampfer (zur Gewinnung von Süß- aus Salzwasser)

**evaporieren,** (lat.): verdampfen lassen; verdunsten
**Evasion,** (lat.), weibl., –en: das Entweichen, Flucht (Gegens.: Invasion)
**eventual:** vgl. eventuell
**Eventualität,** (lat.), weibl., –en: Möglichkeit, möglicher Fall
**eventuell,** (lat.): möglicherweise, gegebenenfalls, vielleicht, unter Umständen
**Evergreen,** ['ä.wergri:n, engl. »immergrün«], männl., –s: über viele Jahre hinweg beliebter und gespielter Schlager
**evident,** (lat.): offensichtlich, offenkundig, augenscheinlich, deutlich zu sehen; einleuchtend, überzeugend
**Evidenz,** (lat.), weibl., nur Sing.: Offensichtlichkeit, vollständige Klarheit, Gewissheit, Deutlichkeit
**Evokation,** (lat. »das Herausrufen«), weibl., –en: 1. das Erwecken von Vorstellungen, das Hervorrufen von Empfindungen, 2. Vorladung bei Gericht
**Evolution,** (lat.), weibl., –en: 1. Entwicklung der Lebewesen von niederen Lebensformen zu höher organisierten (Biol.), 2. allmähliche Weiterentwicklung der menschlichen Gesellschaft im Laufe der Geschichte
**evolutionär,** (lat.): 1. auf Evolution beruhend, 2. sich allmählich weiterentwickelnd
**Evolutionstheorie,** (lat.-gr.), weibl., –n: Theorie von der Entwicklung der Lebewesen von niederen Lebensformen zu höher organisierten
**evolvieren,** (lat.): entwickeln, entfalten
**evozieren,** (lat.): 1. hervorrufen, bewirken, 2. vorladen (Rechtsw.)
**evviva!,** (italien.): er, sie lebe hoch!
**ex,** (lat. »aus«): 1. (als Vorsilbe:) ehemalig, vormalig, 2. Aufforderung, ein Glas in einem Zug auszutrinken, 3. (umg.) vorbei, zu Ende; tot
**exakt,** (lat.): genau, sorgfältig; streng wissenschaftlich
**Exaktheit,** (lat.), weibl., nur Sing.: Genauigkeit, Sorgfalt
**Exaltation.** (lat.), weibl., en: Überschwänglichkeit; übertriebene Aufregung, hysterische Erregtheit; Überspanntheit
**exaltieren,** (lat.): sich übertrieben aufregen; sich hysterisch erregen; sich überschwänglich benehmen
**exaltiert,** (lat.): überschwänglich; übertrieben aufgeregt; überspannt; übertrieben begeistert
**Examen,** (lat.), sächl., – und Examina: Prüfung (insbes. als Abschluss eines Studiums)
**Examinand,** (lat.), männl., –en: Prüfling
**Examinator,** (lat.), männl., –en: Prüfer
**examinieren,** (lat.): prüfen
**Exanthem,** (gr.), sächl., –e: ausgedehnter Hautausschlag (Med.)
**Exarch,** (gr.), männl., –en: 1. (histor.) byzantinischer Statthalter, 2. (in der orthodoxen Kirche:) Vertreter des Patriarchen in der Diaspora
**ex cathedra,** (lat.): 1. vom unfehlbaren Papst verkündet, mit der Vollmacht des Papstes und daher unfehlbar, 2. (übertr.) verbindlich, im Auftrag einer allseits anerkannten Autorität
**Exceptio,** (lat.), weibl., Exceptiones: Einspruch, Einrede (Rechtsw.)
**Exchange,** [ikß'tschejndsch, engl.], weibl., –n: 1. Geldwechsel, 2. Wechselstube, 3. Börse(nkurs)
**excusez!,** [exkü'se:!, fr.]: entschuldigen Sie!
**Exegese,** (gr.), weibl., –n: Auslegung, Erklärung, Interpretation eines Textes (insbes. aus der Bibel)
**Exeget,** (gr.), männl., –en: jmd., der eine Exegese vornimmt
**exekutieren,** (lat.): 1. (ein Urteil) vollstrecken, vollziehen, 2. jmdn. hinrichten
**Exekution,** (lat.), weibl., –en: 1. Vollstreckung, Vollzug, 2. Hinrichtung

**exekutiv,** (lat.): vollziehend, vollstreckend, ausführend
**Exekutive,** (lat.), weibl., –n: vollziehende, ausführende Gewalt im Staat; (in einer parlamentarischen Demokratie:) der Teil der Staatsgewalt, der ausführt, was Legislative und Judikative beschließen; die Regierung
**Exekutor,** (lat.), männl., Exekutoren: Vollstrecker (einer Strafe)
**Exempel,** (lat.), sächl., –: 1. (abschreckendes) Beispiel, Lehre, 2. Rechenaufgabe
**Exemplar,** (lat.), sächl., –e: einzelnes Stück (insbes. bei Büchern); einzelner Vertreter einer Art, einzelnes Individuum
**exemplarisch,** (lat.): 1. beispielgebend; musterhaft, 2. abschreckend
**exempli causa,** (lat.): beispielshalber, beispielsweise (Abk.: e. c.)
**Exemplifikation,** (lat.), weibl., –en: Erläuterung durch Beispiele
**exemplifizieren,** (lat.): am Beispiel erläutern
**exemt,** (lat.): von bestimmten gesetzlichen Pflichten oder allgemeinen Lasten befreit
**Exemtion,** (lat.), weibl., –en: Befreiung von bestimmten gesetzlichen Pflichten oder Lasten, Ausnahme
**Exequatur,** (lat.), weibl., –en: staatl. Zulassung für einen ausländischen Konsul zur Ausübung seines Amtes
**Exequien,** (lat.), weibl., Plur.: Begräbnisfeier, Totenmesse in der kathol. Kirche
**exerzieren,** (lat.): 1. üben, ausbilden, 2. militärische Übungen durchführen
**Exerzitien,** (lat.), weibl., Plur.: (insbes. in der kathol. Kirche:) religiöse Übungen
**Exhalation,** (lat.), weibl., –en: 1. Ausatmung, Ausdünstung (Gegens.: Inhalation; Med.), 2. das Ausströmen (vulkanischer Gase)
**exhalieren,** (lat.): 1. ausatmen, ausdünsten, 2. ausströmen
**Exhaustor,** (lat.), männl., Exhaustoren: Gebläse zum Absaugen, Entlüfter
**exhibieren,** (lat.): vorzeigen, zur Schau stellen
**Exhibition,** (lat.), weibl., –en: das Vorzeigen, Zurschaustellung (der Geschlechtsteile)
**Exhibitionismus,** (lat.), männl., nur Sing.: 1. krankhafte Neigung zum öffentlichen Entblößen der Geschlechtsteile zum Zwecke sexueller Befriedigung, 2. Offenbarung intimer Einzelheiten, um die Aufmerksamkeit anderer zu gewinnen
**Exhibitionist,** (lat.), männl., –en: 1. jmd., der an Exhibitionismus (1) leidet, 2. jmd., der Exhibitionismus (2) betreibt
**Exhumation,** (lat.), weibl., –en: das Exhumieren
**exhumieren,** (lat.): eine Leiche wieder ausgraben (insbes. zu gerichtsmedizinischen Zwecken)
**Exhumierung,** (lat.), weibl., –en: das Exhumieren
**Exil,** (lat.), sächl., –e: 1. Verbannung, 2. Verbannungsort, Zufluchtsort
**exilieren,** (lat.): verbannen, ins Exil schicken
**Exilregierung,** (lat.), weibl., –en: Regierung eines Staates, die sich außerhalb des Staatsgebietes aufhält
**eximieren,** (lat.): von einer gesetzlichen Pflicht oder Last befreien
**existent,** (lat.): wirklich, vorhanden, existierend (Gegens.: inexistent)
**existential,** (lat.): vgl. existenziell
**Existenz,** (lat.), weibl., –en: 1. das Dasein, das Vorhandensein, das Vorkommen, das Leben, 2. Lebensunterhalt, Lebensgrundlage, 3. (umg. meist abschätzig:) Mensch, Person (z. B. in der Wendung: eine verkrachte E.)
**Existenzialismus** (auch: Existentialismus), (lat.), männl., nur Sing.: Richtung der Philosophie und Literatur des 20. Jh., die die individuelle Existenz

des Menschen in den Mittelpunkt und den Sinn seines Daseins in Frage stellt

**Existenzialist** (auch: Existentialist), (lat.), männl., –en: Anhänger des Existenzialismus

**existenziell** (auch: existenziell), (lat.): das Dasein betreffend; auf der Existenz beruhend; lebensnotwendig

**Existenzminimum,** (lat.), sächl., –minima: für den Lebensunterhalt erforderliches Mindesteinkommen

**Existenzphilosophie:** vgl. Existenzialismus

**existieren,** (lat.): da sein, vorhanden sein, vorkommen; leben

**Exit,** (lat.), männl., –s: Ausgang (in Gebäuden)

**Exitus,** (lat.), männl., –: tödlicher Ausgang (z. B. eines Krankheitsfalles), Tod (Med.)

**Exkavation,** (lat.), weibl., –en: 1. Aushöhlung, Ausbuchtung (eines Organs.; Med.), 2. Ausschachtung, Ausgrabung

**exkavieren,** (lat.): aushöhlen, ausschachten

**Exklamation,** (lat.), weibl., –en: Ausruf

**exklamatorisch,** (lat.): ausrufend

**exklamieren,** (lat.): ausrufen

**Exklave,** (lat.), weibl., –n: eigenes Staatsgebiet, das von fremdem Staatsgebiet umgeben ist (Gegens.: Enklave)

**exkludieren,** (lat.): ausschließen (Gegens.: inkludieren)

**Exklusion,** (lat.), weibl., en: Ausschließung

**exklusiv,** (lat.): 1. ausschließend, ausschließlich, 2. nicht allen, nur einem bestimmten Personenkreis zugänglich, nur für einen besonderen Personenkreis bestimmt, 3. außergewöhnlich, vornehm, 4. sich gesellschaftlich absondernd (vom »einfachen« Volk)

**exklusive,** (lat.): ausschließlich, außer (Gegens.: inklusive)

**Exklusivinterview,** (lat.-engl.), sächl., –s: nur einem bestimmten Menschen oder einer bestimmten Zeitung gewährtes Interview

**Exklusivität,** (lat.), weibl., nur Sing.: die Ausschließlichkeit, die exklusive Beschaffenheit

**Exkommunikation,** (lat.), weibl., –en: Ausschluss aus der kathol. Kirche

**exkommunizieren,** (lat.): aus der kathol. Kirche ausschließen

**Exkrement,** (lat.), sächl., –e: Ausscheidung des Körpers, Kot

**Exkret,** (lat.), sächl., –e: ausgeschiedenes Stoffwechselprodukt (z. B. Harn, Schweiß)

**Exkretion,** (lat.), weibl., –en: das Ausscheiden von Stoffwechselprodukten

**Exkulpation,** (lat.), weibl., –en: Entlastung, Rechtfertigung, Schuldbefreiung (Rechtsw.)

**exkulpieren,** (lat.): entlasten, rechtfertigen, von Schuld freisprechen

**Exkurs,** (lat. »das Herauslaufen«), männl., –e: 1. (im Zusammenhang einer längeren wissenschaftlichen Arbeit:) kurze Erörterung eines Randproblems; Abschweifung, 2. Anhang, Einschub

**Exkursion,** (lat.), weibl., –en: wissenschaftlicher Ausflug, Besichtigungsfahrt zu Lehr-, bzw. Studienzwecken

**Exlibris,** (lat. »aus den Büchern«), sächl., –: Buchbesitzerzeichen, meist kunstvoll gestalteter auf die Innenseite des Buchdeckels geklebter Zettel mit Namenszug, Monogramm oder Wappen des Bucheigentümers

**Exmatrikel,** (lat.), weibl., –n: Bescheinigung über den Abgang von einer Hochschule

**Exmatrikulation,** (lat.), weibl., –en: Streichung des Namens aus dem Verzeichnis einer Hochschule, wenn ein Student die Hochschule verlässt (Gegens.: Immatrikulation)

**exmatrikulieren,** (lat.): aus dem Namensverzeichnis der Hochschule streichen (Gegens.: immatrikulieren)
**Exmission,** (lat.), weibl., –en: gerichtliche Ausweisung, Zwangsräumung einer Wohnung
**exmittieren,** (lat.): hinausschicken, jmdn. gerichtlich aus einer Wohnung oder einem Grundstück ausweisen, zwangsräumen (Rechtsw.)
**Exmittierung,** (lat.), weibl., –en: Ausweisung, Zwangsräumung
**Exobiologie,** (lat.), weibl., nur Sing.: Wissenschaft vom außerirdischen Leben
**Exodus,** (gr.), männl., –se: 1. (urspr.) Auszug der Juden aus Ägypten (nach dem 2. Buch Mose im Alten Testament), 2. (übertr.) Auszug einer größeren Anzahl von Personen (aus einem Raum oder einem Land)
**ex officio,** (lat.): von Amts wegen, amtlich
**exogen,** (gr.): 1. von außen kommend, stammend, verursacht (Gegens.: endogen), 2. von außen auf die Erdoberfläche einwirkend (Geol.), 3. außerhalb entstehend (Gegens.: endogen)
**Exokarp,** (gr.), sächl., –e: äußerste Schicht der Fruchtschale (Gegens.: Endokarp; Bot.)
**exokrin,** (gr.): nach außen absondernd (Gegens.: endokrin; Med.)
**exorbitant,** (lat.): 1. außerordentlich, gewaltig, 2. übertrieben, übermäßig
**exorzieren,** (gr.): böse Geister, Dämonen austreiben, beschwören
**Exorzismus,** (gr.), männl., nur Sing.: Teufels- oder Geisteraustreibung, Beschwörung von Dämonen
**Exorzist,** (gr.), männl., –en: Teufelsaustreiber, Geisterbeschwörer
**Exosphäre,** (gr.), weibl., nur Sing.: oberste Schicht der Atmosphäre
**Exot,** (gr.), männl., –en: Mensch, Pflanze oder Tier aus einem fernen Land
**Exote,** (gr.), männl., –n: vgl. Exot
**exoterisch,** (gr.): für Außenstehende bestimmt; allgemein verständlich (Gegens.: esoterisch)
**exotherm,** (gr.): Wärme abgebend
**Exotik,** (gr.), weibl., nur Sing.: 1. das Fremdartige, exotische Beschaffenheit, 2. Faszination, die das Fremdländische ausübt
**Exotika,** (gr.), weibl., nur Plur.: fremdländische Kunstwerke
**exotisch,** (gr.): fremdländisch, fremdartig; ungewöhnlich
**Expander,** (lat.-engl.), männl., –: Trainingsgerät aus elastischen Seilen zur Kräftigung der Arm- und Oberkörpermuskulatur
**expandieren,** (lat.): ausdehnen, auseinander ziehen; ausweiten, vergrößern (z. B.: ein Unternehmen)
**Expansion,** (lat.), weibl., –en: räumliche Ausdehnung, Ausweitung, Vergrößerung (z. B.: eines Unternehmens)
**expansiv,** (lat.): sich ausdehnend, um Expansion bemüht
**Expatriation,** (lat.), weibl., –en: Ausbürgerung
**expatriieren,** (lat.): ausbürgern
**Expedient,** (lat.), männl., –en: kaufmännischer Angestellter, dessen Aufgabenbereich der Versand von Waren ist
**expedieren,** (lat.): versandfertig machen, absenden
**Expedition,** (lat.), weibl., –en: 1. das Verschicken, Absenden, 2. Versandabteilung eines Unternehmens; der Versand, 3. Forschungsreise; Erkundungsreise in ein noch unerforschtes Gebiet
**Expektorans,** (lat.), sächl., Expektorantien: Hustenmittel, das den Auswurf fördert (Med.)
**expensiv,** (lat.): kostspielig
**Experiment,** (lat.), sächl., –e: 1. (wissenschaftlicher) Versuch, 2. gewagtes Unternehmen

**experimental:** vgl. experimentell
**Experimentalphysik,** (lat.-gr.), weibl., nur Sing.: Teilgebiet der Physik, das aus Experimenten Erkenntnisse zu gewinnen sucht
**experimentell,** (lat.): mit Hilfe von Experimenten, auf der Grundlage eines Experimentes
**experimentieren,** (lat.): 1. (wissenschaftliche) Versuche durchführen, 2. (umg.) ausprobieren
**Experte,** (lat.), männl., –n: Fachmann, Kenner, Sachverständiger
**Expertensystem,** (lat.-gr.), sächl., –e: auch der Basis von künstlicher Intelligenz arbeitendes hochkomplexes EDV-Programm
**Expertise,** (lat.), weibl., –n: Begutachtung, Gutachten eines Sachverständigen
**explanieren,** (lat.): erläutern, auslegen
**Explantation,** (lat.), weibl., –en: Gewebeentnahme; Übertragung von Gewebe in eine Nährlösung zum Zwecke der Gewebezüchtung (Med.)
**Explikation,** (lat.), weibl., en: Erklärung, Erläuterung, Darlegung
**explizieren,** (lat.): erklären, erläutern, genau darlegen
**explizit,** (lat.): 1. ausdrücklich, deutlich (Gegens.: implizit), 2. ausführlich, differenziert dargestellt
**explizite,** (lat.): in aller Deutlichkeit
**explodieren,** (lat.): 1. infolge Ausdehnung von Gasen oder Dämpfen knallend zerplatzen, bersten, 2. (übertr.) plötzlich zornig werden
**exploitieren,** (fr.): 1. ausbeuten, ausnutzen, 2. (Bodenschätze) ausbeuten, gewinnen
**Exploration,** (lat.), weibl., –en: 1. Untersuchung, Erforschung, 2. Befragung eines Patienten (Med.)
**explorieren,** (lat.): 1. untersuchen, erforschen, erkunden, 2. befragen
**explosibel,** (lat.): leicht explodierend, sprengstoffhaltig
**Explosion,** (lat.), weibl., –en: das Explodieren
**explosiv,** (lat.): 1. leicht explodierend; explosionsartig, (übertr.) energiegeladen, äußerst temperamentvoll
**Explosivlaut,** (lat.-dt.), männl., –e: Verschlusslaut (z. B.: p, b, t, d)
**Explosivität,** (lat.), weibl., nur Sing.: 1. explosive Beschaffenheit, 2. Energiegeladenheit, Heftigkeit
**Exponat,** (lat.), sächl., –e: Ausstellungsstück
**Exponent,** (lat.), männl., –en: 1. in der Öffentlichkeit bekannter Vertreter einer Partei oder einer weltanschaulichen Richtung, 2. Hochzahl einer Potenz, die angibt wie oft die Basis (Grundzahl) mit sich selbst multipliziert werden soll (z. B.: $5^2 = 5 \cdot 5$; der E. ist die »2«; Math.)
**Exponentialfunktion,** (lat.), weibl., –en: Funktion, bei der die Variable der Exponent eines konstanten Wertes ist (Math.)
**exponentiell,** (lat.): gemäß einer Exponentialfunktion verlaufend (Math.; Phys.)
**exponieren,** (lat.): 1. hervorheben, herausstellen, ausstellen, 2. die Aufmerksamkeit auf sich lenken, sich Angriffen, der Kritik aussetzen
**exponiert,** (lat.): an herausragender Stelle, vor aller Öffentlichkeit; Angriffen, der Kritik ausgesetzt
**Export,** (lat.), männl., –e: 1. Ausfuhr, Verkauf von Waren ins Ausland (Gegens.: Import), 2. das Ausgeführte
**Exporte,** (lat.), weibl., Plur.: ins Ausland verkaufte Waren
**Exporteur,** [expor'tö:r, fr.], männl., –e: ein Kaufmann oder ein Unternehmen, das Waren ins Ausland verkauft
**exportieren,** (lat.): Waren ins Ausland ausführen

**Exposé** (auch: Exposee), (fr.), sächl., –s: 1. Darlegung, kurzer Bericht, 2. ausgearbeiteter Entwurf, Handlungsskizze (für ein Drehbuch, ein literarisches Werk o. Ä.)
**Exposition,** (lat.), weibl., –en: 1. einleitender Teil oder Einführung (eines Schauspiels oder eines Musikwerkes), 2. Ausstellung, 3. Darlegung, Gliederung
**express,** (lat.): eilig, mit Eilpost
**Express,** (lat.), männl., Expresse: Fernschnellzug
**Expreß:** vgl. Express
**Expression,** (lat.), weibl., –en: 1. Ausdruck, 2. das Ausdrücken (Med.)
**Expressionismus,** (lat.), männl., nur Sing.: Ausdruckskunst, Kunstrichtung zu Anfang des 20. Jh., die in Literatur, Musik und Bildender Kunst insbes. Empfindungen möglichst ausdrucksvoll wiederzugeben suchte (Gegens.: Impressionismus)
**Expressionist,** (lat.), männl., –en: Vertreter des Expressionismus
**expressis verbis,** (lat. »mit ausdrücklichen Worten«): ausdrücklich
**expressiv,** (lat.): ausdrucksstark, sehr ausdrucksvoll gestaltet
**Expressivität,** (lat.), weibl., nur Sing.: 1. Ausdrucksfülle, 2. Ausprägungsgrad eines Vererbungsmerkmals (Biol.)
**Expropriation,** (lat.), weibl., –en: (im Marxismus:) Enteignung
**expropriieren,** (lat.): (im Marxismus:) enteignen
**Expulsion,** (lat.), weibl., –en: Entfernung, Abführung (Med.)
**exquisit,** (lat.): ausgesucht, erlesen, vorzüglich
**Exsekration,** (lat.), weibl., –en: Entweihung; Verfluchung, Verwünschung
**exsekrieren,** (lat.): entweihen; verfluchen, verwünschen
**Exsikkation,** (lat.), weibl., –en: Austrocknung (Chem.)
**Exsikkator,** (lat.), männl., –en: starkwandiges Glasgefäß zum Trocknen oder zum trockenen Aufbewahren von Chemikalien
**Exsikkose,** (lat.), weibl., –n: das Austrocknen des Körpers nach starken Flüssigkeitsverlust (z. B.: bei Durchfall; Med.)
**exspektativ,** (lat.): abwartend
**Exspiration,** (lat.), weibl., nur Sing.: Ausatmung (Med.)
**exspirieren,** (lat.): ausatmen
**Exstirpation,** (lat. »Ausrottung«), weibl., –en: totale operative Entfernung eines Organs (Med.)
**Exsudat,** (lat. »Ausgeschwitztes«), sächl., –e: bei Entzündungen aus Gefäßen austretende Flüssigkeit (Med.)
**ex tempore,** (lat.): aus dem Stegreif, unvorbereitet
**Extempore,** sächl., –s: improvisierte Einlage, unvorbereitete Zugabe im Theater; Stegreifspiel
**extemporieren,** (lat.): 1. eine unvorbereitete Zugabe im Theater geben, 2. aus dem Stegreif spielen, singen, reden o. Ä.
**extendieren,** (lat.): ausdehnen, erweitern
**Extension,** (lat.), weibl., –en: 1. Ausdehnung, Erweiterung, 2. Streckung (Med.)
**Extensität,** (lat.), weibl., nur Sing.: Ausdehnung, Umfang
**extensiv,** (lat.): 1. ausgedehnt, umfassend, 2. erweiternd, ausdehnend, 3. (auf die Bodennutzung bezogen:) weiträumig, auf großer Fläche betrieben (Gegens.: intensiv)
**extensivieren,** (lat.): ausdehnen, erweitern
**Extensivität:** vgl. Extensität
**Extensor,** (lat.), männl., –en: Streckmuskel (Med.)
**Exterieur,** [exter'jö:r, fr.], sächl., –s und –e: das Äußere, äußeres Erscheinungsbild (Gegens.: Interieur)

**extern,** (lat.): draußen befindlich, auswärtig, von außen kommend (Gegens.: intern)
**Externe,** (lat.), männl., –n: 1. Schüler, der eine Internatsschule besucht, jedoch außerhalb des Internats wohnt, 2. Schüler, der eine Privatschule besucht hat und die Abschlussprüfung an einer öffentlichen Schule ablegen muss
**Externum,** (lat.), sächl., Externa: Heilmittel, das äußerlich anzuwenden ist (Med.)
**exterritorial,** (lat.): außerhalb der Landeshoheit befindlich
**exterritorialisieren,** (lat.): jmdm. Exterritorialität gewähren
**Exterritorialität,** (lat.), weibl., nur Sing.: Unabhängigkeit bestimmter Personen von der Landeshoheit und damit der Staatsgewalt des Gastlandes
**extra,** (lat.): 1. gesondert, für sich, getrennt, 2. eigens, absichtlich, 3. besonders, außergewöhnlich
**Extra,** (lat.), sächl., –s: Sonderleistung, Sonderzubehör (insbes. an Autos)
**extra dry,** ['drai, engl.]: (bei alkoholischen Getränken:) besonders trocken, besonders herb
**extragalaktisch,** (lat.-gr.): außerhalb des Milchstraßensystems gelegen (Astron.)
**extrahieren,** (lat.): (einen Zahn) herausziehen; herauslösen
**extrakorporal,** (lat.): außerhalb des Körpers (Med.)
**Extrakt,** (lat.), männl. oder sächl., –e: 1. Auszug (aus tierischen oder pflanzlichen Stoffen), 2. Auszug, Zusammenfassung des Wesentlichen (aus Büchern oder anderen Schrifterzeugnissen)
**Extraktion,** (lat.), weibl., –en: das Extrahieren
**extraordinär,** (fr.): außergewöhnlich
**extraterrestrisch,** (lat.): außerhalb der Erde und der Erdatmosphäre gelegen
**Extratour,** (fr.), weibl., –en: (umg.) eigenwilliges Verhalten, eigenmächtiges Handeln
**extrauterin,** (lat.): außerhalb der Gebärmutter (Med.)
**Extrauteringravidität,** (lat.), weibl., –en: vgl. Abdominalgravidität
**extravagant,** (fr.): ausgefallen, ungewöhnlich; überspannt
**Extravaganz,** (fr.), weibl., –en: Ausgefallenheit; extravagantes Aussehen oder Benehmen; Überspanntheit
**extravertiert,** (lat.): der Außenwelt zugewandt, aufgeschlossen, kontaktfreudig, weltoffen; für äußere Einflüsse empfänglich (Gegens.: introvertiert; Psychol.)
**extrem,** (lat.): 1. äußerst, höchst, 2. übertrieben; radikal
**Extrem,** (lat.): 1. höchster Wert oder Grad, äußerste Grenze, 2. äußerster Gegensatz; extremer Standpunkt; 3. Übertreibung
**Extremismus,** (lat.), männl., nur Sing.: extreme (2) Haltung, radikale Einstellung; extreme politische Überzeugung
**Extremist,** (lat.), männl., –en: Mensch mit radikaler Einstellung und extremen (2) Überzeugungen
**extremistisch,** (lat.): den Extremismus betreffend; radikal eingestellt, Extremismus vertretend
**Extremität,** (lat.), weibl., –en: 1. Gliedmaße, Arm, Bein, 2. äußerstes Ende, 3. das Extremsein
**Extremum,** (lat.), sächl., Extrema: vgl. Extremwert
**Extremwert,** (lat.-dt.), männl., –e: äußerster Wert einer Funktion innerhalb einer Umgebung, Maximum oder Minimum (Math.)
**extrinsisch,** (lat.): von außen angeregt, motiviert durch äußere Einflüsse, nicht aus eigenem Antrieb (Gegens.: intrinsisch)

**extrovertiert:** vgl. extravertiert
**Exulzeration,** (lat.), weibl., –en: Bildung von Geschwüren (Med.)
**ex usu,** (lat. »aus dem Gebrauch«): durch Übung, aus Erfahrung
**Exuvie,** (lat.), weibl., –n: bei der Häutung abgestoßene alte tierische Körperhaut (z. B.: einer Schlange)
**ex voto,** (lat.): aufgrund eines Gelübdes
**exzellent,** (lat.): herausragend, ausgezeichnet, vortrefflich
**Exzellenz,** (lat.), weibl., –en: (ehemals:) Titel für Minister und hohe Beamte; (heute:) Anrede für Botschafter und Bischöfe
**Exzenter,** (gr.), männl., –: an einer Welle außerhalb des Drehmittelpunktes angebrachtes Antriebselement in Form einer Scheibe
**Exzentrik,** (gr.), weibl., nur Sing.: 1. mit drastischen Mitteln übertriebene Komik, 2. exzentrisches (1) Verhalten
**Exzentriker,** (gr.), männl., –: 1. Artist der Exzentrik (1), 2. exzentrischer Mensch
**exzentrisch,** (gr.): 1. verschroben, überspannt, 2. außerhalb des Mittelpunktes liegend
**Exzentrizität,** (gr.), weibl., –en: 1. Überspanntheit, Verschrobenheit, 2. das Abweichen, der Abstand vom Mittelpunkt
**Exzeption,** (lat.), weibl., –en: 1. Ausnahme, 2. Einrede
**exzeptionell,** (lat.): außergewöhnlich, ausnahmsweise stattfindend
**exzerpieren,** (lat.): ein Exzerpt verfassen
**Exzerpt,** (lat.), sächl., –e: Auszug aus einem Buch, der die wichtigsten Grundzüge wiedergibt
**Exzess,** (lat.), männl., Exzesse: Ausschreitung, Ausschweifung; maßlose Überschreitung
**exzessiv,** (lat.): ausschweifend, maßlos
**exzidieren,** (lat.): herausschneiden (Med.)
**Exzision,** (lat.), weibl., –en: das Ausschneiden (Med.)
**Eyeliner,** ['ailainer, engl.], männl., –: Stift oder Pinsel mit kosmetischer Farbe zum Ziehen eines Lidstriches

# F

**fa,** (italien.): fr. und italien. Bez. des Tones f; vierte Solmisationssilbe (Mus.)
**Fabel,** (lat.), weibl., –n: kurze, lehrreiche Erzählung, in der Tiere sprechen und menschlich handeln
**Fabrik,** (lat.-fr.), weibl., –en: Industriebetrieb, der mit Maschinen in großen Mengen Waren produziert
**Fabrikant,** (lat.-fr. ), männl., –en: 1. Besitzer einer Fabrik, 2. Hersteller einer Ware
**Fabrikat,** (lat.), sächl., –e: 1. in einer Fabrik hergestellte Ware, 2. Ausführung, Typ eines Fabrikerzeugnisses, Marke
**Fabrikation,** (lat.-fr.), weibl., –en: Herstellung von Waren in einer Fabrik
**fabrizieren,** (lat.): 1. (urspr.) in einer Fabrik herstellen, 2. (meist übertr.) laienhaft anfertigen, zusammenbasteln
**Fabulant,** (lat.), männl., –en: Erzähler von Erdichtetem, Erfinder phantastischer Geschichten; Schwätzer; Lügner
**fabulieren,** (lat.): Geschichten erfinden oder phantasievoll ausschmücken und erzählen; schwätzen; lügen
**Fabulist,** (lat.), männl., –en: Fabeldichter
**fabulös,** (lat.): märchenhaft; unwahrscheinlich, unwirklich
**Facelifting,** ['fejßlifting, engl.], sächl., –s: kosmetische Gesichtsoperation zur Beseitigung von Falten
**Facette** (auch: Fassette), [fa'ße.te, fr.], weibl., –n: 1. (bei Edelsteinen oder Glaskörpern:) Schlifffläche, 2. (im Druckwe-

sen:) schräge Kante der Buchdruckplatten zum Befestigen an der Druckunterlage, 3. Erscheinungsform

**Facettenauge,** (fr.-dt.), sächl., –n: aus zahlreichen Sehzellen zusammengesetztes, kugeliges Sehorgan der Insekten und Gliederfüßer (Zool.)

**facettieren,** (fr.): 1. mit Facetten versehen, 2.schräg abschleifen

**Façon,** [fa'ßon, fr.]: vgl. Fasson

**Fact,** ['fä.kt, engl.], männl., –s: (meist Plur.) Tatsache

**Fading,** ['fejding, eng.], sächl., –s: 1. (bei Rundfunk und Fernsehen:) Schwankung der Empfangsfeldstärke, Schwund bei der Übertragung von Funkwellen, 2. (bei Kraftfahrzeugen:) Nachlassen der Bremswirkung

**Fagott,** (italien.), sächl., –s: Holzblasinstrument

**Fagottist,** (italien.), männl., –en: Fagottspieler

**Faible,** ['fäjb(e)l, fr.], sächl., –s: Neigung, Vorliebe, Schwäche

**fair,** ['fä:r, engl.]: 1. (im Sport:) den Wettkampfregeln entsprechend, 2. redlich, anständig

**Fairness,** ['fä:rniß, engl.], weibl., nur Sing.: den Wettkampfregeln entsprechendes, anständiges Verhalten; faires (2) Verhalten

**Fairplay** (auch: Fair Play), [fär'ple:j, engl.:»faires Spiel«], sächl., nur Sing.: vgl. Fairness

**Fait accompli,** [fätakon'pli:, fr.], sächl., –s –s: vollendete Tatsache

**fäkal,** (lat.): kotig (Med.)

**Fäkalien,** (lat.), weibl., Plur.: Ausscheidungen, Exkremente des Darms, Kot und Harn

**Fakir,** (arab.), männl., –e: (in islamischen Ländern:) frommer Asket, 2. (in Indien:) asketisch lebender Mann, der Kunststücke vorführt (z. B.: Liegen auf Nagelbrettern)

**Faksimile,** (lat.), sächl., –s: originalgetreue Nachbildung, vorlagengetreue Wiedergabe oder Reproduktion (einer alten Handschrift, eines Manuskripts o. Ä.)

**faksimilieren,** (lat.): vorlagengetreu wiedergeben, ein Faksimile herstellen

**Fakt,** (lat.), männl., –en: vgl. Faktum

**faktisch,** (lat.): tatsächlich, wirklich

**Faktizität,** (lat.), weibl., nur Sing.: Tatsächlichkeit, Gegebenheit, feststellbare Wirklichkeit

**Faktor,** (lat.), männl., –en: 1. bestimmendes Element, wesentlicher Grund; mitwirkender Umstand, Gesichtspunkt, 2. Leiter einer Setzerei oder Druckerei, 3. Zahl, die mit einer anderen multipliziert wird (Math.)

**Faktorei,** (lat.), weibl., –en: (ehemals Bez. für:) überseeische Handelsniederlassung europäischer Kaufleute

**Faktotum,** (lat.), sächl., Faktoten: Hilfskraft, die die verschiedensten Arbeiten verrichtet, Diener für alles

**Faktum,** (lat.), sächl., Fakten: feststehende Tatsache; Ereignis, Geschehnis

**Faktur,** (lat.), weibl., –en: 1. Warenrechnung, 2. Lieferschein

**fakturieren,** (lat.): Rechnungen schreiben, Waren berechnen

**Fakultas,** (lat.), weibl., nur Sing.: Lehrbefähigung

**Fakultät,** (lat.), weibl., –en: 1. Fachbereich, fachlich zusammengehörende Wissenschaftsabteilung an einer Hochschule, 2. Produkt aller natürlicher Zahlen von 1 bis zu einer bestimmten Zahl (z. B. 5! – sprich: fünf Fakultät – zu berechnen durch: 1·2·3·4·5; Math.)

**fakultativ,** (lat.): nach freiem Ermessen, freigestellt, nach eigener Wahl

**Falange,** (span.), weibl., nur Sing.: 1933 gegründete faschistische Staatspartei in Spanien unter Franco

**Falangist,** männl., –en: Mitglied der Falange

**Fall-out** (auch: Fallout), [fol'aut, engl.], männl., –s: radioaktiver Niederschlag (z. B.: nach Kernwaffenexplosionen oder Betriebsunfällen von Kernkraftwerken)
**Falsett,** (italien.), sächl., –e: durch Brustresonanz verstärkte männliche Kopfstimme
**Falsifikat,** (lat.), sächl., –e: Fälschung, gefälschter Gegenstand
**Falsifikation,** (lat.), weibl., –en: 1. wissenschaftlich begründete Widerlegung einer Hypothese, 2. Fälschung
**falsifizieren,** (lat.): eine Hypothese wissenschaftlich begründet widerlegen (Gegens.: verifizieren)
**Fama,** (lat.), weibl., nur Sing.: Gerücht, das über jmdn. verbreitet wird; Ruf, Leumund
**familial,** (lat.): die Familie als soziale Gruppe betreffend (Psychol.)
**familiär,** (lat.): die Familie betreffend; vertraut; vertraulich; ungezwungen
**Familiarität,** (lat.), weibl., –en: familiäres Verhalten; Vertrautheit; Vertraulichkeit
**Familie,** (lat.), weibl., –n: Gemeinschaft von Eltern und Kindern
**famos,** (lat.): großartig, glänzend, vortrefflich
**Famulatur,** (lat.), weibl., –en: Praktikum im Krankenhaus, das ein angehender Mediziner im Rahmen seiner klinischen Ausbildung ableistet
**famulieren,** (lat.): als Medizinstudent ein Praktikum im Krankenhaus ableisten
**Famulus,** (lat.), männl., Famuli: 1. Medizinstudent, der sein Praktikum im Krankenhaus ableistet, 2. Gehilfe, Assistent
**Fan,** [fän, engl.], männl., –s: leidenschaftlich Anhänger, begeisterter Liebhaber, großer Verehrer (z. B. von bestimmten Fußballvereinen, Sportarten, Personen, Filmen o. Ä.)
**Fanal,** (fr.), sächl., –e: 1. Feuerzeichen, weithin sichtbares Zeichen, 2. Ereignis, das eine Wende ankündigt; Tat, die ein Zeichen setzt
**Fanatiker,** (lat.), männl., –: ein Mensch, der unduldsam und rücksichtslos Überzeugungen und Ideen, an die er glaubt, verficht, Eiferer
**fanatisch,** (lat.): unduldsam und rücksichtslos Überzeugungen und Ideen verfechtend, sich blind für etwas einsetzend
**fanatisieren,** (lat.): jmdn. fanatisch machen, aufhetzen
**Fanatismus,** (lat.), männl., nur Sing.: unduldsames und rücksichtsloses Verfechten von Überzeugungen und Ideen, leidenschaftlicher Eifer, blinde Begeisterung
**Fandango,** (span.), männl., –s: feuriger span. Volkstanz
**Fanfare,** (fr.), weibl., –n: 1. Trompetensignal, 2. Dreiklangtrompete ohne Ventile, 3. kurzes Militärmusikstück für Trompeten und Pauken
**Fango,** (italien.), männl., nur Sing.: zu Heilzwecken verwendeter vulkanischer Mineralschlamm (für Bäder und Packungen)
**Fantasia,** (italien.), weibl., –s: 1. vgl. Fantasie, 2. Reiterkampfspiel (in arab. Ländern)
**Fantasie,** (italien.), weibl., –n: 1. Instrumentalstück in freier Form (Mus.), 2. vgl. Phantasie
**fantasieren:** vgl. phantasieren
**Fantast:** vgl. Phantast
**Faradaykäfig,** männl., –e: nach dem engl. Physiker Faraday benannte geerdete metallische Umhüllung zum Abschirmen gegen elektrische Felder und Ströme (z. B. wirkt bei Gewitter das geschlossene Auto als F.)
**Farce,** ['fa.rß(e), fr.], weibl., –n: 1. Lächerlichkeit, belanglose Angelegenheit, 2. Posse, kurzes derb-komisches Lustspiel, 3. Füllung für Geflügel und Pasteten

**farcieren,** (fr.): mit einer Farce (3) füllen
**Farin,** (lat.), männl., nur Sing.: ungereinigter gelblichbrauner Zucker
**Farm,** (engl.), weibl., –en: 1. landwirtschaftl. Großbetrieb, 2. auf eine bestimmte Tierart spezialisierter Zuchtbetrieb (z. B. für Rinder, Geflügel, Pelztiere)
**Farmer,** (engl.), männl., –: Besitzer einer Farm
**Fasanerie,** (fr.), weibl., –n: als Gehege für Fasane angelegter Garten
**faschieren,** (fr.): durch den Fleischwolf drehen
**Faschine,** (italien.), weibl., –n: mit Draht zusammengeschnürtes Reisigbündel zur Ufer- oder Deichbefestigung
**faschisieren,** (italien.): faschistisch machen
**Faschismus,** (italien.), männl., nur Sing.: 1. urspr. die von Mussolini 1919 gegründete Bewegung und das sich auf sie von 1922 bis 1945 stützende staatliche Herrschaftssystem, 2. (später auch Bez. für:) nationalistische und totalitäre Massenbewegungen oder Herrschaftssysteme in anderen Ländern
**Faschist,** (italien.), männl., –en: Anhänger des Faschismus
**faschistisch,** (italien.): den Faschismus betreffend, auf Faschismus beruhend; zum Faschismus gehörend; in der Art eines Faschisten
**faschistoid,** (italien.): faschistische Züge aufweisend
**Fashion,** ['fä.sch(e)n, engl.], weibl., nur Sing.: 1. Mode, 2. eleganter Lebensstil
**fashionable,** ['fä.sch(e)näb(e)l, engl.): modisch, elegant
**Fassade,** (fr.), weibl., –n: 1. (bei Gebäuden:) Außenansicht, Stirnseite, 2. (übertr., meist abschätzig) die schöne, sichtbare und zur Schau gestellte Seite (eines Menschen oder eines Gegenstandes)
**Fassette:** vgl. Facette
**Fasson,** [fa'ßon, fr.], weibl., –s: 1. (bei Frisuren oder Kleidungsstücken:) Schnitt, Zuschnitt, bestimmte Form, 2. Art und Weise (eines Menschen); Lebensart
**fassonieren,** (fr.): in Form bringen
**Fastfood** (auch: Fast Food), ['fa:ßtfu:d, engl.], sächl., nur Sing.: kleinere Gerichte, die in bestimmten, meist zu Imbissketten gehörenden Schnellrestaurants zum raschen Verzehr angeboten werden
**Faszes,** ['faßze:s, lat.], weibl., Plur.: von den Liktoren im alten Rom getragenes Rutenbündel mit Beil (als Zeichen der Gewalt über Leben und Tod)
**Faszie,** (lat.), weibl., –n: dünne Bindegewebshülle (insbes. auf Muskeln; Med.)
**Faszikel,** (lat.), männl., –: 1. Aktenbündel, Schriftenbündel, Heft, 2. kleines Nerven- oder Muskelbündel (Med.)
**Faszination,** (lat.), weibl., –en: fesselnde Wirkung, Anziehungskraft, Bezauberung, die eine Sache oder eine Person ausstrahlt; Verblendung
**faszinieren,** (lat.): fesseln, bezaubern, anziehen
**fatal,** (lat.): 1. verhängnisvoll, folgenschwer, schicksalhaft, 2. sehr unangenehm, peinlich
**Fatalismus,** (lat.), männl., nur Sing.: passive Lebenshaltung, die alles Geschehen als vorherbestimmtes und hinzunehmendes Schicksal ansieht; Schicksalsgläubigkeit
**Fatalist,** (lat.), männl., –en: Mensch mit fatalistischer Einstellung, Schicksalsgläubiger
**fatalistisch,** (lat.): alles Geschehen als vorherbestimmtes und hinzunehmendes Schicksal ansehend; schicksalsergeben
**Fatalität,** (lat.): Verhängnis, Missgeschick
**Fata Morgana,** (italien.), weibl., – Morganen: 1. insbes. in Wüstengebieten in

bodennahen Luftschichten auftretende Spiegelung weit entfernter Gegenstände oder Landschaften; durch Luftspiegelung vorgetäuschtes Bild (insbes. von Wasserflächen), 2. Sinnestäuschung, Wahngebilde

**Fathom,** ['fä.th(e)m, engl. »Faden«], sächl., -(s): insbes. in der Schifffahrt verwendetes Längenmaß (1,828 m)

**Fatum** (lat. »Weissagung«), sächl., Fata: Schicksal, Geschick, Verhängnis

**Faun,** männl., –e: 1. halbtierischer römischer Wald- und Feldgott mit Hörnern und Bocksfüßen, 2. triebhafter, lüsterner Mensch

**Fauna,** weibl., Faunen: (nach der röm. Fruchtbarkeitsgöttin:) Tierwelt eines bestimmten Gebietes oder eines bestimmten Lebensraumes

**faunisch:** in der Art eines Fauns, lüstern, geil

**Fauteuil,** [fo'töj, fr.], sächl., –s: Armstuhl, Lehnsessel

**Fauvismus,** [fo'wi.smus, fr.], männl., nur Sing.: Stilrichtung in der fr. Malerei zu Beginn des 20. Jh.

**Fauxpas,** [fo'pa., fr. »Fehltritt«), männl., –: Verstoß gegen gesellschaftliche Formen, Taktlosigkeit

**Favela,** (portug.), weibl., –s: Elendsquartier in südamerik. Großstädten

**favorisieren,** (lat.): 1. begünstigen, bevorzugen, 2. jmdn. zum Favoriten erklären, im Vorteil sehen (z. B.: bei sportl. Wettbewerben)

**Favorit,** (lat.), männl., –en: 1. bevorzugte Person, Liebling, Günstling, 2. Wettkampfteilnehmer mit großen Siegesaussichten

**Fax, faxen:** vgl. Telefax, telefaxen

**Fayence,** [fa'janß, fr.], weibl., –n: bemalte Feinkeramik, Tonware mit Zinnglasur

**Fäzes,** (lat.), weibl., Plur.: vgl. Fäkalien

**Fazetie,** (lat.), weibl., –n: kurze, witzige Erzählung; Schwank; Posse

**fazial,** (lat.): zum Gesicht gehörig (Med.)

**Fazialis,** (lat.), männl., nur Sing.: Gesichtsnerv, der die mimische Muskulatur des Gesichts versorgt (Med.)

**Fazilität,** (lat.), weibl., –en: 1. Leichtigkeit, Gewandtheit 2. von einer Bank eingeräumte Kreditmöglichkeit

**Fazit,** (lat. »es macht«), sächl., –s: Endsumme; Ergebnis; Schlussfolgerung

**Feature,** ['fi:tsch(e)r, engl.], sächl., –s: aktueller Dokumentarbericht in Presse, Rundfunk oder Fernsehen

**febril,** (lat.): fieberhaft (Med.)

**Fedajin,** (arab. »die sich Opfernden«), männl., –: arab. Freischärler; Angehöriger einer Untergrundorganisation im arab. Raum

**Feed-back** (auch: Feedback), [fi:db'ä.k, engl.], sächl., –s: 1. technische Rückkopplung, 2. Rückmeldung als Reaktion auf ein Verhalten (Psychol.)

**Feeling,** ['fi:ling, engl.], sächl., –s: Gefühl, unterbewusste Wahrnehmung; Gespür, Einfühlungsvermögen

**Feerie,** [fe-er'i:, fr.], weibl., –n: mit großem Aufwand aufgeführtes Theaterstück nach einer Feengeschichte

**Fellache,** (arab.), männl., –n: ägyptischer Landarbeiter, Bauer

**Fellatio,** (lat.), weibl., Fellationes: sexuelle Reizung des männlichen Geschlechtsteils mit Lippen und Zunge

**Fellow,** ['fe.lo, engl. »Geselle, Bursche«], männl., –s: 1. (in Großbritannien:) Collegemitglied, Stipendiat, Mitglied einer wissenschaftlichen Gesellschaft, 2. (in den USA:) Student im höheren Semester

**feminieren,** (lat.): (bei Mensch oder Tier:) künstlich verweiblichen (z. B. durch Eingriff in den Hormonhaushalt; Med.; Biol.)

**feminin,** (lat.): weiblichen Geschlechts, weiblich, frauenhaft; weibisch

**Femininum,** (lat.), sächl., Feminina: weibliches Geschlecht eines Substan-

tivs; weibliches Substantiv (z. B.: die Straße; Sprachwiss.)
**feminisieren,** (lat.): verweiblichen
**Feminismus,** (lat.), männl., Feminismen: 1. (nur Sing.) Frauenbewegung, die die Abschaffung patriarchalischer Strukturen und eine Stärkung der Rolle des weiblichen Geschlechts in der Gesellschaft anstrebt, 2. hervorstechende weibliche Eigenschaften bei Männern; Verweiblichung
**Feministin,** (lat.), weibl., –nen: Verfechterin des Feminismus (1)
**feministisch,** (lat.): 1. Feminismus (1) vertretend; auf Feminismus (1) beruhend, 2. den Feminismus (2) betreffend; weibisch
**Femme fatale,** ['fa.m fa'ta.l, fr. »verhängnisvolle Frau«], weibl., –s –s: verführerische Frau, betörende Frau
**Femto...,** (dän.-norweg.): Vorsilbe vor einer physikalischen Maßeinheit, die bedeutet, dass ein Billiardstel der Einheit gemeint ist
**Fenchel,** (lat.), männl., nur Sing.: 1. ein Gemüse, 2. Gewürz- und Heilpflanze
**Fender,** (engl.), männl., –: Puffer, die beim Anlegen eines Schiffes über Bord gehängt werden, um Beschädigungen zu vermeiden
**Fenek:** vgl. Fennek
**Fennek,** (arab.), männl., –s: winziger Wüstenfuchs mit großen Ohren
**Ferman,** (pers.), männl., –e: (in islamischen Ländern:) Erlass des Herrschers
**Fermate,** (italien.), weibl., –n: Zeichen in der Notenschrift zum Aushalten des Tones oder einer Pause (Mus.)
**Ferment,** (lat.), sächl., –e: vgl. Enzym
**Fermentation,** (lat.), weibl., –en: Behandlung von Rohstoffen in Lebens- und Genussmitteln mit Fermenten zur Veredlung bzw. Aromaentwicklung
**fermentieren,** (lat.): durch Fermentation veredeln
**Fermion,** sächl., –en: Elementarteilchen mit halbzahligem Spin (z. B. Neutron, Elektron, Proton; Phys.)
**Fermium,** sächl., nur Sing.: radioaktives chem. Element (Zeichen: Fm)
**Ferrit,** (lat.), männl., –e: 1. reines, kristallisiertes Eisen in Eisenlegierungen mit geringem Kohlenstoffgehalt, 2. hochwertiger Magnetwerkstoff zur Herstellung von Bauteilen für die Nachrichtentechnik
**Ferritantenne,** (lat.), weibl., –n: lang gestreckte Richtantenne mit einem drehbaren hochmagnetischem Ferritstab
**Ferrum,** (lat.), sächl., nur Sing.: Eisen, chem. Element (Zeichen: Fe)
**fertil,** (lat.): fruchtbar; ertragreich (Gegens.: steril; Med.)
**Fertilisation,** (lat.), weibl., –en: Befruchtung (Med.)
**Fertilität,** (lat.), weibl., nur Sing.: Fähigkeit eines Lebewesens, Nachkommen hervorzubringen; Fruchtbarkeit (Gegens.: Sterilität; Med.)
**Fes,** (türk.), männl., -(e): nach der marokkanischen Stadt benannte rote orientalische kegelstumpfförmige Kopfbedeckung
**fesch,** (engl.): (umg.) schick, flott, sportlich und modisch
**Festival,** (engl.), sächl., –s: 1. große festliche, kulturelle Veranstaltung, 2. Festspiele
**Festivität,** (lat.), weibl., –en: Fest, Festlichkeit
**Feston,** [fe'ston, fr.], sächl., –s: meist von Bändern umwundenes girlandenartiges Schmuckgehänge aus Bändern, Blüten, Laub und Früchten (z. B. im Kunstgewerbe oder als Bauornament)
**fetal,** (lat.): zum Fetus gehörig, den Fetus betreffend (Med.)
**Fete,** (fr.), weibl., –n: (umg.) zwanglose Feier, Party

**Fetisch,** (fr.), männl., –e: Gegenstand religiöser Verehrung; Gegenstand, dem übernatürliche bzw. magische Kraft zugeschrieben werden
**fetischisieren,** (fr.): zum Fetisch machen, vergöttern
**Fetischismus,** (fr.), männl., nur Sing.: 1. Fetischverehrung, Anbetung von Gegenständen, 2. durch Gegenstände (z. B. Wäschestücke) ausgelöste sexuelle Erregung (Psychol.)
**Fetischist,** (fr.), männl., –en: 1. Fetischverehrer, 2. jmd., der von Fetischismus (2) betroffen ist (Psychol.)
**Fetus** (Fötus), (lat.), männl., Feten: Leibesfrucht des Menschen nach Abschluss der Organentwicklung, also nach dem 3. Schwangerschaftsmonat bis zur Geburt (vgl.: Embryo; Med.)
**feudal,** (lat.): 1. den Feudalismus betreffend, Merkmale des Feudalismus aufweisend, aus der Zeit des Feudalismus stammend, 2. großartig; vornehm; adlig
**Feudalismus,** (lat.), männl., nur Sing.: 1. (histor.) vom Lehnswesen geprägte Wirtschafts- und Gesellschaftsform des Mittelalters, in der den Angehörigen einer adligen Oberschicht vom Herrscher Grundbesitz und zugleich Herrschaftsrechte verliehen worden waren, 2. (histor.) die durch das Lehnswesen gekennzeichnete historische Epoche im mittelalterlichen Europa
**feudalistisch,** (lat.): den Feudalismus betreffend, auf Feudalismus beruhend
**Feudalität,** (lat.), weibl., nur Sing.: 1. mittelalterliches Lehnsverhältnis, 2. Vornehmheit, herrschaftliche Lebensart
**Feudalsystem,** (lat.-gr.), sächl., –e: vgl. Feudalismus (1)
**Feuilleton,** ['föje'ton, fr.], sächl., –s: 1. Zeitungsteil, in dem über das kulturelle Geschehen berichtet wird, 2. literarischer Beitrag im Feuilleton (1)
**Feuilletonist,** (fr.), männl., –en: Verfasser von Feuilletonartikeln
**feuilletonistisch,** (fr.): 1. das Feuilleton betreffend, 2. im Stil eines Feuilletonartikels; (abschätzig:) oberflächlich
**Fez,** (fr.), männl., –e: (umg.) Spaß, Unsinn, Ulk
**Fez,** (türk.): vgl. Fes
**Fiaker,** (fr.), männl., –: (in Österreich:) Pferdedroschke; Kutscher einer solchen Kutsche
**Fiale,** (italien.), weibl., –n: spitzes gotisches Ziertürmchen (Archit.)
**Fiasko,** (italien.), sächl., –s: Misserfolg, Reinfall, Zusammenbruch
**Fibel,** (lat.), weibl., –n: 1. Lesebuch für Schulanfänger, 2. frühgeschichtliche Spange zum Schließen des Gewandes
**Fiber,** (lat. »Faser«), weibl., –n: 1. Muskelfaser; Pflanzenfaser, künstlicher Faserstoff
**Fibrille,** (lat.), weibl., –n: kleine Knochen-, Muskel- oder Nervenfaser (Med.)
**Fibrin,** (lat.), sächl., nur Sing.: Blutfaserstoff, der bei der Blutgerinnung entsteht (Med.)
**Fibrom,** (lat.), sächl., –e: gutartige Bindegewebsgeschwulst (Med.)
**fibrös,** (lat.): aus derbem Bindegewebe bestehend (Med.)
**Fibula,** (lat.), weibl., –e: Wadenbein (Med.)
**Ficus,** (lat.), männl., Fici: Feigenbaum
**fidel,** (lat.): lustig, heiter, gut gelaunt
**Fidel,** (lat.), weibl., –n: fünfsaitiges Streichinstrument
**Fidibus,** (lat.), männl., –se: Holzspan oder gefalteter Papierstreifen zum Anzünden
**Fiesta,** (span.), weibl., –s: span. Volksfest
**FIFA, Fifa,** (Abk. für: **F**édération **I**nternationale de **F**ootball **A**ssociation), weibl., nur Sing.: Internationaler Fußballverband
**fifty-fifty,** (engl.): (umg.) halbe-halbe, zu gleichen Teilen

**Figaro,** männl., –s: (nach dem Helden der Rossini-Oper »Der Barbier von Sevilla«) Friseur, Barbier

**Fight,** ['fait, engl.], männl., –s: mit viel Einsatz geführter Wettkampf; Boxkampf

**fighten,** ['faiten, engl.]: mit viel Einsatz kämpfen; boxen

**Fighter,** ['faiter, engl.], männl., –: 1. den Schlagabtausch suchender Boxer, 2. jmd., der mit viel Einsatz auch in scheinbar aussichtsloser Lage sein Ziel zu erreichen sucht, 3. Kampfflugzeug

**Figur,** (lat.), weibl., –en: 1. Gestalt, Körperform, Erscheinung, Wuchs, 2. künstlerische Darstellung eines menschlichen oder tierischen Körpers, 3. handelnde Person in einem literarischen Werk, 4. (bei Brettspielen:) aus Holz geformter Spielstein, 5. geformtes Werkstück, 6. geometrisches Gebilde, 7. melodische oder rhythmische Tonfolge (Mus.), 8. Abfolge von Bewegungen (z. B.: beim Ballett)

**figural,** (lat.): mit Figuren, aus Figuren bestehend

**Figuration,** (lat.), weibl., –en: Auflösung und Variation einer Melodie oder eines Akkords (Mus.)

**figurativ,** (lat.): figürlich; gegenständlich wiedergegeben

**figurieren,** (lat.): 1. eine Melodie auflösen und variieren (Mus.), 2. figürlich darstellen, im Theater auftreten

**figürlich,** (lat.): die Figur betreffend; mit Figuren versehen; als Figur; eine Figur darstellend; bildlich

**Fiktion,** (lat.), weibl., –en: 1. erdachte Begebenheit, Sachverhalt, der nur in der Vorstellung existiert, 2. Unterstellung, bewusste Annahme, 3. der Wirklichkeit nicht entsprechende Annahme (als Hilfsmittel der Erkenntnis; Philos.), 4. Rechtskonstruktion, die es erlaubt einen anderen als den tatsächlichen Tatbestand zu unterstellen

**fiktiv,** (lat.): erdichtet, eingebildet, angenommen, auf einer Fiktion beruhend

**Filament,** (lat.), sächl., –e: 1. Staubfaden einer Blüte (Bot.), 2. dunkles, fadenförmiges Gasgebilde (z. B. oberhalb der Sonnenoberfläche; Astron.), 3. dünne, fadenförmige Zellstruktur (z. B. in Muskeln)

**Filanda,** (italien.), weibl., Filanden: (ehemals Bez. für:) Seidenspinnerei

**Filarien,** (lat.), weibl., Plur.: eine Familie krankheitserregender Fadenwürmer (Med.)

**File,** [fail, engl.], männl., –s: Datei (EDV)

**Filet,** [fi'le:, fr.], sächl., –s: 1. (bei Schachtvieh und Wild:) zartes, mageres Fleischstück aus dem Rücken, 2. (bei Geflügel:) abgelöstes Stück Brustfleisch, 2. entgrätetes Stück Fisch, 4. in Handarbeit hergestelltes netzartiges Stück Stoff

**Filetarbeit,** (fr.-dt.), weibl., –en: Handarbeit, bei der verschiedene Muster in einen Netzgrund gestickt werden

**filetieren,** (fr.): herauslösen von Filetstücken aus Fleisch oder Fisch

**Filiale,** (lat.), weibl., –n: Zweigniederlassung (eines Unternehmens), Zweigstelle

**Filialgeneration,** (lat.), –en: Nachkommengeneration, Tochtergeneration (in der Vererbungslehre)

**Filiation,** (lat.), weibl., –en: 1. rechtmäßige Abstammung, Kindschaft, 2. Nachweis über die Abstammung

**Filibuster,** [fili'ba.ßt(e)r, engl.], sächl., –: (im Senat der USA:) Taktik, die darauf abzielt, durch lange Reden die Verabschiedung von Gesetzen zu verzögern oder zu verhindern

**Filibuster,** (engl.-fr.), männl., –: vgl. Flibustier

**filieren,** (lat.-fr.): 1. vgl. filetieren, 2. in Filetarbeit anfertigen, 3. (beim Kartenspiel:) Spielkarten unterschlagen

**filigran,** (italien.): aus Filigran bestehend; sehr fein, feingliedrig
**Filigran,** (italien.), sächl., –e: Goldschmiedearbeit aus feinen Gold- oder Silberdrähten
**Filius,** (lat.), männl., –se oder Filii: (scherzh. für) Sohn
**Filou,** [fi'lu:, fr.], männl., –s: Spitzbube, Schelm; (gerissener) Schlaukopf
**Filtrat,** (lat.), sächl., –e: filtrierte Flüssigkeit
**Filtration,** (lat.), weibl., –en: Verfahren zum Trennen von Flüssigkeiten und Feststoffen
**filtern, filtrieren,** (lat.): feste Stoffe aus einer Flüssigkeit oder aus Gasen trennen
**Filzokratie,** (dt.-gr.), weibl., –n: verfilzte Machtverhältnisse, Bevorzugung von Parteifreunden bei der Ämterverteilung
**final,** (lat.): 1. abschließend, den Schluss bildend; das Ende bedeutend, 2. die Absicht, den Zweck bezeichnend (Sprachwiss.)
**Finale,** (lat.), sächl., –: 1. Abschluss, Schlussteil (z. B.: eines Kinofilms), Ende, 2. Endkampf eines sportlichen Wettbewerbs, Endspiel, 3. Schlussszene eines Opern- oder Operettenaktes; Schlusssatz einer Komposition (Mus.)
**Finalist,** (lat.), männl., –en: (im Sport:) Endkampfteilnehmer
**Finalität,** (lat.), weibl., –en: Zielgerichtetheit einer Handlung, Zweckbestimmtheit (Gegens.: Kausalität)
**Finalsatz,** (lat.-dt.), männl., –sätze: Gliedsatz, der die Absicht oder den Zweck ausdrückt (z. B. »Sie las, um sich zu entspannen«; Sprachwiss.)
**Financier,** [finanß'je:, fr.]: vgl. Finanzier
**Finanz,** (fr.), weibl., nur Sing.: 1. Geldwesen, 2. Gesamtheit der Finanzfachleute
**Finanzen,** (fr.), weibl., Plur.: 1. Geldwesen, Geldangelegenheiten, 2. Staatseinkünfte, 3. Privatvermögen; Vermögensverhältnisse
**finanziell,** (fr.): geldlich, Geldangelegenheiten betreffend
**Finanzier,** [finanz'je:, fr.], männl., –s: Geldgeber; jmd., der finanzielle Mittel bereitstellt
**finanzieren,** (fr.): 1. bezahlen, finanzielle Mittel bereitstellen, 2. mit Hilfe von Krediten kaufen
**finassieren,** (fr.): mit Raffinesse vorgehen, Kunstgriffe anwenden
**Fin de Siècle,** ['fänd(e)ß'jä.kl, fr. »Jahrhundertende«], sächl., nur Sing.: Epochenbegriff für die sich an der Wende vom 19. Jh. zum 20. Jh. offenbarende Verfallsstimmung in Gesellschaft, Kunst und Literatur
**Fine,** (italien.), sächl., –s: Ende, Schluss (Mus.)
**Fines Herbes,** [fin'särb, fr.], weibl., Plur.: fein gehackte Kräuter
**Finesse,** (fr.), weibl., –n: 1. Kniff, Kunstgriff, 2. Geschick; Schlauheit, 3. Feinheit
**fingieren,** (lat.): vortäuschen; erdichten
**Finish,** ['fi.nisch, engl.], sächl., –s: 1. entscheidende Schlussphase eines sportlichen Wettkampfes, Endspurt, harter Endkampf, 2. Vollendung, letzter Arbeitsgang, letzter Schliff
**finishen,** (engl.): (bei Pferderennen:) im Endspurt das Äußerste aus dem Pferd herausholen
**finit,** (lat.): bestimmt (Gegens.: infinit; Sprachwiss.); finite Verbform: Verb in konjugierter Form (im Gegens. zum Infinitiv gibt diese grammatikalische Form Person, Zahl, Zeit und Modus an)
**Finn-Dingi,** sächl., –s: (im Rennsegelsport:) Einmannjolle (olympische Segelbootklasse)

**Finnlandisierung,** weibl., nur Sing.: (abschätzig:) Neutralitätspolitik, die einen Staat in eine Abhängigkeit von einer Großmacht treibt, ähnlich der früheren Finnlands von der Sowjetunion
**Finte,** (italien.), weibl., –n: 1. Vorwand, Verstellung, List, Täuschung, 2. (beim Fechten:) Täuschungsangriff; Scheinmanöver
**Fiorette,** (italien.), weibl., –n: vgl. Fioritur
**Fioritur,** (italien.), weibl., –en: (beim Kunstgesang:) Gesangsverzierung (z. B.: Triller, Koloratur)
**firm,** (lat.): sicher, erfahren, kenntnisreich, beschlagen (in einem Fachgebiet)
**Firma,** (lat.), weibl., Firmen: 1. Betrieb, Unternehmen, 2. Name eines Geschäfts oder Unternehmens
**Firmament,** (lat.), sächl., –e: Himmelsgewölbe
**firmen,** (lat.): jmdm. die Firmung erteilen, einsegnen
**firmieren,** (lat.): einen bestimmten Geschäftsnamen führen
**Firmung,** (lat.), weibl., –en: zweites Sakrament der kathol. Kirche, das Kindern oder Heranwachsenden vom Bischof zur Kräftigung im Glauben gespendet wird, Einsegnung
**Firnis,** (fr. ), männl., –se: schützendes Anstreichmittel insbes. für Holz
**firnissen,** (fr.): Firnis auf etwas auftragen
**first class,** ['fö(r)ßt 'kla:ß, engl.]: erster Klasse, zur Spitzenklasse gehörend
**First Lady,** ['fö(r)ßt 'lejdi, engl.], weibl., ––s: Frau eines Staatsoberhauptes
**Fisimatenten,** (lat.), weibl., nur Plur.: überflüssige Schwierigkeiten, Ausflüchte, belanglose Einwände
**fiskalisch,** (lat.): den Fiskus betreffend
**Fiskus,** (lat.), männl., –se: 1. der Staat als Inhaber von Vermögen, 2. Staatskasse, Finanzbehörde
**fissil,** (lat.): spaltbar
**Fissilität,** (lat.), weibl., nur Sing.: Spaltbarkeit
**Fission,** (lat.), weibl., –en: 1. Zellteilung pflanzlich und tierischer Organismen (Biol.), 2. Kernspaltung (Phys.)
**Fissur,** (lat.), weibl., –en: Spalt, Riss, Hauteinriss (Med.)
**Fistel,** (lat.), weibl., –n: Röhre, angeborener oder erworbener röhrenförmiger Gang, der ein Körperorgan mit der Körperoberfläche oder einem anderen Organ verbindet (Med.)
**Fistelstimme,** (lat.-dt.), weibl., –n: nicht durch Brustresonanz verstärkte hohe männliche Kopfstimme
**fit,** (engl.-amerik.): leistungsfähig, durchtrainiert, in guter Form
**Fitness,** (engl.), weibl., nur Sing.: das Fitsein, gute Körperverfassung, durch Training erworbene hohe Leistungsfähigkeit
**Fitnesscenter,** (engl.), sächl., –: kommerzielle Einrichtung, in der man mit speziellen Geräten Fitnesstraining betreiben kann
**Fitnesstraining,** (engl.), sächl., –s: Training zur Erhaltung und Steigerung der körperlichen Leistungsfähigkeit
**Five o'clock (tea),** ['faifeklo.k(ti:), engl.], männl., –s: Nachmittagstee (gegen 17 Uhr)
**fix,** (lat.): 1. fest, feststehend, 2. (umg.) gewandt, flink, schnell
**Fixativ,** (lat.), sächl., –e: Bindemittellösung, die nicht wischfeste Zeichnungen durch Aufsprühen wischfest macht
**fixen,** (lat.-engl.): 1. (an der Börse:) Wertpapiere verkaufen, die man noch gar nicht besitzt, 2. Rauschmittel einspritzen
**Fixer,** (lat.-engl.), männl., –: 1. Spekulant, der an der Börse fixt (1), 2. jmd., der sich regelmäßig Rauschmittel spritzt

**fixieren,** (lat.): 1. mit einem Fixativ behandeln (z. B. fotografisches Material), 2. haltbar machen, härten, festigen, 3. (be)festigen, festlegen, ruhig stellen, 4. schriftlich festhalten, 5. jmdn. ständig starr anschauen, (umg.) anstieren

**Fixing,** (engl.), sächl., –s: das tägliche Feststellen der aktuellen Devisenkurse an der Börse

**Fixpunkt,** männl., –e: feststehender Punkt, fester Bezugspunkt

**Fixstern,** männl., –e: nur scheinbar feststehender Stern (Astron.)

**Fixum,** (lat.), sächl., Fixa: fester Betrag, festes Gehalt

**Fizz,** ['fi.ß, engl.], männl., –e: alkoholisches Mixgetränk

**Fjäll,** (schwed.), männl., –e: weite nur von Moosen, Flechten und Zwergsträuchern bewachsene Hochfläche in Skandinavien

**Fjell,** (norweg.), männl., –e: vgl. Fjäll

**Fjord,** (norweg.), männl., –e: tief ins Landesinnere reichender, an einer Felsküste gelegener Meeresarm

**Flacon:** vgl. Flakon

**Flagellant,** (lat. »Geißler«), männl., –en: (histor.) Mitglied einer religiösen Bruderschaft, das sich selbst geißelte, um die Vergebung von Sünden zu erlangen

**Flagellat,** (lat.), männl., –en: Geißeltierchen, Einzeller mit Flagellen (Biol.)

**Flagelle,** (lat.), weibl., –n: vgl. Flagellum

**Flagellum,** (lat. »Geißel«), sächl., Flagellen: Fortbewegungsorgan zahlreicher einzelliger Pflanzen und Tiere (Biol.)

**Flageolett,** [flascho'le.t, fr.], sächl., –e oder –s: 1. kleine, hochgestimmte Flöte, 2. flötenähnlicher Ton auf Saiteninstrumenten, 3. Flötenregister der Orgel

**flagrant,** (lat. »brennend«): offenkundig, ins Auge springend

**Flair,** ['flä:r, fr.], sächl., nur Sing.: Fluidum, von jmdm. ausgehende Ausstrahlung, Atmosphäre

**Flakon,** [fla'kon, fr.], sächl. oder männl. –s: geschliffenes Glasfläschchen, Parfümfläschchen

**Flambee,** [flan'be:, fr.], sächl., –s: flambierte Speise

**flambieren,** (fr.): Speisen mit Alkohol übergießen und diesen anzünden und abbrennen

**Flamboyant,** [flanboa'jan, fr.], männl., –s: 1. Zierbaum der Tropen und Subtropen (Bot.), 2. vgl. Flamboyantstil

**Flamboyantstil,** (fr.-lat.), männl., nur Sing.: Richtung der spätgotischen Baukunst in Frankreich und England (mit flammen- oder fischblasenförmigen Ornamenten)

**Flamenco,** (span.), männl., –s: andalusisches Tanzlied, andalusischer Zigeunertanz

**Flamingo,** (span.), männl., –s: langbeiniger rosafarbener Wasserwatvogel aus Südeuropa

**Flammeri,** (engl.), männl., –s: kalte Süßspeise

**Flanell,** (fr.), männl., –s: weicher, ein- oder beidseitig angerauter Baumwollstoff (z. B. für Hemden)

**Flaneur,** [fla'nö:r, fr.], männl., –e: flanierender Müßiggänger

**flanieren,** (fr.): umherschlendern, bummeln

**flankieren,** (fr.): an einer oder beiden Seiten von jmdm. gehen oder stehen; schützend begleiten, Deckung geben

**Flash,** ['flä.sch, engl.], männl., –s: 1. kurze Einblendung in eine Bildfolge eines Filmes, 2. (bei Drogensüchtigen:) Augenblick, in dem der Rauschzustand eintritt und die Entzugserscheinungen abklingen

**Flatulenz,** (lat.), weibl., –en: Gasbildung im Magen-, Darmtrakt; Winde, Blähung(en) (Med.)

**Flatus,** (lat.), männl., Flatus: Blähung, Wind (Med.)

**Flavon,** (lat.), sächl., –e: ein gelber Pflanzenfarbstoff
**flektieren,** (lat.): beugen, ein Wort deklinieren oder konjugieren (Sprachwiss.)
**Fleuron,** [flö'ron, fr.], männl., –s: Blumenornament (z. B. in der Baukunst)
**flexibel,** (lat.): 1. biegsam, nachgebend, elastisch, 2. beweglich, anpassungsfähig, 3. beugbar (Sprachwiss.)
**Flexibilität,** (lat.), weibl., nur Sing.: 1. Biegsamkeit, 2. Beweglichkeit; Anpassungsfähigkeit
**Flexion,** (lat.), weibl., –en: 1. Beugung (z. B. von Muskeln), 2. Deklination oder Konjugation eines Wortes (Sprachwiss.)
**Flexor,** (lat.), männl., Flexoren: Beugemuskel (Med.)
**Flexur,** (lat.), weibl., –en: 1. Verbiegung einer Gesteinsschicht, Verwerfung (Geol.), 2. natürliche Krümmung eines Organs (Med.)
**Flibustier,** [flibust'je:, fr.], männl., –: (histor.) Freibeuter, Seeräuber des 17. Jh. (in Westindien)
**Flic,** (fr.), männl., –s: (umg.) fr. Polizist
**Flickflack,** (fr. ), männl., –s: (beim Bodenturnen:) Handstandüberschlag rückwärts
**Flip,** (engl.), männl., –s: alkoholisches Mischgetränk mit Ei
**Flipchart,** ['fli.ptscha:t, engl.], weibl., –s: auf einem hohen Ständer befestigter großformatiger Papierblock für Notizen oder Grafiken als Wandtafelersatz
**Flipflop,** (engl.), sächl., –s: elektrische Kippschaltung in elektronischen Geräten
**Flipper,** (engl.), männl., –: Spielautomat
**Flirt,** ['flö(r)t, engl.], männl., –s: gegenseitiger Austausch von Zuneigungsbekundungen durch Blicke oder Worte, spielerische Form erotischer Werbung, Liebelei
**flirten,** ['flö(r)ten, engl.]: Zuneigung bekundende Blicke oder Worte austauschen
**floaten,** ['flo(u)t(e)n, engl.]: (bei Wechselkursen:) schwanken je nach Angebot und Nachfrage
**Floating,** ['flo(u)ting, engl.], sächl., –s: durch Freigabe hervorgerufenes Schwanken von Wechselkursen
**Flop,** (engl.), männl., –s: 1. vgl. Fosbury-Flop, 2. Initiative, die keinen Anklang findet; (geschäftlicher) Misserfolg
**Floppydisk** (auch: Floppy Disc), (engl.), weibl., –s: beidseitig beschichtete schallplattenähnliche Magnetplatte als Daten- und Programmspeicher, die in Datenverarbeitungsanlagen eingegeben wird (EDV)
**Flor,** (lat.), männl., –e: 1. Blumenfülle, Blütenpracht, 2. Gesamtheit der von einer Pflanze hervorgebrachten Blüten, 3. Wohlstand, Gedeihen
**Flor,** (niederl.), männl., –e: 1. feinfädiges, zartes Gewebe (aus Seide), 2. Trauerflor, schwarze Armbinde (aus diesem Gewebe)
**Flora,** (lat.), weibl., Floren: 1. Pflanzenwelt eines bestimmten Gebietes oder eines bestimmten Lebensraumes, 2. alle Bakterien eines Organs (Med.)
**Floreszens,** (lat.), weibl., –en: 1. Blütezeit, 2. Gesamtheit der von einer Pflanze hervorgebrachten Blüten, Blütenstand (Bot.)
**Florett,** (fr.), sächl., –e: Fechtwaffe
**florid,** (lat.): (bei Krankheiten:) voll ausgeprägt, rasch fortschreitend (Med.)
**florieren,** (lat.): blühen, sich ausbreiten, gedeihen (v. a. bei Geschäften)
**Florin,** (lat.), männl., –e: 1. Goldmünze des Mittelalters, Gulden, 2. engl. Silbermünze
**Florist,** (lat.), männl., –en: 1. Blumenfreund, Blumenkenner, 2. Blumenhändler; Blumenbinder

**Floristik,** (lat.), weibl., nur Sing.: Teilgebiet der Botanik, das die Pflanzenwelt bestimmter Gebiete untersucht
**Floskel,** (lat.): formelartige Redensart, nichts sagende Redewendung
**Flottille,** (span.), weibl., –n: Verband von kleinen Kriegsschiffen
**fluid,** (lat.): flüssig, fließend
**Fluid,** (lat.), sächl., –a: flüssiges Mittel, Flüssigkeit
**Fluidum,** (lat.), sächl., Fluida: von einer Person oder Sache ausgehende eigentümliche Wirkung, besondere Atmosphäre
**Fluktuation,** (lat.), weibl., –en: das Fluktuieren; Schwankung; (häufiger) Wechsel
**fluktuieren,** (lat.): schwanken; (schnell) wechseln; hin- und herfließen; ab- und zunehmen
**Fluor,** (lat.), sächl., nur Sing.: gasförmiges Element, stechend riechendes, giftiges Nichtmetall (Zeichen: F)
**Fluoreszenz,** (lat.), weibl., nur Sing.: Eigenschaft einiger Stoffe, nach Einwirkung von Licht-, Röntgen- oder anderen Strahlen selbst zu leuchten
**fluoreszieren,** (lat.): nach Einwirkung von Strahlen selbst leuchten
**Fluorid,** (lat.), sächl., –e: Salz der Flusssäure
**Fluorit,** männl., –e: Flussspat, ein Mineral
**fluvial,** (lat.): mit dem Fluss zusammenhängend; flussbedingt (z. B. bei Abtragungsvorgängen; Geol.)
**Flying Dutchman,** ['flaiing 'da.tschm(e)n, engl.], männl., – Dutchmen: Zweimannjolle im Rennsegelsport, olympische Bootsklasse
**Fly-over,** [flai'owe(r), engl.], männl., –s: Straßenüberführung
**föderal,** (lat.): vgl. föderativ
**föderalisieren,** (lat.): zu einer Föderation führen
**Föderalismus,** (lat.), männl., nur Sing.: 1. Streben nach Aufbau oder Erhalt einer Länderverbindung, in der die einzelnen Länder weitgehende staatl. Selbstständigkeit besitzen, 2. bundesstaatliche Ordnung
**Föderalist,** (lat.): Anhänger des Föderalismus
**föderalistisch,** (lat.): den Föderalismus betreffend, Föderalismus anstrebend
**Föderation,** (lat.), weibl., –en: Länderverbindung, Staatenbund; Verband
**föderativ,** (lat.): in der Art einer Föderation, in Form eines Staatenbundes
**föderieren,** (lat.): sich zu einem Bund zusammenschließen, sich verbünden
**Fog,** (engl.), männl., nur Sing.: dichter Nebel
**fokal,** (lat.): 1. den Fokus (1) betreffend, vom Fokus (1) ausgehend, zu ihm gehörend (Phys.), 2. von einem Fokus (2) ausgehend (Med.)
**Fokaldistanz,** (lat.), weibl., –en: Brennweite (Phys.)
**Fokalinfektion,** (lat.), weibl., –en: Herdinfektion, von einem Fokus (2) ausgehende Infektion (Med.)
**Fokus,** (lat.), männl., –se: 1. Brennpunkt (Phys.), 2. Infektionsherd (Med.)
**fokussieren,** (lat.): 1. (Lichtstrahlen) in einem Punkt vereinigen, 2. optische Linsen so ausrichten, dass einfallende Lichtstrahlen in einem Punkt vereinigt werden, scharf stellen (Phys.)
**Foliant,** (lat.), männl., –en: altertümliches, großformatiges Buch
**Folie,** (lat.), weibl. , –n: dünnes Blatt aus Metall oder Kunststoff (z. B. Aluminiumfolie, Klarsichtfolie)
**Folio,** (lat.), sächl., –s: altes Papier- und Buchformat
**Folium,** (lat.), sächl., Folia oder Folien: Pflanzenblatt
**Folk,** ['fo(u)k, engl.], männl., nur Sing.: vgl. Folkmusic

**Folketing,** (dän.), sächl., nur Sing.: dänisches Parlament
**Folkmusic,** ['fo(u)k'mju:sik, engl.], weibl., nur Sing.: auf Volksmusik aufbauende Pop- oder Rockmusik
**Folklore,** (engl.), weibl., nur Sing.: 1. Sammelbez. für die Überlieferungen eines Volkes, 2. (im engeren Sinne:) überlieferte Volksmusik (Lieder und Tänze) in ursprünglicher oder dem Zeitgeschmack angepasster Form
**Folklorist,** (engl.), männl., –en: Folklorekenner oder -künstler
**folkloristisch,** (engl.): folkloreartig, volksliedhaft
**Follikel,** (lat.), männl., –: 1. Säckchen, kleiner Schlauch, Bläschen (z. B.: als Haarbalg oder Lymphknötchen; Med.), 2. Zellhülle des ausgereiften Eies im Eierstock (Med.)
**Follikelhormon,** (lat.-gr.), sächl., –e: in Follikeln produziertes weibl. Geschlechtshormon (vgl. Östrogen)
**follikular,** (lat.): follikelartig, schlauchartig
**Fond,** [fon, fr.], männl., –s: 1. hinterer Sitzraum im Auto, 2. Grundlage; Hintergrund (eines Gemäldes), 3. beim Braten oder Dünsten zurückbleibender Fleischsaft
**Fon, fono..:** vgl. Phon, phono..
**Fonds,** [fon, fr.], männl., – ['fonß]: 1. ein Geldvorrat mit festgelegter Zweckbestimmung, zu einem bestimmten Zweck zusammengetragene und verwaltete Vermögenswerte, 2. Schuldverschreibung öffentlicher Körperschaften
**Fondue,** [fon'dü:, fr.], sächl., –s: Gericht, bei dem zu verzehrende Brot- oder Fleischstücke am Tisch in geschmolzene Käsemasse bzw. in heißes Öl getaucht werden (Käsefondue bzw. Fleischfondue)
**Fontäne,** (fr.), weibl., –en: hochspritzender großer Flüssigkeitsstrahl, (bei Springbrunnen:) aufsteigender Wasserstrahl
**Fontanelle,** (fr.) die, –n: Knochenlücke am Schädel Neugeborener
**Foot,** ['fu:t, engl.], männl., Feet ['fi:t]: Fuß (englisches Längenmaß; Abk.: 1 ft. = 0,3 m)
**Force de frappe,** ['fo.rß de 'fra.p, fr.], weibl., nur Sing.: französische Atomstreitmacht
**forcieren,** (fr.): etwas heftig vorantreiben, steigern, beschleunigen; erzwingen
**Forechecking,** ['fo:rtschä.king, engl.], sächl., –s: (beim Fußball und Eishockey:) das frühe Stören des gegnerischen Angriffsaufbaus
**Foreign Office,** ['fo.rin 'o.fiß, engl.], sächl., nur Sing.: das britische Auswärtige Amt
**forensisch,** (lat.): gerichtlich; der gerichtlichen Aufklärung dienlich
**Forint,** (ungar.), männl., –s: ungarische Währungseinheit
**formal,** (lat.): 1. die Form betreffend, hinsichtlich der Form, 2. nur der äußeren Form nach, rein äußerlich, förmlich; (abschätzig:) nur auf die Form achtend
**Formaldehyd,** (Kurzw.), männl., nur Sing.: farbloses, u. a. zur Desinfektion und zur Konservierung verwendetes Gas, das bei häufigem Kontakt Krebs erregend wirken kann
**Formalie,** (lat.), weibl., –n: Formsache, Formalität, Formvorschrift; Äußerlichkeit
**Formalin,** (Kurzw.), sächl., nur Sing.: wässrige Lösung von Formaldehyd, ein Desinfektionsmittel
**formalisieren,** (lat.): 1. etwas in eine bestimmte Form bringen, 2. (in der Wissenschaft:) mit Hilfe von Formeln darstellen, 3. zur bloßen Form machen oder werden

**Formalismus,** (lat.), männl., Formalismen: Haltung, die die Form vor den Inhalt stellt; übertriebene Betonung der Form, übersteigertes Hervorheben von Äußerlichkeiten

**Formalist,** (lat.), männl., –en: jmd., dessen Haltung von Formalismus geprägt ist, ein formalistischer Mensch

**formalistisch,** (lat.): die Form vor den Inhalt stellend, die Form überbetonend, Äußerlichkeiten zu sehr in den Vordergrund stellend, nur auf die Form achtend

**Formalität,** (lat.), weibl., –en: 1. zu erledigende Formsache; Formvorschrift, 2. Förmlichkeit; Äußerlichkeit

**formaliter,** (lat.): förmlich, der äußeren Form nach

**Formans,** (lat.), sächl., Formantien: sprachliches Bildungselement, das sich mit dem ursprünglichen Stamm eines Wortes verbindet (z. B.: Kindchen)

**Format,** (lat.), sächl., –e: 1. Gestalt; Maß, Ausmaß, Größe; genormte Größe (z. B. beim Papierbogenformat: DIN A4), 2. Größe, ausgeprägter Charakter, hohes Niveau einer Persönlichkeit

**formatieren,** (lat.): 1. Daten zuordnen, die Anordnung von Daten festlegen, 2. einen Datenspeicher (z. B.: Diskette) vor seiner Benutzung vom Computer in Spuren und Sektoren einteilen lassen (EDV)

**Formation,** (lat.), weibl., –en: 1. Gestaltung, Aufstellung, Anordnung, 2. Gruppe, Verband; Truppenteil, 3. System charakteristischer Gesteine zur Einteilung der Erdzeitalter; Zeitraum der Ablagerung dieser Gesteine (Geol.), 4. durch Standortbedingungen bzw. Wuchs- und Lebensmerkmale gekennzeichnete Pflanzengesellschaft (Bot.)

**formativ,** (lat.): die Gestaltung betreffend, gestaltend

**Formel,** (lat.), weibl., –n: 1. feststehender Ausdruck, Redewendung (z. B.: Gruß- oder Schlussformel), 2. kurze, treffende Zusammenfassung, 3. in Form von Buchstaben- und Zeichenfolgen ausgedrückte naturwissenschaftliche Zusammenhänge, 4. festgelegte Konstruktionsmerkmale von Rennwagen (z. B.: Formel-II)

**formell,** (lat.): 1. förmlich; dem Gesetz nach; die gesellschaftlichen Vorschriften beachtend, 2. nur äußerlich; auf Distanz haltend

**formidabel,** (lat.): 1. erstaunlich, ungewöhnlich, großartig, 2. schrecklich, riesig

**formieren,** (lat.): 1. bilden, gestalten, 2. in bestimmter Weise ordnen, aufstellen, 3. zusammenschließen

**Formular,** (lat.), sächl., –e: Vordruck, Formblatt

**formulieren,** (lat.): (gedanklich und sprachlich:) einen Gedanken oder Sachverhalt in nachvollziehbare Form bringen, in Worte fassen, sprachlich ausdrücken

**Forsythie,** [for'sü:zi-e], weibl. , –n: Zierstrauch mit gelben vor dem Laub erscheinenden Blüten

**Fort,** [fo:r, fr.], sächl., –s: kleine selbstständige Militärfestung zur Beherrschung eines Territoriums; befestigte Anlage als Truppenlager

**forte,** (italien.): stark, kräftig, laut (Mus.)

**fortissimo,** (italien.): sehr kräftig, sehr laut (Mus.)

**FORTRAN,** (Kurzw. aus engl.: **for**mula **tran**slator), sächl., nur Sing.: problemorientierte Programmiersprache (EDV)

**Fortuna,** (lat.), weibl., nur Sing.: (nach der röm. Glücksgöttin:) Glück, Erfolg (oft als Vereinsname)

**Fortune,** [for'tü:n, lat.-fr.], weibl., nur Sing.: Glück, Erfolg

**Fortüne:** vgl. Fortune

**Forum,** (lat.), sächl., Foren: 1. (im antiken Rom:) Markt-, Gerichts- und Versammlungsplatz, 2. für eine öffentliche Diskussion eines besonderen Themas geeigneter Ort oder Personenkreis; die Öffentlichkeit, 3. die öffentliche Diskussion selbst

**Fosburyflop,** ['fo.sberiflop], männl., –s: nach ihrem amerik. Erfinder Fosbury benannte Hochsprungtechnik, bei der die Latte in Rückenlage überquert wird, sowie der einzelne Sprung in dieser Technik

**fossil,** (lat. »ausgegraben«): als Fossil aus vorgeschichtlicher Zeit erhalten, urzeitlich

**Fossil,** (lat.), sächl., –ien: Überrest vorgeschichtlicher Lebewesen (auch als Abdruck oder in versteinerter Form)

**fötal:** vgl. fetal

**Foto..., foto...:** vgl. auch Photo..., photo...

**Foto**, (Kurzw. von Fotografie), sächl., –s: nach dem Verfahren der Fotografie (1) hergestelltes Lichtbild

**Fotoapparat,** (gr.-lat.), männl., –e: Apparat zum Fotografieren

**fotogen,** (gr.): auf Fotos gut aussehend, gut geeignet zum Fotografieren, bildwirksam

**Fotograf,** (gr.), männl., –en: jmd., dessen Beruf das Fotografieren ist

**Fotografie,** (gr.), weibl. , –n: 1. (ohne Mehrz.) das Verfahren zur Herstellung von Lichtbildern, 2. das einzelne Lichtbild

**fotografieren,** (gr.): eine Fotografie herstellen

**fotografisch,** (gr.): die Fotografie betreffend, durch Fotografie erzeugt

**Fotokopie,** (gr.-lat.), weibl., –n: Ablichtung, fotografisch erstellte Wiedergabe eines Schriftstückes

**fotokopieren,** (gr.-lat.): ablichten, Fotokopie(n) erstellen, fotografisch vervielfältigen

**fotomechanisch,** (gr.): mit Hilfe einer fotografischen Vervielfältigungsmethode

**Fotomodell,** (gr.-lat.), sächl., –e: fotogene Frau, die (beruflich) für insbes. fotografische Modeaufnahmen Modell steht

**Fotomontage,** ['fo:tomon'ta:sche, gr.-fr.], weibl., –n: 1. Zusammensetzung von Fotoausschnitten zu einem neuen Bild, das dann als Vorlage für ein neues Foto dient, 2. ein auf dem Wege der Fotomontage (1) hergestelltes Foto

**Fotoobjektiv,** (gr.-lat.), sächl., –e: bilderzeugende Linsenkombination an Fotoapparaten

**Fotosafari,** (gr.-arab.), weibl., –s: Gesellschaftsreise (meist in afrikanische Länder), auf der interessante Tiere fotografiert werden können

**Fototermin,** (gr.-lat.), männl., –e: vereinbarter Zeitpunkt zum Fotografieren (von Personen, die der Öffentlichkeit präsentiert werden sollen)

**Fötus,** männl., Föten: vgl. Fetus

**foul,** ['faul, engl.]: (im Sport:) nicht den Wettkampfbedingungen entsprechend, regelwidrig, unfair

**Foul,** ['faul, engl.], sächl., –s: (im Sport:) Verstoß gegen die Wettkampfbedingungen, unfaires Verhalten, Unsportlichkeit

**Foulard,** [fu'la:r, fr.], männl., –s: beidseitig bedruckter leichter Seidenstoff für Krawatten und Halstücher

**foulen,** ['faulen, engl.]: regelwidrig spielen, ein Foul begehen

**Fourage:** vgl. Furage

**Foxterrier,** (engl.), männl., –: kleiner englischer, rauhaariger Jagdhund

**Foxtrott,** (engl. »Fuchstrab«), männl., –s: aus den USA stammender Gesellschaftstanz im Viervierteltakt

**Foyer,** [foa'je:, fr.], sächl., –s: Vorhalle, Wandelgang (im Theater)

**fragil,** (lat.): zerbrechlich; hinfällig

**Fragilität,** (lat.), weibl., nur Sing.: Zerbrechlichkeit; Hinfälligkeit

**Fragment,** (lat.), sächl., –e: 1. Bruchstück, Rest, übriggebliebener Teil, 2. unvollendeter Teil eines Werkes aus der Literatur oder der Musik, 3. Knochenbruchstück (Med.)
**fragmentarisch,** (lat.): bruchstückhaft, lückenhaft; unvollendet
**frais, fraise,** ['frä:s, fr.]: erdbeerfarben
**Fraktal,** (lat.-engl.), sächl., –e: extrem vielfältige geometrische Gebilde, wie sie natürlich vorkommen oder durch Computerprogramme generiert werden können
**fraktale Geometrie,** (lat.-engl.-gr.), weibl., nur Sing.: Raumlehre der Fraktale
**Fraktion,** (lat.), weibl., –en: 1. sämtliche Abgeordnete im Parlament, die einer bestimmten Partei angehören; Gruppe innerhalb einer Partei oder einer anderen Fraktion, 2. Teil eines Stoffgemisches, der durch Destillation oder andere Verfahren abgetrennt wurde (Chem.)
**fraktionieren,** (lat.): 1. in Fraktionen (1) einteilen, spalten, 2. Stoffgemische in Fraktionen (2) trennen (Chem.)
**Fraktur,** (lat.), weibl., –en: 1. Knochenbruch (Med.), 2. eine Schreib- und Druckschrift mit nicht gerundeten Linien; F. reden: sehr deutlich seine Meinung sagen
**Framböslie,** (fr.), weibl., –n: ansteckende tropische Hautkrankheit
**Franc,** [fron, fr.], männl., –s: Währungseinheit in Frankreich, Belgien, Luxemburg u. a., v. a. französischsprachigen Ländern
**Française,** [fran'ßä:s(e), fr.], weibl., –n: alter fr. Tanz
**Franchise,** [fran'schi:s(e), fr.], weibl., –n: 1. Zollfreiheit, Abgabenfreiheit, 2. (bei Transport- und Güterversicherungen:) Höhe der Selbstbeteiligung des Versicherungsnehmers
**Franchise,** ['frä.nschais, engl.], sächl., –: Vertriebs- und Lizenzsystem, bei dem eine Firma (F.-Geber) einer anderen (Einzelhandels-)Firma (F.-Nehmer) das Nutzungsrecht eines von ihr entwickelten Produkts überlässt
**Francium,** (lat.), sächl., nur Sing.: radioaktives Element (ein Alkalimetall; Chem.; Zeichen: Fr)
**Frankatur,** (italien.), weibl., –en: das Frankieren
**frankieren,** (italien.): mit einer Briefmarke versehen, freimachen
**franko,** (italien.): portofrei, kostenfrei
**Frankokanadier,** männl., –: Einwohner Kanadas, der französischer Abstammung ist bzw. französisch spricht
**frankophil,** (fr.-gr.): franzosenfreundlich; alles schätzend, was aus Frankreich kommt
**frankophob,** (fr.-gr.): franzosenfeindlich; alles ablehnend, was aus Frankreich kommt
**frappant,** (fr.): auffallend, überraschend, verblüffend
**frappieren,** (fr.): 1. auffallen, überraschen, verblüffen, 2. ein Getränk in Eis kühlen
**Frater,** (lat.), männl., Fratres: (Kloster)bruder
**Fraternisation,** (lat.), weibl., –en: Verbrüderung
**fraternisieren,** (lat.): verbrüdern, Bruderschaft schließen
**Fraternité,** (fr.), weibl., nur Sing.: »Brüderlichkeit« (eines der drei Losungsworte der Französischen Revolution)
**Freak,** [fri:k, engl.-amerik.], männl., –s: 1. ein Mensch, der sich nicht in die Normen des bürgerlichen Lebens fügt; ein wunderlicher, unbürgerlicher Mensch, 2. (umg.) jmd., der in etwas vernarrt ist
**Freeclimbing,** ['fri:'klaiming, engl.], sächl., nur Sing.: Freies Klettern, Berg-

steigen ohne Hilfsmittel, insbes. ohne Seil und Haken

**Freejazz** (auch: Free Jazz), ['fri:dschä:s, amerik.], männl., nur Sing.: frei improvisierte Jazzmusik

**Freesie,** (nach dem Arzt F. H. Th. Freese), weibl., –n: als Schnittblume beliebtes Schwertliliengewächs mit duftenden Blüten

**Fregatte,** (fr.), weibl., –n: (früher:) schwerbewaffnetes dreimastiges Segelschiff; (heute:) insbes. zum Geleitschutz Kriegsschiff

**frenetisch,** (fr.): stürmisch, rasend, leidenschaftlich (insbes. von Beifall)

**Frenulum,** (lat.), sächl., Frenula: 1. kleines Hautband, 2. die Eichel mit der Vorhaut des männl. Gliedes verbindende Hautfalte (Med.)

**frequent,** (lat.): 1. häufig, 2. beschleunigt (Med.)

**frequentieren,** (lat.): häufig besuchen, verkehren, benutzen

**Frequenz,** (lat.), weibl., –en: 1. Häufigkeit; Besuch, Besucherzahl, 2. Gruppengröße in pädagogischen Einrichtungen, 3. Anzahl von Schwingungen einer Welle pro Zeiteinheit (Phys.)

**Freske,** (italien.), weibl., –n: vgl. Fresko

**Fresko,** (italien.), sächl., Fresken: auf die frisch verputzte Wand gemaltes Bild, Wandgemälde

**frigid:** vgl. frigide

**frigide,** (lat.): kühl; (von Frauen:) gefühlskalt; sexuell nicht erregbar (Med.)

**Frigidität,** (lat.), weibl., nur Sing.: (von Frauen:) Gefühlskälte; sexuelle Empfindungslosigkeit (Med.)

**Frikadelle,** (italien.), weibl., –n: gebratener Kloß aus Hackfleisch, »deutsches Beefsteak«, Bulette

**Frikandeau,** [frikan'do:, fr.], sächl., –s: zarter innerer Teil der Kalbskeule

**Frikandelle,** (italien.), weibl., –n: 1. vgl. Frikadelle, 2. gedämpfte Fleischschnitte

**Frikassee,** (fr.), sächl., –s: Gericht aus gekochtem kleingeschnittenem hellem Fleisch (Fisch, Huhn oder Kalb) in heller Soße

**frikassieren,** (fr.): zu Frikassee verarbeiten

**frikativ,** (lat.): durch Reibung hervorgerufen (von Lauten; Sprachwiss.)

**Frikativ,** (lat.), männl., –e: Reibelaut (z. B.: s, f; Sprachwiss.)

**Friktion,** (lat.), weibl., –en: 1. Reibung, 2. Einreibung von Salben); reibende Art zu massieren (Med.), 3. Reiberei, Streit, Unstimmigkeit, 4. dem wirtschaftlichen Ausgleich von Angebot und Nachfrage entgegenstehender Widerstand

**Friktionsmotor,** (lat.), männl., –en: insbes. in Spielzeugautos eingebauter Motor, der seine Antriebskraft dadurch erhält, dass Reibung erzeugt wird

**Frisbee,** ['fri.sbi, amerik.], sächl., –s: nach der amerik. Herstellerfirma benannte kleine Wurfscheibe aus Plastik (Spiel- und Sportgerät)

**Friseur** (auch: Frisör), [fri'sö:r, fr.], männl., –e: jmd., dessen Beruf es ist, anderen Leuten die Haare zu schneiden

**Friseuse** (auch Frisöse), [fri'sö:se, fr.], weibl., –n: weibl. Friseur

**frisieren,** (fr.): 1. das Haar kämmen und pflegen; einen Haarschnitt gestalten, 2. (einen Motor) zu einer höheren Leistung umkonstruieren, 3. etwas beschönigen, eine Bilanz fälschen

**Frisur,** (fr.), weibl., –en: Haartracht, Haarschnitt

**Fritteuse,** [fri'tö:se, fr.], weibl., –n: Gerät zum Frittieren

**frittieren,** (fr.): Speisen in heißem Fett schwimmen und garen lassen

**Frittüre,** (fr.), weibl. , –n: 1. heißes Fett zum Frittieren, 2. frittierte Speise

**frivol,** (fr.): frech und witzig, schamlos und leichtfertig; zweideutig und schlüpfrig

**Fromage,** [fro'ma:sch, fr.], männl., –s: Käse
**Fronde,** ['frond(e), fr.], weibl., nur Sing.: oppositionelle Gruppe (innerhalb einer Partei oder Regierung); regierungsfeindliche Partei
**Frondeur,** [fron'dö:r, fr.], männl., –e: Anhänger einer Fronde; politischer Gegner
**frondieren,** (fr.): Widerspruch erheben; sich widersetzen
**Front,** (fr.), weibl., –en: 1. Vorderseite, Stirnseite, 2. vorderste Linie der im Kampfgebiet aufgestellten Streitkräfte, 3. geschlossene Gruppe von Menschen mit gleichen politischen Zielen, 4. Grenzlinie zwischen Luftmassen unterschiedlicher Dichte und Temperatur (Meteorol.)
**frontal,** (fr.): an der Vorderseite befindlich; von vorn (kommend)
**Frontispiz,** (fr.), sächl., –e: 1. Giebeldreieck (Archit.), 2. dem Titelblatt gegenüberstehendes Bild, Verzierung auf dem Vortitelblatt eines Buches
**Froster,** männl., –: Tiefkühleinrichtung eines Kühlschrankes
**Frottage,** [fro'ta:sch, fr.], weibl., –n: Reiben der Genitalien an einem bekleideten Partner (Med.; Psychol.)
**Frottee,** (fr.), männl. oder sächl., –s: saugfähiges Baumwollgewebe aus Kräuselzwirn
**Frotteur,** [fro'tö:r, fr.], männl., –e: jmd., der seine Genitalien an einem bekleideten Partner reibt
**frottieren,** (fr.): die Haut mit einem Handtuch kräftig reiben
**Fructose:** vgl. Fruktose
**frugal,** (lat.): (bei Speisen:) einfach, genügsam, bescheiden (Gegens.: opulent)
**Frugalität,** (lat.), weibl., nur Sing.: Einfachheit, Bescheidenheit (von Speisen; Gegens.: Opulenz)
**Fruktifikation,** (lat.), weibl., –en: Fruchtbildung (Bot.)
**fruktifizieren,** (lat.): Früchte bilden, Frucht ansetzen (Bot.)
**Fruktose:** (lat.), weibl., nur Sing.: Fruchtzucker
**Frust,** männl., –e: (umg. für:) das Frustriertsein; die Frustration
**Frustration,** (lat.), weibl., –en: Enttäuschung durch erzwungenen Verzicht; enttäuschendes Erlebnis; das Enttäuschtsein
**Frustrationstoleranz,** (lat.), weibl., nur Sing.: Bereitschaft und Fähigkeit, Frustrationen zu ertragen (Psychol.)
**frustrieren,** (lat.): jmds. Erwartung enttäuschen, jmdn. zum Verzicht zwingen
**Frutti di Mare,** (italien.), weibl., Plur.: Meeresfrüchte
**Fuchsie,** [..i-e] weibl., –n: nach dem Botaniker L. Fuchs benannte Zierpflanze
**fugal,** (lat.): im Stil einer Fuge (Mus.)
**Fuge,** (lat.), weibl., –n: streng aufgebautes Musikstück mit einem in allen Stimmen nacheinander auftretenden Thema (Mus.)
**Fugette,** (italien.), weibl., –n: kleine Fuge (Mus.)
**Fughetta,** (italien.), weibl., Fughetten: vgl. Fugette
**Fulgurit,** (lat.), männl., –e: Blitzröhre (durch Blitzschlag aus zusammengeschmolzenen Sandkörnern entstandene)
**Fulltimejob** (auch: Full-Time-Job), ['fu.ltaimdschob, engl.], männl., –s: Ganztagsarbeit; Berufstätigkeit, die die Zeit des Berufstätigen voll in Anspruch nimmt
**fulminant,** (lat.): auffallend, großartig, prächtig, fabelhaft
**Fumarole,** (italien.), weibl., –n: das Ausströmen von Gasen oder Wasserdampf aus Erdspalten in vulkanischen Gebieten
**Fundament,** (lat.), sächl., –e: 1. Unterbau eines Bauwerkes, Grundmauer, Bau-

grund; Sockel, 2. (übertr.) Grundlage; Grundbegriff, Grundgedanke
**fundamental,** (lat.): grundlegend, wesentlich, schwerwiegend
**Fundamentalismus,** (lat.), männl., nur Sing.: 1. kompromissloses Festhalten an religiösen Grundsätzen (z. B. innerhalb der evang. Theologie oder im Islam), 2. kompromissloses Eintreten für fest gefügte ideologische Überzeugungen in der politischen Willensbildung
**Fundamentalist,** (lat.), männl., –en: Verfechter des Fundamentalismus religiöser oder politisch-ideologischer Prägung
**fundamentieren,** (lat.): 1. ein Fundament legen, einen Sockel errichten, 2. (übertr.) den Grund legen, gründen
**Fundi,** männl., –s: Kurzw. für Fundamentalist
**fundieren,** (lat.): 1. unterbauen, 2. untermauern, begründen, belegen, 3. (übertr.) gründen, mit den erforderlichen Mitteln ausstatten
**Fundus,** (lat.), männl., –: 1. Grundlage, Grundstock, 2. Austattungsmittel, Bestand, Vorrat, 3. Grund, Boden eines Hohlorgans (Med.)
**fungibel,** (lat.): vertretbar; auswechselbar, ersetzbar (Rechtsw.)
**fungieren,** (lat.): in einem Amt tätig sein, eine Funktion ausüben, eine Aufgabe haben
**fungizid,** (lat.): (von chem. Mitteln) Pilze abtötend (Med.)
**Fungizid,** (lat.):, sächl., –e: chem. Pilzvernichtungsmittel (insbes. in der Landwirtschaft und im Gartenbau verwendet)
**Fungus,** (lat.), männl., Fungi: 1. Pilz, Schwamm, 2. schwammige Geschwulst (Med.)
**Funikulitis,** (lat.), weibl., –kulitiden: Samenstrangentzündung (Med.)
**Funk,** ['fa.nk, amerik.], männl., nur Sing.: bluesbetonte Mischung aus Jazz- und Rockmusik
**Funktion,** (lat.)., weibl. , –en: 1. Aufgabe, Amt, 2. Tätigkeit 3. Zweck, Sinn, 4. eine linkstotale und rechtseindeutige Abbildung, eine eindeutige Zuordnung (Math.)
**funktionalisieren,** (lat.): etwas so gestalten oder umkonstruieren, dass es die beabsichtigte Funktion erfüllt
**Funktionalismus,** (lat.), männl., nur Sing.: Auffassung, die nur den Gebrauchszweck als Gestaltungskriterium gelten lässt (inbes. in der Architektur)
**Funktionär,** (lat.), männl., –e: jmd., der von einer Partei, einem Verein oder einer anderen Organisation beauftragt ist, deren Interessen zu vertreten
**funktionell,** (lat.): die vorgesehene Funktion betreffend; die zugewiesene Aufgabe erfüllend, wirksam
**funktionieren,** (lat.): ordnungsgemäß arbeiten, ohne Störung ablaufen
**Furage,** [fu'ra:sch, fr.], weibl., nur Sing.: 1. Lebensmittel, Verpflegung für die Truppe, 2. Futter
**Furie,** (lat.), weibl., –n: 1. röm. Rachegöttin, 2. (übertr.) wütendes Weib, Plagegeist
**furios,** (lat.): wütend, rasend, wild; leidenschaftlich
**furioso,** (italien.): wütend, wild, leidenschaftlich (Vortragsanweisung in der Mus.)
**Furnier,** (fr.), sächl., –e: geschältes dünnes Holzblatt als Deckblatt auf minderwertigerem Holz (z. B.: auf Spanplatten)
**furnieren,** (fr.): mit Furnier bedecken
**Furor,** (lat.), männl., nur Sing: Wut, Raserei, Wildheit, z. B. F. teutonicus: der wilde deutsche Zorn
**Furore,** (lat.), weibl., nur Sing.: großes Aufsehen, rasender Beifall
**Furunkel,** (lat.), sächl., –: tiefgehende eitrige Entzündung eines Haarbalgs und seiner Talgdrüse (Med.)

**Furunkulose,** (lat.), weibl., –n: ausgedehnte Furunkelbildung an verschiedenen Körperteilen (Med.)
**Füsilier,** (fr.), männl., –e: Infanterist
**füsilieren,** (fr.): standrechtlich erschießen
**Füsillade,** (fr.), weibl., –n: massenweise standrechtliche Erschießung von Soldaten
**Fusion,** (lat.), weibl., –en: 1. Vereinigung, Verschmelzung (insbes. von Wirtschaftsbetrieben), 2. Kurzw. für Kernfusion (Phys.)
**fusionieren,** (lat.): sich vereinigen, verbinden; verschmelzen, eine Fusion vornehmen
**Futhark,** ['fu:thark], sächl., –e: nach den ersten sechs Runenzeichen benanntes germanisches Runenalphabet
**Futon,** (japan.), männl., –s: harte Matte als Matratze in japan. Betten
**Futteral,** (german.-lat.), sächl., –e: formgerechte, gefütterte Schutzhülle (z. B.: für eine Brille)
**Futur,** (lat.), sächl., –e: Zeitform des Verbs zur Bez. eines zukünftigen Geschehens (z. B.: ich werde laufen; Sprachwiss.)
**futurisch,** (lat.): das Futur betreffend; im Futur auftretend; im Sinne des Futurs gebraucht (Sprachwiss.)
**Futurismus,** (lat.), männl., nur Sing.: Anfang des 20 Jh. von Italien ausgehende künstlerische, literarische und politische Bewegung, die mit Überliefertem brach und die moderne Technik verherrlichte
**Futurist,** (lat.), männl., –en: Anhänger des Futurismus
**Futurologie,** (lat.-gr.), weibl., nur Sing.: Zukunftsforschung
**Futurologe,** (lat.-gr.), männl., –n: Zukunftsforscher
**Futurum,** (lat.), sächl., Futura: vgl. Futur
**Fylke,** (norweg.), sächl., –r: norweg. Verwaltungsbezirk
**Fuzzylogik,** ['fasi..., engl.-gr.], weibl., nur Sing.: vom Ja-Nein-Schema abweichendes, abgestuftes Urteilen mittels EDV-Programmen

# G

**Gabardine,** ['ga.bardin, fr.], männl. oder weibl., nur Sing.: schräg gerippter Mantel-, Anzug oder Kleiderstoff
**Gabbro,** (italien.), männl., nur Sing.: ein magmatisches Tiefengestein (Geol.)
**Gabelle,** [ga'be.l, fr.], weibl., –n: Steuer, Abgabe (insbes. die bis zur Französischen Revolution von 1789 zu entrichtende Salzsteuer)
**Gadolinium,** sächl., nur Sing.: nach dem finn. Chemiker Gadolin benanntes chem. Element (Zeichen: Gd)
**Gag,** ['gä.g, engl.-amerik.], männl., –s: 1. überraschender, effektvoller Einfall (in Theater, Kabarett oder Film), 2. Ulk; witzige Idee, komischer Einfall
**Gagat,** (gr.), männl., –e: pechschwarze polierbare Kohle, auch als Schmuckstein
**Gage,** ['ga:sche, fr.], weibl., –n: Entgelt, Gehalt, Bezahlung für Künstler
**Gala,** (span.), weibl., –s: 1. Festkleidung, 2. festliche Aufführung (meist in Zusammensetzungen wie: Galavorstellung im Theater oder in der Oper)
**galaktisch,** (gr.): die Galaxis betreffend, aus der Galaxis stammend (Astron.)
**Galaktorrhö,** (gr.), weibl., –en: Milchabsonderung außerhalb der Stillzeit (Med.)
**Galaktorrhöe:** vgl. Galaktorrhö
**Galan,** (span.), männl., –e: vornehmer Liebhaber, Verehrer mit vornehmen Umgangsformen

**galant,** (span.): (von Herren:) betont höflich, aufmerksam, zuvorkommend, ritterlich (gegenüber Damen)

**Galanterie,** (span.), weibl., –n: (von Herren:) galantes Benehmen, betont höfliches und zuvorkommendes Verhalten (gegenüber Damen)

**Galaxie,** (gr.), weibl., –n: großes Sternensystem, das unzählige Sonnensysteme umfasst; Spiralnebel (Astron.)

**Galaxis,** (gr.), weibl., nur Sing.: Milchstraße; Galaxie, dem unser Sonnensystem angehört (Astron.)

**Galeasse,** (gr.-italien.), weibl., –n: 1. Küstenfrachtsegler des 19. Jh., 2. große Galeere

**Galeere,** (gr.-italien.), weibl., –n: vom Altertum bis ins 18. Jh. bei den Mittelmeermächten verwendetes Ruderkriegsschiff (meist von Sklaven oder Sträflingen gerudert)

**Galenik,** weibl., nur Sing.: nach dem altgr. Arzt Galen benannte Lehre von den natürlichen, pflanzlichen Heilmitteln

**Galenikum,** (nach dem altgr. Arzt Galen), sächl., –nika: in der Apotheke aus Drogen selbst hergestelltes pflanzliches Heilmittel

**galenisch,** (nach dem altgr. Arzt Galen): aus pflanzlichen Drogen hergestellt

**Galenit,** (lat.), männl., –e: Bleiglanz, ein wichtiges bleigrau glänzendes Bleierz

**Galeone,** (lat.-span.), weibl., –n: großes Kriegs- und Handelssegelschiff des 15. bis 18. Jh., von den Portugiesen entwickelt und von den Spaniern und Engländern Mittelalter nachgebaut

**Galeot,** (gr.-italien.), männl., –en: Galeerensklave

**Galeote,** (gr.-italien.), weibl., –n: kleines einmastiges Segel- und Ruderfrachtschiff (insbes. im 19. Jh. an den Küsten von Nord- und Ostsee)

**Galerie,** (italien.), weibl., –n: 1. längerer, im oberen Teil eines großen Raumes an der Wand entlang führender, an einer Seite offener, evtl. von Säulen begrenzter Gang (z. B.: im Innern von Klöstern, Schlössern oder im Theater; Archit.), 2. nach außen offener, hochliegender Laufgang an der Fassade von Kirchen oder an mittelalterlichen Wehrbauten, 3. Kunst- und Gemäldehandlung, 4. Räumlichkeit, die eine Kunstausstellung oder eine Gemäldesammlung beherbergt, 5. (umg.) eine Reihe, eine größere Anzahl gleichartiger Gegenstände

**Galerist,** (italien.), männl., –en: Inhaber einer Galerie, Kunsthändler

**Galgantwurzel,** (arab.-dt.), weibl., –n: südostasiatisches Ingwergewächs, aus dessen Wurzelstock ein Gewürz und ein Heilmittel gewonnen wird

**Galimathias,** (fr.), männl. oder sächl., nur Sing.: sinnloses Geschwätz, verworrenes Gerede

**Galion,** (lat.-span.), sächl., –s: spitz zulaufender Holzvorbau am Bug früherer Segelschiffe (oft mit einer Galionsfigur verziert)

**Galionsfigur,** (lat.-span.-dt.), weibl., –en: aus Holz geschnitzte Figur am Schiffsbug (meist in Form einer Frauengestalt)

**Gallert,** (lat.), sächl., –e: durchsichtige, wasserhaltige, gelatineartige Masse aus eingedickten pflanzlichen oder tierischen Säften (z. B. eingedickte Brühe)

**Gallerte,** (lat.), weibl., –n: vgl. Gallert

**gallertig,** (lat.): aus gallertartigem Stoff bestehend

**Gallion:** vgl. Galion

**gallisieren,** (nach dem dt. Chemiker L. Gall): Wein oder Most Zuckerwasser zusetzen

**Gallium,** (lat.) sächl., nur Sing.: chem. Element, ein besonders weiches Metall (Zeichen: Ga)

**Gallizismus,** (lat.), männl., Gallizismen: in eine andere Sprache übernommene fr. Spracheigentümlichkeit
**Gallone,** (engl.), weibl., –n: als Hohlmaß in England 4,55 l und in den USA und Kanada 3,79 l (Abk.: gal)
**gallophil,** (lat.-gr.): vgl. frankophil
**gallophob,** (lat.-gr.): vgl. frankophob
**Galmei,** (gr.), männl., –e: Zinkspat, Zinkerz, ein Mineral (Geol.)
**Galon,** [ga'lon, fr.], männl., –s: Borte an den Seitennähten einer Anzughose, Tresse (z. B. an Uniformen)
**Galone,** (italien.), weibl., –n: vgl. Galon
**galonieren,** (fr.): mit Galons besetzen
**Galopp,** (fr.), männl., –s und –e: schnellste Gangart des Pferdes; Lauf in Sprüngen
**Galosche,** (fr.), weibl., –n: Überschuh (aus Gummi); alter Schuh
**Galvanisation,** (nach dem italien. Arzt Galvani), weibl., –en: 1. therapeutische Reizstrombehandlung mit galvanischem Strom (Med.), 2. das Überziehen von Werkstücken mit Metall durch Elektrolyse
**galvanisch,** (nach dem italien. Arzt Galvani): auf Galvanisation (2) beruhend; auf der Erzeugung von elektrischem Strom aus chem. Energie beruhend
**Galvaniseur,** [galvanisör, nach dem italien. Arzt Galvani], männl., –e: Facharbeiter in der Galvanotechnik
**galvanisieren,** (nach dem italien. Arzt Galvani): Werkstücke durch Elektrolyse mit Metall überziehen
**Galvanotechnik,** weibl., nur Sing.: Technik des Galvanisierens
**Gamasche,** (span.-fr.), weibl., –n: über Schuh und Strumpf getragene Beinkleidung aus Leder oder Stoff vom Fuß bis zur Wade oder zum Knie
**Gambe,** (italien.), weibl., –n: mit den Knien gehaltenes Streichinstrument des 16. bis 18. Jh.
**Gambit,** (span.), sächl., –s: Eröffnung beim Schachspiel mit einem Bauernopfer (Damen-G.)
**Gameboy,** ['ge:jmbeu, engl.], Wz., männl., –s: programmgesteuertes elektronisches Spielgerät mit Sichtfenster und Tastenfeld
**Gamelan,** (malaiisch), sächl., –s: Orchester mit einheimischen Schlag-, Blas- und Streichinstrumenten auf Java und Bali
**Gameshow,** ['ge:jmscho:, engl.], weibl., –s: Fernseh-Unterhaltungssendung mit Spielelementen
**Gamet,** (gr.), männl., –en: Geschlechtszelle, der Fortpflanzung dienende reife Keimzelle bei Mensch, Tier oder Pflanze
**Gamma,** (gr.), sächl., –s: dritter Buchstabe des gr. Alphabets
**Gammaglobulin,** (gr.-lat.), sächl., nur Sing.: Eiweißkörper im Blutplasma (Med.)
**Gammastrahlen** (auch: -Strahlen), (gr.-dt.), weibl., Plur.: kurzwellige, radioaktive Strahlung
**Ganeff,** (jidd.), männl., –e: vgl. Ganove
**Gang,** ['gä.ng, engl.-amerik.], weibl., –s: organisierte Gruppe meist jugendlicher Krimineller
**Ganglienzelle,** (gr.-dt.), weibl., –n: Nervenzelle (Med.)
**Ganglion,** (gr.), sächl., Ganglien: 1. knotenartige Anhäufung von Nervenzellen, 2. Überbein (Med.)
**Gangster,** ['gä.ngster, engl.-amerik.], männl., –: Mitglied einer Gang, Verbrecher
**Gangway,** ['gä.ngwej, engl.], weibl., –s: fahrbare Treppe an Flugzeugen oder Schiffen zum Ein- und Aussteigen
**Ganove,** (jidd.), männl., –n: Gauner, Dieb
**Garage,** [ga'ra:sche, fr.], weibl., –n: 1. Raum zum Abstellen von Kraftfahrzeugen, 2. Reparaturwerkstatt für Kraftfahrzeuge

**Garamond,** [gara'mon (auch: 'ga:ramond), fr.], weibl., nur Sing.: eine Antiquadruckschrift
**Garant,** (fr.), männl., –en: Bürge, Gewährsmann; jmd., der eine Garantie übernimmt
**Garantie,** (fr.), weibl., –n: 1. Bürgschaft; Sicherheit, Gewähr, 2. Zusicherung des Herstellers einer Ware, innerhalb eines festgelegten Zeitraums nach Erwerb der Ware evtl. auftretende Mängel kostenfrei zu beheben
**garantieren,** (fr.): 1. sich verbürgen; zusichern, gewährleisten, 2. eine (2) Garantie geben
**Garçon,** [gar'ßon, fr. »Knabe«], männl., –s: Kellner
**Garde,** (fr.), weibl., –n: 1. Leibwache (eines Fürsten); Elitetruppe, 2. uniformierte Gruppe eines Karnevalsvereins
**Gardenie,** (nach dem engl. Naturforscher A. Garden), weibl., –n: immergrüner Strauch mit wohlriechenden Blüten
**Garderobe,** (fr.), weibl., –n: 1. Bestand an Oberbekleidung; Kleidung einer Person, 2. Gestell zum Ablegen und Aufhängen der Kleidung, Kleiderablage, 3. Ankleideraum, Umkleideraum; Räumlichkeit zur Kleiderablage
**Garderobier,** [garderob'je:, fr.], männl., –s: Verwalter der Garderobe; Gewandmeister
**Garderobiere,** [garderob'je:re, fr.], weibl., –n: weibl. Garderobier, Aufseherin über die Garderobe (insbes. im Theater)
**gardez!,** [gar'de:!, fr. »schützen Sie (Ihre Dame)!«]: (inoffizielle) Ankündigung eines Angriffs auf die Dame beim Schachspiel
**Gardine,** (fr.), weibl., –n: Fenstervorhang
**Gardist,** (fr.), männl., –en: Angehöriger einer Garde
**Garnele,** (niederl.), weibl., –n: zumeist Meer bewohnender, bis zu 30 cm großer Zehnfußkrebs (in etwa 2000 Arten auftretend)
**garnieren,** (fr.): (Speisen) verzieren, schmücken; mit Zubehör versehen
**Garnison,** (fr.), weibl., –en: 1. Standort eines militärischen Verbandes im Frieden, Truppenquartier, 2. der zu dem Standort gehörende militärische Verband selbst
**Garnitur,** (fr.), weibl., –en: 1. mehrere zusammengehörige, ähnlich ausgestattete Gegenstände (z. B.: Möbel, Wäschestücke, Geschirr), 2. Verzierung, verzierender Besatz (an Kleidungsstücken)
**Garotte**: vgl. Garrotte
**Garrotte,** (span.), weibl., –n: Vorrichtung mit Würgeschraube zur Hinrichtung durch Erdrosseln (insbes. früher in Spanien)
**garrottieren,** (span.): mit der Garrotte hinrichten
**Gasolin,** (Wz.), sächl., nur Sing.: als erstes Produkt bei der Destillation von Erdöl gewonnenes Leichtbenzin, ein Kraftstoff
**Gasometer,** (gr.), männl., –: großer Gasbehälter, Gasspeicher
**gastral,** (gr.): den Magen betreffend (Med.)
**Gastralgie,** (gr.), weibl., –n: Magenschmerz, Magenkrampf (Med.)
**Gastrektasie,** (gr.), weibl., –n: Magenerweiterung (Med.)
**Gastrektomie,** (gr.), weibl., –n: operative Entfernung des Magens (Med.)
**gastrisch,** (gr.): den Magen betreffend, zum Magen gehörend
**Gastritis,** (gr.), weibl., Gastritiden: Entzündung des Magens, insbes. Magenschleimhautentzündung (Med.)
**Gastroenteritis,** (gr.), weibl., –enteritiden: Magen-Darm-Entzündung (Med.)

**Gastroenterologie,** (gr.), weibl., nur Sing.: Lehre von den Krankheiten des Magens und des Darms (Med.)
**gastrogen,** (gr.): vom Magen ausgehend (Med.)
**Gastronom,** (gr.), männl., en: Gastwirt, der sich in der Kunst des Kochens auskennt; jmd., der eine Gaststätte führt
**Gastronomie,** (gr.), weibl., nur Sing.: 1. Kochkunst, 2. Gaststättengewerbe
**gastronomisch,** (gr.): die Gastronomie betreffend
**Gastropode,** (gr.), männl., –n: Schnecke (Zool.)
**Gastroskop,** (gr.), sächl., –e: in die Speiseröhre einzuführendes, mit Spiegel und Lichtquelle bestücktes Metallrohr zur Magenspiegelung (Med.)
**Gastroskopie,** (gr.), weibl., –n: Magenspiegelung mit dem Gastroskop (Med.)
**Gastrostomie,** (gr.), weibl., –n: operatives Anlegen einer Magenfistel zur künstlichen Ernährung (Med.)
**Gastrotomie,** (gr.), weibl., –n: Magenschnitt, operative Eröffnung des Magens (Med.)
**Gastrula,** (gr.), weibl., nur Sing.: aus Ekto- und Entoderm bestehendes, becherförmiges embryonales Stadium in der Entwicklung der vielzelliger Lebewesen (Zool.)
**Gastrulation,** (gr.), weibl., nur Sing.: Entstehungsvorgang der Gastrula aus der Blastula (Zool.)
**GAU**: Kurzw. für **g**rößter **a**nzunehmender **U**nfall (in einem Kernkraftwerk)
**Gaucho,** ['gautscho, span.], männl., –s: berittener Viehhirt der südamerikanischen Pampas
**Gaudi,** sächl. oder weibl., nur Sing.: Kurzw. für Gaudium
**Gaudium,** (lat.), sächl., nur Sing.: Scherz, Spaß, Belustigung
**Gaufrage,** ['go'frasch, fr.], weibl., –n: geprägte Musterung auf Stoff oder Papier
**gaufrieren,** (fr.): in Stoff oder Papier Muster einprägen
**Gaullismus,** [go'li.smus] männl., nur Sing.: nach ihrem Begründer, dem ehemaligen fr. Staatspräsidenten General de Gaulle, benannte politische Bewegung in Frankreich, die u. a. eine führende Rolle Frankreichs in Europa anstrebt
**Gaullist,** [go:'list, fr.], männl., –en: Anhänger des Gaullismus
**Gavotte,** [ga'wo.t, fr.], weibl., –n: 1. alter fr. Volkstanz, 2. Satz der Suite (Mus.)
**Gay,** [gej, engl.], männl., –s: (umg.) Homosexueller
**Gaze,** ['ga:se, fr.], weibl., –n: 1. durchsichtiges, weitmaschiges Gewebe, 2. Verbandmull
**Gazelle,** (arab.-italien.), weibl., –n: Antilopenart in den Steppen Nordafrikas und Asiens
**Gazette,** (italien.), weibl., –n: Zeitung
**Gecko,** (malaiisch), männl., –s: eidechsenähnliches Kriechtier in tropischen und subtropischen Gebieten
**gehandikapt,** [ge'händikäpt, engl.]: durch bestimmte Umstände behindert, benachteiligt, mit einem Handikap
**Geiser**: vgl. Geysir
**Geisha,** ['ge:scha, japan.], weibl., –s: in Tanz und Musik ausgebildete japan. Gesellschafterin in japan. Teehäusern, Hotels und bei Festlichkeiten
**Gel,** (Kurzw. aus **Gel**atine), sächl., –e: gallertartige Lösung (z. B. als Kosmetikum)
**Gelatine,** [schela'ti:ne, fr.], weibl., nur Sing.: aus tierischen Substanzen gewonnene, geschmack- und farblose, leimartige Substanz; Binde- und Verdickungsmittel für Speisen

**gelatinieren,** [schelati'ni:ren, fr.]: zu Gelatine erstarren

**Gelee,** [sche'le:, fr.], sächl., –s: 1. eingekochter, beim Erkalten erstarrter, meist gezuckerter Fruchtsaft als Brotaufstrich, 2. erstarrter, aus tierischen Substanzen gewonnener Sud

**gelieren,** ['scheli:ren, fr.]: zu Gelee erstarren

**Gemme,** (lat.), weibl., –n: Edelstein mit vertieft oder erhaben eingeschnittenem Bild

**Gen,** (gr.), sächl., –e: Träger von Erbanlagen in den Chromosomen, Teilabschnitt der Nukleinsäuren, Erbfaktor

**genant,** [schena.nt, fr.]: sich leicht genierend, schüchtern; peinlich, unangenehm

**Gendarm,** [schan'darm, fr.], männl., –e: Angehöriger der Gendarmerie, Polizist

**Gendarmerie,** [schandarme'ri:, fr.], weibl., –n: Landpolizei

**Genealoge,** (gr.), männl., –n: Wissenschaftler auf dem Gebiet der Genealogie

**Genealogie,** (gr.), weibl., nur Sing.: Wissenschaft von Herkunft und Verwandtschaft der Geschlechter, Geschlechterkunde, Ahnenforschung

**genealogisch,** (gr.): die Genealogie betreffend

**General,** (lat.), männl., –e und Generäle: 1. höchster Rang der Offiziere, 2. Offizier im höchsten Rang, 3. Leiter, Vorsteher (eines kathol. Ordens, in der Heilsarmee)

**Generalabsolution,** (lat.), weibl., –en: (in der kathol. Kirche:) sakramentale Lossprechung von allen Sünden (in Notfällen)

**Generalbass,** (lat.), männl., –bässe: Bassstimme mit für harmonische Akkorde unter den Noten stehenden Ziffern zur harmonischen Begleitung von Instrumentalstücken (Mus.)

**Generaldirektor,** (lat.), männl., –en: Leiter eines großen Unternehmens

**Generalinspekteur,** (lat.), männl., –e: höchster Repräsentant und ranghöchster Soldat der Bundeswehr

**Generalintendant,** (lat.), männl., –en: Leiter eines großen Theaterhauses oder mehrerer Theater

**Generalisation,** (lat.), weibl., –en: Verallgemeinerung; das Gewinnen von allgemeinen Begriffen

**generalisieren,** (lat.): verallgemeinern; allgemeine Begriffe gewinnen

**Generalissimus,** (lat.), männl., –se: Titel für den obersten Befehlshaber in einigen Ländern (z. B.: Stalin, Franco)

**Generalität,** (lat.), weibl., nur Sing.: 1. Gesamtheit der Generäle eines Landes, 2. Allgemeinheit

**generaliter,** (lat.): allgemein betrachtet

**Generalkonsul,** (lat.), männl., –n: ranghöchster Konsul

**Generalprobe,** (lat.-dt.), weibl., –n: letzte Probe vor der Aufführung eines Musik- oder Bühnenwerkes

**Generalsekretär,** (lat.), männl., –e: Hauptgeschäftsführer und hoher amtlicher Vertreter von Parteien, Verbänden oder internationalen Organisationen (z. B. der UNO oder NATO)

**Generalstab,** (lat.-dt.), männl., –stäbe: Gruppe von hohen Offizieren zur Beratung des obersten Befehlshabers

**Generalstreik,** (lat.-dt.), männl., –s: Arbeitsniederlegung, die alle Wirtschaftszweige eines Staates gleichzeitig lahmlegt

**Generalvikar,** (lat.), männl., –e: Stellvertreter des Bischofs in der kathol. Kirche in der Verwaltung

**Generalvikariat,** (lat.), sächl., –e: (in der kathol. Kirche:) 1. Amt eines Generalvikars, 2. bischöfliche Verwaltungsbehörde

**Generation,** (lat.), weibl., –en: 1. die einzelnen Glieder der Geschlechterfolge

(z. B. Eltern, Kinder oder Enkel); die Gesamtheit der Personen, die auf der gleichen Stufe in der Geschlechterfolge stehen (z. B.: sämtliche Geschwister beider Eltern), 2. alle Menschen einer Altersgruppe, 3. Gesamtheit von technischen Geräten, die sich deutlich in Konstruktionsmerkmalen und Bauelementen von älteren oder weiterentwickelten Geräten unterscheiden, 4. Tiere oder Pflanzen, die im Fortpflanzungsprozess ein bestimmtes Entwicklungsstadium erreicht haben (Biol.)

**Generationenkonflikt:** vgl. Generationskonflikt

**Generationskonflikt,** (lat.), männl., –e: Konflikt zwischen Angehörigen verschiedener Altersstufen aufgrund unterschiedlicher, altersbedingter Auffassungen

**generativ,** (lat.): 1. die geschlechtliche Fortpflanzung betreffend (Biol.), 2. erzeugend, hervorbringend

**Generator,** (lat.), männl., –en: 1. Gerät zur Stromerzeugung, Maschine zur Umwandlung von mechanischer in elektrische Energie, 2. Schachtofen zum Erzeugen von Gas aus festen Brennstoffen

**generell,** (lat.): allgemein; allgemein gültig (Gegens.: speziell), grundsätzlich; immer

**generieren,** (lat.): erzeugen, bilden, hervorbringen

**generisch,** (lat.): das Geschlecht betreffend

**generös,** (fr.): großzügig, freigebig, spendabel; großmütig, edel

**Generosität,** (fr.), weibl., –en: Großzügigkeit, Freigebigkeit; Großmut

**Genese,** (gr.), weibl., –n: Entstehung, Entwicklung, Werdegang

**Genesis,** (gr. »Schöpfung«), weibl., nur Sing.: 1. das Entstehen, Ursprung, Herkunft, 2. (in der Bibel:) die Schöpfungsgeschichte, das erste Buch Mose

**Genetik,** (gr.), weibl., nur Sing.: Vererbungslehre (Biol.)

**genetisch,** (gr.): 1. die Genese betreffend, entstehungsgeschichtlich, 2. Erbanlagen betreffend; erblich bedingt

**Genetiv,** (gr.), männl., –e: vgl. Genitiv

**Genette,** [sche'nä.t, arab.-fr.], weibl., –s und –n: afrikan. Schleichkatze; Ginsterkatze

**Genever,** [sche'ne:wer, fr.], männl., –: niederländischer Wacholderbranntwein

**genial,** (gr.): 1. schöpferisch hoch begabt, mit der Begabung eines Genies, 2. großartig, hervorragend

**genialisch,** (gr.): genieähnlich, wie ein Genie

**Genialität,** (gr.), weibl., nur Sing.: geniale (1) Veranlagung, außerordentliche Begabung

**Genie,** ['sch(e)'ni:, fr.], sächl., –s: 1. überragende schöpferische Begabung, 2. ein überragend schöpferisch begabter Mensch

**genieren,** [sch(e)'ni:ren, fr.]: jmdn. in Verlegenheit bringen; sich g.: sich schämen, schüchtern auftreten

**genital,** (lat.): die Geschlechtsorgane betreffend, zu den Geschlechtsorganen gehörend (Med.)

**Genitale,** (lat.), sächl., Genitalien: (meist Plur.) das männl. oder das weibl. Geschlechtsorgan

**Genitiv,** (lat.), männl., –e: zweiter Fall der Deklination, Wesfall (Sprachwiss.)

**genitivisch,** (lat.): zum Genitiv gehörend

**Genitivus,** (lat.), männl., Genitivi: vgl. Genitiv

**Genius,** (lat.), männl., Genien: 1. Schöpferkraft, schöpferischer Geist, 2. vgl. Genie, 3. (in der röm. Mythologie:) geflügelt dargestellte Gottheit

**Genmanipulation,** (gr.-lat.), weibl., –en: Eingriff in die Erbsubstanz zum Zwecke der Veränderung des Erbgutes (Biol.; Med.)

**Genmutation,** (gr.-lat.), weibl., –en: erbliche Veränderung des Erbgutes (Biol.)
**Genom,** (gr.), sächl., –e: Gesamtheit aller in einem Zellkern vorhandenen Erbanlagen
**Genotyp,** (gr.), männl., –en: Gesamtheit der in den Chromosomen enthaltenen Erbanlagen
**Genotypus,** (gr.), männl., –typen: vgl. Genotyp
**Genozid,** (gr.-lat.), männl., –e: Völkermord, Ausrottung einer Bevölkerungsgruppe
**Genre,** ['schanr(e), fr.], sächl., –s: Art, Wesen; Gattung, Sparte (in der bildenden Kunst)
**Gens,** (lat. »Geschlecht«), weibl., Gentes: (im alten Rom:) Sippe, Familienverband
**Gent,** ['dschä.nt, engl.], männl., –s: (engl. Kurzw. für Gentleman) feiner Mann; (abschätzig:) Stutzer, Geck
**Gentechnologie,** (gr.), weibl., nur Sing.: Teilgebiet der Biologie, das die Erforschung und Manipulation von pflanzlichen und tierischen Genen betreibt
**Gentleman,** ['dschä.ntlm(e)n, engl.], männl., Gentlemen: ein Ehrenmann, Mann von Lebensart und ehrenhaftem Charakter
**gentlemanlike,** ['dschä.ntlm(e)nlaik, engl.]: nach Art eines Gentlemans, vornehm und anständig
**Gentlemen's Agreement,** ['dschä.ntlm(e)ns (e)'gri:m(e)nt, engl.], sächl., – –s: Übereinkunft auf Treu und Glauben, formlose Abmachung, Vereinbarung auf der Grundlage gegenseitigen Vertrauens
**Gentry,** ['dschä.ntri, engl.], weibl., nur Sing.: (in England:) Bez. für den niederen Adel
**genuin,** (gr.): echt, natürlich, unverfälscht, ursprünglich
**Genus,** (lat.), sächl., Genera: 1. grammatisches Geschlecht der Substantive (männl., weibl. oder sächl.), 2. Art, Gattung (Biol.)
**Genus Verbi,** (lat.), sächl., Genera –: Verhaltensrichtung des Verbs (Aktiv, Medium oder Passiv)
**Geobiont,** (gr.), männl., –en: Lebewesen im Erdboden
**Geochemie,** (gr.), weibl., nur Sing.: Wissenschaft von der chem. Zusammensetzung der Erde
**Geodäsie,** (gr.), weibl., nur Sing.: Wissenschaft und Technik der Vermessung der Erdoberfläche; Erdvermessungswesen
**Geodät,** (gr.), männl., –en: Landvermesser
**geodätisch,** (gr.): die Geodäsie betreffend, zur Geodäsie gehörig
**Geograph** (auch: Geograf), (gr.), männl., –en: Fachmann, Wissenschaftler auf dem Gebiet der Geographie
**Geographie** (auch: Geografie), (gr.), weibl., nur Sing.: Erdkunde
**geographisch** (auch: geografisch), (gr.): die Geographie betreffend; erdkundlich
**Geologe,** (gr.), männl., –n: Fachmann, Wissenschaftler auf dem Gebiet der Geologie
**Geologie,** (gr.), weibl., nur Sing.: Wissenschaft von der Zusammensetzung, Entstehung und Entwicklung der Erde
**geologisch,** (gr.): die Geologie betreffend
**Geometer,** (gr.), männl., –: Landvermesser, Geodät
**Geometrie,** (gr.), weibl., –n: 1. Lehre von den Eigenschaften und Beziehungen der ebenen und räumlichen Gebilde unserer physischen Welt (Math.), 2. ein System von nicht näher definierten Punkten, Geraden und Ebenen (Math.)

**geometrisch,** (gr.): zur Geometrie gehörig, mit Hilfe der Geometrie, auf Gesetzen der Geometrie beruhend
**Geomorphologie,** (gr.), weibl., nur Sing.: Wissenschaft von Entstehung und Wandel der Erdoberflächenformen (Geogr.)
**Geophysik,** (gr.), weibl., nur Sing.: Wissenschaft von den natürlichen physikalischen Erscheinungen auf, über und in der Erde (wie z. B.: Erdbeben, Erdmagnetismus)
**Geophysiker,** (gr.), männl., –: Fachmann, Wissenschaftler auf dem Gebiet der Geophysik
**Geophyt,** (gr.), männl., –en: Pflanze mit unterirdischen Überwinterungsorganen (in Form von Knollen oder Zwiebeln; Bot.)
**Geoplastik,** (gr.), weibl., –en: räumliche Darstellung der Erdoberfläche
**Geopolitik,** (gr.), weibl., nur Sing.: politikwissenschaftliches Teilgebiet, das die Abhängigkeiten politischer Vorgänge von geographischen Gegebenheiten untersucht
**geopolitisch,** (gr.): die Geopolitik betreffend, vom Standpunkt der Geopolitik
**geothermal,** (gr.): auf Erdwärme beruhend, die Erdwärme betreffend
**Geothermik,** (gr.), weibl., nur Sing.: Wissenschaft von Wärmeverteilung und Wärmehaushalt der Erde
**Geowissenschaften,** (gr.-dt.), weibl., Plur.: Sammelbez. für Wissenschaften, die sich mit der Erforschung der Erde befassen
**geozentrisch,** (gr.): auf die Erde als Mittelpunkt bezogen (Gegens.: heliozentrisch; Astron.)
**geozyklisch,** (gr.): den Umlauf der Erde um die Sonne betreffend
**Gepard,** (fr.), männl., –e: in den Steppen Afrikas und Asiens lebende, schlanke, sehr schnelle Großkatze
**Geranie,** (gr.), weibl., –n: ein Storchschnabelgewächs, in zahlreichen Arten vorhandene Zierpflanze
**Gerbera,** weibl., –s: nach dem Arzt T. Gerber benannte zu den Korbblütlern zählende Schnittblume
**Geriater,** (gr.), männl., –: Facharzt der Geriatrie
**Geriatrie,** (gr.), weibl., nur Sing.: Teilgebiet der Medizin, das sich mit den Krankheiten alternder Menschen befasst; Altersheilkunde
**geriatrisch,** (gr.): die Geriatrie betreffend
**gerieren,** (lat.): sich benehmen, sich aufführen
**germanisieren,** (lat.): eindeutschen, der dt. Sprache angleichen
**Germanismus,** (lat.), männl., Germanismen: 1. eine Eigentümlichkeit der deutschen Sprache, 2. deutsche Spracheigentümlichkeit, die in eine andere Sprache übernommen wurde
**Germanist,** (lat.), männl., –en: Lehrer oder Wissenschaftler auf dem Gebiet der Germanistik
**Germanistik,** (lat.), weibl., nur Sing.: 1. Wissenschaft von germanischen Sprachen und Literaturen, 2. Wissenschaft, die Herkunft und Entwicklung der deutschen Sprache und Literatur untersucht
**germanistisch,** (lat.): die Germanistik betreffend
**Germanium,** (lat.), sächl., nur Sing.: chem. Element, ein luftbeständiges Halbmetall (Zeichen: Ge)
**germanophil**. (lat.-gr.): deutschfreundlich
**Germanophilie,** (lat.-gr.), weibl., nur Sing.: Deutschfreundlichkeit
**germanophob,** (lat.-gr.): deutschfeindlich
**Germanophobie,** (lat.-gr.), weibl., nur Sing.: Deutschfeindlichkeit
**germinal,** (lat.): den Keim betreffend
**Germination,** (lat.), weibl., –en: (bei Pflanzen:) Keimungsperiode

**Geront,** (gr.), männl., –en: (im antiken Griechenland:) Mitglied der Gerusia

**Gerontokratie,** (gr.), weibl., –n: Altenherrschaft; Herrschaft des Rates der Alten

**Gerontologie,** (gr.), weibl., nur Sing.: Teilgebiet der Medizin, das sich mit dem Altern der Menschen und dessen körperlichen, seelischen und sozialen Auswirkungen beschäftigt

**Gerundium,** (lat.), sächl., Gerundien: substantivisch gebrauchter und gebeugter Infinitiv eines lat. Verbs (z. B.: ars vivendi – die Kunst des Lebens)

**Gerundiv,** (lat.), sächl., –e: vgl. Gerundivum

**Gerundivum,** (lat.), sächl., Gerundiva: adjektivisch gebrauchte und gebeugte Form eines lat. Verbs, die die Notwendigkeit einer Handlung ausdrückt (z. B.: puer »laudandus« - ein »zu lobender« Knabe)

**Gerusia,** (gr.), weibl., nur Sing.: (im antiken Sparta:) Rat der Alten

**Gestagen,** (lat.-gr.), sächl., –e: im Gelbkörper gebildetes weibl. Keimdrüsenhormon, ein Schwangerschaftshormon (Biol.)

**Geste,** (lat.), weibl., –n: 1. Ausdrucksbewegung insbes. der Arme und Hände anstelle (z. B. beim Sprechen), Gebärde, 2. ein Zeichen unverbindlicher Höflichkeit

**Gestik,** (lat.), weibl., nur Sing.: Gesamtheit der Gesten (1) eines Menschen, Gebärdenspiel

**Gestikulation,** (lat.), weibl., –en: das Gestikulieren

**gestikulieren,** (lat.): 1. das Sprechen mit Gesten (1) begleiten, 2. durch Bewegungen Zeichen geben, sich durch Gesten verständigen, 3. (wilde) Gebärden machen;

**gestisch,** (lat.): die Gestik betreffend, mit Hilfe von Gesten

**Gestus,** (lat.), männl., nur Sing.: 1. vgl. Gestik, 2. die gesamte Haltung eines Menschen, Ausdrucksweise

**Getto,** (italien.), sächl., –s: abgetrenntes Wohnviertel für Angehörige einer religiösen oder rassischen Minderheit (u. a. zur Unterdrückung und Vernichtung der jüdischen Einwohner im nationalsozialistischen Deutschland eingerichtet)

**gettoisieren,** (italien.): 1. in ein Getto bringen, 2. zu einem Getto machen

**Geysir,** ['gaisir, isländ.], männl., –e: heiße Springquelle in vulkanischen Gebieten

**Ghetto**: vgl. Getto

**Ghostwriter,** ['go(u)ßtrait(e)r, engl.], männl., –: jmd., der Reden für andere Leute (meist für Politiker) schreibt

**G.I.,** [dschi:'ai, amerik.], männl., –s: (umg.) amerik. Soldat (nach der Aufschrift **G**overnment **I**ssue [= Regierungsausgabe] auf Ausrüstungsgegenständen)

**Giaur,** (pers.-türk.), männl., –s: Ungläubiger, (Schimpfwort eines Mohammedaners für:) Nichtmohammedaner

**Gibbon,** (fr.), männl., –s: südostasiatischer Langarmaffe

**Gig,** (engl.), männl., –s: bezahlter Auftritt einer Band oder eines Musikers (als Nebenverdienst)

**Gig,** (engl.), sächl., –s: zweirädriger offener Wagen, Einspänner

**Gig,** (engl.), weibl., –s: 1. kleines, schlankes Ruderboot, Beiboot auf Schiffen, 2. leichtes, schnelles Segelboot

**Giga...,** (gr.): als Wortteil vor Maßeinheiten zur Kennzeichnung des Milliardenfachen der betreffenden Maßeinheit

**Gigant,** (gr.), männl., –en: Riese; durch ungeheure Größe oder Machtfülle ausgezeichnete Person oder Sache

**gigantisch,** (gr.): riesenhaft, von ungeheurem Ausmaß

**Gigantismus,** (gr.), männl., nur Sing.: anomal vermehrtes Wachstum einzelner

Körperteile oder des ganzen Körpers, krankhafter Riesenwuchs (Med.)
**Gigantomanie,** (gr.), weibl., nur Sing.: Vorliebe für riesige Ausmaße, Bestreben, alles in riesenhaften Ausmaßen zu gestalten (insbes. Bauwerke)
**Gigolo,** ['schi:golo, fr.], männl., –s: 1. Eintänzer (früher in Tanzlokalen als Tanzpartner für weibl. Gäste), 2. Geck, eitler Mann, der sich von Frauen aushalten lässt
**Gigue,** ['schi:g, fr.], weibl., –n: 1. schneller zu hüpfender Tanz des 17./18. Jh., 2. (daraus hervorgegangen:) Schlusssatz der Suite (Mus.)
**Gimmick,** (engl.), männl. oder sächl., –s: Werbegeschenk, Werbebeigabe (z. B. einer Zeitschrift)
**Gin,** ['dschi.n, engl.), männl., –s: engl. Wacholderbranntwein
**Ginfizz** (auch: Gin-Fizz), ['dschinfiß, engl.], männl., –: Cocktail mit Gin
**Ginger,** ['dschi.nscher, engl.], männl., –: Ingwer
**Gingerale,** ['dschi.nscher-ejl, engl.], sächl., –s: alkoholfreies Erfrischungsgetränk mit Ingwergeschmack
**Gingivitis,** (lat.), weibl., –vitiden: Zahnfleischentzündung (Med.)
**Gingko** (auch: Ginko), (japan.), männl., –s: in China und Japan heimischer Zierbaum mit fächerförmigen Blättern
**Ginseng,** (chines.), männl., –s: ostasiatisches Efeugewächs, dessen Wurzel in China als Allheilmittel gilt
**giocoso,** [dscho'ko:ßo, lat.-italien.]: fröhlich, spielerisch, scherzhaft (Vortragsanweisung in der Mus.)
**Girandola, Girandole,** (italien.), weibl., Girandolen: 1. mehrarmiger Leuchter, 2. Feuerrad beim Feuerwerk, 3. Ohrgehänge aus Edelsteinen
**Girl,** [gö(r)l, engl.], sächl., –s: junges Mädchen
**Girlande,** (fr.), weibl., –n: langes Gebinde aus Blumen, Blättern oder Papier zum Ausschmücken von Räumen, Türrahmen, Straßen u.Ä.
**Giro,** ['schi:ro, italien. »Kreis«], sächl., –s: 1. Überweisung im bargeldlosen Zahlungsverkehr, 2. Übertragungsvermerk auf einem Scheck oder einem Wechsel
**Giro d'Italia,** [dschirodi'ta:lja, italien.], männl., –: nach der Tour de France zweitwichtigstes alljährliches Etappenrennen (Klassiker) im Radsport
**Girokonto,** ['schi:rokonto, italien.], sächl., –konten: Konto für bargeldlosen Zahlungsverkehr
**Gironde,** [schi'rond, fr.], weibl., nur Sing.: nach dem gleichnamigen fr. Departement benannter gemäßigter Flügel der Republikaner in der Zeit der Französischen Revolution
**Girondist,** [schiron'di.ßt, fr.], männl., –en: Anhänger der Gironde
**Gitarre,** (gr.), weibl., –n: ein Zupfinstrument mit sechs (auch zwölf) Saiten und flachem Klangkörper
**Gitarrist,** (gr.), männl., –en: Gitarrenmusiker
**Glace,** ['gla:ß, fr. »Eis«], weibl., –n: 1. aus Zucker hergestellte Glasur, 2. Gallert aus Fleischbrühe
**Glacé** (auch: Glacee), [gla'ße:, fr.], männl., –s: 1. ein schillerndes Hochglanzgewebe, 2. weiches, glänzendes Leder
**glacieren,** (fr.): vgl. glasieren
**Glacis,** [gla'ßi:, fr.], sächl., – [gla'ßi:ß]: 1. Vorgelände einer Befestigungsanlage, 2. zur Sicherung des eigenen Landes politisch beherrschter fremdstaatlicher Nachbarraum
**Gladiator,** (lat.), männl., Gladiatoren: (im antiken Rom:) Schwertkämpfer bei den Kampfspielen auf Leben und Tod (meist ein Kriegsgefangener oder ein Sklave)

**Gladiole,** (lat.), weibl., –n: Gartenpflanze oder Schnittblume mit großen trichterförmigen Blättern, ein Schwertliliengewächs
**Glamour,** ['glä.m(e)r, engl.], männl., nur Sing.: Glanz, glanzvolle Aufmachung
**Glamourgirl,** ['glä.m(e)rgö(r)l, engl.], sächl., –s: Film-, Reklameschönheit, auffällig und attraktiv herausgeputztes Mädchen
**Glandula,** (lat.), weibl., –e: Drüse (Med.)
**Glans,** (lat.), weibl., Glandes: Eichel des männl. Gliedes (Med.)
**glasieren,** (fr.): mit einer Glasur überziehen
**Glasur,** (fr.): 1. Überzug aus Zuckerguss, 2. glasartiger Überzug auf Tonwaren
**Glasnost,** (russ. »Öffentlichkeit«): das Bemühen, der Öffentlichkeit politische Entscheidungsprozesse insbes. durch eine ungeschminkte Berichterstattung transparent werden zu lassen (Schlagwort der Politik Gorbatschows in der ehemaligen Sowjetunion)
**Glaukom,** (gr.), sächl., –e: Augenkrankheit, die auf gesteigerten Augeninnendruck zurückzuführen ist (Med.)
**glazial,** (lat.): 1. eiszeitlich, während einer Eiszeit entstanden, 2. das Eis, einen Gletscher betreffend
**Glazial,** (lat.), sächl., –e: Eiszeit
**Glazialfauna,** (lat.), weibl., nur Sing.: Pflanzenwelt der Eiszeit
**Glazialflora,** (lat.), weibl., nur Sing.: Tierwelt der Eiszeit
**Glaziallandschaft,** (lat.-dt.), weibl., –en: durch die Einwirkung von Gletschern (in der Eiszeit) geformte Landschaft
**Glaziologie,** (lat.-gr.), weibl., nur Sing.: Gletscherkunde
**Glencheck,** ['glä.ntsche.k, engl.], männl., –s: Wollstoff mit fein gestreiftem Karomuster
**Gliom,** (gr.), sächl., –e: Geschwulst im Gehirn oder Rückenmark (Med.)
**glissando,** (italien.): 1. mit dem Fingernagel schnell über die Klaviertasten gleitend, 2. mit dem Finger auf einer Saite gleitend
**global,** (lat.): 1. die ganze Erde umspannend, weltweit, 2. (übertr.) umfassend, allgemein
**Globalisierung,** (lat.), weibl., nur Sing: 1. Verallgemeinerung, 2. weltweiter Wettbewerb auf Arbeits-, Waren- wie Dienstleistungsmarkt
**Globetrotter,** (engl.), männl., –: Weltenbummler
**Globin,** (lat.), sächl., –e: farblose Eiweißkomponente des roten Blutfarbstoffes Hämoglobin
**Globus,** (lat.), männl., –se und Globen: verkleinerte Nachbildung der Erdkugel, des Mondes oder der scheinbaren Himmelskugel
**Gloria,** (lat.), sächl. oder weibl., nur Sing.: Ruhm, Glanz, Herrlichkeit
**Gloria in excelsis Deo,** (lat. »Ehre sei Gott in der Höhe«), sächl., nur Sing.: ein Lobgesang als Teil einer kathol. Messe
**Glorie,** (lat.), weibl., –n: 1. Ruhm, Glanz, Herrlichkeit, 2. Lichtkreis um den Schatten eines Körpers, 3. Heiligenschein
**Glorienschein,** (lat.-dt.), männl., –e: Heiligenschein
**Gloriette,** (lat.), weibl., –n: Gartenpavillon, Parktempelchen
**Glorifikation,** (lat.), weibl., –en: Verherrlichung
**glorifizieren,** (lat.): verherrlichen
**Glorifizierung,** (lat.), weibl., –en: Verherrlichung
**Gloriole,** (lat.), weibl., –n: Heiligenschein
**glorios,** (lat.): glorreich, glanzvoll, ruhmreich
**Glossar,** (gr.), sächl., –e: 1. Sammlung von Glossen, 2. Wörterverzeichnis mit Erklärungen

**Glosse,** (gr.), weibl., –n: 1. Erklärung eines schwierigen Wortes oder Satzes am Rand oder zwischen den Zeilen; erläuternde Randbemerkung, 2. witziger, evtl. polemischer Kommentar in einer Tageszeitung, spöttische Randbemerkung

**glossieren,** (gr.): 1. mit Randbemerkungen versehen, 2. eine Glosse (2) zu einem aktuellen Thema schreiben, 3. bespötteln, spöttische Bemerkungen über etwas machen

**Glossitis,** (gr.), weibl., Glossitiden: Zungenentzündung (Med.)

**Glottis,** (gr.), weibl., Glottides: das aus beiden Stimmbändern bestehende Stimmorgan, Stimmritze im Kehlkopf

**Gloxinie,** weibl., –n: aus Südamerika stammende Zimmerpflanze mit glockigen Blüten

**Glucose,** (gr.), weibl., nur Sing.: Traubenzucker

**Glukose**: vgl. Glucose

**Glutamat,** (lat.-gr.), sächl., –e: Salz der Glutaminsäure (u. a. als Suppen- und Konservenzusatz zur Geschmacksverbesserung)

**Glutamin,** (lat.- gr.), sächl., –e: eine Aminosäure

**Glutaminsäure**. (lat.-gr.-dt.), weibl., –n: in zahlreichen Eiweißstoffen enthaltene Aminosäure

**Gluten,** (lat.), sächl., nur Sing.: Eiweißstoff im Korn mancher Getreidearten, Getreidekleber

**Glutin,** (lat.), sächl., nur Sing.: ein Eiweißstoff, wichtiger Bestandteil von Gelatine und Leim

**Glycerin**: vgl. Glyzerin

**Glykämie,** (gr.), weibl., nur Sing.: normaler Zuckergehalt des Blutes (Med.)

**Glykol,** (gr.), sächl., –e: giftiger Alkohol von süßem Geschmack, der u. a. als Lösungs- und Frostschutzmittel verwendet wird

**Glykose**: vgl. Glucose

**Glykosurie,** (gr.), weibl., –n: Zuckerausscheidung im Harn (Med.)

**Glyphe**: vgl. Glypte

**Glypte,** (gr.), weibl., –n: geschnittener Stein; aus Stein Gemeißeltes

**Glyptik,** (gr.), weibl., nur Sing.: Steinschneidekunst

**Glyzerin,** (gr.), sächl., nur Sing.: ein farbloser, süß schmeckender öliger Alkohol, der u. a. zur Herstellung von Kunststoffen und Frostschutzmitteln verwendet wird

**Glyzine, Glyzinie,** (gr.), weibl. –n: kletternde Zierpflanze mit duftenden blauen oder weißen Blüten

**G-Man,** ['dschimän, engl. kurz für **go**vernment **man**], männl., G-Men: Sonderagent der amerik. Bundespolizei FBI

**Gnom,** (gr.), männl., –e: zwergenhafter Erdgeist, Berggeist, Kobold

**Gnome,** (gr.), weibl., –n: Denkspruch, kurzer und lehrhafter Spruch in Vers- oder Prosaform

**Gnomiker,** (gr.), männl., –: Verfasser von Gnomen

**Gnomon,** (gr.), männl., Gnomone: senkrechte Säule, deren Schatten im Altertum zum Bestimmen der Uhrzeit gemessen wurde (ein Vorläufer der Sonnenuhr)

**gnomonische Projektion:** vgl. Zentralprojektion

**Gnosis,** (gr. »Erkenntnis«), weibl., nur Sing.: Gotteserkenntnis; religiöse Strömung der Spätantike und des frühen Christentums, die göttliche Geheimnisse durch philosophische Spekulation zu durchdringen bemüht war

**Gnostik,** (gr.), weibl., nur Sing.: Lehre der Gnosis

**Gnostiker,** (gr.), männl., –: Vertreter, Anhänger der Gnosis

**Gnostizismus,** (gr.), männl., nur Sing.: auf Gnosis beruhende, nach Gotteserkenntnis und Erlösung strebende philosophische und theologische Richtung

**Gnu,** (hottentott.), sächl., –s: in afrikanischen Steppen lebende Kuhantilope

**Go,** (japan.), sächl., nur Sing.: japanisches Brettspiel

**Goa,** (nach der ind. Stadt), männl., nur Sing.: spirituelle Form der Techno-Musik, gespielt mit fernöstlichen Instrumenten

**Goal,** [go:l, engl.], sächl., –s: Treffer, Tor

**Goalgetter,** ['go:lget.er, engl.], männl., –: Sportler mit besonderem Geschick und Erfolg beim Erzielen von Toren

**Gobelin,** [gobe'län, fr.], männl., –s: handgewebter kunstvoller Wandteppich mit Bildern

**Go-Cart:** vgl. Gokart

**Godemiché,** [godmi'sche:, fr.], männl., –s: Nachbildung eines erigierten Penis

**Goi,** (hebr.), männl., Gojim: Bez. der Juden für einen Nichtjuden

**Go-in,** (engl.), sächl., –s: Eindringen in eine öffentliche Veranstaltung, um eine Diskussion über ein bestimmtes aktuelles Problem zu erzwingen (als Mittel der politischen Demonstration)

**Gokart,** (engl.-amerik.), männl., –s: kleines, niedriges Rennfahrzeug ohne Karosserie

**Golden Goal,** ['golden'go:l, engl.], sächl., –s: erstes in der Verlängerung geschossenes Tor, das das Spiel beendet (im Fußball 1996 bei der EM in England eingeführte, heftig umstrittene Regel)

**Golem,** (hebr.), männl., nur Sing.: aus Ton oder Lehm hergestellte Figur in der jüdischen Literatur oder Mystik als menschliches Wesen mit besonderen Kräften

**Golf,** (gr.-italien.), männl., –e: größere Meeresbucht, Meerbusen

**Golf,** (engl.), sächl., nur Sing.: auf Rasenflächen betriebenes Spiel, bei dem ein kleiner Hartgummiball mit einem Schläger und möglichst wenig Schlägen über verschieden lange Bahnen (insgesamt 18) jeweils in ein Loch befördert werden muss

**Golfer,** (engl.), männl., –: Golfspieler

**Golgatha,** (hebr.-gr.), sächl., nur Sing.: 1. auf einem Hügel bei Jerusalem gelegene Kreuzigungsstätte Jesu Christi, 2. Sinnbild tiefsten Schmerzes

**Goliath,** männl., –s: sehr großer und kräftiger Mensch, Riese (nach dem Riesen Goliath im Alten Testament der Bibel)

**Gon,** (gr.), sächl., –e: Maßeinheit des ebenen Winkels, der hundertste Teil eines rechten Winkels (früher als Neugrad bezeichnet)

**Gonade,** (gr.), weibl., –n: Geschlechtsdrüse (Med.)

**Gondel,** (italien.), weibl., –n: 1. im Stehen zu ruderndes oder zu stakendes, schmales venezianisches Boot, 2. Korb für Personen oder Ballast an einem Ballon, 3. Kabine am Luftschiff oder einer Seilbahn, 4. von allen Seiten zugänglicher Verkaufsstand im Warenhaus

**gondeln,** (italien.): 1. mit einer Gondel fahren, 2. (umg.) langsam fahren

**Gondoliere,** (italien.), männl., Gondolieri: Gondelführer

**Gong,** (malaiisch), männl., –s: an einer Schnur frei aufgehängte Bronzescheibe, die mit einem Klöppel zum Klingen gebracht wird

**gongen,** (malaiisch): den Gong schlagen, erklingen lassen

**Goniatit,** (gr.), männl., –en: versteinerter Kopffüßer aus dem Paläozoikum, eine der ältesten Amonitenarten (Geol.)

**Goniometer,** (gr.), sächl., –: Gerät zum Messen des Schnittwinkels zweier Ebenen

**Goniometrie,** (gr.), weibl., nur Sing.: Winkelmessung; Teilgebiet der Trigonometrie, das sich mit Winkelfunktionen befasst

**Gonokokkus,** (gr.), männl., Gonokokken: Erreger des Trippers, eine Bakterienart (Med.)

**Gonorrhö** (auch: Gonorrhöe), (gr.), weibl., –en: durch Gonokokken hervorgerufene Geschlechtskrankheit, Tripper (Med.)

**Gonorhöe:** vgl. Gonorrhö

**goodbye!,** [gud'bei, engl]: auf Wiedersehen!

**Goodwill,** [gud'wi.l, engl.], männl., nur Sing.: Wohlwollen, freundliche Gesinnung; Ansehen, guter Ruf

**Goodwilltour,** [gud'wi.ltu:r, engl.], weibl., –n: unter Politikern und Geschäftsleuten übliche Reise mit der Absicht, Vertrauen und Goodwill in der Öffentlichkeit oder bei Geschäftspartnern herzustellen oder zu erhalten

**gordischer Knoten:** eine äußerst schwierige Aufgabe (nach dem in der gr. Mythologie von Alexander dem Großen mit dem Schwert durchschlagenen Knoten des Königs Gordios in Gordion)

**Gorgonenhaupt,** sächl., –häupter: (nach dem Grauen erregenden weibl. Ungeheuer Gorgo der gr. Mythologie:) Schrecken erregender weibl. Kopf mit Schlangenhaar (in der Kunst)

**Gorgonzola,** (italien.), männl., –s: nach dem gleichnamigen Ort in Oberitalien benannter italien. Edelpilzkäse

**Gorilla,** (gr.), männl., –s: 1. in Äquatorialafrika lebender größter Menschenaffe, 2. (umg.) Leibwächter, Rausschmeißer

**Go-slow,** [go'slo(u), engl. »geh' langsam«], männl. oder sächl., –s: Bummelstreik, Dienst nach Vorschrift

**Gospel,** (engl.), sächl., –s: vgl. Gospelsong

**Gospelsong,** (engl.), männl., –s: moderne Form des Negro Spirituals

**Gospodin,** (russ.), männl., Gospoda: Herr (russ. Anrede)

**gotisch,** (fr.): 1. zum germanischen Volk der Goten gehörig, 2. die Gotik betreffend, im Stil der Gotik

**Gotik,** (fr.), weibl., nur Sing.: von Frankreich ausgehende Stilperiode der Kunst des hohen und späten Mittelalters in Europa

**Gouda,** ['gauda], männl., –s: holländischer Schnittkäse mit ovalen oder runden Löchern (nach der Stadt Gouda in Südholland benannt)

**Gourmand,** [gur'man, fr.], männl., –s: Feinschmecker, Schlemmer; jmd., der gern viel isst

**Gourmet,** [gur'me:, fr.], männl., –s: Feinschmecker, Kenner von Speisen und Getränken; jmd., der gern gut isst

**goutieren,** [gu'ti:ren, fr.]: an etwas Gefallen finden, etwas gutheißen, akzeptieren

**Gouvernante,** [guwär'na.nte, fr.], weibl., –n: (im 18. und 19. Jh. für Kinder reicher Eltern) Erzieherin, Hauslehrerin

**Gouvernement,** [guwärn(e)'man, fr.], sächl., –s: Regierung, Verwaltung durch einen Gouverneur; Verwaltungsbezirk

**Gouverneur,** [guwär'nö:r, fr.], männl., –e: 1. Leiter eines Gouvernements, 2. oberster Beamter eines Bundesstaates in den USA, 3. Statthalter (z. B.: einer Kolonie), 4. Befehlshaber einer Festung

**Gradation,** (lat.), weibl., –en: 1. Abstufung, Einteilung nach Graden, 2. stufenweise Erhöhung

**Gradient,** (lat.), männl., –en: Maß für Steigung oder Gefälle (Abk.: grad; Math.)

**gradual,** (lat.): den Grad betreffend, hinsichtlich des Ranges

**graduell,** (lat.): abgestuft; stufenweise, allmählich, geringfügig

**graduieren,** (lat.): 1. abstufen, mit einer Gradeinteilung versehen, 2. jmdm. einen akademischen Grad verleihen
**Graecum,** (lat.), sächl., nur Sing.: Kenntnisstand in der altgriechischen Sprache (durch eine Prüfung oder erfolgreiche mehrjährige Teilnahme am Altgriechischunterricht nachzuweisen)
**Graffiti,** (italien.), sächl., –s: auf Häuserwände und Mauern gesprühte Zeichnungen, Sprüche oder Parolen (auch in und an öffentlichen Verkehrsmitteln)
**Graffito,** (italien. »Schraffierung«), männl., Graffiti: in Stein eingeritzte Inschrift oder Darstellung
**Grafik** (auch: Graphik), (gr.), weibl., –en: 1. Sammelbez. für die künstlerischen Techniken des Zeichnens, des Holzschnitts, des Kupferstichs, der Lithografie und der Radierung, 2. ein Bild, das mit Hilfe einer dieser Techniken hergestellt wurde
**Grafiker** (auch: Graphiker), (gr.), männl., –: jmd., der beruflich Grafik (1) betreibt
**grafisch** (auch: graphisch) (gr.): zeichnerisch, die Grafik betreffend, auf Grafik beruhend
**Grafologe:** vgl. Graphologe
**Gräkum:** vgl. Graecum
**Gral,** (fr.), männl., nur Sing.: (in Sage und Dichtung des Mittelalters:) Wunder wirkender Gegenstand (Stein, Schale oder Kelch), in dem Spuren vom Blut Christi aufgefangen worden sein sollen
**Grammatik,** (gr.), weibl., nur Sing.: Gesamtheit der Regeln und Aufbau einer Sprache; Sprachlehre
**grammatikalisch,** (gr.): die Grammatik betreffend, der Grammatik gemäß; sprachkundlich
**grammatisch,** (gr.): vgl. grammatikalisch
**Grammofon** (auch: Grammophon), (gr.), sächl., –e: alter Schallplattenspieler
**Granat,** (lat.), männl., –e: in verschiedenen Arten und Farben vorkommendes Mineral, ein Schmuckstein
**Granatapfel,** (lat.-dt.), männl., –äpfel: hartschalige Frucht des Granatapfelbaums
**Granate,** (italien.), weibl., –n: mit Sprengstoff gefülltes, beim Aufschlag explodierendes Artilleriegeschoß
**Grand,** ['gran, auch: 'gra.ng, fr.], männl., –s: (beim Skat:) höchstes Spiel, bei dem nur die Buben Trumpf sind
**Grande,** (span.), männl., –n: Angehöriger des span. Hochadels, höchster Adelstitel in Spanien
**Grandeur,** [gran'dö:r, fr.], weibl., nur Sing.: besondere Größe, Großartigkeit
**Grandezza,** (span.), weibl., nur Sing.: würdevolles Auftreten, ehrenhaftes Benehmen (eines Granden)
**Grandhotel,** ['granhotel, fr.], sächl., –s: großes, vornehmes Hotel
**grandios,** (italien.): großartig, prächtig, überwältigend
**Grandiosität,** (italien.), weibl., nur Sing.: Großartigkeit
**grandioso,** (italien.): großartig, erhaben (Mus.)
**Grand mal,** ['gran 'ma.l, fr.], sächl., nur Sing: vgl. Haut mal
**Grand old Lady,** ['grä.nd 'o(u)ld 'lejdi, engl. »große alte Dame«], weibl., – – –s: auf ihrem Gebiet überragende, ältere Dame
**Grand old man,** ['grä.nd 'o(u)ld 'män, engl. »großer alter Herr«], männl., – –men: auf seinem Gebiet überragender, älterer Herr
**Grand Prix,** ['gran 'pri:, fr.], männl., –s –: Großer Preis
**Grandseigneur,** [granßän'jö:r, fr. »großer Herr«], männl., –s und –e: vornehmer Herr, weltgewandter Mann

**Grandslam** (auch: Grand Slam), ['grändslämm, engl.], männl., –s: Hauptwettbewerb im internat. Tenniszirkus
**granieren,** (lat.): 1. aufrauen, 2. zu Körnen zerreiben
**Granit,** (italien.), männl., –e: magmatisches, grobkörniges hartes Tiefengestein aus Quarz, Glimmer, Feldspat
**Granny Smith,** ['grä.ni 'smi.th, engl.], männl., – –: grüner, saftiger und knackiger Apfel
**Granulat,** (lat.), sächl., –e: zu Körnern granulierte Substanz (u. a. als Streugut bei Glättebildung auf den Straßen)
**Granulation,** (lat.), weibl., –en: 1. das Granulieren, Körnchenherstellung; Körnchenbildung, 2. körnchenartige Oberfläche, 3. Bildung von körnchenartigem Gewebe (Med.)
**granulieren,** (lat.): 1. zu Körnern zerreiben, körnig machen, 2. körnig werden, gekörnte Form annehmen
**Granulom,** (lat.), sächl., –e: Geschwulst aus Granulationsgewebe (Med.)
**granulös,** (lat.): körnig, gekörnt
**Granulum,** (lat.), sächl., Granula: 1. Medikament in Körnchen- oder Kügelchenform, 2. Knötchen im Granulationsgewebe (Med.)
**Grapefruit,** ['grejpfru:t, engl.], weibl., –s: Pampelmuse
**Graph,** (gr.), männl., –n: grafische Darstellung einer Relation (insbes. einer Funktion) im Achsenkreuz (Koordinatensystem; Math.; Phys.)
**Graphem,** (gr.), sächl., –e: kleinste wortbedeutungsunterscheidende Schrifteinheit (Sprachwiss.)
**Graphik, Graphiker, graphisch:** vgl. Grafik, Grafiker, grafisch
**Graphit** (auch: Grafit), (gr.), männl., –e: schwarzgraues, weiches Mineral aus reinem Kohlenstoff (u. a. in Bleistiftminen)
**graphitisch** (auch: grafitisch), (gr.): aus Graphit bestehend, wie Graphit aussehend
**Graphologe** (auch: Grafologe), (gr.), männl., –n: Fachmann auf dem Gebiet der Graphologie; Handschriftendeuter
**Graphologie** (auch: Grafologie), (gr.), weibl., nur Sing.: Lehre vom Ausdrucksgehalt der Handschrift; Kunst der Handschriftendeutung
**graphologisch** (auch: grafologisch), (gr.): auf Graphologie beruhend, die Graphologie betreffend
**Graphospasmus,** (gr.), männl., –spasmen: Schreibkrampf (Med.)
**Graptolith,** (gr.), männl., –en: an der Wasseroberfläche treibendes und daher über die ganze Welt verbreitetes, Kolonien bildendes Meerestier des Paläozoikums, das als Leitfossil des Ordoviziums gilt
**grassieren,** (lat.): gehäuft auftreten, sich schnell ausbreiten, wüten (z. B.: von Infektionskrankheiten)
**Gratifikation,** (lat. »Gefälligkeit«), weibl., –en: Ehrengabe, freiwillige Zahlung, Sonderzuwendung an Arbeitnehmer aus besonderem Anlass (z. B. zum Weihnachtsfest oder zu einem Jubiläum)
**gratifizieren,** (lat.): vergüten
**gratinieren,** (fr.): (ein Gericht) mit einer Kruste überbacken
**gratis,** (lat.): kostenlos, unentgeltlich
**Gratulant,** (lat.), männl., –en: jmd., der einen Glückwunsch ausspricht
**Gratulation,** (lat.), weibl., –en: Glückwunsch
**gratulieren,** (lat.): beglückwünschen
**grave,** (italien.): schwer, ernst und feierlich, getragen (Vortragsanweisung in der Mus.)
**Graveur,** [gra'wö:r, fr.], männl., –e: jmd., der etwas in Metall, Glas oder Stein eingraviert
**gravid,** (lat.): schwanger (Med.)

**Gravidität,** (lat.), weibl., –en: Schwangerschaft (Med.)
**gravieren,** (lat.): Zeichnungen, Verzierungen oder Schrift in Metall, Stein, Glas oder andere harte Materialien einschneiden, einritzen
**gravierend,** (lat.): erschwerend, schwerwiegend; belastend
**Gravimeter,** (lat.-gr.), sächl., –: Gerät zum Messen der Änderung der Schwerkraft (Geol.)
**Gravimetrie,** (lat.-gr.), weibl., nur Sing.: 1. Messung der Gravitation (Geol.), 2. quantitatives chem. Analyseverfahren, bei dem das Gewicht der einzelnen Elemente in einer chem. Verbindung ermittelt wird
**Gravis,** (lat.), männl., –: Betonungszeichen über einem Vokal (u. a. in der fr. und der italien. Sprache; z. B.: è,; vgl.: Accent grave)
**Gravität,** (lat.), weibl., nur Sing.: Würde, Ernsthaftigkeit
**Gravitation,** (lat.), weibl., nur Sing.: Schwerkraft, Anziehungskraft, die zwischen allen Körpern und ihren Massen wirkt, insbes. zwischen Himmelskörpern
**Gravitationsenergie,** (lat.-gr.), weibl., nur Sing.: Energie des Schwerefeldes
**Gravitationskonstante,** (lat.), weibl., –: konstanter Wert G, der zur Berechnung der zwischen zwei Massen im Weltall wirkenden Anziehungskraft nach dem newtonschen Gravitationsgesetz erforderlich ist (Astron.)
**gravitätisch,** (lat.): würdevoll, feierlich, gemessen
**gravitieren,** (lat.): der Schwerkraft unterliegen, angezogen werden
**Gravur,** (lat.), weibl., –en: auf Metall, Glas oder Stein gravierte Verzierung oder Schrift
**Gravüre,** (fr.), weibl., –n: eine gravierte Verzierung; Kupferstich
**Grazie,** (lat.), weibl., –n: 1. (nur Sing.) Anmut, Liebreiz, 2. (meist Plur.) die drei Göttinnen der Anmut in der röm. Mythologie; (scherzh. für:) Schönheiten
**grazil,** (lat.): schlank und zierlich, geschmeidig, feingliedrig
**graziös,** (lat.): anmutig, mit Grazie (1)
**grazioso,** (italien.): graziös, anmutig (Vortragsanweisung in der Mus.)
**Greenhorn,** ['gri:nho(r)n, engl.], sächl., –s: Grünschnabel, Unerfahrener, Neuling
**Greenpeace,** ['gri:npi:ß, engl. »Grünfrieden«): internationale Umweltschutzorganisation, die die Öffentlichkeit meist mit spektakulären und unkonventionellen Methoden auf Umweltprobleme aufmerksam macht
**Greenwich,** ['gri:nitsch, engl.]: Vorort von London, durch den der Nullmeridian verläuft
**gregorianischer Gesang:** unbegleiteter einstimmiger liturgischer Gesang in der kathol. Kirche (benannt nach Papst Gregor I.)
**gregorianischer Kalender:** von Papst Gregor XIII. 1582 eingeführter, noch heute gültiger Kalender
**Gremium,** (lat.), sächl., Gremien: Gemeinschaft, Ausschuss, Körperschaft
**Grenadille,** (span.), weibl., –n: essbare Frucht einer Passionsblume
**Grenadine,** (fr.), weibl., nur Sing.: aus Granatäpfeln gewonnener Sirup (u. a. zum Mixen von Cocktails)
**Greyhound,** ['grejhaund, engl.], männl., –e: 1. (für Windhundrennen gezüchteter) kurzhaariger Windhund, 2. (in England und den USA:) ein Überlandbus
**Grimasse,** (span.-fr.), weibl., –n: Gesichtsverzerrung; Fratze
**grimassieren,** (span.-fr.): das Gesicht verzerren
**Gringo,** (span.), männl., –s: (abschätzig für:) einen Nichtromanen in Süd- und Mittelamerika (insbes. für einen Nordamerikaner)

**grippal,** (fr.): die Grippe betreffend; durch Grippe hervorgerufen (Med.)
**Grippe,** (fr.), weibl., –n: fieberhafte, durch Tröpfcheninfektion übertragene Virusinfektionskrankheit meist mit Entzündung der Atemwege
**Grisaille,** [gri'saj, fr.], weibl., –n: 1. Malerei, die nur mit einem Farbton (meist Grau) auskommt, 2. Gemälde, das auf diese Weise gemalt ist, 3. schwarz-weißer Seidenstoff
**Grislibär** (auch: Grizzlybär), (engl.-dt.), männl., –en: dunkelbrauner Bär in den Felsengebirgen Nordamerikas
**Grog,** (engl.), männl., –s: heißes Getränk aus Wasser, Rum (oder Weinbrand) und Zucker
**groggy,** (engl.): angeschlagen, erschöpft; benommen, kampfunfähig
**groovy,** ['gru:wi, amerik.]: toll, prima
**Gros,** ['gro:, fr.], sächl., – ['gro:ß]: Hauptmasse, der überwiegende Teil
**Gros,** (fr.), sächl., –: 12 Dutzend, 144 Stück (altes Zählmaß)
**Grossist,** (fr.), männl., –en: Großhändler
**grotesk,** (italien.-fr.): 1. verformt, komisch-verzerrt, entstellt, 2. wunderlich, absonderlich, absurd, unwirklich anmutend
**Groteske,** (italien.-fr. ), weibl., –n: 1. (an Bauwerken:) aus verschlungenen Pflanzen-, Tier- oder Menschendarstellungen bestehendes Rankenornament, 2. groteske Dichtung
**Grotte,** (italien.), weibl., –n: natürliche oder künstlich nachgebildete Felsenhöhle (in bezaubernder Lage, meist am Meer)
**Groupie,** ['gru:pi, engl.], sächl., –s: Mädchen, junge Frau, die bemüht ist, engen (intimen) Kontakt zu Mitgliedern der von ihr bewunderten Rock- oder Popgruppe herzustellen, sie auf Tourneen begleitet
**Grunge,** ['gran*sch*, engl.], sächl.: Musikströmung der späten 1980er-Jahre, Mischung aus Heavy Metal und Punk
**Grusical,** ['gru:sik(e)l, anglisierend abgeleitet von »gruseln«], sächl., –s: Gruselfilm in der Art eines Musicals
**Guajave:** vgl. Guave
**Guanako,** (indian.-span.), sächl., –s: wildlebende südamerikanische Lamaart
**Guanin,** (indian.-span.), sächl., nur Sing.: Bestandteil der Nukleinsäuren (Biol.; Chem.)
**Guano,** (indian.-span.), männl., nur Sing.: stickstoffreiche Ablagerungen an den Küsten Perus und Chiles insbes. aus Exkrementen von Seevögeln, der als wertvoller Dünger verkauft wird
**Guardian,** (italien.), männl., –e: Wächter, Klostervorsteher der Franziskaner oder Kapuziner
**Guerilla,** [ge'ri.lja, span.], weibl., –s: 1. von Partisanen geführter Kleinkrieg, 2. bewaffnete Partisaneneinheit
**Guerilla,** [ge'ri.lja, span.], männl., –s: Guerillakämpfer, Partisan, Freischärler
**Guerillero,** [geri.l'je:ro, span.], männl., –s: Guerillakämpfer in Südamerika
**Guide,** ['gaid, engl.], männl., –s: gedruckter Reisebegleiter, Reiseführer
**Guilloche,** [gi'jo.sch, fr.], weibl., –n: System ineinander verschlungener Wellen-, Bogen- oder Kreislinien auf Wertpapieren oder Urkunden
**Guillotine,** [gijo'ti:ne, nach dem fr. Arzt Guillotin], weibl., –n: mit einem Fallbeil tötendes Hinrichtungsgerät, das während der Französischen Revolution seit 1792 zur Vollstreckung der Todesstrafe diente
**guillotinieren,** (fr.): durch die Guillotine hinrichten
**Guinea,** [gi.ni, engl.], weibl., –s: ehemalige engl. Goldmünze
**Guinee,** [gi'ne:, engl.], weibl., –n: vgl. Guinea

**Guitarre:** vgl. Gitarre
**Gulasch,** (ungar.), männl. oder sächl., –s oder –e: scharf gewürztes Gericht aus erst angebratenen, dann geschmorten Fleischwürfeln
**Gully,** (engl.), männl., –s: Einlaufschacht in die Kanalisation, der die Straßenabwässer aufnimmt
**Gumma,** (gr.), sächl., Gummata: gummiartige Syphilisgeschwulst (Med.)
**Gummi,** (gr.), männl. oder sächl., -(s): 1. aus natürlichem oder künstlichem Kautschuk durch Vulkanisation hergestellter elastischer Werkstoff, 2. aus diesem Material hergestelltes Produkt
**Gummiarabikum,** (gr.-lat.), sächl., nur Sing.: aus der Rinde nordafrikanischer Akazienbäume gewonnener erhärteter Saft (z. B. für Bindemittel, Klebstoffe)
**gummieren,** (gr.): eine Klebschicht auf ein Material aufbringen
**Gummigutt,** (gr.-malaiisch), sächl., nur Sing.: giftiges Gummiharz aus indischen Gewächsen
**Gummiparagraph,** (gr.), männl., –en: (umg.) dehnbare Bestimmung, ungenau formulierte Gesetzesvorschrift, die verschiedene Auslegungen zulässt
**Guppy,** (engl.), männl., –s: zu den Zahnkarpfen gehörender häufiger kleiner Aquarienfisch
**Guru,** (Hindi), männl., –s: Lehrmeister des Hinduismus
**gustieren:** vgl. goutieren
**Gusto,** (italien.), männl., –s: Geschmack; Geschmacksrichtung, Neigung
**Guttapercha,** (malaiisch), sächl. oder weibl., nur Sing.: aus dem kautschukähnlichen Milchsaft südostasiatischer Bäume gewonnenes Produkt
**guttieren,** (lat.): (bei Pflanzen:) Wasser abscheiden
**guttural,** (lat.): die Kehle betreffend, in der Kehle gebildet
**Guttural,** (lat.), männl., –e: Kehllaut, in der Kehle gebildeter Laut (z. B.: g, k)
**gymnasial,** (gr.): zu einem Gymnasium gehörig, das Gymnasium betreffend
**Gymnasiast,** (gr.), männl., –en: Schüler, der ein Gymnasium besucht
**Gymnasium,** (gr.), sächl., Gymnasien: 1. (im antiken Griechenland:) Anlage für Körpererziehung, 2. (heute:) höhere allgemeinbildende Schule, die zur Hochschulreife führt
**Gymnastik,** (gr.), weibl., nur Sing.: Bewegungsschulung, Körperertüchtigung durch rhythmische Bewegungen
**Gymnastin,** (gr.), weibl., –nen: Lehrerin für Heilgymnastik
**gymnastisch,** (gr.): die Gymnastik betreffend, zur Gymnastik gehörig
**Gymnosperme,** (gr.), weibl., –n: Nacktsamer (Bot.)
**Gynäkologe,** (gr.), männl., –en: Frauenarzt, Facharzt für Gynäkologie
**Gynäkologie,** (gr.), weibl., nur Sing.: Frauenheilkunde
**gynäkologisch,** (gr.): die Frauenheilkunde betreffend
**Gynäkomastie,** (gr.), weibl., –n: Vergrößerung der Brustdrüsen beim Mann (Med.)
**Gynander,** (gr.), männl., –: Tier mit männl. und weibl. Merkmalen
**Gynandrie,** (gr.), weibl., nur Sing.: 1. Verwachsung männl. und weibl. Blütenteile (Bot.), 2. das Auftreten weibl. Geschlechtsmerkmale bei männl. Personen; Zwittertum
**Gynandrismus,** (gr.), männl., nur Sing.: vgl. Gynandrie
**Gynandromorphismus,** (gr.), männl., nur Sing.: das Auftreten weibl. und männl. Merkmale bei Insekten und Vögeln
**Gynogamet,** (gr.), männl., –en: Eizelle, weibl. Geschlechtszelle
**Gyrometer,** (gr.), sächl., –: Geschwindigkeitsmesser für Drehbewegungen, Tourenzähler

**Gyros,** (gr.), sächl., –s: von an senkrechtem Drehspieß gebratenen, fein gewürzten Fleischscheiben abgehobelte Fleischstückchen (gr. Gericht)
**Gyroskop,** (gr.), sächl., –e: Gerät zum Nachweis der Erddrehung
**Gyttja,** (schwed. »Schlamm«), weibl., Gyttjen: aus organischen Resten am Boden nährstoffreicher Binnengewässer gebildeter Faulschlamm (Geol.)

# H

**Habanera,** weibl., –s: nach der kubanischen Hauptstadt Havanna (span. La Habana) benannter kubanischer Tanz im 2/4-Takt
**Habeaskorpusakte,** (lat.), weibl., nur Sing.: engl. Gesetz von 1679, das Verhaftung und Inhaftierung ohne richterlichen Haftbefehl verbietet
**Habilitation,** (lat.), weibl., –en: Verfahren zum Erwerb der Lehrbefugnis an Hochschulen
**habilitieren,** (lat.): 1. sich h.: die Lehrbefugnis an einer Hochschule erwerben, 2. jmdm. die Lehrbefugnis an einer Hochschule erteilen
**Habit,** (lat.), männl. oder sächl., –e: 1. Kleidung für ein bestimmtes Amt oder einen bestimmten Anlass, Amtskleidung, Ordenstracht, 2. (abschätzig:) seltsame Kleidung, merkwürdiger Aufzug
**habitualisieren,** (lat.): zur Gewohnheit machen, Gewohnheiten entwickeln
**habituell,** (lat.): gewohnheitsmäßig; ständig, oft wiederkehrend regelmäßig; bleibend
**Habitus,** (lat.), männl., nur Sing.: 1. äußere Erscheinung, Gestalt und Verhalten eines Menschen, 2. Erscheinungsbild eines Lebewesens, 3. besondere Merkmale eines Menschen, die auf Krankheitsanlagen schließen lassen (Med.)
**Haché:** vgl. Haschee
**Haciēnda:** vgl. Hazienda
**Hacker,** (engl.), männl., –: unberechtigt in fremde Datenbanken eindringender Computerbenutzer
**Hades,** (gr. Gott der Unterwelt), männl., nur Sing.: (in der gr. Mythologie:) Unterwelt, unterirdisches Reich der Toten
**Hadsch,** (arab.), männl., nur Sing.: Pilgerreise eines Mohammedaners nach Mekka
**Hadschi,** (arab.), männl., –s: Mekkapilger (Ehrentitel eines Mohammedaners, der bereits seinen Hadsch hinter sich hat)
**Hafnium,** (lat.), sächl., nur Sing.: chem. Element, ein stark glänzendes Metall (Zeichen: Hf)
**Hagiographie,** (gr.), weibl., –n: Heiligenbiographie, Lebensbeschreibung eines Heiligen
**Hagiolatrie,** (gr.), weibl., –n: Heiligenverehrung
**Haiku,** (japan. »Posse«), sächl., –: Gedichtform der japan. Literatur (3 Verse zu 5, 7, 5 Silben)
**Hairstylist,** ['hä:rstailist, engl.], männl., –s: modische Bez. für Friseur, der angebl. künstlerisch arbeitet
**Hakim,** (arab. »Weiser«), männl., –s: (im Orient:) Arzt, Gelehrter
**halleluja!,** (hebr. »lobet den Herrn!«): aus den Psalmen stammender gottesdienstlicher Freudenruf
**Halloween,** ['hä.lo(u)i:n, engl.], sächl., –s: insbes. in den USA begangener Vorabend von Allerheiligen
**Halluzination,** (lat.), weibl., –en: schwere Sinnestäuschung, Trugwahrnehmung
**halluzinativ:** vgl. halluzinatorisch
**halluzinatorisch,** (lat.): sinnestäuschend, auf Halluzination beruhend

**halluzinieren,** (lat.): einer Halluzination unterliegen
**halluzinogen,** (lat.-gr.): Halluzinationen hervorrufend
**Halluzinogen,** (lat.-gr.), sächl., –e: Medikament oder Droge, die Halluzinationen hervorruft (z. B. Rauschgift; Med.)
**Halma,** (gr. »Sprung«), sächl., nur Sing.: ein Brettspiel
**Halo,** (gr.), männl., –s und Halonen: 1. Hof, diffuse ringförmige Lichterscheinung um Sonne oder Mond (verursacht durch Lichtbrechung oder Reflexion an Eiskristallen in der Atmosphäre), 2. dunkler Ring um die Augen (Med.), 3. Warzenhof (Med.)
**Halobiont,** (gr.), männl., –en: Lebewesen, das in Salzgewässern oder auf Salzböden gedeiht (Biol.)
**halogen,** (gr.): salzbildend (Chem.)
**Halogen,** (gr.), sächl., –e: Salzbildner, chem. Element, das ohne Sauerstoff mit Metallen Salze bildet (z. B.: Fluor, Chlor, Jod, Brom; Chem.)
**Halogenid,** (gr.), sächl., –e: salzartige Verbindung zwischen einem Halogen und einem anderen (metallischen) Element
**halogenieren,** (gr.): Salz bilden; Halogene in eine chem. Verbindung einführen
**Halogenlampe,** (gr.-dt.), weibl., –n: sehr hell leuchtende Glühlampe, die mit einem Edelgas und wenig Halogen gefüllt ist
**Halometer,** (gr.), sächl., –: Messgerät zur Bestimmung des Salzgehaltes einer Lösung
**Halophyt,** (gr.), männl., –en: auf salzhaltigem Boden wachsende Pflanze (Biol.)
**Halunke,** (tschech.), männl., –n: Spitzbube, Gauner, Schurke, Schuft
**Halwa,** (arab.), sächl., nur Sing.: orientalische Süßigkeit, bröckelige, sehr süße Masse u. a. aus Sesam, Nüssen, Zucker oder Honig
**Häm,** (gr. »Blut«), sächl., nur Sing.: Farbstoffanteil im Blutfarbstoff Hämoglobin (Med.)
**Hämagglutination,** (gr.-lat.), weibl., –en: Verklumpung, Zusammenballung von roten Blutkörperchen (Med.)
**Hamamelis,** (gr.), weibl., nur Sing.: Zaubernuss; in Nordamerika und in Asien beheimateter Strauch, aus dessen Blättern und Rinde Extrakte für medizinische und kosmetische Zwecke gewonnen werden
**Ham and eggs,** ['hä.m(e)n(d)ä.gs, engl. »Schinken und Eier«]: typisch engl. Frühstück in Form von gebratenen Schinkenscheiben und Spiegeleiern
**Hämangiom,** (gr.), sächl., –e: gutartige Blutgefäßgeschwulst, Blutschwamm (Med.)
**Hämarthrose,** (gr.), weibl., –n: Bluterguss in einem Gelenk (Med.)
**Hämatit,** (gr.), männl., –e: ein weit verbreitetes, rötliches Eisenerz
**Hämatoblast,** (gr.), männl., –en: Blutkörperchen bildende Zelle (Med.)
**hämatogen,** (gr.): 1. blutbildend (Med.), 2. aus dem Blut stammend (Med.)
**Hämatogramm,** (gr.), sächl., –e: Blutbild (Med.)
**Hämatologie,** (gr.), weibl., nur Sing.: die Lehre vom Blut und den Blutkrankheiten (Teilgebiet der Medizin)
**Hämatom,** (gr.), sächl., –e: Bluterguss, Blutansammlung außerhalb der Blutbahn (Med.)
**Hämatorrhö** (auch: Hämatorrhöe), (gr.), weibl., –en: Blutsturz, starke Blutung (Med.)
**Hämatoskopie,** (gr.), weibl., –n: Blutuntersuchung (Med.)
**Hämaturie,** (gr.), weibl., –n: das Blutharnen, Blut im Urin (Med.)

**Hammada,** (arab.), weibl., –s: Stein- und Felsenwüste
**Hammondorgel,** ['hä.m(e)nd..], weibl., –n: nach seinem amerik. Erfinder benannte elektronische Orgel
**Hämoblast,** (gr.), männl., –en: vgl. Hämatoblast
**Hämodialyse,** (gr.), weibl., –n: Blutreinigung (mit der künstlichen Niere; Med.)
**Hämoglobin,** (gr.-lat.), sächl., nur Sing.: Farbstoff der roten Blutkörperchen (Med.)
**Hämoglobinurie,** (gr.-lat.), weibl., –n: das Auftreten von gelöstem Blutfarbstoff im Harn (Med.)
**Hämolyse,** (gr.), weibl., –n: Auflösung der roten Blutkörperchen (z. B. durch Einwirken von Blutgiften; Med.)
**Hämopathie,** (gr.), weibl., –n: Blutkrankheit (Med.)
**Hämophilie,** (gr.), weibl., –n: Bluterkrankheit (Med.)
**Hämorrhagie,** (gr.), weibl., –n: Blutung (Med.)
**hämorrhoidal** (auch: hämorridal), (gr.): die Hämorrhoiden betreffend, auf Hämorrhoiden beruhend
**Hämorrhoide** (auch Hämorride), (gr.), weibl., –n: knotenartige Erweiterung der Venen des unteren Mastdarms und des Afters (Med.)
**Hämozyt,** (gr.), männl., –en: Blutkörperchen (Med.)
**Handicap,** ['hä.ndikäp, engl.], sächl., –s: vgl. Handikap
**Handikap,** ['hä.ndikäp, engl.], sächl., –s: 1. (allg.) Hemmnis, Behinderung, Nachteil, Benachteiligung, 2. (Golf) Vorgabe aufgrund geringerer Spielstärke (H. 12 = durchschnittlich 12 Schläge über Platzstandard, über par)
**Handling,** ['händling, engl.], sächl., nur Sing.: Handhabung, Umgang (mit einer Ware o. Ä.)
**Hand-out** (auch: Handout), ['händaut, engl.], sächl., –s: (auf Konferenzen o. Ä. ausgeteilte) schriftliche Information, Broschüre u. a.
**Handy,** ['händi, engl.], sächl, –s: im Unterschied zum nur schnurlosen Telefon ein unbegrenzt mobiles Funktelefon
**Hangar,** (fr.), männl., –s: Flugzeughalle, Schutzdach
**haploid,** (gr.): (bei Zellkernen:) mit einfachem (halbem) Chromosomensatz (Gegens.: diploid; Biol.)
**Happening,** ['hä.pening, engl.], sächl., –s: spontan wirkende künstlerische Veranstaltung, die das Publikum überraschen und evtl. einbeziehen soll
**Happyend** (auch: Happy End), ['hä.pi-'änd, engl.], sächl., –s: glücklicher Ausgang (der Handlung eines Romans, eines Theaterstücks oder eines Films)
**Haptik,** (gr.), weibl., nur Sing.: Lehre vom Tastsinn
**haptisch,** (gr.): den Tastsinn betreffend, auf dem Tastsinn beruhend
**Harakiri,** (japan.), sächl., –s: bei den Samurai im alten Japan gebräuchliche Form des rituellen Selbstmordes durch Bauchaufschlitzen
**Harass,** (fr.), männl., Harasse: Lattenkiste oder Korb zum Verpacken von Glas oder Porzellan
**Hardcover** (auch: Hard Cover), ['ha:d 'ka.we(r), engl.-amerik.], sächl., – –s: Buch mit festem Einband (Gegens.: Paperback oder Taschenbuch)
**Hardrock** (auch: Hard Rock), (engl.), männl., nur Sing.: laute Rockmusik mit starkem Rhythmus und einfachen Harmonien
**Hardtop,** (engl.), sächl., –s: starres, abnehmbares Verdeck eines Personenkraftwagens

**Hardware,** ['ha:dwär, engl.-amerik.], weibl., –s: die technischen Bestandteile einer Datenverarbeitungsanlage und deren Verwendungsmöglichkeiten (Gegens.: Software; EDV)

**Harem,** (arab.-türk.), sächl., –s: 1. die nur von Frauen und Kindern bewohnten, streng abgeschlossenen Frauenräume des islamischen Hauses, 2. die Gesamtheit der darin wohnenden (Ehe-)Frauen

**Häresie,** (gr.), weibl., –n: von der kirchlichen Lehre abweichend Meinung; Irrlehre, Ketzerei

**Häretiker,** (gr.), männl., –: jmd., der eine von der kirchlichen Lehre abweichende Auffassung vertritt; Ketzer

**häretisch,** (gr.): von der kirchlichen Lehre abweichend; ketzerisch

**Harlekin,** (fr.), männl., –e: 1. Spaßmacher, Possenreißer, Hanswurst, 2. Stachelbeerspanner (eine Nachtschmetterling; Zool.), 3. eine Springspinne (Zool.)

**Harlekinade,** (fr.), weibl., –n: Possenspiel

**Harmonie,** (gr.), weibl., –n: 1. Übereinstimmung; Einklang, Eintracht, 2. wohltönender Zusammenklang (Gegens.: Disharmonie; Mus.), 3. Ebenmaß

**harmonieren,** (gr.): übereinstimmen, im Einklang sein; gut zusammenpassen, gut zusammenarbeiten

**Harmonik,** (gr.), weibl., nur Sing.: Kunst und Lehre der harmonischen Klanggestaltung

**Harmonika,** (gr.), weibl., –s: Musikinstrument, dessen Metallzungen durch einen mit einem Luftbalg oder mit dem Mund erzeugten Luftstrom zum Schwingen gebracht werden

**harmonisch,** (gr.): 1. übereinstimmend; im Einklang befindlich, einträchtig; gut zusammenpassend, 2. wohlklingend, 3. ästhetisch ansprechend

**harmonisieren,** (gr.): in Übereinstimmung bringen; Harmonie stiften

**Harmonium,** (gr.), sächl., Harmonien: einer Orgel ähnelndes Tasteninstrument, bei dem Metallzungen durch mechanisch erzeugten Luftstrom in Schwingungen versetzt werden

**Harpune,** (fr.), weibl., –n: speerartiges Wurfgeschoss mit Widerhaken an der Spitze und langer Leine zum Walfang

**Harpunier,** (fr.), männl., –e: jmd., der eine Harpune wirft oder abschießt

**harpunieren,** (fr.): die Harpune werfen, mit der Harpune erlegen

**Harpyie,** (gr.), weibl., –n: 1. (in der gr. Mythologie:) Sturmgöttin mit Vogelflügeln, 2. (übertr.:) gieriger, unersättlicher Plagegeist, 3. bis 1 m langer, adlerartiger südamerikanischer Greifvogel

**Hasard,** (fr.), sächl., nur Sing.: 1. Glücksspiel, 2. risikoreiches Unternehmen

**Hasardeur,** [hasar'dö:r, fr.], männl., –e: Glücksspieler, leichtsinniger, unverantwortlicher Mensch

**hasardieren,** (fr.): 1. ein Glücksspiel spielen, 2. alles aufs Spiel setzen, waghalsig sein, etwas riskieren

**Haschee,** (fr.), sächl., –s: Gericht aus feingehacktem Fleisch (z. B. Lungenhaschee)

**haschieren,** (fr.): zu Haschee verarbeiten, zerkleinern

**Haschisch,** (arab.), männl. oder sächl., nur Sing.: aus einer Hanfart gewonnenes Rauschgift

**Hattrick,** ['hä.tri.k, engl.], männl., –s: in ununterbrochener Folge erzielter dreimaliger Torerfolg eines Spielers in einem Spielabschnitt (Halbzeit, Drittel u. a.)

**Haubitze,** (tschech.), weibl., –n: Geschütz, das für Flach- und für Steilfeuer verwendet werden kann

**Hausse,** [ho:ß, fr.], weibl., –n: 1. Wirtschaftsaufschwung, 2. das Steigen der Börsenkurse (Gegens.: Baisse)

**Haussier,** [hoß'je:, fr.], männl., –s: Börsenspekulant, der mit dem Steigen der Börsenkurse rechnet
**Haute Coiffeur,** ['o:t koa'fö:r, fr.], weibl., nur Sing.: Frisierkunst, die für die Mode tonangebend ist
**Haute Couture,** ['o:t ku'tü:r, fr.], weibl., nur Sing.: Schneiderkunst, die für die Mode tonangebend ist
**Hautevolee,** [o:two'le:, fr.], weibl., nur Sing.: gesellschaftliche Oberschicht, (oft abschätzig:) die oberen Zehntausend
**Hautgout,** [o:'gu:, fr.], männl., nur Sing.: 1. scharfer, intensiver Geschmack lange abgehangenen Wildfleisches, 2. (übertr.:) Anrüchigkeit
**Haut mal,** ['o: 'ma.l, fr.], sächl., nur Sing.: großer epileptischer Krampfanfall
**Hautrelief,** [o:reli'ä.f, fr.], sächl., –s: Hochrelief, hoch aus der Bildfläche heraustretendes Relief
**Haut-Sauternes,** [o:ßo'tä.rn, fr.], männl., nur Sing.: nach der fr. Stadt Sauternes benannter weißer Bordeauxwein
**Havarie,** (arab.-fr.), weibl., –n: Unfallschaden eines Fahrzeugs, insbes. eines Schiffes (oder seiner Ladung) oder eines Flugzeugs
**havariert,** (arab.-fr.): durch Havarie beschädigt
**Havarist,** (arab.-fr.), männl., –en: 1. beschädigtes Schiff, 2. Eigentümer eines havarierten Schiffes
**Havelock,** ['ha:w(e)lo.k, engl.], männl., –s: nach dem gleichnamigen englischen General benannter Herrenmantel mit Überwurf bis zum Ellenbogen
**Hazienda,** (span.), weibl., –s oder Haziendas: Landgut, Farm, in Mittel- oder Südamerika
**Headline,** ['hä.dlain, engl.], weibl., –s: Schlagzeile; fett gedruckte Überschrift in einer Zeitung
**Hearing,** ['hi:ring, engl.], sächl., –s: öffentliche bzw. parlamentarische Anhörung (von Sachverständigen)
**Heavymetal,** ['hä.wimä.t(e)l, engl. »Schwermetall«], sächl., nur Sing.: extremer Hard Rock
**Hebephrenie,** (gr.), weibl., –n: das Jugendirresein (Med.; Psychol.)
**Hebraicum,** (gr.), sächl., nur Sing.: Kenntnisstand in der hebräischen Sprache (durch eine Prüfung nachzuweisen; für das Theologiestudium erforderlich)
**Hebraist,** (gr.), männl., –en: Wissenschaftler auf dem Gebiet hebräischer Sprache, Geschichte und Kultur
**Hedonik,** (gr.), weibl., nur Sing.: vgl. Hedonismus
**Hedoniker,** (gr.), männl., –: Vertreter, Anhänger des Hedonismus
**Hedonismus,** (gr.), männl., nur Sing.: altgriechische Lebensauffassung, nach der die sinnliche Lust und das Genießen Sinn und Ziel menschlichen Handelns ist; Luststreben
**Hedonist,** (gr.), männl., –en: vgl. Hedoniker
**hedonistisch,** (gr.): den Hedonismus betreffend, auf Hedonismus beruhend
**Hedschra,** (arab. »Loslösung«), weibl., nur Sing.: Flucht Mohammeds von Mekka nach Medina im Jahre 622 n. Chr., Beginn der islamischen Zeitrechnung
**hegemonial,** (gr.): die Vormachtstellung besitzend; die Vormachtstellung anstrebend
**Hegemonie,** (gr.), weibl., –n: Vormachtstellung, Vorherrschaft, Führung, Überlegenheit
**Heiduck,** (ungar.), männl., –en: (ehemals Bez. für:) 1. ungar. Gerichtsdiener; Söldner, Soldat, 2. ungar. Diener, Lakai

**Hekatombe,** (gr.), weibl., –n: große Zahl an Opfern; gewaltige Verluste (insbes. an Menschen)
**Hektar,** (gr.-lat.), sächl., –e: Einheit für das Flächenmaß (Abk.: 1 ha = 10000 $m^2$)
**Hektik,** (gr.), weibl., nur Sing.: übertriebene Eile, große Betriebsamkeit, aufgeregte Unruhe
**hektisch,** (gr.): übertrieben eilig, sehr betriebsam, Unruhe verbreitend; fieberhaft erregt
**Hektographie,** (gr.), weibl., –n: Vervielfältigungsverfahren; Vervielfältigung
**hektographieren,** (gr.): vervielfältigen
**Hektoliter,** (gr.), männl., –: Maßeinheit für Rauminhalte (Abk.: 1 hl = 100 l)
**Helanca,** (Wz.), sächl., nur Sing.: aus Nylon hergestelltes elastisches Gewebe
**Helianthus,** (gr.), männl., Helianthen: ein Korbblütler, v. a. die Sonnenblume (Bot.)
**Helikon,** (gr.), sächl., –s: kreisrundes Blechblasinstrument, runde Basstuba
**Helikopter,** (gr.), männl., –: Hubschrauber
**Heliodor,** (gr.), männl., –e: Mineral, Edelstein, gelber Beryll
**Heliograph,** (gr.), männl., –en: 1. astronomisches Gerät zum Fotografieren der Sonne, 2. Spiegelgerät zum Übermitteln optischer Signale mit Hilfe reflektierter Sonnenstrahlen
**Heliometer,** (gr.), sächl., –: astronomisches Fernrohr zum Messen kleiner Winkel zwischen Gestirnen
**Helioskop,** (gr.), sächl., –e: Helligkeit abschwächendes Fernrohr zur direkten Beobachtung der Sonne
**Heliotherapie,** (gr.), weibl., –n: Heilbehandlung mit Sonnenlicht (Med.)
**Heliotrop,** (gr.), sächl., –e: violett blühendes, nach Vanille duftendes Raublattgewächs, Sonnenwende (eine Zimmerpflanze)
**Heliotrop,** (gr.), männl., –e: ein dunkelgrünes Mineral, ein Schmuckstein
**heliozentrisch,** (gr.): auf die Sonne als Mittelpunkt bezogen
**Heliozoon,** (gr.), sächl., Heliozoen: Sonnentierchen, einzelliges Wasser bewohnendes Urtierchen
**Heliskiing,** (engl.), sächl., nur Sing.: Skiabfahrt nach Absetzen des Läufers durch einen Hubschrauber
**Helium,** (gr.), sächl., nur Sing.: chem. Element, das leichteste Edelgas (Zeichen: He)
**Helix,** (gr.), weibl., Helices: 1. umgebogener Rand der Ohrmuschel, Ohrkrempe, 2. wendelförmige Molekülgestalt, spiralige Struktur eines Moleküls (insbes. des DNS-Moleküls)
**hellenisch,** (gr.): das antike Griechenland (Hellas) betreffend
**hellenisieren,** (gr.): nach gr. Vorbild gestalten, gr. Sprache oder Kultur nachahmen
**Hellenismus,** (gr.), männl., nur Sing.: von Griechen geprägte Kulturepoche, die von Alexander dem Großen bis zur Zeit des römischen Kaisers Augustus reicht; Griechentum
**hellenistisch,** (gr.): den Hellenismus betreffend, zu ihm gehörig
**Helophyt,** (gr.), männl., –en: auf sumpfigem Boden gedeihende Pflanze (Bot.)
**Helot,** (gr.), männl., –en: Staatssklave im alten Sparta (v. a. für Ackerbau und Kriegsdienst eingesetzt)
**helvetisch,** (lat.): schweizerisch
**Hemiplegie,** (gr.), weibl., –n: halbseitige Lähmung (Med.)
**Hemispasmus,** (gr.), männl., –spasmen: halbseitiger Krampf (Med.)
**Hemisphäre,** (gr.), weibl., –n: 1. Erdhalbkugel, eine Hälfte der Erd- oder Him-

melskugel, 2. die rechte bzw. linke Hirnhälfte (Med.)
**Hendekagon,** (gr.), sächl., –e: Elfeck
**Hendiadyoin,** (gr. »eins durch zwei«), sächl., –: 1. in der Antike häufige Verbindung zweier mit »und« verbundener Substantive statt eines Substantivs mit einem Attribut, 2. Stilfigur, die einen Sachverhalt durch das Aneinanderreihen zweier gleichbedeutender Wörter besonders hervorhebt (z. B.: bitten und flehen)
**Henna,** (arab.), sächl., nur Sing.: aus den Blättern des Hennastrauches gewonnenes orientalisches Färb- und Verschönerungsmittel
**Henry,** sächl., –: nach dem amerik. Physiker Henry benannte Maßeinheit für Selbstinduktion (1 Voltsekunde/Ampere; Zeichen: H)
**Hepar,** (gr.), sächl., Hepata: Leber (Med.)
**Heparin,** (gr.), sächl., nur Sing.: aus der Leber gewonnener, blutgerinnungshemmender Stoff (Med.)
**Hepatitis,** (gr.), weibl., Hepatitiden: Leberentzündung (Med.)
**hepatogen,** (gr.): von der Leber ausgehend (Med.)
**Hepatopathie,** (gr.), weibl., –n: Sammelbez. für Leberleiden (Med.)
**Heptagon,** (gr.), sächl., –e: Siebeneck
**Heptameter,** (gr.), männl., –: siebenfüßiger Vers
**Heptan,** (gr.), sächl., –e: flüssiger Kohlenwasserstoff mit sieben Kohlenstoffatomen pro Molekül
**Herakles:** vgl. Herkules
**Heraldik,** (fr.), weibl., nur Sing.: Wappenkunde
**Heraldiker,** (fr.), männl., –: Wappenforscher
**Herba,** (lat.), weibl., –e: (in der Pharmazeutik:) oberirdisch gewachsener Pflanzenteil
**Herbar:** vgl. Herbarium
**Herbarium,** (lat.), sächl., Herbarien: systematisch geordnete Sammlung getrockneter und gepresster Pflanzen
**Herbivore,** (lat.), männl., –n: pflanzenfressendes Tier
**herbizid,** (lat.): Pflanzen vernichtend, Unkraut vernichtend
**Herbizid,** (lat.), sächl., –e: chem. Pflanzenvernichtungsmittel
**hereditär,** (lat.): 1. erblich, die Vererbung betreffend, 2. die Erbschaft, das Erbe betreffend
**Herkules** (Herakles), männl., –se: 1. (in der gr. Mythologie:) ein Halbgott, 2. (übertr.) Mensch von ungewöhnlicher Körperkraft
**Hermaphrodit,** (gr.), männl., –en: (nach dem zwittrigen Sohn der gr. Gottheiten Hermes und Aphrodite:) Zwitter; Lebewesen mit männl. und weibl. Geschlechtsmerkmalen (Biol.; Med.)
**hermaphroditisch,** (gr.): zwittrig, zweigeschlechtig
**Hermaphroditismus,** (gr.), männl., nur Sing.: Zweigeschlechtigkeit, Zwitterbildung mit Merkmalen beider Geschlechter (Biol.; Med.)
**Herme,** (gr.), weibl., –n: (in der Antike eine Büste des Gottes Hermes tragender) Pfeiler, Büstensäule
**Hermeneutik,** (gr.), weibl., nur Sing.: Kunst der Auslegung und Deutung von Texten, Kunstwerken oder Musikstücken
**hermeneutisch,** (gr.): auslegend, deutend
**hermetisch,** (gr.): undurchdringlich, dicht verschlossen; luft- und wasserdicht schließend
**Hernie,** ['hä.rni-e, lat.], weibl., –n: Eingeweidebruch, das Heraustreten von Organ- oder Gewebeteilen aus der Bauchhöhle (Med.)

**Heroin,** (gr.), weibl., –nen: Heldin, heldenhafte Frau
**Heroin,** (gr.), sächl., nur Sing.: aus Morphin hergestelltes, süchtig machendes, sehr starkes Rauschgift
**Heroine,** (gr.), weibl., –n: Heldendarstellerin im Theater
**heroisch,** (gr.): heldenhaft
**heroisieren,** (gr.): jmdn. zum Helden erheben, verherrlichen
**Heroismus,** (gr.), männl., nur Sing.: Heldentum, Heldenmut
**Herold,** (fr.), männl., –e: (im Mittelalter:) Verkünder, Ausrufer; Bote
**Heros,** (gr.), männl., Heroen: 1. (in der gr. Mythologie:) Held, Halbgott, 2. (übertr.) heldenhafter Mensch
**Herostrat,** (gr.), männl., –en: Verbrecher, Zerstörer aus Ruhmsucht (nach dem Griechen Herostratos, der 356 v. Chr. den Artemistempel in Brand steckte, um berühmt zu werden)
**Herpes,** (gr.), männl., nur Sing.: entzündliche Hauterkrankung, Bläschenausschlag (Med.)
**Herpetologie,** (gr.), weibl., nur Sing.: Wissenschaft von den Amphibien und Reptilien
**Hetäre,** (gr.), weibl., –n: (im antiken Griechenland:) gebildete und einflussreiche Prostituierte
**Hetero,** (gr.), männl., –s: heterosexueller Mann (Gegens.: Homo)
**Heterochromosom,** (gr.), sächl., –en: geschlechtsbestimmendes Chromosom (Biol.)
**heterodox,** (gr.): 1. andersgläubig (Relig.), 2. eine andere Meinung vertretend
**heterogen,** (gr.): verschiedenartig; nicht gleichartig zusammengesetzt, uneinheitlich; entgegengesetzt, nicht zusammenpassend (Gegens.: homogen)
**Heterogenität,** (gr.), weibl., nur Sing.: Verschiedenartigkeit; Uneinheitlichkeit (Gegens.: Homogenität)
**Heterogonie,** (gr.), weibl., nur Sing.: 1. das Entstehen einer nicht beabsichtigten Wirkung, 2. Wechsel zwischen geschlechtlicher und jungfräulicher Fortpflanzung (Biol.)
**heteromer,** (gr.): aus verschiedenen Bestandteilen zusammengesetzt
**heteromorph,** (gr.): anders-, verschiedengestaltig, auf andere, verschiedene Weise gebildet (Chem.; Phys.)
**heteronom,** (gr.): 1. ungleichartig, ungleichwertig (von einzelnen Körperabschnitten; Zool.), 2. abhängig, fremden Gesetzen unterworfen (Philos.)
**Heterophyllie,** (gr.), weibl., nur Sing.: Vorkommen unterschiedlicher Blätter auf einer Pflanze (Bot.)
**Heteroplasie,** (gr.), weibl., –n: Entstehung von andersartigem Gewebe infolge anomaler Zellvermehrung (z. B. bei Tumoren; Med.)
**Heteroplastik,** (gr.), weibl., –en: Gewebsverpflanzung von artfremdem Gewebe (insbes. von tierischem auf den Menschen; Gegens.: Homöoplastik; Med.)
**Heterosexualität,** (gr.-lat.), weibl., nur Sing.: sich auf Partner aus dem anderen Geschlecht richtendes Sexualempfinden (Gegens: Homosexualität)
**heterosexuell,** (gr.-lat.): sich zu Partnern aus dem anderen Geschlecht sexuell hingezogen fühlend (Gegens.: homosexuell)
**heterotrop,** (gr.): verschiedenartig beschaffen (Biol.)
**heterotroph,** (gr.): sich von organischen, von anderen Lebewesen stammenden Stoffen ernährend (Gegens.: autotroph; Biol.)
**Heterotrophie,** (gr.), weibl., nur Sing.: heterotrophe Ernährungsweise (Biol.)
**heterozygot,** (gr.): mischerbig, mit ungleichen Erbanlagen (Gegens.: homozygot; Biol.)

**heterozyklisch,** (gr.): 1. verschiedengliedrige Blattkreise aufweisend (von Blüten), 2. im Kohlenstoffring außer Kohlenstoff auch andere Atome enthaltend (Chem.)
**Hetman,** (dt.-slaw.), männl., –e oder –s: ehemals in Polen und Russland üblicher Titel und militärischer Rang
**heureka!,** (gr. »ich hab's gefunden!«): Ausruf, nachdem man die Lösung für ein schweres Problem gefunden hat (nach dem angeblichen Ausruf des gr. Mathematikers Archimedes, nachdem er das Gesetz des Auftriebs entdeckt hatte)
**Heuristik,** (gr.), weibl., nur Sing.: 1. Wissenschaft und Lehre von Problemlösungsverfahren, 2. erkenntnistheoretische Methode zum Gewinnen neuer Einsichten durch Arbeitshypothesen, die veri- oder falsifiziert werden
**heuristisch,** (gr.): die Heuristik betreffend, auf Heuristik beruhend; mit den Methoden der Heuristik vorgehend
**Hexaeder,** (gr.), sächl., –: Würfel, regelmäßiger Sechsflächner,
**Hexagon,** (gr.), sächl., –e: Sechseck
**Hexagramm,** (gr.), sächl., –e: Sechsstern, eine aus einem regelmäßigen Sechseck durch Verbinden der nicht benachbarten Ecken entstehende geometrische Figur
**Hexameter,** (gr.), männl., –: sechsfüßiger Vers
**hexangulär,** (gr.-lat.): sechswinklig
**Hexan,** (gr.), sächl., nur Sing.: im Erdöl enthaltener flüssiger Kohlenwasserstoff mit sechs Kohlenstoffatomen (Chem.)
**Hexapode,** (gr.), männl., –n: Sechsfüßer, ein Insekt
**Hiat,** (lat.), männl., –e: vgl. Hiatus
**Hiatus,** (lat.), männl., Hiatus: 1. Lücke, Öffnung, Spalte (Med.; Geol.), 2. Zusammentreffen zweier Vokale in zwei aufeinander folgenden Silben (z. B.: koordinieren; Sprachwiss.)
**hibernal,** (lat.): winterlich
**Hibernation,** (lat.), weibl., –en: 1. Überwinterung; (künstlich herbeigeführter) Winterschlaf (Biol.), 2. Heilschlaf (Med.)
**hic et nunc,** (lat. »hier und jetzt«): sofort, augenblicklich
**hic Rhodus, hic salta!,** (lat. »hier ist Rhodus, hier springe!«): hier zeige, was du kannst!, jetzt gilt es!
**Hidalgo,** (span.), männl., –s: Angehöriger des niederen portugiesischen und spanischen Adels
**Hidrotikum,** (gr.), sächl., –tika: schweißtreibendes Mittel (Med.)
**hidrotisch,** (gr.): schweißtreibend (Med.)
**Hierarchie,** (gr.), weibl., –n: 1. Rangordnung, in einer Rangfolge gegliedertes Unterordnungsverhältnis, 2. Gesamtheit derer, die in einer Rangfolge stehen
**hierarchisch,** (gr.): 1. die Hierarchie betreffend, der Rangfolge entsprechend aufgebaut, 2. streng gegliedert
**Hieroglyphe,** (gr.), weibl., –n: 1. Zeichen der altägyptischen Bilderschrift, 2. (übertr.:) unleserlicher Buchstabe
**Hieromantie,** (gr.), weibl., nur Sing.: Weissagung aus Tieropfern
**Hierophant,** (gr.), männl., –en: (im antiken Griechenland:) Oberpriester und Lehrer der heiligen Bräuche
**Hi-Fi,** ['hai'fai oder 'haifi]: vgl. Highfidelity
**high,** ['hai, engl.-amerik.]: (umg.) 1. im Rauschzustand, 2. (übertr.:) in Hochstimmung
**Highfidelity,** [haifi'dä.liti, engl.], weibl., nur Sing.: 1. (als Qualitätsmerkmal von Musikanlagen:) hohe Wiedergabetreue, beste Tonqualität, 2. (bei Musikaufzeichnungen:) dem Original möglichst nahekommende Wiedergabe
**High-Jacker:** vgl. Hijacker

**Highlife,** [hai'laif, engl.], sächl., nur Sing.: 1. exklusives Leben in vornehmen Kreisen, 2. (umg.) Ausgelassenheit, Hochstimmung

**Highlight,** ['hailait, engl.], sächl., –s: Höhepunkt, Glanzpunkt

**Highriser,** ['hairaise(r), egnl.], männl., –s: Fahrad mit steilem gabligen Lenker und Sitz mit Rückenlehne

**Highsociety,** ['haiße'ßai(e)ti, engl.], weibl., nur Sing.: vornehme gesellschaftliche Oberschicht, die oberen Zehntausend

**Hightech,** ['haitä.k, engl.]: vgl. High Technology

**High Technology,** ['hai täk'no.l(e)dschi, engl.], weibl., nur Sing.: Hochtechnologie, Spitzenforschung und -technik in zukunftsträchtigen Branchen

**Highway,** ['haiwe:j, engl.-amerik.], männl., –s: große Landstraße, Fernverkehrsstraße; Autobahn

**Hijacker,** ['haidschä.ke(r), engl.-amerik.], männl., –: Flugzeugentführer

**Hilum,** (lat.), sächl., Hila: Pflanzennabel, Ansatzstelle des Samenträgers am pflanzlichen Samen (Bot.)

**Hilus,** (lat.), männl., Hili: Vertiefung an der Oberfläche eines Organs, wo Gefäße, Nerven oder andere Gänge ein- oder austreten (Med.)

**Hindi,** (pers.), sächl., nur Sing.: Amtssprache in Indien

**Hindu,** (pers.), männl., –s: Anhänger des Hinduismus; Inder

**Hinduismus,** (pers.), männl., nur Sing.: vorwiegend in Indien verbreitete Religion, die sich aus dem Brahmanismus entwickelt hat

**Hiobsbotschaft,** weibl., –en: Unglücksbotschaft (nach den schlimmen Nachrichten, die Hiob nach dem Alten Testament erhielt)

**Hip-Hop,** (engl.), männl., nur Sing.: Ende der 1980er-Jahre in den USA aufgekommene, den Rhythmus betonende Richtung der Popmusik

**Hippiatrie, Hippiatrik,** (gr.), weibl., nur Sing.: Pferdeheilkunde

**Hippie,** (engl.-amerik.), männl., –s: durch unkonventionelles Äußeres auffallender Angehöriger einer in den 1960er-Jahren in den USA entstandenen gewaltlosen Protestbewegung gegen die moderne Wohlstands- und Leistungsgesellschaft; (oft übersetzt mit:) Blumenkind

**Hippodrom,** (gr.), männl. oder sächl., –e: 1. (im Altertum:) Bahn für Pferde- und Wagenrennen, 2. Reitbahn

**hippokratischer Eid:** auf den altgriechischen Arzt Hippokrates zurückgehend Eid, mit dem sich der Arzt u. a. verpflichtet, immer nur zum Wohle des Kranken zu handeln

**Hippologie,** (gr.), weibl., nur Sing.: Pferdekunde

**Hippopotamus,** (gr.), männl., –: großes Flusspferd, Nilpferd (Zool.)

**Hiragana,** (japan.), sächl., nur Sing.: eine japan. Silbenschrift

**Hispanismus,** (span.), männl., Hispanismen: in eine andere Sprache übernommene Eigentümlichkeit der span. Sprache

**Histamin,** (gr.), sächl., –e: ein Gewebehormon (Med.)

**Histochemie,** (gr.-arab.), weibl., nur Sing.: Gewebechemie, Teilgebiet der Histologie, das die chem. Zusammensetzung tierischer und pflanzlicher Gewebe untersucht

**Histogenese,** (gr.), weibl., nur Sing.: Entstehung und Entwicklung von Körpergewebe (Biol.; Med.)

**Histologie,** (gr.), weibl., nur Sing.: Lehre von den Körpergeweben (Med.)

**histologisch,** (gr.): die Histologie betreffend

**Histolyse,** (gr.), weibl., nur Sing.: Gewebeauflösung

**Historie,** (gr.), weibl., –n: 1. Geschichte, Weltgeschichte, 2. Geschichtsschreibung, 3. Erzählung, Bericht, Kunde
**Historik,** (gr.), weibl., nur Sing.: Geschichtswissenschaft; Lehre und Methodik der Geschichtswissenschaft
**Historiker,** (gr.), männl., –: Geschichtswissenschaftler
**Historiograph,** (gr.), männl., –en: Geschichtsschreiber
**Historiographie,** (gr.), weibl., nur Sing.: Geschichtsschreibung
**historisch,** (gr.): die Historie (1, 2) betreffend, geschichtlich, durch geschichtliche Quellen überliefert
**Historismus,** (gr.), männl., nur Sing.: Geschichtsauffassung, die alle Erscheinungen aus ihren historischen Gegebenheiten und ihren geschichtlichen Entwicklungen zu begreifen und zu erklären sucht
**historistisch,** (gr.): den Historismus betreffend, in der Art des Historismus
**Historizismus,** (gr.), männl., nur Sing.: vgl. Historismus
**Historizität,** (gr.), weibl., nur Sing.: Geschichtlichkeit
**Hit,** (engl.), männl., –s: besonders erfolgreicher Musiktitel; Schlager
**hitchhiken,** ['hi.tschaik(e)n, amerik.]: trampen, per Anhalter fahren
**Hobbock,** männl., –s: verschließbares großes zylindrisches Versandgefäß aus Blech
**Hobby,** (engl.), sächl., –s: Beschäftigung aus Liebhaberei, Freizeitbeschäftigung, Steckenpferd
**Hockey,** (engl.), sächl., nur Sing.: mit Schlägern auf einem Rasen zu spielendes Mannschafts-Ballspiel
**Hodometer,** (gr.), sächl., –: Wegmesser, Schrittzähler
**Hokuspokus,** (Herkunft ungewiss), männl., nur Sing.: 1. Zauberformel; Zauberkunststück, 2. Blendwerk, Schwindel
**Holding,** ['ho(u)lding, engl.], weibl., –s: vgl. Holdinggesellschaft
**Holdinggesellschaft,** ['ho(u)lding.., engl.-dt.], weibl., –en: Leitungs- und Verwaltungsgesellschaft, die nicht selbst produziert, aber Anteile anderer produzierender Unternehmen besitzt
**Hole,** ['ho(u)l, engl.], sächl., –s: (beim Golfspiel:) Loch
**Holocaust,** (gr.-lat.-engl.), männl., –s: Massenvernichtung, Völkermord, insbes. die Vernichtung der Juden während der Zeit des Nationalsozialismus
**Hologramm,** (gr.), sächl., –e: durch Holographie erzeugtes Bild
**Holographie,** (gr.), weibl., nur Sing.: optisches Aufzeichnungs- und Wiedergabeverfahren, das mit Hilfe von Laserstrahlen räumlich wirkender Bilder ermöglicht
**Holometabolie,** (gr.), weibl., nur Sing.: vollkommene Verwandlung, Verpuppung von Insekten (Biol.)
**Holozän,** (gr.), sächl., nur Sing.: jüngster, vom Ende der letzten Eiszeit bis in die Gegenwart reichender Abschnitt der Erdgeschichte, die letzten 10000 Jahre des Quartärs (Geol.)
**Homedress,** ['ho(u)mdräß, engl.], männl., –dresse: Hausanzug, Hauskleid
**Homeland,** ['ho(u)mländ, engl.], sächl., –s: Teilen der farbigen Bevölkerung unter Zubilligung gewisser Selbstverwaltungsrechte zugewiesenes, meist minderwertiges Siedlungsgebiet in der Republik Südafrika
**Homespun,** ['ho(u)mßpan, engl. »Hausgesponnenes«], sächl., –s: grobes, ehemals in Heimarbeit gesponnenes Wollgewebe
**Hometrainer,** ['ho(u)mträner, engl.], männl., –: feststehendes Trainingsgerät (z. B. in Form eines Fahrrades)
**Hominide,** (lat.), männl., –n: zoologisch-systematische Bez. für einen Vertreter

einer Familie von Lebewesen, die aus den jetzt lebenden Menschen, seinen nächsten stammesgeschichtlichen Vorfahren und Verwandten besteht

**Hommage,** [o.'ma:sch, fr.], weibl., –n: Huldigung, Würdigung, Ehrerbietung

**homo:** (umg.) Kurzform von homosexuell (Gegens.: hetero)

**Homo,** (lat.), männl., Homines: der Mensch (als Angehöriger einer Gattung; Biol.)

**Homo erectus,** (lat: »der aufgerichtete Mensch«): Vertreter einer vor ca. 1.000.000 Jahren lebenden Gattung des Menschen

**Homoerotik,** (gr.), weibl., nur Sing.: auf Partner des eigenen Geschlechts gerichtete Erotik

**Homo faber,** (lat. »der kunstfertige Mensch«): der Mensch als mit Werkzeugen arbeitendes Wesen

**homogen,** (gr.): gleichartig, einheitlich, gleichmäßig zusammengesetzt (Gegens.: heterogen)

**homogenisieren,** (gr.): in allen Teilen gleich machen, gleichmäßig verteilen, gut vermischen (z. B.: das Fett in der Milch)

**Homogenität,** (gr.), weibl., nur Sing.: Gleichartigkeit, Einheitlichkeit, gleichmäßige Zusammensetzung (Gegens.: Heterogenität)

**homolog,** (gr.): gleich liegend, gleich lautend; übereinstimmend; entsprechend

**Homologie,** (gr.), weibl., –n: Übereinstimmung, Entsprechung

**homomorph,** (gr.): Verknüpfungstreue aufweisend (bei auf Abbildungen; Math.)

**Homomorphismus,** (gr.), männl., –morphismen: verknüpfungstreue Abbildung einer algebraischen Struktur in eine andere (Math.)

**homonym,** (gr.): (bei Wörtern:) gleich lautend, aber von verschiedener Bedeutung (Sprachwiss.)

**Homonym,** (gr.), sächl., –e: gleich lautende Wörter von unterschiedlicher Bedeutung (z. B.: die Bank – zum einen als Sitzgelegenheit, zum anderen als Geldinstitut)

**homöomorph,** (gr.): gleichgestaltig

**Homöopath,** (gr.), männl., –en: Arzt, der Homöopathie betreibt (Gegens.: Allopath)

**Homöopathie,** (gr.), weibl., nur Sing.: Behandlungsmethode, die mit solchen in kleinen Dosen höchster Verdünnung verabreichten Arzneimitteln die Bildung von Abwehrstoffen zu bewirken sucht, die in größerer Menge bei Gesunden ähnliche Krankheiten hervorrufen (Gegens.: Allopathie)

**homöopathisch,** (gr.): auf Grundlage der Homöopathie

**Homöoplastik,** (gr.), weibl., –en: operative Verpflanzung artgleichen Gewebsmaterials (Med.)

**homöotherm,** (gr.): warmblütig, gleich bleibend warm (Biol.)

**homophil,** (gr.): vgl. homosexuell

**Homophonie,** (gr.), weibl., nur Sing.: Kompositionsstil, bei dem einer Melodiestimme alle anderen Stimmen untergeordnet sind (Gegens.: Polyphonie)

**Homo sapiens,** (lat. »vernunftbegabter Mensch«): wissenschaftliche Bez. für den Menschen und seine entwicklungsgeschichtlich gleichartigen Vorfahren, zur Betonung der Weiterentwicklung wird für den heutigen Menschen noch ein sapiens (= klug) angehängt, also: Homo sapiens sapiens

**Homosexualität,** (gr.-lat.), weibl., nur Sing.: gleichgeschlechtliche Sexualität insbes. bei Männern (Gegens.: Heterosexualität)

**homosexuell,** (gr.-lat.): auf Homosexualität beruhend, gleichgeschlechtlich empfindend (v. a. bei Männern; Gegens.: heterosexuell)

**homozygot,** (gr.): reinerbig, mit gleichen Erbanlagen (Biol.)
**Homunkulus,** (lat. »Menschlein«), männl., –se: künstlich erzeugter Mensch
**honett,** (lat.): anständig, rechtschaffen, ehrbar, ehrenhaft
**Honeymoon,** ['ha.nimu:n, engl.], männl., –s: Flitterwochen
**honi soit qui mal y pense,** ['oni ßo'a. ki mali'panß, fr.]: ein Schelm, wer Schlechtes dabei denkt (Wahlspruch des engl. Hosenbandordens)
**Honneurs,** [o.'nö:rs, fr.], weibl., Plur.: Ehrenerweisungen, Begrüßungsformalitäten
**honorabel,** (lat.): ehrenwert, ehrenvoll, ehrbar
**Honorar,** (lat.), sächl., –e: Bezahlung, Vergütung (insbes. für freiberufliche Tätigkeit)
**Honoratior,** (lat.), männl., –en: (meist Plur.) einflussreiche Person, angesehener Bürger
**honorieren,** (lat.): 1. anerkennen, würdigen, Achtung bezeugen, 2. Honorar zahlen, vergüten
**honorig,** (lat.): ehrenhaft, anständig; freigebig
**Honved, Honvéd,** (ungar.), weibl., nur Sing.: ungarische Landwehr; ungarisches Heer
**Hooligan,** ['hu:lig(e)n, engl.], männl., –s: meist in Gruppen auftretender zerstörungswütiger Halbstarker; (Plur.) v. a. bei Fußballspielen randalierend in Erscheinung tretende jugendliche Zuschauer
**Hoplit,** (gr.), männl., –en: (im antiken Griechenland:) schwer bewaffneter Fußsoldat
**Horizont,** (gr.), männl., –e: 1. Gesichtskreis, 2. Begrenzungslinie zwischen Himmel und Erde, 3. (übertr.:) Umfang der geistigen Interessen, geistiges Fassungsvermögen
**horizontal,** (gr.): waagerecht (Gegens.: vertikal)
**Horizontale,** (gr.), weibl., –n: die Waagerechte (Gegens.: Vertikale)
**Hormon,** (gr.), sächl., –e: von Drüsen gebildeter Wirkstoff, der bestimmte körperliche Funktionen regelt (Med.)
**hormonal, hormonell,** (gr.): die Hormone betreffend; von Hormonen bewirkt; aus Hormonen bestehend
**Horolog,** (gr.), sächl., –e: alte Bez. für: Stundenanzeiger, Uhr
**Horologion,** (gr.): vgl. Horologium
**Horologium,** (gr.), sächl., –logien: 1. vgl. Horolog, 2. (in der orthodoxen Kirche:) Textbuch für die Stundengebete
**Horoskop,** (gr.), sächl., –e: 1. die Konstellation der Gestirne zu einem bestimmten Zeitpunkt; die Aufzeichnung dieser Konstellation, 2. Schicksalsdeutung oder Voraussage über kommende Ereignisse auf Grundlage dieser Konstellation (Astrol.)
**horrend,** (lat.): 1. schauderhaft, abscheulich, schrecklich, 2. übermäßig, ungeheuer
**horribel,** (lat.): Grauen erregend, fürchterlich
**Horror,** (lat.), männl., nur Sing.: Grauen, Schauder, Abscheu, Entsetzen; Widerwille
**Horrortrip,** (lat.-engl.), männl., –s: 1. schreckliche Reise, 2. von Schreckensvorstellungen und Angstzuständen begleiteter Rauschzustand nach der Einnahme von Drogen
**hors concours,** ['o:r kon'ku:r, fr.]: außerhalb des Wettbewerbs, außer Konkurrenz
**Horsd'oeuvre,** [o:r'dö:wr(e), fr.], sächl., –s: Vorspeise, appetitanregendes Vorgericht
**Hortensie,** weibl., –n: (vom Entdecker nach dem Vornamen seiner Begleiterin

benannte) Zierpflanze mit kugelförmigem Blütenstand

**hosianna!,** (hebr.): biblischer Freudenruf (urspr. beim Einzug Jesu in Jerusalem)

**Hospital,** (lat.), sächl., –e oder Hospitäler: (kleineres) Krankenhaus; Altenpflegeheim

**Hospitalismus,** (lat.), männl., nur Sing.: Gesamtheit aller körperliche und psychischen Veränderungen nach einem längeren Aufenthalt in einem Hospital, einem Krankenhaus oder Heim (insbes. bei Kindern, z. B.: in Form von motorischer Unruhe; Med.; Psychol.)

**Hospitant,** (lat.), männl., –en: Gasthörer

**Hospitation,** (lat.), weibl., –en: Besuch des Unterrichts oder anderer Lehrveranstaltungen als Gast

**hospitieren,** (lat.): als Gast an einer Unterrichtsstunde oder einer anderen Lehrveranstaltung teilnehmen

**Hospiz,** (lat.), sächl., –e: christliche Herberge, Fremdenheim; Gasthaus

**Hostess,** (engl.), weibl., Hostessen: sprachkundige Betreuerin von Gästen bei großen Veranstaltungen (z. B.: auf Ausstellungen, bei Olympischen Spielen), 2. Angestellte von Fluggesellschaften für die Betreuung der Reisenden

**Hostie,** (lat.), weibl., –n: dem Gläubigen gereichtes geweihtes Abendmahlsbrot in Form einer Oblate

**hostil,** (lat.): feindlich

**Hotdog** (auch: Hot Dog), (amerik.), männl. oder sächl., –s: mit Ketschup gewürztes, in ein aufgeschnittenes Brötchen gelegtes heißes Würstchen

**Hotel,** (fr.), sächl., –s: Beherbergungsbetrieb, der gehobenen Ansprüchen genügt

**Hotel garni,** (fr.), sächl., –s –s: Hotel, in dem es als einzige Mahlzeit Frühstück gibt

**Hotelier,** [hotel'je:, fr.], männl., –s: Hotelbesitzer

**Hotellerie,** (fr.), weibl., nur Sing.: Hotelgewerbe

**Hotline,** ['ho.tlain, engl.], weibl., –s: Direktkontakt zur Aufnahme von Informationen über Telefon oder Internet mit einem Programmhersteller, Server u. Ä. (EDV)

**Hotpants** (auch: Hot Pants), ['ho.tpä.ntz, engl.], weibl., Plur.: aufreizend (»heiße«) enge Damenshorts

**hotten,** (engl.): nach »heißen« Rhythmen tanzen

**House of Commons,** ['hausow 'ko.m(e)ns, engl.], sächl., nur Sing.: das engl. Unterhaus, zweite Kammer des engl. Parlamentes

**House of Lords,** (engl.), sächl., nur Sing.: das engl. Oberhaus, erste Kammer des engl. Parlamentes

**Hovercraft,** ['ho.we(r)kra:ft, engl.], sächl., –s: über dem Wasser schwebendes Luftkissenfahrzeug

**Huerta,** (span.), weibl., –s: (in Spanien:) künstlich bewässertes Ackerland

**Hugenotte,** (fr. »Eidgenosse«), männl., –n: (histor.) fr. Protestant, Anhänger des Kalvinismus in Frankreich

**human,** (lat.): menschlich, menschenfreundlich, menschenwürdig (Gegens.: inhuman)

**Humanbiologie,** (lat.-gr.), weibl., nur Sing.: Teilgebiet der Biologie, das sich mit dem Menschen, insbes. der Entstehung der menschlichen Rassen beschäftigt

**Humanbiologe,** (lat.-gr.), männl., –n: Wissenschaftler auf dem Gebiet der Humanbiologie

**Humangenetik,** (lat.-gr.), weibl., nur Sing.: Teilgebiet der Genetik, das die Erbvorgänge beim Menschen untersucht

**Humangenetiker,** (lat.-gr.), männl., –: Wissenschaftler auf dem Gebiet der Humangenetik

**humanisieren,** (lat.): (z. B. bei Arbeitsplätzen:) menschlicher, menschenfreundlicher, menschenwürdiger gestalten
**Humanismus,** (lat.), männl., nur Sing.: 1. Denken und Handeln, das sich an der Würde des Menschen orientiert und dem Ziel menschenwürdiger Lebensverhältnisse dient, 2. europäische Bildungsbewegung vom 14. bis zum 16. Jh. zur Wiedererweckung, Erforschung und Pflege der antiken griechischen und römischen Kultur
**Humanist,** (lat.), männl., –en: 1. jmd., der im Sinne des Humanismus (1) denkt und handelt, 2. jmd., der an einem altsprachlichen Gymnasium das Latinum und das Graecum erworben hat
**humanistisch,** (lat.): 1. im Sinne des Humanismus (1) handelnd, 2. altsprachlich ausgerichtet
**humanitär,** (lat.): menschenfreundlich, wohltätig
**Humanität,** (lat.), weibl., nur Sing.: Menschlichkeit, menschenfreundliche Gesinnung (Gegen.: Inhumanität)
**Humanmedizin,** (lat.), weibl., nur Sing.: Menschenheilkunde, Bereich der Medizin, der sich mit dem Menschen und seinen Krankheiten befasst (im Unterschied zur Tiermedizin, der Veterinärmedizin)
**Humbug,** (engl.), männl., nur Sing.: Unsinn, Täuschung, Schwindel
**humid,** (lat.): feucht, nass; niederschlagsreich
**humide:** vgl. humid
**Humidität,** (lat.), weibl., nur Sing.: Feuchtigkeit
**Humifikation,** (lat.), weibl., nur Sing.: Vermoderung, Humusbildung
**humil,** (lat.): niedrig; demütig
**Humor,** (lat.), männl., (selten:) –e: 1. heiter-gelassene Lebenseinstellung und Geisteshaltung; Sinn für Komik, 2. Äußerung der Heiterkeit
**Humor,** (lat.), männl., Humores: Körperflüssigkeit (Med.)
**humoral,** (lat.): die Körpersäfte betreffend (Med.)
**Humoreske,** (lat.), weibl., –n: 1. kurze heitere Erzählung, 2. heiteres Musikstück (Mus.)
**humorig,** (lat.): launig, Humor zeigend
**Humorist,** (lat.), männl., –en: 1. Künstler, dessen Schaffen humoristisch geprägt ist; Verfasser humorvoller Erzählungen, 2. Vortragskünstler, der Humorvolles darbietet
**humoristisch,** (lat.): humorvoll, heiter
**humos,** (lat.): Humus enthaltend
**Humus,** (lat.), männl., nur Sing.: dunkelbrauner Bodenbestandteil, der reich an organischen Substanzen ist
**Hundredweight,** ['ha.ndr(e)t'wejt, engl.], sächl., –s: engl. Handelsgewicht von 50,8 kg (Abk.: cwt.)
**Hunter,** ['ha.nt(e)r, engl.], männl., –: kräftiges Jagd- und Springpferd
**Huri,** (arab.-pers.), weibl., –s: schönes Mädchen von unvergänglichem Reiz in Mohammeds Paradies
**Hurrikan,** ['ha.rik(e)n, indian.-engl.], männl., –e: heftiger tropischer Wirbelsturm (insbes. in Mittelamerika)
**Husar,** (ungar.), männl., –en: berittener ungarischer Soldat (in Nationaltracht)
**Husky,** ['ha.ski, engl.], männl., –s: Eskimohund, Schlittenhund
**hyalin,** (gr.): durchsichtig, durchscheinend, gläsern, glasig
**Hyalin,** (gr.):, sächl., –e: Eiweißstoff von glasigem Aussehen
**Hyalit,** (gr.), männl., –e: Glasopal, als Schmuckstein verwendeter durchsichtiger Quarz (Geol.)
**Hyalitis,** (gr.), weibl., Hyalitiden: Glaskörperentzündung des Auges (Med.)
**Hyäne,** (gr.), weibl., –n: hundeähnliches, Aas fressendes, nachtaktives Raubtier in Afrika und Teilen Asiens

**Hyazinth,** (gr.), männl., –e: 1. (in der gr. Mythologie:) schöner Jüngling, 2. ein Edelstein, farblose Abart des Zirkons

**Hyazinthe,** (gr.), weibl., –n: nach der gr. Sagengestalt benannte stark duftende Zwiebelpflanze aus der Gattung der Liliengewächse

**hybrid,** (gr.): überheblich, hochmütig, vermessen

**hybrid,** (lat.): von zweierlei Herkunft, gemischt, zusammengesetzt; durch Kreuzung entstanden

**Hybride,** (lat.), die oder der, –n: Kreuzung, Bastard (in der Tier- und Pflanzenzüchtung; Biol.)

**hybridisieren,** (lat.): kreuzen (Biol.)

**Hybris,** (gr.), weibl., nur Sing.: (in der Antike:) insbes. gegen Gottheiten gerichtete, frevelhafte Selbstüberhebung; Vermessenheit, Hochmut; Übermut

**Hydarthrose,** (gr.), weibl., –n: Gelenkerguss, krankhafte Ansammlung von Flüssigkeit im Gelenk (Med.)

**Hydra,** (gr.), weibl., Hydren: 1. (in der gr. Mythologie:) von Herakles getötetes neunköpfiges schlangenartiges Meeresungeheuer, 2. ein Sternbild, 3. ein Süßwasserpolyp

**Hydragogum,** (gr.), sächl., Hydragoga: die Wasserausscheidung anregendes Medikament (Med.)

**Hydrant,** (gr.), männl., –en: Zapfstelle des Wasserleitungsnetzes für größere Wasserentnahme

**Hydrargyrum,** (gr.), sächl., nur Sing.: Quecksilber, ein chem. Element, ein flüssiges Metall (Zeichen: Hg)

**Hydrarthrose:** vgl. Hydarthrose

**Hydrat,** (gr.), sächl., –e: Wasser enthaltende chem. Verbindung

**Hydratation,** (gr.), weibl., –en: Anlagerung von Wassermolekülen, Bildung von Hydraten (Chem.)

**Hydration,** (gr.): vgl. Hydratation

**hydratisieren,** (gr.): Wassermoleküle anlagern (Chem.)

**Hydraulik,** (gr.), weibl., nur Sing.: 1. Theorie und Praxis der Bewegung von Flüssigkeiten, 2. Gesamtheit der technischen Vorrichtungen, die mit Hilfe des Drucks einer Flüssigkeit Teile eines Fahrzeugs oder eines anderen Gerätes bewegen, regeln oder steuern

**hydraulisch,** (gr.): die Hydraulik betreffend; auf Flüssigkeitsdruck beruhend, mit Wasserantrieb

**Hydrid,** (gr.), sächl., –e: chem. Verbindung zwischen Wasserstoffs und einem anderen Element

**hydrieren,** (gr.): Wasserstoff an eine ungesättigte Verbindungen anlagern

**Hydrobiologie,** (gr.), weibl., nur Sing.: Lehre von den Lebewesen der Gewässer

**Hydrochinon,** (gr.), sächl., nur Sing.: organische Verbindung, die als fotografische Entwicklersubstanz dient

**Hydrochorie,** (gr.), weibl., nur Sing.: Verbreitung der Samen und Früchte von Pflanzen durch das Wasser

**Hydrodynamik,** (gr.), weibl., nur Sing.: Lehre von den strömenden Flüssigkeiten

**hydroenergetisch,** (gr.): durch Wasserkraft Energie erzeugend, von Wasser angetrieben

**hydrogam,** (gr.): im Wasser befruchtend (Bot.)

**Hydrogel,** (gr.-lat.), sächl., –e: aus wässriger kolloider Lösung ausgeflockter Stoff

**Hydrogenium,** (gr.), sächl., nur Sing.: Wasserstoff, ein gasförmiges chem. Element (Zeichen: H)

**Hydrogeologie,** (gr.), weibl., nur Sing.: Teilgebiet der Geologie, das sich mit dem Wasserhaushhalt des Erdbodens befasst, Grundwasserkunde

**Hydrographie,** (gr.), weibl., nur Sing.: Teilgebiet der Hydrologie, das sich mit dem Wasserkreislauf befasst
**Hydrokultur,** (gr.), weibl., –en: Anbau, Aufzucht und Haltung von Pflanzen in Nährlösungen
**Hydrologie,** (gr.), weibl., nur Sing.: Wissenschaft vom Wasser
**Hydrologium,** (gr.), sächl., –logien: Wasseruhr
**Hydrolyse,** (gr.), weibl., –n: Spaltung chem. Verbindungen durch Wasser (Chem.)
**Hydromechanik,** (gr.), weibl., nur Sing.: Mechanik der Flüssigkeiten
**Hydrometeore,** (gr.), weibl., nur Plur.: in der Atmosphäre aus Wasserdampf gebildete Niederschläge aller Art (z. B.: Tau, Regen, Schnee; Meteorol.)
**Hydrometer,** (gr.), sächl., –: Gerät zum Messen der Durchflussmenge bzw. -geschwindigkeit von Flüssigkeiten in Rohren
**Hydropathie,** (gr.), weibl., nur Sing.: vgl. Hydrotherapie
**hydrophil,** (gr.): Wasser liebend; Wasser aufnehmend, Wasser anziehend; im Wasser blühend (Bot.; Zool.; Chem.)
**hydrophob,** (gr.): wasserfeindlich; Wasser nicht aufnehmend, Wasser abstoßend; nicht in Wasser löslich (Bot.; Zool.; Chem.)
**Hydrophthalmus,** (gr.), männl., nur Sing.: Augapfelvergrößerung (Med.)
**Hydrophyt,** (gr.), männl., –en: im Wasser wachsende Pflanze
**Hydroplan,** (gr.), männl., –e: Wasserflugzeug
**Hydroponik,** (gr.), weibl., nur Sing.: vgl. Hydrokultur
**Hydropsie,** (gr.), weibl., –n: Wassersucht, Flüssigkeitsansammlung in Körperhöhlen (Med.)
**Hydrosphäre,** (gr.), weibl., nur Sing.: Wasserhülle der Erde
**Hydrostatik,** (gr.), weibl., nur Sing.: Wissenschaft von den ruhenden Flüssigkeiten und ihren Kräften
**Hydrotechnik,** (gr.), weibl., nur Sing.: Technik des Wasserbaus und der Nutzung der Wasserkräfte
**Hydrotherapie,** (gr.), weibl., –n: Wasserheilverfahren (Med.)
**hydrothermal,** (gr.): aus heißen, wässrigen Lösungen ausgeschieden
**Hydroxid,** (gr.), sächl., –e: chem. Verbindung, die eine oder mehrere Hydroxidionen enthält
**Hydroxidion,** (gr.), sächl., –en: einwertiges Anion, das in Hydroxiden enthalten ist (Chem.)
**Hydroxyd:** vgl. Hydroxid
**Hydroxidgruppe,** (gr.-dt.), weibl., –n: eine aus je einem Atom Sauerstoff und Wasserstoff bestehende Gruppe in chem. Verbindungen
**Hydrozele,** (gr.-lat.), weibl., –n: Wasserbruch, entzündliche Flüssigkeitsansammlung (insbes. am Hoden; Med.)
**Hydrozephale,** (gr.), männl., –n: vgl. Hydrozephalus
**Hydrozephalus,** (gr.), männl., Hydrozephalen: Wasserkopf, infolge Wasseransammlung in den Hirnhöhlen abnorm vergrößerter Schädel (Med.)
**Hyetographie,** (gr.), weibl., nur Sing.: Messung von Niederschlagsmenge und -verteilung (Meteorol.)
**Hygiene,** (gr.), weibl., nur Sing.: 1. Lehre von und Maßnahmen zur Gesundheitspflege und -vorsorge; Wissenschaft von den Wechselwirkungen zwischen Gesundheit und Umweltbedingungen des Menschen, 2. Sauberkeit, Reinlichkeit; Maßnahmen zur Sauberhaltung
**hygienisch,** (gr.): die Hygiene betreffend; sauber, rein
**Hygrogramm,** (gr.), sächl., –e: Aufzeichnung eines Hygrometers (Meteorol.)

**Hygrom,** (gr.), sächl., –e: Wasser- oder Schleimgeschwulst (Med.)
**Hygrometer,** (gr.), sächl., –: Gerät zum Bestimmen der Luftfeuchtigkeit (Meteorol.)
**hygrophil,** (gr.): feuchtigkeitsliebend (Bot.)
**Hygrophyt,** (gr.), männl., –en: Landpflanze, die an das Leben an feuchten Standorten angepasst ist (Bot.)
**hygroskopisch,** (gr.): Wasser anziehend, Wasser bindend (Chem.)
**Hygrostat,** (gr.), männl., –e(n): Gerät zur Herstellung einer konstanten Luftfeuchtigkeit in geschlossenen Räumen
**Hyle,** (gr.), weibl., nur Sing.: (in der gr. Naturphilosophie:) Stoff, Urstoff, Materie
**Hylozoismus,** (gr.), männl., nur Sing.: auf die gr. Naturphilosophie zurückgehende Lehre, nach der alle Materie belebt ist
**Hymen,** (gr.), sächl., –: Jungfernhäutchen, dünne Schleimhautfalte am Scheideneingang einer Frau, die i. A. beim ersten Geschlechtsverkehr zerreißt (Med.)
**Hymne,** ['hü.mne, gr.], weibl., –n: 1. feierliches Gesangs- oder Instrumentalstück, 2. kirchlicher Lobgesang, 3. längeres Gedicht lobpreisenden Inhalts, 4. (kurz für:) Nationalhymne
**hymnisch,** (gr.): in der Art einer Hymne; lobpreisend
**Hymnos,** ['hü.mnoß, gr.], männl., Hymnen: vgl. Hymne
**Hymnus,** (gr.-lat.), männl., Hymnen: vgl. Hymne
**Hypalgesie,** (gr.), weibl., –n: verminderte Schmerzempfindlichkeit (Med.)
**Hypästhesie,** (gr.), weibl., –n: herabgesetzte Empfindlichkeit (insbes. gegen Berührungsreize; Med.)
**Hyperalgesie,** (gr.), weibl., –n: gesteigerte Schmerzempfindlichkeit (Med.)
**Hyperämie,** (gr.), weibl., –n: vermehrte Blutansammlung in einem Organ oder einem Körperbereich (Med.)
**Hyperästhesie,** (gr.), weibl., –n: Überempfindlichkeit, gesteigerte Erregbarkeit der Gefühls- und Sinnesnerven (Med.)
**Hyperbel,** (gr.), weibl., –n: 1. Kegelschnittkurve mit zwei Ästen; der geometrische Ort aller Punkte, für die die Differenz der Abstände von zwei festen Punkten konstant ist (Math.), 2. sprachliche Über- oder Untertreibung als Stilmittel (z. B. »das habe ich schon hundertmal gesagt«)
**hyperbolisch,** (gr.): 1. in Form einer Hyperbel (Math.), 2. sprachlich übertreibend
**Hyperfunktion,** (gr.-lat.), weibl., –en: Überfunktion, gesteigerte Tätigkeit (eines Organs; Gegens.: Hypofunktion; Med.)
**Hyperglykämie,** (gr.), weibl., nur Sing.: vermehrter Zuckergehalt im Blut (Med.)
**Hyperkinese,** (gr.), weibl., –n: übersteigerte Bewegungstätigkeit; unwillkürlich ablaufende Körperbewegung, ungesteuertes Muskelzucken (Med.)
**hyperkritisch,** (gr.): übertrieben kritisch
**Hyperlink,** ['haiperlink, engl.], sächl., –s: Querverweis im Internet oder in in CD-ROM-Dateien, farblich oder typografisch gekennzeichnet
**hypermodern,** (gr.-lat.): übertrieben modern
**Hyperon,** (gr.), sächl., Hyperonen: Elementarteilchen, dessen Masse größer ist als die eines Nukleons (Phys.)
**Hyperplasie,** (gr.), weibl., –n: Organvergrößerung durch krankhafte Zellvermehrung (Med.)
**Hypersomie,** (gr.), weibl., nur Sing.: Riesenwuchs (Gegens.: Hyposomie; Med.)

**Hypertonie,** (gr.), weibl., nur Sing.: 1. krankhafte Erhöhung des Blutdrucks (Med.), 2. erhöhte Spannung eines Muskels (Med.), 3. erhöhter Augendruck (Med.)

**hypertonisch,** (gr.): die Hypertonie betreffend

**hypertroph,** (gr.): (bei Organen oder Körpergewebe:) übermäßig vergrößert (Gegens.: hypotroph; Med.)

**Hypertrophie,** (gr.), weibl., –n: (bei Organen oder Körpergewebe:) übermäßige Größen- und Gewichtszunahme (z. B. durch Mehrbeanspruchung bedingt; Gegens.: Hypotrophie; Med.)

**Hypervitaminose,** (gr.), weibl., –n: Erkrankung infolge übermäßiger Vitaminzufuhr (Med.)

**Hyphe,** (gr.), weibl., –n: Pilzfaden des Myzels, Zellschlauch der Pilze (Bot.)

**Hypnagogum,** (gr.), sächl., Hypnagoga: Schlafmittel (Med.)

**Hypnose,** (gr.), weibl., –n: durch einen Hypnotiseur mit Hilfe von Suggestion herbeigeführte Bewusstseinsveränderung, die zu einem schlafähnlichen Zustand und leichterer Beeinflussbarkeit des Hypnotisierten führt (Psychol.)

**Hypnotikum,** (gr.), sächl., Hypnotika: Schlafmittel (Med.)

**hypnotisch,** (gr.): mit Hilfe von Hypnose, die Hypnose betreffend

**Hypnotiseur,** [hüpnoti'sö:r, gr.], männl., –e: jmd., der andere hypnotisiert

**hypnotisieren,** (gr.): jmdn. in Hypnose versetzen

**Hypochonder,** (gr.), männl., –: an Hypochondrie Leidender, eingebildet Kranker; wehleidiger Mensch

**Hypochondrie,** (gr.), weibl., –n: Krankheitswahn, krankhafte Neigung zur Selbstbeobachtung, zur Überbewertung geringfügiger Beschwerden und zur Einbildung von Krankheiten

**hypochondrisch,** (gr.): an Hypochondrie leidend, in der Art eines Hypochonders

**hypochrom,** (gr.): zu wenig Blutfarbstoff aufweisend (Med.)

**Hypofunktion,** (gr.-lat.), weibl., –en: Unterfunktion (eines Organs; Gegens.: Hyperfunktion; Med.)

**Hypogastrium,** (gr.), sächl., –gastrien: Unterbauch (Med.)

**Hypoglykämie,** (gr.), weibl., nur Sing.: Verminderung des Blutzuckergehalts (Med.)

**Hypokaustum,** (gr.), sächl., –kausten: (im Altertum:) Heizanlage unter dem Fußboden zur Erwärmung des darüberliegenden Raumes

**Hypokinese,** (gr.), weibl., nur Sing.: herabgesetzte Bewegungsfähigkeit, Lähmung (Med.)

**Hypokrisie,** (gr.), weibl., nur Sing.: Heuchelei, Scheinheiligkeit

**hypokritisch,** (gr.): heuchlerisch, scheinheilig

**Hypolimnion,** (gr.), sächl., –limnien: unterste Schicht eines stehenden Gewässers

**Hypomanie,** (gr.), weibl., –n: leichte Form der Manie, leichte Gemütsverstimmung (Med.)

**Hypophyse,** (gr.), weibl., –n: 1. unterer Hirnanhang, Hirnanhangsdrüse (Med.), 2. Keimanschluss, Zelle, die bei Bedecktsamern den Embryo mit dem Embryoträger verbindet (Bot.)

**Hypoplasie,** (gr.), weibl., –n: Unterentwicklung eines Organs oder von Körpergewebe (Med.; Biol.)

**Hyposomie,** (gr.), weibl., nur Sing.: Kleinwuchs (Gegens.: Hypersomie; Med.)

**Hypostase,** (gr.), weibl., –n: 1. Grundlage, Unterlage; Substanz, Stoff, Wesen; Erscheinungsform, 2. Vergegenständlichung von Begriffen (Philos.), 3. Über-

gang eines Wortes zu einer anderen Wortart (z. B.: vom Verb zum Substantiv)
**hypostasieren,** (gr.): vergegenständlichen; personifizieren
**hypostatisch,** (gr.): gegenständlich; wesentlich
**Hyposthenie,** (gr.), weibl., –n: (leichter) Kräfteverfall (Med.)
**hypotaktisch,** (gr.): in der Art einer Hypotaxe, unterordnend, untergeordnet, (Gegens.: parataktisch)
**Hypotaxe,** (gr.), weibl., –n: Unterordnung eines Satzteiles unter einen anderen (Gegens.: Parataxe)
**Hypotension,** (gr.-lat.), weibl., –en: vgl. Hypotonie
**Hypotenuse,** (gr.), weibl., –n: die Seite im rechtwinkligen Dreieck, die dem rechten Winkel gegenüberliegt (Math.)
**Hypothalamus,** (gr.), männl., –thalami: unter dem Thalamus liegende Region des Zwischenhirns (Med.)
**Hypothek,** (gr.), weibl., –en: 1. im Grundbuch eingetragenes Recht an einem Grundstück oder Wohnungseigentum zur Sicherung einer Geldforderung, 2. Belastung eines Grundstückes durch eine Hypothek (1)
**hypothekarisch,** (gr.): in Form einer Hypothek
**Hypothese,** (gr.), weibl., –n: unbewiesene Voraussetzung; als Hilfsmittel wissenschaftlicher Erkenntnis benutzte Annahme
**hypothetisch,** (gr.): auf einer Hypothese beruhend; fraglich, zweifelhaft
**Hypotonie,** (gr.), weibl., –n: 1. verminderte Muskelspannung (Med.), 2. zu niedriger Blutdruck (Gegens.: Hypertonie)
**hypotroph,** (gr.): (bei Organen oder Körpergewebe:) mangelhaft entwickelt, unterernährt (Gegens.: hypertroph; Med.)
**Hypotrophie,** (gr.), weibl., –n: (bei Organen oder Körpergewebe:) mangelhafte Entwicklung, Unterernährung (Gegens: Hypertrophie; Med.)
**Hypovitaminose,** (gr.), weibl., –n: Vitaminmangelkrankheit (Med.)
**Hypoxämie,** (gr.), weibl., –n: Sauerstoffmangel im Blut (Med.)
**Hypozentrum,** (gr.), sächl., –zentren: unter der Erdoberfläche gelegener Herd eines Erdbebens (Geol.)
**Hypsometrie,** (gr.), weibl., nur Sing.: Höhenmesskunde; Höhenmessung
**Hysteralgie,** (gr.), weibl., –n: Gebärmutterschmerz (Med.)
**Hysterektomie,** (gr.), weibl., –n: operative Entfernung der Gebärmutter (Med.)
**Hysterie,** (gr.), weibl., –n: 1. auf psychischen Ursachen beruhender abnormer Erregungszustand mit unkontrollierten Gefühlsausbrüchen (Med.), 2. Neigung zu heftigen Gefühlsausbrüchen, 3. Übererregtheit, Überspanntheit
**hysterisch,** (gr.): 1. auf Hysterie beruhend, 2. an Hysterie (1) leidend (Med.), 3. übererregt; überspannt
**Hysteroptose,** (gr.), weibl., –n: Gebärmuttervorfall (Med.)
**Hysteroskopie,** (gr.), weibl., –n: Gebärmutterspiegelung, Untersuchung der Gebärmutter mit Hilfe eines Endoskops (Med.)
**Hysterotomie,** (gr.), weibl., –n: Gebärmutterschnitt, operative Öffnung der Gebärmutter (Med.)

# I

**Iambe:** vgl. Jambus
**Iambus:** vgl. Jambus
**Iatrik,** (gr.), weibl., nur Sing.: Heilkunde, ärztliche Heilkunst (Med.)
**iatrogen,** (gr.): durch ärztliche Behandlung entstanden

**iberisch,** (lat.): die Pyrenäenhalbinsel (Spanien und Portugal) betreffend
**ibidem,** (lat.): ebenda, ebendort, an bereits zitierter Stelle (als Hinweis in wissenschaftlichen Werken; Abk.: ib., ibd., ibid.)
**Ibis,** (ägypt.), männl., –se: storchähnlicher Schreitvogel der Tropen und Subtropen mit sichelförmig nach unten gebogenem Schnabel
**Ibn:** (vor arab. Personennamen:) Sohn des ...
**Ichneumon,** (gr.), männl. oder sächl., –e oder –s: in Nordafrika und Kleinasien heimische Schleichkatze
**Ichthyol,** (Wz.), sächl., nur Sing.: aus fossile Fischreste enthaltendem Ölschiefer gewonnenes Mittel zur Behandlung von Furunkeln, rheumatischen Beschwerden u. a.
**Ichthyolith,** (gr.), männl., –e(n): versteinerter Fisch(rest)
**Ichthyologe,** (gr.), männl., –n: Wissenschaftler auf dem Gebiet der Ichthyologie
**Ichthyologie,** (gr.), weibl., nur Sing.: Fischkunde
**Ichthyosaurier,** (gr.), männl., –: ausgestorbenes fischähnliches Kriechtier des Mesozoikums von 1 bis 17 m Körperlänge, Fischechse
**Ichthyosaurus,** (gr.), männl., –saurier: vgl. Ichthyosaurier
**Ichthyose,** (gr.), weibl., –n: Fischschuppenkrankheit, Hautkrankheit, deren Symptome Schuppung, Trockenheit und übermäßige Verhornung der Haut sind (Med.)
**Ichthyosis,** (gr.): vgl. Ichthyose
**Icing,** ['aißing, engl.], sächl., –s: unerlaubter Weitschuss, Befreiungsschlag im Eishockey; wird mit Bully vor dem Tor der verursachenden Mannschaft geahndet
**ideal,** (gr.): 1. musterhaft, vollkommen, vorbildlich, 2. einer Idee entsprechend, nur gedacht, nicht wirklich (Gegens.: real)
**Ideal,** (gr.), sächl., –e: 1. Inbegriff höchster Vollkommenheit; Vorbild, 2. Richtschnur, erstrebenswertes Ziel menschlichen Handelns
**idealisieren,** (gr.): dem Ideal angleichen, zum Vorbild erheben, verklären, vollkommen darstellen
**Idealismus,** (gr.), männl., nur Sing.: 1. philosophische Anschauung, die die Idee, den Geist, die Vernunft und das Bewusstsein als das Primäre, die Dinge hingegen nur als deren Erscheinungsform betrachtet (Gegens.: Materialismus; Philos.) 2. selbstloses Streben nach Verwirklichung von Idealen; Glauben an Ideale
**Idealist,** (gr.), männl., –en: 1. Vertreter, Anhänger des Idealismus, 2. jmd., der selbstlos und aufopferungsvoll seinen Idealen gemäß handelt
**idealistisch,** (gr.): 1. den philosophischen Idealismus (1) betreffend, im Sinne des Idealismus (1), 2. selbstlos und aufopferungsvoll seinen Idealen gemäß handelnd, an Ideale glaubend; (abschätzig:) wirklichkeitsfremd
**Idealität,** (gr.), weibl., nur Sing.: 1. ideale (1) Beschaffenheit, 2. das Sein als bloße Vorstellung oder Idee (Gegens.: Realität)
**Idee,** (gr.), weibl., –n: 1. Gedanke, Vorstellung; Einfall, 2. (insbes. in der Philosophie:) Urbild, Grundgedanke; Leitbild, 3. kleinste Menge, ein wenig
**ideell,** (gr.): 1. eine Idee betreffend, 2. nur gedacht, gedanklich
**idem,** (lat.): derselbe; dasselbe
**Iden,** (lat.), weibl., nur Plur.: die Monatsmitte (der 13. oder 15. Tag) im altrömischen Kalender (z. B.: die Iden des März)
**Identifikation,** (lat.), weibl., –en: Feststellung der Identität; das Wiedererkennen

**identifizieren,** (lat.): die Identität einer Person oder Sache feststellen; jmdn. oder etwas wiedererkennen; einander gleichsetzen; sich mit etwas i.: mit etwas voll übereinstimmen; sich mit jmdm. i.: das gleiche denken und fühlen wie jmd.

**identisch,** (gr.): eins, ein und dasselbe, gleich; wesensgleich

**Identität,** (gr.), weibl., nur Sing.: 1. vollkommene Gleichheit, völlige Übereinstimmung, Wesenseinheit, 2. innere Einheit einer Person (Psychol.), 3. festzustellende Echtheit (z. B. einer Person)

**Ideogramm,** (gr.), sächl., –e: Wortbildzeichen, Begriffszeichen, Schriftzeichen, das keine Laute oder Silben sondern Gegenstände oder Begriffe darstellt (z. B. in der chines. Schrift)

**Ideographie,** (gr.), weibl., –n: aus Ideogrammen bestehende Schrift, Begriffsschrift, Bilderschrift

**Ideologe,** (gr.), männl., –n: Anhänger, Vertreter oder Lehrer einer Ideologie

**Ideologie,** (gr.), weibl., –n: politische Theorie, politisch orientierte Weltanschauung (insbes. einer bestimmten Gesellschaftsschicht); (abschätzig:) politisches Denkgebäude, das nur theoretische Aussagen ermöglicht und für praktische Politik nicht zu gebrauchen ist

**ideologisch,** (gr.): auf einer Ideologie beruhend, eine Ideologie betreffend

**ideologisieren,** (gr.): zu einer Ideologie machen; im Sinne einer Ideologie theoretisieren

**Idioblast,** (gr.), männl., –en: Pflanzenzelle mit abweichenden Aufgaben innerhalb eines sonst einheitlichen Gewebeverbandes (Bot.)

**idiochromatisch,** (gr.): eigenfarbig, der Farbe der Substanz entsprechend

**Idiogramm,** (gr.), sächl., –e: grafische Darstellung der Chromosomen eines Chromosomensatzes (Biol.)

**idiographisch,** (gr.): (insbes. in der Geschichtswissenschaft:) das Einmalige, das Besondere beschreibend

**Idiokrasie:** vgl. Idiosynkrasie

**Idiolatrie,** (gr.), weibl., nur Sing.: Selbstanbetung, Selbstvergötterung

**Idiolekt,** (gr.), männl., –e: individuelle Ausprägung der Sprache eines Menschen

**Idiom,** (gr.), sächl., –e: 1. in der jeweiligen Sprache gebräuchliche Wortverbindung, feststehende Redewendung, 2. die einer Landschaft, einer sozialen Schicht oder einer anderen Personengruppe eigentümliche Sprache oder Sprechweise; Mundart

**Idiomatik,** (gr.), weibl., nur Sing.: 1. Wissenschaftszweig, der sich mit Idiomen (2) befasst, Mundartenkunde (Sprachwiss.), 2. Gesamtheit der Idiome einer Sprache oder Mundart

**idiomatisch,** (gr.): die Idiomatik betreffend; mundartlich

**idiomorph,** (gr.): (bei Mineralien:) in eigener Gestalt, in charakteristischer Kristallform (Geol.)

**idiopathisch,** (gr.): selbstständig, unabhängig von anderen Krankheiten entstanden (Gegens.: traumatisch; Med.)

**Idioplasma,** (gr.), sächl., nur Sing.: Keimplasma (als Träger des Erbgutes; Biol.)

**Idiosynkrasie,** (gr.), weibl., –n: 1. Überempfindlichkeit gegen bestimmte Stoffe und Reize, eine besondere Form der Allergie (Med.), 2. Widerwille, Abneigung oder Überempfindlichkeit gegenüber anderen Lebewesen oder Gegenständen (Psychol.)

**Idiot,** (gr.), männl., –en: 1. schwachsinniger Mensch (Med.), 2. (als Schimpfwort:) Dummkopf, Trottel

**Idiotentest,** (gr.-engl.), männl., –s: (umg.) medizinisch-psychologische Untersuchung vor Wiedererteilung der Fahrerlaubnis nach einem Führerscheinentzug

**Idiotie**, (gr.), weibl., –n: 1. angeborene oder erworbene Blödheit, hochgradiger Schwachsinn (Med.), 2. (umg.) Blödsinn, Unfug
**Idiotikon**, (gr.), sächl., Idiotika: Mundartwörterbuch
**idiotisch**, (gr.): 1. hochgradig schwachsinnig (Med.), 2. (umg.) unsinnig, abwegig
**Idiotismus**, (gr.), männl., Idiotismen: 1. hochgradiger Schwachsinn (Med.), 2. mundartlicher Ausdruck, charakteristischer Ausdruck eines Idioms (Sprachwiss.)
**Idol**, (gr. »Bild, Trugbild«), sächl., –e: 1. Gottesbild, Götzenbild (Relig.), 2. Gegenstand der Verehrung, verehrte Person
**Idolatrie**, (gr.), weibl., –n: Bilderverehrung, Götzendienst
**Idololatrie**, (gr.): vgl. Idolatrie
**Idyll**, (gr.), sächl., –e: Zustand oder Bild eines friedlichen, beschaulichen und einfachen Lebens in ländlicher Umgebung
**Idylle**, (gr.), weibl., –n: 1. vgl. Idyll, 2. Schilderung eines Idylls in meist idealisierter Form in der Literatur oder der bildenden Kunst
**idyllisch**, (gr.): das Idyll betreffend, in der Art eines Idylls; beschaulich, einfach und friedlich
**Ifor**, (Kurzw. für: **i**mplementation **for**ce: »Ausführungsstreitkraft«, engl.), weibl., nur Sing.: NATO-geführte internat. Friedenstruppe in Bosnien-Herzegowina
**Iglu**, (eskimo.), männl. oder sächl., –s: halbkugelförmige Hütte aus Schneeblöcken der Eskimos
**ignorant**, (lat.): unwissend und ohne Bemühen, Wissen zu erwerben, beschränkt
**Ignorant**, (lat.), männl., –en: (abschätzig:) beschränkter und unwissender Mensch, der am Erwerb von Wissen nicht interessiert ist; Dummkopf
**Ignoranz**, (lat.), weibl., nur Sing.: Unwissenheit und mangelnder Erkenntniswille, Beschränktheit
**ignorieren**, (lat.): nicht wissen wollen; absichtlich nicht beachten; unberücksichtigt lassen, übergehen
**Iguanodon**, (gr.), sächl., –s: pflanzenfressender Dinosaurier der Kreidezeit
**Ikebana**, (japan.), sächl., nur Sing.: die japanische Kunst des Blumensteckens und symbolträchtigen Blumenordnens
**Ikone**, (gr.), weibl., –n: ostkirchliches Heiligenbild
**Ikonographie**, (gr.), weibl., nur Sing.: Beschreibung der Darstellungsinhalte und Sinndeutung alter Bildwerke
**Ikonologie**, (gr.), weibl., nur Sing.: Lehre vom Sinngehalt alter Bildwerke
**Ikonoklasmus**, (gr.), männl., –klasmen: Bildersturm
**Ikonoklast**, (gr.), männl., –en: Bilderstürmer
**Ikosaeder**, (gr.), sächl., –: von 20 Flächen begrenzter regelmäßiger Körper, Zwanzigflächner (Math.)
**ikterisch**, (gr.): gelbsüchtig; die Gelbsucht betreffend (Med.)
**Ikterus**, (gr.), männl., nur Sing.: Gelbsucht (Med.)
**Iktus**, (lat.), männl., Ikten: 1. Stoß, Schlag, 2. Ton, betonte Silbe, Hebung im Vers, 3. unerwartetes Auftreten von schweren Krankheitserscheinungen (Med.)
**Ileum**, (lat.), sächl., nur Sing.: unterer Dünndarmabschnitt (Med.)
**Ileus**, (lat.), männl., Ileen: Darmverschluss (Med.)
**Ilex**, (lat.), weibl., nur Sing.: Stechpalme (Bot.)
**illegal**, (lat.): nicht legal, ungesetzlich; gesetzwidrig (Gegens.: legal)
**Illegalität**, (lat.), weibl., –n: 1. illegaler Zustand; Ungesetzlichkeit, Gesetzwidrigkeit, 2. illegale Handlung(sweise)

**illegitim,** (lat.): 1. nicht legitim, unrechtmäßig; unstatthaft (Gegens.: legitim), 2. unehelich (Gegens.: legitim)
**Illegitimität,** (lat.), weibl., nur Sing.: Unrechtmäßigkeit, unrechtmäßiges Verhalten
**illiberal,** (lat.): nicht liberal
**illimitiert,** (lat.): unbeschränkt, unbegrenzt
**illiquid,** (lat.): nicht zahlungsfähig
**illoyal,** ['i.loa'ja:l, fr.]: nicht loyal, (z. B. den Vorgesetzten, den Staat oder eine andere Instanz) nicht respektierend, untreu (Gegens.: loyal)
**Illoyalität,** [i.loajali'tä:t, fr.], weibl., –en: illoyales Verhalten, Untreue (Gegens.: Loyalität)
**Illumination,** (lat.), weibl., –en: 1. farbige Festbeleuchtung, 2. das Ausmalen (z. B. von Stichen, Drucken, alten Handschriften)
**illuminieren,** (lat.): 1. farbig und festlich erleuchten; erhellen, 2. ausmalen, kolorieren
**Illusion,** (lat.), weibl., –en: 1. sich selbst täuschende Wunschvorstellung, trügerische Hoffnung, 2. trügerische Wahrnehmung, Wahnbild, 3. durch Zauberkunststücke bewirkte Täuschung
**illusionär,** (lat.): 1. auf Illusionen beruhend, 2. vgl. illusionistisch
**Illusionismus,** (lat.), männl., nur Sing.: 1. philosophische Anschauung, die alle Wahrheit, Sittlichkeit und Schönheit als Illusion erklärt, 2. (z. B.: Räumlichkeit) vortäuschende Bildwirkung
**Illusionist,** (lat.), männl., –en: 1. Schwärmer, Träumer, wirklichkeitsfremder Mensch, 2. Zauberkünstler, 3. Vertreter des Illusionismus (1)
**illusionistisch,** (lat.): 1. auf Illusionen beruhend, Illusionen erzeugend, 2. (z. B. räumliche) Wirkung vortäuschend (v. a. in der Malerei)
**illusorisch,** (lat.): nur als Illusion bestehend, eingebildet; trügerisch, täuschend; vergeblich
**illuster,** (lat.): 1. glanzvoll, 2. vornehm, erlaucht (z. B.: illustre Gäste)
**Illustration,** (lat.), weibl., –en: 1. Bebilderung, Ausstattung mit Bildern (insbes. eines Buches); Abbildung, 2. Erläuterung; Veranschaulichung
**illustrativ,** (lat.): (durch Illustrationen) erläuternd, veranschaulichend
**Illustrator,** (lat.), männl., Illustratoren: Künstler, der ein Buch illustriert
**illustrieren,** (lat.): 1. bebildern, (ein Buch) mit Bildern ausstatten, 2. erläutern, veranschaulichen
**Illustrierte,** (lat.), weibl., –n: illustrierte Zeitschrift
**illuvial,** (lat.): in den Boden eingeschwemmt, im Boden angereichert (Geol.)
**Ilmenit,** männl., –e: nach dem russischen Ilmengebirge benanntes Eisenerz, ein Mineral
**Image,** ['i.midsch, engl.], sächl., –s ['i.midschis]: 1. Vorstellung, die die Öffentlichkeit von einer Person, einer Sache oder Firma hat; Persönlichkeitsbild, 2. Bild, das der Öffentlichkeit dargeboten wird
**imaginär,** (lat.): nur in der Einbildung bestehend, scheinbar, vermeintlich, unwirklich
**Imagination,** (lat.), weibl., –en: Einbildung; künstlerische Einbildungskraft, Phantasie
**imaginieren,** (lat.): sich einbilden; anschaulich machen
**Imago,** (lat.), weibl., Imagines: 1. im Unterbewusstsein vorhandenes Bild einer Person (mit Symbolcharakter; Psychol.), 2. voll ausgebildetes, geschlechtsreifes Insekt (Biol.)
**Imam,** (arab.), männl., –s oder –e: 1. Vorbeter in einer Moschee, Leiter des ge-

meinschaftlichen islamischen Gebets, 2. religiöses Oberhaupt der Schiiten (in der Nachfolge Mohammeds)
**imbezil, imbezill,** (lat.): mittelgradig schwachsinnig (Med.)
**Imitat,** (lat.), sächl., –e: vgl. Imitation
**Imitation,** (lat.), weibl., –en: Nachahmung, Nachbildung
**imitativ,** (lat.): auf Imitation beruhend, nachahmend
**Imitator,** (lat.), männl., Imitatoren: jmd., der z. B. Tierstimmen nachahmen kann; Nachahmer
**imitatorisch,** (lat.): nachahmend
**imitieren,** (lat.): nachahmen, nachbilden
**Immaculata,** (lat. »die Unbefleckte«), weibl., nur Sing.: Beiname Marias in der kathol. Kirche
**immanent,** (lat.): (in etwas) enthalten, einbegriffen, innewohnend; in der Sache liegend, innerhalb eines Bereiches bleibend
**Immanenz,** (lat.), weibl., nur Sing.: das Enthaltensein, das Innewohnen
**immateriell,** (lat.): unstofflich, unkörperlich; geistig (Gegens.: materiell)
**Immatrikulation,** (lat.), weibl., –en: Einschreibung in die Liste (Matrikel) der Studierenden einer Hochschule (Gegens.: Exmatrikulation)
**immatrikulieren,** (lat.): in die Liste (Matrikel) der Studierenden einer Hochschule aufnehmen; sich i.: sich in die Liste der Studierenden einer Hochschule einschreiben lassen
**immediat,** (lat.): unmittelbar, ohne Vermittlung
**immens,** (lat.): unermesslich (viel oder groß), unvorstellbar
**immensurabel,** (lat.): unmessbar
**Immensurabilität,** (lat.), weibl., nur Sing.: Unmessbarkeit
**Immersion,** (lat.), weibl., –en: das Eintauchen, Untertauchen
**Immigrant,** (lat.), männl., –en: Einwanderer aus einem anderen Staat (Gegens.: Emigrant)
**Immigration,** (lat.), weibl., –en: Einwanderung (Gegens.: Emigration)
**immigrieren,** (lat.): einwandern (Gegens.: emigrieren)
**imminent,** (lat.): nahe bevorstehend, drohend
**Immission,** (lat.), weibl., –en: 1. das Einführen Luft verunreinigender Substanzen, radioaktiver Strahlen, belästigenden Lärms o. Ä. in die Atmosphäre, das Freisetzen von Schadstoffen, 2. Einsetzung in ein Amt
**immobil,** (lat.): 1. unbeweglich (Gegens.: mobil), 2. nicht für den Krieg bereit
**Immobilien,** (lat.), weibl., Plur.: unbewegliches Vermögen; Gebäude, Grundstücke
**immobilisieren,** (lat.): (Gliedmaßen) ruhig stellen (Med.)
**Immobilität,** (lat.), weibl., nur Sing.: 1. Unbeweglichkeit (Gegens.: Mobilität), 2. Zustand nicht vorhandener Kriegsbereitschaft (einer Armee)
**immoralisch,** (lat.): unmoralisch
**Immoralismus,** (lat.), männl., nur Sing.: Ablehnung der Verbindlichkeit moralischer Grundsätze und Werte (Philos.)
**Immoralität,** (lat.): Gleichgültigkeit gegenüber moralischen Grundsätzen; Unmoral
**Immortalität,** (lat.), weibl., nur Sing.: Unsterblichkeit (Gegens.: Mortalität)
**Immortelle,** (lat.-fr.), weibl., –n: Strohblume, die nach dem Trocknen Form und Farbe behalten hat
**immun,** (lat.): 1. unempfänglich, geschützt (gegen bestimmte Krankheiten), von Ansteckungsgefahr nicht bedroht (Med.), 2. (bei Parlamentsmitgliedern:) den gesetzlichen Schutz der Immunität genießend, 3. unempfindlich
**immunisieren,** (lat.): immun machen

**Immunität,** (lat.), weibl., nur Sing.: 1. angeborene oder erworbene Unempfindlichkeit eines Organismus gegen bestimmte Krankheitserreger (Med.; Biol.), 2. verfassungsrechtlich garantierter Schutz der Parlamentsmitglieder vor Maßnahmen der Strafbehörden (Rechtsw.)
**Immunologie,** (lat.), weibl., nur Sing.: Wissenschaft von der Immunität (1) und den damit zusammenhängenden Reaktionen des menschlichen Organismus (Med.)
**Immunologe,** (lat.), männl., –en: Wissenschaftler auf dem Gebiet der Immunologie
**Immunsystem,** (lat.-gr.), sächl., –e: körpereigenes System zum Schutz vor Ansteckungskrankheiten (Biol.)
**Immutabilität,** (lat.), weibl., nur Sing.: Unveränderlichkeit
**Impact,** ['i.mpäkt, engl.], männl., –s: Stärke der Werbewirksamkeit
**impair,** [än'pä:r, fr.]: (in Bezug auf Zahlen beim Roulettespiel:) ungerade (Gegens.: pair)
**Impasto,** (italien.), sächl., –s oder Impasti: (in der Malerei:) dicker Farbauftrag
**Impedanz,** (lat.), weibl., –en: Scheinwiderstand eines von Wechselstrom durchflossenen Leiters (Phys.)
**imperativ,** (lat.): befehlend, bindend
**Imperativ,** (lat.), männl., –e: Befehlsform des Verbs (z. B.: arbeite!)
**imperativisch,** (lat.): in der Art eines Imperativs, in Befehlsform
**Imperator,** (lat.), männl., Imperatoren: (im antiken Rom:) Titel des Oberbefehlshabers oder des röm. Kaisers
**Imperfekt,** (lat.), sächl., –e: erste oder unvollendete Vergangenheit (eine Zeitform des Verbs, z. B.: er ging, wir kamen)
**imperforabel,** (lat.): nicht durchbohrbar
**imperial,** (lat.): das Imperium betreffend, kaiserlich
**Imperialismus,** (lat.), männl., nur Sing.: Großmachtstreben eines Staates nach Macht und Kontrolle über fremde Völker; insbes. die Expansionspolitik der Großmächte im 19. und 20. Jh., die zur Gründung von Kolonialreichen führte
**Imperialist,** (lat.), männl., –en: Vertreter des Imperialismus
**imperialistisch,** (lat.): in der Art des Imperialismus, den Imperialismus betreffend
**Imperium,** (lat.), sächl., Imperien: 1. Kaiserreich, Weltreich, 2. (im antiken Rom:) höchste Befehlsgewalt
**impermeabel,** (lat.): undurchlässig, undurchdringlich
**Impermeabilität,** (lat.), weibl., nur Sing.: Undurchlässigkeit
**impertinent,** (lat.): ungehörig, unverschämt, frech, unausstehlich
**Impertinenz,** (lat.), weibl., –en: Ungehörigkeit, Unverschämtheit, Frechheit
**impetiginös,** (lat.): borkig, mit Pusteln versehen (Med.)
**Impetigo,** (lat.), weibl., nur Sing.: eine ansteckende Hautkrankheit mit Eiter- oder Blasengrind, Eiterflechte (Med.)
**impetuoso,** (italien.): stürmisch, ungestüm (Mus.)
**Impetus,** (lat.), männl., nur Sing.: innerer Antrieb, Anstoß, Schwung
**Implantat,** (lat.), sächl., –e: in den Körper eines Empfängers eingepflanztes körperfremdes Organ, Organteil oder Gewebe (Med.)
**Implantation,** (lat.), weibl., –en: 1. Einpflanzung von körperfremden Gewebsstücken, Organen oder Organteilen in den Körper (Med.), 2. Einnistung einer befruchteten Eizelle in die Uterusschleimhaut (Biol.)
**implantieren,** (lat.): einpflanzen, eine Implantation (1) durchführen (Med.)

**Implement,** (lat.), sächl., –e: Ergänzung, Erfüllung
**implementieren,** (engl.): in ein Anwendungsprogramm einfügen (EDV)
**Implikation,** (lat. »Verflechtung«), weibl., –en: 1. Miteinbeziehung (eines Umstandes), 2. aussagenlogische Verknüpfung, eine »wenn-so«-Beziehung (Zeichen: -> ; z. B.: A -> B; Math.; Philos.; Sprachwiss.)
**implizieren,** (lat.): 1. einbeziehen, mit einschließen, 2. zur Folge haben, mit sich bringen
**implizit,** (lat.): nicht ausdrücklich, aber mit einbezogen, mit enthalten, einschließlich (Gegens.: explizit)
**implizite,** (lat.): einschließlich, mit inbegriffen
**implodieren,** (lat.): durch Überdruck von außen zerstört werden
**Implosion,** (lat.), weibl., –en: Zerstörung eines luftleeren Gefäßes durch Überdruck von außen
**Imponderabilien,** (lat.), weibl., Plur.: Unwägbarkeiten, unberechenbare Einflüsse
**imponieren,** (lat.): sehr beeindrucken, Bewunderung einflößen
**Import,** (lat.), männl., –e: Einfuhr (Gegens.: Export)
**Importeur,** [impor'tö:r, fr.], männl., –e: Einfuhrunternehmer, Kaufmann, der aus dem Ausland Waren einführt
**importieren,** (lat.): aus dem Ausland Waren einführen
**imposant,** (lat.): 1. auffallend, bedeutsam, eindrucksvoll, 2. stattlich, großartig, überwältigend
**impotent,** (lat.): 1. zeugungsunfähig, unfähig, Kinder zu zeugen, 2. unfähig zum Geschlechtsverkehr, 3. unvermögend, untüchtig
**Impotenz,** (lat.), weibl., –en: 1. Zeugungsunfähigkeit, Unfruchtbarkeit des Mannes, 2. Unvermögen des Mannes, den Geschlechtsverkehr auszuüben, 3. Unfähigkeit, Untüchtigkeit
**imprägnieren,** (lat.): feste Stoffe mit einem flüssigen Schutzmittel gegen Feuchtigkeit oder Zerfall tränken
**Impresario,** (italien.), männl., –s: (ehemals Bez. für:) Konzert- oder Theateragent, der die geschäftlichen Interessen eines Künstlers vertritt
**Impression,** (lat.), weibl., –en: Gefühlseindruck, Empfindung; Sinneswahrnehmung
**Impressionismus,** (lat.), männl., nur Sing.: Stilrichtung in Malerei, Literatur und Musik am Ende des 19. Jh., die momentane subjektive Eindrücke und Stimmungen wiederzugeben sucht (berühmte Maler des I.: Degas, Manet, Monet, Renoir)
**Impressionist,** (lat.), männl., –en: Vertreter des Impressionismus
**impressionistisch,** (lat.): den Impressionismus betreffend; im Stile des Impressionismus gestaltet
**Impressum,** (lat.), sächl., Impressen: (in Büchern, Zeitungen, Zeitschriften u. Ä.:) Angabe über Herausgeber, Verlag, Verlagsort, Erscheinungsjahr u. Ä.
**Imprimatur,** (lat. »es werde gedruckt«), sächl., nur Sing.: Vermerk des Autors oder Verlegers, dass der Schriftsatz zum Druck freigegeben ist
**Imprimé,** [änpri'me:, fr.], männl., –e: bedruckter Seidenstoff
**imprimieren,** (lat.): zum Druck freigeben, das Imprimatur erteilen
**Impromptu,** [änpron'tü:, fr.], sächl., –s: improvisationsartig komponiertes Musikstück für Klavier (häufig bei: Chopin oder Schubert)
**Improvisation,** (lat.), weibl., –en: 1. unvorbereitete Handlung, 2. unvorbereitet aus dem Stegreif gehaltene Rede, 3. künstlerisches Gestalten aus dem Stegreif, 4. Ergebnis einer künstlerischen Gestaltung aus dem Stegreif

**improvisieren,** (lat.): 1. unvorbereitet handeln, 2. unvorbereitet aus dem Stegreif eine Rede halten, 3. künstlerisch gestalten aus dem Stegreif
**Impuls,** (lat.), männl., –e: 1. Anregung, Anstoß; plötzliche Eingebung, 2. Bewegungsgröße, Kraftstoß, Produkt aus Kraft und Zeit der Einwirkung (Phys.)
**impulsiv,** (lat.): 1. durch einen Impuls veranlasst, einer Eingebung sofort folgend, spontan handelnd, 2. lebhaft, temperamentvoll
**Impulsivität,** (lat.), weibl., nur Sing.: impulsives Wesen; impulsives Handeln, Lebhaftigkeit
**in absentia,** (lat.): in Abwesenheit (des Angeklagten)
**in abstracto,** (lat.): im allgemeinen, ohne Berücksichtigung der besonderen Gegebenheiten (Gegens.: in concreto)
**inadäquat,** (lat.): nicht entsprechend, unangemessen, ungleichwertig, unpassend (Gegens.: adäquat)
**in aeternum,** (lat.): auf ewig
**inakkurat,** (lat.): nicht gleichmäßig, ungenau (Gegens.: akkurat)
**inaktiv,** (lat.): 1. nicht aktiv, untätig, passiv (Gegens.: aktiv), 2. beurlaubt, außer Dienst, im Ruhestand (Gegens.: aktiv), 3. chem. unwirksam, keine Reaktion zeigend (Gegens.: aktiv; Chem.)
**Inaktivität,** (lat.), weibl., nur Sing.: 1. Untätigkeit, Passivität (Gegens.: Aktivität), 2. Unwirksamkeit (Gegens.: Aktivität)
**inakzeptabel,** (lat.): nicht akzeptabel, unannehmbar
**Inappetenz,** (lat.), weibl., nur Sing.: fehlendes Verlangen (Med.)
**Inauguraldissertation,** (lat.), weibl., –en: wissenschaftliche Abhandlung, die dem Erlangen der Doktorwürde dient
**Inauguration,** (lat.), weibl., –en: feierliche Einsetzung in ein akademisches Amt oder eine akademische Würde
**Inbusschlüssel,** (Kurzw. aus: **In**nensechskant und den Initialen der Herstellerfirma **B**auer **u**nd **S**chaurig), Wz, männl., –: Schraubenschlüssel zum Einsetzen oder Lösen von Innensechskantschrauben
**Incentive,** [in'ßentiw, engl.], sächl., –s: 1. Leistungsanreiz z. B. in Form von Steuervorteilen, 2. (vorher ausgesetzte) Belohnung von Mitarbeitern (Vertretern) für besondere Erfolge (z. B. I.-Reise)
**Inch,** ['intsch, engl.], sächl., –es ['intschis]: angelsächsisches Längenmaß (Abk.: 1 in. = 2,54 cm)
**inclusive,** (lat.): vgl. inklusive
**in concert,** [in 'konßört, engl.]: bei einem öffentlichen Konzert (aufgenommen)
**in concreto,** (lat.): im besonderen, auf den Einzelfall bezogen (Gegens.: in abstracto)
**in corpore,** (lat.): allesamt, alle gemeinsam
**indefinit,** (lat.): unbestimmt
**Indefinitpronomen,** (lat.), sächl., –pronomina: vgl. Indefinitum
**Indefinitum,** (lat.), sächl., Indefinita: unbestimmtes Fürwort (z. B.: man, einem)
**indeklinabel,** (lat.): nicht deklinierbar, nicht beugbar
**Indemnität,** (lat.), weibl., nur Sing.: 1. nachträgliche parlamentarische Billigung einer Regierungsmaßnahme, 2. auch nach Beendigung des Mandats fortbestehende Straflosigkeit der Parlamentsabgeordneten für alle Äußerungen im Parlament (außer verleumderischen Beleidigungen)
**Independenz,** (lat.), weibl., nur Sing.: Unabhängigkeit
**indeterminiert,** (lat.): unbestimmt, nicht festgelegt, frei
**Index,** (lat.), männl., –e oder Indizes: 1. Register, Verzeichnis von Namen, Sachen, Orten, insbes. von verbotenen Büchern und Schriften, 2. zur Unterschei-

dung gleichartiger Größen meist tief neben die betreffende Größe geschriebene Kennziffer (auch als Buchstabe; Math.; Phys.), 3. Kennziffer, statistischer Messwert zur Kennzeichnung von Veränderungen wirtschaftlicher Daten (z. B. Preisindex), 4. Zeigefinger (Med.)

**indezent,** (lat.): nicht dezent, unschicklich, unanständig

**Indianapolisstart,** (engl.), männl., –s: nach der amerik. Stadt benannter fliegender Start bei Autorennen

**indifferent,** (lat.): 1. unentschieden; unbestimmt, 2. gleichgültig, teilnahmslos

**Indifferenz,** (lat.), weibl., –en: 1. Unbestimmtheit, 2. Gleichgültigkeit, Teilnahmslosigkeit

**Indigestion,** (lat.), weibl., –en: Verdauungsstörung (Med.)

**Indignation,** (lat.), weibl., nur Sing.: Unwille, Entrüstung, Missfallen

**indigniert,** (lat.): ungehalten, unwillig, entrüstet, verdrießlich, beleidigt

**Indigo,** (gr.), männl. oder sächl., –s: ältester, zunächst aus Pflanzen, heute synthetisch hergestellter blauer Farbstoff

**Indikation,** (lat.), weibl., –en: 1. Anzeichen, Merkmal, 2. Veranlassung für ein bestimmtes Heilverfahren (Med.), 3. Grund für einen Schwangerschaftsabbruch (Med.)

**Indikativ,** (lat.), männl., –e: Wirklichkeitsform des Verbs (Gegens.: Konjunktiv)

**Indikator,** (lat.): 1. Stoff, der durch Veränderung seiner Farbe eine bestimmte chem. Reaktion anzeigt (z. B. Lackmus; Chem.), 2. Gerät zum Aufzeichnen der Arbeitsleistung einer Maschine, 3. Merkmal, Anzeichen, das auf etwas hinweist (z. B.: auf eine Krankheit, einen technischen Fehler)

**Indio,** (span.), männl., –s: Indianer in Süd- oder Mittelamerika

**indirekt,** (lat.): nicht direkt, mittelbar, auf Umwegen (Gegens.: direkt)

**indiskret,** (lat.): nicht diskret, nicht verschwiegen, ohne die gebotene Zurückhaltung (Gegens.: diskret)

**Indiskretion,** (lat.), weibl., –en: 1. indiskretes Verhalten; Mangel an Verschwiegenheit, 2. Taktlosigkeit; Vertrauensbruch

**indiskutabel,** (lat.): nicht erörterungswürdig; nicht in Betracht kommend

**indisponibel,** (lat.): nicht verfügbar, festgelegt (Gegens.: disponibel)

**indisponiert,** (lat.): unpässlich; nicht aufgelegt, missgestimmt, körperlich oder seelisch in schlechter Verfassung

**Indisposition,** (lat.), weibl., –en: Unpässlichkeit; Missgestimmtheit, schlechte körperliche oder seelische Verfassung

**Indium,** (lat.), sächl., nur Sing.: chem. Element, ein Metall (Zeichen: In)

**individualisieren,** (lat.): die Individualität von etwas betrachten; das Besondere, das Eigentümliche hervorheben

**Individualismus,** (lat.), männl., nur Sing.: 1. Denk- und Handlungsweise, die den Bedürfnissen des Einzelnen Vorrang vor denen der Gemeinschaft einräumt, 2. ein Verhalten, das von Individualismus (1) zeugt; das Hervorheben von Eigenarten, Eigenwilligkeit

**Individualist,** (lat.), männl., –en: jmd., der im Sinne des Individualismus denkt und handelt

**individualistisch,** (lat.): im Sinne des Individualismus denkend und handelnd, auf Individualismus beruhend; eigenwillig

**Individualität,** (lat.), weibl., –en: 1. Einzigartigkeit, Eigenart, Eigentümlichkeit, 2. Persönlichkeit, eigenwillige Art eines Menschen

**Individuation,** (lat.), weibl., –en: Entfaltung der Persönlichkeit, Herausbildung der Eigenarten, Prozess der Selbstwerdung eines Menschen (Gegens.: Sozialisation; Psychol.)

**individuell,** (lat.): 1. das Individuum betreffend, 2. den Bedürfnissen jedes Einzelnen entsprechend, 3. durch die Individualität der Einzelpersönlichkeit gekennzeichnet, eigentümlich

**Individuum,** (lat. »das Unteilbare«), sächl., Individuen: 1. Einzelmensch, Einzelwesen, 2. (abschätzig:) verkommener Mensch

**indivisibel,** (lat.): unteilbar

**Indiz,** (lat.), sächl., Indizien: 1. Merkmal, Anzeichen, 2. Verdacht erregende oder erhärtende Tatsache (Rechtsw.)

**indizieren,** (lat.): 1. anzeigen, auf etwas hinweisen, 2. als ratsam erscheinen lassen, 3. auf den Index (1) setzen; verbieten, 4. mit einem Index (2) versehen

**indiziert,** (lat.): angezeigt, ratsam, erforderlich

**Indogermanen,** (lat.), weibl., Plur.: Sammelbez. für eine Gruppe von Völkern, die zur indogermanischen Sprachfamilie gehören

**indogermanisch,** (lat.): die Indogermanen oder die Sprache der Indogermanen betreffend

**Indogermanistik,** (lat.), weibl., nur Sing.: vergleichende Wissenschaft, die Herkunft und Verzweigung der indogermanischen Sprachen erforscht

**Indoktrination,** (lat.), weibl., –en: das Indoktrinieren, massive ideologische Beeinflussung

**indoktrinieren,** (lat.): massiv im Sinne einer bestimmten Überzeugung, Lehre oder Ideologie beeinflussen; zu einer bestimmten politischen Haltung drängen

**indolent,** (lat.): 1. unempfindlich für Eindrücke, gleichgültig, träge, lässig, 2. unempfindlich gegen Schmerzen (Med.)

**Indolenz,** (lat.), weibl., nur Sing.: 1. Unempfindlichkeit, 2. Gleichgültigkeit; Trägheit, Lässigkeit

**Indologe,** (gr.), männl., –en: Wissenschaftler auf dem Gebiet der Indologie

**Indologie,** (gr.), weibl., nur Sing.: Wissenschaft von indischen Sprachen und Kulturen

**Indossament,** (lat.), sächl., –e: Übertragungserklärung, Übertragungsvermerk auf (der Rückseite von) Wechseln

**Indosso,** (italien.): vgl. Indossament

**in dubio,** (lat.): im Zweifelsfalle

**in dubio pro reo,** (lat.): im Zweifel für den Angeklagten (alter Rechtsgrundsatz, nach dem bei nicht zweifelsfrei erwiesener Schuld ein Angeklagter freizusprechen ist)

**Induktion,** (lat.), weibl., –en: 1. Ableitung des Allgemeinen aus dem Besonderen, dem Einzelfall; wissenschaftliche Methode, Gesetzmäßigkeiten aus Einzelfällen abzuleiten (Gegens.: Deduktion), 2. das Auftreten einer elektrischen Spannung in einem Leiter nach Änderung des magnetischen Flusses (Phys.)

**induktiv,** (lat.): 1. das Allgemeine aus dem Besonderen, dem Einzelfall ableitend, schlussfolgernd nach der wissenschaftlichen Methode der Induktion (Gegens.: deduktiv); durch Induktion (1) gewonnen, 2. auf Induktion (2) beruhend

**indulgent,** (lat.): nachgiebig; nachsichtig, milde, duldsam

**Induration,** (lat.), weibl., –en: Organ- oder Gewebeverhärtung (Med.)

**industrialisieren,** (lat.): (in einem Land oder einem Betrieb) industrielle Herstellungsmethoden einführen

**Industrie,** (lat.), weibl., –n: 1. Massenherstellung von Waren auf maschinellem Wege, 2. Gesamtheit der Betriebe, in denen maschinell Waren hergestellt werden

**industriell,** (lat.): 1. die Industrie betreffend, 2. mit Hilfe der Industrie hergestellt

**Industrielle,** (lat.), männl., –n: Unternehmer in der Industrie, Inhaber eines Industriebetriebes

**induzieren,** (lat.): 1. das Allgemeine aus dem Besonderen, dem Einzelfall ableiten, schlussfolgern nach der wissenschaftlichen Methode der Induktion (1), von Einzelfällen auf Gesetzmäßigkeiten schließen (Gegens.: deduzieren), 2. elektrischen Strom durch Induktion (2) erzeugen (Phys.)

**ineffektiv,** (lat.): unwirksam (Gegens.: effektiv)

**ineffizient,** (lat.): nicht leistungsfähig, unwirtschaftlich (Gegens.: effizient)

**Ineffizienz,** (lat.), weibl., nur Sing.: mangelnde Leistungsfähigkeit, Unwirtschaftlichkeit (Gegens: Effizienz)

**inert,** (lat.): untätig, träge

**inessenziell** (auch: inessentiell), (lat.): unwesentlich (Gegens.: essenziell)

**inexakt,** (lat.): ungenau (Gegens.: exakt)

**inexistent,** (lat.): nicht vorhanden (Gegens.: existent)

**in extenso,** (lat.): in aller Ausführlichkeit, vollständig

**in facto,** (lat.): in Wirklichkeit, wirklich

**infallibel,** (lat.): unfehlbar (vom Papst)

**Infallibilität,** (lat.), weibl., nur Sing.: die Unfehlbarkeit (des Papstes)

**infam,** (lat.): niederträchtig, gemein, schändlich; ehrlos, anrüchig

**Infamie,** (lat.), weibl., –n: Niedertracht, Schändlichkeit; Unverschämtheit

**Infant,** (lat.-span.), männl., –en: (histor.) Titel der königlichen Prinzen in Spanien und Portugal

**Infanterie,** (lat.), weibl., –n: Fußtruppe, Waffengattung der Landstreitkräfte

**Infanterist,** (lat.), männl., –en: Soldat der Infanterie

**infantil,** (lat.): kindlich; (abschätzig:) kindisch, zurückgeblieben, geistig unterentwickelt

**Infantilität,** (lat.), weibl., nur Sing.: Kindlichkeit, infantiles Verhalten; (abschätzig:) kindisches Wesen, Unreife

**Infarkt,** (lat.), männl., –e: das Absterben eines Organs, Organteils oder Gewebestücks nach längerer Blutleere infolge des Verschlusses einer Arterie (z. B. des Herzens: Herzinfarkt; Med.)

**Infekt,** (lat.), männl., –e: 1. Ansteckung (Med.), 2. Infektionskrankheit (Med.)

**Infektion,** (lat.), weibl., –en: 1. Ansteckung; Übertragung von Krankheitserregern (Med.), 2. (umg.) Infektionskrankheit, Entzündung

**infektiös,** (lat.): ansteckend; durch Ansteckung hervorgerufen (Med.)

**inferior,** (lat.): 1. untergeordnet, 2. gering, minderwertig

**Inferiorität,** (lat.), weibl., nur Sing.: 1. untergeordnete Stellung, 2. Minderwertigkeit

**infernalisch,** (lat.): höllisch, teuflisch

**Inferno,** (lat.-italien.), sächl., –s: 1. Hölle, Unterwelt, 2. entsetzliches Geschehen großen Ausmaßes

**infertil,** (lat.): unfruchtbar; unfähig, eine Schwangerschaft auszutragen (Med.)

**Infertilität,** (lat.), weibl., nur Sing.: Unfruchtbarkeit (Med.)

**Infight,** ['infait, engl.], männl., –s: (beim Boxen:) Nahkampf

**Infiltrat,** (lat.), sächl., –e: in ein Gewebe eingedrungene Substanz (Med.)

**Infiltration,** (lat.), weibl., –en: 1. das Eindringen, Einsickern, Einflößen (z. B. von Flüssigkeiten), 2. das Einflößen von politischem Gedankengut, ideologische Unterwanderung

**infiltrieren,** (lat.): 1. eindringen, einsickern, einflößen, 2. politisch beeinflussen, ideologisch unterwandern

**Infimum,** (lat.), sächl., Infima: größte untere Schranke (Math.)

**infinit,** (lat.): unbestimmt (Sprachwiss.)

**infinitesimal,** (lat.): zu einem Grenzwert hin unendlich klein werdend (Math.)
**Infinitesimalrechnung,** (lat.-dt.) weibl., –en: Differenzial- und Integralrechnung (Math.)
**Infinitiv,** (lat.), männl., –e: unbestimmte Form des Verbs, Grundform des Verbs, die nicht durch Person, Numerus und Modus bestimmt ist
**Infirmität,** (lat.), weibl., nur Sing.: Gebrechlichkeit (Med.)
**Infix,** (lat.), sächl., –e: in den Wortstamm eingefügtes Bildungselement (Sprachwiss.)
**infizieren,** (lat.): Krankheitserreger übertragen, anstecken (Med.)
**in flagranti,** (lat.): auf frischer Tat
**inflammabel,** (lat.): entflammbar, entzündbar
**Inflation,** (lat. »Aufblähung«), weibl., –en: 1. Geldentwertung, übermäßige Erhöhung der umlaufenden Geldmenge verbunden mit einem Anstieg der Preise (Gegens.: Deflation), 2. (übertragen:) Entwertung durch zu häufiges Auftreten oder Verwenden (z. B. von Begriffen oder Redewendungen wie »in dieser historischen Stunde«)
**inflationär, inflatorisch,** (lat.): Inflation bewirkend; zu häufig auftretend oder verwendend
**inflationieren,** (lat.): eine Inflation herbeiführen; inflationär wirken; zu häufig verwenden
**Inflationismus,** (lat.), männl., nur Sing.: eine Wirtschaftspolitik, die durch Erhöhung des Geldumlaufs die Wirtschaft eines Landes beeinflusst
**inflationistisch,** (lat.): 1. den Inflationismus betreffend, 2. eine Politik des Inflationismus betreibend, inflationär (Gegens.: deflationistisch)
**inflexibel,** (lat.): 1. nicht biegbar, starr, 2. nicht anpassungsfähig, 3. nicht beugbar
**Infloreszenz,** (lat.), weibl., –en: Blütenstand (Bot.)
**Influenz,** (lat.), weibl., –en: Trennung elektrischer Ladungen in einem Leiter durch Einwirkung eines äußeren elektrischen Feldes (Phys.)
**Influenza,** (lat.), weibl., nur Sing.: Grippe (Med.)
**Info,** (Kurzw. für: **Info**rmation), sächl., –s: Informationsblatt
**Informand,** (lat.), männl., –en: jmd., der informiert wird oder werden soll
**Informant,** (lat.), männl., –en: jmd., der andere informiert; Überbringer von (möglicherweise geheimen) Informationen
**Informatik,** (lat.), weibl., nur Sing.: Wissenschaft und Lehre von den systematischen Verfahren zur Datenverarbeitung, den Anlagen zur Datenverarbeitung und ihrer Anwendung
**Informatiker,** (lat.), männl., –: Wissenschaftler der Informatik
**Information,** (lat.), weibl., –en: 1. Auskunft, Nachricht Mitteilung, 2. Aufklärung, Belehrung, 3. (in der Informatik:) durch physikalische Signale gegebene Mitteilung
**informativ,** (lat.): Informationen vermittelnd, Auskunft gebend; aufschlussreich, belehrend
**Informator,** (lat.), männl., Informatoren: jmd., der andere informiert oder informieren soll
**informatorisch,** (lat.): Informationen vermittelnd, einen ersten Überblick verschaffend
**informell,** (lat.): vgl. informatorisch
**informell,** (lat.): ohne Formalitäten, zwanglos, nicht offiziell (Gegens.: formell)
**informieren,** (lat.): 1. Informationen vermitteln, Auskunft geben, in Kenntnis setzen, benachrichtigen; aufklären, belehren, 2. sich informieren: sich Kenntnis verschaffen, Erkundigungen einziehen

**Infotainment,** (engl.), sächl.: Präsentationsform, bei der Informationen unterhaltend dargeboten werden

**infrakrustal,** (lat.): unterhalb der Erdkruste gelegen (Geol.)

**Infraktion,** (lat.), weibl., –en: Knickungsbruch, unvollständiger Knochenbruch (Med.)

**Infrarot,** (lat.-dt.), sächl., nur Sing.: jenseits des roten Bereiches vom Lichtspektrum liegende unsichtbare, elektromagnetische Wärmestrahlen (Phys.)

**Infrastruktur,** (lat.), weibl., –en: sämtliche der öffentlichen Einrichtungen eines Gebietes, die für das Funktionieren des öffentlichen Lebens, insbes. der Wirtschaft erforderlich sind (z. B.: Elektrizitäts- und Wasserversorgung, Verkehrs- und Beförderungseinrichtungen, Straßennetz, Krankenhäuser, Schulen)

**infundieren,** (lat.): eine Infusion vornehmen (Med.)

**Infusion,** (lat. »Eingießung«), weibl., –en: (meist intravenöse) Zufuhr größerer Flüssigkeitsmengen in den Körper (Med.)

**Infusorium,** (lat.), sächl., Infusorien: Aufgusstierchen, einzelliges Wimpertierchen

**in genere,** (lat.): im allgemeinen

**Ingenieur,** [inscheni'ö:r, fr.], männl., –e: Berufsbezeichnung für Fachleute, die auf technischem Gebiet wissenschaftlich ausgebildet sind

**ingeniös,** (lat.): erfinderisch; scharfsinnig, geistvoll

**Ingeniosität,** (lat.), weibl., nur Sing.: Erfindungsgabe; Scharfsinn

**Ingenium,** (lat.), sächl., Ingenien: Begabung, Geistesanlage; Erfindungskraft

**Ingestion,** (lat.), weibl., nur Sing.: Nahrungsaufnahme (Med.)

**Ingredienz,** (lat.), weibl., –en: 1. Zutat (einer Mischung, einer Speise), 2. Bestandteil (einer Arznei)

**Ingression,** (lat.), weibl., –en: langsames Vordringen eines Meeres auf ein Festland (Geogr.)

**Ingroup,** ['i.ngru:p, engl.], weibl., –s: Gruppe, zu der man gehört und der man sich stark verbunden fühlt (Psychol.)

**Ingwer,** (sanskr.-fr.), männl., nur Sing.: 1. Staudenpflanze der Tropen und Subtropen, 2. aus dem Wurzelstock des Ingwer (1) gewonnenes Gewürz

**Inhalation,** (lat.), weibl., –en: Einatmung von heilenden Dämpfen oder fein zerstäubten Flüssigkeiten (insbes. bei Erkrankungen der Atemwege; Med.)

**Inhalator,** (lat.), männl., Inhalatoren: Gerät zum Inhalieren

**inhalieren,** (lat.): (zu Heilzwecken Dämpfe) einatmen (Med.)

**inhärent,** (lat.): (einer Sache) anhaftend, innewohnend (Philos.)

**Inhärenz,** (lat.), weibl., nur Sing.: das Innewohnen, das Anhaften der Eigenschaften an den Dingen, zu denen sie gehören (Philos.)

**Inhibitor,** (lat.), männl., Inhibitoren: Stoff, der einen chem. Reaktionsverlauf einschränkt, verzögert oder verhindert (Chem.)

**inhomogen,** (lat.): nicht gleichartig, verschieden (Gegens.: homogen)

**Inhomogenität,** (lat.), weibl., nur Sing.: Ungleichartigkeit (Gegens.: Homogenität)

**inhuman,** (lat.): menschenunwürdig; unmenschlich, grausam (Gegens.: human)

**Inhumanität,** (lat.), weibl., nur Sing.: inhumanes Verhalten, Unmenschlichkeit; menschenunwürdige Beschaffenheit (Gegens.: Humanität)

**Initial,** (lat.), sächl., –e: vgl. Initiale

**Initiale,** (lat.), weibl., –n: vergrößerter, meist verzierter Anfangsbuchstabe (in alten Büchern, Handschriften und Drucken)

**Initialwort,** (lat.-dt.), sächl., –wörter: Kurzw., das aus den Anfangsbuchstaben mehrerer Wörter gebildet ist

**Initiation,** (lat.), weibl., –en: 1. Aufnahme eines Neulings in einen Geheimbund, 2. (rituelle) Einführung von Jugendlichen in die Gemeinschaft der Erwachsenen (insbes. bei Naturvölkern)
**Initiationsritus,** (lat.), männl., –riten: Brauch, Zeremonie bei der Initiation
**initiativ,** (lat.): den Anstoß gebend, auslösend, anregend; die Initiative ergreifend; die Initiative besitzend
**Initiative,** (lat.), weibl., –n: 1. erste Anregung, erster Anstoß zu einer Handlung, 2. Entschlusskraft, Unternehmungsgeist, 3. eine Gruppe von Personen, die sich zusammengefunden hat, um bestimmte Forderungen politisch zu artikulieren und durchzusetzen (z. B.: Eltern-, Bürgerinitiative)
**Initiator,** (lat.), männl., –en: jmd., der den Anstoß zu einer Handlung gibt, der etwas auslöst; Anreger, Urheber
**initiieren,** (lat.): 1. anregen, auslösen, den Anstoß geben, in die Wege leiten, 2. jmdn. feierlich (in eine Gemeinschaft oder ein Amt) einführen, einweihen
**Injektion,** (lat.), weibl., –en: 1. das Einspritzen von gelösten Medikamenten in den Organismus mit Hilfe einer Spritze (Med.), 2. das Einbringen von Verfestigungsmitteln zur Ausbesserung und Befestigung von Bauwerken, 3. das Eindringen magmatischer Schmelze in Gesteinshohlräume (Geol.)
**injizieren,** (lat.): (gelöste Medikamente in den Organismus) einspritzen (Med.)
**Injurie,** (lat.), weibl., –n: Beleidigung (Rechtsw.)
**Inka,** (Ketschua »Herr«) männl., –s: (histor.) Angehöriger der ehemaligen adligen Herrschaftsschicht in Peru
**Inkarnation,** (lat.), weibl., –en: 1. Fleischwerdung, Menschwerdung (eines Gottes), 2. die Verkörperung von etwas Geistigem
**inkarnieren,** (lat.): sich verkörpern
**inkarniert,** (lat.): 1. fleischgeworden, 2. verkörpert
**Inkarzeration,** (lat.), weibl., –en: Einklemmung (Med.)
**Inkasso,** (italien.), sächl., –s: das Einziehen fälliger Geldforderungen
**Inklination,** (lat.), weibl., –en: 1. Neigung, Vorliebe, Hang, 2. Neigungswinkel einer Planetenbahnebene gegen die Erdbahnebene (Astron.), 3. Neigungswinkel der frei aufgehängten Magnetnadel zur Waagerechten (Geogr.)
**Inklusion,** (lat.), weibl., –en: Einschließung, Einschluss; das Enthaltensein
**inklusive,** (lat.): einschließlich, inbegriffen, mit eingerechnet (Abk.: inkl.; Gegens.: exklusive)
**inkognito,** (lat. »unerkannt«): unter fremdem Namen, heimlich
**Inkognito,** (lat.), sächl., –s: das Verheimlichen der Identität eines Menschen, das Führen eines fremden Namens
**inkohärent,** (lat.): unzusammenhängend, locker (Gegens.: kohärent)
**Inkohärenz,** (lat.), weibl., –en: Zusammenhanglosigkeit; Mangel an Zusammenhalt (Gegens.: Kohärenz)
**inkommensurabel,** (lat.): nicht messbar; nicht vergleichbar (Gegens.: kommensurabel; Math.)
**inkommodieren,** (lat.): jmdn. bemühen, belästigen, Ungelegenheiten verursachen
**inkompatibel,** (lat.): 1. (bei Medikamenten:) unverträglich (Gegens.: kompatibel; Med.), 2. unvereinbar, nicht aufeinander abgestimmt, nicht zusammenpassend (z. B. von Geräten zur Datenverarbeitung; Gegens.: kompatibel)
**Inkompatibilität,** (lat.), weibl., –en: 1. (bei Medikamenten:) Unverträglichkeit (Gegens.: Kompatibilität), 2. Unvereinbarkeit (Gegens.: Kompatibilität)

**inkompetent,** (lat.): nicht zuständig, nicht befugt; nicht maßgebend; nicht sachverständig (Gegens.: kompetent)
**Inkompetenz,** (lat.): Mangel an Kompetenz; Nichtzuständigkeit; Unfähigkeit (Gegens.: Kompetenz)
**inkomplett,** (fr.): unvollständig; nicht vollzählig; nicht vollendet (Gegens.: komplett)
**inkompressibel,** (lat.): nicht zusammenpressbar
**inkongruent,** (lat.): nicht übereinstimmend, nicht deckungsgleich (Gegens.: kongruent)
**Inkongruenz,** (lat.), weibl., –en: Nichtübereinstimmung (Gegens.: Kongruenz)
**inkonsequent,** (lat.): nicht folgerichtig, widersprüchlich; unbeständig, wankelmütig (Gegens.: konsequent)
**Inkonsequenz,** (lat.), weibl., –en: mangelnde Konsequenz; Widersprüchlichkeit; Unbeständigkeit (Gegens.: Konsequenz)
**inkonsistent,** (lat.): nicht haltbar, unbeständig; widersprüchlich (Gegens.: konsistent)
**Inkonsistenz,** (lat.), weibl., nur Sing.: mangelnde Haltbarkeit, Unbeständigkeit; Widersprüchlichkeit (Gegens.: Konsistenz)
**inkonstant,** (lat.): nicht gleich bleibend, unbeständig, wechselnd (Gegens.: konstant)
**Inkontinenz,** (lat.), weibl., –en: Unvermögen, Harn oder Stuhl zurückzuhalten (Med.)
**inkonvertibel,** (lat.): unwandelbar; nicht austauschbar
**inkonziliant,** (lat.): nicht entgegenkommend (Gegens.: konziliant)
**inkoordiniert,** (lat.): nicht aufeinander abgestimmt (Gegens.: koordiniert)
**inkorporal,** (lat.): im Körper befindlich (Med.)
**Inkorporation,** (lat.), weibl., –en: 1. Einverleibung; Eingemeindung, Angliederung eines Gebietes durch einen Staat, 2. Aufnahme in eine Gemeinschaft, Körperschaft oder studentische Verbindung, 3. die Aufnahme und Einverleibung insbes. einer radioaktiven Substanz in den Körper
**inkorporieren,** (lat.): einverleiben; eingliedern; aufnehmen
**inkorrekt,** (lat.): nicht einwandfrei, ungenau, fehlerhaft; unangemessen, ungehörig (Gegens.: korrekt)
**Inkrement,** (lat.), sächl., –e: Zuwachs, Zunahme (Math.)
**Inkret,** (lat.), sächl., –e: Stoff, der von den Blutdrüsen in den Körper abgegeben und dort wirksam wird (Med.)
**inkretorisch,** (lat.): ins Körperinnere absondernd (Med.)
**inkriminieren,** (lat.): beschuldigen, zur Last legen
**Inkrustation,** (lat.), weibl., –en: 1. Überkrustung, Krustenbildung (z. B. auf einem Gestein), 2. (insbes. in der Antike:) Verkleidung, farbige Verzierung (z. B. von Mauern oder Fußböden mit verschiedenfarbigen Steinplatten), 3. (im Kunsthandwerk:) ornamentartige Flächendekoration, 4. (im Schneiderhandwerk:) ornamentartiger Besatzteil; Überzug
**inkrustieren,** (lat.): 1. eine Kruste bilden, 2. mit einer Kruste überziehen; mit einer Inkrustation (2,3,4) verzieren
**Inkubation,** (lat.), weibl., –en: 1. (in der Antike:) Schlaf an heiligen Stätten, um Heilung oder göttliche Offenbarung zu erlangen, 2. Einnistung von Krankheitserregern im Organismus (Med.), 3. Bebrütung von Vogeleiern (Zool.)
**Inkubationszeit,** (lat.-dt.), weibl., –en: Zeitraum zwischen der Ansteckung und dem Ausbruch der Krankheit (Med.)
**Inkubator,** (lat.), männl., Inkubatoren: 1. Brutkasten, Gerät zur Pflege von Früh- und schwerkranken Neugebore-

nen (Med.), 2. Kasten zur Aufzucht von Bakterienkulturen oder zum künstlichen Erbrüten von Fischeiern
**Inkubus,** (lat.), männl., Inkuben: 1. (im röm. Volksglauben der Antike:) Alptraumdämon, Alpdruck, 2. (im Volksglauben des Mittelalters:) Teufel, der mit einer Hexe kopuliert
**inkulant,** (lat.): (im Geschäftsverkehr:) ungefällig, nicht entgegenkommend (Gegens.: kulant)
**Inkulanz,** (lat.), weibl., –en: (im Geschäftsverkehr:) Ungefälligkeit, mangelndes Entgegenkommen (Gegens.: Kulanz)
**Inkunabel,** (lat.), weibl., –n: vor dem 16. Jh. hergestelltes Werk der Buchdruckerkunst, Früh-, Wiegendruck
**inkurabel,** (lat.): unheilbar (Gegens.: kurabel)
**Inlay,** ['inle:j, engl.], sächl., –s: Zahnfüllung (Med.)
**Inliner,** ['inlaine(r), engl., –: Rollschuh mit hintereinander montierten Rädern in einer Linie
**Inlineskating,** ['inlainske:jtin(g), engl.], sächl., nur Sing.: mit Inlinern Rollschuh laufen
**in medias res,** (lat. »mitten in die Dinge«): unmittelbar zur Sache
**in memoriam,** (lat. »zum Andenken«): zum Gedächtnis
**in natura,** (lat.): 1. in natürlicher Gestalt, leibhaftig, wirklich, 2. (als Zahlungsweise) in Gestalt von Naturalien oder Sachwerten
**Innervation,** (lat.), weibl., –en: 1. Versorgung eines Organs mit Nerven oder Nervenfasern 2. Weiterleitung von Nervenreizen (Med.)
**in nomine,** (lat.): im Namen, im Auftrag
**in nomine Dei,** (lat.): im Namen Gottes (Abk.: I.N.D.)
**Innovation,** (lat.), weibl., –en: das Einführen von etwas Neuartigem, das Einbringen von neuen Ideen; Erneuerung
**innovativ,** (lat.): etwas Neuartiges einführend; Innovationen bewirkend
**innovatorisch,** (lat.): Innovationen beabsichtigend; Erneuerung bewirkend
**in nuce,** (lat.): im Kern; in Kürze, kurz und bündig
**inoffiziell,** (lat.): amtlich; unverbindlich; vertraulich (Gegens.: offiziell)
**Inokulation,** (lat.), weibl., –en: 1. Impfung (Med.), 2. das versehentliche Hineinbringen eines Krankheitserregers in den Organismus (Med.)
**inoperabel,** (lat.): nicht operierbar (Gegens.: operabel)
**inopportun,** (lat.): ungelegen, unpassend, unangebracht (Gegens.: opportun)
**Inopportunität,** (lat.), weibl., –tunitäten: Ungelegenheit; das Unangebrachtsein
**Inosit,** (gr.), männl., –e: in Wasser löslicher Wirkstoff, der in pflanzlichen und tierischen Geweben enthalten ist
**inoxydieren,** (lat.-gr.): (eine Metalloberfläche) mit einer Rostschutzschicht aus Oxyden überziehen
**in persona,** (lat.): in Person, persönlich
**in petto,** (italien.): geplant, bereit, im Sinn; (als Redensart: etwas i.p. haben, etwas vorhaben)
**in pleno,** (italien.): vollzählig
**in praxi,** (lat.-gr.): in der Praxis, in der Ausführung; tatsächlich, in der Wirklichkeit
**in puncto,** (lat.): in dem Punkt, hinsichtlich, in Bezug aus
**Input,** (engl.), männl. oder sächl., –s: 1. Eingabe, zugeführte Leistung, 2. die in einen Computer zur Verarbeitung eingegebenen Daten (Gegens.: Output; EDV), 3. die Produktionsmittel, die für einen Produktionsprozess eines Unternehmens erforderlich sind (Gegens.: Output)
**inquirieren,** (lat.): 1. untersuchen, nach etwas forschen, 2. verhören
**Inquisition,** (lat.), weibl., –en: 1. Untersuchung, strenges Verhör, 2. (histor.) bis

ins 19. Jh. in der kathol. Kirche bestehende Gerichtsinstitution zur Ermittlung von als Ketzer bezeichneten Abtrünnigen, die ihre Untersuchungen oft mit grausamen Foltermethoden führte

**Inquisitor,** (lat.), männl., Inquisitoren: 1. strenger Untersuchungsführer, 2. (histor.) Richter der Inquisition

**inquisitorisch,** (lat.): genau untersuchend, peinlich ausfragend, streng verhörend; in der Art einer Inquisition

**insan,** (lat.): geisteskrank, schwachsinnig (Med.)

**Insania,** (lat.), weibl., nur Sing.: Wahnsinn (Med.)

**Insekt,** (lat.), sächl., –en: zur Klasse der Gliederfüßer zählendes Kerbtier (nach den Einkerbungen zwischen Kopf, Brust und Hinterleib benannt; Biol.)

**insektivor,** (lat.): Insekten fressend, Insekten fangend (Biol.)

**Insektizid,** (lat.), sächl., –e: Mittel zur Vernichtung von Insekten, Schädlingsbekämpfungsmittel

**Insemination,** (lat.), weibl., –en: 1. künstliche Befruchtung, Besamung, 2. das Eindringen des Samens in das reife Ei (Med.)

**Inserat,** (lat.), sächl., –e: Anzeige (z. B. in einer Zeitung)

**Inserent,** (lat.), männl., –en: jmd., der eine Anzeige (z. B. in einer Zeitung) aufgibt

**inserieren,** (lat.): eine Anzeige (z. B. in einer Zeitung) aufgeben

**Insert,** (lat.), sächl., –s: 1. zur Verstärkung einem Kunststoff beigefügtes Material, 2. (z. B. in eine laufende Fernsehsendung) eingeblendeter Einschub (z. B. in Form einer grafischen Schautafel)

**Insider,** ['i.nßaid(e)r, engl.], männl., –: jmd., der bestimmte Dinge oder Verhältnisse genau kennt, ein Eingeweihter

**Insignien,** (lat.), weibl., Plur.: Kennzeichen, Symbole staatlicher oder ständischer Macht und Würde (z. B.: Krone, Zepter, Mitra)

**Insinuation,** (lat.), weibl., –en: 1. Unterstellung, Verdächtigung, 2. Einflüsterung; Ansinnen, 3. Einschmeichlung

**insinuieren,** (lat.): 1. unterstellen, verdächtigen, 2. einflüstern, 3. einschmeicheln

**insistent,** (lat.): dringend, beharrlich, hartnäckig

**insistieren,** (lat.): dringen; beharren, hartnäckig auf etwas bestehen

**Insistenz,** (lat.), weibl., nur Sing.: Beharrlichkeit, Hartnäckigkeit

**in situ,** (lat.): an der ursprünglichen Stelle; in natürlicher Lage (Med.)

**inskribieren,** (lat.): sich einschreiben, eintragen

**Insolation,** (lat.), weibl., –en: 1. Sonneneinstrahlung auf die Erde (Meteorol.), 2. Sonnenstich (Med.)

**insolent,** (lat.): ungebührlich, unverschämt, patzig; überheblich

**insolubel,** (lat.): unlöslich (Chem.)

**insolvent,** (lat.): zahlungsunfähig (Gegens.: solvent)

**Insolvenz,** (lat.), weibl., –en: Zahlungsunfähigkeit (Gegens.: Solvenz)

**in spe,** (lat.): zukünftig, in Zukunft, kommend, künftig

**Inspekteur,** [inspek'tö:r, fr.], männl., –e: 1. Leiter einer Inspektion, 2. ranghöchster Offizier einer Teilstreitkraft der Bundeswehr

**Inspektion,** (lat.), weibl., –en: 1. Untersuchung, Kontrolle, Besichtigung, Prüfung, 2. staatl. Behörde, der eine Inspektion (1) obliegt

**Inspektor,** (lat.), männl., Inspektoren: 1. Verwaltungsbeamter des gehobenen Dienstes; aufsichtsführender Beamter, 2. jmd., der beruflich eine Inspektion (1) durchzuführen hat Aufseher

**Inspiration,** (lat.), weibl., –en: 1. plötzlicher Gedanke, schöpferischer Einfall,

Anregung, Erleuchtung, Eingebung, 2. Einatmung (Gegens.: Exspiration; Med.)
**inspirativ,** (lat.): auf Inspiration (1) beruhend
**inspiratorisch,** (lat.): 1. vgl. inspirativ, 2. die Inspiration (2) betreffend
**inspirieren,** (lat.): jmdn. anregen, zu etwas veranlassen, jmdm. zu schöpferischen Einfällen verhelfen
**Inspizient,** (lat.), männl., –en: 1. Aufsichtsbeamter, Beaufsichtiger, 2. Mitarbeiter, der für den reibungslosen technischen Ablauf von Proben und Aufführungen (z. B.: beim Theater) verantwortlich ist
**inspizieren,** (lat.): prüfen, kontrollieren, beaufsichtigen
**instabil,** (lat.): unbeständig, schwankend; unsicher (Gegens.: stabil)
**Instabilität,** (lat.): mangelnde Stabilität, Unbeständigkeit; Unsicherheit (Gegens.: Stabilität)
**Installateur,** [insta.la'tör, fr.], männl., –e: Handwerker, der Installationsarbeiten (z. B. an Gas-, Wasser- oder Elektroleitungen) durchführt
**Installation,** (lat.), weibl., –en: Einbau und Anschluss technischer Anlagen
**installieren,** (lat.): einbauen und anschließen (technischer Anlagen)
**instant,** ['inßt(e)nt, engl.]: sofort zur Verfügung; sofort löslich (z. B. Instantkaffee)
**Instanz,** (lat.), weibl., –en: 1. zuständige Stelle einer Behörde oder eines Gerichtes, 2. Stufe eines Verfahrens (Rechtsw.)
**in statu nascendi,** (lat.): im Zustand des Entstehens
**Instillation,** (lat.), weibl., –en: Einträuflung, tropfenweise Einflößung (von Arzneimitteln; Med.)
**Instinkt,** (lat.), männl., –e: 1. Selbst- und Arterhaltung dienende angeborene Verhaltensweise (insbes. bei Tieren; Biol.), 2. Ahnung, sicheres Gefühl
**instinktiv,** (lat.): auf einem Instinkt beruhend, einem Instinkt folgend; von einem sicheren Gefühl geleitet
**instituieren,** (lat.): einrichten; einsetzen
**Institut,** (lat.), sächl., –e: 1. Einrichtung, Anstalt, die der Erziehung oder wissenschaftl. Arbeit und Forschung dient, 2. eine gesetzlich verankertes Rechtsgebilde (z. B.: Ehe, Eigentum)
**Institution,** (lat.), weibl., –en: 1. Einweisung, Einsetzung, 2. eine Einrichtung des öffentlichen Lebens (z. B.: Parlament, Behörde)
**institutionalisieren,** (lat.): zu einer Institution machen; zur ständigen Einrichtung werden lassen
**institutionell,** (lat.): 1. ein Institut betreffend, 2. in der Art einer Institution (2)
**instruieren,** (lat.): unterrichten, einweisen, anleiten, belehren
**Instrukteur,** [instruk'tö:r, lat.-fr.], männl., –e: jmd., der andere anleitet, der Instruktionen erteilt
**Instruktion,** (lat.), weibl., –en: 1. Unterrichtung, Einweisung, Anleitung, 2. Vorschrift, Dienstanweisung
**instruktiv,** (lat.): aufschlussreich, lehrreich
**Instrument,** (lat.), sächl., –e: 1. Mittel, Hilfsmittel, Werkzeug, Arbeitsgerät, 2. Musikinstrument
**instrumental,** (lat.): 1. mit Hilfe von Instrumenten (2) (Gegens.: vokal; Mus.), 2. als Mittel oder Werkzeug dienend, 3. das Mittel bezeichnend (Sprachwiss.)
**instrumentalisieren,** (lat.): 1. zu einem Instrumentalmusikstück umschreiben, 2. zu einem Werkzeug machen, als Instrument benutzen
**Instrumentalismus,** (lat.), männl., nur Sing.: eine Variante des Pragmatismus, nach der das Denken und die menschliche Intelligenz nur ein Instrument zur Anpassung an wechselnde Bedingungen ist (Philos.)

**Instrumentalist,** (lat.), männl., –en: 1. Anhänger des Instrumentalismus, 2. Musiker, der ein Instrument spielt (Gegens.: Vokalist)
**Instrumentalmusik,** (lat.), weibl., –en: nur mit Musikinstrumenten ausgeführte Musik (Gegens: Vokalmusik)
**Instrumentarium,** (lat.), sächl., Instrumentarien: 1. alle für eine Tätigkeit benötigten Instrumente, 2. Instrumenteneinrichtung; Instrumentensammlung
**Instrumentation,** (lat.), weibl., –en: Verteilung der Stimmen eines Musikstückes auf die verschiedenen Orchesterinstrumente
**Instrumentenflug,** (lat.-dt.), männl., –flüge: Blindflug, das Steuern eines Flugzeuges ausschließlich mit Hilfe von Messgeräten
**instrumentieren,** (lat.): 1. eine Instrumentation vornehmen; ein Musikstück für Orchesterbegleitung umschreiben, 2. mit Werkzeugen bzw. technischen Instrumenten ausstatten
**Insubordination,** (lat.): Ungehorsam, Gehorsamsverweigerung im Dienst, Auflehnung gegen Vorgesetzte
**insuffizient,** (lat.): ungenügend, unzureichend; untüchtig, leistungsschwach
**Insuffizienz,** (lat.), weibl., –en: 1. Unzulänglichkeit, mangelnde Leistungsfähigkeit, Unvermögen, Unfähigkeit, 2. Schwäche, ungenügende Leistung eines Organs (Med.),
**Insulaner,** (lat.), männl., –: Inselbewohner
**Insulin,** (lat.), sächl., nur Sing.: Hormon der Bauchspeicheldrüse, das den Zuckerhaushalt des Körpers regelt (Med.)
**Insult,** (lat.), männl., –e: 1. Kränkung, Beschimpfung, grobe Beleidigung; Anfeindung, Angriff, 2. Anfall (insbes. Schlaganfall; Med.)
**in summa,** (lat.): insgesamt, alles in allem; mit einem Wort, kurzum
**Insurgent,** (lat.), männl., –en: Aufrührer; Aufständischer
**insurgieren,** (lat.): sich empören, sich erheben; aufwiegeln, einen Aufstand herbeiführen
**Insurrektion,** (lat.), weibl., –en: Volkserhebung, Aufstand
**inszenieren,** (lat.): (ein Stück) in Szene setzen, bearbeiten, einrichten, einstudieren (für Fernsehen, Film oder Theater)
**Inszenierung,** (lat.), weibl., –en: 1. das Inszenieren, 2. die künstlerische Gestaltung eines Bühnenwerkes
**intakt,** (lat.): unberührt; heil, ganz, unbeschädigt; fehlerfrei
**Intarsia, Intarsie,** (lat.-arab.), weibl., Intarsien: Einlegearbeit aus unterschiedlichem Holz, Elfenbein, Perlmutt u.Ä. (an Möbeln und anderen Holzarbeiten)
**intarsieren,** (lat.-arab.): mit Intarsien verzieren
**integer,** (lat.): unangetastet, unversehrt; unbescholten, redlich, rechtschaffen, lauter
**integral,** (lat.): ein Ganzes ausmachend, vollständig; zusammengeschlossen zu einem Ganzen
**Integral,** (lat.), sächl., –e: Grenzwert einer Folge von endlichen Summen, die aus speziellen Funktionswerten gebildet werden; darüber hinaus wird das Integral wird als Maßzahl für bestimmte Flächeninhalte festgesetzt (Math.)
**Integrand,** (lat.), männl., –en: zu integrierende Funktion (Math.)
**Integration,** (lat.), weibl., –en: 1. Zusammenschluss von Teilen zu einem Ganzen; Wiederherstellung; Vervollständigung, 2. Einbeziehung, Eingliederung (z. B. in eine Gemeinschaft), 3. das Berechnen des Integrals (Math.)
**integrativ,** (lat.): in der Art einer Integration (1, 2), Integration (1, 2) bewirkend
**integrieren,** (lat.): 1. Teile zu einem Ganzen ergänzen, vervollständigen, wieder-

herstellen, 2. einbeziehen, eingliedern (z. B. in eine Gemeinschaft), 3. das Integral berechnen (Math.)

**Integrität,** (lat.), weibl., nur Sing.: Unberührtheit, Unversehrtheit; Unbescholtenheit, Redlichkeit, Rechtschaffenheit, Lauterkeit

**Integument,** (lat. »Bedeckung, Hülle«), sächl., –e: 1. Gesamtheit der äußeren Körperbedeckung bei Mensch und Tier (einschließlich Haut, Haare, Federn o. Ä.), 2. Hülle der Samenanlage bei Blütenpflanzen (Biol.)

**Intellekt,** (lat.), männl., nur Sing.: Verstand, Denkvermögen, Erkenntnisfähigkeit

**intellektualistisch,** (lat.): die Bedeutung des Intellekts überbetonend

**intellektuell,** (lat.): 1. den Intellekt betreffend; auf dem Intellekt beruhend, mit dem Verstand, verstandesmäßig, 2. betont verstandesmäßig

**Intellektuelle,** (lat.), männl. und weibl., –n: Verstandesmensch, Geistesarbeiter, Akademiker; Person von höherer Bildung

**intelligent,** (lat.): verständig, klug; von rascher Auffassungsgabe, mit ausgeprägtem Denkvermögen begabt, geistig begabt

**Intelligenz,** (lat.), weibl., –en: 1. Klugheit, Verständigkeit, Erkenntnisvermögen, Urteils- und Denkfähigkeit, geistige Auffassungsgabe, 2. soziale Schicht der geistig schaffenden Menschen

**Intelligenzija,** (lat.-russ.), weibl., nur Sing.: vgl. Intelligenz (2)

**Intelligenzquotient,** (lat.), männl., –en: Maßzahl, die den Grad der Intelligenz beziffern soll (Abk.: IQ)

**Intelligenztest,** (lat.), männl., –s: Test, mit dem versucht wird, die Intelligenz zu messen (Psychol.)

**intelligibel,** (lat.): nur gedanklich erfassbar (Philos.)

**Intendant,** (lat.), männl., –en: Leiter eines Theaters, einer Rundfunk- oder Fernsehanstalt

**Intendantur,** (lat.), weibl., –en: Amt des Intendanten

**Intendanz,** (lat.), weibl., –en: Leitung eines Theaters, einer Rundfunk- oder Fernsehanstalt; Amt, Amtsperiode oder Verwaltungsräume eines Intendanten

**intendieren,** (lat.): beabsichtigen, planen, anstreben

**Intension,** (lat.), weibl., –en: 1. Anspannung, Eifer, 2. Inhalt einer Aussage (Gegens.: Extension)

**Intensität,** (lat.), weibl., nur Sing.: 1. Anspannung, 2. Stärke, Kraft, 3. Größe, Grad, 4. Eindringlichkeit, Heftigkeit

**intensiv,** (lat.): 1. angespannt, konzentriert, 2. stark, kräftig, 3. eindringlich, heftig

**intensivieren,** (lat.): verstärken, erhöhen, steigern; konzentrierter durchführen

**Intensivität,** (lat.): vgl. Intensität

**Intensivstation,** (lat.), weibl., –en: mit modernstem medizinischen Gerät ausgestattete Krankenhausabteilung, auf der lebensbedrohlich Erkrankte oder Verletzte ständig ärztlich überwacht und behandelt werden (Med.)

**Intention,** (lat.), weibl., –en: Absicht, Bestreben, Vorhaben, Plan; das Hinzielen auf etwas

**intentional,** (lat.): beabsichtigt, zielgerichtet, zweckbestimmt

**interagieren,** (lat.): in Interaktion sein

**Interaktion,** (lat.), weibl., –en: aufeinander bezogenes Handeln mehrerer Personen

**Intercity,** [inter'ßi.ti, engl.], männl., –s: zwischen vielen Großstädten in regelmäßigen Abständen (Takt) verkehrender komfortabler Schnellzug

**Intercityexpress,** (engl.-lat.), männl., –e: Hochgeschwindigkeitszug (Abk. ICE)

**interdependent,** (lat.): voneinander abhängig

**Interdependenz,** (lat.): gegenseitige Abhängigkeit
**Interdikt,** (lat.), sächl., –e: als Strafe von der kathol. Kirchenbehörde verhängtes Verbot, kirchliche Amtshandlungen vorzunehmen
**interdisziplinär,** (lat.): fachübergreifend, mehrere Fachgebiete umfassend
**interdizieren,** (lat.): untersagen, verbieten
**interessant,** (lat.): Aufmerksamkeit erregend, Interesse weckend; bemerkenswert, wissenswert, anregend, spannend
**Interesse,** (lat.), sächl., –n: 1. Aufmerksamkeit, Anteilnahme, Beachtung, 2. Wichtigkeit, Bedeutsamkeit, 3. Neigung, Vorliebe, Hingabe, 4. Vorteil, Nutzen, 5. Absicht
**Interessent,** (lat.), männl., –en: jmd., der Interesse an etwas zeigt; Bewerber
**interessieren,** (lat.): jmds. Interesse wecken; sich i.: Interesse zeigen, an etwas Interesse bekunden
**interessiert,** (lat.): beteiligt, Interesse zeigend, geistig aufgeschlossen
**Interface,** ['inte(r)fe:jß, engl.], sächl., –s: Schnittstelle (EDV)
**Interferenz,** (lat.), weibl., –en: 1. Überlagerung, Überschneidung, 2. durch gegenseitige Überlagerung von zusammentreffenden Wellen verursachte Verstärkung, Schwächung oder Auslöschung der Wellen (Phys.), 3. Beeinflussung eines biologischen Vorgangs durch einen anderen, 4. Beeinflussung einer Sprache durch eine andere (Sprachwiss.)
**interferieren,** (lat.): überlagern, sich überschneiden; gegenseitig beeinflussen, aufeinander einwirken, sich vermischen
**Interferometer,** (lat.-gr.), sächl., –: Gerät, das mittels der Interferenz (2) z. B. Wellenlängen misst
**interfraktionell,** (lat.): mehrere Fraktionen betreffend
**intergalaktisch,** (lat.-gr.): zwischen verschiedenen Galaxien befindlich
**interglazial,** (lat.): ein Interglazial betreffend, warmzeitlich (Geol.)
**Interglazial,** (lat.), sächl., –e: zwischen zwei Eiszeiten liegender wärmerer Zeitabschnitt, Zwischeneiszeit, Warmzeit (Geol.)
**Interglazialzeit,** (lat.-dt.), weibl., –en: vgl. Interglazial
**Interieur,** [änter'jö:r, fr.], sächl., –s und –e: 1.Inneres, Innenraum, 2. Ausstattung eines Innenraumes, 3. die Darstellung eines Innenraumes in der Malerei
**Interim,** (lat.), sächl., –s: 1. Zwischenzeit, 2. Zwischenzustand, Zwischenlösung
**interimistisch,** (lat.): vorläufig, vorübergehend, zeitweilig; aushilfsweise
**Interjektion,** (lat. »Dazwischenwurf«), weibl., –en: Ausrufewort, Empfindungswort (z. B.: na!, au!)
**interkonfessionell,** (lat.): zwei oder mehrere Konfessionen betreffend; zwischenkirchlich
**interkontinental,** (lat.): mehrere Kontinente betreffend; Kontinente verbindend; zwischen Kontinenten bestehend
**Interkontinentalrakete,** weibl., –n: Rakete, die von einem Kontinent auf einen anderen geschossen werden kann
**interkostal,** (lat.): zwischen den Rippen liegend (Med.)
**interkrustal,** (lat.): in der Erdkruste entstanden bzw. liegend (Geol.)
**interkurrent,** (lat.): hinzukommend
**interlinear,** (lat.): zwischenzeilig, zwischen die Zeilen geschrieben
**Interludium,** (lat.), sächl., –ludien: musikalisches Zwischenspiel (z. B. in der Fuge oder der Sonate)
**Interlunium,** (lat.), sächl., –lunien: Zeit des Neumonds

**intermediär,** (lat.): zwischen zwei Dingen befindlich, in der Mitte liegend; vermittelnd
**Intermezzo,** (italien.), sächl., –s und –mezzi: 1. (heiteres) Zwischenspiel (im Drama oder in der Oper), 2. lustiger Zwischenfall, kleine unbedeutende Begebenheit
**intermittieren,** (lat.): zeitweilig aussetzen, zurücktreten (Med.)
**intermittierend,** (lat.): zeitweilig aussetzend, wechselnd
**intermolekular,** (lat.): zwischen Molekülen bestehend bzw. stattfindend (Chem.; Phys.)
**intern,** (lat. »inwendig«): 1. im Innern befindlich, innerlich, 2. die inneren Organe betreffend (Med.), 3. innerdienstlich; (streng) vertraulich
**internal,** (lat.): innerlich, verinnerlicht
**internalisieren,** (lat.): verinnerlichen, übernehmen (z. B. Meinungen, Werte)
**Internat,** (lat.), sächl., –e: Lehranstalt mit Wohnung und Verpflegung für die Schüler; an eine Schule angeschlossenes Heim für Schüler
**international,** (lat.): 1. mehrere Staaten betreffend, zwischenstaatlich, 2. überstaatlich; weltweit, völkerverbindend
**Internationale,** (lat.), weibl., –n: 1. internationale Vereinigung von Parteien und Gewerkschaften, 2. (Kurzw. für:) Internationale Arbeiterassoziation (ein Zusammenschluss verschiedener sozialistischer Gruppen im Europa des 19. Jh.), 3. (nur Sing.) Kampflied der internationalen Arbeiterbewegung (»Wacht auf, Verdammte dieser Erde...«), 4. Angehöriger einer Nationalmannschaft (z. B. der Alt-I. für ehemaliger Nationalspieler)
**internationalisieren,** (lat.): 1. international machen, 2. unter internationale Aufsicht stellen
**Internationalismus,** (lat.), männl., nur Sing.: 1. ein Wort, das international in gleicher Form und Bedeutung verwendet wird (z. B. Radio), 2. Streben nach internationaler Zusammenarbeit oder zwischenstaatlichem Zusammenschluss
**Internationalität,** (lat.), weibl., nur Sing.: Überstaatlichkeit
**Interne,** (lat.), männl. und weibl., –n: Schüler, der in einem Internat wohnt
**Internet,** (engl.), sächl.: weltweites Computernetz für den internationalen Datenverkehr
**internieren,** (lat.): 1. (Kriegsgefangene oder Zivilpersonen) in staatlichen Gewahrsam nehmen, in einem Lager unterbringen; jmdn. in der Freiheit beschränken, eingeschlossen halten, 2. (einen Kranken) isolieren (Med.)
**Internist,** (lat.), männl., –en: Facharzt für innere Krankheiten
**Internum,** (lat.), sächl., Interna: (meist Plur.) Angelegenheit, die nicht für Außenstehende bestimmt ist, innere Angelegenheit
**Interpellation,** (lat. »Unterbrechung«), weibl., –en: parlamentarische Anfrage an die Regierung; Einspruch
**interpellieren,** (lat.): 1. unterbrechen, 2. eine Interpellation einbringen
**interplanetar:** vgl. interplanetarisch
**interplanetarisch,** (lat.): zwischen den Planeten (befindlich)
**Interpol,** (Kurzw.), weibl., nur Sing.: **In**ternationale kriminal**pol**izeiliche Organisation, die zur Bekämpfung bestimmter Verbrechen im internationalen Maßstab eingerichtet wurde
**Interpolation,** (lat.), weibl., –en: 1. näherungsweise Berechnung von Zwischenwerten aus bekannten Funktionswerten (Math.), 2. nachträgliche Einschiebung von Worten oder Sätzen in einen ursprünglichen Text
**interpolieren,** (lat.): eine Interpolation durchführen

**Interpret,** (lat.), männl., –en: 1. jmd., der etwas deutet, auslegt (z. B. einen Text), 2. jmd., der etwas (künstlerisch) in eigener Ausdeutung wiedergibt bzw. öffentlich vorträgt (z. B. ein Musikstück)
**Interpretation,** (lat.), weibl., –en: 1. Auslegung, Deutung, Erläuterung, 2. (künstlerische) Wiedergabe (z. B. eines Musikstückes)
**interpretatorisch,** (lat.): die Interpretation betreffend; auslegend
**interpretieren,** (lat.): 1. (z. B. einen Text) auslegen, deuten, erläutern, 2. (z. B. ein Musikstück) öffentlich und kunstvoll vortragen
**interpunktieren,** (lat.): Satzzeichen setzen
**Interpunktion,** (lat.), weibl., nur Sing.: das Setzen der Satzzeichen, Zeichensetzung
**Interrailkarte,** ['intere:jl..., engl.-dt.], weibl., –n: ermäßigte Fahrkarte für Jugendliche bei Reisen in Europa
**Interregnum,** (lat.), sächl., –regna und –regnen: 1. Zwischenherrschaft, vorläufige Regierung, 2. der Zeitraum ohne rechtmäßige Regierung, 3. (histor.) kaiserlose Zeit zwischen 1254 und 1273
**interrogativ,** (lat.): fragend (Sprachwiss.)
**Interrogativ,** (lat.), sächl., –e: vgl. Interrogativpronomen
**Interrogativpronomen,** (lat.), sächl., – und –pronomina: Fragefürwort, fragendes Fürwort (z. B.: wer?, welche?)
**Interruption,** (lat.), weibl., –en: Unterbrechung, Störung; Schwangerschaftsunterbrechung
**Interruptus,** (lat.): vgl. Koitus interruptus
**Intershop,** ['interscho.p], männl., –s: Geschäft in der ehemaligen DDR, in dem insbes. ausländische Erzeugnisse gegen ausländische Hartwährung wie DM oder Dollars (»Valuta«) verkauft wurden
**interstellar,** (lat.): zwischen den Fixsternen befindlich (Astron.)
**Interstitium,** (lat.), sächl., –stitien: 1. Zwischenzeit, 2. Zwischenraum zwischen Körperteilen oder -organen, Zwischengewebe (Med.)
**intersubjektiv,** (lat.): verschiedenen Personen gemeinsam
**Intervall,** (lat.), männl., –e: 1. Zeitabstand, Pause; Zwischenraum, 2. die Menge aller reellen Zahlen zwischen zwei vorgegebenen Randpunkten (Math.), 3. Abstand zwischen zwei Tönen (Mus.)
**intervenieren,** (lat.): dazwischentreten, vermitteln, sich einschalten, eingreifen, sich einmischen
**Intervention,** (lat.), weibl., –en: das Intervenieren
**Interview,** ['interwju, engl.], sächl., –s: Befragung (insbes. namhafter Persönlichkeiten) durch Reporter
**interviewen,** [inter'wju:en, engl.]: ein Interview führen; jmdn. befragen
**interzellular, interzellulär,** (lat.): zwischen den Zellen gelegen (Biol.)
**interzonal,** (lat.): mehrere Zonen betreffend
**intestabel,** (lat.): 1. als Zeuge nicht zugelassen (Rechtsw.), 2. unfähig, ein Testament aufzusetzen (Rechtsw.)
**intestinal,** (lat.): zum Intestinum gehörend (Med.)
**Intestinum,** (lat.), sächl., Intestinen: Eingeweide, Darmkanal (Med.)
**Inthronisation,** (lat.-gr.), weibl., –en: Thronerhebung; feierliche Einsetzung von Fürsten, Bischöfen u. a.
**inthronisieren,** (lat.-gr.): (z. B. einen Monarchen) auf den Thron erheben; (z. B.: einen Fürsten, Bischof) feierlich einsetzen
**intim,** (lat.): 1. vertraut, innig, 2. vertraulich, sehr persönlich, geheim, 3. gemütlich, behaglich (z. B.: eine i. Atmosphäre), 4. sexuell (z. B.: i. Beziehungen), 5. genau (z. B.: i. Kenntnisse)
**Intimität,** (lat.), weibl., –en: 1. intimes Verhältnis, Vertrautheit, 2. Gemütlichkeit, 3. sexuelle Berührung

**Intimsphäre,** (lat.), weibl., –n: Privatbereich; Bereich des persönlichen Lebens
**Intimus,** (lat.), männl., Intimi: guter Freund, enger Vertrauter; (umg.) Busenfreund
**intolerant,** (lat.): unduldsam (gegenüber anderen Meinungen, gegenüber Andersdenkenden; Gegens.: tolerant)
**Intoleranz,** (lat.), weibl., –en: 1. Unduldsamkeit (gegenüber anderen Meinungen, gegenüber Andersdenkenden; Gegens.: Toleranz), 2. Widerstandslosigkeit; Unverträglichkeit (Med.)
**Intonation,** (lat.), weibl., –en: 1. Veränderung von Tonhöhe oder -stärke beim Sprechen, 2. Tongebung, Toneinsatz, das Anstimmen (Mus.), 3. Einleitung eines Musikstückes, Orgelvorspiel, 4. Satzmelodie einer Sprache
**intonieren,** (lat.): 1. eine bestimmte Tonhöhe oder -stärke wählen, 2. (einen Gesang) anstimmen, den Ton vorgeben, 3. eine Musik einleiten
**in toto,** (lat.): im Ganzen
**Intoxikation,** (gr.), weibl., –en: Vergiftung (Med.)
**intrakutan,** (lat.): in der Haut gelegen; in die Haut hinein (Med.)
**intrakrustal:** vgl. interkrustal
**intramolekular,** (lat.): innerhalb eines Moleküls erfolgend (Chem.)
**intramuskulär,** (lat.): in einen Muskel hinein, in einem Muskel gelegen (Abk.: i.m.; Med.)
**intransingent,** (lat.): unduldsam, unversöhnlich, nicht bereit zu Kompromissen
**Intransingenz,** (lat.), weibl., nur Sing.: Unduldsamkeit, Unversöhnlichkeit
**intransitiv,** (lat.): nichtzielend; (bei Verben:) kein Akkusativobjekt verlangend und kein persönliches Passiv zulassend (z. B.: gehen; Gegens.: transitiv)
**intratellurisch,** (lat.): 1. innerhalb der Erdbahn liegend (Astron.), 2. im Erdinnern befindlich oder stattfindend (Geol.)
**intrauterin,** (lat.): innerhalb der Gebärmutter (Med.)
**Intrauterinpessar,** (lat.), männl., –e: vgl. Spirale (3)
**intravaginal,** (lat.): innerhalb der Scheide gelegen (Med.)
**intravenös,** (lat.): in einer Vene gelegen; in eine Vene hinein (Med.)
**intrazellular, intrazellulär,** (lat.): innerhalb der Zelle(n) liegend (Med.; Biol.)
**intrigant,** (fr.): Intrigen ersinnend, hinterlistig
**Intrigant,** (fr.), männl., –en: jmd., der intrigiert, hinterlistiger Mensch, Ränkeschmied
**Intriganz,** (fr.), weibl., nur Sing.: intrigantes Verhalten
**Intrige,** (fr.), weibl., –n: hinterlistige Handlung; arglistig angelegte Verwicklung, Ränkespiel
**intrigieren,** (fr.): Intrigen spinnen, hinterlistig handeln, arglistig Verwicklungen anlegen
**intrinsisch,** (lat.): von Innen her kommend, aus eigenem Antrieb (Gegens.: extrinsisch; Psychol.)
**Introduktion,** (lat.), weibl., –en: 1. Einführung; Einleitung, 2. Einleitungssatz, Vorspiel (Mus.)
**Introitus,** (lat.), männl., –: Eingang in ein Hohlorgan des Körpers (Med.)
**Introspektion,** (lat.), weibl., –en: Selbstbeobachtung
**Introversion,** (lat.), weibl., –en: das (einseitige) Eingestelltsein auf das eigene Seelenleben, introvertiertes Verhalten oder Wesen (Gegens.: Extraversion; Psychol.)
**introvertiert,** (lat.): nach innen gewandt, auf das eigene Seelenleben konzentriert, Mitmenschen kaum an seinem Innenleben teilnehmen lassend; für äußere Einflüsse wenig empfänglich (Gegens.: extravertiert; Psychol.)

**Intubation,** (lat.), weibl., –en: das Einführen eines Rohres oder Schlauches vom Mund aus in die Luftröhre (z. B. um Arzneimittel einzubringen; Med.)
**Intuition,** (lat.), weibl., –en: 1. unmittelbares Begreifen, erfahrungsgemäßes, instinktives Erfassen von Vorgängen, Erkennen eines Zusammenhangs ohne zu überlegen, 2. plötzliche Idee, Eingebung
**intuitiv,** (lat.): auf Intuition beruhend, einer Intuition folgend
**Intumeszenz,** (lat.), weibl., –en: Anschwellung, Verdickung (Med.)
**Inturgeszenz:** vgl. Intumeszens
**intus,** (lat.): innen, inwendig, drinnen; (umg.) etwas i. haben: etwas begriffen haben; etwas gegessen haben
**Inuit,** (eskimo. »Menschen«), weibl., Plur.: Selbstbezeichnung der Eskimos
**Inundation,** (lat.), weibl., –en: Überschwemmung, Überflutung eines Landes (Geogr.)
**Invagination,** (lat.), weibl., –en: Einstülpung eines Darmabschnittes (Med.)
**invalid,** (lat.): vgl. invalide
**invalide,** (lat.): durch körperlichen Schaden auf Dauer beeinträchtigt und erwerbsunfähig
**Invalide,** (lat.), männl., –n: Erwerbsunfähiger (aufgrund körperlichen Gebrechens)
**invalidisieren,** (lat.): jmdn. (amtlich) zum Invaliden erklären
**Invalidität,** (lat.), weibl., nur Sing.: Erwerbsunfähigkeit (aufgrund körperlichen Gebrechens)
**invariabel,** (lat.): unveränderlich
**invariant,** (lat.): (z. B. bei Umformungen) unveränderlich bleibend (Math.)
**Invariante,** (lat.), weibl., –n: unveränderliche Größe (Math.)
**Invarianz,** (lat.), weibl., nur Sing.: Unveränderlichkeit (von Größen; Math.)
**Invasion,** (lat.), weibl., –en: 1. feindlicher Einfall fremder Truppen in ein Staatsgebiet, 2. Eindringen von Krankheitserregern (Med.)
**Invasor,** (lat.), männl., Invasoren: (meist Plur.) Angreifer, in fremdes Staatsgebiet einfallender Feind; Eindringling
**Inventar,** (lat.), sächl., –e: Bestand und Bestandsverzeichnis aller zu einem Haus, Betrieb o. Ä. gehörenden Gegenstände (lebendes I.: Tiere; totes I.: Mobiliar und andere Einrichtungsgegenstände)
**inventarisieren,** (lat.): 1. Bestandsaufnahme, ein Bestandsverzeichnis anfertigen, 2. in das Bestandsverzeichnis einbringen
**Inventarium,** (lat.), sächl., Inventarien: vgl. Inventar
**Invention,** (lat.), weibl., –en: kleine Komposition für Klavier (insbes. von J. S. Bach)
**Inventur,** (lat.), weibl., –en: kaufmännische Bestandsaufnahme eines Betriebs
**invers,** (lat.): umgekehrt
**Inversion,** (lat. »Umkehrung«), weibl., –en: 1. Umstellung der üblichen Wortfolge, insbes. die Vertauschung von Subjekt und Prädikat (Sprachwiss.), 2. oft zu Smog führende Temperaturumkehr (mit der Höhe steigende Temperatur statt der normalen Temperaturabnahme, gewöhnl. bei winterlichen Wetterlagen; Meteorol.), 3. eine Form der Chromosomenmutation (Biol.), 4. Umkehrung des Geschlechtstriebs (Med.), 5. Umstülpung eines Organs (Med.)
**Invertebrat,** (lat.), weibl., –en: (meist Plur.) wirbelloses Tier
**Inverter,** (lat.), männl., –: zur Wahrung des Fernsprechgeheimnisses dienende technische Einrichtung am Telefon zur Sprachumwandlung
**invertieren,** (lat. »umkehren«): umstellen, vertauschen
**investieren,** (lat.): 1. Kapital zum Zwecke der Produktionserweiterung

oder -umstellung einsetzen, (z. B.: Maschinen erwerben), Geld in eine Sache stecken, 2. (Mühe, Zeit o. Ä.) aufbringen, aufwenden, 3. jmdn. in ein Amt einweisen; jmdn. mit den Zeichen der Amtswürde bekleiden

**Investition,** (lat.), weibl., –en: Anlegen von Kapital in Produktionsmitteln; Kapitalanlage

**Investitur,** (lat.), weibl., –en: 1. Einweisung in Besitz, Eigentumsübertragung (Rechtsw.), 2. Einsetzung in ein Amt

**investiv,** (lat.): in Form einer Investition, zum Zwecke der Investition

**Investment,** [in'wäßtm(e)nt, lat.-engl.], sächl., –s: Wertpapieranlage

**Investor,** (lat.), männl., Investoren: Kapitalanleger

**in vino veritas,** (lat. »im Wein [ist] Wahrheit«): (übertr.:) Betrunkene plaudern die Wahrheit aus

**in vitro,** (lat.): im Reagenzglas, unter künstlichen Bedingungen durchgeführt

**In-vitro-Fertilisation,** (lat.), weibl., –en: außerhalb des Körpers herbeigeführte Befruchtung einer menschlichen Eizelle durch eine Samenzelle (Med.)

**in vivo,** (lat.): am lebenden Organismus (durchgeführt, beobachtet)

**Invokation,** (lat.), weibl., –en: Anrufung Gottes (Relig.)

**Involution,** (lat.), weibl., –en: Rückbildung (z. B. von Organen; Med.)

**involvieren,** (lat.): 1. einschließen, enthalten, in sich bergen; mit sich bringen, 2. in etwas verwickeln

**Inzest,** (lat.), männl., –e: Inzucht, Geschlechtsverkehr zwischen Blutsverwandten 1. Grades (»Blutschande«)

**inzestuös,** (lat.): in der Art eines Inzests

**inzidieren,** (lat.): einschneiden, einen operativen Einschnitt vornehmen (Med.)

**Ion,** (gr.), sächl., –en: Atom oder Atomgruppe mit elektrischer Ladung (Phys.)

**Ionisation,** (gr.), weibl., –en: Bildung von Ionen (Phys.)

**ionisieren,** (gr.): Ionen bilden (Phys.)

**Ionium,** (gr.), sächl., nur Sing.: radioaktives Zerfallsprodukt des Urans

**Ionometer,** (gr.), sächl., –: Gerät zum Messen der Strahlungsstärke radioaktiver Stoffe

**Ionosphäre,** (gr.), weibl., nur Sing.: äußerste Hülle der Erdatmosphäre mit ionisierten Gasen (zwischen 80 und 800 km)

**Iranistik,** weibl., nur Sing.: Wissenschaft von den iranischen Sprachen und Kulturen

**Irbis,** (mongol.), männl., –se: (in den Hochgebirgen Mittelasiens lebender) Schneeleopard

**irenisch,** (gr.): friedlich, Frieden stiftend, versöhnlich

**Iridium,** (gr.), sächl., nur Sing.: chem. Element, en platinähnliches Edelmetall (Zeichen: Ir)

**Iris,** (gr.), weibl., –: 1. Regenbogen (Meteorol.), 2. Regenbogenhaut des Auges (Med.), 3. Schwertlilie (Bot.)

**Irishcoffee,** ['airisch'ko.fi, engl.], männl., –s: Kaffee mit Schlagsahne und einem Schuss Whiskey (nicht ganz stilecht auch mit Whisky)

**Irishstew,** ['airisch'stju:, engl.], sächl., –s: pikant gewürztes Gericht aus Weißkohl und Hammelfleisch

**Iritis,** (griech,), weibl., Iritiden: Regenbogenhautentzündung (Med.)

**Ironie,** (gr.), weibl., –n: versteckter Spott; Ausdrucksform, bei der man mit feinem Spott das Gegenteil des eigentlich Gemeinten sagt

**Ironiker,** (gr.), der –: Mensch, der ironische Ausdrucksformen bevorzugt

**ironisch,** (gr.): voller Ironie, versteckt spöttisch

**ironisieren,** (gr.): mit Ironie reden, sich ironisch ausdrücken, mit Ironie beurteilen

**Irradiation,** (lat.), weibl., –en: Ausstrahlung von Schmerzen (Med.)
**irrational,** (lat.): verstandesmäßig nicht fassbar; vernunftwidrig; unberechenbar
**irrationale Zahl:** nicht als gemeiner Bruch darstellbare Zahl; unendliche, nichtperiodische Dezimalzahl (z. B.: $^{1}2$; Math.)
**Irrationalismus,** (lat.), männl., nur Sing.: Anschauung, nach der nicht das Denken, sondern z. B. Intuition, Instinkt und Gefühl die grundlegenden Erkennisquellen sind (Philos.)
**Irrationalität,** (lat.), weibl., nur Sing.: irrationale Beschaffenheit
**irreal,** (lat.): unwirklich (Gegens.: real)
**Irrealis,** (lat.), männl., Irreales: Modus der Unwirklichkeit (z. B.: wenn ich fliegen könnte; Sprachwiss.)
**Irrealität,** (lat.), weibl., nur Sing.: Unwirklichkeit
**Irredenta,** (italien.), weibl., ...ten: polit. Bestrebung, ehemals zum eigenen Land gehörende Gebiete wiederzugewinnen
**irregulär,** (lat.): nicht den Regeln entsprechend; regelwidrig (Gegens.: regulär)
**irrelevant,** (lat.): unerheblich, belanglos (Gegens.: relevant)
**Irrelevanz,** (lat.), weibl., –en: Bedeutungslosigkeit, Belanglosigkeit (Gegens.: Relevanz)
**irreligiös,** (lat.): nicht religiös
**irreparabel,** (lat.): nicht wiederherstellbar, unheilbar (Gegens.: reparabel)
**irreponibel,** (lat.): nicht wieder in die ursprüngliche Lage zurückschiebbar (Med.)
**irreversibel,** (lat.): nicht umkehrbar (Gegens.: reversibel)
**irritabel,** (lat.): erregbar, reizbar, leicht zu irritieren
**Irritation,** (lat.), weibl., –en: 1. Erregung, das Gereiztsein, 2. Verunsicherung, Verwirrung
**irritieren,** (lat.): 1. erregen, reizen, 2. verunsichern, verwirren, ablenken
**Isallobare,** (gr.), weibl., –n: (auf Wetterkarten:) Verbindungslinie zwischen Orten gleicher Luftdruckänderung (Meteorol.)
**Isallotherme,** (gr.), weibl., –n: (auf Wetterkarten:) Verbindungslinie zwischen Orten gleicher Temperaturänderung (Meteorol.)
**Ischämie,** (gr.), –n: mangelnde Durchblutung, örtliche Blutleere einzelner Organteile (Med.)
**ischämisch,** (gr.): blutleer (Med.)
**Ischialgie,** (gr.), weibl., nur Sing.: vgl. Ischias
**Ischias,** (gr.), männl. oder sächl., nur Sing.: Hüftweh, Schmerzhaftigkeit im Bereich der Hüftnerven
**Islam,** (arab.), männl., nur Sing.: im 7. Jh. von Mohammed begründete Religion, insbes. in Asien und Afrika verbreiteter Glaube an Allah, den einzigen Gott
**islamisch,** (arab.): zum Islam gehörig
**islamisieren,** (arab.): zum Islam bekehren
**Ismus,** männl., Ismen: (meist abschätzige) Bez. für ein rein theoretisches Gedankengebäude als eine von den vielen Theorien, die auf ...ismus enden
**Isobare,** (gr.), weibl., –n: (auf Wetterkarten:) Verbindungslinie zwischen Orten gleichen Luftdrucks (Meteorol.)
**Isobathe,** (gr.), weibl., –n: Verbindungslinie zwischen Punkten gleicher Wassertiefe (Geogr.)
**isochrom,** [iso'kro:m, gr.]: vgl. isochromatisch
**Isochromasie,** [..kroma'si:, gr.], weibl., nur Sing.: (Fotografie) Farbtonrichtigkeit, gleiche Farbempfindlichkeit

**isochromatisch,** [..kro'ma:tisch, gr.]: Isochromasie aufweisend
**isochron,** [..'kro:n, gr.]: von gleicher Zeitdauer (Phys.)
**Isogameten,** (gr.), weibl., Plur.: männl. und weibl. Geschlechtszellen gleicher Gestalt (Biol.)
**Isogamie,** (gr.), weibl., –n: Vereinigung von Isogameten (Biol.)
**Isogon,** (gr.), sächl., –e: gleichmäßiges Vieleck
**isogonal,** (gr.): gleichwinklig, winkeltreu
**Isohelie,** (gr.), weibl., –n: Verbindungslinie zwischen Orten gleicher mittlerer Sonnenscheindauer (Meteorol.)
**Isohypse,** (gr.), weibl., –n: Verbindungslinie zwischen Orten gleicher Höhenlage (Geogr.)
**Isolation,** (lat.), weibl., –en: 1. das Isolieren, Vereinzelung, Absonderung, Getrennthaltung; Vereinsamung, 2. Abdämmung, Abdichtung (gegen das Ab- oder Zuströmen von Strom, Gas, Luft, Wärme, Feuchtigkeit o. Ä.)
**Isolationismus,** (lat.), männl., nur Sing.: Außenpolitik, die darauf abzielt, sich gegenüber dem Ausland abzuschließen (z. B. von den USA im 18. und 19. Jh. betrieben)
**Isolator,** (lat.), männl., Isolatoren: 1. Stoff, der Wärme oder Elektrizität nicht oder kaum leitet, 2. Material zum Abdichten
**isolieren,** (lat.): 1. absondern, vereinzeln, getrennt halten, abschließen, 2. abdichten, dämmen
**Isolierstation,** (lat.), weibl., –en: Krankenhausabteilung, in der Patienten mit Infektionskrankheiten untergebracht sind
**Isolierung,** (lat.), weibl., –en: vgl. Isolation
**Isolinien,** (lat.), weibl., Plur.: Sammelbez. für Verbindungslinien zwischen Orten mit gleichen Merkmalen bzw. Werten (z. B.: Isobaren, Isohypsen)
**isomer,** (gr.): 1. gleich gegliedert (Bot.), 2. gleich zusammengesetzt (Chem.)
**Isomer,** (gr.), sächl., –en: vgl. Isomere
**Isomere,** (gr.), sächl., –n: 1. chem. Verbindung, auf die die Erscheinung der Isomerie zutrifft (Chem.), 2. Atomkern, der zwar die gleiche Protonen- und Neutronenanzahl aufweist wie ein anderer, aber von unterschiedlichem Energieinhalt ist (Phys.)
**Isomerie,** (gr.), weibl., nur Sing.: die Erscheinung, dass chem. Verbindungen trotz gleicher stofflicher und mengenmäßiger Zusammensetzung voneinander abweichende chem. und physikal. Eigenschaften aufzeigen (Chem.)
**Isometrie,** (gr.), weibl., nur Sing.: Längengleichheit, Längentreue
**isomorph,** (gr.): von gleicher Gestalt, gleiche Form zeigend
**Isomorphie,** (gr.), weibl., –n: Gestaltgleichheit, isomorphe Beschaffenheit
**Isopren,** (gr.), sächl., nur Sing.: ungesättigter, flüssiger Kohlenwasserstoff
**Isostasie,** (gr.), weibl., nur Sing.: Gleichgewichtszustand der Massen innerhalb der Krustenzone der Erde
**Isotherme,** (gr.), weibl., –n: Verbindungslinie zwischen Orten gleicher Lufttemperatur (Meteorol.)
**Isotop,** (gr.), sächl., –e: Atom(kern), das gegenüber einem anderen Atom des gleichen Elements sich nur durch eine andere Massenzahl unterscheidet (Phys.)
**Isotron,** (gr.), sächl., Isotrone: Gerät zur Isotopentrennung (Phys.)
**isotrop,** (gr.): nach allen Richtungen hin die gleichen physikal. Eigenschaften aufweisend (Phys.)

**Isthmus,** (gr.), männl., Isthmen: 1. Landenge, schmale Landverbindung (z. B. von Korinth), 2. enge Verbindung zwischen zwei Körperhohlräumen (Med.)
**Italowestern,** (amerik.), männl., –: von italien. Regisseur gedrehter Western
**item,** (lat.): ebenso; ferner (Abk.: it.)
**Iteration,** (lat.), weibl., –en: 1. wiederholte Anwendung desselben Rechenverfahrens, um einen immer genaueren Annäherungswert zu gewinnnen (Math.), 2. Verdoppelung oder Wiederholung eines Wortes oder einer Silbe (Sprachwiss.)
**iterativ,** (lat.): 1. wiederholend, verdoppelnd, 2. das Verfahren der Iteration (1) anwendend (Math.)
**Itinerar,** (lat.), sächl., –e: 1. (in der röm. Kaiserzeit:) Straßenverzeichnis, 2. Verzeichnis der Wegeaufnahmen einer Forschungsreise
**Itinerarium,** (lat.), sächl., Itinerarien: vgl. Itinerar
**Iwrit** (Iwrith), (neuhebr.), sächl., nur Sing.: Neuhebräisch (Landes- und Amtssprache in Israel)
**ixothym,** (gr.): beharrlich, schwerfällig (Psychol.)

# J

**Jab,** ['dschä:b, engl.], männl., –s: kurzer Haken aus geringer Distanz (Boxsport)
**Jabot,** [scha'bo:, fr.], sächl., –s: Rüsche oder Krause bei Blusen und Hemden (v. a. 18./19. Jh.) zum Verdecken des Verschlusses
**Jacht,** weibl., –en: vgl. Yacht
**Jacketkrone,** ['dschä.ketkro:ne, engl.-dt.], weibl., –n: Zahnkrone aus Porzellan oder Kunststoff, die den abgeschliffenen Zahn umhüllt (engl. jacket = Mantel)
**Jackett,** [scha'ke.t, fr.], sächl., –s: im 19. Jh. aufgekommene Bezeichnung für (gefütterte) Jacke eines Herrenanzuges
**Jackpot,** ['dschä.kpot, engl.], männl., –s: 1. erhöhte Gewinnquote u. a. beim Lotto, wenn in vorigen Ziehungen kein Hauptgewinn auszuschütten war; 2. besondere Art des Pokerspiels
**Jaconnet,** [schaco'nä., fr.], männl., –s: glänzender weicher Baumwollstoff, der v. a. als Futter verwendet wird
**Jacquard,** [scha'ka:r, fr.], männl., –s: nach dem Erfinder lochkartengesteuerter Webmaschinen (um 1800) benannter, flächig gemusterter Stoff
**jade,** (span.): blassgrün
**Jade,** (span.), männl., auch weibl., nur Sing.: Mineral, blassgrüner Edelstein
**Jaguar,** (indian.), männl., –e: leopardähnliche (süd)amerikanische Großkatze
**Jahwe,** (hebr.): im Alten Testament Name (des einzigen) Gottes, Name des Gottes der Israeliten (Juden)
**Jak,** (tibet.), männl., –s: großes Hochgebirgsrind in Zentralasien (Grunzochse)
**Jakobiner,** männl., –: Mitglied(er) des radikalrevolutionären Jakobinerklubs während der Fr. Revolution (bis 1794), benannt nach dem Tagungsort in Paris, dem ehemaligen Dominikanerkloster St. Jakob
**Jalon,** [scha'lon, fr.], männl., –s: (beim Landvermessen verwendete) Messlatte, Richtfähnchen (Geodäsie)
**Jalousette,** [schalu'sett(e), fr.], weibl., –n: aus Kunststoff oder Leichtmetall gefertigte leichte Jalousie
**Jalousie,** [schalu'si:, fr. »Eifersucht«], weibl., –n: aus verstellbaren Holz-, Kunststoff- oder Metalleisten gefertigter Sonnen- und Sichtschutz, aufrollbare Verdunkelungsvorrichtung für Fenster
**Jam,** [dschä.m, engl.], sächl., –s: Marmelade

**Jambe,** (gr.), weibl., –n: vgl. Jambus
**Jambus,** (gr.), männl., Jamben: griechischer Versfuß aus einer kurzen und einer langen, im Deutschen aus einer unbetonten und einer betonten Silbe (Senkung und Hebung)
**Jamsession,** ['dschä.m 'ßä.sch(e)n, engl.], weibl., – –s: nicht organisiertes Treffen von Jazzmusikern zum spontanen Improvisieren
**Janhagel,** (niederl.), männl., nur Sing.: Pöbel, undisziplinierter Haufen, Gesindel
**Januskopf** (Janusgesicht), (lat.-dt.), männl., –köpfe: Doppelgesicht, nach dem Kopf mit zwei Gesichtern des röm. Gottes des Beginns und des Endes (Eingangs und Ausgangs) gewählte Bez. für einen wankelmütigen, zwiespältigen Menschen
**Japanologie,** weibl., nur Sing.: wissenschaftliche Beschäftigung mit japanischer Sprache, Geschichte und Kultur
**Japon,** [scha'pon, fr.], männl., –s: Gewebe aus fr. Rohseide (Japanseide)
**Jardiniere,** [schardini'är(e), fr.], weibl., –n: längliche Blumenschale, à la J.: Gemüsearrangement auf Bratenplatte
**Jargon,** [schar'gon, fr.], männl., –s: Sondersprache von sozialen oder beruflichen Gruppen mit meist betont lockerer Ausdrucksweise, daher auch Bezeichnung für besonders derbes Vokabular
**Jarl,** (altnord.), männl., –s: normannischer Adliger; Statthalter der Krone in Skandinavien
**Jasmin,** (pers.-arab.-span.), männl., –e: kräftig duftend weiß, gelb oder rosa blühender Zierstrauch
**Jaspis,** (hebr.-gr.), männl., –se: undurchsichtiger meist roter bis braunroter Halbedelstein
**Jause,** (slowen.), weibl., –n: (österreichisch für:) Zwischenmahlzeit, Vesper
**Jazz,** [dschä.ß oder Ja.ts, amerik.], männl., nur Sing.: aus kultischen Arbeits- und Tanzliedern der Farbigen in den Südstaaten der USA hervorgegangener Musikstil mit Elementen aus der Musik der Weißen
**Jazzband,** ['dschä.ßbend, amerik.], weibl., –s: Kapelle für Jazzmusik
**jazzen,** (amerik.): Jazzmusik spielen
**Jazzer,** (amerik.), männl., –: Jazzmusiker
**Jeans,** [dschi:nß, amerik.], weibl., meist nur Plur.: widerstandsfähige, meist blaue Arbeits- und Freizeithose aus Baumwolle; Kurzw. für: Bluejeans
**Jeep,** [dschi:p, amerik.], männl., –s: kleiner geländegängiger, viersitziger (Militär-)Kraftwagen mit Allradantrieb und Klapp-(Falt-)Verdeck
**Jehova,** (hebr.): vgl. Jahwe
**Jeremiade,** weibl., –n: wortreiches Jammern, Klagelied
**Jersey,** [dschö:ßi, engl.], männl., –s: fester Maschenstoff für Oberbekleidung aus Wolle oder Chemiefasern, auch Bez. für Hemden daraus
**Jesuit,** männl., –en: Angehöriger der Gesellschaft Jesu (»Societas Jesu«), einer 1534 von Ignatius von Loyola gegründeten gegen die Reformation gerichteten kathol. Ordensgemeinschaft
**Jet,** [dschä.t, engl.], männl., –s: Düsenflugzeug
**Jetlag,** ['dschä.tläk], sächl., nur Sing.: durch Flugreisen eintretende subjektive Zeitverschiebung sowie die daraus resultierenden körperlichen Belastungen (Schlafdefizit u. a.)
**Jeton,** [sche'ton, fr.], männl., –s: Spielmarke; Automatenmarke
**Jetset,** ['dschä.tßet, engl.], männl., –s: unverhältnismäßig wohlhabende internationale Gesellschaftsschicht, die durch rastlose Vergnügungen auffällt (u. a. häufiges Reisen per Jet zur nächsten aufwändigen Zerstreuung)

**Jetstream,** ['dschä.tßtri:m, engl.], männl., –s: in hohen Luftschichten der Troposphäre auftretendes Band hoher Windgeschwindigkeit (Strahlstrom; Meteorol.))

**jetten,** [dschä.t(e)n, engl.]: mit einem Jet reisen

**Jeu,** [schö:, fr.], sächl., –s: Kartenspiel, Glücksspiel

**Jiddisch,** sächl., nur Sing.: von den nicht assimilierten Juden v. a. Osteuropas gesprochene und in hebräischen Buchstaben geschriebene Mischsprache aus mittelhochdeutschen, hebräischen und slawischen Elementen

**Jiddistik,** weibl., nur Sing.: wissenschaftliche Beschäftigung mit der jiddischen Sprache und Literatur

**Jingle,** [dschingl, engl. »Geklingel«], männl., –s: ins Ohr gehende Melodie in Werbesendungen

**Jingo,** ['dschingo, engl.] männl., –s: Hurrapatriot, Chauvinist (nach einer nationalistischen Bewegung um 1900)

**Jiu-Jitsu,** [dschi:u'dschi.tsu, japan. »sanfte Kunst«], sächl., nur Sing.: japan. Technik und Sportart der waffenlosen Selbstverteidigung

**Job,** [dscho.b, engl.-amerik.], männl., –s: (umg.) 1. kurzzeitige einträgliche Beschäftigung, 2. Beruf, Anstellung, 3. Gelegenheitstätigkeit

**jobben,** [dscho.ben, engl.-amerik.]: einen Job nachgehen, Gelegenheitsarbeit verrichten

**Jobber,** [dscho.ber, engl.-amerik.], männl., –: 1. Gelegenheitsarbeiter, 2. Börsenhändler in England, 3. rücksichtsloser Spekulant

**Jobhopping,** ['dscho.bho.pin(g), engl.], sächl., nur Sing.: häufiger Wechsel des Arbeitsplatzes oder des Berufs

**Jobkiller,** ['dscho.b..., engl., männl., –: jmd., der, oder etwas, das Arbeitsplätze vernichtet

**Jobsharing,** ['dscho.bschärin(g), engl.], sächl., nur Sing.: Verteilung eines Ganztagsarbeitsplatzes/einer Planstelle auf zwei Arbeitskräfte (Maßnahme gegen Arbeitslosigkeit)

**Jockei, Jockey,** [dschocki, engl.], männl., –s: Berufsrennreiter; (ungebräuchl.) weibl. Form: Jockette

**Jod,** (gr.), sächl., nur Sing.: nichtmetallisches Element (Zeichen: J); u. a. in der Medizin in Tinkturform als Desinfektionsmittel eingesetzt (Chem., Med.)

**Joga,** (sanskr.), der oder das, nur Sing.: durch Askese, Meditation und bestimmte körperliche Übungen geprägtes altes philosophisches Lehrsystem aus Indien; strebt eine »Selbstlösung« aus dem Körperlichen an

**joggen,** [dscho.gen, engl.]: dauerlaufen

**Jogger,** [dscho.ger, engl.]: Dauerläufer

**Jogging,** [dscho.gin(g), engl.], sächl., nur Sing.: das Dauerlaufen

**Joghurt** (auch: Jogurt), (türk.), das oder männl., –s: gesäuerte Dickmilchart, die durch bakterielle Gärung produziert wird

**Jogi,** (sanskr.), männl., –s: Joga-Anhänger

**Jogurt:** vgl. Joghurt

**Joint,** [dschoint, engl.], männl., –s: mit Rauschgift (meist Haschisch oder Marihuana) angereicherte selbst gedrehte, Zigarette

**Jointventure** (auch: Joint Venture), [dschoint'wä.ntsche(r), engl.-amerik.], sächl., -(s): zeitweilige Zusammenarbeit unabhängiger Betriebe – oft aus verschiedenen Ländern – zur Bewältigung größerer Aufgaben (z. B. durch Tausch von Know-how gegen Standortvorteile)

**Jo-Jo,** [amerik.], s, –s: Geschicklichkeitsspiel, bei dem eine Holz-, Metall- oder Kunststoffspule an einer Schnur möglichst lange auf und ab laufen soll

**Joker,** (auch: Dscho:ker, engl.], männl., –: 1. Spielkarte, die jede andere ersetzen kann, höchste Trumpfkarte, 2. beim Fußball Auswechselspieler, der einem Spiel die entscheidende Wende geben kann
**Jokus,** (lat.), männl., nur Sing.: (umg.) Scherz, Narretei; Kurzweil
**Jom Kippur,** (hebr. »Tag der Buße«), männl., nur Sing.: jüdischer Festtag der Versöhnung
**Jongleur,** [schon'glö:r, fr.], männl., –e: Artist, Geschicklichkeitskünstler, der Spiele mit mehreren Bällen, Tellern o. Ä. vorführt
**jonglieren,** [schon'gli:ren, fr. ]: mehrere Ringe, Bälle, Scheiben o. Ä. geschickt hochwerfen, eine Weile in der Luft halten und wieder auffangen; andere Tricks durchführen, die ein hohes Gleichgewichtsgefühl verlangen
**Jota,** sächl., –s: 1. neunter Buchstabe des gr. Alphabets, 2. Kleinigkeit, Deut, Spur (z. B.: um kein J. nachgeben)
**Joule,** [dschu:l], sächl., –: Maßeinheit für Energie (Abk.: 1J = 0,238 Kalorien), benannt nach dem engl. Physiker Joule
**Jour,** [schu:r, fr. ], männl., –s: (früher:) Tag, Empfangstag
**Jour fixe,** [schu:r fi.ks, fr.], der: 1. fest vereinbartes Datum, 2. regelmäßig wiederkehrender Tag für bestimmte (Amts-) Handlungen oder Zusammenkünfte
**Journaille,** [schur'na.lje, fr.], weibl., nur Sing.: abwertende Bez. für bedenkenlose Presse, sensationslüsterne Journalisten
**Journal,** [schur'na:l, fr.], sächl., –e: 1. Zeitschrift, Tageszeitung, 2. Logbuch, 3. Auflistung der täglichen Einnahmen und Ausgaben
**Journalismus,** (fr.), männl., nur Sing.: 1. Gesamtheit der Presseaktivitäten, 2. Arbeit der Journalisten, 3. Stil und Arbeitsweise von Journalisten
**Journalist,** (fr.), männl., –en: Berichterstatter, Fotograf (Foto-J.), Rechercheur, Interviewer, Kritiker im Pressewesen oder bei Rundfunk und Fernsehen
**Journalistik,** (fr.), weibl., nur Sing.: Zeitungswesen; Zeitungswissenschaft
**journalistisch,** (fr.): als Journalist; in der Art des Journalismus, wie in Presse, Funk und Fernsehen üblich
**jovial,** (lat.): freundlich-herablassend, leutselig
**Joystick,** ['dschoisti.k, engl.], männl., –s: Bedienungshebel für Computerspiele
**Jubilar,** (lat.), männl., –e: jmd., dem zu Ehren ein Jubiläum gefeiert wird
**Jubilate,** (lat. »jauchzet«): kirchlicher Name des 3. Sonntags nach Ostern
**Jubiläum,** (lat.), sächl., Jubiläen: Gedenktag, Jahrestag; Gedenkfeier bei der jährlichen Wiederkehr eines (freudigen) Ereignisses
**jubilieren,** (lat.): jauchzen, frohlocken, vor Freude singen
**Juchten,** (russ.), der oder das, nur Sing.: (früher mit Birkenöl) gefettetes Rindsleder sowie nach solchem Leder duftendes Parfum
**Judaika,** (hebr.), weibl., nur Plur.: jüdisches Schrifttum
**Judaismus,** (hebr.), männl., nur Sing.: jüdische Religion; Judentum
**Judaistik,** (hebr.), weibl., nur Sing.: wissenschaftliche Beschäftigung mit der jüdischen Kultur und Geschichte
**Judas,** männl., –se: (nach dem biblischen Verräter, dem Jünger Jesu Judas Ischarioth:) Verräter
**Judikative,** (lat.), weibl., –n: Rechtsprechung, richterliche Gewalt (eine der drei im demokratischen Staat getrennten Gewalten neben Legislative und Exekutive)
**Judikatur,** (lat.), weibl., –en: Rechtsprechung
**judizieren,** (lat.): urteilen, Recht sprechen, richten

**Judo,** (japan.), sächl., nur Sing.: japanische waffenlose Selbstverteidigungskunst, die als Sport betrieben wird
**Judogi,** (japan.), männl., –s: weißer Kampfanzug beim Judo
**Judoka,** (japan.), männl., –s: Judosportler
**jugular,** (lat.): (Med.) die Kehle betreffend
**Juice,** [dschu:ß, engl.], männl. (auch sächl.), –s: Obst- oder Gemüsesaft
**Jukebox,** ['dschu:kbo.ks, engl.], weibl., –es: automatischer Plattenspieler, Musikbox (in Gaststätten)
**Jul(fest),** (altnord.), sächl., –e: Weihnachts- und Wintersonnenwendfest in Skandinavien
**Julklapp,** (altnord.), männl., nur Sing.: aus Skandinavien stammender Brauch, kleine Weihnachtsgeschenke so zu vergeben, dass der Geber unbekannt bleibt; heute auch in Schulklassen, Kindergärten und Betrieben verbreiteter neckischer Spaß auf Weihnachtsfeiern
**Jumbojet,** ['jumbodsche.t, engl.-amerik.], männl., –s: allg. Großraumdüsenflugzeug, gewöhnl. nur für die vierstrahlige Boeing 747
**jumpen,** ['dscha.mpen, engl.]: (umg., aus dem Seemannsjargon stammend) springen
**Jumper,** ['dscha.mpe(r), engl.], männl., –s: über den Kopf zu ziehende Strickbluse oder hüftlanger (Damen-)Pullover
**junior,** (lat.): (nach Personennamen:) der Jüngere (Abk.: jr. oder jun.)
**Junior,** (lat.), männl., Junioren: der Jüngere, Mitglied einer Jugendmannschaft; der Sohn (Gegens.: Senior)
**Juniorchef,** männl., –s: in der Geschäftsleitung tätiger Sohn des Firmeninhabers
**Juniperus,** (lat.), männl., –: (Bot.) Wacholder
**Junk art,** ['dscha.nk'a:(r)t, engl.], weibl., nur Sing.: Kunstrichtung, die auf die Verwendung von Müll in Bildern und Skulpturen setzt
**Junkie,** ['dscha.nki:, engl.], männl., –s: Rauschgiftsüchtiger
**Junktim,** (lat.), sächl., –s: Koppelung von (Vertrags-)Bedingungen oder Gesetzesvorlagen, die nur gemeinsam angenommen werden
**Junktor,** (lat.), männl., Junktoren: (Math.; Philos.) in der Logik bestimmte Arten der Verknüpfung (z. B. »und«, »oder«, »genau dann, wenn«)
**Junta,** ['chu.nta, span.], weibl., –s: Komitee, Exekutivausschuss mit Sondervollmachten (oft nach Putsch), herrschende (Offiziers-)Clique
**Jupon,** [schü'pon, fr.], männl., –s: (früher:) knöchellanger Unterrock
**Jura,** (lat. »die Rechte«), ohne Artikel: Rechtswissenschaft
**Jura,** männl., nur Sing.: (Geol.) nach dem Gebirge im fr.-schweiz. Grenzgebiet benannte Epoche des Mesozoikums (vor ca. 195 bis 140 Mill. Jahren)
**Jurisdiktion,** (lat.), weibl., –en: Rechtsprechung, Gerichtsbarkeit
**Jurisprudenz,** (lat.), weibl., nur Sing.: Rechtswissenschaft
**Jurist,** (lat.), männl., –en: Rechtswissenschaftler; examinierter Rechtssachverständiger (u. a. Notar, Richter)
**juristisch,** (lat.): rechtlich, rechtswissenschaftlich
**Juror,** (lat.), männl., Juroren: Mitglied einer Jury
**Jurte,** (türk.), weibl., –n: Zelt asiatischer Nomaden
**Jury,** ['schüri:, fr.], weibl., –s: 1. Zulassungs- oder Preiskomitee aus Sachverständigen v. a. bei künstlerischen oder wissenschaftlichen Wettbewerben, 2. (in Großbrit. und USA) Schwurgericht oder Geschworenenbank
**Jus,** (lat.), sächl., Jura: das Recht, die Rechtswissenschaften
**Jus primae noctis,** (lat. »Recht der ersten Nacht«): (nach unsicherer Überliefe-

rung) im Mittelalter Recht des Grundherrn auf den ersten Beischlaf mit einer frisch verheirateten Hörigen

**just,** (lat.): eben, gerade

**Juste-milieu,** [schüstmil'jö:, fr.], sächl., nur Sing.: kompromisslerische Politik, laue Gesinnung (nach einem Schlagwort für die fr. Ausgleichspolitik um 1830)

**justieren,** (lat.): genau einstellen, auf das exakte Maß/in die richtige Ordnung bringen, einrichten, eichen

**Justifikation,** (lat.), weibl., –en: 1. Rechtfertigung, 2. Anerkennung der Richtigkeit, 3. (Wirtschaft:) Prüfung, Berichtigung und Genehmigung

**justifizieren,** (lat.): rechtfertigen; eine Rechnung prüfen und anerkennen

**Justitia,** (lat.), weibl., nur Sing.: altröm. Göttin der Gerechtigkeit; Symbol der Gerechtigkeit, dargestellt mit Augenbinde, Waage und Schwert

**justiziabel** (auch: justitiabel) (lat.): richterlich aburteilbar

**Justiziar** (auch: Justitiar), (lat.), männl., –e: Leiter der Rechtsabteilung oder Vertragsanwalt von Betrieben oder Behörden; allg. Rechtsbeistand

**Justitium,** (lat.), sächl., Justitien: zeitweiser Stillstand der Rechtspflege (wegen schwerwiegender Ereignisse: Katastrophen, Krieg u. a.)

**Justiz,** (lat.), weibl., nur Sing.: Gerichtsbarkeit, Rechtspflege sowie Sammelbegriff für alle darin tätigen Personen und Behörden

**Jute,** (engl.), weibl., nur Sing.: tropisches Lindengewächs sowie die daraus gewonnene Bastfaser, Hauptanbaugebiet: Indien

**juvenalisch,** (lat.): satirisch, spöttisch (nach dem röm. Satiriker Juvenal)

**juvenil,** (lat.): 1. dem Erdinneren entstammend (Geol.), 2. (allg.) jugendlich

**Juvenilität,** (lat.), weibl., nur Sing.: Jugendlichkeit

**Juwel,** (niederl.), das oder männl., –en: geschliffener Edelstein, wertvolles Schmuckstück, Kleinod, Kostbarkeit; im übertragenen Sinne besonders geschätzter Mitarbeiter

**Juwelier,** (niederl.), männl., –e: Goldschmied, Schmuckhändler

**Jux,** (lat.), männl., –e: (umg.) Ulk, Spaß, Scherz

**Juxtaposition,** (lat.), weibl., –en: 1. Nebeneinanderstellen von Wörtern (zu einem neuen Wort), 2. Anlagerung (z. B. von Kalk an den Gefäßwänden oder von Kristallen aneinander)

# K

**Kaaba,** (arab. »Würfel«), weibl., nur Sing.: Hauptheiligtum des Islams, mohammedanische Kultstätte mit dem Schwarzen Stein in der großen Moschee in Mekka

**Kabale,** (hebr.), weibl., –n: tückischer Anschlag, Intrige, Machenschaft

**Kabarett,** (fr.), sächl., –s: 1. Bühne für kleine zeitkritische Darbietungen, 2. politisch-satirische Aufführungen in Form von humorigen Sketches, Gedichten, Liedern o. Ä., 3. in Fächer gegliederte (drehbare) Speisenplatte

**Kabarettist,** (fr.), männl., –en: Künstler eines Kabaretts

**kabarettistisch,** (fr.): karikierend-satirisch, wie bei einer Kabarettvorstellung

**Kabbala,** (hebr.), weibl., nur Sing.: mittelalterliche jüdische Geheimlehre und ihre zahlenmystischen, allegorischen Schriften

**Kabbalistik,** (hebr.), weibl., nur Sing.: Lehre der Kabbala sowie allg. Geheimwissenschaft

**Kabeljau,** (niederl.), männl., –e und –s: in Ost- und Nordsee sowie im Nordmeer vorkommender beliebter Speisefisch (im Jugendstadium als Dorsch bezeichnet)

**Kabine,** (fr.), weibl., –n: 1. Umkleideraum in Badeanstalten, zur Anprobe in Bekleidungsgeschäften, 2. Sprecherraum im Stadion für Ansagen und Übertragungen, 3. Fahrgastraum im Flugzeug, 4. Passagierraum auf Schiffen

**Kabinett,** (fr.), sächl., –e: 1. (veraltet:) kleines Zimmer, 2. Ausstellungsraum für Kunst, Schmuck o. Ä. (Raritäten-K.), 3. Gesamtheit der Minister einer Regierung (inklusive Kanzler/Ministerpräsident)

**Kabotage,** [Kabo'ta:sch, fr.], weibl., nur Sing.: 1. Binnenschiffahrt sowie Küstenschifffahrt zwischen Häfen des gleichen Landes; 2. Lufttransportrecht (gegen Entgelt) über fremdem Territorium

**Kabrio,** (Kurzw.), sächl., –s: vgl. Kabriolett

**Kabriolett,** [oder: Kabrio'le:, fr.], sächl., –s: 1. Personenkraftwagen mit rückklapp- oder einfahrbarem Verdeck, 2. (früher:) zweirädriger Einspänner

**Kadaver,** (lat.), männl., –: toter (Tier-) Körper; Aas

**Kadavergehorsam,** (lat.-dt.), männl., nur Sing.: unbedingte, willenlos, blinde Unterordnung

**Kadaverin,** (lat.), sächl., nur Sing.: (Bestandteil von) Leichengift

**Kadenz,** (lat.), weibl., –en: 1. (Mus.) virtuoses Phantasieren über Hauptthemen durch den Solisten während eines Instrumentalkonzertes, 2. (Mus.) Akkordfolge gegen Ende eines Musikstücks, 3. (Sprachwiss.) Versschluss

**Kader,** (fr.), männl., –: 1. erfahrene Kerngruppe eines Heeres Offiziere und Unteroffiziere), 2. Gesamtheit der Aktiven einer Sportmannschaft, 3. besonders geschulter Stamm von Funktionären einer (kommunistischen) Partei

**Kaderschmiede,** (fr.-dt.), weibl., –n: (umg.) Eliteschule, Nachwuchsförderung

**Kadett,** (fr.), männl., –en: (früher:) Zögling einer militärischen Erziehungsanstalt, Schüler einer Offiziersakademie

**Kadi,** (arab.), männl., –s: (in islamischen Ländern:) Richter

**Kadmium,** (gr.), sächl., nur Sing.: chem. Element, silberweiß glänzendes, zinkähnliches Schwermetall (Zeichen: Cd), giftig

**kafkaesk,** (Kunstw.): bedrohlich-unbegreiflich wie in den Dichtungen von F. Kafka (1883 – 1924)

**Kaffee,** (arab.-türk.), männl., nur Sing.: aus gemahlenen gerösteten Kaffeebohnen gebrühtes Getränk; Kaffeebaum, Kaffeebohnen

**Kaffer,** (jidd. »Bauer«), männl., –: (umg.) blöder Kerl, Tölpel (oft fälschl. abgeleitet vom Bantuvolk der Kaffern)

**Kaftan,** (pers.), männl., –e: langärmeliges orientalisches Obergewand, früher v. a. Gewand der orthodoxen Ostjuden

**Kai,** (niederl.), männl., –e und –s: durch Mauern befestigtes Ufer, Anlegestelle für Schiffe

**Kaiman,** (indian.), männl., –e: in Südamerika lebendes Krokodil

**Kainit,** (gr.), männl., –e: Mineral, Doppelsalz, das auch als Düngemittel eingesetzt wird

**Kairos,** (gr.), männl., Kairoi: günstiger Zeitpunkt, richtiger Moment (Philos./ Theol.)

**Kajak,** (eskimo.), männl. (auch sächl.), –s: einsitziges, bis auf den Rudersitz geschlossenes Eskimoboot sowie daraus entwickeltes Sportboot, das mit Doppelpaddel gefahren wird

**Kajal,** (sanskr.), sächl., nur Sing.: Farbe für die Augenkosmetik (K.-Stift)

**kajolieren,** [kascho'lieren, fr.]: jmdn. umschmeicheln, liebkosen

**Kajüte,** (niederl.), weibl., –n: Schlaf- und Wohnraum für die Besatzung auf Booten und Schiffen

**Kakadu,** (malai.) männl., –s: in Indonesien und Australien vorkommende große Papageienart

**Kakao,** [ka'kau, indian.-span.], männl., nur Sing.: aus den Samen (Bohnen) des Kakaobaumes gewonnenes Pulver sowie das daraus (mit Milch) aufgekochte Getränk

**Kakerlak,** (niederl.?) männl., –en: Küchenschabe (Ungeziefer)

**Kakophonie,** (gr.), weibl., –n: (Mus.) Missklang, Aneinanderreihung von Dissonanzen, unangenehm klingende Laut- oder Tonfolge

**Kakostomie,** (gr.), weibl., nur Sing.: (Med.) übler (auf Magenprobleme hinweisender) Mundgeruch

**Kaktee,** (gr.), weibl., –n: vgl. Kaktus

**Kaktus,** (gr.), männl., Kakteen: stachelige, fleischige Pflanze unterschiedlichster Größe (Blume bis Baum), die v. a. in trockenen und heißen Gegenden Amerikas gedeiht, kleinere Arten beliebte Zimmerpflanzen

**Kala-Azar,** (ind. »Schwarze Krankheit«), weibl., nur Sing.: gefährliche Infektionskrankheit der Tropen, die Knochenmark und innere Organe befällt

**Kalabasse:** vgl. Kalebasse

**Kalabreser,** männl., –: nach der italien. Halbinsel Kalabrien benannter breitrandiger Filzhut

**Kalamität,** (lat.), weibl., –en: 1. seuchenhafter Schädlingsbefall von Kulturpflanzen(Biol.), 2. (allg.) Missgeschick, Unglück

**Kalander,** (fr.), männl., –: Pressmaschine zum Glätten, Bemustern und Glänzendmachen in der Papier-, Textil- oder Kunststoffindustrie

**kalandern,** (fr.): mit dem Kalander bearbeiten, glätten, bemustern

**Kalaschnikow,** (russ.), weibl., –s: nach dem Erfinder M. Kalaschnikow (*1919) benannte, besonders einfach zu handhabende Maschinenpistole

**Kalauer,** männl., –: abgestandener, einfältiger Wortwitz (nach dem fr. calembour = Wortspiel, im Dt. auf den Ort Kalau bei Cottbus gemünzt)

**Kaldaune,** (lat.), weibl., –n: Gekröse, (essbare) Eingeweide vom Schlachtvieh

**Kalebasse,** (arab.-span.), weibl., –n: (Trink-)Gefäß aus der ausgehöhlten Frucht des Kalebassenbaumes oder aus einem Flaschenkürbis (in Asien, Afrika und Südamerika)

**Kaleidoskop,** (gr.), sächl., –e: innen verspiegeltes Rohr zum Durchschauen, in dem bunte bewegliche Glasstückchen beim Drehen durch Spiegelung immer neue überraschende Muster bilden; (übertr.:) Eindrücke im bunten Wechsel

**kalendarisch,** (lat.): nach dem Kalender

**Kalendarium,** (lat.), sächl., Kalendarien: 1. Verzeichnis kirchlicher Gedenk- und Festtage, 2. Terminkalender

**Kalenden,** (lat.), weibl., nur Plur.: erster Tag des Monats im altrömischen Kalender, Monatsanfang

**Kalender,** (lat.), männl., –: 1. (allg.) geordnete Zeitrechnung mit Hilfe astronomischer Maßstäbe, 2. Verzeichnis der Jahreseinteilung nach Wochen und Monaten und Tagen mit Angabe der Feste

**Kalesche,** (poln.), weibl., –n: leichte viersitzige Kutsche (mit rückklappbarem Verdeck)

**Kalfakter,** (lat.), männl., –: vgl. Kalfaktor

**Kalfaktor,** (lat.), männl., Kalfaktoren: 1. Strafgefangener, der Hilfsdienste verrichtet (Funktionshäfling), 2. Hausmeister, Bediensteter für einfache Arbeiten aller Art; 3. (abschätzig:) Schmeichler, Spitzel

**kalfatern,** (span.-italien.): die Nähte (der Planken) eines Holzschiffes mit Teer abdichten

**Kali,** (arab.), sächl., –s: Sammelbezeichnung für Kalium und Kalisalze

**Kaliber,** (fr.), sächl., –: 1. Innendurchmesser, lichte Weite von Rohren, z. B. bei Feuerwaffen, daher auch Bezeichnung für Geschossstärke, 2. (umg.) Sorte, Größe, Schlag

**kalibrieren,** (fr.): 1. messen des Kalibers, 2. eichen von Messgeräten, 3. Werkstücke auf das richtige Maß bringen

**Kalif,** (arab.), männl., –en: (histor.) Nachfolger Mohammeds; mohammedanischer Herrscher

**Kalifat,** (arab.), sächl., –e: (histor.) Reich, Herrschaft(szeit) eines Kalifen

**Kaliko,** (fr.), männl., –s: geprägtes oder glattes, Baum- oder Zellwollgewebe (z. B. für Bucheinbände), benannt nach der indischen Stadt Kalikut

**Kalisalz,** (arab.-dt.), sächl., –e: Kaliumverbindungen, die als Düngemittel verwendet werden, vgl. auch Kali

**Kalium,** (arab.), sächl., nur Sing.: chem. Element, ein bläulich-silbriges Metall (Zeichen: K)

**Kaliumpermanganat,** sächl., –e: Kaliumsalz, das als Bleich- und Desinfektionsmittel Verwendung findet

**Kalkül,** (lat.), sächl. (auch männl.), –e: 1. Vorausberechnung des Ergebnisses bei einer Maßnahme oder einem Plan; Berechnung, 2. formalisierte Theorie, Schema zur Lösung mathematischer Aufgaben; Rechenverfahren (Math.)

**Kalkulation,** (lat.), weibl., –en: Teil der Kostenrechnung, Berechnung Abwägen von Aufwand und Ertrag; Kostenvoranschlag; Kostenerwägung

**kalkulieren,** (lat.): eine Kalkulation erstellen, Kosten ermitteln, abwägen, berechnen

**Kalligraphie** (auch: Kalligrafie), (gr.), weibl., nur Sing.: Schönschreibkunst

**kalligraphisch** (auch: kalligrafisch), (gr.): nach den Regeln der Kalligraphie, (allg.) sehr deutlich geschrieben

**kallös,** (lat.): (Med.) schwielenförmig

**Kallus,** (lat.), männl., –se: 1. (Med.) Schwiele am äußeren Körper; Knochenschwiele bei heilenden Knochenbrüchen, 2. neugebildetes Gewebe an Wundrändern von Pflanzen (Bot.)

**Kalmar,** (gr.), männl., Kalmare: Tintenfisch

**Kalme,** (gr.), weibl., –n: völlige Windstille

**Kalmengürtel** (Kalmenzone), männl., –: Zonen mit nur schwachen Winden auf den Weltmeeren in den Subtropen

**Kalmus,** (gr.), männl., –se: Aronstabgewächs, aus dessen Wurzelextrakt Gewürze für Liköre, Hustensaft, Badezusätze und appetitanregende Mittel gewonnen werden

**Kalokagathie,** (gr.), weibl., nur Sing.: Verbindung des Guten und Schönen durch körperliche und geistige Vollkommenheit (Erziehungsideal im antiken Griechenland)

**Kalorie,** (lat.), weibl., –n: 1. (Phys.) nicht mehr zulässige Maßeinheit der Wärmemenge: Energieeinsatz zur Erwärmung von 1 g Wasser von 14,5 auf 15,5 °C (heute vgl. Joule), 2. (Med.) veraltetes Maß für den Brennwert von Nahrungsmitteln, meist in Kilokalorien angegeben

**Kalorimeter,** (lat.-gr.), sächl., –: Wärmemesser

**kalorisieren,** (lat.): Eisen- oder Kupferteile mit einer Schicht aus Aluminiumpulver als Korrosionsschutz überziehen

**Kalotte,** (fr.), weibl., –n: 1. weiche (Leder-)Kappe unter Helmen, 2. Schädeldach ohne Basis (Med.), 3. Oberfläche eins Kugelabschnitts (Math.), 4. flaches Kuppelgewölbe (Archit.)

**Kalpak,** (türk.), männl., –s: hohe tatarische Lammfellmütze; (herabhängender Zipfel an der) Husarenmütze

**Kalumet,** (fr.), sächl., –s: Friedenspfeife der nordamerikanischen Indianer

**Kalyppe,** (tschech.), weibl., –n: baufälliges Haus, verwahrloste Hütte

**Kalvarienberg,** (lat.-dt.), männl., –e: Kreuzigungsort Christi, Golgatha sowie Nachbildungen an Wallfahrtsorten (mit Kreuzwegstationen und Kreuzigungsgruppe)

**Kalvinismus,** männl., nur Sing.: Lehre J. Calvins, Bekenntnis der von ihm begründeten reformierten Kirche

**Kalvinist,** männl., –en: Anhänger des Kalvinismus

**Kalykanthus,** (gr.), männl., nur Sing.: Zierstrauch, Gewürzgewächs

**Kalyptra,** (gr.), weibl., Kalyptren: Schutzhülle um Wurzelspitze (Wurzelhaube) oder Samenkapsel (bei Laubmoosen) (Bot.)

**Kalzifikation,** (lat.), weibl., –en: Kalkablagerung

**Kalzium,** (lat.), sächl., nur Sing.: chem. Element, ein Metall (Zeichen: Ca)

**Kamarilla,** (lat.-span.), weibl., Kamarillen: Gruppe von Günstlingen am Hofe eines Herrschers, einflussreiche Clique in Regierungskreisen

**Kambium,** (lat.), sächl., Kambien: das Dickenwachstum von Pflanzen hervorbringende Gewebe zwischen Holz und Rinde (Bot.)

**Kambrium,** (lat.), sächl., nur Sing.: früheste Epoche des Erdaltertums (Paläozoikum), benannt nach Cambria, dem lateinischen Namen für Wales (Geol.)

**Kamee,** (fr.), weibl., –n: Edel- oder Halbedelstein mit erhaben herausgearbeiteter figürlicher Darstellung

**Kamel,** (gr.), sächl., –e: 1. wiederkäuender Paarhufer mit einem oder zwei Fetthöckern in den afrikanischen und vorderasiatischen Wüstengebieten, als Last- und Reittier verwendet (Zool.), 2. (Schimpfwort) Tölpel, Dummkopf

**Kamelie,** weibl., –n: ostasiatische Zierpflanze mit glatten Blättern und rosenähnlichen Blüten

**Kamera,** (lat.), weibl., –s: Fotoapparat, Filmaufnahmegerät

**Kamerad,** (lat.-fr.), männl., –en: (Kampf-) Genosse, Gefährte, Freund, Mitschüler (Klassen-K.)

**Kameraderie,** (lat.-fr.), weibl., nur Sing.: gekünstelte Kameradschaft, übertriebene Verbrüderung

**Kameralistik,** (lat.), weibl., nur Sing.: Finanz-, Verwaltungs- und Wirtschaftslehre im 17./18. Jh.

**Kamikaze,** (japan. »Götterwind«), männl., –: im 2. Weltkrieg japanischer Selbstmordflieger und seine sprengkopfbestückte Maschine, die er unter Opferung des eigenen Lebens im Sturzflug in feindliche Ziele lenkte

**Kamille,** (lat.), weibl., –n: Korbblütler, deren Blüten als Heiltee (krampflösend, entzündungshemmend) verwendet werden

**Kamin,** (lat.), männl., –e: 1. offene Feuerstelle in Wohnräumen, 2. Schornstein, 3. schmaler senkrechter Felsspalt

**Kamorra,** (italien.), weibl., nur Sing.: neapolitanischer Geheimbund, terroristische Organisation im 19. Jh.

**Kamp,** (lat.), sächl., –s: Forstbaumschule, Gelände zur Aufzucht von Jungpflanzen aus Samen (Bot.)

**Kampagne,** [kam'pa.nje, lat.-fr.], die, –n: Feldzug, auch übertr.: Werbe-K., Wahl-K. u. a.

**Kampanile,** (italien.), männl., –: frei stehender Glockenturm von (italien.) Kirchen

**kampieren,** (fr.): lagern, (im Freien) übernachten, improvisiert wohnen

**Kanadier,** männl., –: Kanu der kanadischen Indianer; daraus entwickeltes mit Stechpaddeln im Knien vorwärtsgetriebenes offenes Sportboot

**Kanaille,** [ka'na.lje, fr.], weibl., –n: 1. Schurke, Schuft, 2. (ohne Plur.) Gesindel, Pöbel

**Kanake,** (polynes. »Mensch«), männl., –n und –r: 1. Einwohner der Pazifikinsel Neukaledonien, 2. (verächtl.) Gastarbeiter, Südländer

**Kanal,** (lat.), männl., Kanäle: 1. künstliche Wasserstraße, 2. Meerenge, 3. Frequenzbereich eines Senders, 4. (Abwasser-)Rohr-Leitung, 5. Bahnen von Nerven, Trakt (Med.), 6. Kette von Informanten

**Kanalisation,** (lat.), weibl., –en: 1. unterirdisches System von Abwasserrohren und -flüssen, 2. das Kanalisieren

**kanalisieren,** (lat.): 1. eine Kanalisation anlegen, Kanäle anlegen, 2. etwas in eine gewünschte Richtung lenken (z. B. Meinungsbildung, finanzielle Mittel)

**Kanapee,** (fr.), sächl., –s: 1. (veraltet) Sofa, 2. pikant belegte (getoastete) Weißbrotscheibe

**Kandare,** (umg.), weibl., –n: Gebissstange des Zaumzeugs von Pferden; an die K. nehmen: streng behandeln

**Kandelaber,** (lat.-fr.), männl., –: mehrarmiger Leuchter, Träger von (Straßen-) Lampen

**Kandidat,** (lat.), männl., –en: Bewerber, Anwärter, Prüfling; Student in höherem Semester

**Kandidatur,** (lat.), weibl., –en: Bewerbung um ein (öffentliches) Amt; Anwartschaft

**kandidieren,** (lat.): sich (um ein Amt/ Mandat) bewerben

**kandieren,** (italien.): (Früchte) mit Zuckersirup überziehen

**Kandis, Kandiszucker,** (italien.) männl., nur Sing.: aus Rohrzuckerlösung gebildete größere Zuckerkristalle

**Kaneel,** (fr.) männl., –e: weißer hochwertiger Zimt

**Kanevas,** (fr.), männl., –e: gitterartiges Gewebe als Grundware u. a. für Stickereien

**Kaniden,** (lat.), weibl., Plur.: Sammelbez. für Hunde und hundeartige Tiere

**Kanister,** (lat.), männl., –: Transportbehälter aus Blech oder Kunststoff für Flüssigkeiten (insbes. Benzin)

**Kannabinol,** (lat.), sächl., nur Sing.: berauschender Inhaltsstoff des Haschisch

**Kannelierung,** (lat.), weibl., –en: senkrechte Rillen oder Riefen an einer Säule

**Kannibale,** (span.), männl., –n: Menschenfresser; (übertr.:) roher, unkultivierter Mensch, Unmensch

**Kannibalismus,** (span.), männl., nur Sing.: 1. Menschenfresserei, 2. das Fressen von Artgenossen (Zool.), 3. (allg.) Unmenschlichkeit, Rohheit

**Kanon,** (gr.), männl., –s: 1. Sammelbez. für die in einem bestimmten Fachgebiet gültigen Grundsätze und Regeln; 2. Verzeichnis maßgeblicher Werke und/oder Autoren (Lit.), 3. (allg.) Maßstab, Regel, Richtschnur, 4. Rundgesang (auch mehrstimmiger Instrumentalsatz) aus nacheinander einsetzenden, die Melodie wiederholenden Stimmen (Mus.), 5. als echt anerkannte Schriften einer Religion, insbes. die Bücher der Bibel, sowie Verzeichnis der anerkannten Heiligen (Theol.), 6. Rechtsvorschrift der kathol. Kirche (Plur.: Kanones)

**Kanonade,** (italien.), weibl., –n: anhaltendes Geschützfeuer; Beschießung, Artillerieduell

**Kanone,** (italien.), weibl., –n: Geschütz; (umg.) versierter Fachmann, Könner (Sports-K.)
**Kanonenfutter,** (italien.-dt.), sächl., nur Sing.: sinn- und gewissenlos geopferte Soldaten
**Kanonier,** (italien.), männl., –e: 1. niedriger Dienstgrad bei der Artillerie; 2. Soldat, der eine Kanone bedient
**Kanoniker,** (gr.), männl., –: in der kathol. Kirche Mitglied eines Dom- oder Stiftkapitels
**kanonisch,** (gr.): einem Kanon gemäß
**kanonisches Recht:** Recht der röm.-kathol. Kirche
**Kanossa,** sächl., –s: tiefe Demütigung, Bittgang (nach der Buße Kaiser Heinrichs IV. vor dem Papst 1077 im norditalien. Canossa)
**Känozoikum,** (gr.), sächl., nur Sing.: Erdneuzeit, die als jüngste Epoche der Erdgeschichte die Formationen Tertiär und Quartär umfasst (Geol.)
**Kantate,** (lat. »singet!«): im kirchlichen Kalender der 4. Sonntag nach Ostern
**Kantate,** (lat.), weibl., –n: mehrteiliges Musikstück für Chöre und Solostimmen mit Instrumentalbegleitung (Mus.)
**Kantersieg,** (engl.-dt.), männl., –e: leicht errungener, überlegener sportlicher Triumph (nach der engl. Stadt Canterbury)
**Kantilene,** (lat.-italien.), weibl., –n: melodiöse, schöne Stimmführung (Mus.)
**Kantine,** (fr.), weibl., –n: Speiseraum (in Betrieben, Kasernen)
**Kanton,** (fr.), männl., –e: 1. Bundesland der Schweiz, 2. Teilbezirk eines Arrondissements in Frankreich und Belgien, 3. Wehrverwaltungsbezirk in Preußen (18. Jh.)
**kantonieren,** (fr.): (veraltet für) Quartier machen, im Quartier liegen (von Truppen)
**Kantönligeist,** männl., nur Sing.: engstirnige (politische) Anschauung, Kirchturmpolitik
**Kantonist,** (fr.), männl., –en: (histor.) frisch rekrutierter Soldat; unsicherer K.: unzuverlässiger Mensch
**Kantor,** (lat.), männl., Kantoren: Leiter des Kirchenchors und der Kirchenmusik; Organist
**Kantorat,** (lat.), sächl., –e: Amt und Amtszeit eines Kantors
**Kantorei,** (lat.), weibl., –en: 1. (Amts-) Wohnung eines Kantors, 2. Kirchenchor
**Kantus,** (lat.), männl., –se: (in studentischen Verbindungen) Gesang
**Kanu,** (engl.), sächl., –s: leichtes durch Paddel fortbewegtes Boot aus Baumrinde bei einigen Naturvölkern; Sportpaddelboot, Sammelbez. für Kanadier und Kajak
**Kanüle,** (lat.), weibl., –n: Röhrchen; hohle Nadel an Spritzen zur Injektion von Arzneimitteln oder zur Entnahme von Körperflüssigkeit (v. a. Blut; Med.)
**Kanute,** (engl.), männl., –n: Kanufahrer, Kanusportler
**kanzerogen,** (lat.-gr.): Krebs erregend (Med.)
**kanzerös,** (lat.): krebsartig (Med.)
**Kanzlei,** (lat.), weibl., –en: Büro, Dienststelle, Amtsräume
**Kanzone,** (italien.), weibl., –n: 1. aus dem Romanischen stammende strophische Gedichtform (Lit.), 2. einstimmiges volkstümliches Lied mit Instrumentalbegleitung; einfaches liedartiges Musikstück (Mus.)
**Kanzonette,** (italien.), weibl., –n: kleine Kanzone, italienisches Chorlied (Mus.)
**Kaolin,** (chines.), sächl. (auch männl.), –e: für die Steingut- und Porzellanherstellung geeigneter weicher, weißer Ton; Porzellanerde

**Kaolinit,** männl., –e: Aluminiumsilikat, mineralischer Bestandteil von Tongestein, insbes. des Kaolins

**Kap,** (lat.), sächl., –s: ins Meer vorspringende Landspitze, Vorgebirge

**Kapaun,** (lat.), männl., –e: (meist) kastrierter Masthahn

**Kapazität,** (lat.), weibl., –en: 1. mögliches Produktionsvolumen einer Fabrik (Wirtsch.), 2. (allg.) Aufnahmefähigkeit, Fassungsvermögen, 3. renommierter Fachmann (v. a. in der Med.)

**Kapelle,** (lat.), weibl., –n: 1. kleine Kirche, 2. kleiner Gebetsraum, 3. ursprüngl. Kirchenchor, dann kleines Orchester, Musikgruppe, Band (Jazz-K.; Mus.)

**Kaper,** (gr.), weibl., –n: in Essig eingelegte Knospe des Kapernstrauches als Gewürz

**Kaper,** (niederl.), männl., –: bewaffnetes privates Schiff, das auf Grund eines Kaperbriefs am Handelskrieg teilnimmt

**Kaperbrief,** (niederl.-dt.), männl., –e: staatl. Vollmacht zur Teilnahme am Handelskrieg für private Schiffseigner

**kapern,** (niederl.): Schiffe aufbringen und als Beute wegnehmen; (umg. übertr.) sich etwas (nicht ganz korrekt) aneignen; jmdn. für sich einnehmen, sich (einen Mann/eine Frau) anlachen

**kapieren,** (lat.): (umg.) begreifen, verstehen, erfassen

**kapillar,** (lat.): haarfein, sehr eng (von Verästelungen, z. B. der Gefäße); zu den Kapillaren gehörig, von ihnen ausgehend

**Kapillare,** (lat.), weibl., –n: 1. feinste Röhrchen, die Flüssigkeit ansaugen (kapillare Hebung), 2. (Med.) Haargefäß; Arterien und Venen verbindendes kleinstes Blutgefäß

**Kapillargefäß:** vgl. Kapillare

**kapital,** (lat.): außerordentlich, besonders, haupt...; groß, stark; besonders mächtiges, gutgewachsenes (Beute-) Tier (Jagdwesen)

**Kapital,** (lat.), sächl., –e und Kapitalien: 1. Geld- und Sachvermögen, 2. neben Boden und Arbeit dritter der Produktionsfaktoren in der Wirtschaft, 3. Betriebs- und Anlagemittel von Unternehmen, 4. Zinsen bringende Geldanlage

**Kapitälchen,** (lat.), sächl., Plur.: Großbuchstaben, die nur die Höhe der Mittellängen der Kleinbuchstaben haben

**Kapitale,** (lat.), weibl., –n: (veraltet) Hauptstadt

**Kapitalis,** (lat.), weibl., nur Sing.: röm. Monumentalschrift in Großbuchstaben (für Bauinschriften, aber auch in repräsentativen Büchern)

**kapitalisieren,** (lat.): zu Kapital machen, in eine Geldsumme umwandeln, verkaufen

**Kapitalismus,** (lat.), männl., nur Sing.: Wirtschafts- und Gesellschaftsordnung mit (vererbbarem) Privateigentum an den Produktionsmitteln und marktwirtschaftlichen Prinzipien.

**Kapitalist,** (lat.), männl., –en: 1. Eigentümer von Produktionsmitteln, 2. Verfechter kapitalistischer Positionen, 3. (abwertend:) reiche Person, Ausbeuter

**kapitalistisch,** (lat.): den Kapitalismus betreffend, seinen Prinzipien folgend

**Kapitän,** (lat.), männl., –e: 1. verantwortlicher Führer eines Schiffes oder Chefpilot eines Flugzeugs, 2. Anführer einer Mannschaft (Sport), 3. bedeutender Unternehmer (Industrie-K.), 4. hoher Dienstgrad bei der Marine (K. zur See)

**Kapitänspatent,** (lat.), sächl., –e: amtliches Zertifikat, das zur Führung eines Schiffes als Kapitän berechtigt

**Kapitel,** (lat.), sächl., –: 1. Abschnitt eines Buches, 2. Gesamtheit der Geistlichen einer Dom- oder Stiftskirche; Versammlung von Domherren oder Mönchen, 3. (allg.) in der Redewendung »ein

K. für sich« eine Sache, Angelegenheit, die gesondert zu behandeln, zu klären ist
**Kapitell,** (lat.), sächl., –e: Kopfstück einer Säule
**Kapitol,** (lat.), sächl., nur Sing.: 1. Hügel im alten Rom sowie die darauf gelegene Stadtburg mit dem Sitz des Senats, 2. Gebäude des US-Kongresses in Washington, auch Bezeichnung für die Institution
**Kapitular,** (lat.), männl., –e: Mitglied eines Kapitels (2)
**Kapitulation,** (lat.), weibl., –en: Waffenstreckung einer besiegten Truppe, Unterwerfung, Übergabe(vertrag) (nach verlorenem Krieg); (allg.) Aufgabe einer Bemühung
**kapitulieren,** (lat.): sich ergeben, aufgeben, die Waffen strecken; einen Übergabevertrag (nach verlorenem Krieg) unterschreiben
**Kaplan,** (lat.), männl., Kapläne: kathol. Hilfsgeistlicher, Priester mit besonderen Aufgaben (z. B. Militär-K.)
**Kapo,** (italien.), männl., –s: 1. in Straf- oder Konzentrationslagern als Aufseher eingesetzter und entsprechend privilegierter (Funktions-)Häftling; 2. (Soldatensprache) Unteroffizier
**Kapodaster,** (italien.), männl., –: oberes Ende des Griffbretts von Saiteninstrumenten; verschiebbare Klammer über alle Saiten von Gitarren zur stufenlosen Veränderung der Tonlage (Mus.)
**kapores,** (jidd.): (umg.) kaputt, entzwei
**Kapotte,** (fr.), weibl., –n: kleiner unter dem Kinn gebundener Damenhut
**Kappa,** (gr.), sächl., –s: zehnter Buchstabe des gr. Alphabets
**Kaprice,** [ka'pri:ße, fr.], weibl., –n: Marotte, Laune
**Kapriole,** (italien. ), weibl., –n: 1. Luftsprung, 2. witziger Einfall, Ausgelassenheit, 3. (Reitsport) in der Hohen Schule Hochspringen des Pferdes auf der Stelle mit Ausschlagen der Hinterhufe
**kaprizieren,** (italien.): sich auf etwas k. = sich etwas in den Kopf setzen, darauf beharren
**kapriziös,** (italien.): eigenwillig, launenhaft
**Kaptation,** (lat.), weibl., –en: (veraltet) Erbschleicherei
**kaptatorisch,** (lat.): erschleichend, auf Gewinn bedacht
**Kaption,** (lat.), weibl., –en: Trugschluss; verfängliche Frage
**kaputt,** (fr.): erschöpft, zerbrochen, entzwei
**Kapuze,** (lat.), weibl., –n: an einen Mantel oder eine Jacke genähte Stoffhaube, die sich über den ganzen Kopf ziehen lässt
**Kapuziner,** (lat.), männl., –: Angehöriger des gleichnamigen Mönchsordens
**Karabiner,** (fr.), männl., –: kurzes Gewehr
**Karabinerhaken,** (fr.-dt.), männl., –: durch Federverschluss gesicherter Haken
**Karacho,** (span.), sächl., nur Sing.: (umg.) hohes Tempo, großer Schwung
**Karaffe,** (arab.), weibl., –n: geschliffene Glasflasche (mit gläsernem Stöpsel)
**Karakal,** (türk.), männl., –s: Wüstenluchs
**Karambolage,** [karambo'la:sche, fr.], weibl., –n: Zusammenstoß, Zusammenprall; das Berühren der Spielbälle durch den Stoßball beim Billard
**karambolieren,** (fr.): eine Karambolage erzielen; zusammenstoßen
**Karamell,** (fr.), männl., nur Sing.: erhitzter, gebräunter Zucker
**Karamellbonbon,** (fr.), männl. (auch sächl.), –s: aus Milch, Sahne und Karamell hergestellte Süßigkeit zum Lutschen
**Karamelle,** (fr.), weibl., –n: vgl. Karamellbonbon
**Karat,** (gr.), sächl., –e: Gewichtseinheit (0,2 g) für Edelsteine; Maß für den

Feingehalt einer Goldlegierung (24 K. = 100 %)

**Karate,** (japan.), sächl., nur Sing.: Kunst der Selbstverteidigung ohne Waffen, Zweikampfsportart mit nur angedeuteten Schlägen und Tritten

**Karateka,** (japan.), männl., -(s): Karatekämpfer

**Karavelle,** (portug.), weibl., –n: 1. spätmittelalterliches dreimastiges Segelschiff mit hohem Heckaufbau, 2. zweistrahliges fr. Düsenverkehrsflugzeug der 50er/60er Jahre

**Karawane,** (pers.), weibl., –n: mit Kamelen durch unwegsame Gebiete (v. a. Wüsten Afrikas und Asiens) ziehende Gruppe von Händlern, Pilgern oder Forschungsreisenden

**Karawanserei,** (pers.), weibl., –en: Herberge für Karawanen

**Karbatsche,** (türk.), weibl., –n: geflochtene Riemenpeitsche

**Karbid,** (lat.), sächl., –e: Verbindung aus Kohlenstoff und Metall oder Bor, Silizium u. a. (Chem.)

**Karbol,** (lat.), nur Sing.: stechend riechendes Desinfektionsmittel

**Karbon,** (lat.), sächl., nur Sing.: Epoche des jüngeren Paläozoikums (Erdaltertum; (Geol.)

**Karbolineum,** (lat.), sächl., nur Sing.: rotbraunes Destillationsprodukt des Steinkohlenteers, das als Schädlingsbekämpfungsmittel und Imprägniermittel für Holz verwendet wird

**Karbonade,** (lat.), weibl., –n: v. a. norddt. für Kotelett, gebratenes Rippenstück von Rind, Schwein oder Hammel

**Karbonisation,** (lat.), weibl., nur Sing.: 1. Umwandlung von Pflanzen in Kohle, 2. Geschmacksverbesserung von Getränken durch Zusatz von Kohlendioxid, 3. Behandlung von Wolle bei etwa 100 °C zur Herauslösung von Pflanzenteilen

**Karbunkel,** (lat.), männl., –: (Med.) einen gemeinsamen Entzündungsherd bildende Häufung von Furunkeln

**Kardamom,** (gr.), männl. (auch sächl.), –e: ingwerähnliches Gewürz

**Kardanwelle,** weibl., –n: Antriebswelle für Kraftfahrzeuge (nach dem italien. Physiker Cardano, 16. Jh.)

**Kardätsche,** (italien.), weibl., –n: grobe Bürste zum Striegeln von Pferden u. a.

**Karde,** (lat.), weibl., –n: 1. (Textiltechnik) Gerät zur Beseitigung von Kletten in Wolle und zum Entfernen von kurzen Fasern, 2. Gattung distelähnlicher Pflanzen

**kardial,** (gr.): das Herz betreffend, vom Herzen ausgehend (Med.)

**Kardialgie,** (gr.), weibl., –n: Herzschmerz, Magenkrampf (Med.)

**kardinal,** (lat.), meist als verstärkender Wortvorsatz: entscheidend, wichtig, grundlegend

**Kardinal,** (lat.), männl., Kardinäle: 1. höchster kathol. Geistlicher nach dem Papst mit Papstwahlrecht, 2. Gattung amerikanischer Finkenvögel (Zool.)

**Kardinalzahl,** (lat.-dt.), weibl., –en: positive ganze Zahl, die die Anzahl der Elemente einer Menge angibt (Math.)

**Kardiogramm,** (gr.), sächl., –e: Aufzeichnung der Herztätigkeit auf Papier oder Monitor (z. B.: Elektrokardiogramm; Med.)

**Kardiologie,** (gr.), weibl., nur Sing.: Lehre vom Herzen und seinen Erkrankungen (Med.)

**Karditis,** (gr.), weibl., nur Sing.: Herzentzündung

**Karenz,** (lat.), weibl., –en: vorübergehende Enthaltsamkeit, Entbehrung, Verzicht

**Karenzzeit,** (lat.-dt.), weibl., nur Sing.: Wartezeit, Sperrfrist (z. B. für finanzielle Leistungen)

**Karezza,** (italien.), weibl., nur Sing.: Geschlechtsverkehr ohne Ejakulation

**Karfiol,** (italien.), männl., nur Sing.: (süddt. und östr.) Blumenkohl

**Karfunkel,** (lat.), männl., –: roter Schmuckstein (z. B. Granat)

**Kargo** (auch: Cargo), (span.), männl., –s: Schiffsladung sowie das Verzeichnis darüber

**Karibu,** (indian.), sächl., –s: nordamerikanische Unterart des Rentiers

**karieren,** (fr.): mit regelmäßigen Vierecken mustern, würfeln; kariert = gewürfelt

**Karies,** ['kari-es, lat.], weibl., nur Sing.: 1. an Dunkelfärbung feststellbarer Verfall des Zahnschmelzes, Zahnfäule, 2. Knochenfraß (Med.)

**karikativ,** (italien.): vgl. karikaturistisch

**Karikatur,** (italien.), weibl., –en: stark übertreibende und damit lächerlich machende zeichnerische oder literarische Personendarstellung; Zerrbild, Spottbild

**Karikaturist,** (italien.), männl., –en: Karikaturenzeichner

**karikaturistisch,** (italien.): nach Art einer Karikatur

**karikieren,** (italien.): als Karikatur zeichnen oder schildern; verzerren, lächerlich machen

**kariös,** (lat.): von Karies befallen (Med.)

**Karitas,** (lat.), weibl., nur Sing.: Nächstenliebe; Barmherzigkeit

**karitativ,** (lat.): mildtätig, nächstenliebend

**Karma,** (sanskr.), sächl., nur Sing.: nach der indischen Lehre von der Seelenwanderung das Schicksal, das sich der Mensch durch sein Verhalten im vorigen Leben verdient hat

**Karmeliter,** männl., –: Mönch des Bettelordens der Karmeliter (nach dem Berg Karmel in Palästina)

**Karmesin,** (italien.), sächl., nur Sing.: roter Farbstoff

**Karminativum,** (lat.), sächl., –va: Mittel gegen Blähungen (Med.)

**Karneol,** (lat.), männl., –e: fleischfarbener bis rotbrauner Schmuckstein

**Karneval,** (italien.), männl., –s: (v. a. im Rheinland) Fastnachtsfest; Fasching; Vorfastenzeit

**Karnevalist,** (italien.), männl., –en: (aktiver) Teilnehmer am Karneval

**karnivor,** (lat.): Fleisch fressend

**Karnivore,** (lat.), weibl., –n: Fleisch fressende Pflanze

**Karnivore,** (lat.), männl., –n: Fleisch fressendes Tier

**Karo,** (lat.), sächl., –s: 1. Rhombus, auf einer Spitze stehendes Viereck, 2. (bei Skat, Poker u. a. niedrigste) Spielkartenfarbe

**Karosse,** (fr.), weibl., –n: Staatswagen oder Kutsche in Galaausführung

**Karosserie,** (fr.), weibl., –n: Blechkleid von Kraftfahrzeugen, Wagenaufbau

**Karotin,** (lat.), sächl., nur Sing.: rotgelber, u. a. in Möhren (Karotten) vorkommender Pflanzenfarbstoff, Provitamin A

**Karotis,** (gr.), weibl., Karotiden: (Med.) Kopf- oder Halsschlagader

**Karotte,** (gr.), weibl., –n: Mohrrübe, Möhre

**Karpell(um),** (gr.), sächl., –e: Fruchtblatt (Bot.)

**Karree,** (fr.), sächl., –s: 1. Geviert, 2. im Ganzen gebratenes Rippenstück

**Karriere,** (fr. ), weibl., –n: 1. (erfolgreiche) Laufbahn, beruflicher Aufstieg, 2. (Pferdesport) schneller Galopp

**Karrierismus,** (fr.), männl., nur Sing.: rücksichtsloses Karriere machen, Erfolgsstreben um jeden Preis

**Karrierist,** (fr.), männl., –en: bedenkenloser Karrieremacher

**Kartätsche,** (italien.), weibl., –n: mit Bleikugeln gefüllte Artilleriegranate

**Kartause,** weibl., –n: Kloster der Kartäuser-Mönche; Einsiedelei

**Kartäuser,** der, –: Mönch des kathol. Einsiedlerordens

**Kartell,** (italien.-fr.), sächl., –e: Zusammenschluss rechtlich weiterhin selbstständiger Firmen der gleichen Branche (z. B. mit dem Ziel der Marktbeherrschung), auch Parteienbündnis (Macht-K.)

**kartellieren,** (italien.-fr.): zu einem Kartell zusammenfassen

**kartieren,** (gr.): (Geogr.) von einem Gebiet eine Landkarte erarbeiten; in einer Kartei erfassen

**Kartogramm,** (gr.), sächl., –e: grafische Umsetzung statistischen Materials auf einer Landkarte (Geogr.)

**Kartograph** (auch: Kartograf), (gr.), männl., –en: Be- und Erarbeiter von Landkarten (Geogr.)

**Kartographie** (auch: Kartografie), (gr.), weibl., nur Sing.: Wissenschaft und Technik der Kartenherstellung und -nutzung; Kartenkunde (Geogr.)

**kartographisch** (auch: kartografisch), (gr.): die Kartographie betreffend

**Karton,** (fr.), männl., –s: (umg.) aus fester Pappe gefaltete Schachtel; Feinpappe, starkes Papier

**Kartonage,** [karto'na:sche, fr.], weibl., –n: 1. Umhüllung aus Karton, Verpackung aus Pappe, 2. Bucheinband aus starkem Karton, Pappband

**Kartothek,** (lat.-gr.), weibl., –en: Katalog in Karten- oder Zettelform, Karteikartensammlung, Zettelkasten

**Kartusche,** (italien.-fr.), weibl., –n: 1. zu Namen zusammengefasste Hieroglyphen (Ägyptologie), 2. Verzierung in Schildform für Ornamente, Wappen u. a. über Türen und Fenstern (Archit.), 3. Metallhülse mit Treibladung bei Geschossen und Patronen

**Karussell,** (italien.-fr.), sächl., –s und –e: sich drehende Rundfläche mit Tierfiguren, Wagen u. a. darauf oder angehängten Sitzen darunter (Ketten-K.) auf Jahrmärkten

**Karyatide,** (gr.), weibl., –n: weibliche Statue mit wallendem Gewand, die statt einer Säule das Gebälk trägt

**Karyogamie,** (gr.), weibl., –n: Zellkernverschmelzung bei der Befruchtung (Biol.)

**Karyologie,** (gr.), weibl., nur Sing.: Lehre vom Zellkern (Biol.)

**Karyoplasma,** (gr.), sächl., nur Sing.: Kernplasma (Biol.)

**Karzer,** (lat.), männl., –: früher Arrestzelle in Schulen und Hochschulen sowie die darin zu verbüßende Strafe, Gefängnis im antiken Rom

**karzinogen,** (gr.): vgl. kanzerogen

**Karzinom,** (gr.), sächl., –e: Krebsgeschwulst (Med.)

**karzinomatös,** (gr.): von Krebs befallen, krebsartig (Med.)

**Karzinose,** (gr.), weibl., –n: über den ganzen Körper verbreitete Tochtergeschwülste (Metastasen) bei Krebs (Med.)

**Kasack,** (fr.), männl., –s: schrittlange, vorn nicht durchgeknöpfte Frauenbluse, Kosackenbluse

**Kasatschok,** (russ.), männl., –s: temperamentvoller Volkstanz in Russland

**Kashba(h),** (arab.), weibl., –s oder Ksabi: (in Marokko) Schloss, Burg; verwinkelte Altstadtviertel nordafrikanischer Städte

**Kascha,** (russ.) weibl., nur Sing.: Buchweizengrütze, Hauptkost in russ. Gefangenen- und Straflagern

**Kaschemme,** (zigeunerisch), weibl., –n: primitives Wirtshaus, Lokal von zweifelhaftem Ruf

**kaschieren,** (fr.): 1. verbergen, tarnen, übertünchen, 2. beschönigen, verheimlichen

**Kaschmir,** (fr.), männl., –e: feines Kammgarngewebe, das u. a. aus dem Fell der Kaschmirziege gewonnen wurde

**Kascholong,** (mongol.), männl., –s: weiße, undurchsichtige Abart des Opals, Halbedelstein

**Kasein,** sächl., nur Sing.: wichtigster Eiweißbestandteil in der Milch

**Kasematte,** (italien.), weibl., –n: (früher) ummauerter kugelsicherer Raum in Festungen, gepanzerter Geschützraum auf Kriegsschiffen

**Kaserne,** (lat.), weibl., –n: (orts)feste Quartiere von Soldaten (auch von Polizeieinheiten); Truppenunterkunft

**kasernieren,** (lat.): in Kasernen unterbringen

**Kasino,** (italien.), sächl., –s: 1. Offiziersheim, Haus für gesellige Zusammenkünfte, 2. v. a. für Offiziere gedachter Speise- und Aufenthaltsraum, 3. Spielbank (Spiel-K.)

**Kaskade,** (fr.), weibl., –n: 1. abgestufter (künstlicher) Wasserfall, (übertr.) sich überschlagender Redefluss (Wort-K.), 2. kühner Sturzsprung in der Artistik

**Kasko,** (span.), männl., –s: Schiffsrumpf, Transportfahrzeug (im Unterschied zur Ladung)

**Kaskoversicherung,** (span.-dt.), weibl., –en: umfassende Versicherung (Voll-K.) von Transportmitteln, v. a. Kraftfahrzeugen

**Kassandra,** weibl., Kassandren: (nach der trojan. Seherin der gr. Sage) Schwarzseher(in), unablässig vor Unheil warnende Person

**Kassandraruf,** männl., –e: (oft übertriebene) Warnung vor Unheil

**Kassation,** (lat.), weibl., –en: 1. (Rechtsw.) Aufhebung einer gerichtlichen Entscheidung, Außerkraftsetzung einer Urkunde, 2. (früher:) Aberkennung des Beamtenstatus, strafweise Entlassung aus dem Militärdienst

**Kasserolle,** (fr.), weibl., –n: flacher Topf mit Deckel zum Schmoren

**Kassette,** (italien.-fr.), weibl., –n: 1. verschließbares Kästchen (für Wertsachen, z. B. Schmuck-K.), 2. (Archit.) kastenförmig eingelassenes Geviert in einer Zimmerdecke, 3. lichtdichte Behälter für fotografische Platten und Filme, 4. Schmuckkarton für Bücher oder Schallplatten, 5. Kunststoffgehäuse mit Ton- oder Videoband

**Kassettenrecorder,** (italien.-engl.), männl., –: Abspiel- und Aufnahmegerät für Tonbänder in Kassetten

**Kassiber,** (jidd.), männl., –: zwischen Gefangenen oder zwischen Gefangenen und der Außenwelt geschmuggeltes Schriftstück

**kassieren,** (lat.): 1. Geld bekommen oder eintreiben, 2. (umg.) etwas aus dem Verkehr ziehen, an sich nehmen, 3. (umg.) jmdn. festnehmen, 4. einen Gerichtsbeschluss aufheben, eine Urkunde für ungültig erklären

**Kassierer,** (lat.-italien.), männl., –: Rechnungsführer, Kassenwart

**Kastagnette,** [kastan'je.te, span.], weibl., –n: v. a. in der spanischen Musik übliche Handklapper aus kastanienähnlichen Plättchen als Rhythmusinstrument

**Kaste,** (lat.-portug.), weibl., –n: streng abgeschotteter gesellschaftlicher Stand in Indien; (übertr. abwertend:) zur Wahrung ihrer Vorrechte sich absondernde Gesellschaftsschicht

**Kastell,** (lat.), sächl., –e: fester Platz, Burg; Befestigungsanlage, befestigtes Lager im antiken Rom

**Kastellan,** (lat.), männl., –e: (veraltet) Hausmeister in öffentlichen Gebäuden, (Schloss)verwalter, Burgvogt

**Kastrat,** (italien.), männl., –en: Mann, dem die Keimdrüsen entfernt wurden, Entmannter; in der Jugend entmannter Sänger mit Knabenstimme im 17./18. Jh.

**Kastration,** (lat.), weibl., –en: Beseitigung der Zeugungsfähigkeit durch Entfernen

der Keimdrüsen, Entmannung; Entfernung von Staubblättern bei Pflanzen
**kastrieren,** (lat.): eine Kastration durchführen
**Kasuar,** (malai.), männl., –e: australischer Laufvogel
**Kasuistik,** (lat.), weibl., nur Sing.: 1. Rechtsfindung, die nach Präzedenzfällen vorgeht (Rechtsw.), 2. Lehre vom moralisch richtigen Verhalten in bestimmten Einzelfällen (Philos.), 3. (allg.) Haarspalterei, Wortklauberei
**kasuistisch,** (lat.): knifflig; auf Kasuistik beruhend, den Einzelfall betreffend
**Kasus,** (lat.), männl., Kasus: 1. Fall, Vorkommnis, 2. Fall, Beugungsform der Substantive wie Dativ, Akkusativ u. a. (Sprachwiss.)
**Kat,** männl., –s: Kurzw. für Katalysator
**katabatisch,** (gr.): fallend (vom Wind gesagt) (Meteorol.)
**Katabolie,** (gr.), weibl., nur Sing.: Abbau und Zerlegung von Nährstoffen durch Stoffwechsel (Med.)
**Katabolismus,** (gr.), männl., nur Sing.: vgl. Katabolie
**Katafalk,** (italien.-fr.), männl., –e: schwarz verhängtes Gerüst für den Sarg bei Bestattungen
**Katakaustik,** (gr.), weibl., nur Sing.: Fläche der Schnittpunkte der reflektierten Strahlen eines Hohlspiegels, Brennebene (Phys.)
**Kataklase,** (gr.), weibl., –n: Zerreiben oder Zerbrechen der in einem Stein enthaltenen Mineralien durch tektonische Belastung (Geol.)
**Kataklysmus,** (gr.), männl., –klysmen: dramatische, katastrophenartige erdgeschichtliche Veränderungen (eigentl. Überschwemmung) (Geol.)
**Katakombe,** (gr.-lat.), weibl., –n: unterirdische Bestattungsanlage der frühen Christen im spätantiken Rom, (allg.) unterirdisches Gangsystem
**Katakustik,** (gr.), weibl., nur Sing.: Lehre vom Echo
**Katalekten,** (gr.), weibl., Plur.: Fragmente alter Werke; Bruchstücke, Überbleibsel
**katalektisch,** (gr.): unvollständig, verkürzt
**Katalepsie,** (gr.), weibl., –n: (Med.) krankhafter Spannungszustand von Muskeln, Starrkrampf
**kataleptisch,** (gr.): an Katalepsie erkrankt (Med.)
**Katalog,** (gr.), männl., –e: 1. Liste, Aufstellung (z. B.: von Waren), 2. Begleitbuch für eine Ausstellung oder Sammlung
**katalogisieren,** (gr.): in ein Verzeichnis aufnehmen; einen Katalog anlegen
**Katalysator,** (gr.), männl., Katalysatoren: 1. Stoff, der eine chem. Reaktion auslöst oder fördert, doch unverbraucht zurückbleibt (Chem.), 2. Teil der Auspuffanlage von Kraftfahrzeugen, der die Abgase von Schadstoffen reinigt
**Katalyse,** (gr.), weibl., –n: Auslösung oder Förderung einer chem. Umsetzung durch einen sich selbst nicht verbrauchenden Stoff (Chem.)
**katalysieren,** (gr.): eine chem. Umsetzung durch einen Katalysator in Gang bringen oder fördern (Chem.)
**Katamaran,** (tamil.), männl., –e: Schiff oder schnelles Segelboot mit Doppelrumpf
**Katamnese,** (gr.), weibl., –n: abschließender Bericht des Arztes über einen Patienten nach der (stationären) Behandlung und Vorschläge zur weiteren Beobachtung (Med.)
**Kataphorese,** (gr.), weibl., –n: Wanderung positiver Teilchen in einer Flüssigkeit zur Kathode bei Anlegung einer elektrischen Spannung
**Kataphrakt,** (gr.), männl., –en: gepanzerter Reiter auf gepanzertem Pferd in den Heeren der Antike

**Kataplasma,** (gr.), sächl., Kataplasmen: schmerzlindernder warmer oder heißer Breiumschlag (Med.)
**kataplektisch,** (gr.): (Med.) starr, gelähmt vor Schreck
**Kataplexie,** (gr.), weibl., –n: Schrecklähmung, Schreckstarre (Med.)
**Katapult,** (gr.), männl. (auch sächl.), –e: 1. Wurf- und Schleudermaschine der antiken (Belagerungs-)Artillerie; Schleuder, 2. Startschleuder für Flugzeugen (v. a. auf Flugzeugträgern)
**katapultieren,** (gr.): emporschleudern, mit einem Katapult starten
**Katarakt,** (gr.), männl., –e: Stromschnelle, Wasserfall
**Katarakt,** (gr.), weibl., –e: grauer Star, Trübung der Augenlinse (Med.)
**Katarrh** (auch: Katarr), (gr.), männl., –e: Schleimhautentzündung v. a. der Atemwege (Med.)
**katarrhalisch** (auch: katarralisch), (gr.): einen Katarrh betreffend, zu seinem Krankheitsbild gehörend
**Kataster,** (italien.), männl. (auch sächl.), –: amtliches Grundstücksverzeichnis, Grundbuch
**katastrophal,** (gr.): entsetzlich, verheerend, einer Katastrophe gleichkommend
**Katastrophe,** (gr.), weibl., –n: 1. schwerer Unglücksfall, Zusammenbruch, Untergang, 2. Höhepunkt im (antiken) Drama durch Lösung des Konflikts im tragischen Sinne und Scheitern des Helden
**katathym,** (gr.): durch Wahnvorstellungen entstanden, wunschgemäß, affektbedingt
**Katechese,** (gr.), weibl., –n: Religionsunterricht, christliche Unterweisung
**Katechet,** (gr.), männl., –en: Religionslehrer (außerhalb der Schule)
**Katechismus,** (gr.), männl., Katechismen: kleines Lehrbuch für den christlichen Religionsunterricht, meist in Frage und Antwort aufgebaut
**Katechumene,** (gr.), männl., –n: 1. Anwärter auf die Taufe im Taufunterricht; Schüler eines Katecheten, 2. Konfirmand, v. a. im ersten Jahr des Konfirmandenunterrichts
**Kategorie,** (gr.), weibl., –n: 1. Klasse, Gruppierung, der etwas oder jemand zugeordnet wird; Art, Sorte, 2. Grundbegriff, von dem andere Begriffe abzuleiten sind; Verstandesfähigkeit zur Interpretation von Informationen (Philos.)
**kategorisch,** (gr.): 1. gültig im Sinn von Kategorie (2), 2. unbedingt geltend, real im Gegensatz zu hypothetisch, 3. keinen Widerspruch duldend
**kategorischer Imperativ:** von I. Kant (1724 – 1804) aufgestelltes oberstes Sittengesetz: »Handle so, dass die Maxime deines Willens jederzeit zugleich als Prinzip einer allgemeinen Gesetzgebung gelten könne!« (Philos.)
**kategorisieren,** (gr.): einordnen, in Kategorien einteilen
**katexochen,** (gr.): im eigentlichen Sinne, schlechthin, in beispielhafter Weise
**Katgut,** (engl.), sächl., nur Sing.: aus Schaf- oder Rinderdarm hergestelltes chirurgisches Nahtmaterial, das im Verlauf der Heilung vom Körper resorbiert wird (Med.)
**Katharsis,** (gr.), weibl., nur Sing.: 1. durch Mitleid oder Furcht bewirkte geistig-seelische Läuterung (in der und durch die Tragödie; Lit.), 2. das Sichbefreien von inneren Konflikten (Psychol.)
**Katheder,** (gr.), männl. (auch sächl.), –: Lehrerpult, Kanzel
**Kathedersozialismus,** (gr.-lat.), männl., nur Sing: Richtung der dt. Volkswirtschaftslehre im 19. Jh., die soziale Reformen »von oben« forderte

**Kathedrale,** (gr.), weibl., –en: (v. a. in Westeuropa) (erz)bischöfliche Hauptkirche, Dom
**Kathete,** (gr.), weibl., –n: die den rechten Winkel eines rechtwinkligen Dreiecks bildenden Schenkel, Gegenstück: Hypothenuse (Math.)
**Katheter,** (gr.), männl., –: Röhrchen zum Einführen in Körperorgane oder -kanäle, die künstlich entleert, gespült oder untersucht werden müssen (z. B. Harnröhren-K. bei Blasenstau; Med.)
**katheterisieren,** (gr.): (ein)schieben des Katheters (Med.)
**Kathode,** (gr.), weibl., –n: negative Elektrode, Gegensatz: Anode
**Katholik,** (gr.), männl., –en: Anhänger der röm.-kathol. Kirche
**katholisch,** (gr.): zur röm.-kathol. Kirche gehörig; (eigentl.) umfassend, allgemein, alle betreffend
**Katholizismus,** (gr.), männl., nur Sing.: Lehre und Organisation der röm.-kathol. Kirche
**Kation,** (gr.), sächl., –en: positiv geladenes Ion
**Katode:** vgl. Kathode
**katogen,** (gr.): von oben nach unten entstanden (z. B. bei Sedimentgesteinen; Geol.)
**Kattun,** (arab.), männl., –e: bedrucktes Baumwollgewebe
**kauliflor,** (lat.): direkt am Stamm oder verholzten Ästen blühend (Bot.)
**Kauri,** (Hindi), männl., –s: im Pazifik und im Indischen Ozean lebende Porzellanschnecke, deren Gehäuse in vorgeschichtlicher Zeit als Zahlungsmittel verwendet wurde
**kausal,** (lat.): ursächlich, im Verhältnis von Ursache und Wirkung zueinander stehend, begründend
**Kausalgie,** (gr.), weibl., –n: heftiger Schmerz, ausgelöst durch Nervenverletzung (Med.)
**Kausalität,** (lat.), weibl., –en: 1. (allg.) Zusammenhang von Ursache und Wirkung, 2. Verstandeskategorie (Philos.)
**Kausalsatz,** (lat.-dt.), männl., –sätze: begründender Nebensatz (z. B.: ich kann dich nicht begleiten, weil ich hier bleiben muss) (Sprachwiss.)
**Kaustik,** (gr.), weibl., nur Sing.: 1. Brennebene einer Linse (Phys.), 2. vgl. Kauterisation
**Kaustikum,** (gr.), sächl., Kaustika: Ätzmittel (Med.)
**kaustisch,** (gr.): ätzend, beißend
**Kautel,** (lat.), weibl., –en: 1. Vorbehalt, Absicherung in Verträgen (Rechtsw.), 2. Vorsichtsmaßnahme (Med.)
**Kauter,** (gr.), männl., –: chirurgisches Instrument zum Ausbrennen kranken Gewebes; Brenn- oder Ätzmittel (Med.)
**Kauterisation,** (gr.), weibl., –en: das Ausbrennen von krankem Gewebe durch Instrumente oder Ätzmittel (Med.)
**Kaution,** (lat.), weibl., –en: finanzielle Sicherheit(sleistung), Bürgschaft; Haftungssumme
**kautschieren,** vgl. kautschutieren
**Kautschuk,** (indian.), männl., –e: Milchsaft des Kautschukbaumes; Rohgummi
**kautschutieren,** (indian.): mit einer Schicht aus Kautschuk überziehen
**Kavalier,** (fr.), männl., –e: ritterlicher Begleiter einer Dame, Weltmann mit vollendeten Umgangsformen
**Kavaliersdelikt,** sächl., –e: (angebl.) harmloses Vergehen, Straftat, die als lässlich angesehen wird (z. B. Spesenschinden)
**Kavalierstart,** (fr.-engl.), männl., –s: angeberisch forsches Anfahren von Kraftfahrzeugen mit quietschenden Reifen
**Kavalkade,** (fr.), weibl., –n: Zug prächtig geschmückter Reiter
**Kavallerie,** (fr.), weibl., –n: Reiterei, zu Pferde kämpfende Truppe

**Kavallerist,** (fr.), männl., –en: Soldat der Kavallerie
**Kavatine,** (italien.), weibl., –n: liedartiger Gesangs- oder Instrumentalsatz (Mus.)
**Kaveling,** (niederl.), weibl., –en: bei Warenversteigerungen festgesetzte Mindestmenge (Ballen, Gebinde u. a.)
**Kaventsmann,** (lat.-dt.), männl., ...männer: Prachtexemplar, Mordskerl, beleibter Mann
**Kaverne,** (lat.), weibl., –n: 1. unterirdische Höhle, 2. durch Gewebszerstörung entstandener Hohlraum in Organen (z. B. in der Lunge bei TB; Med.)
**kavernös,** (lat.): Kavernen zeigend (Med.)
**Kaviar,** (türk.-italien.), männl., –e: mit Salz konservierter Rogen von Stör, Sterlet, Hausen u. a. als Delikatesse
**Kazike,** (indian.-span.), männl., –n: Häuptling bei mittel- und südamerikanischen Indianerstämmen
**Kazoo,** [kä'su:, amerik.], sächl., –s: einfaches Rohrblasinstrument
**Kebab,** (türk.), männl., nur Sing.: Bratenart im vorderen Orient: am Spieß gebratenen (Hammel-)Fleischstückchen (schaschlikartig)
**Keeper,** ['ki:pe(r), engl.], männl., –: Torwart
**Keepsmiling,** ['ki:p 'smai:lin(g), engl. »lächle weiter!«], sächl., nur Sing.: in jeder Lebenslage zur Schau getragener Optimismus; Gentleman-Ideal, trotz aller Schwierigkeiten heiter und gelassen zu bleiben
**Kefir,** (tatar.), männl., nur Sing.: durch Hefe und Bakterien vergorene säuerliche Milch
**Keks,** (engl.), männl. (auch sächl.), –e: trockenes, haltbares Kleingebäck
**Kelim,** (türk.), männl., –s: Decke oder Teppich aus buntem Wollgewebe zum Auskleiden von Zelten u. a. im Orient
**Keloid,** (gr.), sächl., –e: Wulstnarbe, strangartige Hautwulst (Med.)
**Keltologie,** (lat.-gr.), weibl., nur Sing.: Lehre von den keltischen Sprachen und Kulturen
**Kelvin,** sächl., –: Maßeinheit der auf den absoluten Nullpunkt (–273,15 °C) bezogenen Temperatur (Abk.: K), benannt nach dem engl. Physiker Kelvin (1824 – 1907)
**Kendo,** (japan.), sächl., nur Sing.: japanisches Schwertfechten, Sportfechten mit Bambusstöcken
**Kennel,** (engl.), männl., –: Zwinger für (engl.) Jagdhunde
**Kenotaph,** (gr.), sächl., –e: Grab ohne Leichnam als Gedenkstätte für einen an einem anderen Ort begrabenen Menschen
**Kentaur:** vgl. Zentaur
**Kephalgie,** (gr.), weibl., –n: Kopfschmerz (Med.)
**Keramik,** (gr.), weibl., –en: Erzeugnisse aus gebranntem Ton sowie die Kunst und Technik ihrer Herstellung
**keramisch,** (gr.): die Keramik betreffend, aus Keramik bestehend
**Keratin,** (gr.), sächl., –e: Hornstoff, Gerüsteiweiß in der obersten Hautschicht, in Nägeln und Haaren
**Keratitis,** (gr.), weibl., Keratitiden: Hornhautentzündung des Auges (Med.)
**Keratom,** (gr.), sächl., –e: Verdickung, Geschwulst der obersten Hautschicht (Epidermis; Med.)
**Keratose,** (gr.), weibl., –n: krankhafte Hornhautbildung, Verhornung (Med.)
**Kernfusion,** (dt.-lat.), weibl., –en: Aufbau von schweren Atomkernen aus leichteren unter Energieabgabe (Prinzip der Wasserstoffbombe)
**Kernphysik,** (dt.-gr.), weibl., nur Sing.: Teildisziplin der (Atom-)Physik, das Aufbau und Eigenschaften von Atomkernen untersucht

**Kernreaktor,** (dt.-lat.), männl., –en: vgl. Reaktor
**Kerosin,** (gr.), sächl., nur Sing.: Erdöldestillat, das als Dieselkraftstoff oder Treibstoff für Strahltriebwerke verwendet wird
**Kerygma,** (gr.), sächl., –s: Verkündigung und Inhalt des christlichen Glaubens
**kess,** (jidd.): hübsch und zugleich frechflott
**Ketsch,** (engl.), weibl., –en: anderthalbmastige Segeljacht
**Ketschup** (auch: Ketchup), ['kä.tschap, engl.], männl. (auch sächl.), –s: aus Tomaten hergestellte dickflüssige Soße zum Würzen von Speisen
**Kettcar,** (Wz, dt.-engl.), sächl. (auch männl.), –s: Tretauto mit Kettenantrieb als Kinderspielzeug
**Keyboard,** ['ki:bo.(r)d, engl.], sächl., –s: elektronisches Tasteninstrument für Jazz- und Popmusik mit breitem Spektrum von Klangfarben, zuschaltbaren Rhythmusgruppen, Speichermöglichkeiten von Melodie(teilen), Diskettensteuerung
**Khaki,** (pers.), sächl., nur Sing.: erdbraune Farbe
**Khaki,** (pers.), männl., nur Sing.: gelbbraunes Gewebe u. a. für Tropenuniformen
**Khan,** (mongol.), männl., –e: (histor.) Herrschertitel mittelasiatischer Fürsten und Statthalter
**Kibbuz,** (hebr.), männl., Kibbuzim: landwirtschaftliche Gemeinschaftssiedlung in Israel; Genossenschaft israelischer Siedler
**Kibbuznik,** (hebr.), männl., –s: Mitglied eines Kibbuz
**Kick,** (engl.), männl., –s: 1. (umg. ) Tritt, Stoß (beim Fußball), übertr. für das Fußballspiel selbst, 2. rauschhafter Zustand nach Einnahme von Drogen
**Kick-down** (auch: Kickdown), ['kickdaun, engl.], männl., –s: starkes Durchtreten des Gaspedals (bei automatischen Getrieben) zur raschen Beschleunigung
**kicken,** (engl.): (umg.) Fußball spielen
**Kicker,** (engl.), männl., –: (auch abschätzig:) Fußballer
**Kid,** (engl.), sächl., –s: 1. feines Ziegen-, Schafs- oder Kalbsleder sowie (Plur.) Handschuhe daraus, 2. (umg., meist Plur.) Kinder, Jugendliche
**kidnappen,** ['ki.dnäp(e)n, engl.]: Menschen (v. a. Kinder) entführen zur Erpressung von Lösegeld o. Ä.
**Kidnapper,** (engl.), männl., –: Entführer
**Kidnapping,** (engl.), sächl., –s: erpresserischer Menschenraub, das Kidnappen
**Kiez,** (slaw.), männl., –e: 1. ursprüngl. Fischersiedlung, dann allg. für abgesonderten Ortsteil, 2. Prostituierten- und Strichjungen-Viertel in Großstädten
**Kif,** (arab.-amerik.), männl., nur Sing.: Haschisch, Marihunana
**kiffen,** (arab.-amerik.): (Jargon) Haschisch oder Marihuana rauchen
**Kilim:** vgl. Kelim
**killen,** (engl.): 1. (umg.) töten, ermorden; (übertr.) ein Vorhaben streichen, 2. leicht flattern (von Segeln)
**Killer,** (engl.), männl., –: (gedungener) Mörder
**Kilo:** vgl. Kilogramm
**Kilobyte,** ['kilobait, engl.], sächl., –s: 1024 Bytes (Abk. kB, EDV)
**Kilogramm,** (gr.), sächl., –e: Maß der Masse bzw. des Gewichts (Abk.: 1 kg = 1000 g)
**Kilojoule,** ['kilodschu:l], das, –: eintausend Joule (Abk.: kJ)
**Kilometer,** (gr.), männl., –: eintausend Meter (Abk.: km)
**Kilopond,** sächl., –s: eintausend Pond (Abk.: kp)
**Kilovolt,** sächl., –: eintausend Volt (Abk.: kV)

**Kilowatt,** sächl., –: eintausend Watt (Abk.: kW)
**Kilt,** (engl.), männl., –s: karierter schottischer Faltenrock für Männer
**Kimono,** (japan.), männl., –s: vorn übereinander geschlagenes mantelartiges japanisches Gewand mit angeschnittenen Ärmeln
**Kinäde,** (gr.), männl., –n: der passive Partner in einer homosexuellen Beziehung, sich geschlechtlich als Frau fühlender Mann
**Kinästhesie,** (gr.), weibl., nur Sing.: Bewegungssinn; Empfindung für Muskeln und Gelenke (Med.)
**Kinemathek,** (gr.), weibl., –en: Filmsammlung oder -archiv sowie das Gebäude dafür
**Kinematograph,** (gr.), männl., –en: (früher:) Gerät zur Aufzeichnung und zum Vorführen bewegter Bilder (Phasenbildfolgen)
**Kinematographie,** (gr.), weibl., nur Sing.: Filmtechnik, -kunst in den Anfängen
**Kinetik,** (gr.), weibl., nur Sing.: Wissenschaft von den Bewegungen physikal. Systeme durch Einwirkung von Kräften (Phys.)
**kinetisch,** (gr.): bewegend, auf Bewegung beruhend
**kinetische Energie:** Bewegungsenergie
**King,** (engl.), männl., –s: (umg.) Anführer einer Gruppe, Sieger
**Kingsize,** ['kingßeiß, engl. »Königsformat«], weibl., –: Werbebez. für (angebl.) besonders große Exemplare, überlange Zigaretten
**Kino,** (Kurzw. für: **Kin**emat**o**graph), sächl., –s: Lichtspielhaus, Filmtheater; (übertr.) Filmkunst
**Kiosk,** (türk.), männl., –e: 1. kleines Haus für den Verkauf von Zeitungen, Tabakwaren, Süßigkeiten, Getränken, 2. zeltartiges Gartengebäude im Orient
**Kir,** männl., –s: Mixgetränk aus Johannisbeerlikör und Weißwein, benannt nach dem fr. Erfinder Félix Kir
**Kir royal** [-. roa'jal, fr.]: Kir, bei dem der Weißwein durch Sekt oder Champagner ersetzt ist
**Kismet,** (arab.), sächl., nur Sing.: im Islam das jedem Menschen von Allah zugeteilte Schicksal
**Kithara,** (gr.), weibl., –s: altgr. harfenartiges Zupfinstrument mit bis zu 18 Saiten
**Kiwi,** männl., –s: Gattung etwa hühnergroßer dämmerungs- und nachtaktiver Laufvögel auf Neuseeland
**Kiwi,** (engl.), weibl., –s: subtropische Frucht mit saftigem säuerlichem Fruchtfleisch; chinesische Stachelbeere
**Klamotte,** (Rotwelsch), weibl., –n: (umg.) 1. großer Stein, Mordsbrocken, 2. (Plur.) (alte, wertlose) Kleidung, 3. derbes Theaterstück mit albernen Späßen
**Klan,** (engl.), männl., –e: vgl. Clan
**klandestin,** (lat.): heimlich
**klarieren,** (lat.): Abfertigungs- und Zollformalitäten erledigen, verzollen einer Schiffsladung vor dem Auslaufen
**Klarinette,** (italien.), weibl., –n: Holzblasinstrument mit einfachem Rohrblatt
**Klarinettist,** (italien.), männl., –en: (Berufs-)Klarinettenspieler
**Klassement,** [kla.s(e)'man, fr.], sächl., –s: 1. Ordnung, Einteilung, 2. Rangliste, Tabellenplatz (Sport)
**Klassifikation,** (lat.), weibl., –en: das Klassifizieren, das Einteilen, das Einordnen sowie das Klassifizierte, Eingeteilte, Eingeordnete
**klassifizieren,** (lat.): (in Klassen) einordnen, gliedern
**Klassik,** (lat.), weibl., nur Sing.: 1. die gr.-röm. Antike (in ihrer Blütezeit), 2. Ära kulturell mustergültiger Leistungen, 3. Kulturepoche um 1800 v. a.

in Deutschland und Österreich (Wiener K.) (Mus./Lit.)

**Klassiker,** (lat.), männl., –: 1. Werke einer klassischen Epoche sowie deren Schöpfer, 2. (im engeren Sinn) Vertreter der deutschen und der Wiener Klassik, 3. mustergültiges Werk, Maßstäbe setzender Künstler

**klassisch,** (lat.): 1. aus einer klassischen Epoche stammend, 2. mustergültig, Epoche machend; in langer Tradition bewährt

**Klassizismus,** (lat.), männl., nur Sing.: 1. an die Vorbilder der gr. und röm. Antike angelehnte Kunstrichtung; 2. unkritische Nachahmung der Klassik; 3. Kunst- und Baustil um 1770 – 1830 in Europa

**klassizistisch,** (lat.): mit Stilmerkmalen des Klassizismus; antike Vorbilder nachahmend

**klastisch,** (gr.): aus Zerstörungsprodukten älterer Gesteine bestehend (Geol.)

**Klause,** (lat.), weibl., –n: 1. Zelle (in einem Kloster); Einsiedelei; kleines Zimmer, in dem man ungestört ist, 2. Talenge, Schlucht

**Klausel,** (lat.), weibl., –n: einschränkende, vorbehaltende Nebenbestimmung, Sonderabrede (Rechtsw.)

**Klausner,** (lat.), männl., –: Bewohner einer Klause; Einsiedler

**Klaustrophilie,** (lat.-gr.), weibl., nur Sing.: zwanghafte Neigung sich abzusondern und in Räumen einzuschließen; Gegens.: Klaustrophobie (Psychol.)

**Klaustrophobie,** (lat.-gr.), weibl., nur Sing.: Furcht vor dem Aufenthalt in geschlossenen Räumen; Gegens.: Klaustrophilie (Psychol.)

**Klausur,** (lat.), weibl., –en: 1. Abgeschiedenheit (in K. leben), 2. für Nichtbefugte gesperrter (klösterlicher) Bereich, 3. beaufsichtigte schriftliche Prüfungsarbeit, die in vorgegebener Zeit fertigzustellen ist

**Klaviatur,** (lat.), weibl., –ren: Tastenreihe von Tasteninstrumenten

**Klavichord,** (lat.-gr.), sächl., –e: (Mus.) v. a. im 18. Jh. verbreitetes Tasteninstrument; frühes Klavier

**Klavier,** (lat.-fr.), sächl., –e: besaitetes Tasteninstrument mit Hammermechanik, die die Variation der Lautstärke durch verschiedenen Anschlag erlaubt (Hammer-K.)

**Klavikel,** (lat.), sächl., –: vgl. Clavikula

**Klavikula:** vgl. Clavikula

**kleistogam,** (gr.): selbstbestäubend, selbstbefruchtend (Bot.)

**Klematis,** (gr.), weibl., –: Waldrebe, eine Gattung kletternder Hahnenfußgewächse mit stark duftenden Blüten

**Klementine:** vgl. Clementine

**Klepsydra,** (gr.), weibl., Klepsydren: Wasseruhr

**Kleptomane,** (gr.), männl., –n: an Kleptomanie leidender Mensch

**Kleptomanie,** (gr.), weibl., –n: triebhafter Drang zum Stehlen (Psychol.)

**klerikal,** (gr.): geistlich, zum Klerus gehörig, die Kirche betreffend

**Klerikalismus,** (gr.), männl., –: Bemühung kirchlicher Gruppen, das politische und kulturelle Leben im Sinne der Kirche zu beeinflussen und mitzuprägen

**Kleriker,** (gr.), männl., –: Geistlicher, Angehöriger des Klerus

**Klerus,** (gr.), männl., nur Sing.: Gesamtheit der (röm.-kathol.) Geistlichen, Priesterschaft

**Klick,** (engl.), männl., –s: Betätigung einer Maustaste (EDV)

**Klient,** (lat.), männl., –en: Kunde (insbes. eine Rechtsanwalts), Auftraggeber

**Klientel,** (lat.), weibl., –en: Gesamtheit der Klienten (eines Anwalts o. Ä.), (vermutete) Wählerschaft eines Politikers

**Klima,** (gr.), sächl., –s und Klimate: 1. Gesamtheit der Wettergegebenheiten in einem größeren Gebiet über einen längeren Zeitraum (Meteorol.), 2. Qualität der zwischenmenschlichen Beziehungen in Gruppen (Betriebs-K.), Staaten (politisches K.) o. Ä.

**Klimakterium,** (gr.), sächl., nur Sing.: Menopause, Wechseljahre der Frau (Med.)

**klimatisch,** (gr.): das Klima betreffend

**klimatisieren,** (gr.): regeln der Luftfeuchtigkeit und Temperatur in Räumen durch Klimaanlagen

**Klimatologie,** (gr.), weibl., nur Sing.: Klimakunde; Wissenschaft vom Klima (Disziplin der Meteorologie)

**Klimax,** (gr.), weibl., –e: 1. Höhepunkt, Endzustand, 2. stufenweise Steigerung im Ausdruck (Lit.), 3. vgl. Klimakterium

**Klinik,** (gr.), weibl., –en: 1. Krankenhaus, 2. Gesamtheit der Symptome einer Krankheit (Med.), 3. medizinische Ausbildung am Krankenbett (Med.)

**Klinikum,** (gr.), sächl., Klinika: 1. Unterricht im Krankenhaus für Medizinstudenten, 2. Komplex aus mehreren (Fach-)Kliniken, Universitätskrankenhausanlage

**klinisch,** (gr.): die Klinik betreffend; ärztlich festgestellt oder feststellbar

**Klinomobil,** (gr.), sächl., –e: voll ausgerüsteter Notarztwagen

**Klipp,** (engl.), männl., –s: Klammer, Klemme (z. B. am Füllfederhalter oder Kugelschreiber); (Plur., meist in der Schreibweise Clips) Ohrringe, die nur angeklemmt, nicht durchgesteckt werden

**Klipper,** (engl.), männl., –: (früher:) Schnellsegler; Langstrecken-Verkehrsflugzeug

**Klips,** (engl.), männl., –e: Schmuckstück zum Anklemmen (z. B. Krawattennadel), Klammer

**Klischee,** (fr.), sächl., –s: 1. Druckstock, Rasterätzung für den Hochdruck, 2. Nachahmung, Abklatsch, 3. abgegriffene Redewendung, Phrase

**klischieren,** (fr.): ein Klischee herstellen

**Klistier,** (gr.), sächl., –e: Einlauf, Darmspülung (Med.)

**klistieren,** (gr.): jmdm. ein Klistier geben

**Klitoris,** (gr.), weibl., – oder Klitorides: Kitzler, schwellfähiger Teil des weibl. Geschlechtsorgans am oberen Ende der kleinen Schamlippen

**Kloake,** (lat.), weibl., –n: 1. Abwässerkanal, Sickergrube, 2. Enddarmabschnitt, bei Kriechtieren und einigen niederen Säugern gemeinsamer Ausgang von Darm, Harnblase und Geschlechtsorgan (Zool.)

**Klo,** Kurzw. für vgl. Klosett

**Klon,** (gr.), männl., –e: (Biol.) ungeschlechtlich erzeugter Abkömmling eines Tieres oder einer Pflanze

**klonen,** (gr.): (Biol.) durch künstliche Zellkernteilung genetisch identische Pflanzen oder Tiere erzeugen

**klonisch,** (gr.): krampfhaft zuckend (Med.)

**Klonus,** (gr.), männl., Kloni: Schüttelkrampf, rhythmische Zuckungen der Gliedmaßen (Med.)

**Klosett,** (engl.), sächl., –s: Toilettenbecken, auch Bez. für den (abschließbaren) Abort-Raum

**Klub,** (engl.), männl., –s: 1. Verein zu Förderung bestimmter Ziele und zur Pflege künstlerischer, wissenschaftlicher oder sportlicher Interessen, 2. Gebäude und Anlagen mit Versammlungs- und Übungsräumen eines Klubs (1)

**Klüse,** (niederl.), weibl., –n: Ring um Öffnungen für die Führung von Ankerketten und Trossen in der Schiffswand, (umg. norddt. Plur.:) Augen

**Klüver,** (niederl.), männl., –: dreieckiges Segel am Bugspriet

**Knast,** (jidd.), männl., nur Sing. : (umg.) Gefängnis sowie die darin zu verbüßende Freiheitsstrafe

**Knesseth,** (hebr.), weibl., nur Sing.: das israelische Parlament

**Knickerbocker,** ['ni.kerbo.ker, engl.), weibl., nur Plur.: halblange weite Pumphose, die unter den Knien mit Schnallen geschlossen wird und daher überhängt (nach dem Spitznamen für die holländ. Siedler in Amerika)

**knockdown,** ['no.kdaun, engl.): niederschlagen (Boxen)

**knock-out** (auch: knock-out), ['no.kaut, engl.): kampfunfähig nach schwerem Wirkungstreffer (Boxen)

**Knock-out** (auch: Knockout), männl., –s: entscheidender Niederschlag, der zur Kampfunfähigkeit führt (Abk.: K.o.; Boxen)

**Know-how,** ['no:hau, engl.), sächl., nur Sing.: fachmännische Erfahrung und Wissen auf bestimmten (technischen, wirtschaftlichen u. a.) Gebieten

**Knute,** (russ.), weibl., –n: Lederpeitsche; (übertr.:) unterdrückerische Herrschaft (unter der K. stehen)

**Koagulans,** (lat.), sächl., Koagulantien: die Blutgerinnung beschleunigendes Mittel (Med.)

**koagulieren,** (lat.): gerinnen (lassen), ausflocken (Chem.)

**Koala,** (austral.), männl., –s: in Australien lebender Beutelbär

**koalieren,** (lat.): eine Koalition bilden, sich verbünden

**Koalition,** (lat.), weibl., –en: zeitweiliges (Zweck-)Bündnis, (Kriegs-)Bündnis von Staaten, Verbindung von politischen Parteien zur gemeinsamen Bildung einer Regierung

**Koalitionär,** (lat.), männl., –e: Mitglied einer Koalition

**Koautor,** (lat.), männl., –en: Mitverfasser

**koaxial,** (lat.): eine gemeinsame Achse besitzend

**Kobalt,** (lat.), sächl., nur Sing.: chem. Element (Zeichen: Co), ein glänzendes, sehr hartes Metall (umgebildet aus Kobold)

**Kobra,** (portug.), weibl., –s: Hut- oder Brillenschlange in Afrika und Südasien

**Kode,** [ko:d, engl.], männl., –s: vgl. Code

**Kodein,** (gr.), sächl., nur Sing.: Opiumalkaloid, das in Phosphatform den Hustenreiz dämpft (Med.)

**Kodex,** (lat.), männl., –e und Kodizes: Gesetzbuch; Gesamtheit der in einer Gesellschaft geltenden sittlichen Normen (Ehren-K., Sitten-K.); Sammlung alter Handschriften

**kodieren:** vgl. codieren

**Kodifikation,** (lat.), weibl., –en: das Kodifizieren

**kodifizieren,** (lat.): Rechtsvorschriften in einem Gesetz niederlegen, Gesetzeskraft verleihen

**Koedukation,** (lat.), weibl., nur Sing.: Gemeinschaftserziehung von Jungen und Mädchen

**Koeffizient,** (lat.), männl., –en: 1. Beizahl, die mit einer veränderlichen Größe multipliziert wird (Math.), 2. Kennzahl für Materialeigenschaften (z. B. Ausdehnungs-K.)

**Koexistenz,** (lat.), weibl., nur Sing.: friedliches Nebeneinanderbestehen v. a. verschiedener Gesellschaftssysteme und politischer Ordnungen

**koexistieren,** (lat.): nebeneinander bestehen

**Koffein,** (arab.), sächl., nur Sing.: im Kaffee und Tee enthaltenes anregendes Alkaloid

**Kognak,** ['konja.k, fr.], männl., –s: Weinbrand aus der fr. Stadt Cognac, auch allg. für Weinbrand
**Kognat,** (lat.), männl., –en: Blutsverwandter
**Kognition,** (lat.), weibl., –en: gerichtliche Untersuchung
**kognitiv,** (lat.): verstandesmäßig, die Erkenntnis betreffend
**Kognomen,** (lat.), sächl., – und Kognomina: Beiname (im römischen Namensrecht)
**Kohabitation,** (lat.), weibl., –en: 1. Geschlechtsverkehr (Med.), 2. in Frankreich Zusammenarbeit zwischen Staatspräsident und Regierung unterschiedlicher Parteizugehörigkeit
**kohabitieren,** (lat.): Geschlechtsverkehr haben
**kohärent,** (lat.): zusammenhängend
**Kohärenz,** (lat.), weibl., nur Sing.: Zusammenhang, Schlüssigkeit
**kohärieren,** (lat.): zusammenhängen
**Kohäsion,** (lat.), weibl., nur Sing.: Zusammenhalt der Molekülen eines Körpers (Phys.)
**kohäsiv,** (lat.): auf Kohäsion beruhend
**Kohle(n)hydrat,** (dt.-gr.), sächl., –e: organische Verbindung aus Kohlenstoff, Wasserstoff und Sauerstoff (z. B.: Stärke)
**Kohorte,** (lat.), weibl., –n: (histor.) röm. Truppeneinheit, ein Zehntel einer Legion
**koinzident,** (lat.): zusammentreffend; einander deckend
**Koinzidenz,** (lat.), weibl., nur Sing.: das zeitliche Zusammenfallen, die genaue Übereinstimmung (z. B. Interessen-K.)
**koinzidieren,** (lat.): zusammentreffen, gleichzeitig geschehen
**koitieren,** (lat.): Geschlechtsverkehr haben
**Koitus,** (lat.), männl., – (Koitus): Geschlechtsverkehr
**Koje,** (niederl.), weibl., –n: 1. schmales eingebautes Bett auf Schiffen, 2. Aufstellungsstand auf Messen; 3. Verschlag
**Kojote,** (indian.-span.), männl., –n: Präriewolf Nordamerikas
**Koka** (Kokastrauch), (indian.), weibl., –: kokainliefernder südamerik. Strauch
**Kokain,** (indian.), sächl., nur Sing.: aus Kokablättern gewonnenes, hochwirksames Rauschgift (Betäubungsmittel)
**Kokarde,** (fr.), weibl., –n: nationales Abzeichen in den Landesfarben an Uniformmützen
**koken,** (engl.): zur Herstellung von Koks Kohle entgasen
**Kokerei,** (engl.), weibl., –en: Gewinnung von Koks sowie Anlage dazu
**kokett,** (fr.): bestrebt, (Männern) zu gefallen, (ihre) Aufmerksamkeit auf sich zu ziehen; gefallsüchtig
**Koketterie,** (fr.), weibl., –n: Eitelkeit, kokettes Verhalten
**kokettieren,** (fr.): sich kokett benehmen
**Kokken,** (gr.), weibl., Plur.: Kugelbakterien
**Kokon,** [ko'kon, fr.], männl., –s: zur Verpuppung von Insektenlarven (v. a. Schmetterlingen) angefertigtes Gespinst
**Kokotte,** (fr.), weibl., –n: Lebedame, ausgehaltene Frau, Dirne
**Koks,** (engl.), männl., –e: 1. Brennstoff, der durch Entgasung mittels Erhitzen von Braun- oder Steinkohle gewonnen wird, 2. (umg.) Kokain
**koksen,** (engl.): (umg.) Kokain konsumieren
**Kola,** (afrikan.), weibl., nur Sing.: Aufputschmittel aus den koffeinhaltigen Samen des Kolabaums (Kolanüsse)
**Kolchizin,** (gr.), sächl., nur Sing.: zur Behandlung akuter Gichtanfälle eingesetztes giftiges Alkaloid der Herbstzeitlose
**Kolchos,** (russ.) männl. (auch sächl.), Kolchosen: vgl. Kolchose

**Kolchose,** (russ.), weibl., –n: Produktionsgenossenschaft in der sowjetischen Landwirtschaft

**Kolibakterie,** (gr.), weibl., –n: Darmbakterie, für die Darmtätigkeit wichtig, außerhalb aber Krankheitserreger (Med.)

**Kolibri,** (karib.), männl., –s: in vielen Arten verbreiteter kleiner bunter amerikanischer Schwirrvogel

**Kolik,** (gr.), weibl., –en: krampfartiger Schmerzanfall in Galle, Niere, Magen (Med.)

**Kolitis,** (gr.), weibl., Kolitiden: Dickdarmentzündung (Med.)

**kollabieren,** (lat.): 1. verfallen, plötzlich zusammenbrechen; einen Kollaps erleiden (Med.), 2. in sich zusammenfallen (von Sternen; Astronomie)

**Kollaborateur,** [kollabora'tö:r, fr.], männl., –e: jmd., der im Krieg mit dem Feind und Besatzer zusammenarbeitet

**Kollaboration,** (lat.), weibl., –en: Zusammenarbeit mit dem Kriegsgegner und Besatzer

**kollaborieren,** (lat.): mit einer der Besatzungsmacht zusammenarbeiten; auch allg. (abschätzig) für zusammenarbeiten

**Kollagen,** (gr.), sächl., –e: Eiweißkörper als wichtigster Bestandteil des Bindegewebes von Knochen und Haut (Biol.; Med.)

**Kollaps,** (lat.), männl., –e: 1. körperlicher Zusammenbruch bei Versagen des Kreislaufs oder wichtiger Organe (Med.), 2. wirtschaftlicher Ruin, 3. Sterntod (Astronomie)

**kollateral,** (lat.): auf derselben Körperseite, benachbart

**Kollation,** (lat.), weibl., –en: (wörtl.) Zusammentragung; Vergleich einer Abschrift mit der Urfassung, korrigieren eines gesetzten Textes anhand des Manuskripts

**kollationieren,** (lat.): zusammentragen; einen gesetzten Text mit dem Manuskript vergleichen, korrigieren

**Kolleg,** (lat.), sächl., –s: 1. Vorlesung an einer Hochschule; Fernunterricht (im Fernsehen: Tele-K.), 2. kathol. Seminar für Theologen

**Kollege,** (lat.), männl., –n: Mitarbeiter in der gleichen Firma oder im selben Beruf; (salopp:) Kumpel

**kollegial,** (lat.): einvernehmlich, hilfsbereit, wie ein Kollege

**Kollegialität,** (lat.), weibl., nur Sing.: Hilfsbereitschaft, gutes Einvernehmen, Solidarität

**Kollegium,** (lat.), sächl., Kollegien: Sammelbez. für Personen mit gleicher Aufgabe in einer Behörde, einer Schule (Lehrer-K.), einem Betrieb; gemeinsam entscheidende Kommission

**Kollekte,** (lat.), weibl., –n: kirchliche Spendensammlung (im Gottesdienst)

**Kollektion,** (lat.), weibl., –en: Sammlung; Artikelzusammenstellung (v. a. modische Kleidung); Auswahl

**kollektiv,** (lat.): gemeinschaftlich, geschlossen; alle Beteiligten betreffend

**Kollektiv,** (lat.), sächl., –e: Arbeitsgruppe, Lebensgemeinschaft von vielen Personen (z. B. Volk), Team; Produktions- und Arbeitsgemeinschaft (v. a. im ehemaligen Ostblock)

**kollektivieren,** (lat.): 1. Kollektive bilden, 2. Privateigentum in Gesellschaftseigentum umwandeln

**Kollektivismus,** (lat.), männl., nur Sing.: 1. Ideologie, die das (angebliche) Gemeinwohl prinzipiell über das Wohl des Einzelnen stellt, 2. Gesellschaftsform, in der das Privateigentum abgeschafft ist

**kollektivistisch,** (lat.): den Kollektivismus betreffend, ihn vertretend

**Kollektivum,** (lat.), sächl., Kollektiva: Sammelwort für eine Gruppe gleichartiger Sachen (z. B.: Obst oder Gebirge)

**Kollektor,** (lat.), männl., Kollektoren: Sammler; Stromsammler; Anlage zur Speicherung von Sonnenenergie sowie zu ihrer Umwandlung in Strom (Sonnen-K.)
**Kollenchym,** (gr.), sächl., –e: lebendes pflanzliches Festigungsgewebe (Bot.)
**kollidieren,** (lat.): zusammenstoßen; sich zeitlich überschneiden; aufeinander prallen verschiedener Meinungen, Interessen u. a.
**Kollier,** [ko.l'je:, fr.], sächl., –s: wertvoller Halsschmuck
**Kollimator,** (lat.), männl., Kollimatoren: Lichtsammler und Parallelrichter von Strahlen in optischen Apparaten
**kollinear,** (lat.): einander entsprechende (von Punkten und Geraden); auf derselben Geraden liegend (Math.)
**Kollision,** (lat.), weibl., –en: Zusammenstoß; das Aufeinaderprallen verschiedener Meinungen, Interessen u. a.
**Kollo,** (italien.), sächl., –s und Kolli: Fracht-, Gepäckstück
**kolloid,** (lat.): feinverteilt (von chemischen Elementen oder Verbindungen)
**Kolloid,** (lat.), sächl., –e: sehr fein verteilter Stoff (z. B.: in Flüssigkeit gelöst)
**kolloidal,** (lat.): vgl. kolloid
**Kolloquium,** (lat.), sächl., Kolloquien: 1. kleines mündliches Examen, 2. wissenschaftliche Diskussion
**Kolombine,** (italien.), weibl., –n: Figur der Commedia dell'arte: Geliebte des Harlekins, listige Vertraute ihrer Herrin
**Kolon,** (gr.), sächl., –s und Kola: 1. (veraltet: Doppelpunkt, 2. Teil des Dickdarms: Grimmdarm (Med.)
**kolonial,** (lat.): aus Kolonien stammend, auf sie bezogen
**Kolonialismus,** (lat.), männl., nur Sing.: Politik, die auf Eroberung und Ausbeutung von Kolonien abzielt
**Kolonie,** (lat.), weibl., –n: 1. geschlossene Ansiedlung einer Gruppe von Fremden in einem Land oder einer Stadt, 2. gewöhnlich durch Eroberung gewonnene auswärtige (überseeische) Besitzung eines Staates, 3. Lebensraum geselliger Tiergruppen; Lebensgemeinschaft von niederen Pflanzen oder Tiere (Zell-K.; Biol.)
**Kolonisation,** (lat.), weibl., –en: das Kolonisieren
**kolonisieren,** (lat.): 1. fremdes Territorium gewaltsam besetzen und zu einer Kolonie machen, 2. Land erschließen und besiedeln
**Kolonist,** (lat.), männl., –en: Siedler
**Kolonnade,** (lat.-italien.), weibl., –n: Säulengang
**Kolonne,** (lat.-fr.), weibl., –n: 1. marschierende Gruppe von Soldaten; langer Zug von Menschen; Reihe von (Militär-) Fahrzeugen, 2. Block von Zahlen, die (z. B. zur Addition) untereinander stehen, 3. beim Destillieren verwendete Fraktionierapparat (Chem.)
**Kollophonium,** (gr.), sächl., nur Sing.: Destillationsrückstand des Kiefernharzes, der u. a. zum Bestreichen des Geigenbogens dient (Geigenharz)
**Koloratur,** (italien.), weibl., –en: virtuose gesangliche Verzierung einer Melodie
**kolorieren,** (lat.): einfärben, be- und ausmalen
**Kolorismus,** (lat.), männl., nur Sing.: Betonung der Farbe und ihr kräftiger Einsatz in der Malerei
**Kolorist,** (lat.), männl., –en: 1. Vertreter des Kolorismus, 2. Künstler, der schwarzweiße Bilder farbig anlegt
**Kolorit,** (lat.), sächl., –e: 1. farbige Gestaltung eines Bildes, 2. Klangfärbung (Mus.), 3. besondere Eigenart oder Stimmung (z. B.: einer Landschaft)
**Koloss,** (gr.), männl., Kolosse: sehr großer Mensch, Riese; gewaltig großer Gegenstand, pompöses Denkmal

**kolossal,** (gr.): ungeheuer groß, riesig, enorm
**Kolostrum,** (lat.), sächl., nur Sing.: Vormilch, die schon vor und kurz nach der Entbindung in der Mutterbrust gebildet wird (Med.)
**Kolotomie,** (gr.), weibl., –n: (Med.) chirurgische Eröffnung des Dickdarms (z. B. zur Schaffung eines künstlichen Ausgangs; Med.)
**Kolpitis,** (gr.), weibl., Kolpitiden: Scheidenentzündung (Med.)
**Kolportage,** [kolpor'tasche, fr.], weibl., –n: 1. triviale, literarisch unbedeutende auf primitive Wirkungen abzielende Literatur, 2. (veraltet) Verkauf solcher Literatur durch fliegende Händler, 3. das Verbreiten von Schund, von Gerüchten und Unwahrheiten
**kolportieren,** (fr.): Gerüchte oder Unwahrheiten in Umlauf setzen oder weitergeben
**Kolumbarium,** (lat.), sächl., Kolumbarien: Urnengräber in Höhlen oder Gebäuden im antiken Rom)
**Kolumbine:** vgl. Kolombine
**Kolumne,** (lat.), weibl., –n: 1. gesetzter Textblock, Spalte, 2. regelmäßig an bestimmter Stelle erscheinender Kommentar in einer Zeitung oder Zeitschrift von einem (oft prominenten) Autors
**Kolumnentitel,** (lat.), männl., –: an Kopf oder Fuß einer Druckseite stehende Angabe über den Buch-, Kapitel- oder Seiteninhalt (z. B. lebender K.: erstes und letztes Stichwort einer Lexikondoppelseite)
**Kolumnist,** (lat.), männl., –en: (bekannter) Kommentator einer Zeitung oder Zeitschrift
**Koma,** (gr.), sächl., –s und Komata: durch äußere Reize nicht zu unterbrechende Bewusstlosigkeit (z. B. bei Überzuckerung; Med.)
**Koma,** (gr.), weibl., –s: 1. um den Kopfes eines Kometen gesammelte Nebelhülle, die durch den Sonnenwind zu einem Schweif ausgeblasen wird (Astron.), 2. Abbildungsfehler in einem optischen System, der Punkte schweifähnlich erscheinen lässt (Phys.)
**komatös,** (gr.): schlafsüchtig; im Zustand des Komas (Med.)
**Kombattant,** (lat.), männl., –en: unmittelbarer Kampf- oder Kriegsteilnehmer, für den die völkerrechtlichen Bestimmungen über den K.-Status gelten
**Kombi,** (Kurzw. für Kombi[nations]wagen), männl., –s: vergrößerter Pkw, der sich auch zum Transporter eignet
**Kombinat,** (lat.), sächl., –e: in den ehemaligen Ostblockländern ein Großbetrieb, der eng zusammengehörige Produktionsstufen umfasst
**Kombination,** (lat.), weibl., –en: 1. (allg.) Zusammenstellung, 2. Verknüpfung (von Gedanken), Herstellung von Beziehungen; vergleichende Berechnung, 3. planmäßiges Zusammenspiel (z. B. im Fußball), gemeinsame Wertung mehrerer Ski-Wettbewerbe (nordische K.: Sprung- und Langlauf), 4. Herrenanzug aus Jackett und Hose unterschiedlicher Farbe, einteiliger Schutzanzug
**Kombinatorik,** (lat.), weibl., nur Sing.: 1. Gebiet der Mathematik, Lehre von den möglichen Zusammenstellungen und Anordnungen von Elementen, 2. Methode, ein Begriffssystem zu bilden
**kombinatorisch,** (lat.): auf Kombinationen oder auf Kombinatorik beruhend
**kombinieren,** (lat.): 1. zusammenstellen, 2. Informationen logisch verknüpfen; Beziehungen, Zusammenhänge herstellen; logisch schließen, 3. planmäßig zusammenspielen (z. B. beim Fußball)
**Kombiwagen:** vgl. Kombi.
**Kombüse,** (niederl.), weibl., –n: Küche auf Schiffen
**Komet,** (gr.), männl., –en: Schweifstern, der in lang gestreckter Ellipse die Sonne

umkreist und in ihrer Nähe die typische Koma bildet

**Komfort,** [kom'fo:r, fr.], männl., nur Sing.: Gesamtheit der Ausstattung von Anlagen in einer Wohnung (K.-Wohnung), einem Gerät (Bedienungs-K.), einem Fahrzeug (Fahr-K.), die bequemes Nutzen ermöglichen

**komfortabel,** (fr.): bequem zu nutzen oder zu bedienen, angenehm eingerichtet, behaglich

**Komik,** (gr.), weibl., nur Sing.: das Belustigende, Erheiternde sowie seine Wirkung, witziger Spontaneinfall (Situations-K.)

**Komiker,** (gr.), männl., –: auf erheiternde Wirkungen zielender Künstler; Darsteller heiterer Rollen, Komödienschauspieler; (umg.) witziges Zeitgenosse, Spaßvogel

**komisch,** (gr.): erheiternd, lustig; seltsam, sonderbar

**Komitee,** (fr.), sächl., –s: Ausschuss; Gremium, das zur Vorbereitung und Durchführung einer Veranstaltung eingesetzt ist (z. B. Fest-K.); politisches Leitungsgremium kommunistischer Parteien (Zentral-K.)

**Komma,** (gr.), sächl., –ta und –s: Beistrich, Satzzeichen (,), das Satzglieder voneinander trennt (Sprachwiss.)

**Kommandant,** (lat.-fr.), männl., –en: Befehlshaber einer Festung, eines Gefechtsbereichs (Kampf-K.) o. Ä.

**Kommandantur,** (lat.), weibl., –en: Amtsgebäude oder Dienststelle eines Kommandanten (z. B. Alliierte K. in Berlin)

**Kommandeur,** [koman'dö:r, fr.], männl., –e: Befehlshaber eines militärischen Verbandes vom Bataillon bis zum Korps

**kommandieren,** (lat.-fr.): Truppenverbände befehligen; einen Befehlston anschlagen

**Kommanditgesellschaft,** (lat.-dt.), weibl., –en: Handelsgesellschaft, bei der einige Gesellschafter persönlich mit ihrem ganzen Vermögen, andere nur mit ihrer Einlage (Kommanditisten) haften (Abk.: KG)

**Kommanditist,** (lat.), männl., –en: nicht persönlich, sondern nur mit seiner Einlage haftender Gesellschafter einer Kommanditgesellschaft

**Kommando,** (lat.-italien.), sächl., –s: 1. Befehl; 2. (nur Sing.) Befehlsgewalt, 3. kleine militärische oder nachrichtendienstliche Truppe für besondere Aufgaben

**kommassieren,** (lat.): (österreich.) Grundstücke zusammenlegen

**Kommemoration,** (lat.), weibl., –en: Erwähnung, Erinnerung; Andenken, (kirchl.) Gedächtnisfeier

**kommensurabel,** (lat.): vergleichbar, mit gleichem Maß messbar

**Kommensurabilität,** (lat.), weibl., nur Sing.: Vergleichbarkeit, Messbarkeit mit gleichem Maß (Math.; Phys.)

**Komment,** [ko'man, fr.], männl., –s: 1. Gesamtheit der Lebensregeln in einer Gesellschaft(sschicht), Brauch, 2. Verhaltenskodex in studentischen Verbindungen

**Kommentar,** (lat.), männl., –e: 1. Meinungsbeitrag eines Publizisten zu einem (politischen) Ereignis in den Medien, 2. wissenschaftliche Erläuterung eines Textes, juristische Auslegung von Gesetzen

**Kommentator,** (lat.), männl., Kommentatoren: Verfasser von Kommentaren

**kommentieren,** (lat.): 1. in den Medien Stellung nehmen zu (politischen) Ereignissen oder Entscheidungen, 2. einen Text wissenschaftlich erläutern, ein Gesetz auslegen

**Kommers,** (lat.), männl., –e: festliches Trinkgelage in studentischen Verbindungen

**Kommerz,** (lat.), männl., nur Sing.: (oft abschätzig) Wirtschaft, Handel, Profitmacherei
**kommerzialisieren,** (lat.): 1. geistige Güter (wie Musik, Literatur u. a.) wirtschaftlich nutzbar, profitabel machen; kulturelle Interessen ökonomischen unterordnen, 2. öffentliche in private Schulden umwandeln
**kommerziell,** (lat.): 1. ökonomisch orientiert, auf Gewinn bedacht, 2. auf Wirtschaft und Handel bezogen
**Kommilitone,** (lat.), männl., –n: Studienkamerad, Mitstudent
**Kommiss,** (lat.), männl., nur Sing.: (umg.) Wehr- bzw. Kriegsdienst
**Kommissar,** (lat.), männl., –e: 1. Dienstgrad bei der Polizei, 2. staatlicher Sonderbeauftragter, einstweiliger Vertreter des Amtsinhabers
**Kommissär,** (lat.), männl., –e: vgl. Kommissar
**Kommissariat,** (lat.), sächl., –e: Amtssitz und Dienststelle eines Kommissars
**kommissarisch,** (lat.): vorübergehend, vertretungsweise
**Kommission,** (lat.), weibl., –en: 1. Ausschuss, zu besonderen Aufgaben gebildetes Gremium, 2. (früher:) Handel für fremde Rechnung (in K. geben/nehmen)
**Kommissionär,** (lat.), männl., –e: im eigenen Namen für Rechnung anderer Handeltreibender
**kommod,** (lat.): (früher und noch österreich.:) bequem, gemächlich
**Kommode,** (lat.), weibl., –n: Halbschrank mit Schubladen
**Kommodore,** (lat.), männl., –s und –n: 1. Geschwaderführer bei Luftwaffe und Marine, 2. auf Grund von Verdiensten und Erfahrung herausgehoberner Kapitän bei großen Schiffahrtslinien
**kommunal,** (lat.): auf Gemeinde- und Kreisebene bezogen oder zu ihnen gehörend
**kommunalisieren,** (lat.): privaten in Gemeindebesitz überführen, einer Gemeinde zuordnen
**Kommunarde,** (lat.), männl., –n: 1. Mitglied einer revolutionären Wohngemeinschaft, 2. Kämpfer der Pariser Kommune 1871
**Kommune,** (lat.-fr.), weibl., –n: 1. Gemeinde, 2. Pariser Gemeinderat (1792 – 1794) während der Französischen Revolution und 1871 (Pariser K.), 3. Ende der 60/Anfang der 70er Jahre radikale Wohngemeinschaft (insbes. K 1 und 2 in Berlin)
**Kommunikation,** (lat.), weibl., –en: 1. zwischenmenschliche Verständigung, Informationensaustausch, Verkehr, 2. »Dialog« mit einem Computer, Datenfernübertragung (EDV)
**kommunikativ,** (lat.): auf Verständigung bezogen; mitteilungsfreudig, Verständigung fördernd
**Kommunion,** (lat.), weibl., –en: in der kathol. Kirche Feier des Abendmahls und Teilnahme daran, Empfang des ersten Abendmahls bei Eintritt der Religionsmündigkeit
**Kommuniqué** (auch: Kommunikee), [komüni'ke:, fr.], sächl., –s: amtliche Verlautbarung, Zusammenfassung eines Konferenzergebnisses; Denkschrift
**Kommunismus,** (lat.), männl., nur Sing.: ganz allgemein Wirtschafts- und Lebensgemeinschaft auf der Basis von Gemeineigentum; nach marxistischer Lehre die höchste Stufe der Gesellschaftsentwicklung nach dem Sozialismus, in der Privateigentum und Klassengegensätze überwunden sein werden; auch Sammelbez. für die kommunistischen Staaten
**kommunistisch,** (lat.): vom Kommunismus geprägt, seine Ideen vertretend
**kommunizieren,** (lat.): 1. sich verständigen, mitteilen; miteinander sprechen,

umgehen, 2. das heiligen Abendmahl feiern und daran teilnehmen, 3. in Verbindung stehen von physikalischen Systemen (z. B. kommunizierende Röhren)

**kommutabel,** (lat.): veränderlich; tauschbar

**Kommutation,** (lat.), weibl., –en: 1. Veränderung; Vertauschung, 2. Winkel zwischen der Verbindung Erde-Sonne und der Verbindungsgeraden von der Sonne zu einem anderen Planeten (Astron.)

**kommutativ,** (lat.): umstellbar, tauschbar (Math.)

**Kommutativität,** (lat.), weibl., nur Sing.: (Math.) Umstellbarkeit, Tauschbarkeit (z. B. die K. der Faktoren bei der Multiplikation)

**kommutieren,** (lat.): umstellen, tauschen; verändern, auswechseln

**Komödiant,** (gr.), männl., –en: 1. (meist abschätzig) Schauspieler, 2. Simulant

**Komödie,** (gr.), weibl., –n: 1. Drama mit heiterer Lösung des Konflikts, 2. (umg.) Heuchelei, Affentheater; erheiterndes Ereignis

**Kompagnie:** vgl. Kompanie

**Kompagnon,** ['kompanjong, fr.], männl., –s: Mitinhaber einer Firma, Mitgesellschafter

**kompakt,** (lat.): massiv, dicht, geschlossen; gedrängt; (umg.) korpulent

**Kompanie,** (fr.), weibl., –n: 1. (veraltet) Handelsgesellschaft, 2. in Züge gegliederte Truppeneinheit, Teil eines Bataillons

**komparabel,** (lat.): vergleichbar

**Komparation,** (lat.), weibl., –en: 1. der Vergleich, 2. Steigerung des Adjektivs (z. B. regelmäßig: laut, lauter, am lautesten; unregelmäßig: gut, besser, am besten)

**komparativ,** (lat.): vergleichend, steigernd

**Komparativ,** (lat.), männl., –e: erste Steigerungsstufe (z. B. lauter) der Adjektive (Sprachwiss.)

**Komparse,** (italien.), männl., –n: sehr kleine oder stumme Nebenrolle in Theater und Film

**Komparserie,** (italien.), weibl., –n: Gesamtheit der Komparsen

**Kompass,** (lat.), männl., Kompasse: Apparat zum Bestimmen der Himmelsrichtung mittels einer Magnetnadel

**kompatibel,** (lat.): zusammenpassend, verträglich; miteinander zusammenschaltbar, mit gleichen Parametern arbeitend (EDV)

**Kompatibilität,** (lat.), weibl., –en: Verträglichkeit; Systemangepasstheit als Voraussetzung für Kommunikation von Rechenanlagen (EDV)

**Kompendium,** (lat.), sächl., Kompendien: kurzes Lehr- oder Handbuch, wissenschaftlicher Abriss

**Kompensation,** (lat.), weibl., –en: 1. Erstattung, Aufrechnung, Entschädigung, 2. Überwindung von Frustrationen durch Erfolge, Befriedigung auf anderem Gebiet (Psychol.)

**Kompensationsgeschäft,** (lat.-dt.), weibl., –e: (Außen-)Handelsgeschäft auf der Basis Ware gegen Ware (z. B. bei Devisenknappheit eines Partners)

**kompensatorisch,** (lat.): ausgleichend

**kompensieren,** (lat.): 1. ausgleichen, erstatten, entschädigen, 2. sich für Frustrationen anderweitige schadlos halten, ausgleichende Befriedigung suchen (Psychol.)

**kompetent,** (lat.): sachverständig, zuständig

**Kompetenz,** (lat.), weibl., –en: 1. fachliche Qualifikation, Urteilsfähigkeit, 2. Zuständigkeit

**Kompilation,** (lat.), weibl., –en: Sammlung, (abschätzig) aus anderen Schriften Zusammengeschriebenes

**kompilieren,** (lat.): 1. zusammentragen, aus anderen Schriften (unkritisch) zusammenstellen, 2. eine problemorientierte Programmiersprache in Maschinensprache übersetzen (EDV)
**Komplement,** (lat.), sächl., –e: Ergänzung; Differenzmenge zweier Mengen (Math.)
**komplementär,** (lat.): ergänzend
**Komplementärfarbe,** (lat.-dt.), weibl., –n: Ergänzungsfarben, Lichtfarben, die gemischt Weiß ergeben
**komplementieren,** (lat.): ergänzen, vervollständigen
**Komplet,** [kom'ple:, fr.], sächl., –s: Kleid mit einem kürzeren Mantel oder einer Jacke aus dem gleichen Stoff
**Komplet,** (lat.), weibl., –e: in der kathol. Kirche Stundengebet zum Schluss der Tageszeiten
**komplett,** (lat.-fr.): vollständig, vollzählig, abgeschlossen, fertig
**komplettieren,** (lat.-fr.): vervollständigen, fertig stellen; beenden
**komplex,** (lat.): 1. vielschichtig, verzweigt, von vielen Faktoren abhängig, 2. aus einem reellen und einem imaginären Bestandteil zusammengesetzt (komplexe Zahl; Math.)
**Komplex,** (lat.), männl., –e: 1. Gruppe (z. B. von Gebäuden), 2. (allg.) Zusammengefasstes, Gesamtheit (z. B. von Aufgaben), 3. undurchschaubar Verflochtenes (z. B. militärisch-ökonomischer K.), 4. zwanghafte Vorstellung (z. B. von der eigenen Unzulänglichkeit: Minderwertigkeits-K.), die Fehlleistungen auslösen kann (Psychol.)
**Komplexität,** (lat.), weibl., –en: Vielschichtigkeit, Verzweigtheit; komplexer Sachverhalt
**Komplikation,** (lat.), weibl., –en: Verwicklung; Erschwerung, Problem; (unvorhergesehener) Rückfall, Verschlimmerung einer Krankheit durch neue Schwierigkeiten (Med.)
**Kompliment,** (lat.), sächl., –e: galante Bemerkung, Schmeichelei, Lob; (veraltet) Gruß, Verbeugung
**komplimentieren,** (lat.): (veraltet) jmdm. Komplimente machen; (umg.) jmdn. höflich aber bestimmt (hinaus)begleiten
**Komplize,** (lat.), männl., –n: Mittäter bei einer Straftat, Mitverschworener, Helfershelfer
**komplizieren,** (lat.): etwas schwierig machen, problematisieren
**kompliziert,** (lat.): schwierig, verwickelt
**Komplott,** (fr.), sächl. (auch männl.), –e: abgesprochener geheimer Anschlag, gemeinsame Straftat; Verschwörung
**Komponente,** (lat.), weibl., –n: Teil eines Ganzen, Bestandteil (z. B. einer chem. Verbindung)
**komponieren,** (lat.): 1. anordnen, zusammenfügen, 2. verfassen, entwerfen, gestalten; ein Musikstück schaffen
**Komponist,** (lat.), männl., –en: Schöpfer musikalischer Kunstwerke
**Komposite,** (lat.), weibl., –n: Korbblütler (Bot.)
**Komposition,** (lat.), weibl., –en: 1. Anordnung, Zusammensetzung, 2. Entwurf, Anlage, Gestaltung, 3. Konstruktion eines Kunstwerkes, 4. Musikstück
**Kompositum,** (lat.), sächl., Komposita: Wortzusammensetzung (z. B. Nominal-K.: Kunstwerk)
**Kompost,** (fr.), männl., –e: organischer Dünger aus mit Erde vermischten pflanzlichen und tierischen Abfällen
**kompostieren,** (fr.): zu Kompost werden lassen
**Kompott,** (fr.), sächl., –e: mit Zucker gekochtes Obst, der kalt als Nachtisch serviert wird
**Komprehension,** (lat.), weibl., nur Sing.: zusammenfassendes Verstehen einer Vielfalt als Ganzes (Philos.)

**kompress,** (lat.): dicht, gedrängt; mit geringstem Zeilenabstand gesetzt
**Kompresse,** (lat.), weibl., –n: feuchter Umschlag, Druckverband
**kompressibel,** (lat.): zusammendrückbar, elastisch (z. B. von Flüssigkeiten; Phys.)
**Kompression,** (lat.), weibl., –en: Verdichtung von Gasen oder Dämpfen (Phys.); Quetschung, Abdrückung eines Blutgefäßes (Med.)
**Kompressor,** (lat.), männl., –pressoren: Verdichter, Verrichtung zum Verdichten von Gasen (z. B. des Treibstoffgemischs in Verbrennungsmotoren)
**komprimieren,** (lat.): verdichten; das Wesentliche zusammenfassen
**Kompromiss,** (lat.), männl., –promisse: Einigung durch Nachgeben beider Parteien, Vergleich, Zugeständnis
**kompromittieren,** (lat.): dem Ruf eines anderen oder dem eigenen Ansehen schaden, jmdn. in Verlegenheit stürzen
**Komsomol,** (Kurzw.), männl., nur Sing.: Jugendorganisation der KPdSU
**Komsomolze,** männl., –n: Mitglied des Komsomol
**Komtess,** (fr.), weibl., Komtessen: unverheiratete Grafentochter
**Komtesse:** vgl. Komtess
**Komtur,** (lat.), männl., –e: Ordensritter; Träger einer hohen Ordensstufe
**konchiform,** (gr.-lat.): muschel- oder schneckenhausförmig
**Konchylie,** [kon'chy:lje, gr.], weibl., –n: Weichtierschale (Schneckenhaus, Muschelschale u. a.)
**Kondemnation,** (lat.), weibl., –en: 1. (allg.) Verurteilung, Verdammung, 2. Stilllegung eines Schiffes aufgrund amtlich festgestellter Seeuntüchtigkeit
**Kondensat,** (lat.), sächl., –e: durch Niederschlag aus dem Dampfzustand entstandene Flüssigkeit
**Kondensation,** (lat.), weibl., –en: Übergang eines Stoffes von seinem gasförmigen in den flüssigen Aggregatzustand (Phys.)
**Kondensator,** (lat.), männl., Kondensatoren: 1. Anlage zum Verflüssigen von Dämpfen, 2. Bauelement zum Speichern elektrischer Ladungen
**kondensieren,** (lat.): verflüssigen, verdichten; eindampfen (z. B. kondensierte Milch)
**Kondensmilch,** (lat.-dt.), weibl., nur Sing.: durch Kondensieren haltbar gemachte (sterilisierte) Milch
**Kondensstreifen,** (lat.-dt.), männl., –: durch Kondensation in kühler Höhenluft gebildeter Wolkenstreifen aus dem Wasser der Abgase von (Düsen-)Flugzeugen
**konditern,** (lat.): als Konditor arbeiten, (umg.:) in einer Konditorei sitzen
**Kondition,** (lat.), weibl., –en: 1. geistige und körperliche Verfassung eines Menschen bzw. Leistungsstandard eines Sportlers, 2. Geschäfts-, lieferungs-, Kauf- o. Ä. Bedingung
**konditional,** (lat.): bedingend, bedingungsweise
**Konditional,** (lat.), männl., –e: Nebensatzart (z. B. er sänge, wenn er bei Stimmung wäre); Bedingungsform des Verbs
**Konditionalis,** (lat.), männl., Konditionales: vgl. Konditional
**konditionieren,** (lat.): 1. Feuchtigkeitsgehalt von Textilstoffen und damit das echte Gewicht bestimmen, 2. Rohstoffe zu Ausgangsstoffen für die Produktion aufbereiten, 3. Reaktionen vorprägen durch gezielten Einsatz von Reizen
**Konditor,** (lat.), männl., Konditoren: Feinbäcker
**Konditorei,** (lat.), weibl., –en: Feinbäckerei mit angeschlossenem kleinem Café
**Kondolenz,** (lat.), weibl., –en: Beileidsbezeigung

**kondolieren,** (lat.): Trauernde seines Beileids versichern
**Kondom,** (engl.), sächl. (auch männl.), –e: Gummiüberzug für den Penis zur Empfängnisverhütung und zum Schutz vor Infektionen (z. B. Aids) beim Geschlechtsverkehr
**Kondominium,** (lat.), sächl., –minien: von mehreren Staaten gemeinsam beherrschtes Gebiet sowie Bezeichnung für diese Form der Oberhoheit
**Kondor,** (indian.), männl., –e: v. a. in Anden beheimateter sehr großer Geier (etwa 3 m Spannweite)
**Kondottiere,** (italien.), männl., ..ieri: spätmittelalterlicher Söldnerführer in Italien
**Kondukt,** (lat.), männl., –e: (feierliches) Geleit bei Beisetzungsfeierlichkeiten
**Kondukteur,** [konduk'tö:r, fr.], männl., –e: (veraltet) Schaffner
**Konduktometrie,** (lat.-gr.), weibl., nur Sing.: Methode zur Feststellung der Stoffzusammensetzung durch Messung der elektrischen Leitfähigkeit
**Konduktor,** (lat.), männl., Konduktoren: 1. selbst gesund bleibender Überträger einer Erbkrankheit (Med.), 2. (veraltend) elektrischer Leiter
**Kondylom,** (gr.), sächl., –e: Feigwarze, nässende Wucherung an Haut und Schleimhaut im Genitalbereich (Med.)
**Konfekt,** (lat.), sächl., –e: Pralinen und andere hochwertige Süßigkeiten oder Zuckerbackwerk
**Konfektion,** (lat.), weibl., –en: 1. in Großserie produzierte Kleidungsstücke, 2. die so produzierende Textilindustrie
**Konfektionär,** (lat.), männl., –e: 1. Hersteller von Konfektionsware, 2. Verkäufer von Kleidung »von der Stange«
**Konfektioneuse,** [Konfektionöse, fr.], weibl., –n: weibl. Konfektionär
**konfektionieren,** (lat.): in Großserie produzieren; versandfertig machen
**Konferenz,** (lat.), weibl., –en: Besprechung, Sitzung, Tagung
**konferieren,** (lat.): eine beratende Sitzung abhalten, sich besprechen
**Konfession,** (lat.), weibl., –en: 1. christliches Glaubensgemeinschaft sowie ihr Bekenntnis, 2. (veraltete) Bekenntnisschrift
**Konfessionalismus,** (lat.), männl., nur Sing.: Betonung der eigenen Konfession, religiöses Eiferertum
**konfessionell,** (lat.): die Konfession betreffend
**Konfetti,** (italien.), sächl., nur Sing.: bunte Papierschnipsel, mit denen man sich bei Silvester oder bei Faschingsfeiern bewirft, bekannt die New Yorker K.-Parade, bei der verdiente Bürger durch einen Regen aus K. fahren
**Konfiguration,** (lat.), weibl., –en: 1. (veraltet) äußere Form; Gestaltung, 2. Gruppierung von Gestirnen, 3. Anordnung der Atome in einem Molekül (Chem.), 4. Gesamtheit der Voreinstellungen eines Computers (EDV)
**Konfirmand,** (lat.), männl., –en: jmd., der sich auf die Konfirmation vorbereitet, die Konfirmation feiert
**Konfirmation,** (lat.), weibl., –en: in den evangelischen Kirchen feierliche Aufnahme junger Christen in die Gemeinde u. a. durch erstmalige Teilnahme am Abendmahl
**konfirmieren,** (lat.): Aufnahme Jugendlicher ind die Gemeinde, Erklärung der Religionsmündigkeit
**Konfiserie,** (fr.), weibl., –n: Konditorei, die Naschwerk und feine Backwaren herstellt
**Konfiskation,** (lat.), weibl., –en: entschädigungslose Enteignung von Staats wegen
**konfiszieren,** (lat.): beschlagnahmen, ohne Entschädigung einziehen
**Konfitüre,** (fr.), weibl., –n: aus nur einer Fruchtsorte gekochte Marmelade

(oft mit ganzen Fruchtstücken oder ganzen Früchten)
**Konflikt,** (lat.), männl., –e: Streit; Meinungsdifferenz, innerer Zwiespalt; politische, wirtschaftliche oder militärische (bewaffneter K.) Auseinandersetzung zwischen Staaten
**Konfluenz,** (lat.), weibl., –en: Zusammenfluss
**konfluieren,** (lat.): zusammenfließen
**Konföderation,** (lat.), weibl., –en: Bündnis, Staatenbund
**konföderieren,** (lat.): sich verbünden
**Konföderierte,** (lat.), männl. oder weibl., Plur. (Sing: Konföderierter oder Konföderierte): 1. (veraltet) die Verbündeten, 2. Anhänger und Kämpfer der Südstaaten im amerik. Bürgerkrieg (1860 – 1865)
**konfokal,** (lat.): (Phys.) einen gemeinsamem Brennpunkt aufweisend
**konform,** (lat.): übereinstimmend, einig, einer Meinung (mit jmdm. k. gehen)
**Konformismus,** (lat.), männl., nur Sing.: anpasserische Lebenseinstellung
**Konformist,** (lat.), männl., –en: Anpasser und Angepasster, jmd, der unkritisch die herrschende Meinung teilt
**konformistisch,** (lat.): sich anpasserisch verhaltend, die herrschende Meinung teilend
**Konformität,** (lat.), weibl., nur Sing.: Entsprechung, Gleichheit, Angepasstheit (Gegens. Nonkonformität), 2. winkeltreue Abbildung (Math.)
**Konfrater,** (lat.), männl., –fratres: Amtsbruder (in der kathol. Kirche)
**Konfrontation,** (lat.), weibl., –en: 1. Auseinandersetzung, 2. Gegenüberstellung
**konfrontieren,** (lat.): gegenüberstellen, jmdn. zwingen, sich mit einer Sache, einem Sachverhalt oder einer Person auseinander zu setzen
**konfus,** (lat.): verwirrt, durcheinander, unklar
**Konfusion,** (lat.), weibl., –en: Verwirrung, Durcheinander; Unklarheit, Zerstreutheit
**Konfuzianismus,** männl., nur Sing.: auf Leben und Lehre des chines. Philosophen Konfuzius basierende Geisteshaltung
**kongenial,** (lat.): geistig ebenbürtig, geistig verwandt
**Kongenialität,** (lat.), weibl., nur Sing.: Geistesverwandtschaft; geistige Ebenbürtigkeit
**kongenital,** (lat.): erblich bedingt (z. B. von Krankheiten; Med.)
**Kongestion,** (lat.), weibl., –en: Blutüberfüllung von Körperregionen (z. B. bei Entzündungen; Med.)
**Konglomerat,** (lat.), sächl., –e: 1. Gemenge, Gemisch unterschiedlicher Sachen, Anhäufung, 2. Sedimentgestein aus verkitteten Geröllen (Geol.)
**Konglutination,** (lat.), weibl., –en: Verklebung von Erythrozyten (Med.)
**konglutinieren,** (lat.): verkleben
**Kongregation,** (lat.), weibl., –en: 1. in der kathol. Kirche »Ministerium« der Kurie (z. B. Glaubens-K.), 2. Zusammenschluss von Klöstern eines Ordens
**Kongress,** (lat.), männl., –e: 1. wissenschaftliches oder politisches Arbeitstreffen mit großer Beteiligung, 2. (nur Sing.) in den USA das aus dem Senat und dem Repräsentantenhaus bestehende Parlament
**kongruent,** (lat.): 1. übereinstimmend, so gut wie gleich, 2. deckungsgleich, gleich in Größe und Form (bei geometrischen Figuren); restgleich (bei Division durch dieselbe Zahl; Math.)
**Kongruenz,** (lat.), weibl., –en: 1. Übereinstimmung, 2. Deckungsgleichheit; Restgleichheit (Math.)
**kongruieren,** (lat.): übereinstimmen
**Konifere,** (lat.), weibl., –n: Nadelbaum, (Plur.) Klasse der Nadelhölzer

**konisch,** (lat.): kegelförmig
**Konimeter,** (gr.), sächl., –: Apparat zur Bestimmung des Staubanteils in der Luft
**Konjugation,** (lat.), weibl., –en: 1. Beugung, Flexion, Formveränderung eines Verbs nach Personen und Zeit (Sprachwiss.), 2. eine Art der geschlechtlichen Vermehrung bei einzelligen Lebewesen
**konjugieren,** (lat.): die verschiedenen Verbformen bilden (Sprachwiss.)
**Konjunktion,** (lat.), weibl., –en: 1. logische Verknüpfung zweier Aussagen durch »und« (Math.), 2. Planetenkonstellation, bei der die Sonne auf der Geraden von der Erde zu einem anderen Planeten liegt (Astron.), 3. Bindewort, das einen Haupt- (z. B. denn) oder Nebensatz einleitet (z. B. als; Sprachwiss.)
**konjunktional,** (lat.): durch ein Bindewort verbunden oder eingeleitet
**konjunktiv,** (lat.): verbindend
**Konjunktiv,** (lat.), männl., –e: Möglichkeitsform des Verbs, die bei Wunsch, Ungewissheit oder Unwirklichkeit einzusetzen ist (z. B. hätte ich ein Fass, ich söffe es aus; Sprachwiss.)
**Konjunktiva,** (lat.), weibl., –junktivä: Bindehaut des Auges (Med.)
**Konjunktivitis,** (lat.), weibl., Konjunktivitiden: Entzündung der Bindehaut des Auges (Med.)
**Konjunktur,** (lat.), weibl., –en: Situation einer Volkswirtschaft, günstige Wirtschaftsentwicklung (Hoch-K.), (allg.) positiver Trend für etwas
**konjunkturell,** (lat.): auf die volkswirtschaftliche Lage bezogen
**konkav,** (lat.): nach innen gewölbt, hohl geschliffen (von einer Linse; Phys.) (Gegens. konvex)
**Konklave,** (lat.), weibl., –n: Kollegium der einen neuen Papst wählenden Kardinäle sowie Bezeichnung für die dafür vorgesehenen Räumlichkeiten
**konkludent,** (lat.): schlüssig
**konkludieren,** (lat.): logisch folgern, schließen
**Konklusion,** (lat.), weibl., –en: Schlussfolgerung
**konklusiv,** (lat.): folgernd, schließend
**konkordant,** (lat.): übereinstimmend
**Konkordanz,** (lat.), weibl., –en: 1. (allg.) Übereinstimmung; Gleichmäßigkeit, 2. alphabetisches Register, das die wichtigen Stichwörter eines Buches und ihre Belegstellen nennt (v. a. als Bibel-K.)
**Konkordat,** (lat.), sächl., –e: Abkommen zwischen dem Heiligen Stuhl (der Kurie) und einem Staat (z. B. Reichs-K. von 1933)
**Konkordia,** (lat.), weibl., nur Sing.: Eintracht
**Konkrement,** (lat.), sächl., –e: griesförmige oder steinige Ausfällungen aus Körperflüssigkeiten, die Schmerzen und Koliken auslösen können (z. B. Gallengries oder Nierensteine; Med.)
**konkret,** (lat.): gegenständlich, dinghaft, real, tatsächlich vorhanden, wirklich (Gegens.: abstrakt)
**Konkretion,** (lat.), weibl., –en: 1. Verdinglichung, Veranschaulichung; Verwirklichung, 2. Verwachsung (Med.), 3. kugelige mineralische Einschlüsse in Gesteinen (Geol.)
**konkretisieren,** (lat.): verdinglichen, veranschaulichen; realisieren
**Konkretum,** (lat.), sächl., –kreta: Gegenstände bezeichnendes Hauptwort (z. B. Haut, Haus; Gegens.: Abstraktum; Sprachwiss.)
**Konkubinat,** (lat.), sächl., –e: Beilager, eheähnliche Partnerschaft, Verhältnis
**Konkubine,** (lat.), weibl., –n: Geliebte, Mätresse, ausgehaltene weibliche Person
**Konkupiszenz,** (lat.), weibl., nur Sing.: fleischliche Begierde (Theol., Philos.)
**Konkurrent,** (lat.), männl., –en: Mitbewerber; Gegner, Rivale

**Konkurrenz,** (lat.), weibl., –en: 1. (nur Sing.) Gegnerschaft, Rivalität, 2. Wettbewerb, (sportlicher) Wettkampf, 3. Mitbewerberschaft auf dem Markt

**konkurrieren,** (lat.): rivalisieren, sich im Wettbewerb befinden, um Marktanteile kämpfen, wettstreiten

**Konkurs,** (lat.), männl., –e: 1. Einstellung der Zahlungen, Zahlungsunfähigkeit, Bankrott, 2. zur Befriedigung der Gläubiger eines zahlungsunfähigen Schuldners abzuwickelndes Gerichtsverfahren

**konnatal,** (lat.): während der Schwangerschaft oder unter der Geburt erworben (von Krankheiten oder anderen Schäden; Med.)

**Konnex,** (lat.), männl., –e: Verbindung, Verknüpfung, Zusammenhang

**Konnexion,** (lat.), weibl., –en: Beziehung

**Konnexität,** (lat.), weibl., nur Sing.: innerer Zusammenhang

**Konnossement,** (italien.), sächl., –e: Frachtbrief im Güterverkehr zur See

**Konnotation,** (lat.), weibl., –en: Mitgedachtes und/oder Mitgemeintes bei einem Wort, damit Assoziiertes (z. B. »Schmerz«, »Blut« beim Begriff »Wunde«

**Konnubium,** (lat.), sächl., Konnubien: (veraltet) Ehe, Lebensgemeinschaft

**Konoid,** (gr.), sächl., –e: kegelgestaltiger Körper

**Konquistador,** (span.), männl., –en: span. Eroberer Mittel- und Südamerikas im 16. Jh.

**Konrektor,** (lat.), männl., –en: Stellvertreter des Rektors an einer Grund-, Haupt- oder Realschule

**Konsekration,** (lat.), weibl., –en: Weihe (in der kathol. Kirche)

**konsekrieren,** (lat.): weihen

**konsekutiv,** (lat.): folgernd; folgend (z. B. von Nebensätzen, die mit »so dass« eingeleitet sind)

**Konsens,** (lat.), männl., –e: Einigkeit, Zustimmung, Einwilligung

**konsequent,** (lat.): folgerichtig; kompromisslos, zielstrebig

**Konsequenz,** (lat.), weibl., –en: 1. Folge, Auswirkung, 2. Grundsatztreue; Zielstrebigkeit, Kompromisslosigkeit

**Konservatismus:** vgl. Konservativismus

**konservativ,** (lat.): 1. traditionsbewusst, dem Überkommenen verhaftet, fortschrittsfeindlich, 2. erhaltend (von einer Therapie, die ohne operativen Eingriff auszukommen bemüht ist; Med.)

**Konservativismus,** (lat.), männl., ..vismen: rückwärts gewandte politische Orientierung, das Hergebrachte betonende Bewegung oder persönliche Grundeinstellung

**Konservator,** (lat.), männl., ..toren: Fachmann, der für die Pflege und Instandhaltung von Kulturdenkmälern und Kunstwerken zu sorgen hat

**Konservatorium,** (lat.), sächl., ..torien: Musik(hoch)schule für alle musikalischen Fachgebiete

**Konserve,** (lat.), weibl., –n: 1. in Blechdosen oder Gläsern durch luftdichtes Einschließen haltbar gemachte Lebens- und Genussmittel, 2. Band- oder Plattenaufnahme von Musikstücken

**konservieren,** (lat.): haltbar machen, einkochen; sicher aufbewahren, gegen Schadstoffe schützen

**Konsiliarius,** (lat.), männl., Konsiliarii: (veraltet, noch österreich.) beratender, hinzugezogener Arzt

**Konsilium,** (lat.), sächl., Konsilien: Rat; Erörterung eines Krankheitsfalles durch mehrere Mediziner

**konsistent,** (lat.): 1. zusammenhängend, dickflüssig, zäh; haltbar, beständig, 2. in sich logisch, widerspruchsfrei

**Konsistenz,** (lat.), weibl., nur Sing.: 1. Beschaffenheit eines Stoffes, 2. Dichte, Zusammenhang, Zähflüssigkeit

**Konsistorium,** (lat.), sächl., Konsistorien: 1. Verwaltungs- und Aufsichtsorgan in einigen evang. Landeskirchen, 2. in der kathol. Kirche Versammlung der Kardinäle unter Leitung des Papstes

**konskribieren,** (lat.): (veraltet) zum Kriegsdienst einberufen, für den Dienst in einer Armee werben

**Konsole,** (fr.), weibl., –n: 1. auskragender Bauteil zur Aufnahme von Konstruktionsteilen, Bauplastiken o. Ä., 2. Wandbrett

**Konsolidation,** (lat.), weibl., –en: 1. Absicherung, Sanierung (v. a. wirtschaftlich und finanziell), 2. Versteifung von Teilen der Erdkruste durch tektonische oder magmatische Vorgänge

**konsolidieren,** (lat.): sichern, festigen, stabilisieren

**konsonant,** (lat.): zusammenklingend, mitklingend, übereinstimmend (Mus.)

**Konsonant,** (lat.), männl., –en: Mitlaut (z. B. b, d, g; Gegens.: Vokal; Sprachwiss.)

**Konsonanz,** (lat.), weibl., –en: 1. Häufung von Konsonanten (Sprachwiss.), 2. angenehmer Zusammenklang (Gegens.: Dissonanz; Mus.)

**Konsorte,** (lat.), männl., –n: (meist Plur.; umg.) Mitbeteiligter, Mitschuldiger; ein ähnliches Filou wie die Person, von der die Rede ist

**Konsortium,** (lat.), sächl., Konsortien: zeitweilige Vereinigung von Kreditinstituten oder Firmen für größere Finanzierungsaufgaben oder Produktionsvorhaben

**Konspiration,** (lat.), weibl., –en: Verschwörung

**Konstabler,** (lat.-engl.), männl., –: englischer oder amerikanischer Polizist

**konstant,** (lat.): gleich bleibend, ohne Änderung; fest, beständig, stetig; beharrlich

**Konstante,** (lat.), weibl., –n: unveränderliche Größe (z. B. Gravitations-K.; Gegens.: Variable)

**Konstanz,** (lat.), weibl., nur Sing.: Beständigkeit; Beharrlichkeit

**konstatieren,** (lat.): feststellen, behaupten

**Konstellation,** (lat.), weibl., –en: 1. Gesamtheit von Umständen oder Faktoren; Lage, Anordnung, 2. Gruppierung der Planeten (Astron.)

**konsternieren,** (lat.): in Verlegenheit bringen, Betroffenheit auslösen

**konsterniert,** (lat.): betroffen; verwirrt, überrascht

**konstituieren,** (lat.): zusammentreten, einrichten, gründen

**konstituierende Versammlung:** verfassunggebende Versammlung

**Konstitution,** (lat.), weibl., –en: körperlicher Zustand, Verfassung eines Staates

**Konstitutionalismus,** (lat.), männl., nur Sing.: Staatsform, die die Unterstellung des Monarchen oder Staatschefs unter die Verfassung vorschreibt

**konstitutionell,** (lat.): 1. verfassungskonform, verfassungsgebunden, 2. auf die körperlichen Verfassung bezogen

**konstitutiv,** (lat.): grundlegend, wesentlich; zum Kern einer Sache gehörend

**Konstriktion,** (lat.), weibl., –en: Zusammenziehung, Einschnürung (z. B. in der Muskulatur; Med.)

**konstruieren,** (lat.): 1. zusammensetzen, entwerfen, herstellen, 2. eine geometrische Fläche mit Zirkel und Lineal zeichnen (Math.), 3. künstlich einen Zusammenhang herstellen, 4. Sätze bilden (Sprachwiss.)

**Konstrukt,** (lat.), sächl., –e: gedankliche Erfindung, haltlose Spekulation

**Konstrukteur,** [Konstruktör, fr.], männl., –e: Entwerfer, Erbauer

**Konstruktion,** (lat.), weibl., –en: 1. Entwurf; Anfertigung, Aufbau, Errichtung; Bauweise, 2. Zeichnung einer geometrischen Fläche mit Zirkel und Lineal (Math.), 3. erfundene Handlung, fabulierter Zusammenhang, 4. Satzbildung (Sprachwiss.)

**konstruktiv,** (lat.): 1. auf eine Konstruktion bezogen, 2. hilfreich, positiv beitragend, förderlich (Gegens. destruktiv)

**Konstruktivismus,** (lat.), männl., nur Sing.: Richtung der modernen Kunst (Plastik, Malerei und Musik), die konstruktiv-geometrische Formen bevorzugt

**Konstruktivist,** (lat.), männl., –en: Vertreter des Konstruktivismus

**Konsul,** (lat.), männl., –n: 1. höchster Staatsbeamter während der Republik im alten Rom, Regierungschef im spätrevolutionären Frankreich (1799 – 1804), 2. mit der Wahrnehmung v. a. handelspolitischer und wirtschaftlicher Interessen beauftragter Vertreter eines Staates im Ausland

**konsularisch,** (lat.): den Konsul oder das Konsulat betreffend

**Konsulat,** (lat.), sächl., –e: Amtsperiode und Dienststelle eines Konsuls

**Konsultation,** (lat.):, weibl., –en: Heranziehung eines (anderen) Arztes, Beratung (v. a. politisch)

**konsultativ,** (lat.): beratend

**konsultieren,** (lat.): einen Arzt oder Rechtsanwalt aufsuchen, um Rat fragen, Rat einholen; sich miteinander beraten

**Konsum,** (lat.), männl., nur Sing.: Verbrauch (des alltäglichen Bedarfs)

**Konsumation,** (lat.), weibl., –en: (österreich. und schweizer.) Verzehr in Gastwirtschaften

**Konsument,** (lat.), männl., –en: Verbraucher

**Konsumgut,** (lat.-dt.), sächl., ..güter: Verbrauchsgut; Produkt, das zum unmittelbaren individuellen oder gesellschaftlichen Verbrauch bestimmt ist

**konsumieren,** (lat.): verbrauchen, verzehren

**Konsumtion** (Konsumption), (lat.), weibl., –en: 1. Verbrauch von Konsumgütern, 2. Auszehrung bei hohem Fieber (Med.), 3. strafrechtliches Prinzip, nach dem ein einfacher Straftatbestand in einem übergeordneten aufgeht (z. B. Diebstahl in Raub)

**konsumtiv,** (lat.): für den Verbrauch bestimmt

**Kontagion,** (lat.), weibl., –en: Infektion des Organismus mit Krankheitserregern (Med.)

**kontagiös,** (lat.): ansteckend

**Kontakt,** (lat.), männl., –e: 1. Begegnung, Berührung, Fühlungnahme, 2. Berührung spannungsführender Teile in der Elektrotechnik und Elektronik

**kontakten,** (lat.): ansprechen, anrufen, in Beziehung treten

**Kontakter,** (lat.), männl., –: Kundenbetreuer in einer Werbeabteilung oder einer Werbeagentur

**kontaktieren,** (lat.): Kontakt aufnehmen, vgl. kontakten

**Kontaktlinse,** (lat.-dt.), weibl., –n: zur Korrektur von Sehfehlern direkt auf die Iris aufzubringende (flexible) Linse

**Kontamination,** (lat.), weibl., –en: 1. radioaktive Verstrahlung, 2. Vermengung von Wörtern aus Versehen oder zur Erzielung komischer Wirkungen (z. B. Vertriebsverbrecher für einen Profiteur um jeden Preis)

**kontaminieren,** (lat.): 1. radioaktiv verstrahlen, 2. vermischen, verbinden

**kontant,** (italien.): bar, gegen Barzahlung

**Kontanten,** (italien.), weibl., Plur.: 1. bares Geld, 2. Geldsorten

**Kontemplation,** (lat.), weibl., –en: 1. Beschaulichkeit, aktionslose, Gedankenversunkenheit, 2. vgl. Meditation, völlige Konzentration auf Werk und Wort Gottes (Relig.)

**kontemplativ,** (lat.): beschaulich, nachsinnend, gedankenverloren, betrachtend

**kontemporär,** (lat.): zur gleichen Zeit; zeitgenössisch
**Kontenance:** vgl. Contenance
**Konter,** (lat.-fr.), männl., –: schneller Gegenstoß, wenn der Gegner weit aufgerückt ist, Steilangriff (Sport)
**Konteradmiral,** (fr.), männl., –e: Offiziersrang bei der Marine, dem Generalmajor entsprechend
**Konterbande,** (fr.), weibl., nur Sing.: 1. von neutralen Schiffen transportierte kriegswichtige Güter, die für eine der Krieg führenden Parteien bestimmt sind, 2. geschmuggeltes Gut
**Konterfei,** (fr.), sächl., –s: Bild, Porträt
**konterfeien,** (fr.): porträtieren, eine Person fotografieren
**konterkarieren,** (fr.): etwas hintertreiben, einen Plan durchkreuzen, hinderlich sein, jmdm. entgegenarbeiten
**Kontermine,** (fr.), weibl., –n: Börsenspekulation, bei der mit fallenden Kursen gerechnet wird, Börsenmaßnahme gegen einen fremden Schachzug
**konterminieren,** (fr.): auf Kursverfall spekulieren, einem Kursanstieg entgegenarbeiten
**kontern,** (fr.): 1. aus der Defensive zum schnellen Gegenstoß ansetzen (Sport), 2. schlagfertig antworten, 3. ein Bild andersherum reproduzieren
**Konterrevolution,** (fr.), weibl., –en: Gegenrevolution
**Kontertanz,** (fr.-dt.), männl., –tänze: Wechseltanz, bei dem die Paare im Geviert (oder nur paarweise) gegeneinander tanzen (18. Jh.)
**Kontext,** (lat.), männl., –e: 1. Textzusammenhang, umgebender Text einer Schriftstelle, Sinnverbindung, 2. Lebensumstände, Milieu
**kontieren,** (italien.): ein Konto einrichten, eine Zahlung auf einem Konto verbuchen
**Kontinent,** (lat.), männl., –e: Erdteil; große zusammenhängende Landmasse
**kontinental,** (lat.): festländisch
**Kontinenz,** (lat.), weibl., nur Sing.: 1. Enthaltsamkeit, 2. Kontrolle über den Abgang von Urin und Stuhl (Gegens. Inkontinenz; Med.)
**kontingent,** (lat.): wirklich oder möglich, aber nicht notwendig, zufällig
**Kontingent,** (lat.), sächl., –e: Beitrag, Pflichtanteil; Truppenteil; begrenzte Menge
**kontingentieren,** (lat.): dosieren, rationieren, in Portionen einteilen; in begrenzter Menge zuteilen
**Kontingenz,** (lat.), weibl., –en: Bedingtheit alles Seienden, Zufälligkeit (Philos.)
**kontinuierlich,** (lat.): unaufhörlich, ununterbrochen; lückenlos aufeinander folgend; stetig, beständig
**Kontinuität,** (lat.), weibl., nur Sing.: ununterbrochene zeitliche oder räumliche Fortsetzung, Stetigkeit; Beständigkeit, Weiterführung
**Kontinuum,** (lat.), sächl., –tinuen und –tinua: etwas Stetiges, lückenlos sich Fortsetzendes; ununterbrochenes Ganzes
**Konto,** (italien.), sächl., Konten: Rechnung; laufende Aufstellung über Einnahmen und Ausgaben eines Bankkunden; (übertr.) Verantwortung (das geht auf mein K. = daran bin ich schuld)
**Kontokorrent,** (italien.), sächl., –e: laufende Rechnung (v. a. im Bankverkehr) in bestimmten Zeiträumen
**Kontor,** (niederl.), sächl., –e: 1. Handelsniederlassung, 2. (veraltet) Geschäftsraum, Büro eines Kaufmanns
**Kontorist,** (niederl.), männl., –en: Büroangestellter (in der Buchhaltung) eines Handelsbetriebs
**Kontorsion,** (lat.), weibl., –en: (Med.) Verdrehung, Verrenkung von Gliedmaßen (Med.)

**kontra,** (lat.): gegen, wider, entgegen

**Kontra,** (lat.), sächl., –s: das Gegen, das Wider; (beim Kartenspiel) Gegenansage, punktverdoppelnde Voraussage, dass der Spieler sein Spiel verlieren wird; Pro und K.: das Für und Wider; jmdm. K. geben: jmdm. heftig widersprechen

**Kontrabass,** (lat.-dt.), männl., –bässe: im Stehen zu spielendes größtes und tiefstes Streichinstrument mit Fuß, Bassgeige

**Kontradiktion,** (lat.), weibl., –en: Gegensatz, Widerspruch (Philos.)

**kontradiktorisch,** (lat.): sich widersprechend, widersprüchlich, im Gegensatz

**Kontrahent,** (lat.), männl., –en: 1. Geschäfts- oder Vertragspartner, 2. Widersacher, Gegenspieler, Gegner

**kontrahieren,** (lat.): 1. einen Vertrag schließen, handelseins werden, 2. zusammenziehen (von Muskeln; Med.), 3. (veraltet) jmdn. zum Duell fordern

**Kontraindikation,** (lat.), weibl., –en: Gegenanzeige, Grund, ein Medikament oder eine Therapie nicht einzusetzen (Med.)

**kontraindiziert,** (lat.): nicht anzuwenden, nicht angezeigt (Med.)

**Kontrakt,** (lat.), männl., –e: Vertrag; Abkommen

**Kontraktion,** (lat.), weibl., –en: Zusammenziehung (z. B. von Vokalen, Muskeln, sich abkühlenden Stoffen)

**Kontraktur,** (lat.), weibl., –en: dauernde Verkürzung eines Muskels, dauernde Verkrümmung (Med.)

**Kontraposition,** (lat.), weibl., –en: Entgegenstellung, Gegensatz; Umformung einer bejahenden in eine verneinende Aussage und umgekehrt (Logik)

**Kontrapost,** (italien.), männl., –e: unterschiedliche Gestaltung der Körperhälften in Ruhe und Bewegung in der bildenden Kunst, v. a. Spielbein und Standbein

**Kontrapunkt,** (lat.), männl., –e: 1. Lehre von der selbstständigen Führung mehrerer Melodien nebeneinander (Mus.), 2. unabhängig geführte Gegenstimme (Mus.)

**Kontrapunktik,** (lat.), weibl., nur Sing.: Kunst kontrapunktischer Gestaltung (Mus.)

**konträr,** (lat.): gegensätzlich, entgegengesetzt, widrig, widerwärtig

**Kontrast,** (lat.), männl., –e: (starker) Gegensatz, klare Abgrenzung, Hell-dunkel-Unterschied

**kontrastieren,** (lat.): sich voneinander abheben, sich deutlich unterscheiden; einen Kontrast bilden, im Widerspruch zu etwas stehen

**Kontrastmittel,** (lat.-dt.), sächl., –: diagnostisches Hilfsmittel aus einem für Röntgenstrahlen undurchlässigen Stoff, der vor der Durchleuchtung eingenommen oder eingespritzt wird, damit sonst nicht darstellbare Organe sichtbar werden (Med.)

**Kontrastprogramm,** (lat.), sächl., –e: Fernseh- oder Rundfunkangebot, das im Gegensatz zu einem anderen steht (etwa heitere Sendungen bei sonst ernstem Programm)

**Kontrazeption,** (lat.), weibl., nur Sing.: Empfängnisverhütung (Med.)

**kontrazeptiv,** (lat.): empfängnisverhütend (Med.)

**Kontrazeptivum,** (lat.), sächl., –zeptiva: empfängnisverhütendes Mittel (Med.)

**Kontretanz,** ['kontre.., fr.-dt.]: vgl. Kontertanz

**Kontribution,** (lat.), weibl., –en: Kriegssteuer; Geld- oder Sachleistungen, die von der Bevölkerung eines besiegten Landes aufgebracht werden müssen

**Kontrolle,** (lat.-fr.), weibl., –n: 1. Überwachung, Aufsicht; Über- oder Nachprüfung, Probe, 2. Herrschaft über eine Sache, ein Gebiet, einen Vorgang

**Kontroller,** (lat.), männl., –: Anlasser an einem Elektromotor, Schaltelement; vgl. auch Controler

**Kontrolleur,** [kontro'lö:r, lat.-fr.], männl., –e: zur Nachprüfung eingesetzte Person; Aufsichtsbeamter, Prüfer, Aufseher

**kontrollieren,** (lat.): 1. überwachen, beaufsichtigen; über- oder nachprüfen, 2. einen Vorgang, ein Gebiet, eine Sache beherrschen, in der Gewalt haben

**kontrovers,** (lat.): gegeneinander gerichtet, bestreitbar; strittig

**Kontroverse,** (lat.), weibl., –n: Meinungsdifferenz, Streit, Konflikt; Disput unter Wissenschaftlern

**Kontur,** (lat.), weibl., –en: Umrisslinie einer Figur, angedeutete Linienführung

**konturieren,** (lat.): mit einer Umrisslinien versehen; in Umrissen andeuten; die Umrisse betonen

**Kontusion,** (lat.), weibl., –en: Quetschung (Med.)

**Konus,** (lat.), männl., –se und Konen: leicht kegelstumpfförmiger Schaft an Maschinenteilen; Kegel, Zapfen

**Konvaleszenz,** (lat.), weibl., –en: Gesundung (Med.)

**Konvektion,** (lat.), weibl., –en: 1. Vertikalbewegung der Luft durch Erwärmung vom Erdboden aus (Meteorol.), 2. Transport von Wärmeenergie durch bewegte Teilchen (Phys.)

**Konvenienz,** (lat.), weibl., –en: 1. Herkommen, Schicklichkeit, das in der Gesellschaft Zulässige, 2. Verträglichkeit; Bequemlichkeit

**konvenieren,** (lat.): zusagen, sich schicken; so sein, wie es sich gehört

**Konvent,** (lat.), männl., –e: 1. Zusammenkunft, (kirchliche) Versammlung, 2. Stift, Kloster, 3. Bezeichnung der französischen Nationalversammlung 1792 – 1795

**Konventikel,** (lat.), sächl., –: (geheime) Zusammenkunft, Versammlung zur privaten religiösen Erbauung

**Konvention,** (lat.), weibl., –en: 1. Vereinbarung, Abkommen; internationaler völkerrechtswirksamer Vertrag, 2. traditionelles Verhalten; gesellschaftliche Norm, guter Ton

**konventional,** (lat.): auf Konvention beruhend, traditionell

**Konventionalstrafe,** (lat.-dt.), weibl., –n: in Verträgen vorgesehene Ahndung von Vertragsverletzungen wie Terminüberschreitungen u. a.

**konventionell,** (lat.): traditionsgemäß, der Norm entsprechend; einfallslos

**konvergent,** (lat.): sich gegeneinander neigend, zusammenstreben, sich annähernd; einem Grenzwert zustrebend; übereinstimmend (Gegens.: divergent)

**Konvergenz,** (lat.), weibl., –en: 1. Annäherung, Übereinstimmung, 2. das Hinstreben auf einen Grenzwert zu (von einer mathemat. Reihe), 3. Ausbildung ähnlicher Merkmale durch Entstehung unter stammesgeschichtlich gleichen Umständen (z. B. ähnliche Körperform bei Fischen und Meeressäugern)

**konvergieren,** (lat.): sich annähern, zusammenstreben; einem Grenzwert zustreben; übereinstimmen

**Konversation,** (lat.), weibl., –en: gesellige Unterhaltung, förmliches Gespräch, Plauderei

**Konversationslexikon,** (lat.-gr.), sächl., –lexika: für die Allgemeinheit bestimmtes alphabetisch nach Stichwörtern geordnetes ein- oder vielbändiges Nachschlagewerk über alle Wissensgebiete

**Konversion,** (lat.), weibl., –en: 1. (allg.) Umwandlung, Umgestaltung, Abänderung; 2. Wechsel der Konfession oder Religion (auch übertr. auf Wechsel des politischen Lagers)

**Konverter,** (lat.), männl., –: 1. birnenförmiges, feuerfestes Stahlblechgefäß zur Stahlerzeugung nach dem Windfrischverfahren (Bessemerbirne), 2. Einrichtung zur Transformierung von Frequenzen, Gleichspannungswandler, 3. Kernreaktor, der neuen spaltbaren Kernbrennstoff liefert, 4. Vorrichtung zur Datenübertragung (z. B. von Diskette auf Magnetband)
**konvertibel,** (lat.): umwandelbar
**konvertieren,** (lat.): 1. umformen, umwandeln, umtauschen, 2. eine Währung in eine andere wechseln, Geld umtauschen, 3. von einer Konfession (Religion) zu einer anderen übertreten, 4. Daten übertragen (z. B. von einer Diskette in einen Satzrechner, der den Text in die gewünschte Schrift »übersetzt«)
**Konvertit,** (lat.), männl., –en: aus einer anderen Konfession Übergetretener
**konvex,** (lat.): nach außen gekrümmt (von Linsen), erhaben (Gegens.: konkav)
**Konvikt,** (lat.), sächl., –e: kathol. Stift, Wohnheim (für Theologiestudenten)
**Konvoi,** (fr.), männl., –s: von See- und/ oder Luftstreitkräften geschützter Schiffsverband; Wagenkolonne, Sammelbez. für Begleitfahrzeuge
**Konvokation,** (lat.), weibl., –en: (veraltend) Einberufung (z. B. von Parlamenten oder Gebietskörperschaften), das Zusammenholen
**Konvolut,** (lat.), sächl., –e: Bündel von Schriftstücken, Sammelmappe, umfangreiches Manuskript
**Konvulsion,** (lat.), weibl., –en: Zuckung, Schüttelkrampf (Med.)
**konzedieren,** (lat.): einräumen, erlauben, gewähren, zugestehen
**Konzentrat,** (lat.), sächl., –e: 1. Zusammenfassung (z. B. eines längeren Textes), 2. hochprozentige Lösung; durch einen bestimmten Stoff angereicherte Mischung (Chem.)
**Konzentration,** (lat.), weibl., –en: 1. unabgelenkte innere Sammlung, gespannte Aufmerksamkeit, 2. (allg.) Sammlung, Gruppierung um ein Zentrum, Vereinigung (in einem Punkt), 3. Grad der Anreicherung einer Lösung /Mischung durch einen anderen Stoff
**Konzentrationslager,** sächl., –: Straf- und Internierungsanstalt, (v. a. während des 3. Reiches in Deutschland:) Sammel-, Straf- und Vernichtungslager für politische Gegner des Regimes, für rassisch oder religiös Verfolgte (offiz. Abk.: KL, üblicher jedoch: KZ)
**konzentrieren,** (lat.): 1. sammeln, vereinigen, 2. sich innerlich sammeln, gespannt aufmerksam sein, 3. anreichern, eindicken (Chem.)
**konzentriert,** (lat.): 1. geballt, versammelt, vereinigt, 2. gespannt aufmerksam, innerlich gesammelt, 3. verdichtet, stark angereichert
**konzentrisch,** (lat.-gr.): mit gemeinsamem Mittelpunkt (von mehreren Kreisen); auf denselben Mittelpunkt weisend (Math.)
**Konzept,** (lat.), sächl., –e: 1. Plan, Programm (Redewendungen: aus dem K. bringen = verwirren, verlegen machen; aus dem K. kommen = ins Stocken geraten, den Faden verlieren), 2. erste Niederschrift, Entwurf (eines Schriftsatzes), Skizze
**Konzeption,** (lat.), weibl., –en: 1. Skizze, Entwurf, Plan für eine literarisches oder künstlerisches Werk, 2. Empfängnis, Befruchtung der Eizelle (Med.)
**konzeptionell,** (lat.): planerisch, im Entwurfsstadium, auf die Konzeption bezogen
**Konzern,** (lat.), männl., –e: wirtschaftlicher Zusammenschluss von juristisch selbstständigen Firmen
**konzernieren,** (lat.): zu einem Firmenverband zusammenfassen

**Konzert,** (lat.), sächl., –e: 1. musikalische Komposition für ein Soloinstrument oder mehrere Solostimmen mit Orchesterbegleitung sowie die öffentliche Vorführung eines solchen Musikstückes (ein K. geben), 2. aufeinander abgestimmtes Zusammenwirken, politisches Spiel der Kräfte (K. der Großmächte)

**konzertant,** (lat.): konzertartig, in Form eines Konzerts

**konzertieren,** (lat.): ein Konzert geben

**konzertiert,** (lat.): übereinstimmend, aufeinander abgestimmt

**Konzertina,** (lat.), weibl., –s: Handharmonika mit sechseckigem oder quadratischem Gehäuse

**Konzession,** (lat.), weibl., –en: Zugeständnis, Genehmigung; amtliche Gewerbeerlaubnis, Zulassung; Schürf- oder Nutzungsrecht

**Konzessionär,** (lat.), männl., –e: Inhaber einer Konzession

**konzessionieren,** (lat.): eine Konzession erteilen; amtlich zulassen

**konzessiv,** (lat.): einräumend (z. B. von Nebensätzen: obwohl er Arzt ist, raucht er)

**Konzil,** (lat.), sächl., –e und –zilien: 1. in der kathol. Kirche vom Papst geleitete Versammlung von hohen geistlichen Würdenträgern zur Regelung von Anliegen von übergeordneter Bedeutung, 2. Beratungsgremium aus Professoren, Studenten und Angestellten an Hochschulen

**konziliant,** (lat.): umgänglich, verbindlich, entgegenkommend

**Konzilianz,** (lat.), weibl., nur Sing.: Umgänglichkeit, Verbindlichkeit, Entgegenkommen

**konzinn,** (lat.): gefällig, harmonisch gestaltet, flüssig (vom Satzbau oder Stil)

**konzipieren,** (lat.): 1. einen Entwurf machen, etwas planen oder skizzieren, ein Konzept erarbeiten 2. empfangen, schwanger werden

**konzis,** (lat.): kurzgefasst, gedrängt, bündig (in der Ausdrucksweise)

**Kooperation,** (lat.), weibl., –en: Zusammenarbeit, in der Wirtschaft das Zusammenwirken verschiedener Partner bei Produktion, Absatz u. a.

**kooperativ,** (lat.): zusammenarbeitend, hilfsbereit, fördernd

**Kooperative,** (lat.), weibl., –n: (zur Zeit der DDR) Genossenschaft, Arbeitsgemeinschaft

**kooperieren,** (lat.): zusammenarbeiten

**Kooptation,** (lat.), weibl., –en: nachträgliche Hinzuwahl

**kooptieren,** (lat.): nachträglich hinzuwählen

**Koordinate,** (lat.), weibl., –n: Zahl, die die Lage eines Punktes auf einer Fläche oder im Raum bestimmt (Math.; Geogr.)

**Koordination,** (lat.), weibl., –en: 1. Abstimmung von Vorgehensweisen, ordnendes Zusammenfassen, 2. harmonisches Zusammenwirken von Organen oder Körperteilen (z. B. Muskeln; Med.), 3. Beiordnung von Satzteilen (z. B. durch Konjunktionen wie und, oder, denn; Gegens.: Subordination; Sprachwiss.)

**Koordinator,** (lat.), männl., –ordinatoren: für die Abstimmung von Aktivitäten, Produktionsabläufen, Programmen u. a. zuständige Person

**koordinieren,** (lat.): aufeinander abstimmen; beiordnen

**Kopal,** (indian.), männl., –e: bernsteinähnliches Harz tropischer Pflanzen (u. a. zur Herstellung von Lack)

**Kopeke,** (russ.), weibl., –n: kleinste russ. Münze, hundertster Teil eines Rubels

**Kophta,** männl., –s: weiser, angeblich wundertätiger ägyptischer Priester

**Kopie,** (lat.), –n: 1. Abschrift, Durchschlag, vgl. Fotokopie, 2. (weiterer) Abzug von einem Filmnegativ, 3. genaue Nachbildung (eines Kunstwerks)

**kopieren,** (lat.): 1. eine Abschrift anfertigen, vgl. fotokopieren, 2. (ein Kunstwerk) genau nachbilden
**Kopierer,** (lat.), männl., –: (umg.) Fotokopiergerät
**Kopilot,** männl., –en: zweiter Pilot in einem Verkehrsflugzeug, Beifahrer oder zweiter Fahrer in einem Rennwagen
**kopiös,** (lat.): (Med.) massenhaft, reichlich (z. B. beim Stuhlgang; Med.)
**Kopra,** (tamil.-portug.), weibl., nur Sing.: getrocknete, zerkleinerte Kokosnusskerne
**Koproduktion,** (lat.), weibl., –en: gemeinsame Herstellung (v. a. von Filmen)
**Koprolalie,** (gr.), weibl., nur Sing.: übersteigertes Bedürfnis, unanständige, obszöne Wörter auszusprechen (Psychol.)
**Koprolith,** (gr.), männl., –e: Kotstein, versteinerte Ausscheidungen urweltlicher Tiere (Geol.)
**Koprom,** (gr.), sächl., –e: Kotgeschwulst, scheinbare Geschwulst, hervorgerufen durch harte Stuhlansammlung im Darm (Med.)
**koprophag,** (gr.): aus krankhafter Neigung Kot essend (Med.)
**Koprophilie,** (gr.), weibl., nur Sing.: krankhafte Neigung zur Beschäftigung mit (den eigenen) Darmausscheidungen (Med.)
**Kops,** (engl.), männl., –e: aufgewickeltes Garn, Garnkörper in der Spinnerei
**Kopte,** (gr.-arab.), männl., –n: Angehöriger der ägyptisch-christlichen Kirche
**Kopula,** (lat.), weibl., –s und –e: 1. Teil des zusammengesetzten Prädikats, wenn es mit Formen von sein, werden, scheinen, bleiben u. a. gebildet wird (z. B. es wird wärmer; Sprachwiss.), 2. Begattung von Tieren (Biol.)
**Kopulation,** (lat.), weibl., –en: 1. (veraltet) Trauung, 2. Begattung, Befruchtung, 3. Veredlung von Pflanzen
**kopulieren,** (lat.): 1. verbinden, zusammenfügen, verschmelzen, 2. Pflanzen veredeln, 3. Geschlechtsverkehr haben, koitieren
**Koralle,** (gr.), weibl., –n: Kolonien bildendes Blumentier im Meer; Schmuckstück aus dem Skelett dieses Tieres
**koram,** (lat.): öffentlich, in Gegenwart von
**Koran,** (arab.), männl., nur Sing.: Sammlung der Offenbarungen Mohammeds als heiliges Buch des Islams
**Kord,** (engl.), männl., nur Sing.: vgl. Cord
**Kordel,** (fr.), weibl., –n: Bindfaden, dünner Strick
**kordial,** (lat.): herzlich; vertraut
**kordieren,** (fr.): aufrauen, griffig machen (von Griffen an Werkzeugen)
**Kordon,** [kor'don, fr.], männl., –s: 1. Schnur, Band, Ordensband, 2. Sicherheitsabsperrung, polizeiliche oder militärische Postenkette
**Kore,** (gr.), weibl., –n: freistehende oder Gebälk tragende, bekleidete weibliche Statue in der altgr. Kunst)
**Koriander,** (gr.), männl., –: Gewürzpflanze aus Südeuropa
**Koriandoli,** (italien.), sächl., –: (österreich.) vgl. Konfetti
**Korinthe,** weibl., –n: getrocknete kleine, kernlose Weinbeere, benannt nach dem ursprünglichen Anbauort Korinth
**Kormoran,** (lat.), männl., –e: in rund 30 Arten verbreiteter großer, dunkler, Fisch fressender Schwimmvogel; Seerabe
**Kormus,** (gr.), männl., nur Sing.: der Pflanzenkörper als in Wurzel, Stängel und Blätter gegliedertes Ganzes (Biol.)
**Korner,** (engl.), männl., –: Käufergruppe, die an der Börse durch Aufkäufe die Kurse hochtreibt
**Kornett,** (lat.-fr.), männl., –e und –s: (früher) Fähnrich der Kavallerie, Standartenträger

**Kornett,** (lat.-fr.), sächl., –e und –s: kleinstes, aus dem Posthorn entwickeltes Blechblasinstrument, ein ähnlich klingendes Orgelregister
**Korolla** (Korolle), (gr.), weibl., Korollen: Blütenkrone
**Korollar,** (gr.), sächl., –e: aus einem Satz gefolgerter weitere Satz, Zusatz, Ergänzung (Logik)
**Korona,** (lat.), 1. Kranz, Krone; Heiligenschein, 2. (umg.) Publikum, fröhliche Runde, 3. Strahlenkranz um die Sonne (sichtbar bei verdeckter Sonnenscheibe, z. B. bei totaler Sonnenfinsternis; Astron.), 4. Lichtkranz beim Durchtritt des Sonnenlichts durch dünne Wolken (Meteorol.)
**koronar,** (lat.-gr.): zu den Herzkranzgefäßen gehörend (Med.)
**Koronararterie,** (lat.-gr.), weibl., –n: Herzkranzgefäße (Med.)
**Koronarinsuffizienz,** (gr.-lat.), weibl., –en: unzureichende Durchblutung der Blutgefäße des Herzens
**Korporal,** (lat.-fr.), männl., –e: (früher) niedrigster Unteroffiziersrang
**Korporation,** (lat.), weibl., –en: 1. juristische Person; Innung, Verein, Berufsverband, 2. Studentenverbindung
**korporativ,** (lat.-fr.): körperschaftlich; geschlossen
**Korps,** [ko:r, fr.], sächl., – [ko:rß]: 1. Truppenverband aus mehreren Divisionen, 2. Studentenverbindung, 3. Gesamtheit von Personen des gleichen Berufs oder Standes (z. B. Offizier-K.)
**korpulent,** (lat.): dick, wohlgenährt, füllig
**Korpulenz,** (lat.), weibl., nur Sing.: Beleibtheit
**Korpus,** (lat.), männl., –se: 1. (umg.) Körper, 2. der Leib des gekreuzigten Christus, 3. Grundbauelement, Kern eines Möbelstückes
**Korpus,** (lat.), sächl., Korpora: 1. Klangkörper eines Musikinstruments (v. a. von Streichinstrumenten; Mus.), 2. alte Handschrift, Schriftensammlung aus Mittelalter oder Antike
**Korpus delikti:** vgl. Corpus delicti
**Korpuskel,** (lat.), das oder die, –n: kleines Masseteilchen, Elementarteilchen
**korpuskular,** (lat.): aus kleinsten Teilchen bestehend (z. B. von Strahlen; Phys.)
**Korral,** (span.), männl., –e: Gehege für eingefangene wilde Tiere
**Korrasion,** (lat.), weibl., –en: Abschleifen von Gesteinen durch Flugsand (Geol.)
**Korreferat,** (lat.), sächl., –e: alternativer oder als Stellungnahme gedachter zweiter Bericht zum gleichen Thema
**Korreferent,** (lat.), männl., –en: Mitberichterstatter, Mitbeurteiler
**korrekt,** (lat.): richtig, fehlerfrei, regelgerecht; ohne Mängel, tadellos (hinsichtlich Kleidung und/oder Umgangsformen)
**Korrektiv,** (lat.), sächl., –e: Mittel zum Verbessern, Ausgleichen, Maßstab
**Korrektor,** (lat.), männl., Korrektoren: mit der Prüfung der Richtigkeit von gesetzten Texten beauftragter Verlags-, Setzerei- oder Druckereiangestellter
**Korrektur,** (lat.), weibl., –en: Berichtigung, Verbesserung
**korrelat,** (lat.): entsprechend, sich wechselseitig ergänzend, auf einander bezogen
**Korrelat,** (lat.), sächl., –e: entsprechender Begriff, einen anderen bedingender Begriff (z. B. Lehrer – Schüler, sowohl –als auch); Gegenstück
**Korrelation,** (lat.), weibl., –en: Entsprechung; wechselseitiger Zusammenhang, das Aufeinanderbezogensein; Beziehung
**korrelativ:** vgl. korrelat
**korrelieren,** (lat.): einander entsprechen, bedingen; aufeinander bezogen sein

**korrepetieren,** (lat.): am Klavier begleitend mit jmdm. eine Gesangsrolle einstudieren

**Korrespondent,** (lat.), männl., –en: 1. von bestimmten (ständigen) Schauplätzen regelmäßig berichtender Journalist in Presse oder Rundfunk und Fernsehen, 2. Angestellter eines Betriebs, der den kaufmännischen Schriftwechsel führt

**Korrespondenz,** (lat.), weibl., –en: 1. Briefwechsel, Schriftverkehr, 2. Beitrag eines Korrespondenten, 3. Übereinstimmung, Entsprechung

**korrespondieren,** (lat.): 1. einander Briefe schreiben, 2. übereinstimmen, entsprechen

**Korridor,** (italien.), männl., –e: 1. Hausflur, Gang in einer Wohnung, 2. schmaler Gebietsstreifen durch fremdes Territorium, 3. angepeilte Marge (z. B. der Geldmenge: Ziel-K.)

**Korrigendum,** (lat. »das zu Verbessernde«), sächl., Korrigenda: Druckfehler, (Plur.) Satz- bzw. Druckfehlerverzeichnis

**korrigieren,** (lat.): verbessern, berichtigen

**korrodieren,** (lat.): (die Oberfläche) angreifen, zerstören; der Korrosion unterliegen

**Korrosion,** (lat.), weibl., –en: Schädigung von Oberfläche von Metallen, Gesteinen oder Geweben durch Wasser, Chemikalien oder Ätzmittel

**korrumpieren,** (lat.): bestechen, charakterlich negativ beeinflussen; verderben, verfälschen (von Handschriften)

**korrupt,** (lat.): bestechlich, käuflich; verderbt, verfälscht (von Handschriften)

**Korruption,** (lat.), weibl., –en: Bestechung, Käuflichkeit; Sittenverfall

**Korsage,** [kor'sa:sch(e), fr.], weibl., –n: versteifte, trägerlose Miederware, schulterfreies Kleidungsoberteil

**Korsar,** (italien.), männl., –en: Pirat bzw. Piratenschiff

**Korselett,** (fr.), sächl., –s: kleines Korsett

**Korsett,** (fr.), sächl., –s und –e: durch Stäbchen verstärkte schnürbare Stützunterbekleidung für Damen; (übertr.) starres Schema

**Korso,** (italien.), männl., –s: 1. Promenade, Hauptstraße in italienischen Städten, 2. Umzug; Schaufahrt mit geschmückten Wagen (z. B. Blumen-K.)

**Kortikoid,** (lat.-gr.), sächl., –e: Nebennierenrindenhormon, das den Mineral- und Kohlenhydratstoffwechsel beeinflusst (Med.)

**Kortison,** sächl., nur Sing.: Medikament, das ein Hormon der Nebennierenrinde enthält, hochwirksam etwa bei allergischen Reaktionen, bei Dauergabe wegen der Nebenwirkungen problematisch (Med.)

**Korund,** (tamil.), männl., –e: sehr hartes Mineral mit edlen Abarten wie Rubin und Saphir

**Korvette,** (fr.), weibl., –n: kleines (früher dreimastiges) Kriegsschiff, heute u. a. eingesetzt zur U-Boot-Bekämpfung

**Koryphäe,** (gr.), weibl., –n: 1. Chorführer des altgr. Dramas, 2. auf einem Fachgebiet durch außergewöhnliche Leistungen ausgewiesener Experte (Wissenschaftler)

**Kosak** (russ.), männl., –en: Bauernkrieger im südlichen und östlichen Russland, die leichte Reiter zur Grenzsicherung eingesetzt waren

**koscher,** (jidd.): den jüdischen Speisevorschriften gemäß erlaubt, rein; (umg.), sauber, einwandfrei, unbewaffnet

**Kosmetik,** (gr.), weibl., nur Sing.: Schönheits- und Körperpflege; (übertr.) Tünche, Reparatur, die nicht den eigentlichen Schaden behebt

**Kosmetikum,** (gr.), sächl., Kosmetika: Schönheits- und Körperpflegemittel
**kosmetisch,** (gr.): 1. schönheitspflegend, 2. nur oberflächlich
**Kosmetologie,** (gr.), weibl., nur Sing.: Fachgebiet von der Schönheits- und Körperpflege
**kosmisch,** (gr.): auf den Weltraum bezogen, aus dem Weltraum kommend
**Kosmodrom,** (gr.), sächl., –e: Abschussplatz für sowjetische Weltraumraketen
**Kosmogonie,** (gr.), weibl., –n: Lehre von Werden und Entwicklung des Alls
**Kosmologie,** (gr.), weibl., nur Sing.: Wissenschaft vom Weltraum
**Kosmonaut,** (gr.), männl., –en: Weltraumfahrer der Sowjetunion (amerik. Gegenstück: Astronaut)
**Kosmopolit,** (gr.), männl., –en: 1. Weltbürger, 2. Tier- oder Pflanzenart, die über die gesamte Erde verbreitet sind
**Kosmos,** (gr.), sächl., nur Sing.: 1. Weltraum, All, Universum, 2. Weltordnung, abgeschlossenes Lebenssystem
**Kostüm,** (fr.), sächl., –e: 1. Oberbekleidung aus Rock und Jacke, modische Tracht, 2. Verkleidung, Schauspielerkleidung
**kostümieren,** (fr.): ausstaffieren, verkleiden
**k.o.-System,** (engl.-gr.), sächl., –e: Ausscheidungsmodus im Wettkampfsport, bei dem nur der Sieger eines Treffens weiterkommt
**Kotau,** (chines.), männl., –s: aus dem kaiserlichen China stammende Unterwürfigkeitsbezeigung, Verbeugung
**Kote,** (fr.), weibl., –n: Höhenangabe für einen Punkt im Gelände, Höhenmarke
**Kotelett,** (fr.), sächl., –s: (gebratenes) Fleischstück mit Knochen von der Rippe
**Koteletten,** (fr.), weibl., nur Plur.: kleiner Bart neben den Ohren, Backenbart
**kotieren,** (fr.): ein Wertpapier an der Börse zulassen, seinen Kurs festsetzen
**Kotillon,** [ko.ti'jon, fr.], männl., –s: früher sehr beliebtes Gesellschaftsspiel in Tanzform
**Kotyledone,** (gr.), weibl., –n: Pflanzenkeimblatt
**kracken,** ['krä.k(e)n, engl.]: Moleküle durch kurzzeitiges Erhitzen spalten (v. a. in der Benzinherstellung)
**Krake,** (norweg.), männl., –n: Tintenfischart, Riesentintenfisch; Seeungeheuer
**Kral,** (niederl.), männl., –e: kreisförmiges durch Verhau geschütztes südafrikanisches Dorf, umzäunter Viehhof
**Krampus,** (lat.), männl., Krampi: schmerzhafter Muskelkrampf (Med.)
**kranial,** (gr.): den Kopf betreffend; kopfwärts, oben (Med.)
**Kraniologie,** (gr.), weibl., nur Sing.: Schädellehre
**Kraniometrie,** (gr.), weibl., –n: Schädelmessung
**Kranioten,** (gr.), weibl., Plur.: Sammelbez. für Wirbeltiere mit Schädel
**krass,** (lat.): extrem, äußerst, heftig
**Krater,** (gr.), männl., –: 1. trichterförmige Schlotöffnung eines Vulkans; trichterförmige Einschlagstellen von Meteoriten auf Mond und Erde, Explosionsmulden von Bomben, 2. zweihenkliger Weinkrug im antiken Griechenland
**Kraton, Kratogen,** (gr.), sächl., nur Sing.: starrer Teil der Erdkruste, der nicht mehr faltbar ist (Geol.)
**Kraul,** (altnord.): schnellster Schwimmstil mit schaufelartigen Armbewegungen
**Krawall,** (fr.), männl., –e: Lärm, lauter Streit, Aufruhr

**Krawatte,** (fr.), weibl., –n: 1. unter dem Hemdkragen befestigter Binder, Schlips, 2. unerlaubter Würgegriff beim Ringen im gr.-röm. Stil
**Krayon,** [krä'jon, fr.], männl., –s: Kreidestift und -zeichnung
**Kreatin,** (gr.), sächl., nur Sing.: Zwischenprodukt des Phosphorsäurestoffwechsels in den Muskeln
**Kreation,** (lat.-fr.), weibl., –en: Schöpfung, Erfindung, Modellkleid; (veraltet) Ernennung
**kreativ,** (lat.): schöpferisch, erfinderisch, voller Einfälle
**Kreativität,** (lat.), weibl., nur Sing.: schöpferische gestaltende Kraft, Ideenreichtum, Erfindungsgabe
**Kreatur,** (lat.), weibl., –en: Geschöpf, Wesen; (übertr.) höriger Mensch
**kredenzen,** (lat.): servieren, feierlich reichen (von Getränken), anbieten
**Kredit,** (lat.), männl., –e: 1. gegen Zinszahlungen ver- bzw. geliehenes Kapital; Zahlungsaufschub; 2. Vertrauens-, Glaubwürdigkeit
**Kredit,** (lat.), sächl., –e: Habenseite (eines Buchführungskontos)
**kreditieren,** (lat.): jmdm. ein Kapital gegen Zinszahlung verleihen
**Kreditor,** (lat.), männl., Kreditoren: Gläubiger, Kreditgeber
**Kredo,** (lat.), sächl., –s: vgl. Credo
**kreieren,** (lat.): erfinden, entwerfen (v. a. von Modeartikeln); erstmalig formulieren (z. B. Slogans), in die Welt setzen
**Krem,** weibl., –s: vgl. Creme
**Kremation,** (lat.), weibl., –en: Feuerbestattung
**Krematorium,** (lat.), sächl., –torien: Einäscherungsgebäude bzw. -halle, Anlage zur Feuerbestattung
**kremieren,** (lat.): (Leichen) einäschern
**Kreml,** (russ.), männl., –: 1. festungsartiger Stadtkern alter russ. Städte, 2. (nur Sing.:) dieser Stadtkern in Moskau, Sitz der sowjet. Regierung und es Obersten Sowjets
**Kreole,** (fr.), männl., –n: 1. Abkömmling südeuropäischer Einwanderer in Südamerika, 2. (veraltet) im Inland Brasiliens geborener Negersklave
**krepieren,** (italien.): 1. bersten, explodieren, 2. (umg.) sterben, verenden, eingehen, verrecken
**Krepitation,** (lat.), weibl., –en: knarzendes Geräusch, Rasseln (z. B. in der Lunge oder beim Aneinanderreiben von Knochenenden bei Brüchen; Med.)
**Krepp,** (fr.), männl., –s und –e: Gewebe mit genarbter oder welliger Oberfläche
**Kreszenz,** (lat.), weibl., –en: Wuchs, Ertrag; Herkunft (von Weinen)
**kretazeisch, kretazisch,** (lat.): aus der Kreidezeit, der jüngsten Epoche des Erdmittelalters, stammend
**Krethi und Plethi:** (nach den Kretern und Philistern in der Garde König Davids in der Bibel, abschätzig für:) jedermann, hergelaufenes Volk, alle möglichen Leute
**Kretin,** [kre'tän, fr.], männl., –s: 1. geistig und körperlich zurückgebliebener Mensch (Med.), 2. (umg.) Blödmann, Narr
**Kretinismus,** (fr.), männl., nur Sing.: angeborene geistige und körperliche Behinderung, ausgelöst durch Versagen der Schilddrüsenfunktion in der Schwangerschaft (Med.)
**Krevette,** (fr.), weibl., –n: Garnelenart
**Kricket,** (engl.), sächl., –s: Schlagballspiel aus England
**Krill,** (norweg.), männl., nur Sing.: massenhaft auftretende Art winziger Krebse, v. a. in antarktischen Gewässern, die den Bartenwalen als Nahrung dient
**Krimi,** (lat.), männl., –s: Kurzw. für Kriminalroman oder -film

**Kriminaler,** (lat.), männl., –n: (umg.) Kriminalbeamter
**kriminalisieren,** (lat.): zum Verbrecher machen, als Verbrecher hinstellen
**Kriminalist,** (lat.), männl., –en: Kriminalbeamter; Fachmann auf dem Gebiet der Kriminalistik
**Kriminalistik,** (lat.), weibl., nur Sing.: Lehre von den Verbrechen, ihren Ursachen, ihrer Bekämpfung und Aufklärung
**kriminalistisch,** (lat.): wie ein Detektiv; mit den Methoden der Kriminalistik
**Kriminalität,** (lat.), weibl., nur Sing.: Straffälligkeit; Ausmaß, in dem Angehörige einer Gruppe, Schicht oder eines Volkes straffällig werden
**Kriminalroman,** (lat.-fr.), männl., –e: spannende längere Erzählung, in deren Mittelpunkt ein Verbrechen und seine Aufklärung steht
**kriminell,** (lat.): verbrecherisch, strafbar; (umg.) schlimm, unverantwortlich
**kriminogen,** (lat.-gr.): Verbrechen auslösend, zu Verbrechen anstiftend
**Kriminologie,** (lat.-gr.), weibl., nur Sing.: Wissenschaft von den Verbrechen, ihren Erscheinungsformen und Ursachen sowie von den Möglichkeiten und Mitteln ihrer Verhütung und Bekämpfung
**Krimmer,** männl., –: lockiges Fell eines v. a. auf der Krim heimischen Schafes sowie die Wollimitation dieses Fells
**Krinoline,** (italien.-fr.): Unterrock, der über einem Gestell getragen wurde, Reifrock (19. Jh.)
**Kripo:** Kurzw. für Kriminalpolizei
**Krise,** (gr.), weibl., –n: 1. Höhepunkt einer bedrohlichen Entwicklung, schwierige, bedrohliche Lage, Zuspitzung, 2. entscheidende Phase in einem Krankheitsverlauf, die mit raschem Fieberabfall in die Genesung mündet (Med.)
**kriseln,** (gr.): auf eine Krise zusteuern; es kriselt: die Lage wird brenzlig, das Verhältnis ist gestört
**Kristall,** (gr.), männl., –e: von natürlichen ebenen Flächen begrenzter fester Körper
**Kristall,** (gr.), sächl., nur Sing.: geschliffenes Bleiglas
**kristallin,** (gr.): aus Kristallen bestehend
**Kristallisation,** (gr.), weibl., –en: Bildung von Kristallen (Chem.)
**kristallisieren,** (gr.): Kristalle bilden; (übertr.) sich herauskristallisieren: sich klären
**Kristallographie,** (gr.), weibl., nur Sing.: Wissenschaft von den Kristallen
**Kristalloid,** (gr.), sächl., –e: leicht kristallisierbarer Stoff
**Kriterium,** (gr.), sächl., Kriterien: 1. Kennzeichen, Hauptmerkmal, Prüfstein; Maßstab, 2. Straßenradrennen mit Punktwertung auf einem Rundkurs
**Kritik,** (gr.), weibl., –en: 1. Urteilsvermögen, 2. Beurteilung, Wertung, Einschätzung; Mängelrüge, Beanstandung, Tadel, 2. Rezension (eines Buches), Würdigung (einer künstlerischen Leistung), 3. Gesamtheit der Kritiker
**Kritikaster,** (gr.), männl., –: (abschätzig für:) Nörgler, Meckerer, kleinlicher Kritiker, Kritiksüchtiger
**Kritiker,** (gr.), männl., –: jmd., der Kritiken verfasst oder Kritik übt
**kritisch,** (gr.): 1. prüfend, beurteilend; anspruchsvoll, 2. bedenklich, bedrohlich; eine Wende ankündigend, 3. missbilligend, tadeln, bemängeln
**kritisieren,** (gr.): 1. prüfen, begutachten, werten, 2. bemängeln, missbilligen, 3. rezensieren, besprechen (einer künstlerischen Leistung)
**Kritizismus,** (gr.), männl., nur Sing.: erkenntnistheoretische Methode I. Kants zur Untersuchung der Möglichkeiten

und Bedingungen menschlichen Erkennens und moralischen Handelns
**Krocket,** (engl.), sächl., –s: mit Schlägern und Holzkugeln, die durch Tore gespielt werden, betriebenes Rasenspiel
**Krokant,** (fr.), der oder das, nur Sing.: feste Masse aus karamellisiertem Zucker mit zerkleinerten Mandeln oder Nüssen
**Krokette,** (fr.), weibl., –n: Kartoffelbrei- oder Fleischklößchen, das in Fett gebacken wird
**Kroki,** (fr.), sächl., –s: großmaßstäbiger Geländeplan
**Kroko,** Kurzw. für Krokodilleder
**Krokodil,** (gr.), sächl., –e: Panzerechse, amphibisch lebendes räuberisches Reptil der Tropen und Subtropen
**Krokus,** (gr.), männl., –se: früh blühende Gartenblume
**Kromlech,** (kelt.), männl., –e und –s: Grab- und Kultstätte mit Steinkranz aus der Jungsteinzeit
**Krösus,** (gr.), männl., –se: nach dem sagenhaft reichen antiken König von Lydien Bezeichnung für steinreichen Menschen
**Kroton,** (gr.), männl., –e: ostasiatisches Wolfsmilchgewächs, Heilpflanze
**krud, krude,** (lat.): 1. unverdaulich, 2. wirr, kraus (von Gedanken), 3. roh, grausam
**Krupp,** (engl.), männl., nur Sing.: entzündliche Schwellung der Kehlkopfschleimhaut bei Diphtherie mit akuter Atemnot, die zum Erstickungstod führen kann (Med.)
**Kruppe,** (fr.), weibl., –n: Kreuz des Pferdes von der Lende bis zum Schweifansatz
**kruppös,** (engl.): kruppartig (von einem Krankheitsbild, z. B. Pseudokrupp; Med.)
**Krustazee,** (lat.), weibl., –n: Krebstier (Zool.)
**Kruzifere,** (lat.), weibl., –n: Kreuzblütler (Bot.)
**Kruzifix,** (lat.), sächl., –e: plastische oder gemalte Darstellung des gekreuzigten Christus
**Kruzifixus,** (lat.), männl., nur Sing.: die Figur des Gekreuzigten in der bildenden Kunst
**kryogen,** (gr.): durch Kälte entstanden
**Kryolith,** (gr.), männl., –e(n): Eisstein, Rohstoff für die Aluminiumgewinnung
**Kryometer,** (gr.), sächl., –: Gerät zur Messung äußerst tiefer Temperaturen
**Krypta,** (gr.), weibl., Krypten: Grabkammer von Märtyrern in den Katakomben, später allg. für unterirdische Räume in Kirchen oder Kapellen mit Grabstellen
**kryptisch,** (gr.): geheimnisvoll, unklar, schwer zu deuten
**Kryptogame,** (gr.), weibl., –n: Sporenpflanze (z. B. Pilz, Farn; Bot.)
**kryptogen,** (gr.): von unklarer Entstehung (z. B. von Gesteinen)
**Kryptogramm,** (gr.), sächl., –e: anscheinend harmloser Text mit geheimer Nebenbedeutung
**Kryptographie,** (gr.), weibl., –n: Geheimschrift; codierter Text
**Krypton,** (gr.), sächl., nur Sing.: chem. Element; ein Edelgas (Zeichen: Kr)
**Kryptonym,** (gr.), sächl., –e: im Text oder hinter Abkürzungen versteckter Autorenname
**Kryptorchismus,** (gr.), männl., nur Sing.: das Ausbleiben des Austritts der Hoden aus der Bauchhöhle (Med.)
**Ktenidium,** (gr.), sächl., Ktenidien: Kammkiemen von Weichtieren
**Kuben:** Plur. von Kubus
**kubieren,** (gr.): von einer Zahl die dritte Potenz bilden

**Kubikdezimeter,** (gr.), der oder das, –: zehn Zentimeter hohes, breites und langes Raummaß
**Kubikmeter,** (gr.), der oder das, –: einem Meter langes, hohes und breites Raummaß
**Kubikmillimeter,** (gr.), der oder das, –: einen Millimeter langes, hohes und breites Raummaß
**Kubikzentimeter,** (gr.), der oder das, –: einen Zentimeter langes, hohes und breites Raummaß
**kubisch,** (gr.): würfelförmig; zur dritten Potenz erhoben (Math.)
**Kubismus,** (gr.), männl., nur Sing.: Kunstrichtung zu Beginn des 20. Jh., die stilisierte Räume und geometrisierte Formen bevorzugte
**Kubist,** (gr.), männl., –en: Vertreter des Kubismus
**Kubus,** (gr.), männl., Kuben: Würfel; dritte Potenz
**Kudu,** (afrikan.), männl., –s: afrikan. Antilope
**kujonieren,** (fr.): jmdn. schikanieren, quälen, niederträchtig behandeln
**Ku-Klux-Klan,** (amerik.), männl., nur Sing.: Geheimbund in den USA, der mit terroristischen Methoden gegen die Gleichberechtigung der Schwarzen und anderer Minderheiten kämpft
**Kukumer,** (lat.), weibl., –n: (süddt.) Gurke
**Kulak,** (russ.), männl., –en: Großbauer im kaiserlichen Russland
**kulant,** (lat.): entgegenkommend, gefällig, verbindlich, unbürokratisch
**Kulanz,** (lat.), weibl., nur Sing.: Entgegenkommen, Gefälligkeit, Verbindlichkeit
**Külasse,** (fr.), weibl., –n: Unterseite von Brillanten
**Kuli,** (ind.-engl.), männl., –s: Tagelöhner, Träger, Frondienste leistender, ausgebeuteter Arbeiter
**kulinarisch,** (lat.): feinschmeckerisch; die feine Kochkunst betreffend
**Kulisse,** (fr.), weibl., –n: 1. Dekorationsstück auf der Bühne, Hintergrund, Vortäuschung, 2. Gesamtheit der Personen, die auf eigene Rechnung an der Börse spekulieren, 3. Publikum einer (Sport)Veranstaltung; 4. in der Technik Führungsraum für Maschinenelemente zur Steuerung oder Kraftübertragung
**Kulmination,** (lat.), weibl., –en: Erreichung der größten Höhe, des Gipfelpunktes
**kulminieren,** (lat.): den höchsten Stand, den Höhepunkt erreichen, gipfeln
**Kult,** (lat.), männl., –e: 1. Form der Religionsausübung, Gottesdienst, 2. fast religiöse Verehrung (einer Person), übertriebene Pflege, (umg.) Getue
**kultisch,** (lat.): auf den Kult bezogen, zum Kult gehörend
**Kultivator,** (lat.), männl., ..vatoren: Bodenbearbeitungsgerät mit versetzt angeordneten Zinken, Grubber
**kultivieren,** (lat.): 1. Land urbar machen, bebauen, 2. Pflanzen züchten, veredeln, verfeinern, 3. pflegen (einen Brauch, ein Hobby, eine Marotte)
**kultiviert,** (lat.): gesittet, gebildet, gut gekleidet; vornehm, mit gepflegten Umgangsformen
**Kultur,** (lat.), weibl., –en: 1. die Gesamtheit der geistigen, künstlerischen und sittlichen Traditionen und Errungenschaften einer Gesellschaft, 2. Anbau und Zucht von Pflanzen, Bakteriennährlösung, 3. auf großen Flächen gezogene Pflanzen (Mono-K.), 4. gute Manieren, weltmännisches Auftreten
**kulturell,** (lat.): die Kultur (1) betreffend
**Kultus:** vgl. Kult (1)
**Kultusministerium,** (lat.), sächl., –ministerien: höchste Behörde, die für kulturelle Angelegenheiten und das Bildungswesen zuständig ist
**Kumpan,** (lat.-fr.), männl., –e: (umg.) Kamerad, Begleiter; Mittäter, Spießgeselle

**Kumulation,** (lat.), weibl., –en: 1. Anhäufung, 2. allmähliche Ansammlung (von Schadstoffen) im Körper (Med.)
**kumulativ,** (lat.): anhäufend, häufelnd (z. B. von Stimmen auf einen Kandidaten)
**kumulieren,** (lat.): sich (an)häufen, häufeln, sich steigern, zusammenrechnen
**Kumulonimbus,** (lat.), männl., –se: im oberen Teil vereiste mächtige Haufenwolke, Gewitterwolke
**Kumulus,** (lat.), männl., Kumuli: (Meteorol.) Haufenwolke
**kuneiform,** (lat.): keilförmig, zugespitzt (Med.)
**Kung-Fu,** (chines.), sächl., nur Sing.: Selbstverteidigungskunst
**Kupee,** (fr.), sächl., –s: (eindeutschende Schreibweise für:) Coupé
**Kupido,** (lat.), weibl., nur Sing.: sinnliches Begehren
**kupieren,** (fr. ): abschneiden, kürzen, stutzen (bei Pflanzen, Hunden und Pferden)
**Kupon** (auch: Coupon), [kupon, fr.), männl., –s: 1. (als Beleg dienender) Abschnitt, 2. Zins- oder Dividendenschein bei Wertpapieren
**Kur,** (lat.), weibl., –en: über einen längeren Zeitraum sich erstreckendes Heilverfahren
**kurabel,** (lat.): heilbar
**kurant,** (lat.): gängig; umlaufend (von Münzen)
**Kurant,** (lat.), sächl., –e: (veraltet) Münze, die so viel wert ist wie ihr Nennwert
**Kurare,** (indian.), sächl., nur Sing.: zu tödlichen Lähmungen führendes indianisches Pfeilgift, das niedrig dosiert als Narkosehilfsmittel dient (Med.)
**Kürass,** (fr.), männl., Kürasse: Brustharnisch im Mittelalter
**Kürassier,** (fr. ), männl., –e: gepanzerter Reiter; Ritter mit Kürass
**Kuratel,** (lat.), weibl., –en: 1. (veraltet) Vormundschaft, Pflegschaft, 2. strenge Aufsicht (unter K. stehen)
**kurativ,** (lat.): heilend (Med.)
**Kurator,** (lat.), männl., Kuratoren: 1. (veraltet) Vormund, 2. Verwalter einer Stiftung; Aufsichtsbeamter
**Kuratorium,** (lat.), sächl., Kuratorien: Behörde oder Ausschuss zur Wahrnehmung der Interessen und der Verwaltung einer Stiftung o. Ä.
**Kürettage,** [kürä'ta:sch, fr.), weibl., –n: Ausschabung bzw. Auskratzung des Uterus aus diagnostischen oder therapeutischen Gründen (Med.)
**Kürette,** (fr.), weibl., –n: Instrument zur Durchführung der Kürettage (Med.)
**Kurialen,** (lat.), weibl., Plur.: geistliche und weltliche Beamte der Regierung des Vatikan
**Kurie,** (lat.), weibl., –n: Regierung des Vatikanstaats, päpstliche Oberbehörde
**Kurier,** (fr.), männl., –e: Person, die diplomatische Botschaften überbringt; Eilbote
**kurieren,** (lat.): heilen, von Illusionen befreien
**kurios,** (lat.): merkwürdig, seltsam, komisch; selten
**Kuriosität,** (lat.), weibl., –en: sonderbare Sache, Merkwürdigkeit; Seltenheit
**Kuriosum,** (lat.), sächl., Kuriosa: komisches oder seltenes Ding oder Geschehen
**Kurkuma,** (arab.), weibl., Kurkumen: südasiatisches Ingwer(gewächs), Gelbwurzel, dessen Wurzel Bestandteile des Currygewürzes liefert
**Kuroshio,** (japan.), männl., nur Sing.: starke warme Meeresströmung im Pazifik östlich Japan
**Kurrende,** (lat.), weibl., –n: (früher:) Sängergruppe von Schülern, die gegen kleine Entlohnung geistliche Lieder zu Begräbnissen u. a. vortrug; evang. kirchlicher Jugendchor

**Kurrikulum:** vgl. Currikulum

**Kurs,** (lat.), männl., –e: 1. Fahrt- oder Flugrichtung, (übertr.) Richtung einer Politik u. a., 2. Lehrgang, Kursus, 3. ständig neu ermittelter Wert von Aktien, Devisen und Waren an den Börsen, 4. Rennstrecke

**kursieren,** (lat.): umlaufen, im Umlauf sein, umgehen (von Gerüchten)

**kursiv,** (lat.): schräg laufend (von Druckschriften)

**kursorisch,** (lat.): fortlaufend, rasch durchlaufend; flüchtig, eilig

**Kursus,** (lat.), männl., Kurse: Lehrgang

**Kurtisane,** (fr.), weibl., –n: Hofdame, Geliebte eines Fürsten, große Dame, (abschätzig) Adlige von zweifelhaftem Ruf

**Kurvatur,** (lat.), weibl., –en: Krümmung

**Kurvimeter,** (lat.-gr.), sächl., –: Kurvenmesser; nach Maßstab einstellbarer Entfernungsmesser für Landkarten (Geogr.)

**Kusine,** (fr.), weibl., –n: vgl. Cousine

**Kuskus,** (arab.), männl., nur Sing.: nordafrikanische Speise aus klein geschnittenem gewürztem Hammelfleisch, Gemüse und Grieß in Brühe

**Kustode, Kustos,** (lat.), männl., Kustoden: 1. wissenschaftlicher Abteilungsleiter in Museen, 2. (veraltet) Küster, Kirchendiener

**kutan,** (lat.): die Haut betreffend, zu ihr gehörend

**Kutsche,** (ungar.), weibl., –n: Pferdewagen zur Personenbeförderung

**Kutter,** (engl.), männl., –: (früher) einmastiges Segelboot; Fischereischiff mit Motor

**Küvelage,** [küwe'la:sch, fr.], weibl., –n: mit eisernen Ringen ausgekleideter wasserdichter Schacht

**Kuvert,** [ku'wä:r, fr.], sächl., –s: 1. Briefumschlag, 2. Tafelgedeck für eine Person

**kuvertieren,** (fr.): mit einem Briefumschlag versehen

**Kuvertüre,** (fr. ), weibl., –n: Überzugsmasse aus Kakao, Kakaobutter und Zucker für Feingebäck, Pralinen u. a.

**Küvette,** (fr.), weibl., –n: (veraltet) kleiner eckiger Glasbehälter

**Kux,** (tschech.), männl., –e,: Anteil am Gesamtvermögen einer bergrechtlichen Gewerkschaft sowie der börsenmäßig gehandelte Anteilschein darüber

**Kwass,** (russ.), männl., nur Sing.: gegorenes, schwach säuerliches alkoholarmes russisches Getränk aus Malz, Brot o. Ä.

**kyanisieren:** Holz durch Eintauchen in Quecksilberchlorid imprägnieren

**Kybernetik,** (gr.), weibl., nur Sing.: Lehre von dynamischen biologischen oder technischen Systemen und ihren Regelungs- und Steuerungsmechanismen

**kybernetisch,** (gr.): auf Kybernetik bezogen, sie betreffend

**Kymogramm,** (gr.), sächl., –e: Röntgenbild von sich bewegenden Organen

**Kymographie,** (gr.), weibl., nur Sing.: Darstellungsmethode für sich bewegende Organe auf dem Röntgenschirm

**Kyniker,** (gr.), männl., –: Anhänger einer Philosophenschule im antiken Griechenland, die völlige Bedürfnislosigkeit erstrebte und auf alle Kulturgüter Verzicht leistete

**Kynologie,** (gr.), weibl., nur Sing.: Hundekunde, Lehre von Verhalten, Zucht und Dressur von Hunden

**Kyphose,** (gr.), weibl., –n: Wirbelsäulenverkrümmung nach hinten, Buckel (Med.)

**Kyrie eleison,** (gr.): christlicher liturgischer Bittruf: »Herr, erbarme dich!«

**kyrillische Schrift,** weibl., nur Sing.: kirchenslawisches Alphabet, das in abgewandelter Form bis heute in der

Sowjetunion verwendet wird, benannt nach dem Slawenapostel Kyrillos (9. Jh.)
**Kyrilliza,** die: vgl. kyrillische Schrift

# L

**Labdanum,** (gr.), sächl., nur Sing.: z. B. für Kosmetika verwendete weiche Masse auf Harzbasis
**Label,** ['le:jb(e)l, engl.], sächl., –s: 1. Aufklebeschildchen, Etikett, 2. Schallplattenfirma bzw. Etikett mit dem Schriftzug derselben, 3. Markierung eines Programmbeginns (EDV)
**labial,** (lat.): 1. die Lippen betreffend, zu den Lippen gehörend (Med.), 2. an den Lippen gebildet (bei Lauten; Sprachwiss.)
**Labial,** (lat.), männl., –e: an den Lippen gebildeter Konsonant (z. B. b, p, m; Sprachwiss.)
**Labiallaut,** (lat.-dt.), männl., –e: vgl. Labial
**labil,** (lat.): 1. schwankend, sich leicht verändernd, unsicher, unbeständig, anfällig (Gegens.: stabil), 2. (bei Menschen:) haltlos, unsicher, beeinflussbar (Gegens.: stabil)
**Labilität,** (lat.), weibl., –en: Unbeständigkeit, Anfälligkeit, Beeinflussbarkeit, labile Beschaffenheit, labiles Wesen, (Gegens.: Stabilität)
**labiodental,** (lat.): 1. die Lippen und die Zähne betreffend (Med.), 2. (bei Lauten:) mit gegen die Oberzähne gepresster Unterlippe gebildet (Sprachwiss.)
**Labiodental,** (lat.), männl., –e: Lippenzahnlaut, mit gegen die Oberzähne gepresster Unterlippe gebildeter Konsonant (z. B. f, v, w)
**Labium,** (lat.), sächl., Labien oder Labia: 1. Lippe; Unterlippe; Schamlippe (Med.; Biol.), 2. nach innen gewölbter Rand an Orgelpfeifen
**Labor,** (lat.), sächl., –s oder –e: Arbeitsraum, Versuchs- oder Forschungsstätte für medizinische, biologische, chemische oder physikalische Zwecke
**Laborant,** (lat.), männl., –en: ausgebildete Fachkraft in Labors oder Apotheken
**Laboratorium,** (lat.), sächl., Laboratorien: vgl. Labor
**laborieren,** (lat.): 1. sich mit etwas herumplagen, sich abmühen, 2. während erfolgloser Heilungsversuche an einer Krankheit leiden
**Labrador,** männl., –e: 1. nach der nordamerik. Halbinsel benannter farbiger Schmuckstein, 2. eine Hunderasse
**Labrum,** (lat.), sächl., Labren oder Labra: 1. Lippe (Med.), 2. (bei Gliederfüßern:) Oberlippe
**Labskaus,** (engl.), sächl., nur Sing.: urspr. seemännisches Gericht (aus püriertem Fleisch, Kartoffelbrei, Salzgurken, evtl. Fisch)
**Labyrinth,** (gr.), sächl., –e: 1. Irrgang, Irrgarten, 2. (umg.) Durcheinander, 3. Innenohr (Med.)
**Labyrinthitis,** (gr.), weibl., –thitiden: Entzündung des Labyrinths (3), Innenohrentzündung (Med.)
**lacieren,** [la'ßi:ren; fr.]: (ein)schnüren; mit Zierband durchflechten
**Lack,** (italien.), männl., –e: Lösung aus Harzen und Farbstoffen als Anstrichmittel zum Veredeln oder Schützen von Oberflächen
**lackieren,** (italien.): 1. mit Lackfarbe überziehen, 2. (umg.) jmdn. hereinlegen, anführen
**Lackmus,** (niederl.), männl. oder sächl., nur Sing.: aus einer Flechtenart gewonnener, löslicher, blauer Farbstoff (ein chem. Indikator)

**Lackmuspapier,** (niederl.-dt.), sächl., nur Sing.: mit Lackmuslösung getränkter Papierstreifen als chem. Indikator für Säuren und Laugen

**Lacrimae Christi,** (lat. »Tränen Christi«), männl., – –: von den Hängen des Vesuvs stammender goldgelber Wein

**lacrimoso,** (italien.): tränenreich, klagend, traurig (Mus.)

**Lactat,** (lat.), sächl., –e: Salz der Milchsäure (Chem.)

**Lactose:** vgl. Laktose

**Ladanum:** vgl. Labdanum

**lädieren,** (lat.): verletzen, beschädigen

**Lady,** ['le:(j)di, engl.], weibl., –s: 1. (in England:) Titel der Frau eines Lords, 2. Titel einer adligen Frau in England, 3. Dame, Frau

**ladylike,** ['le:(j)dilaik, engl.]: in der Art einer Lady, damenhaft

**Ladyshave,** ['le:(j)dische:(j)w, engl.]: Rasierapparat für Frauen

**Lafette,** (fr.), weibl., –n: (fahrbares) Gestell für ein Geschützrohr

**Lagan,** ['lä:g(e)n, engl.], sächl., nur Sing.: versenktes Schiffsgut, das zur späteren Auffindung durch eine Boje gekennzeichnet ist

**lagrimoso,** (italien.): vgl. lacrimoso

**Lagting,** (norweg.), sächl., nur Sing.: norweg. Parlament (Oberhaus)

**Lagune,** (italien.), weibl., –n: Meeresteil, der vom offenen Meer durch Sandbänke, Riffe, Landstreifen o. Ä. abgetrennt ist

**Laie,** (gr.), männl., –n: 1. Nichtfachmann, Unkundiger, 2. Nichtgeistlicher, Angehöriger der christlichen Gemeinde, der kein kirchliches Amt bekleidet

**laisieren,** (gr.): (in der kathol. Kirche:) einen Geistlichen in den Laienstand zurückführen

**Laisser-aller,** [läße:a'le:, fr.]: vgl. Laisser-faire

**Laisser-faire,** [läße:'fä:r, fr.], sächl., nur Sing.: Ungezwungenheit, Ungebundenheit; das Treibenlassen; Zügellosigkeit

**Laissez-aller,** [läße:a'le:, fr.]: vgl. Laissez-faire

**Laissez-faire,** [läße:'fä:r, fr. »Lasst sie machen!«], sächl., nur Sing.: 1. (als Wirtschaftspolitik insbes. im 19. Jh.) das Treibenlassen der Wirtschaft, die Nichteinmischung des Staates in die Wirtschaft, 2. (als Erziehungsstil:) das Gewährenlassen (Gegens.: autoritäre Erziehung)

**Laizismus,** (gr.), männl., nur Sing.: weltanschauliche Richtung und deren Politik, die eine deutliche Trennung von Kirche und Staat fordert

**Lakai,** (fr.), männl., –en: 1. (ehemals Bez. für:) herrschaftlicher oder fürstlicher Diener, 2. (übertr.) unterwürfiger Mensch, willfähriger Mitläufer, Kriecher

**lakonisch,** (gr.): kurz und bündig, knapp

**Lakonismus,** (gr.), männl., Lakonismen: knappe, kurze und bündige Ausdrucksweise

**Lakritz,** (gr.), männl. oder sächl. –e: vgl. Lakritze

**Lakritze,** (gr.), weibl., –n: schwarze Masse aus dem eingedickten Saft der Süßholzwurzel (zur Herstellung von Süßwaren)

**Laktalbumin,** (lat.), sächl., –e: in Milch enthaltener Eiweißstoff

**Laktat:** vgl. Lactat

**Laktation,** (lat.), weibl., –en: Milchabsonderung der Brustdrüsen; das Stillen; die Zeit des Stillens (Biol.; Med.)

**laktieren,** (lat.): Milch absondern; stillen, säugen (Biol.; Med.)

**Laktose,** (lat.), weibl., nur Sing.: in Säugetier- und Muttermilch enthaltener Milchzucker

**Laktosurie,** (lat.), weibl., –n: Vorkommen von Milchzucker im Harn (Med.)
**Lakune,** (lat.), weibl., –n: 1. Lücke (in einem Text; Sprachwiss.), 2. Erweiterung, Vertiefung, Spalte, Hohlraum (Med.)
**Lalopathie,** (gr.), weibl., –n: Sprachstörung (Med.)
**Lama,** (span.), sächl., –s: kleines höckerloses Kamel Südamerikas, Tragtier
**Lama,** (tibetan.), männl., –s: buddhistischer Priester oder Mönch in Tibet
**Lamaismus,** (tibetan.), männl., nur Sing.: Form des Buddhismus in Tibet
**Lamäng,** (fr.), männl., nur Sing.: (umg.) Hand; (meist in der Wendung »aus der L.«: aus der Hand, unvorbereitet)
**Lamantin,** (indian.-fr.), männl., –e: Seekuh im tropischen Amerika
**Lambada,** (portug.), männl. oder weibl., –s: Modetanz aus Brasilien mit rhythmischen Hüftbewegungen
**Lambda,** (gr.), sächl., –s: elfter Buchstabe im gr. Alphabet
**Lambitus,** (lat.), männl., nur Sing.: (gegenseitiges) Liebkosen der Genitalien
**Lambris,** [lan'bri:, fr.], männl., – [lan'bri:ß]: Holz-, Marmor- oder Stuckverkleidung der unteren Zimmerwand
**Lambrusco,** (italien.), männl., nur Sing.: süßer, etwas schäumender italien. Rotwein
**Lambskin,** ['lä.mßkin, engl.], sächl., –s: plüschähnliche Lammfellimitation
**Lambswool,** ['lä.mßwu:l, engl.], weibl., nur Sing.: Lammwolle
**lamé** (auch: lamee), (fr.): aus Lamé
**Lamé** (auch: Lamee), (fr.), männl., –s: Sammelbez. für Gewebe, die mit Metallfäden durchwirkt sind
**Lamelle,** (fr. ), weibl., –n: 1. dünnes Blättchen, dünne Scheibe, schmale Platte, 2. eines von zahlreichen Blättchen an der Hutunterseite von Blätterpilzen, die als Sporenträger der Fortpflanzung dienen, 3. Glied eines Heizkörpers
**lamellös,** (lat.): lamellenartig, aus Lamellen bestehend (Biol.)
**lamentabel,** (lat.): beklagenswert, jämmerlich
**Lamentation,** (lat.), weibl., –en: Wehklagen, Gejammer; Klagelied
**lamentieren,** (lat.): (umg. für:) jammern, klagen, wehklagen
**Lamento,** (italien.), sächl., –s: 1. Wehklage, Gejammer, 2. Klagelied (Mus.)
**lamentoso,** (italien.): klagend (Mus.)
**Lametta,** (italien.), sächl., nur Sing.: 1. lange, dünne, schmale und glitzernde Metallstreifen (u. a. als Christbaumschmuck), 2. (abschätzig für:) Ordensschmuck, Uniformdekorationen
**Lamina,** (gr.), weibl., –minae: 1. dünne plattenförmige Gewebsschicht (Biol.), 2. innere und äußere Platte des Schädeldaches (Biol.), 3. die Blattfläche (Bot.)
**laminar,** (lat.): in parallelen Schichten gleichmäßig gleitend
**laminieren,** (lat.): 1. Spinnmaterial strecken, um die Fasern längs auszurichten, 2. ein Buch mit durchsichtiger Folie überziehen
**Lampas,** (fr.), männl., –: schweres, gemustertes Damastgewebe als Möbelüberzug
**Lampassen,** (fr.), weibl., Plur.: breite Streifen an Hosen (insbes. von Uniformen)
**Lamperie:** vgl. Lambrie
**Lampion,** [lampiong, fr.], männl. oder sächl., –s: Laterne aus farbigem Papier
**Lamprete,** (lat.), weibl., –n: Neunauge (zu den Rundmäulern zählender Fisch, der sowohl in Salzwasser- als auch in Süßwassergewässern auftritt)
**Län,** (schwed.), sächl., –: Regierungsbezirk in Schweden
**Lançade,** [lan'ßa:d(e), fr.], weibl., –n: Bogensprung des Pferdes mit erhobener Vorhand (in der Hohen Schule des Reitens)

**lancieren,** [lan'ßi:ren, fr.]: 1. jmdn. oder etwas auf geschickte Weise in eine günstige Stellung bringen, 2. etwas auf unüblichen Wegen an die Öffentlichkeit bringen

**Landrover,** ['lä.ndro(u)w(e)r, engl.], männl., –: allradangetriebener geländegängiger Personenwagen

**languendo, languente,** (italien.): schmachtend (Mus.)

**Languste,** (fr.), weibl., –n: scherenloser Speisekrebs mit stachligem Körper

**Lanolin,** (lat.), sächl., nur Sing.: Gemisch aus Schaffwollfett, Paraffin und Wasser als Grundlage für Salben, Rostschutzmittel, u. a.

**Lanthan,** (gr.), sächl., nur Sing.: chem. Element, Metall (Zeichen: La)

**Lanugo,** (lat.), weibl., Lanugines: Haarkleid des Fetus in den letzten Schwangerschaftsmonaten, das kurz vor oder nach der Geburt verlorengeht (Med.)

**Lanzette,** (fr.), weibl., –n: kleines zweischneidiges Operationsmesser (Med.)

**La Ola,** (span. »die Welle«), weibl., – –s: durch Aufspringen und Setzen des Publikums um ein Stadion schwappende Welle der Begeisterung (insbes. bei Fußballspielen)

**Laparoskop,** (gr.), sächl., –e: optisches Instrument zur Untersuchung der Bauchhöhle (Med.)

**Laparoskopie,** (gr.), weibl., –n: Bauchspiegelung mit einem Laparoskop (Med.)

**Laparotomie,** (gr.), weibl., –n: operative Eröffnung der Bauchhöhle (Med.)

**Laparozele,** (gr.), weibl., –n: Bauchwandbruch, das Hervortreten von Eingeweiden aus der Bauchhöhle (Med.)

**lapidar,** (lat.): 1. wuchtig, kraftvoll, 2. knapp, kurz und bündig

**Lapidarium,** (lat.), sächl., –darien: Steinsammlung; Sammlung von Steindenkmälern und Steininschriften

**Lapis,** (lat.), männl., lapides: (lat. Bez. für:) Stein

**Lapislazuli,** (lat.-arab.), männl., –: Edelstein von tiefblauer Farbe

**Lappalie,** (dt.-lat.), –n: (abschätzig für:) unbedeutendes Ereignis, Belanglosigkeit, geringfügige Verletzung

**Lapsus,** (lat.), männl., Lapsus: Fehler, Versehen, Fehlleistung, Schnitzer

**Lapsus Linguae:** Sprechfehler, das Sichversprechen

**Lapsus Memoriae:** Erinnerungslücke, Gedächtnisfehler

**Laptop,** ['läpto.p, engl.], männl., –s: tragbarer, befristet netzunabhängiger Computer

**larghetto,** (italien.): etwas getragen, etwas breit (Mus.)

**largo,** (italien.): sehr getragen, breit und langsam (Mus)

**Largo,** (italien. ), sächl., –s: sehr getragen zu spielendes Musikstück im langsamsten Zeitmaß

**Larifari,** (italien.), sächl., –s: (umg. abschätzig für:) Unsinn, Gerede, Geschwätz

**larmoyant,** [larmoa'ja.nt, fr.]: weinerlich; rührselig

**Larmoyanz,** (fr.), weibl., nur Sing.: Weinerlichkeit; Rührseligkeit

**L'art pour l'art,** ['la:r 'pu:r 'la:r, fr.: »Kunst für die Kunst«]: Schlagwort für eine Kunstauffassung, nach der die Kunst reiner Selbstzweck sei

**larval,** (lat.): zur Larve gehörig; im Stadium einer Larve

**Larve,** (lat.), weibl., –n: 1. das Gesicht teilweise oder ganz verbergende Maske, 2. Gespenst, Spukgestalt, 3. Jugendform vieler Tiere (meist mit anderer Gestalt und Lebensweise als das entwickelte Tier; Zool.)

**Laryngal,** (gr.), männl., –e: Kehlkopflaut, im Kehlkopf gebildeter Laut (Sprachwiss.)

**Laryngitis,** (gr.), weibl., –gitiden: Kehlkopfentzündung (Med.)
**Laryngoskop,** (gr.), sächl., –e: Kehlkopfspiegel (Med.)
**Laryngoskopie,** (gr.), weibl., –n: Spiegelung des Kehlkopfes (Med.)
**Larynx,** (gr.), männl., Laryngen: Kehlkopf (Med.)
**Larynxkarzinom,** (gr.), sächl., –e: Kehlkopfkrebs (Med.)
**Lasagne,** [la'ßanje, italien.], Plur.: italien. Gericht mit breiten Nudeln
**Laser,** ['lejs(e)r, engl., Kurzw. aus: **l**ight **a**mplification by **s**timulated **e**mission of **r**adiation], männl., –: Gerät zur Verstärkung und Bündelung von Licht einer bestimmten Wellenlänge durch angeregte Strahlungsemission
**lasieren,** (lat.): (ein Bild) mit durchsichtiger Farbe übermalen; mit durchsichtigem Lack überziehen
**Läsion,** (lat.), weibl., –en: Verletzung oder Störung einer Organfunktion (Med.)
**Lasso,** (span. »Schlinge«), sächl., –s: Wurfschlinge (insbes. zum Tierfang)
**Lastex,** (Kunstw.), sächl., nur Sing.: elastisches Gewebe aus mit Kunstseide umsponnenen Gummifäden
**last, (but) not least,** ['la:ßt, ('ba.t) 'no.t 'li:ßt, engl. »zwar als letzter, (aber) nicht als Geringster«]: in der Reihenfolge zwar zuletzt, aber nicht in der Rangfolge der Wichtigkeit
**Lasur,** (lat.), weibl., –en: durchsichtige Farb- oder Lackschicht; Anstrich mit durchsichtiger Lackfarbe
**lasziv,** (lat. »zügellos, geil«): schlüpfrig, anstößig, Erotisches lüstern andeutend
**Laszivität,** (lat.), weibl., –en: 1. laszive Verhalten, Schlüpfrigkeit, 2. laszive Äußerung
**Lätare,** (lat.): kirchlicher Name des vierten Sonntags der Passionszeit
**Lateinamerika,** sächl., nur Sing.: zusammenfassende Bez. für die Staaten Mittel- und Südamerikas, in denen eine aus dem Lateinischen entstandene Sprache (Spanisch oder Portugiesisch) gesprochen wird
**La-Tène-Kultur,** weibl., nur Sing.: nach dem Fundort La Tène in der Westschweiz benannte Kulturepoche der mitteleuropäischen Eisenzeit
**latent,** (lat.): 1. versteckt, verborgen; vorhanden, aber nicht in Erscheinung tretend, 2. nicht gleich erkennbar, ohne typische Symptome vorhanden (Med.)
**Latenz,** (lat.), weibl., nur Sing.: 1. das Verborgensein, Verborgenheit, 2. unbemerktes Vorhandensein bzw. zeitweiliges Schlummern, von Krankheiten (Med.)
**Latenzperiode,** (lat.-gr.), weibl., –n: Phase der psychischen Entwicklung des Menschen, die etwa zwischen 6. und 10. Lebensjahr stattfindet und in der die sexuelle Entwicklung vorübergehend ruht
**Latenzzeit,** (lat.-dt.), weibl., –en: vgl. Inkubationszeit
**lateral,** (lat.): 1. seitlich, an der Seite gelegen, 2. den von der Mittellinie eines Organs abgewandten Bereich eines Organs betreffend (Med.)
**Lateran,** (lat.), männl., nur Sing.: nach der ehemaligen römischen Besitzerfamilie der Laterani benannter früherer päpstlicher Palast in Rom
**Laterankonzil,** (lat.), sächl., –konzilien: (im Mittelalter:) eines der fünf im Lateran abgehaltenen Konzilien
**Laterna magica,** (lat. »Zauberlaterne«), weibl., –e –e: im 17. Jh. erfundener erster Projektionsapparat für Diapositive
**Laterne,** (lat.), weibl., –n: 1. durch ein Gehäuse geschützte Lichtquelle, 2. Aufbau auf Kuppeln als Lichtdurchlass
**Latex,** (gr.-lat.), männl., Latizes: Milchsaft tropischer Pflanzen, aus

dem Kautschuk, Klebstoff u. a. hergestellt wird

**Latifundium,** (lat.), sächl., –fundien: 1. Großgrundbesitz im alten Rom, 2. großer Land- oder Waldbesitz

**latinisieren,** (lat.): den lateinischen Sprachformen angleichen

**Latinismus,** (lat.), männl., Latinismen: in anderen Sprachen auftretende Eigentümlichkeit der lateinischen Sprache; dem Latein nachgebildete Ausdrucksform in anderen Sprachen

**Latinität,** (lat.), weibl., nur Sing.: klassische, mustergültige lateinische Schreibweise

**Latinlover** (auch: Latin Lover), ['lä.tinla.ve(r), engl.], männl., –s: temperamentvoller südländischer Liebhaber

**Latinum,** (lat.), sächl., nur Sing.: Kenntnisstand in der lateinischen Sprache (durch eine Prüfung oder eine mehrjährige erfolgreiche Teilnahme am Lateinunterricht nachzuweisen)

**Latrine,** (lat.), weibl., –n: behelfsmäßige Toilette, Abort; Senkgrube

**Latrinenparole,** (lat.), weibl., –n: (umg.) Gerücht

**Laudatio,** (lat.), weibl., Laudationes: in feierlichem Rahmen vorgetragene Lobrede (z. B. anlässlich einer Preisverleihung)

**Laureat,** (lat. »ein Lorbeergekrönter«), männl., –en: mit einer Auszeichnung geehrter Künstler oder Wissenschaftler; Preisträger; (histor.) mit dem Lorbeerkranz ausgezeichneter Dichter

**Lava,** (italien.), weibl., Laven: bei Vulkanausbrüchen ausfließende hochtemperierte Gesteinschmelze; das Gestein, das nach Erstarrung aus der Schmelze hervorgeht (Geol.)

**Lavabel,** (fr.), männl., nur Sing.: sehr feines, abwaschbares Seiden- oder Kunstseidengewebe

**Lavabo,** (lat. »ich werde waschen«), sächl., –s: 1. Handwaschung des Priesters während der Messe, 2. das vom Priester dazu _verwendete Waschbecken, 3. Waschraum, Toilette

**Lavendel,** (italien.), männl., –: Lippenblütlerstrauch, aus deren blauen Blüten u. a. wohlriechendes ätherisches Öl gewonnen wird

**lavieren,** (lat.): 1. aufgetragene Farbe mit einem wässrigen Pinsel verwischen, 2. eine Zeichnung antuschen oder schattieren

**lavieren,** (niederl.): 1. geschickt vorgehen, taktisch raffiniert handeln, 2. (abschätzig:) ohne festen Standpunkt argumentieren, sich durchwinden, 3. mit einem Segelfahrzeug (im Zickzackkurs) kreuzen

**Lavoir,** [lawo'a:r, fr.], sächl., –s: (veraltet) Waschbecken, Waschschüssel

**Law and order,** ['lo: (e)nd 'o:d(e)r, engl. »Gesetz und Ordnung«]: Schlagwort für eine Politik, die zur Bekämpfung der Kriminalität härteste Maßnahmen empfiehlt, ohne dabei an die Folgen für das Gemeinwesen zu denken

**Lawine,** (lat.), weibl., –n: 1. herabstürzende Schnee-, Eis- oder Steinmasse, 2. (übertr.) eine Häufung von Ereignissen innerhalb kurzer Zeit

**Lawntennis,** ['lo:nte.nis, engl.], sächl., nur Sing: Tennis auf Rasen (wie z. B. in Wimbledon)

**lax,** (lat.): nachlässig, nachgiebig, ohne feste Grundsätze

**Laxans,** (lat.), sächl., Laxanzien: Abführmittel (Med.)

**Laxativ,** (lat.), sächl., –e: vgl. Laxans

**Laxativum,** (lat.), sächl., –tiva: vgl. Laxans

**laxieren,** (lat.): abführen (Med.)

**Lay-out** (auch: Layout), ['le:jaut oder le:j'aut, engl.], sächl., –s: 1. die Text- und Bildgestaltung einer Zeitschrift, eines Buches oder einer Seite, 2. der Entwurf für ein Lay-out (1)

**Layouter,** [le:j'aut(e)r, engl.], männl., –: Grafiker, der ein Lay-out gestaltet

**Lazarett,** (italien.), sächl., –s: Militärkrankenhaus; Hospital für verwundete Soldaten

**Lazarus,** (lat.), männl., –se: (umg.) leidender Mensch, Kranker (nach der gleichnamigen biblischen Gestalt)

**Lazeration,** (lat.), weibl., –en: Zerreißung, Einriss (Med.)

**LCD-Monitor,** (Kurzw. aus engl. liquid crystal display), männl., –e(n): Bildschirm auf Flüssigkristallbasis (z. B. in Notebooks)

**Lead,** ['li:d, engl.], sächl., nur Sing.: 1. Führungsstimme (in einer Band, in einem Jazzensemble), 2. Beginn, Einleitung (z. B. einer Rede)

**Leader,** ['li:d(e)r, engl.], männl., –: 1. vgl. Bandleader, 2. Sportler, der bei einem Wettkampf in Führung liegt

**leasen,** ['li:s(e)n, engl.]: mieten im Leasingverfahren

**Leasing,** ['li:sing, engl.], sächl., –s: Vermietung von langlebigen Investitionsgütern (z. B. Industrieanlagen, Kraftfahrzeuge, Fernseher o. Ä.) mit der Klausel, dass die Mietzahlungen bei einem eventuellen späteren Kauf auf den Kaufpreis angerechnet werden können

**Lecithin:** vgl. Lezithin

**legal,** (lat.): gesetzlich (erlaubt) (Gegens.: illegal)

**Legalisation,** (lat.), weibl., –en: amtliche Bestätigung, amtliche Beglaubigung (von Urkunden)

**legalisieren,** (lat.): 1. amtlich bestätigen, amtlich beglaubigen, 2. etwas legal machen

**Legalismus,** (lat.), männl., nur Sing.: striktes Festhalten an Gesetzen, sture Gesetzestreue

**Legalität,** (lat.), weibl., nur Sing.: Gesetzlichkeit; Gesetzmäßigkeit (Gegens.: Illegalität)

**Legalitätsprinzip,** (lat.), sächl., nur Sing.: grundsätzliche Verpflichtung der Staatsanwaltschaft, jede Straftat zu verfolgen

**Legasthenie,** (lat.-gr.), weibl., –n: bei Kindern trotz normaler Intelligenz auftretende Lese- und Rechtschreibschwäche (Psychol.; Abk. LRS)

**Legastheniker,** (lat.-gr.), männl., –: Kind, das an Legasthenie leidet (Psychol.)

**Legat,** (lat.), männl., –en: 1. (histor.) Gesandter im alten Rom; Unterfeldherr röm. Kaiser, 2. päpstlicher Gesandter

**Legat,** (lat.), sächl., –e: Vermächtnis

**Legatar,** (lat.), männl., –e: jmd., der mit einem Vermächtnis bedacht worden ist

**Legation,** (lat.), weibl., –en: (päpstliche) Gesandtschaft

**legato,** (italien.): gebunden zu spielen (Mus.; Gegens.: staccato)

**lege artis,** (lat.): kunstgerecht, nach den Regeln der Kunst

**Legendar,** (lat.), sächl., –e: Legendenbuch; Sammlung von Heiligenlegenden

**legendär,** (lat.): 1. legendenhaft, sagenhaft, 2. (übertr.) unwahrscheinlich, unglaublich

**Legende,** (lat.), weibl., –n: 1. christliche Heiligenerzählung, 2. sagenhafte Geschichte, Erzählung eines historisch nicht belegten, lange zurückliegenden Ereignisses, 3. Text, der Zeichen, Einfärbungen o. Ä. auf Landkarten oder Abbildungen erläutert

**leger,** [le'schä:r, fr.]: (in Bezug auf Kleidung:) ungezwungen, lässig, bequem; (in Bezug auf Verhaltensweisen:) zwanglos, lässig; nachlässig

**Leggings, Leggins,** (engl.), weibl., Plur.: 1. lederne Beinbekleidung bei den nordamerikanischen Indianern, 2. (als modische Damenbekleidung:) eng anliegende knöchellange Hosen aus elastischem Trikotstoff

**legieren,** (lat.): 1. ein Metall mit anderen Metallen einschmelzen und vermischen, 2. Suppen oder Soßen mit Eigelb anrühren

**Legierung,** (lat.), weibl., –en: Mischmetall, das durch Legieren (1) hergestellt wurde

**Legion,** (lat.), weibl., –en: 1. (histor.) Heereseinheit im alten Rom, 2. Söldnertruppe, 3. riesige Anzahl, sehr große Menge

**Legionär,** (lat.), männl., –e: Angehöriger einer Legion; Söldner

**legislativ,** (lat.): gesetzgebend

**Legislative,** (lat.), weibl., –n: Gesetzgebung; gesetzgebende Gewalt (im demokratisch verfassten Staat: das Parlament); gesetzgebende Versammlung

**legislatorisch,** (lat.): gesetzgeberisch

**Legislatur,** (lat.), weibl., –en: 1. Gesetzgebung, 2. ehemals Bez. für:) gesetzgebende Versammlung

**Legislaturperiode,** (lat.-gr.), weibl., –n: Amtszeit einer gesetzgebenden Volksvertretung, Wahlperiode (in der Bundesrepublik der Zeitraum von einer Bundestagswahl bis zur nächsten)

**legitim,** (lat.): 1. gesetzlich anerkannt, rechtmäßig (Gegens.: illegitim), 2. (in Bezug auf Kinder:) in der Ehe geboren, ehelich (Gegens.: illegitim), 3. vertretbar, erlaubt

**Legitimation,** (lat.), weibl., –en: 1. Beglaubigung, Echtheitserklärung, Berechtigungsschreiben, Ausweis, 2. Befugnis, Erlaubnis, 3. (in Bezug auf Kinder:) Ehelichkeitserklärung

**legitimieren,** (lat.): 1. beglaubigen, 2. berechtigen, bevollmächtigen, 3. für gesetzmäßig, rechtmäßig oder ehelich erklären, 4. sich l.: sich ausweisen

**Legitimität,** (lat.), weibl., nur Sing.: Rechtmäßigkeit, Gesetzmäßigkeit

**Leguan,** (indian.-span.), männl., –e: auf Bäumen lebendes Reptil mit gezacktem Rückenkamm im tropischen Amerika

**Legumen,** (lat.), sächl., –: Frucht der Hülsenfrüchtler

**Leguminosen,** (lat.), weibl., Plur.: Hülsenfrüchtler (z. B. Erbsen, Linsen, Bohnen)

**Legwarmer,** ['le.kworme(r), engl.], männl., –s: warmer langer (Woll-) Strumpf ohne Fuß

**Lek,** (alban.), männl., –: albanische Währungseinheit

**Lektion,** (lat.), weibl., –en: 1. Lehr-, Unterrichtsstunde, 2. Lesung (aus der Bibel im christl. Gottesdienst), 3. Aufgabe, Lernabschnitt (in einem Lehrbuch), 4. Zurechtweisung

**Lektor,** (lat. »Leser«), männl., Lektoren: 1. Lehrkraft für praktische Sprachübungen an Hochschulen, 2. Verlagsangestellter, der u. a. Manuskripte prüft und evtl. bearbeitet, 3. Laie als Vertreter des Pfarrers im evangelischen Gottesdienst

**Lektorat,** (lat.), sächl., –e: 1. Amt, Aufgabenbereich eines Lektors, 2. Verlagsabteilung, in der u. a. eingegangene Manuskripte geprüft und evtl. bearbeitet werden

**lektorieren,** (lat.): als Lektor Manuskripte prüfen und evtl. bearbeiten

**Lektüre,** (lat.-fr.), weibl., –n: 1. (ohne Plur.) das Lesen, 2. Lesestoff

**Lemma,** (gr.), sächl., –ta: 1. für die weitere Beweisführung erforderlicher Hilfssatz (Math.; Philos.), 2. Stichwort in einem Nachschlagewerk

**Lemming,** (dän.), männl., –e: in nördlichen Breitengraden lebende Wühlmaus

**Lemur,** (lat.), männl., –en: 1. katzengroßer nachtaktiver Halbaffe (Zool.), 2. (in der röm. Mythologie:) Geist eines Verstorbenen, Gespenst

**Leninismus,** männl., nur Sing.: als Weiterentwicklung des Marxismus gedachte Theorien Lenins (1870 – 1924)

**Leninist,**, männl., –en: Anhänger des Leninismus
**Lenis,** (lat.), weibl., Lenes: stimmhafter, mit schwachem Druck gebildeter Laut (z. B. b, w; Sprachwiss.)
**lentikular,** (lat.): linsenförmig; die Augenlinse betreffend (Med.)
**lentikulär,** (lat.): vgl. lentikular
**lento,** (italien.): langsam, gedehnt (Mus.)
**Leoniden,** (lat.), weibl., nur Plur.: Mitte November regelmäßig wiederauftretender Sternschnuppenschwarm (Astron.)
**Leopard,** (lat.), männl., –en: in Asien und Afrika lebende Großkatze mit schwarzen Flecken auf gelblichem Fell
**Leporello,** sächl., –s: vgl. Leporelloalbum
**Leporelloalbum,** sächl., –alben: nach einer Gestalt aus einer Mozartoper benanntes, ziehharmonikaartig zusammenfaltbares, ungebundenes Buch, das aufgeklappt eine Reihe von Bild- oder Textseiten ergibt
**Lepra,** (gr.), weibl., nur Sing.: bakterielle Hautkrankheit, Aussatz (Med.)
**Leprom,** (gr.), sächl., –e: Lepraknoten (Med.)
**Lepton,** (gr.), sächl., Lepta: (im antiken Griechenland:) eine Gewichtseinheit, 2. (im antiken und im heutigen Griechenland:) eine Münzeinheit (der einhundertste Teil einer Drachme)
**Lepton,** (gr.), sächl., Leptonen: Elementarteilchen, dessen Masse geringer ist als die eines Protons (Phys.)
**leptosom,** (gr.): schmal und schlank gewachsen, schmächtig (Med.)
**Leptosome,** (gr.), männl. und weibl., –n: Mensch von schmalem und schlankem Körperbau (Med.)
**Lesbe,** weibl., –n: (umg.) Lesbierin
**Lesbierin,** (nach der gr. Insel Lesbos), weibl., –nen: homosexuelle Frau
**lesbisch,** (nach der gr. Insel Lesbos): (bei Frauen:) homosexuell, gleichgeschlechtlich empfindend
**letal,** (lat.): zum Tode führend, tödlich (Med.)
**Letalität,** (lat.), weibl., nur Sing.: Anteil der Verstorbenen im Verhältnis zur Zahl der Erkrankten als Maß für die Tödlichkeit einer bestimmten Krankheit (Med.)
**Lethargie,** (gr.), weibl., nur Sing.: 1. andauernde Untätigkeit, Trägheit, Teilnahmslosigkeit, Gleichgültigkeit, 2. krankheitsbedingte Schläfrigkeit; anhaltende Bewusstlosigkeit
**lethargisch,** (gr.): 1. andauernd untätig, träge, teilnahms- und interesselos, gleichgültig, 2. an Lethargie (2) leidend (Med.)
**Lethe,** (nach dem Strom in der Unterwelt der gr. Mythologie), weibl., nur Sing.: Vergessenheitstrank; das Vergessen
**Letscho,** sächl., –s: aus Ungarn stammendes Gemüsegericht u. a. aus Zwiebeln, grünen Paprika und Tomaten
**Letter,** (lat.), weibl., –n: Druckbuchstabe
**Leukämie,** (gr.), weibl., –n: Blutkrebs; krankhafte Vermehrung der weißen Blutkörperchen (Med.)
**leukämisch,** (gr.): an Leukämie erkrankt (Med.)
**Leukoblasten,** (gr.), weibl., Plur.: weiße Blutkörperchen bildende Zellen im Knochenmark (Med.)
**Leukom,** (gr.), sächl., –e: weiße Narbe eines Geschwürs auf der Hornhaut des Auges (Med.)
**Leukoplast,** (gr.), männl., –en: farbloser, meist Stärke bildender Bestandteil der Pflanzenzelle
**Leukoplast,** (Wz.), sächl., –e: Heftpflaster
**Leukorrhö,** (gr.), weibl., –en: weißlicher Ausfluss aus der Scheide (Med.)
**Leukozyt,** (gr.), männl., –en: weißes Blutkörperchen (Med.)
**Leukozytose,** (gr.), weibl., –n: Vermehrung der weißen Blutkörperchen (als

Abwehrreaktion des Körpers gegen infektiöse und entzündliche Erkrankungen; Med.)

**Leutnant,** (fr. ), männl., –s: 1. unterster Offiziersdienstgrad, 2. Offizier in diesem Rang (Abk. Lt.)

**Levade,** (fr.), weibl., –n: (in der Hohen Schule des Dressurreitens:) das Sichaufrichten des Pferdes auf die Hinterbeine

**Levante,** (italien.), weibl., nur Sing.: Bez. für die Länder des Mittelmeerraumes östlich von Italien

**Levantine,** (italien.), weibl., nur Sing.: dichtes Gewebe aus Chemiefasern

**Levantiner,** (italien.), männl., –: Bewohner eines Landes der Levante

**Level,** ['lä.w(e)l, engl.], männl., –s: Niveau, Ebene; Leistungsstand, Stufe

**Leviathan,** (hebr.), männl., –e: 1. (in der orientalischen Mythologie, im Alten Testament:) Meerungeheuer, Drachen, 2. Maschine zum Entfetten und Waschen von Rohwolle

**Levit,** (hebr.), männl., –en: (im Alten Testament:) nach dem Stamm Levi benannter Tempel- und Priesterdiener (jmdm. die Leviten lesen: jmdm. ernste Vorhaltungen machen, jmdn. zurechtweisen)

**Levitation,** (lat.), weibl., –en: (in Legenden, in okkulten Zusammenhängen:) Schweben eines Körpers im Raum durch angebliche Aufhebung der Schwerkraft

**Levkoie, Levkoje,** (gr.), weibl., –n: Gartenpflanze mit wohlriechenden, leuchtenden Blüten, die zur Gattung der Kreuzblütler gehört

**Lex,** (lat.), weibl., Leges: Gesetz, Gesetzesantrag, Ausnahmegesetz (oft benannt nach dem Namen des Antragstellers oder des Betroffenen, z. B. Lex Springer: Ausnahmegesetz zur Verhinderung der Pressekonzentration)

**Lexem,** (gr.), sächl., –e: 1. lexikalische Einheit, inhaltlicher Bestandteil eines Lexikons, 2. Bedeutung tragende Wortschatzeinheit (z. B. »lieb« in »lieben«, »liebte« oder »geliebt«)

**Lexik,** (gr.), weibl., nur Sing.: Wortschatz einer Sprache

**lexikalisch,** (gr.): zum Lexikon gehörig; in der Art eines Lexikons; den Wortschatz betreffend

**Lexikograph** (auch: Lexikograf), (gr.), männl., –en: Verfasser eines Wörterbuches

**Lexikologie,** (gr.), weibl., nur Sing.: Teilgebiet der Sprachwissenschaft, das den Wortschatz einer Sprache untersucht

**Lexikon,** (gr.), sächl., Lexika oder Lexiken: alphabetisch geordnetes Nachschlagewerk; Wörterbuch

**Lezithin,** (gr.), sächl., –e: in allen lebenden Zellen enthaltene Verbindung, die u. a. aus Fettsäure, Phosphorsäure und Glyzerin besteht (in der Nahrungs- und Futtermittelindustrie als Stärkungsmittel verwendet)

**L'hombre,** ['lonbr(e), fr.]: vgl. Lomber

**Liaison,** [liä'son, fr.], weibl., –s: enge Bindung; Liebesverbindung, Liebschaft

**Liane,** (fr.), weibl., –n: an einer Stütze emporkletternde typische Pflanze der tropischen Regenwälder

**Lias,** (fr.), männl. oder weibl., nur Sing.: untere Abteilung des Juras, Zeitabschnitt im Erdmittelalter (Geol.)

**liassisch,** (fr.): zum Lias gehörend, aus dem Lias stammend (Geol.)

**Libelle,** (lat. »kleine Waage«), weibl., –n: 1. räuberisches Insekt mit langem, schlankem Körper, großen Facettenaugen und vier Flügeln, 2. Glasröhrchen z. B. an der Wasserwaage, das bis auf eine Luftblase mit einer Flüssigkeit gefüllt ist, 3. eine Haarspange

**liberal,** (lat.): 1. freiheitlich, freisinnig, freizügig (Gegens.: illiberal), 2. im Sinne des Liberalismus, 3. nach allen Seiten offen

**liberalisieren,** (lat.): 1. freier gestalten; insbes. von staatl. Einschränkungen freimachen, Reglementierung abbauen, 2. Einfuhrbeschränkungen im Außenhandel abbauen
**Liberalismus,** (lat.), männl., nur Sing.: 1. Weltanschauung und Lebensform, die die freie Entfaltung der Persönlichkeit zu ermöglichen sucht, 2. Gesellschafts- und Wirtschaftspolitik, die staatliche Einschränkung abbauen und unternehmerische Entfaltungsmöglichkeiten vergrößern will
**Liberalist,** (lat.), männl., –en: Anhänger des Liberalismus
**Liberalität,** (lat.), weibl., nur Sing.: Freiheitlichkeit, freiheitliche Gesinnung; Großzügigkeit; Vorurteilslosigkeit (Gegens.: Illiberalität)
**Libero,** (italien.), männl., –s: (beim Fußball) »freier« Mann, Verteidiger ohne direkten Gegenspieler, dessen Aufgabe es ist, die Abwehr zu organisieren und das Angriffsspiel aufzubauen
**libertär,** (fr.): übertrieben freizügig; anarchistisch
**Libertät,** (fr.), weibl., –e: 1. Freiheit, 2. (histor.) ständische Freiheit (der Landesfürsten gegenüber dem Kaiser)
**Liberté,** (fr.), weibl., nur Sing.: Freiheit (eines der drei Schlagworte der Französischen Revolution: Liberté, Égalité, Fraternité)
**Libertin,** [liber'tän, fr.], männl., –s: Freigeist; leichtfertiger Mensch; zügelloser Mensch, Wüstling
**Libertinage,** [liberti'na:sch, fr.], weibl., –n: Leichtfertigkeit, Zügellosigkeit, Ausschweifung (oft in sexueller Hinsicht)
**Libertinismus,** (lat.), männl., nur Sing.: Zügellosigkeit
**Liberum arbitrium,** (lat.), sächl., nur Sing.: freies Ermessen; Willens- und Wahlfreiheit; freier Entschluss
**libidinös,** (lat.): die Libido betreffend; auf Libido beruhend, triebhaft
**Libido,** (lat.), weibl., nur Sing.: Geschlechtstrieb, sexuelle Begierde, Lust
**Librettist,** (italien. ), männl., –en: Verfasser eines Librettos
**Libretto,** (italien.), sächl., –s oder Libretti: Text, Textbuch zu einer Oper oder Operette
**Lichen,** (gr.), männl., nur Sing.: 1. Knötchenflechte (eine juckende Hautkrankheit; Med.), 2. Flechte (Bot.)
**Lichenes,** (gr.), männl., Plur.: Sammelbez. für Flechten (Bot.)
**Lido,** (italien.), männl., –s: schmale Landzunge, die der Küste vorgelagert ist; Strand an einer solchen Landzunge
**Lifestyle,** ['laifstail, engl.], männl., nur Sing.: Lebensart, modischer Lebensstil
**Lifetimesport,** ['laiftaimsport, engl.], männl., –s: fast das ganze Leben lang ausübbarer Sport (z. B. Golf, Schwimmen)
**Lift,** (engl.), männl., –e oder –s: 1. Fahrstuhl, Aufzug, 2. (beim Trampen:) Mitfahrgelegenheit, 3. kosmetische Operation zur Beseitigung oder Straffung der (Gesichts)falten
**Liftboy,** (engl.), männl., –s: junger Mann, der (z. B. in einem Hotel) den Lift (1) bedient
**liften,** (engl.): (Gesichts)falten operativ straffen oder beseitigen
**Lifting,** (engl.), sächl., –s: vgl. Lift (3)
**Liga,** (lat.), weibl., Ligen: 1. Bund, Bündnis, Vereinigung, 2. Wettkampfklasse in sportlichen Disziplinen, Leistungsklasse etwa gleich starker Mannschaften in einer Sportart
**Ligament,** (lat.), sächl., –e: sehnenartiger Bindegewebsstrang, der die Knochen des Skeletts inbes. mit den Gelenken verbindet (Med.)
**Ligatur,** (lat.), weibl., –en: 1. Verbindung zweier Buchstaben zu einer Drucktype

(z. B. æ), 2. Unterbindung, Abbindung eines Blutgefäßes (Med.), 3. Zusammenziehung zweier Noten gleicher Tonhöhe zu einem Ton mit Hilfe eines Haltebogens (Mus.)

**light,** ['lait, engl.]: leicht; (z. B. bei Biersorten:) weniger Alkohol enthaltend; weniger Fett enthaltend

**Lightshow,** ['laitscho:, engl.], weibl., –s: von Lichteffekten geprägte Bühnenvorführung

**Ligist,** (lat.), männl., –en: Angehöriger einer Liga

**Lignin,** (lat.), sächl., –e: chem. Verbindung, die wichtiger Bestandteil von Holz ist

**Lignit,** (lat.), männl., –e: jüngere Braunkohle, an der man noch holzige Strukturen erkennen kann

**Ligula,** (lat.), weibl., –e: (bei vielen Gräsern:) dünnes, durchsichtiges Blatthäutchen (Bot.)

**Liguster,** (lat.), männl., –: meist in Heckenform angepflanztes, weiß blühendes Ölbaumgewächs

**liieren,** (fr.): eng verbinden; sich l.: sich mit jmdm. zusammentun; mit jmdm. eine Liaison eingehen; eine Liebesbeziehung mit jmdm. beginnen

**Likör,** (fr.), männl., –e: gesüßtes alkoholisches Getränk aus Branntwein

**Liktor,** (lat.), männl., Liktoren: Amtsdiener zur Begleitung eines hohen altröm. Beamten, Träger des Liktorenbündels, eines Rutenbündels (Fasces)

**lila,** (fr.): rotblau, hellviolett, fliederfarben

**Liliputaner,** männl., –: (nach den winzigen Bewohnern des Märchenlandes »Lilliput« in Jonathan Swifts Roman »Gullivers Reisen«) sehr kleiner Mensch mit krankhaft bedingtem Zwergwuchs

**Liman,** (gr.), männl., –e: sumpfige Meeresbucht, überflutete oder abgesunkene Flussmündung; lagunenartiger Strandsee

**Limbo,** (karib.), männl., –s: karibischer Tanz

**Limbus,** (lat.), männl., Limbi: 1. (früher im kathol. Glauben:) Vorhölle als Aufenthaltsort u. a. ungetauft gestorbener Kinder, 2. Kreis oder Halbkreis mit Gradeinteilung an Winkelmessgeräten, 3. Saum von Kelchblättern (Bot.)

**Limerick,** männl., –s: nach der irischen Grafschaft Limerick benanntes fünfzeiliges Gedicht mit groteskem oder ironisierendem Inhalt und festgelegtem Reimschema

**Limes,** (lat.), männl., –: 1. (histor.) in der Antike von den Römern angelegter Grenzwall, 2. Grenzwert (Zeichen: lim; Math.)

**Limette,** (fr.), weibl., –n: dünnschalige Zitrusfrucht

**limikol,** (lat.): im Schlamm grabend, kriechend, lebend (Biol.)

**Limit,** (engl.), sächl., –s: festgelegte Grenze; festgelegter äußerster Preis, festgelegtes äußerstes Gewicht, festgelegte einzuhaltende Zeit

**Limitation,** (lat.), weibl., –en: Begrenzung, Beschränkung

**limitieren,** (lat.): begrenzen, beschränken

**Limnimeter,** (gr.), sächl., –: Wasserstandmesser- und schreiber, Pegel

**Limnograph,** (gr.), männl., –en: vgl. Limnimeter

**Limnologie,** (gr.), weibl., nur Sing.: Wissenschaft von den Binnengewässern (Teilgebiet der Gewässerkunde)

**Limnoplankton,** (gr.), sächl., nur Sing.: Plankton des Süßwassers

**Limonade,** (italien.), weibl., –n: Erfrischungsgetränk aus Fruchtsaft und größeren Mengen Wasser und Zucker

**Limone,** (italien. ), weibl., –n: 1. große dickschalige Zitrone, 2. vgl. Limette

**limos, limös,** (lat.): schlammig, sumpfig (Biol.)

**Limousine,** (fr.), weibl., –n: geschlossener Personenwagen (ohne aufklappbares Verdeck; Gegens.: Kabriolett)
**limpid,** (fr.): durchsichtig, hell, klar
**Lineal,** (lat.), sächl., –e: meist mit einer Millimeterskala bestücktes Zeichengerät zum Ziehen von durchgehenden Geraden
**Lineament,** (lat.), sächl., –e: 1. Handlinie, Gesichtslinie, Gesichtszug, 2. tiefreichende Naht in der Erdkruste (Geol.)
**linear,** (lat.): 1. von Linien gebildet, geradlinig, linienförmig, 2. durch eine Gerade darstellbar; eindimensional (Math.)
**Linearität,** (lat.), weibl., nur Sing.: lineare Beschaffenheit
**Lineatur,** (lat.), weibl., –en: Linierung; Linienführung, Liniensystem
**Liner,** ['lain(e)r, engl.], männl., –: im Liniendienst verkehrendes Passagierschiff (auch: Flugzeug) einer großen Schifffahrtsgesellschaft (Fluggesellschaft)
**Linga, Lingam,** (sanskr.), sächl., nur Sing.: Phallussymbol des indischen Gottes Schiwa als Sinnbild der Zeugungskraft
**lingual,** (lat.): die Zunge betreffend
**Lingual,** (lat.), männl., –e: mit der Zunge gebildeter Laut, Zungenlaut (z. B. das Zungen-R; Sprachwiss.)
**Linguist,** (lat.), männl., –en: Sprachwissenschaftler
**Linguistik,** (lat.), weibl., nur Sing.: Sprachwissenschaft
**Liniatur:** vgl. Lineatur
**Linie,** (lat.), weibl., –n: 1. Strich, Gerade; Zeile, 2. zwei Punkte miteinander verbindendes eindimensionales geometrisches Gebilde (Math.), 3. (übertr.) Richtschnur, Leitfaden (für ein Verhalten, eine Argumentation o. Ä.), 4. regelmäßige Verkehrsverbindung auf einer bestimmten Strecke (z. B. Bus-, Flug-, Bahnlinie), 5. die Strecke, die regelmäßig von einem Verkehrsmittel befahren wird, 6. Geschlechterfolge, Verwandschaftszweig, 7. Kampfgebiet, Front
**linieren,** (lat.): gerade und parallele Linien (auf ein Blatt) aufbringen, Linien (1) ziehen
**Liniment,** (lat.), –e: öl- oder alkoholhaltiges dickflüssiges Einreibemittel
**Linoleum,** (lat.), sächl., nur Sing.: Fußbodenbelag, der aus einer auf ein Jutegewebe aufgepressten Masse besteht, die u. a. aus Leinöl gewonnen wird
**Linon,** [li'non, fr.], männl., –s: feines Leinen- oder Baumwollgewebe in Leinwandbindung
**Lipämie,** (gr.), weibl., –n: erhöhter Fettgehalt des Blutes (Med.)
**lipämisch,** (gr.): an Lipämie leidend (Med.)
**Lipase,** (gr.), weibl., –n: Fett spaltendes Enzym
**Lipgloss,** (engl.), sächl., –: kosmetisches Mittel zum Glänzendmachen der Lippen
**Lipid,** (gr.), sächl., –e: (meist Plur.) Sammelbez. für Fette oder fettähnliche Substanzen
**Lipidose,** (gr.), weibl., nur Sing.: erbliche Störung des Fettstoffwechsels (Med.)
**Lippizaner,** männl., –: nach dem Gestüt »Lipizza« bei Triest benanntes, in der span. Hofreitschule in Wien gezüchtetes, meist schimmelfarbenes edles Warmblutpferd
**lipoid,** (gr.): fettähnlich
**Lipoid,** (gr.), sächl., –e: in allen Zellen enthaltene fettähnliche Substanz (Biol.; Chem.)
**Lipom,** (gr.), sächl., –e: gutartige Fettgewebsgeschwulst (Med.)
**lipophil,** (gr.): in Fett löslich (Gegens.: lipophob; Chem.)
**lipophob,** (gr.): nicht in Fett löslich (Gegens.: lipophil; Chem.)
**Lipurie,** (gr.), weibl., –n: krankhaftes Auftreten von Fett im Urin (Med.)

**Liquefaktion,** (lat.), weibl., –en: Verflüssigung eines festen Stoffes (Chem.)
**liqueszieren,** (lat.): flüssig werden, schmelzen (Chem.)
**liquid(e),** (lat.): 1. flüssig (Chem.), 2. zahlungsfähig, im Besitz von Geldmitteln
**Liquid,** männl., –e: vgl. Liquida
**Liquida,** (lat.), weibl., Liquidä oder Liquiden: Fließlaut, Schmelzlaut (z. B. r, l; Sprachwiss.)
**Liquidation,** (lat.), weibl., –en: 1. Abwicklung der laufenden Geschäfte einer aufgelösten Handelsgesellschaft, 2. Abwicklung von Börsengeschäften, 3. Kostenberechnung, Honorarforderung eines freiberuflich Arbeitenden (z. B. eines Arztes), 4. Auflösung (z. B. eines Unternehmens), 5. Beseitigung; Beilegung, 6. Tötung, Hinrichtung
**liquidieren,** (lat.): 1. eine Gesellschaft, ein Unternehmen auflösen, 2. Kosten berechnen, eine Honorarforderung stellen, 3. abschaffen, beseitigen; beilegen, 4. töten, hinrichten
**Liquidität,** (lat.), weibl., nur Sing.: Zahlungsfähigkeit (eines Unternehmens)
**Liquor,** (lat.), männl., Liquores: 1. Flüssigkeit, 2. Lösung, flüssiges Arzneimittel (Med.)
**Lira,** (italien.), weibl., Lire: italien. Währungseinheit
**Litanei,** (gr.), weibl., –en: 1. gesungenes oder gesprochenes Wechselgebet zwischen Geistlichem und Gemeinde, 2. (abschätzig für:) langatmige Aufzählung, eintöniges Gerede oder Gejammer
**Liter,** (gr.), männl., –: Maßeinheit für Volumen (meist für Flüssigkeiten verwendetet; Abk.: 1l = 1 Kubikdezimeter = 1000 Kubikzentimeter)
**Litera,** (lat.), weibl., –s: (auf einem Wertpapier aufgedruckter) Buchstabe
**literarisch,** (lat.): zur Literatur gehörend; die Literatur betreffend; schriftstellerisch
**Literat,** (lat.), männl., –en: Schriftsteller
**Literatur,** (lat.), weibl., –en: 1. Gesamtheit aller Schriftwerke eines Sprachraumes, 2. Gesamtheit der Veröffentlichungen, die es zu einem Wissensgebiet gibt
**Litewka,** (poln.), weibl., Litewken: Soldatenjacke mit Umlegekragen, leichter, bequemer Uniformrock
**Lithagogum,** (gr.), sächl., Lithagoga: Stein abführende Arznei (Med.)
**Lithergol,** (gr.-arab.), sächl., –e: Raketentreibstoff
**Lithiasis,** (gr.), weibl., Lithiasen: Steinleiden; Steinbildung in inneren Organen (z. B. in der Niere; Med.)
**Lithium,** (gr.), sächl., nur Sing.: chem. Element, ein weiches und sehr leichtes Metall (Zeichen: Li)
**Lithographie** (auch: Lithografie), (gr.), weibl., –n: 1. Verfahren zur Herstellung von Steindrucken, 2. ein mit diesem Verfahren hergestelltes Kunstblatt, Steinzeichnung
**lithographieren** (auch: lithografieren), (gr.): 1. auf Stein zeichnen, 2. Lithographien (2) herstellen
**Lithologie,** (gr.), weibl., nur Sing.: Gesteinskunde
**Litholyse,** (gr.), weibl., –n: (medikamentöse) Auflösung von Steinen, die sich in inneren Organen (z. B. in der Niere) gebildet hatten (Med.)
**lithophag,** (gr.): (von Tieren:) sich in Gestein einbohrend (z. B. Bohrmuscheln)
**Lithophyt,** (gr.), männl., –en: Felspflanze (Bot.)
**Lithotomie,** (gr.), weibl., –n: operative Entfernung von Steinen, die sich in inneren Organen (z. B. der Niere) gebildet hatten (Med.)
**Lithotripsie,** (gr.), weibl., nur Sing.: (Blasen-, Gallen-, Nieren-)Steinzertrümmerung mittels mechan. Zange (Lithotrip-

tor) oder extrakorporal mittel Ultraschall (Stoßwellen-L., Med.)

**Litoral,** (lat.), sächl., –e: (von Meeren oder Seen:) Küstenbereich, Strandzone (Geogr.)

**Litorina,** (lat.), weibl., Litorinen: Strandschnecke

**Litotes,** (gr.-lat.), weibl., –: indirekte Formulierung oder ironisierende Hervorhebung des Gemeinten durch doppelte Verneinung oder durch Verneinung des Gegenteils (z. B. »er sagt nicht immer die Wahrheit« statt »er lügt«; »es ist nicht unmöglich« statt »es ist möglich«)

**Litschi,** (chines.), weibl., –s: pflaumenartige Frucht des chines. Litschibaumes

**Liturg,** (gr.), männl., –en: die Liturgie ausführender Geistlicher

**Liturgie,** (gr.), weibl., –n: 1. festgelegte Form des Gottesdienstes, 2. (in der evang. Kirche:) vom Altar ausgeführter Wechselgesang des Pfarrers mit der Gemeinde

**Liturgik,** (gr.), weibl., nur Sing.: Theorie und Geschichte der christlichen Liturgie

**liturgisch,** (gr.): die Liturgie betreffend

**live,** [laif, engl.]: (durch Rundfunk oder Fernsehen) direkt, original übertragen

**Liveshow,** ['laifscho:, engl.], weibl., –s: 1. direkt übertragene Revue, 2. Peepshow, erotische Vorführungen auf der Bühne

**Livre,** ['li:wr(e), fr.], männl. oder sächl., –(s): 1. altes fr. Gewichtsmaß, 2. ehemalige fr. Währungseinheit

**Livree,** (fr.), weibl., –n: uniformähnliche Bekleidung für Bedienstete

**livriert,** (fr.): in Livree gekleidet

**Lizenz,** (lat.), weibl., –en: (amtliche) Erlaubnis, Bewilligung, Genehmigung (zur Ausübung eines Gewerbes, zur Nutzung eines Patents oder zum Druck eines Buches, einer Zeitung oder Zeitschrift)

**Lizenziat** (auch: Lizentiat), (lat.), sächl., –e: (in der Schweiz und an manchen theologischen Fakultäten:) akademischer Grad

**Lizenziat** (auch: Lizentiat), (lat.), männl., –en: Inhaber eines Lizenziats

**lizenzieren,** (lat.): eine Lizenz erteilen

**Lob,** (engl.), männl., –s: (beim Tennis, Badminton und Volleyball:) hoch geschlagener Ball, um den vorgelaufenen Gegner zu überspielen

**lobben,** (engl.): einen Lob schlagen

**Lobby,** (engl.), weibl., –s: 1. (in England und in den USA:) Vorhalle, Wandelhalle des Parlamentsgebäudes, in der die Abgeordneten mit Wählern, insbes. mit Vertretern von Interessengruppen zusammentreffen, 2. sämtliche Personen, die einem bestimmten Interessenverband angehören und Einfluss auf Parlamentarier zu nehmen suchen

**Lobbyist,** (engl.), männl., –en: Angehöriger einer Lobby (2)

**Lobelie,** weibl., –n: nach dem flandrischen Botaniker M. de l'Obel benanntes Glockenblumengewächs (Bot.)

**Lobus,** (gr.), männl., Lobi: Organlappen (z. B. der Lunge, der Leber oder des Gehirns; Med.)

**Lochien,** (gr.), weibl., nur Plur.: Absonderungen des Uterus, Scheidenausfluss nach der Entbindung, Wochenfluss (Med.)

**Lockout,** [lock'aut, engl.], sächl., –s: Aussperrung von Arbeitern

**loco,** (lat.): 1. am Ort, hier; lieferbar, vorrätig, 2. Anweisung zur Aufhebung eines vorangegangenen Oktavzeichens (Mus.)

**Lodge,** ['lo.dsch, engl.], weibl., –s ['lo.dschiß]: Ferienhotel; Anlage mit Ferienwohnungen

**Log** (Logge), (engl.), sächl., –e: Gerät zum Messen der Geschwindigkeit eines Schiffes

**Logarithmentafel,** (gr.-dt.), weibl., –n: tabellarische Zusammenstellung von Logarithmen (Math.)
**logarithmieren,** (gr.): 1. mit Logarithmen rechnen (Math.), 2. den Logarithmus von einer Zahl ausrechnen (Math.)
**logarithmisch,** (gr.): einen Logarithmus betreffend; mit dem Logarithmus einer Zahl arbeitend
**Logarithmus,** (gr.), männl., Logarithmen: der Exponent, mit dem man eine Basis potenzieren muss, um einen vorgegebenen Zahlenwert zu erhalten (Abk. log; natürlicher Logarithmus: Logarithmus zur Basis e mit der Abk. ln; Math.)
**Logasthenie,** (gr.), weibl., nur Sing.: Gedächtnis- und Sprachstörung (Med.)
**Logbuch,** (engl.-dt.), sächl., –bücher: Schiffstagebuch
**Loge,** ['lo:sche, fr.], weibl., –n: 1. kleiner Seitenraum, 2. (im Theater:) abgeteilter Zuschauerraum mit wenigen Sitzplätzen, 3. Pförtnerraum, 4. geheime Organisation der Freimaurer
**Logger,** (niederl.), männl., –: kleines Fischereifahrzeug
**Loggia,** ['lo.dsch(i)a, italien.], weibl., –s oder Loggien: 1. Säulenhalle, von Pfeilern oder Säulen getragene offene Bogenhalle, 2. Raum oder Gang im Haus, der nach einer Seite hin offen ist
**Logical,** ['lo.dschikel, engl.], sächl., –s: Denksportaufgabe
**logieren,** [loschi:ren, fr.]: 1. (ehemals Bez. für:) beherbergen, bei sich unterbringen, 2. zeitweilig als Gast wohnen
**Logik,** (gr.), weibl., nur Sing.: 1. Lehre, Wissenschaft bzw. Theorie von den Grundlagen menschlicher Denk- bzw. Schlussweisen (Philos.), 2. folgerichtiges Denken und Handeln, 3. die Fähigkeit, folgerichtig zu denken und zu handeln, 4. Untersuchung und Ermittlung der Wahrheitswerte zusammengesetzter Aussagen (Math.)
**Logiker,** (gr.), männl., –: 1. Wissenschaftler auf dem Gebiet der Logik, 2. logisch denkender und handelnder Mensch
**Logis,** [loschi:, fr.], sächl., – [loschi:ß]: 1. Wohnung, Unterkunft, 2. (auf Schiffen:) Mannschaftsunterkunft
**logisch,** (gr.): 1. die Logik betreffend, auf Logik beruhend; den Gesetzen der Logik folgend; folgerichtig, schlüssig, 2. (umg.) einleuchtend, klar, selbstverständlich
**Logismus,** (gr.), männl., Logismen: 1. Vernunftschluss (Philos.), 2. Lehre vom logischen Aufbau der Welt (Philos.)
**Logistik,** (gr.), weibl., –: 1. (ehemals Bez. für:) mathematische, formale Logik, 2. sämtliche Planungen und Maßnahmen zur Versorgung und Ausrüstung eines Heeres; militärisches Nachschubwesen
**logistisch,** (gr.): die Logistik betreffend
**logo,** (jugendsprachl. kurz für:) logisch, klar, selbstverständlich
**Logo,** (engl.), sächl., –s: Firmenemblem, Verlagssignet, Senderkennung
**Logopäde,** (gr.), männl., –n: Fachmann für Stimm- und Sprachtherapie (Med.; Psychol.)
**Logopädie,** (gr.), weibl., nur Sing.: 1. Sprachheilkunde; Wissenschaft von den Sprachstörungen (Med.; Psychol.), 2. Stimm- und Sprachtherapie (Med.; Psychol.)
**Logophobie,** (gr.), weibl., –n: Sprechangst (Med.; Psychol.)
**Logorrhö,** (gr.), weibl., –en: krankhafte Geschwätzigkeit, Redesucht (Med.; Psychol.)
**Logos,** (gr.), männl., Logoi: 1. Wort, Rede, Sinn, Lehre (Philos.), 2. Gedanke, Begriff, 3. ordnende göttliche Vernunft; Weltgesetz, 4. (in der christl. Relig.) in der Person Jesu Mensch gewordenes Wort Gottes, Wille Gottes

**Loipe,** (norweg.), weibl., –n: Spur zum Skilanglauf

**Lok,** weibl., –s: (Kurzw. für:) Lokomotive

**lokal,** (lat.): 1. örtlich, örtlich begrenzt; nur einen bestimmten Bereich betreffend, 2. den Ort angebend (Sprachwiss.)

**Lokal,** (lat.), sächl., –e: 1. Raum; Örtlichkeit, 2. Gaststätte, Restaurant

**Lokalanästhesie,** (lat.-gr.), weibl., –n: örtliche Betäubung, nur einen begrenzten Bereich erfassende Schmerzausschaltung (Med.)

**Lokalderby,** (lat.-engl.), sächl., –s: sportliche Begegnung zwischen Ortsrivalen

**Lokalisation,** (lat.), weibl., –en: das Lokalisieren

**lokalisieren,** (lat.): 1. einen Standort, einen Ausgangspunkt ermitteln, 2. den Krankheitsherd ermitteln (Med.), 3. etwas örtlich beschränken, eingrenzen; die Ausbreitung einer Krankheit verhindern (Med.)

**Lokalität,** (lat.), weibl., –en: Örtlichkeit, Räumlichkeit, Raum

**Lokalkolorit,** (lat.), sächl., –e: für eine Stadt oder eine Landschaft typische Merkmale und Eigenarten

**Lokalmatador,** (lat.), männl., –en: nur in einer bestimmten Gegend bekannter und erfolgreicher Sportler

**Lokalpatriotismus,** (lat.), männl., nur Sing.: gefühlsbedingte Zuneigung zu allem, was mit dem eigenen Wohnort zu tun hat; übertriebene Vorliebe für die engere Heimat

**Lokalredaktion,** (lat.), weibl., –en: diejenige Abteilung einer Zeitungsredaktion, die die Nachrichten aus der Umgebung bearbeitet

**Lokaltermin,** (lat.), männl., –e: am Tatort des Rechtsfalles abgehaltener Gerichtstermin (Rechtsw.)

**Lokativ,** (lat.), männl., –e: (in der lat. und der gr. Sprache:) Kasus, der den Ort ausdrückt (Sprachwiss.)

**Lokomobile,** (lat.), weibl., –n: Dampfmaschine auf fahrbarem Gestell

**Lokomotive,** (lat.), weibl., –n: auf Schienen fahrende Zugmaschine, Eisenbahn

**Lokus,** (lat.), männl., –se: 1. (ehemals Bez. für:) Ort, Platz, Stelle, 2. (umg.) Toilette

**Lolita,** (nach dem Roman von V. Nabokov), weibl., –s: Kindfrau, frühreifes, verführerisches junges Mädchen

**Lombard,** (italien.), männl. oder sächl., –e: Kreditgewährung gegen Pfand (z. B. Verpfändung von Wertpapieren)

**Lombardsatz,** (italien.), männl., –sätze: Zinssatz für Lombardgeschäfte, der von der Notenbank festgesetzt wird

**Longdrink,** (engl.), männl., –s: alkoholisches Mischgetränk, dem Soda- oder Eiswasser beigefügt wurde

**Longe,** ['lonsch, fr.], weibl., –n: 1. eine lange Leine, die bei der Pferdedressur zum Führen des Pferdes verwendet wird, 2. ein Seil, das zur Absicherung von Artisten bei schwierigen turnerischen Übungen dient

**longieren,** [lon'schi:ren, fr.]: ein Pferd an der Longe führen

**longitudinal,** (lat.): 1. in der Längsrichtung, längs gerichtet, 2. die geographische Länge betreffend

**longline,** ['lo.nglain, engl.-amerik.]: (beim Tennis) entlang der Seitenlinie

**Longseller,** (engl.), männl., –: Buch, das über einen längeren Zeitraum ein Bestseller ist

**Look,** ['lu.k, engl. »das Aussehen«], männl., –s: Modestil; das für eine Mode typische Aussehen

**Looping,** ['lu:ping, engl.], männl. oder sächl.: kunstvoll geflogener Überschlag mit dem Flugzeug

**Lord,** (engl.), männl., –s: 1. hoher englischer Adelstitel, 2. Engländer der diesen Titel trägt
**Lordose,** (gr.), weibl., –n: Wirbelsäulenverkrümmung (Med.)
**Lore,** (engl.), weibl., –n: kleiner auf Schienen laufender Transportwagen
**Lorgnette,** [lorn'je.t, fr.], weibl., –n: Brille ohne Bügel, die an einem Stiel vor die Augen zu halten ist
**Lorgnon,** [lorn'jon, fr.], sächl., –s: 1. vgl. Lorgnette, 2. Einglas, Lorgnette mit nur einem Glas
**Lori,** (malai.), männl., –s: kleiner Papagei in Asien und Australien
**Lori,** (fr.), männl., –s: kleiner nachtaktiver Halbaffe in Asien und Afrika
**Lost,** (Kurzw.), männl., nur Sing.: Senfgas, chem. Kampfstoff
**Lotion,** ['lo(u)sch(e)n, lat.-engl.], weibl., –s; [lozi'o:n, lat.-fr.], weibl., –en: flüssiges Kosmetikum (zur Gesichts- bzw. Hautreinigung); Rasierwasser
**Lotos,** (gr.), männl., –: vgl. Lotosblume
**Lotosblume,** (gr.-dt.), weibl., –n: Wasserrose (insbes. in Indien religiöses Sinnbild der reinen Schönheit)
**Lotse,** (engl.-niederl.), männl., –n: besonders ausgebildeter Seemann, der Schiffe durch schwierige Gewässer, insbes. Häfen und Küstengewässer lenkt
**Lotterie,** (niederl.), weibl., –n: 1. Glücksspiel mit Losen, das staatlich konzessioniert ist, 2. Verlosung, 3. riskante Unternehmung
**Lotto,** (italien.), sächl., –s: 1. Zahlenlotterie, 2. Gesellschaftsspiel für Kinder
**Louis,** ['lu:i, fr.], männl., – ['lu:is]: (umg.) Zuhälter
**Louisdor,** [lui'do:r, fr.], männl., –e: (histor.) erstmalig im 17. Jh. geprägte nach Ludwig XIII. benannte fr. Goldmünze
**Louis-quatorze,** [lui-ka'tors, fr.], sächl., nur Sing.: fr. Kunststil zur Zeit Ludwigs XIV.
**Lounge,** ['laundsch, engl.], weibl., –s ['laundschis]: in Hotels, Schiffen o. Ä. Halle, Aufenthaltsraum
**Lovestory,** ['la.fstori, engl.], weibl, –s: Romanze, Liebesgeschichte
**loyal,** [loa'ja:l, fr.]: dem Vorgesetzten oder der Regierung gegenüber treu; zuverlässig im Sinne der Vorgesetzten oder der Regierung handelnd; regierungstreu; gesetzestreu; redlich (Gegens.: illoyal)
**Loyalität,** [loajali'tä:t, fr.], weibl., –en: loyales Verhalten, loyale Einstellung; Regierungstreue; Gesetzestreue; Redlichkeit (Gegens.: Illoyalität)
**LSD,** (Abk. für: Lysergsäurediäthylamid): synthetisch hergestelltes Rauschmittel, illegale Suchtdroge
**Lues,** (lat.), weibl., nur Sing.: Syphilis (Med.)
**luetisch,** (lat.): syphillitisch
**Luffa,** (arab.), weibl., –s: ein tropisches Kürbisgewächs, aus dessen getrockneten Fruchtfaserbündeln u. a. Badeschwämme hergestellt werden
**Luiker,** (lat.), männl., –: jmd., der an Lues erkrankt ist (Med.)
**luisch,** (lat.): an Lues erkrankt (Med.)
**lukrativ,** (lat.): Gewinn bringend, einträglich, ergiebig
**lukullisch,** (nach dem wohlhabenden röm. Feldherren Lukullus): schwelgerisch, üppig, opulent, schlemmerhaft, wohlschmeckend und reichhaltig
**Lullaby,** ['la.lebai, engl.), sächl., –s: Schlaflied, Wiegenlied
**Lumbago,** (lat.), weibl., nur Sing.: Hexenschuss, Schmerzen in der Lendengegend (Med.)
**lumbal,** (lat.): die Lenden betreffend, von den Lenden ausgehend (Med.)
**Lumbalanästhesie,** (lat.-gr.), weibl., –n: örtliche Betäubung durch Injizieren des Anästhetikums in den Lendenwirbelkanal (Med.)

**Lumbalgie,** (lat.-gr.), weibl., –n: Lendenschmerz (Med.)
**Lumberjack,** ['la.mb(e)rdschäk, engl.-amerik.], männl., –s: (nach den gleichnamigen amerik. Holzfällern benannte) Leder- oder Kordjacke mit enger Taille und Bünden an den Ärmeln
**Lumen,** (lat. »Licht«), sächl., – oder Lumina: 1. Maßeinheit für den Lichtstrom (Abk. lm; Phys.), 2. Hohlraum von Organen (Biol.)
**Lumineszenz,** (lat.), weibl., –en: Leuchten eines Stoffes ohne Temperaturerhöhung, kaltes Licht
**lumineszieren,** (lat.): leuchten, ohne die Temperatur zu erhöhen, kalt leuchten
**Luminophor,** (lat.-gr.), männl., –e: Leuchtstoff, der im Dunkeln einige Zeit leuchtet, wenn er zuvor bestrahlt wurde
**luminos, luminös,** (lat.): 1. leuchtend; lichtvoll, 2. vortrefflich
**Lumme,** (skandinav.), weibl., –n: auf Felsen lebender arktischer Meeresvogel
**Luna,** (lat.), ohne Artikel: der Mond; die Mondgöttin
**lunar,** (lat.): den Mond betreffend, zum Mond gehörig (Astron.)
**Lunarium,** (lat.), sächl., Lunarien: Gerät, das die Bewegung des Mondes veranschaulicht
**lunatisch,** (lat.): mondsüchtig (Med.)
**Lunatismus,** (lat.), männl., nur Sing.: Mondsüchtigkeit (Med.)
**Lunch,** ['la.nsch, engl.], männl., -(e)s oder –e: (in angelsächsischen Ländern:) kleine Mittagsmahlzeit
**lunchen,** ['la.nsch(e)n, engl.]: den Lunch einnehmen, zu Mittag essen
**Lunchpaket,** ['la.nsch.., engl.-dt.], sächl., –e: (anstelle einer Mittagsmahlzeit dem Wanderer mitgegebenes) Verpflegungspaket (in Hotels, Jugendherbergen, bei Reisegruppen)
**Lünette,** (fr.), weibl., –n: 1. halbkreisförmiges, meist verziertes Feld über Türen oder Fenstern, 2. Vorrichtung zum Abstützen langer Werkstücke beim Drehen
**Lunula,** (lat.), weibl., Lunulae: 1. halbmondförmiger Halsschmuck aus der Bronzezeit, 2. halbmondförmiger weißer Fleck an der Wurzel von Fuß- oder Fingernagel (Med.)
**lunular,** (lat.): halbmondförmig
**Lupe,** (fr.), weibl., –n: Sammellinse zum Betrachten naher Objekte, Vergrößerungsglas
**Lupine,** (lat.), weibl., –n: als Dünge-, Viehfutter- und Zierpflanze dienender Schmetterlingsblütler
**lupös,** (lat.): an Lupus erkrankt (Med.)
**Lupus,** (lat.), männl., -(se): tuberkulöse Hautflechte, die meist zur Bildung von Hautknötchen im Gesicht führt (Med.)
**Lure,** (altnord.), weibl., –n: (histor.) aus Bronze gefertigtes Blasinstrument der nordischen Bronzezeit
**lusingando,** (italien.): schmeichelnd, gefällig, betörend (Mus.)
**Luster:** vgl. Lüster
**Lüster,** (lat.-fr.), männl., –: 1. Kronleuchter, 2. glänzender Überzug auf Keramikwaren, 3. ein glänzendes Wollgewebe
**Lustration,** (lat.), weibl., –en: kultische Reinigungsfeier (Relig.)
**lustrieren,** (lat.): eine kultische Reinigung feiern (Relig.)
**lüstrieren,** (lat.): Garne und Gewebe glänzend machen
**Lustrum,** (lat.), sächl., Lustra oder Lustren: 1. alle fünf Jahre stattfindendes altrömisches Sühneopfer, 2. Zeitraum von fünf Jahren
**Lutein,** (lat.), sächl., nur Sing.: gelber Farbstoff im Eidotter und in Pflanzenblättern

**Lutetium,** (lat.), sächl., nur Sing.: chem. Element, Metall (Zeichen: Lu)
**Lux,** (lat.), sächl., –: Maßeinheit für die Beleuchtungsstärke (Abk. lx; Phys.)
**Luxation,** (lat.), weibl., –en: Verrenkung, Ausrenkung (Med.)
**luxieren,** (lat.): verrenken, ausrenken (Med.)
**luxurieren,** (lat.): 1. schwelgen, üppig vorhanden sein, 2. üppiger wachsen und leistungsfähiger werden (bei Pflanzenbastarden; Bot.)
**luxuriös,** (lat.): üppig, prunkvoll, aufwändig, verschwenderisch
**Luxus,** (lat.), männl., nur Sing.: üppige Ausstattung, Prunk, kostspielige Lebensführung; Verschwendung
**Luzerne,** (lat.), weibl., –n: Schneckenklee; blau oder violett blühende ausdauernde Futterpflanze, ein Schmetterlingsblütler
**luzid,** (lat.): licht, durchsichtig, hell; glänzend; klar, verständlich
**Luzidität,** (lat.), weibl., nur Sing.: Durchsichtigkeit, Helligkeit; Glanz; Klarheit, Verständlichkeit
**Luzifer,** (lat.), männl., nur Sing.: Bez. für den Teufel, Satan (Relig.)
**Luziferin,** (lat.), sächl., nur Sing.: Substanz, die bei vielen Tiere und Pflanzen das Leuchten bewirkt (z. B. beim Glühwürmchen)
**Lyase,** (gr.), weibl., –n: Enzym, das organische Substanzen spaltet (Chem.)
**Lymphadenie,** (gr.), weibl., –n: Wucherung des Lymphknotengewebes (Med.)
**Lymphadenitis,** (gr.), weibl., –adenitiden: Lymphknotenentzündung (Med.)
**Lymphadenom,** (gr.), sächl., –e: Lymphknotengeschwulst (Med.)
**Lymphangitis,** (gr.), weibl., –angitiden: Lymphgefäßentzündung (Med.)
**Lyphangiom,** (gr.), sächl., –e: gutartige Geschwulst der Lymphgefäße (Med.)
**lymphatisch,** (gr.): zur Lymphe gehörend; das Lymphgewebe betreffend (Med.)
**Lymphe,** (gr.), weibl., –n: 1. dem Stofftransport dienende, eiweißhaltige Gewebsflüssigkeit, 2. Impfstoff gegen Pocken (Med.)
**Lymphom,** (gr.), sächl., –e: vgl. Lymphadenom
**Lymphostase,** (gr.), weibl., –n: Lymphstauung (Med.)
**Lymphozyt,** (gr.), männl., –en: (meist Plur.) weißes Blutkörperchen, im Lymphgewebe und im Knochenmark entstehende Zelle (Med.)
**Lymphozytose,** (gr.), weibl., –n: (krankhafte) Vermehrung der weißen Blutkörperchen (Med.)
**lynchen,** (engl.): jmdn. ungesetzlich, ohne Gerichtsverhandlung, ohne Urteil misshandeln bzw. töten, Lynchjustiz üben
**Lynchjustiz,** (engl.-lat.), weibl., nur Sing.: ungesetzliche Misshandlung oder Tötung eines Menschen durch eine aufgebrachte oder aufgehetzte Menschenmenge
**lyophil,** (gr.): leicht löslich, sich im Lösungsmittel lösend (Chem.)
**lyophob,** (gr.): schwer löslich, Lösungsmittel abweisend (Chem.)
**Lyra,** (gr.), weibl., Lyren: 1. (im antiken Griechenland:) harfenartiges Zupfinstrument; Leier, 2. (für Militärkapellen:) Glockenspiel
**Lyrik,** (gr.), weibl., nur Sing.: Literaturgattung der Gedichte, in denen subjektive Gedanken, Gefühle oder Stimmungen ausgedrückt sind – in rhythmischer Form oder in Verse und Strophen gegliedert oder in Reime gefasst oder in anderer Weise sprachlich geformt
**Lyriker,** (gr.), männl., –: Schriftsteller, dessen Werke der Lyrik zuzurechnen sind, Verfasser von Gedichten

**lyrisch,** (gr.): 1. zur Lyrik gehörend, in Gedichtform, 2. stimmungsvoll, gefühlsbetont
**Lyrismus,** (gr.), männl., Lyrismen: (abschätzig für:) übertrieben gefühlsbetonte Darstellung bzw. Dichtung
**lysigen,** (gr.): durch Auflösung entstanden (Biol.)
**Lysin,** (gr.), sächl., –e: Stoff, der Zellen und Bakterien auflösen kann (Med.)
**Lysis,** (gr.), weibl., Lysen: 1. allmählicher Fieberrückgang (Med.), 2. Persönlichkeitszerfall (Psychol.)
**Lyssa,** (gr.), weibl., nur Sing.: Tollwut (Med.)
**lytisch,** (gr.): (vom Fieber) allmählich zurückgehend (Med.)
**Lyzeum,** (gr.), sächl., Lyzeen: (ehemals Bez. für:) höhere Mädchenschule

# M

**Mäander,** (gr.), männl., –: 1. eine Reihe von Flusswindungen, 2. rechtwinkliges oder spiralförmiges Ornamentband (v. a. auf Keramiken)
**mäandrisch,** (gr.): wie ein Mäander
**Mac,** [mä.k, schott. »Sohn«]: häufige Vorsilbe schottischer und irischer Familiennamen (Abk.: Mc, M')
**Macchia,** ['ma.kja], **Macchie,** ['makje, italien.], weibl., nur Sing.: für das Mittelmeergebiet typisches immergrünes, als Strauch oder kleiner Baum wachsendes Hartlaubgewächs
**Machete,** (span.), weibl. (auch männl), –n: Haumesser, breites, langes Buschmesser in Mittel- und Südamerika
**Machiavellismus,** [makjave'li.smus], männl., nur Sing.: allein nach Machtinteressen ausgerichtete Politik, benannt nach dem italienischen Staatstheoretiker Machiavelli (1469 – 1527)
**Machination,** (lat.), weibl., –en: Machenschaft, Hinterlist, Trick: tückischer Anschlag
**Machismo,** [ma'tschi.smo, span.], männl., nur Sing.: Betonung angeblich besonders männlichen Verhaltens, Männlichkeitswahn
**Macho,** ['ma.tscho, span.]: sich übertrieben männlich aufführender Mann, Frauenunterdrücker
**Machorka,** (russ.), männl., –s: kräftiger russ. Tabak
**Machorka,** (russ.), weibl., –s: Zigarette aus solchem Tabak
**machulle,** (jidd.): ruiniert; erschöpft; verrückt; verdorben
**Madam,** (fr. ), weibl., –s: Hausherrin, Frau; (scherzhaft) rundliche, behäbige Frau
**Madam,** ['mä.däm, engl.], weibl., –s: engl. Anrede: (gnädige) Frau
**Madame,** [ma'da.m, fr.], weibl., Mesdames, [mä'da.m]: fr. Anrede: (gnädige) Frau (Abk.: Mme., Mmes.)
**made in,** ['me:jd in, engl.]: produziert, gebaut in (z. B. made in Germany: hergestellt in Deutschland)
**Madeira,** [ma'de:ra), männl., –s: Süßwein, benannt nach der portug. Atlantikinsel
**Mademoiselle,** [madmoa'se.l, fr.], weibl., Mesdemoiselles, [mädmoa'se.l]: fr. Anrede: Fräulein (Abk.: Mlle., Mlles.)
**Madera:** vgl. Madeira
**madjarisch, magyarisch,** (ung.): ungarisch
**Madonna,** (italien. »meine Herrin«), weibl., Madonnen: Maria, Christi Mutter, Muttergottes; Darstellung Marias (mit Kind) in der bildenden Kunst
**Madrigal,** (italien.), sächl., –e: 1. aus der italien. Schäferdichtung entwickel-

tes Gedicht, 2. mehrstimmiges Kunstlied des 16./17. Jh. (Mus.)
**maestoso,** (italien.): feierlich, würdevoll, gemessen
**Maestro,** (italien. »Meister«), männl., –s: Virtuose, Komponist, Dirigent, Musikpädagoge
**Mäeutik,** (gr. »Hebammenkunst«), weibl., nur Sing: Methode des Philosophen Sokrates, durch gezieltes Fragen den Schüler oder Gesprächspartner wie von selbst zu den richtigen Antworten zu führen
**Mafia, Maffia,** (italien.), weibl., nur Sing.: im 19. Jh. auf Sizilien entstandene Geheimorganisation, die heute weltweit terroristisch und erpresserisch operiert; auch allg. Bez. für Gangsterorganisation
**Mafioso,** (italien. ), männl., Mafiosi: Mitglied der Mafia oder einer Gangsterbande
**Mafiote,** (italien.), männl., –n: vgl. Mafioso
**Magazin,** (arab.), sächl., –e: 1. Lagerraum, Vorratshaus, Speicher; Bibliotheks- oder Archivraum, 2. Illustrierte oder politische Zeitschrift (Nachrichten-M.); Rundfunk- oder Fernsehsendung mit festem Sendetermin, die informieren und unterhalten will, 3. Laden, 4. Aufbewahr- und Vorführbehälter für Diapositive, schnell wechselbare Kassette mit Filmen; Munitionskammer bei Hand- und Schnellfeuerwaffen
**magazinieren,** (arab.): dem Magazinbestand zuführen; in einem Magazin unterbringen
**Magdalénien,** [magdale:n'jän, fr.], sächl., nur Sing.: Kulturstufe der jüngeren Altsteinzeit, benannt nach dem Fundort La Madeleine in der Dordogne
**Magenta,** [ma'dschä.nta, italien.], sächl., nur Sing.: Anilinrot
**maggiore,** [ma'dscho:re, italien.]: italien. Dur; die große Terz der Dur-Tonart enthaltend (Mus.)
**Maghreb,** (arab. »Westen«), männl. (auch sächl.), nur Sing.: Sammelbez. für die arabischen Staaten Nordafrikas (außer Ägypten)
**Magie,** (pers.), weibl., nur Sing.: Zauberei, Geheimkunst; Geisterbeschwörung
**Magier,** (pers.), männl., –: Zauberer, jmd., der Zauberkunststücke vorführt; Geisterbeschwörer
**magisch,** (pers.): wie durch Zauberei, die Magie betreffend; geheimnisvoll, von scheinbar übernatürlichen Kräften bewirkt, bannend
**Magister,** (lat.), männl., –: 1. von Hochschulen verliehener akademischer Grad, 2. (nur noch scherzhaft für) Lehrer
**Magistrale,** (lat.), weibl., –n: Hauptverkehrsader (von Straßen)
**Magistrat,** (lat.), männl., –e: im antiken Rom Bez. für einen hohen Beamten (z. B. Konsul), 2. Stadtverwaltung
**Magma,** (gr.), sächl., Magmen: Gesteinsschmelzfluss aus dem oder im Erdinnern, aus dem sich durch Erstarrung Gesteine bilden
**magmatisch,** (gr.): aus glutflüssigem Gestein entstanden
**Magna Charta,** (lat.), weibl., nur Sing.: engl. Grundgesetz, das der Adel 1215 vom König erzwang und das bestimmte Freiheitsrechte garantierte, Grundlage der engl. Demokratie; heute auch allg. Bez. für Verfassung, Satzung
**magna cum laude,** (lat. »mit großem Lob«): sehr gut (zweitbeste Note bei Promotionen)
**Magnat,** (lat.), männl., –en: 1. hoher Adliger in Ungarn und Polen (vor 1918), 2. Großindustrieller, Wirtschaftskapitän; Großgrundbesitzer
**Magnesia,** (gr.), weibl., nur Sing.: Magnesiumoxid in Pulverform, das beim Geräteturnen für bessere Griffigkeit sorgt

**Magnesit,** (gr.), männl., –e: Bitterspat, mineralisches Magnesiumkarbonat (Chem.)
**Magnesium,** (gr.), sächl., nur Sing.: chem. Element, Leichtmetall (Zeichen: Mg)
**Magnet,** (gr.), männl., –e(n): 1. Eisen anziehender Körper, der seinerseits aus Eisen oder Stahl besteht, 2. (übertr.) anziehende Mensch, reizvoller Ort
**Magnetaufzeichnung,** (gr.-dt.), weibl., –en: Speicherung von Tönen und Bildern auf magnetischem Wege, Abk. MAZ
**Magnetik,** (gr.), weibl., nur Sing.: Teilgebiet der Geophysik, das sich mit den erdmagnetischen Erscheinungen beschäftigt; Lehre vom Verhalten der Materie im magnetischen Feld
**magnetisch,** (gr.): Eisen anziehend, anziehend, reizvoll
**Magnetiseur,** [magneti'sö:r, gr.], männl., –e: Heilpraktiker, der mit magnetischen Mitteln behandelt
**magnetisieren,** (gr.): magnetisch machen
**Magnetismus,** (gr.), männl., nur Sing.: 1. Lehre vom magnetischen Feld und den magnetischen Eigenschaften der Materie, 2. Kraft, Eisen anzuziehen, 3. Lehre von den angeblichen Heilwirkungen magnetischer Kräfte, Heilen durch Handauflegen
**Magnetit,** (gr.), männl., –e: hochwertiges Eisenerz, ferromagnetisches Mineral
**Magnetometer,** (gr.), sächl., –: Instrument zur Messung Stärke von Magnetfeldern (z. B. von Elektromagneten oder Himmelskörpern)
**Magnetopath,** (gr.), männl., –en: vgl. Magnetiseur
**Magnettongerät,** (gr.-dt.), sächl., –e: Tonbandgerät
**magnifik,** (lat.): prächtig, herrlich, großartig
**Magnifikat,** (lat.), sächl., nur Sing.: Lobgesang Marias im ersten Kapitel des Lukas-Evangeliums, benannt nach den Anfangsworten »Magnificat anima...« (= Meine Seele rühmet den Herrn), liturgischer Text der kathol. Vesper; Chorwerk von J. S. Bach
**Magnifizenz,** (lat.), weibl., –en: Titel und Anrede für die Rektoren von Universitäten (eigentlich: Hoheit, Herrlichkeit)
**Magnitude,** (lat.), weibl., –n: Maß für die Energie eines Erdbebens
**Magnolie,** weibl., –n: wegen seiner großen blassrosa und weißen Blüten beliebter Zierbaum aus Ostasien
**Mahagoni,** (indian.), sächl., nur Sing.: hochwertiges Holz eines tropischen amerikanischen Baums
**Maharadscha,** (sanskr.), männl., –s: indischer Großfürst
**Maharani,** (sanskr.), weibl., –s: Frau eines Maharadschas
**Mahatma,** (sanskr. »große Seele«), männl., –s: indischer Ehrentitel, bekannt v. a. als Beiname Gandhis (1869 – 1948)
**Mahdi,** ['ma:chdi, arab.], männl., –s: der erwartete Welterneuerer des Islam, der Mohammeds Werk vollenden wird
**Maiden,** ['me:jden, engl.], sächl., –: Rennpferd, das noch keine oder nur geringe Rennpraxis hat
**Mailbox,** ['me:jlbox, engl.], weibl., –en: für schnellen Informationsaustausch eingerichteter elektronischer Briefkasten (EDV)
**Mailing,** ['me:jling, engl.], sächl., –s: Versand von Reklamematerial
**Mail-order,** ['me:jlorde(r), engl.], weibl., –s: Direktvertrieb oder Vertrieb von Waren über den Versandhandel
**Mainstream,** ['me:jnstri:m, engl.], männl., nur Sing.: Form des modernen Jazz, die stark vom Swing beeinflusst ist
**Maisonnette,** [mäso'nä.t, fr.), weibl., –s: anderthalb oder mehr durch Binnen-

treppe verbundene Stockwerke umfassende Wohnung in einem großen Haus

**Maître de plaisir,** ['mä:tre de plä'si:r, fr. ], männl., –s – –: jmd., der ein Fest ausrichtet, organisiert, gestaltet; Tanzmeister

**Maitresse:** vgl. Mätresse

**Maja,** (sanskr.), weibl., nur Sing.: als verschleierte Schönheit dargestellte, als Illusion angesehene Welt der Dinge und Menschen in der wedischen und brahmanischen Religion; Blendwerk

**Majestät,** (lat.), weibl., –en: 1. Titel und Anrede von Kaisern und Königen, 2. Erhabenheit, Hoheit; Prächtigkeit

**majestätisch,** (lat.): erhaben, hoheitsvoll; prächtig

**majeur,** [maschör, fr.): im Französischen Bez. für Dur

**Majolika,** (italien.), weibl., –s oder Majoliken: Töpferware mit Glasur; Fayence, benannt nach dem früheren Namen der Insel Mallorca

**Major,** (lat.-span.), männl., –e: unterster Dienstgrad der Stabsoffiziere (meist Bataillonskommandeur)

**Majoran,** (lat.), männl., –e: zu den Lippenblütlern gehörende Gewürzpflanze

**Majorat,** (lat.), sächl., –e: im Erbrecht der Vorrang des Ältesten sowie das nach diesem Prinzip zu vererbende Vermögen

**Majordomus,** (lat.), männl., –: im frühmittelalterlichen Frankenreich Stellvertreter des Königs; oberster Beamter des Hofes, Hausmeier

**majorenn,** (lat.): (veraltet) groß-, volljährig, mündig

**majorisieren,** (lat.): durch Stimmenmehrheit beherrschen, überstimmen

**Majorität,** (lat.), weibl., –en: Mehrheit, Stimmenmehrheit, Überzahl

**Majuskel,** (lat.), weibl., –n: Großbuchstabe (Gegens.: Minuskel)

**makaber,** (fr. ): totenähnlich, schaurig, düster; frivol; mit dem Tod, mit Grausigem scherzend

**Makadam,** der oder das, –e: aus festgewalztem Schotter, Split und Sand bestehender Straßenbelag, benannt nach dem schottischen Ingenieur McAdam (1756 – 1836)

**Makak,** (portug.), männl., Makaken: Gattung meerkatzenartiger asiatischer Affen

**Make-up,** ['me:jk-a.p, engl.], sächl., –s: 1. kosmetische Gesichtskorrektur sowie die Mittel dafür, 2. Aufpolierung, künstliche Verschönerung, Fassade, Tünche

**Maki,** männl., –s: vgl. Lemur

**Makimono,** (japan.), sächl., –s: chines. oder japan. breitformatiges Bild auf Seide oder Papier, das zum Anschauen von rechts nach links abgerollt wird

**Makkabiade,** (hebr.), männl., –s: nach Art der olympischen Spiele alle vier Jahre stattfindende Wettkämpfe jüdischer Sportler

**Makkaroni,** (italien.), weibl., nur Plur.: Röhrennudeln aus Hartweizengrieß

**makkaronische Dichtung:** aus lateinischen und latinisierten Worten moderner Sprachen verfertigtes Scherzgedicht, Literatur in »Küchenlatein« (z. B. Morgenstern »Lunovis« [Das Mondschaf])

**Mako,** weibl., der oder das –s: ägyptische Baumwolle

**Makramee,** (arab.-türk.), sächl., –s: ursprünglich arabische Knüpftechnik sowie die so hergestellte gemusterte Ware

**Makrele,** (niederl.), weibl., –n: im Mittelmeer, Atlantik und in der Nordsee häufiger bis 35 cm langer beliebter Speisefisch

**Makro,** (gr.-engl.), sächl., –s: Zusammenfassung mehrerer Befehlsfolgen in einem Anwendungsprogramm (EDV)

**Makrobiose,** (gr.), weibl., nur Sing.: Langlebigkeit (Med.)

**Makrobiotik,** (gr.), weibl., nur Sing.: 1. Kunst, das Leben zu verlängern, 2. v. a. aus Getreide- und Gemüseprodukten bestehende Ernährung

**Makroklima,** (gr.), sächl., –s oder –klimate: Klima von Großräumen
**Makrokosmos,** (gr.), männl., nur Sing.: die Welt im Großen, das All, der Kosmos
**Makromelie,** (gr.), weibl., –n: Riesenwuchs (Med.)
**Makromolekül,** (gr.), sächl., –e: Molekül, das aus tausend und mehr Atomen besteht
**Makrone,** (fr.), weibl., –n: aus Mandeln, Zucker und Eiweiß hergestelltes Gebäck
**Makrosoziologie,** (gr.), weibl., nur Sing.: gesamtgesellschaftliche Vorgänge und Strukturen erforschende Teildisziplin der Soziologie
**Makulatur,** (lat.), weibl., –en: 1. Abfallpapier der Druckerei; Papierabfall, eingestampfte Bücher, 2. (übertr.) dummes Zeug, wertloser Kram
**Malachit,** (gr.), männl., –e: ein Schmuckstein, grünes Mineral aus basischem Kupferkarbonat
**malade,** (fr. ): kränklich, hinfällig, sich angeschlagen oder ohne Antrieb fühlend
**mala fide,** (lat.): wider besseres Wissen, in böser Absicht
**Malaga,** männl., –s: Süßwein aus der spanischen Provinz Malaga
**Malaise** (auch: Maläse), [ma'lä:se, fr.], weibl., –n: ungünstige Lage, unglücklicher Umstand, Misere; Unbehagen, Übelkeit
**Malakologie,** (gr.), weibl., nur Sing.: Teilgebiet der Zoologie, das sich mit Schnecken, Muscheln u. a. beschäftigt, Weichtierkunde
**Malaria,** (italien.), weibl., nur Sing.: Sumpffieber, das in den Tropen von Stechmücken übertragen wird (Med.)
**Maläse,** (fr.): vgl. Malaise
**Malazie,** (gr.), weibl., –n: Erweichung des Gewebes (Med.)
**Malefiz,** (lat.), sächl., –e: (veraltet) Verbrechen, Untat
**Malepartus,** (lat.), männl., nur Sing.: Fuchsbau in der Tierfabel
**Malheur,** [ma'lö:r, fr.], sächl., –e: Pech, Unglück; Missgeschick
**maligne,** (lat.): bösartig (Gegens.: benigne; Med.)
**Malignität,** (lat.), weibl., nur Sing.: (Med.) Bösartigkeit
**Malignom,** (lat.), sächl., –e: bösartige (Krebs-)Geschwulst (Med.)
**maliziös,** (lat.): boshaft, arglistig; hämisch, giftig
**mall,** (niederl.): gedreht (vom Wind); (umg.) töricht, verrückt
**Mall,** (niederl.), sächl., –e: Modell aus Holz für Schiffsteile, Spantschablone
**Malm,** (engl.), männl., nur Sing.: oberste Abteilung der Jura-Formation im Erdmittelalter (Geol.)
**Maloche,** (jidd.), weibl., nur Sing.: (umg.) schwere Arbeit
**malochen,** (jidd.): (umg.) schwer arbeiten, schuften
**Maltase,** (lat.-gr.) weibl., –n: Enzym, das Malzzucker in Traubenzucker spaltet
**Malteser,** männl., –: 1. Angehöriger des früher auf Malta beheimateten Johanniterordens, 3. weißer Schoßhund mit langem Fell
**Maltose,** (fr.), weibl., nur Sing.: Malzzucker
**malträtieren,** (fr.): quälen, peinigen, misshandeln
**Malum,** (lat.), sächl., Mala: Krankheit, Übel (Med.)
**Malus,** (lat.), männl., – oder –se: 1. nachträglicher Zuschlag zur Versicherungsprämie bei gehäuften Schäden oder erhöhtem Risiko, 2. Punktnachteil als Ausgleich für eine bessere Ausgangsposition (Gegens.: Bonus)
**Malve,** (lat.), weibl., –n: krautige Arznei- und Zierpflanze

**Mamba,** (afrikan.), weibl., –s: afrikanische Giftnatter
**Mambo,** (span.), männl., –s: aus Kuba stammender mäßig schneller gradtaktiger Tanz
**Mameluck,** (arab.), männl., –en: türkischer Sklave, Leibwächter orientalischer Herrscher
**Mamelucken,** (arab.), weibl., Plur.: mittelalterliche Dynastie in Syrien und Ägypten
**Mamilla,** (lat.), weibl., –e: Brustwarze (Med.)
**Mamille,** (lat.), weibl., –n: vgl. Mamilla
**Mamma,** (lat.), weibl., –e: 1. Brust, Brustdrüse der Frau (Med.), 2. Zitze (Biol.)
**Mammakarzinom,** (lat.-gr.), sächl., –e: Brustkrebs (Med.)
**Mammalia,** (lat.), weibl., nur Plur.: Sammelbez. für alle Säugetiere
**Mammographie,** (lat.-gr.), weibl., –n: Untersuchung der weiblichen Brust mit Röntgengerät
**Mammon,** (gr.), männl., nur Sing.: (abschätzig für: ) Reichtum, Vermögen, (abschätzig) Geld (schnöder M.)
**Mammut,** (russ.), sächl., –s oder –e: ausgestorbenes eiszeitliches, elefantenartiges Rüsseltier
**Mamsell,** (fr.), weibl., –en oder –s: Köchin, Wirtschafterin, Angestellte in Restaurants; (scherzhaft) Fräulein
**Mänade,** (gr.), weibl., –n: 1. tanzende, rasende Begleiterin des gr. Weingottes Dionysos (lat. Bacchus), 2. (allg.) in Verzückung geratene Frau, rasendes Weib
**Management,** ['mä.nä.dschm(e)nt, engl.], sächl., –s: Führungstechnik, Geschäftsführung, Leitung eines Unternehmens; Sammelbez. für die leitenden Angestellten eines Unternehmens
**Management-Buy-out,** ['mä.nä.dschm(e)ntbai'aut, engl.], sächl., nur Sing.: Unternehmensübernahme durch Führungskräfte des betreffenden Unternehmens (Abk. MBO
**managen,** ['mä.nä.dschen, engl.]: 1. leiten; (umg.) bewerkstelligen, organisieren, 2. jmds. Karriere fördern; einen Sportler oder Künstler betreuen, wirtschaftlich beraten
**Manager,** ['mä.nä.dscher, engl.], männl., –: 1. Geschäftsführer oder leitender Angestellter eines größeren Betriebs, 2. Betreuer, Berater eines Sportlers oder Künstlers
**mancando,** (italien.): dahinschwindend, bis zum Verwehen der Töne leiser werdend (Mus.)
**Manchester,** ['mä.ntschester, engl.), männl., nur Sing.: kräftig gerippter Kordsamt
**Manchestertum,** [mäntschestertum, engl.], sächl., nur Sing.: extreme Form des Wirtschaftsliberalismus, die jeden staatlichen Eingriff ablehnt
**Mandant,** (lat.), männl., –en: Auftraggeber, Kunde (eines Notars, Rechtsanwalts oder Steuerberaters)
**Mandarin,** (portug.), männl., –e: europäischer Name für einen hohen Beamten im einstigen chinesischen Kaiserreich
**Mandarin,** (portug.), sächl., nur Sing.: ehemalige Verkehrssprache in China; Hochchinesisch (Pekinger Dialekt)
**Mandarine,** (portug.), weibl., –n: kleine apfelsinenähnliche Frucht eines subtropischen Obstbaums
**Mandat,** (lat.), sächl., –e: allg. Auftrag, in Sonderheit: 1. Vollmacht (z. B. für einen Rechtsanwalt) zur Regelung einer fremden Angelegenheit, 2. Amt bzw. Parlamentssitz eines gewählten Abgeordneten, 3. (z. B. von der UNO erteilter) Auftrag zur (vorübergehenden Verwaltung eines fremden Staatsgebietes
**Mandatar,** (lat.), männl., –e: Beauftragter; Bevollmächtigter, Sachwalter (Rechtsw.)

**Mandibula,** (lat.), weibl., –e: Unterkiefer (Med.)
**Mandola,** (italien.), weibl., Mandolen: eine Oktave tiefer als die Mandoline gestimmtes Zupfinstrument
**Mandoline,** (italien.), weibl., –n: viersaitig-doppelchöriges Zupfinstrument mit kürbisähnlichem Schallkörper
**Mandora:** vgl. Mandola
**Mandorla,** (gr.), weibl., Mandorlen: Heiligenschein in Mandelform um die Jesus- oder Muttergottesgestalt in der bildenden Kunst
**Mandragora:** vgl. Mandragore
**Mandragore,** (gr.), weibl., –n: Nachtschattengewächs mit rübenartiger, angeblich zauberkräftiger Wurzel (Alraune)
**Mandrill,** (engl.), männl., –e: zentralafrikanischer Hundskopfaffe mit grellbunten Backenfalten
**Manege,** [ma'ne:sche, fr.], weibl., –n: Reitbahn; (runder) Platz für Darbietungen im Zirkus
**Mangabe,** (afrik.), weibl., –n: Gattung äquatorialafrikanischer Schmalnasenaffen
**Mangan,** (gr.), sächl., nur Sing.: chem. Element, silbergraues Schwermetall (Zeichen: Mn)
**Manganat,** (gr.), sächl., –e: Salz der Mangansäure
**Manganit,** (gr.), männl., –e: schwarzes oder stahlgraues Mineral, Manganerz
**Mangobaum,** (portug.), männl., ..bäume: süd- und südostasiatischer tropischer Baum mit gelblichen saftigen Früchten (Mangos)
**Mangrove,** (indian.-span.), weibl., –n: Pflanze mit Stelz- und Luftwurzeln an Küsten und Flussmündungen tropischer Gebiete
**Manguste,** (portug.), weibl., –n: Schleichkatzenart mit nicht einziehbaren Krallen
**Manie,** (gr.), weibl., –n: 1. Sucht, Besessenheit, krankhafte Leidenschaft, 2. Phase des manisch-depressiven Irreseins mit Triebsteigerung und Realitätsverlust, Ideenflucht (Psychol.)
**Manier,** (fr.), weibl., –en: 1. Art, Eigenart; Gewohnheit, Sitte; künstlerische Eigenheit; Künstelei, 2. (nur Plur.) Umgangsformen, Benehmen
**manieriert,** (fr.): übertrieben, affektiert, gekünstelt, gesucht
**Manieriertheit,** (fr.), weibl., nur Sing.: Affektiertheit, manierierte Art und Weise
**Manierismus,** (fr.), männl., nur Sing.: 1. bewusst übertriebener, gesuchter Kunststil, 2. Kunstrichtung zwischen Renaissance und Barock
**Manierist,** (fr.), männl., –en: Vertreter des Manierismus
**manieristisch,** (fr.): nach Art des Manierismus
**manierlich,** (fr.): gesittet; gut erzogen, anständig; (umg.) ziemlich gut, recht ordentlich
**manifest,** (lat.): deutlich, offenkundig, handgreiflich; klar zu erkennen (von Krankheiten; Med.)
**Manifest,** (lat.), sächl., –e: 1. öffentliche Erklärung, Darlegung von Grundsätzen, Programm; Bekanntmachung, Aufruf, 2. Verzeichnis des Ladeguts eines Schiffes
**Manifestation,** (lat.), weibl., –en: 1. das Offenlegen, Sichtbarwerden, Bekanntmachen, 2. das in Erscheinung Treten, (äußerlich) Erkennbarwerden (z. B. einer Erkrankung oder einer erblichen Disposition; Med.)
**manifestieren,** (lat.): 1. öffentlich erklären, bekanntmachen, 2. sichtbar, erkennbar werden (von Krankheiten; Med.)
**Manihot,** (indian.), männl., –s: vgl. Maniok
**Maniküre,** (fr.), weibl., –n: 1. (nur Sing.) Handpflege (v. a. der Fingernägel), 2. Frau, die Handpflege beruflich betreibt

**maniküren,** (fr.): Hände und Fingernägel pflegen
**Maniok,** (indian.), männl., –s: ein wegen seiner stärkereichen Knollen in vielen tropischen Gebieten angebautes Wolfsmilchgewächs
**Manipel,** (lat.), männl., –: 1. Abteilung (ein Drittel) einer altrömischen Kohorte, 2. (auch weibl.) am linken Unterarm des kathol. Messgewandes befestigtes gesticktes Band
**Manipulant,** (lat.), männl., –en: Drahtzieher, Verfälscher
**Manipulation,** (lat.), weibl., –en: 1. absichtliche Umfälschung von Informationen, 2. Hand- oder Kunstgriff, 3. Beeinflussung, Dressur, Abrichtung; gezielte Veränderung (z. B. des Erbguts durch Gen-M.), 4. Machenschaft, undurchschaubares Manöver
**manipulativ,** (lat.): mit Manipulation arbeitend, darauf beruhend
**Manipulator,** (lat.), männl., Manipulatoren: 1. jmd., der (andere) manipuliert, 2. Anlage zur Übertragung von Handbewegungen auf eine künstliche Greifhand überträgt (z. B. zur Arbeit mit radioaktiven oder empfindlichen Materialien), 3. Trickkünstler
**manipulieren,** (lat.): 1. Informationen absichtlich umfälschen, 2. Kunstgriffe anwenden, etwas trickreich handhaben, 3. Menschen gezielt beeinflussen, Tiere abrichten, gezielt verändern (z. B. das Erbgut)
**manisch,** (gr.): die Manie betreffend, zur ihr gehörig; tobsüchtig (Psychol.)
**manisch-depressiv,** (gr.-lat.): schwankend grundlos heiter-zornig oder traurig-missmutig (Psychol.)
**Manismus,** (lat.), männl., nur Sing.: Ahnenkult; Theorie, nach der die Religion ihren Ursprung im Totenkult hat
**Manitu,** (indian.), männl., nur Sing.: in der Religion der nordamerikanischen Indianer der Große Geist, Weltgeist, der sich in den Wundern seiner Schöpfung zeigt
**Manko,** (italien.), sächl., –s: Fehler, Mangel; Fehlbetrag, Ausfall, ausstehende Menge
**Manna,** (hebr.), das oder die, nur Sing.: 1. Himmelsbrot, den Kindern Israels nach dem Alten Testament vom Himmel gesandte Nahrung beim Auszug aus Ägypten, 2. aus der Rinde mancher Bäume austretender süßer Saft, 3. Ausscheidung einer Filzlausart
**Mannequin,** [mane'kän, fr.], sächl., –s: 1. junge Dame, die beruflich Modeschöpfungen vorführt
**Mannit,** (hebr.), männl., –e: in Pflanzensäften sich bildender Zuckeralkohol
**mano destra,** (italien.): rechtshändig zu spielen (Mus.)
**Manometer,** (gr.), sächl., –: Druckmesser für Gase und Flüssigkeiten in Rohrleitungen und Tanks
**ma non troppo,** (italien.): aber nicht so sehr (Mus.)
**mano sinistra,** (italien.): linkshändig zu spielen (Mus.)
**Manöver,** (fr.), sächl., –: 1. Gefechtsübung von Truppen, 2. Kunstgriff, Ablenkungs- oder Täuschungsversuch, 3. mit einem Fahrzeug (v. a. Schiff, Flugzeug oder Raumschiff) vorgenommener Richtungswechsel (z. B. Wende-M., Ausweich-M.)
**manövrieren,** (fr.): 1. ein Fahrzeug geschickt lenken (z. B. in eine Parklücke); mit einem Schiff oder Flugkörper gezielt die Richtung ändern, 2. sich wendig verhalten, geschickt zu Werke gehen, sich oder jmdn. in eine gewünschte Lage zu bringen
**Mansarde,** (fr.), weibl., –n: nach dem fr. Architekten Mansard (17. Jh.) benannter Dachausbau zu Wohnzwecken

**Manschette,** (fr.), die –n: 1. aus Gummi oder Kunststoff bestehender Dichtungsring an Maschinenteilen oder Rohren, 2. Ärmelabschluss an der Oberbekleidung (v. a. am Hemd), 3. Kreppumschlag für Blumentöpfe, 4. regelwidriger Halsgriff beim Ringen

**Mantik,** (gr.), weibl., nur Sing.: angebliche Fähigkeit, die Zukunft vorzusagen, Seherkunst

**Mantille,** (span.), weibl., –n: Umhang für die Schultern, v. a. in Spanien üblicher Spitzenschleier der Frauen für Kopf und Schultern

**Mantisse,** (lat.), weibl., –n: die hinter dem Komma stehende Zahl (insbes. bei Logarithmen; Math.)

**Manual,** (lat.), sächl., –e: 1. Tage-, Notiz- oder Handbuch, 2. Tastatur, Klaviatur an Orgel, Cembalo (unüblicher bei anderen Tasteninstrumenten)

**manuell,** (lat.): mit der Hand, von Hand (hergestellt)

**Manufaktur,** (lat.), weibl., –en: 1. (früher) Handarbeit; mit der Hand hergestellte Ware, 2. Fabrik in vorindustrieller Zeit, die Ware in handwerklicher Kooperation herstellte

**manu propria,** (lat.): eigenhändig, mit eigener Hand

**Manuskript,** (lat.), sächl., –e: Handschrift, Urschrift, Schriftstück; hand- oder maschinengeschriebener Text als Satz- oder Redevorlage

**Maoismus,** männl., nur Sing.: chinesische Auslegung des Marxismus, benannt nach dem Vorsitzenden der KPCh, Mao Tse-tung

**Maoist,** männl., –en: Anhänger des Maoismus

**Maori,** (polynes.), männl., –s: 1. Eingeborener Neuseelands, 2. (sächl., nur Sing.) Sprache der Eingeborenen Neuseelands

**Mapam,** (Kurzw.), weibl., nur Sing.: vereinigte israelische Arbeiterpartei

**Maquette,** [ma'kä.t, fr.], weibl., –n: Entwurf, Skizze

**Maquis,** [ma'ki:, fr.], männl., nur Sing.: Buschwald, Unterholz sowie (übertr.) Kampforganisation der französischen Résistance im Zweiten Weltkrieg

**Maquisard,** [maki'sa:r, fr.], männl., –s: Kämpfer der Résistance

**Marabu,** (arab.-portug.), männl., –s: storchartiger Schreitvogel in den Tropen, Kropfstorch

**Marabut,** (arab.-portug.), männl., -(s): Mönch, Heiliger des Islam sowie dessen Grab

**Maracuja,** (indian.-portug.), weibl., –s: saftige, essbare Frucht der Passionsblume

**Maräne,** (slaw.), weibl., –n: Lachsfisch der Ostsee und der norddeutschen Binnenseen; Felchen

**marantisch,** (gr.): kraftlos, hinfällig, schwach (Med.)

**Maraschino,** [maras'ki:no, italien.], männl., –s: feiner aus der dalmatinischen Maraskakirsche hergestellter Likör

**Marasmus,** (gr.), männl., Marasmen: Hinfälligkeit, Schwäche, Kräfteschwund (Med.)

**Marathonlauf,** (gr.-dt.), männl., –läufe: längste olympische Laufdisziplin über 42,195 km (benannt nach dem Siegeslauf von Marathon nach Athen 490 v. Chr.)

**marcato,** (italien.): markiert, deutlich hervorgehoben (Mus.)

**Marchesa,** [mar'ke:sa, italien.], weibl., –s oder Marchesen: hohe Adlige in Italien

**Marchese,** [mar'ke:se, italien.], männl., –n: hoher Adliger in Italien

**Marcia,** ['ma.rtscha, italien.], weibl., –s: Marsch (Mus.)

**Marcia funebre,** (italien.): Trauermarsch (Mus.)

**Mare,** (lat. »Meer«), sächl., – oder Maria: Bezeichnung für dunkel aussehenden Gegenden auf Mond und Mars (Astron.)
**Marelle:** vgl. Marille
**Marengo,** (italien.), männl., –s: mischgraues (grau oder braun mit weißen Pünktchen) Kammgarnstoff für Anzüge und Mäntel
**Margarine,** (gr.), weibl., nur Sing.: aus pflanzlichen (seltener auch aus tierischen) Fetten hergestelltes Speisefett
**Marge,** ['ma.rsche, fr.], weibl., –n: Abstand, Spielraum, Spanne; Handelsspanne, Differenz zwischen Einkaufs- und Verkaufspreis (auch bei Aktien)
**Margerite,** (gr.), weibl., –n: sternförmig weißblühende Garten und Wiesenpflanze aus der Gattung der Korbblütler
**marginal,** (lat.): randständig, den Rand betreffend; beiläufig, unwichtig
**Marginalexistenz,** (lat.), weibl., –en: Außenseiter, zur einer Randgruppe gehörende Person, Randexistenz
**Marginalie,** (lat.), weibl., –n: Anmerkung, Randbemerkung; Notiz auf dem Rand einer Handschrift oder Buchseite
**Marginalität,** (lat.), weibl., nur Sing.: vgl. Marginalexistenz; Randständigkeit
**Mariage,** [mar'ja:sch, fr.], weibl., –n: (veraltet) Heirat, Ehe; im Kartenspiel König und Dame von einer Farbe
**marianisch,** (hebr.): die Jungfrau Maria betreffend
**Marihuana,** (span. aus den Vornamen Maria und Juana [Johanna]), sächl., nur Sing.: Rauschgift aus Blättern, Stängeln und Blüten des indischen Hanfs
**Marille,** weibl., –n: (österreich.) Aprikose
**Marimba,** (afrikan.-span.), weibl., –s: ursprünglich aus Afrika stammendes xylophonartiges Schlaginstrument, das heute v. a. in Lateinamerika verbreitet ist
**marin,** (lat.): zum Meer gehörend, aus ihm kommend
**Marinade,** (lat.-fr.), weibl., –n: zum Einlegen von Fisch und Fleisch verwendete würzige Soße, Beiztunke
**Marine,** (lat.), weibl., –n: Kriegs- bzw. Handelsflotte eines Staates
**marineblau,** (lat.-dt.): dunkelblau
**Mariner,** (lat.), männl., –: (scherzhaft) Matrose, Seemann
**marinieren,** (lat.-fr.): Fisch oder Fleisch in Marinade einlegen
**Marinismus,** (italien.), männl., nur Sing.: schwülstige Dichtkunst im italienischen Barock, benannt nach dem Dichter Marino (1569 – 1625)
**Mariolatrie,** (hebr.-gr.), weibl., nur Sing.: Marienverehrung
**Mariologie,** (hebr.-gr.), weibl., nur Sing: Lehre von der Muttergottes
**Marionette,** (hebr.-fr.), weibl., –n: an Fäden geführte Figur im Puppentheater; (übertr.) hörige, willenlos folgende, lenkbare Person
**maritim,** (lat.): die Schifffahrt, das Meer betreffend, zu ihnen gehörig
**maritimes Klima:** Seeklima
**markant,** (fr.): ausgeprägt, auffallend, hervorstechend, sich abhebend, scharf geschnitten (von Gesichtern)
**Markasit,** (fr.), männl., –e: Strahlkies, Eisenerz, gelbes Eisendisulfid
**Marker,** (engl.), männl., –: 1. mit besonders breitem Filz und Leuchtfarbe ausgestatteter Schreiber zum Kennzeichnen von Textstellen, 2. kennzeichnende Substanz für Zelluntersuchungen (Biol.)
**Marketenderin,** (italien.), weibl., –nen: Händlerin mit Kantinenwaren für Truppen im Feld oder bei Manövern
**Marketing,** (engl.), sächl., –s: im Vertriebswesen Sammelbez. für Maßnahmen zur Förderung des Verkaufs durch Werbung, Produktgestaltung u. a.
**markieren,** (fr.): 1. kennzeichnen, betonen, hervorheben, 2. einen Treffer erzielen(z. B. im Fußball); einen Gegner

abschirmen (bei Ballsportarten), 3. etwas nur andeuten, skizzieren, 4. (umg.) so tun, als ob; simulieren
**Markierung,** (fr.), weibl., –en: Merk- und Kennzeichen, Einkerbung, Marke; Linie auf einem Spielfeld
**Markise,** (fr.), weibl., –n: 1. Sonnenschutzvorrichtung zum Herunterklappen oder Aufrollen, 2. längliche brillantähnliche Form des Schliffs bei Diamanten
**Markisette,** [marki'sätt, fr.], der oder die, –s: durchsichtiges Gewebe mit durchbrochener Musterung (v. a. für Gardinen)
**Markör,** (fr. ), männl., –e: 1. Billard-Schiedsrichter, der die Punkte zählt, 2. Gerät zum Markieren von Saatreihen oder Pflanzstellen
**Marmor,** (gr.), männl., –e: kristalliner, schleif- und polierbarer, oft geäderter Kalkstein
**marmorieren,** (gr.): mit einem feinädrigen Muster versehen, bemalen
**Marmotte,** (fr.), weibl., –n: Alpenmurmeltier
**Marocain,** [maro'kän, fr.], sächl., –s: kreppartiges Gewebe
**marode,** (fr.): ermüdet, ermattet, erschöpft; (ursprüngl.) marschunfähig
**Marodeur,** [maro'dö:r, fr.], männl., –e: plündernder Soldat in Kriegszeiten
**marodieren,** (fr.): plündernd herumziehen in Kriegszeiten
**Marone,** (italien.), weibl., –n: 1. essbare Frucht der Edelkastanie, 2. Speisepilz mit braunem Hut und gelben Röhren
**Maroquin,** [maro'kän, fr.], männl., nur Sing.: weiches genarbtes Ziegenleder aus Marokko
**Marotte,** (hebr.), weibl., –n: sonderbare Angewohnheit, Tick, Grille, Schrulle; wunderliche Vorliebe, Hobby
**Markquess,** ['ma:kwiß, engl.], männl., –: Markgraf (engl. Adelstitel zwischen Graf und Herzog)
**Marquis,** [mar'ki:, fr.], männl., – [marki:s]: Markgraf (fr. Adelstitel)
**Marquise,** [markise, fr.), weibl., –n: Frau oder Tochter eines Marquis
**Marquisette:** vgl. Markisette
**Marsala,** männl., –s: goldgelber Süßwein aus Sizilien
**Marseillaise,** [marße'jä:s, fr.], weibl., nur Sing.: 1792 entstandenes Marschlied Französischen Revolution, heute fr. Nationalhymne
**Marsupiglier,** (gr.), weibl., nur Plur.: Sammelbez. für die Familie der Beuteltiere
**martialisch,** (lat.): (nach dem altröm. Kriegsgott Mars) kriegerisch, säbelrasselnd, streitbar, drohend
**Märtyrer,** (gr.), männl., –: ursprüngl. Blutzeuge des christlichen Glaubens, später allg. Bez. für jmdn., der wegen seines Glaubens oder seiner (politischen) Überzeugung Verfolgung oder Tod erlitten hat
**Martyrium,** (gr.), sächl., Martyrien: 1. Folterung und Tod eines Märtyrers sowie dessen Grabstätte, 2. (allg.) schwere Pein, Qual, langes Leiden
**Martyrologium,** (gr.), sächl., –logien: Verzeichnis der Heiligen und Märtyrer
**Marxismus,** männl., nur Sing.: von Karl Marx (und Friedrich Engels) begründete sozialistische Staats-, Gesellschafts- und Wirtschaftstheorie
**Marxist,** männl., –en: Anhänger des Marxismus
**Mary Jane,** ['mä:ri 'dsche:jn, engl.], weibl., nur Sing.: (umg.) Marihuana
**Marzipan,** (italien.), sächl., –e: feines Konfekt aus Zucker und fein geriebenen Mandeln
**Maschine,** (gr.), weibl., –n: beweglichen und festen Elementen zusammengesetzte Einrichtung, die nach Vorgabe Arbeit verrichtet und Kräfte überträgt; (umg. kurz) Näh- oder Schreibma-

schine, Flugzeug, Motorrad, u. Ä.; (derb:) dicke Frau

**maschinell,** (gr.): mit Hilfe von Maschinen durchführbar oder durchgeführt; wie eine Maschine

**Maschinerie,** (gr.), weibl., –n: 1. selbstlaufendes System, Verwaltungsapparat, 2. Gesamtheit einer Ausstattung mit Maschinen

**Maschinist,** (gr.), männl., –en: Bediener, Überwacher und Pfleger von Maschinen (v. a. auf Schiffen)

**Maskaron,** (fr.), männl., –e: Maske oder fratzenhaftes Gesicht als Verzierung über Tür- oder Fensterbogen

**Maske,** (fr.), weibl., –n: 1. künstliche Hohlgesichtsform mit Augen- und Mundschlitzen, Larve zur Verkleidung des Gesichts; verkleidete Person, 2. Gesichtsschutz bei einigen Sportarten, 3. das für seine Rolle zurechtgemachte Gesicht eines Schauspielers, Schminkraum, 4. Deckmantel, Verstellung, 5. Überleger über ein Bild für die Reproduktion zur Angabe des Ausschnitts und des Formats, 6. kosmetische Masse zur Gesichtspflege, 7. Gerät zum Inhalieren der Narkosegase (Med.)

**Maskerade,** (fr.), weibl., –n: 1. Verkleidung, Vermummung, 2. Faschings-)Fest für verkleidete Gäste, Mummenschanz, 3. Täuschung, Heuchelei

**maskieren,** (fr.): durch eine Maske unkenntlich machen, vermummen; tarnen

**Maskottchen,** (fr.), sächl., –: Talisman in Form von Tieren bzw. Tier- oder Menschenfiguren, Anhängern, Bildern o. Ä., der Glück bringen soll

**maskulin,** (lat.): männlich; männlich aussehend; männlich Züge aufweisend

**Maskulinum,** (lat.), sächl., Maskulina: das männliche Geschlecht eines Substantivs (Sprachwiss.)

**Masochismus,** männl., Masochismen: sexuelle Ansprechbarkeit durch Erleiden von physischen wie psychischen Misshandlungen, benannt nach dem Schriftsteller Sacher-Masoch

**Masochist,** männl., –en: sexuell durch Erdulden von Misshandlungen ansprechbarer Mensch; (allg.) Dulder

**masochistisch:** zum Masochismus gehörig, auf ihm beruhend

**Massage,** [mas'sa:sche, fr.], weibl., –n: Heil- oder Lockerungsbehandlung des Körpers durch Kneten, Klopfen, Streichen v. a. der Muskelpartien mit Händen, starkem Wasserstrahl o.a. Geräten

**Massaker,** (fr.), sächl., –: Gemetzel, Massenmord, Blutbad

**massakrieren,** (fr.): (Menschen) abschlachten, grausam töten

**Massel,** (jidd.), männl., nur Sing.: (unverdientes) Glück (Gegens.: Schlamassel)

**Massenmedium,** (dt.-lat.), sächl., –medien: Publikationsorgan wie Presse, Rundfunk und Fernsehen, das Millionen von Menschen erreicht

**Masseur,** [mas'sö:r, fr.], männl., –e: männl. Fachkraft für Massage

**Masseuse,** [mas'sö:se, fr.], weibl., –n: weibl. Fachkraft für Massage

**massieren,** (fr.): 1. mit Massage behandeln, 2. zusammenziehen (z. B. von Truppen), verstärken

**massiv,** (fr.): 1. fest, voll, geschlossen, 2. kräftig, schwer, 3. grob, energisch; rücksichtslos

**Massiv,** (fr.), sächl., –e: 1. größere geschlossene Gebirgseinheit, 2. größerer frei liegender Gesteinskomplex (Geol.)

**Massivität,** (fr.), weibl., nur Sing.: Wucht, Gewichtigkeit, Geschlossenheit, Nachdruck; Rücksichtslosigkeit

**Mastaba,** (arab.), weibl., –s oder Mastaben: Steinkammergrab im alten Ägypten

**Mastalgie,** (gr.), weibl., –n: das Schwellen und Schmerzen weibl. Brust (v. a. vor der Monatsblutung; Med.)
**Master,** (engl.), männl., –: 1. engl. Anrede in Verbindung mit dem Vornamen für einen Halbwüchsigen, 2. in England und den USA verbreiteter akademischer Grad (z. B. M. of Arts), in etwa dem Doktorgrad entsprechend, 3. Jagdleiter in England
**Mastiff,** (engl.), männl., –s: großer kurzhaariger Wach- und Schutzhund, engl. Dogge
**Mastitis,** (gr.), weibl., Mastitiden: (Med.) Brustdrüsenentzündung
**Mastodon,** (gr.), sächl., –s oder Mastodonten: ausgestorbenes eiszeitliches Rüsseltier, Elefantenvorläufer
**Mastodynie,** (gr.), weibl., –n: vgl. Mastalgie
**Masturbation,** (lat.), weibl., –en: sexuelle Selbstbefriedigung, geschlechtliche Befriedigung eines anderen durch manuelle Reizung der Genitalien
**masturbieren,** (lat.): sich selbst sexuell befriedigen; bei einem anderen die Masturbation vornehmen
**Masurka:** vgl. Mazurka
**Matador,** (span.), männl., –e(n): 1. Hauptkämpfer im Stierkampf, der den Todesstoß setzt, 2. (allg.) Anführer, Sieger; Sportstar
**Match,** [mä.tsch, engl.], sächl., –s oder –e: Wettkampf, Wettspiel
**Matchball,** ['mä.tschbal, engl.-dt.], männl., ..bälle: Ballwechsel, der das Spiel entscheiden kann
**Matchwinner,** ['mä.tschwi.ner, engl.], männl., –s: Person, deren Leistung ein Mannschaftsspiel entscheidet, Sieg bringender Punkt
**Mate,** (indian.), männl., nur Sing.: aus den Blättern des südamerikanischen Matestrauchs, einer Stechpalmenart, hergestellter und gebrühter Tee
**Mater,** (lat. »Mutter«), weibl., –n: 1. vgl. Matrize, 2. Papptafel mit der negativ eingeprägten Form des zu druckenden Bildes oder des Schriftsatzes
**Mater dolorosa,** (lat. »schmerzensreiche Mutter«), weibl., nur Sing.: Beiname und künstlerische Darstellung der Jungfrau Maria, die um ihren Sohn und seinen Leidensweg trauert
**material,** (lat.): dinglich; inhaltlich; tatsächlich
**Material,** (lat.), sächl., –ien: 1. Roh-, Werk-, Arbeitsstoff; Zutaten, Hilfsmittel, 2. Unterlagen, Belege
**Materialisation,** (lat.), weibl., –en: 1. Verkörperung, Verstofflichung, 2. Umwandlung von Strahlungsenergie in Masseteilchen (Phys.), 3. angebliches Sichtbarmachen von Körpern aus dem Nichts, Beschwörung von Geistern
**materialisieren,** (lat.): verstofflichen, real werden lassen
**Materialismus,** (lat.), männl., nur Sing.: Weltsicht, nach der alles Sein materiellen Ursprungs und materiell deutbar ist, auch seelische und kognitive Vorgänge (Philos.)
**Materialist,** (lat.), männl., –en: 1. Anhänger des Materialismus, 2. nur an Besitz, Geld und Vergnügungen interessierter Mensch (Gegens.: Idealist)
**materialistisch,** (lat.): 1. auf den Materialismus bezogen, ihn betreffend, 2. nur an Besitz, Geld und Vergnügen interessiert (Gegens.: idealistisch)
**Materialität,** (lat.), weibl., nur Sing.: Stofflichkeit, Dinglichkeit (Gegens.: Spiritualität)
**Materie,** (lat.), weibl., –n: 1. ungeformter Urstoff; Stoff, Substanz, 2. Inhalt, Gegenstand (eines Gesprächs), Sachgebiet, 3. Masseteilchen, aus ihnen bestehende Substanz (Phys.), 4. objektive Wirklichkeit, die unabhängig vom Bewusstsein existiert (Philos.)

**materiell,** (lat.): 1. dinglich, körperlich, substanziell, 2. wirtschaftlich; auf wirtschaftlichen Vorteil und Gewinn bedacht
**matern,** (lat.): die Mutter(schaft) betreffend, mütterlich (Med.)
**Maternität,** (lat.), weibl., –en: Mutterschaft (Med.)
**Mathematik,** (gr.), weibl., nur Sing.: Wissenschaft von den Zahlen und Figuren, Mengen und algebraischen Strukturen
**Mathematiker,** (gr.), männl., –: jmd., der Mathematik studiert hat (und sie lehrt oder erforscht)
**mathematisieren,** (gr.): mit mathematischen Methoden bearbeiten, in mathematische Formeln kleiden
**Matinee,** (fr.), weibl., Matineen: künstlerische Veranstaltung am Vormittag, Frühvorstellung
**Matratze,** (arab.-italien.), weibl., –n: 1. Polster als Unterlage im Bett oder auf dem Boden (z. B. Luft-M.), 2. Weidengeflecht als Befestigung von Uferböschungen
**Mätresse,** (fr.), weibl., –n: Geliebte, Nebenfrau (eines Fürsten); Dirne, Beischläferin
**matriarchalisch,** (lat.-gr.): mutterrechtlich
**Matriarchat,** (lat.-gr.), sächl., –e: Mutterrecht; von der Mutter und der Mütterlichkeit geprägte Gesellschaftsform, Gesellschaft mit weiblicher Dominanz (Gegens.: Patriarchat)
**Matrikel,** (lat.), weibl., –n: Verzeichnis von Mitgliedern (z. B. der Studenten an einer Hochschule oder der Angehörigen eines Pfarrbezirks)
**matrimonial, matrimoniell,** (lat.): (veraltend) zur Ehe gehörige sie betreffend; ehelich
**Matrix,** (lat.), weibl., Matrizes (auch: Matrices) oder Matrizen: 1. Keimschicht, Bildungsschicht eines Körperteils (z. B. Nagelbett) (Biol.), 2. Chromosomenhülle (Biol.), 3. rechteckig angeordnetes Schema von Zahlen, die in einem bestimmten Zusammenhang stehen (Math.)
**Matrize,** (lat.), weibl., –n: 1. Guss-, Präge- oder Pressform für den Druck von Bildern oder Schrift, Galvanoplastik, 2. vgl. Matrix (3)
**Matrone,** (lat.), weibl., –n: Mutter der (Groß-)Familie, ältere würdige Frau; (abwertend) dicke Frau
**Matrose,** (niederl.), männl., –n: ausgebildeter Seemann; unterster Mannschaftsdienstgrad bei den Seestreitkräften
**Matsch,** (italien.), männl., –e: völliger Verlust eines Spiels
**Matur, Maturum,** (lat.), sächl., nur Sing.: (veraltet) Reifeprüfung, Abitur
**Matura,** (lat.), weibl., nur Sing.: (in Österreich und der Schweiz) Reifeprüfung, Abitur
**Maturant,** (lat.), männl., –en: (veraltet) die Reifeprüfung ablegender Schüler
**Matutin,** (lat.), weibl., –e(n): in der kathol. Kirche übliches nächtliches Stundengebet
**Matze,** (hebr.), weibl., –n: vgl. Matzen
**Matzen,** (hebr.), männl., –: in der Passahzeit zum Gedenken an den Auszug aus Ägypten von den Juden gegessenes ungesäuertes Brot (knäckebrotartig)
**Mauschel,** (jidd.), männl., –: armer Jude
**mauscheln,** (jidd.): 1. reden wie die Juden, jiddisch sprechen, 2. (übertr.) undeutlich reden, nuscheln, 3. zwielichtigen Handel treiben, sich verschwören, betrügen, 4. das Kartenglücksspiel Mauscheln spielen
**Mausoleum,** (gr.), sächl., Mausoleen: monumentaler Grabbau, benannt nach dem Grabmal des antiken Königs Mausolos in Halikarnassos (Kleinasien)
**mauve,** [mo:w, fr.]: malvenfarbig, violett

**maxi,** (Kurzw.): knöchellang (von Kleidern, Mänteln oder Röcken)
**Maxi,** (Kurzw.), männl., –s: knöchellanger Damenrock
**Maxilla,** (lat.), weibl., –e: Oberkieferknochen des Menschen (Med.); Unterkiefer oder Labium der Insekten (Zool.)
**maximal,** (lat.): sehr groß, größt..., höchst..., höchstens
**maximalisieren,** (lat.): bis zum Äußersten steigern, auf den höchstmöglichen Betrag bringen
**Maxime,** (lat.), weibl., –n: allgemeine Lebensregel, Prinzip des (sittlichen) Handelns; Denkspruch
**maximieren,** (lat.): das Maximum anstreben oder erreichen
**Maximum,** (lat.), sächl., Maxima: größter Wert, das Höchste; oberer Extremwert, Gipfelpunkt einer Funktion (Gegens.: Minimum; Math.)
**Maya:** vgl. Maja
**Mayday,** ['me:jde:j, engl.] (aus: fr. m'aidez! = »helfen Sie mir!«): im Funksprechverkehr weltweit verwendeter Hilferuf (wie das früher gemorste SOS)
**Mayonnaise,** [majo'nä:se, fr.], weibl., –n: aus Eidottern und Öl zubereitete dicke Soße
**MAZ,** (Kurzw. für: **M**agnet[bild]**a**uf**z**eichnung[sanlage]), die: Vorrichtung zur Speicherung von Fernsehbildern sowie das Gespeicherte selbst
**Mäzen,** (lat.), männl., –e: Kunstfreund, Beschützer und finanzieller Förderer von Künstlern und Künsten (nach dem Römer Maecenas, dem Gönner u. a. von Horaz und Vergil)
**Mäzenatentum,** (lat.), sächl., nur Sing.: Förderung von Künsten und Künstlern
**Mazeration,** (lat.), –en: 1. Vorgang der Auflösung organischer Gewebe unter Wassereinwirkung und Luftabschluss, 2. Gewinnung von Drogenextrakten aus Pflanzen mit Hilfe von Wasser, Alkohol und anderen Lösungsmitteln, 3. Präparationsverfahren zur Lösung von festen Bestandteilen des tierischen oder menschlichen Körpers von den umliegenden Weichteilen mittels Chemikalien
**mazerieren,** (lat.): eine Mazeration vornehmen
**Mazurka,** [ma'su.rka, poln.], weibl., Mazurken: polnischer Volkstanz i schnellem 3/4- oder 3/8-Takt
**mea culpa!,** (lat.): durch meine Schuld; ich bin schuldig
**Mechanik,** (gr.), weibl., –en: 1. Lehre von Gleichgewicht und Bewegung der Körper unter Krafteinfluss (Teildisziplin der Physik); Maschinenkunde, 2. Trieb- oder Uhrwerk, vgl. Mechanismus (1), 3. die Art des Funktionierens
**Mechaniker,** (gr.), männl., –: Metallfacharbeiter; jmd., der Maschinen in Stand hält
**mechanisch,** (gr.): 1. maschinenmäßig, ohne menschlichen Eingriff ablaufend, automatisch, 2. den physikalischen Gesetzen der Mechanik (1) entsprechend, 3. spontan, instinktiv, unbewusst
**mechanisieren,** (gr.): auf einen Produktionsvorgang oder die gesamte Herstellung Maschinenbetrieb umstellen
**Mechanismus,** (gr.), männl., Mechanismen: 1. Getriebe, Uhr- oder Triebwerk; sich bewegende Einrichtung zur Übertragung von Kraft, 2. unbewusster, gewohnheitsmäßiger, maschinenhafter Ablauf; selbsttätiger Vorgang
**mechanistisch,** (gr.): alles, was geschieht, rein mechanisch erklären; wie ein Mechanismus wirkend
**Medaille,** [me'da.ljee fr.], weibl., –n: Gedenkmünze ohne Geldwert
**Medailleur,** [medal'jö:r, fr.], männl., –e: Prägestempel für Medaillen oder Münzen entwerfender Künstler
**Medaillon,** [medal'jong, fr.], sächl., –s: 1. Anhänger, der geöffnet werden kann

und ein Bildchen o. Ä. enthält, 2. vgl. Medaille, 3. in Wänden oder Möbeln eingelassenes Rundrelief, 4. rund oder oval ausgestochene Scheibe Fleisch; kleine Lendenschnitte

**Media,** (lat.), weibl., Mediae oder Medien: stimmhafter Explosivlaut (z. B. b, d, g; Gegens.: Tenuis; Sprachwiss.)

**medial,** (lat.): 1. zur (Körper-)Mitte hin, die Mitte bildend, 2. die Eigenschaften eines okkulten Mediums besitzend

**Media-Mann,** männl., -Männer: Experte für Werbung

**median,** (lat.): die Mitte betreffend; auf der Körpermittellinie gelegen (Med.)

**Mediante,** (lat.), weibl., –n: dritte Stufe, Mittelton der Tonleiter sowie der darauf aufgebaute Dreiklang (Mus.)

**Mediation,** (lat.), weibl., –en: Vermittlung, vermittelndes Eingreifen (in der Diplomatie)

**Mediatisierung,** (lat.), weibl., –en: die Reichsunmittelbarkeit aufheben (z. B. ehemals freie Städte dem umliegenden Land zuschlagen)

**mediäval,** (lat.): mittelalterlich

**Mediävistik,** (lat.), weibl., nur Sing.: Teilgebiet der Geschichtswissenschaft, das die mittelalterliche Kultur und Geschichte zum Gegenstand hat

**Medikament,** (lat.), sächl., –e: Heilmittel, Arznei

**medikamentös,** (lat.): mit Medikamenten behandelnd

**Medikus,** (lat.), männl., Medizi: (umg. veraltend) Arzt

**mediöker,** (lat.): mittelmäßig

**Mediokrität,** (lat.), weibl., –en: Mittelmäßigkeit

**Mediothek,** (lat.-gr.), weibl., –en: Bibliothek, die in ihr Sortiment neben Büchern aus Zeitschriften, Videokassetten und Tonträger aufgenommen hat

**Meditation,** (lat.), weibl., –en: 1. das Sichvertiefen in Gedanken, tiefes Nachsinnen, versunkene Betrachtung, 2. religiöse, mystische Versenkung

**meditativ,** (lat.): mit den Mittel der Meditation, auf ihr beruhend; tief nachdenkend, versunken betrachtend

**mediterran,** (lat.): zum Mittelmeer gehörend, in und an ihm vorkommend

**meditieren,** (lat.): 1. nachsinnen; versunken betrachten, 2. sich religiös oder mystisch versenken

**Medium,** (lat.), sächl., Medien oder Media: 1. Mittel, Mittelglied, 2. Vermittler von Informationen und Unterhaltung wie die Presse oder ein Presseorgan, Rundfunk, Fernsehen, 3. Lösungsmittel; Trägerstoff für physikalische oder chemische Vorgänge, 4. Mittler; im Okkultismus eine (meist weibl.) Person, die vorgibt, mit dem Jenseits und Verstorbenen in Kontakt treten zu können, 5. im Altgriechischen Mittelform zwischen Aktiv und Passiv (Sprachwiss.), 6. Patient im Hypnoseheilverfahren (Med.)

**Medizin,** (lat.), weibl., –en: (ohne Plur.) Arznei, Medikament sowie die damit arbeitende Heilkunde; Wissenschaft vom gesunden und kranken Menschen oder Tier sowie von der Behandlung und Heilung von Krankheiten

**Mediziner,** (lat.), männl., –: angehender oder praktizierender Arzt, Wissenschaftler der Medizin

**medizinisch,** (lat.): die Medizin betreffend, zu ihr gehörend, nach ihren Erkenntnissen vorgehend

**Medley,** ['mädli, engl.], sächl., –s: Melodienfolge, Potpourri

**Meduse,** weibl., –n: 1. weibl. Ungeheuer der altgriechischen Sage, dessen Anblick Menschen zu Stein werden lässt, 2. Quallenart der Nesseltiere

**Meeting,** ['mi:ting, engl.], sächl., –s: zwangloses Treffen, Versammlung; Diskussionsrunde; Treffen von Sport-

lern (meist Leichtathleten) zu einer Wettkampfveranstaltung
**mefitisch,** (italien.): zu Schwefelquellen gehörig; stinkend; verderblich, verpestend (nach der altitalischen Göttin Mefitis)
**Mega..., mega...,** (gr.): 1. das Millionenfache (als Vorsilbe von Maßeinheiten), 2. Groß..., Riesen..., groß... (in Zusammensetzungen wie Megastar)
**Megabit,** (gr.-engl.), sächl., –s: 1 Million Bits (EDV)
**Megabyte,** ['me.gabait, gr.-engl.], sächl., –s: 1 Million (genau: 1 048 576 = 220)Bytes (Abk. MB, EDV)
**Megafon:** vgl. Megaphon
**Megalith,** (gr.), männl., –e: riesiger Steinblock, den vorgeschichtliche Gesellschaften zu (toten)kultischen Zwecken aufstellten
**Megalithkultur,** (gr.), weibl., nur Sing.: durch Grabbauten und Kultstätten aus Großsteinen gekennzeichnete jungsteinzeitliche Kultur
**megaloman,** (gr.): größenwahnsinnig (Psychol.)
**Megalomanie,** (gr.): Größenwahn (Psychol.)
**Megalopolis,** (gr.), weibl., Megalopolen: aus mehreren städtischen Agglomerationen zusammengewachsene Riesenstadt
**Megaphon** (auch: Megafon), (gr.), sächl., –e: lautverstärkendes elektroakustisches Sprachrohr
**Megäre,** (gr.), weibl., –n: bösartige, wütende Frau (nach altgr. Sagengestalt)
**Meiose,** (gr.), weibl., –n: in zwei Schritten erfolgender Zellteilungsvorgang, bei dem die Chromosomenzahl halbiert wird; Reduktionsteilung (Biol.)
**Mekonium,** (gr.), sächl., nur Sing.: erster schwärzlicher Stuhl von Neugeborenen, Kindspech (Med.)
**Melamin,** (gr.), sächl., nur Sing.: technisch vielfach einsetzbares klares Kunstharz
**Melancholie,** (gr.), weibl., –n: Schwermut, Trübsinnigkeit, schwere depressive Verstimmung (Psychol.)
**Melancholiker,** (gr.), männl., –: antriebsschwacher, unter Melancholie leidender Mensch (Psychol.)
**melancholisch,** (gr.): schwermütig, trübsinnig; depressive Schübe erlebend (Psychol.)
**Melange,** [me'lansch, fr.], weibl., –n: 1. Mischung, Gemisch, 2. Mischfarbe, 3. Garn aus verschiedenfarbigen Fasern sowie das daraus hergestellte Gewebe, 4. (österreich.) Kaffee mit Milch
**Melanin,** (gr.), sächl., –e: im Haar und in der Haut manifestierter braunes bis schwarzes Pigment, das bei Albinos fehlt (Biol.)
**Melanit,** (gr.), männl., –e: schwarzer, titanhaltiger Kalkeisengranat, ein Mineral
**Melanom,** (gr.), sächl., –e: bräunliche bis schwärzliche bösartige Hautgeschwulst (Hautkrebs; Med.)
**Melasma,** (gr.), sächl., Melasmen: Hautkrankheit, bei der sich schwärzliche Flecken bilden (Med.)
**Melasse,** (fr.), weibl., –n: zur Herstellung von Alkohol oder als Viehfutterzusatz verwendeter bräunlicher Rückstand bei der Zuckergewinnung
**melieren,** (fr.): mischen, vermengen; sprenkeln (von Haar oder Gewebe)
**meliert,** (fr.): aus verschiedenen Farben gemischt (z. B. grau meliertes Haar)
**Melik,** (gr.), weibl., nur Sing.: Lieddichtung, gesungene Gedichte
**Melioration,** (lat.), weibl., –en: technische oder biologische Verbesserung der Ertragsfähigkeit von Böden

**meliorativ,** (lat.): eine positivere Bedeutung gewinnend (von Wörtern; Sprachwiss.)
**meliorieren,** (lat.): verbessern
**melisch,** (gr.): liedhaft (Mus.)
**Melisse,** (gr.), weibl., –n: wegen des zitronenartigen Geruchs seiner Blätter als Gewürzpflanze genutzter Lippenblütler
**Melodie,** (gr.), weibl., –n: singbare, geordnete und abgerundete Tonfolge (Mus.)
**Melodik,** (gr.), weibl., nur Sing.: Kunst der Melodiegestaltung, Lehre von der Melodiebildung; Charakter einer Melodie
**melodiös,** (gr.): melodienreich; einer Melodie ähnelnd
**melodisch,** (gr.): singbar, wohlklingend, eine eingängige Tonfolge umfassend
**Melodrama, Melodram,** (gr.), sächl., –dramen: 1. von Musik begleitetes Schauspiel, 2. Rührstück, auf sentimentale Wirkungen berechnetes Theaterstück oder Filmdrama, 3. theatralisches Geschehen
**melodramatisch,** (gr.): wie ein Melodrama; rührselig, pathetisch, leidenschaftlich
**Melone,** (gr.), weibl., –n: 1. aus Afrika oder Südasien stammendes Kürbisgewächs und dessen Frucht, 2. steifer, meist schwarzer, runder Hut
**Membrane, Membran,** (lat.), weibl., –n: 1. dünnes schwingungsfähiges Blättchen aus Gummi, Kunststoff, Kohle oder Metall (z. B. in Lautsprechern), 2. zarte Haut (z. B. das Trommelfell); hauchdünne Zellwand, Zellgrenzschicht (Biol.)
**Memento,** (lat.), sächl., –s: 1. (allg.) Mahnung, Erinnerung; Denkzettel, 2. Anfangswort der Fürbitte für Lebende und Verstorbene in der kathol. Messe
**Memento mori,** (lat. »du sollst an den Tod denken!«), sächl., – –: an den Tod gemahnender Gegenstand, zur Besinnung auf die Vergänglichkeit aufrufender Vorfall
**Memoir,** [memo'a:r, fr.], sächl., –s: Denkschrift
**Memoiren,** [memoaren, fr.], weibl., Plur.: autobiographische Schrift einer (berühmten) Persönlichkeit, Lebenserinnerungen
**Memorabilien,** (lat.), weibl., Plur.: Denkwürdigkeiten (selten Sing.: Memorabilie)
**Memorandum,** (lat.), sächl., Memoranden: Denkschrift, ausführliche diplomatische Stellungnahme; Merkbuch
**Memorial,** (lat.), sächl., –e oder –ien: Tagebuch; Bittschrift, Eingabe
**Memorial,** [mi'mo:ri(e)l, engl.], sächl., –s: Gedenkveranstaltung meist sportlicher Art
**memorieren,** (lat.): sich fest einprägen, auswendig lernen
**Menage,** [me'na:sche, fr.), weibl., –n: 1. kleines Gestell für Essig, Öl u. a. Gewürze bei Tisch; Traggestell zum Essen holen, 2. Haushalt, sparsame Wirtschaft, 3. (österreich.) militärische Verpflegung
**Menagerie,** [menasche'ri:, fr.]:, weibl., –n: (oft einem Zirkus angegliederte) Tierschau
**Menarche,** (gr.), weibl., nur Sing.: Zeitpunkt der ersten Menstruation (Med.)
**Mendelevium,** sächl., nur Sing.: zu den instabilen Transuranen gehörendes metallisches, radioaktives chem. Element (Zeichen: Md), benannt nach dem russ. Chemiker Mendelejew (1834 – 1907)
**Mendikant,** (lat.), männl., –en: Mönch eines Bettelordens
**Menetekel,** (aramäisch), sächl., –: Anzeichen drohenden Unheils, geheimnisvolles Warnzeichen (nach den Anfangsworten, die der Prophet Daniel

aus der Flammenschrift im Palast des Gotteslästerers Belsazar las)

**menetekeln,** (aramäisch): (umg.) unken

**Menhir,** (fr.), männl., –e: unbehauene, aufrecht stehende Großsteine eines jungsteinzeitlichen Kults in Westeuropa

**Meningitis,** (gr.), weibl., Meningitiden: Hirnhautentzündung (Med.)

**Meniskus,** (gr.), männl., Menisken: 1. Faserknorpelring in den Gelenken (v. a. im Kniegelenk; Med.), 2. im gleichen Sinne beidseitig gekrümmte Linse (Phys.), 3. durch Kohäsion gewölbte Oberfläche einer Flüssigkeit in einem Rohr (Phys.)

**Menjoubart,** [män'schu:bart, fr.], männl., ..bärte: dicht über der Oberlippe gestutzter dünner Schnurrbart (nach dem Filmschauspieler Menjou, 1890 – 1963)

**Mennige,** (lat.), weibl., nur Sing.: roter bleioxidhaltiger Anstrich für Metalle zum Schutz vor Rost

**Mennonit,** männl., –en: Anhänger der nach dem friesischen Priester Menno Simons (1496 – 1561) benannten evangelischen Sekte von Wiedertäufern

**Menopause,** (gr.), weibl., –n: Aufhören der Menstruation in den Wechseljahren (Med.)

**Menorrhagie,** (gr.), weibl., –n: verstärkte und verlängerte Menstruation (Med.)

**Menorrhö** (auch: Menorrhöe), (gr.), weibl., –en: vgl. Menstruation

**Menostase,** (gr.), weibl., –n: Ausbleiben der Menstruation (Med.)

**Mensa,** (lat. »Tisch«), weibl., –s oder Mensen: 1. bezuschusster Mittagstisch für Hochschüler, Studentenspeisesaal, 2. Altardeckplatte

**Menses,** (lat.), weibl., nur Plur.: vgl. Menstruation

**mens sana in corpore sano,** (lat. »gesunder Geist in gesundem Körper«): als Wunsch ausgesprochener Sinnspruch aus den Satiren des altröm. Dichters Juvenal, oft antiintellektuell missbraucht in der Umkehrung, nach der körperlich Kranke nur geistig Krankhaftes hervorbringen

**Menstruation,** (lat.), weibl., –en: monatliche Regelblutung der reifen Frau, Periode; Abstoßung der Gebärmutterschleimhaut, wobei Blut abgeht (Med.)

**menstruieren,** (lat.): die Menstruation haben

**Mensur,** (lat.), weibl., –en: 1. Kampfabstand der Fechter, 2. in schlagenden Studentenverbindungen üblicher Fechtzweikampf, 3. Zeitmaß der Noten (Mus.), 4. Messzylinder aus Glas (Chem.)

**mensurabel,** (lat.): messbar

**Mensurabilität,** (lat.), weibl., nur Sing.: Messbarkeit

**Mensuralnotation,** (lat.), weibl., nur Sing.: erstmalig auch die Dauer der Töne angebende Notenschrift des 12. bis 16. Jh., Vorläufer der heutigen Notation (Mus.)

**mensuriert,** (lat.): ein bestimmtes Maßverhältnis aufweisend (von Musikinstrumenten)

**mental,** (lat.): Geist, Psyche oder Denken betreffend; geistig, (nur) in Gedanken

**Mentalität,** (lat.), weibl., –en: Geistes- und Sinnesart, Einstellung, Auffassungs- und Anschauungsweise (einer Person, Gruppe, Schicht, Kultur)

**mente captus,** (lat. »des Geistes beraubt«): unzurechnungsfähig, begriffsstutzig

**Menthol,** (lat.), sächl., nur Sing.: Terpenalkohol, der im Pfefferminzöl enthalten ist

**Mentor,** (lat.), männl., Mentoren: 1. väterlicher Freund, Berater, Ratgeber; (veraltet) Erzieher, 2. Betreuer von angehenden Lehrern bei ihrem Berufspraktikum

**Menü,** (fr.), sächl., –s: 1. Mahlzeit aus mehreren Gängen, 2. Kommando-Liste, die auf dem Computerbildschirm aufgerufen werden kann und über die die weiteren Arbeitsschritte steuerbar sind
**Menuett,** (fr.), sächl., –e: im 17. Jh. aufgekommener Gesellschaftstanz im 3/4-Takt, der auf einen altfranzösischen Volkstanz zurückgeht
**Mephisto** (Mephistopheles), männl., –s: der Teufel in mittelalterlichen Volksbüchern (und der »Geist, der stets verneint« in Goethes »Faust«); (übertr.) böser, zynisch-überlegener Mensch
**mephistophelisch:** teuflisch
**Merchandiser,** ['mö:tsch(e)ndeiser, engl.], männl., –s: Warengestalter, der Produkte auf den Verbrauchergeschmack hin ausrichtet
**merci!,** [mär'ßi:, fr.]: danke! Dank!
**merde!,** (fr.): Scheiße! (Ausruf wütender Enttäuschung)
**Meridian,** (lat.), männl., –e: 1. Halbkreis über die Erde, der von Pol zu Pol reicht und senkrecht auf dem Äquator steht, halber Längenkreis, 2. Mittagskreis, größter Kreis an der Himmelskugel, der durch Zenit, Südpunkt, Nadir und Nordpunkt verläuft (Astron.)
**meridional,** (lat.): in Nord-Süd-Richtung; den Meridian betreffend, auf ihn bezogen
**Meringe,** (fr. ), weibl., –n: Schaumgebäck, Baiser
**Merino,** (span.), männl., –s: weißes, feinwolliges Schaf spanischer Herkunft sowie Kleiderstoff aus der Wolle dieses Schafes
**Meristem,** (gr.), sächl., –e: Pflanzengewebe, das aus teilungsfähigen Zellen besteht
**Meriten,** (lat.), weibl., Plur.: Verdienste
**merkantil,** (lat.): kaufmännisch, auf Handel beruhend, zu ihm gehörend
**Merkantilismus,** (lat.), männl., nur Sing.: in der Zeit des Absolutismus (17./18. Jh.) in Frankreich ausgebildete Wirtschaftstheorie, nach der hohe Ausfuhren durch staatliche Förderung der Industrie und des Exportes die Machtpolitik des Staates volkswirtschaftlich am besten flankieren
**merkantilistisch,** (lat.): mach den Grundsätzen des Merkantilismus handelnd, auf ihnen beruhend
**Merkurialismus,** (lat.), männl., nur Sing.: Vergiftung durch Quecksilber (Med.)
**Merlan,** (lat.), männl., –e: zu den Dorschartigen gehörender See- und Speisefisch
**Merlin,** (fr. ), der –e: 1. in Nord- und Osteuropa heimische Zwergfalkenart,, 2. Zauberer (nach dem Magier der Artussage)
**merzerisieren,** Baumwollgarn oder -gewebe mit Natronlauge behandeln, verdichten und glänzend machen (nach dem englischen Erfinder J. Mercer, 1791 – 1866)
**Mesalliance,** [mesal'janß, fr.], weibl., –n: 1. unglückliche oder unerwünschte eheliche Verbindung, 2. Eheschließung mit einer Person niedrigeren Standes
**Mescalin:** vgl. Meskalin
**meschugge,** (jidd.): (umg.) verrückt, bescheuert
**Mesdames,** [me'da.m, fr.]: Plur. von Madame
**Mesenchym,** (gr.), sächl., –e: Bindegewebe des Embryos (Med.)
**Meskal,** (indian.), männl., –: mittelamerikanischer Branntwein
**Meskalin,** (indian.), sächl., –e: Alkaloid einer mexikanischen Kakteenart, das als Rauschgift konsumiert wird und Halluzinationen hervorruft
**Mesoblast,** (gr.), sächl., –e: vgl. Mesoderm
**Mesoderm,** (gr.), sächl., –e: in der Embryonalentwicklung das mittlere Keimblatt (Med., Biol.)

**Mesokarp,** (gr.), sächl., –e: mittlere Schicht der Fruchtwand bei Blütenpflanzen (Biol.)
**Mesolithikum,** (gr.), sächl., nur Sing.: die vorgeschichtliche Epoche der mittleren Steinzeit
**Meson,** (gr.), sächl., Mesonen: eine Masse zwischen der des Elektrons und der des Protons aufweisendes sehr kurzlebiges Elementarteilchen (Phys.)
**Mesotron,** (gr.), sächl., Mesotronen: veraltende Bez. für Meson
**Mesozoikum,** (gr.), sächl., nur Sing.: Erdmittelalter (Geol.)
**Messe,** (lat.), weibl., –n: 1. Hauptgottesdienst in der kathol. Kirche, 2. für die Messe (1) komponiertes Musikwerk für Gesangrund Orchester, 3. Ausstellung von Industriewaren, Markt
**Messe,** (engl.), weibl., –n: auf Schiffen für die Offiziere vorgesehener Speise- und Aufenthaltsraum
**Messer,** (italien.): mein Herr, Gebieter (Anrede)
**messianisch,** (hebr.): auf den Messias bzw. Messianismus bezogen, ihn betreffend
**Messianismus,** (hebr.), männl., nur Sing.: Lehre von der Erlösung durch den verheißenen Messias
**Messias,** (hebr. »der Gesalbte«), männl., nur Sing.: 1. (allg.) Erlöser, im Alten Testament der durch die Propheten den Juden angekündigte Heiland, 2. im Neuen Testament Jesus Christus als Einlösung dieser Verkündigung
**Messieurs,** [mäß'jö:, fr.): Plur. von Monsieur
**Mestize,** (span.), männl., –n: Mischling von Weißen und Indianern
**Metabasis,** (gr.), weibl., –basen: Gedankensprung, Abschweifung
**Metabolie,** (gr.), weibl., –n: Umwandlung; Gestaltveränderung bei Insekten oder Formveränderung bei Einzellern
**metabolisch,** (gr.): 1. durch Stoffwechsel entstanden (Biol.), 2. auf Metabolie bezogen, auf ihr beruhend (Biol.)
**Metabolismus,** (gr.), männl., nur Sing.: Stoffwechsel (Biol.; Med.)
**Metall,** (gr.), sächl., –e: durch hohe Leitfähigkeit für Wärme und Elektrizität ausgezeichnetes flüssiges (z. B. Quecksilber) oder meist festes chemisches Element, das Legierungen mit anderen Metallen bilden kann
**Metallogie,** (gr.), weibl., nur Sing.: Metallkunde
**Metallographie,** (gr.), weibl., nur Sing.: die innere Struktur der Metalle und ihrer Legierungen untersuchende Teildisziplin der Metallogie
**Metallurgie,** (gr.), weibl., nur Sing.: Hüttenkunde; Lehre von der Metallgewinnung aus Erzen und von der Metallverarbeitung
**Metamathematik,** (gr.), weibl., nur Sing.: mathematische Theorie, die sich mit der Möglichkeit und Struktur der Mathematik selbst beschäftigt
**metamorph(isch),** (gr.): sich in Gestalt oder Zustand wandelnd
**Metamorphose,** (gr.), weibl., –n: 1. (allg.) Ver- oder Umwandlung, Änderung der Gestalt oder des Zustands, 2. Entwicklung eines Tieres über Larvenstationen (Biol.), 3. Gesteinsumwandlung in tieferen Schichten der Erdkruste (Geol.)
**Metapher,** (gr.), weibl., –n: bildlicher Ausdruck, uneigentliche Vokabel, im übertragenen Sinn verwendetes Wort (z. B. Charakterschwein)
**Metaphorik,** (gr.), weibl., nur Sing.: bildhafte Redeweise, blumiger Stil, uneigentliches Sprechen
**metaphorisch,** (gr.): im übertragenen Sinne, uneigentlich, bildlich
**Metaphyse,** (gr.), weibl., –n: das Knochenwachstum hervorbringender Abschnitt des Röhrenknochens (Med.)

**Metaphysik,** (gr.), weibl., nur Sing.: Teilgebiet der Philosophie, das den Sinn des Seins, das Sein jenseits der Erfahrungswelt zum Gegenstand hat, benannt nach einer Schrift des Aristoteles, die dieser »nach der Physik« verfasste

**metaphysisch,** (gr.): jenseits der Erfahrungswelt liegend; übersinnlich; auf die Metaphysik bezogen, zu ihr gehörend (Philos.)

**Metaplasie,** (gr.), weibl., –n: Umwandlung von Gewebe (z. B. Knorpel in Knochen; Med.; Biol.)

**Metasprache,** (gr.-dt.), weibl., –n: Zeichensystem zur Beschreibung eines anderen; wissenschaftliche Sprache zum Sprechen über Sprache

**Metastase,** (gr.), weibl., –n: Tochtergeschwulst, Absiedlung einer anderen Geschwulst (v. a. bei Krebsgeschwülsten; Med.)

**metastasieren,** (gr.): streuen (von Geschwülsten), Metastasen bilden (Med.)

**Metatheorie,** (gr.), weibl., –n: über eine andere Theorie aufgestellte Theorie (z. B. Metamathematik)

**Metathese,** (gr.), weibl., –n: Wanderung eines Buchstaben in der Sprachentwicklung (z. B. r in Born und Brunnen)

**Metazentrum,** (gr.), sächl., –zentren: der für die Stabilität eines Schiffes wichtige Schnittpunkt von Auftriebskraft und Mittelebene

**Metazoon,** (gr.), sächl., –zoen: Vielzeller, vielzelliges Tier

**Metempsychose,** (gr.), weibl., –n: Seelenwanderung

**Meteor,** (gr.), männl., –e: beim Eintritt in die Lufthülle der Erde durch einen verglühenden Meteoriten verursachte Lichtspur; Gesteinsbrocken aus dem Weltraum; Sternschnuppe (Astron.)

**Meteorismus,** (gr.), männl., Meteorismen: Blähsucht, abnorme Luft und Gasansammlungen im Darm oder in der Bauchhöhle (Med.), 2. Blähungen

**Meteorit,** (gr.), männl., –en: kosmischer Gesteinskörper, der in die Erdatmosphäre eindringt und dessen Reste die Erdoberfläche erreichen (Astron.)

**Meteorograph,** (gr.), männl., –en: automatisch Luftdruck, -temperatur, -feuchtigkeit messendes und aufzeichnendes Gerät (Meteorol.)

**Meteorologe,** (gr.), männl., –n: Wetterkundler

**Meteorologie,** (gr.), weibl., nur Sing.: Wetterkunde; Wissenschaft von den physikalischen und chemischen Prozessen in der Erdatmosphäre

**Meteorotropismus,** (gr.-lat.), männl., nur Sing.: (krankhafte) Wetterfühligkeit (Med.)

**Meter,** (gr.), männl. (auch sächl.), –: Längenmaß (Zeichen: m = 100 Zentimeter)

**Methadon,** sächl., nur Sing.: umstrittene Ersatzdroge für Heroin, die ebenfalls abhängig macht, aber einen leichteren Ausstieg aus der Sucht ermöglicht

**Methan,** (gr.), sächl., nur Sing.: bei Fäulnisprozessen u. a. entstehendes farb- und geruchloses Alkan, ein brennbares Gas

**Methanol,** (Kurzw. aus Methan und Alkohol): vgl. Methylalkohol

**Methode,** (gr.), weibl., –n: planmäßiges Vorgehen bei der Untersuchung von Sachen oder beim Lösen von Aufgaben; Untersuchungsweise, Produktionsschema, Unterrichtsaufbau

**Methodik,** (gr.), weibl., –en: 1. Lehre vom sinnvollen Unterrichtsaufbau, 2. Lehre von den wissenschaftlichen Methoden

**methodisch,** (gr.): systematisch, klar gegliedert, planmäßig, durchdacht

**Methodismus,** (gr.), männl., nur Sing.: Erweckungsbewegung, die sich im 18. Jh. von der anglikanischen Kirche löste

**Methodist,** (gr.), männl., –en: Angehöriger einer methodistischen Kirche

**Methodologie,** (gr.), weibl., –n: Methodenlehre

**Methusalem,** männl., –s: ein sehr alter Mann (nach Methusalem im Alten Testament, der 969 Jahre alt geworden sein soll)

**Methyl,** (gr.), sächl., nur Sing.: einwertiger Rest des Methans (Chem.)

**Methylalkohol,** (gr.), männl., nur Sing.: einfachster Alkohol, Holzgeist, eine sehr giftige, brennbare, farblose Flüssigkeit (Chem.)

**Metier,** [met'je:, fr.], sächl., –s: Handwerk, Gewerbe, Fach, Beruf

**Metrik,** (gr.), weibl., –en: 1. Verslehre, Lehre vom Metrum und von der Verskunst, 2. Lehre vom Takt (Mus.)

**metrisch,** (gr.): 1. der Regeln der Verslehre gemäß, auf Metrik bezogen, zu ihr gehörig, 2. den Takt betreffend, 3. auf das Meter bezogen; durch Zahl- und Maßangaben ausdrückbar, messbar

**Metro,** (Kurzw. aus fr. métropolitain = hauptstädtisch), weibl., –s: Pariser Untergrundbahn (auch allg. für U-Bahn)

**Metrologie,** (gr.), weibl., nur Sing.: Maß- und Gewichtskunde

**Metronom.** (gr.), sächl., –e: Taktmesser; Gerät, das durch Ticken den vorher eingestellten Takt anzeigt (Mus.)

**Metropole,** (gr. »Mutterstadt«), weibl., –n: Hauptstadt, Mittelpunkt, Weltstadt, Knotenpunkt, wirtschaftliches und kulturelles Zentrum

**Metropolit,** (gr.), männl., –en: v. a. in den Ostkirchen Bez. für Erzbischof

**Metroptose,** (gr.), weibl., –n: Gebärmuttervorfall (Med.)

**Metrorrhagie,** (gr.), weibl., –n: Gebärmutterblutung außerhalb der Menstruation (Med.)

**Metrum,** (gr.), sächl., Metren: 1. Versmaß, rhythmisches Schema (Lit.), 2. Zeitmaß, Tempo; Taktart (Mus.)

**Mettage,** [me'ta:sch, fr.], weibl., –n: Zusammenstellung einer Zeitungsseite in der Druckerei, Umbruch sowie der dazu dienende Arbeitsraum

**Mette,** (lat.), weibl., –n: Früh- oder Nachtgottesdienst; nächtliches Gebet (kathol. Kirche)

**Metteur,** [me'tö:r, fr.], männl., –e: für den Umbruch zuständiger Schriftsetzer (in einer Druckerei)

**Mezzanin,** (italien.), sächl., –e: Zwischenetage über dem Erdgeschoss (v. a. in Barock- und Renaissancebauten)

**mezzoforte,** (italien.): halblaut, mittelstark (Mus.)

**mezzopiano,** (italien.): halbleise, ziemlich gedämpft (Mus.)

**Mezzosopran,** (italien.), männl., –e: zwischen Sopran und Alt liegende (mittlere) Frauenstimme (Mus.)

**Mezzotinto,** (italien.), sächl., –s oder –tinti: Schabmanier, Verfahren zur manuellen Herstellung einer Kupferdruckform sowie das Druckergebnis

**Miasma,** (gr.), sächl., Miasmen: schlechte Luft (v. a. über Sumpfgebieten), seuchenhafte Ausdünstungen; Pesthauch

**Midlifecrisis** (auch: Midlife-Crisis), ['mi.dlaifkraisiß, engl.], weibl., nur Sing.: Krise in der Lebensmitte; Umbruchphase im Leben (des Mannes) mit Selbstzweifeln, Torschlusspanik u. a.

**Mignon,** ['mi.njong oder mi.n'jon, fr.], männl., –s: Günstling (eines Fürsten), Geliebter; männl. wie weibl. Vorname

**Migräne,** (gr.), weibl., –n: starker, halbseitiger Kopfschmerz der anfallsweise

auftritt und oft von Übelkeit, Erbrechen und Augenflimmern begleitet ist
**Migration,** (lat.), weibl., –en: Wanderung menschlicher wie tierischer Populationen (z. B. Erwerbswanderung, Vogelzug); Wanderung von Erdöl und Erdgas aus dem Mutter- ins Speichergestein (Geol.)
**migrieren,** (lat.): wandern
**Mihrab,** (arab.), männl., –s: in Moscheen nach Mekka ausgerichtete Gebetsnische
**Mijnheer,** [m(e)'ne:r, niederl.], männl., –s: im Holländischen Anrede: Herr; mein Herr
**Mikado,** (japan.), männl., –s: archaischer Titel des Tenno (japan. Kaiser)
**Mikado,** (japan.), sächl., –s: mit beidseitig angespitzten Holzstäbchen zu spielendes Geschicklichkeitsspiel
**Mikrobe,** (gr.), weibl., –n: nur mit dem Mikroskop sichtbarer Einzeller, Kleinlebewesen
**Mikrobiologie,** (gr.), weibl., nur Sing.: Teilgebiet der Biologie, das den Kleinlebewesen beschäftigt
**Mikrobion,** (gr.), sächl., –bien: vgl. Mikrobe
**Mikrochip:** vgl. Chip
**Mikrochirurgie,** (gr.), weibl., nur Sing.: Teilgebiet der Chirurgie, das sich mit dem Operieren unter dem Mikroskop befasst
**Mikroelektronik,** (gr.), weibl., nur Sing.: Teilgebiet der Elektronik, in dem es um die Fertigung und den Einsatz von möglichst hoch verdichteten leistungsfähigen integrierten Schaltelementen (Mikrochips) geht
**Mikrofauna,** (gr.-lat.), weibl., –faunen: Kleintierwelt
**Mikrofiche,** ['mikrofi:sch, gr.-fr.], männl., –s: stabiler postkartengroßer Mikrofilm mit mehreren Reihen Mikrokopien von Schriftstücken
**Mikrofilm,** (gr.-dt.), männl., –e: stark verkleinerte Aufnahme von Schriftstücken auf Film, der mit Bildschirmgeräten zu lesen und auszudrucken ist
**Mikrofon** (auch: Mikrophon), (gr.), sächl., –e: Schallwandler, Gerät zur Übersetzung von Schallschwingungen in elektrische Impulse
**Mikrogramm,** (gr.), sächl., –e: ein Millionstel Gramm (Zeichen: µg)
**Mikrokopie,** (gr.), weibl., –n: fotografisches Verfahren zur Herstellung stark verkleinerter Reproduktionen von Schriftstücken, Bildern oder Buchseiten
**Mikrokosmos,** (gr.), männl., nur Sing.: 1. das mit dem bloßen Auge nicht Sichtbare; die kleine irdische Welt im Gegensatz zum Universum, 2. Welt der Kleinlebewesen (Biol.)
**Mikrometer,** (gr.), sächl., –: 1. ein Millionstel Meter (Zeichen: µm), 2. Messgerät zur Messung kleinster Strecken und Winkel
**Mikron,** (gr.), sächl., –s: veraltend für Mikrometer (1) (Zeichen: µ)
**Mikroorganismus,** (gr.), männl., –organismen: Einzeller, Kleinstlebewesen, Mikrobe
**Mikrophon:** vgl. Mikrofon
**Mikrophyt,** (gr.), männl., –en: Mikroorganismus der Pflanzenwelt (u. a. Pilze, Algen, Bakterien)
**Mikroprozessor,** (gr.-lat.), männl., –en: standardisierter Zentralbaustein von Mikrocomputern aus einem ober mehreren integrierten Schaltelementen (Chips), der die Rechen- und Steuerfunktionen vereint (EDV)
**Mikroskop,** (gr.), sächl., –e: durch additiv angeordnete Linsen stark vergrößerndes optisches Gerät, mit dem kleinste Objekte und feinste Strukturen sichtbar werden
**Mikroskopie,** (gr.), weibl., nur Sing.: das Sichtbarmachen kleinster Objekte und

feinster Strukturen; Lehre von der Beobachtung und Untersuchung von Objekten und Strukturen mit dem Mikroskop

**mikroskopisch,** (gr.): 1. äußerst klein, winzig; nur mit einem Mikroskop sichtbar, 2. mit Hilfe eines Mikroskops; zur Mikroskopie gehörend

**Mikrosomie,** (gr.), weibl., –n: Zwergwuchs (Med.)

**Mikrotom,** (gr.), der oder das, –e: Präzisionsgerät zur Herstellung feinster (Gewebs-)Schnitte für mikroskopische Untersuchungen

**Mikrowelle,** (gr.-dt.), weibl., –n: elektromagnetische Welle im cm- bis mm-Bereich

**Mikrowellenherd,** (gr.-dt.), männl., –e: Elektroküchenherd, der durch Anregung der Moleküle mit Mikrowellen in kurzer Zeit Speisen auftauen, erhitzen, gar kochen und grillen kann

**Mikrozensus,** (gr.-lat.), männl., –zensus: auf kleinen Stichproben beruhende Bestandshochrechnung der Bevölkerung eines Gebiets

**Miktion,** (lat.), weibl., –en: Harnlassen (Med.)

**Milan,** (lat.), männl., –e: in mehreren Arten weit verbreiteter Greifvogel mit Gabelschwanz

**Milieu,** [miljö, fr.), sächl., –s: Umgebung, Umfeld; soziale Schicht; (abschätzig:) Halbwelt; heruntergekommenes Viertel

**Milieutheorie,** die nur Sing.: gegen die Annahme vom Überwiegen der Erbfaktoren gerichtete Theorie, nach der die Lebensumstände für die Prägung des Menschen entscheidend sind

**militant,** (lat.): kämpferisch, streitbar, drohend; eine Überzeugung oder Meinung aggressiv vertretend

**Militär,** (lat.), sächl., nur Sing.: Gesamtheit der Streitkräfte eines Landes; Soldatenstand, Wehrwesen

**Militär,** (lat.), männl., –s: (höherer) Offizier

**Militaria,** (lat.), sächl., nur Plur.: Bücher und Erinnerungsstücke aus dem militärischen Bereich (z. B. Kriegsromane, Orden, Abzeichen, Uniformen, Bilder, Waffen u. a.

**militärisch,** (lat.): zum Militär gehörig, es betreffend; wie ein Soldat, soldatisch; (umg.) zackig

**militarisieren,** (lat.): aufrüsten, Streitkräfte aufbauen; das gesellschaftliche Leben nach militärischen Erfordernissen ausrichten

**Militarismus,** (lat.), männl., nur Sing.: militärische Ausrichtung des gesellschaftlichen Lebens; Politik mit militärischen Drohungen, Primat des Militärischen in Politik, Kultur und Gesellschaft

**Militarist,** (lat.), männl., –en: Vertreter des Militarismus

**militaristisch,** (lat.): gesonnen wie ein Militarist, martialische Meinungen vertretend, dem Geist des Militarismus entsprechend

**Militärjunta,** (lat.-span.), weibl., –s: nach Staatsstreich aus Militärs gebildete Regierung

**Military,** ['mi.litäri, engl.], weibl., –s: aus Geländeritt, Dressur und Jagdspringen bestehende reiterliche Vielseitigkeitsprüfung

**Miliz,** (lat.), weibl., –en: 1. Bürger-, Volksheer (aus Wehrpflichtigen), 2. halbmilitärische kasernierte Polizeiverbände (z. B. in sozialistischen Ländern und anderen Diktaturen)

**Milizionär,** (lat.), männl., –e: Angehöriger einer Miliz

**Milk-Shake,** ['mi.lkschejk, engl.-amerik.], männl., –s: alkoholfreies Milchmixgetränk

**Mille,** (lat.), sächl., –: Tausend

**Millefleurs,** [mi.l'flö:r, fr.], männl., nur Sing.: mit Blümchen bedruckter Stoff sowie das Blumenmuster selbst

**Millenium,** (lat.), sächl., Millenien: Zeitraum von tausend Jahren, Jahrtausend
**Milli...,** (lat.): (vor Maßeinheiten) der tausendste Teil (1/1000) der jeweiligen Einheit
**Milliardär,** (lat.), männl., –e: Besitzer eines Milliarden-Vermögens (in D-Mark, Dollar o. Ä.)
**Milliarde,** (lat.), weibl., –en: 1000 Millionen (Abk. Mrd.)
**Millibar,** (lat.-gr.), sächl., –s: veraltete Maßeinheit für den Luftdruck (Abk. mbar oder mb); heute üblich: Hektopascal (hPa)
**Milligramm,** (lat.-gr.), sächl., –e: 1/1000 Gramm (Abk.: mg)
**Milliliter,** (lat.-gr.), männl., –: 1/1000 Liter (Abk.: ml)
**Millimeter,** (lat.-gr.), männl. (auch sächl.), –: 1/1000 Meter (Zeichen: mm)
**Million,** (lat.-italien.), weibl., –en: 1000 mal 1000, $1000^2$ (Abk. Mio. oder Mill.)
**Millionär,** (lat.), männl., –e: Besitzer eines Millionen-Vermögens oder gar -Einkommens (in D-Mark, Dollar o. Ä.); ungeheuer reicher Mensch
**Mime,** (gr.), männl., –n: Schauspieler
**mimen,** (gr.): eine Rolle spielen; (umg.) so tun, als ob; simulieren
**Mimese, Mimesis,** (gr.), weibl., –n: 1. zur Verächtlichmachung eingesetzte Wiederholung der Worte anderer in der antiken Rhetorik, 2. schützende Anpassung eines Tieres in Körperfarbe oder -form an die Umwelt, 3. (allg.) Nachahmung oder (abschätzig) Nachäffung
**Mimik,** (gr.), weibl., nur Sing.: Mienenspiel, Gesichtsausdruck; Schauspielkunst
**Mimikry,** (gr.-engl.), weibl., nur Sing.: 1. Anpassung an die Umgebung zum Selbstschutz, Schutzfärbung, 2. schützende Ähnlichkeit wehrloser Tiere mit wehrhaften (z. B. Fliegen mit Bienen)
**mimisch,** (gr.): das Mienenspiel betreffend; schauspielerisch
**Mimose,** (gr.), die –n: 1. Gattung tropischer Hülsenfrüchtler, zu denen die Sinnpflanze gehört, deren Blätter bei Berührung oder Erschütterung zusammenklappen, 2. (übertr.) überempfindlicher Mensch, schnell eingeschnappte Person
**Mimus,** (gr.), männl., Mimem: derbkomisches Volksstück, Posse sowie der darin auftretende Possenreißer
**Minarett,** (arab.), sächl., –s: Turm der Moschee, von dem der Muezzin die Gebetsstunden ausruft
**Mine,** (fr.), weibl., –n: 1. meist dicht unter der Oberfläche zu Land oder Wasser deponierter Sprengkörper, der bei Berührung detoniert; (übertr.) heimlicher Anschlag, Falle, 2. Bergwerk, Erzader oder -lagerstätte, unterirdischer Gang, 3. schreibender Teil in Bleistiften oder Kugelschreibern, 4. Fraßgang von Insekten oder Larven in Pflanzen (Biol.)
**Mineral,** (lat.), sächl., –e und –ien: natürlich entstandener, anorganischer, stofflich einheitlicher Bestandteil der Erdkruste
**Mineralisation,** (lat.), weibl., –en: Bildung von Mineralen (Geol.)
**mineralisch,** (lat.): aus Mineralen hervorgegangen, sie enthaltend
**mineralisieren,** (lat.): Minerale bilden, durch mineralische Substanz ersetzen
**Mineralogie,** (lat.-gr.), weibl., –n: Lehre von den Mineralen, ihrer Bildung, Struktur und Nutzung
**Mineralöl,** (lat.), sächl., –e: flüssiges Erdöl- oder Teerprodukt (z. B. Benzin, Schmieröl u. a.)
**Minestra,** (italien.), weibl., Mimestren: vgl. Minestrone
**Minestrone,** (italien.), weibl., –n: italien. Gemüsesuppe mit Reis und Parmesankäse

**mineur,** [mi'nö:r, fr.]: französische Bez. für Moll, Molltonart (Mus.)
**Mineur,** [mi'nö:r, fr.], männl., –e: 1. Bergwerksarbeiter, Bergmann, 2. militärischer Fachmann für den Minenbau (Pionier)
**Mini,** (Kurzw.), sächl., nur Sing.: weit über dem Knie endende weibl. Oberbekleidung
**Mini,** (Kurzw.), männl., –s: Rock, der weit oberhalb des Knies endet (Minirock)
**Miniatur,** (italien.), weibl., –en: Illustrationen in mittelalterlichen Handschriften oder Büchern; kleines Bild (z. B. zum Tragen in Medaillons), Kleinmalerei
**miniaturisieren,** (italien.): verkleinern (v. a. von elektronischen Bauelementen)
**minieren,** (fr.): unterhöhlen, einen unterirdischen Gang anlegen
**minimal,** (lat.): geringfügig, unbedeutend; sehr klein, winzig; niedrigst, mindest
**Minimalart** (auch: Minimal Art), ['minimela:(r)t, engl.], weibl., nur Sing.: moderne Kunstrichtung, die sich auf einfachste Mittel beschränkt
**minimalisieren,** (lat.): möglichst klein machen, stark reduzieren
**minimieren,** (lat.): verringern, auf den geringst möglichen Wert bringen
**Minimum,** (lat.), sächl., Minima: 1. kleinster oder niedrigster Wert; Mindestmaß, 2. unterer Extremwert einer Kurve (Math.)
**Minispion,** männl., –e: sehr kleines Abhörgerät, Wanze
**Minister,** (lat. »Diener«), männl., –: Leiter eines Ministeriums, Regierungsmitglied, Chef eines politischen Ressorts im Kabinett
**ministerial,** (lat.): von einem ein Ministerium ausgehend, zu ihm gehörig
**Ministerialdirektor,** (lat.), männl., –en: Leiter einer Abteilung in einem Ministerium
**Ministerialdirigent,** (lat.), männl., –en: Beamtendienstrang unterhalb des Ministerialdirektors, meist Leiter eines Referats in einem Ministerium
**Ministeriale,** (lat.), männl., –n: Angehöriger des mittelalterlichen Dienstadels
**ministeriell,** (lat.): auf einen Minister bezogen, ihn betreffend
**Ministerium,** (lat.), sächl., Ministerien: für einen bestimmten Geschäftsbereich zuständige oberste Verwaltungsbehörde des Staates
**Ministerpräsident,** (lat.), männl., –en: Chef einer Ministerrunde, in Deutschland Leiter einer Landesregierung
**ministrabel,** (lat.): das Zeug zu einem Minister habend, für ein Ministeramt geeignet
**Ministrant,** (lat.), männl., –en: Messdiener in der kathol. Kirche
**ministrieren,** (lat.): Dienst tun in der kathol. Messe
**Mink,** (engl.), männl., –e: Marderart in Nordamerika
**minore,** (italien.): italien. Bez. für Moll (Mus.)
**minorenn,** (lat.): minderjährig, unmündig (Gegens.: majorenn)
**Minorität,** (lat.), weibl., –en: Minderzahl, Minderheit (Gegens.: Majorität)
**Minuend,** (lat.), männl., –en: die Größe, von der subtrahiert wird (Math.)
**minus,** (lat.): 1. unter dem Gefrierpunkt, unter Null Grad, 2. abzüglich, weniger, zu subtrahieren (Math.)
**Minus,** (lat.), sächl., –se: Fehlbetrag, Verlust, Mangel
**Minuskel,** (lat.), weibl., –n: Kleinbuchstabe (Gegens.: Majuskel)
**minutiös, minuziös,** (lat.): bis ins Kleinste gehend, jede Einzelheit berücksichtigend, ganz genau, sorgfältig
**miotisch,** (gr.): Pupillen verengend (Med.)

**Miozän,** (gr.), sächl., nur Sing.: zweitjüngste Abteilung des Tertiärs (Geol.)
**Mir,** (russ.), männl., nur Sing.: russ. Dorfgemeinschaft sowie ihr Gemeinschaftsbesitz zur Zarenzeit
**Mirabelle,** (fr.), weibl., –n: gelbe, kleinfruchtige, süße Pflaumenart
**Mirage,** (fr.), weibl., –n: 1. Luftspiegelung; Selbstbetrug, 2. Typenbez. eines fr. Kampfflugzeugs
**Mirakel,** (lat.), sächl., –: 1. Wunder, Wundertat, 2. geistliches Drama im Mittelalter über die Wundertaten der Heiligen
**Mirza,** (pers. »Fürstensohn«), männl., –s: persischer Ehrentitel: Herr, Prinz
**Misandrie,** (gr.), weibl., –n: Männerscheu, Männerhass (bei Frauen; Psychol.)
**Misanthrop,** (gr.), männl., –en: Menschenfeind, Menschenhasser (Gegens.: Philanthrop)
**Misanthropie,** (gr.), weibl., nur Sing.: Menschenfeindlichkeit
**misanthropisch,** (gr.): menschenfeindlich, menschenscheu
**Mischpoke, Mischpoche,** (jidd.), weibl., nur Sing.: (umg.) Familie; (abschätzig:) Sippschaft
**miserabel,** (lat.): sehr schlecht; erbärmlich, jammervoll; elend, unglücklich
**Misere,** (lat.), weibl., –n: Not, Elend, Armseligkeit; (wirtschaftlich) problematische Lage
**Miserere,** (lat.), sächl., nur Sing.: 1. in der kathol. Kirche Bußpsalm bei Beisetzungen, 2. Koterbrechen bei Darmverschluss (Med.)
**Misogam,** (gr.), männl., –en: Verächter der Ehe
**Misogyn,** (gr.), männl., –e(n): Frauenfeind
**Miss,** (engl.), weibl., –es: 1. in England vor dem Nachnamen Anrede für junge (unverheiratete) Frau, Fräulein, 2. Siegerin in einem Schönheitswettbewerb
**Missinglink** (auch: Missing Link), (engl. »fehlendes Bindeglied«), sächl., nur Sing.: Bez. für vermutete aber noch nicht nachgewiesene Übergangsformen in der Stammesgeschichte der Lebewesen, v. a. im Affe-Mensch-Übergangsfeld
**Mission,** (lat.), weibl., –en: 1. das Lehren des christlichen Glaubens in nichtchristlichen Gebieten sowie die Aussendung von Missionaren zu diesem Zweck, 2. (allg.) Sendung, Bestimmung, Auftrag, 3. Botschaft, Konsulat, diplomatische Vertretung eines Staates im Ausland oder bei einer internationalen Behörde
**Missionar,** (lat.), männl., –e: zur Verbreitung der (christlichen) Religion ausgesandter Prediger
**missionarisch,** (lat.): 1. den Missionar und seine Aufgabe betreffend, die Verbreitung der christlichen Lehre betreibend, 2. (übertr.) für eine bestimmte Meinung eifernd, Überzeugungen aufdrängend
**missionieren,** (lat.): als Missionar wirken; der Verbreitung des Christentums dienend; eifernd zu überzeugen suchen
**Mist,** (engl.), männl., –e: leichter Nebel (Seewesen)
**Mister,** (engl.), männl., –: englische Anrede: Herr
**Mistral,** (fr.), männl., –e: kalter, trockener, bisweilen stürmischer Nordwind im Rhonetal und in der Provence
**Miszellen** (Miszellaneen), (lat.), weibl., nur Plur.: Vermischtes, kleine Aufsätze (v. a. im Anhang von wissenschaftlichen Zeitungen)
**Mitigans,** (lat.), sächl., ..gantien: Beruhigungs- oder Milderungsmittel (Med.)
**Mitose,** (gr.), weibl., –n: indirekte Teilung des Zellkerns (Biol.)
**Mitra,** (gr.), weibl., Mitren: Kopfbedeckung hoher Würdenträger der kathol. Kirche

**Mixed,** [mi.kst, engl.], sächl., -(s): gemischtes Doppel, zwischen zwei Paaren aus je einem Mann und einer Frau ausgetragenes Tennis-, Tischtennis- oder Badminton-Spiel

**Mixedgrill** (auch: Mixed Grill), ['mi.kst-gri.l, engl.], männl., –s: Speise mit mehreren gegrillten Fleischsorten und Würstchen

**Mixedpickles** (auch: Mixed Pickles), ['mi.kst 'pi.kls, engl.], weibl., nur Plur.: Mischgemüse, das in Essig eingelegt ist

**mixen,** (engl.): mischen (z. B. alkoholische Getränke oder Arzneien)

**Mixer,** (engl.), männl., –: 1. elektrisches Gerät zum Zerkleinern und Mischen von Speisen und Getränken, 2. Barkeeper, der (alkoholische) Getränke mischt, 3. Tonmischer (beim Film)

**Mixpickles,** ['mi.kspikls, engl.]: vgl. Mixed Pickles

**Mixtur,** (lat.), weibl., –en: 1. Mischung, Mischgetränk; aus mehreren Flüssigkeiten hergestelltes Medikament, 2. Orgelstimme, die aus drei oder mehr Pfeifen je Taste gemischt ist (Mus.)

**Mizelle, Mizell,** (lat.), weibl., –e: Zusammenballung von Makromolekülen, die am Aufbau der Zellwände beteiligt ist (Biol.)

**Mneme,** (gr.), weibl., nur Sing.: Erinnerung, Gedächtnis

**Mnemonik, Mnemotechnik,** (gr.), weibl., –en: Gedächtniskunst; auf Merkhilfen wie Sprüche, Schemata u. a. aufgebaute Lernmethode, Schulung des Gedächtnisses

**Mob,** (engl.), männl., nur Sing.: Pöbel, undisziplinierte und aufgehetzte Menschenmenge, Gesindel, Pack

**Mobbing,** (engl.), sächl., nur Sing.: systematisches Schikanieren und Rausekeln von Kollegen oder Mitarbeitern

**mobil,** (lat.): 1. beweglich, rasch reagierend; (umg.) wohlauf, behände, lebendig, 2. kriegs- oder einsatzbereit

**Mobile,** (lat.), sächl., –s: kunstgewerblicher beweglicher Zimmerschmuck mit an Fäden hängenden, bei Luftzug schaukelnden Figuren

**Mobiliar,** (lat.), sächl., nur Sing.: Sammelbez. für alle Einrichtungsgegenstände einer Wohnung, bewegliche Habe

**mobilisieren,** (lat.): 1. beweglich machen, 2. Streitkräfte einsatz- oder kriegsbereit machen, 3. in Bewegung setzen, zum Handeln anregen

**Mobilität,** (lat.), weibl., nur Sing.: Beweglichkeit; Bereitschaft, den Wohnsitz wechseln; Ausgerüstetsein mit Fahrzeugen

**Mobilmachung,** (lat.-dt.), weibl., –en: Vorbereitung eines Staates auf einen bewaffneten Konflikt durch Einberufung von Reserven und Aufmarsch der Streitkräfte

**möblieren,** (lat.): eine Wohnung einrichten, Bewohnbarkeit herstellen

**Mobster,** (engl.-amerik.), männl., –: Bandenverbrecher, Gangster

**modal,** (lat.): 1. die Art und Weise bezeichnend (Sprachwiss.), 2. durch die Verhältnisse bedingt, 3. kirchentonartlich (Mus.)

**Modalität,** (lat.), weibl., –en: Art und Weise eines Vorgangs, des Denkens oder Daseins; Art der Ausführung; Bedingung, Möglichkeit

**Modalsatz,** (lat.-dt.), männl., ..sätze: zur näheren Erläuterung des Hauptsatzes die Art und Weise eines Vorgangs näher bestimmender Nebensatz (z. B. wir erholen uns, indem wir am Strand spielen)

**Modalverb,** (lat.), sächl., –en: die Möglichkeit, Notwendigkeit, Ungewissheit o. Ä. eines Vorgangs bezeichnendes Zeitwort (z. B. dürfen, mögen, können, müssen, sollen, wollen)

**mode,** [mo:t, fr.]: bräunlich, dunkel sandfarben

**Model, Modul,** (lat.), männl., –: 1. vertiefte Gussform zur Herstellung von Figuren aus formbarer Masse (z. B. Teig), 2. erhabene Form, die für den Kattun- oder Textildruck in Holz geschnitten wird

**Model,** [mo.dl, engl.], sächl., –s: Mannequin, Fotomodell

**Modell,** (lat.), sächl., –e: 1. Muster, Vorbild; Typ; Urform, Entwurf, 2. Nachbildung (z. B. eines Autos) in stark verkleinerter maßstabgetreuer Form, 3. Form aus Holz, Metall oder Kunststoff zum Gießen, 4. Person, die Malern oder Bildhauern als Vorbild für Porträts oder Akte dient (M. stehen), 5. vereinfachende Darstellung wesentlicher Strukturen und Funktionen komplexer Gebilde, 6. nur einmal vorhandenes, zu Vorführzwecken geschaffenes Kleidungsstück, 7. Vorführdame, Mannequin

**modellieren,** (lat.): aus weichem Material eine Skulptur formen, gestalten; ein Modell herstellen

**modeln,** (lat.): formen, gestalten; zu bestimmten Zwecken zurechtmachen

**Modem,** männl., –s: Peripheriegerät von Computern zur telefonische Datenübertragung, Akustikkoppler

**moderat,** (lat.): gemäßigt, maßvoll; zurückhaltend, bescheiden

**Moderation,** (lat.), weibl., –en: 1. Gleichmut; Mäßigung, Milde, 2. Diskussionsleitung, Gestaltung einer Rundfunk- oder Fernsehsendung

**moderato,** (italien.): mäßig bewegt (Mus.)

**Moderator,** (lat.), weibl., Moderatoren: 1. Diskussions- oder Gesprächsleiter, 2. Sprecher, der durch eine Rundfunk- oder Fernsehsendung führt, 3. Bremssubstanz in Kernreaktoren, die zur Kontrolle der Kettenreaktion die Bildung der Neutronen dosiert

**moderieren,** (lat.): eine Rundfunk- oder Fernsehsendung als Sprecher und Kommentator gestalten und leiten

**modern,** (lat.): zeitgemäß, neuzeitlich; dem neuesten Stand der Forschung und technischen Entwicklung entsprechend, den momentanen Erkenntnisstand reflektierend; nach neuestem Geschmack

**Moderne,** (lat.), weibl., nur Sing.: heutige Zeit, Gegenwartskunst

**modernisieren,** (lat.): dem neuesten Entwicklungsstand oder Geschmack anpassen, zeitgemäß neu ausrüsten

**Modernismus,** (lat.), männl., nur Sing.: 1. Überbetonung des Zeitgenössischen, Neuerungssucht, 2. (nur Sing.) Reformbewegung in der kathol. Kirche, die eine Versöhnung von neuzeitlichem naturwissenschaftlichem Denken mit den kirchlichen Dogmen anstrebte (1907 vom Papst verboten)

**modernistisch,** (lat.): sich modern gebend, auf Neuerungen aus

**Modernität,** (lat.), weibl., nur Sing.: neuzeitliches Gepräge, Neuheit

**Modernjazz** (auch: Modern Jazz), ['mo.dern dschä:s, engl.-amerik.], männl., nur Sing.: die Jazzstile in den 40er und 50er Jahren

**Modifikation,** (lat.), weibl., –en: 1. Abwandlung, Einschränkung; Festlegung, Reduzierung, 2. nicht erbliche, sondern erworbene Veränderung eines Merkmals oder einer Eigens chaft in der Tier- und Pflanzenwelt

**modifizieren,** (lat.): ändern, abwandeln; einschränken, bestimmen

**modisch,** (lat.): dem Zeitgeschmack gemäß, nach der Mode (gekleidet, frisiert o. Ä.)

**Modul,** (lat.), männl., –n: 1. absoluter Betrag einer komplexen Zahl; Logarithmenverhältnis; Menge der Restklassen ganzer Zahlen bei der Division durch eine bestimmte Zahl (Math.), 2. Materialkonstante oder eine Kenngröße in Physik oder Technik, 3. (sächl., –e) austauschbares Bauelement in elektrischen Geräten und Maschinen, Funktionseinheit, 4. vgl. Model

**Modulation,** (lat.), weibl., –en: 1. Abwandlung; Abwechslung, 2. Übergang in eine andere Tonart (Mus.), 3. gezielte Beeinflussung einer Trägerfrequenz zur Übertragung elektromagnetischer Impulse (z. B. für Rundfunk- oder Fernsehsendungen)

**modulieren,** (lat.): 1. abwandeln; abwechseln, 2. in eine andere Tonart übergehen (Mus.), 3. Trägerfrequenzen abwandeln zur Übertragung elektromagnetischer Signale

**Modus,** (lat.), männl., Modi: 1. Art und Weise; Verfahrens- oder Daseinsweise; Bestimmtheit einer Sache, Maßstab, Regel (z. B. Austragungs-M. bei Sportwettkämpfen), 2. Aussageform des Verbs, die das Verhältnis des Sprecher zum Gültigkeitswert der Aussage ausdrückt (z. B. Indikativ, Konjunktiv, Imperativ), 3. Melodie, Weise, nach der ein Lied gesungen werden kann; Kirchentonart (Mus.)

**Modus Operandi,** (lat.): Handlungs- oder Vorgehensweise

**Modus Vivendi,** (lat.): Basis für (friedliches) Zusammenleben, Regelung zur Vermeidung von Konflikten; leidliches Verhältnis

**Mogul,** (pers.), männl., –n: im alten Indien islamischer Herrscher mongolischer Herkunft

**Mohair,** [mo'hä:r, arab.], der –e: Wolle der Angoraziege sowie Gewebe aus solcher Wolle

**Mohammedaner,** männl., –: Anhänger des Islam (nach dem Religionsstifter Mohammed, um 570 – 632 n.Chr.)

**Mohammedanismus,** männl., nur Sing.: vgl. Islam

**Mohär:** vgl. Mohair

**Moira,** (gr.), weibl., Moiren: in der griechischen Mythologie das von den Götter verhängte Schicksal

**Moiré,** [moa're:, fr.], sächl., –s: 1. wellenförmig gemasertes Gewebe, 2. durch unzulängliche Reproduktion oder durch Verwendung von bereits gerasterter Vorlage entstandene Schlieren in gedruckten Bildern

**mokant,** (fr.): spöttisch

**Mokassin,** (indian.), männl., –s: wildlederne Fußbekleidung der Indianer Nordamerikas; nach diesem Muster hergestellte absatzlose Halbschuhe für Haus oder Straße

**Mokick,** (Kurzw. aus **Mo**ped und **Kick**starter), sächl., –s: Kleinkraftrad mit Hebel zum Starten des Motors

**mokieren,** sich, (fr.): sich über jmdn. oder etwas in überheblicher Weise lustig machen, sich spöttisch äußern

**Mokka,** (engl.), männl., –s: Kaffeesorte; sehr starker Kaffee (nach der Hafenstadt im Jemen)

**Mol,** sächl., –e: dem relativen Molekulargewicht in Gramm entsprechende Menge eines Stoffes (chemischen Elements; z. B. 32,06 Gramm Schwefel; Zeichen: mol)

**Molar,** (lat.), männl., –en: Backenzahn (Med.; Biol.)

**Molekül,** (lat.), sächl., –e: kleinste aus zwei oder mehr Atomen bestehende Einheit einer chemischen Verbindung

**molekular,** (lat.): zu den Molekülen gehörend, sie betreffend

**Molekulargewicht,** (lat.-dt.), sächl., –e: Zahl, die angibt, wievielmal schwerer ein Molekül ist als ein Kohlenstoffatom (relatives M.); Gewicht aller Atome eines Moleküls (absolutes M.)

**Molette,** (lat.), weibl., –n: Prägewalze; Stößel eines Mörsers; gezahntes Rädchen zum Eindrücken von Punkten in Metall

**Moll,** (lat.), sächl., nur Sing.: Tongeschlecht mit der kleinen Terz im Dreiklang auf der ersten Stufe (Gegens.: Dur; Mus.)

**Molla:** vgl. Mulla(h)
**Molluske,** lat.), weibl., –n: (fast nur Plur.) Weichtier (z. B. Tintenfisch, Schnecke, Muschel)
**Moloch,** (hebr.), männl., –e: Menschenverschlinger, -fresser; (übertr.) alles verschlingendes Ungeheuer, unersättliche Macht (z. B. der M. Straßenverkehr)
**Molotowcocktail,** männl., –s: nach dem sowjetischen Politiker Molotow (1890 –1986) benannte »Volkshandgranate«, eine mit Benzin und Phosphor gefüllte Flasche als Wurfgeschoss
**molto,** (italien.): viel, sehr (Mus.)
**Molton,** (fr.), männl., –s: weiches beidseitig angerautes Gewebe aus Baumwolle
**Moltopren,** (Wz), sächl., –e: sehr leichter, druckfester Kunststoff
**Molybdän,** (gr.), sächl., nur Sing.: chem. Element, Schwermetall (Zeichen: Mo)
**Moment,** (lat.), sächl., –e: 1. das Entscheidende, wichtiger Faktor, Beweggrund; Merkmal, 2. Produkt zweier physikalischer Größen, von denen eine gewöhnlich eine Längenangabe ist (z. B. Drehmoment = Kraft mal Kraftarm)
**Moment,** (lat.), männl., –e: Augenblick, Zeitpunkt, sehr kurze Zeitspanne
**momentan,** (lat.): zum jetzigen Zeitpunkt, gegenwärtig, vorübergehend
**Monade,** (gr.), weibl., –n: beim Philosophen Leibniz beseelter Urbestandteil der Weltsubstanz; (allg.) unteilbare Einheit
**Monarch,** (gr. »Alleinherrscher«), männl., –en: gekrönter, meist durch Erbschaft auf den Thron gekommener Herrscher (z. B. Kaiser, König, Fürst)
**Monarchie,** (gr.), weibl., –n: Staatsform mit einem Monarchen als Staatsoberhaupt, Königreich sowie Königtum
**monarchisch,** (gr.): auf einen Monarchen oder die Monarchie bezogen, sie betreffend; königlich
**Monarchist,** (gr.), männl., –en: Vertreter monarchischer Regierungsform, Anhänger des erblichen Königtums
**monarchistisch,** (gr.): für die Monarchie als Staatsform eintretend
**Monasterium,** (gr.), sächl., Monasterien: Einsiedelei, Kloster sowie seine Kirche
**monastisch,** (gr.): mönchisch, weltabgeschieden
**monaural,** (gr.-lat.): nur auf ein Ohr bezogen, nicht in Stereoklang, einkanalig
**mondän,** (lat.): nach Art der großen Welt auftretend; hochelegant, extravagant, (abschätzig) hochgestochen; weltläufig
**mondial,** (lat.): weltweit, weltumspannend
**mon dieu!,** [mon 'djö:, fr.]: mein Gott! (Ausruf des Erschreckens)
**Monem,** (gr.), sächl., –e: kleinste bedeutungtragende Einheit der Sprache
**monetär,** (lat.): geldlich, finanziell, die Währung betreffend
**Moneten,** (lat.), weibl., nur Plur.: (umg.) Bargeld, Geld, Münzen
**Moneymaker,** ['ma.nimejke(r), engl. »Geldmacher«], männl., –: (umg.) um jeden Preis nach Gewinn strebender Geschäftsmann; Großverdiener, (abschätzig) Spekulant
**Mongolismus,** männl., nur Sing.: angeborene Entwicklungsstörung mit Neigung zu Organdefekten und Augenschrägstellung (daher der Begriff, Med.)
**Mongolistik,** weibl., nur Sing.: Wissenschaft von Sprachen, Literatur und Kultur der Mongolen
**mongoloid,** (mongol.-gr.): 1. zum Formenkreis der mongolischen Rasse gehörend, wie ein Mongole aussehend, 2. Symptome des Mongolismus zeigend (Med.)

**monieren,** (lat.): rügen, beanstanden, mahnen
**Monismus,** (gr.), männl., nur Sing.: Einheitslehre; Erklärung von Sein und Welt aus einem einheitlichen Weltprinzip heraus (Philos.)
**Monitor,** (lat.), männl., Monitoren: 1. Bildschirm (z. B. eines Computers, eines Überwachnungsgeräts), kleines Fernsehgerät, 2. Kriegsschiff mit geringem Tiefgang für Küstengewässer oder Flüsse, 3. Strahlennachweisgerät
**mono,** (Kurzw. für monophon, gr.): nicht mit Raumklang aufgenommen oder abgespielt (Tontchnik, Gegens.: stereo)
**Monochord,** (gr.), sächl., –e: zur Ton- und Intervallbestimmung eingesetztes Gerät mit einer über einen Resonanzkörper gespannten Saite
**monochrom,** (gr.): einfarbig
**Monochromasie,** (gr.), weibl., nur Sing.: gänzliche Farbenblindheit (Med.)
**monogam,** (gr.): nur auf einen Geschlechtspartner fixiert, in Einehe lebend; mit nur einem Partner sexuelle Beziehungen unterhaltend
**Monogamie,** (gr.), weibl., nur Sing.: Einehe, sexuelle Beziehung zu nur einem Partner (Gegens.: Polygamie)
**Monogramm,** (gr.), sächl., –e: Namenszeichen (zur Besitzanzeige); nebeneinander stehende oder ineinander verschlungene Anfangsbuchstaben des Namens, oft künstlerisch ausgestaltet
**Monographie** (auch: Monografie), (gr.), weibl., –n: Einzeldarstellung, (umfassende) wissenschaftliche Behandlung eines einzelnen Gegenstands
**monokausal,** (gr.-lat.): eine einzige Ursache habend, mit nur einem Auslöser zu begründen
**Monokel,** (fr.), sächl., –: Einglas, das in die Augenhöhle geklemmt wird; Brille am Band für nur ein Auge (z. B. zum Lesen)
**Monokratie,** (gr.), weibl., –n: persönliche Diktatur, Alleinherrschaft
**monokular,** (gr.-lat.): nur ein Auge aufweisend; für nur ein Auge bestimmt (Med.)
**Monokultur,** (gr.-lat.), weibl., –en: Anbau oder Anpflanzung nur einer Nutzpflanzensorte auf einer Fläche (z. B. aus Gründen der Rationalisierung)
**Monolith,** (gr.), männl., –e: Großstein, aus nur einem Stein gehauene monumentale Plastik; (übertr.) geschlossener Machtblock
**Monolog,** (gr.), männl., –e: Selbstgespräch (z. B. als Element eines Schauspiels); längere Einzelrede (z. B. in einer Diskussion; Gegens.: Dialog)
**monologisieren,** (gr.): eine lange Einzelrede in einer Diskussion halten, sich ohne Rücksicht auf die Gesprächspartner ausschwatzen; ein Selbstgespräch in einem Theaterstück führen
**Monomane,** (gr.), männl., –n: von einer einzigen (fixen) Idee Besessener
**Monomanie,** (gr.), weibl., –n: zwanghaftes Tun, Fixierung auf eine einzige Idee, auf nur ein Thema; isolierte Affekt- und Triebhandlung (Psychol.)
**monomer,** (gr.): aus einzelnen von einander getrennten Molekülen bestehend (Chem.)
**Monomere,** (gr.), weibl., –n (fast nur Plur.): Verbindung mit monomeren Moleküle. (Chem.)
**monophag,** (gr.): auf ein bestimmtes Nahrungsmittel angewiesen, sich nur von einer Pflanze(nsorte) oder einem Beutetier ernährend
**Monophobie,** (gr.), weibl., nur Sing.: krankhafte Angst vor dem Alleinsein (Psychol.)
**Monophonie,** (gr.), weibl., nur Sing.: elektroakustische Aufzeichnung oder Wiedergabe über einen einzigen Kanal

**Monophtong,** (gr.), männl., –e: einfacher Selbstlaut (z. B. a, u; Gegens.: Diphthong; Sprachwiss.)
**Monoplegie,** (gr.), weibl., nur Sing.: Lähmung nur eines Gliedes (Med.)
**Monopol,** (gr.), sächl., –e: alleiniges Vorrecht, andere ausschließender Anspruch (v. a. auf den Verkauf von bestimmten Waren); alleiniger Anbieter auf dem Markt; marktbeherrschendes Unternehmen, konkurrenzloser Produzent
**monopolisieren,** (gr.): unter Kontrolle bringen (von Märkten), zu einem Konzern zusammenschließen; (allg.) alle Konkurrenten verdrängen
**Monopolismus,** (gr.), männl., nur Sing.: auf die Beherrschung des Marktes gerichtetes Streben in Politik oder Wirtschaft
**Monopolist,** (gr.), männl., –en: Marktbeherrscher; Vertreter einer Politik des Monopolismus
**Monoposto,** (gr.-italien.), männl., –s: einsitziger Autorennwagen
**Monotheismus,** (gr.), männl., nur Sing.: Eingottlehre bzw. -glaube
**monoton,** (gr.): eintönig, gleichförmig, öde
**Monotonie,** (gr.), weibl., nur Sing.: Eintönigkeit, Gleichförmigkeit, Ödnis
**monovalent,** (gr.-lat.): einwertig (Gegens.: polyvalent; Chem.)
**Monoxid, Monoxyd,** (gr.), sächl., –e: chemische Verbindung mit nur einem Sauerstoffatom
**Monözie,** (gr.), weibl., nur Sing.: Einhäusigkeit, das Vorkommen männl. und weibl. Blüten auf derselben Pflanze
**Monseigneur,** [monßän'jö:r, fr.], männl., –e oder –s: (früher) Titel der französischen Ritter und Prinzen; (heute) Anrede hoher kathol. Würdenträger in Frankreich
**Monsieur,** [miß'jö:, fr.], männl., Messieurs, [mäß'jö:]: Herr, mein Herr (fr. Anrede)
**Monsignore,** [monßin'jo:re, italien.], männl., –signori: Anrede und Rangbez. hoher Würdenträger der kathol. Kirche in Italien
**Monster,** (lat.), sächl., –: (riesenhafte) Schreckgestalt
**Monstera,** weibl., –e: Fensterblatt, ein als Zimmerpflanze beliebtes Klettergewächs aus der Familie der Aronstabgewächse
**Monstranz,** (lat.), weibl., –en: Gefäß zum Tragen und Zeigen der geweihten Hostie in der kathol. Kirche
**monströs,** (lat.): unglaublich, ungeheuerlich; ungeheuer aufwändig; unförmig, missgebildet
**Monstrosität,** (lat.), weibl., –en: Ungeheuerlichkeit, unglaubliche Zumutung; Unförmigkeit, Missgeburt
**Monstrum,** (lat.), sächl., Monstren oder Monstra: Ungeheuer, Ungetüm, unförmiger Gegenstand; Missgeburt
**Monsun,** (arab.), männl., –e: beständige, halbjährlich die Richtung wechselnde Luftströmung in Süd- und Südostasien (Meteorol.)
**Montage,** [mon'ta:sche, fr.], weibl., –n: 1. Zusammenbau und Aufstellung einer Maschine, eines Großgeräts oder einer technischen Anlage, 2. letzte Fertigungsstufe eines Films durch Schnitt und Festlegung der Sequenzen, 3. Zusammenbau einer Zeitungsseite oder eines Druckbogens
**montan,** (lat.): bergbaulich, zum Bergbau und Hüttenwesen gehörig
**Montangesellschaft,** (lat.-dt.), weibl., –en: Handelsgesellschaft für Bergbauprodukte
**Montanindustrie,** (lat.), weibl., –n: Sammelbezeichnung für Produktionsbetriebe, die unmittelbar oder mittelbar

bergbaulich orientiert sind (direkte Bodenschätze ausbeutende, aber auch Eisen- und Stahlindustrie)

**Monteur,** [mon'tö:r, fr.], männl., –e: für den Zusammen- und Aufbau sowie Wartung von Maschinen zuständiger Facharbeiter

**montieren,** (lat.): 1. zusammen- und aufbauen (von technischen Anlagen), 2. installieren, anbringen, 3. einen Druckbogen oder eine Zeitungsseite zusammenbauen, 4. letzte Hand an einen Film legen

**Montur,** (lat.), weibl., –en: Dienstkleidung, Arbeitsanzug; (auch allg. salopp) Kleidung

**Monument,** (lat.), sächl., –e: Denk- oder Mahnmal; große Kulturschöpfung; (übertr.) klassisches wissenschaftliches oder künstlerisches Werk

**monumental,** (lat.): riesenhaft, wuchtig, gewaltig, (abschätzig:) klotzig, überdimensioniert; bedeutend

**Monumentalität,** (lat.), weibl., nur Sing.: Denkmalhaftigkeit, Bedeutsamkeit; Wuchtigkeit, (abschätzig) Überdimensioniertheit, Klotzigkeit

**Moonboots,** ['mu:nbu:ts, engl.], weibl., Plur.: in der Art der Schuhe von Mondfahrern gestaltete dicke, aber leichte Winterstiefel aus Kunststoff

**Mop:** (frühere Schreibung für:) Mopp

**Moped,** (Kurzw. aus **Mo**torvelozi**ped**), sächl., –s: bis 40 km/h schnelles, auf 50 ccm Hubraum begrenztes kleines Motorrad

**Mopp,** (engl.), männl., –s: Staubbesen oder -wedel mit Fransen

**Mora,** (lat.), weibl., Moren: (veraltet) Verzug; kleinste Zeiteinheit im Verstakt (Lit.)

**Moral,** (lat.), weibl., nur Sing.: 1. System geltender sittlicher Normen, gesellschaftlicher Konsens über erwünschtes und verwerfliches Tun, 2. Sittenlehre, Lehre vom sittlichen Handeln (Philos.), 3. Kampfgeist, Arbeitshaltung, 4. Sinn einer (lehrhaften) Geschichte

**Moralin,** (lat.), sächl., nur Sing.: Sittenschnüffelei, Spießigkeit in sittlichen Fragen, heuchlerische Entrüstung

**moralisch,** (lat.): mit den sittlichen Normen übereinstimmend, einem hohen Moralbegriff folgend; tugendhaft

**moralisieren,** (lat.): nach moralischen Kategorien urteilen; (abschätzig) Moral predigen

**Moralismus,** (lat.), männl., nur Sing.: Anerkennung des hohen Rangs sittlicher Normen für das Zusammenleben; (abschätzig) Überbetonung von Vorschriften und Regeln

**Moralist,** (lat.), männl., –en: jmd., der eigenes und fremdes Tun immer auf den sittlichen Wert hin prüft; (abschätzig) Moralprediger

**moralistisch,** (lat.): wie ein Moralist

**Moralität,** (lat.), weibl., –en: 1. (nur Sing.) sittliches Empfinden, tugendhafte Einstellung, 2. religiöses Drama, Mysterienspiel im späten Mittelalter

**Moräne,** (fr.), weibl., –n: Gesteinsmasse, die vom Gletschereis abgelagert oder aufgeschoben worden ist

**Moratorium,** (lat.), sächl., Moratorien: Aufschub, temporäres Aussetzen einer Bestimmung; Prolongierung einer Geldschuld, Stundung

**morbid,** (lat.): 1. krank, kränklich (Med.), 2. verwahrlost, moralisch verfallen, heruntergekommen, morsch

**Morbidität,** (lat.), weibl., nur Sing.: 1. Zustand sittlichen Verfalls, 2. Krankheitshäufigkeit, Krankenstand (Med.)

**Morbus,** (lat.), männl., Morbi: Krankheit, Symptomenkomplex (Med.)

**morendo,** (italien.): ersterbend, verwehend (Mus.)

**Mores,** (lat.), weibl., Plur.: Sitten, Tugend, Anstand

**moribund,** (lat.): im Sterben liegend, dem Tod geweiht (Med.)
**Mormone,** männl., –n: Angehöriger einer christlichen Sekte in Nordamerika (»Kirche Jesu Christi der Heiligen der letzten Tage«)
**Morphem,** (gr.), sächl., –e: kleinster bedeutungshaltiger Teil eines Wortes; vgl. auch Monem (Sprachwiss.)
**Morpheus:** Gott des Schlafes in der gr. Mythologie
**Morphin,** (gr.), sächl., nur Sing.: Hauptalkaloid des Opiums, schmerzlinderndes, einschläferndes Mittel, das süchtig macht, in zu hoher Dosierung tödlich wirkt und als Rauschgift konsumiert wird
**Morphinismus,** (gr.), männl., nur Sing.: Morphinabhängigkeit, Morphinvergiftung
**Morphinist,** (gr.), männl., –en: Morphinabhängiger
**Morphium,** (gr.), sächl., nur Sing.: vgl. Morphin
**morphogenetisch,** (gr.): gestalt- und merkmalbildend (Biol.)
**Morphologie,** (gr.), weibl., nur Sing.: 1. (allg.) Gestaltlehre, 2. Wissenschaft von Gestalt und der Formenentstehung der Lebewesen (Biol.), 3. vgl. Geomorphologie, 4. Lehre von der Formbildung der Wörter durch Beugung, Komposition u. a. (Sprachwiss.)
**morphologisch,** (gr.), Gestalt oder Form betreffend; zum Gebiet der Morphologie gehörend
**Morphometrie,** (gr.), weibl., nur Sing.: Teilgebiet der Geomorphologie, das sich mit dem Vermessen der Oberflächenformen der Erde beschäftigt
**Morsealphabet,** sächl., nur Sing.: aus Punkten und Strichen (Kürzen und Längen) bestehendes Alphabet zur telegraphischen Nachrichtenübermittlung, wobei kurze und/oder lange Stromimpulse gesendet werden, benannt nach dem amerik. Erfinder S. Morse (1791 – 1872)
**Mortadella,** (italien.), weibl., –s: aus Rind- oder Schweinefleisch bestehende geräucherte Brühwurst
**Mortalität,** (lat.), weibl., nur Sing.: Sterblichkeitsziffer, Verhältnis der Todesfälle zur Gesamtbevölkerung
**mortifizieren,** (lat.): absterben (von Gewebe); (veraltet) demütigen, tödlich kränken; sich durch Askese kasteien, Begierden abtöten
**Morula,** (lat.), weibl., nur Sing.: durch Furchung entstandener Zellhaufen im Frühstadium der Keimentwicklung (Biol.)
**Mosaik,** (gr.), sächl., –e(n): aus verschiedenfarbigen Stein- oder Glasstückchen zusammengesetztes Bild oder Ornament; (übertr.) zusammengefügte Erkenntnisse (z. B. Beweise, Argumente, Fahndungs- oder Forschungsergebnisse in ihrer Gesamtheit)
**mosaisch,** (hebr.): jüdisch, zur jüdischen Religion gehörend (nach der biblischen Gestalt Moses)
**Moschee,** (arab.), weibl., Moscheen: Gotteshaus der Mohammedaner
**Moschus,** (sanskr.), männl., nur Sing.: stark riechendes, salbenartiges Sekret der männl. Geschlechtsdrüsen des Moschustiers sowie der daraus hergestellte Duftstoff
**Moskito,** (span.), männl., –s: Stechmücke, v. a. die krankheitsübertragenden Arten der Tropen
**Moslem,** (arab.), männl., –s: Anhänger des Islam, Mohammedaner
**moslemisch,** (arab.): mohammedanisch
**Moslime,** (arab.), weibl., –n: Mohammedanerin
**mosso,** (italien.): lebhaft, bewegt (Mus.)
**Motel,** (Kurzw.), sächl., –s: Hotel mit Apartments und Garagen an Überlandstraßen

**Motett**, (italien.), weibl., –n: mehrstimmiges geistliches Chorwerk meist ohne Instrumentalbegleitung (Mus.)
**Motilität,** (lat.), weibl., nur Sing.: Bewegungsvermögen; Bewegungsvorgänge im menschl. Körper, die nicht bewusst gesteuert werden und unwillkürlich ablaufen (Med.)
**Motiv,** (lat.), sächl., –e: 1. Beweggrund einer Handlung, Ursache, Antrieb, 2. Thema eines Bildes, eines Musikstücks, eines literarischen Werks, 3. Gegenstand, der fotografiert werden soll
**Motivation,** (lat.), weibl., –en: 1. Bündel von Motiven, die zu einem bestimmten Handeln führen, 2. Bereitschaft, etwas zu tun oder zu leisten
**motivational,** (lat.): von der Motivation her, auf ihr beruhend
**motivieren,** (lat.): die Einsatzfreude stärken; einen (plausiblen) Grund für eine Tat nennen, sie begründen
**motivisch,** (lat.): das Motiv betreffend
**Motocross** (auch: Moto-Cross), (engl.), sächl., –e: Querfeldeinrennen für Motorräder auf Rundkursen
**Motodrom,** (lat.-gr.), sächl., –e: Anlage für Auto- oder Motorradrennen
**Motor,** (lat.), männl., Motoren: Kraftmaschine zur Erzeugung von mechanischer Antriebsenergie (z. B. aus chem. oder elektrischer Energie); (übertr.) Triebkraft, vorwärtsdrängende Person einer Gruppe
**Motorik,** (lat.), weibl., nur Sing.: 1. Sammelbez. für alle willkürlich steuerbaren Bewegungsvorgänge im menschl. Körper sowie die Lehre von diesen Funktionen (Med.), 2. Gesamtheit der Gestik, Gangart und Mimik eines Menschen als Teil seines Persönlichkeitsbildes (Psychol.), 3. gleichmäßige, wie ein Motor ablaufender Rhythmus (Mus.)
**motorisch,** (lat.): auf Motorik bezogen, zu ihr gehörend
**motorisieren,** (lat.): sich ein Auto kaufen, (einen Betrieb, ein Volk) mit Kraftfahrzeugen und/oder Kraftmaschinen ausrüsten
**Motto,** (italien.), sächl., –s: Geleitwort, Sinnspruch, Kennwort, Handlungsmaxime
**mouillieren,** [mu'ji:ren, fr.]: einen Mitlaut erweichen durch Nachklingenlassen eines j wie in brillant [bril'ja.nt] oder Señor [sen'jor]
**Moulage,** [mu'la:sch, fr.], männl., –s: Gipsabdruck, farbiges Wachsmodell (v. a. von Organen oder Körperteilen)
**Mouliné,** (fr.), männl., –s: aus zwei verschiedenfarbigen Garnen bestehender Zwirn sowie das Gewebe daraus
**Mount,** [maunt, engl.], männl., –s: Berg
**Mountainbike,** ['mauntenbaik, engl.], sächl., –s: bergfähiges Fahrrad, Geländerad
**Mousse,** [mu:ß, fr.], weibl., –s: mit Eischnee gemischte Süßspeise
**Mousseline:** vgl. Musselin
**moussieren,** (fr.): perlen, schäumen (von Getränken)
**Moustérien,** [muster'jän fr.], sächl., nur Sing.: Kultur der mittleren Altsteinzeit, benannt nach dem südfranzösischen Fundort Le Moustier
**Movens,** (lat.), sächl., nur Sing.: bewegende Ursache, treibende Kraft
**Movie,** ['mu:wi:, engl.], sächl., –s: amerik. Bez. für Unterhaltungsfilm, Kino
**Muezzin,** (arab.), männl., –s: Ausrufer der Gebetszeiten in der Moschee
**Muff,** (fr.), männl., –e: wattierter oder aus Pelz bestehende Wärmeröhre für beide Hände
**Muffins,** ['ma.fins, engl.], weibl., Plur.: aus Mürbeteig hergestelltes Kleingebäck
**Mufflon,** (fr.), männl., –s: braunes Wildschaf mit Schneckengehörn

**Mufti,** (arab.), männl., –s: hoher islamischer Geistlicher; islamischer Rechtsgelehrter, der Gutachten nach religiösem Recht abgibt
**mukös,** (lat.): schleimig (Med.)
**Mulatte,** (span.), männl., –n: von einem schwarzen und einem weißen Elternteil abstammende Person
**Muleta,** (lat.-span.), weibl., –s: das rote Tuch der Stierkämpfer
**Muli,** (lat.), sächl. (auch männl.), –s: durch Kreuzung von Pferd und Esel entstandenes (unfruchtbares) Maultier
**Mullah,** (arab.), männl., –s: Titel mohammedanischer Geistlicher und Gelehrter
**multi...,** (lat.): (als Vorsilbe) viel..., mehr..., mehrfach...
**Multi,** männl., –s: (Kurzw.), männl., –s: multinationaler Konzern, weltweit operierendes Unternehmen
**multidimensional,** (lat.): vielschichtig; mehrere Dimensionen umfassend
**multilateral,** (lat.): mehr- oder vielseitig; mehrere Seiten, Parteien, Staaten u. a. betreffend
**Multimedia...,** (lat.): (nur in Zusammensetzungen) M.-Show: Vorführung unter Einsatz von verschiedenen Medien; M.-System: Informations- oder Unterrichtssystem, das visuelle wie akustische Medien nutzt
**Multimillionär,** (lat.), männl., –e: mehrfacher Millionär
**multipel,** (lat.): vielfältig, mehrfach
**Multiplechoiceverfahren** (auch: Multiple-Choice-Verfahren), ['ma.ltip(e)ltscheuß-..., engl.-dt. »Mehrfachwahl...«], sächl., nur Sing.: Vorgabe von Antworten, unter denen die richtige angekreuzt werden soll, bei Tests oder Prüfungen
**Multiple Sklerose,** (lat.-gr.), weibl., nur Sing.: Erkrankung des Zentralnervensystems mit Bildung von Verhärtungsherden in den Nervenbahnen
**Multiplikand,** (lat.), männl., –en: der zweite Faktor in einem Produkt, der zu multiplizieren ist (Math.)
**Multiplikation,** (lat.), weibl., –en: eine der vier Grundrechenarten, das Malnehmen, Vervielfachen (Gegens.: Division; Math.)
**Multiplikator,** (lat.), männl., ..katoren: 1. der erste Faktor in einen Produkt, der multipliziert (Math.), 2. Vervielfacher; Medium (oder Person), das Informationen, Meinungen oder Werbeimpulse streut
**multiplizieren,** (lat.): vervielfachen, malnehmen (Gegens.: dividieren; Math.), 2. vermehren, steigern
**multivalent,** (lat.): vielwertig, mehrere Lösungen zulassend (von Tests)
**Multivision,** (lat.), weibl., nur Sing.: zum gleichzeitigen Vorführen mehrerer Diapositive geeignete Vorrichtung sowie die Vorführung selbst
**Mumie,** (pers.), weibl., –n: durch Einbalsamieren oder natürliche Austrocknung vor Verwesung geschützte Leiche (v. a. in altägyptischen Gräbern)
**mumifizieren,** (pers.): durch präparieren mit Harzen, Ölen u. a. oder durch natürliches Austrocknen vor Verwesung schützen
**Mummy,** ['ma.mi, engl.), männl., –s: Klient eines Ghostwriters
**Mumps,** (engl.), männl., (umg. auch weibl.), nur Sing.: Ziegenpeter, von schmerzhafter Schwellung der Ohrspeicheldrüse begleitete Virusinfektion, v. a. als Kinderkrankheit (Med.)
**Mundus,** (lat.), männl., nur Sing.: Kosmos; Welt, Weltordnung
**Mungo,** (ind.), männl., –s: in Südasien beheimatete Schleichkatze
**Munition,** (lat.), weibl., –en: Schießbedarf, Geschosse für Feuerwaffen, Sprengladungen; (umg.) Nachfüllmaterial für Heftmaschinen

**Muräne,** (gr.), weibl., –n: in warmen Meeren heimischer aalartiger Raubfisch mit kräftigem Gebiss

**muriatisch,** (lat.): kochsalzhaltig (von Quellen)

**Muring,** (engl.), weibl., –e: Verankerung eines Schiffes an beiden Bugankern

**Muschik,** (russ.), männl., –s: (abwertend) Bauer im vorrevolutionären Russland

**Muschkote,** (fr.), männl., –n: (abschätzig) einfacher Soldat der Infanterie

**Muse,** (gr.), weibl., –n: jede der neun gr. Göttinnen der Künste und Wissenschaften

**museal,** (gr.): 1. das Museum betreffend, zu ihm gehörend, 2. nicht mehr zeitgemäß, verstaubt, überholt, abgetan, obsolet

**Muselman,** (arab.), männl., –en: (veraltend) Mohammedaner

**Musette,** [mü'sä.t, fr.], weibl., –s: 1. ein Tanz der Suite im 18. Jh., 2. fr. Name des Dudelsacks, 3. würdiger dreitaktiger Tanz mit dudelsackähnlichem Orgelpunkt (Mus.)

**Museum,** (gr.), sächl., Museen: öffentliche Sammlung von bemerkenswerten Gegenständen aus Kunst und Wissenschaft sowie das Gebäude dafür

**Musica,** (gr.), weibl., nur Sing.: Musik

**Musical,** ['mju:sikl, engl.], sächl., –s: Musikkomödie, moderne amerikanische Mischform aus Kabarett, Operette, Revue und Singspiel mit eingängigen Schlagern und Balletteinlagen

**Musik,** (gr.), weibl., –en: 1. (nur Sing.) Kunst, Töne regelhaft zu einem Kunstwerk zu reihen und aufeinander abzustimmen; Tonkunst sowie ihre Werke, 2. Gesamtheit der Tonkunstwerke einer Epoche (M. des Barock), 3. (umg.) Unterhaltungskapelle

**Musikalien,** (gr.), weibl., Plur.: gedruckte Musikwerke, Notenschriften

**musikalisch,** (gr.): 1. musikbegabt und Musik liebend, 2. wohlklingend, melodisch, 3. auf die Musik bezogen, zu ihr gehörend

**Musikalität,** (gr.), weibl., nur Sing.: Musikbegabung, Empfänglichkeit für Musik; musikalische Beschaffenheit

**Musikant,** (gr.), männl., –en: Musiker, Musikmacher, Unterhaltungsmusiker; musizierfreudiger Mensch

**Musikbox,** (amerik.), weibl., –en: mit Wahltastatur ausgestatteter Schallplattenautomat (v. a. in Gaststätten), der gegen Münzeinwurf Unterhaltungsmusik spielt

**Musikinstrument,** (gr.-lat.), sächl., –e: Mittel zur Tonerzeugung, Erreger von musikalisch verwertbarem Schall

**Musikus,** (gr.-lat.), männl., Musizi: (salopp für) Musiker

**musisch,** (gr.): 1. künstlerisch; künstlerisch veranlagt, empfänglich für Kunst, 2. den Musen geweiht oder sie betreffend, 3. zur Musik gehörig, sie betreffend

**musivisch,** (gr.): mosaikartig, eingelegt (von Glasstückchen oder Steinen)

**musizieren,** (gr.): Musik machen; mit besonderem Feingefühl singen oder spielen

**Muskarin,** (lat.), sächl., nur Sing.: stark giftiges Alkaloid des Fliegenpilzes

**Muskat,** (sanskr.), männl., –e: Gewürz aus dem Samen des Muskatnussbaumes

**Muskateller,** (sanskr.), männl., –: würziger Süßwein aus der gleichnamigen Traubensorte

**Muskete,** (fr.), weibl., –n: großkalibrige alte Flinte

**Musketier,** (fr.), männl., –e: in der Frühzeit der Handfeuerwaffen mit einer Muskete bewaffneter Infanterist

**muskulär,** (lat.): zur Muskulatur gehörend, sie betreffend (Med.)

**Muskulatur,** (lat.), weibl., –en: Sammelbez. für die Muskeln des Körpers oder eines Körperteils (Med.)
**muskulös,** (lat.): mit Muskelpaketen ausgestattet, muskelreich sehr kräftig
**Muslim:** vgl. Moslem
**Muslime:** vgl. Moslime
**Musselin,** (fr.), männl., –e: leichtes, feines Woll- oder Baumwollgewebe, benannt nach der irakischen Stadt Mossul
**Musseron,** [musse'ron fr.], männl., –s: Lauchpilz, ein kleiner Würzpilz
**Mustang,** (span.), männl., –s: wildes oder verwildertes Pferd der nordamerikanischen Prärien
**mutabel,** (lat.): veränderlich; wandelbar
**Mutagene,** (lat.-gr.), weibl., Plur.: Stoffe oder Strahlen, die Veränderungen der Erbsubstanz auslösen können (Biol.; Med.)
**Mutant,** (lat.), männl., –en: Lebewesen, das aufgrund einer Mutation vom Ausgangstyp abweicht (Biol.)
**Mutante,** (lat.), weibl., –n: vgl. Mutant
**Mutation,** (lat.), weibl., –en: 1. plötzlich auftretende Veränderung des Erbguts, die zur Abwandlung eines Merkmals oder einer Eigenschaft führt (Biol.), 2. Stimmbruch beim männlichen Geschlecht während der Pubertät (Med.)
**mutatis mutandis,** (lat. »nach Änderung des zu Ändernden«): mit den nötigen Änderungen (bei Vergleichen)
**mutieren,** (lat.): 1. das Erbgut ändern, eine erbliche Veränderung durchmachen (Biol.), 2. im Stimmbruch sein (Med.)
**Mutilation,** (lat.), weibl., –en: Verstümmelung, Absterben von Gewebe oder Körperteilen (Med.)
**mutilieren,** (lat.): verstümmeln (Med.)
**Mutismus,** (lat.), männl., nur Sing.: das Schweigen, Stummsein; das Nichtsprechenwollen bei bestimmten seelischen Erkrankungen (Med.; Psychol.)
**Mutität,** (lat.), weibl., nur Sing.: Stummheit (Med.)
**mutual,** (lat.): gegenseitig, wechselseitig
**Mutualismus,** (lat.), männl., nur Sing.: 1. gegenseitige Anerkennung, Duldung, 2. enge Beziehung zwischen zwei Arten, die – für einen oder beide Partner – lebensnotwendig sein kann (z. B. Blütenbestäubung durch Bienen; Biol.)
**Mutualität,** (lat.), weibl., –en: Gegenseitigkeit, Wechselseitigkeit
**mutuell:** vgl. mutual
**My,** sächl., –s: im gr. Alphabet der zwölfte Buchstabe: μ, M
**Myalgie,** (gr.), weibl., –n: Muskelschmerz (Med.)
**Myasthenie,** (gr.), weibl., –n: krankhafte Muskelermüdung (Med.)
**Myelitis,** (gr.), weibl., Myelitiden: Rücken- oder Knochenmarksentzündung (Med.)
**Myelom,** (gr.), sächl., –e: bösartige Knochenmarkgeschwulst (Med.)
**Mykologie,** (gr.), weibl., nur Sing.: Wissenschaft von den Pilzen
**Mykorrhiza,** (gr.), weibl., –rhizen: zwischen Pilzen und den Wurzeln höherer Pflanzen bestehende Lebensgemeinschaft
**Mykose,** (gr.), weibl., –n: Erkrankung durch niedere Pilze (Med.)
**Mykotoxin,** (gr.), sächl., –e: Gift, das von Schimmelpilzen erzeugt wird (Med.)
**Mylady,** [mi'le:jdi, engl.]: förmliche engl. Anrede für eine (höhergestellte) Dame; etwa: gnädige Frau
**Mylord,** [mi'lo:(r)d, engl.]: förmliche Anrede für einen engl. Adligen oder Geadelten; etwa: gnädiger Herr
**Myoblast,** (gr.), männl., –en: Bildungszelle der Muskelfasern (Med.)
**Myokard,** (gr.), sächl., –e: Wandschicht des Herzens, Herzmuskel (Med.)

**Myokarditis,** (gr.), weibl., –kaditiden: Herzmuskelentzündung (Med.)
**Myologie,** (gr.), weibl., nur Sing.: Lehre von den Muskeln (Med.)
**Myom,** (gr.), sächl., –e: gutartige Muskelgeschwulst (Med.)
**Myopathie,** (gr.), weibl., –n: Muskelerkrankung (Med.)
**Myopie,** (gr.), weibl., –n: Kurzsichtigkeit (Med.)
**Myotomie,** (gr.), weibl., –n: chirurgische Durchtrennung von Muskelgewebe (Med.)
**Myriade,** (gr.), weibl., –n: Zahl von Zehntausend; (übertr., nur Plur.) unzählbar große Menge, unendlich viele
**Myringitis,** (gr.), weibl., Myringitiden: Entzündung des Trommelfells (Med.)
**Myriopode,** (gr.), männl., –n: Tausendfüß(l)er (Zool.)
**Myrrhe** (auch: Myrre), (gr.), weibl., , –n: Harz, das aus Myrrhensträuchern gewonnenen und für Räuchermittel und Medikamente verwendet wird
**Myrte,** (gr.), weibl., –n: immergrüner, weißblühender Strauch, der als Zimmerpflanze und Brautschmuck verwendet wird
**Mysterien,** (gr.), weibl., Plur.: geheime Götterkulte des Altertums
**mysteriös,** (gr.): rätselhaft, undurchschaubar, geheimnisumwittert; unverständlich
**Mysterium,** (gr.), sächl., Mysterien: geheimer Götterkult, Geheimnis (v. a. im religiösen Sinne)
**mystifizieren,** (gr.): ein Geheimnis aus etwas machen, vortäuschen, irreführen
**Mystik,** (gr.), weibl., nur Sing.: religiöse Strömung, die durch Ekstase, asketische Übungen und Versenkung unmittelbare Verbindung mit dem Göttlichen anstrebt; Bez. für eine solche Bewegung in der deutschen Kirchengeschichte des 13. – 15. Jh.
**Mystiker,** (gr.), männl., –: Anhänger der Mystik
**mystisch,** (gr.): 1. zur Mystik gehörend, sie betreffend, 2. rätselhaft, dunkel, geheimnisvoll, unverständlich
**Mystizismus,** (gr.), männl., nur Sing.: schwärmerische Religiosität, Hang zum Geheimnisvollen
**Mythe,** (gr.), weibl., –n: vgl. Mythos
**mythisch,** (gr.): den Mythos betreffend, zu ihm gehörend; erdichtet, sagenhaft
**Mythologie,** (gr.), weibl., –n: Götter- und Sagenwelt eines Volkes sowie die Lehre davon
**mythologisch,** (gr.): die Mythologie betreffend, auf ihr beruhend
**mythologisieren,** (gr.): zum Mythos erheben, in mythischer Form fassen
**Mythos, Mythus,** (gr.), männl., Mythen: 1. sagenhafte Überlieferung, Götter- und Heldensagen, im Dunkel der Vorzeit liegende Erinnerungen eines Volkes, 2. glorifizierte Begebenheit, Sache oder Person
**Mytilus,** (gr.), weibl., nur Sing.: Miesmuschel
**Myxödem,** (gr.), sächl., –e: angeborene oder erworbene Unterfunktion der Schilddrüse mit geistigen und körperlichen Störungen (Med.)
**Myxom,** (gr.), sächl., –e: aus Schleimgewebe bestehende gutartige Geschwulst (Med.)
**Myzel, Myzelium,** (gr.), sächl., Myzelien: Pilzfäden (Hyphen) eines höheren Pilzes, die zu einem Geflechte zusammengewachsen sind (Biol.)
**Myzet,** (gr.), männl., –en: Pilz (Biol.)

# N

**Nabob,** (arab.), männl., –s: 1. (histor.) islamischer Statthalter in Indien, 2. sehr reicher Mann

**Nadir,** (arab.), männl., nur Sing.: dem Zenit gegenüberliegender Punkt auf der Himmelskugel (Astron.)

**Naevus,** ['nä:wus, lat.], männl., Naevi: Mal, Muttermal

**Nagaika,** (russ.), weibl., –s: Lederpeitsche der Kosaken

**naiv,** (fr.): 1. kindlich, einfältig, treuherzig, arglos, leichtgläubig, 2. unbefangen, ungezwungen, 3. ursprünglich, natürlich

**Naive,** (fr.), weibl., –n: (im Theater:) Schauspielerin, die eine jugendliche arglose Liebhaberin darstellt; Rollenfach der jugendlichen arglosen Liebhaberin

**Naivität,** (fr.), weibl., nur Sing.: 1. Kindlichkeit, Einfalt, Treuherzigkeit, Arglosigkeit, Leichtgläubigkeit, 2. Unbefangenheit, Offenheit, 3. Ursprünglichkeit, Natürlichkeit

**Name-dropping,** ['näjm-.., engl.], sächl., –s: Wichtigtuerei, indem man wiederholt den Namen berühmter Personen erwähnt und so tut, als kenne man sie alle persönlich

**Nandu,** (indian.), männl., –s: straußenähnlicher Laufvogel in Südamerika, der nicht fliegen kann

**Nanismus,** (gr.), männl., nur Sing.: Zwergwuchs (Biol.)

**Nano...,** (lat.): (als Vorsilbe vor Maßeinheiten:) der milliardste Teil der jeweiligen Einheit

**Nanometer,** (lat.-gr.), sächl., –: der milliardste Teil eines Meters (Zeichen: nm)

**Napalm,** (Wz), sächl., nur Sing.: schwer zu löschender Füllstoff von Benzinbrandbomben, der von den US-Amerikanern im Vietnamkrieg in großen Mengen verwendet worden ist

**Naphtalin,** (pers.), sächl., nur Sing.: ein aromatischer Kohlenwasserstoff, der aus Steinkohlenteer gewonnen wird (u. a. für Lösungsmittel, Farbstoffe, Desinfektionsmittel)

**Nappaleder,** sächl., –: nach der kalifornischen Stadt Napa benanntes abwaschbares Glacéleder aus Schaf- oder Ziegenfell

**Narkoanalyse,** (gr.), weibl., –n: Psychoanalyse, die nach Verabreichen eines Narkotikums durchgeführt wird (Med.)

**Narkolepsie,** (gr.), weibl., –n: in Anfällen von kurzer Dauer auftretende Schlafsucht (Med.)

**Narkomanie,** (gr.), weibl., –n: starkes Verlangen nach Narkotika; Rauschgiftsucht (Med.)

**Narkose,** (gr.), weibl., –n: durch Narkotika herbeigeführter Betäubungszustand der Bewusstlosigkeit und Schmerzunempfindlichkeit (Med.)

**Narkotikum,** (gr.), sächl., Narkotika: Betäubungsmittel; Rauschmittel (Med.)

**narkotisch,** (gr.): auf Narkose beruhend, betäubend (Med.)

**narkotisieren,** (gr.): ein Narkotikum verabreichen, betäuben (Med.)

**Narkotismus,** (gr.), männl., nur Sing.: vgl. Narkomanie

**narrativ,** (lat.): erzählend dargestellt

**Narwal,** (nord.), männl., –e: im nördlichen Eismeer lebender Wal, der bis zu 6 m lang wird (Männchen mit 2–3 m langem Stoßzahn)

**Narziss,** (gr.), männl., Narzisse: 1. (in der gr. Mythologie:) schöner Jüngling, der sich in sein Spiegelbild verliebte, 2. eitler, selbstbezogener Mensch, der sich selbst bewundert

**Narzisse,** (gr.), weibl., –n: in zahlreichen Arten auftretende, weiß oder gelb blühende Zwiebelpflanze (insbes. als Osterglocke bekannt)

**Narzissmus,** (gr.), männl., nur Sing.: (nach dem schönen Jüngling aus der gr. Mythologie) krankhafte Verliebtheit in sich selbst, insbes. in den eigenen Körper; Eigenliebe; Ichbezogenheit

**Narzisst,** (gr.), männl., –en: ein Mensch, der sich narzisstisch verhält

**narzisstisch,** (gr.): in der Art eines Narzissten; übertrieben eitel; sich selbst bewundernd, selbstsüchtig; ichbezogen

**NASA,** (Abk. für: **N**ational **A**eronautics and **S**pace **A**dministration), weibl., nur Sing.: Nationale Luft- und Raumfahrtbehörde der USA

**nasal,** (lat.): 1. die Nase betreffend, zur Nase gehörend (Med.), 2. durch die Nase gesprochen, genäselt (Sprachwiss.)

**Nasal,** (lat.), männl., –e: durch die Nase gesprochener Laut (z. B. m, n, ng; Sprachwiss.)

**nasalieren,** (lat.): durch die Nase aussprechen (Sprachwiss.)

**Nasi-goreng** (auch: Nasigoreng), (malai.), sächl., –s: indonesisches Reisgericht mit scharfen Gewürzen

**Nastie,** (gr.), weibl., nur Sing.: durch Reiz ausgelöste Bewegung von Pflanzenorganen, deren Richtung unabhängig von der des auslösenden Reizes ist (Bot.)

**naszierend,** (lat.): im Entstehen begriffen, werdend (Chem.)

**Natalität,** (lat.), weibl., nur Sing.: Geburtenhäufigkeit; die Anzahl der Lebendgeborenen auf je 1000 Einwohner pro Jahr

**Nation,** (lat.), weibl., –en: eine Menschengemeinschaft, die sich durch gemeinsame Herkunft, Geschichte, Sprache u. Ä. auszeichnet

**national,** (lat.): 1. eine Nation betreffend, zu einer Nation gehörend, 2. sich besonders für die Interessen einer Nation einsetzend, vaterländisch

**Nationalepos,** (lat.-gr.), sächl., –epen: Heldenepos, das typisch für die betreffende Nation ist

**Nationalhymne,** (lat.-gr.), weibl., –n: insbes. bei feierlichen Anlässen und politischen Veranstaltungen gespieltes Lied einer Nation

**nationalisieren,** (lat.): 1. verstaatlichen, 2. jmdm. die Staatsbürgerschaft verleihen

**Nationalismus,** (lat.), männl., nur Sing.: (meist abschätzig) starkes oder gar übersteigertes Nationalgefühl, das bis zur Verachtung anderer Nationen führen kann

**Nationalist,** (lat.), männl., –en: (meist abschätzig) eifernder Anhänger des Nationalismus

**nationalistisch,** (lat.): Nationalismus offenbarend; von übersteigertem Nationalgefühl

**Nationalität,** (lat.), weibl., –en: 1. Zugehörigkeit zu einer Nation, Staatsangehörigkeit, 2. in einem anderen Staat lebende Minderheit eines Volkes

**Nationalsozialismus,** (lat.), männl., nur Sing.: von A. Hitler (1889 – 1945) in Reden und Schriften sowie im Programm seiner Nationalsozialist. Deutschen Arbeiterpartei (NSDAP) formulierte antisemitische, antimarxistische, völkisch-nationalistische, imperialistische Ideologie sowie die noch weit darüber hinausgehende totalitäre Herrschaftspraxis, die zum 2. Weltkrieg führte, im Völkermord an den Juden Europas gipfelte und mit dem totalen Zusammenbruch des Deutschen Reiches 1945 endete

**Nationalsozialist,** (lat.), männl., –n: Anhänger des Nationalsozialismus; Mitglied der NSDAP

**nationalsozialistisch,** (lat.): den Nationalsozialismus betreffend, zum Nationalsozialismus gehörend, im Sinne des Nationalsozialismus

**nativ,** (lat.): 1. im natürlichen Zustand, unverändert (Chem.), 2. angeboren (Med.)
**Native,** ['ne:jtif, lat.-engl.], männl., –s: (in den britischen Kolonien ehemals Bez. für:) Eingeborener
**Nativismus,** (lat.), männl., nur Sing.: Theorie, nach der dem Menschen bestimmte Begriffe und Einsichten angeboren sind (Psychol.)
**Nativist,**, (lat.), männl., –en: Anhänger des Nativismus
**Nativität,** (lat.), weibl., nur Sing.: 1. (ehemals Bez. für:) Geburtsstunde, 2. Stand der Gestirne bei der Geburt (Astrol.)
**NATO,** (Abk. für: **N**orth **A**tlantic **T**reaty **O**rganization), weibl., nur Sing.: Nordatlantikpakt, westliches Verteidigungsbündnis
**Natrium,** (ägypt.-lat.), sächl., nur Sing.: chem. Element, sehr leichtes und weiches Alkalimetall (Zeichen: Na)
**Natron,** (ägypt.), sächl., nur Sing.: doppeltkohlensaures Natrium (Hausmittel gegen übersäuerten Magen)
**Natur,** (lat.), weibl., –en: 1. (nur Sing.) Gesamtheit aller Substanzen und Erscheinungen, die nicht vom Menschen geschaffen sind, 2. (nur Sing.) sämtliche den Menschen umgebenden Pflanzen, Tiere, Gewässer, Landschaften u. Ä., 3. (nur Sing.) im ursprünglichen Zustand Belassenes, 4. angeborenes Wesen, Veranlagung; Eigenart, 5. eine Person mit bestimmten Eigenschaften
**Naturalien,** (lat.), weibl., nur Plur.: Naturprodukte, landwirtschaftliche Erzeugnisse; Lebensmittel; Waren
**Naturalisation,** (lat.), weibl., –en: 1. Anpassung von Lebewesen an einen zuvor von ihnen nicht bewohnten Lebensraum (Biol.), 2. Einbürgerung, Verleihung der Staatsbürgerrechte
**naturalisieren,** (lat.): 1. (von Tieren und Pflanzen:) anpassen an einen zuvor fremden Lebensraum (Biol.), 2. jmdn. einbürgern, jmdm. die Staatsbürgerrechte verleihen
**Naturalismus,** (lat.), männl., Naturalismen: 1. (nur Sing.) Wirklichkeitstreue (z. B. eines Kunstwerkes), 2. Weltanschauung, nach der nur die Natur wirklich existierend ist (Philos.), 3. Kunstrichtung der zweiten Hälfte des 19. Jh., die eine möglichst genaue Wiedergabe der Wirklichkeit anstrebt, 4. Merkmal eines Kunstwerkes dieser Kunstrichtung
**Naturalist,** (lat.), männl., –en: Vertreter des Naturalismus
**naturalistisch,** (lat.): 1. naturgetreu, wirklichkeitsnah, 2. den Naturalismus (2, 3) betreffend, im Sinne des Naturalismus (2, 3)
**Naturallohn,** (lat.-dt.), männl., –löhne: in Form von Naturalien ausbezahlter Lohn
**Naturalobligation,** (lat.), weibl., –en: nicht einklagbare Schuld (Rechtsw.)
**Naturalrestitution,** (lat.), weibl., –en: Schadenersatz durch Wiederherstellung des ursprünglichen Zustandes (Rechtsw.)
**naturell,** (lat.): natürlich, unbearbeitet, ohne Zusatz
**Naturell,** (lat.), sächl., –e: Naturanlage, Wesensart, Temperament
**Naturphilosophie,** (lat.-gr.), weibl., nur Sing.: Richtung der Philosophie, die die Natur zu erklären bemüht ist
**Nauarch,** (gr.), männl., –en: (im antiken Griechenland:) Schiffs- oder Flottenführer
**Nauplius,** (gr.), männl., Nauplien: frei schwimmende Larve niederer Krebstiere (Zool.)
**Nausea,** (gr.), weibl., nur Sing.: Brechreiz, Übelkeit (als Symptom einer Seekrankheit)
**Nautik,** (gr.), weibl., nur Sing.: 1. Schifffahrtskunde, 2. die Fähigkeit, ein Schiff auf hoher See zu führen, insbes. den Standort desselben ständig zu ermitteln

**Nautiker,** (gr.), männl., –: 1. Student oder Lehrer der Nautik (1), 2. Seemann, der das Studium der Nautik abgeschlossen und damit Fähigkeit und Berechtigung erworben hat, ein Schiff auf hoher See zu führen

**Nautilus,** (gr.), männl., –se: im indischen und pazifischen Ozean lebender Tintenfisch mit schneckenhausähnlichem Gehäuse (Zool.)

**nautisch,** (gr.): die Nautik betreffend, auf Nautik beruhend

**Navel,** (engl.), weibl., –s: kernlose Orangensorte

**Navigateur,** [nawiga'tö:r, lat.-fr.], männl., –e: die Navigation beherrschender und durchführender Seemann an Bord eines Schiffes

**Navigation,** (lat.), weibl., nur Sing.: Standort- und Kursbestimmung an Bord eines Schiffes oder eines Flugzeuges

**Navigator,** (lat.), männl., Navigatoren: die Navigation beherrschendes und durchführendes Mitglied einer Flugzeugbesatzung

**navigieren,** (lat.): den Standort und Kurs eines Schiffes oder eines Flugzeuges bestimmen

**Nazi,** männl., –s: Kurzw. für Nationalsozialist

**Nazismus,** männl., nur Sing.: Kurzw. für Nationalsozialismus

**nazistisch:** Kurzw. für nationalsozialistisch

**n-dimensional,** (lat.): (z. B. in der Vektorrechnung:) von endlicher Dimension, die dritte Dimension überschreitend (Math.)

**Nearktis,** (gr.), weibl., nur Sing.: die tier- und pflanzengeographische gemäßigte westliche Zone, die Nordamerika bis Nordmexiko umfasst

**nearktisch,** (gr.): die Nearktis betreffend, zur Nearktis gehörend

**Nearthrose,** (gr.), weibl., –n: krankhafte, aber auch operative Veränderung eines Gelenkes (Med.)

**nebbich!,** (jidd.): leider!, Mist!, wenn schon!

**nebulös,** (lat.): neblig; nebelhaft, unklar, verschwommen, geheimnisvoll, undurchsichtig

**Necessaire** (auch: Nessesär), [neße'ßä:r, fr.], sächl., –s: Behälter für kleinere Gebrauchsgegenstände (z. B. für Toilettenutensilien, Nähzeug u. Ä.)

**Necking,** (engl.), sächl., –s: (bei Jugendlichen:) Schmuserei, gegenseitiges Liebkosen

**Negation,** (lat.), weibl., –en: 1. Verneinung; Ablehnung einer Behauptung, 2. (in der mathematischen Logik:) Umwandlung einer Aussage in eine mit entgegengesetztem Wahrheitswert, 3. Verneinungswort

**negativ,** (lat.): 1. verneinend, ablehnend (Gegens.: positiv), 2. ungünstig, unangenehm; schlecht; ergebnislos (Gegens.: positiv), 3. kleiner als Null (Gegens.: positiv; Math.), 4. überwiegend Elektronen enthaltend und daher die entsprechende Ladung aufweisend (Gegens.: positiv; Phys.), 5. keinen krankhaften Befund aufweisend (Gegens.: positiv; Med.)

**Negativ,** (lat.), sächl., –e: fotografisches Bild auf einem Film nach dem Entwickeln, das gegenüber dem fotografierten Objekt vertauschte Helligkeitswerte aufweist (Gegens.: Positiv)

**Negativismus,** (lat.), männl., nur Sing.: verneinende, ablehnende Haltung, negative Einstellung

**negativistisch,** (lat.): ständig verneinend und ablehnend, negativ eingestellt

**Negativität,** (lat.), weibl., nur Sing.: verneinendes Verhalten

**Negativum,** (lat.), sächl., Negativa: ein als ungünstig beurteilter Sachverhalt

**negieren,** (lat.): 1. verneinen, ablehnen, 2. bestreiten, leugnen, 3. (in der mathematischen Logik:) mit entgegengesetztem Wahrheitswert versehen
**Negligee** (auch: Negligé), [negli'sche:, fr.], sächl., –s: leichter, bequemer Morgenmantel (für Frauen)
**negrid,** (lat.): zu den Negriden gehörend
**Negride,** (lat.), männl., –n: Bez. für einen Angehörigen der in Afrika beheimateten schwarzen Menschenrasse
**Négritude,** [ne:gri'tü:d(e), fr.], weibl., nur Sing.: schwarzafrikan. Bewegung im frankophonen Teil Afrikas, die eine Rückbesinnung auf die eigenen kulturellen Traditionen fordert
**negroid,** (lat.-gr.): die Merkmale eines Negriden aufweisend
**Negus,** (äthiop.), männl., –se: (histor.) Titel der Kaiser von Äthiopien
**Nekrolog,** (gr.), männl., –e: Nachruf auf einen Verstorbenen, Lebensbild eines Verstorbenen
**Nekrologium,** (gr.), sächl., –logien: (z. B. in Klöstern:) mittelalterliches Totenverzeichnis von Angehörigen einer kirchlichen Gemeinde
**Nekromantie,** (gr.), weibl., nur Sing.: Weissagung mittels Totenbeschwörung
**Nekrophilie,** (gr.), weibl., nur Sing.: sexueller Trieb zur Leichenschändung (Psychol.)
**Nekropsie,** (gr.), weibl., –n: Leichenöffnung, Leichenschau
**Nekrose,** (gr.), weibl., –n: das Absterben von Zellen, Geweben oder Organen, Gewebstod (Med.)
**nekrotisch,** (gr.): durch Nekrose verursacht, abgestorben (Med.)
**Nektar,** (gr.), männl., –e: 1. (in der gr. Mythologie:) der Unsterblichkeit verleihende Göttertrank der gr. Sage, 2. von Honigdrüsen der Blüten abgesonderte Zuckerlösung (Biol.), 3. Fruchtsaftgetränk, das mit Wasser und Zucker vermischt wurde
**Nektarine,** (gr.), weibl., –n: glatthäutiger Pfirsich
**Nektarium,** (gr.), sächl., Nektarien: Honigdrüse der Blüten (Bot.)
**Nekton,** (gr.), sächl., nur Sing.: sämtliche Wasserorganismen mit starker Eigenbewegung (z. B. Fische; Biol.)
**Nelson,** (engl. nach einem US-Sportler), männl., -(s): Nackengriff beim Ringen (Doppel-N., Halb-N.)
**Nematoden,** (gr.), weibl., Plur.: Fadenwürmer, Rundwürmer (als Parasit bei Mensch und Tier auftretend; Zool.)
**Nemesis,** (gr.), weibl., nur Sing.: 1. (in der gr. Mythologie:) Göttin der Rache, 2. (übertr.) ausgleichende und strafende Gerechtigkeit
**Neodym,** (gr.), sächl., nur Sing.: chem. Element (Zeichen: Nd)
**Neofaschismus,** (gr.-lat.), männl., nur Sing.: das Wiederaufleben faschistischer Überzeugungen, Bewegungen und Organisationen nach dem 2. Weltkrieg
**Neogen,** (gr.), sächl., nur Sing.: jüngerer Abschnitt des Tertiärs (Geol.)
**Neokolonialismus,** (gr.-lat.), männl., nur Sing.: eine Politik der Industriestaaten, die zu wirtschaftlicher und politischer Abhängigkeit ehemaliger Kolonien führt
**Neolithikum,** (gr.), sächl., nur Sing.: Jungsteinzeit (frühgeschichtlicher Abschnitt der Menschheitsgeschichte)
**Neologismus,** (gr.), männl., –logismen: 1. sprachliche Neubildung, Wortneubildung, 2. (sprachliche) Neuerungssucht
**Neon,** (gr.), sächl., nur Sing.: chem. Element, ein Edelgas (Zeichen: Ne)
**Neonazi,** männl., –s: (umg.) Rechtsradikaler, der das Wiederaufleben des Nationalsozialismus befürwortet oder anstrebt

**Neonröhre,** (gr.-dt.), weibl., –n: Leuchtröhre, die mit Neon gefüllt ist
**Neophyt,** (gr.), männl., –en: 1. (in der urchristlichen Gemeinde:) jmd., der durch die Taufe neu aufgenommen wurde, 2. Pflanzenart, die in geschichtlicher Zeit eingeschleppt wurde und sich inzwischen eingebürgert hat (Bot.)
**Neoplasma,** (gr.), sächl., –plasmen: Gewebsneubildung (Med.)
**Neopren,** (Wz), sächl., nur Sing.: künstlicher Kautschuk, der auch starker Beanspruchung standhält
**Neotenie,** (gr.), weibl., nur Sing.: 1. Eintritt der Geschlechtsreife bei Tieren, die sich noch im Larvenstadium befinden (Biol.), 2. unvollkommener Entwicklungszustand eines Organs (Med.)
**Neozoikum,** (gr.), sächl., nur Sing.: vgl. Känozoikum
**Neper,** sächl., –: Maßeinheit für die Dämpfung oder Verstärkung elektrischer oder akustischer Schwingungen (nach dem schottischen Mathematiker benannt; Phys.)
**Nephelometer,** (gr.), sächl., –: Gerät zum Messen der Trübung von Flüssigkeiten oder Gasen (Chem.)
**Nephelometrie,** (gr.), weibl., nur Sing.: Messung durch Schwebstoffe verursachter Trübungen in Flüssigkeiten und Gasen (Chem.)
**nephisch,** (gr.): die Bewölkung betreffend (Meteorol.)
**Nephoskop,** (gr.), sächl., –e: Wolkenspiegel, mit dem Zugrichtung und Geschwindigkeit der Wolken ermittelt werden können (Meteorol.)
**Nephrit,** (gr.), männl., –e: in der Vorzeit für Werkzeuge verwendetes grünes Mineral aus der Gruppe der Amphibole, (heute:) ein Schmuckstein
**Nephritis,** (gr.), weibl., Nephritiden: Entzündung der Nieren (Med.)
**Nephrolith,** (gr.), männl., –e(n): Nierenstein (Med.)
**Nephrom,** (gr.), sächl., –e: Nierengeschwulst (Med.)
**Nephropathie,** (gr.), weibl., –n: Nierenleiden (Med.)
**Nepotismus,** (lat.), männl., nur Sing.: Bevorzugung der eigenen Verwandten (insbes. bei der Vergabe von Ämtern), Vetternwirtschaft
**Neptunium,** (lat.), sächl., nur Sing.: synthetisch hergestelltes radioaktives chem. Element (Zeichen: Np)
**Nereide,** (gr.), weibl., –n: 1. (in der gr. Mythologie:) Meerjungfrau, 2. Ringelwurm, Borstenwurm, der an Meeresküsten lebt (Zool.)
**neritisch,** (gr.): zum Küstengewässer gehörend, an die Küste gebunden
**Nerv,** (lat.), männl., –en: 1. aus Fasern bestehender Strang des Nervensystems, der Reize und Bewegungsimpulse weiterleitet (Med.), 2. deutlich erkennbares Leitbündel im Blatt, Blattader (Bot.), 3. Ader in den Flügeln von Insekten, 4. kritische Stelle, Kernpunkt
**nerval,** (lat.): nervlich; die Tätigkeit der Nerven betreffend (Med.)
**Nervatur,** (lat.), weibl., –en: 1. sämtliche Nerven (2) eines Blattes (Bot.), 2. sämtliche Nerven (3) der Flügel eines Insekts (Zool.)
**nerven,** (lat.): (umg.) jmdn. nervös machen, stören
**nervig,** (lat.): 1. sehnig, kraftvoll, 2. (umg.) nervös machend, störend
**nervlich,** (lat.): den Zustand des Nervensystems betreffend; in Bezug auf die Nerven
**nervös,** (lat.): 1. die Nerven betreffend, zu den Nerven gehörend, 2. nervenschwach, erregbar, leicht reizbar; aufgeregt; unkonzentriert, zerfahren

**Nervosität,** (lat.), weibl., –en: Nervenschwäche, Erregbarkeit, Reizbarkeit; Aufgeregtheit; Unkonzentriertheit
**Nervus,** (lat.), männl., Nervi: Nerv (Med.)
**Nervus Probandi,** (lat.), männl., nur Sing.: die eigentliche Ursache, der entscheidende Beweisgrund
**Nervus Rerum,** (lat.), männl., nur Sing.: Triebfeder, Hauptursache; (scherzh. für:) Geld
**Nessessär:** eindeutschende Schreibung für Necessaire
**Nestor,** (gr.), männl., Nestoren: 1. in der gr. Mythologie:) alter und weiser Berater, 2. (übertr.:) Ältester einer Gemeinschaft oder eines Wissenschaftszweiges
**netto,** (italien.): 1. ohne Verpackung (Gegens.: brutto), 2. nach Abzug von Unkosten oder Steuern (Gegens.: brutto)
**Nettoregistertonne,** weibl., –n: Maß für den Laderaum von Schiffen, der tatsächlich für die Fracht zur Verfügung steht (Abk.: NRT; Gegens.: Bruttoregistertonne)
**neural,** (gr.): einen Nerv oder das Nervensystem betreffend; vom Nervensystem ausgehend (Med.)
**Neuralgie,** (gr.), weibl., –n: Nervenschmerz, Schmerzen im Ausbreitungsgebiet eines bestimmten Nervs, die in Form von Anfällen auftreten (Med.)
**neuralgisch,** (gr.): 1. die Neuralgie betreffend, auf Neuralgie beruhend, Nervenschmerzen verursachend (Med.), 2. sehr problematisch, möglicherweise Spannungen hervorrufend, kritisch
**Neurasthenie,** (gr.), weibl., –n: Nervenschwäche, Übererregbarkeit (Med.)
**Neurektomie,** (gr.), weibl., –n: operative Entfernung eines Nervenstücks (Med.)
**Neurin,** (gr.), sächl., nur Sing.: Fäulnisgift
**Neurit,** (gr.), männl., –en: Nervenfaser, Fortsatz einer Nervenzelle
**Neuritis,** (gr.), weibl., –ritiden: Entzündung der Nerven (Med.)
**Neurochirurgie,** (gr.), weibl., nur Sing.: Fachgebiet der Chirurgie, das Diagnose und operative Eingriffe am zentralen Nervensystem umfasst (Med.)
**Neurodermatose,** (gr.), weibl., –n: nervöse Hauterkrankung (Med.)
**Neurodermitis,** (gr.), weibl., –dermitiden: immer häufiger insbes. bei Kindern auftretende entzündliche Erkrankung der Haut, die meist heftigen Juckreiz hervorruft, Juckflechte (Med.)
**neurogen,** (gr.): von den Nerven ausgehend (Med.)
**Neurologe,** (gr.), männl., –n: Nervenarzt, Facharzt auf dem Gebiet der Neurologie
**Neurologie,** (gr.), weibl., nur Sing.: Wissenschaft vom Nervensystem und den Nervenkrankheiten
**neurologisch,** (gr.): die Neurologie betreffend, zum Nervensystem gehörend, Nervenkrankheiten betreffend (Med.)
**Neurom,** (gr.), sächl., –e: Geschwulst aus Nervenfasern und -zellen (Med.)
**Neuron,** (gr.), sächl., Neuronen: eine Nervenzelle mit allen Fortsätzen als eine Einheit des Nervensystems (Med.; Biol.)
**Neurose,** (gr.), weibl., –n: psychische Verhaltensanomalie, gestörte seelische Einstellung zu den Mitmenschen, die sich in Unsicherheit, Hemmungen, Ängsten u. a. äußern kann und im wesentlichen auf unverarbeiteten seelischen Konflikten oder einer Fehlentwicklung im Triebleben beruht (Med.; Psychol.)
**Neurotiker,** (gr.), männl., –: an einer Neurose Leidender (Med.; Psychol.)
**neurotisch,** (gr.): an einer Neurose leidend; auf einer Neurose beruhend (Med.; Psychol.)

**Neurotomie,** (gr.), weibl., –n: Nervendurchtrennung (Med.)
**Neurotoxin,** (gr.), sächl., –e: Nervengift, das Nervengewebe schädigender Stoff (Med.)
**neurotoxisch,** (gr.): das Nervengewebe schädigend (Med.)
**neutral,** (lat.): 1. unparteiisch, nicht einer Interessengruppe verpflichtet, unabhängig, 2. nicht an einem (kriegerischen) Konflikt teilnehmend; keinem Staatenbündnis angehörend, 3. zu allem passend, 4. sächlichen Geschlechts (Sprachwiss.), 5. weder sauer noch basisch reagierend (insbes. bei Lösungen; Chem.), 6. nicht elektrisch geladen (Phys.)
**Neutralisation,** (lat.), weibl., –en: 1. das Aufheben einer Wirkung, Ausschaltung, 2. militärische Räumung eines Grenzgebietes, 3. Auferlegung der Pflicht, neutral zu bleiben, 4. vorübergehende Unterbrechung eines sportlichen Wettkampfes (insbes. im Radsport)
**neutralisieren,** (lat.): 1. unwirksam machen, die Wirkung von etwas aufheben, ausschalten, 2. einem Staat die Pflicht auferlegen, neutral zu bleiben, 3. sich militärisch aus einem Gebiet zurückziehen, 4. einen sportlichen Wettkampf vorübergehend unterbrechen (insbes. im Radsport)
**Neutralisierung,** (lat.), weibl., –en: vgl. Neutralisation (2, 3)
**Neutralismus,** (lat.), männl., nur Sing.: politische Haltung, die eine Parteinahme im Falle internationaler Konflikte grundsätzlich ablehnt
**Neutralität,** (lat.), weibl., nur Sing.: 1. unparteiische Haltung, Nichteinmischung, 2. politische Haltung der Nichtparteinahme; Nichtteilnahme eines Staates an einem (kriegerischen) Konflikt
**Neutrino,** (italien.), sächl., –s: bei Kernreaktionen auftretendes ungeladenes und masseloses Elementarteilchen (Phys.)
**Neutron,** (lat.), sächl., Neutronen: ungeladenes, zu den Bausteinen der Atomkerne gehörendes Elementarteilchen (Phys.)
**Neutrum,** (lat.), sächl., Neutren oder Neutra: 1. sächliches Geschlecht, 2. Nomen sächlichen Geschlechts (z. B. das Auto; Sprachwiss.)
**Newage** (auch: New Age), [nju'e:jdsch, engl.], sächl., nur Sing: in der alternativen und esoterische Szene Bez. für das erwartete neue Zeitalter
**Newcomer,** [n'ju:kamer, engl.], männl., –: Neuling; (z. B. im Showgeschäft:) jmd., der erst seit kurzem erfolgreich tätig ist bzw. auftritt
**New Deal,** [nju 'di:l, engl.-amerik. »neue Politik«], männl., nur Sing.: Bez. für die Wirtschaftspolitik des damaligen amerikanischen Präsidenten Roosevelt zur Bekämpfung der Folgen der Weltwirtschaftskrise in den USA
**Newlook** (auch: New Look), [nju 'lu.k, engl.], männl. oder sächl., nur Sing.: neuer Stil, neue Mode
**News,** [n'ju:s, engl.], weibl., nur Plur.: Neuigkeiten, aktuelle Nachrichten
**Newton,** [n'ju:t(e)n], sächl., –s: nach dem engl. Physiker Sir Isaac Newton benannte Maßeinheit der physikalischen Kraft (Zeichen: N)
**Nexus,** (lat.), männl., Nexus: Zusammenhang, Verbindung, Verpflichtung, Verflechtung
**Niblick,** (engl.), männl., –s: eisenköpfiger Schläger beim Golf
**Nidation,** (lat.), weibl., –en: (natürliche oder künstliche) Einnistung des befruchteten Eies in die Gebärmutterschleimhaut (Med.; Biol.)
**Nightclub,** ['naitklab, engl.], männl., –s: Nachtbar
**Nigromant,** (gr.-lat.), männl., –en: Zauberer, Magier, Wahrsager

**Nihilismus,** (lat.), männl., nur Sing.: Überzeugung von der Nichtigkeit alles Seienden, Standpunkt der Verneinung aller Werte und Ziele (Philos.)
**Nihilist,** (lat.), männl., –en: Anhänger des Nihilismus
**nihilistisch,** (lat.): alle Werte verneinend
**Nikotin,** (fr.), sächl., nur Sing.: giftiges Alkaloid der Tabakpflanze
**Nikotinismus,** (fr. ), männl., nur Sing.: Nikotinvergiftung
**Nimbostratus,** (lat.), männl., –strati: dunkle, tief hängende Regenwolkenschicht (Meteorol.)
**Nimbus,** (lat.), männl., –se: 1. Heiligenschein; Gloriole, 2. (auf Menschen übertragen:) Ansehen, Geltung; Ruhm, Glanz
**Nimrod,** (hebr.), männl., –e: (nach der Gestalt aus dem Alten Testament:) leidenschaftlicher Jäger
**Niob,** (gr.), sächl., nur Sing.: metallisches chem. Element (Zeichen: Nb)
**Nippes,** (fr.): kleine Ziergegenstände, kleine Figuren
**Nirwana,** (sanskr.), sächl., nur Sing.: Begriff für das Heilsziel des Buddhismus, die Überwindung des Daseins und das Erlangen völliger Ruhe
**Nitrat,** (gr.), sächl., –e: Salz der Salpetersäure
**Nitrid,** (gr.), sächl., –e: Stickstoffverbindung (Chem.)
**nitrieren,** (gr.): konzentrierte Salpetersäure in organische Verbindungen einbringen (Chem.)
**nitrifizieren,** (gr.): durch Bakterien im Boden Salpeter bilden
**Nitrit,** (gr.), sächl., –e: Salz der salpetrigen Säure (Chem.)
**Nitroglyzerin,** (gr.), sächl., nur Sing.: nitriertes Glyzerin, eine hochexplosive, farb- und geruchlose Flüssigkeit, die als Sprengstoff dient
**nitros,** (gr.): Stickstoffoxid enthaltend (Chem.)
**Nitrosamin,** (gr.), sächl., –e: organische Stickstoffverbindung, die hochgiftig und Krebs erregend ist (bereits in Fleisch- und Wurstwaren und anderen Lebensmitteln nachgewiesen)
**nitschewo,** (russ.): (umg.) macht nichts!, nicht doch!
**nival,** (lat.): den Schnee betreffend; schneereich (Meteorol.)
**Niveau,** [ni'wo:, fr.], sächl., –s: 1. waagerechte Ebene, Bezugsebene in bestimmter Höhe, 2. Höhenlage; eine bestimmte Höhenstufe, 3. Stufe, Rang; Bildungsgrad; Entwicklungsstand; Lebensstandard, 4. Energiezustand eines Atoms oder Moleküls (Phys.)
**Nivellement,** [niwäl(e)'mon, fr.], sächl., –s: 1. das Nivellieren, das Gleichmachen, 2. (in der Geodäsie) das Messen von Höhenunterschieden; das Ergebnis einer solchen Messung
**nivellieren,** (fr.): 1. einebnen, gleich machen, Unterschiede ausgleichen, auf gleiche Höhe bringen, 2. (in der Geodäsie) Höhenunterschiede messen
**Nivometer,** (lat.-gr.), sächl., –: Gerät zum Messen der gefallenen Schneemenge (Meteorol.)
**Nizänokonstantinopolitanum,** (lat.), sächl., nur Sing.: nach den Entstehungsorten Nizäa (heute: Iznik) und Konstantinopel (heute: Istanbul) benanntes, im 4. Jh. n. Chr. formuliertes altkirchliches ökumenisches Glaubensbekenntnis
**nobel,** (lat.): 1. vornehm, edel; adelig, 2. großzügig, freigebig
**Nobelium,** sächl., nur Sing.: radioaktives chem. Element (Zeichen: No), das nach dem schwed. Chemiker Nobel benannt ist
**nobilitieren,** (lat.): adeln
**Noblesse,** [no'blä.ß, fr.], weibl., –n: 1. der Adel, die adlige Welt; vornehme Gesellschaft, 2. Vornehmheit, vornehmes Benehmen, 3. Freigebigkeit

**noblesse oblige,** [no'blä.ß o'bli:sch, fr.]: Adel verpflichtet

**Nobody,** ['no:badi, engl.], männl., –s: ein Niemand, ein Mensch, der in der Öffentlichkeit noch nicht bekannt ist (z. B. im Show- oder Sportgeschäft)

**Nocturne,** [nok'tü.rn, fr.]), sächl. oder weibl., –s: (meist für Klavier komponiertes) elegisches, schwermütiges und verträumt wirkendes Musikstück

**Nodus,** (lat.), männl., Nodi: Knoten (Bot.; Med.)

**nodös,** (lat.): knotig (Bot.; Med.)

**Noetik,** (gr.), weibl., nur Sing.: Denk- und Erkenntnislehre (Philos.)

**No-Future-Generation,** [no'fju:tsch(e)..., engl.-lat.], weibl., nur Sing.: Bez. für die Jugendlichen, die in Zeiten der Massenarbeitslosigkeit kaum Berufsaussichten (»keine Zukunft«) haben

**noir,** [no'a:r, fr.]: schwarz

**Noktambulismus,** (lat.), männl., nur Sing.: vgl. Somnambulismus

**Nokturne:** vgl. Nocturne

**nolens volens,** (lat. »nicht wollend wollend«): notgedrungen, wohl oder übel

**Nolimetangere,** (lat. »rühre mich nicht an!«), sächl., –: 1. Darstellung des Maria Magdalena erscheinenden Christus, 2. Springkraut, Rührmichnichtan (Pflanze, dessen reife Früchte bei Berührung aufspringen; Bot.)

**Nomade,** (gr.), männl., –n: 1. Angehöriger eines mit seinen Viehherden wandernden Hirtenvolkes, 2. (übertr.:) ruheloser Mensch

**nomadisch,** (gr.): 1. in der Art der Nomaden (1) lebend; nicht sesshaft, 2. ohne festen Wohnsitz, unstet

**nomadisieren,** (gr.): 1. als Nomade (1) wandern, wie ein Nomade (1) leben, 2. (übertr.:) unstet leben; ohne festen Wohnsitz leben

**Nomen,** (lat. »Name«), sächl., Nomina: deklinierbare Wortart; Substantiv, Hauptwort (Sprachwiss.)

**nomen est omen,** (lat. »der Name ist [zugleich] Vorbedeutung«): im Namen liegt eine Vorbedeutung, dieser Name sagt alles

**Nomenklatur,** (lat. »Namenverzeichnis«), weibl., –en: 1. Verzeichnis der Fachausdrücke (eines Wissensgebietes), sämtliche Fachausdrücke eines Wissensgebietes, 2. Namengebung, Benennung, Klassifizierung wissenschaftlicher Gegenstände oder Begriffe

**Nomenklatura,** (russ.-lat.), weibl., –turen: (nach der sowjet. Bez. für die Liste der Führungspositionen in der Partei) Oberschicht, Funktionärselite

**nominal,** (lat.): 1. das Nomen betreffend; in der Art eines Nomens (Sprachwiss.), 2. (Bankwesen) zum Nennwert

**Nominativ,** (lat.), männl., –e: erster Fall in der Deklination, Werfall (Sprachwiss.)

**nominell,** (lat.): 1. dem Namen nach, angeblich, 2. vgl. nominal (2)

**nominieren,** (lat.): nennen, benennen, ernennen; jmdn. zur Wahl für ein Amt vorschlagen

**Nomos,** (gr.), männl., Nomoi: Ordnung der Natur; das menschliche Handeln bestimmende Gesetz; Rechtsordnung; (Philos.)

**No-Name-Produkt,** [no'ne:jm..., engl.-lat.], sächl., –e: besonders preiswerte Ware ohne Firmenname oder Markenzeichen

**Nonchalance,** [nonscha'lanß, fr.], weibl., nur Sing.: Lässigkeit, Unbekümmertheit, Lockerheit; Nachlässigkeit

**nonchalant,** [nonscha'lan, fr.]: lässig, unbekümmert, locker; nachlässig

**None,** (lat.), weibl., –n: 1. neunter Ton der diatonischen Tonleiter, 2. ein Intervall von neun Tonstufen der diatonischen Tonleiter

**Nonett,** (lat.-italien.), sächl., –e: 1. Musikstück für neun Instrumente, 2. das Zusammenspielen von neun Musikern

**nonfigurativ,** (lat.): nicht figürlich, abstrakt, gegenstandslos (z. B. in der modernen Kunst)

**Non-Food-Section,** ['nonfud'seksch(e)n, engl.], weibl., –s: Abteilung in einer Firma der Lebensmittelbranche, die für andere Produkte zuständig ist; im Supermarkt der Bereich für Nichtlebensmittel

**Nonius,** männl., –se: nach dem portug. Mathematiker Nunes benannter verschiebbarer Hilfsmaßstab mit gleichabständiger Einteilung (insbes. an Schieblehren)

**Nonkonformismus,** (lat.), männl., nur Sing.: eine individualistische Haltung in politischen, weltanschaulichen und religiösen Fragen, die sich in Ablehnung vorherrschender Ansichten und Verhaltensmuster äußert (Gegens.: Konformismus)

**Nonkonformist,** (lat.), männl., –en: ein individualistischer Mensch, der vorherrschende Ansichten und Verhaltensmuster ablehnt (Gegens.: Konformist)

**nonkonformistisch,** (lat.): denkend oder handelnd in der Art eines Nonkonformisten; vorherrschende Ansichten und Verhaltensmuster ablehnend (Gegens.: konformistisch)

**Nonplusultra,** (lat. »nicht darüber hinaus«), sächl., nur Sing.: das Unübertreffbare, das Beste

**Nonproliferation,** (lat. »Nichtweitergabe«), weibl., –en: (im englischsprachigen Raum Bez. für:) Nichtverbreitung von Kernwaffen bzw. der Produktionsmittel dafür

**Nonsens,** (engl.), männl., nur Sing.: Unsinn, Geschwätz; absurde Gedankenverbindung

**nonstop,** (engl.): ohne Halt; ohne Unterbrechung; ohne Zwischenlandung

**nonverbal,** (lat.): nicht durch Sprache (in Bezug auf Kommunikationsformen)

**Norm,** (lat.), weibl., –en: 1. allgemein gültige Richtschnur, verbindliche Regel, Maßstab, 2. empirisch zu ermittelnde Regelmäßigkeit sozialen Verhaltens, Verhaltensmuster, 3. vorgeschriebene Arbeitsleistung, Leistungssoll, 4. (im Bereich der Technik:) der Vereinheitlichung dienende Vorschrift für Größen, Qualitäten oder Verfahren (z. B. DIN-Norm)

**normal,** (lat.): 1. der Norm entsprechend, regelmäßig, 2. gewöhnlich, üblich, 3. geistig gesund, 4. geradkettig, unverzweigt (Chem.)

**Normal,** (lat.), sächl., –e: Maßstab von besonderer Genauigkeit, der zum Eichen benutzt wird

**Normalien,** (lat.), weibl., Plur.: Grundformen; grundlegende Vorschriften

**normalisieren,** (lat.): der Norm angleichen; den normalen Zustand wiederherstellen

**Normalität,** (lat.), weibl., nur Sing.: normale Beschaffenheit, gewöhnlicher Zustand

**Normalnull,** (lat.-dt.), sächl., nur Sing.: 1. in der Geodäsie Bez. für eine festgelegte Niveaufläche als Bezugshöhe für Höhenmessungen, 2. die Höhe des mittleren Wasserstandes der Nordsee bei Amsterdam als Bezugshöhe für alle Höhenmessungen in Deutschland

**normativ,** (lat.): Normen setzend; als Norm geltend, eine Richtschnur darstellend; maßgebend

**normen,** (lat.): eine Norm aufstellen, einheitlich festsetzen

**normieren,** (lat.): nach einer Norm festlegen; etwas vereinheitlichen

**Normierung:** vgl. Normung

**Normung,** (lat.), weibl., –en: Festsetzung von Normen; einheitliche Gestaltung; Vereinheitlichung von Abmessungen oder Bezeichnungen

**Norne,** (altnord.), weibl., –n: (in der germanischen Mythologie:) eine der drei nordischen Schicksalsgöttinnen
**Nosologie,** (gr.), weibl., nur Sing.: Lehre und systematische Beschreibung von den Krankheiten
**Nostalgie,** (gr.), weibl., nur Sing.: schwärmerische Hinwendung zu früheren, meist verklärten Zeiten (z. B. in den Bereichen von Kunst, Mode, aber auch der Politik)
**nostalgisch,** (gr.): Nostalgie betreffend; auf Nostalgie beruhend; sich nach alten Zeiten zurücksehnend
**nostrifizieren,** (lat.): 1. einbürgern, 2. ein ausländisches Universitätsexamen anerkennen
**Nota,** (lat.), weibl., –s: 1. Zeichen; Aufzeichnung, Anmerkung; Vormerkung, 2. Rechnung
**notabel,** (lat.): bemerkenswert, wichtig
**Notabeln,** (lat.), weibl., Plur.: (histor.) zur Notabelnversammlung gehörende Mitglieder der Oberschicht in Frankreich, 2. (übertr.) Angehörige der bürgerlichen Oberschicht
**notabene,** (lat.: »merke wohl!«): übrigens, wohlgemerkt
**Notabene,** (lat.), sächl., –(s): Merkzeichen; Anmerkung
**Notar,** (lat.), männl., –e: ausgebildeter und staatlich vereidigter Jurist, der berechtigt ist, Schriftstücke zu beglaubigen, Rechtsgeschäfte zu beurkunden u. Ä. Rechtspflegeaufgaben wahrzunehmen
**Notariat,** (lat.), sächl., –e: 1. Büro eines Notars, 2. Amt eines Notars
**notariell,** (lat.): von einem Notar beglaubigt oder beurkundet
**Notation,** (lat.), weibl., –en: das Aufschreiben von Musik in Notenschrift
**notieren,** (lat.): 1. aufschreiben, schriftlich festhalten, 2. Musik in Notenschrift aufschreiben, 3. einen bestimmten Börsenkurswert festsetzen und veröffentlichen
**Notiz,** (lat.), weibl., –en: 1. schriftliche Anmerkung, kurze schriftliche Angabe, Aufzeichnung, 2. Nachricht, Meldung
**notorisch,** (lat.): 1. offenkundig, allgemein bekannt, 2. gewohnheitsmäßig, berüchtigt
**Notturno,** (italien.), sächl., –s: 1. stimmungsvolles Musikstück in mehreren Sätzen, 2. italien. Bez. für Nocturne
**Nougat:** vgl. Nugat
**Nouveauté,** [nuvo'te:, fr.], weibl., –s: (modische) Neuheit, Neuigkeit
**Nouvelle Cuisine,** [nu'wä.l küi'si:n, fr. »neue Küche«], weibl., nur Sing.: moderne Richtung in der Kochkunst
**Nova,** (lat.), weibl., Novä: veränderlicher Stern mit plötzlichen Helligkeitsausbrüchen (Astron.)
**Novecento,** [nowe'tschä.nto, italien.], sächl., nur Sing.: italien. Stilbezeichnung für die Kunst des 20. Jh.
**Novelle,** (lat. »kleine Neuigkeit«), weibl., –n: 1. zumeist in Prosa gestaltete kurze Erzählung einer Begebenheit, 2. die literarische Kunstform solcher Erzählungen, 3. Abänderung oder Ergänzung eines Gesetzes
**Novellette,** (lat.), weibl., –n: kleine Novelle (1)
**novellieren,** (lat.): ein Gesetz ändern oder ergänzen
**Novellist,** (lat.), männl., –en: Verfasser von Novellen (1)
**Novität,** (lat.), weibl., –en: 1. Neuheit, 2. Neuerscheinung
**Novize,** (lat.), männl., –n: junger Mönch oder junge Nonne während der Probezeit vor dem Ablegen der Gelübde
**Noviziat,** (lat.), sächl., –e: Probezeit für einen Mönch oder eine Nonne im Kloster
**Novizin,** (lat.), weibl., –nen: junge Nonne während der Probezeit
**Novum,** (lat.), sächl., Nova: Neuheit, Neuerung; neuer Gesichtspunkt

**Noxe,** (lat.), weibl., –n: Ursache einer Krankheit; Schädlichkeit (Med.)
**Nuance,** [nü'anß, fr.], weibl., –n: 1. Abstufung, feiner Unterschied; Feinheit, 2. feiner Übergang, feine Tönung, Schimmer, 3. winzige Spur, Kleinigkeit
**nuancieren,** [nüan'ßi:ren, fr.]: 1. abstufen, geringfügig verändern, 2. feine Unterschiede machen, Feinheiten herausarbeiten
**Nucleus:** vgl. Nukleus
**Nudismus,** (lat.), männl., nur Sing.: Freikörperkultur, Nacktkultur
**Nudist,** (lat.), männl., –en: Anhänger des Nudismus
**nudistisch,** (lat.): den Nudismus betreffend
**Nudität,** (lat.), weibl., –en: 1. Nacktheit, Blöße, 2. anzügliche Äußerung oder Darstellung
**Nugat** (auch: Nougat), ['nu:gat, fr.], männl. oder sächl., –s: aus zerkleinerten und gerösteten Nüssen oder Mandeln gewonnene Masse (meist als Pralinenfüllung)
**Nugget,** [na.g(e)t, engl.], sächl., –s: natürlicher Goldklumpen
**nuklear,** (lat.): den Atomkern betreffend; auf Vorgängen im Atomkern beruhend; durch Atomkraft angetrieben
**Nuklearmedizin,** (lat.), weibl., nur Sing.: Fachrichtung der Medizin, die radioaktive Stoffe zur Diagnose und Therapie einsetzt
**Nuklein,** (lat.), sächl., –e: vgl. Nukleoproteid
**Nukleinsäure,** (lat.-dt.), weibl., –en: in den Zellen aller Lebewesen vorhandene Verbindung, die genetische Informationen trägt (Biochem.)
**Nukleon,** (lat.), sächl., Nukleonen: Baustein des Atomkerns, zusammenfassende Bez. für Proton und Neutron
**Nukleoproteid,** (lat.-gr.), sächl., –e: Eiweißverbindung als Bestandteil des Zellkerns (Bio.)
**Nukleus,** (lat.), männl., Nuklei: 1. Kern, Zellkern (Biol.), 2. Kern eines vorgeschichtlichen Feuersteinblocks
**Nuklid,** (lat.), sächl., –e: ein Atomkern mit bestimmter Ordnungs- und Nukleonenzahl
**Nulldiät,** (lat.), weibl., –en: Verzicht auf Nahrung, um das Körpergewicht zu verringern (unter Zuführung von Wasser, Mineralstoffen und Vitaminen)
**nullifizieren,** (lat.): aufheben, für ungültig erklären (Rechtsw.)
**Nullipara,** (lat.), Nulliparen: Frau, die noch nie entbunden hat (Med.)
**Nullität,** (lat.), weibl., –en: Nichtigkeit; Ungültigkeit; Wertlosigkeit
**Nullmeridian,** (lat.), männl., nur Sing.: durch die Sternwarte des Londoner Stadtteils Greenwich verlaufender Längenkreis, von dem aus seit 1911 nach internationaler Vereinbarung die Längenkreise nach Ost und West von 0° bis 180° gezählt werden
**Null ouvert,** [nulu'we:r, lat.-fr.], männl., – –s: Variante des Nullspiels beim Skat, bei der der Spieler die Karten nach dem ersten Stich offen auf den Tisch zu legen hat
**Nulltarif,** (lat.), männl., –e: Verzicht auf ein Entgelt für eine Dienstleistung (insbes. in öffentlichen Verkehrsmitteln)
**Numen,** (lat.), sächl., nur Sing.: göttliches Wesen, Gottheit ohne persönliche Gestalt
**Numerale,** (lat.), sächl., Numeralien: Zahlwort, Wort, das eine Anzahl, Reihenfolge o. Ä. ausdrückt (z. B.: vier, vierter, vierfach; Sprachwiss.)
**numerieren:** frühere Schreibung von nummerieren
**numerisch,** (lat.): 1. der Zahl nach, zahlenmäßig, 2. unter Verwendung von Zahlen oder Ziffern, nur aus Ziffern zusammengesetzt

**numerische Mathematik:** der Bereich der Mathematik, der mathematische Probleme zahlenmäßig bearbeitet
**Numero,** (italien.), sächl., –s: (ehemals Bez. für:) Nummer
**Numerus,** (lat.), männl., Numeri: 1. Zahl, deren Logarithmus gesucht wird (Math.), 2. grammatische Kategorie des Nomens oder des Verbs, die etwas über die Anzahl aussagt (z. B. Singular, Plural, Dual; Sprachwiss.)
**Numerus clausus,** (lat.): die der Anzahl nach begrenzte Zulassung von Studienbewerbern
**numinos,** (lat.): göttlich
**Numismatik,** (gr.), weibl., nur Sing.: wissenschaftliche Münzkunde und Geldgeschichte
**Nummer,** (lat.), weibl., –n: 1. der Kennzeichnung dienende Ziffer, Zahl, Kennziffer, 2. einzelne Darbietung (z. B.: im Zirkus), 3. einzelnes Exemplar (z. B. einer Zeitschrift), 4. (umg.) komische Person, Witzbold, 5. (umg.) Geschlechtsakt
**nummerieren,** (lat.): Nummern vergeben, mit fortlaufenden Zahlen versehen, beziffern
**Nummernkonto,** (lat.-italien.), sächl., –s: Konto, das nur durch eine Nummer, nicht durch den Namen des Kontoinhabers gekennzeichnet ist
**Nuntiatur,** (lat.), weibl., –en: Amt, Sitz eines Nuntius
**Nuntius,** (lat.), männl., Nuntien: als Botschafter mit der diplomatischen Vertretung des Vatikans betrauter päpstlicher Gesandter
**Nurse,** ['nö:ß, fr.], weibl., –n: engl. Bez. für Kindermädchen
**Nus,** (gr.), männl., nur Sing.: Geist, Vernunft (Philos.)
**Nutation,** (lat.), weibl., –en: 1. durch unterschiedlich schnelles Wachstum der einzelnen Organe hervorgerufene spiralförmige Bewegung von Blattranken (Biol.), 2. auf der Gravitationswirkung des Mondes beruhende Schwankung der Erdachse (Astron.)
**Nutria,** (span.), weibl., –s: 1. Biberratte; Sumpfbiber, 2. Fell der Biberratte
**nutrieren,** (lat.): ernähren (Med.)
**Nutrition,** (lat.), weibl., –en: Ernährung (Med.)
**Ny,** (gr.), sächl., –s: dreizehnter Buchstabe des gr. Alphabets
**Nyktinastie,** (gr.), weibl., –n: Lageveränderung pflanzlicher Organe, die durch den Wechsel von Tag und Nacht hervorgerufen wird (Bot.)
**Nykturie,** (gr.), weibl., –n: vermehrter nächtlicher Harndrang (Med.)
**Nylon,** ['nailon, engl.-amerik.], sächl., nur Sing.: haltbare synthetische Textilfaser
**Nymphäe,** (gr.), weibl., –n: Wasserrose, Seerose
**Nymphe,** (gr.), weibl., –n: 1. (in der gr. Mythologie:) weibl. Naturgottheit, 2. larvenähnliches Entwicklungsstadium bestimmter Insekten (Zool.)
**nymphoman,** (gr.): an Nymphomanie leidend, mannstoll
**Nymphomanie,** (gr.), weibl., nur Sing.: krankhaft gesteigerter Sexualtrieb bei Frauen, Mannstollheit
**Nymphomanin,** (gr.), weibl., –nen: an Nymphomanie leidende Frau (Med.)
**Nystagmus,** (gr.), männl., nur Sing.: Augenzittern, unwillkürliche Bewegungen der Augäpfel (Med.)

# O

**Oase,** (ägypt.), weibl., –n: 1. in der Wüste gelegene Wasserstelle, an der Pflanzen gedeihen, 2. (übertr.) ruhiger und erholsamer Ort

**Obduktion,** (lat.), weibl., –en: Leichenöffnung (vom Gericht zur Ermittlung der Todesursache angeordnet)
**Obduration,** (lat.), weibl., –en: Verhärtung von Körpergewebe (Med.)
**Obduzent,** (lat.), männl., –en: obduzierender Arzt
**obduzieren,** (lat.): eine Obduktion vornehmen
**Obedienz,** (lat.), weibl., nur Sing.: Gehorsamspflicht gegenüber den geistlichen Vorgesetzten
**Obelisk,** (gr.), männl., –en: eine hohe, sich nach oben verjüngende Säule mit quadratischem oder vierkantigem Grundriss und pyramidenförmiger Spitze (Archit.)
**Objekt,** (lat.), sächl., –e: 1. Sache, Gegenstand, Wertgegenstand (z. B. Grundstück), 2. Gegenstand einer Wahrnehmung, des Erkennens, Denkens oder Handelns (Philos.), 3. Satzergänzung, vom Verb geforderter Satzteil, der die nominale Ergänzung zum Verb bildet (vgl. Akkusativ- und Dativobjekt; Sprachwiss.)
**Objektion,** (lat.), weibl., –en: das Übertragen seelischer Empfindungen auf einen Sachverhalt oder Gegenstand (Psychol.)
**objektiv,** (lat.): 1. gegenständlich, dinglich, wirklich vorhanden, 2. sachlich, vorurteilsfrei, unvoreingenommen, unparteiisch (Gegens.: subjektiv)
**Objektiv,** (lat.), sächl., –e: das Linsensystem eines optischen Gerätes, das zum Zwecke der Abbildung dem Objekt zugewandt wird (z. B. einer Kamera, eines Teleskops)
**Objektivation,** (lat.), weibl., –en: vergegenständlichende Darstellung
**objektivieren,** (lat.): vergegenständlichen; etwas so darstellen, dass es einer objektiven Betrachtung zugänglich wird, es von subjektiven Einflüssen und Vorurteilen befreien
**Objektivismus,** (lat.), männl., nur Sing.: erkenntnistheoretische Lehre, nach der es von den erkennenden bzw. wertenden Subjekten unabhängige, objektive Wahrheiten, Werte und Ideen gibt (Gegens.: Subjektivismus; Philos.)
**Objektivität,** (lat.), weibl., nur Sing.: Betrachtungsweise, die keine subjektiven Einflüsse zulässt, Unvoreingenommenheit, strenge Sachlichkeit
**Objektschutz,** (lat.-dt.), männl., nur Sing.: Bewachung gefährdeter Anlagen oder Gebäude (z. B. gegen Einbrüche)
**Oblast,** (russ.), weibl., –e: Bez. in der Sowjetunion für ein großes Verwaltungsgebiet einer Unionsrepublik
**Oblate,** (lat.), weibl., –n: 1. hauchdünne, aus Weizenmehl gebackene Unterlage für Kleingebäck, 2. (in der kathol. Kirche:) noch nicht geweihte Hostie, 3. (in der evang. Kirche:) Abendmahlsbrot, 4. kleines Bildchen (insbes. in den 50-er und 60-er Jahren Tausch- und Sammelobjekt von Kindern)
**obligat,** (lat.): unerlässlich, unentbehrlich, notwendig; üblich; unvermeidlich
**Obligation,** (lat.), weibl., –en: 1. Verbindlichkeit, Haftung (Rechtsw.), 2. Schuldverschreibung; festverzinsliches Wertpapier
**obligatorisch,** (lat.): verpflichtend, verbindlich, bindend vorgeschrieben (Gegens.: fakultativ)
**Obligo,** (lat.), sächl., –s: 1. finanzielle Verbindlichkeit, Verpflichtung, Haftung, 2. Gewähr
**Obliteration,** (lat.), weibl., –en: 1. Tilgung, Löschung, 2. entzündlich bedingter Verschluss einer Körperhöhle oder eines Gefäßes (Med.), 3. Verödung, Stilllegung (z. B. einer Ader; Med.)
**obliterieren,** (lat.): 1. löschen, tilgen, 2. verschließen (Med.). 3. stilllegen, veröden (Med.)

**Oboe,** (italien.), weibl., –n: Holzblasinstrument mit engem Mundstück, Doppelrohrblatt, 14 Lochklappen und leicht nasalem Klang (Mus.)

**Oboist,** (italien.), männl., –en: Oboenspieler

**Obolus,** (gr.), männl., – oder –se: 1. (im antiken Griechenland:) kleine Münze, 2. (heute:) kleiner Geldbetrag, Spende, Beitrag

**Observanz,** (lat.), weibl., –en: 1. Brauch; Gewohnheitsrecht, 2. (in der kathol. Kirche:) strenge Befolgung von Ordensregeln

**Observation,** (lat. »Wahrnehmung«), weibl., –en: 1. wissenschaftliche Beobachtung, 2. planmäßige Beobachtung und Ausspähung; polizeiliche Überwachung (z. B. einer verdächtigen Person)

**Observator,** (lat.), männl., –servatoren: jmd., der zu wissenschaftlichen Zwecken Beobachtungen in einem Observatorium durchführt

**Observatorium,** (lat.), sächl., –servatorien: wissenschaftliches Beobachtungsinstitut, insbes. Wetter- oder Sternwarte

**observieren,** (lat.): 1. wissenschaftlich beobachten, 2. planmäßig beobachten und ausspähen; polizeilich überwachen (z. B. eine verdächtige Person)

**Obsession,** (lat.), weibl., –en: Zwangsvorstellung (Psychol.)

**obsessiv,** (lat.): unter einer Zwangsvorstellung leidend (Psychol.)

**Obsidian,** (lat.), männl., –e: dunkles, vulkanisches Gestein von glasigem Aussehen und unterschiedlicher Farbe (in der Vorzeit für Werkzeuge, heute für Schmuckgegenstände verwendet)

**obskur,** (lat.): dunkel; unbekannter Herkunft; unklar; verdächtig

**Obskurantismus,** (lat.), männl., nur Sing.: feindselige Haltung gegenüber Aufklärung und Fortschritt

**Obskurität,** (lat.), weibl., –en: obskure Beschaffenheit, obskurer Vorgang

**obsolet,** (lat.): veraltet, überholt, ungebräuchlich

**obstinat,** (lat.): 1. starrsinnig, eigensinnig, halsstarrig, 2. widerspenstig; hartnäckig

**Obstination,** (lat.), weibl., –en: 1. Starrsinn, Eigensinn, Halsstarrigkeit, 2. Widerspenstigkeit; Hartnäckigkeit

**Obstipation,** (lat.), weibl., –en: Verstopfung (Med.)

**obstruieren,** (lat.): 1. stören, behindern, hemmen, verschleppen, entgegenarbeiten, 2. verstopfen (Med.)

**Obstruktion,** (lat.), weibl., –en: 1. Störung, Behinderung; Verzögerung; Widerstand; (z. B. planvolle Beeinträchtigung der Parlamentsarbeit), 2. Verstopfung (z. B. des Tränenkanals; Med.)

**obstruktiv,** (lat.): 1. störend, behindernd, hemmend, verzögernd, 2. verstopfend (Med.)

**obszön,** (lat.): das Schamgefühl verletzend, unanständig, schlüpfrig, anstößig

**Obszönität,** (lat.), weibl., –en: obszöne Darstellung, obszönes Verhalten, Schamlosigkeit, Unanständigkeit

**Ochlokratie,** (gr.), weibl., –n: (nach Aristoteles:) Demokratie, die zur Herrschaft der Masse, des Pöbels entartet ist

**Ochrana,** (russ.), weibl., nur Sing.: (im zaristischen Russland:) politische Geheimpolizei

**Ocker,** (gr.), männl. oder sächl., –: 1. Ton, Quarz und Kalk enthaltender Brauneisenstein, 2. gelbbrauner Farbton; gelbbraune Farbe

**Octan:** vgl. Oktan

**Odaliske,** (türk.), weibl., –n: europäische Sklavin im ehemaligen türkischen Sultansharem

**Odds,** (engl.), weibl., Plur.: Vorgabe bei sportlichen Wettkämpfen (insbes. Pferderennen)

**Ode,** (gr.), weibl., –n: 1. in freien Rhythmen geschriebenes lyrisches Strophengedicht, 2. (in der gr. Tragödie:) feierlicher Chorgesang

**Ödem,** (gr.), sächl., –e: Wassersucht; krankhafte Ansammlung von Zwischenzellflüssigkeit (Med.)

**ödematös,** (gr.): ödemartig; Ödeme aufweisend (Med.)

**Odeon,** (gr.), sächl., –s: (zunächst in der gr. Antike:) Name von Gebäuden, in denen Musik-, Theater- oder Filmaufführungen stattfinden

**Odeum,** (gr.), sächl., Odeen: vgl. Odeon

**Odeur,** [o'dö:r, fr.], sächl., –s oder –e: Duft; Geruch

**odios, odiös,** (lat.): unausstehlich, widerwärtig, verhasst

**ödipal,** (gr.): den Ödipuskomplex betreffend, auf dem Ödipuskomplex beruhend

**Ödipuskomplex,** (gr.-lat.), männl., nur Sing.: (nach dem König Ödipus in der gr. Mythologie, der unwissentlich seine Mutter geheiratet hatte) übersteigerte Bindung an den gegengeschlechtlichen Elternteil, die in früher Kindheit entstanden ist

**Odium,** (lat.), sächl., nur Sing.: 1. Feindschaft, Hass, 2. Makel, übler Beigeschmack

**Odontologie,** (gr.), weibl., nur Sing.: Zahnheilkunde (Med.)

**Odor,** (lat.), männl., Odores: Geruch (Med.)

**Odyssee,** (gr.), weibl., –n: (nach Odysseus, dem Irrfahrer in dem Epos von Homer) lange Reise voller Abenteuer und Gefahren, Irrfahrt

**Œuvre,** ['öwre, fr.], sächl., –s: Gesamtwerk eines Autors, Künstlers oder Musikers

**off,** (engl.): 1. (beim Film und im Theater:) zwar zu hören, aber im Bild bzw. auf der Bühne nicht zu sehen (Gegens.: on), 2. aus, abgeschaltet (z. B. auf elektrischen Geräten; Gegens.: on)

**Offbeat,** ['o.fbi:t, engl.], männl., nur Sing.: im Jazz rhythmische Akzentuierung entgegen der des Metrums

**offensiv,** (lat.): die Initiative ergreifend, angreifend (Gegens.: defensiv)

**Offensive,** (lat.), weibl., –n: Angriff, Vorstoß (Gegens.: Defensive)

**offerieren,** (lat.): darbringen, anbieten

**Offerte,** (lat.), weibl., –n: Antrag, Angebot (z. B. von Waren)

**Offertorium,** (lat.), sächl., Offertorien: (in der kathol. Messe:) das Darbringen von Brot und Wein

**Office,** ['o.fiß, engl.], sächl., –s: engl. Bez. für Dienststelle, Büro

**Officium:** vgl. Offizium

**Offizialdelikt,** (lat.), sächl., –e: ein Vergehen, das von Amts wegen auch dann gerichtlich verfolgt werden muss, wenn keine Anzeige vorliegt (Rechtsw.)

**offiziell,** (lat.): 1. verbindlich, amtlich, von einer Behörde bestätigt, 2. feierlich, förmlich

**Offizier,** (lat.-fr.), männl., –e: 1. militärischer Dienstgrad vom Leutnant an aufwärts, 2. Soldat in einem solchen Dienstgrad, 3. dem Kapitän unterstehender Vorgesetzter für bestimmte Aufgabenbereiche an Bord von Handelsschiffen

**offiziös,** (lat.): halbamtlich, nicht verbürgt

**Offizium,** (lat.), sächl., Offizien: 1. Dienstpflicht, dienstliche Obliegenheit, 2. (in der kathol. Kirche:) Gottesdienst, Stundengebet, Liturgie

**off limits!,** (engl.): Zutritt verboten!

**offline,** ['o.flain, engl.]: indirekt mit einem Zentralcomputer verbunden, aber getrennt von ihm arbeitend; nicht ans Netz angeschlossen (Gegens.: online; EDV)

**Offsetdruck,** (engl.-dt.), männl., nur Sing.: Flachdruckverfahren
**offshore,** ['o.fscho:r, engl.]: vor der Küste, in Küstennähe
**Offshorebohrung** (auch: Off-Shore-Bohrung), weibl., –en: von einer Bohrinsel oder einem Bohrschiff aus durchgeführte Bohrung in Küstennähe
**Okapi,** (afrikan.), sächl., –s: Waldgiraffe mit kurzem Hals
**Okarina,** (italien.), weibl., –s: eiförmige Gefäßflöte aus Ton oder Porzellan
**okay,** [o(u)'kej, amerik.]: in Ordnung!; richtig!; einverstanden! (Abk.: o.k. oder O.K.)
**Okkasion,** (lat.), weibl., –en: Gelegenheit; Gelegenheitskauf
**okkludieren,** (lat.): verschließen
**Okklusion,** (lat.), weibl., –en: 1. Verschluss, Einschluss, 2. Verschluss eines Hohlorgans (Med.), 3. normale Bissstellung der oberen und unteren Zähne beim Zusammenbeißen (Med.), 4. das Zusammentreffen von Warm- und Kaltfront (Meteorol.)
**okklusiv,** (lat.): die Okklusion betreffend; abschließend; sperrend
**okkult,** (lat.): verborgen; geheim
**Okkultismus,** (lat.), männl., nur Sing.: Sammelbez. für Lehren und Praktiken, die durch Naturgesetze nicht erklärbare Erscheinungen und Wahrnehmungen betreffen
**Okkultist,** (lat.), männl., –en: Anhänger des Okkultismus
**Okkupant,** (lat.), männl., –en: jmd., der etwas okkupiert bzw. an einer Okkupation beteiligt ist
**Okkupation,** (lat.), weibl., –en: Besetzung, Besitzergreifung fremden Staatsgebietes
**okkupieren,** (lat.): fremdes Staatsgebiet besetzen; in Besitz nehmen, sich aneignen
**Ökologe,** (gr.), männl., –n: Fachmann auf dem Gebiet der Ökologie
**Ökologie,** (gr.), weibl., nur Sing.: Umweltwissenschaft, Wissenschaft von den Wechselbeziehungen zwischen den Organismen und ihrer Umwelt
**ökologisch,** (gr.): die Ökologie betreffend; die Wechselbeziehungen zwischen den Organismen und ihrer Umwelt berücksichtigend
**Ökonom,** (gr.), männl., –en: 1. (ehemals Bez. für:) Gutsverwalter, 2. Wirtschaftswissenschaftler
**Ökonomie,** (gr.), weibl., –n: 1. Wirtschaft; Wirtschaftswissenschaft, 2. Wirtschaftlichkeit
**Ökonomik,** (gr.), weibl., nur Sing.: Wirtschaftskunde; Sparsamkeit
**ökonomisch,** (gr.): 1. die Ökonomie betreffend, auf Ökonomie beruhend, 2. wirtschaftlich, sparsam
**Ökonomismus,** (gr.), männl., nur Sing.: Auffassung, nach der gesellschaftliche Entwicklungen vorwiegend oder ausschließlich von wirtschaftliche Faktoren bestimmt werden
**Ökosystem,** (gr.), sächl., –e: eine natürliche ökologische Einheit aus einer Lebensgemeinschaft und deren Lebensraum
**Ökotop,** (gr.), sächl., –e: kleinste ökologische Einheit
**Ökotrophologie,** (gr.), weibl., nur Sing.: Hauswirtschafts- und Ernährungswissenschaft
**Ökotypus,** (gr.), männl., –typen: Pflanzen- oder Tierform, die sich einem bestimmten Standort angepasst hat
**Ökozid,** (gr.-lat.), männl., –e: irreparable Beschädigung, Vernichtung des ökologischen Gleichgewichtes eines Lebensraumes, die durch Umweltverschmutzung verursacht ist
**Oktaeder,** (gr.), sächl., –: (regelmäßiger) von acht Dreiecksflächen begrenzter Körper
**Oktagon,** (gr.), sächl., –e: vgl. Oktogon

**Oktan,** (lat.), sächl., nur Sing.: gesättigter Kohlenwasserstoff, der in Benzin und Erdöl enthalten ist (Chem.)
**Oktant,** (lat.), männl., –en: 1. Kreissektor, dessen Fläche ein Achtel des Vollkreises umfasst, 2. nautisches Winkelmessgerät mit einem Achtelkreis (Vorläufer des Sextanten)
**Oktanzahl,** (lat.-dt.), weibl., –en: Kennzahl für die Klopffestigkeit eines Kraftstoffes
**Oktav,** (lat.), sächl., nur Sing.: Achtelbogengröße (als Buchformat)
**Oktave,** (lat.), weibl., –n: 1. achter und letzter Ton der diatonischen Tonleiter, 2. Intervall von acht Tönen (Mus.)
**Oktett,** (lat.), sächl., –e: 1. Musikstück für acht Instrumente oder Singstimmen, 2. die Gruppe der acht ausführenden Musiker, 3. Anordnung in Achtergruppen (z. B. von Elektronen in der Außenschale eines Atomkerns; Phys.)
**Oktogon,** (gr.), sächl., –e: 1. Achteck, 2. Bauwerk über achteckigem Grundriss
**oktogonal,** (gr.): achteckig
**Oktopode,** (gr.), männl., –n: Achtfüßer; achtarmiger Tintenfisch, Krake
**Oktopus,** (gr.), männl., –se: Krake
**oktroyieren,** [oktroa'ji:ren, fr.]: aufzwingen, aufdrängen, auferlegen
**okular,** (lat.): das Auge betreffend; dem Auge des Benutzers zugewandt; mit dem Auge
**Okular,** (lat.), sächl., –e: Linse eines optischen Gerätes, die dem Auge des Benutzers zugewandt ist
**Okulation,** (lat.), weibl., –en: Veredeln einer Pflanze durch das Übertragen einzelner geschlossener Knospen (Augen) einer hochwertigen Sorte auf die zu veredelnde Pflanze (Bot.)
**okulieren,** (lat.): veredeln, eine Okulation durchführen (Bot.)
**Ökumene,** (gr.), weibl., nur Sing.: 1. die Gesamtheit der christlichen Kirchen, 2. ein Siedlungsraum, der von Menschen ständig bewohnt ist (Geogr.)
**ökumenisch,** (gr.): 1. die gesamte Christenheit betreffend, 2. das Zusammenwirken der christlichen Kirchen betreffend oder anstrebend, 3. den gesamten Siedlungsraum der Menschen betreffend, zum Erdkreis gehörig (Geogr.)
**Okzident,** (lat.), männl., nur Sing.: 1. Westen, Abend, 2. (ehemals Bez. für:) das Land, in dem die Sonne unterzugehen scheint, Abendland (Europa) (Gegens.: Orient)
**okzidental,** (lat.): abendländisch
**okzipital,** (lat.): das Hinterhaupt betreffend (Med.)
**Oldie,** ['o(u)ldi, amerik.], männl., –s: alter Schlager, alter Hit
**Oldtimer,** ['o(u)ltaim(e)r, engl.], männl., –: altes Fahrzeug (insbes. Auto)
**olé!,** (span.): los!, hurra!
**Oleander,** (italien. ), männl., –: immergrüner Zierstrauch, Rosenlorbeer
**Oleat,** (gr.), sächl., –e: Salz der Ölsäure
**Ölein,** (gr.), sächl., –e: zur Seifenherstellung verwendete Ölsäure
**Oleum,** (gr.-lat.), sächl., Olea: 1. Öl, ölartige Substanz (Med.), 2. rauchende Schwefelsäure (Verwendung z. B. als Trockenmittel; Chem.)
**olfaktorisch,** (lat.): den Geruchssinn betreffend (Med.)
**Olfaktorium,** (lat.), sächl., –faktorien: Riechstoff (Med.)
**Olfaktorius,** (lat.), männl., nur Sing.: Riechnerv (Med.)
**Olibanum,** (arab.), sächl., nur Sing.: Weihrauch
**Oligarchie,** (gr.), weibl., –n: die Herrschaft einer kleinen Interessengruppe
**oligodynamisch,** (gr.): in geringsten Mengen wirksam (Chem.)

**Oligomenorrhö** (auch: Oligomenorrhöe), (gr.), weibl., –en: zu selten auftretende Menstruationsblutung (Med.)
**Oligophrenie,** (gr.), weibl., –n: Sammelbez. für alle Formen frühzeitig erworbenen Schwachsinns (Med.)
**oligotroph,** (gr.): nährstoffarm (Biol.)
**Oligotrophie,** (gr.), weibl., nur Sing.: Nährstoffmangel (Biol.)
**Oligozän,** (gr.), sächl., nur Sing.: mittlerer Abschnitt des Tertiär (Geol.)
**oliv,** (gr.): olivenfarbig, gelbgrün
**Olive,** (gr.), weibl., –n: Steinfrucht des Ölbaumes; Ölbaum
**Olivin,** (gr.), männl., –e: olivgrünes Mineral
**Olymp,** (gr.), männl., nur Sing.: (in der gr. Mythologie:) Wohnsitz der Götter
**Olympiade,** (gr.), weibl., –n: 1. (im Griechenland der Antike:) die vier Jahre umfassende Zeitspanne, die zwischen zwei olympischen Festen lag, 2. Olympische Spiele (selten Bez. für andere Wettbewerbe)
**Olympier,** (gr.), männl., –: 1. (im Griechenland der Antike:) Bewohner des Olymp, 2. (übertragen:) überragende Persönlichkeit
**Olympionike,** (gr.), männl., –n: 1. Goldmedaillengewinner in einer olympischen Disziplin, 2. Teilnehmer an Olympischen Spielen
**olympisch,** (gr.): 1. den Olymp betreffend; göttergleich, 2. zu den Olympischen Spielen gehörend
**Olympische Spiele:** alle vier Jahre ausgetragene Sportwettkämpfe, an denen Sportler aus aller Welt teilnehmen
**Ombrograph,** (gr.), männl., –en: Gerät, das die Regenmenge aufzeichnet (Meteorol.)
**ombrophil,** (gr.): Feuchtigkeit liebend (Biol.)
**Ombudsmann,** (schwed.), männl., –männer: (vom Parlament beauftragte) Vertrauensperson, an die sich jeder Bürger wenden kann, damit sie ihn gegenüber den Behörden vertritt
**Omega,** (gr.), sächl., –: letzter Buchstabe im gr. Alphabet (, )
**Omelett,** (fr.), sächl., –s: in der Pfanne zubereitete Speise aus Eiern
**Omelette,** [om(e)'lä.t, fr.], weibl., –n: vgl. Omelett
**Omen,** (lat.), sächl., – oder Omina: Vorzeichen, Anzeichen; Vorbedeutung
**Omikron,** (gr.), sächl., –s: fünfzehnter Buchstabe im gr. Alphabet
**ominös,** (lat.): von schlechter Vorbedeutung, bedenklich, zweifelhaft; unheilvoll
**Omissivdelikt,** (lat.), sächl., –e: strafbare Unterlassung (Rechtsw.)
**Omnibus,** (lat.), männl., –se: Kraftwagen zur Beförderung von mehr als acht Personen
**omnipotent,** (lat.) allmächtig, allgewaltig
**Omnipotenz,** (lat.), weibl., nur Sing.: Allmacht, Allgewalt
**omnipräsent,** (lat.): allgegenwärtig
**Omnipräsenz,** (lat.), weibl., nur Sing.: Allgegenwart (Gottes)
**Omnium,** (lat.), sächl., Omnien: Mehrkampf im Radsport, der aus mehreren Wettbewerben besteht
**omnivor,** (lat.): allesfressend (Pflanzen und Tiere; Zool.)
**Omnivore,** (lat.), weibl., –n: Tier, das sich von Pflanzen und Tieren ernährt, Allesfresser (Zool.)
**Omphalitis,** (gr.), weibl., Omphalitiden: Nabelentzündung (Med.)
**on,** (engl.): 1. (beim Film und im Theater:) auf der Bühne bzw. der Leinwand sowohl zu hören, als auch zu sehen (Gegens.: off), 2. an, angeschaltet (z. B. auf elektrischen Geräten; Gegens.: off)
**Onanie,** weibl., –n: Selbstbefriedigung durch manuelle Reizung der Geschlechtsorgane, Masturbation (fälschli-

cherweise nach der biblischen Gestalt Onan, der sich nicht selbst befriedigte, sondern den Coitus interruptus ausübte)
**onanieren:** sich durch manuelle Reizung der Geschlechtsorgane selbst befriedigen, masturbieren
**Onanist,** männl., –en: jmd., der onaniert
**Ondit,** [on'di:, fr.: »man sagt«], sächl., –s: Gerücht, Gerede
**ondulieren,** (fr.): Haare mit der Brennschere oder einem Ondulierstab wellen oder kräuseln
**Onkologie,** (gr.), weibl., nur Sing.: Lehre von den Geschwulstkrankheiten (Med.)
**online,** ['onlain, engl.]: direkt mit einem Zentralcomputer verbunden, ans Netz angeschlossen (Gegens.: offline; EDV)
**Önologie,** (gr.), weibl., nur Sing.: Weinbaukunde
**Ononmasiologie,** (gr.), weibl., nur Sing.: Bezeichnungslehre (ein Zweig der Sprachwiss.)
**Onomastik,** (gr.), weibl., nur Sing.: Namenkunde (Sprachwiss.)
**Onomatologie,** (gr.), weibl., nur Sing.: vgl. Onomastik
**Onomatomanie,** (gr.), weibl., nur Sing.: krankhafter Zwang, sich an bestimmte Wörter zu erinnern; krankhafter Zwang, bestimmte Wörter (z. B.: leck fett!) ständig auszusprechen (Med.)
**Onomatopoesie,** (gr.), weibl., nur Sing.: vgl. Onomatopöie
**onomatopoetisch,** (gr.): lautmalend, schallnachahmend
**Onomatopöie,** (gr.), weibl., –n: Lautmalerei, Nachahmung von Lauten durch ähnliche sprachliche Fassungen (z. B. miau, Wau-Wau)
**Önometer,** (gr.), sächl., –: Messgerät zum Bestimmen des Alkoholgehaltes im Wein
**on the road,** ['on the 'ro(u)d, engl.]: unterwegs
**on the rocks,** ['on the 'ro.ks, engl.]: (bei Getränken:) auf Eiswürfeln
**ontisch,** (gr.): dem Sein nach, seiend (Philos.)
**Ontogenese,** (gr.), weibl., –n: die gesamte Entwicklung eines Lebewesens von der befruchteten Eizelle bis zur Geschlechtsreife (Biol.)
**ontogenetisch,** (gr.): die Ontogenese betreffend, auf Ontogenese beruhend
**Ontogenie,** (gr.), weibl., nur Sing.: vgl. Ontogenese
**Ontologie,** (gr.), weibl., nur Sing.: Lehre vom Sein und den allgemeinen Prinzipien des Seienden (Philos.)
**ontologisch,** (gr.): die Ontologie betreffend
**Onychie,** (gr.), weibl., –n: Nagelbettentzündung (Med.)
**Onyx,** (gr.), männl., –e: insbes. als Schmuckstein verwendetes Mineral, schwarz-weißer Quarz
**Oogenese,** (gr.), weibl., –n: Eizellenentwicklung, Eibildung (Biol.)
**Ooid,** (gr.), sächl., –e: ei- oder kugelförmiges Gesteinskörnchen (Geol.)
**Oolith,** (gr.), männl., –en: aus verkitteten Ooiden entstandenes Gestein (Geol.)
**Oologie,** (gr.), weibl., nur Sing.: Teilgebiet der Ornithologie, das die Vogeleier untersucht
**Oophoritis,** (gr.), weibl., Oophoritiden: Eierstockentzündung (Med.)
**Oophoron,** (gr.), sächl., Oophora: Eierstock (Med.)
**OP,** männl., –s: Abk. für Operationssaal (Med.)
**opak,** (lat.): undurchsichtig, lichtundurchlässig
**Opal,** (sanskr.), männl., –e: ein in verschiedenen Formen und Farben auftretendes Mineral, ein Schmuckstein

**Opaleszens,** (sanskr.), weibl., nur Sing.: durch Beugung der Lichtstrahlen hervorgerufenes opalartiges Schimmern
**Op-Art,** (Kurzw. aus **Op**tikal **art,** amerik.), weibl., nur Sing.: zeitgenössische Kunstrichtung der 60er Jahre, die durch geometrische Kombinationen von Linien, Flächen und Farben illusionistische Effekte erzielt
**Openairfestival** (auch: Open-Air-Festival), [o:p(e)n'ä:rfä.ßtiw(e)l, engl.], sächl., –s: eine musikalische Großveranstaltung, die im Freien veranstaltet wird
**open end,** ['o:p(e)n 'änd, engl.]: ohne zeitliche Begrenzung (als Hinweis darauf, dass das Ende einer Veranstaltung zeitlich nicht festgelegt ist)
**Oper,** (italien.), weibl., –n: musikalisch gestaltetes Bühnenwerk mit Gesang
**Opera,** (italien.), weibl., –re: italien. Bez. für Oper
**operabel,** (lat.): operierbar (Med.)
**Operabilität,** (lat.), weibl., nur Sing.: operable Beschaffenheit (Med.)
**Operateur,** [opera'tö:r, lat.-fr.], männl., –e: 1. operierender Chirurg (Med.), 2. Vorführer im Lichtspielhaus, 3. (beim Film:) Toningenieur; Kameramann
**Operation,** (lat.), weibl., –en: 1. chirurgischer Eingriff (Med.), 2. Ablauf einer Arbeit, Arbeitsvorgang, Handlung, 3. Truppenbewegung, militärisches Unternehmen, 4. Rechenschritt oder logischer Schluss als Teil eines Lösungsverfahrens (Math.)
**operational,** (lat.): verfahrensbedingt
**operativ,** (lat.): 1. mit Hilfe einer Operation (Med.), 2. vorausdenkend und planvoll handelnd; strategisch
**Operator,** (lat.), männl., Operatoren: 1. mathematisches Symbol für eine bestimmte Operation (Math.), 2. Fachkraft für die Bedienung von Datenverarbeitungsanlagen (EDV)
**Operette,** (italien. ), weibl., –n: heiteres, musikalisch gestaltetes Bühnenwerk mit gesungenen und gesprochenen Dialogen
**operieren,** (lat.): 1. einen chirurgischen Eingriff vornehmen, eine Operation durchführen, 2. handeln, vorgehen; verfahren
**Ophthalmiatrie,** (gr.), weibl., nur Sing.: Augenheilkunde
**Ophthalmie,** (gr.), weibl., –n: Augenentzündung (Med.)
**Ophthalmikum,** (gr.), sächl., –thalmika: Augenheilmittel (Med.)
**Ophthalmologie,** (gr.), weibl., nur Sing.: Augenheilkunde
**Ophthalmoskop,** (gr.), sächl., –e: Spiegel zur Untersuchung des Auges (Med.)
**Opiat,** (gr.), sächl., –e: Arzneimittel, das Opium enthält
**Opium,** (gr.), sächl., nur Sing.: aus dem Saft unreifer Schlafmohnkapseln gewonnenes Rauschmittel, das auch als schmerzstillendes Medikament verabreicht wird
**Opossum,** (indian.), sächl., –s: auf Bäumen hausende, nordamerikanische Beutelratte
**Opponent,** (lat.), männl., –en: Gegner in einer Diskussion, der eine gegenteilige Meinung vertritt
**opponieren,** (lat.): 1. widersprechen, eine gegenteilige Meinung vertreten, 2. sich widersetzen, entgegentreten, 3. gegenüberstellen
**opportun,** (lat.): nützlich, genehm, gelegen; passend, angebracht, zweckmäßig; zeitgemäß; bequem (Gegens.: inopportun)
**Opportunismus,** (lat.), männl., nur Sing.: eine Haltung, die bei allen Handlungen Zweckmäßigkeitserwägungen oder gar persönlichen Vorteil stets Vorrang vor eigenen Überzeugungen einräumt; die Bereitschaft, eigene Überzeugungen und

Grundsätze zu opfern, um sein Verhalten jeder Situation so anzupassen zu können, dass der persönliche Vorteil gesichert ist

**Opportunist,** (lat.), männl., –en: jmd., dessen Tun und Handeln von Opportunismus geprägt ist

**opportunistisch,** (lat.): wie ein Opportunist handelnd

**Opportunität,** (lat.), weibl., –en: passende Gelegenheit, Zweckmäßigkeit (Gegens.: Inopportunität)

**Opposition,** (lat.), weibl., –en: 1. Gegenüberstellung; Gegensatz, Widerspruch; Widerstand, 2. (im Parlament:) diejenigen Parlamentsmitglieder, die nicht den Fraktionen der Regierungsparteien angehören, 3. (außerhalb des Parlaments:) Bevölkerungsgruppe, die sich für eine Politik einsetzt, die im Widerspruch zur Regierungspolitik steht, 4. Stellung eines Planeten oder des Mondes, in der dieser, von der Erde aus gesehen, der Sonne gegenübersteht, Gegenschein (Astron.), 5. Gegenüberstellung (z. B. des Daumens zu den übrigen Fingern; Med.)

**oppositionell,** (lat.): 1. in Opposition befindlich, auf Opposition beruhend, 2. gegnerisch; gegensätzlich

**Oppression,** (lat.), weibl., –en: 1. Bedrückung, Unterdrückung, 2. Gefühl der Beklemmung (Med.)

**Optant,** (lat.), männl., –en: jmd., der optiert

**optativ,** (lat.): einen Wunsch ausdrückend

**Optativ,** (lat.), männl., –e: den Wunsch oder eine Möglichkeit ausdrückender Modus beim Verb (z. B. im Altgriechischen)

**optieren,** (lat.): 1. sich entscheiden (insbes. für eine Staatsbürgerschaft), 2. Gebrauch machen von einem Erwerbsrecht

**Optik,** (gr.), weibl., nur Sing.: 1. Lehre vom Licht (Phys.), 2. Linsensystem in optischen Geräten (z. B. in einer Kamera, einem Teleskop), 3. äußerer Eindruck, Erscheinungsbild

**Optiker,** (gr.), männl., –: Fachmann für optische Geräte, insbes. für Brillen

**Optikus,** (gr.), männl., nur Sing.: Sehnerv im Gehirn (Med.)

**optima fide,** (lat.): in bestem Glauben

**optimal,** (lat.): sehr gut, so gut wie nur möglich

**optimieren,** (lat.): die günstigste Lösung ermitteln, möglichst gut, optimal gestalten

**Optimismus,** (lat.), männl., nur Sing.: Lebensbejahung, Zuversichtlichkeit; eine Haltung, die einen alles von der besten Seite sehen lässt (Gegens.: Pessimismus)

**Optimist,** (lat.), männl., –en: lebensbejahender, zuversichtlicher Mensch (Gegens.: Pessimist)

**optimistisch,** (lat.): lebensbejahend, zuversichtlich

**Optimum,** (lat.), sächl., Optima: die günstigste Lösung, das Bestmögliche, das Wirksamste, das Höchstmaß; der Bestfall

**Option,** (lat.), weibl., –en: 1. staatsrechtliche Befugnis eines Menschen, durch freie Willenserklärung sich für eine Staatsangehörigkeit zu entscheiden, 2. vertraglich eingeräumte Anwartschaft auf den Erwerb eines Gegenstands unter bestimmten Bedingungen; Vorkaufsrecht (Rechtsw.)

**optisch,** (lat.): 1. die Optik betreffend, auf der Optik beruhend, 2. vom äußeren Erscheinungsbild her

**opulent,** (lat.): üppig; reichhaltig

**Opulenz,** (lat.), weibl., nur Sing.: Üppigkeit, Reichhaltigkeit; Reichtum, Pracht

**Opuntie,** [o'pu.ntsi-e, gr.], weibl., –n: eine Kakteengattung, deren bekanntester Vertreter der Feigenkaktus ist

**Opus,** (lat.), sächl., Opera: 1. einzelnes Werk eines Künstlers, Komponisten oder Schriftstellers, 2. das Gesamtwerk
**Orakel,** (lat.), sächl., –: 1. (im antiken Griechenland:) der Ort, an dem die Götter Weissagungen übermitteln, 2. Deutung des Schicksals, Wahrsagung, 3. rätselhafter Ausspruch
**orakeln,** (lat.): 1. weissagen, 2. in rätselhaften Andeutungen sprechen
**oral,** (lat.): den Mund betreffend, zum Mund gehörig, durch den Mund, mündlich
**Oral,** (lat.), männl., –e: Laut, der mit dem Mund gebildet wird (Sprachwiss.)
**orange,** [o'ransch, fr.]: orangenfarbig, gelbrötlich
**Orange,** [o'ransch(e), fr.], weibl., –n: Apfelsine
**Orangeade,** [oran'scha:de, fr.], weibl., –n: zucker- und wasserhaltige Orangenlimonade (ohne Kohlensäure)
**Orangeat,** [oran'scha:t, fr.], sächl., –e: kandierte Schale von Orangen
**Orangerie,** [oransche'ri:, fr.], weibl., –n: Gewächshaus, zum Überwintern von Orangenbäumen, aber auch von anderen exotischen Pflanzen (häufig in barocken Schloss- und Parkanlagen)
**Orang-Utan,** (malai.), männl., –s: Menschenaffe
**Orator,** (lat.), männl., Oratoren: (in der Antike:) erfolgreicher Redner
**oratorisch,** (lat.): in der Art eines Orators, rednerisch; schwungvoll
**Oratorium,** (lat.), sächl., Oratorien: 1. Raum zum Beten, kleine Hauskapelle (in einem Kloster), 2. mehrteilige, meist geistliche Komposition für Chor, Einzelstimmen und Orchester mit Soloarien und Rezitativen (Mus.)
**Orbis,** (lat.), männl., nur Sing.: Kreis, Umkreis, Erdkreis
**Orbit,** (lat.-engl.), männl., –s: Umlaufbahn eines künstlichen Satelliten um Erde oder Mond
**Orbita,** (lat.), weibl., –e: Augenhöhle (Med.)
**orbital,** (lat.): 1. den Orbit betreffend, im Orbit befindlich, 2. die Augenhöhle betreffend (Med.)
**Orbital,** (lat.), sächl., –e: Umlaufbahn eines Elektrons um einen Atomkern (Phys.)
**Orbiter,** (lat.), männl., –: Teil eines Raumflugsystems, der in einen Orbit befördert wird (meist die dritte Stufe)
**Orchester,** (gr.), sächl., –: 1. (in der Oper:) Platz für die Musiker vor der Bühne, 2. von einem Dirigent bei einem Zusammenspiel dirigierte größere Anzahl von Musikern
**orchestrieren,** (gr.): 1. vgl. instrumentieren (1), 2. eine Komposition so bearbeiten, dass es von einer Orchesterbesetzung gespielt werden kann
**Orchestrion,** (gr.), sächl., –s: eines von verschiedenen im 18. oder 19. Jh. entwickelten mechanischen Musikinstrumenten (z. B. eine Drehorgel)
**Orchidee,** (gr.), weibl., –n: eine Vertreterin der sehr artenreichen Familie der Knabenkrautgewächse, eine Zierpflanze
**Orchiektomie,** (gr.), weibl., –n: operative Entfernung eines Hodens (Med.)
**Orchis,** (gr.), männl., Orches: 1. Knabenkraut (Bot.), 2. Hoden (Med.)
**Orchitis,** (gr.), weibl., Orchitiden: Hodenentzündung (Med.)
**Orchitomie:** vgl. Orchiektomie
**Order,** (fr.), weibl., –s oder –n: 1. Anordnung, Verfügung, 2. Auftrag; Warenbestellung
**ordern,** (fr.): einen Auftrag erteilen; Waren bestellen
**Ordinalzahl,** (lat.-dt.), weibl., –en: Ordnungszahl, Zahl, die die Stellung eines Elementes in einer wohlgeordneten Menge angibt (z. B. der erste, der zweite, ...; Math.)

**ordinär,** (fr.): gebräuchlich, alltäglich; (abschätzig:) gemein, gewöhnlich; unfein, unanständig

**Ordinariat,** (lat.), sächl., –e: 1. (in der kathol. Kirche:) oberste Verwaltungsbehörde eines Bistums, 2. Amt eines ordentlichen Hochschulprofessors, 3. Amt des Klassenlehrers in der Schule

**Ordinarius,** (lat.), männl., Ordinarien: 1. (in der kathol. Kirche) Inhaber kirchlicher Rechtsgewalt (z. B. ein Bischof), 2. Inhaber eines ordentlichen Lehrstuhls an einer Universität, ordentlicher Hochschulprofessor, 3. Klassenlehrer in der Schule

**Ordinate,** (lat.), weibl., –n: 1. vgl. Ordinatenachse, 2. die zweite Koordinate eines Punktes in einem rechtwinkligen Koordinatensystem (umg.: y-Wert; Math.)

**Ordinatenachse,** (lat.-dt.), weibl., –n: die senkrechte Achse (y-Achse) in einem rechtwinkligen Koordinatensystem (Math.)

**Ordination,** (lat.), weibl., –en: 1. (in der evang. Kirche) feierliche Einsetzung in das Amt des Pfarrers, 2. (in der kathol. Kirche) das Spenden des Sakraments der Weihe zum Übertragen geistlicher Vollmachten, Priesterweihe, 3. ärztliche Verordnung, Verschreibung (Med.), 4. ärztliche Sprechstunde (Med.)

**ordinieren,** (lat.): 1. (in der evang. Kirche) feierlich in das Amt des Pfarrers einführen, 2. (in der kathol. Kirche) das Sakrament der Weihe spenden, zum Priester weihen, 3. etwas verschreiben (Med.), 4. Sprechstunde halten (Med.)

**Ordo,** (lat.), männl., Ordines: 1. (im antiken Rom:) Bez. für eine bestimmte Standeszugehörigkeit, 2. ordnende Einheit (Biol.)

**Ordonnanz** (auch: Ordonanz), (lat.), weibl., –en: 1. (ehemals Bez. für:) Befehl, Verfügung, 2. (histor.) Bez. eines königlichen Erlasses in Frankreich, 3. für bestimmte Zwecke (insbes. das Überbringen eines Befehls) abkommandierter Soldat

**Ordre,** (fr.), weibl., –s: vgl. Order

**Öre,** (skand.), sächl., –: kleinste Währungseinheit in Dänemark, Norwegen und Schweden (100 Öre = 1 Krone)

**Oregano:** vgl. Origano

**Organ,** (gr.), sächl., –e: 1. Teil, Glied eines Ganzen, 2. Werkzeug, Mittel, 3. der Sinneswahrnehmung dienender Körperteil; der Weitergabe von Wahrnehmungen dienender Körperteil, die Stimme, 4. Zeitung oder Zeitschrift einer Partei, eines Interessenverbandes o. Ä., 5. Aufträge und Anordnungen ausführende Behörde bzw. eine von ihr beauftragte Person

**Organdin,** (fr.), männl., nur Sing.: festes, durchsichtiges Baumwollgewebe

**Organdy,** (engl.), männl., nur Sing.: vgl. Organdin

**Organell,** (gr.), sächl., –en: Teil eines einzelligen Lebewesens, das in seiner Funktion einem Vielzellerorgan entspricht (Biol.)

**Organelle,** (gr.), weibl., –n: vgl. Organell

**Organiker,** (gr.), männl., –: Wissenschaftler auf dem Gebiet der organischen Chemie

**Organisation,** (gr.), weibl., –en: 1. das Organisieren, 2. Gestaltung, Aufbau, planmäßige Gliederung, 3. das Zusammenschließen bzw. der Zusammenschluss von Menschen zur Durchsetzung bestimmter Ziele (in einer Vereinigung, einer Partei, einer Bürgerinitiative o. Ä.), 4. Aufbau, Gestalt und Tätigkeit eines Organismus (Biol.)

**Organisator,** (gr.), männl., Organisatoren: 1. eine Person, die etwas organisiert, 2. Gestalter; Veranstalter

**organisatorisch,** (gr.): die Organisation betreffend, auf Organisation beruhend

**organisch,** (gr.): 1. den Organismus betreffend; von einem Organ ausgehend (Biol.), 2. von Lebewesen stammend, belebt, zur belebten Natur gehörend (Gegens.: anorganisch), 3. einen Organismus (2) bildend, mit etwas eine Einheit bildend, zusammenpassend

**organische Chemie:** Teilgebiet der Chemie, das sich die Erforschung der Kohlenstoffverbindungen betreibt (vgl. anorganische Chemie)

**organisieren,** (gr.): 1. etwas planmäßig vorbereiten und gestalten, etwas zweckmäßig einrichten, etwas zielgerichtet aufbauen, 2. sich o.: sich zusammenschließen zur Durchsetzung bestimmter Ziele (z. B. in einer Vereinigung, einer Partei, einer Bürgerinitiative o. Ä.), 3. sich einer Organisation (3) anschließen, 4. (umg.) trickreich etwas beschaffen

**organisiert,** (gr.): zu einer Organisation (3) gehörend

**Organismus,** (gr.), männl., Organismen: 1. Organsystem eines lebenden Körpers, selbstständiges pflanzliches oder tierisches Lebewesen (Biol.), 2. zweckmäßig gegliedertes Ganzes

**Organist,** (gr.), männl., –en: Orgelspieler

**organogen,** (gr.): 1. von Organen gebildet; aus organischen Substanzen entstanden (Biol.), 2. Organe bildend (Biol.), 3. am Aufbau organischer Verbindungen beteiligt (Chem.)

**Organologie,** (gr.), weibl., nur Sing.: Lehre von den Organen (Biol.)

**Organon,** (gr.), sächl., nur Sing.: 1. (urspr.) die logischen Schriften des Aristoteles als logisches Hilfsmittel zum Erkennen von Wahrheit, 2. (übertr.) der Erkenntnishilfe dienende Schrift, 3. Organ (Med.)

**Organum,** (gr.), sächl., Organa: 1. im frühen Mittelalter entstandene Form der Mehrstimmigkeit (Mus.), 2. mittelalterliche Bez. für ein Musikinstrument; Orgel

**Orgasmus,** (gr.), männl., Orgasmen: Höhepunkt der sexuellen Erregung

**orgastisch,** (gr.): den Orgasmus betreffend; auf Orgasmus beruhend

**orgiastisch,** (gr.): in der Art einer Orgie, ausschweifend, zügellos

**Orgie,** (gr.), weibl., –n: 1. altgriechischer Geheimkult mit teilweise ekstatischen Gottesdiensten, 2. (heute:) wüstes Gelage, ausschweifendes Fest

**Orient,** (lat.), männl., nur Sing.: 1. (ehemals Bez. für:) Morgenland; Osten, 2. die Länder Vorder- und Mittelasiens; (Gegens.: Okzident)

**Orientale,** (lat.), männl., –n: Bewohner des Orients

**orientalisch,** (lat.): den Orient betreffend; morgenländisch

**Orientalistik,** (lat.), weibl., nur Sing.: Wissenschaft von den Sprachen und Kulturen des Orients

**orientieren,** (lat.): 1. jmdn. in Kenntnis setzen, unterrichten, informieren, 2. sich o.: den Standort feststellen, die Richtung bestimmen, sich nach etwas richten,

**Origami,** (japan.), sächl., nur Sing.: (in Japan beliebte) Kunst des Papierfaltens

**Origano,** (italien.), männl., nur Sing.: Gewürz aus getrockneten Blättern des Origanums

**Origanum,** (italien.), sächl., nur Sing.: wilder Majoran (eine Gewürzpflanze)

**original,** (lat.): 1. ursprünglich, echt, 2. schöpferisch

**Original,** (lat.), sächl., –e: 1. das Ursprüngliche, Urbild, 2. erste Fassung, Erstschrift, 3. Vorlage zum Vervielfältigen, 4. eigentümlicher, nicht angepasster Mensch, Sonderling

**Originalität,** (lat.), weibl., –en: originelle Beschaffenheit, Besonderheit, Ursprünglichkeit, Echtheit
**originär,** (lat.): ursprünglich
**originell,** (lat.): 1. ursprünglich, 2. schöpferisch, 3. eigenartig, ungewöhnlich und interessant, komisch
**Orkan,** (span.), männl., –e: heftiger Sturm von Windstärke 12 an
**Orkus,** (lat.): der, nur Sing.: 1. (in der römischen Mythologie:) Unterwelt, Totenreich, 2. (übertr.) Abgrund
**Ornament,** (lat.), sächl., –e: Verzierung, schmückendes Beiwerk
**ornamental,** (lat.): verzierend, schmückend; mit einem Ornament bestückt
**Ornamentik,** (lat.), weibl., nur Sing.: 1. sämtliche Ornamente (z. B. eines Kunstwerkes), 2. die Kunst der Verzierung mit Ornamenten
**Ornat,** (lat.), sächl., –e: feierliche Amtstracht; geistliche Amtskleidung
**Ornis,** (gr.), weibl., nur Sing.: sämtliche Vogelarten einer Landschaft
**Ornithogamie,** (gr.), weibl., nur Sing.: Bestäubung von Blüten durch Vögel, Ornithophilie
**Ornithologe,** (gr.), männl., –n: Vogelkundler
**Ornithologie,** (gr.), weibl., nur Sing.: Vogelkunde
**ornithologisch,** (gr.): vogelkundlich
**Ornithophilie,** (gr.), weibl., nur Sing.: vgl. Ornithogamie
**Ornithose,** (gr.), weibl., –n: Infektionskrankheit, die durch Vögel übertragen wird (Med.)
**orogen,** (gr.): durch Bildung von Gebirge entstanden; Gebirge bildend (Geol.)
**Orogenese,** (gr.), weibl., –n: Bildung von Gebirge (Geol.)
**Orographie,** (gr.), weibl., –n: beschreibende Darstellung von Geländeformen der Erdoberfläche (Geogr.)
**Orometrie,** (gr.), weibl., nur Sing.: Ausmessung von Geländeformen der Erdoberfläche (Geogr.)
**orphisch,** (gr.): (nach Orpheus, dem Sänger und mythischen Begründer einer Geheimlehre in der gr. Mythologie) geheimnisvoll, dunkel
**orthodox,** (gr.): 1. zu den orthodoxen Kirchen gehörig, 2. rechtgläubig, strenggläubig, 3. in Übereinstimmung mit der kirchlichen Lehrmeinung, 4. nicht von der Lehrmeinung abweichend, 5. starr, engstirnig, unnachgiebig
**orthodoxe Kirche:** die Ostkirche, die seit 1054 von Rom getrennt ist
**Orthodoxie,** (gr.), weibl., nur Sing.: 1. Recht-, Strenggläubigkeit, 2. Beharren auf der Lehrmeinung, 3. Engstirnigkeit
**Orthodrome,** (gr.), weibl., –n: (in der Nautik:) zwei Punkte auf der Oberfläche der Erdkugel auf kürzestem Wege miteinander verbindender Bogen eines Großkreises, dessen Mittelpunkt mit dem Mittelpunkt der Erdkugel zusammenfällt
**Orthoepie, Orthoepik,** (gr.), weibl., nur Sing.: Lehre von der richtigen Aussprache der Wörter
**Orthogon,** (gr.), sächl., –e: Rechteck
**orthogonal,** (gr.): rechtwinklig; senkrecht
**Orthographie** (auch: Orthografie), (gr.), weibl., nur Sing.: Rechtschreibung
**orthographisch** (auch: orthografisch), (gr.): die Rechtschreibung betreffend, zur Rechtschreibung gehörend
**Orthopäde,** (gr.), männl., –n: Facharzt für Orthopädie
**Orthopädie,** (gr.), weibl., nur Sing.: Fachgebiet der Medizin, das die sich mit der Entstehung, Behandlung und Vorbeugung angeborener oder erworbener Fehler des zur Bewegung nötigen Apparates befasst

**orthopädisch,** (gr.): die Orthopädie betreffend, mit Hilfe der Orthopädie
**Orthopädist,** (gr.), männl., –en: Hersteller orthopädischer Geräte
**Orthoptik,** (gr.), weibl., nur Sing.: Schielbehandlung, Training der Augenmuskulatur (Med.)
**Orthostase,** (gr.), weibl., nur Sing.: aufrechte Körperhaltung (Med.)
**orthotrop,** (gr.): senkrecht wachsend (Bot.)
**Ortolan,** (italien.), männl., –e: zu den Ammern gehörender Finkenvogel
**Os,** (lat.), sächl., Ora: (anatomische Bez. für:) Mund
**Os,** (lat.), sächl., Ossa: (anatomische Bez. für:) Knochen
**Oscar,** (amerik.), männl., –s: für die besten Einzelleistungen im Filmschaffen jährlich verliehener amerikanischer Filmpreis
**Osmium,** (gr.), sächl., nur Sing.: chem. Element, ein Edelmetall (Zeichen: Os)
**Osmose,** (gr.), weibl., nur Sing.: das Eindringen eines Lösungsmittels in eine stärker konzentrierte Lösung durch eine feinporige Membran, durch die nur die kleineren Moleküle des Lösungsmittels hindurchpassen, bis zum Ausgleich der Konzentrationsunterschiede beider Lösungen (Biol.; Chem.)
**osmotisch,** (gr.): die Osmose betreffend, auf Osmose beruhend (Biol.; Chem.)
**Ösophagus,** (gr.), männl., –phagi: Speiseröhre (Med.)
**Ossarium,** (lat.), sächl., Ossarien: Friedhofsgebäude, in dem die Gebeine der Toten aufbewahrt werden, Beinhaus
**Ossifikation,** (lat.), weibl., –en: 1. Bildung von Knochen, Knochenwachstum (Med.), 2. Verknöcherung (Med.)
**Ossuarium,** (lat.), sächl., Ossuarien: vgl. Ossarium
**ostentativ,** (lat.): 1. offensichtlich, augenfällig, 2. zur Schau gestellt; herausfordernd
**Osteoblast,** (gr.), männl., –en: knochenbildende Zelle (Med.)
**Osteoblastom,** (gr.), sächl., –e: vgl. Osteom
**osteogen,** (gr.): von den Knochen stammend (Med.)
**Osteogenese,** (gr.), weibl., –n: Knochenbildung (Med.)
**osteoid,** (gr.): knochenähnlich (Med.)
**Osteologie,** (gr.), weibl., nur Sing.: Lehre von den Knochen (Med.)
**Osteolyse,** (gr.), weibl., –n: Auflösung von Knochengewebe (Med.)
**Osteom,** (gr.), sächl., –e: Geschwulst des Knochengewebes (Med.)
**Osteomalazie,** (gr.), weibl., nur Sing.: Erweichung des Knochengewebes (Med.)
**Osteomyelitis,** (gr.), weibl., –myelitiden: Entzündung des Knochenmarks (Med.)
**Osteopathie,** (gr.), weibl., –n: Knochenleiden (Med.)
**Osteoplastik,** (gr.), weibl., –en: Knochentransplantation (Med.)
**Osteotomie,** (gr.), weibl., –n: chirurgische Knochendurchtrennung (Med.)
**Osteria,** (italien.), weibl., –s: italien. Wirtshaus, Gaststätte
**ostinat(o),** (italien.): beharrlich, hartnäckig wiederholt (Mus.)
**Ostitis,** (gr.), weibl., Ostitiden: Entzündung eines Knochens (Med.)
**Ostrakode,** (gr.), männl., –n: Krebs mit muschelähnlicher Schale
**Ostrakon,** (gr.), sächl., Ostraka: (im antiken Griechenland:) Scherbe eines Tongefäßes (als Schreibunterlage)
**Ostrakismos:** vgl. Ostrazismus
**Ostrazismus,** (gr.), männl., nur Sing.: (im antiken Athen:) Scherbengericht, das über Verbannungsbeschlüsse zu befinden hatte

**Östrogen,** (gr.), sächl., –e: ein weibl. Geschlechtshormon (Med.)
**Oszillation,** (lat.), weibl., –en: 1. Schwingung, 2. Schwankung des Meeresspiegels (Geol.), 3. Bewegung der Erdkruste (Geol.)
**Oszillator,** (lat.), männl., Oszillatoren: Gerät zur Erzeugung elektrischer Schwingungen bzw. Wellen (Phys.)
**oszillieren,** (lat.): pendeln, schwanken; (regelmäßig) schwingen (Phys.)
**Oszillogramm,** (lat.-gr.), sächl., –e: Darstellung eines Schwingungsvorgang
**Oszillograph,** (lat.-gr.), männl., –en: Gerät, das Schwingungsvorgänge aufzeichnet
**Otalgie,** (gr.), weibl., –n: Ohrenschmerz (Med.)
**Otiatrie,** (gr.), weibl., nur Sing.: Ohrenheilkunde (Med.)
**Otitis,** (gr.), weibl., Otitiden: Entzündung im Ohrenbereich (Med.)
**Otitis media:** (Med.) Mittelohrentzündung
**Otologie,** (gr.), weibl., nur Sing.: Ohrenheilkunde
**Otosklerose,** (gr.), weibl., –n: durch zunehmende Verknöcherung der Gehörknochen bedingte Schwerhörigkeit (Med.)
**Otoskop,** (gr.), sächl., –e: Spiegel zum Untersuchen des Innenohrs (Med.)
**Otoskopie,** (gr.), weibl., –n: Untersuchung des äußeren Gehörgangs und des Innenohrs mit dem Otoskop (Med.)
**Ottomane,** (türk.), weibl., –n: niedriges gepolstertes Sofa
**out,** ['aut, engl.]: 1. aus, außerhalb (des Spielfeldes), 2. nicht mehr gefragt, unmodern
**Outback,** ['autbe.k, engl.], sächl., nur Sing.: Wildnis und Wüste des Inneren Australiens
**Outcast,** ['autka:ßt, engl.], männl., –s: Ausgestoßener (aus der Gesellschaft)
**outen,** ['aut(e)n, engl.]: jmd. enttarnen, bloßstellen; (sich o.:) gestehen (v. a. dass man schwul ist)
**Outfit,** ['autfit, engl.], sächl., –s: das Äußere, Kleidung und Aufmachung; Ausrüstung
**Outgroup,** ['autgru:p, engl.], weibl., –s: Menschengruppe, der man sich nicht verbunden fühlt (Gegens.: Ingroup)
**Outing,** ['auting, entl.], sächl., –s: das Bloßstellen, Enttarnen einer Person gegen deren Willen; Geständnis (insbes. schwul zu sein)
**Outlaw,** ['autlo:, engl.], männl., –s: 1. jmd., der außerhalb der Gesellschaft steht, ein Geächteter, 2. jmd., der sich nicht an die Gesetze hält; Verbrecher
**Output,** ['autput, engl.], männl., –s: 1. die Daten, die eine EDV-Anlage liefert, 2. Ausstoß an Waren, 3. Ausgangsleistung eines Verstärkers
**Outsider,** ['autßaid(e)r, engl.], männl., –: Außenseiter
**Outsourcing,** ['autßo:ßing, engl.], sächl.: Auslagerung von Zuständigkeitsbereichen an externe Diesntleistungen innerhalb eines Unternehmens
**Ouvertüre,** [uwer'tü:re, fr.], weibl., –n: instrumentale Einleitung einer Oper, Operette o. Ä.
**Ouzo,** ['u:so, gr.], männl., –s: anishaltiger gr. Branntwein
**oval,** (lat.): eiförmig, länglich rund
**Oval,** (lat.), sächl., –e: ovale Form; ovale Fläche oder Anlage
**Ovarektomie,** (lat.-gr.), weibl., –n: chirurgische Entfernung eines oder beider Eierstöcke
**ovarial,** (lat.): den Eierstock betreffend, zum Eierstock gehörend (Med.)
**Ovarialgravidität,** (lat.), weibl., –en: Eierstockschwangerschaft (Med.)
**Ovarium,** (lat.), sächl., Ovarien: Eierstock; weibl. Keimdrüse (Biol.; Med.)

**Ovation,** (lat.), weibl., –en: begeisterter Beifall
**Overall,** ['o(u)wero:l, engl.], männl., –s: aus einem Stück bestehender Arbeits- oder Schutzanzug
**overdressed,** ['o(u)w(e)rdräßt, engl.]: (für eine bestimmte Gelegenheit) zu vornehm angezogen, zu feierlich gekleidet
**Overdrive,** ['o(u)w(e)rdraif, engl.], männl., –s: (beim Pkw:) Schon-, Schnellgang
**Overflow,** ['o(u)w(e)rflo(u), engl.], männl., nur Sing.: Überlastung eines Datenspeichers (EDV)
**Overheadprojektor,** ['o(u)w(e)rhät.., engl.-lat.], männl., –en: Tageslichtprojektor
**Overkill,** ['o(u)w(e)rkill, engl.], männl., –s: Bewaffnung von Staaten (insbes. mit Atomwaffen), die größer ist als für die Vernichtung des Gegners erforderlich
**Ovidukt,** (lat.), männl., –e: Eileiter (Biol.)
**ovipar,** (lat.): Eier legend (Biol.)
**Oviparie,** (lat.), weibl., nur Sing.: geschlechtliche Fortpflanzung durch Ablage von unentwickelten Eiern (z. B.: bei Insekten; Gegens.: Viviparie; Biol.)
**ovoid,** (lat.): eiförmig
**Ovulation,** (lat.), weibl., –en: Eisprung, das Sichlösen der reifen Eizelle aus dem Eierstock (bei weibl. Säugetieren)
**Ovulum,** (lat.), sächl., Ovula: Ei, Eizelle (Med.; Biol.)
**Ovum,** (lat.), sächl., Ova: vgl. Ovulum
**Oxer,** (engl.), männl., –: (beim Springreiten:) Hindernis aus zwei hintereinander stehenden Barrieren
**Oxid** (nichtfachl. auch: Oxyd), (gr.), sächl., –e: Verbindung eines chem. Elementes mit Sauerstoff
**Oxidation** (nichtfachl. auch: Oxydation), (gr.), weibl., –en: das Oxidieren eines Stoffes (Chem.)
**oxidieren** (nichtfachl. auch: oxydieren), (gr.): sich mit Sauerstoff verbinden, Sauerstoff aufnehmen; verbrennen (Chem.)
**Oxyd:** vgl. Oxid
**Oxydation:** vgl. Oxidation
**oxydieren:** vgl. oxidieren
**Oxygen,** (gr.), sächl., nur Sing.: Sauerstoff (Zeichen: O)
**Oxygenium:** vgl. Oxygen
**Oxymoron,** (gr.), sächl., –mora: rhetorische Figur, die zwei sich scheinbar ausschließende Worte miteinander verbindet (z. B.: beredtes Schweigen)
**Ozean,** (gr.), männl., –e: Weltmeer
**ozeanisch,** (gr.): den Ozean betreffend, zum Ozean gehörend
**Ozeanographie** (auch: Ozeanografie), (gr.), weibl., nur Sing.: Meereskunde
**Ozeanologie,** (gr.), weibl., nur Sing.: vgl. Ozeanographie
**Ozelle,** (lat.), weibl., –n: primitives Sinnesorgan niederer Tiere (Zool.)
**Ozelot,** (indian.), männl., –e oder –s: gefleckte Raubkatze in Süd- und Mittelamerika
**Ozon,** (gr.), männl. oder sächl., nur Sing.: in der Stratosphäre als Schutz vor UV-Strahlen für das Leben auf der Erde nützliche, auf der Erdoberfläche jedoch für menschliche Lungen schädliche Form des Sauerstoffs, dessen Moleküle aus drei Atomen zusammengesetzt sind
**Ozonloch,** (gr.-dt.), sächl., nur Sing.: durch Schadstoffe, insbes. durch Fluorchlorkohlenwasserstoffe (FCKW) verursachte gefährliche Verringerung des Ozongehaltes der Ozonschicht
**Ozonschicht,** (gr.-dt.), weibl., nur Sing.: in der Stratosphäre befindliche Schicht aus Ozon, die den größten Teil der kurzwelligen UV-Strahlung der Sonne zurückhält und einen lebenswichtigen Schutzschild für die Erdoberfläche darstellt

**Ozonosphäre,** (gr.), weibl., nur Sing.: vgl. Ozonschicht

**Ozontherapie,** (gr.), weibl., –n: Verabreichung eines Gemisches aus Ozon und Sauerstoff zu therapeutischen Zwecken (z. B. zur Behandlung von Durchblutungsstörungen; Med.)

# P

**Pace,** [pe:jß, engl.], weibl., nur Sing.: Tempo eines Pferderennens, eines (Langstrecken-)Laufs, einer Jagd, eines Geländerittes u. a.

**Pacemaker,** [pe:jßme:jker, engl.], männl., –s: 1. beim Rennen führendes Pferd, als Tempomacher mitlaufender »Hase« bei Mittel- oder Langstreckenläufen (Leichtathletik), 2. Herzschrittmacher (Med.)

**Packagetour,** ['pä.ketschtu:r, engl.], weibl., –s: von einem Reiseveranstalter organisierte Reise im eigenen Wagen mit vorab gebuchten Stationen

**Pädagoge,** (gr.), männl., –n: Lehrer, berufsmäßiger Erzieher, Wissenschaftler der Pädagogik

**Pädagogik,** (gr.), weibl., nur Sing.: Erziehungswissenschaft

**pädagogisch,** (gr.): erzieherisch, auf Pädagogik beruhend, sie betreffend

**Päderast,** (gr.), männl., –en: Mann mit erotisch-sexueller Vorliebe für Jungen und männl. Jugendliche

**Päderastie,** (gr.), weibl., nur Sing.: homosexuelle Beziehung zwischen Männern und Knaben bzw. männl. Jugendlichen

**Pädiater,** (gr.), männl., –: Kinderarzt

**Pädiatrie,** (gr.), weibl., nur Sing.: Kinderheilkunde

**Pädodontie,** (gr.), weibl., nur Sing.: Kinderzahnheilkunde

**Pädogenese,** (gr.), weibl., nur Sing.: ungeschlechtliche Fortpflanzung im Larvenstadium (Biol.)

**Pädologie,** (gr.), weibl., nur Sing.: Teilgebiet der Pädagogik, das sich mit dem Wachstum und der Entwicklung des gesunden Kindes beschäftigt

**Pädophilie,** (gr.), weibl., nur Sing.: auf Kinder gerichtete (sexuelle) Neigung Erwachsener

**Padre,** (italien. »Vater«), männl., –s: Titel der italien. Ordenspriester

**Padrone,** (italien.), männl., –s: Schutzheiliger, italien. Hausherr, Chef

**Paella,** [pa'elja, span.], weibl., –s: span. Gericht aus Reis mit Fleisch, Fisch, Garnelen und Gemüse

**Paganismus,** (lat.), männl., nur Sing.: 1. Heidentum, 2. heidnisches Element im christl. Brauchtum

**Page,** [pa:sche, fr.], männl., –n: (früher) im Dienst eines Monarchen stehender Jugendlicher, (heute) junger, uniformierter Hoteldiener

**Pagina,** (lat.), weibl., –s oder ..nae: Buchseite, Seitenzahl

**paginieren,** (lat.): mit Seitenzahlen versehen

**Pagode,** (drawid.), weibl., –n: buddhistischer Tempelbau mit mehreren Stockwerken in Ostasien

**Paillette,** [pai'je.te, fr.], weibl., –n: auf Kleidung aufgenähtes glitzerndes Metallblättchen

**pair,** [pä:r, fr.]: Gewinnmöglichkeit beim Roulette auf den geraden Zahlen (Gegens.: impair)

**Pair,** [pä:r, fr.], männl., –s: Angehöriger des ehemaligen fr. Hochadels

**Pakt,** (lat.), männl., –e: Vertrag, Bündnis

**Paläanthropologie,** (gr.), weibl., nur Sing.: Wissenschaft von der Abstammung und Entwicklung des vorgeschichtlichen Menschen

**Paladin,** (fr.), männl., –e: 1. einer der zwölf Begleiter Karls des Großen, 2. Berater, treuer Gefolgsmann
**Palais,** [palä:, fr.], sächl., –: Palast, Schloss
**paläo..., Paläo...,** (gr.): Vorsilbe mit der Bedeutung alt..., ur..., Ur...
**Paläographie,** (gr.), weibl., nur Sing.: Handschriftenkunde; Wissenschaft von den frühen Entwicklungsstadien der Schrift
**Päläolithikum,** (gr.), sächl., nur Sing.: Altsteinzeit
**Paläontologie,** (gr.), weibl., nur Sing.: Lehre von den ausgestorbenen Tieren und Pflanzen vergangener Epochen der Erdgeschichte
**Paläozän,** (gr.), sächl., nur Sing.: älteste Abteilung des Tertiärs (Geol.)
**Paläozoikum,** (gr.), sächl., nur Sing.: Erdaltertum (Geol.)
**Palas,** (fr.), männl., –se: Wohngebäude einer Ritterburg
**palatal,** (lat.): am Gaumen gebildet (von Lauten; Sprachwiss.)
**Palatal,** (lat.), männl., –e: am vorderen Gaumen gebildeter Laut (Sprachwiss.)
**Palatin,** (lat.), männl., –e: 1. mittelalterlicher Pfalzgraf, 2. bis 1849 Stellvertreter des ungarischen Königs, 3. einer der sieben Hügel Roms
**Palatschinke,** (ungar.), weibl., (fast nur Plur.) –n: dünner, zusammengerollter mit Marmelade o. Ä. gefüllter Eierkuchen
**Palatum,** (lat.), sächl., –s: Gaumen (Med.)
**Palaver,** (portug.), sächl., –: ursprüngl. relig. oder gerichtliche Versammlung bei afrikanischen Stämmen; (umg. abschätzig) Geschwätz, endloses überflüssiges Gerede
**palavern,** (portug.): (umg.) verhandeln, (abschätzig) ziellos schwatzen, ohne rechtes Ergebnis hinundherreden
**Palazzo,** (italien.), männl., Palazzi: Palast, großes Stadthaus
**Paletot,** ['pa.leto, fr.], männl., –s: zweireihiger Damen- oder Herrenmantel
**Palette,** (fr.), weibl., –n: 1. meist mit Daumenloch versehenes Mischbrett für Farben, 2. für den Gabelstablertransport eingerichtete Holz- oder Metallplattform für Stückgut, 3. Angebot, Auswahl von Produkten
**paletti,** nur in der Form: alles p.: (umg.) alles in Ordnung, alles okay
**Palindrom,** (gr.), sächl., –e: Wort oder Satz, das/der rückwärts wie vorwärts sinnvoll gelesen werden kann (z. B. Nebel, Reliefpfeiler; bei Liese sei lieb)
**Palingenese,** (gr.), weibl., –n: 1. Wiedergeburt durch Seelenwanderung, sittliche Erneuerung, 2. Wiederholung stammesgeschichtlicher Entwicklungsstufen während der Keimesentwicklung (Biol.), 3. die völlige Aufschmelzung von Gesteinen und Bildung einer neuen Gesteinsschmelze (Geol.)
**Palisade,** (fr.), weibl., –n: Befestigungspfahl; (meist Plur.) Hindernis oder Umzäunung aus angespitzten Pfählen
**Palisander,** (indian.), männl., –: indisch-brasilianisches, rötlich-braunes Edelholz tropischer Bäume
**Palladium,** (lat.), sächl., nur Sing.: chem. Element; dehnbares, silberweißes Edelmetall
**palliativ,** (lat.) schmerzlindernd
**Palliativ,** (lat.) das, –e: Beschwerden lindernde Arznei, die nicht die Krankheit selbst bekämpft (Med.)
**Pallium,** (lat.) das, Pallien: mantelartiger Überwurf im antiken Rom; mittelalterlicher Kaisermantel; (heute) weiße, mit Kreuzen verzierte Schulterbinde als Abzeichen des Ornats der Päpste und Erzbischöfe
**Palme,** (lat.), weibl., –n: baumförmige, fächer- oder fiederblättrige Pflanze mit

unverzweigtem schlankem Stamm in den Tropen und Subtropen; beliebtes symbolisches und heraldisches Zeichen (Sieges-P., Friedens-P.)
**Palmette,** (lat.), weibl., –n: palmblattähnliche, symmetrisches Ornament in der gr. Kunst
**palpabel,** (lat.): tast-, fühl-, greifbar (Med.)
**Palpe,** (lat.), weibl., –n: Taster (u. a. bei Insekten)
**palpieren,** (lat.): abtasten, beklopfend untersuchen (Med.)
**Palpitation,** (lat.), weibl., –en: Herzklopfen, beschleunigter Puls (Med.)
**PAL-System,** (Kurzw. aus **P**hase **A**lternating **L**ine = »phasenverändernde Zeile«), sächl., nur Sing.: Bez. für das seit 1967 in Deutschland u. a. verwendete Übertragungssystem für Farbfernsehen
**Pampa,** (indian.), weibl., –s (meist Plur.): Hartgrassteppe in Argentinien
**Pampelmuse,** (niederl.), weibl., –n: gelbe Zitrusfrucht mit säuerlich bitterem Geschmack, Grapefruit
**Pamphlet,** (engl.), sächl., –e: Flug-, Streit-, Schmähschrift
**Pan,** (poln.), männl., –s: (poln. Anrede:) Herr
**Panade,** (lat.), weibl., –n: Brei aus Semmelbröseln oder Mehl und geschlagenem Eigelb (zum Panieren von Fisch oder Fleisch)
**Panaritium,** (gr.), sächl., Panaritien: Entzündung an den Fingern (Med.)
**panaschieren,** (fr.): Kandidaten mehrerer Parteien oder Listen wählen (z. B. bei Kommunalwahlen in Baden-Württemberg möglich)
**panchromatisch,** (gr.): für alle Farben gleich empfindlich (von Filmen)
**Panda,** (tibet.), männl., –s: 1. Bambusbär, weiß-schwarzer, Bambus fressender Kleinbär des Hochgebirges der chines. Provinz Szetschuan, 2. Katzenbär, rotschwarzer Kleinbär mit weißen Gesichtspartien, der v. a. im östlichen Himalaja heimisch ist
**Pandemie,** (gr.), weibl., –n: große Seuche, die sich über Länder oder weite Landstriche verbreitet
**Pandit,** (sanskr.), männl., nur Sing.: Ehrentitel brahmanischer Gelehrter
**Paneel,** (niederl.), sächl., –e: Holztäfelung der unteren Wandhälfte, vertieft liegendes Feld einer holzgetäfelten Wand
**Panel** ['pä.nel, engl.], sächl., –s: ausgewählte, repräsentative Personengruppe für die Meinungsforschung
**panem et circenses,** (lat. »Brot und Spiele«): urspr. Forderung der altrömischen Massen an die Kaiser; zynische Herrschaftsmaxime, nach der jedes Volk zu jedem Ziel zu lenken ist, wenn es zu essen bekommt und durch einfachste Unterhaltung bei Laune gehalten wird
**Panentheismus,** (gr.), männl., nur Sing.: philosophische Lehre, nach der Gott alles ist und umgekehrt, jedes Teil der Welt also in ihm ruht, aufgehoben ist
**Paneuropa,** (ohne Artikel): politisches Schlagwort für eine künftige politische Einheit der europäischen Staaten
**Panflöte,** (gr.-dt.), weibl., –n: aus bis zu sieben löcherlosen nebeneinander liegenden Flöten bestehendes altgriechisches Musikinstrument (nach Hirtengott Pan)
**Pani,** (poln.), weibl., –s: Herrin, Frau (poln. Anrede)
**Panier,** (fr.), sächl., –e: 1. Banner, Fahne; Wahrzeichen, 2. Wahlspruch
**panieren,** (lat.): Fleisch, Fisch u. a. in einem Brei aus Eigelb und Semmelbrösel (oder Mehl) braten
**Panik,** (gr.), weibl., –en: Angstanfall mit Fluchtimpuls von einzelnen Personen oder Gruppen, der das Denken ausschaltet und überlegtes Handeln nicht mehr zulässt

**panisch,** (gr.): von Furcht überwältigt, wie gelähmt
**Pankarditis,** (gr.), weibl., Pankarditiden: Entzündungen aller Schichten der Herzwand (Med.)
**Pankreas,** (gr.), sächl., nur Sing.: Bauchspeicheldrüse (Med.)
**Panmixie,** (gr.), weibl., –n: Kreuzung guter und schlechter Erbanlagen (Biol.)
**Panoptikum,** (gr.), sächl., ..tiken: Wachsfiguren- oder Kuriositätenkabinett
**Panorama,** (gr.), sächl., Panoramen: 1. Rund- oder Ausblick, 2. Rundgemälde, Rundbild als hinterer Abschluss der Bühne zur Erzeugung einer Landschaftsillusion
**Pansexualismus,** (gr.-lat.), männl., nur Sing.: radikale psychoanalyt. Lehre, nach der Sexualität alle seelischen Vorgänge steuert
**panta rhei,** (gr. »alles fließt«): (angebl.) Ausspruch des altgriechischen Philosophen Heraklit, nach dem Sein in ständiger Bewegung (in ewigem Werden und Vergehen) besteht
**Panter:** eindeutschende Schreibung für Panther
**Pantheismus,** (gr.), männl., nur Sing.: philosophisch-theologische Lehre, nach der Gott in allen Dingen existiert und Gott und All somit identisch sind
**Panther** (auch: Panter), (gr.), männl., –: vgl. Leopard
**Pantoffel,** (fr.), männl., –n: Hausschuh ohne Fersenteil
**Pantograph,** (gr.), männl., –en: Storchschnabel; Gerät zur manuellen maßgerechten Vergrößerung oder Verkleinerung von Zeichnungen, Karten u. a.
**Pantokrator,** (gr.), männl., –ren: (nur Sing.) Titel Gottes und des auferstandenen Christus: (mit Plur.) künstlerische Darstellung des thronenden (Gericht haltenden) Christus
**Pantolette,** (fr.), weibl., –n, (meist Plur.): leichter Sommerschuh ohne Fersenteil
**Pantometer,** (gr.), sächl., –: Winkelmessgerät
**Pantomime,** (gr.), weibl., –n: Gebärdenspiel, wortlose Darstellung einer Handlung (auf der Bühne) nur mit Gebärden, Gesten, Mimik und Tanz)
**Pantomime,,** (gr.), männl., –n: Schauspieler, der in Pantomimen auftritt, mit pantomimischen Mitteln arbeitet
**pantomimisch,** (gr.): mit den Mitteln einer Pantomime, wortlos und nur durch Gebärdensprache
**Pantophage,** (gr.), männl., –n: Allesfresser (Biol.)
**Pantry,** [pä.ntri, engl.], weibl., –s: Speisekammer, Anrichteraum (in Flugzeugen oder auf Schiffen)
**Pänultima,** (lat.), weibl. –s oder –mae: vorletzte Silbe eines Wortes (Sprachwiss.)
**Päonie,** (gr.), weibl., –n: Pfingstrose
**Papa,** (gr.), männl., nur Sing.: Bezeichnung des Papstes; Titel höherer russisch-orthodoxer Geistlicher
**Papa,** (auch Papa), (fr.), männl., –s: (umg., Kindersprache) Vater
**Papagallo,** (italien.), männl., –s und Papagalli: junger einheimischer (v. a. italien.) Mann in südlichen Ländern, der zu Liebesabenteuern mit Touristinnen aufgelegt ist
**Papagei,** (fr.), männl., –en: 1. gelehriger, bunter tropischer Vogel verschiedenster Größe (ca. 300 Arten) mit kräftigen Krallen zum Halten der Nahrung und starkem, gebogenem Oberschnabel, 2. Nachplapperer, jmd., der wie ein Papagei etwas nachspricht, ohne es zu verstehen
**Papalismus,** (gr.), männl., nur Sing.: Grundordnung des römischen Katholizismus, nach der dem Papst die volle Kirchengewalt zukommt (Gegens.: Episkopalismus)

**Paparazzo,** (italien.), männl., (meist Plur.) ..razzi: lästiger Pressefotograf, Sensationsreporter, der Prominente gern in verfänglichen Sitautionen ablichtet
**Papaya,** [pa'pa:ja, span.], weibl., –s: Frucht des Melonenbaums
**Papel,** (lat.), weibl., –n: kleines, flaches Hautknötchen (Med.)
**Paperback,** ['pe:jpe(r)bäk, engl.], sächl., –s: Taschenbuch, Buch mit flexiblem Einband
**Papeterie,** (gr.), weibl., –n: Schreibwarengeschäft
**Papier,** (gr.), sächl., –e: 1. durch Verfilzung von Fasermaterial unter Zusatz von Leim, Farb- und Füllstoffen hergestellter dünner, biegsamer Werkstoff zum Beschreiben, Bemalen, Bedrucken oder Verpacken, 2. Urkunde, Schriftstück, Ausweis, 3. Aktie, Wechsel, Wertpapier
**Papillarschicht,** (lat.-dt.), weibl., –en: obere Schicht der Lederhaut, die mit Papillen versehen ist (Med.)
**Papille,** (lat. »Warze«), weibl., –n: kleine Erhebung in oder an Organen (Brustwarze, Geschmacksknospen u. a.; Med.)
**Papillon,** [papi'jon, fr.], männl., –s: Schmetterling, (übertr.) flatterhafter Mensch
**Papilotte,** [papi'jo:t(e), fr.], weibl., –n: dünner Lockenwickler aus Papier oder Schaumstoff
**Papirossa,**, (russ.), weibl., ..rossi: russische Zigarette mit langem Hohlfilter aus Pappe
**Papismus,** (gr.), männl., nur Sing.: (abschätzig) Papsttum
**Papist,** (gr.), männl., –en: (abschätzig) Anhänger des Papsttums
**Paprika,** (ungar.), männl., –s: südamerikanische Gemüse- und Gewürzpflanze mit vitaminreichen, grünen oder roten Hohlfrüchten; scharfes rotes Gewürz aus der getrockneten Frucht
**Papyrus,** (gr.), männl., Papyri: 1. trop. Sumpfgras, 2. Schriftträger im Altertum (v. a. in Ägypten), der aus dem Mark der Papyrusstängel gewonnen wurde, sowie das daraus bestehende Schriftstück
**Par,** (engl.), sächl., –s: für jedes Loch bestimmte Anzahl von Schlägen bis zum Einlochen (Golf)
**Parabel,** (gr.), weibl., –n: 1. Gleichnis, lehrhafte Dichtung, 2. ein Kegelschnitt, geometrischer Ort aller Punkte, die von einem festen Punkt und einer festen Geraden gleichen Abstand haben (Math.)
**Parabiose,** (gr.), weibl., –n: das Zusammenleben zweier miteinander verwachsener Lebewesen
**Paraboloid,** (gr.), sächl., –e: durch Rotation einer Parabel entstehender Körper (Math.)
**Parade,** (lat.), weibl., –n: 1. Vorbeimarsch von Truppen(teilen), 2. (besonders gekonntes) Abfangen eines Balles durch den Torhüter bei Ballspielen, Abwehr eines Angriffs beim Fechten, Boxen oder im Schach, 3. (im Reitsport) Anhalten eines Pferdes oder Wechsel der Gangart
**paradieren,** (lat.): vorbeimarschieren (von Truppen)
**Paradies,** (gr.), sächl., –e: 1. (nur Sing.) Aufenthaltsort der ersten Menschen vor dem Sündenfall, Garten Eden (im Alten Testament), 2. (nur Sing.) Himmel, Ort des Weiterlebens nach dem Tod in der Vorstellungswelt vieler Religionen, 3. idealer, in den Augen mancher, vieler Menschen zauberhafter Ort für sich oder andere Lebewesen (z. B. Vogel-P.), liebliche Landschaft, wo es einem an nichts fehlt
**Paradigma,** (gr.), sächl., –ta oder Paradigmen: Beispiel, Musterbeispiel in der Sprachlehre

**paradox,** (gr.): in sich widersprüchlich, scheinbar widersinnig
**Paraffin,** (lat.), sächl., –e: wachsähnliche Masse aus vorwiegend gesättigten Kohlenwasserstoffen (u. a. verwendet zur Herstellung von Kerzen; Chem.)
**Paragliding,** ['pa.raglaiding, engl.], das Fliegen von Hängen mit einem fallschirmähnlichen Segel
**Paragraph** (auch: Paragraf), (gr. »das Danebengeschriebene«), männl., –en: Abschnitt in Gesetzbüchern; Passage eines Textes
**Parakinese,** (gr.), weibl., –n: 1. Störung der Muskelabläufe, krankhaft veränderte Koordination der Bewegungen (Med.), 2. erworbene, durch Umweltfaktoren ausgelöste nichterbliche äußere Veränderung eines Lebewesens (Biol.)
**Paralalie,** (gr.), weibl., nur Sing.: Lautverwechslung und Lautentstellung bei bestimmten Formen von Sprachstörung (Med.; Psychol.)
**Paralexie,** (gr.), weibl., –n: Verwechslung gelesener Wörter bei bestimmten Formen der Lesestörung (Med.; Psychol.)
**Paralipomenon,** (gr.), sächl., –pomena: Ergänzung, Nachtrag
**Parallaxe,** (gr.), weibl., –n: 1. Winkel zwischen zwei (Seh-)Strahlen, die von verschiedenem Ort aus auf den gleichen Punkt gerichtet sind (Phys.), 2. Differenz zwischen dem Bildausschnitt im Kamerasucher und dem Ausschnitt auf dem Negativ
**parallel,** (gr.): 1. gleichlaufend, gleiche Richtung, sich nicht (bzw. im Unendlichen) schneidend (Math.), 2. Daten gleichzeitig übertragend oder verarbeitend, Programme zur gleichen Zeit abarbeitend (Gegens.: seriell; EDV), 3. (allg.) flankierend, in der selben Angelegenheit tätig
**Parallele,** (gr.), weibl., –n: 1. zu einer anderen Geraden in immer gleichem Abstand verlaufende Gerade, sich mit einer anderen Gerade nie (bzw. im Unendlichen) schneidende Gerade (Math.) 2. Vergleich, vergleichbarer Sachverhalt
**Parallelismus,** (gr.), männl., Parallelismen: 1. Entsprechung, Gleichförmigkeit, Übereinstimmung, 2. Wort- oder Formulierungswiederholung, ähnlicher Bau von Sätzen oder Satzgliedern (Sprachwiss.)
**Parallelität,** (gr.), weibl., –en: 1. (nur Sing.) Eigenschaft zweier Geraden, sich nie (bzw. im Unendlichen) zu schneiden (Math.), 2. Vergleichbarkeit, Ähnlichkeit
**Parallelogramm,** (gr.), sächl., –e: von paarweise parallelen Seiten begrenztes Viereck (Math.)
**Parallelprojektion,** (gr.), weibl., –en: durch parallele Strahlen auf einer Ebene dargestellter Körper (Math.)
**Paralogie,** (gr.), weibl., –n: 1. Vernunftwidrigkeit, Irrtum, 2. Verwendung falscher Begriffe, Vorbeireden an einer Sache, Verfehlen des Problems (Med.; Psychol.)
**Paralogismus,** (gr.), männl., Paralogismen: Trugschluss
**Paralyse,** (gr.), weibl., –n: völlige Lähmung; fortschreitende Gerhirnerweichung (Med.)
**paralysieren,** (gr.): lähmen; entkräften, unwirksam machen
**Parameter,** (gr.), männl., –: 1. bei Berechnungen verwendete Hilfsgröße, die konstant bleibt oder innerhalb bestimmter Werte schwankt (Math.), 2. Annahme bestimmter Rahmenbedingungen bei Planspielen oder simulierten technischen Prozessen, 3. die Leistungsfähigkeit technischen Geräts (z. B. Motoren) charakterisierende Bestim-

mungsgröße, 4. Schwankungsgröße mit Einfluss auf einen ökonomischen Prozess

**paramilitärisch,** (gr.): militärartig, halbmilitärisch

**Paramnesie,** (gr.), weibl., –n: Erinnerungsstörung (Med.; Psychol.)

**Parang,** (malaiisch), männl., –s: schwertartige Waffe in Südostasien

**Paranoia,** (gr.), weibl., –: mit Wahnvorstellungen einhergehende Geistesgestörtheit (Med.; Psychol.)

**paranoid,** (gr.): der Paranoia ähnlich, an Paranoia grenzend (Med.; Psychol.)

**Paraphage,** (gr.), männl., –n: Tier, das auf einem Wirtstier lebt, es aber weder schädigt noch ihm nützt (Biol.)

**Paraphasie,** (gr.), weibl., –n: leichte Sprachstörung (Vertauschen von Silben, Lauten oder Wörtern; Med.)

**Paraphe,** (gr.), weibl., –n: Namenszug, Namenszeichen, Stempel mit dem Namenszug

**paraphieren,** (gr.): mit dem Namenszug versehen, unterzeichnen (bes. einen Vertrag als Bevollmächtigter unterzeichnen)

**Paraphonie,** (gr.), weibl., –n: 1. Zusammenklingen eines Tones mit seiner Quinte oder Quarte in der antiken Musiklehre, 2. bei Erregung oder während der Stimmbruchzeit auftretendes Überschnappen der Stimme (Med.)

**Paraphrase,** (gr.), weibl., –n: 1. Umschreibung, Wiedergabe eines Wortes oder Sachverhaltes mit anderen Worten, 2. sinngemäße, nicht wörtliche Übersetzung in eine andere Sprache

**Paraplasie,** (gr.), weibl., –n: Missbildung (Med.)

**Paraplegie,** (gr.), weibl., –n: doppelseitige Lähmung der Arme oder Beine (Med.)

**Parapsis,** (gr.), weibl., nur Sing.: Störung des Tastsinns (Med.)

**Parapsychologie,** (gr.), weibl., nur Sing.: mit okkulten, nicht ohne weiteres erklärbaren Erscheinungen und angeblichen übersinnlichen Wahrnehmungen befasstes Gebiet der Psychologie

**Parasche,** (hebr. »Erklärung«), weibl., –n: Thoraabschnitt

**Parasit,** (gr.), männl., –en: 1. Schmarotzer; Lebewesen, das seinen Ernährungsbedarf von anderen bezieht und dadurch zum Schädling wird; (übertr.) Person, die sich von anderen aushalten lässt, 2. Nebenkrater eines Vulkans (Geol.)

**parasitär,** (gr.): schmarotzerisch

**Paraski,** (gr.-norweg.), männl., nur Sing.: aus Fallschirmspringen und Riesenslalom bestehende Wintersportart

**Parasol,** (lat.), männl., –e: 1. (veraltet) Sonnenschirm, 2. schmackhafter Blätterpilz

**Parästhesie,** (gr.), weibl., –n: gestörte Körperempfindung (z. B. Kribbeln, Einschlafen der Gliedmaßen; Med.)

**Parasympathikus,** (gr.), männl., Parasympathizi: Teil des vegetativen Nervensystems (Gegens.: Sympathikus; Med.)

**parat,** (lat.): bereit, gerüstet, fertig

**Parataxe,** (gr.), weibl., –n: in der Grammatik Bez. für die Beiordnung von Sätzen durch Konjunktionen wie »und« oder »denn« (Gegens.: Hypotaxe; Sprachwiss.)

**Paratyphus,** (gr.), männl., nur Sing.: typhusähnliche, aber weniger gefährliche Darmkrankheit (Med.)

**Paravariation,** (gr.), weibl., –en: Eigenschaft, die nicht genetisch bedingt, sondern durch Umwelteinflüsse erworben wird (Biol.)

**paravenös,** (lat.): neben einer Vene (z. B. bei Injektionen; Med.)

**Paravent,** ['pa.ravan, fr.], männl., –s: Wind-, Ofen-, Wandschirm, span. Wand

**paravertebral,** (gr.): neben einem Wirbel (z. B. Eingriffen; Med.)
**par avion,** [par aw'jon, fr.]: mit Luftpost
**Parazentese,** (gr.), weibl., –n: Durchstechen des Trommelfells bei Mittelohrvereiterung (Med.)
**Parcours,** [par'ku:r, fr.], männl., –: abgesteckte Hindernisbahn für Springprüfungen im Reitsport
**par distance,** [par dis'tanß, fr.]: mit Abstand
**pardon!,** [par'don, fr.]: Verzeihung!; Entschuldigung!
**Parenchym,** (gr.), sächl., –e: pflanzliches und tierisches Grundgewebe; Fellgewebe, in das die Organe eingebettet sind (Biol.)
**Parentalgeneration,** (lat.), weibl., –en: in der Vererbungslehre die Elterngeneration (Biol.)
**parenteral,** (gr.): den Verdauungskanal umgehend (z. B. Arzneimittel, die nicht oral genommen, sondern eingespritzt werden; Med.)
**Parenthese,** (gr.), weibl., –n: eingeschobener Satz oder Redeteil sowie die Klammern oder Gedankenstriche, die einen solchen Satz oder Redeteil einschließen (Sprachwiss.)
**Parergon,** (gr.), sächl., ..erga: (veraltete) Beiwerk, gesammelte kleinere Schriften eines Autors
**paretisch,** (gr.): teilweise gelähmt (Med.)
**par excellence,** [par äxe'lanß, fr.]: vorzugsweise, vor allem anderen; schlechthin; in ganz besonderem Grade; im wahrsten Sinne des Wortes
**Parforcejagd,** [par'fo.rß..., fr.], weibl., –en: Hetzjagd mit Pferden und Meute
**Parfum** [par'fön, fr.]: vgl. Parfüm
**Parfüm,** (fr.), sächl., –e und –s: Riechstoff mit einem anhaltenden typischen Eigengeruch, ein Kosmetikum
**Parfümerie,** (fr.), weibl., –n: Parfüm und andere Kosmetikartikel führendes Fachgeschäft
**parfümieren,** (fr.): sich mit Parfüm betupfen oder besprühen
**Paria,** (tamil.), männl., –s: 1. Angehöriger der niedrigsten Kaste in Indien, 2. gesellschaftlich Geächteter
**parieren,** (lat.): 1. (im Reitsport) ein Pferd anhalten oder in eine andere Gangart wechseln, 2. einen Angriff (gegnerischen Stoß oder Schlag) abwehren (z. B. im Fechten oder Boxen), 3. (umg.) gehorchen, wie gewünscht funktionieren
**Parität,** (lat.), weibl., –en: 1. Gleichstellung oder -berechtigung, Verteilung nach Anteil (z. B. Drittel-P. von Dozenten, Studenten und Angestellten einer Hochschule in der Selbstverwaltungsgremien), 2. im Wechselkurs ausgedrücktes Austauschverhältnis zweier Währungen
**paritätisch,** (lat.): gleichberechtigt
**Parka,** (eskimo.), männl., –s: langer, gefütterter Anorak mit Kapuze
**Park-and-ride-System,** ['pa:k(ä)n(d)'raid..., engl.), sächl., –e: Abstellen des Autos und Umsteigen in ein öffentliches Verkehrsmittel in den Außenbezirken zur Entlastung des Innenstadtverkehrs
**Parkett,** (lat.), sächl., –e: 1. getäfelter Fußboden aus Hartholz, 2. im Theater oder Kino der zu ebener Erde gelegene vordere Zuschauerraum
**Parkinsonismus,** männl., Parkinsonismen: Schüttellähmung (benannt nach dem engl. Arzt J. Parkinson 1755 – 1824)
**Parlament,** (gr.), sächl., –e: Volksvertretung, gesetzgebende Körperschaft sowie ihr Tagungsgebäude
**Parlamentär,** (gr.), männl., –e: Unterhändler zwischen Krieg führenden Parteien, Vermittler

**Parlamentarier,** (gr.), männl., –: Mitglied eines Parlaments, Abgeordneter
**parlamentarisch,** (gr.): vom Parlament ausgehend, mit dem/durch das Parlament
**Parlamentarismus,** (gr.), männl., nur Sing.: demokratische Regierungsform, in der das Parlament die Regierung kontrolliert
**parlando,** (italien.): halb sprechend, halb singend (Mus.)
**Parlando,** (italien.), sächl., –di: Sprechgesang (mus.)
**parlieren,** (fr.): in einer fremden Sprache reden, sich locker unterhalten, plaudern
**Parmesan,** männl., –s: Hartkäse (benannt nach der italien. Stadt Parma)
**Parnass,** (nach dem Gebirge in Mittelgriechenland), männl., nur Sing.: Berg der Musen, Reich der Dichtkunst
**Parodie,** (gr.), weibl., –n: satirische, komödiantische oder scherzhafte Nachahmung, karikierende Verspottung
**parodieren,** (gr.): karikierend verspotten, übertreibend nachahmen
**Parodist,** (gr.), männl., –en: jmd., der etwas parodiert
**Parodontitis,** (gr.), weibl., Parodontitiden: Zahnbettentzündung (Med.)
**Parodontose** (gr.), weibl., –n: krankhafte Rückbildung des Zahnfleisches (Med.)
**Parole,** (gr.), weibl., –n: 1. Kennwort, Losung (zur Unterscheidung von Freund und Feind), 2. Wahlspruch, Leitspruch
**Paroli,** (lat.), sächl., –s: (nur in der Formel) P. bieten: Widerstand entgegensetzen, eine Herausforderung annehmen
**Paronychie,** (gr.), weibl., –n: eitrige Entzündung des Nagelbetts (Med.)
**Parorexie,** (gr.), weibl., –n: ungewöhnliche Essgelüste (u. a. in der Schwangerschaft; Med.)
**Parosmie,** (gr.), –n: Störung des Geruchssinns (Med.)
**Parotis,** (gr.), weibl., Parotiden: Ohrspeicheldrüse (Med.)
**Parotitis,** (gr.), weibl., Parotitiden: Entzündung der Ohrspeicheldrüse (Mumps, Ziegenpeter; Med.)
**Paroxysmus,** [par'okßüßmus, gr.], männl., –men: 1. plötzliche Verschlimmerung einer Erkrankung (Med.), 2. intensivierte Tätigkeit eines Vulkans (Geol.)
**Part,** (lat.), männl., –s: 1. Anteil, 2. die Einzelstimme in einem Instrumental- oder Vokalwerk (Mus.), 3. Rolle (z. B. in einem Schauspiel)
**Partei,** (lat.), weibl., –en: 1. programmatisch fundierte Organisation von Personen mit ähnlichen politischen Ansichten und Zielen, 2. Mieter in einem Mietshaus, 3. die einem Prozess gegeneinander stehenden Gruppen oder Einzelpersonen (Kläger – Beklagter, Verteidigung – Staatsanwaltschaft)
**parterre,** [par'tä.r, fr.]: zu ebener Erde; (umg.) am Boden (liegend)
**Parterre,** [p artärr, fr. ), sächl., –s: 1. Erdgeschoss, 2. Plätze im Zuschauerraum hinter dem Parkett des Theaters
**Parthenogenese,** (gr.), weibl., –n: 1. Jungfernzeugung, Entwicklung der Eizelle ohne vorangegangene Befruchtung (Biol.), 2. Jungfrauengeburt eines Gottes (z. B. Christi) oder Heiligen als Zeichen eines unbegreiflichen Wunders
**Partialobligation,** (lat.), weibl., –en: Teilschuldverschreibung
**Partie,** (lat.), weibl., –n: 1. Abschnitt, Teil, 2. Anzahl von Waren, 3. (veraltet) Ausflug (z. B. Land-P.), 4. einzelner Wettkampf (z. B. im Schach), 5. wirtschaftliche Qualität einer Heiratsmöglichkeit (eine gute P. machen)
**partiell,** [parz'jä.l, lat.]: teilweise, auf ein Teilgebiet bezüglich

**Partikel,** (lat.), weibl., –n: 1. Teilchen, Materieteilchen, Stück, 2. Wort, das nicht gebeugt werden kann (Adverb, Präposition, Konjunktion; Sprachwiss.)
**partikular,** (lat.): einzeln, auf einen Teil bezüglich
**Partikularismus,** (lat.), männl., nur Sing.: Streben nach Autonomie oder Unabhängigkeit gegenüber einer Zentralgewalt
**Partisan,** (lat.), männl., –en: bewaffneter Widerstandskämpfer ohne Kombattantenstatus in einem von einem Feind besetzten Gebiet
**partitiv,** (lat.): teilend, die Teilung bezeichnend oder betreffend
**Partitur,** (lat.), weibl., –en: synoptische Aufzeichnung sämtlicher Stimmen einer Vokal- und/oder Instrumentalkomposition (Mus.)
**Partizip,** (lat.), sächl., –ien: Mittelwort, in zwei Formen – dem Präsens (1. P.) oder Perfekt (2. P.) zugeordnete – vom Verb abgeleitete adjektivische Wortart, die grammatisch auch wie ein Adjektiv behandelt wird (Sprachwiss.)
**Partizipation,** (lat.), weibl., –en: Beteiligung, Teilnahme an einem Geschäft
**partizipieren,** (lat.): an etwas teilhaben
**Partnerlook,** [...lu:k, dt.-engl.], männl., –s: in Schnitt, Farbe und Muster ähnliche oder gleiche Kleidung eines Paares (Geschwister, Lebensgefährten u. a.)
**partout,** [par'tu:, fr.]: unbedingt, um jeden Preis
**Partus,** (lat.), männl., –: Geburt (Med.)
**Party,** ['pa:ti, engl.], weibl., –s: kleine, zwanglose Feier (meist mit Tanz, zuweilen auch mit Spielen)
**Parusie,** (gr.), weibl., nur Sing.: 1. Wiederkunft Christi beim Jüngsten Gericht, 2. in der Philos. Platons die Anwesenheit der Ideen in den Dingen
**Parvenü,** [parwe'nü:, fr.], männl., –s: Neureicher, Emporkömmling
**Parzelle,** (lat.), weibl., –n: kleine (landwirtschaftlich oder gärtnerisch genutzte) Landfläche, Grundstück
**parzellieren,** (lat.): in Parzellen aufteilen
**Pas,** [pa., fr.], männl., – [pa.ß]: Tanzschritt
**Pasch,** (lat.), männl., –e und Päsche: 1. Wurf mit gleicher Augenzahl auf zwei oder mehr Würfeln, 2. Dominostein mit Doppelzahl (gleicher Augenzahl auf beiden Hälften)
**Pascha,** (türk.), männl., –s: in der Türkei vor 1918 Titel höherer Beamter und Offizier; (übertr.) herrischer Mann, der in Frauen Dienerinnen sieht und sich von ihnen verwöhnen lässt
**paschen,** (hebr.): schmuggeln
**Pas de deux,** [pa. de 'dö:, fr.], männl., –: Solo-Balletttanz für ein Paar, Tanzduett
**Paso doble,** (span.), männl., –: schneller, gradtaktiger span. Gesellschaftstanz
**Paspel,** (fr.), weibl., –n: Vorstoß, schmaler, farblich abgesetzter Zierstreifen an den Nähten von Kleidungsstücken
**paspellieren,** (fr.): mit Paspeln verzieren
**Pasquill,** (italien.), sächl., –e: anonyme Schmähschrift
**passabel,** (lat.): gangbar, leidlich, erträglich
**Passage,** [pa'ßa:sche, lat.-fr.], weibl., –n: 1. Durchgang, überdachte Ladenstraße, 2. Überfahrt (auf Schiffen), 3. Gangart der Hohen Schule in der Dressur (Reitsport)
**Passagier,** [paßa'schi:r, lat.-fr.], männl., –e: Reisender, Fahr-, Fluggast
**Passah,** (hebr.), sächl., nur Sing.: zur Erinnerung an den Auszug aus Ägypten begangenes achttägiges jüdisches Fest
**Passant,** (lat.), männl., –en: Fußgänger, Vorübergehender, Durchreisender

**Passat,** (niederl.), männl., –e: gleichmäßiger, äquatorwärts wehender tropischer Wind zwischen Nordost und Südost wechselnd (Meteorol.)
**passee** (auch: passé), [pa'ße:, lat.-fr.]: vergangen, vorbei, abgetragen
**Passepartout,** [paßpar'tu:, fr.], sächl., –s: 1. (zusätzlicher) Wechselrahmen aus Karton für Bilder, 2. Hauptschlüssel einer Schließanlage, 3. Pass, Passierschein
**passieren,** (lat.): 1. vorübergehen, durchqueren, vorbeireisen, 2. sich zutragen, zustoßen, sich ereignen, 3. durch ein Sieb oder Tuch rühren, zu Brei pressen
**Passiflora,** (lat.), weibl., –ren: Passionsblume, eine Kletterpflanze
**passim,** (lat.): da und dort, stellenweise, zerstreut (z. B. von Zitaten)
**Passion,** (lat.), weibl., –en: 1. Leidenschaft, leidenschaftliche Hingabe, Eifer, 2. Leidensweg und Erlösertod Christi sowie die diesem Geschehen gewidmete Zeit im Kirchenjahr
**passionato,** (lat.): leidenschaftlich (Mus.)
**passioniert,** (lat.): für etwas begeistert, leidenschaftlich
**passiv,** (lat.): 1. leidend, untätig, duldend, auf Anstöße von außen wartend, 2. die Leideform des Verbs betreffend, in der Leideform (Sprachwiss.)
**Passiv,** (lat.), sächl., –e: Aktionsform des Verbs, die ausdrückt, dass etwas mit dem Subjekt geschieht, das nicht selbst handelt, sondern Objekt einer Handlung ist; Leideform (Gegens.: Aktiv)
**Passiva, Passiven,** (lat.), weibl., Plur.: Schulden, Verbindlichkeiten; die Posten auf der rechten Seite einer Bilanz
**Passivität,** (lat.), weibl., nur Sing.: 1. Untätigkeit, Trägheit, 2. mangelnde chem. Reaktionsfähigkeit
**Passus,** (lat.), männl., Passus: Abschnitt, Schriftstelle, Abschnitt, Absatz (eines Textes)
**Passwort,** (lat.-dt.), sächl., ..wörter: Schlüsselwort für Dateien, Programme, Netzzugang (EDV)
**Pasta:** vgl. Paste
**Pasta asciutta,** ['pa.staschu:ta, italien.], weibl., – asciutte: italien. Nudelgericht mit Tomatensoße, Hackfleisch und geriebenem Parmesankäse
**Paste,** (gr.), weibl., –n: streichbare, dickliche Masse
**Pastell,** (gr.), sächl., –e: Farbstiftmalerei mit hellen, blassen Farben
**Pastete,** (gr.), weibl., –n: 1. gebackene Blätterteighülle mit Fleisch-, Fisch- oder Gemüsefüllung, 2. sehr feine Leberwurst
**Pasteurisation,** [paßtö:risaz'jo:n, fr.], weibl., –en: Haltbarmachung und Entkeimung von Lebensmitteln (z. B. Milch) durch kurzes Erhitzen (benannt nach dem fr. Chemiker Pasteur, 1822 – 1895)
**pasteurisieren,** [paßtö:ri'si:ren, fr.]: Lebensmittel durch kurzes Erhitzen entkeimen und haltbar machen
**Pasticcio,** [pas'ti.tscho, italien.], sächl., –s oder ..cci: 1. Fälschung eines Bildes durch Nachahmung der Manier des Künstlers, 2. Barockoper, die aus Teilen anderer Werke zusammengesetzt ist; Flickoper (Mus.)
**Pastille,** (lat.), weibl., –n: Kügelchen, Pille
**Pastinak,** (lat.), männl., –e: vgl. Pastinake
**Pastinake,** weibl., –n: Gemüsepflanze mit essbarer Wurzel
**Pastor,** (lat.), männl., –en: evang. Geistlicher, Pfarrer
**pastoral,** (lat.): idyllisch, aus dem Hirtenmilieu; seelsorgerisch, feierlich, würdig, salbungsvoll
**Pastorale,** (lat.), weibl., –n: 1. Hirtenmusik, idyllisches ländliches Musikstück, 2. Schäferspiel (Lit.), 3. malerische Gestaltung ländlichen Lebens

**Pastorat,** (lat.), sächl., e: Pfarrhaus, -amt, -bezirk
**pastos,** (gr.): dickaufgetragen (von den Farben eines Gemäldes)
**pastös,** (gr.): teigig, aufgeschwemmt, aufgedunsen (Med.)
**Patchwork,** [pätsch'wö:k, engl.], sächl., nur Sing.: aus vielen bunten Stoff- oder Lederteilchen zusammengesetzter Kleider- oder Deckenstoff
**Patella,** (lat.), weibl., Patellen: Kniescheibe (Med.)
**Patellarreflex,** (lat.), männl., –e: reflektorische Streckung des Kniegelenks beim Schlag auf die Patellarsehne (Med.)
**Patene,** (gr.), weibl., –n: Hostienteller beim Abendmahl
**patent,** (lat.): (umg.) tüchtig, geschickt, praktisch, brauchbar; nett, schneidig
**Patent,** (lat.), sächl., –e: 1. Schutz(brief) für das Recht der alleinigen (gewerblichen) Nutzung einer Erfindung, 2. Urkunde über den Erwerb einer beruflichen Befähigung (z. B. Offiziers-P.)
**patentieren,** (lat.): 1. eine Erfindung durch ein Patent vor Imitation und unerlaubter Fremdnutzung schützen lassen, 2. die Bearbeitbarkeit eines Stahldrahts durch Bleibad verbessern
**Pater,** (lat. »Vater«): Geistlicher, der einem Orden angehört
**Paternalismus,** (lat.), männl., nur Sing.: »väterliche« Bevormundung (z. B. durch Staat oder Arbeitgeber), Gängelung eines Staates durch eine Großmacht
**paternalistisch,** (lat.): bevormundend
**Paternoster,** (lat.), sächl., –: das Gebet »Vater unser« in lat. Sprache
**Paternoster,** (lat.), männl., –: ständig umlaufender (wie eine Gebetslitanei) und in jedem Stockwerk während der Fahrt besteigbarer Personen- oder Warenaufzug mit Fahrkörben
**Pathetik,** (gr.), weibl., nur Sing.: übertriebener, übersteigerter Gefühlsausdruck
**pathetisch,** (gr.): feierlich, gefühl- und ausdrucksvoll; (abschätzig) übertrieben, rührselig
**pathogen,** (gr.), weibl., –n: krankheitserregend (Med.)
**Pathologe,** (gr.), männl., –n: Facharzt für Pathologie (Med.)
**Pathologie,** (gr.), weibl., –n: 1. Teilgebiet der Medizin, das sich mit den Krankheiten, ihren Ursachen, ihrer Entstehung und ihren Folgen für den Körper beschäftigt, 2. pathologische Abteilung eines Krankenhauses
**pathologisch,** (gr.): 1. die Pathologie betreffend, zu ihr gehörig, 2. krankhaft
**Pathopsychologie,** (gr.), weibl., nur Sing.: Lehre von den seelisch bedingten Krankheiten und ihrem Verlauf
**Pathos,** (gr.), sächl., nur Sing.: gefühlsgeladener Stil, feierlich-dynamische Darstellungsweise; zur Schau gestelltes Ergriffensein, Leidenschaft
**Patience,** [paß'janß, fr.], weibl., –n: von einer (seltener von mehreren) zu spielendes Geduldsspiel mit Karten
**Patiens,** (lat.), sächl., nur Sing.: (Akkusativ-)Objekt, auf das sich die durch das Prädikat ausgedrückte Handlung richtet (Sprachwiss.)
**Patient,** (lat.), männl., –en: kranker oder sich für krank haltender Klient eines Arztes; zu Behandelnder, Mensch als Pflegefall
**Patina,** (italien.), weibl., nur Sing.: Überzug auf kupferhaltigen Gegenständen, Grünspan, Edelrost; Alterszeichen, durch häufigen Gebrauch geprägte Oberfläche
**patinieren,** (italien.): mit künstlicher Patina überziehen
**Patio,** (span.), männl., –s: Innenhof eines span. Landhauses

**Patisserie,** (gr.), weibl., –n: Feingebäck sowie der dieses herstellende Betrieb, Konditorei
**Patriarch,** (gr.), männl., –en: 1. Stammvater im Alten Testament, 2. in der griechisch-(bzw. russisch-)orthodoxen Kirche Titel von Bischöfen, 3. würdiger, alter Mann, 4. Familiendespot
**patriarchalisch,** (gr.): 1. väterlich, in der Art eines Patriarchen, 2. ehrwürdig, 3. als Familienvater dominierend, auf die Rolle als Familienoberhaupt pochend
**Patriarchat,** (gr.), sächl., –e: 1. Vaterherrschaft, vaterrechtliche Gesellschaftsform (Gegens.: Matriarchat), 2. in der Ostkirche Amtsbereich eines Patriarchen
**patriarchisch,** (gr.): auf dem Patriarchat beruhend
**Patrimonium,** (lat.), sächl., ..nia: väterliches Erbgut in der römischen Rechtstradition
**Patriot,** (gr.), männl., –en: vaterländisch gesonnener Mensch, (abschätzig) unkritischer Nationalist
**patriotisch,** (gr.): vaterländisch gesinnt, vom Patriotismus geprägt
**Patriotismus,** (gr.), männl., nur Sing.: Vaterlandsliebe, starke Identifikation mit den Traditionen und kulturellen Werte des eigenen Volkes; (abschätzig) Heimattümelei, Nationalist
**Patristik,** (lat.), weibl., nur Sing.: Wissenschaft von den Schriften und Lehren der Kirchenväter
**Patrize,** (lat.), weibl., –n: Stempel, Prägestock, (Gegens.: Matrize)
**Patrizier,** (lat.), männl., –: 1. Angehöriger des altrömischen Adels, 2. wohlhabender, vornehmer Bürger in den mittelalterlichen Städten
**Patron,** (lat.), männl., –e: 1. Schutzheiliger, 2. Gönner, Stifter einer Kirche, 3. Reeder und Handelsherr; (übertr.) hoher Funktionär der Mafia, 4. (abschätzig) unangenehm-seltsamer Zeitgenosse
**Patronage,** [patro'na:sch, lat.-fr.], weibl., –n: Protektion, Förderung; (abschätzig) Vetternwirtschaft
**Patronat,** (lat.), sächl., –e: 1. altrömische Schutzherrschaft (über Personen und Sachen), 2. Recht eines Kirchenstifters (oder seiner Nachkommen), 3. Schirmherrschaft
**Patrone,** (lat.), weibl., –n: 1. mit Sprengstoff gefüllte und mit Zündvorrichtung versehene Metallhülse als Ladung für Feuerwaffen, 2. Flasche für den Zusatz von Kohlendioxid (Kohlensäure) in gezapften Getränken (Gas-P.), 3. lichtundurchlässige Filmkassette für Kameras
**Patronin,** (lat.), weibl., –nen: Schutzheilige, Schutzherrin
**Patrouille,** [pa'tru.lje, fr.], weibl., –n: Erkundungs-, Spähtrupp, Streife
**patrouillieren,** [patru'li:ren, fr.]: Patrouille gehen, auf Wache gehen, (einen Geländeabschnitt) in regelmäßigen Abständen abschreiten
**Patschuli,** (tamil.), sächl., –s: zu den Lippenblütlern gehörende vorderindische Pflanze, deren Blüten das Patschuliöl für die Parfümherstellung liefern
**patt,** (fr.): im Schach eine Stellung, in der kein Zug mehr möglich ist, der nicht ins Schach führt, eine Remis-Stellung
**Patt,** (fr.), sächl., –s: 1. als remis geltende Schlussstellung im Schach, 2. Situation, aus der keiner von zwei Kontrahenten einen Vorteil ziehen kann
**Pattern** ['pä.tern, engl.], sächl., –s: Muster, Struktur, Schema, Denkmodell, Schablone
**pauperieren,** (lat.): kümmerlich wachsen (Bot.)
**Pauperismus,** (lat.), männl., nur Sing.: Massenarmut, Zustand größter Verelendung

**pauschal:** in Bausch und Bogen, ungenau
**Pauschale,** weibl., –n: ohne Abrechnung der einzelnen Leistungen oder Aufwendungen für alle zusammen vereinbarter und/oder vergüteter Betrag
**pauschalieren:** gesammelt berechnen und/oder zahlen, eine Summe runden
**pauschalisieren:** pauschal betrachten, undifferenziert urteilen, über einen Kamm scheren
**Pause,** (gr.), weibl., –n: Rast, Unterbrechung einer Arbeit
**Pause,** (fr.), weibl. –n: Durchzeichnung auf durchscheinendem Papier; durch Lichteinwirkung auf lichtempfindlichem Papier entstandene Vervielfältigung (Licht-P.)
**pausen,** (fr.): durchzeichnen, eine Kopie machen
**pausieren,** (gr.): ruhen, zeitweilig aufhören, die Arbeit unterbrechen
**Pavane,** [pa'wa:n(e), italien.-fr.], weibl., –n: langsamer Schreittanz, Reigentanz (16./17. Jh.); Beginnsatz der Suite (Mus.)
**Pavian,** (niederl.), männl., –e: Gattung afrikanischer Affen mit hundeähnlichem Kopf und großen blauroten Gesäßschwielen
**Pavillon,** ['pa.wil'jon, fr.], männl., –s: Gartenhäuschen (mit zeltartigem Dach); Vorbau eines größeren Gebäudes, Nebengebäude; Einzelbau (z. B. Messe-P.)
**Pavor,** (lat.), männl., nur Sing.: Schreck, Angst (Med.) (z. B. P. nocturnus: bei Kindern häufiges nächtliches Hochschrecken aus dem Schlaf)
**Pax,** (lat.), weibl., nur Sing.: Friede, Friedensgruß
**Payingguest,** ['pe:jinggest, engl.], männl., –s: zahelnder mit einer Familie zusammenlebender Gast
**Pay-TV,** ['pe:jti:wi:], sächl., nur Sing.: nur gegen Bezahlung zu empfangendes Fernsehprogramm
**Pazifik,** (lat.), männl., nur Sing.: Pazifischer Ozean (Stiller Ozean)
**Pazifismus,** (lat.), männl., nur Sing.: 1. Ablehnung jeglicher (kriegerischer) Gewalt; Bestreben, den Frieden um jeden Preis (auch den der eigenen Demütigung und Unterwerfung) zu bewahren, 2. im 19. Jh. aufgekommene politische Richtung mit einem vom P. (1) geprägten Programm
**PC,** männl., –s: Abk. für Personalcomputer
**Peanuts,** ['pi:nats, engl. »Erdnüsse«], Plur.: Kleinigkeiten, geringer Geldbetrag
**Pedal,** (lat.), sächl., –e: Vorrichtung zur Übertragung von Bewegung mit dem Fuß: Fußstück, Tretwerk (z. B. des Fahrrads), Fußhebel (an Maschinen, Kraftfahrzeugen); Fußklaviatur der Orgel, Fußhebel an der Harfe
**Pedant,** (lat.), männl., –en: Kleinigkeits- und Umstandskrämer; kleinlicher, übertrieben genauer und ordentlicher Mensch
**Pedanterie,** (lat.), weibl., –n: übertriebene Genauigkeit und Ordnungssucht
**pedantisch,** (lat.): übergenau, pingelig, überordentlich
**Pedell,** (dt.), männl., –e: Schul- oder Hochschuldiener, Hausmeister
**Pedikulose,** (lat.), weibl., –n: Läusebefall beim Menschen sowie davon ausgelöste Krankheiten (Med.)
**Pediküre,** (lat.), weibl., –n: Fuß- und Fußnagelpflege
**pediküren,** (lat.): Fußnägel pflegen
**Pediment,** (lat.), sächl., –e: Sandflächen vor Gebirgen in Halbwüsten und Wüsten (Geol.)
**Pedologie,** (gr.), weibl., nur Sing.: Bodenkunde (Geol.)

**Pedometer,** (lat.), sächl., –: Schrittmesser, Schrittzähler

**Peeling,** ['pi:ling, engl.], sächl., –s: Schälung der Gesichtshaut zur Beseitigung von Härchen und Hautunreinheiten in der Kosmetik

**Peepshow,** [pi:pscho:, engl.], weibl., –s: Zurschaustellung einer nackten, sich räkelnden Frau, die nach Münzeinwurf durch ein einseitig durchsichtiges Fenster beobachtet werden kann

**Peer,** [pi:r, engl.], männl., –s: Angehöriger des engl. Hochadels; Oberhausmitglied

**Peergroup** (auch: Peer Group), ['pi:rgru:p, engl.]: in der Soziol. und Jugendpsychol. Bez. für die außerfamiliäre Gruppe von Gleichaltrigen, die großen Einfluss auf Kinder und Jugendliche während des Heranwachsens gewinnt

**Pegasus,** (gr.), männl., nur Sing.: 1. geflügeltes Pferd in der gr. Mythologie: Sinnbild der dichterischen Phantasie, 2. Sternbild des nördlichen Himmels

**Pege,** (gr.), weibl., –n: kalte Quelle (Wassertemperatur geringer als 20 °C)

**Peies,** (hebr.), weibl., Plur.: Schläfenlocken der orthodoxen Juden

**Pejoration,** (lat.), weibl., –en: sich ins Negative wendende Bedeutung eines Wortes im Verlauf der Sprachentwicklung (z. B. gefälligst = früher: netterweise – heute: verdammt [nochmal]); Sprachwiss.)

**pejorativ,** (lat.): abwertend, im negativen Sinne

**Pekari,** (karib.-fr.), sächl., –s: amerikanischer wildschweinähnlicher Paarhufer (Nabelschwein)

**Pekinese,** männl., –n: chines. Zwerghund mit eingedrückter Schnauze (nach der Hauptstadt Peking benannt)

**Pekoe** ['pä.ko(u), chines.-engl.], männl., –s: ind. Teesorte aus dünnen Blättern oder Blattspitzen

**Pektin,** (gr.), sächl., –e: gelierender Pflanzenstoff in Früchten, Wurzeln u. a. (Bot.)

**pektoral,** (lat.): die Brust betreffend (Med.)

**Pektorale,** (lat.), sächl., –s: Brustkreuz hoher Geistlicher in der kathol. Kirche

**pekuniär,** (lat.): geldlich, hinsichtlich des Geldes, finanziell

**Pelade,** (lat.), weibl., –n: krankhafter Haarausfall (Med.)

**Pelagial,** (gr.), sächl., nur Sing.: 1. Lebenswelt offener Meere und Binnenseen (Biol.), 2. Region des freien Meeres (Geol.)

**pelagisch,** (gr.): 1. im Pelagial lebend, 2. zum tieferen untermeerischen Boden gehörend (Geol.)

**Pelargonie,** (gr.), weibl., –n: Zierpflanze mit leuchtenden Blüten

**Pelerine,** (lat.), weibl., –n: weiter, ärmelloser Umhang

**Pelikan,** (gr.), männl., –e: tropischer und subtropischer Schwimmvogel mit kräftigem Körper und großem Kehlsack

**Pellagra,** (lat.), sächl., nur Sing.: Vitaminmangelkrankheit (Med.)

**Pelota,** (span.), weibl., nur Sing.: Ballspiel, das v. a. im Baskenland verbreitet ist

**Pemmikan,** (indian.), männl., nur Sing.: 1. durch Trocknung haltbar gemachtes, gestampftes Bisonfleisch, Dauerproviant der nordamerikanischen Indianer, 2. Fleischpulverkonserve

**Pemphigus,** (gr.), männl., nur Sing.: Blasensucht der Haut und der Schleimhäute (Med.)

**Penalty,** ['pä.nelti, engl.], männl., –s: Strafstoß im Eishockey (übertr. auch auf andere Ballsportarten)

**Penaten,** (lat.), die (Plur.): altrömische Hausgötter

**Pence,** [pä.nß, engl.]: Plur. von Penny

**PEN-Club,** (Kurzw. aus **p**oets, **e**ssayists, **n**ovellists), männl., nur Sing.: internationaler Schriftstellerverband
**Pendant,** [pan'dan, fr.], sächl., –s: Gegenstück, Entsprechung, Seitenstück
**Pendüle,** (fr.), weibl., –n: Tischpendeluhr
**penetrant,** (lat.): 1. durchdringend (z. B. von einem Geschmack), 2. aufdringlich, hartnäckig
**Penetranz,** (lat.), weibl., –en: 1. durchdringende Schärfe, 2. Hartnäckigkeit, Aufdringlichkeit, 3. Wahrscheinlichkeit der Ausbildung eines bestimmten Merkmals bei Lebewesen mit gleichem Erbgut (Biol.)
**Penetration,** (lat.), weibl., –en: 1. Durchdringung, (militärische) Besitzergreifung und Grad der Kontrolle eines Gebiets, 2. Eindringtiefe (z. B. bei Bohrungen), 3. Eindringen des Penis in die Scheide
**penetrieren,** (lat.): 1. durchdringen, durchsetzen, 2. durchbohren, 3. mit dem Penis in die Scheide eindringen
**Penholdergriff,** (engl.-dt.), männl., –e: Schlägerhaltung im Tischtennis, Federhaltergriff
**penibel,** (gr.): 1. sorgfältig, genau, 2. peinlich
**Penibilität,** (gr.), weibl., –en: Empfindlichkeit, Sorgfalt, Genauigkeit
**Penicillin,** (lat.), sächl., –e: ein Antibiotikum (wirksam gegen Bakterien und damit gegen zahlreiche Infektionskrankheiten; Med.)
**Peninsula,** (lat.), weibl., Peninsuln: Halbinsel
**Penis,** (lat.), männl., –se: männliches Glied
**Penizillin**: vgl. Penicillin
**Pennäler,** (lat.), männl., –: (veraltet, scherzhaft) Schüler
**Penne,** weibl., –n: (veraltend, Schülersprache) Schule
**pennen,** (jidd.): (umg.) schlafen
**Penny,** (engl.), männl., –s: engl. Münze; (oder Plur.) Pence bei Wertangaben
**Pension,** [pans'jo:n, lat.-fr.], weibl., –en: 1. Ruhestandsbezüge (von Beamten), Ruhestand, 2. Herberge, Unterkunft mit Verpflegung
**Pensionär,** (lat.), männl., –e: Ruheständler, Ruhegehaltsempfänger
**Pensionat,** (lat.), sächl., –e: Erziehungsinstitut, Internat
**pensionieren,** (lat.): in den Ruhestand versetzen
**Pensum,** (lat.), sächl., Pensen und Pensa: Aufgabe mit best. Umfang, 2. Unterrichtsstoff
**Pentaeder,** (gr.), sächl., –: Fünfflach, von fünf Flächen begrenzter Körper
**Pentagon,** (gr.), sächl., –e: 1. Fünfeck, 2. (ohne Plur.) Verteidigungsministerium der USA (wegen des fünfeckigen Grundrisses)
**pentagonal,** (gr.): fünfeckig
**Pentagramm,** (gr.), sächl., –e: fünfeckiger Stern, ein durch Verbinden der nicht benachbarten Ecken in einem Zug gezeichnetes Fünfeck; im Okkultismus Zeichen zur Abwehr böser Geister (Drudenfuß)
**Pentameter,** (gr.), männl., –: fünffüßiger antiker Vers (im Deutschen sechs Hebungen) mit starker Mittelzäsur; meist zusammen mit dem Hexameter im zweizeiligen Distichon verwendet (Lit.)
**Pentan,** (gr.), sächl., –e: flüssiger gesättigter Kohlenwasserstoff als Bestandteil z. B. von Benzin (Chem.)
**Pentanol,** (gr.), sächl., nur Sing.: ein Amylalkohol (Chem.)
**Pentaprisma,** (gr.), sächl., –men: Fünfseitprisma zur rechtwinkligen Ablenkung einfallender Strahlen (z. B. in optischen Geräten)

**Pentathlon,** (gr.), sächl., nur Sing.: altgr. Fünfkampf aus Weitsprung, Lauf, Diskus- und Speerwerfen sowie Ringkampf)
**Pentatonik,** (gr.), weibl., nur Sing.: auf halbtonloser Fünftonleiter beruhende Komposition (Mus.)
**Penthaus,** (engl.-dt.), sächl., –häuser: besonders exklusive städtische, bungalowartige Wohnung auf einem Flachdach
**Penthouse:** vgl. Penthaus
**Pentode,** (gr.), weibl., –n: Fünfpolröhre
**Pentose,** (gr.), weibl., –n: Zucker, der aus fünf Kohlenstoffatomen besteht (Einfachzucker)
**Penunsen, Penunzen,** (poln.), weibl., nur Plur.: (umg.) Geld
**Peon,** (span.), männl., –en: Landarbeiter (Pferdeknecht, Viehhirte) in Süd- und Mittelamerika
**Pep,** (engl.), männl., nur Sing.: Schwung, Elan
**Peperone,** (sanskr.), männl., Peperoni: vgl. Peperoni
**Peperoni,** (sanskr.), weibl., –: Paprikafrucht (in Essig eingelegt)
**Pepita,** (span.), der oder das, –s: kleinkariert (schwarzweiß) gemusterter Stoff
**Pepsin,** (gr.), sächl., –e: Eiweiß spaltendes Enzym des Magensaftes
**Peptid,** (gr.), sächl., –e: Spaltprodukt des Eiweißstoffwechsels
**per,** (lat.): 1. durch, für, mit (Hilfe), 2. gegen, am, bis (zum)
**per acclamationem,** (lat.): durch Zuruf (z. B. bei einer Wahl)
**per Adresse,** (lat.): wohnhaft bei, über die Adresse von
**per anum,** (lat.): durch den After (einzuführen; Med.)
**per aspera ad astra,** (lat. »auf rauen Pfaden zu den Sternen«): nach viel Mühe zum Erfolg, durch Nacht zum Licht
**Percussion,** [pör'ka.schn, engl.]: vgl. Perkussion (4)
**per definitionem,** (lat.): erklärtermaßen, im Wortsinn, vom Wesen her
**perdu** [per'dü:, fr.]: verloren, entzwei, futsch
**perennierend,** (lat.): ausdauernd, überwinternd, mehrjährig (Bot.)
**Perestroika,** (russ.), weibl., nur Sing.: Schlagwort der Politik des sowjet. Reformers Gorbatschow: wirtschaftlicher Umbau und gesellschaftliche Umgestaltung
**perfekt,** (lat.): vollendet, vollkommen, gültig, abgemacht; fertig, geschafft
**Perfekt,** (lat.), sächl., –e: vollendete Gegenwart (Sprachwiss.)
**Perfektion,** (lat.), weibl., –en: Vollendung, Durchführung, Vollkommenheit
**perfektionieren,** (lat.): das Zustandekommen von Perfektion, vervollkommnen
**Perfektionismus,** (lat.), männl., nur Sing.: 1. geschichtsphilosoph. Optimismus, nach dem sich die Menschheit zu immer größerer Vollkommenheit entwickle, 2. (abschätzig) übertriebenes Streben nach völliger Fehlerlosigkeit, Vollkommenheitsfimmel
**Perfektionist,** (lat.), männl., –en: 1. jmd., der in unangemessener Weise Vollkommenheit anstrebt (bei der Arbeit, im Familienleben u. a.), 2. Mitglied einer Methodistensekte in den USA
**perfektionistisch,** (lat.): zu sehr auf Perfektion bedacht
**perfektiv,** (lat.): einen Vorgang mit Blick auf sein Ende darstellend (Sprachwiss.)
**perfid(e),** (lat.): hinterlistig, heimtückisch
**Perfidie,** (lat.), weibl., –n: Treulosigkeit, Tücke, Verrat, Hinterlist
**Perforation,** (lat.), weibl., –en: 1. Durchbruch (z. B. eines Magengeschwürs in die Bauchhöhle; Med.), 2. vorgelochte Linie zum leichteren

Abtrennen eines Papierabschnitts; Zähnung (v. a. bei Briefmarken)
**perforieren,** (lat.): 1. durchstoßen, (durch etwas) hindurchdringen (Med.), 2. mit einer gelochten Reißlinie, einer Zähnung versehen
**Pergament,** (gr.), sächl., –e: ungegerbte, getrocknete, dünne Tierhaut, die vor der Erfindung des Papiers als Schreibmaterial diente, sowie Schriftstück auf diesem Material
**Pergola,** (lat.), weibl., Pergolen: Weinlaube, laubenähnlicher Anbau an Gebäuden
**Perianth,** (gr.), sächl., –e: Blütenhülle aus Kelch und Blütenblättern (Bot.)
**Periarthritis,** (gr.), weibl., ..thritiden: Entzündung in der Umgebung von Gelenken (Med.)
**Perichondritis,** (gr.), weibl., ..dritiden: Knorpelhautentzündung (Med.)
**Perichondrium,** (gr.), sächl., ..chondrien: Knorpelhaut (Med.)
**Periderm,** (gr.), sächl., –e: korkiges Pflanzengewebe (Bot.)
**Peridot,** (fr.), männl., –e: grüne, durchsichtige Abart des Olivin, ein Schmuckstein
**Peridotit,** (fr.), sächl., –e: körniges schwarzgrünes Tiefengestein (Geol.)
**Perienzephalitis,** (gr.), weibl., ..litiden: Entzündung der Hirnrinde (Med.)
**Perigäum,** (gr.), sächl., Perigäen: erdnaher Raum, erdnächster Punkt der Mondbahn oder der Bahn eines künstlichen Erdsatelliten
**Perigon,** (gr.), sächl., –e: Blütenhülle aus zwei gleichartigen Blattkreisen (Bot.)
**Perigramm,** (gr.), sächl., –e: Veranschaulichung statistischer Größenverhältnisse durch Kreissegmente (Kuchendiagramm) oder Kreise
**Perihel,** (gr.), sächl., –e: sonnennaher Raum, Sonnenähe, sonnennächster Punkt einer Planetenbahn oder der Bahn eines Kometen (Astron.)
**Perikard,** (gr.), sächl., –e: Herzbeutel (Med.)
**Perikarditis,** (gr.), weibl., ..tiden: Herzbeutelentzündung (Med.)
**Perikarp,** (gr.), sächl., –e: Fruchtwand, Fruchtschale (Bot.)
**Perikope,** (gr.), weibl., –n: 1. Bibelabschnitt zum Vorlesen im Gottesdienst oder als Predigttext, 2. zusammenhängende Strophengruppe (Lit.)
**Perimeter,** (gr.), sächl., –: Instrument zur Bestimmung der Weite des Gesichtsfelds (Med.)
**perinatal,** (gr.): den Zeitraum kurz vor, während und kurz nach der Geburt betreffend (Med.)
**Perineum,** (gr.), sächl., Perinea und Perineen: Damm zwischen äußeren Geschlechtsteilen und After (Med.)
**Periode,** (gr.), weibl., –n: 1. Zeitraum, Zeitalter, 2. Umlaufzeit eines Himmelskörpers (Astron.), 3. Schwingungsdauer (Phys.), 4. Monatsblutung der Frau (Med.), 5. Satzgefüge aus Hauptsatz oder Hauptsätzen und einem oder mehreren Gliedsätzen, (umfangreiche) Satzkonstruktion (Sprachwiss.), 6. sich ständig wiederholende Zifferngruppe bei einem Dezimalbruch (z. B. 1/3 = 0,3333... Periode; Math.), 7. metrisch geordnete, acht Takte umfassende Form des musikalischen Satzes (Mus.)
**Periodikum,** (gr.), sächl., Periodika: regelmäßig erscheinende Publikation (Zeitschrift, Zeitung)
**periodisch,** (gr.) regelmäßig wiederkehrend
**periodisieren,** (gr.): in Zeitabschnitte einteilen, in Epochen gliedern
**Periodontitis,** (gr.), weibl., ..titiden: Zahngeschwür (Med.)

**Periöke,** (gr.), männl., –n: Umwohner; freier, aber politisch rechtloser Spartaner im antiken Griechenland
**Periost,** (gr.), sächl., –e: Knochenhaut (Med.)
**Periostitis,** (gr.) die, ..titiden: Knochenhautentzündung (Med.)
**Peripetie,** (gr.), weibl., –n: entscheidende, meist tragische Wende im Drama (Lit.)
**peripher,** (gr.): am Rande liegend, nebensächlich, nur in entfernter Beziehung zu etwas stehen
**Peripherie,** (gr.), weibl., –n: 1. Umkreis, Randgebiet (z. B. von Großstädten), 2. Umfangslinie einer geometrischen Figur (z. B. eines Kreises; Math.), 3. Sammelbez. für die an einen Computer angeschlossenen Geräte wie Drucker, Bildschirm, Modem u. a. (P.-Geräte)
**Periphrase,** (gr.), weibl., –n: Umschreibung eines Begriffs
**Periskop,** (gr.), sächl., –e: Sehrohr mit geknicktem Strahlengang (z. B. für Unterseeboote)
**Peristaltik,** (gr.), weibl., nur Sing.: Eigenbewegung von Hohlorganen wie Speiseröhre, Magen, Darm oder Harnleiter zum Transport von Stoffen (Med.)
**Peristase,** (gr.), weibl., –n: Gesamtheit der genetischen und Umweltfaktoren, die Einfluss auf die Entwicklung eines Lebewesens haben (Biol.)
**Peristyl,** (gr.), sächl., –e: Säulenhof eines antiken Hauses
**Peritoneum,** (gr.), sächl., Peritoneen: Bauchfell (Med.)
**Peritonitis,** (gr.), weibl., ..nitiden: Bauchfellentzündung (Med.)
**Perkal,** (pers.), männl., –e: Baumwollgewebe
**Perkolat,** (lat.), sächl., –e: durch Perkolation gewonnener Pflanzenauszug
**Perkolation,** (lat. »das Durchseihen«), weibl., –en: Verfahren zur Gewinnung von Pflanzenauszügen durch Kaltextraktion aus gepulverten Pflanzenteilen
**Perkussion,** (lat.), weibl., en: 1. Untersuchung innerer Organe durch Beklopfen der Körperoberfläche und Deutung des Klopfgeräuschs (Med.), 2. (allg.) Erschütterung, Stoß, 3. Zündung eines Explosivstoffes durch Stoß oder Schlag, 4. Schlagzeug in Rock- und Jazzbands, 5. Anschlagvorrichtung am Harmonium
**perkutan,** (lat.): durch die Haut hindurch (Med.)
**perkutieren,** (lat.): beklopfen, abklopfen (Med.)
**Perlon,** (Wz), sächl., nur Sing.: strapazierfähige Chemiefaser
**Perm,** sächl., nur Sing.: jüngster Abschnitt des Paläozoikums (Geol.)
**permanent,** (lat.): dauernd, ständig, ununterbrochen
**Permanenz,** (lat.), weibl., nur Sing.: Dauer, Beharrlichkeit
**Permanganat,** (lat.), sächl., –e: Salz der Übermangansäure (Chem.)
**permeabel,** (lat.): durchlässig für Gase oder Flüssigkeiten (Biol.; Chem.)
**Permission,** (lat.), weibl., –en: (veraltet) Erlaubnis
**permissiv,** (lat.): gewähren lassend, nicht autoritär, sittliche Normen locker handhabend
**Permissivität,** (lat.), weibl., nur Sing.: (sexuelle) Freizügigkeit, Gewährenlassen
**permutabel,** (lat.): austauschbar, vertauschbar (Math.)
**Permutation,** (lat.):, weibl., –en: 1. Vertauschung, Umstellung, 2. Umordnung z. B. einer Ziffernfolge oder anderer Elemente und deren Ergebnis (Math.)
**permutieren,** (lat.): umstellen, vertauschen
**pernasal,** (lat.): durch die Nase (zu nehmen, von Medikamenten; Med.)

**Perniose, Perniosis,** (lat.), weibl., Perniosen: Auftreten von Frostbeulen, Frostschäden der Haut (Med.)
**perniziös,** (lat.): bösartig, tödlich verlaufend (Med.)
**peroral,** (lat.): durch den Mund (eingenommen oder einzunehmen; Med.)
**Peroxid,** (lat.), sächl., –e: sauerstoffreiche chem. Verbindung (Chem.)
**per pedes,** (lat.): zu Fuß
**Perpendikel,** (lat.), das oder der, –: Lot, Pendel bei Uhren
**perpendikular,** (lat.): senkrecht
**Perpetuum mobile,** (lat.), sächl., – – oder Perpetua mobila: 1. gedachte Maschine, die ohne Energiezufuhr ständig Arbeit leistet, was physikalisch unmöglich ist, 2. virtuoses Instrumentalstück von rastloser, schneller Bewegung (Mus.)
**perplex,** (lat.): fassungslos, bestürzt, verwirrt, betreten
**per procura,** (lat.): in Vollmacht
**per rectum,** (lat.): durch den Mastdarm (einzunehmen, von Medikamenten; Med.)
**per saldo,** (italien.): auf Grund des Saldos, als Restbetrag auf einem Konto
**per se,** (lat.): von selbst, an und für sich
**Persenning,** (lat.), weibl., –e(n) und –s: wasserdichte (imprägnierte) Segeltuchhülle
**Perseveranz,** (lat.), weibl., –: Ausdauer, Standhaftigkeit
**Perseveration,** (lat.), weibl., –en: Nachwirkung seelischer Erlebnisse, Wiederholungszwang; krankhaftes Verharren bei ein und demselben Gedanken, zwanghaftes Hängen an einer Formulierung (Psychol.)
**Pershing,** ['pö:sching, engl.-amerik.], weibl., –s: amerik. Mittelstreckenrakete, geeignet als Kernwaffenträger
**Persianer,** männl., –: Pelzmantel aus dem Fell der Lämmer des Karakulschafes
**Persiflage,** [persi'fla:sche, fr.], weibl., –n: (geistreiche, kritische) Verspottung, Spöttelei
**persiflieren,** (fr.): geistreich verspotten
**Persiko,** (fr.), männl., –s: Likör aus Pfirsichkernmandeln
**persistent,** (lat.): hartnäckig, beharrlich
**Persistenz,** (lat.), weibl., –en: Beharrlichkeit, Hartnäckigkeit, Eigensinn
**Person,** (lat.), weibl., en: 1. das menschliche Individuum, 2. (umg. veraltet) Frau, junges Mädchen, unmögliches Subjekt, 3. juristische P.: Gruppe, Vereinigung, die rechtl. als eine P. betrachtet wird und wie eine Person für ihr Handeln verantwortlich ist und gemacht wird, 4. ursprünglich die Maske des Schauspielers, Gestalt (in einem Theaterstück), 5. Form des Verbs je nach Träger der Handlung (z. B. er sagt, wir sagen)
**Persona grata,** (lat.), weibl., –: erwünschte, wohlgelittene Person (bes. in der Diplomatie)
**Persona ingrata,** (lat.), weibl., –: 1. durch bestimmte Handlungen oder Aussagen unerwünscht gewordener ausländischer Diplomat, dem die Ausreise nahegelegt wird, 2. (allg.) in Ungnade gefallener Mensch
**Personal,** (lat.), sächl., nur Sing.: Gesamtheit der Angestellten eines Betriebs oder der Hausangestellten
**Personalcomputer,** [auch: 'pößenelkompjute(r), engl.], männl., –: erschwinglicher Mikrocomputer für den persönlichen Bedarf
**Personalie,** (lat.), weibl., –n: (meist Plur.) Angaben über persönliche Verhältnisse (Name, Wohnung u. a.) sowie die darüber Auskunft gebenden Ausweispapiere
**personalisieren,** (lat.): 1. auf Einzelpersonen ausrichten, Geschichte als Geschichte von Personen darstellen, 2. Software für eine Person registrieren

**Personalität,** (lat.), weibl., –en: Kern einer Persönlichkeit
**Personalityshow,** [pöß(e)'nä.litischo:, engl.], weibl., –s: auf einen Künstler zugeschnitten Fernsehsendung, in der dieser die Vielseitigkeit seines Könnens zur Schau stellen kann
**Personalpronomen,** (lat.), sächl., –: persönliches Fürwort (z. B. er, wir; Sprachwiss.)
**Personalunion,** (lat.), weibl., nur Sing.: Vereinigung zweier (seltener mehrerer) Länder unter einem Staatsoberhaupt; Ämter oder Funktionen in der Hand einer Person
**Persona non grata,** (lat.), weibl., –: vgl. Persona ingrata
**personell,** (lat.): persönlich; den Personalbestand betreffend, vom Mitarbeiterstab her
**Personifikation,** (lat.), weibl., –en: Vermenschlichung von Sachen, Tieren oder mythologischen Figuren, Darstellung als Person
**personifizieren,** (lat.): vermenschlichen, als Person darstellen
**Perspektiv,** (lat.), sächl., –e: einäugiges, ausziehbares kleines Fernrohr
**Perspektive,** (lat.), weibl., –n: 1. Raumsicht; Darstellung eines Raumes oder räumlichen Körpers auf einer ebenen Fläche mit räumlicher Wirkung, 2. Blickwinkel, persönliche Sicht (z. B. Frosch-P., Kammerdiener-P.), 3. Zukunftsaussicht, Trend
**perspektivisch,** (lat.): räumlich, auf die Perspektive bezogen
**Perspektivismus,** (lat.), männl., nur Sing.: erkenntnistheoretische Ansicht, nach der es keine standpunktfreie Erkenntnis geben kann (Philos.)
**Perspiration,** (lat.), weibl., nur Sing.: Hautatmung (Med.)
**Pertubation,** (lat.), weibl., –en: Durchblasung des Eileiters (Med.)
**Perturbation,** (lat.), weibl., –en: Verwirrung, Störung
**Pertussis,** (lat.), weibl., nur Sing.: Keuchhusten (Med.)
**Perücke,** (fr.), weibl., –n: künstliche Haartracht, Haarersatz
**per ultimo,** (lat.): am Monatsletzten (zu zahlen)
**pervers** (lat.): (sexuell) andersartig veranlagt, außerhalb Norm liegend, abweichend, widernatürlich, deviant
**Perversion,** (lat.), weibl., –en: krankhafte Abweichung von der Norm, (sexuell) abweichende Veranlagung und Praxis; ins Abartige umschlagendes Verhalten
**pervertieren,** (lat.): von der Norm abweichen; verfälschen, auf den Kopf stellen, verdrehen, verderben
**Perzeption,** (lat.), weibl., –en: 1. Sinneswahrnehmung als erste Stufe der Erkenntnis (Philos.), 2. Registrierung von Umweltreizen durch die Sinneszellen (Med.)
**perzipieren,** (lat.): wahrnehmen, sinnlich erfassen
**Pessar,** (gr.), sächl., e: Stützring für die Gebärmutter bei Gebärmuttervorfall; zur Empfängnisverhütung auf den Gebärmuttermund aufgesetzte Kappe oder anderer Verschluss (Med.)
**Pessimismus,** (lat.), männl., nur Sing.: prinzipiell negative (Lebens-)Einstellung, Schwarzseherei, gedrückte Stimmung, Niedergeschlagenheit
**Pessimist,** (lat.), männl., –en: Schwarzseher, immer die negative Option wählende Person, Mensch mit negativer (Lebens-)Einstellung
**pessimistisch,** (lat.): niedergedrückt, unfroh, von schlechten Erwartungen geprägt
**Pestilenz,** (lat.), weibl., –en: Pest; bösartige Seuche; (übertr.) katastrophale Entwicklung
**Pestizid,** (lat.), sächl., –e: Schädlingsbekämpfungsmittel (Chem.)

**Petal,** (gr.), sächl., –en: Blüten- oder Kronblatt (Bot.)
**Petarde,** (lat.), weibl., –n: in der spätmittelalterlichen und frühneuzeitlichen Belagerungstechnik ein mit Sprengpulver gefülltes Gefäß zum Sprengen von Festungstoren
**Petitesse,** [p(e)ti'teß, fr.], weibl., –n: Nebensächlichkeit, Kleinigkeit, Bagatelle
**Petition,** (lat.), weibl., –en: Bittschrift, Gesuch, Eingabe
**Petit mal,** [p(e)ti'ma.l, fr.], sächl., nur Sing.: kurzer, krampfloser epileptischer Anfall, kurzzeitige Bewusstseinsstörung (Med.)
**Petit point,** [p(e)tipo'än, fr.]: mit sehr feinen Nadeln gearbeitete Stickerei (v. auf Taschen, Etuis u. a.)
**Petits Fours,** [p(e)ti'fu:r, fr.], nur Plur.: zuckerglasiertes (gefülltes) Feingebäck
**Petrefakt,** (gr.), sächl., –e(n): Versteinerung
**Petrochemie,** (gr.), weibl., nur Sing.: 1. Teilgebiet der Chemie, das sich mit der Zusammensetzung der Gesteine beschäftigt, 2. vgl. Petrolchemie
**Petrodollar(s),** (gr.-amerik.), männl., nur Plur.: durch Verkauf von Erdöl erwirtschaftete Devisen, die eine großen Teil der internationalen Finanzströme ausmachen
**Petrogenese,** (gr.), weibl., nur Sing.: Entstehung der Gesteine (Geol.)
**Petroglyphe,** (gr.), weibl., –n: Bilderschrift auf Steinen aus vorgeschichtlicher Zeit
**Petrographie,** (gr.), weibl., nur Sing.: Gesteinsbeschreibung, Darstellung von Struktur und Zusammensetzung der Gesteine (Geol.)
**Petrolchemie,** (gr.), weibl., nur Sing.: Teilgebiet der technischen Chemie, das sich mit der Gewinnung von Benzin, Kunststoffen u. a. aus Erdgas und Erdöl beschäftigt
**Petroleum,** (gr.), sächl., nur Sing.: Destillationsprodukt des Erdöls
**Petrologie,** (gr.), weibl., nur Sing.: Lehre von der Bildung und Umwandlung (Metamorphose) der Gesteine (Geol.)
**Petschaft,** (tschech.), sächl., –e: Handstempel zum Siegeln; Siegel
**Petticoat,** ['pä.tiko:t, engl.], männl., –s: in den 50er Jahren aufgekommener versteifter, gerüschter, oft mit Spitzen besetzter Halbunterrock
**Petting,** (engl.-amerik.), sächl., –s: erotisch-sexuelles Spiel (v. a. bei Jugendlichen) ohne Koitus (aber oft bis zum Orgasmus)
**Petunie,** (indian.), weibl., –n: Balkonpflanze mit trichterförmigen Blüten
**peu à peu,** [pö: a'pö:, fr.]: nach und nach, allmählich, stückweise
**Phagozyt,** (gr.), männl., –en: Fresszelle, weißes Blutkörperchen, das als fremd erkannte eingedrungene Stoffe unschädlich macht
**Phakosklerose,** (gr.), weibl., –n: Altersstar (Med.)
**Phalanx,** (gr.), weibl., Phalangen: 1. Glied der Finger oder Zehen (Med.), 2. tief gestaffelte Schlachtordnung der schwer bewaffneten Fußtruppen in den altgr. Heeren; (übertr.) Abwehrfront
**phallisch,** (gr.): den Phallus betreffend, wie ein Phallus
**Phallokratie,** (gr.), weibl., –n: Penisherrschaft, polem. Schlagwort für die Unterdrückung der Frau durch den Mann in der Gesellschaft
**Phallus,** (gr.), männl., Phalli und Phallen: (erigiertes) Glied des Mannes, Symbol der Zeugungs- und Lebenskraft
**Phänologie,** (gr.), weibl., nur Sing.: Teilgebiet der Biologie, das sich mit den jahreszeitlich bedingten Erscheinungen im Tier- und Pflanzenleben beschäftigt

**Phänomen,** (gr.), sächl., –e: 1. sinnlich wahrnehmbare Erscheinung (Natur-P.), 2. seltenes, eigenartiges Ereignis, 3. geistig oder/und körperlich hoch begabter Mensch
**phänomenal,** (gr.): ungewöhnlich, sehr erstaunlich
**Phänomenologie,** (gr.), weibl., nur Sing.: Lehre von den Erscheinungen: bei Kant als Ergebnis der durch Verstand und Vernunft wahrgenommen (gefilterten) Dinge an sich; bei Hegel als Ergebnis des dialektisch fortschreitenden Bewusstseins; bei Husserl als »Wesenheiten« der Dinge u. a. (Philos.)
**Phänotypus,** (gr.), männl., Phänotypen: das durch Vererbung wie Umwelt geprägte äußere Erscheinungsbild eines Lebewesens
**Phantasie** (auch: Fantasie), (gr.), weibl., –n: 1. Einbildungskraft, Vorstellungsvermögen; Fabulierlust, 2. Trugbild, Täuschung
**phantasieren** (auch: fantasieren), (gr.): 1. fabulieren, schwärmen, frei erfinden, 2. im Fieber reden, irrereden (Med.), 3. aus dem Stehgreif spielen (Mus.)
**Phantasma,** (gr.), sächl., Phantasmen: Trug- oder Scheinbild, Täuschung (Psychol.)
**Phantasmagorie,** (gr.), weibl., –n: Zauber, Trug-, Wahngebilde
**Phantast** (auch: Fantast), (gr.), männl., –en: Schwärmer, Mensch mit überspannten Ansichten und Projekten
**phantastisch** (auch: fantastisch), (gr.): auf Phantasie beruhend, unwirklich; großartig, ungeahnt prächtig
**Phantom,** (gr.), sächl., –e: 1. Trugbild, Hirngespinst, 2. für den medizinischen Unterricht hergestellte künstliche Nachbildung eines Organs oder eines Körperteils (Med.), 3. Zeichnung nur nach Zeugenaussagen (P.-Bild z. B. eines Straftäters)
**Pharao,** (ägypt.), männl., Pharaonen: Königstitel im alten Ägypten
**Pharisäer,** (hebr.), männl., –: 1. Angehöriger der altjüdischen, orthodoxen Partei, Talmud-Lehrer, 2. Heuchler, arroganter Selbstbeweihräucherer, 3. Kaffee mit Rum, dessen Duft durch eine Schlagsahnehaube verdeckt wird (friesisches Getränk)
**pharisäisch,** (hebr.): selbstgerecht, hochmütig, heuchlerisch
**Pharmakologie,** (gr.), weibl., nur Sing.: Wissenschaft von den Arzneimitteln
**Pharmakon,** (gr.), sächl., Pharmaka: Heil- und Arzneimittel, Medikament
**Pharmazeut,** (gr.), männl., –en: Fachmann auf dem Gebiet der Pharmazeutik, Apotheker
**Pharmazeutik,** (gr.), weibl., nur Sing.: Lehre von der Herstellung, Gabe und Dosierung von Arznei- und Heilmitteln
**Pharmazie,** (gr.), weibl., nur Sing.: vgl. Pharmazeutik
**Pharyngitis,** (gr.), weibl., ..gitiden: Rachenentzündung (Med.)
**Pharyngoskop,** (gr.), sächl., –e: Rachenspiegel (Med.)
**Pharyngoskopie,** (gr.), weibl., –n: Untersuchung des Rachenraums mit dem Pharyngoskop (Med.)
**Pharynx,** (gr.), männl., Pharyngen: Rachen (Med.)
**Phase,** (gr.), weibl., –n: 1. Abschnitt, Entwicklungsstufe, Zeitraum oder Zeitpunkt, 2. einheitliche Zustandsform eines Stoffes (Chem.), 3. Beleuchtungsgrad des Mondes oder eines Planeten (z. B. der Venus) von der Erde aus gesehen (Astron.), 4. Zustand einer schwingenden Größe (z. B. des Wechselstroms) relativ zum Ausgangszustand (Phys.) sowie die Pole eine elektrischen Leitung

**Phellogen,** (gr.), sächl., –e: korkbildendes, teilungsfähiges Pflanzengewebe (Bot.)
**Pheromon,** (gr.), sächl., –e: Lockstoff v. a. bei Insekten zum Anziehen eines Geschlechtspartners
**Phi,** (gr.), sächl., –s: einundzwanzigster Buchstabe des gr. Alphabets (Zeichen: Þ und ¦)
**Philantrop,** (gr.), männl., –en: Menschenfreund
**Philanthropie,** (gr.), weibl., nur Sing.: Menschenfreundlichkeit
**philanthropisch,** (gr.): menschenfreundlich, menschenliebend
**Philatelie,** (gr.), weibl., nur Sing.: Briefmarkenkunde
**Philatelist,** (gr.), männl., –en: Briefmarkensammler, Kenner der Philatelie
**Philharmonie,** (gr.), weibl., –n: Konzertgesellschaft sowie deren Gebäude (Mus.)
**Philharmoniker,** (gr.), männl., –: Angehöriger eines philharmonischen Orchesters; (nur Plur.) Name einiger berühmter Orchester (z. B. Berliner oder Wiener P.)
**philharmonisch,** (gr.): Harmonien liebend, Musikpflege betreibend, in großer Besetzung spielend (Mus.)
**Philister,** männl., –: engstirniger Mensch, Spießer (nach den biblischen Philistern, den Gegnern der Israeliten)
**Philodendron,** (gr.), männl., ..dendren: Gattung der Aronstabgewächse
**Philologie,** (gr.), weibl., nur Sing.: Sprach- und Literaturwissenschaft
**philologisch,** (gr.): auf die Philologie bezogen, zu ihr gehörend; (übertr. abschätzig) wissenschaftlich-trocken, überkorrekt
**Philosoph,** (gr. »Freund der Weisheit«), männl., –en: Wissenschaftler der Philosophie und ihrer Geschichte; Begründer eines philosophischen Lehrgebäudes; Denker, der sich mit dem Denken (Erkennen) und dem Sein als solchem, ihren Bedingungen und Möglichkeiten beschäftigt und Schlussfolgerungen für das Verhalten des Menschen in der Welt zieht
**Philosophie,** (gr.), weibl., –n: 1. Gesamtheit der verschiedenen Weltentwürfe oder -deutungen; ihre Wirkgeschichte, 2. Lehre von den Ursprüngen und dem Sinn des Denkens und Seins, 3. eine bestimmte Weltanschauung oder Seinsbeschreibung, 4. (schönfärberisch) Geschäftsgrundsätze (eines Unternehmens), Verkaufsregeln
**philosophieren,** (gr.): 1. sich mit Fragestellungen der Philosophie beschäftigen, 2. grübeln, die Sinnfrage stellen, nachdenklich reden; (abschätzig) hochtrabend daherreden
**Philosophikum,** (gr.), sächl., nur Sing.: 1. Prüfung in Philosophie für angehende Gymnasiallehrer (in einigen Bundesländern Vorbedingung für das 1. Staatsexamen), 2. Zwischenexamen für bei Kandidaten für das kathol. Priesteramt
**philosophisch,** (gr.): auf der Philosophie beruhend, in der Art eines Philosophen; weise, nachdenklich
**Phimose,** (gr.), weibl., –n: Vorhautverengung (Med.)
**Phiole,** (gr.), weibl., –n: bauchige, dünnwandige Glasflasche mit langem, engen Hals
**Phlegma,** (gr.), sächl., nur Sing.: Sturheit, Trägheit, Gleichgültigkeit; geistige und körperliche Behäbigkeit
**Phlegmatiker,** (gr.), männl., –: phlegmatischer Mensch bzw. der so geprägte Menschentyp
**phlegmatisch,** (gr.): schwerfällig, träge, behäbig, gleichgültig, durch nichts aus der Ruhe zu bringen
**Phobie,** (gr.), weibl., –n: krankhafte Angst (Med.; Psychol.)

**Phon** (auch: Fon), (gr.), sächl., –: Maß der Lautstärke
**Phonem,** (gr.), sächl., –e: in der Sprachwiss. Bez. für die kleinste lautliche Einheit, die der Bedeutungsunterscheidung dient, selbst aber nicht bedeutungstragend ist (z. B. »B« in Bahn und »K« in Kahn)
**Phonetik,** (gr.), weibl., nur Sing.: Teilgebiet der Sprachwiss., das sich mit Art (Spirans/Zischlaut) und Ort (Dental/Zahnlaut) der Erzeugung von Sprechlauten beschäftigt
**phonetisch,** (gr.): hinsichtlich der Phonetik, lautlich
**phonisch,** (gr.): zur Stimme gehörig, auf die Stimme bezogen
**Phönix,** (gr.), männl., –e: Wundervogel der ägyptischen Mythologie
**Phonodiktat** (auch: Fonodiktat), (gr.), sächl., –e: auf Tonband gesprochenes Diktat
**phonogen,** (gr.): bühnenwirksam, für Tonübertragungen gut geeignet (von der menschlichen Stimme)
**Phonogramm,** (gr.), sächl., –e: Aufzeichnen von Tönen auf Tonbändern, Schallplatten u. Ä.
**Phonolith,** (gr.), männl., –e(n): graues oder grünliches, junges, beim Anschlagen hell klingendes Ergussgestein, das als Baustein u. a. Verwendung findet
**Phonologie,** (gr.), weibl., nur Sing.: Klangkunde; Wissenschaft, die die Funktion der Laute und ihre Bedeutung für Wörter untersucht
**Phonometer,** (gr.), sächl., –: Ton-, Schall-, Klangmesser, Gerät zur Prüfung der Hörgenauigkeit
**Phonothek,** (gr.), weibl., –en: Sammlung von Tonträgern
**Phontypistin** (auch: Fonotypistin), (gr.), weibl., –nen: Schreibkraft, die auf Tonträger diktierte Texte in Maschinenschrift überträgt
**Phosgen,** (gr.), sächl., nur Sing.: Kohlenoxidchlorid, chem. Kampfstoff, der die Lungenbläschen zersetzt und zum Erstickungstod führt
**Phosphat,** (gr.), sächl., –e: Salz der Phosphorsäure (Chem.)
**Phosphatase,** (gr.), weibl., –n: die Stoffwechselvorgänge beeinflussendes Enzym in tierischen und pflanzlichen Geweben (Biochem.)
**Phosphor,** (gr.), männl., nur Sing.: chem. Element, Nichtmetall (Zeichen: P)
**Phosphoreszenz,** (gr.), weibl., nur Sing.: Nachleuchten von zuvor bestrahlten Stoffen
**phosphoreszieren,** (gr.): nach Bestrahlung mit Licht leuchten
**Photo, photo...** vgl. auch Foto, foto...
**Photogrammmetrie,** (gr.-lat.), weibl., nur Sing: Entwurf von Grundrissen, Karten u. a. nach fotografischen Vorlagen
**Photon,** (gr.), sächl., –en: kleinstes Energieteilchen einer elektromagnetischen Strahlung (Phys.)
**Photosphäre,** (gr.), weibl. , –n: Schicht der Sonnenatmosphäre, aus der die uns erreichende Strahlung stammt
**Photosynthese,** (gr.), weibl., nur Sing.: durch Lichteinwirkung ausgelöster Aufbau energiereicher organischer Verbindungen aus anorganischen in den Zellen grüner Pflanzen
**Photovoltaik** (auch: Fotovoltaik), (gr. und nach dem Namen des italien. Physikers Volta), weibl., nur Sing.: Lehre von der Energiegewinnung aus Sonnenlicht
**Phrase,** (gr.), weibl., –n: 1. Teil eines Satzes, 2. leere Versprechung, abgedroschene Redewendung, Floskel, 3. selbstständiger Abschnitt eines Musikstücks (Mus.)
**Phraseologie,** (gr.), weibl., nur Sing.: Lehre oder Sammlung der einer Sprache eigentümlichen Redewendungen

**phrasieren,** (gr.): eine Komposition in melodisch-rhythmische Abschnitte gliedern, sie so spielen (Mus.)
**phrenetisch,** (gr.): geistesgestört, wahnsinnig (Med.)
**Phthise,** (gr.), weibl., –n: Auszehrung, Schwindsucht; Verfall des Körpers; Lungentuberkulose (Med.)
**Phyllit,** (gr.), männl., –e: feinblättriger, seidig glänzender kristalliner Schiefer (Geol.)
**Phylogenese,** (gr.), weibl., –n: Stammesentwicklung der Lebewesen, Abstammungsgeschichte (Biol.)
**phylogenetisch,** (gr.): stammesgeschichtlich
**Physiatrie,** (gr.), weibl., nur Sing.: Naturheilkunde
**Physik,** (gr.), weibl., nur Sing.: Wissenschaft von den Erscheinungen in der unbelebten Natur, ihren Gesetzmäßigkeiten und deren mathematische Formulierung; Hauptgebiete: Mechanik, Akustik, Wärmelehre, Optik, Festkörper-P., Elementarteilchen- und Kern-P.
**physikalisch,** (gr.): zur Physik gehörend, sie betreffend
**Physiker,** (gr.), männl., –: Wissenschaftler der Physik
**Physikum,** (gr.), sächl., Physika: ärztliche Vorprüfung während des Medizinstudiums (gewöhnl. nach dem 4.–6. Semester)
**Physikus,** (gr.), männl., –se: (veraltet) Stadt- oder Kreisarzt
**Physiognomie,** (gr.), weibl., –n: 1. Gesamtheit der für einen Menschen charakteristischen vererbten und erworbenen Gesichtszüge sowie der davon vorgeprägte Gesichtsausdruck, 2. äußeres Erscheinungsbild eines Lebewesens (Biol.)
**Physiognomik,** (gr.), weibl., nur Sing.: Deutung der Gesichtszüge einer Person als Zeichen der Charaktereigenschaften
**Physiologe,** (gr.), männl., –n: Wissenschaftler der Physiologie
**Physiologie,** (gr.), weibl., nur Sing.: 1. Lehre von den normalen Lebensvorgängen in den Organismen (Biol.), 2. Lehre von den Vorgängen im menschlichen Körper (Med.)
**Physiotherapie,** (gr.), weibl., nur Sing.: Heilbehandlung mit natürlichen Mitteln (z. B. Wasser, Kälte)
**Physiotherapeut,** (gr.), männl., –en: Masseur, der nach ärztlichen Angaben mit den Mitteln der Physiotherapie behandelt
**Physis,** (gr.), weibl., nur Sing.: Natur, Körper und körperliche Beschaffenheit eines Lebewesens
**phytogen,** (gr.): aus Pflanzen entstanden, pflanzlicher Herkunft
**Phytopathologie,** (gr.), weibl., nur Sing.: Lehre von den Erkrankungen der Pflanzen und von den Schädlingen (Bot.)
**Phytophage,** (gr.), männl., –n: Tier, das Pflanzen frisst (Pflanzenfresser; Zool.)
**Phytotherapie,** (gr.), weibl., nur Sing.: Behandlung von Krankheiten mit pflanzlichen Mitteln (Med.)
**Pi,** (gr.), sächl., –s: 1. sechzehnter Buchstabe des gr. Alphabets, 2. für das Verhältnis von Kreisumfang zu Kreisdurchmesser geltende Zahl ( = 3,141592...), die transzendent ist, d. h. die nur als unendlicher, nichtperiodischer Dezimalbruch auszudrücken ist (Math.)
**Piaffe,** (fr.), weibl., –n: Trab auf der Stelle in der Dressurprüfung (Reitsport)
**pianissimo,** (lat.): sehr leise (Mus.)
**Pianist,** (lat.), männl., –en: Klavierspieler
**piano,** (lat.): leise (Mus.)
**Piano,** (lat., Kurzw. von Pianoforte), sächl., –s: (veraltet) Klavier, das anders als das Cembalo durch Anschlagstärke

leise (piano) und laut (forte) gespielt werden kann

**Pianola,** (lat.), sächl., –s: ein mechanischer Klavierspielautomat

**Piassava,** (indian.) und Piassave, weibl., Piassaven: zur Herstellung von Matten, Tauen und Bürsten geeignete Blattfaser

**Piazza,** (gr.), weibl., –s und Piazze: Platz, italien. Markplatz

**Picador,** (span.), männl., –es: Stierkämpfer zu Pferde, der den Stier mit einer Lanze aufstachelt

**Picknick,** (fr.), sächl., –e und –s: (kalte) Mahlzeit im Freien während eines Ausflugs

**Pick-up,** ['pi.kap, engl.], männl., –s: 1. Tonabnehmer von Plattenspielern, 2. kleiner Lieferwagen, Pritschenwagen

**picobello,** (italien.): (umg.) prima, bestens, tadellos

**Pidginenglis(c)h,** ['pi.dschin'inglisch, engl.], sächl., nur Sing.: vereinfachte englisch-chinesische Mischsprache in Südostasien als Verkehrs- und Handelssprache; vereinfachtes oder verstümmeltes Englisch

**Piedestal,** [pjede'sta:l, fr.), sächl., –e: Fußgestell, Sockel, Grundlage

**Pier,** (lat.), männl., –e: Hafendamm, Landungsbrücke

**Piercing,** (eng.), sächl.: Perforieren bestimmten Körperteile mit Ringen, Nadeln etc.

**Pierrot,** (fr.), männl., –s: eine komische männliche Figur mit weiß geschminktem Gesicht in der fr. Pantomime

**Pierrette,** (fr.), weibl., –n: weiblicher Pierrot

**Pieta,** [pi-e'ta., lat.-italien.], weibl., –s: künstlerische Darstellung Marias mit dem Leichnam Christi

**Pietät,** (lat.), weibl., nur Sing.: dankbares Gedenken, Achtung (v. a. den Toten gegenüber), Respektierung religiöser Gefühle, Frömmigkeit

**Pietismus,** (lat.), männl., nur Sing.: im 17. Jh. aufgekommene evangelische Bewegung zur Erneuerung des kirchlichen Lebens durch tätiges Christentum, Herzensfrömmigkeit und Erbauung

**Piezoelektrizität,** (gr.), weibl., nur Sing.: durch Druck entstehende elektrische Spannung bei manchen Kristallen (Phys.)

**Piezometer,** (gr.), sächl., –: Gerät zur Messung der Komprimierbarkeit von Flüssigkeiten

**Pigment,** (lat.), sächl., –e: 1. Farbstoff im Gewebe von Lebewesen (Biol.), 2. in einem Bindemittel fein verteilter, aber nicht gelöster Farbstoff für Anstriche

**pigmentieren,** (lat.): 1. sich mit Pigment färben, Pigment bilden, 2. in einem Bindemittel fein verteilen (von Farbstoffen)

**Pignole,** [pin'jo:le, lat.-italien.], weibl., –n: schmackhafter Samenkern der Pinie

**Pik,** (fr.), sächl., –s: Spielkartenfarbe in Form eines schwarzen stehenden Herzblatts

**Pik,**, (fr.), männl., –s: 1. Berggipfel, 2. (nur Sing.; umg.) Groll, Abneigung

**pikant,** (fr.): 1. scharf (gewürzt), überraschend reizvoll schmeckend, 2. prickelnd, anzüglich, intim

**Pikanterie,** (fr.), weibl., –n: 1. pikante Bemerkung, 2. Zweideutigkeit, Anzüglichkeit

**Pike,** (fr.), weibl., –n: 1. langschäftiger Spieß als mittelalterliche Waffe, 2. von der P. auf: von Klein an, von Grund auf, 3. (umg.) Spitze des Fußballschuhs (mit P., eine riskanter, aber unberechenbarer und besonders kräftiger Schuss)

**Pikee,** (fr.), männl., –s: Baumwollgewebe mit kleiner, reliefartiger Musterung

**pikieren,** (fr.): 1. Pflanzen ins Freie auspflanzen, 2. Stofflagen ohne sichtbare Naht aufeinander nähen

**pikiert,** (fr.): beleidigt, gekränkt, verletzt
**Pikkolo,** (italien.), männl., –s: 1. Kellner in der Ausbildung, 2. Sekt in kleiner Flasche (für eine Person)
**Pikkoloflöte,** (italien.-dt.), weibl., –n: kleine, gewöhnliche eine Oktave höher gestimmte Querflöte
**Pikör,** (fr.), männl., –e: Vorreiter bei einer Parforcejagd
**Pikropege,** (gr.), weibl., –n: Bitterwasserquelle
**Piktogramm,** (lat.), sächl., –e: allgemein, interkulturell und international verständliches Bildsymbol (z. B. Wegweiser auf Bahnhöfen oder Flughäfen)
**Piktographie,** (lat.), weibl., –n: Bilderschrift
**Pilaw,** (türk.), männl., –s: orientalische Speise aus Reis und Hammelfleisch
**Pilot,** (gr.), männl., –en: 1. Flugzeugführer, Fahrer eines Rennwagens, 2. (veraltet) Lotse, 3. Lotsenfisch, ein atlantischer Knochenfisch, Begleiter von Haien
**Pilot Charts,** ['pailet'tscha:tß, engl.], weibl., Plur.: Seekarten mit meteorologischen Angaben
**Pilotfilm,** (gr.), männl., –e: (längere) erste Folge einer Fernsehserie, die das Interesse der Zuschauer wecken soll
**Pilotprojekt,** (gr.), sächl., –e: Probeunternehmen für eine Reihe weiterer geplanter Vorhaben
**Pilotstudie,** (gr.), weibl., –n: vorbereitende Untersuchung für ein Vorhaben, die auf alle Eventualitäten vorbereiten soll und die Aussichten abschätzt
**Pimelose,** (gr.), weibl., nur Sing.: Fettleibigkeit (Med.)
**Piment,** (lat.), männl. (auch sächl.), –e: Nelkenpfeffer
**Pimpernelle,** (sanskr.), weibl., –n: weiß blühendes Doldengewächs, das als Gemüse, Gewürz und Heilpflanze Verwendung findet
**PIN,** (Abk. für engl. personal identification number), weibl., –s: Geheimnummer für Geldautomaten, zur Programmierung des Telefons u. a.
**Pinakothek,** (gr.), weibl., –en: Gebäude zur Aufbewahrung von Gemälden, Gemäldesammlung
**Pinasse,** (lat.), weibl., –n: Beiboot
**Pinboard,** ['pi.nbo(a)d, engl.], sächl., –s: Wandbrett aus Styropor o. Ä. zum Anheften von Merk- oder Mitteilungszetteln
**Pineapple,** ['painä.pl, engl.], männl., –s: Ananas
**Pingpong,** (engl.), sächl., nur Sing.: (umg.) Tischtennis
**Pinke, Pinkepinke** (Rotwelsch), weibl., nur Sing.: Geld, klingende Münze
**Pint,** [paint, engl.], sächl., –s: engl. Flüssigkeitsmaß (0,58 l)
**Pinte,** (fr.), weibl., –n: Wirtshaus, Kneipe
**Pin-up-Girl,** [pin'a.pgö:(a)l, engl.], sächl., –s: erotisch aufreizend fotografierte kaum oder gar nicht bekleidete junge Frau für Illustrierten-Cover oder als Poster (z. B. in Soldatenspinden)
**pinxit,** (lat.): er hat es gemalt (auf Gemälden Zusatz zur Künstlersignatur)
**Pinzette,** (fr.), weibl., –n: feine Greif- oder Federzange
**Pionier,** (lat.), männl., –e: 1. Vorreiter, Wegbereiter, Bahnbrecher, 2. Angehöriger von Truppeneinheiten, die zum Bau von Brücken, Straßen, Sperren u. a. eingesetzt werden, 3. früher Mitglied der Jugendorganisation (»Junge P.«) der ehemaligen DDR
**Pipe,** [paip, engl.], weibl., –s: engl. Flüssigkeitsmaß (bes. für Wein und Spirituosen)
**Pipeline,** ['paiplain, engl.], weibl., –s: Rohrleitung (z. B. für Erdöl)
**Pipette,** (lat.), weibl., –n: zum Abmessen geringer Flüssigkeitsmengen mit einer Volumenskala versehenes Saugröhrchen

**Piranha,** [pi'ra.nja, indian.], männl., –s: kleiner, in großen Schwärmen auftretender südamerikanischer (v. a. Amazonas) Raubfisch mit messerscharfem Gebiss
**Pirat,** (gr.), männl., –en: Seeräuber
**Piroge,** (karib.), weibl., –n: großer Einbaum südamerikanischer Indianer
**Pirogge,** (russ.), –n: russische Pastete aus Hefeteig mit Fleisch-, Fisch- oder Gemüsefüllung
**Pirouette,** [piru'e.te, fr.], weibl., –n: 1. Drehung um die Längsachse im Ballett, Eiskunstlaufen, in gymnastischen Übungen u. a., 2. Drehung des Pferdes um die Hinterhand bei der Dressur (Reitsport)
**Pissoir,** [pißo'a:r, fr.], sächl., –e und –s: öffentliche Bedürfnisanstalt für Männer
**Piste,** (lat.), weibl., –n: 1. Start- und Landebahn auf Flughäfen, 2. Strecke für Skiläufe und zum Rodeln, 3. Radrennbahn, 4. unbefestigte Straße in Wüste oder Steppe für Geländewagen, Lkws u. a.
**Pistole,** (tschech.), weibl., –n: kurze, meist mehrschüssige Handfeuerwaffe
**Piston,** [pis'ton, lat.-fr.], sächl., –s: 1. Pumpkolben, 2. Ventil von Blechblasinstrumenten, 3. vgl. Kornett
**pitchen,** ['pitschen, engl.]: einen steilen Annäherungsschlag machen (beim Golf)
**Pitting,** (engl.), sächl., –s: kleine, durch Korrosion entstandene Vertiefung an Maschinenteilen einer Schiffsanlage
**pittoresk,** (lat.): malerisch
**più,** (italien.): mehr (z. B. più allegro: schneller; Mus.)
**Piz,** (ladin.), männl., –e: Bergspitze
**Pizza,** (italien. ), weibl., –s (auch Pizzen): meist runder Hefeteig mit unterschiedlichem Belag: Tomaten, Salami, Käse u. a., italien. Nationalgericht
**Pizzeria,** (italien.), weibl., –s: italien. Restaurant, in dem es vor allem Pizzas gibt
**pizzicato,** (italien.): gezupft (Mus.)
**Pizzikato,** (italien.), sächl., –s und Pizzikati: gezupftes Spiel auf Streichinstrumenten (Mus.)
**Placebo,** [platse:bo, lat.], sächl., –s: einem echten Medikament täuschend ähnliches Arzneimittel ohne Wirkstoffanteil
**Placement,** ['ple:jßm(e)nt, engl.], sächl., –s: vgl. Product placement
**Placement,** [plaß'man, fr.], sächl., –s: Absatz von Waren, Anlage von Kapital
**placieren:** veraltete Schreibweise für platzieren
**plädieren,** (lat.): eine Sache (vor Gericht) vertreten, verteidigen
**Plädoyer,** [plädoa'je:, lat.], sächl., –s: zusammenfassende mündliche Begründung ihrer Anträge durch Staatsanwalt und Verteidiger vor Gericht
**Plafond,** [pla'fon, fr.], männl., –s: Saal- oder Zimmerdecke
**Plagiat,** (lat.), sächl., –e: Diebstahl geistigen Eigentums; wörtliche oder fast wörtliche Übernahme fremden Gedankenguts oder fremder künstlerischer Leistungen und ihr Ausgeben als eigene
**Plaid,** [ple:jd, engl.], sächl. (auch männl.), –s: karierte Reisedecke
**Plakat,** (niederl.), sächl., –e: großformatige Reklamezeichnung, öffentlich ausgehängtes Poster zu Werbe- oder Ankündigungszwecken
**plakatieren,** (niederl.): ein Plakat ankleben, öffentlich anschlagen
**plakativ,** (niederl.): wie ein Plakat gestaltet, durch Plakate dargestellt; betont, deutlich herausgestellt, knallig
**Plakette,** (niederl.), weibl., –n: medaillenähnliches Teilnehmer- oder Erinnerungsabzeichen
**plan,** (lat.): eben, flach, deutlich
**Planche,** [plansch, fr.], weibl., –n: Fechtbahn
**Planet,** (gr.), männl., –en: Wandelstern, nicht selbstleuchtender Himmelskörper, der sich wie die Erde

um eine Sonne bewegt und ihr Licht reflektiert (Astron.)
**planetarisch,** (gr.): planetenartig, die Planeten betreffend
**Planetarium,** (gr.), sächl., Planetarien: Vorrichtung zur Veranschaulichung von Lage, Größe und relativer Bewegung der Himmelskörper sowie Gebäude, in dem eine solche Demonstrationsanlage und andere astronomische Vorführmöglichkeiten untergebracht ist
**Planetoid,** (gr.), männl., –en: kleiner Planet (Asteroid)
**planieren,** (lat.): glätten, einebnen
**Planiglob,** (lat.), sächl., –en: ebene Darstellung einer Erd- oder Himmelshalbkugel
**Planimetrie,** (lat.), weibl., nur Sing.: Teilgebiet der Geometrie, das sich mit den in einer Ebene liegenden geometrischen Gebilden beschäftigt (Math.)
**plankonkav,** (lat.): vorderseitig eben, rückseitig hohl geschliffen (von Linsen)
**plankonvex,** (lat.): vorderseitig eben, rückseitig erhaben geschliffen (von Linsen)
**Plankton,** (gr.), sächl., nur Sing.: Sammelbez. für die Meer frei schwebenden Organismen mit geringer Eigenbewegung, wichtige Nahrungsquelle u. a. der Bartenwale (Biol.)
**Planktont,** (gr.), männl., –en: Lebewesen, das im Wasser schwebt (Biol.)
**Plantage,** [plan'tasche, fr.], weibl., –n: größere Pflanzung (z. B. Obst, Kautschuk)
**Plaque,** [pla:k, fr.], weibl., –s: Zahnbelag (Med.)
**Pläsier,** (lat.), sächl., –e: Vergnügen, Spaß, Annehmlichkeit, Zerstreuung
**Plasma,** (gr.), sächl., Plasmen: 1. vgl. Protoplasma, Grundsubstanz der lebenden Zelle, 2. flüssiger Anteil des Blutes, 3. dunkelgrüner Halbedelstein, 4. »vierter Aggregatzustand« der Materie bei sehr hohen Temperaturen als ionisiertes Gas (Phys.)
**Plasmodium,** (gr.), sächl., Plasmodien: 1. Malariaerreger (Med.), 2. Protoplasmamasse der Schleimpilze (Biol.)
**Plastik,** (gr.), weibl., –en: 1. Bildhauerkunst sowie ihr einzelnes Werk, frei stehende Skulptur, 2. schönheitschirurgische Korrektur von Körperformen (meist des Gesichts) durch Gewebeverpflanzung, Polsterung u. a.; künstlicher Körperteil (Med.)
**Plastik,** (gr.), sächl., –s: Kunststoff
**plastisch,** (gr.): körperlich, bildhauerisch, anschaulich; verformbar
**Plastizität,** (gr.), weibl., nur Sing.: 1. Gestaltbarkeit, Formfähigkeit, 2. Anschaulichkeit, Bildhaftigkeit
**Platane,** (gr.), weibl., –n: Gattung großer Laubbäume mit ahornähnlichen Blättern, beliebter Allee- und Parkbaum
**Plateau,** [pla'to:, gr.], sächl., –s: Hochfläche, -ebene, -land; Tafelland
**Platin,** (gr.), sächl., nur Sing.: chem. Element (Zeichen: Pt), silberfarbenes, sehr schweres, kostbares, technisch vielfältig verwendbares (z. B. Katalysator) Edelmetall
**Platine,** (gr.), weibl., –n: 1. dicker, rechteckiger Metallblock, aus dem Feinbleche gewalzt werden, 2. ebenes blechernes Formteil, 3. Montageplatte zur Halterung einzelner Bauelemente (Elektrotechnik), 4. Platte, auf der dünne Leiterbahnen die Verbindung der elektronischen Bauteile im Computer herstellen (EDV)
**platinieren,** (gr.): Metall mit einer Platinschicht überziehen
**Platitüde:** frühere Schreibung von Plattitüde
**platonisch,** (gr.), 1. in Sinne Platons und seiner Philosophie, diese betreffend, 2. geistig-seelisch, unsinnlich, nichtkörperlich liebend

**Plattitüde,** (gr.), weibl., –n: Plattheit, geistlose Redensart
**platzieren,** (lat.): aufstellen, eine bestimmte Stelle anweisen; einen Ball genau abspielen oder einschießen, treffen; Geld anlegen, eine Summe unterbringen
**plausibel,** (lat.): verständlich, einleuchtend, annehmbar
**Play-back** (auch: Playback), ['ple:jbä.k, engl.], sächl., –s: 1. Kombinierung von vorher einzeln aufgezeichneten Bild- und Tonaufnahmen, 2. v. a. bei Gesangsvorführungen oder -aufnahmen im Freien angewandte Methode, vorher in günstigerer Akustik aufgenommene Musik abzuspielen und den Interpreten nur noch imitierende Lippenbewegungen machen zu lassen
**Playboy,** ['ple:jboi, engl.], männl., –s: wohlhabender, meist junger Nichtstuer, der nur seinen Vergnügungen lebt
**Playgirl,** ['ple:jgö(r)l, engl.], sächl., –s: attraktive junge Frau, die sich von reichen Männern aushalten lässt
**Playmate,** ['ple:jmet, engl.], sächl., –s: Gespielin eines reichen Nichtstuers; kaum bekleidetes oder nacktes, aufreizend fotografiertes Mädchen als Poster in Herrenmagazinen
**Play-off,** ['ple:j'o.f, engl.], sächl., –s: Ausscheidungsrunde im Eishockey
**Plazenta,** (gr.), weibl., –s und Plazenten: Mutterkuchen, der während der Schwangerschaft den Stoffwechsel zwischen Mutter und Leibesfrucht reguliert (Med.)
**Plazentalier,** (gr.), männl., –: Säugetier, dessen Embryonalentwicklung mit Hilfe einer Plazenta erfolgt
**Plazet,** (lat.), sächl., –s: Zustimmung, Genehmigung
**plazieren:** frühere Schreibung von platzieren
**Plebejer,** (lat.), männl., –: 1. politisch freier, aber nicht gleichberechtigter, oft mittelloser Bürger im antiken Rom, 2. ungebildete, ungehobelte Person
**plebejisch,** (lat.): 1. zu den Plebejern gehörig, in ihrer Art, 2. (abschätzig) pöbelhaft, ordinär, primitiv
**Plebiszit,** (lat.), sächl., –e: Volksbeschluss, Entscheidung durch Volksabstimmung
**Plebs,** (lat.), weibl., nur Sing.: Sammelbez. für die altröm. Plebejer
**Plebs,** (lat.), weibl. (neuerdings auch männl.), nur Sing.: (abschätzig) Volksmasse, Pöbel
**Pleinairismus,** [plänä'ri.smus, fr.], männl., nur Sing.: Freilichtmalerei (in der freien Natur)
**Pleinpouvoir,** [plänpuwo'a:r, fr.], sächl., –s: unbeschränkte Vollmacht
**Pleistozän,** (gr.), sächl., nur Sing.: Eiszeitalter, älterer Abschnitt des Quartärs (Geol.)
**Plektron,** (gr.), sächl., Plektren: Plättchen oder Stäbchen zum Anreißen der Saiten von Zupfinstrumenten
**Plenum,** (lat.), sächl., Plenen: Vollversammlung, Gesamtheit der Mitglieder einer Körperschaft
**Pleochroismus,** (gr.), männl., nur Sing.: Eigenschaft mancher durchsichtiger Minerale, Licht nach mehreren Richtungen in verschiedene Farben zu zerlegen
**Pleonasmus,** (gr.), männl., Pleonasmen: Häufung (meist nur Dopplung) sinnverwandter Ausdrücke, Überbestimmung des Gemeinten (z. B. gern liebe ich zu lesen; gewöhnlich pflege ich zu lesen)
**Plesiosaurier,** (gr.), männl., –: ausgestorbene Riesenechse mit langem Hals und paddelartigen Gliedmaßen
**Pleura,** (gr.), weibl., Pleuren: Brustfell (Med.)
**Pleureuse,** [plö'rö:se, fr.], weibl., –n: 1. Trauerflor, Trauerrand an Kleidern, 2. geknüpfte, bunte Straußenfedern am Hut

**Pleuritis,** (gr.), weibl., Pleuritiden: Brustfell-, bes. Rippenfellentzündung (Med.)
**Pleuston,** (gr.), sächl., nur Sing.: Sammelbez. für die an oder auf der Wasseroberfläche lebenden Pflanzen und Tiere (Biol.)
**Plexiglas,** (Wz), sächl., nur Sing.: nichtsplitternder, flexibler, durchsichtiger Kunststoff
**Plexus,** (lat.), männl., nur Sing.: Gefäß- und Nervengeflecht (Med.)
**Pliozän,** (gr.), sächl., nur Sing.: jüngster Abschnitt des Tertiärs (Geol.)
**Plissee,** (fr.), sächl., –s: durch Pressung erreichte Faltung von textilen Geweben
**plissieren,** (fr.), in schmale, gleichmäßige Falten legen
**Plombe,** (lat.), weibl., –n: 1. Bleiverschluss an Behältern, Containern, Waggons u. a., 2. (umg.) Zahnfüllung
**plombieren,** (lat.): 1. mit einer Plombe verschließen, 2. (umg.) einen Zahn füllen
**Plot,** (engl.), männl. (auch sächl.), –s: in Roman oder Schauspiel der Aufbau und Ablauf einer Handlung und eines Konflikts
**Plumbum,** (lat.), sächl., nur Sing.: Blei, chem. Element (Zeichen: Pb)
**Plumeau,** [plü'mo:, fr.], –s: Federbett
**Plumpudding,** ['pla.mpu.ding, engl.], männl., –s: schwerer, gewürzter, im Wasserbad gekochter Rosinenpudding als englisches Weihnachtsgericht
**Plunger,** ['pla.ndscher, engl.], männl., –: langer Tauchkolben (v. a. bei Pumpen) mit Dichtungsmanschette, der regelmäßige Taktbewegungen ausführt
**Plural,** (lat.), männl., –e: Mehrzahl (Sprachwiss.)
**Pluraletantum,** (lat.), sächl., –s oder Pluraliatantum: nur in der Mehrzahl vorkommendes Substantiv (z. B. Eltern)
**Pluralis Majestatis,** (lat.), der: Bezeichnung eines Fürsten oder hohen Geistlichen für die eigene Person im Plur. (z. B. in Unserer Eigenschaft als Oberhaupt ...)
**Pluralismus,** (lat.), männl., nur Sing.: 1. idealistische Lehre, die die Welt als Vielheit nicht aufeinander bezogener Wesenheiten interpretiert (Philos.), 2. gesellschaftliches Miteinander und Nebeneinander vielgestaltiger weltanschaulicher, politischer, kultureller und ökonomischer Kräfte, die einander beeinflussen
**pluralistisch,** (lat.): auf dem Pluralismus beruhend, mannigfaltig,
**Pluralität,** (lat.), weibl., –en: Vielzahl, Mannigfaltigkeit (von Ansichten u. Ä.)
**Plus,** (lat.), sächl., –: Mehr, Überschuss, Vorteil
**Plusquamperfekt,** (lat.), sächl., –e: vollendete Vergangenheit, Vorvergangenheit sowie die entsprechende Form des Verbs (z. B. wir hatten gehofft; Sprachwiss.)
**Plutokrat,** (gr.), männl., –en: Geldmagnat, Großkapitalist, Angehöriger der Plutokratie
**Plutokratie,** (gr.), weibl., –n: Geldherrschaft, Diktatur des Kapitals; Gesellschafts- und Wirtschaftsordnung, in der die Hochfinanz und die kapitalstarke Unternehmerschaft politisch dominiert
**plutonisch,** (gr.): 1. zur Unterwelt gehörend (in der Mythologie), 2. auf Plutonismus beruhend (Geol.)
**Plutonismus,** (gr.), männl., nur Sing.: Gesamtheit der Vorgänge, die auf dem Aufsteigen von Magma aus dem Erdinnern beruhen (Geol.)
**Plutonium,** (gr.), sächl., nur Sing.: radioaktives, chem. Element (Zeichen: Pu), Energie liefernder Stoff in Kernreaktoren und Atombomben
**Pluviale,** (lat.), sächl., -(s): 1. Umhang der Priester in der kathol. Kirche während der Messe, 2. Krönungsmantel von Königen

**Pluviograph,** (lat.), männl., –en: Niederschlagsmesser, der die ermittelten Werte selbsttätig aufzeichnet

**Pluviometer,** (lat.), sächl., –: Regenmesser

**Pluviose,** [plüw'jo:s, fr.], männl., –s: 5. Monat im Kalender der Französischen Revolution (20. Jan. – 18. Febr.)

**Pneu,** (gr.), männl., –s: Luftreifen an Fahrzeugen, 2. Kurzwort für Pneumatik und Pneumothorax

**Pneuma,** (gr. »Hauch, Atem« ), sächl., nur Sing.: 1. Atem, Geist, Seele, Lebensprinzip (Philos.), 2. Heiliger Geist (Theol.)

**Pneumatik,** (gr.), weibl., nur Sing.: 1. Lehre von der Luft und ihrer Anwendung, 2. Lehre vom Pneuma (1) in der Philosophie

**pneumatisch,** (gr.): die Luft, das Atmen betreffend

**Pneumatologie,** (gr.), weibl., nur Sing.: Lehre vom Heiligen Geist; Lehre von den Engeln und Teufeln (Theol.)

**Pneumatometer,** (gr.), sächl., –: Gerät zum Messen der Atmung (Med.)

**Pneumograph,** (gr.), männl., –en: Gerät zum Aufzeichnen der Brustkorbbewegungen während des Atmens (Med.)

**Pneumokoniose,** (gr.), weibl., –n: durch jahrelanges, meist berufsbedingtes Einatmen von feinsten Partikeln entstandene kaum noch leistungsfähige Staublunge (Med.)

**Pneumolyse,** (gr.), weibl., –n: chirurgische Lösung der Lunge von der Brustwand (Med.)

**Pneumonektomie,** (gr.), weibl., –n: Lungenflügelentfernung (Med.)

**Pneumonie,** (gr.), weibl., –n: Lungenentzündung (Med.)

**Pneumothorax,** (gr.), männl., –e: Luftansammlung im Brustfellraum (Med.)

**pochieren,** (fr.): Speisen in Wasser knapp unter 100 Grad garziehen lassen (z. B. aufgeschlagene Eier)

**Pocketbook,** ['po.ketbuk, engl.], sächl. –s: Taschenbuch

**Pocketkamera,** (engl.), weibl., –s: handlicher, kleiner, einfacher Fotoapparat

**poco,** (italien.): wenig, ein wenig (Mus.)

**Podagra,** (gr.), sächl., nur Sing.: Gicht in einer oder mehreren Zehen (Med.)

**Podest,** (gr.), männl. (auch sächl.), –e: Treppenabsatz, erhöhter Teil des Fußbodens, kleines Podium

**Podex,** (lat.), männl., –e: (umg.) Gesäß, Popo

**Podium,** (gr.), sächl., Podien: Bühne, erhöhter Teil eines Raumes (z. B. für Ansprachen)

**Podsol,** (russ.), männl., nur Sing.: Grau- und Bleicherde, einer der Hauptböden in den gemäßigten Breiten (Geol.)

**Poem,** (gr.), sächl., –e: Gedicht, Dichtung

**Poesie,** (gr.), weibl., –n: Dichtkunst, Dichtung (v. a. Lyrik; Lit.)

**Poet,** (gr.), männl., –en: Dichter

**Poeta laureatus,** (gr.), männl., Poetae laureati: mit dem Lorbeerkranz geschmückter Dichter, staatlich ausgezeichneter Schriftsteller

**Poetaster,** (gr.), männl., –: Dichterling, Verfasser von rührseligem Schund

**Poetik,** (gr.), weibl., –en: wissenschaftliche Untersuchung und Beschreibung von Dichtung; Theorie der Dichtung; früher beliebtes Regelbuch für das kunstgerechte Verseschmieden

**poetisch,** (gr.), dichterisch, in gehobener Sprache, stimmungsvoll

**poetisieren,** (gr.): dichterisch ausschmücken

**Pogrom,** (russ. »Verheerung«), männl. (oft fälschl. sächl.), –e: blutige Ausschreitungen gegen rassische oder religiöse Minderheiten, früher v. a. gegen Juden in europäischen Ländern

**poikilotherm,** (gr.): wechselwarmblütig (Zool.)
**Point,** [po'än, fr.], männl., –s: Stich im Kartenspiel, Auge beim Würfeln
**Pointe,** [po'änte, fr.], weibl., –n: Sinn der Sache, springender Punkt; Tüpfelchen auf dem i; Überraschungseffekt, Lacher, Höhepunkt von Witzen, Anekdoten und dgl.
**Pointer,** ['peunter, engl.], männl., –: gescheckter engl. Vorstehhund
**pointieren,** [poän'ti:ren, fr.]: das Wesentliche einer Sache hervorheben, betonen, zuspitzen
**Pointillismus,** (fr.), männl., nur Sing.: Maltechnik im späten Impressionismus, bei der die Farbwirkung durch dichtes Häufen von Punkten aus unvermischten Farben erzielt wird
**Pokal,** (gr.), männl., –e: 1. Trinkbecher mit Fuß, 2. Siegpreis bei Wettkämpfen (v. a. im Sport)
**Poker,** (amerik.), sächl., nur Sing.: Kartenglücksspiel, bei dem es auf Bluff und Nervenstärke ankommt
**Pokerface,** ['po(a)kerfe:jß, amerik.], sächl., –s: gleichgültig wirkender, unbewegter Gesichtsausdruck, undurchschaubare Mimik
**pokern,** (engl.): 1. (ohne entsprechenden Rückhalt) hart verhandeln, hohes Risiko gehen, 2. Poker spielen
**pokulieren,** (lat.): (veraltet) zechen, stark trinken
**Pol,** (gr.), männl., –e: 1. Angelpunkt, Drehpunkt, der selbst in Ruhe ist; (übertr.) Übersicht und Gelassenheit bewahrender Mensch (ruhender P.), 2. Endpunkt der Erdachse, 3. Schnittpunkt der verlängerten Erdachse mit dem Himmelsgewölbe (Himmelspol), 4. positives sowie negatives Kraftlinienzentrum eines Magneten; Anode sowie Kathode in der Elektrizitätslehre (Phys.), 5. Kabelphase einer Stromleitung
**polar,** (gr.): die Pole betreffend, an den Polen befindlich, polnah; entgegengesetzt wirkend
**Polarisation,** (gr.), weibl., –en: 1. Bildung von Gegensätzen, Sichherauskristallisieren von kontroversen Meinungen, 2. in der Optik das Herstellen einer einheitlichen Schwingungsrichtung des Lichts (Phys.)
**polarisieren,** (gr.): 1. Gegensätze herausbilden, sich zu Gegensätzen entwickeln, 2. Lichtwellen zum Schwingen in einheitlicher Richtung bringen
**Polarität,** (gr.), weibl., –en: 1. Vorhandensein zweier Pole, 2. Gegensätzlichkeit (trotz ähnlicher Ausgangsbasis)
**Polaroidkamera,** (Wz), weibl., –s: Sofortbildkamera (Fotoapparat, der nach wenigen Augenblicken einen fertigen Abzug liefert)
**Polarkreis,** (gr.), männl., –e: Breitenkreis der Erde bei etwa 66,5 Grad im Süden wie im Norden, jenseits dessen z. B. das Phänomen der Mitternachtssonne zu beobachten ist (Geogr.)
**Polarstern,** (gr.), männl., nur Sing.: hellster Stern im Sternbild des Kleinen Wagen (Astron.)
**Polemik,** (gr.), weibl., –en: 1. literarische, wissenschaftliche, politische u. a. Fehde, Meinungsstreit, scharfer Wortwechsel sowie eine damit geführte Auseinandersetzung, 2. unfaire, unsachliche Kritik
**polemisch,** (gr.): 1. mit scharfen Worten, im Stil einer Polemik, 2. unfair, unsachlich kritisierend
**polemisieren,** (gr.): 1. wissenschaftlich oder literarisch streiten, 2. unsachlich, unfair kritisieren
**Polenta,** (lat.), weibl., –s: italien. Maisbrei
**Polente,** (jidd.), weibl., nur Sing.: (abschätzig) Polizei

**Poleposition,** ['po:lposisch(e)n, engl.], weibl., nur Sing.: bester Platz in der ersten Startreihe bei Autorennen

**Police,** [po'li:ß, fr.], weibl., –n: Versicherungsschein

**Polier,** (gr.), männl., –e: Vorarbeiter auf einer Baustelle

**polieren,** (gr.): glänzend putzen

**Poliklinik,** (gr.), weibl., –en: Krankenhaus oder Krankenhausabteilung zur ambulanten Behandlung von Patienten

**Polio,** (gr.), weibl., nur Sing.: Kurzwort für Poliomyelitis

**Poliomyelitis,** (gr.), weibl., ..litiden: spinale Kinderlähmung (Med.)

**Polis,** (gr.), weibl., Poleis: altgr. Stadtstaat

**Politbüro,** (gr.), sächl., –s: oberstes Führungsgremium kommunistischer Parteien

**Politesse,** (fr.), weibl., –n: 1. (veraltet) Höflichkeit, Feinheit, 2. Hilfspolizistin, die u. a. Parkvergehen zu ahnden hat

**political correct,** (engl.): nach bestimmten moralischen und politischen Maßstäben richtig oder richtig ausgedrückt (z. B. »anders begabt« statt »dumm«, »Anfallkranker« statt »Epileptiker«, »Afrikaner« statt »Schwarzer« oder »Neger«)

**Politik,** (gr.), weibl., –en: 1. im engeren Sinn Gesamtheit der Regierungstätigkeit auf allen Ebenen eines Staates; allg. Gesamtheit der Regelkreise menschlichen Zusammenlebens vom Recht bis zur Moral, von der Erziehung bis zur Kultur, 2. berechnendes Verhalten, zielorientiertes Handeln, planvolle Strategie

**Politikaster,** (gr.), männl., –: (abschätzig) politischer Schwätzer

**Politikum,** (gr.), sächl., ..tika: Sache, Ereignis von öffentlichem Interesse und politischem Gewicht

**Politiker,** (gr.), männl., –: jmd., der aktiv und hauptberuflich Politik gestaltet

**politisch,** (gr.): zur Politik gehörend, auf ihr beruhend

**politisieren,** (gr.): 1. über Politik reden, schwadronieren, 2. eine Sache zum Gegenstand politischer Entscheidungsfindung machen; das politische Interesse einer Person wecken

**Politologe,** (gr.), männl., –n: Wissenschaftler der Politologie

**Politologie,** (gr.), weibl., nur Sing.: Sammelbez. für die politischen Wissenschaften

**Politur,** (lat.), weibl., –en: 1. Glätte, Glanz, 2. Poliermittel

**Polizei,** (gr.), weibl., –en: 1. Ordnungs-, Sicherheits- und Exekutivorgan des Staates sowie Bez. für die Gesamtheit der Amtsträger, 2. Polizeiwache oder -gebäude

**Polizist,** (gr.), männl., –en: Beamter der Polizei

**Polka,** (poln.), weibl., –s: gradtaktiger böhmischer Rundtanz mit Schrittwechsel

**Pollen,** (lat.), männl., –: Blütenstaub, männl. Fortpflanzungszellen der Samenpflanzen (Bot.)

**Pollution,** (lat.), weibl., –en: unwillkürlicher nächtlicher Samenerguss (oft begleitet von erotisch gefärbten Träumen)

**Polo,** (engl.), sächl., –s: Treibballspiel zu Pferde

**Polonaise,** [polo'nä:se, fr.], weibl., –n: paarweise hintereinander geschrittener poln. Nationaltanz im 3/4 Takt; daraus entstandener Tanz in langen Ketten, bei dem die Hände dem Vordermann oder der Vorderfrau auf die Schultern gelegt werden (beliebt bes. zur Faschingszeit)

**Polonium,** sächl., nur Sing.: radioaktives chem. Element (Zeichen: Po), ein Halbmetall

**Polyamid,** (gr.), sächl., –e: Kunststoff (u. a. Perlon, Nylon)
**Polyandrie,** (gr.), weibl., nur Sing.: Vielmännerei, Ehegemeinschaft einer Frau mit mehreren Männern (Gegens.: Polygynie)
**Polyarthritis,** (gr.), weibl., –arthritiden: Gelenkentzündung (Med.)
**Polyäthylen,** (gr.), sächl., –e: Kunststoff aus polymerisiertem Äther
**Polychäten,** (gr.), männl., (Plur.): Vielborster, Meeresborstenwürmer (Zool.)
**Polychromie,** (gr.), weibl., –n: Vielfarbigkeit
**Polyeder,** (gr.), sächl., –: Vielflach, von ebenen Flächen begrenzter Körper (Math.)
**Polyester,** (gr.), männl., –: durch Polykondensation von Alkoholen und Karbonsäure hergestellter Kunststoff (Kunstfasern, Lacke u. a.)
**polyfon:** eindeutschende Schreibung von polyphon
**polygam,** (gr.): 1. in Vielehe lebend, 2. geschlechtliche Beziehungen zu mehreren Partnern unterhaltend, 3. zwittrige und eingeschlechtige Blüten besitzend (Bot.)
**Polygamie,** (gr.), weibl., nur Sing.: 1. Vielehe, eheliche Lebensgemeinschaft mit mehreren Partnern; sexuelle Promiskuität, 2. das Vorkommen von zwittrigen und eingeschlechtigen Blüten auf einer Pflanze (Bot.)
**polygen,** (gr.): 1. geprägt durch mehrere Erbfaktoren (Biol.), 2. entstanden durch mehrere Ursachen (Geol.)
**Polygenie,** (gr.), weibl., –n: durch mehrere Gene beeinflusste Ausbildung eines Merkmals bei der Vererbung
**polyglott,** (gr.): mehrsprachig, vielsprachig
**Polyglotte,** (gr.), weibl., –n: Werk mit demselben Text in verschiedenen Sprachen, mehrsprachiges Wörterbuch
**Polygon,** (gr.), sächl., –e: Vieleck, von mehreren Strecken begrenzte geometrische Figur (Math.)
**polygonal,** (gr.): vieleckig
**Polygraph,** (gr.), männl., –en: Apparatur, die mehrere Körperfunktionen beobachten und gleichzeitig aufzeichnen kann
**Polygynie,** (gr.), weibl., nur Sing.: Vielweiberei, Ehegemeinschaft eines Mannes mit mehreren Frauen (Gegens.: Polyandrie)
**polyhybrid,** (gr.): abstammend von in mehreren Merkmalen abweichenden Eltern (Biol.)
**polykarp,** (gr.): vielfruchtig, in bestimmter Zeit mehrmals Früchte tragend (Bot.)
**polymer,** (gr.): 1. vielteilig, 2. aus größeren Molekülen (Makromolekülen) bestehend, die durch Verknüpfung vieler einfacher Moleküle entstanden sind (Chem.)
**Polymer,** (gr.), sächl., –e: aus der Verknüpfung vieler kleiner Moleküle entstandene chemische Verbindung mit großen Molekülen (Chem.)
**Polymeter,** (gr.), sächl., –: Kombination von Thermometer und Hygrometer zur Bestimmung der Feuchte (Meteorol.)
**polymorph,** (gr.): vielgestaltig
**Polymorphie,** (gr.), weibl., nur Sing.: 1. Vielgestaltigkeit (v. a. Biol.), 2. Vorkommen von chemisch gleichen Mineralien mit verschiedenen Eigenschaften und Kristallformen (Chem.)
**Polynom,** (gr.), sächl., –e: als Summe oder Differenz von mehr als zwei Gliedern dargestellter mathematischer Ausdruck
**Polyp,** (gr.), männl., –en: 1. achtarmiger Kopffüßer, 2. festsitzendes Nesseltier, 3. gutartige Schleimhautgeschwulst (Med.), 4. (umg.) Polizist

**Polyphage,** (gr.), männl., –n: Tier, das sich von Pflanzen wie von verschiedenen Beutetieren ernährt, Allesfresser (Zool.)
**Polyphagie,** (gr.), weibl., –n: 1. krankhaft gesteigerter Appetit (Med.), 2. Ernährungsart von Tieren, die die unterschiedlichsten Pflanzen und Beutetiere fressen
**polyphon,** (gr.): mehrstimmig
**Polyphonie,** (gr.), weibl., nur Sing.: Vielstimmigkeit, Musikstil mit mehreren selbstständig geführten Stimmen (Mus.)
**polyploid,** (gr.): mit mehreren Chromosomensätzen (Biol.)
**Polyptychon,** [po'lüptichon, gr.], das Polyptychen: Flügelaltar(bild) mit mehr als zwei Flügeln
**Polysa(c)charid,** (gr.), sächl., –e: auf Einfachzucker aufgebauter Vielfachzucker (Chem.)
**Polysemie,** (gr.), weibl., –n: Mehrdeutigkeit sprachlicher Einheiten, Fähigkeit gleicher Laute in gleicher Kombination verschiedene Bedeutungen zu tragen (z. B. Stift: Schreibgerät, Halterung, Kloster, Hoteldiener; Sprachwiss.)
**Polyspermie,** (gr.), weibl., –n: gleichzeitiges Eindringen mehrerer Samenfäden in eine Eizelle (Biol.)
**Polystyrol,** (gr.), sächl., –e: Kunststoff aus polymerisiertem Styrol
**Polysyllabum,** [poly'sü.labus, gr.], sächl., –syllaba: aus mehreren Silben bestehendes Wort (Sprachwiss.)
**Polysyndeton,** [poli'sü.ndeton, gr.], sächl., –syndeta: durch Konjunktionen verbundene Wort- oder Satzreihe (Gegens.: Asyndeton; Sprachwiss.)
**Polytechnikum,** (gr.), sächl., –technika oder –techniken: gehobene Fachschule für Technik
**Polytheismus,** (gr.), männl., nur Sing.: Glaube an viele Götter
**Polytonalität,** (gr.), weibl., nur Sing.: gleichzeitiges Erklingen mehrerer Tonarten in einem Musikstück (Mus.)
**polytrop,** (gr.): vielfach anpassungsfähig (Biol.)
**polyvalent,** (gr.): gegen mehrere Krankheitserreger wirksam (z. B. Arzneimittel)
**Polyvinylchlorid,** (gr.), sächl., –e: ökologisch problematischer Kunststoff aus polymerisiertem Vinylchlorid v. a. für Fußbodenbelag (Abk.: PVC)
**Polyzythämie,** (gr.), weibl., –n: krankhaftes Ansteigen der roten Blutkörperchen (Med.)
**Pomade,** (lat.), weibl., –n: parfümierte Haarcreme
**pomadisieren,** (lat.): (Haare) mit Pomade einreiben
**pomadig,** (fr.): mit Pomade behandelt; (umg.) langsam, träge, behäbig
**Pomeranze,** (lat.), weibl., –n: Bitterorange
**Pommes frites,** [po.m'fri.t, fr.], sächl., (Plur.): in kochendem Fett gebackene Kartoffelstäbchen
**Pomologie,** (lat.), weibl., –n: Obstkunde, Obstbaukunde
**Pomp,** (gr.), männl., nur Sing.: Prunk, Prachtentfaltung
**Pompadour,** ['po.mpadu:r, fr.], männl., –s: (veraltet) beutelförmige Damenhandtasche (benannt nach einer Mätresse Ludwigs XV.)
**pompös,** (gr.): prunkhaft, großartig, hochtrabend
**Poncho,** ['po.ntscho, indian.], männl., –s: ärmelloser Umhang
**Pond,** (lat.), sächl., –: Maßeinheit der Kraft (Phys.)
**Ponderabilien,** (lat.), weibl., (Plur.): genau bestimmbare, wägbare Dinge, Körper, Stoffe
**Pönitent,** (lat.), männl., –en: in der kathol. Kirche Bez. für den Buße tuenden Sünder
**Pönitentiar,** (lat.), männl., –e: in der kathol. Kirche Bez. für den Beichtvater, der Bußstrafen verhängt

**Pontifex,** (lat.), männl., Pontifices: altrömischer Priester

**Pontifex maximus,** (lat.), männl., Pontifices maximi: Oberster Priester im alten Rom, einer der Oberbeamten; Titel des Papstes

**Pontifikalamt,** (lat.), sächl., ..ämter: vom Bischof gehaltene Messe in der kathol. Kirche

**Pontifikat,** (lat.), das oder der, –e: Amtsdauer und Würde des Papstes (auch eines Bischofs)

**Ponton,** [pon'ton, fr.], männl., –s: flachbodiger Bootskörper zum Tragen schwimmender Brücken, Schwimmkörper von Docks

**Pony,** (engl.), sächl., –s: 1. Kleinpferd, 2. kurzgeschnittenes Stirnhaar

**Pool,** [pu:l, engl.], männl., –s: 1. Kurzform von Swimmingpool, 2. Einsatztopf bei Geldglücksspielen, 3. gemeinsamer Betrieb einer Verkehrslinie durch mehrere Gesellschaften, gemeinsamer Fonds für die Gewinne eines Zusammenschlusses von Firmen

**Pop,** (engl. Kurzw. von popular = volkstümlich, zeitgemäß), männl., nur Sing.: Bez. für moderne Kunst-, Musik- und Unterhaltungsstile; grelle, bunte Jugendkultur

**Popanz,** (slaw.), männl., –e: Schreckgestalt, Vogelscheuche; willenloser Mensch, der Spielball anderer ist

**Pop-Art,** ['po.pa:(r)t, amerik.], weibl., nur Sing.: Richtung der modernen Kunst

**Popcorn,** (engl.), sächl., nur Sing.: Puffmais

**Pope,** (gr.), männl., –n: Geistlicher der Ostkirchen

**Popelin(e),** (fr.), männl., -(e): fein geripptes Gewebe aus verschiedenen Garnen (Kleider-, Mäntel- und Oberhemdenstoff)

**Popmusik,** (engl.), weibl., nur Sing.: moderne Schlagermusik, die von Rock und Beat beeinflusst ist

**Popper,** (engl.), männl., –: unpolitischer, angepasster, elegant gekleideter Jugendlicher

**poppig,** (engl.): grell-bunt und auffallend

**Popstar,** (engl.), männl., –s: prominenter Popmusiker

**populär,** (lat.): volkstümlich, beliebt bei vielen Menschen, en vogue

**popularisieren,** (lat.): (komplizierte Zusammenhänge) verständlich machen, in der Öffentlichkeit verbreiten

**Popularität,** (lat.), weibl., nur Sing.: Volkstümlichkeit, Beliebtheit

**Population,** (lat.), weibl., –en: 1. Einwohnerschaft eines Gebiets, 2. Gesamtheit der Lebewesen in einem Gebiet (Biol.), 3. Gruppe von Sternen gleicher Entwicklungsstufe in einem Sternensystem (Astron.)

**Porno,** (gr.), männl., –s: Kurzwort für pornografischer Film oder Werk der pornografischen Literatur

**Pornografie** (auch: Pornographie), (gr.), weibl., –n: primitiv aufreizende Darstellung sexueller Handlungen in Wort und Bild, oft unter Herabwürdigung der Frau oder Missbrauch von Kindern

**pornografisch** (auch: pornographisch), (gr.): in primitiver, oft verletzender Art geschlechtliche Handlungen zur Befriedigung voyeuristischer Bedürfnisse darstellend

**porös,** (gr.): durchlässig, mit Poren versehen

**Porphyr,** (gr.), männl., –e: ein rötliches Ergussgestein

**Porree,** (lat.), männl., –s: Gemüsepflanze (Lauch)

**Porridge,** ['po.ridsch, engl.], sächl. (auch männl.), nur Sing.: engl. Haferbrei

**Port,** (lat.), männl., –e: Hafen

**Portable,** ['portebl, engl.], männl. (auch sächl.), –s: tragbarer Fernseher, Rundfunkempfänger oder Computer

**Portal,** (lat.), sächl., e–: Haupteingang, Tor

**Portefeuille,** [port'fö:ij, fr.], sächl., –s: 1. Brieftasche, Aktenmappe, 2. Geschäftsbereich eines Ministers

**Portemonnaie** (auch: Portmonee), [portmo'na:, fr.], sächl., –s: Geldbörse, Geldtäschchen

**Portepee,** (fr.), sächl., –s: um den Griff eines Offiziersdegens geschlungenes Band mit Troddel; jmdn. beim Portepee fassen: an jmds. Ehre appellieren, um ihn zu motivieren

**Porter,** (engl.), sächl. (auch männl.), nur Sing.: dunkles, bitteres engl. Starkbier

**Porterhousesteak,** ['po:(r)te(r)haußßte:k, engl.], sächl., –s: zum Grillen gedachte oder schon gegrillte große, dicke Scheibe aus dem Rippenstück eines Rindes mit Filet

**Portier,** [port'je:, fr.], männl., –s: Pförtner

**Portiere,** [port'jä:re, fr.], weibl., –n: schwerer Türvorhang

**Portikus,** (lat.), männl., Portiken: Säulenhalle als Vorbau, Säulengang

**Portion,** (lat.), weibl., –en: Anteil, zugemessene Speisemenge

**Portmonee:** eindeutschende Schreibung von Portemonnaie

**Porto,** (lat.), sächl., –s: Postgebühr

**Portrait,** [por'trä:, fr.], sächl., –s: vgl. Porträt

**Porträt,** (fr.), sächl., –s: Bildnis, Brustbild eines Menschen in Malerei, Grafik, Plastik oder Fotografie

**porträtieren,** (fr.): ein Porträt von jmdm. anfertigen

**Porzellan,** (lat.), sächl., –e: aus China stammende kostbare weiße Tonware, die durch Brennen einer aus Kaolin, Feldspat, Quarz u. a. bestehende Masse hergestellt wird; Geschirr aus Porzellan

**Posamenten,** (lat.), weibl., nur Plur.: Kleiderbesatz aus Schnüren, Litzen, Perlen u. a.

**Posaune,** (lat.), weibl., –n: Blechblasinstrument mit verstellbaren Zügen zur Änderung der Tonhöhe

**posaunen,** (lat.): 1. die Posaune blasen, 2. weit hörbar herumerzählen

**Pose,** (gr.), weibl., –n: gekünstelte Stellung, Heuchelei

**posieren,** (gr.): 1. eine bestimmte Haltung annehmen, sich für etwas (z. B. eine Fotografie) aufstellen, 2. sich unnatürlich benehmen

**Position,** (lat.), weibl., –n: 1. Stellung, Lage; Meinung, Standpunkt, 2. momentaner Standort (eines Gestirns, Schiffes usw.), 3. Einzelposten (auf einer Rechnung oder Warenliste), 4. beruflicher Rang, 5. Stellung in einem hierarchischen System oder auf einer Sporttabelle

**positiv,** (lat.): 1. gut, zustimmend; vorteilhaft, günstig (Gegens.: negativ), 2. tatsächlich, greifbar, bestimmt, 3. größer als Null (Gegens.: negativ, von Zahlen oder Größen; Math.), 4. auf Elektronenmangel beruhende elektrische Ladung (Gegens.: negativ; Phys.), 5. einen krankhaften Befund aufweisend (Gegens.: negativ; Med.)

**Positiv,** (lat.), männl., –e: ungesteigerte Grundform des Adjektivs, erste Stufe der Steigerung von Adjektiven (Sprachwiss.)

**Positiv,** (lat.), sächl., –e: vergrößerter Abzug von einem fotografischen Negativ

**Positivismus,** (lat.), männl., nur Sing.: Theorie, nach der alle Erkenntnis auf Wahrnehmung beruht, Metaphysik mithin unmöglich ist (Philos.)

**positivistisch,** (lat.): 1. nach Art des Positivismus, ihn betreffend, 2. (abschätzig) wertfrei, oberflächlich, faktenhuberisch

**Positivum,** (lat.), sächl., Positiva: tatsächlich vorhandener Wert; Vorzug
**Positron,** sächl., Positronen: (Phys.) Elementarteilchen von Elektronenmasse mit positiver Elementarladung
**Positur,** (lat.), weibl., –en: auf Wirkung bedachte Haltung, Stellung
**possessiv,** (lat.): besitzanzeigend (Sprachwiss.)
**Possessivpronomen,** (lat.), sächl., –: besitzanzeigendes Fürwort (Sprachwiss.)
**possierlich,** (lat.): drollig, niedlich
**postalisch,** (lat.): auf dem Postweg befördert oder zu befördern, die Post betreffend
**Postament,** (lat.), sächl., –e: Fußgestell, Unterbau, Sockel
**post Christum (natum),** (lat.): nach Christi Geburt (nach Christus, n.Chr.)
**Poster,** ['po:ßter, engl.], sächl., –: Plakat, Großfoto, großer Siebdruck oder andere großformatige Reproduktion als Wandschmuck u. a.
**postglazial,** (lat.): nacheiszeitlich
**posthum,** (lat.): vgl. postum
**postieren,** (lat.): 1. jmdn. oder sich zur Bewachung oder Beobachtung an einer bestimmten Stelle aufstellen, 2. etwas an einem bestimmten Punkt hinstellen, etwas platzieren
**Postille,** (lat.), weibl., –n: Erbauungs-, Predigtheftchen
**Postillion,** (lat.), männl., –e: 1. Postkutscher, 2. orangegelber Tagschmetterling
**Postillion d'Amour,** [poßtil'jon da'mu:r, fr.], männl., –s –: Überbringer von Liebesbriefen oder -grüßen, Liebesbote
**Postludium,** (lat.), sächl., Postludien: Nachspiel (Mus.)
**postmortal,** (lat.): nach dem Tode auftretend (Med.)
**post mortem,** (lat.): nach dem Tod
**postnatal,** (lat.): nach der Geburt eingetreten oder eintretend (Med.)
**postnumerando,** (lat.): nach dem Empfang (zahlbar)
**postoperativ,** (lat.): nach der Operation auftretend (Med.)
**Postskript(um),** (lat.), sächl., –e: Nachschrift, Nachtrag (Abkürzung: PS)
**Postulant,** (lat.), männl., –en: Bewerber
**Postulat,** (lat.), sächl., –e: 1. vor dem Eintritt in einen religiösen Orden abzuleistende Probezeit, 2. (veraltet) Forderung, 3. Annahme; denknotwendige Voraussetzung (Philos.)
**postulieren,** (lat.): fordern, verlangen, voraussetzen, zur Bedingung stellen
**postum,** (lat.): 1. nach dem Tod des Verfassers erschienen, 2. nach dem Ableben (erst) bekannt geworden, 3. nach dem Tod erfolgt (von Ehrungen)
**Pot,** (engl.), sächl., nur Sing.: (umg.) Haschisch, Marihuana,
**Pot,** (engl.), männl., –s: nur Sing.: Kasse oder Summe der Einsätze beim Poker
**Potatorium,** (lat.), sächl., nur Sing.: Trunksucht (Med.)
**Potaufeu,** [poto'fö:, fr.], männl. (auch sächl.), –s: fr. Eintopfgericht
**potent,** (lat.): mächtig, leistungsfähig; zeugungsfähig, in der Lage, den Geschlechtsverkehr auszuführen (vom Mann gesagt)
**Potentat,** (lat.), männl., –en: Machthaber, regierender Fürst
**Potentialis,** (lat.), männl., ..tiales: Möglichkeitsform des Verbs (Sprachwiss.)
**Potentiometer,** (lat.), sächl., –: Spannungsteiler in Form eines regulierbaren (Schiebe-)Widerstands; Gerät zur Abnahme von Teilspannungen
**Potenz,** (lat.), weibl., –en: 1. Macht, Leistungsfähigkeit, 2. männl. Fähigkeit, den Geschlechtsverkehr auszuführen, Erektionsfähigkeit, 3. Rechenoperation, bei der eine Zahl zweimal oder häufiger mit sich selbst multipliziert wird, Schreibweise: $5^2$ = 5.5, Sprechweise: fünf hoch zwei

(Math.), 4. Grad der Verdünnung eines homöopathischen Heilmittels (Med.)

**potenzial** (auch: potential), (lat.): möglich, der Möglichkeit nach

**Potenzial** (auch: Potential), (lat.), sächl., –e: Leistungsfähigkeit, Gesamtheit der zur Verfügung stehenden Kräfte oder Mittel

**potenziell** (auch: potentiell), (lat.): möglich, denkbar

**potenzieren,** (lat.): 1. steigern, erhöhen, vervielfachen, 2. mit sich selbst malnehmen, zur Potenz erheben (Math.)

**Potpourri,** ['po.tpuri, fr.], sächl., –s: 1. Allerlei, Kunterbunt, 2. Mischgericht, 3. aus beliebten Melodien zusammengestelltes Musikstück, zitierende Komposition (Mus.)

**Poularde,** [pu'la.rde, fr.], weibl., –n: kastriertes Masthuhn

**Pound,** [paund, engl.), sächl., –s: 1. britische Währungseinheit (Pfund), 2. angloamerik. Gewichtsmaß

**Pour le Mérite,** [pu:rleme'ri:t, fr.], männl., –: hoher deutscher Verdienstorden

**poussieren,** [pu'ßi:ren, fr.]: (umg.) flirten, jmd. den Hof machen, liebäugeln

**Pouvoir,** [puwo'a:r, fr.], sächl., –s: Handlungsvollmacht

**Power,** ['paue(r), engl.], weibl., nur Sing.: (umg.) Macht, Kraft, Dynamik, Stärke

**powern,** ['pauern, engl.]: (umg.) sich voll einsetzen, kämpfen, Dampf machen

**Powerplay,** ['pauerple:j, engl.], sächl., –s: Kampf mit letztem Einsatz; Einschnüren der gegnerischen Mannschaft, so dass diese nicht ins Spiel zu kommen vermag (z. B. beim Fußball oder Eishockey)

**PR,** (engl.), weibl., nur Sing.: Abk. für Public Relations

**Prä,** (lat.), sächl., –s: 1. Vorrang, 2. Vorteil

**Präambel,** (lat.), weibl., –n: Einleitung, Vorrede; den Geist und die Absicht eines Textes (z. B. eines Vertrags- oder Gesetzeswerks) kurz umreißendes Geleitwort

**Präbende,** (lat.), weibl., –n: Pfründe, mit Einkünften verbundenes kirchliches Amt

**Prädestination,** (lat.), weibl., nur Sing.: 1. Vorherbestimmung, das Vorausbestimmtsein, 2. religiös-philosophische Lehre, nach der alles Geschehen in der Welt vorherbestimmt ist (Schopenhauer: »Wir sollen die Begebenheiten, wie sie eintreten, mit eben dem Auge betrachten, wie das Gedruckte, wohl wissend, dass es da stand, ehe wir es lasen«.)

**prädestinieren,** (lat.): vorbestimmen

**prädestiniert,** (lat.): vorbestimmt; wie geschaffen für etwas

**Prädikant,** (lat.), männl., –en: Hilfsprediger

**Prädikat,** (lat.), sächl., –e: 1. Note, Zensur, 2. Rang-, Titelbezeichnung, 3. Satzaussage, vom Subjekt und der Modalität des Handelns bestimmte finite Form des Verbs in einem Satz (Sprachwiss.)

**Prädiktion,** (lat.), weibl., –en: Voraussage

**prädisponieren,** (lat.): für eine Krankheit bes. empfänglich sein

**Prädisposition,** (lat.), weibl., –en: Anlage, Empfänglichkeit

**Prädomination,** (lat.), weibl., nur Sing.: Vorherrschaft

**prädominieren,** (lat.): vorherrschen

**praecox,** (lat.): zur früh auf- oder eintretend (Med.)

**Präfation,** (lat.), weibl., –en: Gesang des Priesters vor der Wandlung in der kathol. Messe

**Präfekt,** (lat.), männl., –en: 1. Bezirksvorsteher, oberster Beamter einer Präfektor (in Frankreich), 2. Statthalter im antiken Rom, 3. aufsichtsführender Schüler in einem Internat, 4. in der kathol. Kirche ein leitender Geistlicher mit besonderen Aufgaben

**Präfektur,** (lat.), weibl., –en: Amt(sgewalt) und Bezirk eines Präfekten
**Präferenz,** (lat.), weibl., –en: Vorrang, Vorzug
**präferenziell** (auch: präferentiell), (lat.): bevorzugt, vorrangig
**Präfix,** (lat.), sächl., –e: Vorsilbe (z. B. Vorsilbe; Sprachwiss.)
**präglazial,** (lat.): voreiszeitlich (Geol.)
**Pragmatik,** (gr.), weibl., nur Sing.: 1. Teilgebiet der Sprachwiss., das sich mit der Beziehung zwischen Wörtern und deren Bedeutung für den Menschen beschäftigt, 2. nüchterner Realitätssinn, am Nützlichen und Möglichen orientiertes Handeln
**Pragmatiker,** (gr.), männl., –: 1. Anhänger des Pragmatismus, 2. Person, die ihr Handeln und Denken auf das Nützliche und Mögliche ausrichtet
**pragmatisch,** (gr.): 1. an der Praxis orientiert, realitätsbezogen, sachdienlich, 2. fach- und geschäftskundig
**Pragmatismus,** (gr.), männl., nur Sing.: Methode der Wahrheits- und Wertprüfung allein anhand der praktischen Konsequenzen einer Theorie oder Handlung (Philos.)
**prägnant,** (lat.): kurz, treffend, bedeutungsvoll
**Prägnanz,** (lat.), weibl., nur Sing.: Kürze, Schärfe, Genauigkeit (der Formulierung)
**Prähistorie,** (lat.), weibl., nur Sing.: Vorgeschichte
**Prähistoriker,** (lat.), männl., –: Geschichtsforscher, der sich mit der Vorgeschichte des Menschen beschäftigt
**prähistorisch,** (lat.): vorgeschichtlich
**Prairial,** [prär'ja.l, fr.], männl., –s: 9. Monat im Kalender der Französischen Revolution (20. Mai bis 18. Juni)
**Präjudiz,** (lat.), sächl., –e: 1. Vorurteil, vorgefasste Meinung, 2. für andere Entscheidungen wegweisender Richterspruch (Rechtsw.), 3. den weiteren Entscheidungsprozess belastende oder beeinflussende (voreilige) Handlung
**präjudizieren,** (lat.): einer gerichtlichen Entscheidung vorgreifen, einen Entscheidungsprozess im Vorhinein in eine bestimmte Richtung lenken
**Präkambrium,** (lat.), sächl., nur Sing.: Frühzeit der Erdgeschichte (Geol.)
**Präkardialgie,** (lat.), weibl., –n: Schmerzen in der Herzgegend (Med.)
**präkarzinomatös,** (lat.): die Entstehung von Krebs begünstigend (Med.)
**präklusiv,** (lat.): ein Recht verwirkend, ausschließend (Rechtsw.)
**Präklusivfrist,** (lat.), weibl., –en: vom Gericht Termin, nach dem ein Recht nicht mehr geltend gemacht werden kann (Rechtsw.)
**Präkognition,** (lat.), weibl., nur Sing.: eingebildete außersinnliche Wahrnehmung, Vorausahnen künftiger Ereignisse (Parapsychol.)
**präkonisieren,** (lat.): ernennen eines Bischofs in feierlicher Form in Gegenwart der Kardinäle
**praktifizieren,** (gr.): verwirklichen, in die Praxis umsetzen, ausüben
**Praktik,** (gr.), weibl., –en: 1. Ausübung, Handhabung, 2. Trick, listiger Streich, Kniff
**praktikabel,** (gr.): brauchbar, ausführbar, gangbar, machbar
**Praktikant,** (gr.), männl., –en: Berufsanwärter; zeitweilig mitarbeitende Person, die einen Betrieb oder einen Beruf in der Praxis kennen lernen will
**Praktiker,** (gr.), männl., –: 1. die praktische Arbeit einer theoretischen vorziehender Mensch, 2. praktischer Arzt im Unterschied zum Kliniker
**Praktikum,** (gr.), sächl., Praktika: 1. praktische Betätigung zum Kennenlernen eines Berufs während der Schulzeit, 2. praktischer Kursus wäh-

rend eines Hochschulstudiums (z. B. Präparierkurs der Medizinstudenten)

**Praktikus,** (gr.): (umg.) patenter Mensch, der für alltägliche Probleme immer eine Lösung weiß; Tüftler

**praktisch,** (gr.): 1. in der Praxis, wirklich, 2. zweckmäßig, gut zu gebrauchen, 3. zum Praktikum gehörend, mit Übungen verbunden, 4. erfahren, ideenreich

**praktizieren,** (gr.): 1. in der Praxis anwenden, 2. etwas ernsthaft und aktiv ausüben, sich engagieren, 3. (umg.) eine Sache geschickt an eine bestimmte Stelle legen oder jmdm. unterschieben, 4. als niedergelassener Arzt arbeiten

**Prälat,** (lat.), männl., –en: höherer Geistlicher der kathol. Kirche

**Präliminarien,** (lat.), sächl., (Plur.): Einleitung, Vorspiel, Vorverhandlungen

**Praline,** (fr.), weibl., –n: gefüllte Süßigkeit, meist mit Schokoladenüberzug

**Pralinee,** (fr.), sächl., –s: vgl. Praline

**präludieren,** (lat.): frei gestaltend ein Vorspiel zu Gehör bringen (v. a. vor einem Gottesdienst auf der Orgel; Mus.)

**Präludium,** (lat.), sächl., Präludien: Vorspiel, einleitendes und einstimmendes Stück (Mus.)

**Prämie,** (lat.), weibl., –n: 1. Belohnung, Vergütung für gute Leistungen, Gewinn, Zuschlag zum Sparguthaben, 2. regelmäßig zu zahlender Versicherungsbeitrag

**prämieren,** (lat.): auszeichnen, belohnen

**Prämisse,** (lat.), weibl., –n: Voraussetzung, Vordersatz eines logischen Schlusses

**prämortal,** (lat.): dem Tode unmittelbar vorangehend (Med.)

**pränatal,** (lat.): der Geburt unmittelbar vorausgehend (Med.)

**Pränova,** (lat.) die, Pränovä: (Astron.) Fixstern im Novavorstadium (vor seiner Explosion)

**pränumerando,** (lat.): im voraus zahlbar

**Präparat,** (lat.), sächl., –e: 1. sachgemäß und kunstgerecht Zubereitetes (z. B. Medikament), 2. durch Anfärben o. Ä. vorbereitetes Objekt zum Mikroskopieren, 3. für Lehrzwecke haltbar gemachte Pflanzen- oder Tierkörperteile

**Präparation,** (lat.), weibl., –en: 1. (veraltet) Vorbereitung auf den Unterricht, 2. Herstellung eines Präparats

**Präparator,** (lat.), männl., ..toren: beruflich Präparate herstellende Person, jmd., der Tiere ausstopft und damit haltbar macht

**präparieren,** (lat.): 1. für Lehrzwecke zerlegen, zerschneiden und haltbar machen, 2. sich auf den Unterricht vorbereiten (von Lehrer wie Lernendem), üben, sich bereitmachen

**Präponderanz,** (lat.), weibl., nur Sing.: Übergewicht, das Vorherrschen (z. B. eines Staates)

**präponderieren,** (lat.): vorherrschen, ein Übergewicht (vor anderen) besitzen

**Präposition,** (lat.), weibl., –en: Verhältniswort (z. B. vor, seit; Sprachwiss.)

**präpositional,** (lat.): mit einer Präposition verbunden (Sprachwiss.)

**Präputium,** (lat.), sächl., Präputien: Penisvorhaut (Med.)

**Präraffaelit,** (lat.), männl., –en: Angehöriger einer 1848 gegründeten engl. Gruppe von Malern und Dichtern, die bewusst auf Kunst und Kunstauffassung Raffaels zurückgriffen

**Prärie,** (fr.), weibl., –n: Grassteppe im mittleren Westen Nordamerikas

**Prärogativ,** (lat.), sächl., –e: Vorrecht, Privileg, Vorzug

**Präsapiensmensch,** (lat.-dt.), männl., –en: Frühform des Menschen

**Präsens,** (lat.), sächl., Präsentia oder Präsentien: Gegenwartsform des Verbs (z. B. wir singen; Sprachwiss.)

**präsent,** (lat.): gegenwärtig, anwesend; aufmerksam, bei der Sache

**Präsent,** (lat.), sächl., –e: Geschenk, Gabe
**Präsentation,** (lat.), weibl., –en: das Präsentieren, Vorstellung, Darbietung
**präsentieren,** (lat.): 1. darbieten, vorstellen, (einen Wechsel) zur Zahlung vorlegen, 2. unters Gewehr treten, mit einem Waffengriff einen hohen Gast begrüßen
**Präsenz,** (lat.), weibl., nur Sing.: Gegenwart, Anwesenheit; Aufmerksamkeit
**Präsenzbibliothek,** (lat.), weibl., –en: Büchersammlung, deren Exemplare dem Benutzer nur in deren Räumen selbst zur Verfügung stehen
**Präser,** (fr.), männl., –: Kurzform von Präservativ
**Präservativ,** (fr.), sächl., –e: über den Penis abzurollender Gummischutz vor Empfängnis oder (passiver wie aktiver) Ansteckung beim Geschlechtsverkehr; Kondom
**Präserve,** (fr.), weibl., –n: Halbkonserve zum baldigen Gebrauch
**Präses,** (lat.), männl., nur Sing.: Vorsitzender, in der kathol. Kirche Vereinsvorstand, in der evang. Kirche Leiter einer Synode und Präsident einer Landeskirche
**Präsident,** (lat.), männl., –en: 1. gewähltes Staatsoberhaupt, 2. Leiter einer Tagung, eines Vereins, einer Behörde u. Ä.
**präsidial,** (lat.): den Präsidenten oder das Präsidium betreffend
**Präsidialsystem,** (lat.), sächl., nur Sing.: Regierungssystem, in dem der Präsident nicht nur repräsentiert, sondern auch regiert (z. B. in Frankreich)
**präsidieren,** (lat.): eine Versammlung leiten, den Vorsitz innehaben
**Präsidium,** (lat.), sächl., Präsidien: 1. Vorsitz, Vorsteheramt, 2. Leitungsgremium, 3. Amtssitz eines Präsidenten (z. B. Polizei-P.)
**präskriptiv,** (lat.): vorschreibend, auf Vorschriften beruhend
**präsumieren,** (lat.): voraussetzen, vermuten, annehmen
**Präsumtion,** (lat.), weibl., –en: Annahme, Vermutung, Voraussetzung
**Prätendent,** (lat.), männl., –en: auf ein Amt oder ein Recht Anspruch erhebende Person; Thronanwärter
**prätendieren,** (lat.): fordern, beanspruchen, auf Rechte pochen, Anspruch auf etwas erheben
**Prätention,** (lat.), weibl., –en: Anspruch, Anmaßung, Dünkel
**prätentiös,** (lat.): anmaßend, anspruchsvoll
**Präteritum,** (lat.), sächl., Präterita: Vergangenheitsform des Verbs (z. B. wir sangen; Sprachwiss.)
**präterpropter,** (lat.): in etwa, ungefähr
**Prätor,** (lat.), männl., –en: hoher Beamter im antiken Rom
**Prätorianer,** (lat.), männl., –: Angehöriger der Leibgarde der römischen Kaisers
**prävalent,** (lat.): vorherrschend, überwiegend
**Prävalenz,** (lat.), weibl., nur Sing.: Übergewicht, Vorrang, Überlegenheit
**Prävention,** (lat.), weibl., –en: das Zuvorkommen, Vorbeugung
**präventiv,** (lat.): vorbeugend
**Praxis,** (gr.), weibl., Praxen: 1. (nur Sing.) Tätigkeit, Ausübung, Anwendung, 2. (nur Sing.) Erfahrung (z. B. im Beruf), 3. Warte-, Behandlungs- und Untersuchungsräume eines niedergelassenen Arztes
**Präzedenz,** (lat.), sächl., Präzedenzien: Vorrang, Vortritt
**Präzedenzfall,** (lat.-dt.), männl., –fälle: für die Entscheidungsfindung in ähnlich gelagerten Rechtsstreitigkeiten geeigneter Musterfall (Rechtsw.)
**Präzeptor,** (lat.), männl., –zeptoren: (früher für:) Lehrer, Erzieher
**Präzession,** (lat.), weibl., –en: Schwankung der Achse eines rotierenden (Him-

mels-)Körpers unter dem Einfluss äußerer Kräfte (Phys.; Astron.)
**präzis(e),** (lat.): genau, sorgfältig, treffend, eindeutig
**präzisieren,** (lat.): treffender und genauer formulieren
**Präzision,** (lat.), weibl., nur Sing.: Genauigkeit, Schärfe, Angemessenheit
**prekär,** (lat.): unsicher, schwierig, peinlich
**Prélude,** [pre'lü:d, fr.], sächl., –s: 1. Präludium, 2. der Fantasie ähnliches Klavierstück (seltener auch für Orchester; Mus.)
**Premier,** [prem'je:, fr.], männl., –s: Kurzform für Premierminister
**Premiere,** (fr.), weibl., –n: Ur-, Erstaufführung eines Bühnenwerks oder eines Films
**Premierminister,** [prem'je:..., fr.-dt.], männl., –: Erster Minister, Ministerpräsident, Leiter der Regierung (z. B. in Frankreich)
**Presbyter,** (gr.), männl., –: 1. Gemeindevorsteher in der christl. Urkirche, 2. Priester in der kathol. Kirche, 3. Kirchenältester, Mitglied des Kirchenvorstandes in der evang. Kirche
**Presbyterianer,** (gr.), männl., –: Angehöriger protestantischer Kirchen mit reformierter Ordnung im Nordamerika und England
**Presbyterium,** (gr.), sächl., Presbyterien: 1. Altarraum in kathol. Kirchen, 2. Priesterschaft in der kathol. Kirche, 3. Gemeindekirchenrat, Kirchenvorstand in der evang. Kirche
**Preshavelotion,** ['pri:sch:ejflo:sch(e)n, engl.], zur Vorbereitung der Rasur eingesetztes Gesichtswasser
**pressieren,** (lat.): drängen, Eile haben
**Pressing,** (engl.), sächl., nur Sing: frühes Stören des Gegners und entsprechnder Druck nach vorn im Fußball
**Pression,** (lat.), weibl., –en: Druck, Nötigung, Erpressung
**Pressuregroup,** ['prä.sche(r)gru:p, engl.], weibl., –s: mit Werbung, Druckmitteln oder Bestechung für seine Ziele bei einer Partei, Regierung, Verwaltung usw. arbeitender Interessenverband
**Prestige,** [pre'sti:sch, fr.], sächl., nur Sing.: Ansehen, Geltung, Ruf; Einfluss
**prestissimo,** (lat.): äußerst schnell (Mus.)
**presto,** (lat.): sehr schnell (Mus.)
**Pretiosen,** (lat.), weibl., Plur.: Sammelbez. für kostbaren Schmuck
**preziös,** (lat.): geziert, geschraubt, kostbar
**Priapismus,** (gr.), männl., nur Sing.: anhaltende, schmerzhafte Erektion des Penis (Med.)
**prim,** (lat.): nur durch 1 und sich selbst teilbar (Math.)
**Prim,** (lat.), weibl., –en: 1. Fechthieb (Kopfhieb), 2. kathol. Morgengebet, 3. vgl. Prime
**prima,** (lat.): erstklassig, ausgezeichnet; (umg.) verlässlich, o.k.
**Prima,** (lat.), weibl., Primen: (veraltend) Bezeichnung für die beiden höchsten Klassenstufen an Gymnasien (Ober-, Unterprima)
**Primaballerina,** (italien.), weibl., ..rinen: erste Tänzerin eines Balletts
**Primadonna,** (italien.), weibl., ..donnen: erste Sängerin eines Opernhauses
**Primage,** [pri'ma:sch, fr.], weibl., –n: dem Kapitän gewährter freiwilliger Zuschlag des Auftraggebers zu den Frachtkosten; Primgeld
**Primaner,** (lat.), männl., –: Schüler der Ober- oder Unterprima
**primär,** (lat.): 1. ursprünglich, zuerst vorhanden, 2. an erster Stelle stehend, vorrangig, in erster Linie, 3. grundlegend
**Primäraffekt,** (lat.), männl., –e: erstes Stadium oder Symptom einer Infektionskrankheit (Med.)
**Primärenergie,** (lat.), weibl., –n: Rohenergie; aus natürlichen, noch nicht aufbe-

reiteten Energieträgern (z. B. Kohle, Erdöl, Erdgas) gewonnene Energie

**Primarius,** (lat.), männl., Primarien: erster Geiger eines Kammerorchesters (Mus.)

**Primarstufe,** (lat.), weibl., –n: 1. bis 4. Schuljahr in der Grundschule

**Primary,** ['praimeri, engl.], weibl., Primarys (meist Plur.): Vorwahl in den USA

**Primas,** (lat.), männl., –se: 1. oberster Bischof der röm.-kathol. Kirche eines Landes, 2. erster Geiger einer Zigeunerkapelle

**Primat,** (lat.), männl. (oft fälschl. sächl.), –e: Vorrang, bevorzugte Stellung

**Primat,** (lat.), männl., –en: Säugetier der obersten Tierordnung, Herrentier (Halbaffe, Affe, Mensch)

**prima vista,** (italien.): vom Blatt (spielen; Mus.)

**prima volta,** (italien.): beim ersten Mal (Mus.)

**Prime,** (lat.), weibl., –n: 1. erster Ton der Tonleiter (Mus.), 2. Kurztitel auf am Fuß der ersten Seite eines Druckbogens, Bogennorm

**Primipara,** (lat.), weibl., Primiparen: Erstgebärende (Med.)

**primitiv,** (lat.): 1. urzuständlich, ursprünglich, 2. einfach, kunstlos, behelfsmäßig, 3. auf niedriger Entwicklungsstufe stehend, 4. (abschätzig) niveaulos, dürftig, geistig anspruchslos, billig, dumm

**Primitivismus,** (lat.), männl., nur Sing.: von der Kunst der Naturvölker beeinflusste moderne Kunstrichtung

**Primitivität,** (lat.), weibl., nur Sing.: 1. Einfachheit, Dürftigkeit, 2. das Primitivsein, Niveaulosigkeit, Dummheit

**Primiz,** (lat.), weibl., –en: erste Messe eines neugeweihten kathol. Priesters

**Primizien,** (lat.), weibl., Plur.: Frühlingsopfer für die Götter im antiken Rom

**primo,** (lat.): erster oder erstes, zuerst (Mus.)

**Primo,** (lat.), sächl., nur Sing.: erste Stimme beim vierhändigen Klavierspiel (Mus.)

**Primogenitur,** (lat.), weibl., –en: Erb- und Thronfolge des erstgeborenen Sohnes und seiner männl. Nachkommen

**Primus,** (lat.), männl., –se und Primi: Klassenerster, Klassenbester

**Primus inter Pares,** (lat.): Erster unter Ranggleichen

**Primzahl,** (lat.-dt.), weibl., –en: Zahl, größer als 1, die nur durch 1 und durch sich selbst teilbar ist (außer der 2 nur ungerade Zahlen; Math.)

**principiis obsta!,** (lat. »wehre den Anfängen!«): Mahnung, bedenklichen und gefährlichen Entwicklungen von Anfang an entschlossen entgegenzutreten

**Printed in,** (engl.): gedruckt in (Büchervermerk über das Land, in dem ein Buch hergestellt worden ist)

**Printer,** (engl.), männl., –: Drucker, Peripheriegerät einer Computeranlage

**Printmedien,** (lat.), sächl., Plur.: Sammelbez. für die Informations-, Meinungs- und Unterhaltungsträger, die gedruckt verbreitet werden (Bücher, Zeitungen, Zeitschriften u. a.)

**Prinzeps,** (lat.), männl., Prinzipes: 1. Titel der antiken röm. Kaiser, 2. Senator im alten Rom mit Erstrederecht

**Prinzip,** (lat.), sächl., –ien: Grundsatz, Richtschnur, innere Logik; Gesetzmäßigkeit; Basis einer Idee

**Prinzipal,** (lat.), männl., –e: Lehrherr, Geschäftsinhaber (eines Familienbetriebs), Leiter einer Theatertruppe

**Prinzipal,** (lat.), sächl., –e: Hauptstimme, ein Orgelregister

**prinzipiell,** (lat.): auf einem Grundsatz (Prinzip) beruhend; grundsätzlich, dem Prinzip gemäß

**Prior,** (lat.), männl., Prioren: Vorsteher eines Ordens oder Klosters oder dessen Stellvertreter
**Priorität,** (lat.), weibl., –en: 1. Vorrang, zeitliches Vorhergehen, Dringlichkeit, 2. (nur Plur.) Wertpapiere mit Vorzugsrechten (z. B. Namensaktien)
**Prise,** (lat.), weibl., –n: 1. kleine Menge (z. B. Salz, Tabak), 2. aufgebrachtes feindliches oder für den Feind fahrendes Handelsschiff
**Prisma,** (gr.), sächl., Prismen: 1. ein Körper mit parallelen kongruenten Grund- und Deckflächen, dessen Seitenkanten parallel verlaufen (Math.), 2. dem mathematischen Körper ähnliche Kristallform, 3. durchsichtiger Körper aus lichtbrechendem Stoff, der einen durchgehenden Lichtstrahl ablenkt und in die Spektralfarben zerlegt (Phys.)
**privat,** (lat.): 1. persönlich, intim; nicht staatlich, nicht öffentlich, 2. häuslich, zum häuslichen Bereich gehörend, vertraulich
**Privataudienz,** (lat.), weibl., –en: Gespräch unter vier Augen mit einer hochgestellten Persönlichkeit (z. B. dem Papst) über persönliche Angelegenheiten
**Privatdozent,** (lat.), männl., –en: habilitierter Hochschullehrer, der noch keine Professur erhalten hat
**Privatier,** [priwat'je:, fr.], männl., –s: 1. Rentner, 2. keinen Beruf ausübende, vom Vermögen lebende Person
**privatim,** (lat.): vertraulich, geheim
**Privatinitiative,** (lat.), weibl., –n: Unternehmung aus eigenem Antrieb heraus; von Privatpersonen ausgehende Anregung, Planung, Unternehmung
**privatisieren,** (lat.): 1. staatliche Betriebe verkaufen und in private Hände übergeben, 2. keinen Beruf ausüben, vom Vermögen leben
**Privatisierung,** (lat.), weibl., –en: Verkauf von staatlichem Besitz und damit Übergabe an private Besitzer
**privatissime,** (lat.): streng vertraulich, im engsten Kreis
**Privileg,** (lat.), sächl., –ien: Vorrecht, Ausnahmerecht, Vorzug
**privilegieren,** (lat.): bevorzugen, mit Vorrechten ausstatten
**Prix,** [pri, fr.), männl., –: Preis
**pro,** (lat.): für, je
**Pro,** (lat.), sächl., nur Sing.: das Dafürsein, das Für (Gegens.: Kontra)
**pro anno,** (lat.): je Jahr, jährlich
**probabel,** (lat.): wahrscheinlich, vermutlich
**Proband,** (lat.), männl., –en: Testperson, Prüfling, Kandidat
**probat,** (lat.): bewährt, erprobt
**probieren,** (lat.): prüfen, versuchen; kosten, abschmecken; proben, üben
**Problem,** (gr.), sächl., –e: Schwierigkeit, kontroverse Frage; eine zu lösende Aufgabe, Aufgabenstellung; komplizierter Sachverhalt
**Problematik,** (gr.), weibl., nur Sing.: Kompliziertheit einer Aufgabe oder eines Vorhabens; Schwierigkeit, Fragwürdigkeit
**problematisch,** (gr.): schwierig; fragwürdig
**problematisieren,** (gr.): zum Problem machen, ein Problem sichtbar machen, (ver)komplizieren
**Procedere,** (lat.), sächl., –: Prozedur, schrittweises Vorgehen, Ablauf
**pro die,** (lat.): täglich, je Tag
**Prodrom,** (gr.), sächl., –e: Vorzeichen einer Krankheit (Med.)
**Producer,** [pro'dju:ße(r), engl.], männl., –: Hersteller, Fabrikant, Produzent
**Productplacement** (auch: Product-Placement), ['prodakt'ple:jßm(e)nt, engl.], sächl., –s: besonders wirksame verdeckte Werbemethode, bei der Artikel

einer Firma (z. B. Autos, Getränke) in Film- oder Fernsehproduktionen scheinbar unabsichtlich ins Bild gerückt werden

**Produkt,** (lat.), sächl., –e: 1. Ergebnis der Multiplikation (Math.), 2. Erzeugnis, Ertrag, Ware, 3. Ergebnis einer Arbeit oder Bemühung

**Produktion,** (lat.), weibl., –en: 1. Herstellung(sprozess) materieller Güter, 2. Gesamtheit der Waren eines Herstellers, sein Sortiment, 3. Erarbeitung eines Theaterstücks, Films u. a.

**produktiv,** (lat.): schaffend; schöpferisch, ergebnisreich, fruchtbar

**Produktivität,** (lat.), weibl., nur Sing.: 1. Leistungsfähigkeit, Fähigkeit, möglichst gute Ergebnisse zu erzielen; Wertschöpfung pro Zeiteinheit (Betriebswirtschaftslehre), 2. schöpferische Kraft

**Produzent,** (lat.), männl., –en: 1. Hersteller, Fabrikant, Erzeuger von materiellen Gütern oder Ideen, 2. Auftrag- und Geldgeber eines Films, einer Show o. Ä.

**produzieren,** (lat.): 1. herstellen, erzeugen, hervorbringen, 2. sich p.: sich zur Schau stellen, angeben, Aufmerksamkeit erregen

**profan,** (lat.): weltlich (Gegens.: sakral), alltäglich

**profanieren,** (lat.): entweihen

**Profanität,** (lat.), weibl., nur Sing.: Weltlichkeit, Unheiligkeit

**Profess,** (lat.), männl., Professen: Ordensmitglied, das die Ordensgelübde abgelegt hat

**Profess,** (lat.), weibl., Professe: das Ablegen der Ordensgelübde

**Profession,** (lat.), weibl., –en: Beruf, Gewerbe

**Professional,** [pro'fä.schnel, engl.], männl., –s: Berufssportler, Kurzwort: Profi

**professionalisieren,** (lat.): zum Beruf machen, zur Einnahmequelle machen, berufsmäßigen Betrieb einführen

**professionell,** (lat.): berufsmäßig, fachmännisch

**Professor,** (lat.), männl., ..fessoren: Hochschullehrer, verliehener akademischer Titel u. a. auch für Künstler, verdiente Förderer der Wissenschaft; Träger des Professortitels

**Professur,** (lat.), weibl., –en: Lehrstuhl, Lehramt an einer Hochschule

**Profi,** männl., –s: jmd., der berufsmäßig an eine Sache herangeht und mit allen Wassern gewaschen ist, Kurzw. für Berufssportler (Gegens.: Amateur)

**Profil,** (lat.), sächl., –e: 1. Längs- oder Querschnitt, 2. Seitenansicht des Gesichtes oder der ganzen Person, 3. Persönlichkeitsstruktur, Gesamtheit der Charaktereigenschaften; Programmstruktur (eines Verlags), 4. Umrisslinie eines Gebäudes, 5. Reifen- und Schuhsohlenkerbung zur Erhöhung der Griffigkeit, 6. senkrechter Schnitt durch die Erdkruste

**profilieren,** (lat.): 1. einer Sache eine markante Prägung geben, 2. Reifen oder Schuhsohlen mit Kerbung versehen, 3. sich p.: eine persönliche Eigenart, einen differenzierten Charakter ausbilden, 4. sich p.: sich in den Vordergrund spielen, sich mit seinen besonderen Fähigkeiten einen Namen machen

**Profilneurose,** (lat.), weibl., –n: Störung des Selbstwertgefühls aufgrund angeblich oder tatsächlich zu geringer Anerkennung durch andere; übertriebene Sorge um die eigene Prominenz, Ruhmsucht

**Profit,** (lat.), männl., –e: Nutzen, Gewinn, Vorteil; Kapitalertrag

**profitabel,** (lat.): gewinnbringend

**profitieren,** (lat.): einen Gewinn haben, Nutzen ziehen aus etwas, lernen

**pro forma,** (lat.): der Form wegen, zum Schein

**profund,** (lat.): tiefgründig, gründlich, umfassend

**profus,** (lat.): übermäßig, sehr stark (z. B. Transpiration; Med.)
**Progesteron,** sächl., nur Sing.: Gelbkörperhormon, ein weibl. Sexualhormon (Med.)
**Prognose,** (gr.), weibl., –n: Voraussage einer Entwicklung, Hochrechnung
**prognostisch,** (gr.): vorhersagend
**prognostizieren,** (gr.): voraussagen, vorhererkennen, aus vorhandenen Daten und Trends auf die Zukunft schließend
**Programm,** (gr.), sächl., –e: 1. Plan, 2. Darlegung von Grundsätzen, Ansichten und Zielen einer Partei, eines Vereins u. a., 3. Spiel-, Sende-, Vortragsfolge, 4. über eine Darbietung (Film, Schauspiel) informierendes Schriftstück (Blatt, Broschüre o. Ä.), 5. Folge von Befehlen zur Verarbeitung von Daten mit Hilfe eines Computers (EDV), 6. Warenpalette eines Herstellers oder eines Anbieters
**Programmatik,** (gr.), weibl., –en: Zielsetzung, grundsätzliche Haltung (einer Partei u. a.)
**programmatisch,** (gr.): 1. nach einem Programm vorgehend, ihm entsprechend, 2. richtungweisend, zielsetzend, grundsätzlich
**programmieren,** (gr.): 1. ein Befehlsschema zur Ausführung bestimmter Rechenvorgänge in maschinenlesbarer Form in einen Computer eingeben (EDV), 2. eine Person so konditionieren, dass sie in bestimmten Situationen nach Wunsch handelt; jmdn. auf bestimmte Aufgaben vorbereiten, ihn »eichen«, 3. es so einrichten, dass ein bestimmtes Ereignis mit hoher Wahrscheinlichkeit eintritt
**Programmierer,** (gr.), männl., –: beruflich Programme für Computer entwickelnder Fachmann (EDV)
**Programmmusik,** (gr.), weibl., nur Sing.: Sammelbez. für ton- und lautmalerische Kompositionen, Filmmusik
**Progredienz,** (lat.), weibl., nur Sing.: Fortschreiten einer Krankheit (Med.)
**Progress,** (lat.), männl., ..gresse: Fortschritt; das Übergehen vom Allgemeinen zum Besonderen, Deduktion
**Progression,** (lat.), weibl., –en: 1. Steigerung, das Ansteigen (z. B. des Steuersatzes mit dem Einkommen) sowie die Zone dieses Anstiegs, Fortschreiten, 2. mathematische Reihe
**progressiv,** (lat.): 1. fortschreitend, sich entwickelnd, vielversprechend, 2. fortschrittlich, allem Neuen aufgeschlossen
**Prohibition,** (lat.), weibl., –en: Verhinderung, Verbot (v. a. des Verkaufs von Alkohol)
**Prohibitionist,** (lat.), männl., –en: Anhänger der Prohibitionsbewegung gegen Alkohol
**prohibitiv,** (lat.): verhindernd, einen Erfolg ausschließend vorbeugend
**Projekt,** (lat.), sächl., –e: 1. Plan, Entwurf, Vorhaben, 2. geplante oder bereits in die Tat umgesetzte Unternehmung
**Projekteur,** [projek'tö:r, fr.], männl., –e: Planer
**projektieren,** (lat.): planen, entwerfen
**Projektil,** (lat.), sächl., –e: Geschoss
**Projektion,** (lat.), weibl., –en: 1. Bildwiedergabe mit Hilfe eines Projektors sowie das dadurch auf einem Schirm oder einer Leinwand entstandene Bild, 2. Abbildung von räumlichen Gebilden auf einer Ebene durch abbildende Strahlen sowie das Ergebnis dieser Abbildung (Math.), 3. kartographische Abbildung der Erdoberfläche, 4. Übertragung von Gefühlen, Wünschen und Zielen auf einen anderen Menschen (Psychol.)
**Projektor,** (lat.), männl., –en: Lichtbildwerfer, Vorführapparat für Diapositive oder Aufsichtsvorlagen (Epidiaskop)
**projizieren,** (lat.): 1. ein räumliches. Gebilde in einer Fläche durch abbildende Strahlen abbilden (Math.), 2. ein Bild

mit Hilfe eines Bildwerfers auf einer Wand sichtbar machen, 3. Gefühle, Ziele und Wünsche auf einen anderen Menschen übertragen (Psychol.)

**Proklamation,** (lat.), weibl., –en: Aufruf, feierliche Verkündigung, Bekanntmachung

**proklamieren,** (lat.): verkünden, öffentlich bekanntgeben

**Prokonsul,** (lat.), männl., –n: Statthalter einer Provinz des römischen Weltreichs nach vorheriger Amtszeit als Konsul

**Prokura,** (lat.), weibl., Prokuren: Handlungsvollmacht

**Prokurator,** (lat.), männl., –en: 1. Provinzstatthalter im antiken Rom, 2. Anwalt, Geschäftsträger, Bevollmächtigter

**Prokurist,** (lat.), männl., –en: leitender Mitarbeiter mit Handlungsvollmacht für das Unternehmen

**prolabieren,** (lat.): aus einer Öffnung herausfallen (z. B. innere Organe; (Med.)

**Prolaps,** (lat.), männl., –e: Vorfall eines Organs oder eines Organteils (z. B. Bandscheibe, Med.)

**Prolet,** (lat.), männl., –en: vgl. Proletarier; ungehobelter, unkultivierter, ungebildeter Mensch

**Proletarier,** (lat.), männl., –: 1. besitzloser Bauer oder Bürger im antiken Rom, 2. in der marxistischen Lehre Bez. für den abhängigen Lohnarbeiter ohne Besitz an Produktionsmitteln, Träger der kommenden Weltrevolution

**Proletariat,** (lat.), sächl., –e: 1. Gesamtheit der besitzlosen, von Steuern und Dienst in der Armee befreiten Bauern und Bürger im antiken Rom, 2. nach marxistischer Lehre die Klasse der Proletarier, der Ausgebeuteten

**proletarisch,** (lat.): 1. zu den Proletariern gehörend, sie betreffend, aus dem Arbeitermilieu stammend, 2. (abschätzig) ungehobelt, unkultiviert

**proletarisieren,** (lat.): zu Proletariern machen

**Proliferation,** (lat.), weibl., –en: Sprossung, Gewebevermehrung, Gewebewucherung (Biol.)

**Proliferation,** [prolife're:jsch(e)n, engl.], weibl., nur Sing.: (im Atomwaffensperrvertrag untersagte) Weitergabe von Kernwaffen oder des Know-hows zu ihrer Herstellung an bisher nicht zum Bau solcher Waffen fähige Länder

**proliferativ,** (lat.): wuchernd (Med.)

**proliferieren,** (lat.): wuchern (Med.)

**Prolog,** (gr.), männl., –e: 1. Einleitung, Vorrede auf der Bühne, Vorspiel, 2. den Auftakt zu mehreren Etappenfahrten bildende Wettfahrt (meist Zeitfahren) bei Radrennen u. a.

**Prolongation,** (lat.), weibl., en: Aufschub, Verlängerung (einer Frist)

**pro memoria,** (lat.): zur Erinnerung an, zum Andenken von

**Promenade,** (lat.), weibl., –n: Spazierweg, Spaziergang; breiter Spazierweg, Uferweg (Strand-P.)

**promenieren,** (lat.): spazieren gehen, dahinschlendern

**pro mille,** (lat.): vom Tausend; für tausend

**Promille,** (lat.), sächl., –: ein Tausendstel; in Tausendstel gemessener Alkoholgehalt des Blutes

**prominent,** (lat.): allgemein bekannt, berühmt; bedeutend, herausragend

**Prominenz,** (lat.), weibl., –en: 1. hervorragende, überragende Bedeutung, Berühmtheit, 2. Gesamtheit der bedeutenden Persönlichkeiten

**Promiskuität,** (lat.), weibl., nur Sing.: häufig wechselnder Geschlechtsverkehr mit unterschiedlichen Partnern

**Promoter,** (lat.-engl.), männl., –: Manager, Veranstalter von Popkonzerten, Sportveranstaltungen usw.

**Promotion,** (lat.), weibl., –en: Verfahren zum Erwerb des Doktortitels
**Promotion,** [pro'mo:sch(e)n, lat.-engl.], weibl., nur Sing.: Werbung durch originelle und eindrucksvolle Maßnahmen, Verkaufsförderung durch Weckung der Aufmerksamkeit für ein Produkt, Kaufanreize schaffen
**promovieren,** (lat.): den Doktorgrad erlangen oder verleihen
**prompt,** (lat.): bereit, pünktlich, rasch, unverzüglich, schlagfertig
**Promulgation,** (lat.), weibl., –en: Verbreitung, Veröffentlichung
**promulgieren,** (lat.): veröffentlichen, verbreiten
**Pronomen,** (lat.), sächl., ..nomina: Fürwort (z. B. du, unser, Sie u. a.; Sprachwiss.)
**pronominal,** (lat.): das Fürwort betreffend, durch Fürwort ausgedrückt
**prononciert,** [pronon'ßi:rt, fr.]: scharf ausgesprochen, akzentuiert, entschieden, betont
**Propädeutik,** (gr.), weibl., –en: vorbereitende Einführung in ein Fachgebiet; Vorübung, Einleitung
**Propaganda,** (lat.), weibl., nur Sing.: systematische Werbung für politische Ziele, Ideen und Theorien sowie Entkräftung, Bekämpfung und Entlarvung gegnerischer Thesen (Gegen-P.)
**propagandistisch,** (lat.): werbend, für etwas Propaganda machend; verlogen, geschönt
**propagieren,** (lat.): werben für, verbreiten, anpreisen
**Propan,** (gr.), sächl., nur Sing.: Gas mit hohem Brennwert (Chem.)
**Propeller,** (lat.-engl.), männl., –: 1. dem Vortrieb dienende Flügelschraube (z. B. an Flugzeugen und Schiffen), 2. (scherzhaft) Fliege am Kragen
**proper,** (lat.): sauber, nett, ordentlich
**Prophet,** (gr.), männl., –en: Seher, Mahner, Verkünder der göttlichen Botschaft
**Prophetie,** (gr.), weibl., –n: Weissagung, Offenbarung
**prophetisch,** (gr.): weissagend, vorhersagend
**prophezeien,** (gr.): vorhersagen, weissagen
**Prophylaktikum,** (gr.), sächl., ..laktika: vorbeugende Arznei (Med.)
**prophylaktisch,** (gr.): vorbeugend
**Prophylaxe,** (gr.), weibl., –n: vorbeugende Maßnahme, Krankheitsverhütung (Med.)
**Propolis,** (gr.), weibl., nur Sing.: Baustoff der Bienenwabe (Biol.)
**Proportion,** (lat.), weibl., –en: 1. Größenverhältnis, richtiges Maßverhältnis, Ebenmaß, 2. Verhältnisgleichung (Math.)
**proportional,** (lat.): entsprechend, im gleichen Verhältnis
**Proportionalität,** (lat.), weibl., –en: Verhältnismäßigkeit, rechtes Verhältnis
**proportioniert,** (lat.): wohlgeformt, ebenmäßig, im richtigen Verhältnis (von Maßen)
**Proporz,** (Kurzw. aus Proportional...), männl., –e: Verteilung von Mandaten oder Sitzen in Gremien und Vergabe (hoher) Ämter nach dem politischen oder gesellschaftlichen Stärkeverhältnis
**Propyläen,** (gr.), weibl., Plur.: Vorhalle mit Säulen; Zugang, Eingang mit Säulen auf beiden Seiten
**Prorektor,** (lat.), männl., ..toren: Stellvertreter des Leiters einer Hochschule
**Prorogation,** (lat.), weibl., –en: Vertagung, Aufschub, Verlängerung
**prorogativ,** (lat.): vertagend, aufschiebend
**Prosa,** (lat.), weibl., nur Sing.: 1. metrisch nicht gebundene Sprache, Alltagssprache, 2. erzählende Dichtung in solcher Sprache (Lit.), 3. (umg.) Sachlichkeit

**Prosaiker,** (lat.), männl., –: 1. Schriftsteller, der Prosa schreibt, 2. nüchterner, realistischer Mensch
**prosaisch,** (lat.): 1. sachlich und nüchtern berichtet, 2. frei von romantischen Gefühlen, trocken, unromantisch, nüchtern
**Prosecco,** [pro'ße.ko, italien.], männl., –s: halbtrockener Schaumwein aus Italien
**Prosekution,** (lat.), weibl., –en: (gerichtliche) Verfolgung
**Proselyt,** (gr.), männl., –en: von einer Religion zu einer anderen übergetretene Person
**Proseminar,** (lat.), sächl., –e: einführendes Seminar in den ersten Semestern an einer Hochschule
**Prosenchym,** (gr.), sächl., –e: pflanzliches Zellgewebe (Biol.)
**prosit!,** (lat. »es möge nützen«): zum Wohl!, dein Wohl!, Ihr Wohl!
**Prosit,** (lat.), sächl., –s: Trunk auf jmds. Wohl (ein P. ausbringen)
**proskribieren,** (lat.): verbannen, ächten
**Proskription,** (lat.), weibl., –en: Verbannung, Ächtung, Verfolgung
**Prosodie,** (gr.), weibl., –n: 1. Behandlung der Sprache im Vers, Messung der Hebungen, Senkungen und Bestimmung des Rhythmusses (Lit.), 2. Gesamtheit der für die Gliederung einer Rede wichtigen Elemente wie Tonfall, Lautstärke, Akzent u. a. (Sprachwiss.)
**Prosodik,** (gr.), weibl., –en: vgl. Prosodie
**Prospekt,** (lat.), männl., –e: 1. meist aufwändig farbig bebilderte Werbebroschüre (z. B. für Pauschalreisen), Selbstdarstellung eines Unternehmens in einer solchen Broschüre, 2. Preisliste, 3. Boulevard in russischen Großstädten, 4. gemalter Bühnenvorhang oder Bühnenhintergrund, 5. das von außen »Sichtbare« der Orgel: Gehäuse, P.-Pfeifen, Verzierungen (Schleierbretter)
**prospektieren,** (lat.): Lagerstätten ausfindig machen, untersuchen, kartieren (Geol.)
**Prospektierung,** (lat.), weibl., –en: Erkundung von Bodenschätzen, Untersuchung von (Erz-)Lagerstätten (Geol.)
**prospektiv,** (lat.): der Ansicht nach, vorausschauend
**Prospektor,** (lat.-engl.), männl., –en: Goldsucher, Goldschürfer
**prosperieren,** (lat.): sich gut entwickeln, wirtschaftlich aufblühen, gedeihen
**Prosperität,** (lat.), weibl., nur Sing.: Wirtschaftsblüte, Hochkonjunktur, Wohlstand
**Prospermie,** (gr.), weibl., –n: (Med.) Erguss des Samens vor dem Geschlechtsakt
**prost!**: vgl. prosit!
**Prostata,** (gr.), weibl., Prostatae: Vorsteherdrüse (Med.)
**Prostatitis,** (gr.), weibl., Prostatitiden: Entzündung der Vorsteherdrüse (Med.)
**prostituieren,** (lat.): 1. sich p: Prostitution betreiben, 2. jmdn. bloßstellen, herabwürdigen, dem Missbrauch preisgeben
**Prostituierte,** (lat.), weibl., –n: gegen Entgelt Geschlechtsverkehr ausübende und auch andere sexuelle Handlungen vornehmende Frau; Dirne, Nutte, Hure
**Prostitution,** (lat.), weibl., nur Sing.: Ausübung sexueller Handlungen gegen Entgelt
**Prostation,** (lat.), weibl., –en: 1. Niederwerfung, demütiger Fußfall, 2. völlige Entkräftung (Med.)
**Proszenium,** (gr.), sächl., Proszenien: Bühnenraum vor dem Theatervorhang; Raum zwischen Bühne und Zuschauerraum
**Protactinium,** (gr.), sächl., nur Sing.: chem. Element, (Zeichen: Pa), ein radioaktives Metall

**Protagonist,** (gr.), männl., –en: Hauptdarsteller, Vorkämpfer
**Protanopie,** (gr.), weibl., –n: Rotblindheit (Med.)
**Protegé,** [prote'sche:, fr.], männl., –s: Schützling, Günstling
**protegieren,** [prote'schi:ren, fr.]: beschützen, begünstigen
**Protein,** (gr.), sächl., –e: einfaches, aus Aminosäuren aufgebautes Eiweiß (Biochem.)
**Protektion,** (lat.), weibl., –en: Gönnerschaft, Förderung, Schutz, Unterstützung
**Protektor,** (lat.), männl., ..toren: Beschützer, Gönner, Schirmherr
**Protektorat,** (lat.), sächl., –e: 1. Schutzherrschaft über ein Gebiet eines anderen Staates oder über einen anderen Staat, 2. unter Schutzherrschaft eines fremden Staates stehendes Gebiet, Schutzgebiet (oft beschönigende Bez. für besetztes, unterjochtes Gebiet)
**proteolytisch,** (gr.): eiweißverdauend (Med.)
**Proterozoikum,** (gr.), sächl., nur Sing.: vgl. Archäozoikum
**Protest,** (lat.), männl., –e: 1. Einspruch, Widerspruch, Verwahrung; Unwille, Demonstration gegen etwas, 2. Beurkundung, dass ein Wechsel vergeblich präsentiert worden (»geplatzt«) ist (zu P. gehen), 3. förmlicher Einspruch eines Staates gegen Maßnahmen eines anderen, oft in Form einer P.-Note
**Protestant,** (lat.), männl., –en: Mitglied einer protestantischen Kirche, evang. Christ
**protestantisch,** (lat.): zur protestantischen Kirche gehörig, evangelisch
**Protestantismus,** (lat.), männl., nur Sing.: Gesamtheit der aus der Reformation im 16. Jh. hervorgegangenen Kirchengemeinschaften
**protestieren,** (lat.): Einspruch erheben, Widerspruch erheben
**Prothese,** (gr.), weibl., –n: künstlicher Ersatz eines Körperteils (Med.)
**Prothetik,** (gr.), weibl., nur Sing.: Teilgebiet der Medizin, das sich mit der Konstruktion und dem Einsatz künstlicher Gliedmaßen beschäftigt
**protogen,** (gr.): zuerst entstanden, urzeitlich, früher vorhanden
**Protokoll,** (gr.), sächl., –e: 1. Verhandlungs-, Sitzungsbericht, Zusammenfassung der Ergebnisse einer Konferenz, Gesprächsnotiz, 2. Regelwerk des diplomatischen Zeremoniells, 3. kleineres Vertragswerk
**Protokollant,** (gr.), männl., –en: Schriftführer, Verfasser eines Sitzungsberichts
**protokollarisch,** (gr.): 1. in Form eines Sitzungsberichts, 2. nach den Regeln des diplomatischen Zeremoniells
**protokollieren,** (gr.): eine Niederschrift anfertigen, mitschreiben, in einem Protokoll (1) festhalten
**Proton,** (gr.), sächl., –tonen: elektrisch positiv geladenes Elementarteilchen des Atomkerns (Phys.)
**Protophyte,** (gr.), weibl., –n: einzellige Pflanze (Biol.)
**Protoplasma,** (gr.), sächl., nur Sing.: die lebende Substanz der Tier- und Pflanzenzelle (Biol.)
**Prototyp,** (gr.), männl., –en: 1. Urbild, Muster, typisches Beispiel, 2. vor der Serienproduktion gefertigtes Musterstück (z. B. eines Autos), 3. Rennwagen, den es nur als Einzelanfertigung gibt
**Protozoon,** (gr.), sächl., Protozoen: Urtier (Einzeller; Zool.)
**Protuberanz,** (lat.), weibl., –en: Gasexplosion auf der Sonne (Astron.)
**Provenienz,** (lat.), weibl., –en: Herkunft, Ursprung
**Proverb,** (lat.), sächl., –en: Sprichwort
**Proviant,** (lat.), –e: Mundvorrat für eine Wanderung, Reise, Wegzehrung

**Provinz,** (lat.), weibl., –en: 1. größerer Verwaltungsbezirk, Region, 2. (verschlafene, unzivilisierte) ländliche Gegend
**Provinzial,** (lat.), männl., –n: Geistlicher in der kathol. Kirche, der einer Ordensprovinz vorsteht
**Provinzialismus,** (lat.), männl., Provinzialismen: kleinbürgerliche, engstirnige Denkungsart und Lebenshaltung
**provinziell,** (lat.): nicht großstädtisch, kulturell zurückgeblieben
**Provision,** (lat.), weibl., –en: Vermittlungsgebühr, Honorar für geleistete Dienste oder die Abwicklung fremder Geschäfte
**Provisor,** (lat.), männl., –visoren: (veraltet) Verwalter (z. B. einer Apotheke)
**provisorisch,** (lat.): vorläufig, einstweilen, behelfsmäßig
**Provisorium,** (lat.), sächl., ..sorien: vorläufiger Zustand, Übergangslösung, Behelf
**Provitamin,** (lat.), sächl., –e: Vorstufe eines Vitamins (Biochem.; Med.)
**provokant,** (lat.): herausfordernd, aufwiegelnd
**Provokation,** (lat.), weibl., –en: Herausforderung, Aufwiegelung
**provokatorisch,** (lat.): herausfordernd, eine Provokation darstellend
**provozieren,** (lat.): 1. herausfordern, reizen, aufstacheln, 2. eine Krankheit künstlich hervorrufen
**Prozedur,** (lat.), weibl., –en: schwieriges Verfahren, Behandlungsweise; Operationsmöglichkeit eines Mikroprozessors, Unterprogramm (EDV)
**Prozent,** (lat.), sächl., –e: ein Teil von Hundert, Hundertstel; (Prozente bekommen: Anteil an Gewinn oder Umsatz erhalten, Rabatt erhalten)
**prozentual,** (lat.): in Prozenten ausgedrückt
**Prozess,** (lat.), männl., Prozesse: 1. Gerichtsverfahren, 2. Verlauf, Vorgang, Geschehen, Entwicklung
**prozessieren,** (lat.): in Rechtsstreit liegen
**Prozession,** (lat.), weibl., –en: feierlicher Umzug an Feiertagen oder Gedenktagen der kathol. Kirche (z. B. Fronleichnamprozession); (allg.) Umzug, Vorbeizug (z. B. an einer aufgebahrten Leiche)
**Prozessor,** (lat.), männl., –en: Hauptrecheneinheit eines Computers, CPU (central processing unit), Zentralchip
**prüde,** (lat.): zimperlich, übertrieben schamhaft
**Prüderie,** (lat.), weibl., –n: Zimperlichkeit, übertriebene Scham in geschlechtlicher Hinsicht
**Prurigo,** (lat.), männl., –s: juckende Hautflechte (Med.)
**Pruritus,** (lat.), männl., nur Sing.: Hautjucken, Juckreiz (Med.)
**Psaligraphie,** (gr.), weibl., nur Sing.: Kunst des Scherenschnittes
**Psalm,** (gr.), männl., –en: Gesang, gesungene Anbetung, geistliches Lied im Alten Testament
**Psalmist,** (gr.), männl., –en: Psalmdichter und -sänger
**Psalmodie,** (gr.), weibl., –n: Psalmengesang
**psalmodieren,** (gr.): im Sprechgesang vor sich hin singend, einen Psalm vortragen
**Psalter,** (gr.), männl., –: 1. Buch der Psalmen im Alten Testament, 2. Blättermagen der Wiederkäuer (Zool.)
**Pseudandronym,** (gr.), sächl., –e: männlicher Künstlername einer Frau (z. B. George Sand, eigentl. Aurore Dupin)
**pseudo,** (gr.): (umg.) nachgemacht, unecht
**Pseudokrupp,** (gr.), männl., nur Sing.: in den Symptomen (bellender Husten, Atemnot durch Kehlkopfschwellung) dem Krupp ähnelnde Erkrankung (Med.)
**pseudonym,** (gr.): unter einem Decknamen (geschrieben)

**Pseudonym,** (gr.), sächl., –e: angenommener Name, Deckname (z. B. von Künstlern, Schriftstellern)
**Psi,** (gr.), sächl., –s: 1. dreiundzwanzigster Buchstabe des gr. Alphabets, 2. Gesamtheit des Übersinnlichen, der okkulten Phänomene (Parapschol.)
**Psilomelan,** (gr.), männl., –e: Hartmanganerz, Schwarzer Glaskopf (Geol.)
**Psilose,** (gr.), weibl., –n: Haarausfall, Kahlheit, Wimpernlosigkeit (Med.)
**Psittakose,** (gr.), weibl., –n: Papageienkrankheit, auf den Menschen übertragbare grippeähnlich verlaufende, schwere Erkrankung (Med.)
**Psoriasis,** (gr.), weibl., Psoriasen: schuppende Hautflechte, Schuppenflechte (Med.)
**Psychagogik,** (gr.), weibl., nur Sing.: seelische Führung; psychologische und pädagogische Einwirkung zur Behandlung von beginnenden Verhaltensstörungen
**Psyche,** (gr.), weibl., –n: Seele, Seelenleben
**psychedelisch,** (gr.): scheinbar bewusstseinserweiternd (von Rauschmitteln)
**Psychiater,** (gr.), männl., –: Facharzt für Psychiatrie
**Psychiatrie,** (gr.), weibl., –n: 1. Lehre von den Geistes- und Gemütskrankheiten und ihrer Behandlung, 2. (umg.) Anstalt für psychisch Kranke
**psychiatrisch,** (gr.): zur Psychiatrie gehörend, mit ihrer Hilfe
**psychisch,** (gr.): seelisch, zur Psyche gehörend
**Psychoanalyse,** (gr.), weibl., –n: Tiefenpsychologie, Methode zur Behandlung seelischer Störungen durch Bewusstmachen des weit in die frühe Kindheit zurückreichenden Unbewussten und Verdrängten
**psychoanalysieren,** (gr.): jmdn. psychoanalytisch behandeln
**Psychoanalytiker,** (gr.), männl., –: Therapeut, der mit Mitteln der Psychoanalyse arbeitet, oder Wissenschaftler auf dem Gebiet der Psychoanalyse
**psychoanalytisch,** (gr.): mit Hilfe der Psychoanalyse, zur Psychoanalyse gehörig
**psychogen,** (gr.): seelisch bedingt
**Psychogramm,** (gr.), sächl., –e: Eigenschaften und Fähigkeiten einer Persönlichkeit zeigende grafische Darstellung
**Psychographie,** (gr.), weibl., –n: Beschreibung des Seelenlebens einer Person aufgrund von mündlichen oder schriftlichen Äußerungen dieser Person
**Psychokinese,** (gr.), weibl., –n: physikalisch unerklärliches Bewegen, Beschädigen oder Verschwindenlassen von Gegenständen durch manche Menschen (Parapsychol.)
**Psychologe,** (gr.), männl., –n: als Arzt praktizierender oder wissenschaftlich tätiger Fachmann auf dem Gebiet der Psychologie; (allg.) Menschenkenner, einfühlsamer Mensch
**Psychologie,** (gr.), weibl., nur Sing.: Seelenkunde; Wissenschaft von den seelischen Vorgängen
**psychologisch,** (gr.): 1. mit Mitteln der Psychologie, zu ihr gehörend, 2. einfühlsam, Seelisches berücksichtigend
**psychologisieren,** (gr.): 1. unter psychologischen Aspekten betrachten und beurteilen, 2. (abschätzig) in allem und jedem psychologische Gründe oder Motive suchen; scheinpsychologisch daherreden
**Psychomotorik,** (gr.), weibl., nur Sing.: Gesamtheit der durch Seele und Willen beeinflussten körperlichen Bewegungen (z. B.: Gestik)
**Psychopath,** (gr.), männl., –en: Mensch, dessen Psyche bleibend gestört ist;

(übertr.) Nervenbündel, Spinner, gefährlicher Typ
**Psychopathie,** (gr.), weibl., nur Sing.: meist genetisch bedingte seelische Krankheit, die zu Störungen der Lebensgestaltung, Charakterdefekten u. a. führen kann (Psychol.)
**psychopathisch,** (gr.): an einer Psychopathie leidend, auf einer Psychopathie beruhend
**Psychopathologie,** (gr.), weibl., nur Sing.: Lehre von den geistig-seelischen Erkrankungen
**Psychopharmakon,** (gr.), sächl., ..pharmaka: beruhigend, stabilisierend und stimmungsaufhellend auf Psyche und Nerven wirkendes Medikament (oft mit Suchtpotential)
**Psychose,** (gr.), weibl., –n: gestörtes Seelenleben, seelische Erkrankung, Geisteskrankheit
**Psychosomatik,** (gr.), weibl., nur Sing.: Teilgebiet der Medizin, das sich mit dem Einfluss des Psychischen auf die körperliche Gesundheit beschäftigt
**psychosomatisch,** (gr.): die Psychosomatik betreffend; auf seelisch-körperlichen Wechselwirkungen beruhend
**Psychotherapeut,** (gr.), männl., –en: mit Mitteln der Psychotherapie behandelnder Arzt oder Psychologe
**Psychotherapie,** (gr.), weibl., –n: Behandlung seelischer Erkrankungen durch geeignete stabilisierende Methoden wie Bewusstmachung von verdeckten Problemen und deren Lösung, gemeinsame Suche nach Auswegen, Stärkung des Selbstwertgefühls u. a.
**Psychotiker,** (gr.), männl., –: an einer Psychose leidender Mensch
**psychotisch,** (gr.): an einer Psychose leidend, auf einer Psychose beruhend; gemütskrank
**Psychrometer,** (gr.), sächl., –: Gerät zum Messen der Luftfeuchtigkeit (Meteorol.)
**Pteridophyt,** (gr.), männl., –en: Farnpflanze (Bot.)
**Ptomain,** (gr.), sächl., –e: Leichengift (Med.)
**Ptyalin,** (gr.), sächl., nur Sing.: Stärke spaltendes Enzym im Speichels (Med.)
**Pub,** [pa.b, engl.], sächl., –s: Kneipe, kleines Wirtshaus in England und Irland
**pubertär,** (lat.): mit der Pubertät zusammenhängend, unreif
**Pubertät,** (lat.), weibl., nur Sing.: Phase in der Entwicklung eines jungen Menschen, in der sich tiefgreifende Veränderungen im körperlichen, seelischen und sozialen Bereich abspielen und die Geschlechtsreife eintritt
**pubertieren,** (lat.): in die Pubertät kommen, in der Pubertät sein
**Pubes,** (lat.), weibl., –: 1. Schambehaarung, 2. Schamgegend (Med.)
**pubeszent,** (lat.): geschlechtsreif (Med.)
**Pubeszenz,** (lat.), weibl., nur Sing.: Geschlechtsreifung (Med.)
**Publicity,** [pab'li.ßiti, engl.], weibl., nur Sing.: Bekanntsein in der Öffentlichkeit, Aufsehen sowie die Bemühung dies zu erregen mit Hilfe von Reklame, Gags oder gezielte Kampagnen
**Publicrelations** (auch: Public Relations), ['pa.blikri'le:jschens, engl.], weibl., nur Plur.: Öffentlichkeitsarbeit, Arbeit am Image, Kontaktpflege; Gesamtheit der Maßnahmen zur Steigerung des Bekanntheitsgrades eines Produkts oder einer Person, Werbung um Vertrauen
**publik,** (lat.): öffentlich, allgemein bekannt
**Publikation,** (lat.), weibl., –en: 1. Veröffentlichung, Bekanntmachung, 2. wissenschaftliche Arbeit, die veröffentlicht worden ist
**Publikum,** (lat.), sächl., Publika: 1. Zuschauerschaft, Leserschaft, Zuhörerschaft, 2. Öffentlichkeit, Allgemeinheit

**publizieren,** (lat.): veröffentlichen
**Publizist,** (lat.), männl., –en: 1. zum aktuellen politischen Geschehen regelmäßig Stellung nehmender Journalist oder Schriftsteller, 2. Zeitungswissenschaftler
**Publizistik,** (lat.), weibl., nur Sing.: 1. Zeitungswissenschaft, 2. schriftstellerische Betätigung für Printmedien, 3. Gesamtheit der Medien
**Publizität,** (lat.), weibl., nur Sing.: Bekanntsein in der Öffentlichkeit
**Puck,** (engl.), männl., –s: 1. elfisches Wesen, Kobold, 2. Spielscheibe aus Hartgummi beim Eishockey
**Pueblo,** (span.), männl., –s: Indianer im südwestlichen Nordamerika sowie Bez. für ihre terrassenartig übereinander gebauten Dorfanlagen
**pueril,** (lat.): kindlich, kindisch (Med.)
**Puerilismus,** (lat.), männl., nur Sing.: krankhaftes Verharren im kindlichen Stadium (Med.)
**Puerilität,** (lat.), die nur Sing.: Kinderei, kindisches Wesen (Psychol.; Med.)
**Puerpera,** (lat.), weibl., Puerperä: Wöchnerin (Med.)
**Puerperalfieber,** (lat.), sächl., nur Sing.: Kindbettfieber (Med.)
**Puerperium,** (lat.), sächl., Puerperien: Wochenbettzeit (Med.)
**Pulk,** (slaw.), männl., –s (seltener –e): Heeresabteilung, gestaffelter Verband von Militärmaschinen; Gruppe von Läufern bei einem Wettrennen (auch von Pferden, Rennmaschinen u. a.)
**Pulk,** (lappisch), männl., –s: Schlitten der Lappen
**pullen,** (engl.): 1. rudern, 2. stark vorwärtsdrängen, ohne auf Zügelkorrektur zu achten (Pferdesport)
**Pulp,** (gr.), männl., –e: Krakenart
**Pulp,** (engl.), männl., –en: ungezuckerter Fruchtbrei zur Marmeladenherstellung
**Pulpa,** (lat.), weibl., Pulpae: weiche, blutgefäßreiche Gewebemasse im Zahn (Zahnmark; Med.)
**Pulpitis,** (lat.), weibl., Pulpitiden: Zahnmarkentzündung (Med.)
**pulpös,** (lat.): fleischig, markig, aus weicher Masse bestehend
**Pulque,** ['pu.lke, indian.], männl., nur Sing.: berauschendes Getränk aus Agavensaft
**Puls,** (lat.), männl., –e: an einigen Körperstellen sichtbarer Herzschlag (z. B. an Schläfe und Handwurzel; Med.)
**Pulsar,** (lat.), männl., –e: periodisch Radiowellen abstrahlender Stern(haufen) (Astron.)
**Pulsation,** (lat.), weibl., –en: 1. Pulsschlag; rhythmische Zusammenziehung des Herzens (Med.), 2. Veränderung des Durchmessers eines Sternes (Astron.)
**Pulsator,** (lat.), männl., –en: Druckwechsler bei Melkmaschinen
**pulsieren,** (lat.): sich rhythmisch, stoßweise, wellenartig bewegen
**pulverisieren,** (lat.): feste Stoffe in feinste Teilchen zerstoßen oder zerreiben; zu Pulver verfeinern, zerstäuben; (übertr. umg.) Gegner im Wettkampf deklassieren oder einen Rekord weit übertreffen (Sport)
**Pumps,** [pö.mpß, engl.], männl., –: (meist Plur.) Damenschuh mit hohem oder halbhohem Absatz
**Punch,** [pa.ntsch, engl.], männl., –s: 1. Training des Boxers an einem federnd aufgehängten Ball, 2. Schlagkraft eines Boxers sowie der Schlag selbst, 3. Hanswurstfigur der engl. Komödie sowie die danach benannte satirische Zeitung in England
**Punchingball,** ['pa.ntschingball, engl.], männl., –bälle: federn aufgehängter, frei beweglicher Lederball für das Boxtraining

**Punk,** [pa.nk, engl. »wertloses Zeug«], männl., –s: 1. aggressiv-monotone Rockmusik zu inhaltlich zynisch-resignativen Texten, 2. Anhänger dieser Rockmusik mit greller Aufmachung (bunte Haartracht, Ketten, Nadeln in Wangen oder Ohren, Müllmode u. a.) und provozierendem Auftreten
**Punker,** ['pa.nker, engl.], männl., –: Musiker des Punk; vgl. Punk
**Punkt,** (lat.), männl., –e: 1. geometrische Größe ohne Ausdehnung, Schnittstelle zweier Geraden (Math.), 2. das Ende eines Satzes markierendes Satzzeichen (Sprachwiss.), 3. Zeichen der Notenschrift zur Verlängerung des Notenwerts um die Hälfte des punktlosen Werts (Mus.), 4. Bewertungseinheit bei Wettbewerben, 5. bestimmte Stelle, 6. Maßeinheit des Schriftgrads
**Punktat,** (lat.), sächl., –e: durch eine Punktion entnommene Körperflüssigkeit (Med.)
**punktieren,** (lat.): 1. mit Punkten versehen, 2. in Körperhöhlen oder -kanäle einstechen und aus ihnen Flüssigkeit absaugen (Med.)
**Punktion,** (lat.), weibl., –en: Entnahme von Körperflüssigkeit aus Körperhöhlen oder -kanälen durch Einführen einer Hohlnadel und Absaugen durch diese (Med.)
**punktuell,** (lat.): einige Punkte betreffend, stellenweise
**Punktum!,** (lat.): Schluss!, basta!
**Punktur,** (lat.), weibl., –en: vgl. Punktion
**Pupille,** (lat.), weibl., –n: rundes Sehloch des Auges, Öffnung der Regenbogenhaut (Med.)
**pur,** (lat.): rein, unvermischt, lauter, klar, unbedingt
**Püree,** (fr.), sächl., –s: Speise in Breiform
**Purgans,** (lat.), sächl., Purganzien: Abführmittel (Med.)
**purgativ,** (lat.): abführend
**Purgativ,** (lat.), sächl., –e: stärkeres Abführmittel
**Purgatorium,** (lat.), sächl., nur Sing.: Feg(e)feuer
**purgieren,** (lat.): abführen, die Verdauung anregen
**pürieren,** (lat.), ein Püree bereiten, eine Speise zu Breiform zerkleinern
**purifizieren,** (lat.): reinigen, läutern
**Purim,** (hebr.), sächl., nur Sing.: an die Errettung der persischen Juden durch Esther erinnerndes hohes jüdisches Fest
**Purismus,** (lat.), männl., nur Sing.: 1. übertriebenes Bemühen um Sprachreinheit z. B. durch Ersetzen von Fremdwörtern, 2. in Malerei und Architektur des 20. Jh. eine Richtung, die strenge Linienführung und klare Komposition propagierte und jeder Ornamentik eine Absage erteilte
**Purist,** (lat.), männl., –en: Anhänger des Purismus
**Puritaner,** (lat.), männl., –: 1. Anhänger des engl. Puritanismus, 2. (übertr.) Sittenapostel, Kostverächter, Asket
**puritanisch,** (lat.): 1. dem Puritanismus entstammend, zu ihm gehörend, 2. (übertr.) moralistisch; bewusst einfach, luxusfeindlich
**Puritanismus,** (lat.), männl., nur Sing.: 1. im 16./17. Jh. in der engl. Kirche einsetzende kalvinistische Reformbewegung strenger Observanz, 2. (übertr.) übertriebene Sittenstrenge
**Purpur,** (gr.), männl., nur Sing.: leuchtend bläulichroter Farbstoff sowie das so gefärbte festliche Gewand von Monarchen und Kardinälen
**Purser,** ['pö:ßer, engl.], männl., –: 1. Zahlmeister auf einem Schiff, 2. erster Steward im Flugzeug
**purulent,** (lat.): eitrig (Med.)
**Purulenz,** (lat.), weibl., –en: Eiterung (Med.)

**puschen,** (engl.): 1. starke Werbeanreize schaffen, ein Produkt mit aufwändiger Kampagne bekannt machen, 2. (umg.) mit Rauschgift handeln, dealen
**Pußta:** frühere Schreibung von Puszta
**Pustel,** (lat.), weibl., –n: entzündetes oder eitriges Hautbläschen (Med.)
**pustulös,** (lat.): mit Pusteln übersät, mit Eiterbläschen einhergehend
**Puszta,** (ung.), weibl., Puszten: Grassteppe in Ungarn
**putativ,** (lat.): vermeintlich, eingebildet
**Putreszenz,** (lat.), weibl., –en: Verwesung, Fäulnis (Med.)
**putreszieren,** (lat.): verwesen, faulen (Med.)
**Putte,** (lat.), weibl., –n: nackte Kindergestalt als Musiker oder Engel in Malerei und Plastik v. a. des Barock
**putten,** [oder: 'pa.t(e)n, engl.]: einen Golfball mittel Putter ins Loch auf dem Grün schlagen, einlochen
**Putter,** [oder: 'pa.te(r), engl.], männl., –: Spezialgolfschläger zum Putten
**puzzeln,** [oder: 'pa.sln, engl.]: ein Puzzle zusammensetzen
**Puzzle,** [oder: 'pa.sl, engl.], sächl., –s: in viele Teile zerlegtes Bild, dass mosaikartig wieder zusammengesetzt werden muss
**PVC,** sächl., nur Sing.: Kurzwort für Polyvinylchlorid
**Pyämie,** (gr.), weibl., –n: Überschwemmung des Blutes mit Eitererregern, Blutvergiftung (Med.)
**Pyelitis,** (gr.), weibl., Pyelitiden: Nierenbeckenentzündung (Med.)
**Pyelogramm,** (gr.), sächl., –e: Röntgenbild der Niere (Med.)
**Pygmäe,** (gr.), männl., –n: Angehöriger eines Zwergvolkes im zentralafrikanischen Urwald; (übertr. abschätzig) Kleingeist, Würstchen
**Pyjama,** [püd'schama, Hindi), männl., –s: Schlafanzug
**Pykniker,** ['pü.kniker, gr.], männl., –: kräftig und gedrungenem gebauter Mensch(entyp)
**pyknisch,** ['pü.knisch, gr.]: gedrungen, untersetzt
**Pyknometer,** (gr.), sächl., –: zum Bestimmen der Dichte einer Flüssigkeit benutztes Glasfläschchen
**Pylon,** (gr.), männl., –en: 1. von zwei wuchtigen Pfeilern flankiertes altägyptisches Portal, 2. Kabel oder Ketten tragender Pfeiler einer Hängebrücke, 3. Absperrkegel beim Straßenbau
**Pylorus,** (gr.), männl., Pyloren: Pförtner, Schließmuskel des Magenausgangs (Med.)
**Pyorrhö** (auch: pyorrhöe), (gr.), weibl., –n: Eiterfluss (Med.)
**Pyramide,** (ägypt.-gr.), weibl., –n: 1. geometrischer Körper mit viereckiger Grundfläche und dreieckigen oben in einer Spitze zusammenlaufenden Seitenflächen (Math.), 2. monumentales altägypt. Königsgrab
**Pyranometer,** (gr.), sächl., –: Gerät zur Messung der Sonnen- und Himmelseinstrahlung auf der Erde
**Pyretikum,** (gr.), sächl., Pyretika: fiebererzeugendes Arzneimittel (Med.)
**pyrogen,** (gr.): fiebererzeugend (Med.)
**Pyrolyse,** (gr.), weibl., –n: Zerlegung einer chemischen Verbindung durch Hitze in ihre Ausgangsbestandteile
**Pyromane,** (gr.), männl. oder weibl., –n: jmd., der an Pyromanie leidet
**Pyromanie,** (gr.), weibl., nur Sing.: zwanghafter Trieb zur Brandstiftung (Psychol.)
**Pyrometer,** (gr.), sächl., –: Gerät zum Messen hoher Temperaturen
**pyrophor,** (gr.): selbstentzündlich
**Pyrotechnik,** (gr.), weibl., nur Sing.: Feuerwerkerei, Feuerwerkskunst

**Pyrotechniker,** (gr.), männl., –: Feuerwerker, beruflich mit Feuerwerk arbeitender Fachmann

**Pythia,** weibl., –s: Frau mit angeblich prophetischen Gaben (nach der Priesterin des altgriechischen Orakels von Delphi)

**Python,** (gr.), männl., –s: eierlegende Riesenschlange

**Pyxis,** ['pü.ksis, gr.], weibl., Pyxiden: in der kathol. Kirche Bez. für den Hostienbehälter im Tabernakel

# Q

**qua,** (lat.): 1. als, in der Eigenschaft als, 2. gemäß, 3. durch, mittels

**Quader,** (lat.), männl., –: 1. geometrischer Körper mit parallelen gegenüberliegenden Flächen und senkrecht aufeinander stehenden Kanten (Math.), 2. rechteckiger, allseitig behauener Baustein

**Quadrant,** (lat.), männl., –en: 1. Viertelkreis, Viertelebene in einem ebenen Koordinatensystem (Math.), 2. Gerät zum Messen des Höhenwinkels und zur Bestimmung der Gestirnshöhe über dem Horizont

**Quadrat,** (lat.), sächl., –e: 1. gleichseitiges Viereck mit vier rechten Winkeln (Math.), 2. zweite Potenz einer Zahl, das Produkt der Multiplikation einer Zahl mit sich selbst (Math.)

**quadratisch,** (lat.): 1. die Form eines Quadrats habend, 2. zur zweiten Potenz erhoben (Math.)

**Quadratdezimeter,** (lat.-gr.), männl. (auch sächl.), –: Quadrat mit 1 dm langen Seiten; Maßeinheit einer Fläche von 1 dm Länge und 1 dm Breite (Zeichen: $dm^2$)

**Quadratkilometer,** (lat.-gr.), männl. (auch sächl.), –: Quadrat mit 1 km langen Seiten; Maßeinheit einer Fläche von 1 km Länge und 1 km Breite (Zeichen: $km^2$)

**Quadratmeter,** (lat.-gr.), männl. (auch sächl.), –: Quadrat mit 1 m langen Seiten ; Maßeinheit einer Fläche von 1 m Länge und 1 m Breite (Zeichen: $m^2$)

**Quadratmillimeter,** (lat.-gr.), männl. (auch sächl.), –: Quadrat mit 1 mm langen Seiten; Maßeinheit einer Fläche von 1 mm Länge und 1 mm Breite (Zeichen: $mm^2$)

**Quadratur,** (lat.), weibl., –en: 1. Darstellung einer ebenen (durch Kurven begrenzten) Fläche als flächengleiches Quadrat (Math.), 2. Verwendung des Quadrates zur Bestimmung konstruktiv wichtiger Punkte in der Baukunst

**Quadratzentimeter,** (lat.-gr.), der oder das, –: Quadrat mit 1 cm langen Seiten; Maßeinheit einer Fläche von 1 cm Länge und 1 cm Breite (Zeichen: $cm^2$)

**quadrieren,** (lat.): eine Zahl mit sich selbst multiplizieren, in die zweite Potenz erheben (Math.)

**Quadriga,** (lat.), weibl., Quadrigen: Viergespann bei Wagenrennen im alten Rom

**Quadrille,** [kwa'dri.lje, fr.], weibl., –n: von vier im Geviert aufgestellten Paaren getanzter Kontertanz

**Quadrillion,** (lat.), weibl., –en: vierte Potenz einer Million (eine 1 mit 24 Nullen)

**Quadrinom,** (lat.), sächl., –e: viergliedriger mathematischer Ausdruck (Math.)

**Quadrophonie** (auch: Quadrofonie), (lat.-gr.), weibl., nur Sing.: besonders klangechte Aufzeichnungs- und Übertragungstechnik von Musik mit vier Kanälen und vier Verstärkern

**Quadrupel,** (lat.), sächl., –: vier zusammengehörige Zahlen oder Größen (Math.)

**Quadrupel,** (lat.), männl., –: alte span. Goldmünze

**Quaestio,** ['kwästjo, lat.], die Quaestiones: juristische Frage

**Quai d'Orsay,** [ke:dor'se:, fr.], männl., nur Sing.: Straße in Paris, an der das fr. Außenministerium liegt, daher Bez. für dieses

**Quäker,** (engl.), männl., –: im 17. Jh. als »Gesellschaft der Freunde« begründete protestantische Sekte in Nordamerika, die für große Sittenstrenge und konsequenten Pazifismus eintritt

**Qualifikation,** (lat.), männl., –en: 1. Eignung, Befähigungsnachweis, 2. Ausbildung

**qualifizieren,** (lat.): 1. ausbilden, fähig machen, 2. beurteilen, einstufen

**qualifiziert,** (lat.): tauglich, besonders geeignet

**Qualität,** (lat.), weibl., –en: 1. Beschaffenheit, Eigenschaft (Gegens.: Quantität), 2. Güte einer Ware u. a., 3. Figurenwert beim Schach

**qualitativ,** (lat.): gütemäßig; bezüglich der Qualität

**Quant,** (lat.), sächl., –en: kleinste Einheit physikalischer Größen (z. B. Energie)

**Quäntchen,** (lat.), sächl., –: kleines Quantum, geringe Menge, Prise

**Quantentheorie,** (lat.-gr.), weibl., –n: 1900 von M. Planck begründete Lehre, nach der die Strahlungsenergie immer nur in ganzzahligen Vielfachen einer kleinsten Energiemenge (Quant) aufgenommen oder abgegeben werden kann (Phys.)

**quantifizieren,** (lat.): in Zahlen, Mengenbegriffen, messbaren Größen darstellen oder ausdrücken

**quantisieren,** (lat.): in Quanten darstellen

**Quantität,** (lat.), weibl., –en: Menge, Größe, Anzahl, zahlenmäßige Bestimmtheit, Masse

**quantitativ,** (lat.): mengenmäßig; hinsichtlich der Quantität

**Quantité négligeable,** [kanti'te: negli'scha:bl, fr.], weibl., (Plur. selten:) – –: Nebensächlichkeit, zu vernachlässigende Menge

**Quantum,** (lat.), sächl., Quanten: gewisse Menge, Portion, Maß, Summe

**Quarantäne,** [karan'täne, lat.], weibl., –n: zeitlich befristete Isolation infektiöser oder möglicherweise infektiöser Menschen und Tiere zur Vermeidung einer Verbreitung der Krankheit (Med.)

**Quark,** [kuo:(a)k, engl.], sächl., –s: hypothetisches Elementarteilchen (Phys.)

**Quart,** [kuo:(a)t, lat.-engl.], sächl., –s: engl.-amerik. Hohlmaß

**Quart,** (lat.), weibl., –s: 1. vgl. Quarte, 2. Fechthieb

**Quarta,** (lat.), weibl., Quarten: dritte Klassenstufe (vierte von oben) an Gymnasien

**Quartal,** (lat.), sächl., –e: Vierteljahr

**Quartaner,** (lat.), männl., –: Schüler der Quarta

**Quartär,** (lat.), sächl., nur Sing.: der jüngere Abschnitt der erdgeschichtlichen Neuzeit (Geol.)

**Quarte,** (lat.), weibl., –n: vierter Ton der Tonleiter; Intervall im Vierstufenabstand (Mus.)

**Quarter,** ['kuo:(a)ter, engl.], männl., –: 1. engl. Gewichtseinheit, 2. angloamerik. Hohlmaß

**Quarterback,** ['kuo:(a)terbäk, amerik.], männl., –s: Spielmacher im American Football

**Quartett,** (lat.), sächl., –e: 1. Komposition für vier Gesangsstimmen oder vier Instrumente sowie die Gruppe der vier Interpreten, 2. Kartenspiel, 3. Bahnvierer (im Radrennsport), Mannschaft im Viererbob, Team der 4x100- und der 4x400-Meter-Staffel

**Quartier,** (lat.), sächl., –e: 1. Unterkunft, Nachtlager, 2. Stadtviertel

**quarzen,** (slaw.): (umg.) rauchen

**Quasar,** (lat. Kurzw. aus **quasi**stella**r**e Radioquelle), männl., –e: starke Radiostrahlung aussendende Himmelsgegend, optisch einem Stern ähnelnd

**quasi,** (lat.): gewissermaßen, sozusagen, gleichsam, scheinbar
**Quästor,** (lat.), männl., Quästoren: oberster Finanzbeamter im alten Rom
**Quästur,** (lat.), weibl., Quästuren: 1. Amt eines Quästors im alten Rom, 2. Universitätskasse, die die Gebühren einzieht
**quaternär,** (lat.): aus vier Zeilen, Einheiten bestehend; viergliedrig (Chem.)
**Quattrocento,** [kwa.tro'tschä.nto, italien.], sächl., nur Sing.: Sammelbez. für die Kunst und Kultur im Italien des 15. Jh. (Frührenaissance)
**Queen,** [kwi:n, engl.], weibl., –s: (Titel der) engl. Königin
**Quempas,** (lat.), männl., nur Sing.: Sammlung alter Weihnachtslieder, Wechselgesang in der Christmette (nach dem lat. Liedanfang »Quem pastores laudavere« = Den die Hirten lobeten sehre)
**Quentchen:** frühere Schreibung von Quäntchen
**Querele,** (lat.), weibl., –n: Klage, Beschwerde, Streit
**Querulant,** (lat.), männl., –en: Nörgler, Quengler, Quertreiber
**querulieren,** (lat.): nörgeln, quengeln, sich ständig beschweren
**Queue,** [kö:, fr.], sächl., –s: Billardstock
**Quiche,** [ki.sch, fr.], weibl., –s: deftiger, warmer Speckkuchen
**Quickstepp,** ['kwi.kstep, engl.], männl., –s: durch Fersenschläge zum Marschrhythmus gekennzeichneter schneller Standardtanz
**Quidproquo,** (lat.), sächl., –s: Missverständnis, Verwechslung (zweier Dinge); Ersatz
**Quietismus,** (lat.), männl., nur Sing.: Verzicht auf aktives Handeln und eigenes Wollen zur Gewinnung höchster Gemütsruhe; gottergebene Frömmigkeit
**quieto,** (italien.): ruhig (Mus.)
**Quint,** (lat.), weibl., –en: 1. vgl. Quinte, 2. Fechthieb
**Quinta,** (lat.), weibl., Quinten: die zweite Klassenstufe (fünfte von oben) an Gymnasien
**Quintaner,** (lat.), männl., –: Schüler einer Quinta
**Quinte,** (lat.), weibl., –n: fünfter Ton der Tonleiter; fünfstufiges Intervall (Mus.)
**Quintessenz,** (lat.), weibl., –en: Auszug, Kern, innerstes Wesen einer Sache, daraus zu ziehende Lehre, Schlussfolgerung
**Quintett,** (lat.), sächl., –e: Komposition für fünf Gesangsstimmen oder Instrumente sowie Bez. für die Gruppe der fünf Interpreten (Mus.)
**Quiproquo,** (lat.), sächl., –s: Verwechslung einer Person mit einer anderen (z. B. im Lustspiel), Missverständnis
**Quipu,** ['ki.pu, indian.], sächl., -(s): Knotenschrift der Inkas
**Quisling,** (norweg.), männl., –e: Kollaborateur, Verräter (nach dem mit der deutschen Besatzungsmacht zusammenarbeitenden norwegischen Faschistenführer V. Quisling, 1887 – 1945)
**Quisquilien,** (lat.), weibl., Plur.: Belanglosigkeiten, Bagatellen, wertlose Dinge
**quitt,** (lat.): ausgeglichen, wett, fertig, los und ledig
**quittieren,** (lat.): 1. den Erhalt von etwas (v. a. Geld oder Ware) bestätigen, bescheinigen, 2. beantworten (z. B.: mit einem Blick q.), 3. Abschied nehmen, aufgeben (den Dienst q.)
**Quittung,** (lat.), weibl., –en: 1. Empfangsbescheinigung, -bestätigung, 2. Rache, Vergeltung
**Quivive,** [ki'wi:f, fr.]: (umg.) auf der Hut, auf der Höhe des Ereignisses, auf dem neuesten Stand (in der Wendung: auf dem Q. sein)
**Quiz,** [kwi.ß, engl.], sächl., –: Denksportaufgabe, Frage- und Antwortspiel in Rundfunk und Fernsehen

**Quizmaster,** ['kwi.ßma:ßter, engl.], männl., –: Moderator eines Quiz im Hörfunk oder Fernsehen
**quod erat demonstrandum,** (lat. »was zu beweisen war«): Schlusssatz bei Beweisen
**Quodlibet,** (lat.), sächl., –s: mehrstimmiges gefälliges Gesangsstück aus diversen Melodien und Texten (Mus.)
**Quorum,** (lat.), sächl., nur Sing.: die zur Durchführung einer Abstimmung notwendige Zahl anwesender stimmberechtigter Mitglieder eines Vereins, Parlaments u. a.
**Quotation,** (lat.), weibl., –en: 1. Kursnotierung an der Börse, 2. Berechnung eines Anteils
**Quote,** (lat.), weibl., –n: Anteil, Beteiligungszahl; Frauen-Q.: vorgeschriebener Anteil von Frauen an (polit.) Gremien
**Quotient,** (lat.), männl., –en: Bruch oder Division, Verhältnis zweier Größen; Ergebnis einer Division (Math.)
**quotieren,** (lat.): den Preis oder Kurs von etwas angeben
**quo vadis?:** (lat. »wohin gehst du?«): wohin wird das noch führen, was wird das Ende vom Lied sein? (nach der legendären Frage des aus Rom flüchtenden Petrus an den ihm erscheinenden Christus: »Domine, quo vadis?«)

# R

**Rabatt,** (lat.-italien.), männl., –e: Preisnachlass
**Rabatte,** (lat.-niederl.), weibl., –n: schmales eingefasstes Blumenbeet
**Rabatz,** männl., nur Sing.: Krach, Unruhe, Radau
**Rabauke,** (niederl.), männl., –n: Flegel, rüpelhafter junger Mann; Rohling, gewalttätiger Mensch
**Rabbi,** (hebr.), männl., –s oder Rabbinen: im Judentum Ehrentitel von Schriftgelehrten und Gesetzeslehrern
**Rabbinat,** (hebr.), sächl., –e: Amt, Würde eines Rabiners
**Rabbiner,** (hebr.), männl., –: jüdischer Religionslehrer, mosaischer Geistlicher
**rabiat,** (lat.): wütend, ungebärdig, grob, brutal
**Rabies,** (lat.), weibl., nur Sing.: Tollwut (Med.)
**Rabulist,** (lat.), männl., –en: spitzfindig und wortklauberisch argumentierender Mensch, der einen Sachverhalt mit Scheinlogik und Haarspalterei zu seinem Vorteil zu verdrehen versteht
**Rabulistik,** (lat.), weibl., –en: Wort- und Rechtsverdreherei, Haarspalterei
**Rachitis,** (gr.), weibl., Rachitiden: Kinderkrankheit, die auf Vitamin-D-Mangel beruht (Med.)
**rachitisch,** (gr.): an Rachitis leidend (Med.)
**Racket,** ['rä.ket, engl.], sächl., –s: Tennis- oder Badmintonschläger
**Rackjobbing** (auch: Rack-Jobbing), ['rä.kdscho.bing, engl.], sächl., nur Sing.: Vertriebsform, bei der ein Produzent beim Endverkäufer Verkaufsfläche mietet oder einen Verkaufsständer aufstellt, dessen Angebot er selbst ergänzt
**Raclette,** [rak'lä.t, fr.], männl., nur Sing.: schweiz. Käsesorte
**Raclette,** [rak'lä.t, fr.], sächl. (auch weibl.), –s: bei Tisch auf Hitzplatten zubereitetes Gericht, bei dem Raclette-Käse geschmolzen und mit Fleisch sowie Beilagen wie Pilzen, Kartoffeln u. a. verzehrt wird
**Radar,** (Kurzwort für: **ra**dio **d**etecting **a**nd **r**anging, engl.), sächl. (auch männl.), nur Sing.: Verfahren zur Erken-

nung, Ortung und Entfernungsmessung von Gegenständen (z. B. Flugzeuge, Schiffe) mittels Funkecho; Funkmesstechnik

**radial,** (lat.): strahlenförmig, vom Mittelpunkt ausgehend

**Radiant,** (lat.), männl., –en: Einheit des Winkels im Bogenmaß (Zeichen: rad; Math.)

**radiär,** (lat.): strahlenförmig angeordnet

**Radiator,** (lat.), männl., –en: Heizkörper, Wärmestrahler

**Radicchio,** [ra'di.kjo, italien.], männl., Radicchi: dunkelrote, leicht bitter schmeckende Salatpflanze

**Radien,** (lat.), männl., (Plur.): 1. Plur. von Radius, 2. Flossenstrahlen der Fische

**radieren,** (lat.): 1. (Bleistift-)Schrift mit einem Reibemittel (R.-Gummi) entfernen, 2. Bild auf Kupfer einritzen

**Radierer,** (lat.), männl., –: 1. (umg.) Radiergummi, 2. Künstler, der Bilder durch Einritzung von Kupferplatten herstellt

**Radierung,** (lat.), weibl., –en: 1. Tiefdruckverfahren, bei dem man das Zudruckende in eine besonders (mit Wachs und Harz) präparierte Kupferplatte ritzt und diese dann ätzt, 2. durch Einritzen einer druckenden Kupferplatte hergestelltes Kunstwerk

**radikal,** (lat.): 1. bis auf die Wurzel, gründlich, rücksichtslos, 2. politisch extrem eingestellt, 3. die Wurzel betreffend (Math.)

**Radikal,** (lat.), sächl., –e: 1. durch (mehrfaches) Wurzelziehen gebildete Größe (Math.), 2. Atomgruppe, die freie chemische Bindungen aufweist und daher nur vorübergehend bei chemischen Reaktionen als Zwischenprodukt auftaucht (Chem.)

**Radikalinski,** (lat.), männl., –s: (umg. abschätzig) Politrocker, unreflektierter Extremist

**radikalisieren,** (lat.): jmdn. aufhetzen, eine Situation auf die Spitze treiben

**Radikalismus,** (lat.), männl., Radikalismen: Extremismus, politische Kompromisslosigkeit; Haltung, die nur schwarz oder weiß kennt, Prinzipienreiterei

**Radikand,** (lat.), männl., –en: Größe, aus der eine Wurzel gezogen werden soll (Math.)

**Radio,** (engl.), sächl., –s: Rundfunkgerät

**radioaktiv,** (lat.): unter Zerfall des Atomkernes bestimmte Strahlen aussendend

**Radioaktivität,** (lat.), weibl., nur Sing.: Eigenschaft gewisser Stoffe, ohne Energiezufuhr durch Kernzerfall Strahlen aussenden zu können (Chem.; Phys.)

**Radioastronomie,** (lat.), weibl., nur Sing.: Zweig der Astronomie, der die Frequenzstrahlungen aus dem Weltall beobachtet

**Radiobiologe,** (lat.), männl., –n: Strahlenbiologie

**Radiochemie,** (lat.), weibl., nur Sing.: Wissenschaft von den Eigenschaften radioaktiver Stoffe, Teilgebiet der Chemie

**Radiographie,** (lat.), weibl., nur Sing.: Untersuchung mittels Röntgenstrahlen (Med.)

**Radiokarbonmethode,** (lat.-gr.), weibl., –n: Verfahren zur Altersbestimmung z. B. archäologischer oder geologischer Funde durch Bestimmung des noch vorhandenen Gehalts an radioaktivem Kohlenstoff mittels dessen Halbwertszeit

**Radiologie,** (lat.), weibl., nur Sing.: Strahlenkunde, Lehre von der Anwendung ionisierender Strahlen (Med.)

**Radiometer,** (lat.), sächl., –: Gerät zum Messen von Strahlung

**Radium,** (lat.), sächl., nur Sing.: chem. Element, radioaktives Metall (Zeichen: Ra)

**Radius,** (lat.), männl., Radien: 1. Halbmesser, halber Durchmesser eines Kreises (Math.), 2. Speiche, Unterarmknochen (Med.)

**Radix,** (lat.), weibl., Radizes (auch Radices): Wurzel
**radizieren,** (lat.): aus einer Zahl eine Wurzel ziehen (Math.)
**Radon,** (lat.), sächl., nur Sing.: chem. Element; radioaktives Edelgas (Zeichen: Rn)
**Radscha,** (sanskr.), männl., –s: Titel indischer Fürsten
**Raffinade,** (lat.), weibl., –n: fein gemahlener, gereinigter Zucker
**Raffination,** (lat.), weibl., –en: Verfeinerung, Reinigung von Naturstoffen und techn. Produkten (bes. Erdöl)
**Raffinement,** [raffine'man, fr.], sächl., –s: vgl. Raffinesse
**Raffinerie,** (lat.), weibl., –n: großtechnische Anlage zur Reinigung und Veredelung von Zucker, Erdöl u. a.
**Raffinesse,** (fr.), weibl., –n: Kultiviertheit, Überfeinerung; Gerissenheit, Durchtriebenheit
**raffinieren,** (lat.): Naturprodukte (Erdöl, Zucker u. Ä.) veredeln
**raffiniert,** (lat.): 1. gereinigt, 2. durchtrieben, schlau, trickreich
**Raffiniertheit,** (lat.), weibl., –en: Durchtriebenheit, Gerissenheit
**Rage,** ['ra:sche, fr.], weibl., nur Sing.: Wut, Raserei, ungezügelter Zorn
**Raglan,** ['rä.glen, engl.], männl., –s: eingesetzter Ärmel, dessen Naht vom Armloch zum Halsring verläuft sowie Bez. für den sportlichen Mantel mit solchen Ärmeln (benannt nach Lord Raglan, 1788 – 1855)
**Ragnarök,** (altnord.), weibl., nur Sing.: Weltende in der germanischen Mythologie
**Ragout,** [ra'gu:, fr.], sächl., –s: Gericht aus gewürfelten Schmorfleisch in pikanter Soße
**Ragout fin,** [ragu:'fän, fr.], sächl., –s: Ragout aus hellem (Geflügel- oder Kalb-)Fleisch als Pastetenfüllung
**Ragtime,** ['rä.gtaim, engl.], männl., nur Sing.: stark synkopierter und rhythmisierter Musikstil als Vorläufer des Jazz in Nordamerika sowie Tanz in diesem Stil (Mus.)
**Raid,** [re:jd, engl.], männl., –s: begrenzte, überfallartige militärische Offensive, Kommandounternehmen
**Rakete,** (italien.), weibl., –n: durch Verlagerung des Schwerpunkts mittels ausgestoßener Gase angetriebener Flugkörper als Waffenträger oder Raumtransporter
**Raki,** (türk.), männl., –s: Schnaps aus Rosinen (auch Feigen, Datteln u. a.) und Anissamen
**rallentando,** (italien.): langsamer werdend (Mus.)
**Rallye,** ['ra.li oder 'rä.li, engl.], weibl., –s: Wettfahrt in Etappen (gewöhnl. für Autos, aber auch mit Fahrrädern o. Ä. durchgeführt) oder Wettlauf mit Sonderprüfungen
**Ramadan,** (arab.), männl., nur Sing.: neunter Monat des islamischen Mondjahres; Fastenmonat
**ramponieren** (italien.): stark beschädigen
**Ranch,** [rä.ntsch, engl.], weibl., –es: Farm mit Viehzucht in den USA
**Rancher,** ['rä.nscher, engl.], männl., –: nordamerikanischer Viehzüchter
**Ranchero,** (span.), männl., –s: Besitzer eines Ranchos
**Rancho,** ['ra.ntscho, span.], männl., –s: Wohnplatz, Landgut, Behausung in Lateinamerika
**Randale,** weibl., nur Sing.: Lärm, Geschrei, Gejohle; Krawall, Vandalismus
**randalieren**: lärmen, lauten, Unfug treiben; verwüsten
**Ranger,** ['reindscher, engl.], männl., –s: 1. bes. ausgebildeter Soldat in der US-Armee, der in kleinen Gruppen Überraschungsangriffe ausführt, 2. Mitglied

der Polizeitruppe in einigen Staaten der USA, 3. uniformierter Wächter der Nationalparks in den USA

**rangieren,** [rang'schi:ren, fr.]: 1. ordnen, 2. Eisenbahnwaggons verschieben und zu Zügen zusammenstellen, 3. einen bestimmten Rang einnehmen

**Rankü̱ne,** (fr.), weibl., –n: Groll, heimliche Feindschaft

**Ranụnkel,** (lat.), weibl., –n: Gattung der Hahnenfußgewächse (Bot.)

**Rap,** [rä.p, engl.], männl., –s: Richtung der Rockmusik, bei der zu einem Rhythmus gesprochen wird (Mus.)

**rapịde,** (lat.): reißend, schnell, blitzartig, stürmisch, ungestüm

**ra̱pido,** (italien.): reißend schnell (Mus.)

**Rapie̱r,** (fr.), sächl., –e: Fechtwaffe, Raufdegen

**Rappọrt,** (lat.), männl., –e: Bericht, dienstliche Meldung

**rapportie̱ren,** (lat.): Bericht geben, Meldung machen

**Rạptus,** (lat.), männl., –se oder Raptus : 1. Koller, unvermittelter Zorn, 2. plötzlich einsetzender Wutanfall (Psychol.; Med.)

**ra̱r,** (lat.), weibl., –en: selten, begehrt, kostbar

**Raritä̱t,** (lat.), weibl., –en: Seltenheit, Kostbarkeit, Sammlerstück

**rasạnt,** (lat.): 1. schwungvoll, rasch, 2. flach verlaufend

**Rasạnz,** (lat.), weibl., nur Sing.: 1. flache Flugbahn und entsprechende Durchschlagskraft eines Geschosses aufgrund des Dralls, 2. (umg.) rasende Geschwindigkeit, Schwung, Dynamik

**rasie̱ren,** (lat.): Bartstoppeln entfernen

**Räson,** [rä'son, fr.], weibl., nur Sing.: Vernunft, Einsicht, verständiges Betragen

**räsona̱bel,** (fr.): vernünftig, einleuchtend

**räsonie̱ren,** (fr.): lärmend reden, schimpfen, widersprechen, nörgeln

**Rassịsmus,** (italien.), männl., nur Sing.: übersteigertes Rassenbewusstsein; Rassenhetze gegen Angehörige anderer Rassen oder als Rasse ausgegebener Menschengruppen

**Rassịst,** (italien.), männl., –en: Anhänger des Rassismus, Hetzer gegen Angehörige angeblicher minderwertiger Rassen

**Rạsta,** (äthiop.), männl., –s: Bez. für Anhänger einer religiösen Bewegung auf Jamaika, die die Rückkehr in ein erlöstes Afrika erhofft und ihren Kult zu Reggae-Rhythmen zelebrieren; R.-Locken: frisiert wie ein Rasta, Zöpfchen-Frisur

**Rastra̱l,** (lat.), sächl., –e: Gerät zum Ziehen von Notenlinien

**rastrie̱ren,** (lat.): Notenlinien ziehen

**Rasu̱r,** (lat.), –en: 1. das Entfernen von Bartstoppeln, 2. das Radieren; ausradierte Stelle (z. B. in Geschäftsbüchern)

**Ratatouille,** [rata'tu:ij, fr.], weibl., nur Sing.: Auberginenintopf, u. a. mit Tomaten und Zwiebeln

**Ratifikatio̱n,** (lat.), weibl., –en: Bestätigung, Genehmigung und Inkraftsetzung (v. a. politischer Verträge durch die Volksvertretung)

**ratifizie̱ren,** (lat.): als Parlament einem zwischenstaatlichen Vertrag mehrheitlich zustimmen

**Ratiné̱,** (fr.), männl., –s: gekräuselter Stoff

**Rating,** ['re:jting, engl.], sächl. , –s: Verfahren zur psychosozialen Einschätzung von Personen oder Situationen mittels geeichter Skalen (Psychol.)

**ratinie̱ren,** (fr.): örtliche Musterungen auf gerauhtem Stoff herstellen

**Ra̱tio,** (lat.), weibl., nur Sing.: Vernunft, Verstand, Denkvermögen

**Ratio̱n,** (lat.), weibl., –en: Portion, zugeteiltes Maß, Teil, Menge (z. B. an Lebensmitteln, Wasser usw.)

**rationa̱l,** (lat.): 1. vernünftig, planvoll, zweckbewusst, begrifflich fassbar, be-

weis- und nachprüfbar, 2. rationale Zahl: als gemeiner Bruch darstellbare Zahl (Math.)
**rationalisieren,** (lat.): 1. zweckmäßig vereinfachen; einen Produktionsprozess zunehmend auf Maschinen- und Roboterarbeit umstellen, Arbeitsplätze einsparen, 2. für ein gefühlsmäßiges Handeln im Nachhinein Vernunftgründe angeben
**Rationalismus,** (lat.), männl., nur Sing.: erkenntnistheoretische Haltung, die das Gewinnen von Erkenntnissen nur durch Denken für möglich hält (Philos.)
**Rationalist,** (lat.), männl., –en: 1. Anhänger des Rationalismus, 2. einseitiger Verstandesmensch
**Rationalität,** (lat.), weibl., nur Sing.: Eigenschaft von Zahlen, sich als Bruch schreiben zu lassen (Math.)
**rationell,** (lat.): zweckmäßig; wirtschaftlich, sparsam, haushälterisch
**rationieren,** (lat.): etwas Knappes begrenzen, einschränken und zuteilen; einteilen; abgeteilt zumessen
**Rattan,** (malaiisch), sächl., –e: Rohr der Stängel der Rotangpalme, das zur Herstellung von geflochtenen Möbeln dient
**Rave,** [re:jw, engl.], männl. (auch: sächl.), –: große Tanzparty zu Techno-Musik
**raven,** ['re:jwen, engl.]: von einem Rave zum andern wechseln, die Nacht auf Raves zubringen
**Ravioli,** (italien.), nur Plur.: Nudelteigtaschen, die mit fein gehacktem, pikant gewürztem Fleisch oder Gemüse gefüllt sind
**Rayon,** [rä'jon, fr.], männl., –s: Bezirk, Bereich, Vorfeld von Festungen
**Razzia,** (arab.), weibl., Razzien: polizeiliche Fahndungsaktion (in Lokalen, Bahnhöfen oder ganzen Stadtvierteln)
**Re,** (lat.), sächl., –s: Antwort auf ein Kontra beim Skat, wenn der Alleinspieler trotz der Drohung seines Sieges sicher ist
**Reader,** ['ri:der, engl.], männl., –: Lesebuch mit Texten aus thematisch ähnlichen Werken diverser Verfasser
**Reagenz,** (lat.), sächl., –ien: zur Bestimmung eines Grundstoffs oder einer Verbindung oder einer Stoffgruppe dienender Stoff (Chem.)
**reagibel,** (lat.): sensibel, selbst bei geringen Anlässen reagierend
**reagieren,** (lat.): 1. eine chemische Reaktion ablaufen lassen, 2. auf etwas eingehen, ansprechen, rückwirken, antworten
**Reaktant,** (lat.), männl., –en: mit einem anderen Stoff eine Reaktion eingehende Substanz (Chem.)
**Reaktion,** (lat.), weibl., –en: 1. Ablauf eines chemischen Prozesses, 2. das Reagieren, Antwort, Rückwirkung, 3. (nur Sing.) Bestreben, Überlebtes zu Bewahren oder gar wiederherzustellen, Radikalkonservatismus sowie Sammelbez. für die Anhänger solcher politischen Haltung
**reaktionär,** (lat.): (abschätzig) politisch rückschrittlich
**Reaktionär,** (lat.), männl., –e: politisch rückschrittlich eingestellte Person
**reaktiv,** (lat.): rückwirkend, reaktionsfähig
**reaktivieren,** (lat.): wieder in Tätigkeit setzen, wieder aktiv werden lassen, wieder in Dienst stellen
**Reaktivität,** (lat.), weibl., –en: Maß für die Abweichung des Kernreaktors vom kritischen Zustand (Phys.)
**Reaktor,** (lat.), männl., –aktoren: 1. Anlage zur Durchführung von kontrollierten Kernkettenreaktionen zur Energiegewinnung oder zur Erzeugung von neuen spaltbarem Material; Kernreaktor, 2. Behälter, in dem man eine physikalische oder chemische Reaktion in Gang bringen und ablaufen lassen kann

**real,** (lat.): wirklich, tatsächlich, sachlich, die Sache selbst bezeichnend (Gegens.: ideal)
**Realien,** (lat.), weibl., Plur.: wirkliche Dinge, Tatsachen, Naturwissenschaften
**Realinjurie,** (lat.), weibl., –n: tatsächliche Beleidigung (Rechtsw.)
**Realisation,** (lat.), weibl., –en: 1. Verwirklichung, 2. Umwandlung in bares Geld
**realisieren,** (lat.): 1. verwirklichen, 2. einen Wert (z. B. eine Aktie oder einen Geschäftsanteil) verkaufen und damit zu Geld machen, 3. (von engl. to realize = wahrnehmen) klar erkennen, begreifen, einsehen
**Realismus,** (lat.), männl., nur Sing.: 1. Wirklichkeitssinn, Sachlichkeit; Tatsachenstandpunkt, 2. Literatur- und Kunstepoche sowie literarische und künstlerische Darstellungsart, die die Wirklichkeit ungeschminkt schildert, 3. Annahme einer vom Erkennenden unabhängigen Wirklichkeit, die im Erkennen erkannt wird (Philos.)
**Realist,** (lat.), männl., –en: 1. den Tatsachen ins Auge sehender, nüchtern und vernünftig handelnder Mensch, 2. künstlerischer oder philosophischer Vertreter des Realismus
**realistisch,** (lat.): wirklichkeitsgetreu, lebensnah, sachlich-nüchtern
**Realität,** (lat.), weibl., –en: Wirklichkeit, Gegebenheit, Tatsache
**realiter,** (lat.): in Wirklichkeit
**Reality-TV,** [ri'älititi:wi:, engl.], sächl., nur Sing.: tatsächliches Geschehen (Verbrechen, Unglücksfälle, Katastrophen u. a.) live zeigendes Fernsehprogramm
**Realkonkurrenz,** (lat.), weibl., –en: Tatmehrheit, Erfüllung mehrerer Straftatbestände durch verschiedene Handlungen desselben Täters
**Realo,** (lat.), männl., –s: (umg.) realistischer (koalitionsbereiter) Politiker v. a. aus dem sonst radikalen Spektrum (z. B. bei den Grünen; Gegens.: Fundi)
**Realpolitik,** (lat.-gr.), weibl., nur Sing.: Politik des Machbaren, politisches Handeln nach den momentanen Erfordernissen und unbeeinflusst von Visionen oder langfristigen Strategien
**Realunion,** (lat.), weibl., –en: Staatenverbindung zweier rechtlich selbstständiger Staaten durch gemeinsame staatliche Institutionen und ein gemeinsames Staatsoberhaupt
**Reanimation,** (lat.), weibl., nur Sing.: Wiederbelebung (Med.)
**Reassekuranz,** (lat.), weibl., –en: Rückversicherung
**Reaumur,** ['re:omü:r], Einteilung der Temperaturskala in 80 Grad zwischen Gefrier- und Siedepunkt des Wassers (nach dem fr. Physiker Réaumur, 1683 – 1757)
**Rebell,** (lat.), männl., –en: Anführer, Empörer, Aufständischer
**rebellieren,** (lat.): sich auflehnen, sich widersetzen, den Gehorsam verweigern
**Rebellion,** (lat.), weibl., –en: Aufruhr, Empörung, Widersetzlichkeit, Widerstand
**rebellisch,** (lat.): aufrührerisch
**Rebus,** (lat.), männl. oder sächl., –se: Bilderrätsel
**Receiver,** [ri'ßi:wer, engl.], männl., –: Rundfunkempfänger mit Verstärker zur Hi-Fi-Wiedergabe
**Rechaud,** [re'scho:, fr.], männl. (auch sächl.), –s: Heizplatte zum Warmhalten von Gerichten und Getränken
**Recherche,** [re'schä.rsche, fr.], weibl., –n: Nachforschung, Zusammentragen von Fakten, Ermittlung, Untersuchung, Sammlung von Hintergrundinformationen
**recherchieren,** [reschär'schi:ren, fr.]: nachforschen, ermitteln, untersuchen

**Recital** (auch: Rezital), [ri'ßaitl, engl.], sächl., –s: Konzert eines Einzelkünstlers
**recitando,** [retschi'ta.ndo, italien.]: rezitierend, sprechend (Mus.)
**Reconquista,** (span.), weibl, nur Sing: christliche Wiedereroberung Spaniens gegen die islamischen Mauren (1492 abgeschlossen)
**Recorder,** [ri'co.rder, engl.], männl., –: Tonbandgerät
**recyceln,** [ri'ßaikeln, engl.-dt.]: wiederaufbereiten eines Stoffes, (2. Partizip:) recycelt (oder engl.: recycled)
**Recycling,** [ri'ßaikling, engl.], sächl., –s: Wiederverwendung von Abfällen für die Produktion neuer Güter
**Recyclingpapier,** [ri'ßaikling.., engl.-dt.], sächl., nur Sing.: aus Altpapier hergestelltes neues Papier, das meist von niedriger Qualität und/oder leicht getönt ist
**Redakteur,** [redak'tö:r, lat.-fr.], männl., –e: für Rundfunk, Fernsehen, Zeitungen und Zeitschriften tätiger Manuskriptbearbeiter
**Redaktion,** (lat.), weibl., –en: 1. Gesamtheit der angestellten journalistischen Mitarbeiter einer Zeitung oder einer Sendeanstalt, 2. Arbeit eines Redakteurs, Bearbeitung eines Textes
**redaktionell,** (lat.): durch die Redaktion bearbeitet, textlich durchgesehen
**redigieren,** (lat.): Texte bearbeiten, überarbeiten, als Redakteur tätig sein
**Rediskont,** (lat.), männl., –e: Weiterverkauf eines diskontierten Wechsels durch eine Bank
**redivivus,** (lat.): wiedererstanden, auferstanden
**Redoute,** [re'du:t, fr.], weibl., –n: 1. Tanz- und Festsaal sowie Bez. für einen darin veranstalteten (Masken-)Ball, 2. (früher) Festungsschanze
**Redoxsystem,** sächl., nur Sing.: Gemisch aus einem Reduktions- und einem Oxydationsmittel (Chem.)
**Red Power,** [rä.d'pauer, amerik.], weibl., nur Sing.: Protestbewegung der Indianer in den USA gegen Bevormundung und Unterdrückung durch die Weißen bei gleichzeitiger Betonung der eigenen Tradition und Kultur (analog zur Schwarzenbewegung Black Power gebildet)
**Redressement,** [redress(e)'man, fr.], sächl., –s: 1. Einrenkung von Knochenbrüchen und Verrenkungen sowie allg. orthopädische Behandlung von Armen und Beinen (Med.)
**redressieren,** (fr.): Knochenbrüche und Verrenkungen einrichten (Med.)
**Reduit,** (fr.), sächl., –s: Kern einer Festung, gut zu verteidigende Rückzugsstellung
**Reduktion,** (lat.), weibl., –en: 1. Zurückführung, Herabsetzung; Verkürzung, Minderung; Umwandlung, 2. Entzug von Sauerstoffe aus einer Verbindung (Gegens.: Oxydation; Chem.), 3. Rückbildung von Organen zu bedeutungslosen, rudimentären Resten (Biol.), 4. Halbierung der Chromosomenzahl (Biol.)
**Reduktionsteilung,** (lat.-dt.), weibl., –en: durch Reduktion des doppelten Chromosomensatzes auf einen einfachen erfolgende Zellteilung (Biol.)
**reduktiv,** (lat.): durch Reduktion bewirkt
**redundant,** (lat.): sehr reichlich, im Überfluss; weitschweifig; überbestimmt (Logik; Sprachwiss.)
**Redundanz,** (lat.), weibl., –en: 1. Überfluss, Überreichlichkeit, 2. mehrfache Sicherung von technischen Systemen (z. B. bei Raumflugkörpern), 3. überflüssige Zeichen, die keine zusätzliche Information liefern (Informatik), 3. Weitschweifigkeit; Häufung sprachlicher Mittel ohne neue wesentliche Information; grammatische Überbestimmtheit (Sprachwiss.)
**Reduplikation,** (lat.), weibl., –en: Verdopplung, Wiederholung von Silben

oder Wörtern (z. B. Hoppsasa, Krimskrams), in einigen Sprachen eingesetzt zur Bildung von Formen der Vergangenheit oder des Plurals (Sprachwiss.)

**reduplizieren,** (lat.): verdoppeln

**Reduzent,** (lat.), männl., –en: Organismus (Bakterie, Pilz u. a.), der organische Stoffe wieder in anorganische umwandelt (Biol.)

**reduzieren,** (lat.): 1. zurückführen, herabsetzen, einschränken; verkürzen, mindern, 2. einer chemischen Verbindung Sauerstoff entziehen

**reell,** (lat.): wirklich, zuverlässig, ehrlich, solide

**reengagieren,** [reangaschi:ren, fr.]: wieder verpflichten, erneut in Dienst nehmen

**Refektorium,** (lat.), sächl., Refektorien: Speisesaal in Klöstern

**Referat,** (lat.), sächl., –e: 1. Bericht, Vortrag, Besprechung (eines Buches), kurze (mündliche) Inhaltsangabe eines Textes oder Wiedergabe einer Ansicht eines anderen, 2. selbstständiges Arbeitsgebiet (z. B. in einem Ministerium)

**Referendar,** (lat.), männl., –e: nach seinem Examen im Vorbereitungsdienst stehender Lehrer oder Jurist

**Referendum,** (lat.), sächl., Referenden: Volksentscheid

**Referent,** (lat.), männl., –en: 1. Berichterstatter, Vortragender, 2. Sachbearbeiter

**Referenz,** (lat.), weibl., –en: Beziehung, Empfehlung, Auskunft

**referieren,** (lat.): einen kurzen Bericht geben, ein Referat halten

**Reflation,** (lat.), weibl., –en: Bekämpfung einer Deflation durch Erhöhung des Geldumlaufes (Weitung des Geldmantels)

**Reflektant,** (lat.), männl., –en: Bewerber, Kauflustiger

**reflektieren,** (lat.): 1. zurückstrahlen, spiegeln, 2. nachdenken, grübeln, erwägen, 3. (r. auf) etwas haben wollen, sich um etwas (z. B. eine Stellung) bemühen

**Reflektor,** (lat.), männl., –flektoren: 1. Rückstrahler, Parabolspiegel hinter einer Lichtquelle, 2. astronomisches Fernrohr mit Hohlspiegel zur Bilderzeugung, 3. Teil der Richtantenne

**Reflex,** (lat.), männl., –e: 1. Widerschein, Rückstrahlung, 2. rasche Bewegung, vom Zentralnervensystem gesteuerte Reaktion des Organismus auf einen Reiz (Med.)

**Reflexion,** (lat.), weibl., –en: 1. Rückstrahlung, 2. Vertiefung in einen Gedanken, Betrachtung

**reflexiv,** (lat.): rückbezüglich (auf das Subjekt des Satzes; Sprachwiss.)

**Reflexivpronomen,** (lat.), sächl., – und –nomina: rückbezügliches Fürwort (z. B.: sich; Sprachwiss.)

**Reform,** (lat.), weibl., –en: Rückführung einer Fehlentwicklung, Umgestaltung, politische oder wirtschaftliche Erneuerung einer Ordnung, gesellschaftlicher Umbau unter Bewahrung des Bewährten

**Reformation,** (lat.), weibl., nur Sing.: 1. im 16. Jh. durch Luther in Gang gesetzte Lösung der evangelischen Kirche von der bis dahin universellen katholischen Kirche, 2. (allg.) Umgestaltung, Verbesserung, Erneuerung

**Reformator,** (lat.), weibl., –en: (religiöser) Erneuerer, jmd., der eine Reformation durchführt

**reformatorisch,** (lat.): umgestaltend, (religiös) erneuernd, die Reformation betreffend

**Reformer,** (lat.), männl., –: Umgestalter, Verbesserer, Erneuerer

**reformieren,** (lat.): umgestalten, verbessern, erneuern; Missstände beseitigen

**Reformismus,** (lat.), männl., nur Sing.: Streben nach sozialer Veränderung und politischer Neuordnung auf evolutionärem Wege; gegen eine Revolution und die von den Radikalen propagierte »Diktatur des Proletariats« gerichtete Haltung in der Arbeiterbewegung, v. a. in der deutschen Sozialdemokratie

**Refrain,** [re'frän, fr.], männl., –s: Wiederholung gleicher Lied- oder Gedichtverse am Strophenende

**refraktär,** (lat.): unempfindlich; schwer oder nicht beeinfluss- oder ansprechbar (Med.)

**Refraktion,** (lat.), weibl., –en: Brechung von Lichtstrahlen beim Übergang von einem Stoff in einen optisch dichteren oder weniger dichten (Phys.)

**Refrigeration,** (lat.), weibl., –en: Erkältung (Med.)

**Refugium,** (lat.), sächl., Refugien: Zufluchtsort

**Regal,** sächl., –e: 1. Fächergestell (z. B. für Bücher, Waren), 2. Orgelregister (Mus.)

**Regal,** (lat.), sächl., –ien: Hoheitsrecht (z. B. Zoll-, Münzprägerecht)

**Regatta,** (italien.), weibl., Regatten: Wettfahrt zur Wasser (z. B. Segel-, Ruder-R.)

**Régence,** [re'schanß, fr.], weibl., nur Sing.: während der Regentschaft des Herzogs von Orléans in Frankreich (um 1720) dominierender Kunststil

**Regency,** ['ri:dsch(e)nßi, engl.], sächl., nur Sing.: während der Regentschaft des Prinzen von Wales (später Georg IV.) in England dominierender Kunststil (um 1815)

**Regeneration,** (lat.), weibl., –en: Wiedererzeugung, Ergänzung; Erholung, Genesung (Med.)

**regenerativ,** (lat.): wiedergewinnend, durch Regeneration entstanden, erneuernd

**regenerieren,** (lat.): 1. neu bilden, wiederherstellen, 2. sich ausruhen, sich erholen, gesunden

**Regent,** (lat.), männl., –en: Herrscher oder der für ihn stellvertretend Herrschende

**Regest,** (lat.), sächl., – en (meist Plur.): zeitlich geordnetes Urkundenverzeichnis; Inhaltsangabe einer Urkunde

**Reggae,** ['rä.gäj, amerik.], männl., nur Sing.: volkstümliche, synkopierende Musik aus Jamaika, in den 70er Jahren als Modeströmung in der Popmusik auftauchend

**Regie,** [re'schi:, fr.], weibl., –n: künstlerische Gestaltung z. B. eines Films, einer Schauspielaufführung durch einen Regisseur

**regieren,** (lat.): lenken, herrschen, verwalten, politisch handeln

**Regierung,** (lat.), weibl., –en: 1. Staatshandeln, 2. Gesamtheit der Personen, die ein Land regieren, Kabinett

**Regime,** [re'schi:m, fr.], sächl., –[re'schi:me]: Herrschaft, Regierung; totalitäre Regierungsform

**Regiment,** (lat.), sächl., –e bzw. –er: 1. Herrschaft, Leitung, 2. größere Truppeneinheit

**Regina coeli,** (lat. »Himmelskönigin«), weibl. nur Sing.: einer der Titel der Muttergottes in der kathol. Kirche

**regina regit colorem,** (lat. »die Dame bestimmt die Farbe«): Schachgrundsatz für die Ausgangsstellung: weiße Dame auf weißem Feld und umgekehrt für die schwarze Dame

**Region,** (lat.), weibl., –en: Gegend, Bereich, Gebiet, Luftschicht

**regional,** (lat.): räumlich, gebietsmäßig, landschaftsbezogen

**Regionalismus,** (lat.), männl., nur Sing.: Streben einer Region innerhalb eines Staatsganzen nach mehr Autonomie; gegen den Zentralismus gerichtetes Bemühen um den Erhalt und Förderung regionaler Eigenheiten (v. a. auf kulturellem und sprachlichem Gebiet)

**Regionalprogramm,** (lat.), sächl., –e: Fernseh- oder Rundfunkprogramm für ein kleineres Sendegebiet
**Regisseur,** [reschi'ßö:r, fr.], männl., –e: künstlerischer Leiter und Gestalter eines Films, eines Hörspiels, einer Fernsehsendung oder einer Theateraufführung
**Register,** (lat.), sächl., –: 1. meist alphabetisch geordnetes Verzeichnis der in einem Buch gezeigten Bilder sowie der behandelten Begriffe, Personen, Orte u. a. 2. Orgelpfeifen derselben Klangart (Mus.), 3. amtliches Verzeichnis bestimmter rechtlicher Vorgänge, 4. bestimmter Speicher in einem Computer (EDV), 5. alle R. ziehen: sich voll engagieren, das ganze Repertoire einsetzen, alle Talente zeigen
**registered,** [re.'dschißterd, engl.]: patentiert, in ein Register eingetragen, gesetzlich geschützt
**Registertonne,** (lat.-dt.), weibl., –n: in der Handelsschifffahrt übliches Raummaß zur Bestimmung der Schiffsgröße
**Registratur,** (lat.), weibl., –en: 1. Aktensammlung, Aktengestell, Aktenschrank sowie Raum oder Gebäude für solche Sammlungen, 2. Gesamtheit der Registerzüge einer Orgel
**registrieren,** (lat.): 1. in ein Register eintragen, ordnen, 2. etwas bewusst, aber kommentarlos wahr- oder zur Kenntnis nehmen, 3. die Register einer Orgel für ein bestimmtes Stück ziehen (Mus.)
**Reglement,** [regle'man, fr.], sächl., –s: Dienstvorschrift, Vorschrift, Gesamtheit der (Spiel-)Regeln
**reglementarisch,** (fr.): dem Reglement entsprechend
**reglementieren,** (fr.): streng regeln, festen Regeln unterwerfen
**Regress,** (lat.), männl., –e: Rückgriff, Ersatz, Ersatzanspruch, Schadloshaltung
**Regression,** (lat.), weibl., –en: 1. Rückbildung, Rückbewegung, 2. in der Kindesentwicklung das Zurückfallen auf frühere Verhaltensmuster (Psychol.), 3. Rückzug des Meeres aus einem zuvor von ihm überfluteten Gebiet (Geol.), 4. Schrumpfung eines Ausbreitungsgebietes einer Tier- oder Pflanzenart (Biol.)
**regressiv,** (lat.): von der Wirkung auf die Ursache zurückgehend, rückschreitend
**Regula falsi,** (lat.), weibl., nur Sing.: Verfahren zur Lösung von Gleichungen durch immer genauere Näherungslösungen (Math.)
**regulär,** (lat.): der Regel entsprechend; regelmäßig, regelrecht; gewöhnlich
**Regulation,** (lat.), weibl., –en: Ausgleich, Regelung, Wiederherstellung des normalen Zustandes
**regulativ,** (lat.): als Regel oder Maßstab dienend, regelnd
**Regulativ,** (lat.), sächl., –e: allgemeine Anweisung, Ordnung oder Verfügung; Maßstab
**Regulator,** (lat.), männl., –toren: 1. Regler zur Herbeiführung und Einhaltung eines bestimmten Zustandes, 2. Pendeluhr
**regulieren,** (lat.): regeln, ordnen; begradigen (von Flüssen oder Bächen)
**Rehabilitation,** (lat.), weibl., –en: 1. Wiederherstellung der körperlichen und/ oder geistigen Leistungsfähigkeit von Kranken und Unfallopfern bis hin zur Wiedereingliederung in den Arbeitsprozess, 2. Ehrenrettung, Wiedereinsetzen in frühere Rechte
**rehabilitieren,** (lat.): 1. wieder eingliedern (Kranke, Unfallopfer), 2. den guten Ruf wieder herstellen, Verurteilungen rückgängig machen
**Reibach,** (jidd.), männl., nur Sing.: unverhältnismäßig hoher Gewinn
**Reimplantation,** (lat.), weibl., –en: Wiedereinpflanzung (z. B. eines Zahns; Med.)

**Reinfektion,** (lat.), weibl., –en: erneute Ansteckung mit den gleichen Erregern (Med.)
**Reinkarnation,** (lat.), weibl., –en: Eintritt der Seele in einen anderen Körper nach dem Tode; Seelenwanderung
**Reintegration,** (lat.), weibl., –en: Wiedereingliederung
**Rejektion,** (lat.), weibl., –en: 1. Abstoßung verpflanzter Organe aufgrund einer Immunreaktion (Med.), 2. Abweisen eines Antrags oder einer Klage (Rechtsw.)
**rejizieren,** (lat.): einen Antrag oder eine Klage abweisen
**rekapitulieren,** (lat.): (den Inhalt eines Textes oder eines Gesprächs) gerafft wiederholen
**Reklamation,** (lat.), weibl., –en: Rückforderung, Beanstandung, Beschwerde
**Reklame,** (lat.), weibl., –n: Werbung, Empfehlung; Werbeplakat, Annonce, Anzeige
**reklamieren,** (lat.): beanstanden, sich über einen Mangel beschweren
**Rekombination,** (lat.), weibl., –en: 1. Wiedervereinigung von Ionen und Elektronen in Gasen (Phys.; Chem.), 2. Bildung einer neuen Anordnung und Verbindung der Gene im Verlauf der Zellteilung (Biol.)
**rekognoszieren,** (lat.): erkunden; anerkennen (der Echtheit einer Person, Urkunde o. Ä.)
**rekompensieren,** (lat.): entschädigen
**rekonstruieren,** (lat.): wiederherstellen, nachbilden; aufgrund von Zeugenaussagen und Indizien nachvollziehen (eines Unfalls oder einer Straftat)
**Rekonstruktion,** (lat.), weibl., –en: Wiederherstellung oder Nachbildung des ursprünglichen Zustandes; aufgrund von Zeugenaussagen dargestellter Unfall- oder Tathergang; Wiederaufbau
**rekonvaleszent,** (lat.): genesend, sich auf dem Wege der Besserung befindend (Med.)
**Rekonvaleszenz,** (lat.), weibl., nur Sing.: Genesung, Genesungszeit (Med.)
**Rekonziliation,** (lat.), weibl., –en: Wiederaufnahme eines Exkommunizierten in die kathol. Kirchengemeinschaft
**Rekord,** (lat.), männl., –e: Best-, Spitzenleistung (v. a. im Sport)
**Rekreation,** (lat.), weibl., –en: Erholung, Erfrischung
**Rekrut,** (lat.), männl., –en: Soldat in der Grundausbildungszeit
**rekrutieren,** (lat.): 1. neue Soldaten einberufen, 2. beschaffen, einstellen, organisieren, 3. sich zusammensetzen aus
**rektal,** (lat.): zum Mastdarm gehörend, durch den Mastdarm (zu verabreichen; Med.)
**Rektalgie,** (lat.), weibl., –n: Schmerzen im Mastdarm (Med.)
**Rektapapier,** (lat.-dt.), sächl., –e: nicht übertragbares, namensgebundenes Wertpapier
**Rektifikation,** (lat.), weibl., –en: 1. Berichtigung, Zurechtweisung, 2. Berechnung der Länge von Kurvenabschnitten (Math.), 3. Trennung von Flüssigkeitsgemischen mit kleinen Siedepunktunterschieden durch mehrfach wiederholtes Verdampfen und Wiederverflüssigen (Chem.)
**rektifizieren,** (lat.): 1. berichtigen, zurechtweisen, 2. die Länge eines Kurvenabschnitts berechnen (Math.), 3. Flüssigkeitsgemische durch wiederholtes Verdampfen und Wiederverflüssigen trennen (Chem.)
**Rektor,** (lat.), männl., –en: Schulleiter, Leiter einer Hochschule
**Rektorat,** (lat.), sächl., –e: Amt, Amtszeit, Amtszimmer eines Rektors
**Rektoskop,** (lat.), sächl., –e: Mastdarmspiegel (Med.)

**Rektoskopie,** (lat.), weibl., –n: Spiegeluntersuchung des Mastdarms (Med.)
**Rektum,** (lat.), sächl., Rekta: Mastdarm (Med.)
**rekkurieren,** (lat.): 1. Zuflucht nehmen, sich zurückziehen auf, 2. Einspruch erheben, 3. Bezug nehmen auf, zurückgreifen auf
**Rekurs,** (lat.), männl., –e: 1. Beschwerde gegen Justizorgane, 2. Bezugnahme, Rückgriff
**rekursiv,** (lat.): mit Hilfe des Rückgriffs auf bekannte Werte gewonnen (Math.)
**Relais,** [re'lä:, fr.], sächl., – [re'lä:ß]: 1. Postkutschenstation mit Pferdewechseln, 2. Schalt- oder Verbindungselement in einem Stromkreis oder einer Richtfunkverbindung
**Relaisstation,** (fr.), weibl., –en: Funkstation zur verstärkten Weitergabe von Sendungen
**Relaps,** (lat.), männl., –e: Rückfall (Med.)
**Relation,** (lat.), weibl., –en: Beziehung, Verhältnis, Verbindung
**relativ,** (lat.): in Bezug auf, bedingt, bezüglich, vergleichsweise, verhältnismäßig (Gegens.: absolut)
**relativieren,** (lat.): 1. mit etwas anderem in Vergleich setzen, 2. nur bedingte Gültigkeit einräumen
**Relativismus,** (lat.), männl., nur Sing.: geistige Haltung, die alles Unbedingte oder Absolute ablehnt und annimmt, dass nur die Beziehungen der Dinge zueinander, aber nicht die Dinge selbst erkennbar sind (Philos.)
**Relativität,** (lat.), weibl., –en: 1. Bezüglichkeit, Bedingtheit; Verhältnismäßigkeit, 2. relative Gültigkeit
**Relativitätstheorie,** weibl., nur Sing.: von A. Einstein (1879 – 1955) begründete Theorie der Struktur von Raum und Zeit, Masse und Energie als relativer Größen, die unter dem Gesetz stehen, dass die Lichtgeschwindigkeit eine nicht überschreitbare Grenzgeschwindigkeit ist (Phys.)
**Relativpronomen** (lat.), sächl., –s oder –nomina: Fürwort, das sich auf ein vorangehendes Substantiv oder Pronomen bezieht, bezügliches Fürwort (Sprachwiss.)
**Relaxans,** (lat.), sächl., Relaxanzien: Muskelerschlaffung herbeiführendes Medikament (Med.)
**Relaxation,** (lat.), weibl., nur Sing.: 1. Erschlaffung, Entspannung (Med.), 2. Minderung der Elastizität (Phys.)
**relaxed,** [ri'lä.kst, engl.]: (umg.) entspannt, locker
**relaxen,** [ri'lä.ksen, engl.]: (umg.) sich entspannen, sich erholen
**Releasecenter,** [ri'li:ßßä.nter, engl.], sächl., –: Einrichtung zur Entwöhnung Drogenabhängiger
**Relegation,** (lat.), weibl., –en: Verweisung von der Hochschule; R.sspiel: über den Abstieg entscheidendes Spiel bei Mannschaftssportarten
**relegieren,** (lat.): von einer Hochschule verweisen
**relevant,** (lat.): erheblich, wichtig, belangvoll
**Relevanz,** (lat.), weibl., –en: Erheblichkeit, Wichtigkeit
**Reliabilität,** (lat.), weibl., –en: Prüf-, Testgenauigkeit eines psychologischen Verfahrens; Verlässlichkeit
**Relief,** (lat.), sächl., –s: 1. plastische Darstellung (z. B. einer Landkarte) mit Erhebungen und Vertiefungen, 2. halbplastisch gearbeitetes Kunstwerk, 3. Oberflächenform der Erde (Geogr.)
**Religion,** (lat.), weibl., –en: 1. Gottesverehrung, Glaube an Wirklichkeiten jenseits der erkenn- und erfahrbaren Welt, 2. Bekenntnis eines bestimmten Glaubens
**religiös,** (lat.): einer Religion angehörend, fromm; kirchlich

**Religiosität,** (lat.), weibl., nur Sing.: Frömmigkeit, Gläubigkeit
**Relikt,** (lat.), sächl., –e: Überbleibsel, Spur oder Fundstück aus vergangenen Epochen und Erdzeitaltern
**Reliquie,** (lat.), weibl., –n: segensreiches oder wundertätiges Überbleibsel, kultisch verehrtes religiöses Andenken (körperliche Überreste eines Heiligen)
**Relish,** ['re.lisch, engl.], sächl., –es: Würzsoße mit zerkleinerten Gemüsestückchen
**Rem,** (engl. Kurzw. für **r**oentgen **e**quivalent **m**an), sächl., –: Maßeinheit für die biologische Wirksamkeit radioaktiver Strahlung (Med.)
**Rem,** (engl. Kurzw. für **r**apid **e**ye **m**ovements = rasche Augenbewegungen), Plur.: Rollen der Augäpfel als Zeichen geringer Schlaftiefe und starker Traumtätigkeit (Psychol.; Med.)
**Remake,** [ri'me:jk, engl.], sächl., –s: Neufassung, neu gestaltete Neuauflage, Neuverfilmung eines Stoffes
**remanent,** (lat.): zurückbleibend, dauernd
**remedieren,** (lat.): (veraltet) heilen (Med.)
**Remedium,** (lat.), sächl., Remedien: 1. zulässige Abweichung bei Münzen von Gewicht und Feingehalt, 2. Heilmittel
**Remedur,** (lat.), weibl., nur Sing.: (nur in der Wendung) R. schaffen: Abhilfe schaffen, Besserung herbeiführen
**Remigrant,** (lat.), männl., –en: zurückkehrender Emigrant, Rückwanderer
**Reminiszenz,** (lat.), weibl., –en: bleibende (oft an einen Gegenstand, einen Text oder einen Geruch geknüpfte) Erinnerung
**remis,** [re'mi:, fr.]: unentschieden (v. a. bei Schachpartien)
**Remis,** [re'mi:, fr.], sächl., -[re'mi:ß]: unentschiedenes Spiel oder unentschiedener Kampf
**Remise,** (lat.), weibl., –n: 1. Wagen-, Geräteschuppen, 2. Schutzgehölz für Wild
**Remission,** (lat.), weibl., –en: 1. Rücksendung (z. B. nicht verkaufter Exemplare), 2. vorübergehendes Nachlassen der Krankheitserscheinungen (Med.)
**Remittende,** (lat.), weibl., –n: dem Verleger zurückgeschicktes nicht verkauftes Buch (oft ungenau verwendet als Bez. für Mängelexemplar)
**Remittent,** (lat.), männl., –en: Rücksender; Wechselnehmer
**remittieren,** (lat.): 1. zurücksenden, zahlen, 2. vorübergehend zurückgehen, nachlassen (z. B. Fieber, Krankheitssymptome; Med.)
**remonstrieren,** (lat.): (veraltet) Einwände erheben
**Remoulade,** [remula:de, fr.], weibl., –n: Tunke aus Öl, Eiern und Gewürz
**REM-Phase,** (engl. Kurzw. aus **r**apid **e**ye **m**ovements), weibl., –: vgl. Rem
**Ren, Ren,** (Rentier), (altnord.), sächl., –e oder –s: nordische Hirschart mit ebenfalls Geweih tragenden Weibchen (in Lappland als Herdentiere gehalten)
**Ren,** (lat.), männl., –es: Niere (Med.)
**Renaissance,** [rene'ßanß, fr.], weibl., –n: 1. mit Süd-Nord-Verzögerung vom 14. bis zum 16. Jh. in Europa dominierende Kunst- und Kulturepoche, die an die griechisch-römische Antike anknüpfte, 2. Wiederaufleben, neue Blüte
**Rencontre:** vgl. Renkontre
**Rendant,** (lat.), männl., –en: Gemeindekassenführer
**Rendement,** [rande'man, fr.], sächl., –s: Ertrag, Ausbeute, der aus einem Rohstoff zu ziehen ist, Gehalt an seinen Bestandteilen
**Rendezvous,** [rande'wu:, fr.], sächl., –: Stelldichein, Treffen zweier Verliebter, Date

**Rendite,** (lat.), weibl., –n: Ertrag eines Wertpapiers oder einer anderen Vermögensanlage; Verzinsung
**Renegat,** (lat.), männl., –en: (Glaubens-)Abtrünniger, Überläufer
**renitent,** (lat.): widerspenstig, widersetzlich
**Renitenz,** (lat.), weibl., nur Sing.: Widerspenstigkeit, Auflehnung
**Renkontre,** [ran'kontre, fr.], sächl., –s: feindliche Begegnung, Zusammenstoß, Schlägerei, Zweikampf
**Renommee,** (fr.), sächl., –s: guter Ruf, Leumund, Ansehen
**renommieren,** (fr.): prahlen, angeben
**renommiert,** (fr.): mit gutem Ruf, namhaft
**Renonce,** [re'nonß, fr.], weibl., –n: Fehlfarbe (beim Kartenspiel)
**Renovation,** (lat.), weibl., –en: vgl. Renovierung
**renovieren,** (lat.): erneuern, wiederherstellen, in Stand setzen
**Renovierung,** (lat.), weibl., –en: Erneuerung, Instandsetzung
**rentabel,** (fr.): lohnend, vorteilhaft
**Rentabilität,** (fr.), weibl., nur Sing.: Einträglichkeit, Wirtschaftlichkeit
**Rente,** (lat.), weibl., –n: Altersruhegeld, Ertrag; regelmäßiges Einkommen aus Vermögens-, Versicherungs-, Versorgungsansprüchen
**Rentier,** (altnord.-dt.), sächl., –e: vgl. Ren
**Rentier,** [rent'je:, fr.], männl., –s: Rentner; jmd., der von den Zinsen seines Vermögens lebt
**rentieren,** (lat.): (sich r.) Gewinn bringen, sich lohnen
**renumerieren,** (lat.): zurückzahlen, zurückgeben
**renunzieren,** (lat.): als Monarch abdanken, auf den Thron verzichten
**Reorganisation,** (lat.), weibl., –en: 1. Neugestaltung, Neuorganisation, 2. Neubildung von zerstörtem Gewebe (Med.)
**reorganisieren,** (lat.): umorganisieren, neu regeln, neu einrichten
**reparabel,** (lat.): ersetzbar, wiederherstellbar, reparierbar
**Reparation,** (lat.), weibl., –en: 1. Wiederherstellung, 2. (Plur.) Kriegsentschädigungen, Wiedergutmachungsleistungen
**Reparatur,** (lat.), weibl., –en: Ausbesserung, Instandsetzung, Wiederherstellung
**reparieren,** (lat.): in Stand setzen, in Ordnung bringen
**repartieren,** (lat.): Kosten aufteilen, Wertpapiere zuteilen
**Repartition,** (lat.), weibl., –en: Verteilung (z. B. von Geld) im Verhältnis der Beteiligten
**repatriieren,** (lat.): wiedereinbürgern, erneut die Staatsbürgerschaft verleihen, in den Heimatstaat zurückführen
**Repellents,** [ri'pä.lentß, engl.], Plur.: abstoßend wirkende, aber nicht schädigende Stoffe (Chem.)
**Repertoire,** [reperto'a:r, fr.], sächl., –s: 1. Gesamtheit der Werke im Spielplan eines Theaters, 2. Gesamtheit der Rollen, die ein Schauspieler, der Kompositionen, die ein Interpret, der Kunststücke, die ein Akrobat usw. beherrscht
**Repertorium,** (lat.), sächl., Repertorien: wissenschaftliches Verzeichnis, Nachschlagewerk
**repetieren,** (lat.): wiederholen und dabei üben
**Repetiergewehr,** (lat.), sächl., –e: Schusswaffe, Mehrladegewehr
**Repetition,** (lat.), weibl., –en: Wiederholung
**Repetitor,** (lat.), männl., –en: jmd., der mit Jura- oder Volkswirtschaftsstudenten den Lehrstoff gründlich wiederholt
**Replantation,** (lat.), weibl., –en: vgl. Reimplantation
**Replik,** (lat.), weibl., –en: 1. Entgegnung, Erwiderung, 2. Nachbildung eines Kunstwerks durch den Künstler selbst

**replizieren,** (lat.): 1. entgegnen, erwidern, 2. eine Replik (Kunstwerk) herstellen
**reponieren,** (lat.): einordnen von Akten; die richtige Lage wiederherstellen
**Report,** (lat.), männl., –e: 1. Bericht, 2. Kursaufschlag bei der Prolongation von Termingeschäften
**Reportage,** [repor'ta:sche, fr.], weibl., –n: aktueller Bericht eines Reporters
**Reporter,** (lat.), männl., –: Berichterstatter für Fernsehen, Presse und Rundfunk
**Reposition,** (lat.), weibl., –en: das Wiedereinrichten bei Verrenkungen, Knochen- und Eingeweidebrüchen (Med.)
**repräsentabel,** (lat.): würdig, stattlich, würdevoll
**Repräsentant,** (lat.), männl., –en: 1. (allg.) jmd., der für etwas (eine Institution o. Ä.) steht, 2. offizieller Vertreter eines Staates, 3. Abgeordneter, 4. Firmen- oder Interessenverbandsvertreter
**Repräsentation,** (lat.), weibl., –en: 1. Vertretung, 2. gesellschaftlicher Aufwand, würdiges Auftreten
**repräsentativ,** (lat.): 1. charakteristisch, typisch für den Durchschnitt einer Gruppe oder Bevölkerung, 2. würdig, ansehnlich
**repräsentieren,** (lat.): 1. standesgemäß auftreten, 2. jmdn. oder etwas vertreten, darstellen, für etwas stehen
**Repressalie,** (lat.), weibl., –n: völkerrechtl. zulässiges Druckmittel, Vergeltungsmaßnahme
**Repression,** (lat.), weibl., –en: 1. Unterdrückung, 2. (krankmachende) Unterdrückung von Triebregungen (Psychol.)
**repressiv,** (lat.): unterbindend, hemmend, unterdrückend
**Reprint,** [ri'pri.nt, engl.], männl., –s: Neudruck eines vergriffenen Buches oder anderen Druckwerks, Faksimile
**Reprise,** (fr.), weibl., –n: 1. Wiederholung eines Sonatenteils (Mus.), 2. Wiederaufnahme eines langen nicht gespielten Stückes oder eines alten Films in den Spielplan
**reprivatisieren,** (lat.): verstaatlichtes Eigentum wieder in privaten Besitz überführen
**Reproduktion,** (lat.), weibl., –en: 1. Nachbildung, Wiedergabe, Vervielfältigung, 2. Fortpflanzung (Biol.)
**reproduktiv,** (lat.): nachbildend, wiedererzeugend, nachahmend
**reproduzieren,** (lat.): 1. nachbilden, wiedergeben (durch Druckverfahren), 2. fortpflanzen (Biol.)
**Reprographie,** (lat.), weibl., –n: Gesamtheit der Kopierverfahren; Kopie
**Reptil,** (lat.), sächl., –ien: Kriechtier (Zool.)
**Republik,** (lat.), weibl., –en: Staatsform, in der die Staatsgewalt bei (auf Zeit) gewählten Personen liegt und das Staatsoberhaupt kein Monarch oder Diktator ist
**Republikaner,** (lat.), männl., –: Anhänger der republikanischen Staatsform; Anhänger oder Mitglied der konservativen Partei in den USA
**republikanisch,** (lat.): nach den Gesetzen der Republik handelnd, für eine Republik eintretend
**Repunze,** (lat.), weibl., –n: Feingehaltsstempel bei Waren aus edlem Metall
**Reputation,** (lat.), weibl., –en: Ansehen, Ruf
**reputierlich,** (lat.): ansehnlich, achtbar, ehrenwert
**Requiem,** (lat.), sächl., –s: 1. in der kathol. Kirche die für die Toten gehaltene Messe, 2. würdig-getragenes Musikstück für eine Totenmesse (Mus.)
**Requiescat in pace!** (lat.): er (sie) möge in Frieden ruhen! (Schlussformel der Totenmesse)
**requirieren,** (lat.): herbeischaffen, auffordern, beschlagnahmen

**Requisit,** (lat.), sächl., –en: Zubehör für Film- und Bühnenausstattungen
**Requisiteur,** [requisi'tö:r, fr.], männl., –e: Verwalter der Requisiten
**Research,** [ri'ßö:(r)tsch, engl.], sächl., –s: Forschung, bes. Markt- und Meinungsforschung
**Resektion,** (lat.), weibl., –en: teilweises Entfernen von Knochen und Organen (Med.)
**Reservat,** (lat.), sächl., –e: 1. vgl. Reservation, 2. Schutzgebiet für Pflanzen und Tiere, 3. Sonderrecht, Vorbehalt
**Reservation,** (lat.), weibl., –en: Land, das Resten der Urbevölkerung zugewiesen wird (z. B. den Aborigines in Australien)
**Reserve,** (lat.), weibl., –n: 1. Zurückhaltung, 2. militärische Ersatztruppe, Ersatzmannschaft oder zweite Mannschaft (z. B. im Fußball), 3. Vorrat, Rücklage
**reservieren,** (lat.): aufbewahren, vormerken, vorbestellen
**reserviert,** (lat.): zurückhaltend, unnahbar; vorbestellt
**Reservist,** (lat.), männl., –en: Wehrpflichtiger, der zur Reserve gehört
**Reservoir,** [reserwo'a:r, fr.], sächl., –e: Sammelbecken, Wasserspeicher, Vorrat; Menge (z. B. an geschulten Leuten), aus der ausgewählt werden kann
**Resident,** (lat.), männl., –en: Regierungsvertreter, Statthalter
**Residenz,** (lat.), weibl., –en: Wohnsitz, Regierungssitz eines Fürsten
**residieren,** (lat.): als Residenz bewohnen, Hof halten
**Resignation,** (lat.), weibl., –en: Verzicht, Entsagung; Aufgabe
**resignieren,** (lat.): den Mut verlieren, verzichten, entsagen; aufgeben
**resigniert,** (lat.): mutlos, schicksalsergeben, entsagend
**Résistance,** [resiß'tanß, fr.], weibl., nur Sing.: fr. Widerstandsbewegung im 2. Weltkrieg gegen die deutschen Besatzer
**resistent,** (lat.): gefeit, widerstandsfähig
**Resistenz,** (lat.), weibl., –en: 1. aktiver Widerstand, Gegenwehr, 2. Widerstandsfähigkeit gegen anlagebedingte Krankheiten (Med.)
**resolut,** (lat.): entschlossen, beherzt, energisch
**Resolution,** (lat.), weibl., –en: 1. Entschließung (einer Versammlung), Beschluss, 2. Abklingen von Krankheitserscheinungen (Med.)
**Resonanz,** (lat.), weibl., –en: 1. Widerhall, Mitschwingen eines Körpers, 2. Verständnis, Anteilnahme
**resorbieren,** (lat.): aufnehmen, einsaugen, (Stoffe) aufsaugen (Med.)
**Resorption,** (lat.), weibl., –en: 1. das Aufsaugen, Aufnahme (gelöster Stoffe in die Blutbahn; Med.), 2. Wiederauflösung eines Kristalls
**resozialisieren,** (lat.): wieder in Gesellschaft und Arbeitswelt eingliedern
**Respekt,** (lat.), männl., nur Sing.: Rücksicht, Achtung, Ehrerbietung
**respektabel,** (lat.): achtbar, Respekt einflößend
**respektieren,** (lat.): achten, anerkennen, Rücksicht nehmen
**respektive,** (lat.): beziehungsweise
**Respiration,** (lat.), weibl., nur Sing.: Atmung (Med.)
**respirieren,** (lat.): atmen (Med.)
**Respons,** (lat.), männl., –e: Reaktion auf Anregungen oder Vorschläge
**Responsorium,** (lat.), sächl., Responsorien: liturgischer Wechselgesang
**Ressentiment,** [reßanti'man, fr.], sächl., –s: 1. gefühlsmäßige Abneigung, Groll, Vorurteil, 2. erneutes Erleben eines schmerzlichen Gefühls (Psychol.)

**Ressort,** [re'ßo:r, fr.], sächl., –s: Amts-, Geschäfts-, Arbeitsbereich (v. a. eines Ministers)
**Ressource,** [re'ßu.rß, fr.], weibl., –n (meist Plur.): Hilfsmittel, Hilfsquelle, Reserve, Zuflucht
**Restant,** (lat.), männl., –en: 1. rückständiger Schuldner, 2. liegengebliebene Ware, Ladenhüter
**Restaurant,** [reßto'ran, fr.], sächl., –s: Speisegaststätte
**Restauration,** (lat.), weibl., –en: 1. Wiederherstellung eines beschädigten oder übermalten Kunstwerks durch einen Restaurator, 2. Wiederherstellung überlebter politischer und sozialer Zustände nach einem Umsturz, 3. vgl. Restaurant
**restaurativ,** (lat.): auf die Wiederherstellung überlebter früherer Zustände bedacht
**Restaurator,** (lat.), männl., –en: Fachmann für die Wiederherstellung beschädigter, gealterter oder überdeckter Kunstwerke
**restaurieren,** (lat.): 1. ein Kunstwerk wieder in seinen ursprünglichen Zustand versetzen, wiederherstellen, ausbessern, 2. eine überlebte politische Ordnung wiederherstellen
**restituieren,** (lat.): wiederherstellen, zurückerstatten, zurückzahlen
**Restitution,** (lat.), weibl., –en: 1. Wiederherstellung, 2. Ersatzleistung, Wiedererstattung, Schadenersatz, 3. völlige Regeneration des Organismus nach Verletzung, Erneuerung von Körperteilen (Biol.)
**Restriktion,** (lat.), weibl., –en: Beschränkung, Vorbehalt
**restriktiv,** (lat.): beschränkend, einschränkend
**restringieren,** (lat.): einschränken, beschränken
**restringiert,** (lat.): eingeschränkt
**Resultante,** (lat.), weibl., –n: aus zwei oder mehr Vektoren sich ergebender Gesamtvektor (Math.)
**Resultat,** (lat.), sächl., –e: Ergebnis, Erfolg
**resultieren,** (lat.): als Ergebnis haben, zur Folge haben
**Resümee,** (fr.), sächl., –s: Zusammenfassung, Übersicht
**resümieren,** (fr.): zusammenfassen
**Resurrektion,** (lat.), weibl., –en: Auferstehung (Theol.)
**Retabel,** (lat.), sächl., –: künstlerisch gestaltete Rückwand des Altars
**Retardation,** (lat.), weibl., –en: Verzögerung, Verlangsamung eines Ablaufs
**retardieren,** (lat.): verzögern, (geistig) zurückbleiben; retardierendes Moment: Verzögerungsumstand
**retardiert,** (lat.): zurückgeblieben (in der körperlichen oder geistigen Entwicklung)
**Retention,** (lat.), weibl., –en: 1. Erinnerungs- und Lernvermögen (Psychol.), 2. Zurückhaltung von Ausscheidungen, Hartleibigkeit, Obstipation (Med.)
**retikular,** (lat.): vgl. retikulär
**retikulär,** (lat.): netzförmig (Biol.)
**Retikulose,** (lat.), weibl., –n: Sammelbez. für verschiedenartige Wucherungen im Bereich von Knochenmark, Leber, Milz und Lymphknoten (Med.)
**Retina,** (lat.), weibl., Retinae: Netzhaut des Auges (Med.)
**retirieren,** (lat.): sich eiligst zurückziehen, zurückweichen, fliehen, den Rückzug antreten
**Retorsion,** (lat.), weibl., –en: Erwiderung einer Beleidigung, Vergeltung; Gegenmaßnahme
**Retorte,** (lat.), weibl., –n: rundliches Destillationsgerät in Labors; aus der R.: künstlich hergestellt
**Retortenbaby,** (lat.-engl.), sächl., –s: Baby, das durch künstliche Befruchtung außerhalb des Mutterleibs entstanden ist

**retour,** [retu:r, fr.]: zurück
**Retourkutsche,** weibl., –n: Zurückgeben einer Beleidigung oder Verspottung in ähnlicher Form bei passender Gelegenheit
**retournieren,** (fr.): zurückschicken, zurücksenden
**Retraktion,** (lat.), weibl., –en: Schrumpfung (bes. von Narben; Med.)
**Retribution,** (lat.), weibl., –en: Wiedererstattung, Rückgabe (von Werten)
**Retroflex,** (lat.), männl., –e: mit zurückgebogener Zunge gebildeter Laut (Sprachwiss.)
**retrograd,** (lat.): rückläufig
**retrospektiv,** (lat.): rückblickend, zurückschauend
**Retrospektive,** (lat.), weibl., –n: Rückschau, Rückblick
**Retsina,** (gr.), männl., nur Sing.: geharzter gr. Wein
**Return,** [ri'tö:(r)n, engl.], männl., –s: Rückschlag beim Tennis, Tischtennis oder Badminton (v. a. nach dem Aufschlag)
**Retusche,** (fr.), weibl., –n: Nachbesserung, Handüberarbeitung (bei Fotos, drucktechnischen Mängeln in Büchern usw.); Schönung
**retuschieren,** (fr.): schönen; ausbessern, Retuschen vornehmen
**Reunion,** (lat.), weibl., –en: Wiedervereinigung, Vereinigung
**Reunion,** [reün'jon, lat.-fr.], weibl., –s: (veraltet) gesellige Veranstaltung
**reüssieren,** (lat.): Erfolg haben, Glück haben; gelingen
**Revalvation,** (lat.), weibl., –en: Währungsaufwertung durch Korrektur des Wechselkurses
**Revanche,** [re'vansch, fr.], weibl., –n: 1. Rache, 2. Möglichkeit, eine Niederlage in Sport oder Spiel wettzumachen, 3. Rückkampf (beim Boxen), Rückspiel eines verlorenen Hinspiels (Sport)
**revanchieren,** (fr.): 1. vergelten, sich rächen, 2. durch eine Gegenleistung seinen Dank zeigen, 3. eine Niederlage wettmachen
**Revanchismus,** (fr.), männl., nur Sing.: von Rachegelüsten für erlittene Niederlagen oder Demütigungen geleitete politische Haltung und politisches Handeln
**Reveille,** [re'vä:je, fr.], weibl., –n: militärisches Wecksignal
**Reverend,** ['rä.werend, engl.], männl., –s: Titel der protestantischen Geistlichen in Großbritannien und den USA
**Reverenz,** (lat.), weibl., –en: Ehrerbietung, Ehrfurchtsbezeigung, Verbeugung
**Reverie,** [räwe'ri:, fr.], weibl., –n: musikalische Träumerei
**Revers,** [re'wä:r, lat.-fr.], sächl. oder männl., –: Jackett- oder Mantelaufschlag
**Revers,** [re'wä.rß, lat.], männl., –e: 1. Rückseite einer Münze oder Medaille, 2. schriftliche Verpflichtung
**Reverse,** [ri'wö:(r)ß, engl.], sächl., nur Sing.: Umschaltautomatik für den Rücklauf von Tonbändern und Kassetten
**reversibel,** (lat.): umkehrbar
**Reversibilität,** (lat.), weibl., nur Sing.: Umkehrbarkeit
**Reversible,** [rewer'si:bl, fr.], männl., –s: Gewebe mit einer matten und einer glänzenden Seite
**Reversible,** [rewer'si:bl, fr.], sächl., –s: Kleidungsstück, das beidseitig getragen werden kann (Wendemantel)
**revidieren,** (lat.): 1. nachsehen, überprüfen, rückgängig machen, 2. korrigieren, ändern
**Revier,** (lat.): Jagdbezirk, Gebiet, Tätigkeitsfeld; Bergbauregion
**Review,** [riw'ju:, engl.], männl., –s: Übersicht, Rundschau; Titel oder Bestandteil von Titeln angloamerikanischer Zeitungen

**Revirement,** [rewire'man, fr.], sächl., –s: 1. Umbesetzung in wichtigen Staatsämtern, Regierungsumbildung, 2. Abrechnung zwischen Schuldnern und Gläubigern durch Übertragung und Ausgleichung

**revisibel,** (lat.): juristisch anfechtbar

**Revision,** (lat.), weibl., –en: 1. nochmalige Durchsicht (durch eine andere Person), Nachprüfung, Überprüfung, 2. Änderung (einer Meinung u. a.), Abänderung (eines Vertrags, einer Grenze u. a.), 3. Rechtsmittel zur Überprüfung eines Urteils durch ein höheres Gericht

**Revisionismus,** (lat.), männl., nur Sing.: 1. Streben nach Wiederherstellung eines früheren politischen Zustands (v. a. von Grenzen) oder nach Abänderung eines politischen Programms, 2. reformerische, gegen den marxistischen Revolutionsautomatismus gerichtete Strömung in der Arbeiterbewegung (v. a. in der SPD) Ende des 19. Jh.

**Revisionist,** (lat.), männl., –en: Verfechter des Revisionismus

**Revisor,** (lat.), männl., –en: Wirtschaftsprüfer

**Revival,** [ri'waiwl, engl.], sächl., –s: Wiederaufleben, Erneuerung

**Revokation,** (lat.), weibl., –en: Widerruf

**Revolte,** (lat.), weibl., –n: Empörung, Auflehnung, Aufstand, Aufruhr, Meuterei

**revoltieren,** (lat.): sich auflehnen, empören, eine Revolte anzetteln

**Revolution,** (lat.), weibl., –en: 1. (gewaltsamer) Umsturz einer Gesellschaftsordnung, 2. grundstürzende Umwertung moralischer, weltanschaulicher u. a. Normen, 3. Gebirgsbildung (Geol.), 4. (nach Altenburger Regeln unzulässige) radikale Form des Nullspiels mit vierfachem Wert beim Skat, bei dem der Alleinspieler keinen Stich machen darf, die Karten aufdecken, den Gegnern den Stock überlassen, sie das Ausspiel bestimmen lassen und ihnen den Austausch der Karten erlauben muss

**revolutionär,** (lat.): umstürzlerisch; eine einschneidende Veränderung herbeiführend, umwälzend; unerwartet, sensationell neu

**Revolutionär,** (lat.), männl., –e: Teilnehmer oder Wegbereiter einer Revolution in politischer, gesellschaftlicher, kultureller oder wissenschaftlicher Hinsicht

**revolutionieren,** (lat.): 1. aufhetzen, zum Aufruhr anstacheln, auf die Seite der Revolution bringen, 2. von Grund auf neu gestalten, umwälzen

**Revolver,** (engl.), männl., –: 1. kurze, fünf- bis zwölfschüssige Handfeuerwaffe mit einer drehbaren Trommel als Magazin, 2. drehbarer Vorrichtung an Werkzeugmaschinen zum Einspannen mehrerer Werkzeuge

**revolvieren,** (lat.): zurückdrehen

**revozieren,** (lat.): widerrufen

**Revue,** [re'wü:, fr.], weibl., –n: 1. Show; Ausstattungsstück u. a. mit Gesangs- und Tanzeinlagen auf der Bühne oder im Fernsehen, 2. Übersicht, Überblick (häufiger Zeitschriftentitel); etwas R. passieren lassen: sich vergegenwärtige, vor Augen führen

**Rezensent,** (lat.), männl., –en: Literaturkritiker, Verfasser einer Buchbesprechung

**rezensieren,** (lat.): neue Veröffentlichungen besprechen und kritisieren

**Rezension,** (lat.), weibl., –en: Beurteilung (v. a. von Büchern); kritische Besprechung durch einen Rezensenten

**rezent,** (lat.): gegenwärtig lebend, in der Gegenwart vorkommend (Biol.)

**Rezept,** (lat.), sächl., –e: 1. Medikamentverschreibung, 2. Koch- und Backanleitung

**rezeptieren,** (lat.): ein Medikament verschreiben (Med.)

**Rezeption,** (lat.), weibl., –en: 1. Annahme, Übernahme, Aufnahme und Wirkung(sgeschichte) (z. B. des Werks eines Dichters), 2. Empfangsstelle im Foyer eines Hotels
**rezeptiv,** (lat.): aufnehmend, empfänglich
**Rezeptor,** (lat.), männl., –en (meist Plur.): Organ, das Reize aufnimmt (z. B. Nervenendigung, spezialisierte Sinneszelle; Med.)
**Rezeptur,** (lat.), weibl., –en: Zubereitung von Medikamenten in kleinen Mengen nach den Angaben eines Rezepts sowie der dafür bestimmte Raum in der Apotheke
**Rezess,** (lat.), männl., –e: Vergleich, Vertrag (Rechtsw.)
**Rezession,** (lat.), weibl., –en: Schrumpfung der Wirtschaftsleistung, Abflauen der Konjunktur
**rezessiv,** (lat.): überdeckt (von Erbanlagen; Biol.)
**rezidiv,** (lat.): wiederkehrend, rückfällig (Med.)
**Rezidiv,** (lat.), sächl., –e: Rückfall (nach einer gerade überstandenen Krankheit; Med.)
**Rezipient,** (lat.), männl., –en: 1. Glasglocke, in der ein Vakuum hergestellt werden kann (Phys.), 2. aufnehmender Leser, Zuhörer, Betrachter
**rezipieren,** (lat.): aufnehmen, annehmen, übernehmen, zulassen
**reziprok,** (lat.): 1. wechselseitig, gegenseitig, umgekehrt (proportional), 2. reziproker Wert: Kehrwert (Austausch von Zähler und Nenner) eines Bruches (Math.)
**Rezital:** vgl. Recital
**Rezitation,** (lat.), weibl., –en: künstlerischer Vortrag von dichterischen Texten
**Rezitativ,** (lat.), sächl., –e: Sprechgesang in Opern und Oratorien
**rezitieren,** (lat.): auswendig vortragen, eine Dichtung künstlerisch vortragen
**Rezyklat,** (lat.-gr.), sächl., –e: Ergebnis eines Recyclings
**rezyklieren,** (lat.-gr.): wiederaufbereiten eines Stoffes
**Rhagade,** (gr.), weibl., –n (meist Plur.): Hautriss, Schrunde (Med.)
**Rhapsodie,** (gr.), weibl., –n: 1. erzählendes Gedicht in freien Rhythmen, Heldenlied (Lit.), 2. balladenhaftes Musikstück, romantisches Klavierstück mit Improvisationspassagen sowie aus volksmusikalischen Elementen komponiertes Instrumentalstück (Mus.)
**Rhenchospasmus,** (gr.), männl., nur Sing.: Schnarchkrampf (Med.)
**Rheologie,** (gr.), weibl., nur Sing.: Fließkunde, Teilgebiet der Mechanik, das sich mit den deformierbaren Stoffen beschäftigt, die weder völlig fest noch kristalline Lösungen sind (Phys.)
**Rheostat,** (gr.), männl., –en und –e: mit verstellbaren Kontakten ausgerüstetes Gerät zur Regelung des elektrischen Widerstands (Phys.)
**Rhesusfaktor,** (gr.), männl., –en: von der Blutgruppe unabhängige dominante erbliche Eigenschaft des Blutes, deren Kenntnis für Schwangerschaften oder Bluttransfusionen entscheidend wichtig ist (Gefahr der Verklumpung der roten Blutkörperchen; Med.)
**Rhetorik,** (gr.), weibl., –en: 1. Redekunst, Beredsamkeit, Redelehre, 2. Wissenschaft von Gestaltung öffentlicher Reden
**Rhetoriker,** (gr.), männl., –: guter Redner; Forscher auf dem Gebiet der Rhetorik
**rhetorisch,** (gr.): den Regeln der Rhetorik entsprechend; rhetorische Frage: nur zum Schein gestellte Frage, auf die keine Antwort erwartet wird
**Rheuma,** (gr.), sächl., nur Sing.: (umg.) Rheumatismus

**Rheumatiker,** (gr.), männl., –: unter Rheumatismus leidende Person
**rheumatisch,** (gr.): durch Rheumatismus bedingt
**Rheumatismus,** (gr.), männl., Rheumatismen: durch verschiedenste Faktoren ausgelöste und geförderte entzündliche Erkrankung der Gelenke, Muskulatur, Sehnen, Nerven; Nerven-, Muskel- oder Gelenkreißen (Med.)
**Rheumatologe,** (gr.), männl., –n: Facharzt zur Behandlung des Rheumatismus
**Rh-Faktor**: vgl. Rhesusfaktor
**Rhinitis,** (gr.), weibl., Rhinitiden: Schnupfen, Katarrh der Nasenschleimhaut (Med.)
**Rhinologie,** (gr.), weibl., nur Sing.: Nasenheilkunde (Med.)
**Rhinozeros,** (gr.), sächl., –se: Nashorn
**Rhizom,** (gr.), sächl., –e: unterirdischer Spross mit Wurzeln (Bot.)
**Rho,** (gr.), sächl., –s: siebzehnter Buchstabe des gr. Alphabets
**Rhododendron** (gr. »Rosenbaum«), männl., ..drendren: Heidekrautgewächs, beliebter großblütiger und immergrüner Zierstrauch
**Rhodonit,** (gr.), männl., –e: rotes Mineral mit schwarzen Einlagerungen, Schmuckstein
**rhombisch,** (gr.): rautenförmig
**Rhomboeder,** (gr.), sächl., –: eine von sechs Rhomben begrenzte Kristallform
**Rhombus,** (gr.), männl., Rhomben: Parallelogramm mit gleichen Seiten; Raute (Math.)
**Rhonchus,** (gr.), männl., nur Sing.: Schnarchen, Röcheln (Med.)
**Rhythm and Blues,** ['ri.thm(ä)n'blu:s, amerik.], männl., nur Sing.: Musikstil der Afroamerikaner in den USA (Synthese von Blues und Beatrhythmus)
**Rhythmik,** (gr.), weibl., nur Sing.: 1. Lehre vom Rhythmus; Kunst rhythmischer Gestaltung, 2. rhythmische Gymnastik
**rhythmisch,** (gr.): den Rhythmus oder die Rhythmik betreffend; in wiederkehrenden Bewegungen verlaufend
**Rhythmus,** (gr.), männl., Rhythmen: 1. gleichmäßig gegliederte Abfolge von Bewegungen mit mehr oder weniger regelmäßiger Wiederkehr von in Dauer und Akzentuierung ähnlicher Teile, 2. vom Takt unterschiedene, sich um ihn rankende Gliederung einer musikalischen Komposition in betonte und unbetonte, schnelle und ruhigere Tongruppen (Mus.), 3. Spannung zwischen metrischem und Sinnakzent in gebundener Rede (z. B. im Gedicht); Wechsel der Hebungen und Senkungen, der Tempi und des Duktusses in Prosatexten (Lit.)
**Ria,** (span.), weibl., –s: durch das Eindringen des Meeres in einen Flusslauf entstandene Meeresbucht (Geol.)
**Ribonukleinsäure,** (lat.-dt.), weibl., –n: für Organismen lebensnotwendige einsträngige, maßgeblich an Vererbungsvorgängen beteiligter Bestandteil des Kerneiweißes der Zellen (Abk. RNS; Biol.)
**Ribosom,** sächl., –en (meist Plur.): für den Eiweißaufbau notwendige Körnchen, die in allen Zellen vorkommen (Biol.)
**Rickettsien,** weibl., Plur.: Bakterienart, Erreger u. a. des Fleckfiebers (nach dem US-Pathologen Ricketts, 1871 – 1910; Med.)
**Rideau,** [ri'do:, fr.], männl., –s: Gardine, Vorhang
**ridikül,** (fr.): lächerlich
**Ridikül** (Retikül), (fr.), männl. (auch sächl.), –e oder –s: Handtäschchen; Handarbeitsbeutel
**rien ne va plus,** [ri'än ne wa 'plü:, fr.]: »nichts geht mehr« (Ansage des Crou-

piers beim Roulette zur Beendigung der Platzierung von Einsätzen)
**rigid, rigide,** (lat.): starr, unnachsichtig
**Rigidität,** (lat.), weibl., nur Sing.: Steifheit, Starre, Unnachgiebigkeit
**Rigole,** (fr.), weibl., –n: Furche, Rinne, Entwässerungsgraben
**Rigorismus,** (lat.), männl., nur Sing.: übertriebene Strenge, Härte, Rücksichtslosigkeit; Handeln bzw. Werten von Handlungen nach festen Normen mit strenger Sanktionierung selbst geringfügiger Abweichungen
**rigoros,** (lat.): streng, hart, unerbittlich, rücksichtslos
**Rigorosität,** (lat.), weibl., nur Sing.: Unerbittlichkeit, Härte, Strenge
**rigoroso,** (italien.): streng taktgemäß (Mus.)
**Rigorosum,** (lat.), sächl., Rigorosa: mündliche Prüfung bei der Promotion
**Rikscha,** (japan.), weibl., –s: von einem Mann gezogenes zweirädriger Karren zur Personenbeförderung in Ost- und Südasien
**Riksmål,** ['ri:ksmo:(a)l, norweg.], sächl., nur Sing.: alte Bezeichnung für die norweg. Schriftsprache, heute vgl. Bokmål
**Rimesse,** (italien.), weibl., –n: in Zahlung gegebener Wechsel
**rinforzando,** (italien.): deutlich verstärkt (Mus.)
**ripieno,** (italien.): mit vollem Orchester (Mus.)
**Riposte,** (italien.), weibl., –n: unmittelbarer Gegenstoß nach einem parierten Angriff beim Fechten
**Ripper,** (engl. »Aufschlitzer«), männl., –: bestialischer Frauenmörder (nach dem Jack the Ripper genannten, nie gefassten Mörder von mehreren Prostituierten in London um 1900)
**Rips,** (engl.), männl., –e: Gewebe mit Längs- oder Querrippen
**Risalit,** (italien.), männl., –e: vorspringender Gebäudeteil, der die ganze Höhe des Bauwerks einnimmt
**Risiko,** (italien.), sächl., –s und Risiken: Gefahr, Wagnis; Verlustgefahr
**Risi-Pisi,** (italien.), sächl., –: italien. Gericht (Erbsen mit Reis und Parmesankäse)
**riskant,** (italien.): gewagt, gefährlich
**riskieren,** (italien.): wagen, aufs Spiel setzen
**Risotto,** (italien.), männl. (auch sächl.), –s: in Butter gerösteter, gewürzter, dickgekochter Reis mit Parmesan und Fleischsoße
**Ristorante,** (italien.), sächl., Ristoranti: Lokal, Restaurant
**ristornieren,** (lat.): eine Falschbuchung rückgängig machen
**ritardando,** (italien.): verzögernd, langsamer werdend (Mus.)
**rite,** (lat.): genügend (niedrigste, gerade noch zum Bestehen reichende Note bei der Doktorprüfung)
**ritual,** (lat.): vgl. rituell
**Ritual,** (lat.), sächl., –e: 1. zeremonielle Ordnung bes. von religiösen Handlungen, Gesamtheit kultischer Bräuche (auch der einzelne kultische Brauch), 2. schematisierter feierlicher Ablauf einer Feier, Ordensverleihung, Berufung, Amtseinführung u. a., 3. vorgeprägtes Verhalten von Tieren in bestimmten Situationen (z. B. Fluchtverhalten, Balz; Zool.)
**ritualisieren,** (lat.): zur einem Ritual machen, im Ablauf normen und durch feierliche Handlungen symbolisieren
**rituell,** (lat.): den Ritus betreffend; nach feierlicher Gewohnheit
**Ritus,** (lat.), männl., Riten: 1. Gesamtheit der bei religiösen Handlungen vorgeschriebenen Bräuche, 2. Zeremoniell; festgelegtes Vorgehen bei feierlichen Handlungen

**Rivale,** (lat.), männl., –n: Nebenbuhler, Konkurrent
**rivalisieren,** (lat.): wetteifern, um die Gunst streiten
**Rivalität,** (lat.), weibl., –en: Wettbewerb, Nebenbuhlerschaft, Konkurrenz
**Riverboatshuffle,** ['ri.werbo:tschafl, engl.], weibl., –s: Schiffsausflug mit einer Jazzband an Bord
**Rizinus,** (lat.), männl., –se: Wolfsmilchgewächs mit ölreichen Samen; Öl der Rizinussamen als stark wirksames Abführmittel
**Roadie,** ['ro:(a)di, engl.], männl., –s: Begleiter von Rockgruppen, der sich beim Auf- und Abbau der Verstärkeranlagen nützlich macht
**Roadster,** ['ro:(a)dßter, engl.], männl., –: offener zweisitziger Sportwagen
**Roastbeef,** ['ro:(a)ßtbi:f, engl.], sächl., –s: Rinderbraten nach engl. Art (halb durchgebraten)
**Robinie,** weibl., –n: falsche Akazie (Zierbaum)
**Robinsonade,** weibl., –n: 1. Abenteuer eines Schiffbrüchigen ähnlich denen des »Robinson Crusoe« im Roman von D. Defoe (1659 – 1731), 2. Abenteuerroman, der wie »Robinson Crusoe« von Schiffbruch und Aufenthalt auf einsamer Insel handelt (Lit.)
**Robinsonliste,** weibl., –n: Verzeichnis des Direktmarketingverbandes, in das sich Personen eintragen lassen können, die keine Werbesendungen durch die Post erhalten wollen
**Roborans,** (lat.), sächl., Roboranzien: kräftigendes Medikament (Med.)
**roborierend,** (lat.): kräftigend, stärkend (Med.)
**roboten,** (tschech.): (umg.) schwer arbeiten, Fronarbeit leisten
**Roboter,** (tschech.), männl., –: 1. »Maschinenmensch«, elektronisch gesteuerter Automat mit beweglichen Gliedern, der einfache Arbeiten ausführen kann, 2. an Fertigungsstraßen eingesetzte programmgesteuerte Maschine, die normierte Arbeiten ausführt (Industrie-R.), 3. (umg.) Schwerarbeiter
**robust,** (lat.): kräftig, stark, unempfindlich, derb
**Rocaille,** [ro'ka:j, fr.], sächl. (auch weibl.), –s: Grotten- oder Muschelwerk, Hauptzierstück des Rokoko
**Rochade,** (pers.), weibl., –n: in zwei Varianten möglicher Positionswechsel von König und Turm im Schach
**Rochett,** [ro'schä.t, fr.], sächl., –s: Chorhemd mit Spitzen des Priesters in der kathol. Kirche
**rochieren,** (pers.): die Rochade ausführen; die Position auf dem Spielfeld wechseln (z. B. beim Fußball)
**Rochus,** (hebr.): Zorn (einen R. auf jmdn. haben)
**Rock,** (engl.), männl., nur Sing.: 1. vgl. Rockmusik, 2. vgl. Rock and Roll
**Rock and Roll, Rock'n Roll,** ['ro.k(ä)nro:(a)l, engl.], männl., nur Sing.: 1. Anfang der 50er Jahre aus Rhythm and Blues, Country-Music und Dixieland-Jazz entstandener stark rhythmisierter Musikstil, auch als Ausdruck der Protesthaltung der damaligen Jugendlichen gegen Spießertum und Sattheit, 2. sehr bewegter gradtaktiger Tanz mit akrobatischen Einlagen
**rocken,** (engl.): 1. Rockmusik machen, 2. nach Rockmusik tanzen
**Rocker,** (engl.), männl., –: Mitglied von Jugendbanden, die in einheitlichem martialischem Lederlook auftreten, schwere Motorräder fahren und terrorisierend in Erscheinung treten
**Rockmusik,** weibl., nur Sing.: angloamerik. Popmusik, die aus Rock and Roll, Jazzrock, Beat und Folkloremusik entstanden ist
**Rodeo,** (span.), der oder das, –s: Reiterwettkämpfe der Cowboys in den USA

**Rogate,** (lat.): 5. Sonntags nach Ostern im Kirchenjahr
**Rokoko,** (fr.), sächl., nur Sing.: Kulturepoche des 18. Jh., die sich durch beschwingte, zierliche Formen in Musik und Bildender Kunst sowie durch Frohsinn, Anmut, aber auch geziertes Getue und Künstlichkeit in Dichtung und höfischem Leben auszeichnete
**rollieren,** (lat.): 1. den Saum eines dünnen Stoffes zur Befestigung einrollen, 2. nach einem best. System auswechseln, abwechseln
**Roll-on-Roll-off-Schiff,** (engl.-dt.), sächl., –e: von Lastwagen befahrenes und beladenes oder entladenes Schiff
**Rom,** (sanskr. »Mann, Ehemann«), männl., Roma: Eigenbezeichnung einer Gruppe der Zigeuner
**ROM,** (Kurzw. aus englisch: **r**ead-**o**nly **m**emory), sächl., –s: nicht veränderbarer, nur lesbarer Massenspeicher in der EDV, meist auf Compactdisc (CD-ROM)
**Roman,** (lat.), männl., –e: umfangreiche, episch breite Prosaerzählung (Lit.)
**Romancier,** [romanß'je:, fr.], männl., –s: Romanschriftsteller
**Romane,** (lat.), männl., –n: Angehöriger eines Volkes, dessen Sprache sich aus dem Lateinischen entwickelt hat (Franzosen, Italiener, Spanier, Rumänen)
**romanesk,** (lat.): 1. breit ausgeführt, nach Art eines Romans, 3. nicht recht glaubhaft
**Romani,** (sankr.), sächl., nur Sing.: Sprache der Roma (Zigeunersprache)
**Romanik,** (lat.), weibl., nur Sing.: Stilepoche der Kunst des frühen Mittelalters (etwa 1000 – 1200) (nach den im Baustil verwendeten römischen Elementen benannt)
**romanisch,** (lat.): 1. zu der Sprachgruppe der Romanen gehörig, 2. im Stil der Romanik
**Romanist,** (lat.), männl., –en: Student, Lehrer oder Forscher auf dem Gebiet der Romanistik (1)
**Romanistik,** (lat.), weibl., nur Sing.: 1. Wissenschaft von den romanischen Sprachen, 2. Wissenschaft vom römischen Recht
**Romantik,** (lat.), weibl., nur Sing.: 1. europäische Epoche in Kunst und Literatur zwischen 1795 und 1830, die durch Betonung des Subjektiven einerseits, des Volkstums und seiner Überlieferungen andererseits geprägt war, 2. gefühlsbetontes Verhalten, phantastische Weltsicht, Weltschmerzhaltung, Schwärmerei; Abenteurertum
**Romantiker** (lat.), der –: 1. Künstler der Romantik, 2. Gefühlsschwärmer, romantischer Mensch
**romantisch,** (lat.): 1. in der Romantik entstanden, von ihr geprägt, 2. stimmungsvoll, idealisierend, geheimnisvoll, abenteuerlich (wild-r.), phantastisch, schwärmerisch, anhimmelnd, verliebt
**Rommé** (auch: Rommee), (fr.), sächl., –s: ein Kartenspiel mit zweimal 56 Blatt (inkl. 6 Joker)
**Ronde,** (lat.), weibl., –n: 1. Rundgang zur Überprüfung von Posten, 2. Gruppe, die diese Streife unternimmt, 3. rundes Blech, Ausgangsform für Tiefziehkörper
**Rondeau,** [ron'do:, fr.], sächl., –s: kunstvoll gereimtes Refrainlied, mittelalterliches Tanzlied beim Rundtanz
**Rondell,** (fr.), sächl., –e: Rundbeet, Rundturm, runder Platz
**Rondo,** (italien.), sächl., –s: 1. Instrumentalsatz (z. B. einer Serenade oder Sonate) mit wiederkehrender Hauptmelodie, 2. mittelalterliches Tanzlied, Rundgesang
**Röntgenologie,** weibl., nur Sing.: Teilgebiet der Physik, das sich mit der Anwendung der Röntgenstrahlen und ihrer Ei-

genschaften beschäftigt (benannt nach dem dt. Physiker Röntgen, 1845 – 1923)
**Röntgenoskopie,** weibl., –n: Durchleuchten mit Röntgenstrahlen (Med.)
**Röntgenstrahlen,** männl., nur Plur.: extrem kurzwellige elektromagnetische Strahlen mit großer Durchdringungskraft
**Rooming-in,** ['ru:ming-in, engl.], sächl., –s: gemeinsame Unterbringung von Mutter und Kind auf der Entbindungsstation eines Krankenhauses
**Roquefort,** [ro.k'fo:r, fr.], männl., –s: von blaugrünem Schimmel durchzogener Edelkäse aus Schafsmilch
**Rosarium,** (lat.), sächl., Rosarien: Rosenpflanzung
**Rosé,** (fr.), männl., –s: blassroter Wein
**Roseole,** (lat.), weibl., –n: rotfleckiger Hautausschlag bei Typhus und anderen Krankheiten (Med.)
**Rosette**(fr.), weibl., –n: 1. rundes Kirchenfenster in der stilisierten Form einer Rose, 2. besonders geschliffener Edelstein
**Rosinante,** (span.), weibl., –n: wertloses Pferd, Klepper (nach dem Pferd des »Don Quijote« im Roman von Cervantes)
**Rota,** (lat.), weibl., nur Sing.: höchster Gerichtshof der kathol. Kirche
**Rotaprint,** (lat.-engl.), weibl., –s: Offset-Druckmaschine
**Rotary Club,** ['ro:teri'kla.b, engl.], männl., nur Sing.: in Clubs organisierte internationale Vereinigung von einflussreichen Männern (neuerdings auch Frauen) diverser Berufe mit dem Ziel des geistigen Austauschs, der Förderung von Freundschaft und dem Dienst am Nächsten (Name nach dem rotierenden Wechsel der Gastgeberschaft bei den Sitzungen)
**Rotation,** (lat.), weibl., –en: 1. Drehung, Umdrehung, Umlauf, 2. Wechsel der Positionen aller Spieler einer Mannschaft beim Volleyball, 3. Austausch der Abgeordneten oder sonstigen Mandatsträger einer Partei, eines Vereins o. Ä. nach einem vorher festgelegten Verfahren
**rotieren,** (lat.): 1. sich um eine Achse drehen, umlaufen, 2. die Position wechseln, einem neuen Mandatsträger Platz machen
**Rotisserie,** (fr.), weibl., –n: Grillrestaurant
**Rotor,** (engl.), männl., –en: 1. Hubschrauberpropeller, 2. sich drehender Teil von Elektromaschinen
**Rotunde,** (lat.), weibl., –n: Rundbau, runder Saal
**Roué,** [ru'e:, fr.], männl., –s: Wüstling, Lebemann
**Rouge,** [ru:sch, fr.], sächl., –s: 1. rote Schminke für das Make-up, 2. Rot als Gewinnmöglichkeit beim Roulette
**Roulade,** [ru'la:de, fr.], weibl., –n: zusammengerollte, mit diversen Beigaben (z. B. Speck, Gurke, Zwiebel) gefüllte Rindfleischscheibe, die geschmort wird
**Roulette,** [ru'lä.t, fr.], sächl., –s: Glücksspiel mit drehbarer Scheibe und Kugel, die durch ihr Liegenbleiben das Gewinnerfeld bestimmt
**Roundtablekonferenz** (auch: Round-Table-Konferenz), [raund'te:jbl-..., engl.], weibl., –en: Gespräch am runden Tisch, bei dem alle Teilnehmer gleichberechtigt sind
**Route,** ['ru:te, fr.], weibl., –n: vorgeschriebener Weg, Reiseweg
**Routine,** [ru'ti:ne, fr.], männl., –s: durch lange Übung gewonnenes Geschick oder Fertigkeit; Erfahrenheit; (abschätzig) zur Gewohnheit gewordene Tätigkeit (bloße R.)
**Routinier,** [rutin'je:, fr.], männl., –s: routinierter Praktiker, ausgebuffter Profi

**routiniert,** (fr.): erfahren, gewitzt, sachverständig, gekonnt
**Rowdy,** ['raudi, engl.], männl., –s: Raufbold, Lümmel, rücksichtsloser (junger) Mann
**royal,** [roa'ja:l, fr.]: königlich, königstreu
**Royal,** (fr.), sächl., nur Sing.: ein Papierformat
**Royalist,** (fr.), männl., en: Anhänger der Monarchie, Königstreuer
**rubato,** (italien.): mit Schwankungen im Tempo (Mus.)
**Rubber,** ['ra.ber, engl.], männl., nur Sing.: Kautschuk, Gummi
**Rubidium,** (lat.), sächl., nur Sing.: chem. Element (Zeichen: Rb)
**Rubin,** (lat.), männl., –e: roter Korund, Edelstein
**Rubrik,** (lat.), weibl., –en: Abschnitt, Kolumne, Abteilung, Klasse
**Rubrum,** (lat.), sächl., Rubra und Rubren: knappe Inhaltsangabe als Aufschrift auf Aktenordnern, Etikett
**Rudiment,** (lat.), sächl., –e: Überbleibsel, Rest, Verkümmerung
**rudimentär,** (lat.): rückgebildet, verkümmert, als Anlage vorhanden
**Rugby,** ['ra.gbi, engl.], sächl., nur Sing.: fußballähnliches, mit einem eiförmigen Hohlball gespieltes Mannschaftsspiel
**Ruin,** (lat.), männl., nur Sing.: Einsturz, Zusammenbruch, Verderb; Verlust des Vermögens, Pleite, Bankrott
**Ruine,** (lat.), weibl., n: zerstörtes oder verfallenes, verlassenes Bauwerk; Trümmer
**ruinieren,** (lat.): vernichten, zerstören, zugrunde richten
**Rum,** (engl.), männl., –s: Branntwein aus Zuckerrohrmelasse
**Rumba,** (span.), weibl., –s: moderner gradtaktiger Gesellschaftstanz aus Kuba
**rumoren,** (lat.): lärmen, poltern
**Rumpsteak,** [rump'ßte:jk, engl.], sächl., –s: kurz gebratene Rindfleischscheibe aus dem Rückenteil
**Run,** [ra.n, engl.], männl., –s: 1. Ansturm auf eine Geschäft, eine Ware, einen Schalter u. a., 2. Lauf eines Schlägers im Baseball
**Runninggag,** ['ra.ninggä.k, engl.], männl., –s: laufend wiederholter Gag
**Ruptur,** (lat.), weibl., –en: Zerreißen eines Gefäßes oder eines Gewebes (Med.)
**Rushhour,** ['raschaue(r), engl.], weibl., –s: zu Staus führende Hauptverkehrszeit bei Arbeitsbeginn oder -ende
**rustikal,** (lat.): ländlich, bäuerlich
**Rustikalität,** (lat.), weibl., nur Sing.: rustikale Art
**Ruthenium,** sächl., nur Sing.: ein chem. Element, Platinmetall (Zeichen: Ru)
**Rutil,** (lat.), männl., –e: rotes Titanmineral, Schmuckstein
**Rutilismus,** (lat.), männl., nur Sing.: 1. Rothaarigkeit, 2. krankhafte Neigung zu erröten (Erythrophobie; Psychol.)

# S

**Sabadille,** (span.), weibl., –n: in Mittel- und Südamerika heimisches Liliengewächs, dessen Samen ein Ungeziefervertilgungsmittel liefern
**Sabaoth:** vgl. Zebaoth
**Sabbat,** (hebr.), männl., –e: der siebente Wochentag, im Alten Testament als Ruhetag verordnet und von den Juden von Freitagabend bis Samstagabend so eingehalten
**Sabbatjahr,** (hebr.-dt.), sächl., –e: (umg.) Pause von einem Jahr im Arbeitsleben (ausgeglichen durch Einkommensverzicht in den folgenden Jahren)

**Sabotage,** [sabo'ta:sche, fr.], weibl., –n: Vereitelung der Ziele anderer durch passiven Widerstand, Unterbrechung der wirtschaftlichen Produktion, Zerstörung von Produktionsanlagen, Anschläge auf militärische Einrichtungen, Unterbrechung von Verkehrs- oder Nachschublinien, Hintertreibung politischer Pläne, Verrat von Planungen u. a.
**Saboteur,** [sabo'tö:r, fr.], männl., –e: Sabotage betreibende Person
**sabotieren,** (fr.): verraten, (zer)stören, Sabotage treiben
**Sa(c)charin,** (gr.), sächl., nur Sing.: künstlich hergestellter Süßstoff ohne Brennwert
**Sa(c)charose,** (gr.), weibl., nur Sing.: Rohrzucker, Rübenzucker
**Sadhu,** (sanskr.), männl., –s: Heiliger des Hinduismus, indischer Wandermönch
**Sadismus,** männl., nur Sing.: Freude, Spaß an Misshandlungen, Quällust; sexuelle Triebabfuhr durch Zufügung von körperlichen oder seelischen Grausamkeiten gegenüber dem Partner, Schmerzgeilheit (nach dem fr. Schriftsteller de Sade (1740 – 1814) (Gegens.: Masochismus)
**Sadist,** männl., –en: sadistisch veranlagter Mensch (Gegens.: Masochist)
**sadistisch:** grausam, mit Freude misshandelnd; sexuelle Triebabfuhr durch Zufügung von Quälereien erreichend
**Sadomasochismus,** männl., nur Sing.: sowohl durch Erleiden wie durch Zufügen von Quälereien sexuelles Befriedigtsein
**Safari,** (arab.), weibl., –s: Überlandmarsch mit Trägern in Afrika; Jagdausflug oder Fahrt zur Tierbeobachtung als Pauschalreise in Afrika
**Safe,** [se:jf, engl.], männl., –s: Geld(wand)schrank, Tresor; mit Zahlenkombination und/oder Mehrfachschlüssel gesicherter, mehrwandiger, feuerfester Stahlbehälter zum Aufbewahren von Geld, Schmuck, Wertpapieren u. a.
**Safersex** (auch: Safer Sex), ['ße:jfe(r)'ßeks, engl.], männl., nur Sing.: sexuelles Verhalten, das die Gefahr einer Infektion mit Aids möglichst gering hält (z. B. durch Gebrauch von Kondomen)
**Saffian,** (pers.), männl. (auch sächl.), nur Sing.: fein gegerbtes Ziegenleder
**Safran,** (pers.), männl., –e: mit dem Krokus verwandte Mittelmeerpflanze sowie das aus ihren Blütenteilen gewonnene gelb färbende Gewürz
**Saga,** (altnord.), weibl., –s: altnordische mythische oder historische Prosaerzählung (Lit.)
**sagittal,** (lat.): zur Mittelachse parallel liegend (Biol.; Med.)
**Sago,** (indones.), männl. (auch sächl.), nur Sing.: gekörnte Stärke aus dem Mark der Sagopalme
**Sahib,** (arab.), männl., –s: früher in Indien übliche Anrede für Europäer
**Sailor,** ['ße:jler, engl.], männl., –s: Seemann
**Saison,** [sä'son, fr.], weibl., –s: Hauptbetriebs-, -geschäfts- oder -reisezeit; Spielzeit der Theater; Zeit für Kuren sowie der Kuraufenthalt selbst
**saisonal,** (fr.): saisonbedingt, die Saison betreffend
**Sake,** (japan.), männl., nur Sing.: japan. Reiswein
**Sakko,** (italien.), sächl., –s: Herrenjackett
**sakral,** (lat.): heilig; religiöses Tun; kirchlich (Gegens.: profan)
**Sakralbau,** (lat.-dt.), männl., –ten: Bauwerk mit religiöser bzw. kirchlicher Bestimmung
**Sakrament,** (lat.), sächl., –e: in der kathol. sieben, in der evangel. Kirche zwei (von Christus eingesetzte) Weihehandlungen zum Empfang der göttlichen

Gnade (z. B. Taufe oder – nur kathol. – Priesterweihe)
**Sakramentalien,** (lat.), weibl., nur Plur.: den Sakramenten ähnliche Handlungen in der kathol. Kirche
**Sakrifizium,** (lat.), sächl., –fizien: religiöses Opfer v. a. das Messopfer in der kathol. Kirche
**Sakrileg,** (lat.), sächl., –e: Entweihung, Frevel, Vergehen gegen geweihte Personen oder Sachen (z. B. Gotteslästerung); (übertr.) Verstoß gegen »geheiligte« Traditionen oder Regeln
**Sakristan,** (lat.), männl., –e: Küster in der kathol. Kirche
**Sakristei,** (lat.), weibl., –en: Nebenraum in Kirchen zur Aufbewahrung und Bereitstellung gottesdienstlicher Geräte; Ankleideraum des Priesters oder Pastors
**sakrosankt,** (lat.): unantastbar, geheiligt, hochheilig
**säkular,** (lat.): 1. im hundertjährigen Rhythmus wiederkehrend, hundertjährlich, 2. außergewöhnlich, das Säkulum prägend, 3. weltlich
**Säkularisation,** (lat.), weibl., nur Sing.: 1. das Übergehen von kirchlichem in weltlichen Besitz, 2. Verstaatlichung, Verweltlichung
**säkularisieren,** (lat.): Kirchenbesitz an weltliche Träger übergeben, verweltlichen
**Säkulum,** (lat.), sächl., Säkula: Jahrhundert
**Salam,** (arab.), männl., nur Sing.: (mohammedanische Grußformel) Friede, Heil
**Salam alaikum!,** (arab.): (mohammedanischer Gruß) Heil über euch, Friede sei mit euch!
**Salamander,** (gr.), männl., –: 1. Schwanzlurch, Molch, 2. Trinkbrauch in studentischen Verbindungen (einen S. reiben)
**Salami,** (italien.), weibl., –s: würzige Dauerwurst
**Salär,** (fr.), sächl., –e: Gehalt, Lohn, Honorar
**Salchow,** männl., –s: gedrehter Sprung beim Eiskunstlauf (nach dem gleichnamigen schwedischen Eiskunstlaufweltmeister, 1877 – 1949)
**saldieren,** (italien.): den Saldo eines Kontos ermitteln; das Saldo ausgleichen, eine Schuld tilgen
**Saldo,** (italien.), männl., Saldi oder Salden: Differenzbetrag zwischen Haben- und Sollseite eines Kontos; Restbetrag einer nur z.T. bezahlten Rechnung
**Salem:** vgl. Salam
**Salesmanager,** ['ße:jlsmä.nä.dsche(r), engl.], männl., –s: Verkaufsleiter, im Vertrieb tätiger Manager
**Salespromotion,** ['ße:jlspromo(u)schn, engl.], weibl., nur Sing.: Verkaufsförderung (z. B. durch Produktgestaltung)
**Saline,** (lat.), weibl., –n: nach dem Verdunstungsprinzip arbeitende Anlage zur Salzgewinnung
**Salm,** (lat.), männl., –e: andere Bezeichnung für den Lachs
**Salm,** (gr.), männl., nur Sing.: (umg.) Geschwätz
**Salmiak,** (lat.), männl. oder sächl., nur Sing.: Ammoniumchlorid, farb- und geruchloses Salz (gelöst als Salmiakgeist z. B. in Reinigungsmitteln)
**Salmonelle,** weibl., –n: Stäbchenbakterie, die Darmerkrankungen wie Typhus oder Paratyphus auslöst (benannt nach dem amerik. Bakteriologen D.E. Salmon, 1850 – 1914; Med.)
**Salmonellose,** weibl., –n: durch Salmonellen verursachte Erkrankung des Darmtrakts (Med.)
**Salmonide,** (lat.-gr.), weibl., –n: lachsartiger Fisch
**salomonisch:** weise, klug, allen Betroffenen gerecht werdend (nach dem alttestamentarischen König Salomo)
**Salon,** [sa'lon, fr.], männl., –s: 1. Besuch- oder Empfangszimmer; Raum für gesellschaftliche Veranstaltungen,

2. Mode- oder Frisörgeschäft, 3. Ausstellung sowie die zugehörigen Hallen (Auto-S.), 4. Künstlertreff, sich regelmäßig versammelnder Kreis literarisch oder künstlerisch Interessierter

**salonfähig,** (fr.-dt.): schicklich, vorzeigbar, in vornehme Gesellschaft passend

**Saloon,** [sa'lu:n, amerik.], männl., –s: Gastwirtschaft oder Amüsierbetrieb im Wilden Westen, in diesem Stil eingerichtetes Lokal

**salopp,** (fr.): nachlässig-bequem gekleidet; unbekümmert, ungezwungen

**Salpen,** (gr.), weibl., Plur.: Gruppe durchsichtiger, walzenförmiger Manteltiere

**Salpeter,** (lat.), männl., nur Sing.: Sammelbezeichnung für einige natürlich vorkommende oder künstlich erzeugte Salze der Salpetersäure

**Salpetersäure,** (lat.-dt.), weibl., –n: farblose, einwertige Säure des Stickstoffs

**Salpingitis,** (gr.), weibl., Salpingitiden: Entzündung eines oder beider Eileiter (Med.)

**Salpinx,** (gr.), weibl., Salpingen: 1. lange altgriechische Trompete aus Bronze oder Eisen, 2. Eileiter; Ohrtrompete (Med.)

**Salse,** (lat.), weibl., –n: 1. salzige Sauce, 2. Schlammsprudel (z. B. in Erdölgebieten)

**SALT,** [so(a)lt, engl.], Abk. für **S**trategic **A**rms **L**imitation **T**alks: Gespräche über die Begrenzung der strategischen Waffen; Abrüstungsverhandlungen zwischen den USA und der UdSSR über Interkontinentalraketen

**saltato,** (italien.): mit hüpfendem Bogen zu spielen, Art des Stakkatos (Mus.)

**Salto,** (italien.), männl., –s oder Salti: Flugrolle, freier Überschlag mit ein- oder mehrfacher Drehung (Turnen, Kunstspringen)

**Salto mortale,** (italien. »Todessprung«), männl., – –: in großer Höhe ausgeführter Salto mit mehrfacher Drehung (Akrobatik)

**salü,** (lat.): »Sei gegrüßt!« Gruß- und Abschiedsformel (v. a. süddt. und schweizer.)

**Salut,** (lat.), männl., –e: Salve von Kanonenschüssen zur Begrüßung von Staatsgästen, bei Geburt eines Thronfolgers, bei (Flotten-)Paraden u. a. als Form militärischer Ehrenbezeigung

**salutieren,** (lat.): militärisch grüßen und strammstehen; Salut schießen

**Salutist,** (lat.), männl., –en: Mitglied der Heilsarmee

**Salvation Army,** [ßäl'we:jschn 'A:mi, engl.], weibl., nur Sing.: Heilsarmee

**Salvator,** (lat.), männl., Salvatoren: Erlöser, Retter; Heiland

**salve!,** (lat.): sei gegrüßt!

**Salve,** (lat.), weibl., –n: gleichzeitiges Feuern (auf Kommando) von mehreren Gewehren oder Geschützen

**salvieren,** (lat.): retten, in Sicherheit bringen; sich s.: seine Unschuld nachweisen

**salvo,** (lat.): vorbehaltlich (z. B. s. errore = vorbehaltlich eines Irrtums, ohne Gewähr)

**Samariter,** männl., –: hilfsbereiter Mensch; freiwilliger Krankenpfleger (nach dem Gleichnis vom barmherzigen Samariter im Neuen Testament)

**Samarium,** sächl., nur Sing.: Seltenerdmetall, ein chem. Element (Zeichen: Sm)

**Samba,** (afrik.-portug.), weibl. (auch männl.), -(s): gradtaktiger Gesellschaftstanz aus Brasilien

**Sambal,** (malai.), sächl., nur Sing.: sehr scharfe Sauce als Speisenwürze in Indonesien

**sämisch:** mit Öl oder Tran fett gegerbt (von Leder)

**Samos,** männl., –: süßer Wein von der gleichnamigen gr. Insel
**Samowar,** (russ.), männl., –e: Teemaschine aus Russland
**Sampan,** (chines.), männl., –s: breiter ostasiatischer Ruderkahn mit Verdeck, der auch zu Wohnzwecken Verwendung findet
**Sample,** ['sämpl, engl.], sächl., –s: Stichprobe, Auswahl; Grundlage einer statistischen Erhebung; Warenprobe
**Samum,** (arab.), männl., –e oder –s: heißer nordafrikanischer Wüstenwind, der Sand mitführt
**Samurai,** (japan.), männl., -(s): Angehöriger des japanischen Kriegeradels während der Feudalzeit sowie diese Adelsklasse selbst
**Sanatorium,** (lat.), sächl., Sanatorien: Heilstätte, Genesungsheim, Kuranstalt unter fachärztlicher Leitung, Erholungsheim, Rehabilitationsanstalt
**Sancho Pansa,** männl., – –s: derber, realitätsnaher, pfiffiger Mensch (nach dem Knappen des Don Quijote im Roman von Cervantes)
**Sancta Sedes,** (lat.), weibl., nur Sing.: Heiliger Stuhl
**Sancta simplicitas!,** (lat.): »heilige Einfalt!« (Ausruf des kopfschüttelnden Erstaunens über so viel Begriffsstutzigkeit)
**Sanctitas,** (lat.), weibl., nur Sing.: Heiligkeit (Papsttitel)
**Sanctus, Sanktus,** (lat.), sächl., –: Lobgesang in der kathol. Messe
**Sandale,** (gr.), weibl., –n: leichter, durch Riemen zusammengehaltener und befestigter Schuh
**Sandalette,** (gr.), weibl., –n: leichte Sommersandale für Damen
**Sandwich,** ['ßä:n(d)witsch, engl.], sächl., –(e)s: doppelte Weißbrotschnitte, die mit Käse, Schinken o. Ä. belegt ist (nach dem Earl of S., 1718 – 1792)
**Sandwichman,** ['sän(d)witschmän, engl.], männl., ..men: jmd., der mit einem Reklameschild auf Brust und Rücken spazierend Werbung macht
**sanforisieren,** (engl.): Gewebe einschrumpfen lassen zum Schutz vor dem Einlaufen (nach dem amerik. Chemiker Sanford E. Cluett, 1874 – 1968)
**Sangria,** (span.), weibl., –s: span. Rotweinbowle mit Früchten und Zucker
**Sanguiniker,** (lat.), männl., –: lebhaft, heiter und beweglich veranlagter Mensch mit lebensbejahender Einstellung
**sanguinisch,** (lat.): lebhaft, heiter und beweglich
**sanieren,** (lat.): 1. die Lebensqualität in einem Haus oder einem Stadtviertel durch Maßnahmen zur Modernisierung und Verkehrsberuhigung verbessern, 2. ein finanziell angeschlagenes Unternehmen wieder marktfähig machen, 3. kurieren, heilen (von Krankheiten; Med.) 4. sich s.: (umg.) Reibach machen, sich finanziell gesundstoßen
**sanitär,** (lat.): zum Gesundheitswesen gehörend, es betreffend; auf Toiletteneinrichtung, Kanalisation bezogen (sanitäre Anlagen)
**Sanitäter,** (lat.), männl., –: 1. in Erster Hilfe ausgebildete Person; Krankenpfleger, 3. Soldat zur medizinischen Betreuung von Verwundeten und Kranken in der Truppe
**Sankt,** (lat.): heilig (bei Heiligen und auf sie zurückgehenden Ortsnamen)
**Sanktion,** (lat.), weibl., –en: 1. Billigung, Bestätigung; Erteilung der Gesetzeskraft, 2. (meist Plur.) zur Bestrafung oder zur Disziplinierung eines Staates verhängte Zwangsmaßnahme (Embargo, Handelsrestriktionen, Blockade u. a.)
**sanktionieren,** (lat.): 1. bestätigen, billigen; Gesetzeskraft erteilen, 2. (einen Staat) mit Zwangsmaßnahmen belegen

**Sanktuarium,** (lat.), sächl., Sanktuarien: Heiligtum; Altar- oder Reliquienraum, Reliquienschrein in der kathol. Kirche
**Sansculotte,** [ßan(s)kü'lo.t, fr. »ohne Kniehose«], männl., –n: in der Französischen Revolution Spottname für die Revolutionäre des Dritten Stands, die lange Hosen (Pantalons) statt der höfischen Beinkleider trugen
**Sansevieria, Sansevierie,** weibl., –rien: Bogenhanf, eine tropische Gattung der Liliengewächse; eine Art Zierpflanze beliebt
**sans gêne,** [san'schä:n, fr.]: locker, ungezwungen; bedenkenlos
**Sanskrit,** (sanskr.), sächl., nur Sing.: altindische Literatur- und Wissenschaftssprache, älteste bekannte Stufe der indoeuropäischen Sprachen
**sanskritisch,** (sanskr.): das Sanskrit betreffend, in dieser Sprache geschrieben
**Sanyasi,** (sanskr.), männl., –n: Anhänger/Funktionär der Sekte des Baghwans Rajneesh
**Saphir,** (gr.), männl., –e: blau-durchsichtiger Edelstein sowie die damit bestückte Tonabnehmernadel am Plattenspieler
**sapienti sat,** (lat. »ausreichend für den Klugen«): wer Bescheid weiß, dem genügt dies(e Auskunft, Information, Bemerkung)
**Sapin, Sapine,** (fr.), weibl., –n: Spitzhacke zum Entfernen gefällter Baumstämme
**Saponin,** (lat.), sächl., –e: für Reinigungs- und Arzneimittel gebrauchter Pflanzenstoff
**saprogen,** (gr.): fäulniserregend
**Saprophage,** (gr.), männl., –n: Organismus, der von faulenden Stoffen lebt (Biol.)
**Saprophyt,** (gr.), männl., –en: von faulenden Stoffen lebende Pflanze (Bot.)
**Sarabande,** (arab.), weibl., –n: gravitätischer fr. Gesellschaftstanz und ein langsamer Satz der Suite (Mus.)
**Sarazene,** (arab.), männl., –n: mittelalterliche Bez. für Araber, islamischen Kämpfer
**Sardelle,** (italien.), weibl., –n: kleiner heringsartiger Schwarmfisch, beliebt als Speisefisch in Marinade
**Sardine,** (italien.), weibl., –n: heringsartiger Schwarmfisch, etwas größer als die Sardelle, als Speisefisch meist in Öl konserviert
**sardonisch,** (gr.): (vom Lachen) hämisch, krampf- oder fratzenhaft; krankhaft verzerrt (Med.)
**Sardonyx,** (gr.), männl., –e: brauner, gestreifter Onyx, ein Schmuckstein
**Sari,** (sanskr.), männl., –s: indisches Frauengewand, das kunstvoll gewickelt wird
**Sarkasmus,** (gr.), männl., Sarkasmen: 1. (nur Sing.) bittere Verspottung, verächtlicher Hohn, 2. ätzend höhnische Äußerung, verächtliche Bemerkung
**sarkastisch,** (gr.): höhnisch, bitter-spöttisch
**Sarkom,** (gr.), sächl., –e: bösartige Geschwulst des Bindegewebes (Med.)
**Sarkomatose,** (gr.), weibl., –n: ausgebreitete Sarkombildung (Med.)
**Sarkophag,** (gr. »Fleischfresser«), männl., –e: prächtiger Sarg aus Stein, Metall o. Ä.
**Sarong,** (malaiisch), männl., –s: bunt gebatikter indonesischer Frauenrock, der um die Hüfte geschwungen wird
**Sassafras,** (span.), männl., –: Lorbeerbaum in Nordamerika, dessen Wurzeln ätherisches Öl liefern
**Satan,** (hebr.), männl., –e: in der christlichen Religion Teufel, Widersacher Gottes; (übertr.) boshafter, grausamer Mensch
**Satanas:** vgl. Satan

**satanisch,** (hebr.): teuflisch
**Satellit,** (lat.), männl., –en: 1. um einen Planeten kreisender künstlicher oder natürlicher Himmelskörper, 2. vgl. Satellitenstaat
**Satellitenstaat,** (lat.-dt.), männl., –en: Staat mit beschränkter Souveränität, von einer Großmacht gegängelter Staat
**Satin,** [sa'tän, fr.], männl., –s: hochglänzendes Gewebe in Atlasbindung
**Satire,** (lat.), weibl., –n: Dichtung oder Schrift, die negative gesellschaftliche Erscheinungen, menschliche Schwächen, politische Ereignisse o. Ä. mit Ironie und scharfem Spott bloßstellt; Bez. auch für die entsprechende Literaturgattung
**Satiriker,** (lat.), männl., –: Verfasser von Satiren
**satirisch,** (lat.): in der Art einer Satire; die Satire betreffend
**Satisfaktion,** (lat.), weibl., –en: Genugtuung durch Ehrenerklärung oder Duell
**Satrap,** (pers.), männl., –en: Statthalter einer Provinz im antiken Persien; (übertr.) Willkürherrscher
**saturieren,** (lat.): sättigen; zufrieden stellen; (Ansprüche) befriedigen
**saturiert,** (lat.): gesättigt; (abschätzig:) selbstzufrieden
**Saturiertheit,** (lat.), weibl., nur Sing.: Selbstzufriedenheit
**Saturnismus,** (lat.), männl., nur Sing.: Bleivergiftung (Med.)
**Satyr,** (gr.), männl., –n: 1. in der gr. Mythologie lüsterner Naturdämon mit Schwanz und Bocksfüßen im Gefolge des Dionysos, 2. geiler, grob sinnlicher Mensch
**Sauce,** ['so:ße, fr.], weibl., –n: vgl. Soße
**Sauciere,** [soß'jä:re, fr.], weibl., –n: Soßenschüssel mit Gießschnabel
**Sauna,** (finn.), weibl., –s oder Saunen: aus Finnland stammendes Heißluft- und Dampfbad sowie der Aufenthalt darin
**Saurier,** (gr.), männl., –: ausgestorbene, meist riesige Echse des Mesozoikums
**sautieren,** [ßo'ti:ren, fr.]: (Fleisch, Fisch oder Geflügel) kurz in Fett braten; in heißem Fett schwenken
**Savanne,** (indian.), weibl., –n: tropische Steppe mit Bäumen durchsetzten Grasfluren
**Savoir-vivre,** [ßawoa'wi:wr(e), fr. »zu leben verstehen«], sächl., nur Sing.: Lebensart, feines Benehmen; raffinierte Lebensführung
**Saxophon** (auch: Saxofon), sächl., –e: mit Klarinettenmundstück gespieltes, geschwungenes Blasinstrument aus Messing mit nach oben gerichtetem Schalltrichter (nach dem belg. Erfinder A. Sax, 1814 – 1894)
**Saxophonist** (auch: Saxofonist), männl., –en: Saxophonspieler
**sazerdotal,** (lat.): priesterlich
**Sazerdotium,** (lat.), sächl., nur Sing.: Priesteramt oder -tum; des Papstes geistliche Gewalt im Mittelalter
**Scaling,** ['sce:jlin(g), engl.], sächl., nur Sing.: Vergrößern und Verkleinern von Bildvorlagen vor der eigentl. Reproduktion
**Scampi:** italien. Handelsbez. für eine Art großer Garnelen
**Scandium,** sächl., nur Sing.: chem. Element, Seltenerdmetall (Zeichen: Sc)
**Scanner,** ['ßkä.ner, engl.], männl., –: Peripheriegerät eines Computers, das Bilder, Schriftvorlagen u. a. Objekte mit Licht- oder Elektronenstrahl abtastet und die ermittelten Farb- und Helligkeitswerte einliest, so dass sie u. a. zu Farbauszügen für den Druck oder zu Satzschriften weiterverarbeitet werden können
**Scanning,** ['ßkä.ning, engl.], sächl., nur Sing.: Abtasten einer Vorlage und Einlesen der ermittelten Farb- und Helligkeitswerte

**Scaramouche,** [ßkara'mu:sch, fr.], männl., –s: Aufschneider, Großsprecher in der fr. und italien. Komödie
**Scenario:** vgl. Szenario
**Scene,** [ßi:n, engl.-amerik.], weibl., nur Sing.: (umg.) alternatives (Drogen- oder Disco-)Milieu, Subkultur
**Schabbes,** (jidd.), männl., –: vgl. Sabbat
**Schablone,** weibl., –n: Formvorlage zum Nachzeichnen von Umrissen, Muster; (übertr.) starres traditionelles Verhalten, geistloses Nachahmen
**Schabotte,** (fr.), weibl., –n: Unterbau aus Stahl oder Beton für Maschinenhammer
**Schabracke,** (ungar.), weibl., –n: 1. bunte Decke als Sattelunterlage, 2. (abschätzig) alter Gaul; (übertr.) böse alte Frau, 3. Tuch zum Verhängen von Fenstern; Möbelüberwurf
**Schador** (auch: Tschador), (pers.), männl., –s: von mohammedanischen Perserinnen getragener den Kopf sowie Teile des Gesichts und des Körpers verbergender überwurfartiger Schleier
**Schafott,** (niederl.), sächl., –e: erhöhte Hinrichtungsstätte, Blutgerüst, Galgen, Richtblock
**Schah,** (pers.), männl., –s: König, Titel der früheren persischen Herrscher sowie Träger dieses Titels (Schah-in-Schah entspr. dem Titel »Kaiser«)
**Schaitan,** (arab.), männl., –e: Teufel, Dämon im Islam
**Schakal,** (sanskr.), männl., –e: mittelgroßer Wildhund, der in Südeuropa, Asien und Afrika heimisch ist
**Schalom!,** (hebr.): (Gruß in Israel) Frieden!
**Schalotte,** (fr.), weibl., –n: Lauchart sowie deren kleine wohlschmeckende Zwiebel
**Schaluppe,** (fr.), weibl., –n: größeres Beiboot; einfaches Boot der Küstenschifffahrt
**Schamane,** (sanskr.), männl., –n: angeblich mit unsichtbaren Mächten im Bund stehender Magier und Priester bei vielen Naturvölkern
**Schamanismus,** (sanskr.), männl., nur Sing.: Schamanenglaube
**Schammes,** (jidd.), männl., –: Synagogendiener
**Schamott,** (jidd.), männl., nur Sing.: Kram, unnützes Zeug
**Schamott,** (italien.), männl., nur Sing.: (umg.) wertloses Zeug, Kram
**Schamotte,** (italien. ), weibl., nur Sing.: zum Ofenbau verwendeter feuerfester Ton
**schamottieren,** (italien.): einen Ofen mit Schamotte auskleiden
**Schampon:** vgl. Shampoo
**schamponieren:** mit Shampoo die Haare waschen
**Schampun:** vgl. Shampoo
**Schampus,** männl., nur Sing.: (umg.) Champagner
**schanghaien:** eine Matrosen mit Gewalt oder durch Täuschung anheuern (nach der chines. Hafenstadt)
**Schanker,** (lat.-fr.), männl., –: Geschwür an den Genitalien bei Geschlechtskrankheiten
**Scharade,** (fr.), weibl., –n: Silbenrätsel; lebendes Bild, das erraten werden muss
**Schäre,** (schwed.), weibl., –n: (meist Plur.) der Küste Schweden und Finnlands vorgelagerte flache, felsige Insel einer größeren Gruppe
**Scharlach,** (lat.), männl., nur Sing.: 1. leuchtendes Rot, 2. fiebrige Kinderkrankheit, ausgelöst durch eine Infektion, zu deren Symptomen eine scharlachfarbene Rötung des Rachenraums (Himbeerzunge), rote Hautflecken, Kopfschmerzen und Erbrechen gehören (Med.)
**Scharlatan,** (fr. ), männl., –e: Quacksalber, Kurpfuscher, jmd., der von seinem

Fach nichts versteht; im weiteren Sinn auch: Aufschneider, Prahlhans

**Scharlatanerie,** (fr.), weibl., –n: Kurpfuscherei; Rosstäuscherei Schwindel; Verhalten eines Scharlatans

**Scharmützel,** (italien.), sächl., –: kurze Feindberührung, kleines Gefecht; Geplänkel (auch übertr.)

**Scharnier,** (fr.), sächl., –e: Drehgelenk (z. B. für Türen, Fenster, Klappdeckel u. a.), Gelenkband

**Schärpe,** (fr.), weibl., –n: breites, oft farbiges Band, das als Auszeichnung oder Schmuck um die Taille oder um Schulter und Hüfte getragen wird

**scharwenzeln,** (tschech.): liebedienern, sich diensteifrig um jmds. Gunst bemühen

**Schaschlik,** (russ.), der oder das, –s: an kleinen Spießen gebratene Fleischstückchen mit Zwiebeln, Speck, Paprika u. a.

**schassen,** (fr.): hinauswerfen, feuern, wegjagen, entlassen

**Schatulle,** (lat.), weibl., –n: Privatkasse eines Fürsten oder Staatschefs (Privat-S.); schmuckes Kästchen zur Aufbewahrung von Geld, Wertsachen oder Andenken

**Scheck,** (engl.), männl., –s: auf eine Bank oder ein anderes Geldinstitut ausgestellte Zahlungsanweisung

**Scheich,** (arab. »Ältester«), männl., –s: arabischer Stammeshäuptling, Fürst; Oberhaupt einer islamischen Gemeinschaft; (umg.) unangenehmer Kerl oder (scherzhaft) Geliebter, Freund

**Schekel,** (hebr.), männl., –: israelische Währungseinheit (nach einem hebräischen Gewichtsmaß)

**Schelf,** (engl.), das oder der, –s: vom Meer bedeckter Rand eines Kontinents, Festlandsockel

**Schema,** (gr.), sächl., –s oder –ta: 1. vereinfachte zeichnerische Darstellung, Übersicht, Muster, 2. Grundstruktur, Entwurf, Plan, Form

**schematisch,** (gr.): 1. einem Schema folgend, nach genormter Vorlage, vereinfacht, 2. gedankenlos, routinemäßig

**schematisieren,** (gr.): systematisieren, normieren, in ein Schema bringen oder pressen; (unangemessen) vereinfachen

**Schematismus,** (gr.), männl., –tismen: unangemessene Vereinfachung; routinemäßige Arbeit nach genormtem Muster; vereinfachte Betrachtung oder Behandlung

**Scherif,** (arab.), männl., –s oder –e(n): Ehrenbezeichnung der Nachkommen Mohammeds

**scherzando,** [ßkär'tza.ndo, italien.]: lustig, heiter, nach Art des Scherzo (Mus.)

**Scherzo,** ['ßkä.rtzo, italien.], sächl., –s: schneller, heiterer Satz einer Sinfonie, Sonate oder anderer Kammermusik; kurzes Instrumentalstück von heiterem Charakter (Mus.)

**Schia,** (arab.), weibl., nur Sing.: zweite Hauptrichtung des Islam, die sich auf Mohammeds Schwiegersohn Ali beruft, Staatsreligion im Iran (Gegens.: Sunna)

**schick,** (dt.-fr.): modisch, elegant; (umg.) hervorragend, erfreulich

**Schick,** (dt.-fr.), männl., nur Sing.: modische Eleganz

**Schickeria,** (italien.), weibl., nur Sing.: abwertende Sammelbez. für die oberflächliche Gesellschaft(sschicht), die sich vornehmlich für neueste Mode und Trends interessiert

**Schickse,** (jidd.), weibl., –n: (ursprüngl.) nichtjüdisches Mädchen, (heute abschätzig) aufgetakelte weibliche Person, Flittchen

**Schiismus,** (arab.), männl., nur Sing.: Lehre der Schia (Gegens.: Sunnismus)

**Schiit,** (arab.), männl., –en: Anhänger der Schia (Gegens.: Sunnit)

**schiitisch,** (arab.): der Richtung der Schia angehörend

**Schikane,** (fr.), weibl., –n: 1. absichtlich bereitete, von der Sache her unbegründete Schwierigkeit, 2. (umg.) Kniff, Feinheit (mit allen S.n), 3. Pochen auf ein Recht, nur um jemanden zu schädigen, 4. kurvenreicher Streckenabschnitt (Motorsport)

**Schikaneur,** [schika'nö:r, fr.], männl., –e: jmd., der andere schikaniert

**schikanieren,** (fr.): vorsätzlich unnötige Schwierigkeiten bereiten

**schikanös,** (fr.): boshaft; Schikanen bereitend

**Schikoree:** vgl. Chicorée

**Schimäre,** (gr.), weibl., –n: Hirngespinst, Täuschung, Einbildung (nach dem Ungeheuer aus der gr. Mythologie, vgl. Chimäre)

**Schimpanse,** (Bantu), männl., –n: mittelgroßer Menschenaffe in West- und Zentralafrika

**Schintoismus** (Shintoismus), (japan. »Weg der Götter«), männl., nur Sing.: japan. Nationalreligion mit Ahnenkult und Verehrung vergöttlichter Naturkräfte

**Schintoist,** (japan.), männl., –en: Anhänger des Schintoismus

**Schiras,** männl., –: persischer Teppich, benannt nach der südiranischen Stadt

**Schirokko,** (arab.), männl., –s: heißer, trockener Südwind im Mittelmeerraum, der Staub aus Nordafrika mit sich führt

**Schisma,** (gr.), sächl., –ta oder Schismen: Kirchenspaltung

**Schismatiker,** (gr.), männl., –: Schuldiger an einer Kirchenspaltung; Abtrünniger

**schizogen,** (gr.): aus einer Spaltung hervorgegangen (Biol.)

**Schizogonie,** (gr.), weibl., –n: (Biol.) ungeschlechtliche Fortpflanzung mancher Protozoen (durch Spaltung)

**schizoid,** (gr.): seelisch zerrissen, psychisch gespalten; menschenscheu, kaum ansprechbar und überempfindlich; unter leichter Schizophrenie leidend (Med.)

**schizophren,** (gr.): 1. unter Schizophrenie leidend (Med.), 2. (allg.) widersinnig, in sich unlogisch

**Schizophrenie,** (gr.), weibl., nur Sing.: Bewusstseinsspaltung, Spaltungsirresein, Zerfall der psychischen Persönlichkeit (Psychol.; Med.)

**Schlachta,** (poln.), weibl., nur Sing.: (niederer) poln. Adel vor 1918

**Schlamassel,** (jidd.), männl., nur Sing.: Unglück; Durcheinander, verfahrene Situation, Haufen ungelöster Probleme

**Schlemihl,** (hebr.), männl., –s: (umg.) Pechvogel, vom Unglück verfolgter Mensch; aber auch: gerissener Kerl, Schlawiner (nach einer Erzählung von A. von Chamisso)

**Schmonzes,** (jidd.), männl., –: dummes Gerede, Gewäsch

**Schmu,** (jidd.), männl., nur Sing.: harmloser Betrug, Schiebung

**Schmus,** (jidd.), männl., nur Sing.: (umg.) schmeichlerisches Gerede, übertriebenes Getue

**schmusen,** (jidd.): liebkosen, zärtlich sein; schmeicheln, schöntun

**Schock,** (engl.), männl., –s: 1. durch Schreck, Angst oder Schmerz (z. B. bei Unfällen, schweren Verletzungen u. a.) ausgelöstes lebensgefährliches Kreislaufversagen (Med.), 2. Riesenschreck, schwerer Schlag

**schocken,** (engl.): einen Schock versetzen (allg. und Med.: z. B. zur Behandlung von Nervenkranken); aus dem Gleichgewicht bringen

**Schocker,** (engl.), männl., –: dramatisch-gruseliger Film oder Roman; großer Schreck

**schockieren,** (engl.): Anstoß erregen, Entrüstung hervorrufen, empören

**schofel,** (jidd.): (umg.) schäbig, gemein; knauserig, geizig

**Schogun,** (japan.), männl., –e: im feudalen Japan oberster Feldherr des Tenno, kaiserlicher Statthalter

**Schokolade,** (mexikan.), weibl., –n: mit Zucker, Milch u. a. gemischte Kakaomasse, die zu Tafeln gewalzt oder als Guss verwendet wird; Getränk aus Kakaomasse und Milch

**Scholar,** (gr.), männl., –en: mittelalterlicher fahrender Schüler oder Student

**Scholastik,** (gr.), weibl., nur Sing.: 1. mittelalterliche philosophisch-theologische Lehre, die den christlichen Glauben wissenschaftlich zu fundieren suchte, 2. Spitzfindigkeit, Dogmatismus

**Scholastiker,** (gr.), männl., –: 1. Vertreter der philosophischen Scholastik, 2. (abschätzig) Haarspalter, Rabulistiker

**scholastisch,** (gr.): 1. in der Art der Philosophie der Scholastik, diese betreffend oder zu ihr gehörend, 2. (abschätzig) haarspalterisch, rabulistisch

**Schoner,** (engl.), männl., –: Segelschiff mit zwei oder mehr gaffelgetakelten Masten

**Schose,** (fr.), weibl., –n: (umg.) Angelegenheit, Sache, Vorhaben

**schraffieren,** (niederl.): eine Fläche mit feinen parallelen Linien stricheln

**Schraffur,** (niederl.), weibl., –en: Strichelung, gestrichelte Fläche

**Schrapnell,** (engl.), sächl., –s oder –e: 1. altes Sprenggeschoss mit Kugelfüllung für Artilleriegeschütze, 2. (umg. derb) zänkisches altes Weib

**Schredder,** (engl.), männl., –: Anlage zum Verschrotten (z. B. von Autowracks) und Zerkleinern (z. B. von Ästen)

**Schrimp:** vgl. Shrimp

**Schute,** (niederl.), weibl., –n: flacher, gewöhnl. offener Schleppkahn ohne eigenen Antrieb für Lastentransporte

**Schwadron,** (italien. ), weibl., –en: kleinste Einheit der Kavallerie

**schwadronieren,** (italien.): weitschweifig daherreden, dummes Zeug schwatzen; prahlen

**Sciencefiction,** ['ßai(e)nß'fi.kschn, engl.], weibl., nur Sing.: Gattungsbegriff für eine Literatur, die den Leser in eine meist hochtechnisierte Zukunft versetzt, wobei Raumfahrtphantasien und Begegnungen mit Wesen von fremden Welten eine Hauptrolle spielen

**scilicet,** (lat.): nämlich (Abk.: sc.)

**Scoop,** [sku:p, engl.], männl., –s: Knüller, Aufsehen erregender Zeitungsbericht

**Scordatura,** (italien.), weibl., nur Sing.: vgl. Skordatur

**Score,** [sko:(a), engl.], männl., –s: Stand oder Ergebnis eines Sportwettkampfs

**Scotch,** ['ßko.tsch, engl.], männl., –s: schottischer Whisky

**Scotchterrier,** (engl.), männl., –: kleiner, kurzbeiniger, schwarzer Hund mit langen Haaren über den Augen und um die Schnauze

**Scotland Yard,** ['ßko.tländ 'Ja:d, engl.], männl., nur Sing.: Kriminalpolizei in London sowie ihr Dienstgebäude, benannt nach dessen früherer Lage

**Scout,** [ßkaut, engl.], männl., –s: 1. Pfadfinder, 2. (übertr.) Vordenker, Wegbereiter, 3. literarischer Agent im Ausland, der für einen heimischen Verlag nach erfolgversprechenden Titeln Ausschau hält

**Scrabble,** ['ßkrä.b(e)l, engl.], (Wz), sächl., –s: Gesellschaftsspiel, bei dem Buchstaben zu Wörtern zusammengelegt werden müssen

**Scrapie,** ['skre:jpi, engl.], weibl., nur Sing.: Traberkrankheit, tödliche Virusinfektion bei Schafen (die Verfütterung von Fleischmehl aus an S. verendeten Schafen gilt als Ursache des Rinderseuche BSE)

**scratchen,** ['skrä.tsch(e)n, engl.]: Klangeffekte mittels Manipulation einer laufenden Schallplatte erzeugen (ursprüngl. das Kratzen der Nadel)
**Screening,** ['skri:nin(g), engl.], sächl., –s: Reihenuntersuchung
**Scribble,** ['skribl, engl.], sächl., –s: Rohentwurf einer Zeichnung, eines Layouts u. a.
**Scrip,** (engl.), männl., –s: Gutschein über nicht gezahlte Zinsen; (in USA und England) Zwischenschein für noch nicht ausgegebene Aktien
**Seal, Sealskin,** [ßi:l, 'ßi:lskin, engl.], männl. (auch sächl.), –s: Fell des Seebären einer Ohrenrobbenart sowie Pelz daraus
**Séance,** [ße:'anß, fr.], weibl., –n: Zusammenkunft zum Zwecke der Geisterbeschwörung, spiritistische Sitzung
**Seborrhö,** (lat.-gr.), weibl., –en: übermäßige bis krankhafte Absonderungen der Talgdrüsen der Haut, Schmerfluss (Med.)
**SECAM-System,** (fr. Kurzw.) sächl., nur Sing.: in Frankreich entwickeltes Übertragungsverfahren für Farbfernsehen mit gleichzeitiger Sendung von Farb- und Helligkeitssignal in einem Kanal
**secco,** ['ße.ko, italien.]: trocken (von Weinen)
**Secondhandshop,** ['ßä.ken(d)'hä.ndschop, engl.], männl., –s: Geschäft mit Waren aus »zweiter Hand«, meist Textilien
**Secret Service,** ['ßi:krit 'ßö:wiß, engl.], männl., nur Sing.: britischer Geheimdienst
**sedativ,** (lat.): beruhigend, schmerzstillend (von Medikamenten; Med.)
**Sedativ, Sedativum,** (lat.), sächl., Sedativa: Beruhigungsmittel (Med.)
**Sediment,** (lat.), sächl., –e: 1. Ablagerung, Gestein, das sich aus Ablagerungen gebildet hat, Absatzgestein (Geol.), 2. Bodensatz einer Körperflüssigkeit (v. a. beim Urin; Med.)
**sedimentär,** (lat.): durch Ablagerung entstanden (Geol.)
**Sedimentation,** (lat.), weibl., –en: 1. Ablagerung von Gesteinsmaterial; Gesteinsbildung durch Ablagerung (Geol.), 2. Bildung eines Bodensatzes bei Körperflüssigkeiten (v. a. beim Urin; Med.)
**sedimentieren,** (lat.): 1. ablagern (Geol.), 2. einen Bodensatz bilden (Med.)
**Segment,** (lat.), sächl., –e: Ab- oder Ausschnitt, Teilstück; Bauteil
**segmental,** (lat.): segmentförmig
**segmentär,** (lat.): aus Segmenten gebildet
**Segmentation,** (lat.), weibl., –en: Bildung von Segmenten
**segmentieren,** (lat.): in Segmente gliedern
**Segno,** ['ßänjo, italien.]: (Wiederholungs- oder Abschnitts-)Zeichen, bis zu dem oder von dem an noch einmal zu spielen ist
**segregieren,** (lat.): aufspalten, absondern, trennen
**Seicento,** [sej'tschä.nto, italien.], sächl., nur Sing.: kunstgeschichtlicher Epochenbegriff für die italienische Kunst des 17 Jh.
**Seigneur,** [ßän'jö:r, fr.], männl., –s: 1. feudaler Grund- und Lehnsherr in Frankreich, 2. (veraltet) vornehmer Herr
**Seismik,** (gr.), weibl., nur Sing.: vgl. Seismologie
**seismisch,** (gr.): 1. die Seismologie betreffend, mit ihren Mitteln arbeitend, 2. Erdbeben betreffend, durch sie ausgelöst
**Seismogramm,** (gr.), sächl., –e: Aufzeichnung der Schockwellen eines Erdstoßes durch einen Seismographen
**Seismograph** (auch: Seismograf), (gr.), männl., –en: Erdbebenschreiber, der Richtung, Stärke und Dauer des Bebens registriert

**Seismologie,** (gr.), weibl., nur Sing.: Erdbebenkunde, Teilgebiet der Geophysik, das sich mit Ursachen, Wirkungen, Häufigkeit und regionaler Verteilung von See- und Erdbeben befasst
**seismologisch,** (gr.): vgl. seismisch
**Seismometer,** (gr.), sächl., –: Erdbebenmesser
**Sejm,** [ßä.jm, poln.], männl., nur Sing.: Volksvertretung, Parlament in Polen
**Sekans,** (lat.), männl., –: Winkelfunktion, Verhältnis von Hypotenuse zur Ankathete im rechtwinkligen Dreieck (Zeichen sec; Math.)
**Sekante,** (lat.), weibl., –n: eine Kurve (insbes. einen Kreis) schneidende Gerade (Math.)
**Sekret,** (lat.), sächl., –e: Absonderung von Drüsen (z. B. Hormone, Speichel), Exkrement, Ausscheidung (Med.)
**Sekretär,** (lat.), männl., –e: 1. einem leitenden Angestellten zugeordneter kaufmännischer Angestellter, der die Korrespondenz führt, Termine überwacht, die Büroorganisation führt u. a. (meist weibl.: Sekretärin), 2. führender Funktionär einer großen Organisation (z. B. General-S. einer Partei), 3. Beamtenrang des mittleren Dienstes, 4. Schreibschrank, 5. afrikanischer Schlangen fressender Raubvogel
**Sekretariat,** lat.), sächl., –e: Vorzimmer, Geschäftsstelle, Führungsgremium einer Organisation (z. B. Partei-S.)
**sekretieren,** (lat.): ausscheiden, absondern (Med.)
**Sekretion,** (lat.), weibl., –en: Absonderung von Sekret, Drüsentätigkeit (Med.)
**sekretorisch,** (lat.): die Sekretion, Drüsentätigkeit betreffend (Med.)
**Sekte,** (lat.), weibl., –n: von einer größeren Glaubensgemeinschaft abgespaltene, meist erheblich aktivere kleine religiöse Gruppierung; eifernde Anhängerschaft einer randständigen Meinung
**Sektierer,** (lat.), männl., –: 1. Angehöriger einer Sekte, 2. (politischer) Abweichler, Eigenbrötler, Eiferer
**Sektion,** (lat.), weibl., –en: 1. Abteilung, Gruppe, Zweig (z. B. einer Behörde), 2. operativer Schnitt; Leichenöffnung, Obduktion (Med.)
**Sektor,** (lat.), männl., Sektoren: Abschnitt (z. B. einer Front), Ausschnitt (z. B. eines Kreises; Math.), Teilgebiet; Gebietsteil, Bezirk; (Arbeits-, Zuständigkeits-)Bereich
**Sekunda,** (lat.), weibl., Sekunden: (veraltet) zehntes (Unter-S.) und elftes Schuljahr (Ober-S.) an Gymnasien
**Sekundaner,** (lat.), männl., –: Schüler, der die Sekunda eines Gymnasiums besucht
**Sekundant,** (lat.), männl., –en: 1. Beistand und Zeuge bei einem Duell, 2. Berater, Betreuer eines Sportlers (v. a. beim Schach und beim Berufsboxen), 3. (allg.) Beschützer
**Sekundanz,** (lat.), weibl., –en: Tätigkeit des Sekundanten
**sekundär,** (lat.): zweitrangig, nachgeordnet, in zweiter Linie; er später drankommend
**Sekundärinfektion,** (lat.), weibl., –en: erneute Infektion eines bereits angesteckten Patienten (Med.)
**Sekundärliteratur,** (lat.), weibl., nur Sing.: (wissenschaftliche) Literatur über (schöne) Literatur; übliche, aber unglückliche (weil eine Rangfolge herstellende) Bez. für Interpretationen, Untersuchungen, Kommentare und Hintergrundinformationen zu literarischen Werken
**Sekunde,** (lat.), weibl., –n: 1. der sechzigste Teil einer Minute; (übertr.) ganz kurzer Augenblick (eine S. bitte!), 2. 3600ster Teil eines Winkelgrads (Zeichen "; Math.), 3. zweite Stufe der Tonleiter, Intervall von zwei Stufen (Mus.)

**sekundieren,** (lat.): als Sekundant tätig sein; jmdn. mit Argumenten unterstützen, sich zustimmend äußern

**Seladon,** (fr. ), sächl., –s: zartgrün bis blaugrün glasiertes chines. Porzellan

**selektieren,** (lat.): aus einer Anzahl von Dingen oder Individuen diejenigen aussondern, die zum gewünschten Zweck taugen

**Selektion,** (lat.), weibl., –en: Auswahl, Auslese; Aussonderung

**selektionieren:** vgl. selektieren

**selektiv,** (lat.): 1. auswählend; nach bestimmten Kriterien aussondernd, auf Auslese beruhend, 2. trennscharf (bei Rundfunkempfängern)

**Selen,** (gr.), sächl., nur Sing.: schwefelähnliches chem. Element (Zeichen: Se), ein Halbleiter

**Selenographie,** (gr.), weibl., –n: Beschreibung der Mondoberfläche (Astron.)

**Selenologie,** (gr.), weibl., nur Sing.: Geologie des Mondes

**Selenzelle,** (gr.), weibl., –n: Fotozelle, die ein Lichtsignal in einen elektrischen Impuls umwandelt

**Selfmademan,** ['ßä.lfmejdmän, engl.], männl., –men: jmd., der es aus eigener Kraft zu etwas gebracht hat

**Selfservice,** ['ßä.lfßöwis, engl.], männl., nur Sing.: Selbstbedienung

**Seller,** (engl.), männl., –: Kurzw. für Bestseller

**Sellerie,** (gr.), weibl., -(s): Doldengewächs mit essbarer Knolle sowie diese würzige Knolle selbst

**Semantik,** (gr.), weibl., nur Sing.: Lehre von der Bedeutung der Silben, Wörter, Sätze; Wissenschaft von den Symbolen, Zeichen und Zeichenfolgen als Sinn- und Bedeutungsträger sowie ihrer Beziehungen untereinander

**semantisch,** (gr.): auf Semantik bezogen, zu ihr gehörend; von der Bedeutung eines sprachlichen Zeichens her gesehen

**Semaphor,** (gr.), männl. (auch sächl.), –e: Signalmast mit einem oder mehreren Flügeln; optischer Telegraf; Eisenbahnsignal

**Semasiologie,** (gr.), weibl., nur Sing.: vgl. Semantik

**Semen,** (lat.), sächl., Semina: Pflanzensamen (Bot.)

**Semester,** (lat.), sächl., –: Studienhalbjahr

**Semifinale,** (lat.), sächl., -(s): Halbfinale, Vorschlussrunde mit noch vier Gegnern zur Ermittlung der Endkampfteilnehmer (Sport)

**Semikolon,** (lat.-gr.), sächl., –s oder Semikola: Strichpunkt, Satzzeichen (;), das stärker abgrenzt als das Komma, aber weniger stark als der Punkt

**semilunar,** (lat.): halbmondförmig

**Seminar,** (lat. »Pflanz-, Baumschule«), sächl., –e: 1. Übungskursus; Hochschulveranstaltung, in der Vorlesungsstoffe oder Spezialfragen unter wissenschaftlicher Leitung untersucht werden, 2. Ausbildungseinrichtung (v. a. für angehende Theologen)

**Seminarist,** (lat.), männl., –en: Seminarteilnehmer oder -mitglied

**Semiotik,** (gr.), weibl., nur Sing.: 1. Lehre von den sprachlichen Zeichen, den Symbolen und anderen zeichenhaften Kommunikationsmitteln (Sprachwiss.), 2. Lehre von den Symptomen einer Krankheit (Med.)

**semiotisch,** (gr.): die Semiotik betreffend, zeichenhaft

**semipermeabel,** (lat.): halbdurchlässig, nur für bestimmte Stoffe oder in bestimmter Richtung durchlässig (v. a. von Membranen; Chem.; Biol.)

**Semit,** männl., –en: Angehöriger vorderasiatischer und nordafrikanischer Steppenvölker, die ursprüngl. eine kulturelle und sprachliche Einheit bildeten und zu denen um die Zeitenwende auch die Juden gehörten (nach Sem, dem ältesten Sohn Noahs im Alten Testament)

**semitisch:** von Semiten abstammend, sie betreffend

**Semitistik,** weibl., nur Sing.: Wissenschaft von den semitischen Sprachen, Literaturen und Kulturen, Teilgebiet der Orientalistik

**Semivokal,** (lat.), männl., –e: Laut, der als Konsonant und Vokal auftreten kann, Halbvokal (z. B. w; Sprachwiss.)

**semper aliquid haeret,** (lat. »immer bleibt etwas haften«): Reste einer Verleumdung oder übler Nachrede wird man nie los

**sempre,** (ital.): immer, anhaltend (Mus.)

**Sen,** (japan.-indones.), männl., (s): Münzeinheit in Japan (0,01 Yen) und Indonesien (0,01 Rupiah)

**Senat,** (lat.), männl., –e: 1. Rat der Alten als oberstes Regierungsgremium im antiken Rom, 2. Landesregierung der Stadtstaaten Bremen, Hamburg und Berlin, 3. zweite Kammer von manchen Parlamenten (z. B. in den USA), 4. an höheren deutschen Gerichten für bestimmte Verfahren eingeteilte Richtergremien, 5. Organ der Selbstverwaltung an deutschen Hochschulen

**Senator,** (lat.), männl., Senatoren: Mitglied eines Senats; Ehrentitel für verdiente Bürger

**Seneszens,** (lat.), weibl., nur Sing.: das Altern und seine physischen Begleiterscheinungen (Med.)

**Senhor,** [ßän'jo:r, portug.], männl., –es: Herr (portug. Anrede)

**Senhora,** [ßän'jo:ra, portug.], weibl., –s: Frau (portug. Anrede)

**Senhorita,** [ßänjo'ri:ta, portug.], weibl., –s: Fräulein (portug. Anrede)

**senil,** (lat.): alt, altersschwach, greisenhaft (Gegens.: juvenil; Med.); (umg. übertr.) vertrottelt, verkalkt

**Senilität,** (lat.), weibl., nur Sing.: Altersschwäche, Greisenhaftigkeit

**senior,** (lat.): der Ältere (hinter einem Personennamen; Abk.: sen.; Gegens.: junior)

**Senior,** (lat.), männl., Senioren: 1. (allg.) der Ältere; der Älteste (in einer Gruppe). 2. beschönigende Modebez. für alter Mensch, Person über 65 Jahre, 3. Angehöriger der höchsten Altersklasse im Sport, 4. Seniorchef (Gegens.: Junior)

**Seniorat,** (lat.), sächl., nur Sing.: Würde des Ältesten (z. B. als Sprecher), Vorrecht des Ältesten (z. B. im Erbfall)

**Señor,** [ßän'jo:r, span.], männl., –es: Herr (span. Anrede)

**Señora,** (span.), weibl., –s: Frau (span. Anrede)

**Señorita,** (span.), weibl., –s: Fräulein (span. Anrede)

**Sensation,** (lat.-fr.), weibl., –en: 1. unerwartetes spektakuläres Ereignis, Überraschung; verblüffende Darbietung, 2. sinnliche Empfindung, Gefühlsaufwallung

**sensationell,** (lat.-fr.): Aufsehen erregend, überraschend, verblüffend

**sensibel,** (lat.): 1. (allg.) empfindsam, feinfühlig, 2. Reize aufnehmend, auslösend oder weiterleitend; reizempfindlich (Med.), 3. heikel (z. B. von einem Problem, einer polit. Frage)

**Sensibilisator,** (lat.), männl., –toren: die Empfindlichkeit fotografischer Schichten für Licht im gelben, grünen und roten Wellenlängenbereich erhöhender Farbstoff

**sensibilisieren,** (lat.): 1. sensibel machen; die Sinnesempfindlichkeit für Reize steigern; den Blick für etwas schärfen; 2. (fotografische Schichten) empfindlicher machen, 3. durch häufigen Kontakt mit einem Stoff allergisch machen, die Bildung von Antigenen fördern (Med.)

**Sensibilität,** (lat.), weibl., nur Sing.: 1. Fähigkeit, Sinnesreize wahrzunehmen und weiterzuleiten, 2. (allg.) Empfindlichkeit, Feinfühligkeit, 3. Empfangsempfindlichkeit (beim Rundfunk)

**sensitiv,** (lat.): leicht reizbar, empfindlich; sinnlich

**Sensitivity-Training,** [ßensi'tiviti 'tre:jnin(g), engl.], sächl. nur Sing.: Methode der Gruppentherapie zur Überwindung überzogener zwischenmenschlicher Hemmungen durch Weckung von Verständnis und Zulassen von Nähe

**Sensomotorik,** (lat.), weibl., nur Sing.: Gesamtheit der Gefühls- und Bewegungsanlagen und -äußerungen eines Körpers sowie ihre Koordination und Steuerung

**Sensor,** (lat.), männl., Sensoren: 1. hochempfindliches Kontrollelement einer Messeinrichtung, elektronischer Messfühler, 2. durch bloßes Berühren oder Unterbrechen einer Lichtschranke zu betätigender Schalter

**sensoriell,** (lat.): vgl. sensorisch

**sensorisch,** (lat.): die Sinneswahrnehmung betreffend, sie auslösend (Gegens.: motorisch; Med.)

**Sensorium,** (lat.), sächl., nur Sing.: Bewusstsein (Med.)

**Sensualismus,** (lat.), männl., nur Sing.: Richtung der Erkenntnistheorie, nach der alle Erkenntnis aus Einwirkungen der Außenwelt auf die Sinne zurückgeht

**Sensualität,** (lat.), weibl., nur Sing.: Empfindungsfähigkeit der Sinne(sorgane) (Med.)

**Sensumotorik:** vgl. Sensomotorik

**Sensus,** (lat.), männl., Sensus: Sinn; (Grad der) Fähigkeit eines Organs, Reize wahrzunehmen (Med.)

**Sentenz,** (lat.), weibl., –en: 1. bekannter Ausspruch; Motto, markant formulierter Sinnspruch, 2. Richterspruch (Rechtsw.), 3. (nur Plur.) Sammlung von Bibelstellen und/oder Aussprüchen der Kirchenväter

**Sentiment,** [ßanti'man, lat.-fr.], sächl., –s: Gefühl, Gefühligkeit

**sentimental,** (lat.): empfindsam; rührselig, schmalzig (z. B. von einem Film); übertrieben gefühlvoll, überschwänglich

**Sentimentalität,** (lat.), weibl., –en: Empfindsamkeit; Gefühls- oder Rührseligkeit, Schmalzigkeit

**senza,** (ital.): ohne (z. B. s. sordino: ohne Dämpfer; Mus.)

**separat,** (lat.): für sich, abgesondert, getrennt; einzeln

**Separation,** (lat.), weibl., –en: 1. Abtrennung eines Gebietsteils, der einem anderen Staat zugeschlagen oder selbstständig werden soll, 2. Flurbereinigung im 18./19. Jh.

**Separatismus,** (lat.), männl., nur Sing.: Selbstständigkeitsstreben einer Region, eines Bevölkerungsteils mit Wunsch nach mehr Autonomie oder gar eigener Staatlichkeit aus politischen, religiösen, wirtschaftlichen oder kulturellen Gründen

**Separatist,** (lat.), männl., –en: Förderer oder Kämpfer für die Loslösung eines Gebiets von einem Staat

**separatistisch,** (lat.): nach Art des Separatismus

**Separator,** (lat.), männl., Separatoren: Schleuder zum Trennen von Stoffgemischen

**Séparée** (auch: Separee), [ße:pa're:, fr.], sächl., –s: Nebenraum oder Nische in einem Lokal; abgetrennter Raum für ungestörte Zusammenkünfte

**separieren,** (lat.): absondern, trennen, getrennt unterbringen; ausschließen

**Sephardim,** (hebr.), weibl., nur Plur.: spanische und portugiesische Juden (heute auch die orientalischen) und ihre Nachkommen

**sepia,** (gr.): schwarzbraun, dunkelbraun

**Sepia,** (gr.), weibl., ..pien: Tintenfisch sowie der Farbstoff, der aus dem Sekret seines Tintenbeutels gewonnen wird

**Sepsis,** (gr.), weibl., Sepsen: Blutvergiftung (Med.)

**septentrional,** (lat.): nördlich

**Septett,** (ital.), sächl., –e: Komposition für sieben Instrumente oder Gesangstimmen sowie die Gruppe der ausführenden Musiker

**Septime,** (lat.), weibl., –n: siebenter Ton der Tonleiter; siebenstufiges Intervall (Mus.)

**septisch,** (gr.): durch Sepsis entstanden, auf sie bezogen oder zurückgehend; nicht keimfrei (Med.)

**Septuaginta,** (lat. »siebzig«), weibl., nur Sing.: älteste (3. Jh. n.Chr.) griechische Übersetzung des Alten Testaments (nach der Legende von den 72 Gelehrten, die sie erarbeitet haben sollen)

**Septum,** (lat.), sächl., Septen oder Septa: Scheidewand in einem Organ (z. B. Herz; Med.); Zellwand, die zwei Zellen voneinander trennt (Biol.)

**Sequenz,** (lat.), weibl., –en: 1. Folge, Aufeinanderfolge, Reihe (z. B. von Tönen, Zahlen), 2. Reihe von Filmeinstellungen zu einer Handlungseinheit, 3. geistliches Lied der mittelalterlichen Messe, 4. geschlossene Kartenfolge (von einer Farbe) beim Poker u. a. Kartenspielen, 5. Befehlsreihe in einem Computerprogramm

**sequenziell** (auch: sequentiell), (lat.): nacheinander verarbeitend (EDV)

**Sequester,** (lat.), männl., –: gerichtlich eingesetzter Verwalter oder Verwahrer einer Sache, Treuhänder (Rechtsw.)

**sequestrieren,** (lat.): einen Treuhänder bestellen; zwangsverwalten

**Sequoia, Sequoie,** (indian.), weibl., Sequoien: Mammutbaum (benannt nach einem Indianerhäuptling)

**Serail,** [se'raij, pers.-fr.], sächl., –s: orientalisches Fürstenschloss

**Seraph,** (hebr.), männl., –im: schlangengestaltiger Engel der Anbetung mit sechs Flügeln im Alten Testament

**seraphisch,** (hebr.): engelgleich, verzückt

**Serenade,** (ital.), weibl., –n: Ständchen; Abendmusik, eine freie, gewöhnl. mehrsätzige Instrumentalkomposition (Mus.)

**Serenissimus,** (lat.), männl., Serenissimi: früher Titel regierender Fürsten; heute ironisch für (Duodez-)Fürst

**Serge,** [sä.rsch, fr.], weibl., –n: Futterstoff

**Sergeant,** [ser'scha.nt, fr. oder 'ßa:dsch(e)nt, engl.], männl., –en (bei fr. Aussprache) oder –s (bei engl. Aussprache): Unteroffizier sowie dessen Dienstgrad; Wachtmeister

**Serie,** (lat.), weibl., –n: 1. (allg.) Reihe, Folge; bestimmte Menge von Erzeugnissen gleicher Art, 2. Gruppe zusammenhängender Spektrallinien (Phys.), 3. mehrteilige Artikelfolge in Zeitschriften oder Sendereihe im Fernsehen

**seriell,** (lat.): 1. Daten nacheinander übertragend bzw. verarbeitend (Gegens.: parallel; EDV), 2. nach einer bestimmten Reihentechnik komponiert (Zwölfton-Mus.)

**Serife,** (niederl.-engl.), weibl., –n: (fast immer Plur.) Abschlusslinie (Füßchen) der Grundstriche von Buchstaben aus einer Antiqua-Schrift

**Serigraphie,** (gr.), weibl., –n: Siebdruck

**seriös,** (lat.): ernst, feierlich; ernsthaft, ernst gemeint, mit solider Grundlage; glaub- und vertrauenswürdig, zuverlässig, gediegen

**Seriosität,** (lat.), weibl., nur Sing.: Ernsthaftigkeit; Zuverlässigkeit, Glaubwürdigkeit, Vertrauenswürdigkeit; seriöse Beschaffenheit oder Wesensart

**Serir,** (arab.), weibl., –e: Geröllwüste in Nordafrika

**Sermon,** (lat.), männl., –e: Rede, Gespräch; ödes Gerede; Strafpredigt

**Serologie,** (lat.-gr.), weibl., nur Sing.: Wissenschaft, die sich mit den biologischen und chemischen Eigenschaften des Blutes, v. a. des Blutserums beschäftigt (Med.)

**serös,** (lat.): aus Serum bestehend oder mit Serum vermischt (Med.)

**Serotonin,** (lat.-gr.), sächl., –e: hormonähnlicher Stoff, der u. a. den Erregungszustand der glatten Muskulatur (Gefäße, Bronchien u. a.) regelt (Med.)

**serpens,** (lat.): fortschreitend, sich ausbreitend (z. B. bei Hautflechten; Med.)

**Serpentin,** (lat.), männl., –e: durch Verwitterung entstandenes Mineral, das als Schmuckstein Verwendung findet

**Serpentine,** (lat.), weibl., –n: in Schlangenlinien geführter Wege, gewundene Bergstraße

**Serum,** (lat.), sächl., Seren oder Sera: wässriger, nicht gerinnender Bestandteil des Blutes und der Lymphe, der aber noch wichtige Immunstoffe und Mineralien enthält (Med.)

**Serval,** (portug.), männl., –e oder –s: afrikanische Wildkatze mit geflecktem Fell

**Serve-and-Volley,** ['ßö:(r)wän(d)'wo.li, engl.], sächl., nur Sing.: Spielmethode beim Tennis: sofortiger Netzangriff nach dem Aufschlag, um den Return volley nehmen zu können

**Servelatwurst:** vgl. Zervelatwurst

**Service,** ['ßö:wiß, engl.], männl., –s: 1. Bedienung; Kundendienst, 2. (auch sächl.) Aufschlag(spiel) beim Tennis, Tischtennis, Volleyball u. a.

**Service,** [ser'wi:ß, fr.], sächl., –: zusammengehöriges (komplettes) Tafelgeschirr

**servieren,** (lat.): 1. Speisen vorlegen oder auftragen, bei Tisch bedienen, 2. aufschlagen (z. B. beim Tennis), 3. (übertr.) präsentieren, auftischen (z. B. einer Lüge)

**Serviette,** (fr.), weibl., –n: Mundtuch aus Stoff oder Papier (als Fleckenschutz und zum Abwischen nach dem Essen)

**servil,** (lat.): übertrieben diensteifrig, liebedienerisch, kriecherisch

**Servilität,** (lat.), weibl., nur Sing.: unterwürfige Gesinnung, Kriechertum

**Servolenkung,** (lat.-dt.), weibl., –en: Kraftfahrzeuglenkung, das die Lenkbewegung hydraulisch unterstützt

**servus!,** (lat. »[Ihr] Diener!«): v. a. in Süddeutschland üblicher (Abschieds-) Gruß

**Sesam,** (gr.), männl., –s: Gattung tropischer Pflanzen, aus deren Samen Öl gewonnen wird; S., öffne dich: Zauberformel zur Öffnung von Schatzkammern (nach dem Spruch aus dem Märchen »Ali Baba und die 40 Räuber«)

**sessil,** (lat.): festsitzend, festgewachsen (Biol.)

**Session,** (lat.), weibl., –en: Sitzungsperiode (z. B. eines Parlaments)

**Session,** ['ßä.schn, engl.], weibl., –s: vgl. Jam Session

**Sesterz,** (lat.), weibl., –e: antike römische Silbermünze

**Set,** [ßä.t, engl.], männl. (oder sächl.), –s: 1. Serie, Satz zusammengehöriger oder -passender Gegenstände (z. B. Toilettensachen, Besteck), 2. kleines Deckchen aus Stoff, Bast oder Kunststoff für ein Gedeck, 3. körperliche Verfassung eines Drogensüchtigen

**Settecento,** [ßäte'tschä.nto, ital.], sächl., nur Sing.: das 18. Jh. als italienische Kunstepoche

**Setter,** (engl.), männl., –: langhaariger engl. Vorsteh- und Stöberhund

**Sex,** (engl.), männl., nur Sing.: 1. Geschlecht; Geschlechtlichkeit, Sexualität; Sexappeal, 2. Geschlechtsverkehr (S. machen)

**Sex and Crime,** ['seksn'kraim, engl.]: Erfolgsmischung primitiver Filme und Zeitschriften aus sexuell aufreizenden und Szenen/Themen aus dem Verbrechermilieu

**Sexagesima,** (lat.), weibl., nur Sing.: im Kirchenjahr der achte Sonntag vor Ostern

**Sexappeal,** ['ße.xepi:l, engl.], männl., nur Sing.: Grad der erotischen Attraktivität (v. a. von Frauen)

**Sexbombe,** (engl.-dt.), weibl., –n: (umg.) Frau mit aufreizender Figur und hoher geschlechtlicher Anziehungskraft

**Sexismus,** (lat.), männl., nur Sing.: diskriminierende Haltung und herabwürdigendes Verhalten mit Hang zur Benachteiligung den Menschen des anderen Geschlechts gegenüber (fast ausschließlich von Männern gegenüber Frauen)

**Sexist,** (lat.), männl., –en: jmd., der andere wegen ihres Geschlechtes diskriminiert

**sexistisch,** (lat.): aus geschlechtlichen Gründen diskriminierend

**Sexologie,** (lat.-gr.), weibl., nur Sing.: Teilgebiet von Psychol. und Med., das sich mit der Erforschung der menschlichen Sexualität und des sexuellen Verhaltens beschäftigt

**Sexshop,** ['ße.xschop, engl.], männl., –s: Laden, in dem Erotika, verschreibungsfreie Verhütungsmittel und Gegenstände zur sexuellen Anregung verkauft werden

**Sexta,** (lat.), weibl., Sexten: unterste Klassenstufe auf dem Gymnasium

**Sextaner,** (lat.), männl., –: Schüler einer Sexta

**Sextant,** (lat.), männl., –en: Winkelmessgerät für Gestirnshöhen über dem Horizont zur Bestimmung des eigenen Standorts und der Tageszeit, früher v. a. eingesetzt zur Navigation auf See

**Sexte,** (lat.), weibl., –n: sechster Ton der Tonleiter; sechsstufiges Intervall (Mus.)

**Sextett,** (ital.), sächl., –e: Komposition für sechs Instrumente oder Gesangsstimmen sowie die Gruppe der ausführenden Musiker

**Sextourismus,** (engl.), männl., nur Sing.: sexuell motivierte Reisen in (Fernost-) Länder mit preiswerter und vielfältiger Prostitution

**Sexualdelikt,** (lat.), sächl., –e: Verbrechen gegen die sexuelle Selbstbestimmung eines anderen, Vergewaltigung (Notzucht)

**Sexualforschung,** (lat.-dt.), weibl., nur Sing.: vgl. Sexologie

**Sexualhormon,** (lat.-gr.), sächl., –e: in den Keimdrüsen gebildetes Geschlechtshormon (Med.)

**Sexualität,** (lat.), weibl., nur Sing.: Geschlechtlichkeit, Triebleben, Gesamtheit der geschlechtlich-erotischen Äußerungen und Anlagen eines Menschen

**Sexualobjekt,** (lat.), sächl., –e: zu reiner Triebabfuhr missbrauchter Partner

**Sexualorgan,** (lat.-gr.), sächl., –e: Geschlechtsorgan

**sexuell,** (lat.): geschlechtlich, das Geschlechtsleben betreffend

**Sexus,** (lat.), männl., Sexus: Geschlecht

**sexy,** (engl.): (umg.) geschlechtlich anziehend, erotisch aufreizend, attraktiv

**sezernieren,** (lat.): absondern (Med.)

**Sezession,** (lat.), weibl., –en: Trennung, Loslösung, Abspaltung (von einer Gruppe); Unabhängigerklärung einer Region, Austritt eines Teilgebiets aus einem Staatsverband

**Sezessionskrieg,** (lat.-dt.), männl., nur Sing.: Bürgerkrieg der amerikanischen

Südstaaten gegen die Union zur Lösung aus den Vereinigten Staaten 1860 – 1865

**sezieren,** (lat.): eine Leiche öffnen, anatomisch zerlegen und untersuchen; (übertr.) einen Sachverhalt genau zergliedern

**sforzando, sforzato,** (ital.): verstärkt, stark akzentuiert (Mus.)

**sfumato,** (ital.): tonig, mit weichen, in Licht und Luft übergehenden Konturen gemalt

**Sgraffito,** (italien.), sächl., –s oder ..fitis: dekorative Wandmalerei durch Herauskratzen aus verschiedenfarbigen Putz- und Tüncheschichten

**Shag,** [schä.g, engl.], männl., –s: fein geschnittener Pfeifentabak

**Shake,** [sche:jk, engl.-amerik.], männl., –s: 1. Mixgetränk (z. B. aus Milch und Fruchtsaft), 2. gradtaktiger engl. Modetanz mit schüttelnden Bewegungen

**Shakehands,** ['sche:jkhä:nds, engl.], sächl., –: Händedruck, Händeschütteln

**Shalom:** vgl. Schalom

**Shampoo, Shampoon** (auch: Schampun), ['scha.mpu:(n), engl.], sächl., –s: Haarwaschmittel

**Shanty,** ['schä.nti, engl.], sächl., –s: Seemannslied

**Share,** [schä:r, engl.], männl., –s: Aktie, Anteilschein im engl.-amerik. Börsenwesen

**Shareware,** ['schä:rwä:r, engl.], weibl., –s: billigere, verknappte Version eines Computerprogramms

**Sheriff,** ['schä.riff, engl.], männl., –s: 1. ehrenamtlicher Verwaltungsbeamter in einer irischen oder engl. Grafschaft, 2. mit polizeilich-richterlichen Kompetenzen ausgestatteter gewählter Vollzugsbeamter in einem Distrikt oder einer Stadt in den USA

**Sherpa,** (tibetanisch), männl., –s: Angehöriger eines Bergstammes im Himalaja sowie Bez. für die dortigen Lastträger oder Bergführer, die v. a. aus diesem Stamm rekrutiert werden

**Sherry,** ['sche.ri, span.-engl.], männl., –s: schwerer span. Süßwein (nach der Stadt Jerez de la Frontera)

**Shetland,** ['schä.tlend, engl.], männl., –s: grober, grau melierter, gekräuselter Stoff aus der Wolle von Schafen der Shetlandinseln

**Shilling,** ['schi.lin(g), engl.], männl., –s: bis 1971 übliche englische Münze (1/20 eines Pfunds)

**Shimmy,** ['schi.mi, engl.-amerik.], männl., –s: aus Amerika stammender gradtaktiger Gesellschaftstanz der 1920er-Jahre

**Shintoismus:** vgl. Schintoismus

**Shirt,** [schö:(r)t, engl.], sächl., –s: (kurzärmeliges) Hemd aus Baumwolle

**Shit,** [schi.t, engl.], männl., nur Sing.: (Scene-Jargon) Haschisch

**shocking,** (engl.): unziemlich, anstößig

**Shogun:** vgl. Schogun

**Shootingstar,** ['schu:tin(g)'ßta:(r), engl.], männl., –s: Person oder Produkt (z. B. ein Schlager) mit raketenartigem Erfolg

**Shop,** (engl.), männl., –s: Laden, Geschäft

**Shopping,** (engl.), sächl., –s: das Einkaufen; Einkaufsbummel

**Shorts,** (engl.), weibl., nur Plur.: kurze bis knielange Sport- und Sommerhose

**Shortstory** (auch Short Story), ['scho:(a)t'sto.ri, engl.], weibl., –s: Kurzgeschichte, Novelle

**Show,** [scho:(u), engl.-amerik.], weibl., –s: revueartige Veranstaltung mit Gesangsnummern, Tanz, Sketches u. a. auf der Bühne oder im Fernsehen

**Showbusiness,** ['scho:(u)bisniß, engl.], sächl., nur Sing.: Schaugeschäft, Unterhaltungsindustrie

**Show-down** (auch: Showdown), [scho(u)'daun, engl.], männl., –s: 1. Offenlegen der Karten beim Poker, 2. Schlussduell in Wildwestfilmen, 3. (allg.) Kraftprobe

**Showmaster,** ['scho:(u)master, engl.], männl., –: Arrangeur und Moderator einer Showsendung, Entertainer

**Showview,** ['scho:wju:, engl.], Wz, sächl., nur Sing: Programmierung eines Videorecorders nach den veröffentlichten Nummern

**Shrimp** (auch: Schrimp), (engl.), männl., –s: Garnele, Nordseekrabbe

**Shuttle,** ['scha.t(e)l, engl.], männl., –s: 1. Flugzeug (selten für andere Verkehrsmittel), das im Pendelverkehr Personen befördert (Beamten-S.: Zubringer für Bonner Beamte nach Berlin und zurück), 2. Kurzbez. für Spaceshuttle

**Shylock,** ['schailok, engl.], männl., –s: hartherziger Gläubiger (nach Shakespeares Titelfigur im »Kaufmann von Venedig«)

**Sial,** (Kurzw. aus **Si**lisium und **Al**uminium), sächl., nur Sing.: oberste Schicht der Erdkruste (Gegens.: Sima)

**siamesische Zwillinge:** zusammengewachsene, missgebildete eineiige Zwillinge (nach zwei Brüdern aus Siam im 19. Jh.)

**Sibilant,** (lat.), männl., –en: Zischlaut (z. B. s; Sprachwiss.)

**Sibylle,** (gr.), weibl., –n: weissagende Frau antiken Griechenland, Wahrsagerin

**sibyllinisch,** (gr.): prophetisch, mehrdeutig, rätselhaft

**sic!,** (lat.): so!, so steht es wörtlich da! (zur Kennzeichnung seltsamer Textstellen als Hinweis, dass es sich um keinen Zitierfehler handelt)

**Siciliano,** [ßitschil'ja:no, ital.], männl., –s: sizilianischer Hirtentanz; langsamer, wiegenliedartiger Instrumentalsatz (Mus.)

**Sideboard,** ['ßaidbo:(a)d, engl.], sächl., –s: Anrichte

**siderisch,** (lat.): die Sterne betreffend, zu den Fixsternen gehörig (Astron.)

**Siderit,** (gr.), männl., nur Sing.: gelbes bis dunkelbraunes Mineral, Eisencarbonat, Spateisenstein

**Siderurgie,** (gr.), weibl., nur Sing.: Eisen- und Stahlbearbeitung

**Sidestep,** ['ßaidstep, engl.], männl., –s: Seitschritt als Ausweichbewegung beim Boxen

**siena,** (nach der ital. Stadt): rotbraun

**Sierra,** (span.), weibl., –s oder Sierren: Gebirgskette

**Siesta,** (span. »sechste Stunde«), weibl., –s oder Siesten: Mittagsruhe, Ruhepause (nach dem Mittagessen)

**Sigel,** (lat.), sächl., –: Kürzel, festgelegtes Abkürzungszeichen für Silben, Wörter oder Wortgruppen (z. B. in Kurzschriften oder als editorische Symbole in textkritischen Ausgaben)

**Sightseeing,** ['ßaitßi:ing, engl.], sächl., –s: Besichtigung von Sehenswürdigkeiten

**Sigle,** (lat.-fr.): vgl. Sigel

**Sigma,** (gr.), sächl., –s: achtzehnter Buchstabe des gr. Alphabets (, )

**Sigmatismus,** (gr.-lat.), männl., ..tismen: Lispeln, fehlerhafte Aussprache der s-Laute

**Signal,** (lat.), sächl., –e: zur Verständigung, Nachrichtenübermittlung oder als Verkehrszeichen dienendes optisches und/oder akustisches Zeichen mit vereinbarter fester Bedeutung (z. B. im Verkehr)

**signalisieren,** (lat.): ein Signal oder Wink geben, anzeigen, ankündigen, benachrichtigen

**Signatar,** (lat.), männl., –e: Staat als Unterzeichner eines Vertrages (S.-Macht)

**signatum,** (lat.): unterzeichnet (Abk.: sign.)

**Signatur,** (lat.), weibl., –en: 1. Unterschrift, Unterzeichnung, 2. Namenszug, Monogramm (eines Künstlers),

3. Standortnummer eines Buches im Magazin einer Bibliothek, 4. Kartenzeichen auf Landkarten

**Signet,** [ßin'je:, lat.-fr.], sächl., –s: Firmenzeichen, Verlags- oder Druckereiemblem; Warenzeichen

**signieren,** (lat.): ein Autogramm geben, unterschreiben; gegen- oder abzeichnen

**signifikant,** (lat.): typisch, bezeichnend, bemerkenswert; hervorstechend, bedeutungsvoll

**Signor,** [ßin'jo:r, ital.], männl., –i: Herr (ital. Anrede)

**Signora,** (ital.), weibl., –s: Frau (ital. Anrede)

**Signore:** vgl. Signor

**Signorina,** (ital.), weibl., –s: Fräulein (ital. Anrede)

**Signorino,** (ital.), männl., –s: junger Herr (ital. Anrede)

**Signum,** (lat.), sächl., Signa: Marke, Zeichen, Kennzeichen; abgekürzter Namenszug als Unterschrift

**Sikh,** [ßi.k, sanskr.], männl., –s: Mitglied einer militanten hinduistischen Religionsgemeinschaft im Pandschab (Indien)

**Sikkativ,** (lat.), sächl., –e: Trockenstoff, der Öl- und Druckfarben zum rascheren Trocknen zugesetzt wird

**Silage,** [ßi'la:sche, fr.], weibl., –n: Gär- oder Sauerfutter sowie seine Zubereitung und Einlagerung in ein Silo

**Sild,** (norweg.), männl., -(e): marinierte Sprotte oder marinierter Junghering

**Silen,** (gr.), männl., –e: zweibeiniges Fabelwesen mit menschlichem Oberkörper und Pferdeleib in der griechischen Mythologie

**Silentium,** (lat.), sächl., Silentien: Schweigen; Zeitraum, in dem wegen der Erledigung von Hausarbeiten in einem Internat Ruhe zu halten ist

**Silhouette,** [silu'e.te, fr.], weibl., –n: Umriss; Schattenbild

**Silicat:** vgl. Silikat

**Silicium,** (lat.), sächl., nur Sing.: graues, schwach glänzendes chem. Element (Zeichen: Si), das zur Herstellung von Halbleiterelementen verwendet wird

**Silicon:** vgl. Silikon

**Silikat,** (lat.), sächl., –e: Salz der Kieselsäure

**Silikon,** (lat.), sächl., –e: synthetisch hergesteller, vielseitig verwendbarer, beständiger, siliciumhaltiger Stoff von öliger, fettiger oder harziger Beschaffenheit

**Silikose,** (lat.), weibl., –n: meist beruflich erworbene Quarzstaublunge (Med.)

**Silizium:** vgl. Silicium

**Sill,** (schwed.), männl., –e: vgl. Sild

**Silo,** (span.), der oder das, –s: großer röhrenförmiger Speicher für Schüttgüter wie Getreide, Viehfutter, Sand, Kohle o. Ä.

**Silur,** sächl., nur Sing.: Abschnitt des Paläozoikums (Erdaltertums)

**Silvaner,** männl., –: weiße Traubensorte sowie der daraus gekelterte Wein

**Silvester,** sächl., –: letzter Tag des Jahres, 31. Dezember (Fest des heiligen Papstes Silvester I., 4. Jh.)

**Sima,** (Kurzw. aus **Si**licium und **Ma**gnesium), sächl., nur Sing.: untere Schicht der Erdkruste (Gegens.: Sial; Geol.)

**Simili,** (lat.), sächl. (auch männl.), –s: Imitation (v. a. von Edelsteinen)

**Simonie,** weibl., –n: verbotener Handel mit geistlichen Ämtern; Ämterkauf

**simpel,** (lat.): (sehr) einfach, leicht verständlich, allgemein bekannt; einfältig, anspruchslos

**Simplex,** (lat.), sächl., –e: einfaches, nicht zusammengesetztes Wort (z. B. Kind; Gegens.: Kompositum)

**simplifizieren,** (lat.): (übertrieben) vereinfacht darstellen

**Simplizität,** (lat.), weibl., nur Sing.: Einfachheit, Schlichtheit; Einfalt, Anspruchslosigkeit

**Simplum,** (lat.), sächl., Simpla: einfacher Steuersatz
**Simulant,** (lat.), männl., –en: Person, die eine Krankheit vortäuscht
**Simulation,** (lat.), weibl., –en: 1. Vortäuschen (einer Krankheit), 2. zum Üben angemessener Verhaltensweisen, Vorbeugung von Gefahren, Gewinnung von Konstruktionserkenntnissen das Nachahmen technischer Vorgänge in geeigneten Anlagen (z. B. Landemanöver)
**Simulator,** (lat.), männl., Simulatoren: meist computergesteuertes Gerät, das technische Vorgänge nachahmt und Schlussfolgerungen für Verhalten und Konstruktion erlaubt (z. B. Tiefflug-S.)
**simulieren,** (lat.): 1. (eine Krankheit) vortäuschen, 2. technische Vorgänge wirklichkeitsgetreu nachahmen, 3. so tun, als ob
**simultan,** (lat.): gemeinsam; gleichzeitig, zu gleicher Zeit
**sine ira et studio,** (lat. »ohne Zorn und Eifer«): unparteiisch, kühlen Kopfes, sachlich
**Sinfonie,** (ital.), weibl., –n: Instrumentalkomposition mit vier Sätzen (Mus.)
**Sinfonietta,** (ital.), weibl., Sinfonietten: kleine Sinfonie
**Sinfonik,** (ital.), weibl., nur Sing.: sinfonisches Schaffen, Kunst der sinfonischen Komposition
**Sinfoniker,** (ital.), männl., –: Komponist von Sinfonien; Musiker in einem Sinfonieorchester
**sinfonisch,** (ital.): sinfonieartig (Mus.)
**Single,** ['ßi.ngl, engl.], männl., –s: allein stehende Person, überzeugter Unverheirateter, jmd., der bewusst ohne feste Bindung an einen Partner lebt
**Single,** (engl.), weibl., –s: kleine Schallplatte (zumeist mit 45 Umdrehungen pro Minute)
**Singular,** (lat.), männl., –e: Einzahl (Gegens.: Plural)
**singulär,** (lat.): vereinzelt vorkommend, selten; einzig, einmalig, einen Sonderfall darstellend
**Singularetantum,** (lat.), sächl., Singulariatantum oder –s: nur in der Einzahl vorkommendes Wort (z. B. Regen)
**singularisch,** (lat.): den Singular betreffend, in der Einzahl formuliert
**Singularität,** (lat.), weibl., –en: 1. vereinzeltes Vorkommen, Seltenheit; Besonderheit, Einmaligkeit, 2. ziemlich regelmäßig zu bestimmten Jahreszeiten eintretende Wetterlage (z. B. Tiefdruckzone in Mitteleuropa Ende Dezember, die sog. Weihnachtsdepression; Meteorol.), 3. Punkt, an dem eine Kurve keine eindeutig bestimmte Tangente besitzt (Math.)
**Singultus,** (lat.), männl., Singultus: Schluckauf (Med.)
**sinister,** (lat.): 1. links gelegen, linker (Med.), 2. finster, böse, unheilverkündend, widerwärtig
**Sinologe,** (lat.-gr.), männl., –n: Wissenschaftler der Sinologie
**Sinologie,** (lat.-gr.), weibl., nur Sing.: Wissenschaft von der chines. Sprache, Literatur, Geschichte und Kultur
**Sinto,** männl., Sinti: Angehöriger eines in Europa halbnomadisierend lebenden Volksstamms indischer Abstammung
**Sinus,** (lat.), männl., –se oder Sinus: 1. Winkelfunktion im rechtwinkligen Dreieck (Verhältnis von Gegenkathete zur Hypotenuse; Zeichen: sin), 2. Vertiefung, Höhle (Med.)
**Sinusitis,** (lat.), weibl., Sinusitiden: Nasennebenhöhlenentzündung (Med.)
**Sipho,** (gr.), männl., Siphonen: Atemröhre vieler Schnecken und Muscheln (Zool.)
**Siphon,** ['si.fong, fr.], männl., –s: 1. schwanenhalsförmiger, luft- und gasdichter Geruchsverschluss von Abwasserleitungen, 2. Gefäß mit Druckverschluss für kohlensäurehaltige Getränke

**Sir,** [ßö:r, engl.], männl., –s: Herr (engl. Anrede)
**Sire,** [ßi:r, fr.]: Majestät (fr. Anrede für Kaiser oder Könige)
**Sirene,** (gr.), weibl., –n: 1. Alarmanlage, die laute Warnsignale erzeugt (v. a. im Luftschutz eingesetzt), 2. verführerische Frau (nach betörend singenden Mädchen in der gr. Mythologie)
**Sirtaki,** (gr.), männl., –s: ein gr. Volkstanz
**Sirup,** (arab.), männl., –e: mit Zucker dick eingekochter Obstsaft; dickflüssiges süßes Nebenprodukt der Rübenzuckerherstellung als Brotaufstrich
**sistieren,** (lat.): 1. (allg.) anhalten, festhalten, 2. ein Verfahren vorläufig einstellen (Rechtsw.), 2. jmdn. einer Behörde vorführen (z. B. zur Feststellung der Personalien auf die Polizeiwache mitnehmen)
**Sisyphusarbeit,** (nach der gr. Sagengestalt), weibl., nur Sing.: vergebliche, endlose, nie ans Ziel führende schwere Arbeit (nach Sisiphos, einer Gestalt der griechischen Mythologie, die zu ewigem Steinerollen verurteilt ist)
**Sitar,** (iran.), weibl., -(s): Zupfinstrument aus Persien und Indien
**Sit-in,** (engl.-amerik.), sächl., –s: Sitzstreik aus Protest
**Situation,** (lat.), weibl., –en: Lage, Sachlage; Zustand, Umstand
**situativ,** (lat.): je nach Lage, durch die Situation bedingt
**situieren,** (lat.): stellen, legen (gut situiert = wohlhabend)
**Situs,** (lat.), männl., Situs: Lage (Med.)
**Sixty-nine,** ['ßiksti:nain, engl. »69«], sächl., nur Sing.: beidseitiger oraler Geschlechtsverkehr eines Paares
**Skai,** (Wz), sächl., nur Sing.: Kunstleder
**skål!:** (in Skandinavien:) prost!, zum Wohl!
**Skala,** (lat.), weibl., Skalen: 1. Maßeinteilung auf Messinstrumenten (z. B. Gradangabe auf einem Thermometer), 2. Stufenfolge, Reihe, Folge zusammengehöriger Dinge, 3. Tonleiter (Mus.), 4. Farbnormen beim Mehrfarbendruck
**skalar,** (lat.): 1. von einer Skala abgelesen, eine Skala betreffend, 2. bestimmt durch den Zahlenwert (einer reellen Zahl; Math.)
**Skalar,** (lat.), männl., –e: Größe, die allein durch ihren Zahlenwert bestimmte ist (Gegens.: Vektor; Math.)
**Skalp,** (engl.), männl., –e: früher bei den Indianern Nordamerikas übliche Trophäe: Kopfhaut eines besiegten Feindes
**Skalpell,** (lat.), sächl., –e: Messer des Chirurgen (Med.)
**skalpieren,** (engl.): die Kopfhaut eines besiegten Feindes als Trophäe abschneiden
**Skandal,** (gr.), männl., –e: schockierendes, anstößiges Verhalten, Aufsehen und Empörung hervorrufendes Ereignis, schamloser Verstoß gegen Sitten oder Gesetze; Ärgernis
**skandalös,** (gr.): einem Skandal ähnelnd, gleichkommend; unerhört, empörend, anstößig
**skandieren,** (lat.): die betonten Silben eines Verses zur Kennzeichnung des Metrums noch besonders hervorheben; abgehackt sprechen
**Skarabäus,** (gr.), männl., Skarabäen: Pillendreher (ein Mistkäfer) sowie die im alten Ägypten übliche Nachbildung als Schmuck oder Siegel
**Skaramuz,** (italien.), männl., – oder –es: vgl. Scaramouche
**Skat,** (ital.), männl., –s und –e: zu dritt zu spielendes deutsches Kartenspiel mit 32 Karten, von denen 30 verteilt werden, während 2 als S. oder Stock bezeichnete Karten zu Spielbeginn verdeckt bleiben

**Skateboard,** ['ßke:jtbo(a)d, engl.], sächl., –s: lenkbares Rollbrett, auf dem der Fahrer freisteht, als Spiel- und Sportgerät

**Skatologie,** (gr.), weibl., nur Sing.: 1. Kotuntersuchung (Med.), 2. Vorliebe für Vokabeln aus dem Fäkalbereich

**Skeetschießen,** [ßki:t..., engl.-dt.], sächl., nur Sing.: Wurf- oder Tontaubenschießen

**Skeleton,** ['ßkä.letn, engl.], männl., –s: niedriger Sportschlitten

**Skelett,** (gr.), sächl., –e: 1. Gerüst aus Knochen, Chitin oder Kalk bei Tieren und Menschen; Gerippe, 2. tragender Unterbau, Grundgerüst

**skelettieren,** (gr.): Fleisch von den Knochen entfernen und das Skelett bloßlegen

**Skepsis,** (gr.), weibl., nur Sing.: Zweifel, Bedenken; misstrauische Vorsicht, Ungläubigkeit

**Skeptiker,** (gr.), männl., –: 1. Zweifler, misstrauische Person, 2. Anhänger des Skeptizismus

**skeptisch,** (gr.): misstrauisch, zweifelnd; zurückhaltend vorsichtig, zum Zweifel neigend, ungläubig

**Skeptizismus,** (gr.), männl., nur Sing.: Lebenshaltung und philosophische Richtung, die von der Ungewissheit aller Erkenntnisse ausgeht, an denen auch nur der geringste Zweifel denkbar ist

**Sketch** (auch: Sketsch), [ßkä.tsch, engl.], männl., –e(s) oder –s: unterhaltsam-witziges kurzes Bühnenstück

**Ski** (auch: Schi), [schi:, norweg.], männl., –er oder –: Schneeschuh, aus Holz, Plastik oder Metall hergestelltes Schnee-Gleitbrett

**Skibob** (auch: Schibob), ['schi:bob, norweg.-engl.], männl., –s: lenkbarer Schlitten mit nur einer Kufe und sattelartigem Sitz, gefahren von einem Skifahrer

**Skiff,** (engl.), sächl., –e: Einer, schmales Einmannrennruderboot

**Skiffle,** ['ßki.fl, engl.], der oder das, nur Sing.: einfachster Jazz mit primitiven Instrumenten (z. B. Luftpumpe)

**Skikjöring,** ['schi:jöring, norweg.], sächl., –s: Skilaufen mit einem vorgespannten Pferde- oder Motorfahrzeug

**Skin,** männl., –s: vgl. Skinhead

**Skinhead,** ['ßki.nhät, engl.], männl., –s: meist extrem kurz- oder gar kahl geschorener Angehöriger einer Schlägergruppe, deren Aggression sich gegen Ausländer und »Linke« wendet und rechtsradikal motoviert ist

**Skink,** (gr.), männl., –e: Glatt- oder Wühlechse in tropischen und subtropischen Gebieten

**Skipper,** (engl.), männl., –: Mannschaftsführer in einem Segel- oder Ruderboot

**Skizze,** (ital.), weibl., –n: 1. mit wenigen Strichen angefertigte Zeichnung (z. B. als Wegbeschreibung), kurze Notiz (z. B. als Gedächtnisstütze) grober Entwurf (z. B. für ein Bild), 2. kurze, nur rudimentär ausgearbeitete Erzählung

**skizzieren,** (ital.): eine Skizze anfertigen, in Umrissen zeichnerisch festhalten

**Sklave,** (slaw.-lat.), männl., –en: Leibeigener, im Besitz eines anderen befindlicher entrechteter Mensch, der als Sache gehandelt wird; (übertr.) Person, die einer Sucht verfallen ist, Höriger

**sklavisch,** (slaw.-lat.): unterwürfig, blind gehorchend, hörig, willenlos ergeben

**Sklera,** (gr.), weibl., Skleren: Lederhaut des Auges, feste äußere Hülle des Augapfels (Med.)

**Skleritis,** (gr.), weibl., Skleritiden: Entzündung der Lederhaut des Auges (Med.)

**Sklerose,** (gr.), weibl., –n: krankhafte Verhärtung eines Organs (z. B. Arteriosklerose = Gefäßverkalkung)

**Sklerotiker,** (gr.), männl., –: an Sklerose leidende Person (Med.)

**Skoliose,** (gr.), weibl., –n: Rückgratverkrümmung nach einer Seite (Med.)

**skontieren,** (ital.): Skonto einräumen, den Skonto-Betrag abziehen
**Skonto,** (ital.), das oder der, –s: Rechnungsminderung bei sofortiger (Bar-) Zahlung
**Skontro,** (ital.), sächl., –s: Aufrechnung, Ausgleich (von Gegenkonten); zur täglichen Ermittlung bestimmter Bestandsmengen angelegte Notizen der Buchhaltung
**Skooter,** ['ßku:te(r), engl.], männl., –: kleines Elektroauto in Vergnügungsparks und auf Jahrmärkten sowie die Fahrbahn dafür
**Skorbut,** männl., nur Sing.: durch Mangel an Vitamin C ausgelöste Krankheit mit Zahnfleischbluten und Skelettveränderungen (Med.)
**Skordatur,** (ital.), weibl., –en: Umstimmung von Saiten mancher Streich- und Zupfinstrumente (v. a. zur Ermöglichung sonst ausgeschlossener Akkordgriffe)
**Skorpion,** (gr.), männl., –e: 1. tropisches und subtropisches Spinnentier mit Giftstachel, 2. ein Sternbild und ein Tierkreiszeichen sowie die astrolog. Bez. für einem unter diesem Zeichen geborenen Menschen
**Skotom,** (gr.), sächl., –e: Abdunklung oder Verlust eines Teils des Gesichtsfeldes (Med.)
**Skribent,** (lat.), männl., –en: Vielschreiber, Schreiberling
**Skript,** (lat.), sächl., –en: 1. Schriftstück, schriftliche Ausarbeitung, 2. Nachschrift einer Vorlesung, 3. Drehbuch eines Films
**Skriptum,** (lat.), sächl., Skripten: vgl. Skript
**skrotal,** (lat.): zum Skrotum gehörend, es betreffend (Med.)
**Skrotum,** (lat.), sächl., Skrota: Hodensack (Med.)
**Skrubber,** ['skra.be(r), engl.], männl., –: Vorrichtung zur Reinigung von Gasen
**Skrupel,** (lat.), männl., –: (meist Plur.) Zweifel, (moralische) Bedenken, Gewissensbisse
**skrupellos,** (lat.-dt.): bedenkenlos; rücksichtslos; gewissenlos
**Skull,** (engl.), sächl., –s: nur mit einer Hand bediente Stange mit Ruderblatt eines Skullbootes (Gegens.: Riemen)
**Skullboot,** Sportruderboot, in dem jeder Ruderer zwei Blätter bewegt (z. B. Einer, Doppelzweier; Gegens.: Riemenboot)
**skullen,** (engl.): rudern durch gleichzeitige Bedienung von zwei Ruderblättern
**Skuller,** engl.), männl., –: Ruder in einem Skullboot
**skulptieren,** (lat.): eine Skulptur (2) herstellen
**Skulptur,** (lat.), weibl., –en: 1. (nur Sing.) Bildhauerei, Bildnerei, 2. Werk eines Bildhauers oder Plastikers
**Skunk,** (indian.), männl., –e: zu den Mardern gehörendes Stinktier in Amerika sowie dessen Pelz
**skurril,** (lat.): sonderbar, possenhaft, seltsam spaßhaft, verschroben; befremdend
**Skurrilität,** (lat.), weibl., –en: Verschrobenheit; sonderbare, eigenwillige Beschaffenheit
**Skylight,** ['ßkailait, engl.], sächl., –s: Oberlicht, Luke auf Schiffen
**Skyline,** ['ßkailain, engl.], weibl., –s: Konturen einer Stadt vor dem Horizont
**Slalom,** (norweg.), männl., –s: Torlauf (v. a. im Ski- und Kanusport); Zickzacklauf, -fahrt oder -kurs
**Slang,** [ßlä.ng, engl.], männl., –s: lockere Umgangssprache; Jargon sozialer oder beruflicher Gruppen
**Slapstick,** ['ßlä.pstik, engl.], männl., –s: Situationskomik; vergagtes Spiel im Film oder auf der Bühne, grotesk-drastische Szenen
**Slawist,** (slaw.), männl., –en: Fachmann auf dem Gebiet der Slawistik

**Slawistik,** (slaw.), weibl., nur Sing.: Wissenschaft von den slawischen Sprachen, Literaturen und Kulturen
**Slibowitz,** (slaw.), männl., –e: Pflaumenbranntwein
**Slice,** [ßlaiß, engl.], männl., –s: stark angeschnittener Ball im Tennis
**Slick,** (engl.-amerik.), männl., –s: profilloser Reifen für Autorennen
**Slidingtackling,** ['ßlaiding'tä.kling, engl.], sächl., –s: Angriff auf den ballführenden Spieler mittels Hineingrätschen (Fußball)
**Slingpumps,** ['ßlingpö.mps, engl.], nur Plur.: mit Fersenschnalle befestigte Pumps
**Slip,** (engl.), männl., –s: 1. kurzes, knapp sitzendes Höschen, 2. seitlicher Gleitflug eines Flugzeugs, 3. Abrechnungsbeleg für einen Bankauftrag
**Slipper,** (engl.), männl., –: Straßenhalbschuh oder Hausschuh ohne Schnürung
**Sliwowitz:** vgl. Slibowitz
**Slogan,** ['ßlo:(u)gen, engl.], männl., –s: griffiges Schlagwort
**Sloop,** [ßlu:p, engl.]: vgl. Slup
**Slowfox,** ['ßlo:(u)fox, engl.], männl., –e: langsamer Foxtrott
**Slowmotion** (auch: Slow Motion), ['ßlo:(u) 'mo:schn, engl.], weibl., nur Sing.: Zeitlupe
**Slum,** [ßla.m, engl.], männl., –s: Elendsviertel (in Großstädten)
**Slup,** (engl.), weibl., –s: einmastiges Segelboot mit nur einem Groß- und einem Focksegel
**small,** [ßmo:(a)l, engl.]: klein (als Kleidergröße; Abk.: S)
**Smalltalk** (auch: Small Talk), [ßmo:(a)l to:(a)k, engl.], männl., – –s: Geplauder, Konversation höflichkeitshalber, belanglose Unterhaltung
**Smaragd,** (gr.), männl., –e: grüner Edelstein, Art des Berylls
**smart,** (engl.): schlau, gewandt; schneidig; fein, schick, flott

**Smash,** [ßmä.sch, engl.], männl., –s: Schmetterball im Tennis
**Smegma,** (gr.), sächl., nur Sing.: Vorhauttalg, gelblichweiße, Absonderung der Eichel beim Mann und zwischen den Schamlippen der Frau (kann Entzündungen auslösen)
**Smog,** (engl. aus **sm**oke [Rauch] und f**og** [Nebel]), männl., –s: Form gefährlicher industrieller Luftverunreinigung, die durch Mischung von Industriestaub, Autoabgasen und Rauch mit Nebel entsteht (v. a. in Ballungsgebieten bei Wetterlagen mit gestörtem vertikalen Luftaustausch)
**Smoking,** (engl.), männl., –s: schwarzer Herrenanzug mit seidenen Rockaufschlägen; kleiner Abendanzug (im Gegens.: zum feierlichen Frack)
**Smörrebröd,** (dän.), sächl., –s: üppig belegtes Brot in Skandinavien
**smorzando,** (italien.): ersterbend, verklingend (Mus.)
**Snack,** [ßnä.k, engl.], männl., –s: kleiner Imbiss, Zwischenmahlzeit
**Snackbar,** (engl.), weibl., –s: Imbissstube
**sniefen, sniffen,** (engl.-amerik.): Dämpfe von Lösungsmitteln u. a. einatmen, die einen Rauschzustand hervorrufen
**Snob,** (engl.), männl., –s: eingebildeter, sich überlegen gebender, blasierter Mensch (meist extravagant gekleidet), der etwas Besonderes darstellen möchte
**Snobismus,** (engl.), männl., Snobismen: Wichtigtuerei; Blasiertheit
**Snobiety,** [ßno.baieti, engl. Kurzw. aus **Snob** und **Soc**i**ety**], weibl., nur Sing: hochnäsige Gesellschaft
**snobistisch,** (engl.): wichtigtuerisch, vornehm tuend, blasiert, eingebildet; nach eines Snobs
**Snow,** [ßno:, engl.], männl., nur Sing.: (Jargon) Bez. für weißpulvrige Rauschgifte, v. a. Kokain
**Snowboard,** ['ßno:bord, engl.], sächl., –s: Schneegleitbrett

**Soap-opera,** ['ßso:(a)p'ope.ra, engl. »Seifenoper«], weibl., –s: rührselige Fernsehserie (oft von Waschmittelfirmen gesponsert)
**soave,** (italien.): lieblich, sanft (Mus.)
**Soccer,** ['ßo.ker, engl.], männl. (auch sächl.), nur Sing.: amerik. Bez. für den europäischen Fußball (im Gegens.: zum American Football)
**Social engineering,** ['ßo:schl'engini:rin(g), engl.], sächl., nur Sing.: Berücksichtigung menschlicher Bedürfnisse bei Planungen (z. B. von Arbeitsplätzen)
**Societas Jesu,** (lat.), weibl., nur Sing.: Jesuitenorden (Abk.: SJ)
**Soda,** (italien.), sächl. (auch männl.), nur Sing.: 1. farbloses, kristallines Natriumsalz (Natriumcarbonat), Zwischenprodukt für Glas, Seife u. a., 2. mit Kohlensäure versetztes Trinkwasser als Erfrischungsgetränk
**Sodawasser,** (italien.-dt.), sächl., nur Sing.: vgl. Soda (2)
**Sodomie,** (nach der Stadt Sodom im Alten Testament), weibl., nur Sing.: Unzucht mit Tieren, eine sexuelle Perversion
**Sodomit,** männl., –en: jmd., der Sodomie treibt
**Sofa,** (arab.-fr.), sächl., –s: gepolstertes Sitz- und Liegemöbel mit Rücken- und Armlehnen
**Soffite,** (italien.), weibl., –n: Dekorationsteil als oberer Abschluss des Bühnenbilds
**soft,** (engl.): weich
**Softdrink** (auch: Soft Drink), (engl.), männl., –s: alkoholfreies Getränk
**Softeis,** (engl.-dt.), sächl., –: weiches Sahneeis
**Softie,** (engl.), männl., –s: nachgiebiger, empfindsamer (abschätzig: weibischer) junger Mann (Gegens.: Macho)
**Software,** (engl.), weibl., nur Sing.: Computerprogramme, die eine gewünschte Nutzung einer Datenverarbeitungsanlage ermöglichen, aber nicht Bestandteil des Rechners sind (eigentlich: die »weiche«, geistige »Ware«; Gegens.: Hardware)
**Softy:** vgl. Softie
**Soiree,** [ßoa're:, fr.], weibl., –n: Abendgesellschaft, Abendveranstaltung
**Soixante-neuf,** [ßwaßante'nö.f, fr. »69«], sächl., nur Sing.: vgl. Sixty-nine
**Soja,** (japan.), weibl., Sojen: Schmetterlingsblütler aus Südostasien mit eiweiß- und ölreichen Samen (wichtiges Nahrungsmittel)
**Sojabohne,** (japan.-dt.), weibl., –n: vgl. Soja
**Sokratiker,** (gr.), männl., –: Anhänger der Lehren des Philosophen Sokrates (469-399 v. Chr.)
**Sol,** sächl., –e: kolloide Lösung (Chem.)
**sola fide,** (lat. »allein durch den Glauben«): Formel der lutherischen Rechtfertigungslehre, nach der nicht gute Werke, sondern allein der Glaube gerecht machen könne
**Solanin,** (lat.), sächl., nur Sing.: giftiges Alkaloid mehrerer Nachtschattengewächse (z. B. in noch nicht reifen Kartoffeln)
**Solanum,** (lat.), sächl., Solanen: Gattung von Nachtschattengewächsen (Bot.)
**solar,** (lat.): die Sonne betreffend, zu ihr gehörig; von der Sonne verursacht
**Solarenergie,** (lat.-gr.), weibl., nur Sing.: Sonnenenergie
**Solarium,** (lat.), sächl., Solarien: Bräunungsraum und -betrieb, in dem durch künstliche UV-Strahlen Körperbräune erzeugt wird
**Solarplexus,** (lat.), männl., –: Nervengeflecht im Oberbauch, Sonnengeflecht (Med.)
**Solartechnik,** (lat.-gr.), weibl., –en: Energietechnik zur Ausbeutung von Sonnenenergie

**Solarzelle,** (lat.), weibl., –n: Sonnenzelle, Fotoelement, das aus Sonnenenergie elektrische Energie gewinnt
**Soldateska,** (italien.), weibl., Soldatesken: rohes, gewalttätiges Kriegsvolk
**solenn,** (lat.): feierlich, festlich
**Solfeggio,** [sol'fe.dscho, italien.], sächl., Solfeggien: zur Erhöhung der Tonsicherheit gedachte Gesangsübungen auf Solmisationssilben (do, re, mi,...)
**solid:** vgl. solide
**solidarisch,** (lat.): füreinander einstehend, eng verbunden; loyal, einig
**solidarisieren,** (lat.): sich s.: für jmdn. eintreten, jmds. Meinung teilen, sich mit jmdm. verbünden oder als verbündet erklären
**Solidarität,** (lat.), weibl., nur Sing.: Zusammengehörigkeitsgefühl, Gemeinsinn, gegenseitige Verpflichtung; Übereinstimmung; Bereitschaft, füreinander einzustehen; Hilfs- und Opferbereitschaft
**solide,** (lat.): haltbar, zuverlässig (bei Gebrauchsgegenständen); rechtschaffen, maßvoll, fundiert, gediegen (von Personen oder Handlungen)
**Solidität,** (lat.), weibl., nur Sing.: Festigkeit, Haltbarkeit, Zuverlässigkeit (bei Sachen); Rechtschaffenheit, Gediegenheit, Fundiertheit (bei Personen oder Handlungen)
**Solidus,** (lat.), männl., Solidi: altrömische Goldmünze
**Solist,** (lat.), männl., –en: Einzelsänger oder -musiker, der die Solopartien eines Vokal- bzw. Orchesterwerks singt bzw. spielt
**Soling,** (vermutl. lat.); männl. (auch sächl.), –s (auch –e): olympische Segelbootklasse, Dreimannkielboot
**solistisch,** (lat.): nach Art eines Solisten
**solitär,** (lat.): einzeln, einsam lebend; nicht Staaten bildend (bei Tieren oder Tierarten; Zool.)
**Solitär,** (lat.), männl., –e: 1. großer einzeln gefasster Brillant, 2. Einsiedlerspiel (Brettspiel für eine Person)
**Solitüde,** (fr. »Einsamkeit«), weibl., –n: Name von Lustschlössern v. a. des 18. Jh.
**Solmisation,** (italien.), weibl., nur Sing.: Übung, durch Zuordnung von Tonsilben (Do, Re, Mi usw.) zu einzelnen Tönen der Tonleiter die Klang- und Melodiesicherheit von Sängern zu steigern (Mus.)
**solmisieren,** (italien.): die Solmisationssilben singen (Mus.)
**solo,** (italien.): allein, einzeln; unbegleitet (z. B. von Gesang)
**Solo,** (italien.), sächl., –s oder Soli: 1. Einzeldarbietung; einzelne Gesangs- oder Instrumentalstimme, die partienweise aus dem Orchesterklang hervortritt (Mus.), 2. Alleinspiel (beim Kartenspiel); Alleingang (z. B. im Fußball), 3. Tanz eines einzelnen Tänzers
**Solstitium,** (lat.), sächl., Solstitien: (Astron.) Sonnenwende
**solubel,** (lat.): löslich (Chem.)
**Solutio,** (lat.), weibl., Solutiones: vgl. Solution
**Solution,** (lat.), weibl., –en: Medikamentenlösung (Abk.: Sol.)
**Solutreén,** ['ßolütre:än, fr.], sächl., nur Sing.: Stufe des jüngeren Paläolithikums (Altsteinzeit)
**Solvens,** (lat.), sächl., Solvenzien: schleimlösendes Mittel (bei Husten; Med.)
**solvent,** (lat.): zahlungsfähig
**Solvenz,** (lat.), weibl., –en: Zahlungsfähigkeit
**solvieren,** (lat.): auflösen (Chem.)
**Soma,** (gr.), sächl., –ta: Leib, Körper
**somatisch,** (gr.): leiblich, körperlich; den Körper betreffend, von ihm ausgehend (Gegens.: psychisch; Med.; Psychol.)
**somatogen,** (gr.): körperlich bedingt (Med.)
**Somatologie,** (gr.), weibl., nur Sing.: Lehre vom menschlichen Körper

**Sombrero,** (span.), männl., –s: mittel- und südamerikanischer breitrandiger Strohhut
**somnambul,** (lat.): nacht-, schlafwandelnd; mondsüchtig
**Somnambulismus,** (lat.), männl., nur Sing.: das Nacht-, Schlafwandeln; Mondsüchtigkeit (Med.)
**somnolent,** (lat.): benommen, schläfrig (Med.)
**Sonant,** (lat.), männl., –en: Laut, der Silben bildet (Sprachwiss.)
**Sonar(gerät),** (Kurzw. aus **so**und **na**vigation and **r**anging), sächl., –e: Unterwasserortungsgerät
**Sonate,** (italien.), weibl., –n: Instrumentalstück in mehreren Sätzen für einen oder mehrere Musiker
**Sonatine,** (italien.), weibl., –n: kleine Sonate (Mus.)
**Sonde,** (fr.), weibl., –n: 1. medizin. Untersuchungsinstrument zum Einführen in Hohlorgane (Med.), 2. zu Untersuchungszwecken in ein Bohrloch eingeführtes röhrenförmiges Gerät, 3. unbemannter Flug- oder Raumflugkörper zur Erforschung von Atmosphäre (Wetter-S.), erdnahem Weltraum oder Himmelskörpern
**sondieren,** (fr.): 1. mit einer Sonde erkunden, 2. vorsichtig untersuchen, erforschen
**Sonett,** (italien.), sächl., –e: strenge Gedichtform von 14 Zeilen in zwei Vier- und zwei Dreizeilern mit verschiedenen Reimschemata
**Song,** (engl.), männl., –s: Lied (v. a. im Kabarett und Revue); Sprechgesang; Schlager
**Sonnyboy,** ['ßo.niboi, engl.], männl., –s: fröhlicher Junge, charmanter junger Mann, (umg.) Strahlemann
**Sonographie,** (lat.-gr.), weibl., –: Ultraschalluntersuchung (z. B. der Leber)
**Sonometer,** (lat.-gr.), sächl., –: Gerät zum Messen der Schallstärke
**sonor,** (lat.): klangvoll, tief und voll tönend
**Sophismus,** (gr.), männl., Sophismen: in arglistiger Absicht formulierter Trugschluss; Scheinbeweis; Spitzfindigkeit, Haarspalterei
**Sophist,** (gr.), männl., –en: 1. Anhänger oder Mitglied der philosophischen Richtung der Sophistik, 2. Wortverdreher, Haarspalter; spitzfindiger Mensch
**Sophisterei,** (gr.), weibl., –en: Wortklauberei, Spiegelfechterei, Spitzfindigkeit
**sophisticated,** [ßo'fi.stike:jtid, engl.]: weltgewandt, kultiviert; geistreich
**Sophistik,** (gr.), weibl., nur Sing.: 1. Periode der Aufklärung in altgr. Philosophie mit Zweifeln am traditionellen Götterglauben; altgr. Redekunst, 2. Kunst haarspalterischer Beweisführung, das Arbeiten mit Trugschlüssen; Wortklauberei; Spitzfindigkeit
**sophistisch,** (gr.): 1. die philosophische Sophistik betreffend, 2. wortklauberisch, haarspalterisch
**Sophrosyne,** (gr.), weibl., nur Sing.: die antike Tugend der Mäßigung und Besonnenheit
**Sopor,** (lat.), männl., nur Sing.: starke Benommenheit, Bewusstseinsstörung (Med.)
**soporös,** (lat.): stark benommen (Med.)
**sopra,** (italien.): oben, die obere Hand betreffend (beim Klavierspiel mit gekreuzten Händen)
**Sopran,** (italien.), männl., –e: höchste Frauen- oder Knabenstimme; die Sopran singende Person oder Gruppe (z. B. in einem Chor); Sopranstimme in einem Musikstück
**Sopranistin,** (italien.), weibl., –nen: Sopransängerin
**Sorbet,** [sorbä:, fr.], sächl. (auch männl.), –s: kaltes Getränk aus Fruchtsaft oder Halbgefrorenes aus Fruchtsäften und Wein oder Spirituosen

**Sorbett,** (italien.), das oder der, –e: vgl. Sorbet
**Sorbinsäure,** (lat.-dt.), weibl., –n: organische Säure (z. B. in Vogelbeeren), ein Konservierungsmittel (Chem.)
**Sorbit,** (lat.), männl., nur Sing.: süßer Alkohol (u. a. als Ersatz für Zucker)
**Sordine,** (italien.), weibl., –n: vgl. Sordino
**Sordino,** (italien.), männl., –s oder Sordini: Dämpfer für Musikinstrumenten
**Sore,**, (jidd.), weibl., –n: Diebesgut
**Sorption,** (lat.), weibl., –en: Aufnahme eines Gases oder gelösten Stoffes durch einen anderen festen oder flüssigen Stoff
**sortieren,** (italien.): ordnen, nach Eigenschaften zusammenstellen, in ein bestimmtes System bringen; auslesen
**Sortiment,** (italien.), sächl., –e: Warenangebot; Produktpalette; Bez. für den Bucheinzelhandel
**Sortimenter,** (italien.), männl., –: Einzelhandelsbuchhändler
**SOS,** (engl. Kurzw. aus **s**ave **o**ur **s**ouls/ **s**hip = rettet unsere Seelen/unser Schiff) sächl., nur Sing.: internationales Seenotfunksignal
**sostenuto,** (italien.): getragen, gehalten (Mus.)
**Soter,** (gr. »Retter«), männl., –e: 1. Retter (Beiname altgriechischer Göttern), 2. Erlöser, Heiland (Ehrentitel Jesu Christi)
**Sottise,** (fr.), weibl., –n: Dummheit; Grobheit; freche Bemerkung
**sotto,** (italien.): unten, die untere Hand betreffend (beim Klavierspiel mit gekreuzten Händen; Mus.)
**sotto voce,** [ – 'wo:tsche, italien.]: halblaut, gedämpft (Mus.)
**Sou,** [ßu:, fr.], männl., –s: kleine fr. Münze (5 Centimes); geringster Wert (keinen S. wert)
**Soubrette,** (fr.), weibl., –n: Sängerin heiterer Sopranrollen in Oper, Operette oder Kabarett
**Soufflé** (auch: Soufflee), (fr.), sächl., –s: Auflauf, der locker-schaumig aufgeht
**Souffleur,** [su'flö:r, fr.], männl., –e: Vor- und Einsager der Schauspieler oder Sänger in einem Kasten im Bühnenboden
**Souffleuse,** [su'flö:se, fr.], weibl., –n: weibl. Souffleur
**soufflieren,** (fr.): den Darstellern auf der Bühne vorsagen, bei Stockungen weiterhelfen
**Souflaki,** (gr.), männl., -(s): kleiner griechischer Fleischspieß
**Soul,** [ßo:(u)l, amerik.], männl., nur Sing.: gefühlsbetonter, ausdrucksstarker Jazz- oder Rockstil
**Sound,** [ßaund, amerik.], männl., nur Sing.: Klang(qualität) in der Jazz- und Rockmusik
**Soundcheck,** ['ßaundtschä.k, amerik.], männl., –s: Klangprobe (vor einem Jazz- oder Rockkonzert)
**Soundscape,** ['ßaundske:jp, engl.], weibl., nur Sing: Gesamtheit der natürl. Geräusche an einem Ort, »Klangschaft«
**Soundtrack,** ['ßaundträ.k, amerik.], männl., –s: Filmmusik
**Souper,** [su'pe:, fr.], sächl., –s: festliches Abendessen
**soupieren,** (fr.): ein Souper einnehmen
**Sousaphon,** sächl., –e: tiefes Blechblasinstrument in der Jazzmusik
**Soutane,** (italien. ), weibl., –n: in der kathol. Kirche langes Obergewand der Priester
**Soutanelle,** (italien. ), weibl., –n: kleine, nur bis zum Knie reichende Soutane
**Souterrain,** ['ßu:terän, fr.), sächl., –s: (Wohnung im) Kellergeschoss
**Souvenir,** [ßuwe'ni:r, fr.], sächl., –e: Erinnerungsstück, Andenken
**souverän,** [suwe'rän, fr.]: 1. die staatlichen Hoheitsrechte besitzend/ausübend; staatlich unabhängig, 2. überlegen, erhaben (z. B. über Kritik)

**Souverän,** (fr.), männl., –e: unumschränkter Herrscher, Landesherr; der Wähler, das Wahlvolk (in der Demokratie)

**Souveränität,** (fr.), weibl., nur Sing.: 1. Hoheitsgewalt, unabhängige staatliche Entscheidungsgewalt; Unabhängigkeit, 2. Überlegenheit, Erhabenheit (z. B. über Kritik)

**Sovereign,** ['ßo.w(e)rin, engl.], männl., –s: alte engl. Goldmünze

**Sowchose,** (russ.), weibl., –n: staatlicher landwirtschaftlicher Großbetrieb in der ehemaligen Sowjetunion

**Sowjet,** (russ. »Rat«), männl., –s: Behörde oder Selbstverwaltungsorgan in der ehemaligen Sowjetunion

**sowjetisch,** (russ.): aus der Sowjetunion, die Sowjetunion betreffend

**soziabel,** (lat.): gesellig, umgänglich; gesellschaftlich eingliederbar

**sozial,** (lat.): 1. gesellschaftlich, die gesellschaftlichen Beziehungen der Menschen untereinander betreffend, 2. auf das Gemeinwohl gerichtet; gemeinnützig; menschlich, hilfsbereit, wohltätig, 3. gesellig lebend (von Tieren, v. a. Staaten bildenden Insekten; Zool.)

**Sozialdarwinismus,** (lat.), männl., nur Sing.: scheinwissenschaftlich fundierte Ideologie, die die biologischen Gesetze des Kampfes ums Dasein und das Prinzip der natürlichen Auslese auf das menschliche Zusammenleben überträgt (vgl. Darwinismus)

**Sozialdemokratie,** (lat.-gr.), weibl., nur Sing.: 1. im 19. Jh. entstandene zunächst von Arbeitnehmern getragene politische Richtung, die eine Umgestaltung der wirtschaftlichen, sozialen und politischen Verhältnisse mit demokratischen Mitteln anstrebt, 2. Partei eines Landes, die diesen Zielen verpflichtet ist, sowie die Gesamtheit der sozialdemokratischen Parteien

**Sozialethik,** (lat.-gr.), weibl., nur Sing.: Lehre vom richtigen sozialen Verhalten

**Sozialhygiene,** (lat.-gr.), weibl., nur Sing.: öffentliche Gesundheitsfürsorge

**Sozialisation,** (lat.), weibl., –en: Prozess der Einordnung und Anpassung des Menschen in bzw. an die Gesellschaft

**sozialisieren,** (lat.): vergesellschaften; verstaatlichen

**Sozialismus,** (lat.), männl., nur Sing.: 1. im Marxismus das Übergangsstadium vom Kapitalismus zum Kommunismus, 2. Bewegung zum Umsturz oder zur Umgestaltung der kapitalistischen Staats- und Wirtschaftsordnung mit dem Ziel gerechterer Verteilung des Wohlstands durch Vergesellschaftung der Produktionsmittel, 3. (real existierender S.) Ideologie der kommunistischen Parteien des ehemaligen Ostblocks

**Sozialist,** (lat.), männl., –en: Anhänger des Sozialismus

**sozialistisch,** (lat.): mit Methoden des Sozialismus, ihn betreffend

**Sozialpädagogik,** (lat.-gr.), weibl., nur Sing.: Lehre von der Erziehung des Individuums zur Gemeinschaft

**Sozialpartner,** (lat.-dt.), weibl., nur Plur.: Gewerkschaften und Arbeitgeberverbände, bzw. Arbeitnehmer und Arbeitgeber

**Sozialprestige,** [..presti:sch, lat.-fr.], sächl., nur Sing.: Ansehen, Geltung eines Menschen in der Gesellschaft

**Sozialprodukt,** (lat.), sächl., –e: Geldwert aller jährlich produzierten Güter und erbrachten Dienstleistungen einer Volkswirtschaft nach Abzug der Vorkosten

**Sozietät,** (lat.), weibl., –en: 1. menschliche Gemeinschaft; Gruppe von Individuen mit ähnlichen Interessen, 2. Zusammenschluss von Freiberuflern (z. B. Anwälte oder Architekten), Handelsgesellschaft, 3. das enge Zusammenleben von Tieren in Verbänden

**soziieren,** (lat.): vereinigen, zusammenschließen
**Soziogramm,** (lat.-gr.), sächl., –e: grafische Darstellung sozialer Verhältnisse und Beziehungen in einer Gruppe
**Soziolekt,** (lat.), männl., –e: Gesamtheit der Spracheigentümlichkeiten einer gesellschaftlichen Schicht, eines Standes, einer Randgruppe o. Ä.
**Soziologe,** (lat.-gr.), männl., –n: Student oder Wissenschaftler der Soziologie
**Soziologie,** (lat.-gr.), weibl., nur Sing.: Wissenschaft vom Zusammenleben von Menschen in der Gemeinschaft, von ihren Beziehungen untereinander und den gesellschaftlichen Äußerungsformen
**soziologisch,** (lat.-gr.): mit Methoden der Soziologie, die Soziologie betreffend
**Sozius,** (lat.), männl., –se: 1. Teilhaber (eines Geschäftes, einer Praxis o. Ä.), 2. Beifahrer und Beifahrersitz eines Motorrads
**Spaceshuttle,** ['spe:jßscha.t(e)l, engl.], männl., –s: wiederverwendbarer Raumgleiter der US-Raumfahrtbehörde NASA
**Spadix,** (lat.), (gr.), männl., Spadizes: Kolben, verdickte Blütenstandsachse (Bot.)
**Spagat,** (italien.), der oder das, –e: das Grätschen der Beine bis in den Sitz in Ballett und Gymnastik (Bodenturnen); (übertr.) das Mittragen und damit Überbrücken von (politisch) weit divergierenden Meinungen
**Spaghetti** (auch: Spagetti), (italien.), weibl., nur Plur.: lange, dünne Nudel
**Spalier,** (italien.), sächl., –e: 1. Gerüstwand, an der sich Kletter(obst)pflanzen, Weinreben o. Ä. emporranken, 2. eine Gasse bildende Ehrenformation zum Empfang hochgestellter Personen
**Spaniel,** (span.), männl., –s: kleiner langhaariger Jagdhund mit Hängeohren
**Sparring,** (engl.), sächl., nur Sing.: Trainingskampf beim Boxen
**Spartakiade,** weibl., –n: internationales Wettkampftreffen von Sportlern der ehemaligen Ostblockstaaten (nach Spartacus, dem Führer des altrömischen Sklavenaufstands 73 v.Chr.)
**Spartakist,** männl., –en: Angehöriger des Spartakusbundes
**Spartakusbund,** (lat.-dt.), männl., nur Sing.: 1917 gegründete linksradikale Organisation in Deutschland, die 1918/19 in der KPD aufging
**spartanisch:** streng, selbstdiszipliniert; genügsam, einfach, anspruchslos (nach den Erziehungsidealen im altgriechischen Militärstaat Sparta)
**Sparte,** (italien.), weibl., –n: Berufszweig, Abteilung, Fach, Wissensgebiet; Sportdisziplin
**spasmisch, spasmodisch,** (gr.): mit Erhöhung des Muskeltonus einhergehend, krampfhaft, krampfartig (Med.)
**Spasmolytikum,** (gr.), sächl., –lytika: krampflösendes Mittel (Med.)
**spasmolytisch,** (gr.): krampflösend (Med.)
**spasmophil,** (gr.): zu Krämpfen neigend (Med.)
**Spasmus,** (gr.). der, Spasmen: erhöhter Spannungszustand der Muskulatur, Verkrampfung, Muskelkrampf (Med.)
**Spastiker,** (gr.), männl., –: jmd., der an einer spasmischen Krankheit leidet
**spastisch,** (gr.): vgl. spasmisch
**Spatium,** (lat.), sächl., Spatien: Zwischenraum zwischen den gesetzten Buchstaben von Wörtern; Raum zwischen den Notenlinien
**Species:** vgl. Spezies
**spedieren,** (italien. ): versenden, befördern, abfertigen (von Waren u. a.)
**Spediteur,** [schpeditö:r, italien.], männl., –e: Fuhr-, Transportunternehmer
**Spedition,** (italien. ), weibl., –en: 1. das Versenden von Gütern, 2. Fuhr-, Transportunternehmen

**Speech,** [ßpi:tsch, engl.], männl., –es [ßpi:tschis]: (umg.) Unterhaltung; Rede
**Speed,** [ßpi:d, engl.], männl., –s: Geschwindigkeit; Beschleunigung, Spurt (z. B. in Leichtathletik, Motorsport u. a.)
**Speed,** (engl.), sächl., –s: (Jargon) schnell wirkendes Rauschmittel
**Speedway,** ['ßpi:dwej, engl.], männl., –s: Rennen mit besonders ausgerüsteten Motorrädern (v. a. auf Eis-, Aschen- oder Sandbahnen)
**Spektakel,** (lat.), sächl., –: sensationelles Schauspiel, politisches (Schein-)Gerangel; Skandal
**Spektakel,** (lat.), männl., –: Lärm, Krach; Aufruhr
**spektakeln,** (lat.): lärmen, poltern
**spektakulär,** (lat.): Aufsehen erregend
**spektral,** (lat.): das Spektrum betreffend, zu ihm gehörig
**Spektralanalyse,** (lat.-gr.), weibl., –n: Untersuchungsmethode zur Ermittlung der chem. Zusammensetzung von Stoffen durch Auswertung ihrer Lichtspektren
**Spektralapparat,** (lat.), männl., –e: Gerät, mit dem Licht in seine einzelnen Wellenlängen zerlegt und untersucht wird
**Spektralfarben,** (lat.-dt.), weibl., Plur.: die durch Zerlegung von reinweißem Licht entstehenden Farben
**Spektrometer,** (lat.-gr.), sächl., –: Gerät zum Vermessen und Klassifizieren von Spektren
**Spektroskopie,** (lat.-gr.), weibl., nur Sing.: Teilgebiet der Physik, das sich mit der Erzeugung, Untersuchung, Ausmessung und Deutung von Spektren beschäftigt
**Spektrum,** (lat.), sächl., Spektren: 1. farbiges Band, das beim Zerlegen von reinweißem Licht in seine Wellenlängen entsteht (Phys.), 2. relative Häufigkeit der Bestandteile eines Strahlengemischs hinsichtlich einer gemeinsamen Eigenschaft (v. a. Wellenlänge; Phys.), 3. (allg.) Gesamtheit vieler Dinge, Eigenschaften oder Meinungen; Palette
**Spekulant,** (lat.), männl., –en: waghalsiger, gewissenloser Geschäftemacher; Glücksritter (in geschäftlichen Dingen)
**Spekulation,** (lat.), weibl., –en: 1. über die sinnliche Erfahrung hinausgehende (wirklichkeitsüberschreitendes), metaphysisches Denken, Versuch rein gedanklichen Erkenntnisgewinns (Philos.), 2. Vermutung, Mutmaßung, Annahme ohne gesicherte Grundlage oder Information, 3. erwartete Preis- oder Kursschwankungen nutzende gewinnorientierte Geschäftstätigkeit (v. a. an der Börse); waghalsiges Unternehmen
**Spekulatius,** (lat.), männl., –: flaches Pfefferkuchengebäck in Figurenform
**spekulativ,** (lat.): mit Mitteln der Spekulation, auf ihr beruhend; rein gedanklich, vage, mutmaßend, Denkmöglichkeiten durchspielend; aufgrund vermuteter Preis- oder Kursentwicklungen nach Gewinn strebend
**spekulieren,** (lat.): 1. grübeln, mutmaßen; auf bestimmte Entwicklungen rechnen, Wahrscheinlichkeiten erwägen, 2. Spekulation (3) betreiben
**Spekulum,** (lat.), sächl., Spekula: mit einem Spiegel versehenes Instrument zur Untersuchung von Körperhöhlen (z. B. Nase, Dickdarm) (Med.)
**Speläologie,** (gr.), weibl., nur Sing.: Höhlenkunde
**Spelunke,** (gr.), weibl., –n: Kneipe oder Unterkunft von zweifelhaftem Ruf
**spendabel,** (lat.): freigebig, großzügig
**spendieren,** (lat.): ausgeben, für andere bezahlen
**Spenser, Spenzer,** (engl.), männl., –: kurzes enganliegendes Frauenjäckchen oder -hemd

**Sperenzchen,** (lat.), sächl., nur Plur.: Umstände, Ausflüchte; teure Vergnügungen
**Sperma,** (gr. »Samen«), sächl., –ta oder Spermen: männliche Samenflüssigkeit bei Mensch und Tier
**spermatogen,** (gr.): männliche Keimzellen bildend; aus Samen stammend (Biol.)
**Spermatophore,** (gr.), männl., –n: Samenträger, Samenbündel (Zool.)
**Spermatophyten,** (gr.), weibl., Plur.: Samenpflanzen (Bot.)
**Spermatozoon,** (gr.), sächl., –zoen: vgl. Spermium
**Spermium,** (gr.), sächl., Spermien: reife männl. Keimzelle (bei Mensch und Tier) (Biol.)
**Spesen,** (italien.), weibl., nur Plur.: dienstlich entstandene, zu ersetzende Auslagen, Geschäftsunkosten
**Spezerei,** (lat.), weibl., –en: feines Gewürz
**spezial:** vgl. speziell
**spezialisieren,** (lat.): 1. differenzieren, unterscheiden, bestimmen, 2. sich s.: sich nach allg. Ausbildung auf ein Fachgebiet konzentrieren, besondere Kenntnisse darin erwerben
**Spezialist,** (lat.), männl., –en: Fachmann auf einem bestimmten Gebiet, Experte
**Spezialität,** (lat.), weibl., –en: 1. Besonderheit, Sonderfall, 2. Fachgebiet; besondere Fähigkeit, Stärke auf einem bestimmten Sektor, 3. landes- oder restauranttypisches, besonders zu empfehlendes Gericht
**speziell,** (lat.): besonders, eigens, von eigener Art, vor allem (Gegens.: generell)
**Spezies,** (lat.), weibl., –: Art einer Gattung (Biol.)
**Spezifik,** (lat.), weibl., nur Sing.: das Spezifische einer Sache oder eines Sachverhalts; Gesamtheit der charakteristischen Merkmale
**Spezifikation,** (lat.), weibl., –en: 1. Aufführung im Einzelnen; genauere Benennung, 2. Herstellung einer neuen Sache durch Umarbeitung einer anderen (Rechtsw.)
**Spezifikum,** (lat.), sächl., Spezifika: Besonderheit, charakteristisches Merkmal
**spezifisch,** (lat.): einem Gegenstand seiner Eigenart nach zukommend, kennzeichnend, eigentümlich, typisch
**spezifizieren,** (lat.): genauer benennen; einzeln aufführen; aufgliedern
**Sphäre,** (gr.), weibl., –n: 1. das kugelförmig erscheinende Himmelsgewölbe, 2. Lebensbereich, gesellschaftliches oder berufliches Umfeld; Gesichts-, Wirkungskreis; Einflussbereich
**Sphärik,** (gr.), weibl., nur Sing.: Geometrie von Figuren auf der Kugeloberfläche (Math.)
**sphärisch,** (gr.): die Kugel betreffend, zum Himmelsgewölbe gehörig, kugelförmig
**Sphärometer,** (gr.), sächl., –: Gerät für die Messung des Krümmungsradius von Kugelflächen
**Sphinkter,** (gr.), männl., Sphinktere: Schließmuskel (Med.)
**Sphinx,** (gr.), weibl., –e: 1. geheimnisvolles Fabelwesen mit Menschenkopf und Löwenkörper in der gr. und ägyptischen Mythologie, 2. Geheimnis umwitterte, sich rätselhaft gebende Person, 3. Abendpfauenauge aus der Gattung der Schwärmer
**Sphragistik,** (gr.), weibl., nur Sing.: Siegelkunde
**Sphygmogramm,** (gr.), sächl., –e: grafisch dargestellte Pulskurve (Med.)
**Sphygmograph,** (gr.), männl., –en: Pulsschreiber (Med.)
**spiccato,** (italien.): zu spielen in deutlich abgesetzten Tönen (Mus.)
**Spider,** ['ßpaider, engl.], männl., –: offener Sportwagen

**Spikes,** [ßpaiks, engl. »Stachel«], männl., nur Plur.: Stahlstifte an der Sohle von Sportschuhen oder an Winterreifen sowie Bez. für Sportschuhe der Leichtathleten oder Autoreifen mit Spikes

**Spin,** (engl.), männl., –s: 1. der den Elementarteilchen im Atom zugeschriebene Eigendrehimpuls (Phys.), 2. Effet, Schnitt, Drall (Ballsportarten)

**Spina,** (lat.), weibl., Spinen: Dorn, Stachel aus Knochen, Rückgrat (Med.)

**spinal,** (lat.): zur Wirbelsäule, zum Rückenmark gehörend, das Rückgrat betreffend (Med.)

**Spinat,** (pers.), männl., –e: dunkelgrünes, krautiges Blattgemüse

**Spinell,** (italien.), männl., –e: Magnesium-Aluminium-Oxid, ein Edelstein, Mineral

**Spinett,** (italien.), sächl., –e: kleines cembaloähnliches Instrument (Vorläufer des Klaviers)

**Spinnaker,** (engl.), männl., –: zum Segeln vor dem Wind eingesetztes großes, bauchiges Vorsegel

**Spion,** (italien.), männl., –e: 1. Späher, Horcher, Spitzel, Kundschafter, Mitarbeiter eines Nachrichtendienstes, Agent, 2. Guckloch in der Wohnungstür, 3. Außenspiegel am Fenster zum Beobachten der Vorgänge vor dem Haus

**Spionage,** [spio'na:sche, italien.], weibl., nur Sing.: Späher-, Aushorchdienst; nachrichtendienstliche Tätigkeit, das Erkunden von politischen, militärischen oder wirtschaftlichen Geheimnissen (für die Konkurrenz oder einen andere Staat)

**spionieren,** (italien.): Spionage treiben, Geheimnissen auskundschaften, Spitzeldienste leisten

**Spirale,** (gr.), weibl., –n: 1. ebene Kurve, die sich unendlich oft um einen Punkt oder eine Achse windet (Math.), 2. so geformter Gegenstand, 3. (umg.) Kunststoffkörper, der zur Empfängnisverhütung in die Gebärmutter eingesetzt wird (Intrauterinpessar)

**spiralig,** (gr.): in der Art einer Spirale, so geformt

**Spirant,** (lat.), männl., –en: vgl. Frikativ

**Spiritismus,** (lat.), männl., nur Sing.: Geisterlehre, -glaube und -beschwörung; Okkultismus

**Spiritist,** (lat.), männl., –en: Anhänger des Spiritismus

**spiritistisch,** (lat.): den Spiritismus betreffend, übersinnlich

**Spiritual,** (lat.), männl., –en: Seelsorger in kathol. Anstalten, Beichtvater

**Spiritual,** ['ßpi.ritju(e)l, lat.-amerik.], sächl., –s: schwermütiges, rhythmisches religiöses Lied (z. B. über Jesu Leidensweg) der Afroamerikaner in den Südstaaten der USA

**Spiritualien,** (lat.), weibl., Plur.: geistliche Gegenstände

**spiritualisieren,** (lat.): vergeistigen

**Spiritualismus,** (lat.), männl., nur Sing.: philosophische Weltsicht, die alles Sein als Schöpfung und Erscheinungsweise des Geistes ansieht

**Spiritualität,** (lat.), weibl., nur Sing.: Geistigkeit (Gegens.: Materialität, Körperlichkeit)

**spirituell,** (lat.): geistig; geistlich

**spirituos, spirituös,** (lat.): Weingeist enthaltend; geistig

**Spirituosen,** (lat.), weibl., Plur.: starke alkoholische Getränke wie Schnaps, Weinbrand u. a.

**spirituoso,** (italien.): lebhaft, geistvoll (Mus.)

**Spiritus,** (lat.), männl., Spiritus: 1. Hauch, Atem; Lebensgeist, Geist, Seele, 2. Akzent im Altgriechischen (S. asper: H-Anlaut [`]; S. lenis: fehlender H-Anlaut ['])

**Spiritus,** (lat.), männl., –se: Weingeist; Alkohol

**Spiritus Rector,** (lat.): motivierender Geist, treibende Kraft

**Spiritus Sanctus,** (lat.): Heiliger Geist

**Spirometer,** (lat.-gr.), sächl., –: Gerät für die Messung des Atemvolumens, bzw. Lungenvolumens (Med.)

**Spleen,** [schpli:n, engl.], männl., –e oder –s: seltsame Eigenart, Marotte; Verschrobenheit

**spleenig,** [schpli:nig, engl.]: verschroben, sonderbar

**splendid,** (lat.): freigebig; prächtig, glanzvoll

**Splendid Isolation,** ['ßplendid'aißole:jschn, engl.], weibl., nur Sing: nach einem brit. Schlagwort des 19. Jh. Bez. für (bequeme) Bündnisfreiheit eines Staates

**splitten,** (engl.): in Portionen aufteilen, spalten, verteilen, zuweisen

**Splitting,** (engl.), sächl., –s: 1. Form der begünstigenden Besteuerung von Eheleuten, bei der jeder mit der Hälfte des Familieneinkommens besteuert wird, 2. Vergabe von mehreren Stimmen (z. B. Erst- und Zweitstimme) bei einer Wahl auf unterschiedliche Parteien oder Listen

**Spodumen,** (gr.), männl., –e: Lithium-Eisen-Silikat, ein als Schmuckstein verwendetes Mineral

**Spoiler,** (engl.), männl., –: Windleitblech an Fahrzeugen zur Verminderung des Luftwiderstands; Störklappen an Flugzeugtragflächen

**Spongien,** (gr.), weibl., Plur.: Schwämme, eine Gruppe niederer Tiere (Zool.)

**spongiös,** (gr.): schwammig, schwammartig (Med.)

**sponsern,** (lat.): finanziell unterstützen, (einen Star, ein kulturelles Unternehmen u. a.) aus Werbegründen fördern

**Sponsor,** (lat.), männl., Sponsoren: Gönner, Geldgeber (v. a. in Sport und Kultur)

**spontan,** (lat.): von selbst; unmittelbar aus eigenem Antrieb; unwillkürlich, freiwillig

**Spontaneität, Spontanität,** (lat.), weibl., –en: das Handeln allein aus innerem Antrieb, unmittelbare Reaktion

**Sponti,** (lat.), männl., –s: (umg.) sich von Fall zu Fall politisch engagierende Person, die links orientiert ist, ohne einer Partei anzugehören, und dogmatische Positionen ablehnt

**sporadisch,** (gr.): vereinzelt vorkommend, verstreut; selten, gelegentlich; von Zeit zu Zeit

**Sporophyt,** (gr.), männl., –en: Sporen bildende, blütenlose Pflanzen (Bot.)

**Sporozoen,** (gr.), weibl., Plur.: Sporentierchen (Einzeller)

**sportiv,** (engl.): sportlich

**Spot,** (engl.), männl., –s: Werbekurzfilm im Fernsehen oder Reklameeinblendung im Hörfunk

**Spotlight,** ['ßpo.tlait, engl.], sächl., –s: Punktlicht eines Scheinwerfers, das (z. B. auf der Bühne) nur eine Stelle ausleuchtet und die Umgebung im Dunkeln lässt

**Spotgeschäft,** (engl.-dt.), sächl., –e: Geschäft gegen sofortige Bezahlung und Lieferung (z. B. Spotmarkt bei Erdöl: Handelsplatz, an dem Ölförderländer an meistbietende Händler verkaufen)

**Spray,** [ßpre:j, engl.], männl., –s: Flüssigkeit, die durch Treibmittel versprüht oder zerstäubt wird, sowie das Gerät dafür

**sprayen,** ['ßpre:jen, engl.]: Flüssigkeit in feinsten Tröpfchen versprühen oder etwas mit einer solchen Flüssigkeit besprühen

**Sprinkler,** (engl.), männl., –: 1. bei hohen Temperaturen automatisch in Gang kommende Beregnungsanlage zur Brandbekämpfung in öffentlichen Gebäuden, Kaufhäusern, Theatern u. a., 2. Rasensprenger

**Sprint,** (engl.), männl., –s: Kurzstreckenwettkampf in Leichtathletik (50 m bis 400 m), Radsport, Eisschnelllauf u. a.
**sprinten,** (engl.): eine Kurzstrecke in Höchstgeschwindigkeit zurücklegen
**Sprit,** (lat.), männl., –e: (umg.) Treibstoff, Benzin
**Spurt,** (engl.), männl., –s: Beschleunigung in einem Rennen, v. a. gegen Ende (End-S.)
**spurten** (engl.): in einem Rennen das Tempo anziehen, kurz vor dem Ziel die letzten Reserven mobilisieren
**Sputnik,** (russ. »Gefährte«), männl., –s: 1957 Name der ersten künstlichen Erdsatelliten
**Sputum,** (lat.), sächl., Sputa: Auswurf, Sekret der Luftwege (Med.)
**Squaredance,** ['skwä:rdä:nß (engl: ...da:nß), amerik.], männl., –s: Volkstanz in den USA
**Squash,** [skwo:(a)sh, engl.], sächl., nur Sing.: Hallentennisart, bei der zwei Spieler einen hohlen Weichgummiball mit einer Art Tennisschläger direkt oder über Bande gegen eine Wand spielen
**Squaw,** [skwo:(a), indian.], weibl., –s: (Ehe-)Frau eines nordamerikanischen Indianers
**Staatsräson, Staatsraison,** [..räson, lat.-fr.], weibl., nur Sing.: politischer Grundsatz, nach dem das Staatsinteresse im Konfliktfall vor allen anderen Interessen rangiere
**stabil,** (lat.): fest, sicher; beständig; kräftig, widerstandsfähig, unerschütterlich (Gegens.: labil)
**Stabilisator,** (lat.), männl., Stabilisatoren: 1. Stoff, dessen Zusatz die chemische Zersetzung eines anderen Stoffes oder Entmischung eines Gemischs verhindert oder verzögert (Chem.), 2. gerinnungshemmende Flüssigkeit für die Konservierung von Blut (Med.), 3. Vorrichtung zur Verbesserung des Fahrverhaltens (z. B. bei Autos)
**stabilisieren,** (lat.): stabil machen, festigen, zum Stillstand bringen
**Stabilität,** (lat.), weibl., nur Sing.: Zuverlässigkeit, Beständigkeit, Festigkeit, Stetigkeit; Widerstandsfähigkeit (Gegens.: Labilität)
**staccato,** (italien.): kurz angestoßen zu spielen, mit deutlich voneinander abgesetzten Tönen (Mus.)
**Stadion,** (gr.), sächl., Stadien: 1. altgr. Längenmaß (ca. 185 m), 2. meist ovale Anlage für sportliche Wettkämpfe mit ringsum ansteigenden Zuschauerrängen
**Stadium,** (gr.), sächl., Stadien: Zustand; (Entwicklungs)stufe; Phase, Abschnitt
**Stafette,** (italien.), weibl., –n: 1. (histor.) Meldereiter, 2. Staffel(lauf)
**Staffage,** [sta'fa:sche, fr.], weibl., –n: Beiwerk; dekoratives Ambiente, Ausstattung; Ausschmückung; Nebensächliches, trügerischer Schein
**Stagflation,** (lat.), weibl., –en: wirtschaftliche Stagnation bei steigenden Preisen
**Stagnation,** (lat.), weibl., –en: (ökonom.) Stockung, Stillstand
**stagnieren,** (lat.): zum Stillstand kommen; stocken; nicht weiterkommen
**Staket,** (niederl.), sächl., –e: Lattenzaun
**Stakkato,** (italien.), sächl., –s: kurz anstoßende, die Töne deutlich voneinander absetzende Spielweise (Mus.)
**Stalagmit,** (gr.), männl., –e(n): vom Höhlenboden her in die Höhe wachsender Tropfstein
**Stalaktit,** (gr.), männl., –e(n): von der Höhlendecke nach unten wachsender Tropfstein
**Stalinismus,** männl., nur Sing.: Theorie und Praxis der Herrschaft des sowjetischen Diktators Stalin, ein marxistisch verbrämter terroristischer Totalitarismus

**Stampede,** (span.), weibl., –n: panische Flucht einer Rinderherde
**Standard,** (engl.), männl., –s: 1. Maßstab, Norm, 2. Leistungsniveau, Qualitätsnorm, übliche Lebensführung
**standardisieren,** (engl.): vereinheitlichen, normen, auf einen Standard bringen
**Standarte,** (fr.), weibl., –n: 1. Heeresfahne, Feldzeichen, 2. Hoheitszeichen, Stander eines Staatsoberhauptes (z. B. an Staatskarossen), 3. (im 3. Reich) etwa regimentsstarke Einheit von SA oder SS, 4. (Jägersprache) Schwanz des Fuchses
**Stand-by,** ['ßtä.ndbai, engl.], sächl., –s: 1. verbilligte Flugreise ohne feste Platzbuchung auf Abruf, 2. Betriebsbereitschaft, Wartebetrieb (Elektrotechnik, EDV)
**Standing,** ['ßtä.ndin(g), engl.], sächl., –s: Rang, Ansehen, Einfluss
**Standingovations** (auch: standing Ovations), [... o'we:jsch(e)ns, engl.], nur Plur.: frenetischer Beifall, bei dem das Publikum aufsteht, Ovationen im Stehen (oft falsch als »stehende Ovationen« bezeichnet)
**Stannat,** (lat.), sächl., –e: Salz der Zinnsäure (Chem.)
**Stanniol,** (lat.), sächl., –e: Zinnfolie oder silberglänzende Aluminiumfolie als Verpackungsmaterial
**Stannum,** (lat.), sächl., nur Sing.: Zinn, ein chem. Element (Zeichen: Sn), ein silberweißes Metall
**stante pede,** (lat. »stehenden Fußes«): sofort, auf der Stelle
**Star,** (engl.), männl., –s: beliebter (Film-) Schauspieler, berühmte Persönlichkeit des Showgeschäfts; (allg.) Publikumsliebling
**Starez,** (russ. »der Alte«), männl., Starzen: hochasketischer Mönch der Ostkirche
**Starlet(t),** (engl.), sächl., –s: angehender (weibl.) Filmstar; Filmsternchen
**Starost,** (poln.), männl., –en: Dorfältester oder Gemeindevorsteher im zaristischen Russland; adliger Lehnsmann des polnischen Königs
**Stars and Stripes,** ['ßta:(r)s n(d) 'ßtraips, engl. »Sterne und Streifen«], weibl., nur Plur.: Nationalflagge der USA, Sternenbanner
**Stase,** (gr.), weibl., –n: Stockung, Stauung in den Blutgefäßen (Med.)
**Stasis:** vgl. Stase
**State Department,** ['ßte:jt di'pa:tm(e)nt, engl.], sächl., nur Sing.: Außenministerium der USA
**Statement,** ['ßte:jtm(e)nt, engl.), sächl., –s: öffentliche Erklärung
**Statik,** (gr.), weibl., nur Sing.: 1. Teilgebiet der Mechanik, das sich mit dem Gleichgewicht der Kräfte, die auf einen ruhenden Körper einwirken, beschäftigt (Phys.), 2. in der Technik die Berechnung der Auswirkungen der insbes. auf die tragenden Teile eines Bauwerks einwirkenden Kräfte und der Folgen für die Bauausführung; Zustand eines Bauwerkes bezüglich Belastbarkeit und Stabilität
**Statiker,** (gr.), männl., –: ausgebildeter Fachmann auf dem Gebiet der Statik
**Station,** (lat.), weibl., –en: 1. Standort; Punkt einer Entwicklung, Haltestelle von öffentlichen Verkehrsmitteln, Bahnhof; Halt, Aufenthalt (S. machen), 2. Abteilung eines Krankenhauses
**stationär,** (lat.): 1. in Ruhe befindlich, bleibend; ortsfest, nicht mobil, 2. mehr als einen Tag im Krankenhaus behandelt oder zu behandeln (Gegens.: ambulant; Med.)
**stationieren,** (lat.): 1. an einen bestimmten Platz aufstellen, deponieren, 2. Truppen in ein Gebiet oder an einen Standort verlegen
**statisch,** (gr.): 1. nach statischen Gesichtspunkten, auf die Statik bezogen,

2. in Ruhe, unbewegt (Gegens.: dynamisch)

**Statist,** (lat.), männl., –en: Darsteller mit unwichtiger (meist stummer) Rolle im Theater oder Film; Komparse

**Statisterie,** (lat.), weibl., –n: Gesamtheit der Statisten

**Statistik,** (lat.), weibl., –en: 1. Lehre von der zahlenmäßigen Erfassung, Gruppierung, Auswertung und systematischer Aufbereitung von Massenerscheinungen in Natur und Gesellschaft umfasst (Math.), 2. grafische oder zahlenmäßige Darstellung und Zusammenstellung der Ergebnisse statistischer Untersuchungen in Tabellenform

**Statistiker,** (lat.), männl., –: beruflich auf dem Gebiet der Statistik tätiger Fachmann

**statistisch,** (lat.): zahlenmäßig, hochgerechnet; auf die Statistik bezogen, auf ihr beruhend

**Stativ,** (lat.), sächl., –e: (meist) dreibeiniges Gestell zum festen Aufstellung und Justierung eines Gerätes (z. B. eines Fernrohrs)

**statuarisch,** (lat.): statuenhaft, standbildartig

**Statue,** (lat.), weibl., –n: Standbild, freistehende oder in einer Nische postierte bildhauerisch gestaltete Skulptur eines Menschen oder Tieres

**Statuette,** (lat.), weibl., –n: kleine Statue

**statuieren,** (lat.): aufstellen; bestimmen; ein Exempel s.: ein abschreckendes, warnendes Beispiel geben

**Statur,** (lat.), weibl., –en: Gestalt, Körperbau; (übertr.) Eignung (für eine Aufgabe, ein Amt)

**Status,** (lat.), männl., Status: 1. Zustand, Rechtslage, 2. Stellung, Vermögens- oder Familienstand; soziale Position, Rang

**Status quo,** (lat.): gegenwärtiger Zustand, momentane Lage

**Status quo ante,** (lat.): Zustand vor einem bestimmten Zeitpunkt oder Ereignis

**Statussymbol,** (lat.-gr.), sächl., –e: sichtbares Zeichen des sozialen Rangs, der gesellschaftlichen Stellung

**Statut,** (lat.), sächl., –e: Satzung

**statutarisch,** (lat.): satzungsgemäß

**Steak,** [ßte:jk, engl.], sächl., –s: Fleischscheibe aus der Lende, dem Filet oder der Keule (meist vom Rind), die kurz (engl. rare), mittel (medium) oder durchgebraten/-gegrillt (well done) ist

**Stearin,** (gr.), sächl., –e: zur Kerzenherstellung und in der Seifenindustrie verwendetes Gemisch fester Fettsäuren

**Steatit,** (gr.), männl., –e: Speckstein, ein Mineral als Varietät des Talks

**Steeplechase,** ['ßti:pltsche:jß, engl.], weibl., –n: im Pferdesport ein Hindernis- oder Jagdrennen (über eine längere Distanz)

**Stele,** (gr.), weibl., –n: mit einer Inschrift versehene freistehende Steinplatte oder -pfeiler als Denkmal, Grabmal, Kultstein o. Ä.

**Stellage,** [ste'la:sche, niederl.], weibl., –n: Gestell

**stellar,** (lat.): auf die (Fix-)Sterne bezogen, sie betreffend

**Stemma,** (gr.), sächl., –ta: Stammbaum, Überlieferungsreihe (z. B. von Literaturdenkmälern)

**Stenografie** (auch: Stenographie), (gr.), weibl., nur Sing.: Kurzschrift

**stenografieren** (auch: stenographieren), (gr.): (Diktat) in Kurzschrift aufnehmen, eine Rede oder Vorlesung in dieser Form mitschreiben

**Stenogramm,** (gr.), sächl., –e: Niederschrift in Stenographie

**stenök,** (gr.): an bestimmte Umweltverhältnisse und damit Standorte gebunden (Biol.)

**Stenokardie,** (gr.), weibl., –n: bei Angina pectoris auftretende Herzangst, Herzbeklemmung (Med.)

**Stenose,** (gr.), weibl., –n: Verengung; Einengung von Hohlorganen, Körperkanälen oder Gefäßen (Med.)

**stenotherm,** (gr.): an bestimmte Temperaturen gebunden (Biol.)

**stenotop,** (gr.): an einen eng begrenzten Lebensraum gebunden; nicht weit verbreitet (Biol.)

**stenotypieren,** (gr.): in Kurzschrift niederschreiben und dann in maschinenschriftlich wiedergeben

**Stenotypistin,** (gr.), weibl., –nen: in Stenographie und Maschineschreiben ausgebildete weibliche Bürofachkraft

**Stentorstimme,** (gr.-dt.), weibl. , –n: gewaltige, weittragende Stimme (nach dem altgriechischen Helden im Trojanischen Krieg)

**Step,** (engl.), männl., –s: Mittelteil des Dreisprungs (Leichtathletik)

**Step Condition,** ['stä.pkendisch(e)n, engl.], weibl., nur Sing.: Modetanz, bei dem die Tänzer im Rhythmus abwechselnd mit einem oder gleichzeitig mit beiden Füßen auf ein Plastikbänkchen und wieder hinunter springen

**Stepp,** (engl.), männl., –s: stark rhythmisierter Tanz mit klappernden beschlagenen Schuhen sowie gangartiger Gesellschaftstanz

**Steppe,** (russ.), weibl., –n: weite baumlose Gras- und Strauchebene

**steppen,** (engl.): Stepp (1) tanzen

**stereo:** Kurzw. für stereophon

**Stereometrie,** (gr.), weibl., nur Sing.: Lehre von der Geometrie des dreidimensionalen Raumes und von der Berechnung räumlicher Gebilde (Math.); Körpermessung

**stereophon** (auch: stereofon), (gr.): (von Tönen) über zwei oder mehr Kanäle aufgenommen oder übertragen; räumlich klingend

**Stereophonie** (auch: Stereofonie), (gr.), weibl., nur Sing.: elektroakustische Aufzeichnung und Übertragung von Schall über mehrere Kanäle, so dass ein Raumklang entsteht

**stereophonisch:** vgl. stereophon

**Stereoskop,** (gr.): optisches Gerät, das beim Betrachten zweier parallaktisch verschobener Bilder desselben Motivs einen räumlichen Bildeindruck vermittelt

**Stereoskopie,** (gr.), weibl., nur Sing.: Verfahren zur raumgetreuen Bildwiedergabe

**stereoskopisch,** (gr.): räumlich, dreidimensional wirkend

**stereotyp,** (gr.): unveränderlich (feststehend); ständig wiederkehrend; formelhaft, gebetsmühlenartig wiederholt, leer, abgedroschen

**Stereotyp,** (gr.), sächl., –e(n): Klischee, gängiges Vorurteil; abgedroschene Redensart, Phrase

**Stereotypie,** (gr.), weibl., –n: 1. Fertigungsverfahren für Matern im Druckwesen, 2. krankhafte ständige Wiederholen der gleichen Bewegung oder Äußerungen (Med.; Psychol.)

**stereotypisch:** vgl. stereotyp

**steril,** (lat.): 1. von Krankheitserregern gereinigt, keimfrei, 2. unfruchtbar, nicht fortpflanzungsfähig, zeugungsunfähig, 3. unschöpferisch, langweilig, nicht kreativ

**Sterilisation,** (lat.), weibl., –en: das Sterilisieren

**Sterilisator,** (lat.), männl., Sterilisatoren: Instrument zur Abtötung von krankheitserregenden Keimen (z. B. bei medizinischem Gerät)

**sterilisieren,** (lat.): 1. von krankheitserregenden Keimen befreien (z. B. medizinisches Gerät oder Lebensmittel), 2. durch chirurgische Unterbrechung von Ei- oder Samenleiter Unfruchtbarkeit herbeiführen

**Sterilität,** (lat.), weibl., nur Sing.: 1. Keimfreiheit (z. B. von medizinischem Gerät; Med.), 2. weibl. Unfruchtbarkeit, männl. Zeugungsunfähigkeit (Med.)

**Sterine,** (gr.), weibl., Plur.: in allen pflanzlichen und tierischen Zellen vorhandene farblose Kohlenwasserstoffverbindungen

**Sterlet,** (russ.), männl., –e: kleiner Stör, beliebter Speisefisch

**Sterling,** ['ßtö:rling, engl.], männl., –e: altengl. Silbermünze; die danach benannte englische Währung (Pfund S.)

**sternal,** (gr.): zum Brustbein gehörig (Med.)

**Sternum,** (gr.), sächl., Sterna: Brustbein (Med.)

**Steroide,** (gr.), sächl., nur Plur.: organisch wichtige Stoffe (z. B. Hormone) mit Molekülen bestimmter Kohlenwasserstoffe

**Stethoskop,** (gr.), sächl., –e: schallleitender Gummischlauch zum Abhören von Lungengeräuschen oder Herztönen (Auskultation; Med.)

**Stetson,** ['ßtets(e)n, amerik.], männl., –s: breitkrempiger Filzhut, Kopfbedeckung der Cowboys (benannt nach dem Hersteller)

**Steward,** ['ßtju:(e)rd, engl.], männl., s: Betreuer der Passagiere auf Schiffen oder in Flugzeugen

**Stewardess,** ['ßtju:ardeß, engl.], weibl., ..dessen: Betreuerin der Passagiere auf Schiffen oder in Flugzeugen

**sthenisch,** (gr.): kräftig (Med.)

**Stibium,** (gr.), sächl., nur Sing.: vgl. Antimon

**Sticker,** (engl.-amerik.), männl., –: Aufkleber

**Stigma,** (gr.), sächl., –ta oder Stigmen: 1. Mal, Kennzeichen; Brandmal, 2. (nur Plur.) Wundmale Christi, 3. auffälliges bleibendes Krankheits- oder Berufszeichen (z. B. Schwielen; Med.), 4. Narbe der Blütenpflanzen (Bot.); Augenfleck (Zool.)

**Stigmatisation,** (gr.), weibl., –en: 1. durch tiefe religiöse Selbstsuggestion ausgelöstes Auftreten der fünf Wundmale Christi am Leib mancher Personen, 2. Hautblutungen bei hochgradig hysterischen Patienten (Med.)

**stigmatisieren,** (gr.): jmdn. brandmarken, diskriminieren, in eine (negative) Rolle drängen, ausgrenzen

**Stil,** (lat.), männl., –e: 1. sprachliche Form eines Textes; persönliche Note, 2. Ausdrucks- oder Darstellungsweise in Literatur und Kunst, 3. Lebensweise, Wohnkultur, Geschmack, 4. Art der Ausführung einer sportlichen Disziplin

**Stilblüte,** (lat.-dt.), weibl., –n: unkorrekter Sprachgebrauch, mangelhafter Ausdruck durch Vermischung unverträglicher Elemente, unfreiwillig komische Formulierung

**Stilett,** (lat.), sächl., –e: kurzer Dolch; Schnappmesser

**stilisieren,** (lat.): einem Stil entsprechend gestalten; Formen künstlerisch vereinfachen, auf typische Grundformen zurückführen

**Stilist,** (lat.), männl., –en: guter Formulierer, gewandter Schreiber

**Stilistik,** (lat.), weibl., nur Sing.: Lehre vom guten Formulieren und gewandtem Ausdruck; Beschreibung oder Untersuchung der Stilmittel

**stilistisch,** (lat.): auf den Stil bezogen, ihn betreffend

**Stimulans,** (lat.), sächl., Stimulanzien: anregende Arznei (Med.)

**Stimulation,**(lat.), weibl., –en: Anregung, Reizung, Erregung, Motivation

**stimulieren,** (lat.): anregen, reizen, erregen; ermuntern, motivieren

**Stimulus,** (lat.), männl., Stimuli: Reiz, Antrieb; Ansporn, Leistungsanreiz; Auslöser

**Stipendiat,** (lat.), männl., –en: Empfänger eines Stipendiums

**Stipendium,** (lat.), sächl., Stipendien: Schülern, Studenten oder angehenden Wissenschaftler gewährte finanzielle Förderung

**Stoa,** (gr.), weibl., Stoen: 1. geschmückte Säulenhalle in der altgriechischen Baukunst, 2. (nur Sing.) um 300 v.Chr. begründete philosophische Schule im antiken Griechenland, die ein Leben in Übereinstimmung mit sich selbst und nach den Gesetzen der Natur forderte; Affekte und Leidenschaften verwarf sie als vernunftwidrig

**Stochastik,** (gr.), weibl., nur Sing.: Teilgebiet der mathematischen Wahrscheinlichkeitsrechnung, das das Erscheinen zufallsabhängiger Ereignisse untersucht; Zufallsgröße

**stochastisch,** (gr.): zufallsabhängig

**Stöchiometrie,** (gr.-lat.), weibl., nur Sing: Lehre von den Anteilen der verschiedenen Stoffe an einer chemischen Verbindung

**stoi!,** (russ.): stopp!, halt!

**Stoiker,** (gr.), männl., –: 1. Angehöriger oder Anhänger der Stoa (2), 2. Mensch von unerschütterlicher Ruhe und gelassenem Gleichmut; Fatalist

**stoisch,** (gr.): den Lehren der Stoa (2) entsprechend, ruhig und gelassen, durch nichts zu erschüttern

**Stola,** (gr.), weibl., Stolen: 1. altrömisches knöchellanges Frauengewand, 2. Schultertuch, breiter langer Schal (aus Stoff oder Pelz), der um die Schultern getragen wird, 3. schmaler, über die Schultern herabhängender Teil des priesterlichen Messgewands in der kathol. Kirche

**Stoma,** (gr.), sächl., –ta: 1. Mund, Rachen (Med.), 2. künstlicher Darm- oder Harnausgang (Med.), 3. winzige Gefäß- oder Lymphöffnung für den Durchtritt von Zellen (Biol.), 4. Spaltöffnung am Blatt (Bot.)

**stomachal,** (gr.): vom Magen herrührend, ihn betreffend (Med.)

**Stomachikum,** (gr.), sächl., Stomachika: Medikament gegen Magenbeschwerden (Med.)

**Stomatologie,** (gr.), weibl., nur Sing.: Zahn-Mund-Kieferheilkunde (Med.)

**stoned,** [ßto:(u)nd, amerik.]: im Drogenrausch befindlich

**Stop-and-go,** (engl.),sächl., nur Sing.: äußerst zähflüssiger Verkehr mit ständigem Halten und wieder Anfahren

**Stopp,** (engl.), männl., –s: äußerst kurzer Return knapp hinter die Netzkante im Tennis (Stoppball)

**Store,** [schto:r, fr.], männl., –s: durchsichtiger Fenstervorhang

**Store,** (engl.), männl., –s: Lager, Warenausgabe (z. B. auf Schiffen), Laden

**stornieren,** (italien. ): 1. ungültig machen, durch Gegenbuchung ausgleichen, 2. (einen Auftrag) rückgängig machen oder aussetzen

**Storno,** (italien.), sächl. (auch männl.), Storni: 1. Rückbuchung, 2. das Löschen, das Rückgängigmachen oder Aussetzen (eines Auftrages)

**Storting,** ['ßtu:rting, norweg.], sächl., nur Sing.: das norweg. Parlament

**Story,** [ßto.ri, engl.], weibl., –s: Geschichte, Erzählung

**Stout,** [ßtaut, engl.], sächl., –s: starkes, dunkles englisches Bier

**Strabismus,** (gr.), männl., nur Sing.: das Schielen (Med.)

**Straddle,** ['ßträ.dl, engl.], männl., –s: vom Fosbury-Flop weitgehend verdrängte Wälztechnik im Hochsprung, bei der der Körper durch Rollen um die

Längsachse und mit gespreizten Beinen mit dem Kopf zuerst über die Latte gebracht wird

**Stradivari,** (italien.), weibl., –s: in der Werkstatt gleichnamigen italien. Geigenbauer (1644 – 1737) hergestellte Violine von höchster Klangqualität

**Stragula,** (Wz), sächl., nur Sing.: linoleumähnlicher Bodenbelag

**straight,** [ßtre:jt, engl.]: heterosexuell (Gegens.: gay)

**Straight(flush),** ['ßtre:jt(fla.sch), engl.], männl., –s: gleichfarbige Sequenz von fünf Karten beim Poker

**Strangulation,** (gr.), weibl., –en: 1. das Erdrosseln, Erwürgen oder Erhängen, 2. Abschnürung oder Abklemmung von Darmabschnitten oder Teilen der Luftröhre (Med.)

**strangulieren,** (gr.): erdrosseln, erwürgen, erhängen

**Strangurie,** (gr.), weibl., –n: Harnzwang; schmerzhaftes Wasserlassen (Med.)

**Strapaze,** (italien.), weibl., –n: (große) Anstrengung, Mühe, Beschwerlichkeit

**strapazieren,** (italien.): 1. stark beanspruchen, abnutzen, bis zum äußersten fordern, 2. sich s.: sich sehr mühen

**strapaziös,** (italien.): (sehr) anstrengend, beschwerlich

**Straps,** (engl.), männl., –e: Strumpfhalter mit zugehörigem Gürtel

**Stratege,** (gr.), männl., –n: weitsichtiger Planer; Heerführer, Feldherr

**Strategie,** (gr.), weibl., –n: Berücksichtigung möglichst aller Faktoren und Ressourcen sowie klare Zieldefinition bei der Planung politischen, wirtschaftlichen oder militärischen Vorgehens; sportliches Konzept für einen Wettkampf; (umg.) Kriegskunst

**strategisch,** (gr.): mit Mitteln der Strategie, auf ihr beruhend oder sie betreffend

**Stratigraphie,** (lat.-gr.), weibl., nur Sing.: Schichtenlehre, die sich mit der Alterseinstufung von Gesteinen und Formen ihrer Ablagerung beschäftigt (Geol.)

**Stratokumulus,** (lat.), männl., –kumuli: in geringer Höhe zusammengewachsene graue bis weißliche Haufenschichtwolke (Meteorol.)

**Stratosphäre,** (lat.-gr.), weibl., nur Sing.: vom Boden aus gesehen die zweite Schicht der Erdatmosphäre, gekennzeichnet von mit der Höhe konstant zunehmender Temperatur bis zu ca. 0 °C 50 km über dem Boden

**Stratus,** (lat.), männl., Strati: graue Schichtwolke ohne ausgeprägte Struktur, bringt oft Sprühregen (Meteorol.)

**Streetworker,** ['ßtri:tuörke(r), engl. »Straßenarbeiter«], männl., –: drogenabhängige Jugendliche innerhalb ihres Wohnbereichs (Straße) beratender und betreuender Sozialarbeiter

**Streptokokken,** (gr.), weibl., Plur.: unbewegliche, kettenförmig zusammenhängende Kugelbakterien, u. a. Eitererrger (Med.)

**Stress,** (engl.), männl., nur Sing.: andauernde hohe seelische, nervliche und/oder körperliche Belastung sowie die Reaktion darauf (Psychol.; Med. und Tiermed.)

**stressen,** (engl.): Stress verursachen, seelisch, körperlich und/oder nervlich stark belasten

**Stretch,** [ßtre.tsch, engl.], männl., –es: elastisches Gewebe

**Stretta,** (italien.), weibl., –s: effektvoller Schluss einer Arie oder eines Instrumentalwerks (Mus.)

**Strike,** [ßtraik, engl.], männl., –s: das Abräumen aller Kegel mit dem ersten Wurf beim Bowling

**strikt,** (lat.): streng, peinlich genau, vorschriftsmäßig

**Striktion,** (lat.), weibl., –en: Zusammenziehung

**Striktur,** (lat.), weibl., –en: starke krankhafte Verengung eines Körperkanals (z. B. der Harnröhre) (Med.)
**stringendo,** (italien.): drängend, immer schneller werdend (Med.)
**stringent,** (lat.): bündig, zwingend
**Stringenz,** (lat.), weibl., nur Sing.: Bündigkeit, strenge Beweis- und Überzeugungskraft, Schlüssigkeit; Entschiedenheit
**Strip,** (engl.), männl., –s: Kurzw. für Striptease
**strippen,** (engl.): einen Striptease vorführen
**Stripper,** (engl.), männl., –: Stripteasevorführer
**Stripperin,** (engl.), weibl., –nen: Stripteasevorführerin
**Striptease,** ['ßtri.pti:s, engl.], männl. (auch sächl.), nur Sing.: erotisch aufreizende Entkleidungsnummer (z. B. Varietés)
**Stroboskop,** (gr.), sächl., –e: 1. Gerät zur Bestimmung der Frequenz periodisch schwingender Systeme, 2. rotierende Scheibe oder sich drehender Zylinder zur Betrachtung von Phasenbildern, wobei der Eindruck ununterbrochener Bewegung entsteht (Vorläufer des Films)
**Strontium,** sächl., nur Sing.: chem. Element, ein silberweißes, weiches Erdalkalimetall (Zeichen Sr)
**Strophanthin,** (gr.), sächl., nur Sing.: stark herzwirksames Glykosid aus dem Samen einer tropischen Pflanze (Strophantus; Med.)
**Strophe,** (gr.), weibl., –n: mehrzeiliger Abschnitt eines Liedes oder Gedichts
**strophisch,** (gr.): in Strophen eingeteilt
**Struktur,** (lat.), weibl., –en: Gefüge, Sinngefüge, Aufbau, innere Gliederung; Einrichtung, Anordnung der einzelnen Teile in einem Ganzen
**Strukturalismus,** (lat.), männl., nur Sing.: 1. Lehre vom Aufbau der Sprache aus ihren kleinsten Elementen, den Phonemen und Morphemen (Sprachwiss.), 2. völkerkundliche Forschungsmethode, die sprachliche und kulturelle Strukturen in Beziehung setzt, 3. Wissenschaftslehre, der es um die Erkenntnis der allem Sein zu Grunde liegenden Strukturen geht (Philos.)
**Strukturanalyse,** (lat.-gr.), weibl., –n: Untersuchung des Kristallgitters eines Festkörpers (Phys.); (allg.) Bestimmung des Aufbaus einer Sache
**strukturell,** (lat.): auf die Struktur bezogen, sie betreffend
**strukturieren,** (lat.): übersichtlich aufbauen, gliedern, eine innere Logik erarbeiten
**Strychnin,** (gr.), sächl., nur Sing.: in kleinen Dosen als Heilmittel verwendetes stark giftiges Alkaloid aus den Samen der Brechnuss
**Stuckateur,** [schtukatö:r, italien.-fr.], männl., –e: Handwerker für Stuckarbeiten
**Stuckatur,** (italien.), weibl., –en: Stuckarbeit
**Studie,** (lat.), weibl., –n: 1. Übung, Vorarbeit, Skizze, Entwurf zu einem künstlerischen oder wissenschaftlichen Werk, 2. wissenschaftliche Untersuchung, Expertise
**Studio,** (lat.), sächl., –s: 1. Studierzimmer, Künstlerwerkstatt, Atelier, 2. Aufnahmeraum in Produktionsstätten von Fernsehen, Rundfunk und Film, 3. Versuchsbühne, 4. (z. B. in Reiseprospekten) hochtrabende Bez. für Einzimmerappartment
**Studiosus,** (lat.), männl., Studiosi: (umg.) Studierender
**Studium,** (lat.), sächl., Studien: 1. Ausbildung an einer Hochschule; Erlernen von Fertigkeiten (z. B. von Sprachen) am Fachschulen, 2. eingehende geistige Beschäftigung mit etwas, genaue Untersuchung der Funktionsweise oder des Aufbaus (z. B. einer Maschine)

**Stukkateur, Stukkatur:** frühere Schreibung von Stuckateur, Stuckatur

**Stunt,** [ßta.nt, engl.-amerik.], männl., –s: gefährliche Szene in einem Film oder Fernsehstück, in der ein Stuntman den Schauspieler ersetzt

**Stuntman,** ['ßta.ntmen, engl.-amerik.], männl., –men: körperlich besonders trainierter Mann, der beruflich in gefährlichen Filmszenen für einen Schauspieler einspringt

**Stupa,** (sanskr.), männl., –s: buddhistischer Kultbau in Südostasien

**stupend,** (lat.): erstaunlich, verblüffend

**stupid(e),** (lat.): stumpfsinnig, geistlos, dumm

**Stupidität,** (lat.), weibl., –en: Stumpfsinn, Dummheit

**Stupor,** (lat.), männl., nur Sing.: krankhafter Stumpfsinn (Med.)

**stuprieren,** (lat.): vergewaltigen

**Stuprum,** (lat.), sächl., Stupra: Vergewaltigung

**Styss,** (jidd.), männl., nur Sing.: Blödsinn, Quatsch

**Styling,** ['ßtailing, engl.], sächl., nur Sing.: Formgebung

**Stylist,** (engl.), männl., –en: Formgeber

**Styrol,** (gr.), sächl., nur Sing.: ungesättigter Kohlenwasserstoff, eine farblose Flüssigkeit, Ausgangsstoff für diverse Kunststoffe ist

**Styropor,** (Wz), (gr.-lat.), sächl., nur Sing.: als Dämm- oder Verpackungsmaterial verwendeter schaumiger, sehr leichter, weißer Kunststoff

**Suada, Suade,** (lat.), weibl., Suaden: Redefluss, Wortschwall

**subaltern,** (lat.): untergeordnet; unterwürfig

**Subdominante,** (lat.), weibl., –n: vierte Stufe einer Tonleiter sowie der darauf aufgebaute Dreiklang (Mus.)

**subito,** (italien.): plötzlich, sofort

**Subjekt,** (lat.), sächl., –e: 1. Satzgegenstand, der die Flexion des Prädikats bestimmt (z. B. du lebst nur einmal), 2. das bewusste, denkende, handelnde, wahrnehmende Ich (Gegens.: Objekt; Philos.), 3. (umg.) verdächtige oder heruntergekommene Person

**subjektiv,** (lat.): persönlich; von einem persönlichen Standpunkt aus; unsachlich, parteiisch; im Subjekt begründet (Gegens.: objektiv)

**Subjektivismus,** (lat.), männl., nur Sing.: 1. Ichbezogenheit, Urteilen oder Handeln nach ausschließlich oder primär persönlichen Interessen ohne Rücksicht auf die objektive Sachlage, 2. Meinung, Weltsicht, nach der alles Erkennen nur für den Erkennenden von Belang ist und dass alles Sein letztlich durch das Subjekt und sein Bewusstsein bedingt ist (Philos.)

**subjektivistisch,** (lat.): nach Kategorien des Subjektivismus, ihn betreffend; ichbezogen

**Subjektivität,** (lat.), weibl., nur Sing.: persönliche Auffassung, Unsachlichkeit, Voreingenommenheit; Parteilichkeit, Ichbezogenheit (Gegens.: Objektivität)

**Subjektsatz,** (lat.-dt.), männl., –sätze: Satz, in dem das Subjekt aus einem Nebensatz besteht (z. B. Wer ihn liebt, ist uns willkommen.)

**Subkontinent,** (lat.), männl., –e: großer, eine geographisch selbstständige Form bildender Teil eines Erdteils (z. B. der indische S.)

**Subkultur,** (lat.), weibl., –en: relativ selbstständige und in sich geschlossene Kultur von Personengruppen am Rande oder außerhalb der Gesellschaft (z. B. kriminelle S. oder die S. der Hippies)

**subkutan,** (lat.): unter der Haut (von Spritzen; Med.)

**sublim,** (lat.): erhaben, verfeinert; nur einem feinsinnigen Verständnis und Empfinden begreiflich; feinsinnig, feinfühlig

**sublimieren,** (lat.): 1. Triebbedürfnisse durch Ersatzhandlungen befriedigen (z. B. Liebeshunger durch geistige Sättigung; Psychol.), 2. vom festen Zustand ohne die Zwischenstufe der Flüssigkeit direkt in die Gasform übergehen und umgekehrt (von Stoffen; Chem.)

**sublitoral,** (lat.): im Strandbereich gelegen, aber immer von Wasser bedeckt

**Subluxation,** (lat.), weibl., –en: nicht vollständige Verrenkung (Med.)

**submarin,** (lat.): unter der Meeresoberfläche befindlich (Geol.; Biol.)

**submers,** (lat.): getaucht, unter Wasser lebend (Biol.)

**Subordination,** (lat.), weibl., –en: 1. dienstliche Unterordnung, Gehorsam (Gegens.: Insubordination), 2. grammatische Unterordnung von Sätzen oder Satzteilen

**subordinieren,** (lat.) unterordnen

**subsidiär, subsidiarisch,** (lat.): ersatz-, zur Aushilfe dienend, behelfsweise; unterstützend, Hilfe leistend

**Subsidiarität,** (lat.), weibl., nur Sing.: 1. gegen den Zentralismus gerichtetes gesellschaftspolitisches Prinzip, nach dem nur bei Versagen der »untergeordneten Einheiten« (v. a. der Familie) staatliche Hilfe einsetzen soll, 2. nur behelfsweise Gültigkeit, Beachtung oder Berücksichtigung von Gesetzen

**Subsidium,** (lat.), sächl., Subsidien: Hilfs- oder Unterstützungszahlung

**Subskribent,** (lat.), männl., –en: Vorbesteller noch nicht erschienener Bücher, Zeitschriften u. a. zu günstigen Bedingungen

**subskribieren,** (lat.): sich im Voraus zur Abnahme eines noch nicht erschienenen Buches, einer Zeitschrift u. a. verpflichten

**Subskription,** (lat.), weibl., –en: Vorbestellung von noch nicht erschienenen Büchern, Zeitschriften u. a. zu günstigen Bedingungen

**Subspezies,** (lat.), weibl., –: Unterart (Biol.)

**substantiieren,** (lat.): durch Tatsachen belegen; im einzelnen aufführen

**Substantiv,** (lat.), sächl., –e: (im Deutschen großzuschreibendes) Hauptwort, Dingwort, Gegenstandswort (z. B. der Bau, die Lust)

**substantivieren,** (lat.): ein Wort aus einer anderen Wortarten als Substantiv verwenden, zum Substantiv machen (z. B. das Fliegen, der Süße)

**substantivisch,** (lat.): als Substantiv (verwendet)

**Substanz,** (lat.), weibl., –en: 1. Stoff, Materie, 2. das Wesentliche, der Kern einer Sache, ihr Wesen oder eigentlicher Inhalt, 3. Vermögen, Kapital; Rücklage, Reserve

**substanziell** (auch: substantiell), (lat.): wesenhaft, substanzartig; stofflich, materiell; wichtig, unverzichtbar, entscheidend

**substituieren,** (lat.): austauschen, einen Notbehelf wählen, an die Stelle (von etwas anderem) setzen, ersetzen (z. B. ein Wort durch ein anderes)

**Substitut,** (lat.), sächl., –e: Ersatzmittel, Notbehelf, Surrogat

**Substitut,** (lat.), männl., –en: Stellvertreter, Ersatzperson; stellvertretender Abteilungsleiter im Einzelhandel, Verkäufer (v. a. in der Textilbranche)

**Substitution,** (lat.): die, –en: Ersetzung, Auswechselung

**Substrat,** (lat.), sächl., –e: 1. Grund, Unterlage, 2. Substanz eines Dinges als Träger von Erscheinungen (Philos.), 3. Nährboden (Biol.), 4. eine chem. Verbindung, die von Fermenten abgebaut wird, 5. Sprachreste eines unterworfenen Volkes im Sprachgut des Siegervolks

**Substruktion,** (lat.), weibl., –en: Unterbau

**subsumieren,** (lat.): unterordnen, einordnen (von Begriffen); zusammenfassen

**Subsumtion,** (lat.), weibl., –en: Unter- oder Einordnung (eines Begriffes oder eines Sachverhaltes)
**Subteen,** ['sa.pti:n, engl.], männl., –s: amerik. Bez. für noch nicht ganz zehnjähriges Kind
**subtil,** (lat.): sorgsam und feinfühlig vorgehend, fein; schwierig, kompliziert
**Subtrahend,** (lat.), männl., –en: abzuziehende Zahl (Math.)
**subtrahieren,** (lat.): abziehen, vermindern /Math.)
**Subtraktion,** (lat.), weibl., –en: das durch Minuszeichen ausgedrückte Subtrahieren (eine der vier Grundrechenarten; Gegens.: Addition; Math.)
**Subtropen,** (lat.-gr.), weibl., Plur.: Klimagürtel zwischen den Tropen und den gemäßigten Breiten (Geogr.)
**Suburb,** ['ßa.bö:b, engl.], weibl., –s: Vorstadt, Trabantenstadt
**Subvention,** (lat.), weibl., –en: finanzielle staatliche Unterstützung, Steuererleichterung; zweckgebundener von der öffentlichen Hand gewährter Zuschuss
**subventionieren,** (lat.): durch Subventionen unterstützen, bezuschussen, von Steuern befreien
**Subversion,** (lat.), weibl., –en: (politischer) Umsturz; Wühlarbeit, umstürzlerische Aktivität im Untergrund
**subversiv,** (lat.): umstürzend, untergrabend, Wühlarbeit leistend
**Suddendeath** (auch: Sudden Death), ['ßa.d(e)n 'deth, engl. »plötzlicher Tod«], männl., –: Spielentscheidung in einer Verlängerung, in der siegt, wer den ersten Treffer (Punkt) erzielt (z. B. im Eishockey; im Fußball erstmals 1996 bei der EM praktiziert und als »Golden Goal« bezeichnet)
**süffisant,** (fr.): hämisch-genüsslich Überlegenheit zur Schau tragend, dünkelhaft, selbstgefällig, spöttisch-überheblich, arrogant
**Suffix,** (lat.), sächl., –e: Nachsilbe, die an den Wortstamm angehängt wird (z. B. ...keit, ...isch)
**suffizient,** (lat.): hinlänglich, ausreichend
**Suffragette,** (lat.), weibl., –n: vor dem Ersten Weltkrieg Anhängerin der Frauenbewegung in Großbritannien, die für das Frauenstimmrecht (suffrage) eintrat; (allg. veraltend) Emanze, Frauenrechtlerin
**Suffusion,** (lat.), weibl., –en: ausgedehnter Bluterguss unter der Haut (Med.)
**suggerieren,** (lat.): jmdm. etwas nahe legen, einreden; jmdn. geschickt beeinflussen
**suggestibel,** (lat.): (leicht) beeinflussbar
**Suggestion,** (lat.), weibl., –en: 1. ungewöhnlich starke geistig-seelische Beeinflussung eines Menschen durch Worte oder Handlungen, 2. fesselnde Wirkung, Anziehungskraft
**suggestiv,** (lat.): geschickt beeinflussend, suggerierend, unwiderstehlich anziehend
**Suicid.** vgl. Suizid
**sui generis,** (lat.): von eigener Art, einzig, besonders
**Suitcase,** ['ßju:tke:jß, engl.], männl. (auch sächl.), –s: kleiner Handkoffer
**Suite,** [ßwi:t, fr.], weibl., –n: 1. zusammengehörende Zimmer, Zimmerflucht (u. a. in Hotels, Palästen), 2. aus einer geregelten Folge von Sätzen (v. a. Tänzen)
**Suizid,** (lat.), männl. (auch sächl.), –e: Freitod
**suizidal,** (lat.): durch Freitod; zum Selbstmord neigend
**Sujet,** [ßüsche, fr.), sächl., –s: Gegenstand, Stoff künstlerischer Darstellung, künstlerisches Thema, Motiv
**Sukkade,** (fr.), weibl., –n: kandierte Schale einer Zitrusfrucht
**sukkulent,** (lat.): saftig, fleischig, nahrhaft (Biol.)

**Sukkulente,** (lat.), weibl., –n: Pflanze mit verdickten, fleischigen Blättern oder Sprossen, Fettpflanze

**Sukkulenz,** (lat.), weibl., nur Sing.: fleischige Beschaffenheit von Pflanzenteilen durch Wassereinlagerung (Bot.)

**Sukkurs,** (lat.), männl., –e: (veraltet) Unterstützung; militärischer Beistand, Verstärkung

**Sukzession,** (lat.), weibl., –en: Aufeinanderfolge, Reihenfolge; Rechtsnachfolge, Eintritt in ein bestehendes Rechtsverhältnis; Thronfolge

**sukzessiv(e),** (lat.): zeitlich nacheinander; allmählich, nach und nach

**Sulfat,** (lat.), sächl., –e: Salz oder Ester der Schwefelsäure (Chem.)

**Sulfid,** (lat.), sächl., –e: Salz oder Ester des Schwefelwasserstoffs (Chem.)

**Sulfit,** (lat.), sächl., –e: (Chem.) Salz oder Ester der schwefligen Säure

**Sulfonamid,** sächl., –e: Medikament, Chemotherapeutikum (v. a. gegen Infektionskrankheiten; Med.)

**Sulfur,** (lat.), sächl., nur Sing.: Schwefel, ein chem. Element (Zeichen: S), ein gelbes, sprödes Nichtmetall

**Sulky,** (engl.), sächl., –s: zweirädriger, einspännige Wagen den Trabrennfahrer

**Sultan,** (arab.), männl., –e: islamischer Herrscher sowie der entsprechende Titel

**Sultanat,** (arab.), sächl., –e: Herrschaftszeit und -gebiet eines Sultans

**Sultanine,** (arab.), weibl., –n: gelbe, kernlose Rosine

**Summa,** (lat.), weibl., Summen: (veraltet) Summe

**summa cum laude,** (lat.): mit Auszeichnung (beste Note bei einer Promotion)

**Summand,** (lat.), männl., –en: hinzuzuzählende Zahl bei einer Addition (Math.)

**summarisch,** (lat.): kurz zusammengefasst, im Überblick dargestellt, vereinfachend betrachtet; alles in allem genommen

**summa summarum,** (lat.): alles in allem, insgesamt

**Summation,** (lat.), weibl., –en: Summenbildung; Zusammenrechnung oder -fügung, Anhäufung

**Summe,** (lat.), weibl., –n: 1. Ergebnis einer Addition (Math.), 2. End- oder Zwischenbetrag einer Rechnung, (verfügbarer) Geldbetrag

**summieren,** (lat.): 1. zusammenzählen, addieren, 2. anwachsen, ballen

**Sumo,** (japan.), sächl., nur Sing.: Ringkampfart in Japan

**Sunna,** (arab.), weibl., nur Sing.: Sammlung von Aussprüche Mohammeds die für eine der beiden Hauptrichtungen des Islams neben dem Koran als Richtschnur mohammedanischen Lebens gilt (Gegens.: Schia)

**Sunnit,** (arab.), männl., –en: Anhänger der sich auf die Sunna stützenden islamischen Konfession

**Suomi,** (finn.): Finnland

**super,** (lat.): (umg.) prima, wahnsinnig (gut), klasse (Form des umgangssprachlichen Superlativs)

**superb, süperb,** (lat.-fr.): vorzüglich (schmeckend), prächtig, ausgezeichnet, geschmackvoll, von höchstem Raffinement

**Superintendent,** (lat.), männl., –en: Vorsteher eines ev. Kirchenkreises, Dekan, hoher Geistlicher

**Superintendentur,** (lat.), weibl., –en: Amt und Kirchenkreis eines Superintendenten

**superior,** (lat.): überlegen

**Superior,** (lat.), männl., Superioren: kathol. Kloster- oder Ordensvorsteher

**Superkargo,** (lat.), männl., –s: die Schiffsladung beaufsichtigendes Besatzungsmitglied mit Vollmacht des Auftraggebers

**Superlativ,** (lat.), männl., –e: 1. oberste Steigerungsstufe eines Adjektivs (z. B.

lang, länger, am längsten; Sprachwiss.), 2. etwas Unübertreffliches

**superlativisch,** (lat.): auf den Superlativ bezogen, ihn betreffend; übertrieben, in den höchsten Tönen

**Superlativismus,** (lat.), männl., –lativismen: übermäßige Verwendung von Superlativen; Übertreibung

**Supernova,** (lat.), weibl., –novä: Sternexplosion von besonders starker Helligkeit

**supersonisch,** (lat.): schneller als der Schall

**Supervisor,** ['ßju:pewaiser, engl.], männl., –: Überwachungsperson oder -gerät

**Supinum,** (lat.), sächl., Supina: substantivische Verbform im Lateinischen zur Bezeichnung einer Absicht (Sprachwiss.)

**Supplement,** (lat.), sächl., –e: Ergänzung, Nachtrag; Ergänzungswinkel (Math.)

**supplementär,** (lat.): ergänzend

**Support,** (lat.), männl., –e: Werkzeug oder Werkstück tragender, längs beweglicher und quer verstellbarer Schlitten einer Drehbank

**Support,** [ße.'port, engl.], männl., nur Sing.: Beratung; schriftlich, telefonisch oder über Datenleitung (online S.) erreichbare Ratgeber bei Hardware- oder Softwareproblemen (EDV)

**Suppositorium,** (lat.), sächl., –positorien: Zäpfchen, in den After einzuführendes Medikament in Zäpfchenform

**Suppression,** (lat.), weibl., –en: Unterdrückung

**suppressiv,** (lat.): unterdrückend, hemmend

**supprimieren,** (lat.): unterdrücken; verbergen

**Supraleiter,** (lat.-dt.), männl., –: elektrischer Leiter, der von bestimmten tiefen Temperaturen an (gewöhnl. nahe dem absoluten Nullpunkt, bei bestimmten Verbindungen [Hochtemperatur-S.] aber auch schon von minus 150 °C an) Strom widerstandsfrei leitet

**Supremat,** (lat.), das oder der, –e: Oberhoheit des Papstes; Oberherrschaft; Überordnung, Vorrang

**Suprematie,** (lat.), weibl., –n: vgl. Supremat

**Sure,** (arab.), weibl., –n: Abschnitt des Korans

**surfen,** ['ßö:rfen, engl.]: auf einem Brett stehend segeln; Wellenreiten

**Surplus,** [ßör'pla.s, engl.], sächl., –: Überschuss, Gewinn

**Surpriseparty** (auch: Suprise Party), [ßo:'praispa:ti, engl.], weibl., –s: Feier, mit der man jmdn. überrascht und die ohne sein Wissen organisiert wird

**surreal,** ['ßü.real, fr.]: unwirklich, traumhaft

**Surrealismus,** (fr.), männl., nur Sing.: Richtung in Literatur und Kunst des 20. Jh., die das Unwirkliche, Traumhafte, Unbewusste künstlerisch darzustellen und zu deuten sucht

**Surrealist,** (fr.), männl., –en: Künstler des Surrealismus

**surrealistisch,** (fr.): auf den Surrealismus bezogen, ihn betreffend

**Surrogat,** (lat.), sächl., –e: Ersatz, Ersatzmittel, Behelfsstoff, Notbehelf

**Survivals,** [ßö(r)'waiwls, engl.], weibl., Plur.: (unverstandene) Reste untergegangener Kulturformen und Bräuche (Völkerkunde)

**suspekt,** (lat.): fragwürdig, verdächtig

**suspendieren,** (lat.): 1. zeitweilig aufheben, (vorübergehend) des Amtes entheben; von einer Verpflichtung lösen, 2. in einer Flüssigkeit kleine, unlösliche Teilchen fein verteilen (Chem.), 3. schwebend aufhängen (Med.)

**Suspension,** (lat.), weibl., –en: das Suspendieren

**Suspensorium,** (lat.), sächl., –sorien: Tragbeutel, Tragvorrichtung zum Schutz

der männl. Genitalien oder weibl. Brust (Med.)
**Sutane:** vgl. Soutane
**Sutra,** (sanskr.), sächl., –s: kurzer einprägsamer Lehrsatz in der altindischen wedischen Literatur
**suum cuique,** (lat.): jedem das Seine (antiker Wahlspruch vom preußischen König Friedrich I. übernommen)
**Swami,** (sanskr.), männl., –s: Anrede für einen Lehrer des Hinduismus in Indien
**Sweatshirt,** ['ßwe.tshö(r)t, engl.], sächl., –s: langärmeliger, weiter Pullover aus Baumwolle
**Sweetheart,** ['ßui:tha:t, engl.], sächl., –s: Geliebte/r, Liebste/r
**Swimmingpool,** ['ßwi.mingpu:l, engl.], männl., –s: kleines Schwimmbecken im Haus oder im Garten
**Swing,** (engl.), männl., –s: 1. Jazzstil, der Anfang der 30er Jahre aufkam, 2. ruhig schwingende, synkopierte Melodie im Jazz, 3. höchste gegenseitig eingeräumte Kreditquote im bilateralen Handel von Staaten
**swingen,** (engl.): 1. Musik im Swing-Stil machen, 2. nach Swing-Musik tanzen, 3. (umg.) Partner tauschen, Gruppensex betreiben
**swinging,** (engl.): schwungvoll, aufregend
**Sybarit,** (gr.), männl., –en: Schlemmer, Schwelger (nach der antiken Stadt Sybaris, deren Einwohner als Genüssler galten)
**Sykophant,** (gr.), männl., –en: im antiken Athen Verräter, Verleumder
**syllabisch,** (gr.): silbenweise
**Syllogismus,** (gr.), männl., –logismen: Form des deduktiven logischen Schlusses (vom Allgemeinen auf das Besondere), die von Aristoteles entwickelt wurde
**Sylphe, Sylphide,** ['sü.lfe, lat.], weibl., –n: weiblicher Luftgeist; zartes, anmutiges Mädchen
**Symbiont,** (gr.), männl., –en: mit anderen in Symbiose lebendes Tier oder so lebende Pflanze
**Symbiose,** (gr.), weibl., –n: 1. dauerndes Zusammenleben zweier Tiere oder Pflanzen verschiedener Art zu gegenseitigem Nutzen (Biol.), 2. (allg.) gedeihliches, ja inniges Verhältnis zweier Partner
**symbiotisch,** (gr.): in Symbiose lebend
**Symbol,** (gr.), sächl., –e: Zeichen (z. B. für eine mathematische Größe), Bild, Buchstabe; Sinnbild, das für etwas anderes steht; Kennzeichen, Merkmal
**Symbolik,** (gr.), weibl., nur Sing.: 1. sinnbildliche Bedeutung oder Darstellung; Anwendung, (künstlerischer) Einsatz von Symbolen, 2. Lehre von den Symbolen und ihrer Verwendung
**symbolisch,** (gr.): sinnbildlich; durch Symbole dargestellt, stellvertretend für eine andere Aussage
**symbolisieren,** (gr.): durch Symbole darstellen; versinnbildlichen
**Symbolismus,** (gr.), männl., nur Sing.: als Gegenströmung zum Naturalismus um 1890 aufgekommene europäische Kunstrichtung, die bevorzugt mit symbolischen Darstellungen arbeitet
**Symmetrie,** (gr.), weibl., –n: 1. Gleich-, Ebenmaß, 2. Eigenschaft einer Figur oder eines Körpern, bei bestimmten (gedachten) Bewegungen (Klappen, Drehen u. a.) deckungsgleich wieder in sich selbst überzugehen; Spiegelgleichheit, spiegelbildliche Gleichheit (Gegens.: Asymmetrie)
**symmetrisch,** (gr.): auf die Symmetrie bezogen, sie betreffend; gleichmäßig, gleichgewichtig, spiegelbildlich
**Sympathie,** (gr.), weibl., –n: Zuneigung, Wohlwollen, seelisch-geistige Übereinstimmung, Gefühl des Sichhingezogenfühlens zu jmdm.; Mitgefühl; (Gegens.: Antipathie)

**Sympathikus,** (gr.), männl., Sympathizi: Teil des vegetativen Nervensystems, der zusammen mit dem Parasympathikus grundlegende Lebensfunktionen regelt (Med.)
**Sympathisant,** (gr.), männl., –en: Anhänger einer Person oder (politischen) Richtung; jmd., der mit etwas oder jmdm. sympathisiert; Unterstützer extremer Gruppierungen
**sympathisch,** (gr.): 1. Sympathie hervorrufend, zusagend, ansprechend, 2. das vegetative Nervensystem betreffend, zu ihm gehörig (Med.)
**sympathisieren,** (gr.): einer Idee, einer Anschauung, einem Menschen oder einer Gruppierung positiv gegenüberstehen, zugetan sein
**Symphonie:** Sinfonie
**Symposion, Symposium,** (gr.), sächl., Symposien: 1. Trinkgelage im Anschluss an eine opulente Mahlzeit im antiken Griechenland, 2. Wissenschaftlertagung zur Diskussion von (übergeordneten) Fachfragen
**Symptom,** (gr.), sächl., –e: Anzeichen, Krankheitszeichen, Vorbote; Kennzeichen (für eine Entwicklung), typisches Merkmal
**symptomatisch,** (gr.): anzeigend, warnend; bezeichnend, typisch
**Symptomatologie,** (gr.), weibl., nur Sing.: Lehre von den Krankheitszeichen (Med.)
**Synagoge,** (gr.), weibl., –n: jüdisches Gotteshaus
**Synalgie,** (gr.), weibl., –n: Mitempfindung von Schmerzen in einem nicht erkrankten Körperteil (Med.)
**Synapse,** (gr.), weibl., –n: Anschlussstelle zwischen zwei Nervenzellen zur Informations- und Reizübertragung
**synchron,** (gr.): gleichzeitig ablaufend, gleichlaufend; zeitgleich; übereinstimmend
**Synchronisation,** (gr.), weibl., –en: 1. Ersatz einer Tonaufzeichnung eines fremdsprachigen Films durch möglichst lippengetreuen heimischen Ton, zum Bild passende »Übersetzung« eines Films von einer Sprache in eine andere, 2. Herstellen des gleichzeitigen oder ineinander greifenden Ablaufs von Vorgängen oder Produktionsprozessen
**synchronisieren,** (gr.): einen Film »übersetzen«, Gleichlauf herstellen
**Synchrotron,** ['sü.nkrotron, gr.], sächl., –chrotone: Beschleuniger für Elementarteilchen (Phys.)
**syndetisch,** (gr.): durch ein Bindewort verbunden (von Satzteilen oder Gliedsätzen; Sprachwiss.)
**Syndikat,** (gr.), sächl., –e: 1. Amt eines Syndikus, 2. Form eines wirtschaftlichen Kartells, 3. Bez. für Gewerkschaften in einigen romanischen Ländern, 4. Tarnorganisation oder Zusammenschluss von Gangsterbanden in den USA
**Syndikus,** ['sü.ndikuß, gr.], männl., –se: ständiger Rechtsberater und Vertreter in Rechtssachen (bei Unternehmen, Verbänden und anderen Organisationen)
**Syndrom,** (gr.), sächl., –e: Symptomenkomplex; Gruppe von gleichzeitig erscheinender, miteinander in Zusammenhang stehender Krankheitszeichen (Med.)
**synergetisch,** (gr.): zusammenwirkend
**Synergie,** (gr.), weibl., –n: das Zusammenwirken
**Synklinale, Synkline,** (gr.), weibl., –n: eingewölbter Teil einer geologischen Falte
**Synkope,** (gr.), weibl., –n: Wegfall eines Lauts im Wort (z. B. heitrer statt heiterer; Sprachwiss.), 2. Verlagerung des rhythmischen auf einen sonst unbetonten Taktteil (Mus.), 3. Hirndurchblutungsstörung sowie der dadurch ausgelöste kurze Bewusstseinsverlust (Med.)

**synkopieren,** (gr.): 1. einen Laut weglassen (Sprachwiss.), 2. sonst unbetonte Taktteile betonen
**Synkretismus,** (gr.), männl., nur Sing.: Vermischung verschiedener Religionen, Bekenntnisse, philosophischer Lehren oder weltanschaulicher Überzeugungen oder einzelner Teile davon
**Synod,** (gr.), männl., –e: oberste Behörde der russisch-orthodoxen Kirche bis 1917
**synodal,** (gr.): die Synode betreffend
**Synode,** (gr.), weibl., –n: 1. Versammlung und Vertretung einer ev. Landeskirche aus Laien und Geistlichen, eine Körperschaft ev. Selbstverwaltung, 2. (unübliche) Bez. für Konzil der kathol. Kirche
**synodisch,** (gr.): 1. zusammentreffend, 2. bezogen auf die Stellung von Erde und Sonne (Astron.)
**synonym,** (gr.): sinnverwandt, bedeutungsgleich (Gegens.: antonym; Sprachwiss.)
**Synonym,** (gr.), sächl., –e oder Synonyma: sinnverwandtes oder bedeutungsgleiches Wort (z. B. schauen – sehen, jetzt – nun; Gegens.: Antonym; Sprachwiss.)
**Synonymie,** (gr.), weibl., –n: Bedeutungsgleichheit von Wörtern
**Synonymik,** (gr.), weibl., nur Sing.: 1. Teilgebiet der Sprachwiss., das sich mit Synonymen befasst, 2. Sammlung oder Wörterbuch der Synonyme
**Synopse** (Synopsis), (gr.), weibl., –n: 1. Zusammenschau, gemeinsame Betrachtung durch Nebeneinanderstellung, Überblick, 2. Anordnung, Zusammenstellung bzw. vergleichendes Gegenüberstellen von Paralleltexten, v. a. Evangelien des Neuen Testaments
**Synoptik,** (gr.), weibl., nur Sing.: Teilgebiet der Meteorologie, das Vorhersagen mit Hilfe der Interpretation großräumiger Wetterdaten aus zahlreichen Wetterkarten erarbeitet
**Synoptiker,** (gr.), männl., Plur.: die Evangelisten Matthäus, Markus und Lukas im Neuen Testament
**synoptisch,** (gr.): zusammenschauend; zusammengestellt, nebeneinander gereiht, im Überblick
**Syntagma,** (gr.), sächl., –ta oder Syntagmen: zusammengehörige, Formel oder Wortgruppe unterhalb der Satzebene (z. B. in tiefer Trauer; Sprachwiss.)
**Syntaktik,** (gr.), weibl., nur Sing.: Lehre von den Verknüpfungen zwischen den Zeichen einer Sprache, Teilgebiet der Semiotik
**syntaktisch,** (gr.): auf die Syntax bezogen, sie betreffend
**Syntax,** ['sü.ntakß, gr.], weibl., –en: 1. Satzlehre als Teil der Grammatik (Sprachwiss.); (regelgerechter) Satzbau, 2. Struktur von Programmbefehlen (EDV)
**Synthese,** (gr.), weibl., –n: 1. (allg.) Vereinigung, wechselseitige Ergänzung, Zusammenfügung, 2. Ergebnis von These und Antithese, das im dialektischen Prozess zur neuen These wird (Philos.), 3. in der Chemie Aufbau von Verbindungen aus einfacheren Bestandteilen
**Synthesizer,** ['ßi.nteßaiser, engl.], männl., –: elektronischer Tongenerator, der alle nur erdenklichen Geräusche, Töne und Klänge erzeugen, simulieren, kombinieren und speichern kann (angewandt z. B. im Keyboard)
**Synthetik,** (gr.), weibl., nur Sing.: (textile) Kunstfaser
**synthetisch,** (gr.): 1. zusammenfügend, vereinigend, mit Hilfe einer Synthese (1), 2. künstlich hergestellt (Chem.)
**synthetisieren,** (gr.): künstlich herstellen (Chem.)
**Syphilis,** (lat.) weibl., nur Sing.: meldepflichtige Geschlechtskrankheit, die un-

behandelt zum Tod führt; »Lustseuche« (nach Syphilus, der Titelfigur eines Lehrgedichts aus dem Jahre 1530)

**Syphilitiker,** männl., –: an Syphilis Leidender

**syphilitisch:** an Syphilis erkrankt, die Syphilis betreffend

**System,** (gr.), sächl., –e: 1. gegliedertes, geordnetes Ganzes, Gesamtheit von mit einander verbundenen Teilen; Lehrgebäude, 2. Gliederung, Aufbau; Ordnungsprinzip, 3. geologische Epoche (früher Formation), 4. Ordnung der Organismen in übersichtliche Gruppen (Biol.), 5. (oft abschätzig:) herrschende Staats- und Regierungsform

**Systemanalyse,** (gr.), weibl., –n: Untersuchung der Struktur eines Problems zur Erarbeitung eines Flussdiagramms für die programmgesteuerte Lösung mit Hilfe eines Prozessrechners (EDV)

**Systematik,** (gr.), weibl., –en: 1. Ordnungsprinzip, planmäßige Darstellung; geordneter Aufbau eines Lehrgebäudes oder einer Wissenschaft, 2. Einteilung von Pflanzen oder Tieren in Gruppen

**systematisch,** (gr.): planmäßig, nach einem System; systembezogen

**systematisieren,** (gr.): in ein System bringen, planmäßig ordnen

**systemimmanent,** (gr.-lat.): einem System innewohnend; die Grenzen eines (politischen) Systems nicht überschreitend

**systemkonform,** (gr.-lat.): gemäß den Regeln eines (politischen) Systems

**Systole,** (gr.), weibl., –n: Zusammenziehung v. a. des Herzmuskels zum Pumpen des Blutes (Gegens.: Diastole)

**Szenar,** (gr.), sächl., –e: vgl. Szenarium

**Szenario,** (gr.), sächl., –s: 1. in Szenen gegliederter Entwurf eines Films, 2. für die Planung simuliertes Problemschema, nach dem die Ausführung vonstatten gehen soll; vermuteter Ablauf eines Ereignisses zur Auswahl der geeigneten Maßnahmen

**Szenarium,** (gr.), sächl., Szenarien: 1. Szenenfolge (eines Theaterstücks), Bühnenbuch, 2. Schauplatz

**Szene,** (gr.), weibl., –n: 1. Schauplatz, Bühne, 2. Auftritt, Spieleinheit eines Dramas oder Films, 3. heftiger Wortwechsel, Zänkerei in der Öffentlichkeit, bloßstellende Vorwürfe, 4. Kultur oder Subkultur (z. B. Drogen-S.), vgl. Scene

**Szenerie,** (gr.), weibl., –n: 1. Bühnenbild, Kulisse, 2. Panorama, Landschaftsbild, 3. Schauplatz

**szenisch,** (gr.): eine Szene betreffend; bühnenmäßig, schauspielhaft

**Szilla,** (gr.), weibl., Szillen: Blaustern, ein Liliengewächs (Bot.)

**Szintigramm,** (lat.-gr.), sächl., –e: Darstellung des Ergebnisses einer Szintigraphie auf Bildschirm oder Papier (Med.)

**Szintigraphie,** (lat.-gr.), weibl., –: Methode der medizinischen Gewebsuntersuchung durch Zuführung von radioaktiven Stoffen, deren Verteilung im Körper nach bestimmter Zeit aufgezeichnet wird (Med.)

**szintillieren,** (lat.): aufleuchten, funkeln, flimmern (Astrophys.)

**Szission,** (lat.), weibl., –en: (veraltet) Spaltung

# T

**Tabagie,** [taba'schi:, span.-fr.], weibl., –en: (ehemals Bez. für) ein Gasthaus, in dem geraucht werden durfte

**Tabak,** (indian.), männl., –e: 1. Nachtschattengewächs, aus dessen getrockneten Blättern Zigaretten, Zigarren und Pfeifentabak hergestellt wird, 2. das aus

der Pflanze gewonnene und zum Rauchen vorgesehene Fertigprodukt
**Tabasco,** (Wz), männl., nur Sing.: nach dem mexikan. Bundesstaat benannte sehr scharfe Würzsoße aus roten Chilies
**Tabatiere,** (indian.-fr.), weibl., –n: Tabakdose, Schnupftabakdose; Zigarettendose
**tabellarisch** (lat.): in Form einer Tabelle angeordnet
**tabellarisieren,** (lat.): in Tabellen anordnen, in Tabellenform bringen
**Tabellarium,** (lat.), sächl., Tabellaria: tabellarisch zusammengestellte Übersicht am Ende eines Buches
**Tabelle,** (lat. »Täfelchen«), weibl., –n: Übersicht, Zusammenstellung von Zahlen, Schlagwörtern u. Ä. in Fort von Listen oder Spalten; Zahlen- oder Wertetafel
**Tabernakel,** (lat.), sächl., –: 1. (in der kathol. Kirche) Schrein auf dem Altar zur Aufbewahrung der geweihten Hostien, 2. (in der Gotik) kunstvoll gearbeitetes Spitzdach über Figuren, Standbildern, Altären oder Grabmälern
**Tabes,** (lat.), weibl., nur Sing.: 1. (ehemals Bez. für) Auszehrung, Schwindsucht, 2. Rückenmarkschwindsucht (Med.)
**Tabeszenz,** (lat.), weibl., –en: Auszehrung (Med.)
**Tableau,** [ta'blo: fr.], sächl., –s: 1. (im Theater) wirkungsvoll gruppiertes Bild, 2. Meldetafel im Flur eines Mietshauses, 3. Zusammenstellung mehrerer, im gleichen Abbildungsmaßstab angefertigter Vorlagen in der Reproduktionstechnik
**Tablett,** (fr.), sächl., –s: Servierbrett zum Auftragen von Geschirr
**Tablette,** (fr.), weibl., –n: ein in Pillenform gepresstes Arzneimittel zum Einnehmen
**tablettieren,** (fr.): in Tablettenform bringen
**tabu,** (polynes.): geheiligt; unantastbar, unverletzlich; verboten
**Tabu,** (polynes. »das Verbotene), sächl., –s: 1. (bei Naturvölkern) das Verbot, Kontakt mit bestimmten Lebewesen oder Gegenständen zu haben, bestimmte Handlungen durchzuführen, bestimmte Orte aufzusuchen oder bestimmte Wörter auszusprechen (Völkerkunde), 2. nicht rational begründetes und meist unausgesprochenes Verbot, über bestimmte Bereiche zu sprechen oder bestimmte Dinge zu tun
**tabuieren:** vgl. tabuisieren
**tabuisieren,** (polynes.): etwas für tabu erklären, für unantastbar oder verboten erklären; etwas totschweigen
**Tabuisierung,** (polynes.), weibl., –en: das Für-tabu-Erklären, das Totschweigen
**Tabula rasa,** (lat. »abgeschabte Tafel«), weibl., nur Sing.: 1. (in der Antike) abradierte, wieder geglättete Wachs überzogene Schreibtafel, 2. Zustand der Seele bei der Geburt des Menschen vor dem Einwirken von Eindrücken aus der Außenwelt (Philos.), 3. T. r. machen: reinen Tisch machen, rücksichtslos Ordnung schaffen
**Tabulator,** (lat.), männl., –en: Vorrichtung an Schreib- und Buchungsmaschinen, die das Schreiben von Tabellenspalten durch sprunghaftes Bewegen des Wagens erleichtert
**Tabun,** (türk.), sächl., nur Sing.: ein Nervengift, ein im zweiten Weltkrieg entwickelter und noch heute hergestellter chem. Kampfstoff
**Tacheles,** (jidd.): T. reden: jmdn. zurechtweisen, jmdm. die Meinung sagen
**Tachismus,** [ta'schi.smus, fr.], männl., nur Sing.: moderne Richtung der abstrakten Malerei, bei der durch spontane Form- und Farbgebung statt überlegter Komposition ein Kunstwerk geschaffen werden soll
**Tacho,** (gr.), männl., –s: Kurzw. für Tachometer

**Tachometer,** (gr.), männl. (auch sächl.), –: 1. Gerät zum Messen der Drehzahl von Maschinen, 2. Geschwindigkeitsmesser bei Fahrzeugen (oft mit Kilometerzähler kombiniert)
**Tachykardie,** (gr.), weibl., –n: Herzjagen, übermäßige Steigerung der Herztätigkeit (Med.)
**Tachymeter,** (gr.), sächl., –: Instrument zum Messen von Entfernungen, Höhenunterschieden und Richtungen
**Tachyon,** (gr.), sächl., Tachyonen: Elementarteilchen, das sich angeblich mit Überlichtgeschwindigkeit bewegt (Phys.)
**Tachypnoe,** (gr.), weibl., nur Sing.: Kurzatmigkeit, Atembeschleunigung (Med.)
**tachyseismisch,** (gr.): schnell verlaufend (bei Erdbeben)
**Tacker,** (engl.), männl., –: Gerät zum Einschlagen von Metallklammern
**Tackling,** ['tä.kling, engl.], sächl., –s: (beim Fußball) Technik der Ballabnahme durch Hineinrutschen in die Beine des Gegners (genauer: Slidetackling)
**Taekwondo,** [täk'wo.ndo, korean.], sächl., nur Sing.: asiatisches System der waffenlosen Selbstverteidigung, korean. Variante des Karate
**Taft,** (pers.), männl., –e: ein glänzender Stoff aus reiner Seide oder Chemieseide für Kleider und als Futtermaterial
**Tag,** ['tä.g, engl.-amerik.], männl., –s: 1. improvisierte Schlussformel von Jazzmusikstücken, 2. Markierung, Identifizierungszeichen (EDV)
**Tagetes,** (lat.), weibl., nur Sing.: zur Gattung der Korbblütler zählende Zierpflanze (Studentenblume)
**Tagliatelle,** (italien.), nur Plur.: italien. Bandnudeln
**Taifun,** (chines.), männl., –e: tropischer Wirbelsturm in Ostasien
**Taiga,** (russ.), weibl., nur Sing.: waldige und sumpfige Landschaft (insbes. in Sibirien)
**Taille,** ['ta.lje, fr.], weibl., –n: 1. schmalster Teil des Rumpfes zwischen Brust und Hüfte; Gürtellinie, 2. (ehemals Bez. für:) Mieder, enganliegendes Kleideroberteil, 3. direkte Steuer in Frankreich vor der Französischen Revolution (1789)
**Tailleur,** [ta'jö:r, fr.], männl., –s: Schneider
**Tailleur,** [ta'jö:r, fr.], sächl., –s: eng anliegendes Jackenkleid, Schneiderkostüm
**taillieren,** [ta'ji:ren, fr.]: 1. ein Kleidungsstück auf Taille arbeiten, eng anliegend machen, 2. die Karten aufdecken (beim Kartenspiel)
**Take,** ['te:jk, engl.], männl. oder sächl., –s: 1. kurzer Abschnitt eines Films, der in einem Stück gedreht wird, 2. (umg.) ein Zug aus einer Haschisch- oder Marihuanazigarette
**Takelage,** [takela:sche, dt.-fr.), weibl., –n: Takelung; Segelausrüstung eines Schiffes
**Take-off,** ['te:jko.f, engl.], sächl., –s: Flugzeugstart (Gegens.: Landing), (übertr.) Vorstellungsbeginn bei ein Show
**taktieren,** (lat.): den Takt durch Handbewegungen angeben, den Takt schlagen (Mus.)
**taktieren,** (gr.): eine Taktik anwenden, taktisch vorgehen
**Taktik,** (gr.), weibl., –en: 1. berechnendes, planvolles und zweckbestimmtes Verhalten oder Vorgehen, 2. Kunst der Kriegs- und Truppenführung
**taktil** (lat.): das Tasten, die Berührung, den Tastsinn betreffend (Med.)
**taktisch,** (gr.): die Taktik betreffend; berechnend und planvoll vorgehend; auf einer best. Taktik beruhend
**Talar,** (lat.), männl., –e: weites, mantelartiges schwarzes Amtsgewand evang. Geistlicher, Amtstracht von Richtern
**Talent,** (gr.), sächl., –e: 1. altgr. Währungs- und Gewichtseinheit, 2. beson-

dere geistige oder körperliche Fähigkeit, Begabung, 3. eine Person, die über außergewöhnliche Fähigkeiten auf einem bestimmten Gebiet verfügt

**talentiert,** (gr.): begabt, Talent besitzend

**Talisman,** (gr.), männl., –e: kleiner, meist am Körper getragener, vermeintlich Glück bringender oder Schutz spendender Gegenstand

**Talk,** (arab.), männl., nur Sing.: vgl. Talkum

**Talk,** ['to:(a)k, engl.], männl., –s: öffentliche Plauderei, Unterhaltung

**talken,** ['to:(a)k(e)n, engl.]: 1. sich unterhalten, plaudern, 2. sich im Rahmen einer Talkshow unterhalten

**Talkmaster,** ['to:(a)kmast(e)r, engl.], männl., –: jmd., der eine Talkshow leitet

**Talkshow,** ['to:(a)kscho(u), engl.], weibl., –s: Unterhaltungssendung im Fernsehen, in der ein Gesprächsleiter sich mit (bekannten) Persönlichkeiten unterhält und sie durch Fragen zu einem interessanten Gespräch anzuregen sucht

**Talkum,** (arab.), sächl., nur Sing.: sehr weiches, blättriges Mineral (Bestandteil von Pudern und Schminken); zermahlener Speckstein

**Talmi,** sächl., nur Sing.: 1. nach dem fr. Erfinder Tallois benannte, goldfarbene Kupfer-Zink-Legierung, 2. Unechtes, Wertloses, Glitzerkram

**Talmud,** (hebr.), männl., –e: Sammlung der Gesetze, der religiösen Vorschriften und Überlieferungen des nachbiblischen Judentums

**Talon,** [ta'lon, fr.], männl., –s: 1. Erneuerungsschein bei Wertpapieren, 2. Gutschein, 3. der nach dem Geben übrig bleibende Kartenrest; Kartenstock bei Glücksspielen, 4. unterer Teil des Bogens von Streichinstrumenten

**Tamarinde,** (arab.), weibl., –n: tropischer Baum

**Tamariske,** (arab.), weibl., –n: eine Gattung von Sträuchern mit kleinen schuppenförmigen Blättern, die in Trockengebieten wächst

**Tambour,** ['ta.mbur, fr.], männl., –e: 1. Trommler, 2. Trommel, 3. zylinderförmiges Bauteil, auf dem die Kuppel aufsitzt (Archit.), 4. Trommel zum Aufrollen von Papier

**Tambourin,** [tambu'rän, fr.], sächl., –s: mit zwei Fellen bespannte längliche Trommel

**Tambourmajor,** (fr.), –e: Leiter eines Spielmannszuges

**Tambur:** vgl. Tanbur

**Tamburin,** (fr.), sächl., –e: 1. kleine Handtrommel mit in den Rand eingelassenen Schellen, 2. flaches trommelartiges Taktinstrument für Gymnastik, 3. Stickrahmen

**Tampon,** (fr.), männl., –s: 1. Watte- oder Mullbausch zum Aufsagen von Flüssigkeiten (Med.), 2. Tampon (1), der während der Menstruation in die Scheide eingeführt wird, 3. Einfärbballen zum Einreiben der Druckfarbe in die Druckplatte

**Tamponade,** (fr.), weibl., –n: das Ausstopfen von Wundkanälen oder Wundhöhlen mit Tampons (Med.)

**tamponieren,** (fr.): mit einem Tampon ausstopfen (insbes. bei Wunden; Med.)

**Tamtam,** (Hindi-fr.), sächl., –s: 1. asiatisches mit Klöppel geschlagenes Metallbecken, Gong, 2. (umg.) Lärm, Aufhebens, laute Geschäftigkeit, die Aufmerksamkeit erregen soll

**Tanbur,** (arab.), männl., –e oder –s: Langhalslaute, arab. Zupfinstrument

**Tandem,** (lat.), sächl., –s: 1. Fahrrad mit zwei hintereinander angebrachten Sitzen und zwei Tretlagern, 2. Wagen mit zwei hintereinander gespannten Pferden

**Tanga,** (indian.), männl., –s: modischer, sehr knapper Bikini

**Tangens,** (lat.), männl., nur Sing.: eine Winkelfunktion, das Verhältnis von Gegenkathete zu Ankathete im rechtwinkligen Dreieck (Zeichen: tan; Math.)
**Tangente,** (lat.), weibl., –n: 1. Gerade, die eine gekrümmte Linie (insbes. einen Kreis) oder eine Fläche in einem Punkt berührt (Math.), 2. dreieckförmiges Messingplättchen, das beim Klavichord die Saiten anschlägt (Mus.), 3. Autostraße, die am Rande einer Ortschaft verläuft
**tangential,** (lat.): eine gekrümmte Linie oder eine gekrümmte Fläche berührend (Math.)
**tangieren,** (lat.): 1. eine gekrümmte Linie oder gekrümmte Fläche berühren (Math.), 2. betreffen, angehen, berühren, beeindrucken, 3. auf Flachdruckplatten ein regelmäßiges Muster anbringen
**Tango,** (span.), männl., –s: aus einem argentinischen Volkstanz hervorgegangener langsamer Gesellschaftstanz
**Tannat,** (fr.), sächl., –e: Salz einer Gerbsäure
**Tannin,** (fr.), sächl., –e: aus Pflanzen hergestellte Gerbsäure
**Tantal,** (gr.), sächl., nur Sing.: ein chem. Element, ein sehr hartes Schwermetall (Zeichen: Ta)
**Tantalusqualen,** (gr.-dt.), weibl., nur Plur.: (nach dem König Tantalus aus der gr. Sage) Qualen, die durch ein Verlangen nach etwas entstehen, was in der Nähe, aber dennoch unerreichbar ist
**Tantieme,** [tantj'e:me, lat.-fr.], weibl., –n: 1. (meist Plur.) an Autoren, Sängern u. a. gezahlte Beteiligung am Erlös aus Aufführungen ihrer Werke, 2. Anteil am Gewinn eines Unternehmens
**tanto,** (italien.): viel, sehr (bei Vortragsanweisungen; Mus.)
**Tantra** (sanskr.), sächl., nur Sing.: Lehrwerk des Tantrismus
**Tantrismus** (sanskr.), männl., nur Sing.: religiöse Richtung in Indien, die großen Einfluss auf Buddhismus und Hinduismus gewann (z. B. hebt der T. den Rangunterschied zwischen Kasten und Geschlechtern auf)
**Tao,** [auch: 'tau, chines. »Weg«], sächl., nur Sing.: Grundbegriff der chines. Philosophie des Laotse, des Taoismus (ungefähre Bedeutung: die Natur als der Anfang aller Dinge)
**Taoismus,** (chines.), männl., nur Sing.: von Laotse begründete chines. Lehre vom Tao, in der es um die Harmonie zwischen Mensch und Kosmos geht
**Tapa,** (polynes.), weibl., –s: Bastfaserstoff (in Ozeanien)
**Tape,** ['te:jp, engl.], sächl. (auch männl.), –s: 1. Magnetband, Tonbandstreifen, 2. selbsthaftender Verbandsstoff
**tapen,** ['te:jpen, engl.]: einen selbsthaftenden Verband (z. B. zur Stabilisierung eines Gelenks) anlegen
**Tapedeck,** ['te:jpdeck, engl.], sächl., –s: in eine Stereoanlage eingebautes Tonbandgerät oder Kassettenteil, Kassettendeck
**Tapet,** (gr. »Decke, Teppich«), sächl., –e: (ehemals) Decke eines Konferenztisches; aufs T. bringen: etwas zur Sprache bringen
**Tapete,** (gr.), weibl., –n: bedruckte oder bemalte Wandverkleidung aus Papier, Kunststoff oder textilem Material
**tapezieren,** (gr.): mit Tapete bekleben
**Tapir,** (indian.), männl., –e: fast nashorngroßes Säugetier mit Rüsselschnauze in den Wäldern Süd- und Mittelamerikas und Südostasiens (Zool.)
**Tapisserie,** (fr.), weibl., –n: 1. Geschäft oder Werkstatt für Handarbeiten, 2. Wandteppich, 3. Kreuzstichstickerei
**Tara,** (arab.), weibl., Taren: 1. Verpackung, 2. Verpackungsgewicht

**Tarantel,** (italien.), weibl., –n: nach der italien. Stadt Tarent benannte südeuropäische Wolfsspinnenart, deren Biss schmerzhaft, aber ungefährlich ist
**Tarantella,** (italien.), weibl., –s: süditalien. schneller Volkstanz
**Tarbusch,** (arab.), männl., –e: orientalische Kopfbedeckung (arab. Bez. für: Fes)
**tardiv,** (lat.): sich langsam entwickelnd, zögernd auftretend (Med.)
**tardo,** (italien.): langsam (Vortragsbez.; Mus.)
**Target,** (engl.), sächl., –s: ein Materiestück, auf das energiereiche Strahlung gelenkt wird, um in ihm Kernreaktionen auszulösen (Kernphysik)
**tarieren,** (arab.): 1. das Gewicht einer Verpackung ermitteln, 2. ein Waage auf den Nullpunkt einstellen
**Tarif,** (arab.), männl., –e: 1. vertraglich oder gesetzlich festgesetzter Preis oder Lohn, 2. verbindliches Gebührenverzeichnis
**Tarifautonomie,** (arab.-gr.), weibl., –n: Vertragsfreiheit der Tarifvertragsparteien, Tarifverträge einzugehen und zu lösen
**Taro,** (polynes.), männl., –s: stärkehaltiger Wurzelstock eines asiat. Aronstabgewächses (ein wichtiges Nahrungsmittel)
**Tarock,** (italien.), männl. oder sächl., –s: ein Kartenspiel für 3 Personen mit 78 Karten
**Tarok:** vgl. Tarock
**Tarpan,** (russ.), männl., –e: ausgerottetes europäisches Wildpferd
**Tarsus,** (gr.), männl., Tarsen: 1. Fußwurzel (Med.), 2. Lidknorpel, 3. Glied eines Insektenbeins
**Tartan,** (engl.), männl., –s: 1. buntkarierter Wollstoff, 2. Wz, (nur Sing.) wetterfester Kunststoffbelag für Laufbahnen
**Tartaros:** vgl. Tartarus
**Tartarus,** (gr.), männl., nur Sing.: (in der gr. Mythologie Name für:) die Unterwelt
**Tartrat,** (lat.-fr.), sächl., –e: Salz der Weinsäure, Weinstein
**Tartüff,** männl., –e: (nach der Hauptperson in Molières Komödie »Tartuffe«) Heuchler, Scheinheiliger
**TASS,** (russ.), weibl., nur Sing.: Kurzw. für die staatliche Nachrichtenagentur der ehemaligen Sowjetunion (heute: ITAR-TASS)
**Tastatur,** (lat.), weibl., –en: Gesamtheit der Tasten an PC-Eingabegeräten, Büromaschinen, Setzmaschinen oder Tasteninstrumenten
**Tatar,** sächl., nur Sing.: (nach dem mongolischen Volksstamm der Tataren) rohes Rinderschabefleisch (mit Gewürzen und Ei zubereitet)
**tatauieren:** vgl. tätowieren
**tätowieren,** (polynes.): Muster oder Zeichnungen auf die Haut bringen durch Einstechen oder Einritzen und Einbringen von Farbe
**Tattoo,** [tä'tu:, engl.], sächl., –s: 1. engl. Bez. für Zapfenstreich, 2. Tätowierung
**Tau,** (gr.), sächl., –s: neunzehnter Buchstabe im gr. Alphabet
**Tautologie,** (gr.), weibl., –n: 1. der Ausdruckssteigerung dienende Verwendung mehrerer Wörter gleicher oder sinnverwandter Bedeutung für einen Begriff oder Sachverhalt (z. B. alter Greis, angst und bange), 2. vgl. Pleonasmus
**tautologisch,** (gr.): in der Art einer Tautologie
**Taverne,** (lat.), weibl., –n: Gasthaus, Weinschänke
**Taxameter,** (lat.), sächl. oder männl., –: Zählwerk in Taxis, das den Fahrpreis angibt
**Taxation,** (lat.), weibl., –en: Schätzung, Ermittlung des Geldwertes
**Taxator,** (lat.), männl., Taxatoren: Wertsachverständiger, Schätzer

**Taxe,** (lat.), weibl., –n: 1. Schätzung, Ermittlung des Geldwertes, 2. festgesetzter Preis, Gebühr, 3. vgl. Taxi
**taxen:** vgl. taxieren
**Taxi,** (Kurzw. für Taxameter), sächl., –s: zur Personenbeförderung gegen Entgelt bestimmtes Personenkraftfahrzeug
**taxieren,** (lat.): schätzen, den Wert ermitteln, abschätzen
**Taxis,** (gr.), weibl., Taxes: das Wiedereinrichten von Knochen- oder Eingeweidebrüchen (Med.)
**Taxis,** (gr.), weibl., Taxen: durch äußere Reize ausgelöste Bewegungsreaktion von Organismen (Biol.)
**Taxonomie,** (gr.), weibl., nur Sing.: 1. Einteilung der Organismen nach Verwandtschaftsbeziehungen in ein biologisches System (Biol.), 2. Richtung der Linguistik, die die Sprachen vergleichend und klassifizierend beschreibt (Sprachwiss.)
**Taxus,** (lat.), männl., –: Eibe (Nadelbaum oder -strauch mit giftigen roten Früchten und giftigen Nadeln; Bot.)
**T-Bone-Steak,** ['ti:bo:nste:jk, engl.], sächl., –s: großes Rinderrippensteak am Knochen
**Tea,** [ti:, engl. »Tee«], männl. oder sächl.: (in einschlägigen Kreisen anderes Wort für:) Haschisch
**Teach-in,** ['ti:tsch-'in, engl.], sächl., –s: Informations-, Diskussions- und Demonstrationsveranstaltung, die Missständen aufdecken und anprangern soll
**Teakholz,** ['ti:kholz, portug.-dt.], sächl., nur Sing.: sehr wertvolles Hartholz des in Ostasien wachsenden Teakbaumes
**Team,** [ti:m, engl.], sächl., –s: 1. Mannschaft, Sportmannschaft, 2. Arbeitsgruppe
**Teamteaching,** ['ti:mti:tsching, engl.], sächl., –s: Unterrichtsorganisation, bei der mehrere Lehrer den Unterricht gemeinsam planen und durchführen und auswerten
**Teamwork,** ['ti:mwö:(r)k, engl.], sächl., nur Sing.: 1. das Verrichten einer Arbeit im Team, mannschaftliches Zusammenwirken, 2. im Team erstelltes Arbeitsergebnis
**Tearoom,** ['ti:ru:m, engl.], männl., –s: eigener Raum oder gesonderte Nische für den Nachmittagstee in Hotels
**Technik,** (gr.), weibl., –en: 1. Bezeichnung für Verfahren, Methoden oder Maßnahmen, mit denen Kenntnisse über die Natur praktisch nutzbar gemacht werden können, 2. Herstellungsverfahren, 3. die ausgebildete Fertigkeit, die zur richtigen Ausübung einer Sache notwendig ist, 4. Ausstattung mit Instrumenten
**Techniker,** (gr.), männl., –: 1. besonders ausgebildeter Fachmann für technische Arbeiten, 2. eine Person mit ausgeprägtem Verständnis für technische Zusammenhänge, 3. Sportler, der die für seine Sportart typischen Bewegungsabläufe besonders gut beherrscht
**Technikum,** (gr.), sächl., Technika (auch: Techniken): technische Fachschule
**technisch,** (gr.): auf Technik beruhend, die Technik betreffend; fachgemäß
**technisieren,** (gr.): 1. den Einsatz von Maschinen vorantreiben, 2. etwas auf technischen Betrieb umstellen
**Techno,** (engl.), sächl. oder männl., nur Sing.: seit Mitte der 1980er-Jahre Bez. für elektron. erzeugte (Tanz-)Musik mit mindestens 120 bpm (beats per minute = Schläge pro Minute), insbes. auf Raves (Großpartys im Freien oder in Hallen) gespielt
**Technokrat,** (gr.), männl., –en: Anhänger der Technokratie
**Technokratie,** (gr.), weibl., nur Sing.: 1. Wirtschaftslehre, nach der das gesell-

schaftliche Leben von wirtschaftlichen oder technischen »Sachzwängen« bestimmt ist, 2. eine Gesellschaftsform, die von der Beherrschung des Menschen durch die Technik geprägt ist

**technokratisch,** (gr.): 1. die Technokratie betreffend, 2. ausschließlich wirtschaftliche und technische Argumente berücksichtigend

**Technologe,** (gr.), männl., –n: Fachmann auf dem Gebiet der Technologie

**Technologie,** (gr.), weibl., –n: 1. Wissenschaft von Verfahren der Umwandlung von Rohstoffen in Fertigprodukte, 2. Gesamtheit der zur Herstellung eines Produktes bzw. zur Gewinnung und Bearbeitung von Stoffen nötigen Arbeitsgänge und technischen Instrumente

**Technologietransfer,** (gr.), männl., –s: Weitergabe technologischer Kenntnisse und Verfahren

**technologisch,** (gr.): die Technologie betreffend

**Techtelmechtel,** sächl., –: (umg.) Liebschaft

**TED,** (Kurzw. für **Te**le**d**ialog), männl., nur Sing.: Computer, der elektron. eingegebene Meinungsäußerungen (Ja/Nein, Pro/Contra/ohne Meinung) hochrechnet und statistisch auswertet

**Tedeum,** (lat.), sächl., –s: 1. Bez. für den frühchristlichen Lobgesang »Dich, Gott, loben wir« (Te deum laudamus), 2. musikalisches Werk über diesen Lobgesang

**Teen,** ['ti:n, engl.]: vgl. Teenager

**Teenager,** ['ti:nejdscher, engl.], männl., –: junger Mensch, der zwischen 13 und 19 (auf engl.: thirteen und nineteen) Jahre alt ist

**Teeny,** ['ti:ni, engl.], männl., –s: Kurzw. für Teenager; junges Mädchen unter 16 Jahren

**Tefilla,** (hebr.), weibl., nur Sing.: jüdisches Gebet und Gebetbuch

**Tefillin,** (hebr.), weibl., Plur.: Gebetsriemen der Juden, der beim Morgengebet um Kopf und linken Oberarm gebunden wird und eine Kapsel mit Bibelworten trägt

**Teflon,** (Wz.), sächl., nur Sing.: ein hitzebeständiger Kunststoff

**Tein,** (lat.engl.), sächl., nur Sing: in Teeblättern enthaltenes Alkaloid, anregender Stoff im Tee (Koffeein)

**Teint,** [tän, fr.], männl., –s: Beschaffenheit und Farbe der Gesichtshaut

**Tektonik,** (gr.), weibl., nur Sing.: 1. Lehre vom Bau und den inneren Bewegungen der Erdkruste (Geol.), 2. (Lehre vom) Zusammenfügen von Einzelteilen zu einem Gesamtgefüge (insbes. in der Baukunst), 3. äußerer Aufbau eines Kunstwerkes (insbes. in der Dichtkunst)

**tektonisch,** (gr.): die Tektonik betreffend; auf Bewegungen der Erdkruste beruhend

**tektieren,** (lat.): eine fehlerhafte Stelle in einem Buch mit einem Papierstreifen überkleben

**Tektur,** (lat.), weibl., –en: Papierdeckstreifen mit dem richtigen Text zum Überkleben fehlerhafter Stellen in Druckprodukten

**Telebanking,** ['telebä.nking, gr.-engl.], sächl., nur Sing.: Abwicklung von Bankgeschäften über Datenleitung (online)

**Telefax,** (gr.-lat.), sächl., –e: 1. Gerät, das die sofortige Übermittlung von Kopien mit Hilfe eines telefonischer Anwahl des Adressaten ermöglicht; Fernkopierer, 2. eine mit Hilfe eines Telefax (1) übermittelte Kopie; Fernkopie

**telefaxen,** (gr.-lat.): mit Hilfe eines Telefax (1) eine Kopie übermitteln; fernkopieren

**Telefon,** (gr.), sächl., –e: Fernsprechapparat

**Telefonat,** (gr.), sächl., –e: Ferngespräch, Anruf

**telefonieren,** (gr.): jmdn. anrufen; mit jmdm. durch das Telefon sprechen
**telegen,** (gr.): beim Fernsehpublikum gut ankommend; fernsehwirksam
**Telegraf,** (gr.), männl., –en: Apparat zur elektrischen Übermittlung von Nachrichten in vereinbarten Zeichen (Fernschreiben)
**telegrafieren,** (gr.): 1. eine Nachricht in Form von vereinbarten Zeichen übermitteln, 2. ein Telegramm aufgeben
**telegrafisch,** (gr.): drahtlos, in Form von vereinbarten Zeichen übermittelt
**Telegramm,** (gr.), sächl., –e: telegrafisch übermittelte Nachricht
**Telekolleg,** (gr.-lat.), sächl., –s: Unterrichtsreihe im Fernsehen
**Telekommunikation,** (gr.-lat.), weibl., nur Sing.: Verständigung, Gedanken-, Meinungs-, Datenaustausch über Telefon, Telefax, E-Mail, Internet, interaktives Fernsehen u. a. elektron. Möglichkeiten
**Telekratie,** (gr.), weibl., nur Sing.: Dominanz der elektronischen Medien in einer Gesellschaft
**Telemeter,** (gr.), sächl., –: Entfernungsmesser
**Telemetrie,** (gr.), weibl., nur Sing.: Entfernungsmessung
**Teleobjektiv,** (gr.), sächl., –e: fotografisches Objektiv, das große Brennweiten ermöglicht, für Aufnahmen aus großer Entfernung
**Teleologie,** (gr.), weibl., nur Sing.: Lehre, nach der menschliche Handlungen, Naturereignisse und der Verlauf der Geschichte zielgerichtet sind
**Teleosaurus,** (gr.), männl., Teleosaurier: ausgestorbene Riesenechse
**Telepathie,** (gr.), weibl., nur Sing.: die angeblich außersinnliche Wahrnehmung der Gedanken oder Gefühle eines anderen Menschen; Gedankenlesen
**telepathisch,** (gr.): die Telepathie betreffend, mit Hilfe der Telepathie
**Teleskop,** (gr.), sächl., –e: Fernrohr
**Teleskopantenne,** (gr.-dt.), weibl., –n: Antenne aus dünnen ineinander schiebbaren Metallröhrchen (z. B. als Fahrzeugantenne)
**Teleskopie,** (gr.), weibl., nur Sing.: 1. Wahrnehmung von Gegenständen, die sich nicht sichtbar im Verborgenen oder in der Ferne befindlichen, 2. (Wz) Verfahren zur Ermittlung von Einschaltquoten beim Fernsehen
**Teletest,** (gr.), männl., –s: Befragung von Fernsehzuschauer zur Feststellung des Beliebtheitsgrades einer Sendung
**Television,** (gr.-lat.), weibl., nur Sing.: das Fernsehen (Abk. TV)
**Telex,** (gr.), sächl., –e: (Kurzw. für: **tele**printer **ex**change: »Fernschreiberaustausch«) 1. Fernschreiben, 2. Fernschreiber
**telexen:** per Fernschreiber ein Telex (1) übermitteln
**Tellur,** (lat.), sächl., nur Sing.: chem. Element, ein silberglänzendes Halbmetall (Zeichen: Te)
**Tellurium,** (lat.), sächl., Tellurien: Modell zur Darstellung der Bewegungen von Erde und Mond um die Sonne (Astron.)
**Telophase,** (gr.), weibl., –n: letzte Phase einer Zellkernteilung (Biol.)
**Temperafarbe,** (lat.-dt.), weibl., –n: Emulisonsfarbe, die natürliche, wässrige und ölige Bindemittel enthält (insbes. Eigelb)
**Temperamalerei,** (lat.-dt.), weibl., –en: 1. Malerei mit Temperafarben (v. a. im Mittelalter), 2. ein unter Verwendung von Temperafarben hergestelltes Gemälde
**Temperament,** (lat.), sächl., –e: 1. die besondere Art und Weise eines Menschen, in der er fühlt, handelt oder reagiert; Wesens- und Gemütsart, 2. Munterkeit, Lebendigkeit, lebhaftes Wesen

**Temperatur,** (lat.), weibl., –en: 1. physikalische Größe, die den Wärmegrad eines Körpers angibt, 2. Körperwärme; leichtes Fieber (Med.)
**Temperenz,** (lat.), weibl., –en: Mäßigkeit (z. B. im Alkoholgenuss)
**temperieren,** (lat.): 1. die Temperatur regeln, Wärmeausgleich herbeiführen; mäßigen, mildern, 2. die Oktave in 12 gleiche Halbtonschritte unterteilen (Mus.)
**Tempest,** ['tä.mpißt, engl.], weibl., –s: Rennsegelboot, das mit zwei Personen zu segeln ist
**tempestoso,** (lat.-italien.): heftig, ungestüm (Vortragsanweisung; Mus.)
**Tempi:** Plur. von Tempus
**Tempo,** (lat.-italien.), sächl., –s und Tempi: 1. Geschwindigkeit, Zeitmaß (bei Arbeitsgängen, sportl. Übungen, beim Musikvortrag), 2. Schnelligkeit
**Tempolimit,** (italien.-engl.), sächl., –s: Geschwindigkeitsbegrenzung für Kraftfahrzeuge
**temporal,** (lat.): 1. zeitlich, die Zeit betreffend (Sprachwiss.), 2. zu den Schläfen gehörend (Med.)
**Temporalsatz,** (lat.), männl., –sätze: Umstandssatz der Zeit (z. B. Während er schlief, machte sie das Frühstück; Sprachwiss.)
**temporär,** (lat.): zeitweilig, vorübergehend
**Tempus,** (lat.), sächl., Tempora: Zeitform des Verbs (z. B. Präsens, Futur; Sprachwiss.)
**Tenakel,** (lat.), sächl., –: Gerät des Schriftsetzers zum Halten des Manuskripts beim Setzen
**Tenazität,** (lat.), weibl., nur Sing.: 1. Zähigkeit, Beharrlichkeit, Ausdauer (Psychol.), 2. Reißfestigkeit, Dehnbarkeit eines Stoffes (Phys., Chem.) , 3. Widerstandsfähigkeit (z. B.: eines Virus) gegen äußere Einflüsse (Med.)
**Tendenz,** (lat.), weibl., –en: 1. Streben, Hang, Neigung, Strömung, Richtung, 2. erkennbare Absicht (z. B. eines Buches, eines Theaterstückes)
**tendenziell,** (lat.): der Tendenz nach
**tendenziös,** (lat.): eine Tendenz erkennen lassend, parteilich gefärbt; einem bestimmten Ziel dienend
**tendieren,** (lat.): eine Tendenz haben, neigen zu etwas, streben nach etwas
**Tenesmus,** (gr.), männl., nur Sing.: anhaltender schmerzhafter Stuhl- oder Harndrang (Med.)
**Tenno,** (japan.), männl., –s: Titel des japanischen Kaisers
**Tenor,** (lat.-italien.), männl., Tenöre: 1. hohe Stimmlage bei Männern, 2. Sänger mit dieser Stimme, 3. Gesamtheit der Tenorstimmen im Chor, 4. Stimmlage bei Musikinstrumenten
**Tenor,** (lat.), männl., nur Sing.: 1. Gehalt, Sinn, Wortlaut, 2. Haltung, Inhalt eines Gesetzes; Kurzfassung einer Urteilsbegründung (Rechtsw.)
**Tensid,** (lat.-gr.), sächl., –e: Stoff, der die Oberflächenspannung von Flüssigkeiten herabsetzt (meist in Wasch- und Reinigungsmitteln)
**Tension,** (lat.), weibl., –en: Spannung, Druck (von Gasen und Dämpfen)
**Tensor,** (lat.), männl., –soren: Spannmuskel (Med.)
**Tentakel,** (lat.), männl. oder sächl., –: 1. Fangarm, bewegliches Tast- oder Greiforgan vieler niederer Tiere (Biol.), 2. Fanghaar, Drüsenhaar (bei Fleisch fressenden Pflanzen; Biol.)
**tenuto,** (italien.): getragen, in gleicher Tonstärke gehalten (Abk.: ten.; Mus.)
**Tephrit,** (gr.), männl., –e: dunkelgraues Ergussgestein (Geol.)
**Tequila,** ['te'ki:la, span.], männl., nur Sing.: mexikanischer Branntwein aus Agavensaft

**Tera...,** (gr.): (in Zusammensetzungen) das Billionenfache (einer Maßeinheit; Abk.: T)

**teratogen,** (gr.): Missbildungen hervorrufend (z. B. von Medikamenten; Med.)

**Teratologie,** (gr.), weibl., nur Sing.: Teilgebiet der Medizin, das sich mit Missbildungen von Lebewesen befasst (Med.)

**Teratom,** (gr.), sächl., –e: angeborene Geschwulst aus Gewebsversprengungen (Med.)

**Terbium,** sächl., nur Sing.: nach dem schwed. Fundort Ytterby benanntes silberglänzendes Metall, chem. Element (chem. Zeichen: Tb)

**Term,** (lat.), männl., –e: 1. mathematischer Ausdruck, algebraisches »Gebilde«, in dem ausschließlich Zahlen, Variable, Verknüpfungszeichen und Klammern auftreten (Math.) , 2. Energielinie eines atomaren Systems (Phys.)

**Termin,** (lat.), männl., –e: festgesetzter Zeitpunkt; Frist; Zahlungstag

**Terminal,** ['tö:min(e)l, engl.], männl., –s: 1. Halle zur Abfertigung der Fluggäste, 2. Umschlagort (z. B. Hafen), an dem Container umgeladen werden, 3. Gerät zur Datenein- und ausgabe einer EDV-Anlage

**terminieren,** (lat.): eine Frist setzen, befristen, einen Termin bestimmen

**Terminologie,** (lat.-gr.), weibl., –n: Gesamtheit der Fachausdrücke eines Wissensgebietes, Fachwortschatz

**terminologisch,** (lat.-gr.): die Terminologie betreffend

**Terminus,** (lat.), männl., Termini: 1. Begriff, Fachwort, Fachausdruck, 2. Grenze, Stichtag (T. ad quem: Zeitpunkt, bis zu dem etwas ausgeführt sein muss; T. ante quem: Zeitpunkt, vor dem etwas ausgeführt sein muss)

**Terminus technicus,** (lat.), männl., Termini technici: Fachwort, Fachausdruck

**Termite,** (lat.), weibl., –n: (meist Plur.) lichtscheues, schabenähnliches Insekt der Tropen und Subtropen, das Staaten bildet

**ternär,** (lat.): dreifach; aus drei Einheiten oder Stoffen bestehend

**Terpentin,** (gr.-lat.), sächl., –e: 1. Nadelbaumharz, 2. (eigtl. Terpentinöl) aus Nadelbaumharz gewonnenes hellgelbes, scharf riechendes, brennbares ätherisches Öl; Lösungsmittel für Farbanstriche

**Terrain,** [tä'rän, fr.], sächl., –s: 1. Gelände, Gebiet, 2. Boden, Grundstück, Baugelände

**Terra incognita,** (lat.), weibl., nur Sing.: 1. unbekanntes, fremdes Land, 2. unerforschtes Wissensgebiet

**Terrakotta,** (lat.-italien.), weibl., Terrakotten: 1. gebrannter Ton, 2. kleine Figur aus gebranntem Ton

**Terrakotte:** vgl. Terrakotta

**Terrarium,** (lat.), sächl., Terrarien: bepflanzter Glasbehälter zur Haltung von Amphibien und Reptilien

**Terrasse,** (lat.), weibl., –n: 1. stufenförmige Erderhebung, waagerechte Stufe im Gelände, 2. nicht überdachter Platz, der in Höhe des Erdgeschosses an ein Haus angebaut ist

**terrassieren,** (lat.): (ein Gelände) stufenförmig anlegen

**Terrazzo,** (italien.), männl., Terrazzi: geschliffener und polierter Fußboden aus kleinen verschiedenfarbigen Steinkörnern und Zement

**terrestrisch,** (lat.): 1. zur Erde gehörig, irdisch, 2. auf dem Erdboden lebend, 3. zum Festland gehörig, auf dem Festland entstanden (z. B. Ablagerungen (Geol.)

**Terrier,** (lat.-engl.), männl., –: kleiner bis mittelgroßer Hund (urspr. für die Erdjagd gezüchtet)

**Terrine,** (lat.), weibl., –n: Suppenschüssel

**territorial,** (lat.): ein Gebiet betreffend, zu einem Territorium gehörig; ein Territorium beherrschend

**Territorialität,** (lat.), weibl., nur Sing.: Zugehörigkeit zu einem Territorium

**Territorialitätsprinzip,** (lat.), sächl., nur Sing.: Grundsatz, nach dem eine Person den Gesetzen des Staates unterworfen ist, in dem sie sich aufhält (Rechtsw.)

**Territorium,** (lat.), sächl., Territorien: Land, Gebiet, Herrschaftsbereich, Hoheits-, Staatsgebiet

**Terror,** (lat.), männl., nur Sing.: 1. durch ausgeübte oder angedrohte Gewalt verbreiteter Schrecken; Gewaltherrschaft, 2. (umg.) Zwang, Druck; Aufregung; Streit

**terrorisieren,** (lat.): Schrecken verbreiten, Terror ausüben; jmdn. durch Gewaltakte einschüchtern

**Terrorismus,** (lat.), männl., nur Sing.: 1. Schreckensherrschaft, 2. Gewaltanwendung und Verbreitung von Terror zur Durchsetzung politischer oder krimineller Ziele

**Terrorist,** (lat.), männl., –en: jmd., der Terror ausübt; Anhänger des Terrorismus

**terroristisch,** (lat.): den Terrorismus betreffend, gewaltsam

**Tertia,** (lat.), weibl., Tertien: vierte (Untertertia) oder fünfte (Obertertia) Klasse von Gymnasien

**Tertianer,** (lat.), männl., –: Schüler einer Tertia

**tertiär,** (lat.): 1. die dritte Stelle in einer Reihenfolge einnehmend; drittrangig, 2. das Tertiär betreffend, aus dem Tertiär stammend

**Tertiär,** (lat.), sächl., nur Sing.: erdgeschichtlicher Abschnitt, Formation des Känozoikums (Geol.)

**Tertium Comparationis,** (lat.), sächl., Tertia –: Vergleichsgegenstand, das Gemeinsame zweier mit einander verglichener Dinge oder Sachverhalte

**tertium non datur,** (lat.): ein Drittes ist ausgeschlossen, eine dritte Möglichkeit gibt es nicht

**Terz,** (lat.), weibl., –en: 1. dritter Ton der diatonischen Tonleiter, 2. Intervall von drei Tonstufen (Mus.), 3. Klingenhaltung beim Fechten

**Terzel,** (italien.), männl., –: männl. Falke (für die Beizjagd)

**Terzett,** (lat.), sächl., –e: 1. Musikstück für drei Singstimmen oder drei gleiche Instrumente (Mus.), 2. Gruppe der drei ausführenden Musiker

**Tesla,** (nach dem amerik. Physiker Nikola T., 1856 – 1943), sächl., –s: Einheit der magnet. Induktion

**Test,** (engl.), männl., –s (auch –e): 1. Versuch, Funktionsprobe, 2. Untersuchung, Prüfverfahren, Eignungsprüfung

**Testament,** (lat.), sächl., –e: 1. letztwillige Verfügung, in der man die Verteilung seines Vermögens nach dem Tode festlegt, letzter Wille, 2. politisches Vermächtnis, 3. Teil der Bibel (Altes T. oder Neues T.)

**testamentarisch,** (lat.): auf einem Testament beruhend, durch letztwillige Verfügung festgelegt

**Testat,** (lat.), sächl., –e: Bescheinigung, Beglaubigung, schriftliche Bestätigung

**Testator,** (lat.), männl., Testatoren: 1. jmd., der ein Testament macht, Erblasser, 2. jmd., der ein Testat ausstellt

**Testazee,** (lat.), weibl., –n: Schalenamöbe, ein Wurzelfüßer mit Gehäuse (Biol.)

**testieren,** (lat.): bezeugen, bescheinigen, schriftlich bestätigen

**Testikel,** (lat.), männl., –: Hoden, männl. Keimdrüse (Med.)

**Testikelhormon,** (lat.), sächl., –e: männl. Keimdrüsenhormon (Med.)

**Testimonium,** (lat.), sächl., Testimonien: Zeugnis (Rechtsw.)

**Testosteron,** (lat.-gr.), sächl., nur Sing.: männl. Geschlechtshormon (z. B. zu Dopingzwecken missbraucht; Med.)
**Tetanus,** (gr.), männl., nur Sing.: Wundstarrkrampf (Med.)
**Tete,** ['tä:t, fr.], weibl., –n: Anfang, Spitze, (einer Marschkolonne, einer militärischen Truppeneinheit)
**Tete-a-tete** (auch: Tête-à-tête), [tä:ta'tä:t, fr.], sächl., –s: trautes Beisammensein; Liebesstündchen
**Tetraeder,** (gr.), sächl., –: von vier Dreiecken begrenzter Körper; regelmäßiges Vierflach; dreiseitige Pyramide (Math.)
**Tetragon,** (gr.), sächl., –e: Viereck (Math.)
**tetragonal,** (gr.): viereckig
**Tetrameter,** (gr.), männl., –: aus vier Versfüßen bestehender Vers in der altgr. Dichtung
**Tetraplegie,** (gr.), weibl., nur Sing.: gleichzeitige Lähmung aller vier Gliedmaßen (Med.)
**Tetrapode,** (gr.), männl., –n: Wirbeltier mit vier Füßen (Biol.)
**Text,** (lat.), männl., –e: 1. Wortlaut zusammenhängender Aussagen, Folge von zusammenhängenden Sätzen, 2. Auszug aus einem Schriftwerk, 3. Bibelstelle als Grundlage für eine Predigt, 4. Begleitworte zu Musikstücken
**texten,** (lat.): Texte herstellen (z. B. Schlager-, Werbetexte)
**Texter,** (lat.), männl., –: Verfasser von Texten
**textil,** (lat.): die Textiltechnik betreffend, zur Textilindustrie gehörig
**Textilien,** (lat.), weibl., Plur.: Sammelbezeichnung für Kleidungs- und Wäschestücke, die gewebt, gewirkt, gestrickt und aus Faserstoffen hergestellt sind
**Textkritik,** (lat.-gr.), weibl., –en: (philologische) Untersuchung eines literarischen Textes auf Echtheit und Inhalt
**Textur,** (lat.), weibl., –en: 1. Gewebe, Faserung, 2. räumliche Anordnung, Gefüge der Gemengeteile eines Gesteins (Geol.)
**Thalamus,** (gr.), männl., Thalami: Hauptteil des Zwischenhirns; Sehhügel (Med.)
**Thallium,** (gr.), sächl., nur Sing.: ein bleiähnliches Schwermetall, ein chem. Element (chem. Zeichen: Tl)
**Thallophyt,** (gr.), männl., –en: eine wurzellose Sporenpflanze (z. B. Alge, Pilz, Flechte; Biol.)
**Thanatologie,** (gr.), weibl., nur Sing.: Forschung und Lehre, die sich mit Problemen des Sterbens und des Todes auseinander setzt
**Thanatomanie,** (gr.), weibl., –n: krankhafte Neigung zum Selbstmord
**Thanksgiving Day,** ['thä.nksgi.ving 'de:j, engl.], männl., –s: am 4. Donnerstag im November begangenes Erntedankfest in den USA
**Theater,** (gr.), sächl., –: 1. Sammelbezeichnung für alle darstellenden Künste (Oper, Operette, Schauspiel, Bühnentanz), 2. Gebäude, in dem Bühnenwerke aufgeführt werden, Schauspielhaus, Opernhaus, 3. Unruhe, Aufregung, Aufhebens
**Theatralik,** (gr.), weibl., nur Sing.: schauspielerisches Wesen; übertriebenes, unnatürliches, gespreiztes Gehabe
**theatralisch,** (gr.): 1. das Theater betreffend, schauspielerhaft, bühnenhaft, 2. übertrieben, unnatürlich, gespreizt
**Thein:** vgl. Tein
**Theismus,** (gr.), männl., nur Sing.: Glaube an einen einzigen persönlichen Gott, der die Welt geschaffen hat und lenkt
**Theist,** (gr.), männl., –e: Vertreter, Anhänger des Theismus
**theistisch,** (gr.): den Theismus betreffend, in der Art des Theismus

**Theke,** (gr.), weibl., –n: 1. (in Gaststätten:) Schanktisch, 2. (in Geschäften:) Ladentisch

**Thema,** (gr.), sächl., Themen: 1. Gegenstand, Stoff; Leitgedanke (einer Abhandlung, eines Vortrages, einer wissenschaftlichen oder künstlerischen Arbeit, etc.), 2. Hauptmelodie, die den Grundgedanken einer Komposition bildet und später variiert wird (Mus.)

**Thematik,** (gr.), weibl., –en: 1. gestelltes oder gewähltes und abgehandeltes Thema, Themenstellung, 2. Kunst der Themenbildung und -verarbeitung (Mus.)

**thematisieren,** (gr.): zum Thema machen, diskutieren, als Thema behandeln

**Theodolit,** (arab.), männl., –e: geodätisches Gerät zum Messen von Horizontal- und Vertikalwinkeln

**Theogonie,** (gr.), weibl., nur Sing.: mythische Lehre von der Abstammung der Götter

**Theokrat,** (gr.), männl., –en: Anhänger der Theokratie

**Theokratie,** (gr.), weibl., –n: Herrschaftsform, bei der die Machtausübung ausschließlich religiös legitimiert und der Herrscher als Vertreter Gottes betrachtet wird

**theokratisch,** (gr.): die Theokratie betreffend

**Theologe,** (gr.), männl., –n: Theologiewissenschaftler

**Theologie,** (gr.), weibl., –n: Religionswissenschaft; Lehre von der christlichen Religion, ihrer Überlieferung, ihrer Geschichte und Praxis

**theologisch,** (gr.): die Theologie betreffend

**Theophanie,** (gr.), weibl., –n: Gotteserscheinung

**Theorem,** (gr.), sächl., –e: wissenschaftlicher Lehrsatz; aus Axiomen abgeleitete Aussage innerhalb eines wissenschaftlichen Systems (z. B. der Mathematik oder der Philosophie)

**Theoretiker,** (gr.), männl., –: 1. jmd., der bestimmte Probleme begrifflich betrachtet und gedanklich analysiert (Gegens.: Praktiker), 2. (umg.) jmd., dem der Sinn für die praktische Verwirklichung der Alltagsprobleme fehlt

**theoretisch,** (gr.): 1. die Theorie von etwas betreffend, 2. begrifflich, gedanklich (Gegens.: praktisch), 3. (umg.) unrealistisch, unpraktisch

**Theorie,** (gr.), weibl., Theorien: 1. Lehre, Lehrmeinung; System wissenschaftlich begründeter Aussagen, 2. Lehre von den allgemeinen Gesetzen und Prinzipien eines Bereichs, 3. rein gedankliche Betrachtungsweise

**Theosoph,** (gr.), männl., –en: Anhänger der Theosophie

**Theosophie,** (gr.), weibl., –n: mystische Auffassung und Lehre, nach der der Weltbau und der Sinn des Weltgeschehens nur in meditativer Berührung mit Gott erfasst werden können

**theozentrisch,** (gr.): Gott in den Mittelpunkt stellend

**Therapeut,** (gr.), männl., –en: jmd., der eine Therapie vornimmt, behandelnder Arzt

**Therapeutikum,** (gr.), sächl., Therapeutika: Heil-, Arzneimittel

**therapeutisch,** (gr.): zu einer Therapie gehörig, zum Zweck einer Therapie

**Therapie,** (gr.), weibl., –n: 1. Behandlung von Krankheiten, Gesamtheit aller Maßnahmen zur Behandlung einer Krankheit, 2. vgl. Psychotherapie

**therapieren,** (gr.): eine Therapie anwenden, jmdn. einer Therapie unterziehen

**thermal,** (gr.): auf Wärme beruhend, durch Wärme bewirkt

**Therme,** (gr.), weibl., –n: 1. warme Quelle, 2. (nur Plur.) Badeanlage im antike Rom

**Thermidor,** (fr. »Hitzemonat«), männl., nur Sing.: der elfte Monat des Kalenders der Französischen Revolution (19. Juli – 17. August)

**Thermik,** (gr.), weibl., nur Sing.: aufwärts strömende Warmluft, die über einer relativ warmen Oberfläche entsteht (Meteorol.)

**thermisch,** (gr.): die Wärme betreffend, durch Wärme hervorgerufen, auf Wärme beruhend

**Thermodynamik,** (gr.), weibl., nur Sing.: Teilgebiet der Physik, das die Beziehungen zwischen Wärme und Teilchenbewegung untersucht

**Thermograph,** (gr.), männl., –en: Gerät, das die Lufttemperatur selbsttätig aufzeichnet (Meteorol.)

**Thermometer,** (gr.), sächl., –: Gerät zum Messen der Temperatur

**thermonuklear,** (gr.-lat.): auf der durch Kernreaktion entstehenden Wärme beruhend (Phys.)

**thermophil,** (gr.): wärmeliebend (Biol.)

**Thermoplast,** (gr.), männl., –e: durch Wärme formbarer Kunststoff

**Thermostat,** (gr.), männl., –en: Temperaturregler, Gerät, das eine vorgegebene Temperatur in konstanter Höhe hält

**Thermotherapie,** (gr.), weibl., –n: medizinische Wärmebehandlung

**These,** (gr.), weibl., –n: (wissenschaftlich zu beweisende) Behauptung, aufgestellter Lehrsatz; Ausgangsbehauptung (in einer dialektischen Argumentation)

**Theta,** (gr.), sächl., –s: achter Buchstabe des gr. Alphabets (, )

**Thetik,** (gr.), weibl., nur Sing.: Lehre von den Festsetzungen, Thesen (Philos.)

**thetisch,** (gr.): behauptend; dogmatisch

**Thor:** vgl. Thorium

**Thora,** (hebr.), weibl., nur Sing.: das mosaische Gesetzbuch, das in den fünf Büchern Mosis enthaltene jüdischen Gesetz

**thorakal,** (gr.): den Thorax betreffend (Med.)

**Thorax,** (gr.), männl., –e (Fachsprache: Thoraces): 1. Brust, Brustkorb (Med.), 2. mittlerer Körperabschnitt bei Gliederfüßern (Biol.)

**Thorium,** sächl., nur Sing.: nach der nordischen Gottheit Thor benanntes silberfarbenes Schwermetall, ein radioaktives Element (chem. Zeichen: Th)

**Thriller,** ['thri.l(e)r, engl.], männl., –: reißerischer, aufregender Roman oder Film, Schauergeschichte

**Thrombin,** (gr.), sächl., nur Sing.: Gerinnungsenzym im Blutplasma

**Thrombose,** (gr.), weibl., –n: Blutpfropfbildung innerhalb der Blutgefäße (teilweiser oder völliger Verschluss eines Blutgefäßes; Med.)

**Thrombozyt,** (gr.), männl., –en: Blutplättchen (Med.)

**Thrombozytolyse,** (gr.), weibl., –en: Auflösung der Blutplättchen (Med.)

**Thrombus,** (gr.), männl., Thromben: Blutpfropf innerhalb eines Blutgefäßes (Med.)

**Thymian,** (gr.), männl., –e: Gewürz- und Heilpflanze

**Thymus,** (gr.), männl., Thymi: hinter dem Brustbein liegende Wachstumsdrüse, die sich nach dem Kindesalter zurückbildet (Med.)

**Thymusdrüse,** (gr.-dt.), weibl., –n: vgl. Thymus

**thyreogen,** (gr.): von der Schilddrüse ausgehend (Med.)

**Thyreoidea,** (gr.), weibl., nur Sing.: Schilddrüse (Med.)

**Thyroxin,** (gr.), sächl., nur Sing.: Hauptbestandteil des Schilddrüsenhormons (Med.)

**Tiara,** (pers.), weibl., Tiaren: 1. hohe, spitze Kopfbedeckung der altpersischen Könige, 2. Krone, die der Papst bei feierlichen Anlässen trägt

**Tic,** (fr. ), männl., –s: nervöse Muskelzuckung (z. B. Augenblinzeln; Med.)
**Tick,** (engl.), männl., –s: 1. vgl. Tic, 2. (umg.) Eigenart, Schrulle, sonderbare Angewohnheit
**Ticket,** (engl.), sächl., –s: Flug-, Fahr-, Eintrittskarte
**Tiebreak** (auch: Tie-Break), ['taibre:jk, engl.], männl. oder sächl., –s: besondere Zählweise beim Tennis und beim Volleyball, um einen Satz bei unentschiedenem Stand schneller zu beenden (beim Stand von 6 : 6 im Tennis bzw. beim Gleichstand nach vier Sätzen im Volleyball)
**Tifoso,** (italien.), männl., Tifosi: begeisterter Anhänger eines Fußballclubs in Italien, italien. Bez. für Fußballfan
**Tilde,** (lat.), weibl., –n: 1. Zeichen über einem Buchstaben, das die nasale Aussprache angibt: (~), 2. Wiederholungszeichen
**Timbre,** ['tänbr(e), fr.], sächl., –s: Klangfarbe der (Sing)stimme
**timen,** ['taim(e)n, engl.]: 1. die Zeit messen, Zeit stoppen, 2. den richtigen Zeitpunkt abpassen oder festsetzen, 3. in den einzelnen Schritten berechnen
**Time-out,** ['taimaut, engl.], sächl., –s: Auszeit (bei einigen Ballsportarten)
**Timesharing,** ['taimschäring, engl.], sächl., –s: Zeitzuteilung für die verschiedenen Nutzer einer großen Rechenanlage (EDV)
**Timing,** ['taiming, engl.], sächl., –s: 1. das Timen, Zeitmessung, 2. richtige zeitliche Berechnung, 2. Wahl des günstigsten Zeitpunktes
**Timokratie,** (gr.), weibl., –n: Staatsform, in der die staatsbürgerlichen Rechte der Bürger nach ihrem Besitz abgestuft sind
**Tinktur,** (lat.), weibl., –en: dünnflüssiger (alkoholischer) Auszug aus pflanzlichen oder tierischen Stoffen
**Tinnef,** (jidd.), männl., nur Sing.: Schund, minderwertige Ware; Unsinn
**Tipi,** (indian.), sächl., –s: kegelförmiges Stangenzelt aus Leder der nordamerikanischen Prärieindianer
**Tipp,** (engl.), männl., –s: 1. Wink, Hinweis, Andeutung, 2. Vorhersage, guter Ratschlag, 3. Ankreuzen von Lottozahlen
**tipptopp,** (engl.): (umg.) tadellos, einwandfrei
**Tirade,** (italien.), weibl., –n: 1. Wortschwall, Redeerguss, leeres Geschwätz, 2. Lauf tonleiterartiger, schnell aufeinander folgender Töne (Mus.)
**Tiramisu,** (italien. »mach mich munter!«), sächl., –s: schaumige Süßspeise aus leichtem Sahnequark, Kaffee, Kakao oder Schokolade u. Ä.
**Titan,** (gr.), männl., –en: Riese der gr. Sage
**Titan,** (gr.), sächl., nur Sing.: chem. Element, silberfarbenes Metall (chem. Zeichen: Ti)
**titanisch,** (gr.): riesenhaft, von gewaltiger Größe, übermenschlich
**Titel,** (lat.), männl., –: 1. Überschrift, kennzeichnender Name eines Schrift- oder Kunstwerkes (z. B. eines Buches, Musikstückes, Gemäldes), 2. Bezeichnung eines gesellschaftlichen oder dienstlichen Standes bzw. Ranges (als Zusatz zum Namen), 3. Abschnitt eines Gesetz- oder Vertragswerkes (Rechtsw.), 4. Verwendungszweck einer Gruppe von Beträgen (im Haushaltsplan)
**Titer,** (lat.), männl., –: 1. Gehalt von gelöstem Stoff in einer Lösung (Chem.), 2. Maßbezeichnung für die Feinheit von Faserstoffen und Fäden
**Titration,** (lat.), weibl., –en: Bestimmung des Titers (1) (Chem.)
**titrieren,** (lat.): den Titer (1) bestimmen, eine chem. Messananlyse durchführen
**Titular,** (lat.), männl., –e: jmd., der ein Amt nur dem Titel nach innehat, Titelträger

**titulieren,** (lat.): 1. mit dem Titel anreden, benennen, 2. (abwertend:) beschimpfen
**Tivoli,** (italien.), sächl., –s: (nach der italien. Stadt Tivoli) 1. italien. Kugelspiel, 2. Vergnügungsort, Gartentheater
**Toast,** ['to:ßt, engl.], männl., –s: 1. geröstete Weißbrotscheibe, 2. Trinkspruch
**toasten,** ['to:ßt(e)n, engl.]: 1. eine Scheibe Brot rösten, 2. einen Trinkspruch ausbringen, jmdm. zutrinken
**Toaster,** ['to:ßt(e)r, engl.], männl., –: Gerät zum Rösten von Brotscheiben
**Toccata:** vgl. Tokkata
**Toeloop,** ['tu:lup, engl.], männl., –s: Drehsprung im Eiskunstlauf
**Toffee,** ['to.fi, engl.], sächl., –s: weiches Sahnebonbon
**Tofu,** (japan.), männl., nur Sing.: Käse aus Sojabohnenbrei
**Toga,** (lat.), weibl., Togen: weites altröm. Obergewand für Männer
**Tohuwabohu,** (hebr. »wüst und leer«), sächl., –s: Wirrwarr, Durcheinander
**Toilette,** [toa'le.te, fr.], weibl., –n: 1. Raum, in dem sich ein Abort mit Waschgelegenheit befindet, 2. Becken mit Wasserspülung zum Verrichten der Notdurft, 3. festliche Kleidung einer Dame, 4. Frisiertisch, Spiegeltisch, 5. das Ankleiden, Frisieren und Zurechtmachen
**Tokaier, Tokajer,** (ung.), männl., –: nach der ung. Stadt Tokaj benannter Dessertwein
**Tokkata,** (italien.), weibl., Tokkaten: 1. frei gestaltetes und stark bewegtes Musikstück (insbes. für Tasteninstrumente), 2. virtuoses Vortragsstück (für Klavier)
**tolerabel,** (lat.): erträglich
**tolerant,** (lat.): 1. duldsam, verständnisvoll, verträglich, weitherzig (Gegens.: intolerant), 2. sexuell aufgeschlossen
**Toleranz,** (lat.), weibl., –en: 1. Duldsamkeit, Verträglichkeit (Gegens.: Intoleranz), 2. begrenzte Widerstandsfähigkeit des Organismus (z. B. gegen Arzneimittel, Strahlen, usw.; Med.), 3. zulässige Abweichung von einem festgesetzten Maß
**tolerieren,** (lat.): 1. dulden, zulassen, erlauben, 2. Abweichungen innerhalb bestimmter Grenzen zulassen
**Tollpatsch,** (ungar.), männl., –e: unbeholfener Mensch, Trottel
**Tomahawk,** ['to.maho(a)k, indian.], männl., –s: Streitaxt der nordamerikanischen Indianer
**Tombak,** (malaiisch), männl., nur Sing.: Kupfer-Zink-Legierung von goldähnlichem Aussehen (für kunstgewerblichen Schmuck), Goldimitation
**Tombola,** (italien.), weibl., –s: Verlosung von Gegenständen, Lotteriespiel
**Tomographie,** (gr.), weibl., –n: röntgenologisches Schichtaufnahme(verfahren) (Med.)
**tonal,** (gr.): die Tonalität betreffend, auf einen Grundton einer Tonart bezogen (Mus.)
**Tonalität,** (gr.), weibl., nur Sing.: Beziehung zwischen Tönen, Klängen, Akkorden; Beziehung von Akkorden und Harmonien eines Musikstückes zur Tonart (Mus.)
**Tonic,** (engl.), sächl., –s: leicht bitter schmeckendes, kohlensäurehaltiges, mit Chinin versetztes Tafelwasser
**Tonika,** (gr.), weibl., Toniken: 1. Grundton einer Tonleiter oder eines Musikstückes, 2. Dreiklang auf der ersten Stufe der Tonleiter
**Tonikum,** (gr.), sächl., Tonika: stärkendes Arzneimittel (Med.)
**tonisch,** (gr.): 1. den Tonus betreffend (Med.), 2. kräftigend, stärkend (Med.)
**tonisieren,** (gr.): stärken, kräftigen (Med.)
**Tonnage,** ['to'na:sche, fr.], weibl., –n: Rauminhalt eines Schiffes (gemessen in

Registertonnen), gesamter Schiffsraum einer Flotte

**Tonsille,** (lat.), weibl., –n: Gaumen, Rachenmandel (Med.)

**Tonsillektomie,** (lat.), weibl., –n: operative Entfernung der Gaumenmandeln (Med.)

**Tonsillitis,** (lat.), weibl., Tonsillitiden: Mandelentzündung (Med.)

**Tonsillotomie,** (lat.), weibl., –n: teilweises Kappen der Mandeln (Med.)

**Tonsur,** (lat.), weibl., –en: runde geschorene Stelle auf dem Kopf kathol. Mönche oder Priester

**Tonus,** (gr.), männl., Toni: Spannungszustand der Muskeln (und des Gewebes), der durch Nerveneinfluss beständig aufrechterhalten wird (Med.)

**Topas** (gr.), männl., –e: seltenes glasglänzendes Mineral, ein Edelstein

**top,** (engl.): (umg.) prima, super, hervorragend

**Top...,** (engl.): (in Zusammensetzungen) Spitzen..., führend, Höchst...

**Top,** (engl.), sächl., –s: Hemd ohne Ärmel, im Sommer allein, sonst sichtbar unter ausgeschnittener Bluse, Jacke oder Pullover getragen

**topfit,** (engl.): in ausgezeichnetem Zustand, in bester körperlicher Verfassung

**Topik,** (gr.), weibl., nur Sing.: 1. Lehre von den Topoi (vgl. Topos), 2. die Lehre von den Sätzen und Schlüssen (Philos.), 3. Lehre von der Lage der Organe im Körper (Med.)

**topless,** ['to.pliß, engl.]: busenfrei, ohne Oberteil

**Topmanagement,** ['to.pmänidschm(e)nt, engl.], sächl., –s: oberste Spitze der Unternehmungsleitung

**Topmanager,** ['to.pmänidsch(e)r, engl.], männl., –: Manager, der zum Topmanagement gehört

**Topographie** (auch: Topografie), (gr.), weibl., –n: 1. Ortskunde, Beschreibung und Darstellung geographischer Örtlichkeiten, 2. kartographische Darstellung der Atmosphäre, 3. Beschreibung der Lage von Organen im Körper (Med.)

**topographisch** (auch: topografisch), (gr.): die Topographie betreffend

**Topologie,** (gr.), weibl., nur Sing.: Lehre von der Anordnung und der Lage geometrischer Gebilde im Raum (Math.)

**Topos,** (gr. »Ort, Lage«), männl., Topoi: 1. (in der antiken Rhetorik:) Gesichtspunkt, Argument, 2. Redewendung, feststehende Formel, 3. (in der Literaturwissenschaft:) Klischee, traditionelles Denk- und Ausdrucksschema

**toppen,** (engl.): (umg.) übertreffen; nicht zu t.: unübertrefflich

**topsecret,** [top'ßi:krit, engl.]: streng geheim

**Topspin,** (engl.), männl., –s: (bei Tennis und Tischtennis:) Schlagvariante mit starkem Oberschnitt

**Topten** (auch: Top Ten), (engl.), weibl., nur Plur.: (aus 10 Schlagertiteln, Personen o. Ä. bestehende) Hitparade

**Toreador,** (span.), männl., –e(n): berittener Stierkämpfer

**Torero,** (span.), männl., –s: Stierkämpfer, der nicht beritten ist

**Törn,** (engl.), männl., –s: 1. Fahrt mit einem Segelboot, 2. festgelegte Reihenfolge der Arbeiten an Bord eines Segelschiffes, 3. Tauschlinge

**Tornado,** (span.), männl., –s: starker Wirbelsturm im südlichen Nordamerika

**torpedieren,** (lat.): 1. mit Torpedos beschießen, durch Torpedos versenken, 2. (umg.) zu verhindern suchen, stören, zunichte machen

**Torpedo,** (lat.), männl., –s: 1. Unterwassergeschoss mit Eigenantrieb, 2. gefleckter Zitterrochen

**Torsion,** (lat.), weibl., –en: 1. Verdrehung um die eigene Längsachse, 2. Zweite Krümmung einer Raumkurve (Math.)

**Torso,** (gr.), männl., –s: 1. (unvollendete oder nicht vollständig erhaltene) Statue mit fehlenden Gliedmaßen oder fehlendem Kopf, 2. etwas Unvollendetes, Bruchstückhaftes

**Tort,** (fr.), männl., nur Sing.: Kränkung, Beleidigung; Unrecht

**Tortelett,** (italien.), sächl., –s: Törtchen, (mit Früchten) belegtes Mürbeteigstück

**Tortelette,** (italien.), weibl., –n: vgl. Tortelett

**Tortilla,** [tor'ti.lja, span.], weibl., –s: kleiner, flacher, runder Kuchen aus Maismehl (in Spanien und Lateinamerika)

**Tortur,** (lat.), weibl., –en: 1. Qual, Plage, 2. (histor.) Folter, Marter

**Torus,** (lat.), männl., Tori: 1. wulstartige Verdickung (z. B. an Säulen), 2. Ringfläche, die durch Rotation eines Kreises um eine außerhalb der Kreisebene liegende Achse entsteht (Math.)

**Tory,** (engl.), männl., –s: Anhänger, Mitglied der Konservativen Partei in Großbritannien

**tosto,** (italien.): eilig, hurtig, flink (Mus.)

**total,** (lat.): ganz, völlig, gänzlich, vollständig

**Totale,** (lat.), weibl., –n: Gesamtaufnahme im Film, die eine Szene, einen Handlungsort in ganzer Breite zeigt

**Totalisator,** (lat.), männl., –en: 1. Einrichtung zum Abschließen von Rennwetten, 2. Sammelgefäß zum Messen von Niederschlägen in schwer zugänglichen Gebieten, in denen nur in größeren Abständen abgelesen wird (Meteorol.)

**totalitär,** (lat.-fr.): 1. auf Totalitarismus beruhend, sich alles unterwerfend, 2. die Gesamtheit umfassend, allumfassend

**Totalitarismus,** (lat.), männl., Totalitarismen: in einem diktatorisch regierten Staat erzwungene Ausrichtung der Gesellschaft und des Einzelnen auf ein politisches Machtzentrum, das auf alle Bereiche des gesellschaftlichen und persönlichen Lebens Einfluss nimmt

**Totalität,** (lat.), weibl., –en: 1. Ganzheit, Gesamtheit, Vollständigkeit, 2. vollständige Verfinsterung des Mondes bzw. der Sonne (Astron.)

**Totem,** (indian.), sächl., –s: Lebewesen oder Ding (Pflanze, Tier, Naturerscheinung), das bei Naturvölkern als Schutzgeist oder Verwandter gilt, als heilig verehrt wird und nicht beschädigt, verletzt oder getötet werden darf

**Totemismus,** (indian.), männl., nur Sing.: Verehrung eines Totems, Glaube vieler Naturvölker an ein Verwandtschafts- und Schutzverhältnis zwischen Menschen und Lebewesen oder Dingen (Pflanzen, Tieren, Naturerscheinungen)

**Totempfahl,** (indian.-dt.), männl., –pfähle: hoher bemalter Pfahl der Indianer in Nordwestamerika mit eingeschnitzten Bildern, die das Totemtier oder Stammesabzeichen zeigen

**Toto,** sächl., –s: Sportwette auf Fußballergebnisse und Pferderennen (Kurzw. für Totalisator)

**Touch,** ['ta.tsch, engl.], männl., –s: (umg.) besondere Note, Anflug, Einschlag, Beigeschmack

**touchieren,** (fr. ): 1. berühren, 2. mit den Fingern untersuchen, betasten (Med.), 3. mit dem Ätzstift abätzen (Med.)

**Toupet,** [tu'pe:, fr.], sächl., –s: künstliches Haarteil

**toupieren,** (fr. ): einzelne Haarsträhnen mit dem Kamm auflockern, um der Frisur ein volleres Aussehen zu geben

**Tour,** ['tu:r, fr.], weibl., –en: 1. Ausflug, Fahrt, Reise, 2. Abschnitt, bestimmte Strecke, 3. Art und Weise, mit Tricks ans Ziel zu gelangen, 4. Umdrehung, Umlauf eines rotierenden Körpers

**Tour de France,** ['tu:r de 'franß, fr.], weibl., –s: größtes Etappenrennen für Radprofis durch Frankreich

**Tour d'Horizon,** ['tu:r dori'son, fr.], weibl., –s –: Rundschau

**touren,** ['tu:ren, fr.]: 1. sich auf einer Reise, Fahrt oder Wanderung befinden, 2. auf Tournee gehen

**Tourismus,** (fr.), männl., nur Sing.: Fremdenverkehr

**Tourist,** (fr.), männl., –en: Urlaubsreisender

**Touristik,** (fr.), weibl., nur Sing.: Touristenverkehr, Reisewesen mit allen entsprechenden Einrichtungen

**touristisch,** (fr.): den Tourismus betreffend, zum Tourismus gehörend

**Tournedos,** [turn(e)'do:, fr.], sächl., – [turn(e)'do:ß]: kleine gegrillte Rindslendenschnitte (auf Toast serviert)

**Tournee,** (fr. ), weibl., –n: Rundreise, Gastspielreise von Künstlern

**Towarischtsch,** (russ.), männl., –s oder –i: Genosse

**Tower,** ['tau(e)r, engl.], männl., –: Kontrollturm auf Flughäfen (zur Überwachung des Flugverkehrs)

**Toxikologie,** (gr.), weibl., –n: Lehre von den Giften und den Vergiftungen des Organismus (Med.)

**Toxikose,** (gr.), weibl., –n: Vergiftung, durch Giftstoffe hervorgerufene Krankheit (Med.)

**Toxikum,** (gr.), sächl., Toxika: Gift, Giftstoff (Med.)

**Toxin,** (gr.), sächl., –e: organischer Giftstoff, der von Pflanzen, Tieren oder Bakterien ausgeschieden wird (Med.)

**toxisch,** (gr.): giftig; durch Giftstoffe verursacht, auf einer Vergiftung beruhend (Med.)

**Toxizität,** (gr.), weibl., nur Sing.: Giftigkeit (Med.)

**Toxoplasmose,** (gr.), weibl., –n: durch bestimmte Parasiten hervorgerufene Infektionskrankheit (Med.)

**Trabant,** (tschech.), männl., –en: 1. (histor.) Leibwächter, Begleiter eines Fürsten, 2. vgl. Satellit (1), 3. legendäre Automarke eines in der ehemaligen DDR produzierten und gefahrenen Zweitakters (Spitzname: Trabi), 4. zusätzlicher elektronischer Impuls zur Synchronisation der Fernsehbilder

**Trabi,** männl., –s: vgl. Trabant (3)

**Tracer,** ['tre:jß(e)r, engl.], männl., –: radioaktiver Markierungsstoff, dessen Weg zum Nachweis biochemischer Vorgänge im Körper verfolgt werden kann (Med.)

**Trachea,** (gr.), weibl., Tracheen: Luftröhre (Med.)

**Trachee,** (gr.), weibl., –n: 1. Atmungsorgan der Gliederfüßer (Zool.), 2. Wasser leitendes, pflanzliches Gefäß (Bot.)

**Tracheoskopie,** (gr.), weibl., –: Luftröhrenspiegelung (Med.)

**Tracheotomie,** (gr.), weibl., –n: Luftröhrenschnitt (Med.)

**Trachyt,** (gr.), männl., –e: ein feldspatreiches Ergussgestein (Geol.)

**Track,** ['trä.k, engl.], männl., –s: 1. verbindlicher Seeweg zwischen zwei Häfen, 2. Sammelname für Kette, Riemen, Seil oder andere Zugelemente

**Trademark,** ['tre:jdma:k, engl.], weibl., –s: Handels-, Fabrikmarke; Warenzeichen

**tradieren,** (lat.): überliefern, von Generation zu Generation weitergeben

**Tradition,** (lat.), weibl., –en: 1. Überlieferung, Herkommen, 2. Brauch, Gewohnheit, 3. nicht unmittelbar aus der Bibel, sondern aus der Überlieferung stammende Satzungen der christlichen Religion, die von der kathol. Kirche als verbindlich angesehen werden

**Traditionalismus,** (lat.), männl., nur Sing.: geistige Haltung, die an Traditionen unbedingt festhält und skeptisch gegenüber allen Neuerungen ist

**traditionell,** (lat.): überliefert, herkömmlich, der Tradition gemäß, üblich

**Trafo,** männl., –s: vgl. Transformator

**Tragik,** (gr.), weibl., nur Sing.: Verhängnis; unabwendbares Geschehen, das zu schwerem Leid, zu Untergang oder Verderben führt
**Tragiker,** (gr.), männl., –: Dichter von Trauerspielen (Tragödiendichter)
**tragikomisch,** (gr.): tragisch und komisch zugleich
**Tragikomödie,** (gr.), weibl., –n: Schauspiel, in dem komische und tragische Züge enthalten sind
**tragisch,** (gr.): 1. auf Tragik beruhend, 2. erschütternd, unheilvoll
**Tragöde,** (gr.), männl., –n: Schauspieler, der tragische Rollen verkörpert
**Tragödie,** (gr.), weibl., –n: 1. Dramengattung, in der tragische Konflikte von Menschen gestaltet werden, die an einem für sie unlösbaren persönlichen oder gesellschaftlichen Konflikt zerbrechen, 2. unabwendbares Geschehen, leidvolles Unglück, erschütterndes Ereignis
**Trailer,** ['tre:jl(e)r, engl.], männl., –: 1. Ausschnitte aus einem neuen Film als Werbung für diesen Film, 2. nicht belichtetes Ende eines Filmstreifens, 3. Fahrzeuganhänger
**Trainee,** ['tre:jni:, engl.], männl., –s: junger Angestellter, der in seiner Firma auf Führungsaufgaben vorbereitet wird
**Trainer,** ['trä:ner, engl.], männl., –: jmd., der (beruflich) Sportler ausbildet und trainiert
**trainieren,** [trän.., engl.]: sich oder jmdn. für einen Wettkampf vorbereiten, die sportliche Leistungsfähigkeit durch Übung halten oder erhöhen
**Training,** ['trä.., engl.], sächl., –s: das Trainieren, sportliche Ausbildung und Vorbereitung auf einen Wettkampf durch regelmäßiges Üben unter fachlicher Anleitung
**Trajekt,** (lat.), männl. oder sächl., –e: Fährschiff für Eisenbahnzüge
**Trakt,** (lat.), männl., –e: 1. lang gestreckter größerer Gebäudeteil, Flügel, 2. Strang, Zug, Strecke (z. B.: Verdauungstrakt)
**Traktat,** (lat.), sächl., –e: 1. wissenschaftliche Abhandlung, 2. religiöse Flugschrift, 3. (ehemals Bez. für:) Staatsvertrag
**traktieren,** (lat.): 1. misshandeln, plagen, quälen, 2. (ehemals Bez. für:) behandeln; bewirten; (über)füttern
**Traktor,** (lat.), männl., –en: landwirtschaftliche Zugmaschine, Schlepper, Trecker
**Traktorist,** (lat.), männl., –en: Traktorfahrer
**Tram,** (engl.), weibl., –s: Straßenbahn
**Tramp,** ['trä.mp, engl.], männl., –s: 1. Landstreicher, umherziehender Gelegenheitsarbeiter, 2. Schiff ohne feste Route, das Gelegenheitsfahrten übernimmt
**trampen,** ['trä.mpen, engl.]: 1. winken, um Fahrzeuge anzuhalten und kostenlos mitzufahren, 2. (ehemals Bez. für) lange wandern, als Tramp umherziehen
**Tramper,** ['trä.mper, engl.]: jmd., der trampt (1)
**Trampolin,** (italien.), sächl., –e: Sportgerät mit in einen Rahmen gespanntem stark federndem Tuch zur Ausführung von Sprüngen und Sprungfolgen
**Trance,** ['tranß, fr.], weibl., –n: Entrücktsein, Übergangszustand zum Schlaf, schlafähnlicher Zustand (z. B. nach Hypnose)
**Trance,** [tra:nß, engl. oder trä:nß, amerik.], sächl. oder männl., nur Sing: monotoner Techno-Beat mit flächigem Klang, oft auf Rave-Veranstaltungen zu hören
**Tranche,** ['transch, fr.], weibl., –n: 1. fingerdicke Fleisch- oder Fischscheibe, 2. Teilbetrag einer Anleihe

**tranchieren,** [tran'schi:ren, fr.]: sachgerecht zerlegen, zerschneiden; Braten, Geflügel oder Fisch fachgerecht zerteilen
**Tranquilizer,** ['trä.nkilais(e)r, engl.], männl., –: beruhigendes Medikament, psychisch dämpfendes Arzneimittel (z. B. bei Neurosen, Depressionen, Angst- und Spannungszuständen; Med.)
**tranquillo,** (italien.): ruhig (Mus.)
**Transaktion,** (lat.), weibl., –en: großes Geld-, Bank- oder Börsengeschäft (eines Unternehmens)
**transalpin,** (lat.): jenseits der Alpen (von Rom ausgesehen)
**transatlantisch,** (lat.-gr.): jenseits des Atlantik gelegen, über den Atlantik hinwegführend
**transchieren:** vgl. tranchieren
**Transduktor,** (lat.), männl., –duktoren: magnetischer Verstärker
**Transept,** (lat.), männl. oder sächl., –e: Querbau, Querschiff einer Kirche
**Transfer,** (lat.), männl., –s: 1. Zahlungen ins Ausland in fremder Währung, 2. Übertragung erlernter Vorgänge auf eine neue Aufgabe (Psychol.), 3. Überführung im Reiseverkehr (z. B. vom Flughafen zum Hotel), 4. Wechsel eines Berufssportlers zu einem anderen Verein gegen eine Ablösesumme
**transferabel,** (lat.): übertragbar; in fremde Währung umtauschbar
**Transferenz,** (lat.), weibl., –en: Übertragung fremdsprachiger Wörter, Wendungen oder Erscheinungen in die Muttersprache (Sprachwiss.)
**transferieren,** (lat.), 1. Geldbeträge in eine andere Währung übertragen, 2. Geldbeträge ins Ausland zahlen, 3. (im Profisport:) einen Transfer (4) durchführen
**Transfiguration,** (lat.), weibl., –en: verklärende Darstellung Christi in der Kunst
**transfinit,** (lat.): im Unendlichen liegend (Math.; Philos.)
**Transformation,** (lat.), weibl., –en: Umformung, Umwandlung, Umgestaltung, Übertragung
**Transformator,** (lat.), männl., –en: Gerät zum Erhöhen oder Herabsetzen elektrischer Spannung (Phys.)
**transformieren,** (lat.): umformen, umgestalten, umbilden, übertragen
**Transfusion,** (lat.), weibl., –en: Übertragung von Blut, Blutersatzflüssigkeit oder anderen Flüssigkeiten in den Organismus (Med.)
**transgalaktisch,** (lat.): jenseits der Milchstraße befindlich (Astron.)
**transgredieren,** (lat.): große Festlandsteile überfluten (Geogr.)
**Transgression,** (lat.), weibl., –en: 1. Vordringen des Meeres auf größere Teile des Festlandes durch langsames Überfluten oder allmähliches Herabsinken von Festlandsteilen (Geogr.), 2. das Auftreten von Genotypen, die in ihrem Leistungsvermögen die Eltern- und Tochterformen übertreffen (Biol.)
**Transistor,** (lat.), männl., –en: Halbleiterbauelement, das elektrische Ströme und Spannungen verstärken und als Steuer- und Schaltelement dienen kann (Phys.)
**Transit,** (lat.), männl., –e: Durchreise durch ein Land
**Transit,** (lat.), sächl., –s: Kurzw. für Transitvisum
**transitiv,** (lat.): (bei Verben:) zielend (ein Akkusativobjekt bindend; Gegens.: Intransitiv; Sprachwiss.)
**transitives Verb:** vgl. Transitiv
**Transitiv,** (lat.), sächl., –e: transitives Verb, das ein Akkusativobjekt verlangt (z. B. bearbeiten, hören; Sprachwiss.)
**Transitivum,** (lat.), sächl., Transitiva: vgl. Transitiv
**transitorisch,** (lat.): (im Wirtschaftswesen:) vorübergehend, kurzfristig, später wegfallend

**Transitvisum,** (lat.), sächl., –visa oder –visen: Durchreisevisum, das in best. Ländern (z. B. in der ehemaligen DDR) gefordert wird oder wurde
**transkontinental,** (lat.): über einen Erdteil hinweg
**transkribieren,** (lat.): 1. umschreiben, einen Text lautgetreu in eine andere Schrift übertragen, 2. die Originalkomposition eines Musikstücks für ein anderes Instrument umschreiben (Mus.)
**transkutan,** (lat.): durch die Haut hindurch (Med.)
**Translation,** (lat.), weibl., –en: 1. Übersetzung, Übertragung, 2. fortschreitende geradlinige Bewegung eines Körpers (Phys.), 3. feierliche Überführung von Reliquien an einen anderen Ort (kathol. Relig.)
**Transliteration,** (lat.), weibl., –en: buchstabengetreues Umsetzen in eine andere Schrift
**transliterieren,** (lat.): buchstabengetreu umsetzen in eine andere Schrift
**Translokation,** (lat.), weibl., –en: Übertragung von Chromosomenbruchstücken in ein anderes Chromosom (Biol.)
**translunar,** (lat.): jenseits des Mondes liegend
**transluzid,** (lat.): durchscheinend
**Transmission,** (lat.), weibl., –en: 1. Übertragung; Antrieb mehrerer Maschinen mittels Kraftübertragung durch Treibriemen, 2. Durchgang von Lichtstrahlen durch eine Substanz ohne Frequenzänderung
**Transmitter,** (lat.-amerik.), männl., –: 1. Überträgersubstanz (Med.), 2. (in der Technik:) Übertragungsmittel, Umformer
**transmittieren,** (lat.): übertragen, übersenden
**transparent,** (lat.): durchscheinend, durchsichtig
**Transparent,** (lat.), sächl., –e: 1. Spruchband, 2. Leuchtbild, durchsichtiges von hinten beleuchtetes Bild auf Stoff oder Papier
**Transparenz,** (lat.), weibl., nur Sing.: 1. Durchsichtigkeit, Lichtdurchlässigkeit, 2. Durchschaubarkeit, Deutlichkeit
**Transpiration,** (lat.), weibl., nur Sing.: 1. das Transpirieren, Hautausdünstung (Med.), 2. Wasserdampfabgabe bei Pflanzen (Biol.)
**transpirieren,** (lat.): 1. schwitzen, ausdünsten, 2. (bei Pflanzen:) Wasserdampf abgeben
**Transplantat,** (lat.), sächl., –e: Gewebestück (Haut, Knochen, usw.), das verpflanzt worden ist (Med.)
**Transplantation,** (lat.), weibl., –en: Verpflanzung von lebendem Gewebe oder eines Organs an eine andere Stelle desselben Körpers oder in einen anderen Organismus (Med.)
**transplantieren,** (lat.): eine Transplantation vornehmen (Med.)
**transponieren,** (lat.): ein Tonstück umsetzen in eine andere Tonart (Mus.)
**Transport,** (lat.), männl., –e: 1. Beförderung von Menschen, Tieren oder Gegenständen, 2. zur Beförderung zusammengestelltes Frachtgut
**transportabel,** (lat.): beförderbar, beweglich, tragbar, versendbar
**Transporter,** (lat.), männl., –: Kraftfahrzeug, Schiff oder Flugzeug, das große Mengen von Gütern transportieren kann
**Transporteur,** [transpor'tö:r, lat.-fr.], männl., –e: jmd., der etwas transportiert
**transportieren,** (lat.): 1. befördern, versenden, 2. mechanisch bewegen, weiterdrehen (z. B. einen Film im Fotoapparat)
**Transposition,** (lat.), weibl., –en: das Transponieren
**Transrapid,** (lat.), Wz, männl., –s: von deutschen Firmen entwickelte Magnet-

schwebeschnellbahn für Geschwindigkeiten bis 500 km/h

**Transsexualismus,** (lat.), männl., nur Sing.: mit dem starken Wunsch nach Geschlechtsumwandlung verbundenes Empfinden, zum anderen Geschlecht zu gehören

**transsexuell,** (lat.): sich zum anderen Geschlecht gehörig fühlend

**Transsubstantiation,** (lat.), weibl., –en: (in der kathol. Kirche:) die Wandlung von Brot und Wein in Leib und Blut Christi beim Abendmahl

**Transsudation,** (lat.), weibl., –en: nicht entzündliche Flüssigkeitsabsonderung bzw. -ansammlung in Körperhöhlen (Med.)

**transversal,** (lat.): quer zur Längsachse laufend, schräg, senkrecht zur Ausbreitungsrichtung verlaufend

**Transversale,** (lat.), weibl., –n: 1. eine geometrische Figur durchschneidende Gerade (Math.), 2. durch ein Land führende Eisenbahntrasse oder Straße

**Transvestismus,** (lat.), männl., nur Sing.: Neigung, sich so anzuziehen und zu verhalten als gehöre man dem anderen Geschlecht an (Psychol.)

**Transvestit,** (lat.), männl., –en: Mann, der sich aufgrund seiner Veranlagung wie eine Frau schminkt, kleidet und verhält

**transzendent,** (lat.): 1. die Grenzen des sinnlich Wahrnehmbaren übersteigend, das Bewusstsein überschreitend, übersinnlich (Philos.) , 2. nicht algebraisch, über das Algebraische hinausgehend (transzendente Zahl: Zahl, die nicht Lösung einer algebraischen Gleichung ist; Math.)

**transzendental,** (lat.): 1. vgl. transzendent (1), 2. (nach Kant:) vor aller auf Erfahrung beruhenden Erkenntnis liegend (Philos.)

**Transzendenz,** (lat.), weibl., nur Sing.: das Überschreiten der Grenzen von Erfahrung und Bewusstsein, das jenseits der Erfahrung und des Bewusstseins Liegende, das Übersinnliche; das Jenseits (Philos.)

**transzendieren,** (lat.): über sinnliche Wahrnehmung und Erfahrung hinausgehen (Philos.)

**Trapez,** (gr.), sächl., –e: 1. Viereck mit einem Paar paralleler Seiten (Math.), 2. an Seilen hängende Stange aus Holz (als Turngerät), 3. (beim Segeln:) an der Mastspitze befestigte Haltevorrichtung zum Hinauslehnen aus dem Boot

**Trapper,** (engl.), männl., –: nordamerik. Fallensteller und Pelztierjäger

**Trappist,** (fr.), männl., –en: Angehöriger des Trappistenordens, eines nach der fr. Abtei La Trappe benannten kathol. Mönchsordens

**Trasse,** (lat.), weibl., –n: 1. festgelegte Linienführung im Straßen-, Bahn-, Kanal- und Leitungsbau, 2. Verlauf eines Verkehrsweges

**Trattoria,** (italien.), weibl., –n: einfaches italien. Wirtshaus, Gasthaus

**Trauma,** (gr.), sächl., –ta oder Traumen: 1. starke seelische Erschütterung, durch ein tiefgehendes Erlebnis hervorgerufener seelischer Schock (Med.; Psychol.), 2. Wunde, Verletzung durch äußere Gewalteinwirkung (Med.)

**traumatisch,** (gr.): das Trauma betreffend, auf einem Trauma beruhend (Med.; Psychol.)

**Traumatologie,** (gr.), weibl., nur Sing: Lehre von der Wundbehandlung

**Travellerscheck,** ['trä.w(e)l(e)rscheck, engl.], männl., –s: Reisescheck

**travers,** (lat.-fr.): (in der Mode:) quer gestreift

**Travers,** (lat.-fr.), männl., nur Sing.: (beim Dressurreiten:) Seitengang des Pferdes

**Traversale,** (lat.), weibl., –n: (beim Dressurreiten:) Seitwärtsbewegung des Pferdes

**Traverse,** (lat.), weibl., –n: 1. Querbalken, Querträger, 2. quer zur Strömung in den Fluss gebauter Wall (zur Flussregulierung), 3. Querverbindung zweier Maschinenteile, 4. (beim Fechten:) seitliche Ausweichbewegung

**traversieren,** (lat.): quer durchgehen, durchkreuzen

**Travertin,** (lat.), männl., –e: ein Kalkgestein, das als Absatz bei Bächen auftritt

**Travestie,** (lat.), weibl., –n: satirische Umdichtung, Verulkung, Verspottung eines ernsten literarischen Werkes

**travestieren,** (lat.): 1. in der Form einer Travestie darbieten, 2. lächerlich machen

**Trawl,** ['tro:(a)l, engl.], sächl., –s: Schleppnetz, das in der Hochseefischerei benutzt wird

**Trawler,** ['tro:(a)l(e)r, engl.], männl., –: Fischereifahrzeug, das mit einem Trawl fischt

**Treatment,** ['tri:tm(e)nt, engl.], sächl., –s: Vorstufe eines Drehbuchs mit Angabe der Schauplätze, ausführlicher Darlegung der Dialoge und Handlungsabläufe für Film und Fernsehen

**treife,** (hebr.-jidd.): unrein, nach dem jüd. Speisegesetz verboten (Gegens.: koscher)

**Trekking** (auch: Trecking), (engl.), sächl., nur Sing: Durchqueren unwegsamer Gebiete zu Fuß oder mit Wagen als Abenteuerurlaub

**Trema,** (gr.), sächl., –ta und –s: 1. Trennpunkte über einem von zwei nebeneinander stehenden, aber getrennt auszusprechenden Vokalen (z. B. Citroën), 2. Lücke zwischen den beiden vorderen Schneidezähnen (Med.)

**tremolando,** (italien.): zitternd, mit Tremolo vorzutragen (Mus.)

**tremolieren,** (italien.): zitternd, mit Tremolo singen oder ein Instrument spielen (Mus.)

**Tremolo,** (italien.), sächl., –s und Tremoli: 1. Beben der Stimme, vibrierende Tongebung beim Singen (Mus.), 2. bei Tasten-, Blas- oder Streichinstrumenten in verschiedener Weise erzeugtes Beben

**Tremor,** (lat.), männl., –es: krankhaftes Muskelzittern (bes. der Hände und Finger; Med.)

**Trenchcoat,** ['trä.ntschko(u)t, engl.], männl., –s: sportlicher Regenmantel mit Schulterklappen und Gürtel aus Popeline oder Gabardine

**Trend,** (engl.), männl., –s: Grundrichtung einer Entwicklung, Tendenz in Mode, Musik, Gesellschaft u. a.

**Trendsetter,** (engl.), männl., –: Person, die (Mode-)Trends bestimmt

**Tresor,** (gr.), männl., –e: Geldschrank, Safe

**Triade,** (gr.), weibl., –n: Dreizahl, Dreiheit, drei zusammengehörende Dinge oder Wesen

**Trial,** ['trai(e)l, engl.], sächl., –s: Geschicklichkeitsfahrt für Motorräder im Gelände, bei der nur die Fahrtechnik bewertet wird

**Trial-and-Error-Methode,** ['trai(e)l(e)nd'ä.r(e)r-Methode, engl.], weibl., nur Sing.: Lernverfahren und Problemlösungsmethode, die verschiedene Möglichkeiten ausprobiert, um Fehler zu finden und auszuschalten

**Triangel,** (lat.), männl. oder sächl., –: 1. Musikinstrument aus einem zum Dreieck gebogenen Stahlstab, der mit einem Metallstäbchen angeschlagen wird und hell erklingt, 2. (umg.) winkliger Riss in Kleidungsstücken

**triangulär,** (lat.): dreieckig

**Triangulation,** (lat.), weibl., –en: 1. Einteilung in Dreiecke (z. B. bei der Landvermessung); Verfahren zur Lagebestimmung von Geländepunkten durch ein Netz von Dreiecken, 2. Veredelungsart bei Gehölzen

**triangulieren,** (lat.): vermessen mit Hilfe der Triangulation (1)

**Trias,** (gr.), weibl., –: 1. (ohne Plur.) untere Formation des Mesozoikums, Abschnitt des Erdmittelalters (Geol.), 2. Dreizahl, Dreiheit, Dreiklang

**Tribun,** (lat.), männl., –e: (im alten Rom:) Volksvertreter, Volksführer; zweithöchster Offizier einer Legion

**Tribunat,** (lat.), sächl., –e: (im alten Rom:) Amt eines Tribuns

**Tribunal,** (lat.), sächl., –e: 1. (im alten Rom:) erhöhter Platz für den Richter, 2. (später:) Gerichtshof, 3. (heute:) öffentliche Anklage und Verhandlung gegen jmdn. (außerhalb der Gerichtsbarkeit)

**Tribüne,** (lat.), weibl., –n: 1. Rednerbühne, 2.Gerüst, Aufbau mit Sitzplätzen für Zuschauer, 2. Zuschauerschaft (auf diesem Gerüst)

**Tribut,** (lat.), männl., –e: 1. Beitrag, Opfer; Steuer, Abgabe, Zwangsabgabe an Sieger, 2. Anerkennung, Hochachtung

**tributär,** (lat.): (ehemals für:) steuerpflichtig

**Trichine,** (gr.), weibl., –n: in den Muskeln von Mensch und Tier schmarotzender Fadenwurm

**trichinös,** (gr.): von Trichinen befallen

**Trichinose,** (gr.), weibl., –n: durch Trichinen hervorgerufene Krankheit (Med.)

**Trichomonas,** (gr.), weibl., Trichomonaden: Geißeltierchen, das in Darm und Scheide entzündliche Krankheiten hervorrufen kann (Med.)

**Trichotomie,** (gr.), weibl., nur Sing.: 1. Eigenschaft einer Ordnungsrelation (Math.), 2. Auffassung von der Dreiteilung des Menschen in Leib, Seele und Geist, 3. Einteilung der Straftaten in Übertretungen, Vergehen und Verbrechen (Rechtsw.)

**Trick,** (engl.), männl., –s: Kunstgriff, Kniff

**tricksen,** (engl.): Tricks anwenden, (Sport) geschickt dribbeln

**tricky,** (engl.): gewitzt, trickreich, listig

**Trident,** (lat.), männl., –e: Dreizack (als Waffe des gr. bzw. des röm. Meeresgottes)

**triennal,** (lat.): alle drei Jahre stattfindend; drei Jahre dauernd

**Triennium,** (lat.), sächl., Triennien: Zeitraum von drei Jahren

**Triere,** (gr.), weibl., –n: Kriegsschiff im antiken Griechenland mit drei schräg übereinander angeordneten Ruderbänken

**Trifolium,** (lat.), sächl., Trifolien: 1. Klee (Schmetterlingsblütler; Bot.), 2. drei Personen, die sich als zusammengehörig fühlen (Kleeblatt)

**Trigeminus,** (lat.), männl., Trigemini: der aus drei Ästen bestehende Gesichtsnerv (Augen-, Oberkiefer- und Unterkiefernerv; Med.)

**Trigger,** (engl.), männl., –: elektr. Schaltelement zum Auslösen eines Vorgangs

**Trigon,** (gr.), sächl., –e: Dreieck

**trigonal,** (gr.): dreieckig

**Trigonometrie,** (gr.), weibl., nur Sing.: Dreiecksmessung, Dreiecksberechnung mit Hilfe von Winkeln bzw. trigonometrischer Winkelfunktionen (Math.)

**trigonometrisch,** (gr.): auf Trigonometrie beruhend, die Trigonometrie betreffend (Math.)

**triklin,** (gr.-lat.): auf drei verschieden lange, sich schiefwinklig schneidende Achsen bezogen

**triklinisch:** vgl. triklin

**Triklinium,** (gr.-lat.), sächl., Triklinien: (im alten Rom:) 1. Speiseraum mit dem an drei Seiten von Liegestätten umgebenen Esstisch, 2. Esstisch, der auf drei Seiten von Liegepolstern umgeben ist

**trikolor,** (lat.): dreifarbig

**Trikolore,** (lat.-fr.), weibl., –n: dreifarbige Fahne, bes. die in der Französischen Revolution eingeführte fr. Nationalflagge

**Trikot,** (fr.), männl., –s: gewirkter Stoff, Strickgewebe
**Trikot,** (fr.), sächl., –s: 1. hautenges dehnbares Kleidungsstück, das meist beim Sport getragen wird, 2. Hemd, das vom Spitzenreiter eines Etappenrennens für Radprofis getragen wird (z. B.: gelbes Trikot bei der Tour de France)
**Trilliarde,** (lat.), weibl., –n: 1000 Trillionen (1 mit 21 Nullen)
**Trillion,** (lat.), weibl., –en: 1000 000 Billionen (1 mit 18 Nullen
**Trilobit,** (gr.), männl., –en: Dreilapper, ausgestorbener im Paläozoikum verbreiteter Meer bewohnender Gliederfüßer des Paläozoikums
**Trilogie,** (gr.), weibl., –n: drei zusammengehörende Werke der Literatur oder der Musik
**Trimaran,** (lat.-tamil.), männl., –e: Segelboot mit drei Rümpfen
**Trimester,** (lat.), sächl., –: Zeitraum von drei Monaten; Dritteljahr eines Unterrichtsjahres
**Trimeter,** (gr.-lat.), männl., –: aus drei Metren bestehender Vers
**trimorph,** (gr.): dreigestaltig
**trimorphisch:** vgl. trimorph
**Trimorphismus,** (gr.), männl., nur Sing.: Dreigestaltigkeit
**Trinitarier,** (lat.), männl., –: 1. Anhänger der Lehre von der Dreieinigkeit, 2. Angehöriger eines katholischen Ordens
**Trinität,** (lat.), weibl., nur Sing.: Dreieinigkeit, Dreifaltigkeit Gottes (im Christentum: Gott Vater, Sohn und Heiliger Geist)
**Trinitatis,** (lat.), sächl., nur Sing.: Fest der Dreifaltigkeit (am Sonntag nach Pfingsten)
**Trinom,** (lat.), sächl., –e: mathematischer Ausdruck, meist Summe aus drei Gliedern (Math.)
**Trio,** (italien.), sächl., –s: 1. Musikstück für drei verschiedene Instrumente, 2. Gruppe der drei ausführenden Musiker, 3. ruhiger Mittelteil eines Menuetts oder Scherzos, 4. (umg.) drei Personen, die zusammengehören
**Triole,** (lat.-italien.), weibl., –n: Gruppe von drei Tönnen im Taktwert von zwei (oder vier) Tönen (Mus.)
**Trip,** (engl.), männl., –s: 1. Ausflug, kurze Reise, 2. Rauschzustand nach dem Genuss von Rauschgift, 3. Rauschgiftmenge, die für eine oder mehrere Personen ausreicht
**Tripel,** (lat.), sächl., –: Zusammenfassung von drei Elementen (z. B. Zahlen, Dreiecksseiten; Math.)
**Tripel,** (lat.), männl., –: (ehemals für:) dreifacher Gewinn
**Triphthong,** (gr.), männl., –e: vokalischer Dreilaut; drei Vokale, die eine Silbe bilden
**Triplizität,** (lat.), weibl., –en: dreimaliges Vorhandensein, Dreifachheit
**triploid,** (gr.): mit dreifachem Chromosomensatz bestückt (in Bezug auf Zellen; Biol.)
**Triptychon,** (gr.), sächl., –tychen oder –tycha: dreiteiliges Bild; aus beweglich miteinander verbundenem Mittelbild und zwei Flügeln bestehendes Altargemälde, Flügelaltar
**Trisektion,** (lat.), weibl., –en: Dreiteilung (von Winkeln)
**trist,** (lat.): öde, trostlos, freudlos; langweilig
**Tristesse,** [triß'tä.ß, fr.], weibl., –n: Traurigkeit, Melancholie, Schwermut
**Tristichon,** (gr.), sächl., Tristichen: Versgruppe aus drei Zeilen
**trisyllabisch,** (gr.): dreisilbig
**Triterium:** vgl. Tritium
**Tritium,** (gr.), sächl., nur Sing.: radioaktives Wasserstoffisotop (Zeichen: T)
**Triumph,** (lat.), männl., –e: 1. (im antiken Rom:) feierl. Einzug des siegreichen Feldherrn nach der Schlacht, 2. Sieges-

jubel, Genugtuung, Freude über einen errungenen Sieg,
**triumphal,** (lat.): glanzvoll, herrlich, großartig
**Triumphator,** (lat.), männl., Triumphatoren: 1. (im antiken Rom) siegreicher Feldherr, der nach der Schlacht feierlich einzieht, 2. jubelnder Sieger
**triumphieren,** (lat.): siegen, über einen Sieg oder Erfolg jubeln, frohlocken
**Triumvirat,** (lat.), sächl., –e: (im antiken Rom) Dreimännerherrschaft, Gremium von drei Männern, die die Staatsgeschäfte besorgt haben
**trivial,** (lat.): platt, abgedroschen, alltäglich; geistlos, inhaltlich anspruchslos
**trivialisieren,** (lat.): etwas trivial machen
**Trivialität,** (lat.), weibl., –en: triviale Redensart, Plattheit, Alltäglichkeit
**Trivialliteratur,** (lat.), weibl., nur Sing.: anspruchslose Unterhaltungsliteratur
**Trizeps,** (lat.), männl., –e: dreiköpfiger Muskel an der Innenseite des Oberarms und an der Wade (Med.)
**Trochäus,** (gr.), männl., Trochäen: Versfuß aus einer langen betonten und einer kurzen unbetonten Silbe
**Troika,** ['treuka, auch 'tro:ika, russ.], weibl., Troiken: aus drei Pferden bestehendes Gespann, Dreigespann
**Trokar,** (lat.), männl., –e und –s: chirurgisches Stichinstrument mit einer dreikantigen Spitze und einem Röhrchen für Punktionen (Med.)
**Tropen,** (gr.), weibl., nur Plur.: heiße Klimazone zwischen den Wendekreisen zu beiden Seiten des Äquators
**Trophäe,** (gr.), weibl., –n: 1. Siegeszeichen, erbeutete Fahne oder Waffe, 2. Preisgegenstand (Pokal, Wimpel) für den Sieger in einem sportl. Wettkampf, 3. Jagdbeute (Geweih)
**trophisch,** (gr.): auf der Ernährung des Gewebes beruhend, gewebsernährend (Med.)
**Trophologie,** (gr.), weibl., nur Sing.: Ernährungswissenschaft
**tropisch,** (gr.): aus den Tropen stammend, zu den Tropen gehörig; heiß
**Tropismus,** (gr.), männl., Tropismen: durch äußeren Reiz hervorgerufene Bewegung von Pflanzen oder Pflanzenorganen (Biol.)
**Tropopause,** (gr.), weibl., nur Sing.: Grenze zwischen Tropo- und Stratosphäre (Meteorol.)
**Tropophyt,** (gr.), männl., –en: Pflanze, die an starken Wechsel zwischen niederschlagsreichen und niederschlagsarmen Zeiten angepasst ist (Bot.)
**Troposphäre,** (gr.), weibl., nur Sing.: unterste ca. 12 km hohe Schicht der Erdatmosphäre, in der sich das Wettergeschehen abspielt (Meteorol.)
**troppo,** (italien.): zu viel, zu sehr (Mus.)
**Tross,** (lat.), männl., Trosse: 1. (ehemals Bez. für:) Begleitfahrzeuge, die die Verpflegung und Munition für die Truppen transportieren, 2. Anhang, Gefolge, Anhängerschar
**Trottoir,** [tro.to'a:r, fr.], sächl., –e und –s: Gehsteig, Bürgersteig
**Trotzkismus,** männl., nur Sing.: im Sinne des russ. Revolutionärs Trotzki von der sowjetischen Parteilinie der KPdSU abweichende marxistische Haltung (Festhalten an der permanenten Revolution, Kritik an der Parteibürokratie unter Stalin)
**Trotzkist,** männl., –en: Vertreter des Trotzkismus
**Troubadour,** ['trubadur, fr.], männl., –e und –s: provencalischer Minnesänger des Mittelalters
**Trouble,** ['tra.bl, engl.], männl., nur Sing.: Ärger, Umstände Schwierigkeiten
**Troubleshooter,** ['tra.blschu:t(e)r, engl.], männl., –: jmd., der sich mit ganzer Kraft dafür einsetzt, Konflikte oder Probleme aus der Welt zu schaffen

**Troupier,** [tru:p'je:, fr.], männl., –s: altgedienter, erfahrener Soldat
**Truck,** [tra.k, engl.], männl., –s: (amerikanisch für:) Lastkraftwagen
**Trucker,** ['tra.k(e)r, engl.], männl., –: (amerikanisch für:) Lastwagenfahrer
**Trullo,** (italien.), männl., Trulli: (in Apulien:) rund gebautes Wohnhaus mit kegelförmigem Dach
**Trust,** [tra.st, engl.-amerik.], männl., –e oder –s: Zusammenschluss mehrerer Unternehmen unter einer Führung
**Trypsin,** (gr.), sächl., nur Sing.: Eiweiß spaltendes Enzym der Bauchspeicheldrüse (Med.)
**Tschador,** (pers.), männl., –s: vgl. Schador
**Tschako,** (ung.), männl., –s: (urspr.) militärische Kopfbedeckung in Ungarn, (nach dem ersten Weltkrieg:) helmartige Kopfbedeckung bei der Polizei
**Tschibuk,** (türk.), männl., –s: lange türkische Tabakspfeife mit kleinem Kopf
**T-Shirt,** ['ti:schö(r)t, engl.-amerik.), sächl., –s: kragenloses, kurzärmeliges Hemd mit rundem Ausschnitt und oft mit Aufdruck
**Tuba,** (lat.), weibl., Tuben: 1. tiefstes Blechblasinstrument mit nach oben gewundenem Schalltrichter, 2. altröm. Blasinstrument (Vorläufer der Trompete), 3. Eileiter (Med.) 4. röhrenförmige Verbindung zwischen Rachen und der Paukenhöhle des Ohrs (Med.),
**Tuberkel,** (lat.), männl., –s: 1. Knochenvorsprung, kleiner Höcker an Knochen (Med.) , 2. kleine Geschwulst, Tuberkuloseknötchen (Med.)
**tuberkular,** (lat.): knotig, knötchenartig; Tuberkel bildend (Med.)
**Tuberkulin,** (lat.), sächl., nur Sing.: Giftstoff aus Zerfallsstoffen der Tuberkelbakterien, mit dem Tuberkulose nachgewiesen werden kann (bei Reihenuntersuchungen mit einem Stempel zu Diagnosezwecken aufgebracht; Med.)
**tuberkulös,** (lat.): die Tuberkulose betreffend, an Tuberkulose leidend, schwindsüchtig (Med.)
**Tuberkulose,** (lat.), weibl., –n: durch Tuberkelbakterien hervorgerufene Infektionskrankheit, die meist chronisch verläuft und vor allem Lunge, Knochen und Haut befallen kann (Med.)
**tubulär,** (lat.): schlauch-, röhrenförmig (Med.)
**tubulös,** (lat.): vgl. tubulär
**Tubus,** (lat. »Röhre«), männl., Tuben oder –se: 1. (ehemals Bez. für:) Fernrohr, 2. Fassungsrohr für Linsen bei optischen Geräten, 3. Rohransatz bei Glasgeräten, 4. Kunststoffröhre zur Einführung in die Luftröhre (z. B. für Narkosezwecke; Med.)
**Tukan,** (indian.), männl., –e: in Mittel- und Südamerika heimischer Vogel mit großem leicht gebogenem Schnabel
**Tulipan,** (türk.), männl., –e: (ehemals Bez. für:) Tulpe
**Tumba,** (gr.), weibl., Tumben: Grabdenkmal in Form eines Sarkophags, das sich über das Bodengrab erhebt und meist mit einer Grabplatte verziert ist
**Tumor,** (lat.), männl., –en: Geschwulst, Gewächs, Gewebswucherung (Med.)
**Tumult,** (lat.), männl., –e: Lärm, Unruhe, Auflauf aufgeregter Menschen
**tumultuarisch,** (lat.): aufgeregt lärmend, erregt, unruhig
**Tumulus,** (lat.), männl., Tumuli: vorgeschichtliches Hügelgrab
**Tundra,** (finn.-russ.), weibl., Tundren: baumlose Kältesteppe im Norden Europas, Asiens und Nordamerikas, jenseits der arktischen Baumgrenze
**tunen,** ['tju:nen, engl.]: durch technische Verbesserungen die Leistung eines Kraftfahrzeugmotors (nachträglich) erhöhen, einen Motor frisieren
**Tuner,** ['tju:ner, engl.], männl., –: Kanalwähler an Fernseh- und Rundfunkgeräten; Radiogerät ohne Verstärker

**Tunica,** (lat.), weibl., Tunicae: dünne Gewebeschicht der Haut (Med.; Biol.)
**Tunika,** (lat.), weibl., Tuniken: 1. (im antiken Rom:) langes ärmelloses Untergewand; langes Gewand aus weißer Wolle, 2. über dem Kleid getragener Überrock; ärmelloses, vorn offenes, festliches Übergewand
**Tuning,** ['tju:ning, engl.], sächl., –s: das Tunen (von Kraftfahrzeugen)
**Tunnel,** (fr.), männl., – oder –s: unterirdischer Verkehrsweg (Bahnstrecke, Kanal, Straße)
**Tupamaro,** (indian.) der, –s: sich nach dem Inkakönig Túpac Amaru benennendes Mitglied der Stadtguerilla in Uruguay
**Turban,** (pers.), männl., –e: um den Kopf gewundener Schal als Kopfbedeckung insbes. der Muslime und Hindus
**Turbine,** (lat.), weibl., –n: Kraftmaschine, die aus der potenziellen Energie von Dampf, Gas oder Wasser unmittelbar eine drehende Bewegung erzeugt
**Turbo,** (lat.), männl., –s: (umg.) vgl. Turbolader
**Turbolader,** (lat.-dt.), männl., –: mit den Abgasen des Verbrennungsmotors betriebene Turbine zum Aufladen des Motors
**turbulent,** (lat.): wirbelnd, stürmisch, sehr unruhig, ungestüm
**Turbulenz,** (lat.), weibl., –en: 1. ungeordnete Wirbelströmung der Luft (Meteorol.), 2. Unruhe, Wirbel; ungestümes Wesen, 3. Wirbelbildung in strömenden Gasen oder Flüssigkeiten (Phys.)
**Turf,** ['tö:(r)f, engl.], männl., –s: Pferderennbahn, Pferderennen
**Turgor,** (lat.), männl., nur Sing.: 1. Innendruck auf die Pflanzenzellwand (Bot.), 2. Spannungszustand in einem Gewebe (Med.)
**Turkey,** ['tö:(r)ki, engl.], männl., –s: Zustand von Rauschgiftsüchtigen, die unter Entzugserscheinungen leiden
**türkis,** (türk.): grünlich-blau, türkisfarben
**Türkis** (türk.), männl., –e: grünlichblauer undurchsichtiger Schmuckstein
**Türkis,** (türk.), sächl., nur Sing.: grünlich-blauer Farbton
**Turmalin,** (singhales.), männl., –e: ein farbloser, schwarzer, roter oder grüner Edelstein, ein Mineral mit säulenförmigen Kristallen
**Turn,** ['tö:(r)n, engl.] der, –s: 1. Wende, Kehre, hochgezogene Kurve beim Kunstflug, 2. (umg.) Rauschzustand
**turnen,** ['tö:(r)nen, engl.]: (umg.) 1. sich in einen Rauschzustand versetzen, 2. Rauschmittel konsumieren
**Turnier,** (gr.), sächl., –e: 1. (im Mittelalter:) ritterliches Kampfspiel, 2. Sportwettbewerb mit großer Teilnehmerzahl, der sich über einen längeren Zeitraum und mehrere Wettkämpfe erstreckt
**Turnus,** (gr.), männl., –se: festgelegte Reihenfolge, sich regelmäßig wiederholender Ablauf
**Tussis,** (lat.), weibl., nur Sing.: Husten (Med.)
**Tutand,** (lat.), männl., –en: von einem Tutor betreuter Studienanfänger
**Tutel,** (lat.), weibl., –en: Vormundschaft
**Tutor,** (lat.), männl., Tutoren: 1. (im antiken Rom:) Vormund, Erzieher, 2. Student im älteren Semester, der Studienanfänger betreut; Leiter eines Tutoriums, 3. Lehrer an Gesamtschulen, der eine Kerngruppe betreut
**Tutorium,** (lat.), sächl., Tutorien: Übungskurs an einer Hochschule, der meist eine Vorlesung begleitet und in kleineren Gruppen angeboten wird
**tutti** (italien.): alle (Instrumente oder Gesangsstimmen)
**Tuttifrutti,** (italien.), sächl., -(s): Süßspeise aus vielen Früchten
**Tutu,** [tü'tü, fr.], sächl., –s: kurzes, abstehendes Balettröckchen aus Tüll

**Tweed,** ['t(u)i:d, engl.], männl., –s und –e: kräftiges, klein gemustertes Woll- oder Mischgewebe

**Twen,** (engl.), männl., –s: Mann oder Frau zwischen 20 und 29 Jahren

**Twill,** (engl.), männl., –s und –e: ein Kleiderstoff aus Baumwollgewebe oder Seide

**Twinset,** (engl.), der oder das, –s: Kombination von Pullover mit dazu passender Jacke

**Twist,** (engl.), männl., –e: aus mehreren Fäden gedrehtes Baumwollstopfgarn

**Twist,** (engl.), männl., –s: (in den 1960er-Jahren:) Modetanz im 4/4-Takt

**Twostepp,** ['tu:ßtäp, engl.], männl., –s: schneller englischer Gesellschaftstanz im 2/4-Takt

**Tyche,** ['tü:che, gr.], weibl., nur Sing.: Zufall, Schicksal

**Typ,** [tü:p, gr.], männl., –en: 1. Urbild, Grundform, Muster mit bestimmten kennzeichnenden Merkmalen, 2. Menschentyp; Gattung; Gruppe von Personen oder Dingen mit gleichen Merkmalen, 3. (umg.) unbestimmte, männliche Person; Kerl, 4. Bauart, Modell

**Type,** (gr.), weibl., –n: 1. aus Blei gegossener Druckbuchstabe, Letter, 2. Feinheitsgrad der Ausmahlung bei Mehlsorten, 3. (umg.) komischer Kerl, absonderlicher Mensch

**Typenpsychologie,** (gr.), weibl., nur Sing.: Zweig der Psychologie, der sich mit den unterschiedlichen Typen der Persönlichkeit, des Charakters und des Körperbaus befasst

**Typhlitis,** (gr.), weibl., Typhlitiden: Blinddarm- und Wurmfortsatzentzündung (Med.)

**Typhlon,** (gr.), sächl., Typhla: Blinddarm (Med.)

**Typhon,** (lat.), sächl., –e: mit Druckluft betriebenes Nebelhorn auf Schiffen

**typhös,** (gr.): typhusartig (Med.)

**Typhus,** (gr.), männl., nur Sing.: durch Typhusbakterien hervorgerufene schwere fieberhafte Infektionskrankheit, die mit Bewusstseinsstörungen und fleckigem Ausschlag verbunden ist

**Typik,** (gr.), weibl., –en: psychologische Lehre von den Typen

**typisch,** (gr.): 1. zu einer bestimmten Gattung gehörend, kennzeichnend, 2. charakteristisch, bezeichnend, unverkennbar

**typisieren,** (gr.): 1. nach Typen einteilen, 2. einen Typ darstellen, das Typische hervorheben

**Typograph** (auch: Typograf), (gr.), männl., –en: Gestalter des Schriftsatzes, Schriftsetzer

**Typographie** (auch: Typografie), (gr.), weibl., –n: 1. Buchdruckerkunst, 2. Gestaltung des Schriftsatzes eines Druckerzeugnisses

**typographisch** (auch: typografisch), (gr.): die Typographie betreffend

**Typologie,** (gr.), weibl., –n: Typenlehre (Psychol.)

**typologisch,** (gr.): auf der Typenlehre beruhend, die Typologie betreffend

**Typoskript,** (gr.), sächl., –e: mit der Maschine geschriebenes Schriftstück

**Typus,** (gr.), männl., Typen: vgl. Typ (1, 2)

**Tyrann,** (gr.), männl., –en: 1. unumschränkter Alleinherrscher; Gewaltherrscher, Unterdrücker, 2. rücksichtsloser, selbstherrlicher, herrschsüchtiger Mensch

**Tyrannei,** (gr.), weibl., nur Sing.: 1. die Willkür- und Gewaltherrschaft eines einzelnen oder einer Gruppe, 2. das Tyrannisieren, tyrannisches, willkürliches Verhalten

**Tyrannis,** (gr.), weibl., nur Sing.: (im antiken Griechenland:) von einem Tyrannen (1) ausgeübte Gewaltherrschaft

**tyrannisch,** (gr.): gewaltsam, willkürlich, diktatorisch; selbstherrlich, herrschsüchtig, rücksichtslos, grausam

**tyrannisieren,** (gr.): jmdn. unterdrücken, jmdm. seinen Willen aufzwingen; jmdn. gewaltsam und willkürlich behandeln
**Tyrosin,** (gr.), sächl., nur Sing.: eine Aminosäure, die in fast allen Eiweißstoffen enthalten ist (Chem.)

# U

**Übermikroskop,** (dt.-gr.), sächl., –e: vgl. Elektronenmikroskop
**Überproduktion,** (dt.-lat.), weibl., nur Sing.: über die Nachfrage hinausgehende Warenerzeugung
**ubi bene, ibi patria,** (lat.): Wo es mir gut geht, da ist meine Heimat
**Ubiquist,** (lat.), männl., –en: in verschiedenen Lebensräumen der ganzen Erde vorkommende Tier- oder Pflanzenart (Biol.)
**ubiquitär,** (lat.): nicht an den Standort gebunden, überall vorkommend (auf Tier- oder Pflanzenarten bezogen)
**Ubiquität,** (lat.), weibl., –en: 1. überall erhältlicher Wirtschaftsartikel, 2. (nur Sing.) das Nichtgebundensein an einen Standort (Biol.), 3. (nur Sing.) Allgegenwart (Gottes)
**Udometer,** (lat.-gr.), sächl., –: Regenmesser (Meteorol.)
**UEFA,** (Kurzw. aus **U**nion of **E**uropean **F**ootball **A**ssociations, engl.): Europäischer Fußballverband
**UFO, Ufo,** (Kurzw. aus **u**nidentified **f**lying **o**bjekt, engl.), sächl., –s: unbekanntes Flugobjekt
**Ukas,** (russ.), männl., –se: 1. (histor.) Zarenerlass, 2. Anordnung, Befehl
**Ukulele,** (hawaiisch »hüpfender Floh«), weibl. oder sächl., –n: kleine vierseitige Hawaiigitarre
**Ulan,** (türk.-poln.), männl., –en: (histor.) mit einer Lanze bewaffneter Kavallerist, Lanzenreiter (in Polen)
**Ulanka,** (poln.), weibl., –s: zweireihiger, kurzer Waffenrock eines Ulanen
**Ulcus:** vgl.Ulkus
**Ulema,** (pers.), männl., –s: islamischer Rechts- und Gottesgelehrter
**Ulitis,** (gr.), weibl., Ulitiden: Zahnfleischentzündung (Med.)
**Ulkus,** (lat.), sächl., Ulzera: Geschwür (Med.)
**Ulna,** (lat.), weibl., –e: Elle, Ellbogen(knochen) (Med.)
**ulnar,** (lat.): den Ellbogen betreffend, zum Ellbogen gehörend (Med.)
**Ulose,** (gr.), weibl., –: Narbenbildung (Med.)
**Ulster,** ['a.lst(e)r, engl.], männl., –: nach der Provinz Ulster in Nordirland benannter weiter Herrenmantel (mit angewebtem Futter)
**Ultima,** (lat.), weibl., Ultimä oder Ultimen: letzte Silbe eines Wortes (Sprachwiss.)
**Ultima Ratio,** (lat.), weibl., nur Sing.: letztes, äußerstes Mittel; letztmöglicher Ausweg; letzte Hoffnung
**ultimativ,** (lat.): in Form eines Ultimatums; nachdrücklich, endgültig
**Ultimatum,** (lat.), sächl., –s oder Ultimaten: mit Androhung von Gewalt oder Sanktionen verbundene befristete Forderung (eines Staates an einen anderen Staat)
**ultimo,** (lat.): am Letzten (des Monats)
**Ultra,** (lat.), männl., –s: politischer Extremist, Vertreter einer extremen politischen Richtung
**ultramarin,** (lat.): kornblumenblau, leuchtend blau
**Ultramarin,** (lat.), sächl., –e: blauer Farbstoff, der urspr. aus Lapislazuli, jetzt künstlich gewonnen wird

**Ultraschall,** (lat.-dt.), männl., nur Sing.: oberhalb der menschlichen Hörgrenze liegende Schallschwingungen mit Frequenzen von etwa 20 Kilohertz
**ultraviolett,** (lat.-fr.): sich im Lichtspektrum an Violett anschließend
**Ultraviolett,** (lat.-fr.), sächl., nur Sing.: unsichtbare, chemisch und biologisch stark wirksame Strahlung, die sich im Lichtspektrum an Violett anschließt (Abk.: UV)
**Ulzera,** (lat.): Plur. von Ulkus
**Ulzeration,** (lat.), weibl., –en: Geschwürbildung (Med.)
**ulzerieren,** (lat.): geschwürig werden, ein Geschwür bilden (Med.)
**ulzerös,** (lat.): geschwürig (Med.)
**Umbellifere,** (lat.), weibl., –n: Doldengewächs (Bot.)
**Umber,** (lat.), männl., nur Sing.: vgl. Umbra (2)
**Umbra,** (lat. »Schatten«), weibl., nur Sing.: 1. dunkelster Teil, Zentrum eines Sonnenflecks, 2. Erdbraun, dunkelbraune Malerfarbe, die aus manganhaltigem Eisenerz durch Verwitterung entstanden ist
**umfunktionieren,** (dt.-lat.): jmdm. oder etwas eine andere Funktion geben
**Umiak,** (eskimoisch), männl. oder sächl., –s: offenes, mit Fellen bespanntes Boot der Eskimofrauen
**umstrukturieren,** (dt.-lat.): umgestalten
**UN,** (Kurzw. aus **U**nited **N**ations, engl.), weibl., nur Sing.: vgl. UNO
**Undercoveragent,** ['anderka.ve(r)..., engl.], männl., –en: in die zu bespitzelnde Organisation eingeschleuster Agent
**Underdog,** ['anderdog, engl.], männl., –s: sozial Schwächergestellter, (von der Gesellschaft) Benachteiligter
**Understatement,** [and(e)r'ßte:jtm(e)nt, engl.], sächl., –s: Untertreibung, Tiefstapelei; nüchterne, zurückhaltende, nur andeutende Ausdrucksform (z. B.: in der Literatur oder Schauspielkunst)
**Undine,** (lat.), weibl., –n: weibl. Wassergeist
**Undulation,** (lat.), weibl., –en: 1. Wellenbewegung, Schwingung (Phys.), 2. kleinräumige Faltung einer Schichtenfolge in Sättel und Mulden (Geol.)
**undulatorisch,** (lat.): wellenförmig, in Wellenbewegung
**UNESCO,** (Kurzw. aus **U**nited **N**ations **E**ducational, **S**cientific and **C**ultural **O**rganization):, weibl., nur Sing.: Organisation der Vereinten Nationen für Erziehung, Wissenschaft und Kultur
**Unguentum,** (lat.), sächl., Unguenta: Salbe (Abk.: Ungt.; Med.)
**Ungulat,** (lat.), männl., –en: Huftier (Zool.)
**uni,** [ü'ni:, fr.]: einfarbig (z. B.: bei Stoffen, Tapeten)
**Uni,** weibl., –s: (umg.) Kurzw. für Universität
**unieren,** (lat.): vereinigen
**unifizieren,** (lat.): vereinheitlichen
**uniform,** (lat.): gleichförmig, einheitlich, einförmig; eintönig
**Uniform,** (lat.), weibl., –en: einheitliche Dienstkleidung (z. B. beim Militär, der Polizei, Post oder Eisenbahn)
**uniformieren,** (lat.): in Uniform kleiden, einheitlich (ein)kleiden; einheitlich, gleichförmig machen
**Uniformismus,** (lat.), männl., nur Sing.: Neigung oder Bestreben, alles gleichförmig und einheitlich zu gestalten
**Uniformität,** (lat.), weibl., –en: Einheitlichkeit, Gleichförmigkeit, Eintönigkeit
**Unikat,** (lat.), sächl., –e: Urschrift; einzige Ausfertigung; einziges Exemplar (z. B.: eines Schriftstückes oder Kunstwerkes)
**Unikum,** (lat.), sächl., –s oder Unika: 1. nur einmal vorhandenes Exemplar, 2. (umg.) origineller, mitunter Heiterkeit hervorrufender Mensch, Sonderling
**unilateral,** (lat.): einseitig; nur auf einer Seite

**Union,** (lat.), weibl., –en: 1. Vereinigung, Zusammenschluss, Verbindung, Bund, (insbes. von Staaten, Völkern oder Kirchen)

**Unionist,** (lat.), männl., –en: Anhänger oder Vertreter einer Union

**Union Jack,** ['ju:nj(e)n 'dschä.k, engl.], männl., – –s: die britische Nationalflagge

**unisono,** (italien. ): auf demselben Ton oder in derselben Oktave (Mus.); (übertragen:) einstimmig, gemeinsam einer Überzeugung

**Unitarier,** (lat.), männl., –: (histor.) Gegner des Trinitätsdogmas, Vertreter einer nachreformatorischen kirchlichen Richtung, die die Lehre von der Dreifaltigkeit ablehnt und die Einheit Gottes betont

**Unitarismus,** (lat.), männl., nur Sing.: 1. Bestrebungen innerhalb eines Staatenverbandes nach Stärkung der Zentralgewalt bzw. nach einem Einheitsstaat, 2. Lehre der Unitarier

**Unitarist,** (lat.), männl., –en: Vertreter des Unitarismus

**Unität,** (lat.), weibl., nur Sing.: 1. Einheit, Einigkeit, Übereinstimmung, 2. (umg für:) Universität

**univalent,** (lat.): einwertig (Chem.)

**Univerbierung,** (lat. »Vereinwortung«), weibl, –en: Bildung eines Wortes aus mehreren (z. B. durch Substantivierung: da sein, aber: das Dasein)

**universal,** (lat.): allgemein, gesamt; (die ganze Welt) umspannend, weltweit

**Universalerbe,** (lat.-dt.), männl., –n: alleiniger Erbe

**Universalgenie,** (lat.), sächl., –s: Mensch, der auf den verschiedensten Gebieten überdurchschnittliche Fähigkeiten besitzt

**Universalien,** (lat.), weibl., Plur.: Allgemeinheiten, Allgemeinbegriffe; allgemein gültige Aussagen (Philos.)

**Universalismus,** (lat.), männl., nur Sing.: Hervorheben des übergeordneten Ganzen oder der allgemeinen Prinzipien gegenüber dem Einzelnen (Gegens.: Partikularismus)

**Universalität,** (lat.), weibl., nur Sing.: 1. Vielseitigkeit; allumfassende Bildung, allseitiges Wissen, 2. Allgemeinheit, Gesamtheit

**universell,** (lat.): allseitig, vielseitig; umfassend

**Universität,** (lat.), weibl., –en: wissenschaftliche Hochschule

**Universum,** (lat.), sächl., nur Sing.: Weltall

**Unktion,** (lat.), weibl., –en: Salbung, Einreibung (Med.)

**UNO,** (Kurzw. aus **U**nited **N**ations **O**rganization, engl.), weibl., nur Sing.: (Organisation der) Vereinte(n) Nationen (Vereinigung von Staaten zur Sicherung des Weltfriedens; auch: UN)

**unplugged,** [anpla.kd, engl.]: musikalischer Auftritt ohne elektrische Verstärkung oder Computerisierung mit rein akustischen Musikinstrumenten

**un poco,** (italien.): ein wenig, etwas (Mus.)

**unterminieren,** (dt.-lat.): unterhöhlen, unterwandern

**Unze,** (lat.), weibl., –n: alte Gewichtseinheit (insbes. für Edelmetalle und Arzneien; ca. 30 g)

**Update,** ['a.pde:jt, engl.], sächl., –s: Aktualisierung eines Programms, einer CD-ROM u. a. sowie die aktualisierte Version

**Uppercut,** ['a.p(e)rkat, engl.], männl., –s: kurzer Aufwärtshaken (beim Boxen)

**Upperten** (auch: Upper Ten), ['a.p(e)r'tä.n], nur Plur.: die oberen Zehntausend, Oberschicht

**up to date,** ['a.p tu 'de:jt, engl.]: auf dem neuesten Stand, zeitgemäß; modisch (gekleidet)

**Urämie,** (gr.), weibl., –n: (oft durch Nierenversagen hervorgerufene) Harnvergiftung (Med.)
**Uran,** (gr.), sächl., nur Sing.: nach dem im gleichen Jahrzehnt entdeckten Planeten Uranus benanntes radioaktives metallisches Element, das insbes. als Brennstoff für Atomkraftwerke verwendet wird (Zeichen: U)
**Uranismus,** (gr.), männl., nur Sing.: männl. Homosexualität
**Uranist,** (gr.), männl., –en: Homosexueller
**urban,** (lat.): städtisch, weltgewandt; gebildet; weltmännisch
**urbanisieren,** (lat.): urban machen, verstädtern; städtebaulich erschließen; (z. B. durch kulturelle Angebote) auf großstädtisches Niveau bringen
**Urbanistik,** (lat.), weibl., nur Sing.: Wissenschaft des Städtewesens
**Urbanität,** (lat.), weibl., nur Sing.: Bildung, Weltgewandtheit; weltmännische Lebensart
**urbi et orbi,** (lat. »der Stadt [Rom] und aller Welt«): Bez. für den Segen, den der Papst insbes. zu Weihnachten und zu Ostern der ganzen Welt spendet
**Urea,** (gr.), weibl., nur Sing.: Harnstoff
**Urese,** (gr.), weibl., nur Sing.: das Harnen, Harnentleerung (Med.)
**Ureter,** (gr.), männl., Ureteren: Harnleiter (Med.)
**Ureteritis,** (gr.), weibl., Ureteritiden: Harnleiterentzündung (Med.)
**Urethra,** (gr.), weibl., Urethren: Harnröhre (Med.)
**Urethritis,** (gr.), weibl., Urethritiden: Harnröhrenentzündung (Med.)
**urgent,** (lat.): dringend, eilig, unaufschiebbar
**Urgenz,** (lat.), weibl., –en: Dringlichkeit
**Urin,** (lat.), männl., –e: Harn (Med.)
**Urinal,** (lat.), sächl., –e: 1. Harnflasche, Gefäß zur Aufnahme des Harns, 2. Becken zum Urinieren in Herrentoiletten
**urinieren,** (lat.): harnen, Wasser lassen
**urinös,** (lat.): harnstoffhaltig, urinähnlich
**Urolith,** (gr.), männl., –e(n): Harnstein (Med.)
**Urologe,** (gr.), männl., –n: Facharzt für Erkrankungen der Harnorgane
**Urologie,** (gr.):, weibl., nur Sing.: Lehre von den Erkrankungen der Harnorgane
**Uroskopie,** (gr.), weibl., –n: Harnuntersuchung (Med.)
**Usance,** [ü'sanß, fr.], weibl., –n: Brauch; Handelsbrauch, Gepflogenheit (insbes. im Geschäftsverkehr)
**User,** ['ju:se(r), engl.], männl., –: 1. Drogenkonsument, 2. Anwender eines EDV-Programms, Benutzer eines Computers
**usuell,** (lat.): gebräuchlich, üblich
**Usurpation,** (lat.), weibl., –en: widerrechtliche Inbesitznahme, gesetzwidrige Aneignung; gesetzwidrige Machtergreifung
**Usurpator,** (lat.), männl., –patoren: unrechtmäßiger Besitznehmer; jmd., der widerrechtlich (und gewaltsam) die Macht ergreift
**usurpieren,** (lat.): sich widerrechtlich in Besitz bringen; widerrechtlich (und gewaltsam) die Macht ergreifen, die Staatsgewalt an sich reißen
**Usus,** (lat.), männl., nur Sing.: Brauch, Gewohnheit, Herkommen, Sitte
**Utensil,** (lat.), sächl., –ien: Gebrauchsgegenstand; Gerät; Werkzeug
**uterin,** (lat.): die Gebärmutter betreffend, zur Gebärmutter gehörend (Med.)
**Uterus,** (lat.), männl., Uteri: Gebärmutter (Med.)
**utilisieren,** (lat.): aus etwas Nutzen ziehen, gebrauchen
**Utilismus,** (lat.), männl., nur Sing.: vgl. Utilitarismus
**utilitär,** (lat.): ausschließlich den Nutzen bedenkend, nach dem Nützlichkeitsprinzip handelnd

**Utilitarismus,** (lat.), männl., nur Sing.: Nützlichkeitslehre oder -streben, Überzeugung, dass allein der Nutzen Richtschnur menschlichen Handelns sein sollte (Philos.)
**Utilitarist,** (lat.), männl., –en: Anhänger des Utilitarismus; Nützlichkeitsmensch
**Utopia,** (gr.), sächl., nur Sing.: Traumland, erdachtes Land der Zukunft mit idealen gesellschaftlichen Zuständen
**Utopie,** (gr.), weibl., –n: 1. Beschreibung erdachter idealer (gesellschaftlicher) Zustände, 2. die Realität vernachlässigendes Denkmodell, Wunschbild; (umg.) Hirngespinst
**utopisch,** (gr.): unerfüllbar, ohne Realitätsbezug denkend, schwärmerisch, nach Unmöglichem strebend
**Utopismus,** (gr.), männl., nur Sing.: 1. Hang zu Utopien, 2. Realitätsferne; utopische Vorstellung
**UV:** vgl. Ultraviolett
**Uvula,** (lat.), weibl., –e: Gaumenzäpfchen (Med.)
**uvular,** (lat.): mit dem Gaumenzäpfchen gebildet (Sprachwiss.)
**Uvular,** (lat.), männl., –e: Zäpfchenlaut, mit dem Gaumenzäpfchen gebildeter Konsonant (z. B. »r«; Sprachwiss.)
**Uwarowit,** männl., –e: nach dem russ. Staatsmann Uwarow benanntes grünes Mineral

# V

**Vabanque** (auch: va banque), [wa 'bank, fr.]: (beim Glücksspiel:) es gilt die Bank; Vabanque spielen: um den gesamten Einsatz der Bank spielen; alles auf eine Karte, alles aufs Spiel setzen
**Vabanquespiel,** (fr.-dt.), sächl., nur Sing.: (beim Glücksspiel) Spiel um den gesamten Einsatz der Bank; (übertragen:) gefährliches Spiel, hohes Risiko
**Vaccination:** vgl. Vakzination
**Vademekum,** (lat.), sächl., –s: kleines Lehrbuch, Ratgeber, Leitfaden (als Taschenbuch)
**vados,** (lat.): in den Hohlräumen der Erdkruste kreisend, aus Niederschlägen entstanden (in Bezug auf Grundwasser; Geol.)
**Vagabund,** (fr.), männl., –en: Weltenbummler; rastloser Mensch; Landstreicher, Herumtreiber; Strolch
**vagabundieren,** (fr.): (als Vagabund) leben; (als Landstreicher) umherziehen; ein rastloses Leben führen; strolchen
**vag:** vgl. vage
**vage,** (lat.): unbestimmt, ungewiss; verschwommen
**Vagant,** (lat.), männl., –en: (im Mittelalter:) fahrender Spielmann, fahrender Schüler; umherziehender Sänger oder Dichter; fahrender Student oder Geistlicher
**Vagina,** (lat.), weibl., Vaginen: weibl. Scheide, Verbindung zwischen äußerem Geschlechtsteil und Gebärmutter bei Mensch und Tier; Gleithülle (Med.)
**vaginal,** (lat.): die weibl. Scheide betreffend (Med.)
**Vaginismus,** (lat.), männl., Vaginismen: Scheidenkrampf (Med.)
**Vaginitis,** (lat.), weibl., Vaginitiden: Scheidenentzündung (Med.)
**Vagotomie,** (lat.-gr.), weibl., –n: Durchtrennung des Vagus (Med.)
**Vagus,** (lat.), männl., nur Sing.: wichtigster Nerv des Nervensystems, der als Hauptvertreter des Parasympathikus viele Organe versorgt (Med.)
**vakant,** (lat.): unbesetzt, offen; frei, leer; erledigt
**Vakanz,** (lat.), weibl., –en: 1. freie, unbesetzte (Dienst)stelle, 2. (früher für:) Ferien

**Vakat,** (lat.), sächl., –s: leere, unbedruckte Seite in einem Druckbogen oder einem Buch
**Vakuole,** (lat.), weibl., –n: mit Flüssigkeit gefülltes Bläschen in tierischen und pflanzlichen Zellen (Biol.)
**Vakuum,** (lat.), sächl., Vakuen oder Vakua: (nahezu) luftleerer Raum; (übertragen:) Leere, Unausgefülltheit
**Vakzin:** vgl. Vakzine
**Vakzination,** (lat.), männl., –en: Impfung mit Vakzinen zur Verhütung von Infektionskrankheiten; Pockenschutzimpfung (Med.)
**Vakzine,** (lat.), weibl., –n: Impfstoff aus abgeschwächten lebenden oder toten Krankheitserregern
**vakzinieren,** (lat.): impfen (mit einer Vakzine)
**vale!,** (lat.): lebe wohl!
**Valenz,** (lat.), weibl., –en: 1. Wertigkeit (Chem.), 2. Stärke (Biol.), 3. die Eigenschaft von Wörtern, andere Satzteile zu erfordern (Sprachwiss.)
**Valeriana,** (lat.), weibl., Valerianen: Baldrian
**Valet,** (lat.), sächl., –s: (früher für:) Lebewohl
**valid,** (lat.): 1. kräftig, gesund, 2. gültig, rechtskräftig
**Validität,** (lat.), weibl., nur Sing.: 1. Rechtsgültigkeit, 2. Gültigkeit eines wissenschaftlichen Versuchs
**Valoren,** (lat.), weibl., Plur.: Wertgegenstände, Schmucksachen; Wertpapiere
**Valuta,** (lat.-italien.), weibl., Valuten: 1. Wert einer Währung, 2. ausländische Währung, Zahlungsmittel, 3. Wert, Gegenwert; Wertstellung auf dem Konto
**valutieren,** (lat.): 1. einen Termin für eine (geldliche) Leistung festsetzen (z. B. einen Zinstermin), 2. den Wert angeben, bewerten
**Valvation,** (lat.), weibl., –en: Abschätzung; Bestimmung des Wertes (fremder Münzen)
**Vamp,** ['wä.mp, serb.-engl.], männl., –s: erotisch stark anziehende, zugleich kühl berechnende Frau (im Film)
**Vampir,** (serb.), männl., –e: 1. in Südamerika beheimatete Blut leckende Fledermaus, 2. (im südosteuropäischen Volksglauben) Toter, der als Blut saugendes Nachtgespenst zu den Lebenden zurückkehrt, 3. (übertragen:) Wucherer, Blutsauger
**Vanadat,** (altnord.), sächl. –e: Salz der Vanadinsäure (Chem.)
**Vanadin,** (altnord.), sächl., nur Sing.: graues, korrosionsbeständiges Hartmetall, chem. Element (Zeichen: V)
**Vanadium:** vgl. Vanadin
**Vandale:** vgl. Wandale
**Vandalismus:** vgl. Wandalismus
**vanille,** [wa'ni.lje, span.]: hellgelb
**Vanille,** (span.), weibl., nur Sing.: mexikanische Orchideengattung, deren Früchte zu einem Gewürz verarbeitet werden, das oft für Süßspeisen verwendet wird
**Vanillin,** (span.), sächl., nur Sing.: Aromastoff, der aus echten Vanilleschoten oder künstlich hergestellt wird
**Vaporimeter,** (lat.-gr.), sächl., –: Gerät, mit dem der Gehalt an Alkohol in Flüssigkeiten aus dem Dampfdruck beim Siedepunkt gemessen wird
**Vaporisation,** (lat.), weibl., –en: das Vaporisieren
**vaporisieren,** (lat.): verdampfen; den Gehalt an Alkohol in einer Flüssigkeit durch Messung des Dampfdrucks bestimmen
**Varia,** (lat.), weibl., Plur.: Vermischtes, Verschiedenes, Mannigfaltiges, Allerlei
**variabel,** (lat.): veränderlich, wandelbar, abwandlungsfähig; schwankend (Gegens.: konstant, invariabel)

**Variabilität,** (lat.), weibl., –en: Veränderlichkeit, Wandelbarkeit
**Variable,** (lat.), weibl., –n: veränderliche Größe, Veränderliche, Unbekannte (Gegens.: Konstante; Math.)
**variant,** (lat.): veränderbar bei bestimmten Umformungen (Math.)
**Variante,** (lat.), weibl., –n: 1. veränderte Form, Abwandlung; Abart, Spielart; eine von mehreren Möglichkeiten, 2. abweichende Lesart einer Textstelle, 3. Wechsel von Moll nach Dur oder umgekehrt (Mus.)
**Varianz,** (lat.), weibl., –en: Veränderlichkeit bei bestimmten Umformungen; Maß der Abweichung (vom Mittelwert; Math.)
**variatio delectat,** (lat.): Abwechslung erfreut
**Variation,** (lat.), weibl., –en: Abwechslung; Veränderung, Abwandlung
**Varietät,** (lat.), weibl., –en: andersartige Beschaffenheit, Abart, Spielart
**Varietee** (auch: Varieté), (lat.-fr.), sächl., –s: Bühne für wechselnde Vorführungen artistischer, tänzerischer, musikalischer oder anderer Art
**variieren,** (lat.): verschieden sein, voneinander abweichen, sich unterscheiden; verändern, abwandeln
**varikös,** (lat.): mit Krampfadern behaftet (Med.)
**Varikose,** (lat.), weibl., –n: Krampfaderbildung (Med.)
**Variola,** (lat.), weibl., Variolä oder Variolen: Pocken, Blattern (Med.)
**Variometer,** (lat.-gr.), sächl., –: 1. Gerät, das kleinste Luftdruckänderungen misst (Meteorol.), 2. Spulenanordnung zur Frequenzabstimmung in Hochfrequenzgeräten (Phys.), 3. Gerät, das die Geschwindigkeit anzeigt, mit der ein Flugzeug steigt oder fällt
**Varix,** (lat.), weibl., Varizen: Krampfader (Med.)
**Vas,** (lat.), sächl., –a: Gefäß, insbes. Blut- oder Lymphgefäß (Med.)
**vasal,** (lat.): zu den Blutgefäßen gehörend (Med.)
**Vasall,** (fr.), männl., –en: (im Mittelalter) Lehnsmann; Gefolgsmann; Abhängiger
**Vasallität,** (fr.), weibl., nur Sing.: (histor.) Lehnsverhältnis
**Vase,** (lat.), weibl., –n: kunstvoll gearbeitetes Gefäß für Schnittblumen; antikes Tongefäß
**Vasektomie,** (lat.-gr.), weibl., –n: 1. operative Entfernung von Teilen der Blutgefäße (Med.), 2. operative Entfernung eines Stückes des männl. Samenleiters (zur Sterilisation; Med.)
**Vaselin,** (Kunstw.), sächl., nur Sing.: vgl. Vaseline
**Vaseline,** (Kunstw.), weibl., nur Sing.: aus Erdöl gewonnene salbenartige Masse (als Salbengrundlage, Lederfett, Schmiermittel o. Ä.)
**vaskular, vaskulär,** (lat.): zu den Körpergefäßen gehörend (Med.)
**Vasoresektion,** (lat.), weibl., –en: vgl. Vasektomie
**Vasotomie,** (lat.), weibl., –n: 1. operative Durchtrennung eines Blutgefäßes (Med.), 2. operative Durchtrennung des Samenleiters (Med.)
**Vatikan,** (lat.), männl., nur Sing.: Residenz des Papstes in Rom; päpstliche Regierung
**vatikanisch,** (lat.): zum Vatikan gehörend
**Vatikanum,** (lat.), sächl., nur Sing.: Vatikanisches Konzil
**Veda:** vgl. Weda
**Vedute,** (italien.), weibl., –n: naturgetreue Darstellung einer Landschaft oder Stadt in der Malerei
**vegetabil,** (lat.): pflanzlich
**Vegetabilien,** (lat.), weibl., Plur.: pflanzliche Nahrungsmittel
**vegetabilisch,** (lat.): vgl. vegetabil

**Vegetarier,** (lat.), männl., –: jmd., der sich nur mit pflanzlichen Nahrungsmitteln ernährt

**vegetarisch,** (lat.): pflanzlich; im Sinne des Vegetarismus

**Vegetarismus,** (lat.), männl., nur Sing.: Ernährung ausschließlich von pflanzlichen Nahrungsmitteln (evtl. unter Zusatz von Eiern oder Milch)

**Vegetation,** (lat.), weibl., –en: 1. Leben und Wachstum der Pflanzen; Gesamtheit der Pflanzen eines bestimmten Gebietes, Pflanzenwelt, 2. Wucherung (Med.)

**vegetativ,** (lat.): 1. pflanzlich, 2. unwillkürlich, unbewusst; auf dem vegetativen Nervensystem beruhend (Med.) 3. ungeschlechtlich (Biol.)

**vegetatives Nervensystem:** dasjenige Nervensystem, das unwillkürlich die grundlegenden Lebensfunktionen (z. B. Atmung, Stoffwechsel, Blutkreislauf) steuert

**vegetieren,** (lat.): kümmerlich dahinleben

**vehement,** (lat.): heftig, stürmisch, ungestüm

**Vehemenz,** (lat.), weibl., nur Sing.: Heftigkeit, Ungestüm; Schwung, Elan

**Vehikel,** (lat.), sächl., –: 1. Hilfsmittel, 2. (schlechtes) Fahrzeug, 3. wirkungslose Trägersubstanz in Arzneien (Med.)

**Vektor,** (lat.), männl., Vektoren: Element eines Vektorraums; gerichtete Größe; (geometrisch gedeutet:) durch einen Pfeil dargestellte Strecke mit Richtungssinn (Math.)

**Vektorraum,** (lat.-dt.), männl., –räume: mathematischer Raum, dessen Elemente Vektoren sind (Math.)

**velar,** (lat.): am Gaumensegel gesprochen ( Sprachwiss.)

**Velar,** (lat.), männl., –e: Gaumensegellaut, Hintergaumenlaut (z. B. »ch« als Ach-Laut; Sprachwiss.)

**Velo,** sächl., –s: Kurzw. für Veloziped

**veloce,** [we'lo:tsche, italien.]: flink, schnell (Mus.)

**Velodrom,** (lat.-gr.), sächl., –e: Radrennbahn in einer Halle

**Velours,** [we'lu:r, fr.], männl. oder sächl., –s oder –e: weiches, samtartiges Leder mit leicht gerauhter Oberfläche (Velourleder)

**Veloziped,** (fr.), sächl., –e: (früher für:) Fahrrad

**Velum,** (lat.), sächl., Vela: 1. Vorhang oder Teppich, der als Sonnenschutz in Häusern des antiken Rom diente, 2. Seiden- oder Leinentuch in der kathol. Kirche, 3. Gaumensegel (Med.), 4. Hülle junger Blätterpilze

**Velvet,** (engl.), der oder das, –s: Samt aus Baumwolle

**Vendetta,** (italien.), weibl., Vendetten: Blutrache

**Vene,** (lat.), weibl., –n: Blutader, in der das sauerstoffarme, verbrauchte Blut zum Herzen zurückgeleitet wird (Med.)

**Venenum,** (lat.), sächl., Venena: Gift (Med.)

**venerisch,** (nach Venus, der röm. Liebesgöttin): geschlechtskrank, auf Geschlechtskrankheiten beruhend (Med.)

**Venerologie,** (lat.-gr.), weibl., nur Sing.: Lehre von den Geschlechtskrankheiten

**Venia Legendi,** (lat.), weibl., nur Sing.: Berechtigung, an Hochschulen Vorlesungen abzuhalten (auf Grund einer Habilitation oder vergleichbarer Qualifikation)

**veni, vidi, vici,** (lat.): ich kam, ich sah, ich siegte (Siegesmeldung Cäsars nach der Schlacht bei Zela 47 v. Chr.)

**venös,** (lat.): zu den Venen gehörend; gefäßreich (Med.)

**Ventil,** (lat.), sächl., –e: 1. Vorrichtung, mit die Zufuhr von Flüssigkeiten oder Gasen geregelt werden kann; Steuervorrichtung für Maschinen, 2. Vorrichtung, mit der bei Blechblasinstrumenten der

Luftstrom geregelt und dadurch der Ton verändert werden kann (bei der Orgel die Windzufuhr)

**Ventilation,** (lat.), weibl., –en: Lüftung, Frischluftzufuhr, Belüftung, Luftaustausch

**Ventilator,** (lat.), männl., Ventilatoren: mechanische Lüftungsvorrichtung, Gerät, das den Luftaustausch mechanisch herbeiführt; Lüfter

**ventilieren,** (lat.): 1. Luft erneuern, Luftaustausch herbeiführen, lüften, 2. etwas sorgfältig erwägen, erörtern, besprechen, untersuchen

**ventral,** (lat.): in der Bauchgegend gelegen, zum Bauch gehörig (Med.)

**Ventrikel,** (lat.), männl., –: Hohlraum, Herz- oder Hirnkammer (Med.)

**Venus,** weibl., nur Sing.: nach der röm. Liebesgöttin benannter Planet

**Veranda,** (engl.), weibl., Veranden: verglaster oder anders geschützter Vorbau an Wohnhäusern

**Verb,** (lat.), sächl., –en: Tätigkeitswort, Zeitwort zur Bezeichnung von Tätigkeiten, Vorgängen oder Zuständen (z. B. gehen, liegen; Sprachwiss.)

**verbal,** (lat.): 1. das Verb betreffend, 2. mündlich, durch Worte ausgedrückt

**Verbaladjektiv,** (lat.), sächl., –e: vom Verb abgeleitetes Adjektiv (z. B. lesend; lesbar; Sprachwiss.)

**Verbale,** (lat.), sächl., Verbalien: von einem Verb abgeleitetes Wort (z. B. Spieler von spielen; Sprachwiss.)

**Verbalinjurie,** (lat.), weibl., –n: beleidigender Ausdruck, Schimpfwort, Beleidigung durch Worte

**verbalisieren,** (lat.): 1. etwas in Worte fassen, Gedanken, Empfindungen, Gefühle in Worten ausdrücken, 2. zu einem Verb machen

**verbaliter,** (lat.): wörtlich

**Verbalnote,** (lat.-dt.), weibl., –n: diplomatische, mündlich vorgetragene und nicht unterschriebene, vertrauliche Note

**Verbalstil,** (lat.), männl., nur Sing.: ein Schreibstil, der sich durch häufiges Verwenden von Verben auszeichnet

**Verbalsubstantiv,** (lat.), sächl., –e: von einem Verb abgeleitetes Substantiv (Sprachwiss.)

**Verbum,** (lat.), sächl., Verba: vgl. Verb

**Verdikt,** (lat.), sächl., –e: Entscheidung, Urteil(sspruch)

**Verifikation,** (lat.), weibl., –en: 1. Nachweis der Wahrheit; Bestätigung, Beglaubigung, 2. wissenschaftlicher Nachweis der Richtigkeit einer Behauptung (Gegens.: Falsifikation)

**verifizieren,** (lat.): 1. den Nachweis der Wahrheit erbringen, bestätigen, beglaubigen, 2. die Richtigkeit einer Behauptung wissenschaftlich überprüfen und nachweisen (Gegens.: falsifizieren)

**Verismo,** (lat.-italien.), männl., nur Sing.: Stilrichtung der Literatur, der bildenden Kunst und Musik im Italien des 19. Jh., die die Wirklichkeit schonungslos darzustellen suchte

**veritabel,** (lat.): wahrhaft, echt, unverfälscht; aufrichtig;

**verklausulieren,** (dt.-lat.): 1. durch Vorbehalte, Klauseln einschränken, 2. kompliziert ausdrücken, unübersichtlich und schwer verständlich formulieren

**vermaledeien,** (dt.-fr.): verwünschen

**vermeil,** [wär'mä.j, fr.]: hochrot

**Vermeil,** [wär'mä.j, fr.], sächl., nur Sing.: feuervergoldetes Silber

**Vernissage,** [werni'ßa:sch, fr.], weibl., –n: Eröffnung einer Ausstellung eines lebenden Künstlers mit geladenen Gästen

**Vers,** (lat.), männl., –e: 1. Zeile einer Strophe, Gedichtzeile, 2. kleiner Abschnitt in der Bibel

**Versal,** (lat.), männl., Versalien: groß geschriebener Buchstabe, Anfangsbuchstabe

**versiert,** (lat.): bewandert, erfahren, gut unterrichtet; gewandt, gewitzt
**Versifikation,** (lat.), weibl., –en: das Umformulieren in Verse, Versbildung
**versifizieren,** (lat.): in Versform bringen, in Verse umformulieren
**Version,** (lat.), weibl., –en: 1. eine Lesart (von mehreren möglichen Lesarten), Fassung, 2. Ausführung, Modell
**Verso,** (lat.), sächl., –s: Rückseite eines Blattes
**versus,** (lat.): gegen, im Gegensatz zu
**vertebral,** (lat.): einen Wirbel oder die Wirbelsäule betreffend (Med.)
**Vertebrat,** (lat.), männl., –en: (meist Plur.) Wirbeltier
**vertikal,** (lat.): senkrecht (Gegens.: horizontal)
**Vertikale,** (lat.), weibl., –n: Senkrechte (Gegens.: Horizontale)
**Vertiko,** sächl., –s: kleiner Schrank (meist mit zwei Türflügeln, einer Schublade und einem Aufsatz)
**vertikutieren,** (lat.-fr.): Rasenboden belüften (durch Auflockern der Grasnarbe)
**Verve,** (fr.), weibl., nur Sing.: Begeisterung, Schwung, Engagement (beim Ausführen einer Aufgabe)
**Vesica,** (lat.), weibl., –e: Blase, Harnblase (Med.)
**Vesper,** (lat.), weibl., –n: 1. Gottesdienst am frühen Abend, 2. Mahlzeit am frühen Abend
**Vestibül,** (fr. ), sächl., –e: Vorhalle, Eingangshalle (eines Theaters oder eines Konzertsaales)
**Vestibulum,** (lat.), sächl., –bula: 1. Flur, Vorraum eines altröm. Hauses, 2. Vorhof, Eingangsbereich (eines Organs; Med.)
**Vestitur,** (lat.): vgl. Investitur
**Vesuvian,** männl., –e: brauner oder grüner Schmuckstein, der nach dem Vesuv (einem Vulkan in Italien) benannt ist
**Veteran,** (lat.), männl., –en: 1. altgedienter Soldat; ein Soldat, der in einem bereits beendeten Krieg mitgekämpft hatte, 2. im Dienst alt gewordener Mensch
**veterinär,** (lat.): tierärztlich
**Veterinär,** (lat.), männl., –e: Tierarzt
**Veterinärmedizin,** (lat.), weibl., nur Sing.: Tiermedizin
**Veto,** (lat. »ich verbiete«), sächl., –s: offizieller Einspruch; Einspruchsrecht
**Vetorecht,** (lat.-dt.), sächl., nur Sing.: Einspruchsrecht
**Vexierbild,** (lat.-dt.), sächl., –er: Suchbild, aus dem eine versteckte Figur herauszusuchen ist
**vexieren,** (lat.): irreführen; ärgern, hänseln; quälen
**via,** (lat.): über oder durch (z. B. nach London via Düsseldorf)
**Via,** (lat.), weibl., nur Sing.: Weg; Methode (Philos.)
**Viadukt,** (lat.), sächl., –e: Straßen- oder Eisenbahnbrücke, die über eine Schlucht oder ein Tal führt
**Viatikum,** (lat.), sächl., Viatiken: (in der kathol. Kirche:) letzte Kommunion für Sterbende
**Vibraphon** (auch: Vibrafon), (lat.-gr.), sächl., –e: mit Hämmerchen zu schlagendes Instrument aus Metallstäben mit darunter hängenden Resonanzkörpern, deren Klappen elektromotorisch in raschem Wechsel geöffnet und geschlossen werden, wodurch ein vibrierender Klang entsteht (Mus.)
**Vibration,** (lat.), weibl., –en: das Vibrieren, Schwingung; Zittern, Beben; leichte Erschütterung
**vibrato,** (italien.): schwingend, leicht zitternd (in Bezug auf die Tongestaltung; Mus.)
**Vibrator,** (lat.), männl., Vibratoren: Erzeuger von Schwingungen
**vibrieren,** (lat.): schwingen, leicht zittern, beben

**vice versa,** (lat.): umgekehrt
**Vicomte,** [wi'kont, fr.], männl., –s: Adelstitel in Frankreich (zwischen Baron und Graf)
**Vicomtesse,** [wikon'tä.ß, fr.], weibl., –n: weibl. Adelstitel in Frankreich, der dem Vicomte entspricht
**Videoclip,** ['wi:deoklip, engl.], männl., –s: kurzer Videofilm (meist zu einem Hit aus der Popmusik)
**Videofilm,** (lat.), männl., –e: mit einer Videokamera aufgenommener Film
**Videokamera,** (lat.), weibl., –s: kleine, tragbare Fernsehkamera zur Aufnahme eines Videofilmes
**Videokassette,** (lat.), weibl., –n: Magnetband zur Ton- und Bildaufzeichnung (in verschiedenen Formaten) mit einer Videokamera und zur Wiedergabe über einen Videorecorder
**Videorecorder,** (lat.-engl.), männl., –: Gerät zur Aufzeichnung und Wiedergabe von Fersehsendungen und zum Abspielen von Videofilmen
**Videotelefon,** (lat.-gr.), sächl., –e: Telefon, das auch das Bild der Gesprächsteilnehmers übermittelt
**Videotext,** (lat.-gr.), männl., –e: mit einem Zusatzgerät auf dem Bildschirm eines Fernsehers zu empfangende Information in Textform
**Videothek,** (lat.-gr.), weibl., –en: 1. Sammlung bespielter Videokassetten, 2. Videokassettenverleih
**vif,** [wi:f, fr.]: aufgeweckt, lebendig, lebhaft, munter
**Vigil,** (lat.), weibl., Vigilien: Vortag hoher kathol. Feste
**Vignette,** [win'jä.t(e), fr.], weibl., –n: 1. kleine Verzierung auf mittelalterlichen Handschriften, 2. Zierbildchen auf einer Buchseite, einer Titelseite, am Anfang oder Ende eines Kapitels, 3. Werbe- oder Spendenmarke (nicht zum Frankieren geeignet), 4. Gebührenmarke u. a. für die Benutzung gebührenpflichtiger Straßen und Autobahnen
**Vigogne,** [wi'go.nj(e), fr.], weibl., –n: weiches Garn für Strümpfe aus Wolle und Baumwolle
**vigoroso,** (italien.): kräftig, energisch (Mus.)
**Vikar,** (lat.), männl., –e: 1. (in der kathol. Kirche:) bevollmächtigter Stellvertreter in einem geistlichen Amt, 2. (in der evang. Kirche) junger Geistlicher im kirchlichen Vorbereitungsdienst
**Vikariat,** (lat.), sächl., –e: Amt eines Vikars
**Viktimologie,** (lat.-gr.), weibl., nur Sing.: Teilgebiet der Kriminologie, das die Beziehungen zwischen Opfer und Täter untersucht
**Viktoria,** (lat.), weibl., –s: 1. Siegesgöttin im alten Rom, 2. Sieg
**Viktualien,** (lat.), weibl., Plur.: (früher für:) Lebensmittel
**Vikunja,** (indian.), sächl., –s: südamerikanisches Wildlama mit feinem, seidigem Haar
**Villa,** (lat.), weibl., Villen: größeres komfortables Einfamilienhaus; Landhaus
**Vinaigrette,** [winä'grä.t, fr.], weibl., –n: aus Essig, Senf und Öl bereitete kalte Kräutersoße
**Vinyl,** (lat.-gr.), sächl., nur Sing.: ungesättigter Kohlenwasserstoffrest (Chem.)
**Viola,** (lat.), weibl., Violen: Gattung der Veilchen (Bot.)
**Viola,** (lat.-italien.), weibl., –en: Bratsche, Fiedel (eine Streichinstrument)
**Violation,** (lat.), weibl., –en: Verletzung; Schändung, Vergewaltigung
**Viole:** vgl. Viola
**violent,** (lat.): heftig, gewaltsam
**violett,** (fr.): veilchenblau, fliederfarben
**Violine,** (italien.; Verkleinerungsform von Viola), weibl., –n: Geige (kleine Viola)

**Violinist,** (italien.), männl., –en: Geiger
**Violoncello,** [violon'tschä.lo, italien.], sächl., –s: während des Spiels auf dem Boden stehendes und zwischen den Knien gehaltenes viersaitiges Streichinstrument (vgl. Cello)
**Violone,** (italien.), weibl., Violoni: Kontrabass
**VIP,** [wi.p oder wi:ai'pi:, engl.], (Abk. für **v**ery **i**mportant **p**erson), weibl., –s: bekannte, prominente Person
**Viper,** (lat.), weibl., –n: Otter, Giftschlange, die in mehreren Arten vorkommt (z. B. Kreuzotter)
**Virement,** [wir'man, fr.], sächl., –s: Übertragung, Überschreibung von Haushaltsmitteln eines Staates von einem Titel auf einen anderen oder von einem Haushaltsjahr auf das andere
**Viren:** Plur. von Virus
**Virgel,** (lat.), weibl., –n: Schrägstrich zwischen zwei Wörtern (z. B. CDU/CSU)
**Virginität,** (lat.), weibl., nur Sing.: Jungfräulichkeit; Unberührtheit
**viril,** (lat.): männlich
**Virilismus,** (lat.), männl., nur Sing.: hormonell bedingte Vermännlichung (einer Frau; Med.)
**Virilität,** (lat.), weibl., nur Sing.: Männlichkeit; männliche Zeugungskraft
**Virologie,** (lat.-gr.), weibl., nur Sing.: Lehre von den Viren und den Krankheiten, die sie hervorrufen
**virös,** (lat.): durch ein Virus hervorgerufen
**Virose,** (lat.), weibl., –n: durch einen Virus hervorgerufene Krankheit (Med.)
**virtuell,** (lat.): scheinbar, der Möglichkeit nach vorhanden; anlagemäßig
**virtuos,** (lat.): meisterhaft, technisch perfekt und künstlerisch ausgereift
**Virtuose,** (lat.), männl., –n: Meister seines Faches, insbes. künstlerisch ausgereifter und technisch perfekter Musiker
**Virtuosität,** (lat.), weibl., nur Sing.: meisterhaftes Können, vollkommene Beherrschung der Technik einer Kunst (insbes. der Musik)
**virulent,** (lat.): 1. giftig, ansteckend, krankheitserregend (Med.), 2. drängend, heftig
**Virulenz,** (lat.), weibl., nur Sing.: 1. Giftigkeit; Fähigkeit zur Ansteckung (Med.), 2. (akute) Dringlichkeit
**Virus,** (lat.), sächl. (oft fälschl. männl.), Viren: Krankheitserreger, kleinster Erreger einer übertragbaren Krankheit, der sich in lebenden Zellen vermehrt (Med.)
**Virus,** (lat.), männl., Viren: kleines Computerprogramm, das Programmfunktionen (zer-)stört oder durch Selbstvermehrung Speicherplatz frisst (EDV)
**Visage,** [wi'sa:sch(e), fr.], weibl., –n: (umg. abwertend für:) Gesicht; Miene
**Visagist,** [wisa'schi.st, fr.], männl., –en: Spezialist für kosmetische Gesichtsgestaltung
**vis-a-vis** (auch: vis-à-vis), [wisa'wi:, fr.]: gegenüber
**Visavis,** [wisa'wi:(s), fr.], sächl., –: Gegenüber
**Visconte,** (italien.), männl., Visconti: Adelstitel in Italien (zwischen Baron und Graf)
**Viscontessa,** (italien.), weibl., –tesse: weibl. Adelstitel in Italien, der dem Visconte entspricht
**Viscount,** ['(u)aikaunt, engl.], männl., –s: Adelstitel in England (zwischen Baron und Graf)
**Viscountess,** ['(u)aikauntis, engl.], weibl., –esses [(u)ai'kauntißis]: weibl. Adelstitel in England, der dem Viscount entspricht
**Visier,** (fr.), sächl., –e: 1. zum Schutz des Gesichtes herunterklappbarer, mit Sehschlitz versehener Teil eines mittelalterlichen Helmes, 2. Vorrichtung bei Feuerwaffen zum Zielen

**visieren,** (fr.): 1. zielen; etwas ins Auge fassen, 2. eichen, ausmessen, 3. (früher für:) beglaubigen
**Vision,** (lat.), weibl., –en: Traumbild, Trugbild; Erscheinung; phantasievolles Bild von zukünftigen Gegebenheiten
**visionär,** (lat.): wie eine Vision, traumhaft; seherisch
**Visitation,** (lat.), weibl., –en: 1. Durchsuchung (z. B. von Kleidungsstücken oder Gepäck) 2. Besichtigung; Untersuchung
**Visite,** (lat.), weibl., –n: Besuch; (meist:) Arztbesuch am Krankenbett
**visitieren,** (lat.): etwas oder jmdn. untersuchen oder besichtigen
**viskos,** (lat.): zähflüssig, leimartig
**Viskose,** (lat.), weibl., nur Sing.: Faser aus Zellulose
**Viskosität,** (lat.), weibl., nur Sing.: Zähflüssigkeit
**visualisieren,** (lat.): etwas sichtbar machen; etwas optisch darstellen, herausstellen oder veranschaulichen
**visuell,** (lat.): die Fähigkeit zu sehen ansprechend, das Sehen betreffend
**Visum,** (lat.), sächl., Visa oder Visen: Erlaubnis zur Ein- und Ausreise (für einen fremden Staat); Sichtvermerk in einem Pass
**Vita,** (lat.), weibl., Vitae oder Viten: 1. Leben, Lebenslauf, Lebensbeschreibung, 2. Lebensfunktion (Med.)
**vital,** (lat.): lebenskräftig, lebendig; lebenslustig, voller Leben; lebensfähig, lebenswichtig
**vitalisieren,** (lat.): beleben
**Vitalität,** (lat.), weibl., nur Sing.: Lebenskraft, Lebendigkeit; Lebenslust; Lebensfähigkeit (Med.)
**Vitamin,** (lat.-gr.), sächl., –e: für Mensch und Tier lebenswichtiger Wirkstoff, der meist in Pflanzen gebildet und mit der Nahrung zugeführt oder aus darin enthaltenen Vorstufen aufgebaut wird
**vitaminieren:** Lebensmittel mit Vitaminen anreichern
**vitaminisieren:** vgl. vitaminieren
**vite,** ['wi.t, fr.]: schnell, rasch (Mus.)
**vitiös,** (lat.): fehlerhaft; lasterhaft; bösartig
**Vitrine,** (fr.), weibl., –n: gläserner Schaukasten; Glasschrank
**Vitriol,** (lat.), sächl., –e: (ehemals Bez. für:) kristallisiertes Sulfat von Eisen, Zink oder Kupfer
**Vitrum,** (lat. »Glas«), sächl., Vitra und Vitren: Glasflasche; Arzneiflasche; Reagenzglas
**Vitzliputzli,** männl., nur Sing.: nach dem Stammesgott der Azteken, Huitzilopochtli, benannte Schreck- oder Teufelsgestalt für Kinder
**vivace,** [wi'wa:tsche, italien.]: lebhaft, munter (Vortragsanw.; Mus.)
**Vivace,** [wi'wa:tsche, italien.], sächl., –: 1. lebhaftes Tempo (Mus.), 2. Musikstück oder Satz eines Musikstückes in lebhaftem Tempo
**vivacissimo,** [wiwa'tschi.simo, italien.]: sehr lebhaft (Vortagsanw.; Mus.)
**vivat!,** (lat.): er/sie/es lebe (hoch)!
**Vivat,** (lat.), sächl., –s: Hochruf
**Vivianit,** männl., –e: Blaueisenerz, ein Mineral
**vivipar,** (lat.): lebend gebärend (Biol.)
**Viviparie,** (lat.), weibl., nur Sing.: 1. Keimung eines pflanzlichen Embryos an der Mutterpflanze (Biol.), 2. das Gebären lebendiger Junge nach vollendeter embryonaler Entwicklung im Mutterleib (z. B. bei den Säugetieren; Biol.)
**Vivisektion,** (lat.), weibl., –en: operativer Eingriff am lebenden Tier, der wissenschaftlichen Zwecken dienend
**vivisezieren,** (lat.): eine Vivisektion durchführen
**Vize,** (lat.), männl., –s: (umg.) Stellvertreter; jmd., der in einer Rangfolge den zweiten Platz einnimmt

**Vizekanzler,** männl., –: Stellvertreter des Kanzlers
**Vizepräsident,** männl., –en: Stellvertreter des Präsidenten
**Viztum,** (lat.), männl., –e: (histor.) Verwalter geistlichen, später auch weltlichen Besitzes im Mittelalter
**vocale,** (lat.): stimmlich, gesangsartig (Mus.)
**voce,** ['wo:tsche, italien.], weibl., Voci ['wo:tschi]: italien. Bez. für Singstimme
**voilà,** [woa'la., fr.]: da seht!, sieh da!
**Voile,** [wo'a:l, fr.], männl., –s: ein schleierartiges, durchsichtiges Gewebe
**Vokabel,** (lat.), weibl., –n: Wort, Einzelwort (insbes. aus einer Fremdsprache)
**Vokabular,** (lat.), sächl., –e: 1. Wörterverzeichnis, 2. Wortschatz
**vokal,** (lat.): die Singstimme betreffend, gesanglich
**Vokal,** (lat.), männl., –e: Selbstlaut; Laut, bei dessen Aussprache die Atemluft aus dem Mund ausströmt (z. B. a, o, u; Gegens.: Konsonant)
**vokalisch,** (lat.): selbstlautend, mit einem Vokal; in der Art eines Vokals
**vokalisieren,** (lat.): 1. (beim Gesang) die Vokale bilden und aussprechen, 2. einen Konsonanten wie einen Vokal aussprechen
**Vokalist,** (lat.), männl., –en: Sänger
**Vokation,** (lat.), weibl., –en: Berufung (in ein Amt)
**Vokativ,** (lat.), männl., –e: Kasus der Anrede (z. B. im Lateinischen; Sprachwiss.)
**Volant,** [wo'lan, fr.], männl., –s: 1. loser Besatz an Kleidungsstücken, Falbel 2. Lenkrad
**Voliere,** [woli'ä:re, fr.], weibl., –n: Vogelbauer, großer Vogelkäfig
**volley,** ['wo.li, engl.]: den Ball direkt aus der Luft spielend, so dass er zuvor nicht den Boden berühren kann (bei verschiedenen Ballspielarten)
**Volley,** ['wo.li, engl.], männl., –s: Flugball (insbes. beim Tennis)
**Volontär,** [wolon'tä:r, fr.], männl., –e: jmd., der zu seiner eigenen Ausbildung unentgeltlich oder gegen geringes Entgelt in einem Betrieb arbeitet (meist in journalistischen oder kaufmännischen Berufen)
**volontieren,** (fr.): als Volontär arbeiten
**Volt,** sächl., –: nach dem italien. Physiker Volta benannte Maßeinheit für die elektrische Spannung (Zeichen: V)
**Voltampere,** [woltam'pä:r], sächl., –: nach den Physikern Volta und Ampère benannte Maßeinheit der elektrischen Leistung (Zeichen: VA)
**Volte,** (fr.), weibl., –n: 1. eine halbkreisförmige Reitfigur, 3. Verteidigungsart beim Fechten, 3. ein Kartentrick
**voltieren:** voltigieren
**voltigieren,** [wolti'schi:ren, fr.]: 1. eine Volte (1) reiten, 2. auf einem Pferd, das an der Longe läuft, Turnübungen ausführen
**Voltmeter,** (italien.-gr.), sächl., –: elektrisches Spannungsmessgerät
**Volumen,** (lat.), sächl., – oder Volumina: 1. Rauminhalt eines Körpers (Zeichen: V; Math.; Phys.), 2. Schriftrolle, Buchband (Abk.: Vol.)
**Volumenprozent, Volumprozent,** (lat.), sächl., –e: prozentualer Anteil am gesamten Rauminhalt
**voluminös,** (lat.): umfangreich, massig; vielbändig
**Volumprozent:** vgl. Volumenprozent
**Voluntarismus,** (lat.), männl., nur Sing.: philosophische Richtung, nach der der Willen das Grundprinzip des Seins und des seelischen Lebens ist
**Volute,** (lat.), weibl., –n: Bauornament (z. B. auf Säulen) in Form einer Schnecke oder einer Spirale
**Volvulus,** (lat.), männl., –vuli: Darmverschlingung (Med.)

**vomieren,** (lat.): speien, sich erbrechen (Med.)
**Vomitivum,** (lat.), sächl., Vomitiva: Brechmittel (Med.)
**Vomitorium,** (lat.), sächl., Vomitoria: vgl. Vomitivum
**Vomitus,** (lat.), männl., nur Sing.: das Erbrechen (Med.)
**Voten:** Plur. von Votum
**votieren,** (lat.): für jmdn. oder etwas stimmen; abstimmen, sich entscheiden, beschließen
**Votivbild,** (lat.-dt.), sächl., –er: Bild, das einem Heiligen geweiht ist
**Votivgabe,** (lat.-dt.), weibl., –n: Gabe, die einem Heiligen oder einer Gottheit dargebracht wird oder geweiht ist
**Votum,** (lat.), sächl., Voten: 1. Stimmabgabe, Stimme (bei einer Abstimmung), 2. Äußerung einer Meinung; Urteil, Gutachten; 3. (feierliches) Gelübde
**Voucher,** ['wautsch(er), engl.], männl. oder sächl., -(s): Buchungsbestätigung (in der Touristikbranche)
**Vox,** (lat.), weibl., Voces: lat. Bez. für Stimme
**Voyeur,** [woa'jö:r, fr.], männl., –e: jmd., der andere Personen beim Geschlechtsverkehr oder anderer sexueller Betätigung heimlich beobachtet und dabei Befriedigung erlangt
**Voyeurismus,** [woajö'ri.smus, fr.], männl., nur Sing.: Verhalten eines Voyeurs
**vozieren,** (lat.): berufen, vorladen
**V.S.O.P.,** (Abk. für engl. very special old pale »besonders alt und blass«): Güteangabe auf Weinbrand- oder Cognacflaschen
**vulgär,** (lat.): 1. gewöhnlich; ordinär, derb, abstoßend; gemein, 2. oberflächlich und unwissenschaftlich
**Vulgarität,** (lat.), weibl., nur Sing.: Gewöhnlichkeit; vulgäre Äußerung; Plattheit
**Vulgata,** (lat.), weibl., nur Sing.: die in der kathol. Kirche maßgebliche Bibelübersetzung ins Lateinische
**vulgo,** (lat.): gemeinhin, gewöhnlich
**Vulkan,** (lat.), männl., –e: 1. Berg, aus dem Magma aus dem Erdinneren nach außen tritt 2. durch Vulkanismus entstandener Berg (Geol.)
**Vulkanisation,** (lat.), weibl., nur Sing.: das Vulkanisieren
**vulkanisch,** (lat.): durch Vulkantätigkeit entstanden; einen Vulkan betreffend
**vulkanisieren,** (lat.): 1. Kautschuk in Gummi verwandeln, 2. Gummiteile durch Verschweißen ausbessern bzw. miteinander verbinden
**Vulkanismus,** (lat.), männl., nur Sing.: alle mit dem Empordringen von Magma aus dem Erdinnern an die Erdoberfläche zusammenhängenden Kräfte und Erscheinungen (Geol.)
**Vulkanologie,** (lat.-gr.), weibl., nur Sing.: Erforschung des Vulkanismus, Lehre von den vulkanischen Erscheinungen (Geol.)
**vulnerabel,** (lat.): verletzbar (Med.)
**Vulva,** (lat.), weibl., Vulven: äußere weibl. Geschlechtsteile (Med.)
**Vulvitis,** (lat.), weibl., Vulvitiden: Entzündung der äußeren weibl. Geschlechtsteile (Med.)
**Vulvovaginitis,** (lat.). weibl., –vaginitiden: Entzündung der äußeren weibl. Geschlechtsteile und der Vagina (Med.)

# W

**Wadi,** (arab.), sächl., –s: trocken liegendes Bett eines Wüstenflusses, das nur nach starken Regengüssen Wasser führt
**Wafer,** ['we:jfe(r), engl.], männl., -(s): Halbleiterplättchen zur Herstellung von Mikrochips (EDV)

**Waggon** (auch: Wagon), [wa'gon, frz.), männl., –s: Eisenbahnwagen für Güter- oder Personenverkehr
**Walkie-Talkie,** ['wo:(a)ki-'to:(a)ki, engl.], sächl., –s: tragbares Sprechfunkgerät
**Walkman,** ['wo:(a)kmen, engl.], männl., Walkmen: tragbarer kleiner Kassettenrecorder mit Kopfhörern
**Walküre,** (altnord.), weibl., –n: Kampfjungfrau in der altnord. Sage; (umg. für) große blonde Frau
**Wallach,** männl., –e: kastrierter Hengst (nach der Wallachei benannt)
**Wallstreet,** ['wo:(a)lstri:t], weibl., nur Sing.: Straße mit einflussreichen Banken und Börsen in New York; (auch:) Finanzzentrum der USA
**Wampum,** (indian.), männl., –e: Gürtel nordamerikanischer Indianer aus Muscheln oder Schnecken, der als Zahlungsmittel, Zugehörigkeitszeichen zu einem Stamm oder Schmuck diente
**Wandale,** (nach einem germanischen Volksstamm), männl., –n: zerstörungswütiger Mensch
**wandalisch:** zerstörungswütig
**Wandalismus,** männl., nur Sing.: Zerstörungswut
**Wapiti,** (indian.), männl., –s: nordamerik. Rothirschart mit großem Geweih
**Waran,** (arab.), männl., –e: große, kräftige Echse in Asien, Australien und Afrika
**Warm-up,** ['wo:(r)m-ap, engl.], sächl., –s: 1. das Aufwärmen des Motors im Motorsport, 2. Warmlaufen vor dem Einsatz (u. a. im Fußball), 3. kleine Trainingseinheit (Sport)
**wash and wear,** ['wo.schn'wä:r, engl.]: bügelfrei, nach dem Waschen ohnen Bügeln wieder anziehbar
**Waterloo,** sächl., –s: (nach der Niederlage Napoleons bei Waterloo:) vernichtende Niederlage
**waterproof,** ['uo:(a)t(e)rpru:f, engl.]: wassergeschützt, wasserdicht (z. B. in Bezug auf Uhren)
**Waterproof,** ['uo:(a)t(e)rpru:f, engl.], männl., –s: wasserdichter Stoff
**Watt,** sächl., –: nach dem engl. Ingenieur James Watt benannte Maßeinheit der elektrischen Leistung (Zeichen: W)
**Weckamin,** (Kunstw.), sächl. –e: Kreislaufmittel, das beleben soll
**Weda,** (sanskr.), männl., –s oder Weden: die ältesten religiösen Schriften Indiens
**Weekend,** ['ui:kend, engl.], sächl., –s: Wochenende
**Werst,** (russ.), weibl., –: altes Längenmaß im zaristischen Russland (1066,78 m)
**Wesir,** (arab.), männl., –e: (früher für:) Minister mohammedanischer Herrscher
**Western,** (engl.-amerik.), männl., –: Wildwestfilm
**Westover,** (engl.), männl., –: sportl. Pullover ohne Ärmel mit V-Ausschnitt
**Whirlpool,** ['wö:(r)lpu:l, engl.], männl., –s: mit warmem Wasser gefülltes Bassin zum Baden im Sitzen oder Stehen, in dem durch ständige kräftige Luftzufuhr das Wasser zum Brodeln gebracht wird
**Whiskey,** ['ui.ski, engl.], männl., –s: irischer oder amerikanischer Branntwein aus Gerste (irisch) oder Roggen und Mais (amerik. Bourbon)
**Whisky,** ['ui.ski, engl.], männl., –s: schottischer, rauchig schmeckender Branntwein aus Roggen oder aus Gerstenmaische (Malt)
**Whist,** ['(u)i.st, engl.], sächl., nur Sing.: aus England stammendes Kartenspiel mit 52 Karten
**Whitecoat,** ['uaitko:(a)t, engl.], männl., –s: Fell junger Sattelrobben
**Who's who,** ['hu:s 'hu:, engl. »Wer ist wer?«]: (urspr. englisches) Personenlexikon

**Wigwam,** (indian.), sächl., –s: Indianerhütte, -zelt oder -behausung

**Wildcart,** ['wailtka:d, engl.], weibl. ,–s: vom Veranstalter eines Tennisturniers frei (an prominente) Spieler vergebene Teilnahmeberechtigung

**Winder,** ['uainder, engl.], männl., –: Automatik zum Spannen und Transportieren eines Filmes in einer Kamera

**Windjammer,** (engl.), männl., –: großes Segelschiff

**Windsurfing,** ['wi.ndßö:(r)fing, engl.], sächl., nur Sing.: Segeln oder auf dem Wasser Gleiten auf einem flachen, stromlinienförmigen Kunststoffbrett, das mit einem Segel ausgerüstet ist

**wobbeln,** (engl.): eine Frequenz sinusartig schwanken lassen (Phys.)

**Wodka,** (russ. »Wässerchen«), männl., –s: russ. Trinkbranntwein

**Woiwode,** (poln.), männl., –n: (histor.) Heerführer; Fürst, Statthalter (in Polen) ; oberster Beamter, Landeshauptmann (in Polen oder Russland)

**Woiwodschaft,** (poln.-dt.), weibl., –en: poln. Verwaltungsbezirk; Amtsbezirk eines Woiwoden

**Wojewode:** vgl. Woiwode

**Wojewodschaft:** vgl. Woiwodschaft

**Wombat,** (austral.), männl., –s: austral. Beuteltier

**Women's Lib,** ['ui.m(e)ns 'li.b, engl.], weibl., nur Sing.: (in den 1960er-Jahren entstandene) amerik. Frauenbewegung

**Worcestersoße,** ['wu:st(e)rsoße], weibl., –n: nach der englischen Stadt Worcester benannte pikante Gewürzsoße

**Workaholic,** ['wö:(r)ke'ho.lik, engl.], männl., –s: jmd., der unter dem Zwang steht, ständig arbeiten zu müssen; Arbeitssüchtiger

**Workshop,** ['wö:(r)kscho.p, engl.], männl., –s: Seminarveranstaltung, die so organisiert ist, dass durch freie Diskussion Erfahrungsaustausch ermöglicht und Problembewusstsein gefördert wird

**Worldcup,** ['wö:(r)ldkap, engl.], männl., –s: Weltpokal; Wettbewerb in verschiedenen Disziplinen, der sich aus weltweit ausgetragenen Wettkämpfen zusammensetzt

# X

**Xanthalin,** (gr.), sächl., nur Sing.: ein pflanzlicher Bestandteil des Opiums

**Xanthen,** (gr.), sächl., nur Sing.: Grundgerüst einer chem. Verbindung, von der sich Farbstoffe ableiten lassen (Chem.)

**Xanthin,** (gr.), sächl., nur Sing.: (z. B. in Blut, Harn oder Leber) eine wichtige Stoffwechselverbindung (Med.)

**Xanthippe,** (gr.), weibl., –n: (umg.) nach der als streitsüchtig beschriebenen Ehefrau des altgriechischen Philosophen Sokrates) zänkische, streitsüchtige Frau

**Xanthom,** (gr.), sächl., –e: gelber Knoten, gelbe Hautgeschwulst hervorgerufen durch Cholesterin- und Lipoidspeicherung (Med.)

**X-Chromosom,** (gr.), sächl., –en: dasjenige der beiden geschlechtsbestimmenden Chromosomen, das dem Geschlecht des gezeugten Kindes die weibliche Ausprägung zuweist (Biol.)

**Xenie,** (gr.), weibl., –n: satirisches Spottgedicht, polemisches Epigramm

**Xenion,** (gr.), sächl., Xenien: vgl. Xenie

**Xenogamie,** (gr.), weibl., –n: Fremd-, Kreuzbestäubung (Bot.)

**Xenokratie,** (gr.), weibl., –n: Fremdherrschaft

**Xenolith,** (gr.), männl., –e: Fremdkörper in magmatischem Gestein (Geol.)

**xenomorph,** (gr.): (in Bezug auf Mineralien) fremdgestaltig (Geol.)

**Xenon,** (gr.), sächl., nur Sing.: chem. Element, ein Edelgas (Zeichen: Xe)
**xenophil,** (gr.): fremdenfreundlich
**xenophob,** (gr.): fremdenfeindlich
**Xeranthemum,** (gr.), sächl., –themen: (für Dauersträuße geeignete) Strohblume, Papierblume
**Xerodermie,** (gr.), weibl., –n: Trockenheit der Haut (Med.)
**Xerographie** (auch: Xerografie), (gr.), weibl., –n: ein Trockendruckverfahren
**xerographieren** (auch: xerografieren), (gr.): nach dem Verfahren der Xerographie vervielfältigen
**xeromorph,** (gr.): gegen Austrocknung geschützt, der Trockenheit angepasst (Bot.)
**xerophil,** (gr.): die Trockenheit bevorzugend (Bot.)
**Xerophilie,** (gr.), weibl., nur Sing.: Vorliebe für Trockenheit (Bot.)
**Xerophyt,** (gr.), männl., –en: an Trockenheit angepasste Pflanze (Bot.)
**Xi,** (gr.), sächl., –s: vierzehnter Buchstabe des gr. Alphabets
**Xylem,** (gr.), sächl., –e: der Wasser leitende Holz- oder Gefäßteil einer Pflanze (Bot.)
**Xylographie,** (gr.), weibl., –n: 1. Holzschneidekunst, 2. Holzschnitt, nach dem Verfahren der Xylographie hergestelltes grafisches Blatt
**Xylol,** (gr.), sächl., –e: ein Lösungsmittel, Ausgangsstoff für Farb- und Kunststoffe (eine farblose, brennbare Flüssigkeit; Chem.)
**Xylophon,** (gr.), sächl., –e: ein Schlaginstrument mit Holzstäben, die auf einem Holzrahmen befestigt sind und mit zwei Holzklöppeln geschlagen werden (Mus.)
**Xylose,** (gr.), weibl., –n: (in Pflanzen auftretender, süß schmeckender) Holzzucker
**Xystus,** (gr.-lat.), männl., Xysti: vor einer Halle befindliche Gartenanlage im alten Rom

# Y

**Yacht,** ['ja.cht, niederl.], weibl., –en: großes gedecktes Segelboot oder großes Motorboot mit Kajüte
**Yak:** vgl. Jak
**Yang,** (chines.), sächl., nur Sing.: das lichte Männliche (eine der beiden kosmischen Urkräfte in der alten chines. Naturphilos. und Mythologie; vgl. Yin)
**Yankee,** ['jä.nki, engl.-amerik.], männl., –s: 1. zunächst im Nordamerika des 18. Jh.: Spitz- und Schimpfname für Nordstaatler, insbes. während des Sezessionskriegs (histor.), 2. später: Spitzname für Einwohner der USA
**Yankee Doodle,** ['jä.nki 'du:dl, engl.-amerik.], männl., nur Sing.: Nationallied der USA aus dem 18. Jh.
**Yard,** [ja(r)d, engl.], sächl., –s: englisches und nordamerikanisches Längenmaß [Abk.: 1 yd = 91,44 cm]
**Yawl,** [jo:(a)l, engl.], weibl., –s: zweimastige Segelyacht
**Y-Chromosom,** (gr.), sächl., –en: dasjenige der beiden geschlechtsbestimmenden Chromosomen, das dem Geschlecht des gezeugten Kindes die männliche Ausprägung zuweist (Biol.)
**Yellow Press,** ['jä.lopreß, engl.-amerik.], weibl., nur Sing.: Regenbogenpresse; Zeitungen und Zeitschriften, die vorwiegend über gesellschaftlichen Klatsch informieren
**Yen,** (japan.), männl., –s: gegenwärtige Währungseinheit in Japan
**Yeoman,** ['jo(u)men, engl.], männl., Yeomen: Freibauer, Freigeborener im mittelalterlichen England (histor.)
**Yeti,** (nepales.), männl., –s: im Himalaja vermuteter legendärer Schneemensch
**Yin,** (chines.), sächl., nur Sing.: das dunkle Weibliche (eine der beiden kosmischen Urkräfte in der alten chines.

Naturphilos. und Mythologie; vgl. Yang)

**Yoga:** vgl. Joga

**Yoghurt:** vgl. Joghurt

**Yogi:** vgl. Jogi

**Yorkshire,** ['jo(r)ksch(e)r, engl.], männl., –s: nach der gleichnamigen englischen Grafschaft benanntes Warmblutpferd

**Youngster,** ['ja.ngster, engl.], männl., -(s): Neuling, Nachwuchssportler, junger Sportler mit geringer Wettkampfpraxis

**Yo-Yo:** vgl. Jo-Jo

**Ypsilon,** ['ü.pßilon, gr.], sächl., –s: vorletzter Buchstabe des lateinischen Alphabets und zwanzigster des griechischen, der im Deutschen meist den Lautwert »ü«, im Englischen meist den des »j« (im Anlaut) oder »i« (im Auslaut) hat

**Ytterbium,** sächl., nur Sing.: nach seinem schwed. Fundort Ytterby benanntes chem. Element, ein Metall (Zeichen: Yb)

**Yttrium,** ['ü.trium], sächl., nur Sing.: nach seinem schwed. Fundort Ytterby benanntes chem. Element, ein Metall (Zeichen: Y)

**Yuan,** ['j(u)an, chines.], männl., -(s): Währungseinheit in der Volksrepublik China

**Yucca,** ['ju.ka, indian.], weibl., –s: Palmlilie, eine Zierpflanze

**Yuppie,** ['ja.pi, auch: 'ju.pi, engl.-amerik.], männl., –s: erfolgsorientierter, kinderloser, modisch gekleideter, karrierebewusster junger Aufsteiger

# Z

**Zabaglione,** [sabal'jo:ne, italien.]: vgl. Zabaione

**Zabaione,** [saba'jo:ne, italien.], weibl., –s: Weinschaumcreme

**Zäkum,** (lat.), sächl., Zäka: Blinddarm (Med.)

**Zamak,** (Kunstw.), sächl., nur Sing.: (für Haushaltswaren und technische Artikel verwendete) Zinklegierung, die Aluminium, Magnesium und Kupfer in unterschiedlichen Mengen enthält

**Zamba,** (span.), weibl., –s: weibl. Nachkomme eines indian. und eines schwarzen Elternteils

**Zambo,** (span.), männl., –s: männl. Nachkomme eines indian. und eines schwarzen Elternteils

**Zampano,** männl., –s: sich angeberhaft gebärender Mann (nach der gleichnamigen Gestalt in Fellinis Film »La Strada«)

**Zaponlack** (Kunstw.), männl., –e: farbloser Lack, der zum Schutz von Metall aufgetragen wird

**Zapping,** [säpping, engl.], sächl.: häufiges Umschalten auf andere Sender beim Fernsehen

**Zar,** (lat.-russ.), männl., –en: früherer Herrschertitel bei Russen, Serben und Bulgaren (histor.)

**Zarewitsch,** (russ.), männl., –e: Sohn des russ. Zaren, Kronprinz im zaristischen Russland (histor.)

**Zarewna,** (russ.), weibl., –s: Tochter eines russ. Zaren (histor.)

**Zarin,** (russ.), weibl., –en: Frau oder Witwe eines Zaren (histor.)

**Zarismus,** (russ.), männl., nur Sing.: Herrschaft der Zaren; Epoche des Zarentums

**zaristisch,** (russ.): den Zarismus betreffend

**Zariza,** (russ.), weibl., –s oder Zarizen: vgl. Zarin

**Zäsium:** vgl. Cäsium

**Zaster,** (altind.), männl., nur Sing.: (umg. für) Geld

**Zäsur,** (lat.), weibl., –en: Pause; Einschnitt (insbes. in der Mus.)

**Zaziki,** (gr.), männl., –s: Knoblauchjoghurt (oder -quark)

**Zebaoth,** (hebr. »Heerscharen«): Beiname Gottes (im Alten Testament; der Herr Z.: der Herr der Heerscharen)
**Zebra,** (afrik.), sächl., –s: schwarz- oder braun-weiß gestreiftes Wildpferd in Afrika
**Zebu,** (tibet.), m oder s, –s: asiat. Buckelrind und ostafrikan. Hausrind
**Zechine,** (italien.), weibl., –n: alte venezianische Goldmünze
**Zedent,** (lat.), männl., –en: Gläubiger, der seine Forderungen einem Dritten überträgt (Rechtsw.)
**Zeder,** (gr.), weibl., –n: eine in den Gebirgen Vorderasiens und im Mittelmeergebiet heimische Gattung der Kieferngewächse (Bot.)
**zedieren,** (lat.): seine Forderungen einem Dritten übertragen, einen Anspruch abtreten (Rechtsw.)
**Zein,** (gr.-lat.), sächl., nur Sing.: Eiweiß des Maiskorns
**Zelebrant,** (lat.), männl., –en: die Messe lesender Priester
**Zelebration,** (lat.), weibl., –en: Feier, das Feiern
**zelebrieren,** (lat.): 1. feierlich begehen; etwas feierlich gestalten, 2. eine Messe lesen
**Zelebrität,** (lat.), weibl., –en: 1. Feierlichkeit, 2. Berühmtheit, berühmte Person
**Zellophan:** vgl. Cellophan
**zellular, zellulär,** (lat.): aus Zellen zusammengesetzt; zellenartig; zellenähnlich
**Zellulase,** (lat.), weibl., –n: Enzym zur Zellulosespaltung (Chem.)
**Zellulitis,** (lat.), weibl., Zellulitiden: 1. eine Entzündung des Zellgewebes (Med.), 2. übermäßiges Fettgewebe im Oberschenkel- und Gesäßbereich bei Frauen (Reithosenspeck), (umg.) Orangenhaut
**Zelluloid,** (lat.), sächl., nur Sing.: meist durchsichtiger und elastischer Kunststoff aus Zellulosenitrat
**Zellulose,** (lat.), weibl., –n: Hauptbestandteil der pflanzlichen Zellwände; Rohstoff zur Papierherstellung
**Zelot,** (gr.), männl., –en: 1. Anhänger einer antirömischen Gruppierung zur Zeit Christi (histor.), 2. Glaubenseiferer, Fanatiker
**Zelotismus,** (gr.), männl., nur Sing.: fanatischer Glaubenseifer
**Zement,** (lat.), männl., –e: wasserfestes Bindemittel aus gebranntem und fein gemahlenem Kalk, Ton oder Mergel, das durch Beifügen von Wasser zur Herstellung von Beton oder Mörtel verwendet wird
**zementieren,** (lat.): 1. Zement herstellen, Zement verarbeiten, etwas mit Zement verbinden, 2. etwas endgültig und unveränderbar machen, etwas unverrückbar festlegen
**Zen,** ( chines.-japan.), sächl., nur Sing.: eine Schule des Buddhismus, die sich intensive Meditation pflegt
**Zenit,** (arab.), männl., nur Sing.: 1. senkrecht über dem Beobachtungsort gelegener höchster Punkt eines gedachten Himmelsgewölbes ; Scheitelpunkt (Gegens.: Nadir; Astron.), 2. Höhepunkt, Gipfel (z. B. einer Amtsperiode)
**zenital** (arab.): den Zenit betreffend; vom Zenit ausgehend
**zensieren,** (lat.): 1. eine (schulische) Leistung mit einer Note beurteilen, 2. (Druckerzeugnisse, Filme o. Ä.) der Zensur (2) unterwerfen
**Zensor,** (lat.), männl., Zensoren: 1. Beamter im alten Rom (histor.), 2. behördlicher Kontrolleur von Druckerzeugnissen, Theaterstücken o. Ä., der die Zensur (2) ausübt
**Zensur,** (lat.), weibl., –en: 1. (schulische) Note für eine Leistung, 2. behördliche Überwachung, Kontrolle und Manipulation von Druckerzeugnissen, Filmen, Theaterstücken o. Ä.
**zensurieren,** (lat.): vgl. zensieren

**Zensus,** (lat.), männl., Zensus: 1. durch den Zensor (1) verfügte Einstufung bzw. Neueinschreibung der Bürger im alten Rom in Vermögens- und Steuerklassen bzw. in Heeresklassen (histor.), 2. Abgabe, Steuerleistung, Pachtzins (histor.), 3. Volkszählung

**Zent,** (lat.), weibl., –en: mittelalterliches Herrschafts- und Gerichtsgebiet; Unterbezirk einer Grafschaft (histor.)

**Zentaur,** (gr.), männl., –en: 1. gr. Fabelwesen mit menschlichem Oberkörper und einem Pferdeleib halb Mensch), 2. nach dem Fabelwesen benanntes Sternbild (Astron.)

**Zentenar,** (lat.), männl., –e: 1. Hundertjähriger, 2. Zentgraf; Zentgerichtsvorsteher (histor.)

**Zentenarium,** (lat.), sächl., Zentenarien: Hundertjahrfeier

**zentesimal,** (lat.): hundertteilig; auf die Zahl 100 bezogen

**Zentgericht,** (lat.-dt.), sächl., –e: Bezirksgericht einer Zent (histor.)

**Zentigrad,** (lat.), männl., –e: hundertster Teil eines Grads (Winkelmaßeinheit)

**Zentigramm,** (lat.-gr.), sächl., –e: hundertster Teil eines Gramms (Zeichen: cg; Maßeinheit für Massen)

**Zentiliter,** (lat.-gr.), männl. oder sächl., –: hundertster Teil eines Liters (Zeichen: cl; Volumenmaßeinheit)

**Zentimeter,** (lat.-gr.), männl. oder sächl., –: der hundertste Teil eines Meters (Zeichen: cm; Längenmaßeinheit)

**zentral,** (gr.): 1. in der Mitte, im Zentrum befindlich; vom Mittelpunkt ausgehend (Gegens.: dezentral), 2. in der Nähe des Stadtzentrums, günstig gelegen, 3. sehr bedeutsam, entscheidend (Gegens.: peripher)

**Zentrale,** (gr.), weibl., –n: 1. Hauptgeschäft, Hauptverwaltung; Stelle, von der aus etwas gesteuert wird, 2. Fernsprechvermittlung (in einem Großbetrieb oder einem Verwaltungsgebäude), 3. die Verbindungslinie zwischen zwei Kreismittelpunkten (Math.)

**Zentralisation,** (gr.), weibl., –en: Zusammenfassung; einheitliche Lenkung verschiedener Tätigkeiten oder Aufgabenbereiche von einer Stelle aus (Gegens.: Dezentralisation)

**zentralisieren,** (gr.): zusammenfassen; in einem Punkt vereinigen; Tätigkeiten oder Aufgabenbereiche so organisieren, dass sie von einer Stelle aus zentral verwaltet oder gelenkt werden können (Gegens.: dezentralisieren)

**Zentralismus,** (gr.), männl., nur Sing.: eine Politik, deren Ziel es ist, den Staat nur von einer Stelle aus lenken und verwalten zu lassen (Gegens.: Föderalismus)

**zentralistisch,** (gr.): auf die Mitte ausgerichtet; eine Politik des Zentralismus verfolgend

**Zentralkomitee,** (gr.-lat.), sächl., –s: höchstes Führungsorgan einer kommunistischen Partei (Abk. ZK)

**Zentralnervensystem,** (gr.-lat.), sächl., nur Sing.: der Teil des Nervensystems, der aus Gehirn und Rückenmark besteht (Abk. ZNS)

**Zentralorgan,** (gr.), sächl., –e: offizielles Presseorgan einer (kommunistischen oder sozialistischen) Partei, Parteizeitung

**Zentralperspektive,** (gr.-lat.), weibl., –n: Darstellungsweise in der bildenden Kunst, bei der räumliche Gegenstände so abgebildet werden, dass sich senkrecht zur Fläche stehende parallele Linien scheinbar in einem Punkt schneiden und dadurch die Vorstellung räumlicher Tiefe hervorrufen

**Zentralprojektion,** (gr.-lat.), weibl., –en: eine Methode, räumliche Gebilde auf eine Ebene durch Strahlen abzubilden, die von einem Punkt, dem Projektionszentrum, ausgehen (z. B. bei der Kartenabbildung durch Projektion aus der Mitte der Erdkugel; Math., Geogr.)

**zentrieren,** (gr.): (z. B. Werkstücke) auf den Mittelpunkt ausrichten; auf die Mitte, auf das Zentrum einstellen, Textzeilen mittig anordnen

**zentrifugal,** (gr.-lat.): von Zentrifugalkraft getrieben; die Zentrifugalkraft betreffend; vom Zentrum einer Drehbewegung weg gerichtet (Gegens.: zentripetal)

**Zentrifugalkraft,** (gr.-lat.-dt.), weibl., nur Sing.: auf einen Körper wirkende Fliehkraft; radial nach außen gerichtete Trägheitskraft, die z. B. Autoinsassen in der Kurve nach außen drückt; bei Drehbewegungen auftretende, vom Drehzentrum weg gerichtete Kraft (Phys.)

**Zentrifuge,** (gr.-lat.), weibl., –n: Schleudergerät zum Trennen von Flüssigkeiten verschiedener Dichte unter Ausnutzung der Zentrifugalkraft; (die Milchzentrifuge trennt z. B. die Magermilch von der spezifisch leichteren Sahne)

**zentrifugieren,** (gr.-lat.): mit Hilfe der Zentrifuge trennen

**zentripetal,** (gr.-lat.): durch Zentripetalkraft wirkend; die Zentripetalkraft betreffend; zum Zentrum einer Drehbewegung hin gerichtet (Gegens.: zentrifugal)

**Zentripetalkraft,** (gr.-lat.-dt.), weibl., nur Sing.: zum Zentrum einer Drehbewegung hin wirkende Kraft; nach innen gerichtete Kraft, die z. B. einen sich auf einer Kreisbahn bewegenden Körper davon abhält, nach außen zu entweichen (Phys.)

**zentrisch,** (gr.): gemittet, mittig; in der Mitte befindlich, im Mittelpunkt gelegen

**Zentriwinkel,** (gr.-dt.), männl., –: von zwei Radien eines Kreise gebildeter Winkel, Mittelpunktswinkel

**Zentrum,** (gr.), sächl., Zentren: 1. Mitte, Mittelpunkt, 2. die Mittelfelder des Schachbretts, 3. Innenstadt; Innenbezirk, 4. Brennpunkt, 5. seit 1871 kathol. politische Partei des Kaiserreiches und der Weimarer Republik (histor.)

**Zenturie,** [zen'tu:ri(j)e, lat. »Hundertschaft«], weibl., –n: eine militärische Einheit der röm. Armee

**Zenturio,** (lat.), männl., –s: Befehlshaber einer Zenturie der röm. Armee

**Zeolith,** (gr.), männl., –e: ein feldspatähnliches, meist farbloses Mineral, das zu den Silicaten gehört (Geol.)

**Zephir,** (gr.), männl., –e: 1. feinfädiges, meist gestreiftes Baumwollgewebe, Blusen- und Hemdenstoff, 2. (früher) warmer, feuchter (West)wind

**Zephyr:** vgl. Zephir

**Zepter,** (gr.), sächl., –: 1. Herrscherstab, 2. höchste Gewalt

**Zer:** vgl. Cer

**Zerat,** (gr.), sächl., –e: wasserfreies Gemisch aus Fetten, Ölen und Wachsen (z. B. als Salbengrundlage)

**Zerberus,** (gr.), männl., –se: (in der gr. Mythologie:) dreiköpfiger Wachhund an den Pforten der Unterwelt; (scherzhaft) strenger, grimmiger Wächter

**Zerealien,** (lat.), weibl., Plur.: (früher für) Getreide; Feldfrüchte

**Zerebellum,** (lat.), sächl., –bella: Kleinhirn (Med.)

**zerebellar,** (lat.): zum Kleinhirn gehörend, das Kleinhirn betreffend (Med.)

**zerebral,** (lat.): zum Zerebrum gehörend, das Zerebrum betreffend (Med.)

**Zerebrum,** (lat.), sächl., Zerebra: Gehirn, Großhirn (Med.)

**Zeremonie,** (lat.), weibl., –n: (nach festgelegten Regeln ablaufende) feierliche Handlung

**zeremoniell,** (lat.): feierlich, förmlich; wie bei einer Zeremonie

**Zeremoniell,** (lat.), sächl., –e: bei feierlichen Anlässen, Zeremonien einzuhaltende Formen und Protokollvorschriften

**Zeremonienmeister,** (lat.-dt.), männl., –: Beamter an Fürstenhöfen, der das Hofzeremoniell besorgte (histor.)
**Zeresin,** (gr.), sächl., nur Sing.: gebleichtes und gereinigtes Erdwachs
**Zerit,** (lat.), männl., –e: (nach dem chem. Element Cer benanntes) Mineral
**zernieren,** (lat.): (eine Festung) durch Truppen einschließen, umzingeln
**Zero,** ['se:ro, arab.-fr.], weibl. oder sächl., –s: die Null, das Nichts; ein Feld im Roulettspiel
**Zertifikat,** (lat.), sächl., –e: 1. amtl. Bescheinigung, Beglaubigung, Zeugnis, 2. Anteilschein, Wertpapierurkunde
**Zertifikation,** (lat.), weibl., –en: Ausstellung eines Zertifikats
**zertifizieren,** (lat.): ein Zertifikat ausstellen
**Zervelatwurst,** (italien.-dt.), weibl., –würste: Dauerwurst aus Rind- und Schweinefleisch mit Speck
**zervikal,** (lat.): zum Nacken, zum Hals gehörend; den Gebärmutterhals betreffend (Med.)
**zessibel,** (lat.): abtretbar, übertragbar (in Bezug auf Forderungen oder Ansprüche; Rechtsw.)
**Zession,** (lat.), weibl., –en: Übertragung, Abtretung (eines Anspruchs, einer Forderung; Rechtsw.)
**Zeta,** (gr.), sächl., –s: sechster Buchstabe des gr. Alphabets mit dem Lautwert »dz« oder »z«
**Zetazeen,** (gr.), weibl., Plur.: zusammenfassende Bezeichnung für Wale (Zool.)
**Zeugma,** (gr. »Verbindung«), sächl., –s oder –ta: (unpassende) Verbindung desselben Satzteiles (meist des Prädikats) mit mehreren verschiedenartigen Satzgliedern (z. B. sie warf den Ball und ein Auge auf ihre Mitspieler; Sprachwiss.)
**Zezidie,** (gr.), weibl., –n: Wucherung an Pflanzen; Pflanzengalle (durch Parasiten verursachte Anomalie in Wachstum und Gestalt von Pflanzen; Biol.)
**Zichorie,** [zich'o:ri(j)e, gr.], weibl., –n: 1. Pflanzengattung der Korbblütler (z. B. Wegwarte), 2. die geröstete Wurzel der Zichorie als Kaffeezusatz bzw. -ersatz
**Zider:** vgl. Cidre
**Zigarillo,** (indian.), sächl., –s: kleine Zigarre
**Zigarre,** (indian.), weibl., –n: 1. in ein Deckblatt aus Tabak gewickeltes Genussmittel zum Rauchen aus grob geschnittenem Tabak, 2. (umg.) Vorwurf, Rüffel, Rüffel
**Zikade,** (lat.), weibl., –n: kleines, Pflanzen saugendes Insekt mit stechenden und saugenden Mundwerkzeugen, Zirpe
**Zikkurat,** weibl., –s: Stufenturm mit einem Tempel an der Spitze in der babylonischen und assyrischen Baukunst (histor.)
**ziliar,** (lat.): zu den Wimpern gehörend, die Wimpern betreffend (Med.)
**Ziliarneuralgie,** (lat.-gr.) weibl., –n: Schmerzen im Augenbereich (Med.)
**Ziliaten,** (lat.), weibl., Plur.: Wimpertierchen (Einzeller)
**Zimbal,** (gr.), sächl., –s: vgl. Zimbel
**Zimbel,** (gr.), weibl., –n: 1. ein antikes (biblisches) Schlaginstrument, 2. Glockenspiel im Mittelalter, 3. eine hoch liegende Orgelstimme
**Zincum,** sächl., nur Sing.: Zink, ein chem. Element, das zu den Metallen gehört (Zeichen: Zn)
**Zinerarie,** (lat.), –n: zu den Korbblütlern gehörende Topfpflanze, die in vielen Farben blüht
**Zingulum,** (lat.), sächl., –s oder Zingula: Gürtel, der zur Standeskleidung eines kathol. Geistlichen gehört; Gürtel einer kathol. Ordenstracht
**Zinnie,** ['zi.nni(j)e], weibl., –n: nach dem dt. Botaniker Zinn benannter Korbblütler als Gartenzierpflanze

**Zinkum:** vgl. Zincum
**Zinnober,** (pers.-gr.), männl., –: ein meist rötliches Quecksilbermineral
**Zinnober,** (pers.-gr.), sächl., nur Sing.: 1. eine leuchtende gelblich rote Farbe, 2. (umg.) Unfug, dummes Zeug
**Zionismus,** männl., nur Sing.: urspr. nach dem Tempelberg Zion in Jerusalem benannte jüdische Bewegung, die sich die Gründung und den Aufbau eines selbstständigen jüdischen Staates Israel in Palästina zum Ziel gesetzt hatte; heute wird mit dem Begriff meist eine Politik gebrandmarkt, die zu einer Einschränkung der Rechte der arabischen Einwohner führt
**Zionist,** männl., –en: Anhänger des Zionismus
**zionistisch:** im Sinne des Zionismus, zum Zionismus gehörend
**zippen,** (engl.): (nach dem engl. Wort »zipper« für Reißverschluß) verpacken und komprimieren von Dateien (u. a. zur rascheren Übertragung über Datenleitung; EDV)
**zirka,** (gr.-lat.): ungefähr, etwa (Abk. ca.)
**Zirkel,** (gr.-lat.), männl., –: 1. Personenkreis; Studiengruppe, 2. geometrisches Gerät zum Zeichnen von Kreisen, zum Abtragen von Strecken und für andere geometrische Konstruktionen (Math.), 3. Kreis, Ring, 4. ein Sternbild (Astron.)
**zirkeln,** (gr.-lat.): 1. einen Kreis zeichnen, 2. genau abmessen, bemessen, 3. (umg.) genau an eine bestimmte Stelle platzieren
**Zirkon,** (italien.-fr.), sächl., –e: ein meist braunes Mineral, Edelstein
**Zirkonium,** (italien.-fr.), sächl., nur Sing.: chem. Element, ein stahlähnlich aussehendes Schwermetall (Zeichen: Zr)
**zirkular, zirkulär,** (gr.): 1. kreisförmig, 2. in gleichen Zeitabschnitten wieder auftretend (in Bezug auf bestimmte Krankheitssymptome; Med.)
**Zirkulation,** (gr.), weibl., –en: Kreislauf (z. B. des Blutes), Umlauf (z. B. von Geld, Luftmassen)
**zirkulieren,** (gr.): umlaufen, kreisen, in Umlauf sein
**Zirkumflex,** (lat.), männl., –e: Aussprachekennzeichen für einen gedehnt zu sprechenden Vokal (z. B. ê)
**Zirkumzision,** (lat.), weibl. –en: Umschneidung (z. B. eines Geschwürs); Beschneidungsform (Med.)
**Zirkus,** (gr.-lat.), männl., –e: 1. altrömische Kampfbahn für Pferde- und Wagenrennen und Gladiatorenspiele (histor.), 2. heute: ein mobiles Unternehmen, das (meist in einem Zelt) Tierdressuren, Akrobatik, Clownerien u. Ä. anbietet, 3. (umg.) lärmendes Durcheinander, unnötiger Trubel, 4. Betrieb im Spitzensport (z. B. Tennis-, Ski-Z.)
**Zirrhose,** (gr.), weibl., –n: narbige Bindegewebsschrumpfung und -verhärtung eines Organs (z. B. der Leber; Med.)
**Zirrokumulus,** (lat.), männl., –kumuli: hohe, feine Schäfchenwolke (Meteorol.)
**Zirrostratus,** (lat.), männl., –strati: hohe, dünne Schleierwolke (Meteorol.)
**Zirrus,** (lat.), männl., – oder Zirren: hohe Federwolke aus Eisteilchen (Meteorol.)
**zirzensisch,** (gr.): zum Zirkus gehörend, den Zirkus betreffend
**zisalpin,** (lat.): diesseits der Alpen (von Rom her gesehen)
**Ziseleur,** [zise'lö:r, fr.], männl., –e: jmd., der Ziselierarbeiten ausführt
**ziselieren,** (fr. ): in polierte Metalloberflächen (z. B. von Schmuck) Muster und Ornamente einarbeiten
**Zisterne,** (gr.-lat.), weibl., –n: (unterirdischer) Auffangbehälter für Niederschlagswasser, Regenwasserspeicher; Brunnen
**Zisterzienser,** männl., –s: Angehöriger eines im Jahr 1098 gegründeten Mönchsordens

**Zitadelle,** (lat.), weibl., –n: Festung, die innerhalb oder am Rand einer Stadt liegt (histor.)
**Zitat,** (lat.), sächl., –e: 1. wörtliche Übernahme eines meist kurzen Auszugs aus einem Buch, einer Rede oder einem sonstigen Text mit Nennung des Verfassers, 2. berühmter Ausspruch, geflügeltes Wort
**Zither,** (gr.), weibl., –n: ein Zupfinstrument mit kastenförmigem Korpus
**zitieren,** (lat.): 1. einen Auszug aus einem Buch, einer Rede oder einem sonstigen Text wörtlich übernehmen, 2. jmdn. zum Erscheinen auffordern, vorladen
**Zitronat,** (lat.), sächl., –e: kandierte Schale einer speziellen Zitronenart
**Zitrone,** (lat.), weibl., –n: vitaminreiche Frucht des Zitronenbaumes
**Zitrusfrucht,** (lat.-dt.), weibl., –früchte: Frucht einer Zitruspflanze (z. B. Apfelsine, Zitrone)
**Zitwer,** (pers.-arab.), männl., –: ind. Kulturpflanze, deren Samen als Arzneimittel gegen Würmer und für Liköre verwendet wird
**Zivi,** männl., –s: (umg.) Zivildienstleistender
**zivil,** (lat.): 1. bürgerlich; nicht militärisch, 2. angemessen, annehmbar, vertretbar
**Zivil,** (lat.), sächl., nur Sing.: bürgerl. Kleidung (Gegens.: Uniform)
**Zivilcourage,** [zi'wi:lkura:sche, lat.-fr.], weibl., nur Sing.: Mut zur offenen Meinungsäußerung; die Bereitschaft, unter Inkaufnahme möglicher Nachteile zur eigenen Überzeugung zu stehen und sich auch danach zu verhalten
**Zivildienst,** (lat.-dt.), männl., –e: z. Zt. 15-monatiger Ersatzdienst, den als Kriegsdienstverweigerer anerkannte Wehrpflichtige anstelle des 12-monatigen Wehrdienstes in sozialen Einrichtungen leisten
**Zivilehe,** (lat.-dt.), weibl., –n: durch einen staatlich beauftragten Standesbeamten geschlossene Ehe
**Zivilisation,** (lat.), weibl., –en: die auf Fortschritt in Wissenschaft und Technik beruhenden verbesserten sozialen und materiellen Lebensbedingungen einerseits und die damit einhergehenden veränderten Lebensformen andererseits; Bildungs- und Lebensstandard
**zivilisatorisch,** (lat.): die Zivilisation betreffend; die Zivilisation fördernd
**zivilisieren,** (lat.): die Zivilisation einführen; einen Zivilisationsstandard aufdrängen; bilden
**Zivilist,** (lat.), männl., –en: jmd., der Zivil trägt; Bürger
**Zloty,** [s(u)'o.ti, poln.], männl., –s: Währungseinheit in Polen
**zocken,** (jidd.): sich an Glückspielen beteiligen, Karten spielen
**Zodiakus,** (gr.), männl., nur Sing.: Zone auf der Himmelskugel, die die 12 Tierkreissternbilder umfasst (Astron.)
**Zoff,** (jidd.), männl., nur Sing.: Streit, Ärger
**Zöliakie,** (gr.), weibl., –n: chronische Verdauungsstörung im Säuglings- oder Kindesalter auf grund von Eiweißunverträglichkeit, bei Erwachsenen »Sprue« genannt (Med.)
**Zölibat,** (lat.), männl. (auch sächl.), nur Sing.: pflichtgemäße Ehelosigkeit und geschlechtliche Enthaltsamkeit (insbes. bei kathol. Geistlichen)
**zölibatär,** (lat.): im Zölibat lebend
**Zölibatär,** (lat.), männl., –e: jmd., der im Zölibat lebt
**Zölom,** (gr.), sächl., –e: Leibeshohlraum (Med.)
**Zombie,** (afrik.), männl., –s: wiederbelebter Toter, der als willenloses Werkzeug agiert (z. B. in einem Horrorfilm)
**zonal,** (gr.): eine Zone betreffend, zu einer Zone gehörend

**Zone,** (gr.), weibl., –n: Gebietsstreifen, abgegrenztes Teilgebiet; Gegend; Erdgürtel
**Zoo,** männl., –s: Kurzw. für zoologischer Garten
**zoochor,** [tso-o'ko:r, gr.]: verbreitet durch Tiere (in Bezug auf Pflanzensamen und Früchte)
**Zoochorie,** [tso-oko'ri:, gr.], weibl., nur Sing.: Verbreitung von Pflanzensamen und Früchten durch Tiere
**Zoologe,** (gr.), männl., –n: Wissenschaftler, Fachmann oder Student auf dem Gebiet der Zoologie
**Zoologie,** (gr.), weibl., nur Sing.: Tierkunde, Wissenschaft von den Tieren
**zoologisch,** (gr.): zur Zoologie gehörend
**Zoom,** [su:m, engl.], sächl., –s: fotografisches Objektiv mit stufenlos veränderlicher Brennweite; Gummilinse
**Zoomobjektiv:** vgl. Zoom
**zoomorph,** [tso-o'mo.rf, gr.]: die Gestalt eines Tieres aufweisend
**Zoonose,** (gr.), weibl., –n: von Tieren auf Menschen übertragbare Krankheit (Med.)
**Zoon politikon,** (gr.), sächl., nur Sing.: der Mensch als gesellschaftliches Wesen (nach Aristoteles; Philos.)
**zoophag,** (gr.): Fleisch fressend (Bot.)
**Zoophagen,** (gr.), nur Plur.: Fleisch fressende Pflanzen (Bot.)
**Zoophobie,** (gr.), weibl., –n: Angst vor Tieren
**Zoospermie,** (gr.), weibl., –n: das Auftreten beweglicher Samenfäden im Ejakulat (Med.)
**Zootoxin,** (gr.), sächl., –e: tierisches Gift (Med.)
**Zores,** (jidd.), männl., nur Sing.: (umg.) Durcheinander, Wirrwarr; Ärger
**Zote,** weibl., –n: anzüglicher Witz, unanständige Bemerkung, grobe Redensart
**Zucchino,** [zu'ki:no, italien.], männl., Zucchini: vgl. Zucchini
**Zucchini,** [zu'ki:ni, italien.], männl., nur Plur.: gurkenähnliches, kürbisartiges Gemüse
**Zyane,** (gr.), weibl., –n: Kornblume (Bot.)
**Zyanid:** vgl. Cyanid
**Zyankali,** (gr.), sächl., nur Sing.: stark giftiges Kaliumsalz der Blausäure
**Zyanose,** (gr.), weibl., –n: Sauerstoffmangel im Blut (erkennbar an blauroter Färbung der Lippen, der Nagelbetten und des Bindegewebes); Blausucht (Med.)
**Zygote,** (gr.), weibl., –n: aus der Verschmelzung der beiden Gameten hervorgegangene Zelle, aus der ein neues Lebewesen entsteht (Biol.)
**Zyklame,** (gr.), weibl., –n: Alpenveilchen (Bot.)
**Zyklen:** Plur. von Zyklus
**Zykliker,** (gr.), männl. –: altgr. Dichter von Heldenepen, die zu einem Zyklus zusammengefasst wurden
**zyklisch,** (gr.): in regelmäßigen Abständen wieder auftretend, in der Art eines Kreislaufes sich wiederholend; einen Zyklus betreffend; kreis-, ringförmig
**zykloid,** (gr.): 1. kreisähnlich (Math.), 2. leichte manisch-depressive Symptome zeigend (Med.)
**Zyklon,** (gr.), männl., –e: 1. heftiger Wirbelsturm in tropischen Gebieten, 2. technische Anlage zur Abtrennung von Feststoffteilchen aus Gasen mit Hilfe der Fliehkraft, Fliehkraftabscheider
**Zyklon B:** Handelsbez. für blausäurehaltiges Begasungsmittel zur Schädlingsbekämpfung und Desinfektion, das in den Vernichtungslagern des nationalsozialistischen Deutschland zur Massentötung verwendet wurde
**Zyklone,** (gr.), weibl., –n: Gebiet tiefen Luftdrucks (Meteorol.)
**Zyklop,** (gr.), männl., –en: einäugiger Riese der gr. Sage

**zyklopisch,** (gr.): riesenhaft, gewaltig
**zyklothym,** (gr.): zu Stimmungsschwankungen neigend, zu manisch-depressivem Temperament neigend (Psychol.)
**Zyklothymie,** (gr.), weibl., nur Sing.: zyklothymes Wesen (Psychol.)
**Zyklotron,** (gr.), sächl., –trone: Elementarteilchenbeschleuniger (Phys.)
**Zyklus,** (gr.), männl., Zyklen: 1. Kreislauf von regelmäßig wiederkehrenden Abläufen, Ereignissen oder Dingen, 2. inhaltlich zusammengehörige Schriften, Vorträge, Kompositionen o. Ä., 3. regelmäßig auftretende Blutung, Regelblutung (Menstruationszyklus; Med.)
**Zylinder,** (gr.), männl., –: 1. röhrenförmiger Hohlkörper einer Maschine, in dem sich ein Kolben bewegt, 2. Körper, dessen meist von Kreisen begrenzte Grund- und Deckflächen eben, kongruent und parallel sind (Math.), 3. hoher Herrenhut mit steifem, festem Kopf und fester Krempe
**zylindrisch,** (gr.): zylinderförmig, walzenförmig
**Zymbal:** ['tsü.mbal], vgl. Zimbel
**zymisch,** (gr.): auf Gärung beruhend (Chem.)
**Zymologie,** (gr.), weibl., nur Sing.: Lehre von der Gärung (Teilgebiet der Chemie)
**zymotisch,** (gr.): Gärung bewirkend (Chem.)
**Zyniker,** (gr.), männl., –: zynischer Mensch
**zynisch,** (gr.): bissig, verletzend und spöttisch, verächtlich und schamlos
**Zynismus,** (gr.), männl., nur Sing.: zynisches Verhalten, verächtlich machende Ausdrucksweise, verletzender Spott
**Zypresse,** (gr.), weibl., –n: immergrüner Baum des Mittelmeergebietes mit nadelförmigen Blättern
**Zystalgie,** (gr.), weibl., –n: Blasenschmerz (Med.)
**Zyste,** [tsü.ßte, gr.], weibl., –n: 1. mit Flüssigkeit gefüllter geschwulstartiger Hohlraum im Körpergewebe (Med.), 2. von niederen Lebewesen gebildete kapselartige Hülle (Zool.)
**Zystektomie,** (gr.), weibl., –n: das operative Herausschneiden einer Zyste (1); operative Entfernung der Gallen- oder Harnblase (Med.)
**zystisch,** [tsü.ßtisch, gr.]: blasenartig, zur Blase gehörend (Med.)
**Zystitis,** (gr.), weibl., Zystitiden: Blasenentzündung (Med.)
**Zystoskop,** (gr.), sächl., –e: Endoskop zur Untersuchung der Harnblase, Blasenspiegel (Med.)
**Zystoskopie,** (gr.), weibl., –n: Untersuchung mit einem Zystoskop (Med.)
**Zystospasmus,** (gr.), männl., –spasmen: Blasenkrampf (Med.)
**Zytoblast,** (gr.), männl., –en: Zellkern (Med.)
**Zytoblastom,** (gr.), sächl., –e: bösartige Geschwulst aus unreifen Zellen (Med.)
**Zytochrom,** (gr.), sächl., –e: Farbstoff, der in allen lebenden Zellen vorkommt (Biol.; Med.)
**zytogen,** (gr.): von der Zelle gebildet (Biol.)
**Zytogenetik,** (gr.), weibl., nur Sing.: Forschungsrichtung der Genetik, die die Zusammenhänge zwischen Vererbung und Feinbau der Zellen untersucht (Biol.)
**Zytologe,** (gr.), männl., –n: Wissenschaftler auf dem Gebiet der Zytologie
**Zytologie,** (gr.), weibl., nur Sing.: Zellenlehre, Wissenschaft vom Bau und von der Funktion der Zelle (Biol.; Med.)
**Zytoplasma,** (gr.), sächl., –plasmen: Gesamtheit der Zellbestandteile, die den Zellkern umgeben (Biol.)
**Zytotoxin,** (gr.), sächl., –e: Zellgift (Med.)
**zytotoxisch,** (gr.): giftig, schädlich für die Zellen (Med.)
**Zytotoxizität,** (gr.), weibl., nur Sing.: Eigenschaft bestimmter Substanzen, Gewebszellen schädigen zu können

# Verzeichnis der Abkürzungen

Außer den nachstehend aufgeführten Abkürzungen werden allgemein übliche verwendet wie etwa für Monatsnamen oder Parteien. Alle Abkürzungen gelten gewöhnlich auch für die gebeugten Formen (also das Jh., des Jh.), die Mehrzahl (die Jh.) und in Zusammensetzungen (Jh.wende). Die Endungen -lich und -isch können entfallen (z. B. menschl., österreich.).

| | |
|---|---|
| Abk. | Abkürzung |
| afrik. | afrikanisch |
| ägypt. | ägyptisch |
| allg. | allgemein |
| altind. | altindisch |
| altnord. | altnordisch |
| amerik. | amerikanisch |
| arab. | arabisch |
| Archäol. | Archäologie |
| Archit. | Architektur |
| Astron. | Astronomie |
| | |
| bes. | besonders |
| best. | bestimmte |
| Bez. | Bezeichnung |
| Biochem. | Biochemie |
| Bot. | Botanik |
| bzw. | beziehungsweise |
| | |
| chem. | chemisch |
| Chem. | Chemie |
| chin. | chinesisch |
| christl. | christlich |
| | |
| dän. | dänisch |
| dgl. | dergleichen |
| d. h. | das heißt |
| drawid. | drawidisch |
| dt. | deutsch |
| | |
| EDV | elektr. Datenverarbeitung |
| eigtl. | eigentlich |
| elektr. | elektrisch |
| engl. | englisch |
| eskimo. | eskimoisch |
| evang. | evangelisch |
| | |
| finn. | finnisch |
| fr. | französisch |
| | |
| Geogr. | Geographie |
| Geol. | Geologie |
| Gegens. | Gegensatz |
| gr. | griechisch |
| | |
| hebr. | hebräisch |
| histor. | historisch |
| | |
| i. A. | im Allgemeinen |
| ind. | indisch |
| indian. | indianisch |
| insbes. | insbesondere |
| italien. | italienisch |
| | |
| japan. | japanisch |
| Jh. | Jahrhundert |
| jidd. | jiddisch |
| jmd. | jemand |
| | |
| kathol. | katholisch |
| Kunstw. | Kunstwort |
| Kurzw. | Kurzwort |
| | |
| ladin. | ladinisch |
| lat. | lateinisch |

männl. männlich
Math. Mathematik
mathem. mathematisch
Med. Medizin
menschl. menschlich
Meteorol. Meteorologie
Mill. Millionen
Mus. Musik

niederl. niederländisch
nor. norwegisch

o. Ä. oder Ähnliches

pers. persisch
Philos. Philosophie
Phys. Physik
Plur. Plural
poln. polnisch
portug. portugiesisch
Psychol. Psychologie

Rechtsw. Rechtswesen
Relig. Religion
relig. religiös
röm. römisch
russ. russisch

Sammelb. Sammelbezeichnung
sächl. sächlich
sanskr. sanskrit
scherzh. scherzhaft
schwed. schwedisch
schweiz. schweizerisch
Sing. Singular
slaw. slawisch
span. spanisch
Sprachw. Sprachwissenschaft
staatl. staatlich

tamil. tamilisch
Theol. Theologie
tibet. tibetanisch
tschech. tschechisch
türk. türkisch

u. a. unter anderem
u. Ä. und Ähnliche(s)
übertr. übertragen
umg. umgangssprachlich
ungar. ungarisch
urspr. ursprünglich
usw. und so weiter

vgl. vergleiche
volkstüml. volkstümlich

weibl. weiblich
Wz Warenzeichen

z. B. zum Beispiel
Zool. Zoologie